ro
ro
ro

Petra Oelker, geboren 1947, arbeitete als freie Journalistin und veröffentlichte Jugend- und Sachbücher sowie Biographien. Dem großen Erfolg ihres ersten historischen Kriminalromans Tod am Zollhaus (rororo 22116) folgten sieben weitere Romane, in deren Mittelpunkt Hamburg und die Komödiantin Rosina stehen:

Der Sommer des Kometen (rororo 22256),
Lorettas letzter Vorhang (rororo 22444),
Die zerbrochene Uhr (rororo 22667),
Die ungehorsame Tochter (rororo 22668),
Die englische Episode (rororo 23289),
Der Tote im Eiskeller (rororo 23869) und
Mit dem Teufel im Bunde (rororo 24200).

Daneben schreibt sie in der Gegenwart angesiedelte Kriminalromane, darunter «Der Klosterwald» (rororo 23431), «Die kleine Madonna» (rororo 23611) sowie «Tod auf dem Jakobsweg» (rororo 24685).

PETRA OELKER

Tod am Zollhaus
Der Sommer des Kometen
Lorettas letzter Vorhang

Drei historische Kriminalromane

Rowohlt Taschenbuch Verlag

Einmalige Sonderausgabe
Veröffentlicht im Rowohlt Taschenbuch Verlag,
Reinbek bei Hamburg, Februar 2008
«Tod am Zollhaus»

«Der Sommer des Kometen»

«Lorettas letzter Vorhang»

Umschlaggestaltung any.way, Barbara Hanke/Cordula Schmidt
(Abbildung: getty images)
Foto der Autorin: Hergen Schimpf
Druck und Bindung Clausen & Bosse, Leck
Printed in Germany
ISBN 978 3 499 24654 8

Tod am Zollhaus

EIN HISTORISCHER
KRIMINALROMAN

Nieder Baum
Die
Elb
Kleiner
Grosser
Gras

(Detailausschnitte auf den Seiten 63 und 116/117)

Für Christiane und Gerd

Historische Karte:
Staatsarchiv der Freien und Hansestadt Hamburg

Denn Mord, hat er auch keine Zunge,
wird doch mit wundersamer Stimme sprechen.
William Shakespeare (Hamlet)

1. KAPITEL

Herbst 1764

Das Mondlicht glänzte geheimnisvoll auf dem unbewegten Wasser der St. Aubin's Bay. Für die Schmuggler war die Nacht viel zu hell. Die engen Felsbuchten und die versteckten Höhlen der schroffen Nordküste lagen verlassen. Die ganze Insel schien zu schlafen. Die Bauern in ihren geduckten Gehöften aus grauem Stein, die braunen Kühe auf dem Weideland unter den zahllosen Apfelbäumen auf der Hochebene und in den engen Bachtälern, die Fischer und Händler an der sanften Südküste.

Ein einsamer Reiter trabte von St. Aubin über den meilenlangen weißen Strand nach St. Hélier am östlichen Ende der Bucht. Dort ragte Elisabeth Castle grau und trutzig aus den Uferfelsen. Nur in einem Turmfenster brannte ein trübes Licht.

Claes Herrmanns saß am Tisch des Speisezimmers im Herrenhaus der Familie St. Roberts. Er sah hinaus auf die Uferlandschaft mit dem erleuchteten Burgfenster und dem Reiter im fahlen Licht des Mondes und fühlte sich wie auf einem fernen Kontinent. Er sah auf die Südküste einer kleinen Insel im Englischen Kanal, und der weite Blick über das Meer und die sanfte grüne Uferlandschaft mit dem Wehrschloß im Wasser waren so ganz anders als der Blick aus dem Fenster seines eigenen Hauses in Hamburg. Die alte Hafenstadt an der Elbe erschien ihm plötzlich sehr eng und stickig.

«Und du, mein Freund, was sagst du dazu? Glaubst du, daß ein Kessel voll Dampf den Wind in den Segeln ersetzen kann?»

Paul St. Roberts beugte sich ein wenig vor und blickte seinen

Freund neugierig an. Die Diskussion um den Dampf war also immer noch nicht zu Ende.

«Nun», Claes hob sein Glas gegen den hellen Schein der Kerzen, die in schweren Silberleuchtern auf dem Tisch standen, und betrachtete nachdenklich den aufglühenden Wein. «Ich weiß nicht so recht.» Bedächtig nahm er einen Schluck. «Sieh den Wein. Ein bißchen Flüssigkeit in einem Glas. Ruhig, ohne die Kraft, das Glas zu zerbrechen. Doch denk an die vielen Wasserräder, die seit Jahrhunderten die Mühlen antreiben. Denk an die Kraft des Wassers, wenn es mit der Ebbe alles ins Meer zieht, was sich nicht rechtzeitig in Sicherheit bringt, oder mit dem Sturm über unsere Küsten tobt. Wenn die Suppe kocht, hebt der Dampf den Deckel. Wenn man nun einen sehr großen Topf voller Dampf hätte, der ein sehr großes Rad antreibt – vielleicht könnte so ein Rad tatsächlich ein Schiff übers Meer schieben...»

«Ah, mein lieber Claude», rief St. Roberts lachend und prostete dem jungen Mann im nachtblauen Samtrock am anderen Ende des Tisches zu. «Ihr habt einen Verbündeten. Seid nett zu ihm, er bringt seine Waren mit eigenen Schiffen über die Meere. Überzeugt ihn davon, daß Eure verrückten Experimente mit dem Dampf seine Säcke und Fässer schneller in den Hafen bringen, und Ihr bekommt vielleicht von ihm das Geld für Euren Traum von der Schiffahrt frei von den Launen der Winde.»

Claes schüttelte den Kopf. «Da wendet er sich besser an euch Engländer und an seine eigenen Landsleute. Unsere Schiffe segeln nur durch die Nord- und Ostsee nach den nördlichen Eismeeren oder nach Süden durch die Biskaya bis nach Portugal. Ihr laßt uns ja nicht mit euren amerikanischen und indischen Kolonien Handel treiben. Den Reibach behaltet ihr für euch.»

St. Roberts nickte vergnügt. «Da hast du recht, mein armer deutscher Freund. Wir achten hübsch eifersüchtig auf unseren Reichtum. Und seit euch unsere gierigen Nachbarn, die Franzosen, noch das fette Faßgeld aufgedrückt haben, wird euch der Import schön teuer. Trotzdem. Ich bin der falsche Mann für unseren jungen Marquis. Ich halte es mit Monsieur Vernoilli.»

Er nahm mit sichtlichem Behagen eine Prise Tabak.

«Und mit der Akademie der Wissenschaften in Paris.»

Er nieste kräftig in ein Spitzentuch.

«Die hat ihm einen Preis verliehen, weil er bewies, daß es absolut keinen Ersatz für den Wind gibt, wenn es um Schiffe geht. Ihr, mein junger Freund, seid ein Träumer.»

«Aber das ist mehr als zehn Jahre her», versetzte Claude Marquis Jouffroy d'Abbans hitzig. «Die Welt bleibt nicht stehen. Und die Wissenschaft...»

Claes lehnte sich zurück und hörte zu. Die lange Diskussion hatte ihn ermüdet. Er hatte Geschäftsverbindungen nach Frankreich, England, Portugal und Italien, fremde Sprachen gehörten zu seinem Alltag. Das Englische war ihm vertraut, seit er als junger Mann einige Jahre in London in der Lehre gewesen war, und auch das Französische beherrschte er einigermaßen. Aber der ständige Wechsel zwischen den beiden Sprachen, wie er im Hause St. Roberts üblich war, strengte ihn an. Ganz besonders weil der französische Dialekt auf der Insel, das alte normannische Jersiais, für ihn nur schwer zu verstehen war.

Drei Wochen war er nun schon auf Jersey. Und was hatte er bisher erreicht? Gar nichts.

Claes hatte Sorgen. Sein Handelshaus gehörte zu den großen in Hamburg, aber das machte auch seine Sorgen groß. Seit dem Ende der sieben Jahre dauernden Kriege zwischen Preußen und Österreich um die Vorherrschaft auf dem Kontinent und zwischen England, Spanien und Frankreich auf See um ihre überseeischen Kolonien ging es den Hamburgern schlecht.

So gut wie sie als Händler einer neutralen freien Reichsstadt während der Kriege verdient hatten, so sehr litten sie nun unter den Folgen. Der Zusammenbruch der preußischen Währung hatte in den letzten zwei Jahren viele holländische Banken ruiniert, die viele Hamburger Händler mit in den Bankrott gezogen hatten.

Seit einigen Jahren forderten die Franzosen für jeden Sack, der von einem französischen Schiff im Hamburger Hafen gelöscht wurde, für jedes Faß, das ein deutsches Schiff in Frankreich an Bord nahm, deftige Gebühren. Das ließ den Gewinn gefährlich schrumpfen.

Aber solange alle Waren aus den Kolonien nur von Schiffen der Kolonialmächte transportiert werden durften, waren die deutschen Händler machtlos. Die Hamburger traf es besonders hart. Ein großer Teil der Kolonialwaren und jeder zweite Sack Kaffee aus den französischen Kolonien ging über den Hamburger Hafen. Als Paul St. Roberts seinem alten Freund anbot, ihm zu billigeren Kaffeelieferungen zu verhelfen, hatte Claes deshalb nicht lange gezögert.

Ein Kapitän, der während der Kriegsjahre als Freibeuter manches französische Schiff für die englische Krone gekapert hatte, lieferte nun Kaffee direkt aus den amerikanischen Kolonien. Für die Leute auf Jersey war das kein Verbrechen. Sie waren zwar mehr oder weniger loyale Untertanen des englischen Königs, aber sie lebten zoll- und steuerfrei, und der Schmuggel auf den Kontinent und an die englische Küste blühte hier seit Jahrhunderten.

Es war Claes peinlich, auf Jersey in der Sonne zu sitzen, nichts zu tun und auf einen Schmuggler zu warten. Paul hatte nur gelacht. Das sei doch ganz normal, und im Krieg sei es sogar legal. Schon Elisabeth, die große Königin, habe mit den Beutezügen von Sir Francis Drake, dem verwegensten aller Freibeuter, ihre Juwelen und ihre ruhmreichen Seekriege, vor allem die Vernichtung der spanischen Armada, finanziert. Und selbst die frommen Malteser-Ritter, zu denen auch viele Deutsche gehörten, machten reichen Profit auf Kaperfahrten.

Daß zur Zeit kein Krieg herrschte, kümmerte Paul dabei wenig. Es sei ja doch nur eine Pause. Bis zum nächsten – das zeige die Geschichte – dauere es nie lange. Und wer wußte schon, wann die Franzosen das nächste Mal versuchen würden, ganz Jersey und seine Nachbarinseln zu kapern.

Sicher hatte Paul recht, und Claes war nie zimperlich, wenn es um ein gutes Geschäft ging. Aber er fand es doch unwürdig für einen hanseatischen Kaufmann, untätig herumzusitzen und auf einen Abenteurer zu warten.

Vielleicht wäre es wirklich besser gewesen, wenn er Behrmann geschickt hätte. Der war mit allen Geschäften vertraut, zuverlässig wie kein zweiter und hätte auch auf den Teufel gewartet, um dem Handelshaus Herrmanns zu nutzen. Aber da war noch die Sache mit Emily. Die konnte ihm niemand abnehmen.

Ohne Zweifel war Pauls Tochter eine gute Partie. Die großen dunklen Augen, die milchzarte Haut und der kleine kirschrote Mund gaben ihr den Ausdruck einer Puppe. Doch das täuschte: Wie alle St. Roberts hatte sie einen wachen Geist und eine gute Bildung. Kein Wunder bei den Menschen, die im Haus ihres Vaters ein und aus gingen. Jeder Künstler oder Wissenschaftler, der Jersey besuchte, ob Genie oder Dilettant, wurde eingeladen, fürstlich bewirtet und gründlich befragt.

Morgen, dachte er, morgen muß ich endlich eine Entscheidung treffen.

Claes betrachtete die Gesellschaft, die sein alter Freund und Handelspartner Paul an diesem Abend um seinen Tisch versammelt hatte. Rechts neben ihm saß John Maynor, der Arzt der reichen Händler und Gutsherren auf der Insel. Ein beleibter Herr, der, obwohl er sein graues Haar noch unter einer altmodischen, hohen Perücke verbarg, mit Neugier und geübtem Verstand die neuesten Experimente und Entdeckungen der wissenschaftlichen Welt verfolgte.

Ihm gegenüber saß Pierre Chenau und stopfte, beide Ellenbogen auf den Tisch gestützt, seine Meerschaumpfeife. Er war Kaufmann auf Jersey, wie der Gastgeber, aber von einer kostspieligen Leidenschaft für die Alchimie geplagt. Seine Hoffnung, daß davon niemand wisse, war vergeblich. Auf dem ganzen Archipel flüsterte man über seine sündige Suche nach dem Rezept fürs Goldmachen.

Neben Chenau saß ein eleganter junger Mann, dessen blonde Locken im Nacken zu einem modischen Zopf gebunden waren. William Gatherby, der einzige Neffe des Hausherrn, hatte sich seit einiger Zeit als scharfer Rechner und kühner Planer in dessen Kontor unentbehrlich gemacht. Der Handel mit dem Hause St. Roberts, dachte Claes, wird in Zukunft trotz aller Freundschaft härter werden.

William folgte den aufgeregten Debatten mit trägen Augen und sanftem Lächeln, auch wenn er sich selbst kaum daran beteiligte.

Der junge Marquis Jouffroy d'Abbans, der neben dem stets beherrschten William zappelig wie ein junger Spaniel auf der Stuhlkante saß, war ein entfernter Cousin der St. Roberts. Auch wenn England und Frankreich seit den Zeiten der Normannen ständig Kriege gegeneinander anzettelten, war eine solche Verwandtschaft hier nicht ungewöhnlich. Die Inseln gehörten seit Jahrhunderten zum Reich der britischen Krone, aber ihre Lage nur wenige Meilen vor der Küste der Normandie hatte sie doch eng mit Frankreich verbunden.

Mit leichter Wehmut betrachtete Claes das noch kindlich runde Gesicht Jouffroys. Er hatte die Heftigkeit und Leidenschaft eines Jungen, der das Unmögliche für leicht erreichbar hält, wenn man es nur wirklich will. Für einen Moment spürte Claes eine nagende Sehnsucht nach solcher Leidenschaft und fühlte sich sehr viel älter als seine 44 Jahre. War er jemals so glühend gewesen? Oder tatsächlich schon immer der vernünftige Mann, der kühle Rechner, der nur gerade Wege ging?

«Messieurs. Nun haben Sie uns wirklich lange genug warten lassen!»

Die klare Stimme von Anne St. Roberts unterbrach abrupt die Melancholie seiner Gedanken. Pauls Schwester, seit dem Tod ihrer Schwägerin die erste Dame des Hauses, stand in der weit geöffneten Tür zum Salon. Obwohl sie sich um ein damenhaft gelassenes Lächeln bemühte, verriet ihre Miene Ungeduld.

Claes betrachtete sie amüsiert. Er konnte sich gut vorstellen, daß Anne das Geplauder der Damen über neue Liebschaften, Kleiderschnitte, Romane und die letzten Kinderkrankheiten schon nach kurzer Zeit tödlich langweilte. Anne St. Roberts interessierte sich mehr für Probleme der Schiffahrt und des Handels. Oder für Neuigkeiten wie die Blitzableiter, die Wissenschaftler in den nordamerikanischen Kolonien erfunden hatten. In Europa gab es inzwischen auch schon einen: Er krönte die Spitze eines Leuchtturms, der auf einem Felsbrocken im Meer südlich von Plymouth stand. Auf einem englischen Felsbrocken. Darauf war man auch auf Jersey stolz, selbst wenn über den Nutzen dieser Erfindung noch keine Einigkeit herrschte. Viele warteten darauf, daß Gott die Menschen für diesen Eingriff in seine Pläne strafen werde.

Anne war fasziniert von allem, was mit dieser neuen Elektrizität zu tun hatte. Am vorigen Abend hatte sie versucht, ihren Bruder davon zu überzeugen, daß ein solcher Blitzableiter auf dem Dach des neuen Lagerhauses am Hafen von großem Vorteil sein könnte. Paul hatte schließlich versprochen, zumindest darüber nachzudenken.

Claes hatte schnell gemerkt, daß Anne von den Geschäften der St. Roberts mehr verstand als ihr Bruder und als die heimliche Herrin des Kontors galt. Sie war eine schlanke, hochgewachsene Frau, ihr Teint war nicht so blaß, ihre Stimme nicht so zart, wie es sich für eine Dame gehörte. Ihre Nase war ein wenig spitz, ihr Mund ganz sicher zu groß. Aber sie war ohne Zweifel auf ihre besondere Art schön.

Claes hätte gerne gewußt, warum sie nie geheiratet hatte. Ihr Alter war schwer zu schätzen. Sie erschien ihm sehr viel jünger als ihr Bruder, aber die Dreißig hatte sie sicher längst überschritten. Eine energische Dame, die sich allerdings, auch das hatte Claes festgestellt, beim Tanz mit vollendeter Grazie und Geschmeidigkeit bewegte.

In der Mitte des Salons thronte rund und rosig unter ihrer reich mit Spitzen besetzten Haube auf einer gepolsterten Bank Mathilda Maynor. Die Frau des Arztes und Mutter seiner sechs Kinder verfolgte mit kleinen schwarzen Augen wachsam, wie St. Roberts seinen deutschen Freund nötigte, neben Emily Platz zu nehmen. St. Roberts' einzige Tochter erinnerte Claes an die Porzellanfigurinen, die er im letzten Jahr von der Leipziger Messe mitgebracht hatte: zart, kühl und glatt. Sie nickte ihm mit einem flüchtigen Lächeln zu und nippte an ihrem Kaffee.

Claes fühlte sich unbehaglich. Wegen Emily und wegen des Kaffees. Beide spielten in seinem Leben in diesen Wochen eine wichtige Rolle, und beide bereiteten ihm Sorgen. Eine der beiden Sorgen würde er am nächsten Tag nicht mehr haben. Aber das wußte er jetzt noch nicht. Und so blieb ihm nur, seinen Kaffee zu trinken und schwer und heimlich zu seufzen.

Claes Herrmanns betrat das Frühstückszimmer am nächsten Morgen als letzter. Die Herrschaften, so teilte ihm Frederik mit, seien alle schon fort. Mademoiselle Anne und Monsieur Paul hofften, ihn später im Kontor am Hafen zu sehen. Monsieur William sei nach St. Hélier geritten, und Mademoiselle Emily sei spazierengegangen, was sich am Vormittag für eine junge Dame nicht schicke, aber Mademoiselle habe immer ihren eigenen Kopf.

Der alte Diener blickte streng.

Zu Hause in Hamburg war Claes am Morgen stets der erste. Manchmal ging er schon vor der Morgensuppe hinunter an den Hafen. In seinem großen Haus am Neuen Wandrahm mit dem reichverzierten, barock geschwungenen Giebel war es um diese frühe Stunde noch still. Aber an den Vorsetzen, am Baumwall und beim Neuen Kran drängten sich schon die Lastträger und Karren. Es roch nach Wind, Brackwasser, Teer und Gewürzen. Die ersten Ewer vom Südufer der Elbe, von Glückstadt, Stade oder den Vierlanden passierten den Schlagbaum und glitten in den Binnenhafen. Breitschultrige Männer stakten flache Schuten in die Fleete, vollbeladen mit Frachten von den Seglern für die Speicher in der Stadt.

Aber hier hatte er seit drei Wochen nichts zu tun, als zu warten. In den ersten Tagen hatte er stundenlang am Pier gesessen und auf den Horizont gestarrt, als könnte er auf diese Weise die Brigg, die er so dringend erwartete, herbeizaubern. William hatte ihn aufgefordert, am Morgen mit ihm auszureiten. Aber Claes ritt nie zum Vergnügen. Und er hatte gesehen, wie William seine Stute im scharfen Galopp über die taunassen Wiesen jagte und kein Hindernis scheute. Die Vorstellung, es ihm gleichtun zu müssen, hatte ihn frösteln lassen.

Auch wenn William sich seinem Tempo angepaßt hätte, wäre ein gemeinsamer Ausritt für Claes keine Entspannung gewesen. Er fühlte sich in Gesellschaft von St. Roberts' elegantem Neffen stets ein wenig unbehaglich. Warum, wußte er nicht, es gab keinen Grund zur Klage. William zeigte weit über die reine Höflichkeit hinaus echtes Interesse an dem alten Freund seines Onkels, er war ein guter Zuhörer und ein charmanter Plauderer. Dennoch spürte Claes in Williams Gegenwart eine ungreifbare Spannung. In den bernsteinfarbenen Augen des jungen Kaufmanns fand er wenig von der Wärme, Großzügigkeit und Lebenslust, die den Umgang mit Paul so angenehm machten.

Claes stand unschlüssig vor dem Frühstückstisch. Das üppige Dinner vom vorigen Abend lag ihm noch im Magen. Er griff nach einem Pfirsich und machte sich auf den Weg zum Hafen.

Am Abhang über der Stadt blieb er stehen und betrachtete das friedliche Bild zu seinen Füßen. St. Aubin lag in der warmen Septembersonne. Möwen glitten in weiten Bögen über das grün glitzernde Wasser der Bucht, in der nach Sonnenaufgang die Delphine sprangen.

Hier herrschte nie das hektische Treiben, das für den Vormittag in Hamburg so typisch war. Die wichtigste Stadt auf Jersey war ein Dorf, der Hafen nicht viel mehr als eine lange Mole und ein paar Lagerschuppen. Am Ufer der langgestreckten Bucht, die einige Meilen weiter bei St. Hélier in schroffen Felsen endete, lagen kleine Werften. Der Lärm der Hämmer und Sägen der Schiffsbauer vermischte sich mit dem Gegacker der Hühner auf der sandigen Straße und bestimmte die Musik des Ortes. Claes war Hafenstädte wie Hamburg, Lissabon oder Bristol gewöhnt. Er fand es erstaunlich, daß dieses verschlafene Nest ein bedeutender Handelsplatz war.

«Gefällt Euch unsere Insel, Monsieur?» Emily war plötzlich hinter einer Geißblatthecke hervorgetreten und stellte sich ihm in den Weg, als ob sie auf ihn gewartet hätte. «Unser ruhiges Leben langweilt Euch gewiß.»

«Guten Morgen, Mademoiselle Emily.» Claes verneigte sich höflich und sah Pauls Tochter neugierig an. Sie schien nervös, das Spitzentuch in ihren Händen war verdreht und feucht. «Warum sollte ich mich langweilen? Ich habe selten in so kurzer Zeit so viele interessante Menschen kennengelernt wie in Eurem Haus. Und in so charmanter Gesellschaft kann ich mich gar nicht langweilen.» Er sah sich suchend um. «Eure Gesellschafterin scheint verschwunden zu sein. Darf ich Euch nach Hause begleiten? Oder wollt Ihr auch Euren Vater besuchen?»

Sie überlegte, als sei dies eine Frage von großer Bedeutung. «Nein», entschied sie schließlich. «Ich will nicht zu meinem Vater. Ihr dürft mich nach Hause begleiten.»

Eine Weile gingen sie schweigend nebeneinanderher. Plötzlich blieb sie stehen. Sie holte tief Luft und sah ihn fest an.

«Habt Ihr Euch entschieden?» fragte sie. «Wollt Ihr mich heiraten?»

Alle Nervosität schien nun, da die Frage ausgesprochen war, verflogen. Sie lachte leise auf. «Schaut nicht so schockiert. Glaubt Ihr tatsächlich, ich wüßte nicht, daß Euer Problem mit dem Kaffeehandel nicht der einzige Grund für Euren Besuch ist? Glaubt Ihr tatsächlich, ich wüßte nicht, daß mein Vater mich mit Euch verheiraten will? Wollt Ihr mich heiraten, Monsieur Herrmanns?»

Claes schluckte. Bisher hatte sie ihm nicht das kleinste Zeichen gegeben. Kein Blick, kein sanftes Wort hatten verraten, daß er Einlaß in ihre Träume gefunden hatte. Er hatte auch noch nie davon gehört, daß englische junge Damen reifen Herren Heiratsanträge machen.

Sie sah ihm gerade in die Augen, und er versuchte darin zu lesen, welche Antwort sie erwartete.

«Nun, Mademoiselle», stotterte er, «Euer Vater hat tatsächlich daran gedacht. Es ist mir eine große Ehre, und wer könnte mein Haus mehr schmücken als Ihr. Aber so eine Entscheidung...»

«Wie recht Ihr habt», sagte sie mit ernstem Nicken, «eine Entscheidung für alle Tage, für das ganze Leben. Eine sehr schwere Entscheidung. Ich will sie Euch abnehmen. Ich schätze Euch sehr, denn Ihr seid liebenswürdig und klug. Jede Frau wird Euch gerne anschauen. Und Euer Haar», fuhr sie fort, als preise sie die Vorzüge eines neuen Pferdes, «ist sehr schön, noch ganz voll und fast ohne Grau. Aber ich werde Euch nicht heiraten.»

Claes starrte die junge Frau verblüfft an.

«Ihr könntet wenigstens ein kleines Bedauern zeigen, Monsieur. Euer Gesicht verrät Erleichterung.»

«Mademoiselle, Ihr schmeichelt mir heftig, aber vor allem erstaunt Ihr mich viel zu sehr, als daß ich überhaupt etwas zeigen könnte. Natürlich bedauere ich...»

«Vergeßt für einen Moment die höflichen Floskeln, Monsieur, und vergeßt auch, daß ich ein Mädchen bin.»

Sie lächelte breit, und ihr strahlender Blick löste alle Anstrengung des Verhaltens.

«Laßt uns miteinander reden wie zwei Kaufleute, denn eine Ehe mit mir wäre für Euch doch zuallererst ein Handel. Ich liebe meinen Vater sehr, und ich bemühe mich um Gehorsam.» Eine kleine Falte wuchs über ihrer Nasenwurzel. «Das ist nicht immer leicht, wie Ihr bei einigem Nachdenken verstehen werdet. Nehmt zum Beispiel meinen Bruder. Er ist gerade zwölf Jahre alt und wird behandelt wie ein Mann. Ich bin siebzehn Jahre alt und werde behandelt wie ein Kind, das nicht weiß, was gut für sein Leben ist. Auch Ihr behandelt mich wie ein Kind.»

Sie legte vertraulich ihre Hand auf seinen Arm und sah ihn mit schmelzendem Lächeln an. «Natürlich wäre ein Leben an Eurer Seite ein gutes Leben. Aber liebt Ihr mich?»

Claes holte tief Luft. «Nun, die Liebe ist eine Sache des Bemühens und der Gewohnheit.» Er begann, diese ungewöhnliche Unterhaltung amüsant zu finden. «Wenn sie uns überfällt wie ein Gewitterregen, ist sie nichts als ein Rausch, der bald vergeht. Sie kann aber wachsen, wenn zwei Menschen...»

«Ihr redet wie meine Gouvernante, die zu meinem und ihrem Glück schon seit einem Jahr anderen Mädchen weise Vorträge hält», unterbrach sie ihn mit einer ungeduldigen Handbewegung. «Habt Ihr je geliebt, Monsieur? Wirklich geliebt?»

«Ich glaube, Mademoiselle, das tut hier nichts zur Sache», sagte Claes, der langsam begriff. «Sicher scheint mir, daß Ihr liebt. Und ganz bestimmt nicht mich.»

«Ja, ich liebe. Und ich werde den, den ich liebe, heiraten. Niemand sonst. Lieber will ich sterben, als die Frau eines anderen zu werden. Oh, Monsieur, könnt Ihr mich nicht verstehen?»

«Emily», sagte Claes lachend, «erst jetzt begreife ich, daß es ein Fehler war, nicht entschiedener um Euch zu werben. Der, den Ihr liebt, ist zu beneiden. Er bekommt nicht nur eine bezaubernde, sondern auch eine starke Frau.»

«Dann verzeiht Ihr mir? Werdet Ihr mir helfen? Bitte, Ihr müßt mir helfen.»

«Wobei soll ich Euch helfen? Muß er noch überzeugt werden, Euch wiederzulieben?»

«O nein, Monsieur, das tut er längst. Obwohl er sagt, daß es manchmal nicht leicht ist.»

Sie kicherte zufrieden. Das Pathos, mit dem ihre Stimme bei der Androhung des edlen Todes der tragisch Liebenden vibriert hatte, war so schnell verflogen, wie es gekommen war.

«Aber er will mich so, wie ich bin. Nur mein Vater will ihn nicht so, wie er ist. Das, Monsieur, ist unser Problem. David versteht nichts von Schiffen, Zahlen und Fässern, von Zucker, Gerste und Wolle. Er will auch nichts davon verstehen. Nicht einmal aus Liebe zu mir.»

Wieder begann sie ihr malträtiertes Spitzentuch zwischen den Fingern zu drehen. «Er würde sterben, wenn er nicht mehr malen könnte, denn er ist ein wunderbarer Maler. Monsieur, Ihr habt vor ein paar Tagen gezeigt, daß Ihr die Malerei liebt, daß

Ihr sie sogar versteht, was selten ist bei einem Kaufmann. Ihr müßt mir helfen! Wenn ich David nicht heiraten darf, brennen wir einfach durch. Es gibt einen Schmied in Schottland, der darf jeden trauen, auch ohne die Erlaubnis des Vaters. Ich würde so gerne durchbrennen, aber», fügte sie ärgerlich hinzu, «David will nicht mitmachen. Er findet Durchbrennen unehrenhaft.»

«Was für ihn spricht!» Claes ertappte sich bei dem Gedanken, der ehrenhafte David rechne sich vielleicht nur aus, daß er kaum auf Emilys Erbschaft hoffen konnte, wenn er sie entführte. «Warum will Paul Euren David nicht? Er liebt doch auch die Malerei. Hat er sich nicht sogar von dem jungen Gainsborough portraitieren lassen, als er im letzten Jahr in Bath zur Trinkkur war?»

«O ja! Er liebt schöne Bilder. Vor allem, wenn darauf Schiffe und das Meer zu sehen sind. Oder Damen. Und er liebt es, mit Malern über Fragen der Perspektive und des Spiels von Licht und Schatten zu streiten. Aber er liebt keinen Maler, der seine Tochter liebt.» Sie sah ihn flehend an. «Mein Vater vertraut Euch seit vielen Jahren, er schätzt Euer Urteil. Wenn Ihr ihn überzeugt, daß David mich wahrhaft liebt und eine große Zukunft hat, wird er uns erlauben zu heiraten. Bitte.»

Da war nichts mehr von der gelangweilten Kühle, die sie ihm in den vergangenen Wochen gezeigt hatte. Der brennenden Leidenschaft in ihren Augen, der Hitze, die Claes schon am Abend zuvor neidvoll im Gesicht des jungen Jouffroy gesehen hatte, konnte er nicht widerstehen. Er dachte flüchtig an Sophie. Ob sie auch solche Augen haben konnte? Er würde sich mehr um seine Tochter kümmern müssen, wenn er wieder in Hamburg war. Auch dort gab es schöne junge Maler, die keinen Sinn für Schiffahrt und Zahlen hatten.

«Ihr verlangt viel von mir, Emily, gerade weil Euer Vater mir vertraut. In einem habt Ihr gewiß recht: Die Verlockung, Euch als meine Braut zu erobern, war immer groß, aber der Gedanke daran war mir nicht leicht. Ich bin zu alt für Euch. Nein, keine Widerrede. Ich weiß, daß Ihr genauso denkt.»

Sie dachte nicht im geringsten an Widerrede. Auch wenn sie David nicht geliebt hätte, konnte sie sich nicht vorstellen, einen Mann zu heiraten, der kaum jünger war als ihr Vater.

«Wie kann ich Euren Vater davon überzeugen, daß David – wer immer er sein mag – der richtige Mann für Euch ist?» Claes sah lächelnd in das glühende Gesicht. «Am besten, Ihr bringt mich zu Eurem Maler, vielleicht heute nachmittag, damit ich mir seine Bilder ansehen kann. Und, wenn Ihr gestattet, auch ihn selbst. Ohne ein kleines Examen geht es nicht. Ihr habt es selbst gesagt: Es ist für das ganze Leben.»

Später erzählten sich die Leute von St. Aubin, die Verlobung zwischen Emily und dem deutschen Kaufmann sei nun wohl endlich verabredet. Die Köchin von Madame Boucher habe gesehen, wie die Mademoiselle, Tränen des Glücks auf beiden Wangen, den Freund ihres Vaters auf dem Weg zum Haus der St. Roberts umarmt und geküßt habe. Kurz bevor die Sache mit den Fässern passiert sei.

Claes hätte gerne laut gesungen, als er sich wieder auf den Weg zum Hafen machte. Er hatte lange nicht mehr gesungen, vom sonntäglichen Kirchenbesuch einmal abgesehen, und er würde es auch heute nicht tun. Aber das Gefühl der Erleichterung war köstlich. Natürlich würde nun die Suche nach einer Ehefrau wieder von vorne beginnen.

Sicher hat Sophie recht, dachte Claes. Wenn sie im nächsten Sommer heiratet, ist es besser für mich, eine neue Hausfrau zu haben.

Er hatte Marias schreckliches Ende lange nicht begriffen. Im ersten Jahr nach ihrem Tod betrat er oft den Salon oder ihr Schlafzimmer und wunderte sich, daß sie ihn nicht wie immer erwartete.

Doch inzwischen hatte er sich sein Leben bequem eingerichtet. Er war nicht sicher, ob er wirklich noch einmal heiraten wollte. Wenn, dann müßte es eine reifere Frau sein, sanft und nachgiebig. Und sie müßte verstehen, daß ihm der Handel Spaß machte, daß es für ihn ein Abenteuer war, seine Geschäfte zu führen, Risiken einzugehen und zu gewinnen. An Verluste mochte er nun nicht denken.

Eine Woge von Zuversicht erfaßte ihn. Alles würde sich regeln. Das Problem Emily hatte sich schon von selbst gelöst. Und die Sache mit den Kaffeelieferungen würde er morgen regeln. Oder nächste Woche, wann immer Captain Braniff mit seiner Brigg in der Bucht vor Anker ging.

Am Ende der Pier sah er Anne vor der weitgeöffneten Tür des St. Robertsschen Kontors stehen. In ihrem resedagrünen Kleid und mit der weißen Haube wirkte sie wie eine Lilie. Er wollte ihr zuwinken. Aber das gelang ihm nicht mehr. Claes hörte auch ihren entsetzten Aufschrei nicht. Er hörte nur die Explosion in seinem Kopf, ein seltsames Knirschen – dann war Stille. Eine eigentümliche, dunkle Stille, wie ein Versinken. Er spürte nichts, keinen Schmerz, kein Erstaunen und auch nicht mehr die Freude, die ihn so erregt hatte.

Er lag unter einem Haufen zerborstener Fässer, aus denen gelber Zucker und braunes Getreide auf die Pier rieselten. Sein Körper war kaum zu sehen.

«Der is hin», brummte der Alte, der auf einem Hocker in der Sonne saß und Äpfel schälte.

Aber niemand hörte ihm zu, alle waren zusammengelaufen und versuchten, den leblosen Körper unter den Fässern hervorzuziehen.

Keiner sah den Mann, der im Schatten der Lagerhäuser den Hang hinaufging und den Weg nach St. Peter einschlug. Trotz seines steifen Beines bewegte er sich geschmeidig wie ein Fuchs.

2. KAPITEL

Frühling 1765

DIENSTAG

Sanft flirrten die Töne durch die kühle Aprilluft, stiegen zu einem sehnsuchtsvollen Tremolo auf und erreichten in Trillern, die jedem Pirol Ehre gemacht hätten, ihren Höhepunkt. Dann war es wieder still. Das Mädchen sah sich um. Solche Töne hatte sie noch nie gehört. Das mußte ein wunderbarer Vogel sein, mit buntem Gefieder und langem Hals. Auf den kahlen Ästen der Erlen hockten aber nur ein paar aufgeplusterte Spatzen, die Schwalben und all die anderen Sommersänger waren noch nicht aus dem Süden zurückgekehrt.

Wieder ein Triller. Und Stimmen. Das konnte kein Vogel sein. Das waren Menschen.

Vorsichtig kroch sie auf den Erdwall, der das Gehöft schützend umschloß, schlüpfte durch die Lücke des dichten Gestrüpps aus Brombeer- und Geißblattranken auf der Kuppe und sah hinunter auf das Grasland. Es war ihr verboten, die Welt jenseits des Erdwalles allein zu betreten, denn dort war die große Straße. Eine gefährliche Welt, so hatte man ihr erzählt, durch die nicht nur ehrbare Kaufleute in Kutschen und auf Fuhrwerken reisten, sondern auch all das Gesindel, das in den Städten sein Unwesen trieb.

Das Mädchen war schon neun Jahre alt und oft den Erdwall hinaufgekrochen. Sie hatte viele Fuhrwerke gesehen und sicher auch Gesindel. Aber weil sie nicht wußte, wie sie Kaufleute von Gesindel unterscheiden konnte, wußte sie auch nicht, wen sie gesehen hatte.

Auf der Straße bewegten sich Menschen, Wagen, Pferde und Kutschen, und manchmal stellte das Mädchen sich vor, wie es über den Wall kroch, auf die Wiese lief und mit diesen geheimnisvollen Wesen verschwand. Sie hatte noch nie eine Stadt gesehen, nur manchmal, bei klarem Wetter, konnte sie vom Wipfel der Buche am Teich die Spitzen der Kirchtürme hinter den Wäldern erkennen. Die Geschichten, die der Vater erzählte, wenn er von einem seiner seltenen Ausflüge in diese Welt der Wunder zurückkam, hatten ihrer Phantasie prächtige Bilder von Gefahr und sündigem Prunk gemalt.

Der Vater hatte auch von Schiffen erzählt, größer als ein Haus, deren Segel an baumhohe Masten gespannt waren. Darin fing sich der Wind und trieb die Schiffe über die unendlichen Meere in fremde Länder. Er hatte eines mit der Haselgerte in den festen Sand vor der Scheune geritzt, und seit diesem Tag träumte das Mädchen davon, auf so einem schwimmenden Haus mit dem Wind davonzureisen. Mädchen seien auf Schiffen nicht erlaubt, hatte der Vater gesagt und das Bild schnell in den Sand getreten.

Dann war er fortgegangen, um die beiden Kühe auf die Weide hinter dem Teich zu bringen. Er hatte nicht vom Meer erzählen wollen, das irgendwo hinter der Stadt begann. Aber seitdem träumte sie von der Stadt und vom Meer.

Da. Wieder die Triller. Eine mutwillig hüpfende Melodie flog den Wall hinauf. Vorsichtig kroch das Mädchen unter der letzten Brombeerranke hindurch, und endlich sah es, woher die Töne kamen. Auf der Wiese neben der Straße standen drei Wagen, die Pferde waren ausgeschirrt und suchten am Rande des Walls nach frischem Gras.

Zwischen all den Leuten, die bei ihren Wagen Rast machten, entdeckte sie die Frau sofort. Sie saß mit gekreuzten Füßen auf einer Holzkiste an ein Wagenrad gelehnt und spielte auf einem Ding, das wie eine Flöte aussah und doch ganz anders als die, die Tobias mitbrachte, wenn er am Sonntag zu Besuch kam. Diese hier war nicht aus Holz, sondern glänzte wie die polierten Kerzenleuchter in der Wandsbeker Kirche, wenn Sonnenstrahlen durch die Glasfenster auf den Altar fielen. Und niemals gelangen Tobias solche Töne! Das Mädchen hockte auf dem Wall und lauschte und sah. Sie würde diese Töne und den Glanz nie mehr vergessen, und die Sehnsucht, die sie in ihr weckten, würde sie einige Jahre später aus der Welt der Gehöfte und schützenden Erdwälle fliehen lassen.

«Holla, Rosina», rief ein dicker Mann mit gelben, struppigen Haaren, «du hast Publikum.»

Pu-bli-kum. Das Mädchen nahm den schönen Klang des fremden Wortes in seine Gedanken auf und verband es mit den hellen Tönen der Flöte. Dann erst erschrak sie und sprang auf. Sie war entdeckt von diesen Fremden, die so anders aussahen.

«Lauf nicht weg», rief der Mann, «wir tun dir nichts. Möchtest du ein Stück Brot?»

Das Mädchen wußte, daß es vor Fremden weglaufen sollte. Aber, so dachte sie, wer so himmlische Musik machen kann, muß zu den ehrbaren Kaufleuten gehören. Sie hätte gerne von dem Brot probiert, aber sie traute sich nicht, den Wall hinunterzulaufen und den Fremden nahe zu kommen.

«Komm doch her!» Der Mann winkte mit beiden Händen.

«Laß das Kind in Ruhe, Titus», sagte eine andere Frau, die auf der Deichsel des Wagens saß und ihr lockiges, rotbraunes Haar mit zwei Kämmen feststeckte, «die Bauern mögen es nicht, wenn wir mit ihren Kindern sprechen.»

«Ach was, Helena. Kein Bauer weit und breit, nur ein neugieriges kleines Fräulein.»

Er griff in seinen Korb, der neben Kisten und Beuteln im Gras stand, und das Mädchen sah aus seinen Händen fünf bunte Kugeln in die Luft auffliegen und im großen Bogen zurückkehren. Sie stiegen hoch über seinen Kopf, wieder und wieder, bis er eine nach der anderen in das Gras fallen ließ.

«Willst du es auch mal versuchen?»

Das Mädchen schüttelte heftig den Kopf. Sie hatte sich auf einen Baumstamm gesetzt, der am Rande des Gestrüpps lag, den grauen Rock fest über die mageren Beine gezogen und starrte auf die Fremden.

Da waren der Dicke mit den Bällen, die Frau auf der Deichsel des ersten Wagens, Helena hatte er sie genannt, und die andere, die mit der Flöte, Rosina. Niemals hatte sie so schöne Frauen gesehen, und selbst die Narbe, die der Blonden über die linke Wange zum Kinn lief, ließ sie nicht weniger schön erscheinen.

Auf dem zweiten Wagen hockte ein Mann in einer ordentlichen grünen Joppe und versuchte das Durcheinander von Gepäckstücken zu ordnen. Der lange Regen hatte die Straße in ein endloses Schlammloch verwandelt. Der zweite Wagen steckte mit dem linken Vorderrad tief im Morast. Die hoch aufgetürmte Ladung war verrutscht, das Rad aber zum Glück nicht gebrochen. Kisten und Körbe lagen im Dreck.

«Gib mir mal den Korb mit den Kerzen, Gesine», rief er der Frau zu, die neben dem Wagen stand und ihm zusah. «Hier ist noch eine Lücke, wenn wir die nicht stopfen, gerät die Ladung wieder ins Rutschen.»

«Fritz», rief die Frau, «hilf mir. Die Kiste ist zu schwer.»

Ein Junge, pausbäckig, den Kopf voller kräuseliger, fast weißer Locken und kaum älter als das Kind auf dem Baumstamm, kam hinter dem Wagen hervor und half, die Kiste hinaufzustemmen.

«Immer ich», maulte er, «warum muß Manon nicht helfen?»

«Wenn du nicht immer nur vor dich hin träumen würdest, hättest du gesehen, daß deine Schwester Lies hilft, ihre Kräuter in trockene Tücher zu packen. Während du im Baum...»

«Laß doch, Gesine», sagte der Mann vom Wagen herunter. «Er wollte nur nachsehen, ob man die Türme von Hamburg schon sieht. Wann haben die Kinder schon mal Zeit, auf Bäumen herumzuklettern?»

«Du bist zu nachlässig mit ihm, Rudolf. Er muß lernen zuzupacken. Die Bücher machen ihn nicht satt.»

Ärgerlich wandte sie sich ab, und der Mann auf dem Wagen, Rudolf, beugte sich wortlos wieder über seine Arbeit.

Das Mädchen auf dem Baumstamm hörte zu und war zufrieden. Die Fremden sprachen im gleichen Ton miteinander wie ihre Eltern. Der dicke Mann, der die Kugeln so schön kreisen lassen konnte, sah noch einmal zu dem Mädchen hinauf, dann zuckte er mit den Schultern und wandte sich wieder den anderen zu. Die Frau, die er Helena genannt hatte, war von der Deichsel heruntergesprungen. Sie schüttelte Brotkrumen von ihrem Rock aus schwerem grauem Stoff und sah sich prüfend um.

«Bist du alleine?» fragte sie.

Das Mädchen antwortete nicht. Sie saß nur bewegungslos auf dem Baumstamm und starrte mit einer Mischung von Sehnsucht und Furcht auf die Fremden. Helenas Haar glänzte wie die Kastanien, die das Bauernkind im Herbst als Wintervorrat für das Vieh sammelte. Das Tuch, das sie um ihre Schultern gebunden hatte, erinnerte an nichts, was das Mädchen je gesehen hatte. Seine Farben leuchteten wie Veilchen, frisches Buchengrün, Sumpfdotterblumen und Margeriten. Glänzende Fransen von der Farbe reifer Hagebutten wippten bei jeder Bewegung an den Rändern. Das Tuch hätte sie fast noch lieber berührt als die Flöte.

Die war verschwunden. Rosina hatte sie in ein weißes Tuch gewickelt und in einen Holzkasten gelegt.

«Schade», sagte ein junger Mann, der eine sandfarbene Stute mit schwarzer Mähne auf der Wiese herumgeführt hatte und sie nun an den Wagen band. «Unser kleiner Gast möchte sicher gerne noch mehr hören. Wie ich.»

Sein Haar war von der gleichen Farbe wie die Stute und mit einer glänzenden schwarzen Schleife im Nacken gebunden. Er zog seine braune Jacke aus, und das Mädchen sah, daß sein weißes Hemd weite Ärmel und feine Biesen hatte.

Er blickte zu ihr hinauf und lächelte.

«Komm, Muto», rief er dann, «wir geben der Prinzessin zum Abschied noch eine kleine, ganz private Vorstellung.»

Ein rothaariger Junge von etwa zwölf Jahren hüpfte grinsend von einem der Wagen. Er lief ein paar Schritte zurück, nahm Anlauf, sprang, wirbelte wie ein lebendiger Ball in einem schnellen Salto durch die Luft – und landete mit beiden Füßen genau auf den Schultern des Mannes. Die Hände der beiden fanden sich, und schon schwebte der Junge kopfüber in der Luft, um in einem neuen Salto zurück ins Gras zu springen.

Das Mädchen hatte das blitzschnelle Kunststück atemlos verfolgt. So wäre sie auch gerne durch die Luft geflogen, aber nun rief niemand mehr nach ihr. Die Menschen auf dem Grasland hatten den kleinen und den großen Akrobaten umringt. Sie klatschten in die Hände und riefen durcheinander: «Sebastian, wann hast du ihm das beigebracht?» und «Muto, du bist ja ein echter Artist» und «Ihr Geheimniskrämer! Was könnt ihr noch?»

«Ist das nicht genug für den Anfang?» wehrte Sebastian lachend und außer Atem ab und strubbelte Muto durchs zerzauste Haar. «Es ist nur sein Verdienst. Der kleine Teufelsbraten ist gelenkig wie eine Katze und mutig wie ein Adler. Na, jedenfalls wie ein Bussard.»

Die anderen waren begeistert, sie schlugen Sebastian auf die Schultern, knufften Muto in die Oberarme und lachten. Nur Muto sagte nichts, obwohl ihn doch alle etwas fragten. Er lachte tonlos mit offenem Mund und strahlenden Augen. Dann lief er über die Wiese, in mutwilligen Sprüngen wie ein Osterlamm, warf die Arme in die Luft und sang ein lautloses Lied.

Helena sah ihm nach, und das Mädchen verstand nicht, warum sie für einen Moment traurig erschien.

Bald waren Kisten, Säcke und Körbe, die überall im Gras verstreut gewesen waren, auf den Wagen verstaut. Sebastian und Rosina begannen die Pferde anzuspannen, die schläfrig unter den Bäumen im Gras gestanden hatten.

Sie gehen fort, dachte das Bauernkind und wünschte sich heiß, Rosina möge noch einmal die Flöte auspacken und das Lied mit den Trillern spielen, nur einmal noch, als es sich plötzlich grob am Kragen gepackt und zurückgerissen fühlte.

«Gesindel», schrie der Vater und schwang wütend die Forke gegen die Menschen auf der Wiese, «Komödiantenpack, verschwindet von unserem Grund. Hier ist nichts zu stehlen. Und wenn ihr das Kind angefaßt habt, dann gnade euch Gott...»

«Plustere dich nicht so auf, Bauer», schrie der Dicke zurück. «Dein Grund mag hinter dem Wall anfangen, aber diese Wiese gehört allen, die auf dieser Straße reisen...»

«Still, Titus», Helena zog den wütenden Komödianten heftig am Ärmel, «es hat doch keinen Zweck. Komm!»

Die Pferde zogen an und die hoch bepackten Wagen rollten von der Wiese auf die Straße. Niemand sah zurück, nur Titus brüllte so laut, daß der Vater des Mädchens ihn deutlich hören konnte.

«So ein Hungerleider von Bauerntölpel! Betrügt bei jedem Scheffel Buchweizen, den er auf den Markt schleppt, lebt mit seinen Schweinen in einem Koben und will uns zeigen, was Verachtung ist...»

Das Mädchen hätte den Wagen gerne noch eine Weile hinterhergesehen. Aber der Vater zog es unerbittlich mit sich durch die Hecke, den Wall hinunter über den Acker und über den Hof bis vor das Feuer in der Diele des Gehöfts. Dort schlug er es voller Zorn zweimal heftig ins Gesicht. Das Kind wußte nicht, daß er das aus Angst tat, weil er gefürchtet hatte, die Fahrenden wollten ihm sein Kind stehlen.

Das Mädchen hatte nun Gesindel kennengelernt, und von diesem Tag an glaubte es nicht mehr alles, was seine Eltern erzählten.

Die Komödiantengesellschaft, die sich nach ihrem Prinzipal Jean Becker die Beckersche nannte, beeilte sich. Noch zwei Stunden bis Hamburg, und die dunklen Wolken, die jetzt von Süden heraufzogen, drohten mit Regen. Jean reiste diesmal nicht mit auf den vollbepackten Wagen. Er war schon in der vergangenen Woche mit der Kutsche von Lübeck aus vorausgefahren, um ihre Ankunft vorzubereiten. Die Spielgenehmigung des Rats mußte eingeholt, das Quartier bei der Krögerin in der Fuhlentwiete vorbereitet werden. Und die Komödienbude, die die Hamburger reisenden Komödiantengesellschaften zur Verfügung stellten, war nach dem langen, besonders regenreichen Winter sicher voller Löcher. Da mußte rechtzeitig bei den Handwerkern geschmeichelt und mit einem Goldstück geklimpert werden, damit der Meister sie nicht zu lange warten ließ.

Rosina und Helena saßen auf dem Bock des ersten Wagens. Titus, noch immer Wutfalten auf der Stirn, lenkte den zweiten. Der Platz neben ihm war leer. Die alte Lies hatte sich hinter seinem schützenden Rücken zwischen zwei Weidenkörben einen Sitz gebaut, der für ihre steifen Knochen bequem genug war. Sie sorgte sich um ihre Kräuter. Als die hoch aufgetürmten Kisten und Körbe zu rutschen begannen und schließlich vom Wagen fielen, hatte sich der Kräuterkorb geöffnet und seinen Inhalt auf die nasse Straße gespuckt. Es waren nur wenige Säckchen und Bündel gewesen, denn jetzt im Frühling war der Vorrat an heilenden Kräutern und Wurzeln fast erschöpft, aber gerade deshalb waren sie um so wertvoller. Am Abend, in der warmen Stube der Krögerin, konnte sie ihre Schätze trocknen. Nur der Salbei war wohl nicht mehr zu retten.

Am dritten Wagen führte Rudolf die Zügel. Obwohl er müde war, ging er neben den Pferden. Wenn er sich zu Gesine auf den Kutschbock setzte, würde sie nur weiter mit ihm streiten. Wie alle Komödiantenkinder waren auch Fritz und Manon, gerade zehn und elf Jahre alt, schon tüchtige Artisten. Sie spielten kleine Rollen und waren zarte Elfe und pausbäckiger Cupido im Ballett. Beide konnten lesen, schreiben, rechnen und auch schon ein wenig Französisch. Die Sprache Molières war ihrer Mutter besonders wichtig. Als sich Sebastian der Gesellschaft anschloß, hatte Rudolf den Studenten gebeten, Fritz in Philosophie und Latein zu unterrichten. Sein Sohn sollte eines Tages entscheiden können, ob er Komödiant bleiben wollte. Aber wann gelang es einem Komödiantenkind einmal, in der Bürgerwelt Fuß zu fassen? Das schafften nur solche, die von den Universitäten zu den Komödianten gelaufen waren, Bürgerkinder auf der Suche nach dem Abenteuer. Manche kehrten nach einigen Jahren zurück. Aber wahrscheinlich hatte Gesine recht: einer wie Fritz, dessen Urgroßeltern schon auf dem Karren gefahren waren, hatte keine Chance.

Rudolf lebte sein Komödiantenleben mit der Ergebenheit eines Hiob. Er war kein guter Schauspieler. Aber er hatte ein anderes Talent, das ihn manchmal sogar glücklich machte: er malte die schönsten Kulissen und zauberte die phantastischsten Illuminationen und Flugwerke, die auf einer kleinen Wanderbühne möglich waren.

Es war kein schlechtes Leben. Andere hungerten mehr und öfter, und wenn er die Knechte und Mägde auf den Feldern mit krummen Rücken schuften sah, konnte es geschehen, daß er sich frei und stolz fühlte.

Dennoch träumte er für seine Kinder von einem ruhigeren Leben in bürgerlicher Sicherheit.

«Verzeih mir, Rudolf.» Leise drang Gesines Stimme in seine Gedanken. «Ich weiß, du meinst es gut, aber es macht mir angst. Fritz ist ein Komödiantenkind, und so eines findet keine Tür zur anderen Seite der Bühne. Selbst die Bauern verjagen uns wie Diebe.»

Sie schwieg eine Weile. «Unser Leben ist nicht leicht», fuhr sie schließlich fort, «aber es ist auch nicht schlecht. Schlecht wird es nur für einen, der seinen Platz nicht kennt. Setz dem Jungen keine Träume ins Herz, die sein Leben schlecht erscheinen lassen. Er wird kein anderes finden. Verwische seine Grenzen nicht.»

«Grenzen ändern sich, Gesine. Als wir geheiratet haben, waren wir noch das dumme Gesindel für die groben Späße. Die Bürger verachteten uns, die Fürsten liebten nur die italienische Oper...»

«Das tun sie immer noch, die Bürger wie die Fürsten.»

«Aber nicht mehr so sehr.»

Gesine antwortete nicht. Sie sah seine schmalen Schultern,

das dünner werdende Haar. Ein unauffälliger Mann. Er hatte sie stets mit Respekt behandelt, aber er war ein wenig versponnen, ein Künstler und Tüftler, nicht immer leicht zu verstehen. Doch sie liebte ihn, und das würde immer so bleiben. Ohne ihre Entschlossenheit und Stärke wäre er in dieser rauhen Welt vielleicht untergegangen. Mit ihr war er stark. Aber so, dachte sie, soll es ja auch sein. Zusammen stark sein war genug.

Fritz und Manon rannten mit Muto um die Wette dem kleinen Wagenzug voraus. Manon hatte die Röcke hochgebunden, und ihre Sprünge waren genauso wild wie die der Jungen. Gesine lächelte. Auch ihre Kinder waren stark. Sie würden ihren Weg finden.

So wie Rosina, die aufrecht neben Helena auf dem ersten Wagen saß. Gesine war nicht begeistert gewesen, als Rosina an einem kalten Regenabend vor fünf Jahren in ihrem Quartier auftauchte. Sie war naß und schmutzig, aber Gesine hatte auf den ersten Blick gesehen, daß sie log, als sie behauptete, eine entlaufene Magd zu sein. Die zarte Haut, die feine Sprache und der zierliche Gang verrieten, daß sie nicht an schwere Arbeit im Stall oder in der Küche gewöhnt war. Inzwischen war aus dem zarten Mädchen eine kräftige junge Frau geworden. Ihren Händen war anzusehen, daß sie oft die Zügel führte.

«Vergiß es einfach, Rosina. Der Mann war nur ein dummer Bauer.» Helena legte freundlich die Hand auf den Arm der Jüngeren.

«Ja», Rosina nickte, «ein dummer Bauer, ein dummer Bürger, ein dummer Förster, ein dummer Pfarrer – ich sollte mich daran gewöhnt haben. Aber ich kann es nicht. Es macht mich immer wieder maßlos wütend ...»

«Bald sind wir in Hamburg. Da lassen sie uns in Ruhe. Und wenn wir hübsch spielen und singen, klatschen sie sogar.» Helena lachte. «Und erinnere dich an das letzte Mal. Da wollte dich sogar einer heiraten.»

«Du meinst den verrückten alten Gotländer-Wirt?»

«Den verrückten, reichen alten Gotländer-Wirt.»

«Der wollte nicht mich, sondern ein Aushängeschild für sein Wirtshaus, eine Schankmamsell, die die Männer anzieht und ihnen mit Gesang und großem Dekolleté das Geld aus der Tasche lockt.»

«Bürger und Fürsten verhökern ihre Töchter auch. Das ist überall so.»

Rosina nickte. «Ich weiß.»

Dann ließ sie die Zügel fröhlich auf die breiten Hinterbacken der Pferde klatschen. «Aber mich verhökert niemand!» rief sie und begann laut zu singen.

3. KAPITEL

DIENSTAG NACHMITTAG

Der Frühling hatte sich in diesem Jahr beeilt. Schon in den letzten Februartagen blühten die ersten Primeln auf den Alsterwiesen. Ende März zeigten die Büsche zartes Grün, und alle glaubten, daß die prallen Knospen an den Kirschbäumen bald aufplatzen würden. Aber Petrus war unberechenbar. Er griff noch einmal in die Winterkiste und schickte mit dem April wahre Sturzbäche von kaltem Regen auf die Erde. In der letzten Woche hatte es nachts sogar gefroren, und ob es in diesem Jahr genug Kirschen geben würde, war nun ungewiß.

Am Nachmittag erreichten die Wagen die Vorstadt St. Georg. Die Komödianten der Beckerschen Gesellschaft hatten den Lübschen Baum und die äußere Festungsmauer der alten Hansestadt Hamburg passiert, nun rollten sie durch die lange Ulmenallee auf das Steintor zu.

Es nieselte und die Komödianten froren. Ihre Kleider waren naß, sie dachten an nichts als eine warme Stube und einen Teller dampfender Suppe. Nur Rosina summte leise und vergnügt ein Trinklied. Sie war nicht sicher, ob die große Stadt sie ängstigte oder freute, aber eines spürte sie genau: Das ständige Gewimmel von Menschen vieler Nationen, der nicht endende Wagenlärm und das Geschrei in den Gassen, die zahllosen Schenken und Kaffeehäuser, die Märkte und Geschäfte, die alles feilboten, was eine Frau sich wünschte, machten sie hellwach. Das letzte Stück Weg bis zum Tor war für sie so erregend wie das dramatische Finale eines guten Schauspiels.

Trotz der nassen Kälte begann das Gedränge schon vor dem Tor. Wagen um Wagen reihte sich auf der Straße, zwei nervöse Rappen zogen im eiligen Trab eine reich beschlagene Kutsche an den hochbeladenen Fuhrwerken vorbei. Ein Bauer und sein Kind waren mit fünf Schweinen und einer ganzen Schar Gänse unterwegs zum Markt am Dom oder zum Schlachthaus an der Heiliggeistbrücke. Am Ende der Allee ließ ein Bärenführer sein zottiges Tier unter dem Johlen der Menge tanzen, und überall streckten Bettelkinder ihre mageren, schmutzigen Hände aus.

Die Torwachen zeigten heute wenig Lust, die tropfende Ladung der drei Wagen zu kontrollieren. Wenn sie gewußt hätten, daß unter den schweren Planen aus dickem Ölpapier keine Säcke mit Roggen, Salz oder fettiger Wolle von der Frühjahrsschur verborgen waren, sondern Körbe voller bunter Kostüme und Kisten mit seltsamen Geräten, hätten sie die Wagen vielleicht gar nicht erst in die Stadt gelassen. Fahrende Komödianten waren in diesen Tagen in Hamburg nicht erwünscht.

So aber rollten die Wagen bald zwischen den wuchtigen Rundtürmen des Steintores hindurch, über das holperige Pflaster der Steinstraße, weiter an St. Jacobi und St. Petri vorbei bis zur Binnenalster. Sie kamen nur langsam voran, ganz Hamburg schien auf den Beinen zu sein und drängte sich in den Straßen mit den hochgiebeligen Häusern. Am Pranger vor der Fronerei stand mit hängendem Kopf eine traurige Gestalt, durchnäßt und schmutzig, niemand beachtete sie. Rosina auf dem ersten Wagen trieb mit aufmunterndem Schnalzen die Pferde an. Endlich bogen die Komödiantenwagen vom Jungfernstieg links in die Hohen Bleichen. Wo einst Leinwand und Kattun gebleicht wurden, hatte sich die Reihe der Fachwerkhäuser längst geschlossen. Trotz des Regens drängten sich auch hier Karren und Wagen, Mägde und Damen, Männer in fadenscheinigen Joppen wie in besten Tuchen zwischen Reitern und allerlei kleinem Hausgetier durch die engen, schmutzigen Gassen.

Endlich erreichten die drei Wagen die Fuhlentwiete und verschwanden durch eine enge Einfahrt in einem Hof nahe der Schenke Zum Bremer Schlüssel.

Rosina und Helena sprangen vom Kutschbock. Helena, Anfang Dreißig, eine füllige Venus mit schmaler Taille, heller Haut und dunklen Augen, war auf der Bühne erste Heroine, mit ihrer stolzen Statur und der würdigen Haltung gerade richtig für Königinnen, Musen und tragische Heldinnen jeder Art.

Rosina, um ein knappes Jahrzehnt jünger und energischer, spielte ganz nach Bedarf die innigste Liebhaberin oder den frechsten Jüngling. Im Ballett war sie die Primaballerina, und auch ihr Gesang ließ die Herzen schmelzen. Doch unter ihren regenschweren Umhängen sahen beide aus wie einfache Frauen auf dem Weg zum Markt. Rosina hatte ihr dickes blondes Haar für die Reise auf den Landstraßen zu einem praktischen Zopf gebunden, und Helenas kastanienbraune Locken steckten unter einer schwarzen Haube aus gewalkter Wolle.

Die beiden Frauen sahen sich um. Keine Tür flog auf, niemand kam aus dem Haus, um die Ankömmlinge zu begrüßen.

«Was für ein kalter Empfang», sagte Helena und rieb sich die von Regen und Wind roten Hände. «Warum ist niemand hier? Wo mag Jean sein?»

«Im Wirtshaus», antwortete Rosina lachend, schüttelte die Nässe von ihrem schweren Schultertuch und schlug die Plane des Wagens zurück. «Aussteigen», rief sie, «wir sind da.»

Muto, den der Regen von Sebastians Seite unter die Plane getrieben hatte, steckte den Kopf heraus, sah sich verschlafen um und ärgerte sich. Er war noch nie in einer so großen Stadt gewesen. Nun hatte er die Einfahrt durch das Tor und durch die Straßen verschlafen. Aber das konnte er niemandem sagen.

Titus, der dicke Mann mit den struppigen gelben Haaren, stieg ächzend von seinem Wagen und streckte die steifen Glieder. «Hallo, Leute», rief er, «wo seid ihr alle? Die Komödianten sind da.» Er machte einen eleganten Kratzfuß und einen kleinen, etwas müden Luftsprung und sah sich um. «Tatsächlich. Keiner da. Wo ist Jean?»

Nach und nach kletterten auch die anderen von den Wagen. Titus war ein Spaßmacher auf der Bühne und im Leben. Er war schon so lange Hanswurst, daß er nicht mehr genau wußte, wer er eigentlich selber war. Nur so hält man's aus, immer diesen bösen Trampel zu spielen, sagte er oft. Vielleicht hatte er damit recht.

Rudolf kümmerte sich nicht um den kalten Empfang. Er rief nach seinem Sohn, und gemeinsam krochen sie unter die Plane auf dem zweiten Wagen. Rudolf war stets in Sorge um seine Farbtöpfe und Werkzeuge, um die Kulissen und die Winden und Seilzüge für das Flugwerk.

«Sind die Körbe mit den Kostümen trocken geblieben?»

Gesine, stets in Sorge um alles, steckte den Kopf unter die Plane. Die Kostüme waren ihre Leidenschaft. Sie zauberte noch aus den abgewetztesten Lumpen eine königliche Robe, mit ein wenig Spitze, Flitter und einem Fetzen Samt einen Kopfputz, der an jedem Fürstenhof Aufsehen erregt hätte.

Nun rollte der letzte Wagen in den Hof. Der Trubel in den engen Gassen hatte die junge Stute nervös gemacht. Sebastian führte sie mit besänftigendem Gemurmel behutsam in die letzte, enge Lücke. Er war ein hagerer, hochgewachsener Mann, fast ein Junge noch, aber mit kräftigen Armen, die jedes Pferd bändigten und beim Aufbau der Bretterbühne zwei Arbeiter ersetzten. Er war erst seit dem letzten Frühjahr bei der Gesellschaft. Niemand wußte genau, woher und warum er gekommen war. Er war Student gewesen. Wahrscheinlich war seinen Eltern das Geld für die Universität ausgegangen, und er hatte keine Lust, in irgendeiner Schreibstube zu verstauben.

Aber das war nur seine Sache. Wenn einer nur schön deklamieren konnte, die Pfeife oder die Trompete blasen, ein wenig singen und weder Wetter noch harte Arbeit scheute, war er hier gut zu brauchen.

Sebastian konnte nicht gut deklamieren, auch der jugendliche Liebhaber, den er auf der Bühne zu geben hatte, gelang ihm nur wenig schmelzend und galant, aber er war der beste Akrobat, den die Beckersche Truppe je gehabt hatte. Er lief auf den Händen wie andere kaum auf den Füßen, und seine Sprünge waren hoch und weit wie die einer großen Katze.

«Sieh nach, ob im Stall frisches Stroh für die Pferde ist, Muto», rief er dem Jungen zu, der aufgeregt jede Ecke des Hofes inspizierte. Der Junge nickte heftig, nahm den Hut von seinem roten Haarschopf und schob sich flink durch die knarrende Stalltür.

Lies steckte den grauen Kopf unter der Plane des dritten Wagens hervor und sah sich mißmutig um. Sie hatte heute einen grämlichen Tag, da halfen ihr selbst die eigenen Heilkünste nicht. Lies kannte alle Kräuter und Tränke, die ein Mensch in den Fährnissen des Lebens brauchen kann. Sie wußte Mittel gegen Husten und Kinderlosigkeit oder zuviel Fruchtbarkeit, gegen Furunkel, Schlagfluß, entzündete Augen oder Wassersucht. Es hieß auch, sie könne zaubern, wenn es unbedingt nötig sei. Vor allem in Liebesdingen. Aber das hatte noch niemand in der Beckerschen Gesellschaft erlebt. Lies war klug. In den deutschen Ländern brannte immer noch ab und zu eine Hexe.

Da standen sie nun im Hof, strichen die zerdrückten, feuchten Kleider glatt und sahen sich erwartungsvoll um. Sebastian begann gerade die Pferde abzuschirren, als im ersten Stock des Hauses ein Fenster aufflog. Eine dicke Frau zwängte ihren Kopf, der mit einer mächtigen weißen Haube geschmückt war, durch die enge Öffnung.

«Ah, Frau Helena», rief sie, «da seid ihr ja. Fangt gar nicht erst an, die Wagen abzuladen. Hier könnt ihr nicht bleiben. Diesmal ist nichts mit Komödiespielen.»

Helena und Rosina sahen sich verblüfft an.

«Die Majestät ist mal wieder schlecht gestimmt», knurrte Titus, «ganz furchtbar schlecht gestimmt sogar.»

«Sei doch still», zischte Rosina, «wir brauchen sie. Einen schönen guten Tag, Frau Krögerin», rief sie zu der weißen Haube gewandt, «immer zu Scherzen aufgelegt? Warum...»

Aber da war das Fenster schon mit einem lauten Knall zugeklappt.

«Hier stimmt was nicht», sagte Rosina, raffte ihre nassen Röcke, sprang mit großen Schritten über die Pfützen des schlammigen Hofs und pochte heftig an die Tür.

Es dauerte eine ganze Weile und kostete viel Schmeichelei, bis die Krögerin doch ihre Tür aufmachte und die frierenden Komödianten ins Haus ließ.

Sebastian hatte unterdessen mit Muto, Manon und Fritz die Pferde ausgeschirrt und im Stall trockengerieben. Als die vier in die Stube traten, standen eine dampfende Suppe, ein Laib schwarzes Brot und ein Krug mit warmem Bier auf dem Tisch. Die Krögerin hatte sich erinnert, daß die alte Lies sie vor zwei Wintern mit ihren Kräutern vom spanischen Fieber errettet hatte und daß Rosina ihr im letzten Herbst ein Schreiben an den Rat aufgesetzt hatte, in dem genug lateinische Worte standen, um den notwendigen Eindruck zu machen. Und der Herr Jean war doch eigentlich immer ein sehr netter Herr gewesen, der eine Dame richtig zu behandeln wußte, auch wenn er nur ein Komödiant war. Kurz und gut, sie hatte sich an ihre Christenpflicht zur Dankbarkeit und an ihre leere Börse erinnert und den Komödianten erlaubt, eine Nacht zu bleiben. Oder zwei, jedenfalls lange genug, daß Helena herausfinden konnte, was mit Jean geschehen würde.

Nein, so hatte sie beteuert, natürlich konnte sie nicht glauben, daß der Herr Jean so schlimme Dinge tat wie einem ordentlichen Hamburger Schreiber ein langes Messer in die Brust stechen. Warum auch? Aber wenn die Wache es doch gesehen hatte...

Vielleicht, so gab sie zu bedenken, wäre es doch besser, wenn alle gleich wieder abreisten. Mitgefangen, mitgehangen. Wo ein Komödiant Böses tat, waren die anderen sicher mit im Spiel. Der Pastor Goeze von St. Katharinen habe erst am vorletzten Sonntag wieder von der Kanzel gepredigt, daß die Komödianten ein unchristliches Volk seien.

Da hatte Titus auf den Tisch gehauen und gebrüllt, ob er denn nicht besser aus der Bibel zu reden wisse als die Frau Krögerin selbst. Und auch die Kinder seien getauft. Im Sächsischen würden die Komödianten nicht behandelt wie Tagediebe und Halsabschneider. Nur hier bei den Pfeffersäcken gelte die Theaterkunst nichts, nur Konzertgefiedel und die Oper. Und seien die Operisten etwa ehrbarer? Gar besser? Pleite sei die Hamburger Oper, auch das wisse jeder.

Nur mit viel Mühe und einem Beutel Kaffeebohnen konnten Helena und Rosina die Krögerin überzeugen, daß Titus es doch nicht so gemeint habe. Er sei nur müde von der Reise und besorgt um den Prinzipal.

Die Ankunft der Beckerschen Komödiantengesellschaft im April 1765 in Hamburg stand unter einem dunklen Stern.

Jean war zwar wohlbehalten vor zwei Wochen in Hamburg eingetroffen, aber, so wurde gesagt, anstatt sich um sein Theater zu kümmern, betrank er sich und erstach den ersten Schreiber eines der reichsten Kaufleute der Stadt. Nun saß er in der Fronerei und wartete auf den Prozeß, an dessen Ausgang niemand zweifelte.

Es war nicht das erste Mal. Die Nürnberger hatten ihn für eine Nacht eingesperrt, weil er sich mit einem Diener des Bürgermeisters um eine ganz ungewöhnlich reizende Zofe geschlagen hatte. Die Wittenberger ließen ihn erst wieder heraus, nachdem sich – zum Erstaunen aller Bürger – der Herzog selbst für Jean stark gemacht hatte. Die Pastoren waren empört. Wer in der frommen Luther-Stadt drei Studenten der Theologie zu Trunk und Tabak verführte und mit ihnen in St. Marien, wo einst der Reformator persönlich predigte, mitten in der Nacht Trinklieder auf der Orgel spielte, durfte keine Hoffnung auf ein mildes Gericht haben.

Zuletzt hatte Jean auf der Celler Kerkerpritsche geschlafen. Auf dem Theaterzettel war ein Ballett versprochen. Das fiel aus – wer weiß heute schon noch, warum? –, und Jean war nicht bereit, dem aufgebrachten Publikum einen Teil des Eintrittsgeldes zurückzuzahlen.

Jean war ein Filou, ein großes Kind mit einem Kopf voller leichtsinniger Späße.

Aber ein Mörder?

«Niemals!» sagte Rosina, als sie gemeinsam mit Helena in der engen Stube unter dem Dach ihre Kisten auspackte.

«Er mag ein Angeber sein, ein Gernegroß, und ab und zu liebt der Kindskopf eine ordentliche Prügelei. Aber er ist doch keiner, der zum Messer greift.»

Behutsam wickelte sie den Kasten mit Tinte, Feder und Papier aus einem dicken Leintuch und stellte ihn auf den Tisch. «Hat Jean überhaupt ein Messer?»

«Ich weiß es nicht.» Helena lehnte an der Fensterluke und sah in den Nieselregen hinaus. Es dämmerte schon, und sie fühlte nichts als eine große Müdigkeit. Nicht die Wut und die Sorge um Jean, die sie doch fühlen müßte, oder die gewöhnliche Zerschlagenheit nach einer langen Reise. Eine kalte Gleichgültigkeit lähmte sie.

«Ich weiß es nicht, Rosina», wiederholte sie nach einer kleinen Pause, «und auch wenn ich...», sie zögerte einen Moment, «...wenn ich fast seine Frau bin, weiß ich nicht, was er tun könnte, wenn er mitten in der Nacht, den Bauch voll Bier, in einen Streit gerät. Wahrscheinlich weiß er das nicht einmal selbst.»

Rosina schwieg. Sie konnte sich Jean nicht als Mörder vorstellen, nicht einmal mit dem Kopf voller Zorn oder dem Bauch voller Bier. Niemand wurde vom Bier so fröhlich wie Jean. Dann vergaß er alle tragischen Rollen, die er nüchtern zu Titus' ständigem Ärger als einzig große Kunst erklärte. Dann wurde er ein wahrer Komödiant, der mit Grimassen, Sprüngen und frechen Liedern das Volk unterhielt, bis das grölende Gelächter die Stadtwache herbeirief.

Aber vielleicht hatte Jean das Geld verspielt, mit dem er die Gebühren für die Spielerlaubnis und die Miete für das Theater und die Zimmer bei der Krögerin bezahlen sollte. Vielleicht war er verzweifelt und hatte keinen anderen Weg gesehen, als dem Schreiber seinen Beutel wegzunehmen. Vielleicht hatten sie miteinander gerungen, und der Schreiber hatte ein Messer gezogen, das Jean ihm im Gerangel aus Versehen in den Leib gedrückt hatte. Rosina mochte es nicht, wenn in ihren Gedanken lauter Fragen ohne Antworten kreisten.

«Die Krögerin weiß nur den Klatsch, den sie auf dem Markt gehört hat», sagte sie und schob ihren Hocker zurück. «Vielleicht war alles ganz anders. Wir müssen mit Jean sprechen. Der Kerker in der Fronerei hat gewiß ein Fenster. Hat die Krögerin gesagt, für wen der Schreiber gearbeitet hat?»

«Für einen Kaufmann. Heimann. Oder Herrmann? Er hat das schönste Haus am Neuen Wandrahm, sagt die Krögerin. So einer spricht nicht mit Komödiantinnen.»

«Das werden wir sehen. Aber zuerst müssen wir mit Jean sprechen. Er weiß am besten, was passiert ist.»

«Wenn er sich erinnern kann», murmelte Helena düster. Sie kannte Jean besser als alle anderen.

«Es tut mir wirklich leid. Er war ein tüchtiger Schreiber und ein netter Bursche.»

Joachim van Stetten sah seinen Freund ernst an.

Claes Herrmanns seufzte.

«Danke, Joachim. Behrmanns Tod ist ein großes Unglück.» Er stand am Fenster und sah in den Regen hinaus. «Langsam glaube ich, was die Leute reden.»

«Was reden die Leute?»

Van Stetten griff nach der Portwein-Karaffe und füllte das Glas, das vor ihm auf dem großen polierten Eichentisch stand.

«Sie reden von einem schwarzen Stern, der über meinen Geschäften steht.» Er lachte freudlos. «Das ist natürlich Spökenkiekerei. Aber wer weiß? Vielleicht hat Gott endlich den Sünder in mir erkannt und will mich zur Strafe ruinieren.»

«Das ist doch Unsinn, Claes. Ohne dich gäbe es nicht das neue Haus auf dem Pesthof, die Orgel in St. Katharinen wäre stumm, viele Arme, die jetzt satt in ihren Betten liegen, würden hungern und frieren. Und bei deinen Geschäften bist du geradezu unangenehm ehrbar. Jeder hat mal eine Pechsträhne, das gehört zum Handel wie der Jäger zum Hasen. Nun bist du mal dran. Das geht auch wieder vorbei. Trink einen Schluck Port, dann wird dir besser.»

«Du hast wohl recht, Joachim.» Claes kam langsam und schwer auf einen Stock gestützt durch das Zimmer. Er nippte an seinem Glas.

«Ich sollte trotz allem dankbar sein. Niemand hat verstanden, daß mich die Fässer auf der Pier von St. Aubin nicht erschlagen haben. Ein Wunder, daß ich lebe. Mein Schutzengel hat besser aufgepaßt als Behrmanns.»

«Du hattest Glück, einen guten Chirurgen und die beste Pflege.»

Claes nickte. Er erinnerte sich nicht an den Unfall. Als er nach zehn Tagen aus tiefer Bewußtlosigkeit erwachte und begriff, was mit ihm geschehen war, begannen die Wunden schon zu heilen. Anne St. Roberts saß an seinem Bett, blaß und mit tiefen Ringen unter den Augen. Es dauerte noch Wochen, bis er gesund genug war, um nach Hamburg zurückzukehren.

Wenigstens war es ihm in jener Zeit gelungen, Paul davon zu überzeugen, daß Emily nicht ihn, sondern ihren Maler heiraten mußte.

Van Stetten sah ihn lächeln.

«So ist es gut. Hast du neue Nachrichten aus Lissabon?»

«Die alten reichen mir völlig. Es scheint mir immer noch unfaßbar, daß die Bark durch eine Explosion untergegangen ist. Stürme und Korsaren versenken ein Schiff, sogar ein Seeungeheuer wäre wahrscheinlicher.»

Joachim lachte. «Die Spökenkiekerei steckt dir doch noch im Blut, Claes. Ich finde eine Explosion gar nicht so unwahrscheinlich, es kommt doch öfter vor. Wie viele Kanonen hatte die *Katharina*? Dreißig?»

«Nur zwanzig. Und nicht mehr Pulverkisten als unbedingt nötig.»

«Wo Pulver ist, sind auch Explosionen.»

Claes schüttelte nachdenklich den Kopf. «Aber das Kanonendeck ist weit von der Kombüse entfernt. Sonst ist kein Feuer an Bord.»

«Wer weiß, vielleicht hat irgendein junger Kerl heimlich eine Pfeife geraucht? Und wumm – schon ist es passiert.»

«Mag sein.» Claes war nicht überzeugt. Wenn sich das Pulvermagazin entzündet hätte, wäre die ganze Bark in die Luft geflogen. Aber das Loch war so tief im Bug, daß der vollbeladene Dreimaster sofort sank.

«Dann muß ich wohl auch als Glück ansehen, daß es nur dreizehn Tote gegeben hat. Die *Katharina* segelte noch in der Tejomündung. Die meisten Matrosen konnten über Bord springen, an Land schwimmen oder sich so lange an ein Brett oder ein dümpelndes Faß klammern, bis sie aus dem Wasser gefischt wurden. Trotzdem», er lachte grimmig, «noch so ein Unglück, und du kannst meinen Handel übernehmen, Joachim.»

Van Stetten zupfte an der Spitzenmanschette, die aus dem Ärmel seines eleganten grauen Samtrockes hervorsah. «Auf so einen Unsinn erwartest du sicher keine Antwort, alter Freund? Und auch mit der Explosion hattest du Glück im Unglück. Du warst doch einer der ersten, die sich gleich im Januar in die Listen der neuen Assekuranz-Compagnie eingeschrieben haben.»

«Das stimmt schon. Aber die Versicherung trägt natürlich nur einen Teil des Verlustes. Und es geht ja um mehr als Gewinn und Verlust.»

«Hör endlich auf, dir Gedanken um die Leute zu machen, Claes. Wer zur See geht, weiß nie, ob er wieder nach Hause kommt. Daran hast du nun wirklich keine Schuld.»

Claes hatte weniger an die Toten gedacht als an die beunruhigende Serie von Unglücken, die sein Haus trafen. Aber Joachims Mitgefühl tat ihm wohl. Er kannte ihn seit ihrer gemeinsamen Kinderzeit. Daniel van Stetten, der ältere Bruder, war sein bester Freund gewesen. Bis zu ihrem dreizehnten Jahr hatten sie den gleichen Hauslehrer gehabt und die Streiche ihrer Jugend geteilt. Dann wurde Claes nach London und Daniel nach Amsterdam in die Lehre geschickt, so wie es in den alten Kaufmannsfamilien üblich war.

Später übernahmen beide von ihren Vätern ein Handelshaus,

das in Generationen groß geworden war. Die Konkurrenz hatte ihrer Freundschaft nicht geschadet.

Daniel war vor drei Jahren gestorben, und Joachim, der in den letzten Jahren die Interessen seiner Familie in London vertreten hatte, kehrte zurück. Er übernahm die Leitung des Handelshauses und wurde, wie zuvor sein Bruder Daniel, Claes' Freund und Vertrauter. Es war ein schwarzes Jahr für Claes gewesen. Erst verlor er Daniel, dann Maria. Er wußte nicht, wie er diese schwere Zeit ohne Joachim überstanden hätte.

Er hatte sich gewünscht, daß ihre Söhne diese Freundschaft in die nächste Generation tragen würden. Aber Joachim hatte erst spät geheiratet. Als sein Sohn geboren wurde, sein erstes Kind, war der älteste Herrmanns schon in der Lehre in Bergen. Aber eine der drei Töchter, die Gritt van Stetten in den folgenden Jahren noch geboren hatte, würde vielleicht die richtige Braut für Nicolas sein. Claes' Jüngster hatte gerade seinen zehnten Geburtstag gefeiert. Seit Aschermittwoch war er in Köln bei seiner Tante Corinna, um sich in dem milderen Klima des Rheintals von einem hartnäckigen Husten zu erholen.

Hoffentlich gerieten Joachims Töchter nicht nach ihrer Mutter. Bei der späten Wahl seiner Braut hatte er weniger auf Klugheit, Güte und ein fröhliches Herz geachtet als auf die vielversprechenden Handelsbeziehungen, an denen Gritts Familie ihn teilhaben ließ. Claes wußte nicht, ob er es bereut hatte. Er sprach nie über seine Ehe, und Claes war zu diskret, um ihn danach zu fragen.

Joachim leerte sein Glas. Dann stand er auf und legte Claes freundlich die Hand auf die Schulter. «Ich muß zurück ins Kontor. Wenn es bedrohlich wird, weißt du, daß ich immer helfe. Versprich mir, daß du mich zuerst fragst, wenn du Hilfe brauchst.»

«Versprochen, Joachim. Ich danke dir.»

Claes wußte, daß Joachim wie die meisten anderen Hamburger Kaufleute in diesen Zeiten hart rechnen mußte. Mit dem Ende des Krieges, in dem das neutrale Hamburg gute Geschäfte gemacht hatte, ordnete sich die Welt und ganz besonders der Handel neu.

Die meisten Hamburger Kaufleute holten mehr als die Hälfte ihrer Waren aus französischen Häfen und litten unter den Gebühren, die erhoben wurden, seit Ludwig XV. die alten Handelsverträge aufgekündigt hatte. Aber Joachim konnte man keinen schwarzen Stern nachsagen. Vor allem das neue Indigo-Geschäft brachte ihm offenbar stolzen Gewinn.

Der Regen hatte nachgelassen, aber die Wolken hingen noch tief und dunkel über der Stadt. Claes zündete die Kerzen an, griff nach dem Briefbogen, der unter anderen Papieren auf dem Tisch lag, und betrachtete ihn unwillig. Warum hatte er behauptet, es gebe keine neuen Nachrichten aus Lissabon? Er hatte jetzt einfach keine Lust, darüber zu sprechen. Nicht einmal mit Joachim.

Die Nachrichten, die Martin Sievers mit einem geheimen Eilkurier über den Kontinent geschickt hatte, erschreckten ihn. Der junge Kaufmann, der die Herrmannssche Niederlassung in der portugiesischen Hauptstadt leitete, war hartnäckig. Weil er nicht an ein Unglück glauben konnte, hatte er einen Taucher zum Wrack der *Katharina* hinuntergeschickt, das vor Lissabon am Grund des Tejo lag. Und er hatte recht gehabt.

Es gibt keinen Zweifel, daß die Explosion kein Unglück war, schrieb Martin. *Wir hatten keine Ladung wie Wolle, die sich selbst entzünden kann, wenn sie nicht ordentlich getrocknet und gepackt ist. Und die Pulverkisten lagerten noch fest verschlossen unter den Öltüchern auf dem Kanonendeck. Dafür müssen wir Gott danken. Wenn sie sich entzündet hätten, wäre wohl niemand auf der Bark mit dem Leben davongekommen.*

Aber die Bark hatte zwei große Lecks, eines steuerbords am Bug, ein anderes backbords nahe dem Heck. Das Kupferblech um den Rumpf war aufgerissen wie eine alte Wurst. Die Katharina *ist zu schnell gesunken, das Feuer konnte das Pulver nicht mehr erreichen.*

Ich habe niemals von so einem Unglück gehört, und die Leute in Lissabon sagen, der Teufel habe seine glühenden Krallen im Spiel gehabt. Die

Südländer sind abergläubisch bis zur Ketzerei, doch diesmal scheint mir, daß tatsächlich ein Teufel am Werk war. Allerdings glaube ich an einen menschlichen.

Ich werde alle Überlebenden noch einmal peinlich befragen. Pereira, mein erster Schreiber, treibt sich in den Gassen, an der Börse und in den Schenken herum und hört den Leuten zu. Ganz gewiß werde ich bald mehr wissen.

Claes verstand die Löcher im Bug ebensowenig wie Martin. Selbst wenn jemand das Schiff zerstören wollte, wäre es einfacher gewesen, die Pulverkisten zur Explosion zu bringen.

Womöglich war ein Teufel mit Skrupeln am Werk gewesen. Mit den beiden großen Löchern an Bug und Heck war die Bark abgesoffen wie eine kranke Katze. Schiff und Ladung waren für immer verloren, aber die meisten Menschen an Bord konnten ihr Leben retten.

Die Bark hatte vor allem Kaffee, Zucker, Gewürze und afrikanische Hölzer geladen, ein paar Kisten mit Zitronen, iberischer Majolika und Seide. Nur Claes, Martin und der Weinbauer wußten, daß sich auch acht Fässer mit Portwein in der Ladung versteckten. Der Weinbauer war ein patriotischer Mensch, der alles tat, um das englische Handelsmonopol für seine Ware zu durchbrechen.

Sie hatten die englische Handelskompanie um ein paar Goldstücke gebracht. Mehr nicht. War es möglich, daß Martins verbotener Handel doch nicht so geheim geblieben und die Explosion ein Exempel der Engländer war?

Claes fühlte den eisernen Ring von Schmerz, der sich seit dem Unfall auf Jersey immer wieder um seinen Kopf legte. Er lehnte sich zurück und machte ein paar tiefe Atemzüge. Für einen Moment wünschte er, Martin wäre weniger gewissenhaft. Ihm wäre es lieber gewesen, wenn die Explosion auf der *Katharina* ein Unglück geblieben wäre.

In den letzten Wochen hatte er das Leben so genossen. Er fühlte sich wieder gesund. Auch das Bein, hatte der junge Doktor Struensee aus Altona gesagt, werde bald nicht mehr schmerzen, wenn er nur tüchtig ausschreite, anstatt es zu schonen wie ein alter Mann. Die warme Vorfrühlingssonne vertrieb an einigen Tagen die Kälte und gab ihm ebensoviel Lebenslust zurück wie der Aufschwung seiner Geschäfte. Doch nun fühlte er sich müde wie nie zuvor in seinem Leben.

Er blickte zurück auf die letzten sechs Monate. Zuerst der Unfall auf Jersey, der ihn fast das Leben gekostet hatte. Dann der Untergang der *Katharina* in Lissabon, der, wenn Martin recht hatte, ein Anschlag gewesen war. Und vorgestern der Mord an Behrmann. Der war immerhin ein Unglück, das nichts mit seinen Geschäften zu tun haben konnte. Ein vermaledeiter Komödiant, ein hergelaufener Lumpenhund, hatte Behrmann erstochen. Um ein paar Taler, sonst nichts.

Claes hielt den Brief näher an die Kerzen und las weiter:

Ich schicke Euch diesen Brief mit einem geheimen Kurier. Denn wenn jemand dem Handelshaus Herrmanns schaden will, so kann das nur einer sein, der wie Ihr zwischen Hamburg und Lissabon Handel treibt.

Seit der Brief heute morgen angekommen war, hatte er diesen Satz wieder und wieder gelesen. Als gäbe es nicht genug Gefahr und Ärger mit den algerischen Korsaren, die sich im Mittelmeer und auf dem Atlantik herumtrieben und Handelsschiffe kaperten. Die Kanonen, mit denen jedes Handelsschiff zum Kampf gegen die Räuber auf See bestückt war, beanspruchten viel kostbaren Frachtraum.

Sollte er sich nun auf der Börse und im Kaffeehaus die Kaufleute, von denen er viele seit seiner Kindheit kannte, ansehen und argwöhnen, welcher von ihnen seinen Handel ruinieren wollte?

Und warum? Die Handelshäuser, die groß genug waren, um wie er Handel mit Lissabon zu treiben, konnten ihn leichter mit klugen und listenreichen Geschäftsabschlüssen ausstechen als mit Pulver im Rumpf eines seiner Schiffe.

Ein leises Räuspern riß ihn aus seinen Gedanken. Er blickte

auf. «Was ist denn, Blohm? Ich wollte doch nicht gestört werden.»

Blohm rang die großen roten Hände. «Gewiß, Herr, aber die Damen wollen nicht wieder gehen. Sie machen...», er räusperte sich wieder, «sie machen Schwierigkeiten.»

«Damen? Was für Damen?»

«Nun, vielleicht sind sie gar keine Damen, auch wenn sie aussehen wie Damen. Fein geputzt, aber nicht zu sehr. Und sie sprechen doch manierlich, auch keine Schminke, nicht mal Puder, wie es sonst solche, nun ja, Damen im Gesicht haben...»

«Blohm, rede keinen Unsinn. Was sind das für Damen, und was wollen sie?»

«Die Damen sagen, sie kommen wegen Behrmann. Oder wegen seinem Mörder. Das haben sie natürlich nicht so gesagt, sie sagen, der Mörder ist keiner. Die Damen sind von den Komödianten.»

«Wirf sie raus! Und wenn du es nicht schaffst, hol die Wache.»

Blohm schloß eilig die Tür.

4. KAPITEL

MITTWOCH

Jean hockte auf einem stinkenden Strohsack im Kerker der Fronerei an der Bergstraße nahe St. Petri und fror jämmerlich.

Die Mauern waren feucht und klebrig wie die abgewetzte Decke, mit der er vergeblich versuchte, sich zu wärmen. Er lauschte auf den Lärm, der durch die vergitterte Luke hereindrang. Sie maß nicht mehr als zwei Hände und war so hoch oben in der Mauer, daß er nicht hinaussehen konnte. Er erreichte sie mit den Fingerspitzen, aber sein Versuch, sich hochzuziehen, scheiterte. Die Wände waren zu glitschig, er rutschte immer wieder ab.

Jean hatte Angst.

Es stimmte. Er hatte zuviel getrunken und beim Würfeln vielleicht ein wenig dem Glück nachgeholfen. Wirklich nur sehr wenig. Es hatte auch gar nichts genützt. Der andere, so betrunken wie er selbst, hatte meistens gewonnen. Aber nie und nimmer hatte Jean ihn erstochen. Er hatte ja nicht einmal ein Messer gehabt.

Jean starrte auf die zerkratzten Wände des Kerkers. Sosehr er sich bemühte, an glücklichere Zeiten zu denken, immer wieder erschienen schwarze Bilder von Gehenkten, Geräderten und Ersäuften auf den Mauern.

Er war auf einem Karren geboren und sein ganzes Leben als fahrender Komödiant durch das Land gereist. Er hatte alles gesehen, was Menschen einander antun können. Aus vielen Städten war er von frommen Pfarrern und Bürgern verjagt worden. Ob eine Kuh verendete, ein Kind tot geboren oder ein Schwein gestohlen wurde, wenn Komödianten in der Nähe waren, wurde nie lange gefragt, wer schuldig war.

Trotzdem liebte er das Wanderleben. Er liebte das Spiel auf der Bühne, das Johlen der Leute, ihr Lachen und ihre Tränen. Die Freiheit der Fahrenden war teuer bezahlt, aber um keinen Preis wollte er sich in einer der stickigen Städte niederlassen. Um fast keinen Preis. So wichtig wie den Applaus brauchte Jean das Leben unter freiem Himmel und das Reisen durch eine Welt, die grenzenlos schien.

Die Sehnsucht, frische Luft zu atmen und der Düsternis und Enge zu entfliehen, wurde in diesem Kerker zur brennenden Gier.

Er schloß die Augen und folgte den Geräuschen, die durch die Luke vom Platz vor der Fronerei hereindrangen. In seiner Phantasie verwandelten sich die Geräusche in Bilder: Das Knarren von Rädern wurde zu Lastkarren, die quietschende Kette zeigte ihm den Kran, der Fässer auf die Waage hievte. Ausrufer priesen ihre frischen Aale, Hampelmänner für brave Kinder, Tauben, Zitronen und Kieler Sprotten. Wasserträger und Scherenschleifer boten ihre Dienste an.

Dann schaffte die Ratswache mit lautem Geschrei Platz für die Kutschen der Ratsherren, unterwegs zum nahen Rathaus. Er hörte die Köchinnen und Mägde auf dem Weg zum Markt am Meßberg miteinander klatschen und lachen, Hunde bellten, und jede Stunde erinnerte der Glockenschlag von St. Petri, wie die Zeit verrann.

Jean wußte nicht, ob er sich wünschen sollte, daß sie langsamer oder schneller verrann.

Es hatte nur zwei Tage gedauert, bis er die Fronknechte mit einem krächzenden Husten beim Kartenspiel störte. Schließlich gaben sie ihm eine zweite Decke. Es war lange keiner mehr gehenkt worden, und das Spektakel wollten sie sich nicht entgehen lassen, nur weil der Komödiant zu bald am Fieber starb. Daß einer, der den ersten Schreiber von Claes Herrmanns erstochen hatte, gehenkt wurde, war sicher. Das sagten sie auch den beiden Frauen, die den Gefangenen am Nachmittag besuchen wollten. Die Knechte hatten sie wieder fortgeschickt. Nur der Pfarrer durfte einen Mörder besuchen. Aber der kam erst eine Stunde vor seinem letzten Gang, und so weit war es noch nicht. Jean hatte nicht gehört, wie Helena und Rosina beteuerten, sie wollten den Gefangenen nur an seine Christenpflicht erinnern, die große Sünde zu gestehen. Er hatte auch nicht gehört, wie die Fronknechte die beiden Frauen auslachten und mit groben, gierigen Händen aus der Wachstube drängten. Jean hockte auf dem Strohsack und fühlte sich verlassen wie ein Kind.

Am schlimmsten war, daß er sich nicht erinnern konnte, was in jener Nacht wirklich geschehen war. Er war im Scharfen Anker an den Mühren eingekehrt, das wußte er noch. Dort wurde beim Spiel nur so wenig betrogen, daß er leicht mithalten konnte, und das Bier war billig und doch nicht gepanscht. Wahrscheinlich war es sogar zu stark gewesen.

Immer wieder dachte er an die Minuten, bevor die Stadtwache ihn in die Fronerei schleppte. Daran konnte er sich genau erinnern:

Er war unter einem Haustor aufgewacht und hatte gefühlt, daß es regnete. Kalt, aber nicht so unangenehm, dieser Regen. Leicht wie eine Tüllgardine strich er über das Gesicht, fein und geradezu zärtlich. Wieso Tüllgardine? Ach, Jean seufzte zufrieden, die Gardine in der Kammer über der Schenke, in der er eine köstliche Stunde verbracht hatte, bevor das Würfelspiel begann. Wie hatte die Kleine doch geheißen? Der Name fiel ihm nicht ein. Aber er fühlte noch ihren festen, wohlgerundeten Hintern in seinen Händen, die Brüste, das feine flachsblonde Haar – teuer war sie, das wohl. Aber sie war es wert gewesen.

Allmählich wurde aus der zärtlichen Gardine auf seinem Gesicht doch schlichter Regen. Jean setzte sich auf. Sofort begann sich die Welt um ihn zu drehen. Ihm wurde übel, und der Schmerz unter seiner Schädeldecke holte ihn endgültig aus seinen Träumen.

Am Hinterkopf fühlte er eine dicke Beule, und als er seine Hand zurückzog, sah er, daß sie blutig war. Oder schmutzig. Das war in der Dunkelheit nicht so genau zu erkennen. Egal, der Kopf schmerzte höllisch. Er blickte sich um. Das war nicht die enge Gasse, die zum Scharfen Anker führte. Nahe beim Hafen sahen alle Gassen gleich aus, jedenfalls für einen Fremden wie ihn. Aber diese war breiter als die anderen. Und heller. Er blinzelte, langsam wurde sein Geist klarer, und er begriff, wo er war. Der massige schwarze Schatten vor ihm wurde zur Fassade eines solide gemauerten Hauses, hoch wie eine Kirche. Er zählte sechs breite Fenster in jeder Etage, alle stockdunkel, und an dem turmartigen Aufbau auf dem Dach, der sich nun scharf gegen den Nachthimmel abhob, erkannte er endlich das prächtige alte Gesellschaftshaus, das die Hamburger Baumhaus nannten.

Wie war er nur hierhergekommen? Das Baumhaus stand am Elbufer, genau an der Alstermündung, wo nachts schwimmende Barrieren aus mächtigen Baumstämmen die Einfahrt des Binnenhafens zum offenen Fluß hin verschlossen. Jetzt hörte er auch das leise Glucksen des Wassers an den kräftigen Mauersäulen, die das Haus auf der Uferseite trugen. Jean hatte dieses Haus, eines der schönsten und berühmtesten der Stadt, nie betreten. In den Sälen im oberen Stockwerk feierten die reichen Bürger ihre Feste, in dem noblen Restaurant, im Spielzimmer und im Weinkeller handelten Kaufleute, Kapitäne und Diplomaten ihre Geschäfte aus, und auf der Dachterrasse hielten sie nach ihren Schiffen Ausschau. Das Baumhaus gehörte den Hamburger Bürgern, und mit dem Hafenmeister und den Zollknechten, die im angebauten Zollhaus regierten, hatte er – gottlob – nichts zu schaffen. Warum war er nur hier? Das Baumhaus lag nicht an seinem Heimweg, sondern genau in entgegengesetzter Richtung.

Er atmete tief durch. Aufstehen, dachte er, du mußt aufstehen und einfach losgehen. Zuviel Hamburger Bier, wieder zu viel Bier. Ach, Helena. Wieder hatte er seine Versprechen nicht gehalten.

Es nutzte wenig, im Regen zu sitzen und über Sünden nachzudenken. Jean rappelte sich auf. Der Boden schwankte nur noch leicht. Von hier war es nicht weit bis zum Haus der Krögerin.

Und dann? Was war dann passiert?

Er erinnerte sich, daß er noch ein Weilchen im Regen gesessen und sich den kürzesten Weg vom Baumhaus zur Fuhlentwiete überlegt hatte.

Dann hatte er den Mann entdeckt. Gerade als ihm eingefallen war, daß er nur über die Brücke am Ende des Steinhöft und dann immer am Herrengraben entlanggehen mußte, um den Krögerschen Hof und sein warmes, trockenes Bett zu erreichen, sah er ihn. Er lehnte nur wenige Schritte entfernt mit dem Rücken an der Tür des Zollhauses. Ein Hut lag neben ihm im Schlamm, sein Gesicht und seine Hände schimmerten fahl im Dunkel, er sah aus wie eine Marionette, der jemand die Fäden abgeschnitten hatte.

«Steh auf, mein Freund», murmelte Jean und beugte sich über die Gestalt, «wer immer du bist. Wir müssen nach Hause. Auch sanfter Regen wird mal kalt.»

Zuerst konnte er sich nicht an das Gesicht erinnern, aber dann erkannte er den Schreiber, mit dem er gewürfelt hatte. Der hatte sich wohl in die Spelunke verirrt. So einen Rock aus feinem englischen Tuch sah man dort nur selten.

«Wach auf», flüsterte Jean und rüttelte den Schreiber an der Schulter, «wach auf.»

Der Mann rührte sich nicht.

«Ich kann dich nicht tragen, du mußt schon selber gehen», brummte Jean, «heute nacht kann ich nicht mal eine Maus tragen.»

Er hörte Schritte. Kein Zweifel, sie wurden lauter.

«Schnell», flüsterte Jean, «die Stadtwache. Wir müssen uns davonmachen. Oder willst du die Nacht im Loch verbringen?»

Die Schritte kamen immer näher, aber der Schreiber bewegte sich nicht. Jean griff ihn fest am Rock und versuchte ihn fortzuziehen. Ein scharfer Schmerz durchzuckte seine Schulter, und in seinem Kopf schlug ein ganzes Regiment die Trommel. Er hatte sich in der Schenke wohl doch geprügelt.

«Halt», rief da eine Stimme, «bleibt stehen!»

«Na gut», seufzte Jean. «Gehen wir eben gemeinsam für diese Nacht ins Loch. Hoffentlich ist es da wenigstens trokken.»

Aber Jean ging allein ins Loch. Der Mann mit dem guten Rock brauchte keinen Kerker mehr, sondern nur noch eine Holzkiste. Irgend jemand hatte ihm ein langes, scharfes Messer durch das feine englische Tuch direkt ins Herz gestoßen. Nur der Schaft stak noch heraus.

Und nun hockte Jean in der Fronerei, im Kerker gleich neben der Folterkammer. Er zog die schmutzige Decke über den Kopf und weinte.

Helena blickte nach der Vormittagssonne und schob den Spiegel ein wenig mehr nach links. Ja, so stand er gut. «Manon», rief sie, «komm her, es ist Zeit für die Anprobe.»

Manon war nicht zu sehen. Sie hockte mit ihrem Bruder Fritz auf dem Heuboden über dem Pferdestall und hoffte, daß Helena sie einfach vergessen würde.

Manon liebte schöne Kleider über alles. Aber sie haßte Anproben. Mit ihr stimme etwas nicht, hatte Gesine, ihre Mutter, gesagt. Alle Mädchen freuten sich auf Anproben. Nicht alle, hatte Manon geantwortet, ich nicht.

Seither erzählte Fritz, daß seine Schwester kein Mädchen sei.

«Laß den Kindern doch diesen Morgen.» Lies schob mit zusammengekniffenen Augen einen Faden durch eine Nadel. Sie hatte sich mit einem Korb voller Kostüme und dem Nähbeutel in die Sonne gesetzt, die endlich den Regen abgelöst hatte. «Wozu eine Anprobe? Ohne Jean können wir doch nicht spielen. Nur gut, daß wir in Lübeck und Schleswig so prächtig verdient haben. Die Krögerin hätte uns kaum aufgenommen, wenn wir nicht für vier Wochen vorausbezahlt hätten.»

«Wir müssen aber spielen, Lies. Die Leute sollen sehen, daß wir da sind und keine Angst haben.»

Lies schüttelte den Kopf. «Das interessiert die Leute nicht. Und der Rat wird uns die Erlaubnis nicht geben, da können Rosina und Sebastian noch so schön bitten.»

Sie bekamen die Spielerlaubnis tatsächlich nicht.

«Aber immerhin dürfen wir in der Stadt bleiben, bis der Prozeß zu Ende ist», berichtete Sebastian.

«Dürfen! Das ist gut», schimpfte Helena. «Wahrscheinlich läßt man uns gar nicht aus dem Tor, solange Jean in der Fronerei sitzt.»

«Hör auf, Helena.» Rosina umarmte sie schnell. «Wir haben viel zu tun. Jean ist bald wieder frei, und bis dahin muß alles fertig sein. Laß uns in die Komödienbude gehen und sehen, was da zu tun ist.»

In anderen großen Städten wie Leipzig, Braunschweig, Kiel oder Frankfurt im Hessischen bauten die Beckerschen Komödianten für jedes Gastspiel eine hölzerne Bude aus Balken und Brettern mit einer Bühne und je einer Galerie an der linken und rechten Seite für die betuchteren Gäste. Am Ende der wochen-, manchmal monatelangen Gastspielzeit bauten sie die Bude wieder ab und lagerten das Holz bis zum nächsten Besuch in einem gemieteten Schuppen. In Hamburg aber konnten fahrende Schauspieler, Akrobaten oder Puppenspieler die Komödienbude an der Fuhlentwiete in der Neustadt mieten. Wer es sich leisten konnte, gastierte allerdings lieber in der einst prächtigen alten Oper am Gänsemarkt, die seit vielen Jahren leerstand. Die Hamburger Bürger waren die ersten in Deutschland, die sich schon vor fast hundert Jahren wie sonst nur die Fürsten und Könige eine Oper gebaut hatten. Doch die glanzvollen Jahre waren längst vergangen. Noch in diesem Frühjahr sollte das große, baufällige Haus nun endlich abgerissen werden.

Die Komödienbude hinter der Fuhlentwiete war dagegen wirklich nur eine Bude.

«Paßt auf!»

Rudolf stand auf der Bühne und zeigte mit dem Meßstock auf ein Loch im Bretterboden. Helena, Rosina und Sebastian blieben stehen und sahen sich um.

«Wenn ihr an den Wänden entlanggeht, seid ihr sicher. Nur in der Mitte sind ein paar Bretter gebrochen», sagte Rudolf. «Und das Dach», sein Meßstock wies nach oben, «lüftet besser, als uns lieb sein kann.»

«Warst du schon auf den Galerien?» Sebastian schaute mißtrauisch die steile Stiege hinauf.

«Es sieht schlimmer aus, als es ist.»

Ob das stimmte, war nicht sicher, aber für Rudolf gab es außer Gesine wenig, was er mehr liebte als die Baumeisterei. Während Helena und Rosina verzagt das staubige Durcheinander von zerborstenen Brettern, alten, kaputten Kulissen anderer Komödianten und das recht durchscheinende Dach betrachteten, sah Rudolf in dem Chaos schon das Theater.

«Es ist wirklich nicht so schlimm, wie es aussieht. Und wir haben mal wieder Glück. Möhle wird uns helfen. Ihn kümmert das Geschwätz um Jean nicht. Den Schreiber, sagt er, hat er nicht gekannt. Aber Jean. Und der tue keinem was.» Helena, Rosina und Sebastian schwiegen.

«Ihr könntet euch ruhig ein bißchen mehr freuen. Möhle ist ein guter Schreiner. Er kommt morgen mit seinem Gesellen und einem Lehrling, und dann fangen wir an. Das Holz kann er auch liefern. Spätestens in zwei Wochen steht hier eine Komödienbude, die mit jedem Fürstentheater mithalten kann.» Damit wandte er sich um und machte sich wieder an seine Meßarbeit.

«Ich wollte, ich hätte deine Zuversicht», sagte Helena mit einem tiefen Seufzer.

«Die hast du», sagte Rudolf, ohne von seiner Arbeit aufzusehen, «du mußt dir nur mehr Mühe geben, es auch zu merken.»

Claes öffnete die Tür und trat in den vom Tabakqualm blaudunstigen Raum. In Jensens Kaffeehaus hinter der Börse war wie immer um die Mittagsstunde Hochbetrieb.

«Claes!» Joachim van Stetten winkte aus einer Nische hinter dem Billardtisch. «Hast du schon gehört?» fragte er, nachdem Claes sich gesetzt hatte. «Archangelsk soll schon eisfrei sein. Spätestens in vier Wochen können wir mit den ersten russischen Schiffen rechnen.»

Claes nickte. Er kam gerade vom Hafen, dort sprachen alle davon, wie früh in diesem Jahr das Eis zurückgegangen war. Der kleine Umweg durch die Deichstraße und über den Hopfenmarkt hatte ihn erfrischt und die grauen Gedanken vertrieben. Er spürte wieder die alte Zuversicht. Sein Bein schmerzte heute nicht, er fühlte sich jung und tatkräftig.

«Danke, Jensen», sagte er und nahm dem Wirt die Kaffeetasse ab. «Mit Kardamom?»

«Mit Kardamom», antwortete der Wirt mit einer kleinen Verbeugung, «wie immer.»

«Du wirst noch süchtig werden, alter Freund.»

Claes lachte. «So ist das mit uns Kaffeetrinkern, Joachim. Wenn schon, denn schon.»

Er nahm einen Schluck und lehnte sich mit sichtlichem Behagen zurück.

«Neuigkeiten aus Lissabon?» fragte Joachim.

Claes rührte langsam mit dem kleinen silbernen Löffel in seiner Kaffeetasse.

«Nein, nichts Neues. Aber die *Clementine* muß bald einlaufen, die bringt sicher auch einen Brief von Martin.»

«Mit dem hast du einen guten Griff getan. Wer hätte das vor ein paar Jahren gedacht.»

Martin, der jüngere Sohn eines Zuckerbäckers, war vor acht Jahren in Claes' Kontor erschienen und hatte den Kaufmann gebeten, ihn als Laufjungen einzustellen. Claes hatte schon einen, der seine Post zwischen Kontor, Börse und Hafen hin- und herbrachte. Aber der Junge mit der geraden Nase und den klaren grauen Augen hatte ihn beeindruckt.

Martin war damals noch keine sechzehn gewesen, aber er hatte sich vor den mächtigen Kaufmann gestellt wie einer, der was zu bieten hat. Die kleinen Rinnsale von Schweiß, die dem Jungen dabei den Rücken hinuntergelaufen waren, hatte Claes nicht bemerkt, doch sie hätten ihn auch nicht gestört. Er glaubte nicht daran, daß Menschen, die weder Angst noch Zweifel kannten, die Tüchtigeren waren. Er hatte recht gehabt. Martin wurde schnell zu einem klugen, aber doch wagemutigen Kaufmannsgehilfen. Vor drei Jahren hatte er ihn dann nach Lissabon geschickt. Es war kein großes Risiko gewesen, denn die Portugal-Geschäfte lagen schon lange brach. Lissabon war einer der Haupthäfen für die Waren aus den überseeischen Kolonien in Nordamerika, Brasilien und den Inseln im Karibischen Meer: Kaffee, Zucker, Tabak, Baumwolle oder Farbhölzer, aber auch Waltran, Gold und Diamanten. Die Geschäfte in Lissabon wurden jedoch von den Engländern regiert. Es war deshalb billiger, direkt in London, Plymouth oder Bristol zu kaufen.

Claes hatte das alte Kontor am Tejo aus reiner Sentimentalität noch nicht geschlossen, auch wenn er eine so unpassende Regung niemals zugegeben hätte. Etwa zehn Jahre war es her, daß das große Erdbeben halb Lissabon zerstörte. Die Katastrophe am Allerheiligentag des Jahres 1755 hatte Zehntausende das Leben gekostet, und das Entsetzen darüber hatte ganz Europa erschüttert. Daß inmitten der Verwüstung das Herrmannssche Haus nahezu unversehrt geblieben war, schien wie ein Wunder. Und wie ein Zeichen, die Beziehungen zu Portugal nicht abreißen zu lassen.

Martin hatte sich bewährt. Der Handel mit Lissabon war inzwischen zu einem wichtigen Pfeiler in Claes' weiterverzweigten Geschäften geworden.

Sophie würde einen tüchtigen Mann bekommen, auch wenn

er weder Vermögen noch eine alte hanseatische Familie vorzuweisen hatte.

«Bonjour, Messieurs, es ist doch erlaubt?» Ohne eine Antwort abzuwarten, ließ sich der alte Herr, der schwer auf den Arm seines Dieners gestützt herangeschlurft war, auf den Sessel neben Claes fallen. «Es ist gut, Moses, hol mir eine Schokolade, und dann laß mich in Ruhe. Ich bin nur alt, kein Kind.»

Widerwillig drehte sich der Diener, kaum jünger und rüstiger als sein Herr, um und folgte dem Befehl.

«Monsieur Telemann, wie schön, Euch wieder einmal im Kaffeehaus zu sehen», sagte Claes. «Es geht Euch also besser?»

«Ging es mir schlecht? Nur weil meine Beine lahm und meine Augen müde sind, bin ich doch noch nicht tot. So schnell werdet ihr mich nicht los», er kicherte boshaft, «ihr müßt schon noch ein wenig dankbar sein.»

«Das sind wir gerne. Wer hat uns je schönere Musik geschenkt als Ihr?»

«Keine Komplimente, lieber Freund.» Der alte Kantor und städtische Musikdirektor sah sich steif und ungeduldig nach seiner Schokolade um. «Oder doch, mach mir Komplimente. Sie wärmen mein Herz. Es wird doch schon ein wenig kalt», fügte er mit einem düsteren Seufzer hinzu.

«Ein Herz, das Oratorien wie den ‹Messias› schafft, kann kaum kalt werden. Und die neue Kantate...»

«Du hast die Opern vergessen. Es ist ein Kreuz mit euch Bürgern, immer vergeßt ihr die Opern.» Telemann schob einen spitzen Zeigefinger unter seine alte, etwas zerzauste Perücke und kratzte sich über der Schläfe.

«Deine Tante hat mir erzählt, daß am Gänsemarkt, wo gerade das Opernhaus abgerissen wird, ein Theater entstehen soll?»

Claes hob bedauernd die Hände. Er hatte auch davon gehört. Ganz Hamburg sprach ja davon, aber er interessierte sich nicht für das Theater. Nach Behrmanns Tod weniger denn je.

«Das ist wahr», sagte Joachim van Stetten. «Ein festes Theater für die Schauspiele, so wie eines auch in Leipzig geplant ist. Im Sommer soll es fertig sein.»

Joachim freute sich auf das neue Komödienhaus. In London war er oft im Theater gewesen, und er vermißte den Lärm und die Heiterkeit dieser Stunden.

Claes betrachtete den alten Mann freundlich. Er erinnerte sich gut an die Zeit, als Telemann ihm, damals noch ein molliger Johanneum-Schüler mit ungeschickten Fingern, die Kunst des Musizierens beizubringen versucht hatte. Vergeblich: Sosehr er sich auch bemühte, er lernte nie, die richtigen Tasten zu greifen, und auch im Chor war er nicht zu gebrauchen.

Aber der Musicus war seither oft im Herrmannsschen Haus am Neuen Wandrahm zu Gast. Claes' Vater war ein spröder Mensch gewesen, für die Künste hatte er wenig Sinn gehabt. Aber den städtischen Musikdirektor, mit dem sich so belebend streiten ließ, hatte er sehr gemocht.

Telemann mochte 84 Jahre alt und kränklich sein, aber sein Geist und ganz besonders sein Blick für die Menschen waren immer noch klar – abgesehen von seiner Schwäche für Claes' Tante Augusta. Daß er sie als sanfte Blume gepriesen hatte, mochte an dem Port liegen, von dem er an jenem Abend ein wenig zuviel genossen hatte. Daß er sie jedoch seit einiger Zeit als göttliche Muse verehrte, war wirklich kein Zeichen von Klarsicht. Augusta war eine kluge, liebenswürdige alte Dame, aber so unmusikalisch wie die Rappen, die ihre Kutsche zogen.

«Kennst du den jungen Mann dort drüben, Claes?» unterbrach Joachim van Stetten das freundschaftliche Geplänkel der beiden Männer. «In dem grauen Atlasrock, neben Thomas Matthews.»

Der Kaufmann Thomas Matthews saß, eine Zeitung aus seiner Heimatstadt London noch in der Hand, mit einem jungen Mann am Tisch, den Claes nie zuvor gesehen hatte. Ein Fremder war hier nichts Besonderes, Jensens Kaffeehaus war nicht nur der Treffpunkt der Kaufleute, Literaten und Musikanten, sondern auch aller Reisenden, die in die Stadt kamen, sofern sie eine Tasse Kaffee oder Schokolade bezahlen konnten.

Gerade in diesem Moment wandten sich Matthews und der Fremde um und sahen zu ihm herüber. Hatten sie über ihn gesprochen? Unsinn, dachte Claes, wohl eher über den berühmten alten Musikus, der für gebildete Besucher immer eine Attraktion war.

Warum sollten sie über mich sprechen? dachte er und spürte doch, daß Martins Warnung Früchte getragen hatte. Seit Matthews sich vor zwei Jahren in Hamburg niedergelassen hatte, versuchte er ziemlich erfolglos, in den Handel mit Archangelsk einzusteigen. Und sicher hatte er Verbindungen nach Jersey. Erst kürzlich hatte Joachim angedeutet, er möge sich vor Matthews in acht nehmen. In London sei er als intriganter und windiger Geschäftemacher bekannt.

Claes hatte nicht darauf gehört, er gab nicht viel auf Gerüchte, wenn es um Persönliches ging. Aber seit Martins Brief schien alles anders.

Er schüttelte unwillig den Kopf. Das Unglück auf der Pier von St. Aubin war ein Unfall gewesen, er würde nicht zulassen, daß Mißtrauen sein Leben vergiftete. Und auch wenn er Thomas für einen Gecken hielt, traute er ihm doch keine Verbrechen zu.

Telemann hatte seine Lorgnette vor die Augen gehoben und war Claes' Blick gefolgt.

«Wahrlich ein hübscher junger Mann», kicherte er, «sehr hübsch, besonders die Wimpern. Wartet nur, bis er aufsteht, ich bin sicher, er hat einen Hintern wie eine Aprikose.»

Joachim und Claes sahen sich amüsiert an. Der Alte wurde doch ein wenig wunderlich.

Claes hatte recht gehabt. Als Thomas Matthews mit dem Fremden an ihren Tisch kam, nickte er den beiden Kaufleuten nur kurz zu und verbeugte sich dann tief vor Telemann.

«Meister, darf ich Euch diesen jungen Verehrer Eurer Kunst vorstellen? Friedrich Reichenbach aus Leipzig. Er hat so viel von Eurer Musik gehört, daß er nicht versäumen will, Euch kennenzulernen.»

Der junge Mann hatte tatsächlich besonders hübsche Wimpern, und Claes ertappte sich dabei, daß er ein wenig den Hals reckte, um die Sache mit den Aprikosen zu überprüfen.

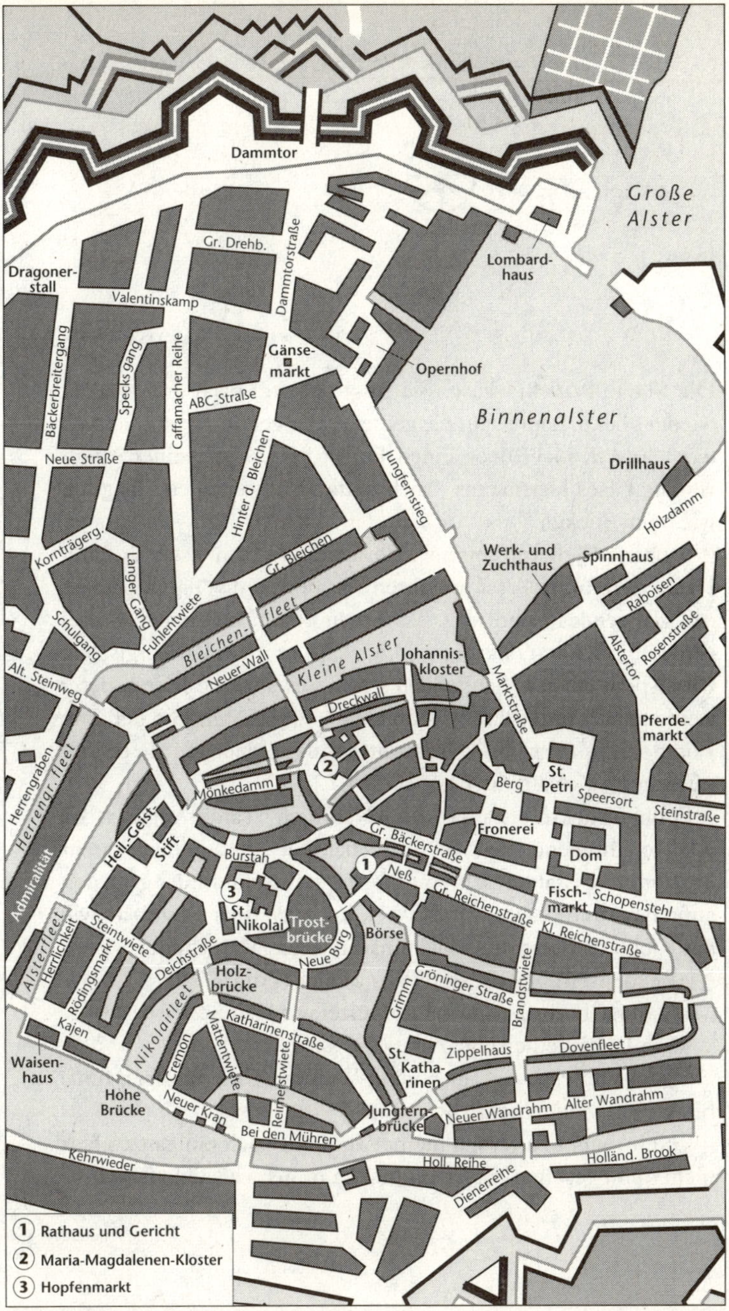
Dammtor
Große Alster
Lombardhaus
Dragonerstall
Gr. Drehb.
Dammtorstraße
Valentinskamp
Bäckerbreitergang
Specks gang
Caffamacher Reihe
Gänsemarkt
Opernhof
Binnenalster
ABC-Straße
Neue Straße
Hinter d. Bleichen
Jungfernstieg
Drillhaus
Holzdamm
Kornträgerg.
Langer Gang
Gr. Bleichen
Werk- und Zuchthaus
Spinnhaus
Raboisen
Schulgang
Fuhlentwiete
Bleichen-fleet
Rosenstraße
Alstertor
Johanniskloster
Kleine Alster
Neuer Wall
Alt. Steinweg
Marktstraße
Dreckwall
Pferdemarkt
Herrengraben
Herrengr. fleet
Mönkedamm
Berg
St. Petri
Speersort
Steinstraße
Heil.-Geist-Stift
Fronerei
Gr. Bäckerstraße
Burstah
Dom
Admiralität
Neß
Gr. Reichenstraße
Fischmarkt
Schopenstehl
St. Nikolai
Trostbrücke
Börse
Kl. Reichenstraße
Alsterfleet
Herrlichkeit
Steintwiete
Rödingsmarkt
Deichstraße
Neue Burg
Holzbrücke
Brandstwiete
Gröninger Straße
Grimm
Kajen
Nikolaifleet
Mattentwiete
Katharinenstraße
Waisenhaus
Cremon
Reimerstwiete
St. Katharinen
Zippelhaus
Dovenfleet
Hohe Brücke
Neuer Kran
Jungfernbrücke
Neuer Wandrahm
Alter Wandrahm
Bei den Mühren
Kehrwieder
Holl. Reihe
Holländ. Brook
Dienerreihe
1 Rathaus und Gericht
2 Maria-Magdalenen-Kloster
3 Hopfenmarkt

5. KAPITEL

MITTWOCH NACHMITTAG

Die Standuhr tickte leise. Sie zeigte Viertel nach drei. Immer wieder blickte Sophie auf die goldenen Zeiger und fragte sich, ob das Uhrwerk nicht doch einen Fehler hatte. Bei keiner Arbeit verging Claes Herrmanns' Tochter die Zeit so quälend langsam wie beim Sticken.

Augusta Kjellerup, eine weißhaarige alte Dame, die an ihrer Haube ein für ihr Alter und ihren Witwenstand völlig unpassendes glänzendes Band trug, saß ihr in einem bequemen Sessel gegenüber und tat, als lese sie konzentriert im «Hamburgischen Correspondenten». Schließlich gab sie es auf, die immer tiefer werdenden Seufzer ihrer Großnichte zu überhören. Sie ließ ihre Lorgnette sinken und betrachtete das Mädchen liebevoll. «Freust du dich auf die Ehe?»

Sophie blickte erstaunt auf. «Natürlich, Tante Augusta. Es wird so aufregend sein, so voller Abenteuer, und immer scheint die Sonne. Lissabon, schreibt Martin, ist schon wieder ganz neu aufgebaut und prächtiger als Paris, und das Meer ist so blau wie das Kleid, das ich trug, als wir uns das letzte Mal sahen...»

«Bei dem Abschiedsessen? War es nicht grün?»

«Das macht doch nichts. Der Gürtel war blau.»

«Ein Jahr ist eine lange Zeit.»

«Nun sind es ja nur noch neun Wochen. Und nur noch fünf, bis Martin wieder hier ist.»

«Nein, mein Kind, ich meine: Ihr habt euch ein ganzes Jahr nicht mehr gesehen. In einem Jahr kann sich viel ändern.»

«Findest du, daß ich schöner geworden bin?»

Augusta lachte. «Du bist ein Kindskopf. Natürlich bist du schöner geworden, aber darauf kommt es nicht an.»

«Doch. Darauf kommt es an. Es ist viel leichter, ein Mädchen zu lieben, das schön ist.»

«Findest du Martin schön?»

«O ja. Und so männlich.»

Sophie stützte mit einem kleinen Seufzer die Wange in die Hand und sah sehnsüchtig zum Fenster hinaus. «Sicher ist er auch hübscher geworden.»

Hoffentlich, dachte Augusta und versuchte, ihre Erinnerung an den blassen, ein wenig schmallippigen Martin durch ein eleganteres Bild zu ersetzen. Er war tüchtig, zuverlässig und ganz sicher äußerst ehrbar. Schönheit oder gar Leidenschaft hatte Augusta bisher nicht an ihm entdeckt. Sie wünschte Sophie eine ebenso glückliche Ehe, wie sie selbst gehabt hatte, zweifelte jedoch, ob das mit Martin möglich sein würde. Aber wer verstand schon die seltsamen Wege der Liebe? «Schreibt er schöne Briefe?»

Sophie nahm ihre Handarbeit wieder auf und stocherte mit der Nadel in dem Leintuch. «Doch. Er schreibt sehr schöne Briefe. Und so klug. Ich weiß jetzt so viel über den Handel in Portugal und über all die Schiffe, die im Hafen von Lissabon liegen, was sie laden und ...»

«Verzeih die Frage, Sophie. Aber schreibt er auch über seine Liebe zu dir?»

«Betty sagt, nur Frauen schreiben von ihrer Liebe. Aber mit seinem letzten Brief hat er mir ein Gedicht geschickt. Von Blumen und Schäferinnen, und vom Frühling.»

«Immerhin», Augusta nickte zufrieden, «immerhin ein Gedicht. Männer, die nicht einmal vor der Hochzeit ein Gedicht zu Papier bringen, selbst wenn es nur abgeschrieben ist, machen auch nach der Hochzeit wenig Vergnügen.»

«Du bist frivol.»

«Ich bin alt, mein Kind, ich darf frivol sein. Du», sagte sie und hob den Zeigefinger, «darfst das nicht! Sticke weiter, sonst bist du zur silbernen Hochzeit noch nicht fertig.»

Damit vertiefte sie sich wieder in ihre Zeitung.

Sophie stickte ein Monogramm auf ein feines Leinentuch. Um genau zu sein: sie war gerade dabei, es wieder aufzutrennen. «Ich kann wirklich nicht glauben, daß Martin mich mehr liebt, wenn ich all diese Monogramme selber sticke», sagte sie und ließ die Näharbeit ärgerlich in ihren Schoß fallen. «Sie werden doch nie so hübsch wie die von Madame Florentine.»

«Madame Florentine tut seit zwanzig Jahren nichts anderes, und sie wird dafür bezahlt. Aber wer heiraten will, muß auch sticken. Das ist ein uraltes Sprichwort.» Augusta sah das Mädchen über den Rand ihrer Zeitung streng an.

«Von diesem Sprichwort habe ich nie gehört. Und selbst wenn es so eines gäbe, warum sollte es mich kümmern? Ich werde Annecke fragen, ob du deine Wäsche damals selbst bestickt hast. Ich bin sicher, du hast kein einziges Monogramm zustande gebracht.»

Augusta ließ die Zeitung sinken und seufzte. «Würdest du bitte respektvoller mit deiner Großtante sprechen? Und Annecke ist steinalt, sie erinnert sich an gar nichts mehr. Jedenfalls nicht an Dinge wie das Besticken meiner Aussteuer.»

Sie legte die Zeitung auf den kleinen Rosenholztisch und griff nach dem Leinen, das zerknittert und nicht mehr ganz reinlich auf Sophies Knien lag. «Deine Stickerei ist schauderhaft. Danke dem Herrn, daß du genug andere Talente hast. Wie lange ist es noch bis zur Hochzeit? Neun Wochen?»

«Neun Wochen und zwei Tage. Bitte, laß uns wenigstens die Mundtücher und das Bettleinen zu Madame Florentine bringen. Sie macht so hübsche Muster, und ich habe so viel anderes zu tun.»

Sophie wußte, daß sie schon gewonnen hatte. Niemand verstand besser als Augusta, daß die Arbeit mit Nadel und Faden für Sophie eine Folter bedeutete. Sie war einfach zu ungeduldig für die mühselige Stichelei.

«Ich fürchte, du hast doch zuviel von mir geerbt. Deine Mutter war eine Meisterin mit der Nadel.» Augusta blickte ihre Großnichte nachsichtig an. «Aber Martin wird es tatsächlich egal sein, wer seine Monogramme stickt. Ruf deine grämliche Zofe, sie soll nach Madame Florentine schicken. Laß doch, Kind, du bringst mich ja um.» Lachend rettete sie ihre Haube vor Sophies stürmischer Umarmung.

Wie der Wind war das Mädchen aus dem Zimmer und machte sich auf die Suche nach Bärbel, der Hausmagd, die Tante Augusta gerne spöttisch «die Zofe» nannte.

Augusta griff wieder nach der Zeitung. Aber sie hatte nun keinen Sinn mehr für Professor Bodmers gelehrten Aufsatz über die vorzügliche Dichtung des jungen Poeten Klopstock.

Sie konnte sich nur schwer an den Gedanken gewöhnen, daß Sophie bald eine verheiratete Frau sein würde. Trotz ihrer achtzehn Jahre erschien das Mädchen ihr noch so jung und ungebärdig. Dabei war sie selbst erst sechzehn gewesen, als sie Thorben Kjellerup heiratete. Sophie hatte sich getäuscht. Augusta hatte brav die unzähligen Stiche ausgeführt, die aus Leinentüchern standesgemäße Wäsche machen. Lächelnd faltete sie das Tuch zusammen und legte es in die Truhe, die geöffnet neben dem Tisch stand. Sie war eine schrecklich brave junge Frau gewesen. Und vielleicht wäre sie das auch geblieben, wenn sie nicht so früh Witwe geworden wäre. Sie freute sich, daß Sophie ihren eigenen Kopf hatte, auch wenn es ihr das Leben nicht immer leichter machen würde.

Augusta war von ihren Eltern nicht gefragt worden, ob sie den dänischen Kaufmann heiraten und mit ihm in Kopenhagen leben wolle. Aber sie hatte Glück gehabt. Aus dieser Verbindung, die den Geschäften der beiden Familien diente, war eine Liebesehe geworden.

Manchmal, wenn sie tief in der Nacht aufwachte und sich auf die Bank am Fenster setzte, um über das breite Fleet bis St. Katharinen zu sehen, sorgte sie sich, ob Claes richtig entschieden hatte, als er Sophies Verliebtheit nachgab. Denn daran, daß diese Ehe Sophies Wunsch gewesen war, bestand kein Zweifel. Martins Respekt vor dem Reichtum und der Honorigkeit der alten Patrizierfamilie Herrmanns war viel zu groß, als daß er, ein Mann ohne Familie und Vermögen, es gewagt hätte, um die Hand der einzigen Tochter anzuhalten. Zumindest war er kein Leichtfuß, sondern ein ernsthafter junger Kaufmann mit einem klugen Kopf. Und vielleicht hatte er dort unten im Süden ein wenig von seiner Steifheit verloren. Sophie brauchte einen Mann mit viel Humor, einen großzügigen Geist und keinen Pedanten, der auf die richtige Linie im Monogramm achtete.

Sie war noch ein Kind gewesen, als ihr Vater Martin nach Lissabon geschickt hatte. In ihrer Erinnerung war er zu einem romantischen Helden geworden, der die Welt kannte und ihr ein abenteuerliches Leben bot. Augusta war da nicht so sicher. Aber ihre Bedenken hatten Sophies glühende Seele nicht einmal erreicht. Augusta liebte Sophie wie die Enkeltochter, die sie selbst nie gehabt hatte. Von ihren vier Kindern waren drei schon früh an Scharlach gestorben. Den Jüngsten, Sven, hatte die See schon in seinem fünfzehnten Jahr auf seiner ersten Fahrt geholt. Nur zwei Jahre später war auch Thorben von einer Reise nach Santander nicht zurückgekehrt. Auf dem Grund der Biskaya lagen viele Schiffe, die ihre Toten festhielten.

In den ersten Jahren nach seinem Tode glaubte sie oft, ihren Sohn zu sehen. Er ging über den Markt von Kopenhagen oder ruderte in einem kleinen Boot nach Christianshavn hinüber. Ein anderes Mal, als sie nach Bad Pyrmont fuhr, ritt er, in einen schwarzen Mantel gehüllt, an ihrer Kutsche vorbei. Aber es waren immer andere Jungen gewesen, die nur wie Sven ungebärdiges rotblondes Haar hatten und den hageren Körper eines Knaben, der bald ein Mann sein würde.

Seltsamerweise hatte sie niemals geglaubt, Thorben zu sehen.

«Störe ich dich, Augusta?»

Claes Herrmanns trat in den Salon und beugte sich über die Hand seiner Tante.

«Nein, Claes, natürlich nicht.» Sie sah ihren Neffen prüfend an. «Du siehst wohl aus heute.»

«Das macht die Frühlingssonne.» Er setzte sich auf die Bank und lehnte seinen Stock gegen die Lehne. «Ich brauche deinen Rat, Augusta. Gestern kam ein Brief von Martin», er reichte ihr den Bogen, «lies ihn und sage mir, was du davon hältst.»

«Ein Brief von Martin? Wegen der Hochzeit?»

«Nein, wegen der Explosion der *Katharina*. Du gibst dir zwar alle Mühe, so zu tun, als verstündest du nichts von der Welt da draußen», fuhr er lächelnd fort, «aber wir beide wissen, daß das nicht stimmt. Lies, und sage mir, was du denkst.»

Augusta hielt den Brief ans Fenster und las.

«Eine böse Geschichte», sagte sie dann. «Hast du einen Verdacht?»

«Nein», antwortete Claes zögernd. «Nicht wirklich.»

Augusta kannte ihren Neffen gut genug, um zu spüren, daß diese Antwort nicht stimmte.

«Martin ist seit Jahren weit weg von Hamburg, für ihn ist es leicht, in unseren Kontoren Feindschaft und Verrat zu wittern. Aber wer weiß, womöglich hat er recht. Die Zeiten sind härter geworden.»

Sie nahm die kleine Kolombine aus Porzellan vom Tisch und drehte sie langsam in den Händen, als suche sie einen Fehler in dem fein gemalten Gesicht.

«Nimm mir meine Frage nicht übel, aber – kannst du Martin trauen?»

Claes hatte diese Frage befürchtet und schwieg. Verstohlen tastete er nach dem Brief in der Innentasche seines Rockes. Davon wollte er Augusta nichts sagen. Es war ein anonymer Brief, nur ein paar unsinnige Sätze, die er am besten einfach wieder vergaß. Auch wenn es schon der zweite dieser Art war. Er mußte Jensen morgen noch einmal fragen. Irgend jemand mußte doch gesehen haben, wer den Brief mit seinem Namen auf den Schanktisch des Kaffeehauses gelegt hatte.

«Du bist verrückt! Du stürzt uns alle ins Unglück!» Helena schloß krachend das Fenster der Dachkammer im Krögerschen Haus, damit niemand ihren Streit hören konnte.

«Wenn dich jemand erkannt hätte?»

«Wer wollte mich denn erkennen? Nicht einmal in Auerbachs Keller hat mich jemand erkannt. Und die Leipziger haben mich oft gesehen.» Der junge Mann im grauen Rock nahm den Hut vom Kopf, dickes blondes Haar quoll darunter hervor.

«Dein Haar hat sich gelöst! Wenn dir das im Kaffeehaus passiert wäre!»

«Schimpf nicht, Helena. Es war doch nur eine kleine Scharade.»

Die schlanke Gestalt streifte die graue Atlasjacke und die weißen Kniehosen ab, zupfte den schmalen Bart von der Oberlippe und schlüpfte in ein Kleid aus blaugestreiftem Kattun. Aus dem jungen Reisenden aus Sachsen war wieder die Komödiantin Rosina geworden.

«Kindskopf», schimpfte Helena weiter. «Ich bin sicher, es hat dir auch noch Spaß gemacht!»

Zornig griff sie nach Jacke und Hose und hängte sie ordentlich über zwei hölzerne Haken an der Wand.

«Nun erzähl endlich, was du dir dabei gedacht hast.»

Rosina hatte eine Menge gedacht, bevor sie sich als junger Reisender unter die Bürger in Jensens Kaffeehaus mischte. Zuerst wollte sie nur erfahren, was man in der Stadt über die Beckersche Komödiantengesellschaft und ihren Prinzipal sprach. Darüber hörte sie wenig, um so mehr sprachen die Leute davon, daß Claes Herrmanns in den letzten Monaten ein bißchen viel Pech habe. Vor allem im täglichen Mittagstrubel vor der Börse wurde viel darüber geredet. Bedauern und Schadenfreude hielten sich die Waage.

Auf dem Jungfernstieg erzählte ein Wasserträger dem Vogelhändler von einem Unfall, der den Kaufmann fast das Leben gekostet habe, und von einem seiner Schiffe, das im Hafen von Lissabon untergegangen sei.

Auf dem Gänsemarkt stritt ein Fuhrmann mit einer Zwiebelfrau, ob der Komödiant, der den Behrmann erstochen habe, wohl ein Zauberer sei, den man am besten gleich aufs Rad flechte. Die Goldstücke, um die er den Schreiber totgemacht habe, habe er weggehext, behauptete der Fuhrmann. Wie sonst könne es angehen, daß er sie nicht mehr bei sich hatte, als die Wache ihn auf der Gasse fand?

Unsinn, antwortete die Zwiebelfrau, mit der Hexerei sei es ja heutzutage vorbei – sie bekreuzigte sich schnell –, aber wo ein Spitzbube sei, sei auch ein zweiter. Sein Komplize habe ihn sicher im Stich gelassen und sich mit der Beute davongemacht.

Zwei Schreiber, den Dreispitz unter dem einen, Börsenbriefe unter dem anderen Arm, spekulierten vor dem Rathaus, wieviel Malaise Herrmanns noch treffen müsse, damit er von einem großen zu einem kleinen Kaufmann werde.

Rosina schlenderte weiter und setzte sich beim Johanniskloster am Alsterufer auf einen Stein in die Sonne. Sie mußte nachdenken. Aber dazu war der Platz schlecht gewählt, jedes der aufgeputzten Mädchen, die auf dem Weg zum Jungfernstieg waren, um die ersten Primeln, Veilchen und ihre ganz privaten Dienste anzubieten, wollte mit dem ungewöhnlich hübschen jungen Mann ins Geschäft kommen.

Schließlich flüchtete Rosina in die St.-Petri-Kirche. Dort störte niemand den frommen Herrn, der tief ins Gebet versunken schien.

Sie versuchte, sich an alles, was sie gehört hatte, zu erinnern. Ein Unfall auf einer fernen Insel hatte den Kaufmann fast das Leben gekostet. Eine Explosion im noch ferneren Lissabon hatte eines seiner Schiffe zerstört. Schließlich erstach jemand seinen ersten Schreiber. Ein großes Unglück nach dem anderen für den Kaufmann Claes Herrmanns.

Er tat ihr nicht leid, dafür hatte er sie und Helena viel zu barsch aus seinem Haus weisen lassen. Und wenn einer so reich war, würde schon der eine oder andere dunkle Fleck die Unschuld seiner Seele trüben. Gott war wohl doch gerecht.

Aber es mußte eher mit dem Teufel zugehen – sie warf einen entschuldigenden Blick auf die heiligen Bilder über dem Altar –, wenn das nur Zufälle waren. In den Jahren, die Rosina mit den Komödianten durch viele Städte und Dörfer gezogen war, hatte sie aufgehört, an Zufälle zu glauben. Und über die Hexerei dachte sie wie die Zwiebelfrau.

Letztlich ging es im Leben nicht viel anders zu als in den Komödien. Da hat einer was, was ein anderer auch haben will, eine schöne Braut, einen Sack Geld oder ein Königreich. Da wird geprügelt, intrigiert, betrogen und gefoppt. Immer ist einer der Gute und ein anderer der Böse. Immer gibt es endlose Verwirrspiele, bis endlich das Gute siegt. Fragte sich nur, wer in diesem mörderischen Spiel der Böse war, wer betrog und wer gefoppt wurde. Und um welchen Preis.

Er mußte mächtig sein, wenn er selbst in Lissabon und auf dieser englischen Insel Unglück bringen konnte. Und schlau. Es war sicher auch kein Zufall, daß gerade Jean neben dem toten Schreiber im Regen gelegen hatte, als die Stadtwache die Gasse heraufkam. Kein Bürger zweifelte daran, daß ein Komödiant um ein paar Taler einen Mord begeht. Ihr Vater glaubte das auch.

Sie fühlte sich plötzlich sehr matt. Wie sollte sie den Mörder finden? Wie herausbekommen, welche Ränke und Kabalen in den Kontoren und Hinterzimmern der Kaufleute gesponnen wurden? Auch wenn sie in Leipzig, Braunschweig, Schleswig oder Frankfurt Freunde unter den Bürgern hatte, die sie von Zeit zu Zeit sogar in ihre Salons einluden, in Hamburg blieben ihnen die Türen der Bürgerhäuser verschlossen.

«Und welcher Teufel hat dich geritten, ins Kaffeehaus zu gehen?» unterbrach Helena den Bericht.

«Ganz einfach. Ich trug meinen Trübsinn durch die Stadt und wußte nicht weiter, als ich plötzlich vor der Tür stand. Schimpf nicht mit mir, Helena. Wo sonst erfährt man Neuigkeiten aus den Kontoren? Dort sitzen die Männer, lesen in der Zeitung, spielen Billard und Karten, trinken Kaffee und Schokolade, tratschen wie die Zwiebelweiber und tun sich wichtig. Es ist der einzige Ort in einer großen Stadt, wo jeder Zutritt hat, wenn er nur bezahlen kann. Und wenn er ein Mann ist», fügte sie grimmig hinzu. «Nun war ich gerade ein Mann, und ein paar Münzen hatte ich auch. Gottlob mußte ich mit niemandem Karten spielen. Wenn Jean wieder bei uns ist, muß er mir unbedingt ein paar Tricks beibringen. Denn wo sie über den Karten saßen, wurde am meisten geklatscht.»

Aber sie hatte es auch ohne Karten geschafft und war schließlich sogar mit dem Kaufmann Herrmanns ins Gespräch gekommen. Er war der einzige in der Stadt, der wie die Komödianten unbedingt herausbekommen mußte, was da gespielt wurde. Wirklich ein recht gebildeter Mann, nur vom Theater verstand er gar nichts. Sie hatte kräftig mit ihm gestritten, ob die Schauspiele eine Kunst seien, und schließlich hatte sie sich mit ihm in der Komödienbude an der Fuhlentwiete verabredet, wenn das erste Schauspiel gezeigt werden würde.

Da hatte Rosina sich fast verraten, denn Herrmanns hatte grimmig gelacht und ihr versichert, es werde in diesem Frühjahr keine Komödie geben. Schließlich sei der Liederjan von Prinzipal als Mörder im Loch.

Das sei doch aber gar nicht gewiß, hatte Rosina heftig erwidert und fast ihre Rolle vergessen. Aber er hatte sich über ihre Hitzköpfigkeit amüsiert und versprochen, falls die Komödie tatsächlich gegeben werde, wolle er dort sein und sehen, ob die Komödianten mehr böten als Hanswursterei.

«Alles in allem habe ich einen guten Eindruck gemacht», schloß Rosina mit der Miene einer Katze, die eine besonders fette Maus gefangen hat. «Er fand den jungen Herrn Reichenbach aus Sachsen sehr interessant. Ich konnte mich gerade noch rechtzeitig davonmachen, sonst hätte er mich in sein Haus eingeladen. Und dem zu folgen erschien mir doch zu kühn.»

«Du wirst am Galgen enden», sagte Helena, aber ihr Zorn war verflogen. Mit Zaudern und Bravsein würden sie den Beweis für Jeans Unschuld niemals finden.

«Und die verschwundenen Goldstücke? Wenn Jean den

Schreiber tatsächlich wegen der Münzen erstochen hat, hätte er die doch in seinen Taschen haben müssen. Wenn die Wachen sie aber nicht gefunden haben, dann muß noch jemand anderes dagewesen sein. Einer, der mit seiner Beute davongelaufen ist.»

«Vielleicht hatte der Schreiber gar keine Goldstücke. Vielleicht hat er sie verloren oder verspielt.»

«Wir müssen die Leute fragen, die an dem Abend in der Schenke waren. Findest du nicht auch, daß Sebastian mal wieder einen Krug Bier trinken muß?»

«Unbedingt. Und Titus braucht eine neue Liebschaft. Köchinnen sind die beste Nachrichtenbörse. Außerdem haben sie alle eine Schwäche für große, dicke Männer.»

Claes hatte gehofft, Augusta werde seine Sorgen als Phantastereien eines Mannes mit überreizten Nerven beiseite wischen. Sie war immer eine kluge Ratgeberin, und in Gesichtern konnte sie lesen wie er in seinen Kontobüchern. Und nun hatte sie es ausgesprochen: Konnte er Martin trauen? Wer wußte schon, was in einem ehrgeizigen jungen Menschen weit fort von zu Hause vorging?

Er griff nach seinem Stock und machte sich auf den Weg zum Hafen. Frische Luft würde ihm jetzt guttun. Die Sonne stand schon tief, und der Wind hatte wieder aufgefrischt. Dicke weiße Wolken jagten sich am Himmel mit grauen Fetzen. Er ging über die Jungfernbrücke und schritt energisch die Straße Bei den Mühren hinunter.

Der Aprilwind war erfrischend, mit jedem Schritt wurde ihm leichter.

Nicht Martin, dachte er. Er hatte ihm immer vertraut, und dabei blieb es. Punktum.

Claes freute sich über Sophies Wahl. Nicht zuletzt, weil sie bewies, daß seine Tochter frei von dem Dünkel einiger ihrer Freundinnen war, für die nur ein Mann aus den ersten Familien in Frage kam. Tief in Gedanken ging Claes über die Hohe Brücke, die Kajen und das Steinhöft hinunter bis zum Baumwall am Ende des Binnenhafens. Hier öffnete sich der Blick weit über die Elbe, die ihre vielen Arme zwischen grünen Inseln hindurchschlängelte. Drüben auf dem kleinen Grasbrook weideten schon Schafe mit ihren Lämmern. Bald war Zeit für die Frühjahrsschur. Am Anleger beim Baumhaus am Ende des Steinhöft hatte gerade der letzte Ewer nach Harburg am südlichen Elbufer abgelegt. Das Segel blähte sich behäbig im Wind und legte das kleine Schiff schräg in die Wellen.

Nirgends war die Aussicht über die Stadt und die weite Elblandschaft so schön wie von der Dachterrasse des Gasthauses auf dem alten Zollgebäude am Hafen. Sophie hatte dort vor einem Jahr in Tränen aufgelöst hinter der *Katharina* hergewinkt, auf der Martin nach seinem letzten Besuch zurück nach Lissabon gesegelt war. Claes fröstelte. Viele seiner Erinnerungen waren mit dem Baumhaus verbunden. Dazu gehörten zwar auch Streitereien um den Wert der einen oder anderen seiner Ladungen mit den Zollprüfern im Anbau an der Wasserseite, das waren Alltäglichkeiten. Vor allem jedoch erinnerte ihn das Baumhaus an heitere Stunden mit Menschen, die er liebte: Konzerte oder Karnevalsbälle mit Maria im oberen Saal, Treffen mit Freunden wie Sonnin, König, Reimarus und Joachim auf der Dachterrasse. So hoch über den Dächern der Stadt und dem filigranen Gewimmel der Masten und Rahen im Hafen fühlte er sich immer frei. Wenn er je gegen leichtsinnige Gedanken kämpfen mußte, dann dort oben, wo ihm die engen Regeln und Pflichten der ehrbaren Kaufleute fern und nicht mehr ganz so unausweichlich erschienen. Nur ein paar Wochen noch, dann war es wieder warm genug für eine Partie Karten, für ein paar Gläser Wein mit den Freunden auf dem Altan.

Aber es würde nie mehr so sein wie früher. Er konnte sich nicht vorstellen, daß er in Zukunft durch das Portal gehen würde, ohne daran zu denken, daß Behrmann hier verblutet war. Der Tod seines Schreibers traf ihn härter, als er gedacht hatte.

Claes hielt das Gesicht in den Wind. Er hatte sich nie Gedanken über den Wind gemacht, so nah bei der Küste war er eben immer da. Aber jetzt empfand er ihn wie einen Freund, der ihn wach rüttelte, wenn die Gedanken zu trübe wurden, der ihn sanft schubste, wenn er zu träge wurde. Der Nordost brachte an diesem Abend noch einen letzten Hauch Winterkälte. Aber Claes fror nun nicht mehr. Er straffte die Schultern und schritt kräftig aus. Am Elbufer drängten sich immer noch Menschen, Karren und Fuhrwerke. Bei den Vorsetzen hatte eine Brigg festgemacht. Auf dem schnittigen Zweimaster herrschte noch quirliges Treiben. Gerade schoben vier Matrosen lange Planken vom Deck an Land. Jetzt im April waren die Anleger direkt am Hafenrand noch frei. Bald mußten einlaufende Schiffe weiter draußen in der Elbe festmachen, und der Weg an Land war eine Kletterpartie über die Reihe der davorliegenden Schiffe, wenn man sich die Mühe sparen wollte, an Land zu rudern.

Claes kniff die Augen zusammen, um gegen die tiefstehende Sonne den Namen am Bug zu entziffern: *Anne Victoria.* «Ein schönes Schiff», sagte eine weiche Stimme hinter ihm, und noch bevor Claes sich umdrehte, hatte er den Akzent von Thomas Matthews erkannt.

Er nickte. «Ja, ein besonders schönes Schiff. Aber ziemlich klein.»

«Sicher», antwortete der Engländer. «Eure Barken bringen fast doppelt soviel Fracht. Aber so eine Brigg ist wendig und schnell, unschlagbar in allen Gewässern. Nicht besonders geeignet, um Kohle und Holz von Schweden nach England zu bringen, aber gut für Seide und Gewürze aus Arabien, für Gläser aus Venedig, Pfirsiche, Zitronen und Trauben aus Spanien. Und für ein paar Säcke Kaffee von Martinique oder Hispaniola.» Er lachte leise. «Im Karibischen Meer ist Schnelligkeit das wichtigste. Nicht nur im Kampf mit Kaperern.»

Claes hob unbehaglich die Schultern und sah starr zu dem Segler hinüber. Der Mann, der im Heck an der Reling stand und mit einem der Offiziere sprach, war eindeutig der Kapitän. Er schien einen halben Kopf größer zu sein als alle anderen an Deck, trug keine Perücke, das ungepuderte schwarze Haar war im Nacken über einem weißen, spitzengesäumten Kragen in nachlässiger Eleganz zusammengebunden, die kühne Nase unter einer hohen Stirn beherrschte sein Gesicht.

Ein paar Kinder und Hunde und zwei Mädchen mit prall über den Hüften gerafften Röcken und viel zu großen Ausschnitten drängten sich um die ersten Männer, die mit wiegenden Schritten über die Planken an Land gingen. Der Mann, den Claes für den Kapitän hielt, verschwand in der Kajüte. Als er wieder auftauchte, führte er eine elegante hochgewachsene Dame am Arm. Lachend hob er sie auf und trug sie leichtfüßig über die federnden Planken an Land. Anne St. Roberts stand auf dem Kai, keine dreißig Schritte von Claes entfernt.

«Anne!» rief er, lief mit großen Schritten zum Anleger und schalt sich für die vertrauliche Anrede.

«Mademoiselle St. Roberts. So eine Überraschung. Ich wußte nicht...»

«Monsieur Herrmanns...» Der freudige Schimmer in ihren Augen verlosch so schnell, daß Claes ihn gar nicht wahrnahm. Sie musterte ihn mit höflichem Lächeln und so kühl, daß der Wind von der Elbe zum Eishauch wurde.

Der elegante Mann mit der großen Nase beobachtete die verunglückte Begrüßung mit mokantem Lächeln. «Da es Euch offenbar die Sprache verschlagen hat, muß ich mich wohl selbst vorstellen.»

«Unsinn, Jules», protestierte Anne, legte fest und vertraut die Hand auf den Arm ihres Begleiters und zauberte ein höfliches Lächeln auf ihr Gesicht. «Monsieur Herrmanns, hier bringe ich Euch Captain Braniff, den Ihr bei Eurem unglücklichen Besuch auf Jersey so lange und vergeblich erwartet habt. Er hat viel mit Euch zu besprechen, aber das hat sicher bis morgen Zeit.»

«Natürlich», Claes stotterte immer noch, «ich werde sofort einen Wagen für Euer Gepäck kommen lassen. Zimmer sind in meinem Haus immer für Euch bereit...»

«Macht Euch keine Mühe, Monsieur. Ich werde erwartet, und Jules...», sie schenkte dem schönen Mann an ihrer Seite einen schmelzenden Blick, «zieht es immer vor, im Gasthaus zu wohnen. Ach, da ist ja Thomas», rief sie, «Thomas, wie schön, dich zu sehen.»

Matthews, der einige Schritte entfernt die eigentümliche Begrüßung beobachtet hatte, trat eilig heran und küßte Anne innig beide Hände.

«Wenn es Euch recht ist, werde ich Euch in den nächsten Tagen besuchen», rief Anne über die Schulter, nahm Matthews' Arm und zog ihn energisch zu der Kutsche mit dem schwungvollen «M» an den Schlägen.

Claes sah der davonrollenden Kutsche nach und war nicht sicher, ob er das alles nur geträumt hatte. Wohl kaum. Captain Braniff stand neben ihm und grinste immer noch. Unverschämt, fand Claes.

«O là là, Monsieur Herrmanns. Kann es sein, daß Ihr unsere charmante Freundin irgendwann verärgert habt?»

«Unsinn! Sie hat mein Leben gerettet. Ich schulde ihr tiefsten Dank und allen Respekt. Es würde mir nicht im Traum einfallen, sie zu beleidigen.» Er rieb sich ärgerlich die Hände. «Eher hätte ich Grund, schlecht gelaunt zu sein. Sie hat meine Briefe nicht beantwortet.»

«Briefe?» Barniff runzelte die Stirn. «Wann habt Ihr die geschrieben?»

«Gleich nach meiner Rückkehr von Jersey natürlich. Ich habe ihr als Dank für die wochenlange Pflege auch eine Kamee geschickt. Vielleicht haben ihr die eingeschnittene Rose und der Käfer nicht gefallen. Jedenfalls hat sie nicht geantwortet.»

Jules Braniff sah nachdenklich über die Schiffe und das Wasser. «Eine Rose und ein Käfer. Vielleicht hat sie Eure Post nicht bekommen.»

Claes antwortete nicht. Er ärgerte sich, daß er mit diesem Fremden, den Anne so vertraulich behandelte und sogar beim Vornamen nannte – Jules, was war das überhaupt für ein lächerlicher Name? –, über seine privaten Angelegenheiten gesprochen hatte.

6. KAPITEL

MITTWOCH NACHMITTAG

«Blohm!!!» Das schwere Portal fiel hart hinter Claes ins Schloß. «Blohm!»

«Ich hör noch gut», brummte der Alte, der eilig in die Diele schlurfte.

«Entschuldige, Blohm. Ich weiß selbst nicht, warum ich so schreie. Ist wohl Ostwind heute. Geh wieder in die warme Küche, aber schick Betty mit einer Kanne Salbeitee. Ich bin bei Augusta.»

Blohm nickte. «Tee ist gut. Aber Frau Augusta ist ausgegangen. Sie hat nicht gesagt, wohin.»

«Schick den Tee trotzdem in ihr Wohnzimmer. Ich warte dort auf sie.»

Augustas Salon im ersten Stock war das gemütlichste Zimmer im ganzen Haus. Claes wärmte seine kalten Hände an den holländischen Fayencen des Kachelofens, setzte sich in den grünen Sessel nahe am Fenster und spürte, wie die Vertrautheit des Raumes seine Spannung löste. Er rieb seine klopfenden Schläfen, lehnte sich zurück in das Polster und atmete tief durch.

Der hämmernde Zorn hinter seiner Stirn erschien ihm lächerlich und völlig unbegründet. Irgendeine Lady von einer kleinen englischen Insel mit einem sandigen Hafen hatte ihm die kalte Schulter gezeigt. Na und?

Natürlich war es mehr als unhöflich gewesen, seine Briefe und das Schmuckstück einfach zu ignorieren. Um so mehr, als sie ihm in den Wochen seiner Genesung über die Gastfreundschaft hinaus als so besonders freundlich erschienen war. Sehr besonders, wenn er ehrlich war.

Er wäre dem warmen Blick ihrer verwirrend graugrünen Augen damals gerne mit ebensolcher besonderen Freundlichkeit begegnet. Aber er hatte sie wie einen Freund behandelt. Nicht wie eine Freundin. Er hatte ihren Duft und den sanften Schimmer ihrer Haut einfach ignoriert. Diese Frau, die so ganz anders war als alle, die er kannte, die sich in Laderäumen und Lagerhäusern besser auskannte als mancher Mann, die aber doch beim Tanz wie eine Feder war, sanft nach Jasmin roch und...

«Claes Herrmanns», stöhnte er, «du bist ein Idiot.»

«Aber, lieber Neffe, so schlimm ist es wirklich nicht.»

Augusta stand in der Tür und amüsierte sich.

«Nein, bleib nur sitzen. Du siehst aus, als ob du ein wenig Pflege brauchen könntest.»

Sie stellte das Tablett mit dem Tee, das sie Betty in der Diele abgenommen hatte, auf den Rosenholztisch und setzte sich ihrem Neffen gegenüber.

«Trink von dem Tee, und dann erzähle mir, warum du ein Idiot bist. Das verspricht eine spannende Geschichte.»

«Ach, Augusta. Ein Schutzengel hat dich in mein Haus gebracht. Ein Wort von dir, und schon wird der Himmel heller.»

Claes rührte einen Löffel Honig in seinen Tee und nahm einen großen Schluck. «Warum bist du eigentlich damals zu Sophie und mir gezogen? Du hättest ein ruhiges Leben in einem eigenen Haus haben können. Und Corinna hätte dich mit Freuden in Köln aufgenommen.»

«Damit mir immer jemand hilft, diese scheußlich engen Schuhe auszuziehen. Bitte, Claes.»

Sie steckte ihre Füße unter dem Rock hervor und sah ihren Neffen auffordernd an.

«Ich mag es, wenn du so hilflos bist», grinste er, kniete nieder und erlöste sie von den Schuhen. Sie reckte die befreiten Zehen und lehnte sich mit einem zufriedenen Seufzer zurück.

«Corinna wäre jetzt furchtbar schockiert. Eine Dame zeigt

niemals ihre Füße. Bei deiner Schwester am Rhein ist zwar das Wetter besser als hier im Norden, aber sie ähnelt gar zu sehr eurem Vater. Mein Bruder war mir auch zu vertrocknet und viel zu sicher, daß ihm ein Platz im Himmel gewiß war. Nein, Claes», sie beugte sich vor und strich leicht über seine Hand, «was du ein ruhiges Leben nennst, ist tatsächlich nichts als einsame Langeweile. Ich bin glücklich bei euch. Du behandelst mich nie, als wäre ich schwachsinnig oder zerbrechlich, als müßte man mich von allem, was das Leben spannend macht, fernhalten. Doch bevor wir beide nun in Tränen der Rührung ausbrechen, erkläre mir, warum du ein Idiot bist.»

Während Claes von der Begegnung mit Anne und dem Captain erzählte – seine Erinnerungen an Blicke, Düfte und feige verpaßte Gelegenheiten verschwieg er allerdings –, vergaß er völlig zu fragen, wen Augusta an diesem Nachmittag besucht hatte.

Augusta fand zwar, daß die unglückliche Szene am Hafen kaum für Claes' Selbstanklage ausreichte, aber sie hatte genug gehört, um zu wissen, daß einerseits weitere Fragen jetzt nicht angebracht waren und daß es andererseits höchste Zeit war, Anne St. Roberts kennenzulernen.

Es mußte einen Grund haben, daß Claes rote Ohren bekam wie ein Johanneumschüler beim Schlittschuhlaufen mit seiner ersten Liebe, wenn er von ihr sprach.

MITTWOCH NACHT

Es war kurz nach dem Elfuhrläuten. Der Hafen lag ruhig in der dunklen Nacht, nur das Knarren der Masten und das leichte Plätschern des Wassers an den dicken Schiffsbäuchen waren zu hören, irgendwo jammerte eine Katze, und ab und zu klangen Gelächter und Geschrei aus den Schenken hinter dem Rathaus. Von Nordwesten zogen dicke Wolken auf und schoben sich vor den fast vollen Mond.

Der Mann, der, in einen schwarzen Kapuzenmantel gehüllt,

von der portugiesischen Brigg kletterte, fast lautlos über die Planke lief und an Land sprang, fühlte sich in der Dunkelheit sicher. Das Schiff hatte kurz nach Sonnenuntergang festgemacht, aber er war bis jetzt unter Deck geblieben.

Schnell schlüpfte er hinter einen Karren und wartete einige Minuten. Aber nichts rührte sich. Die Matrosen schliefen erschöpft vom Löschen der Ladung in ihren Hängematten unter Deck oder holten in einer der Schenken nach, was sie in den Wochen auf See vermißt hatten.

Gut, dachte er, niemand wird mich sehen. Trotzdem fühlte er eine unbestimmte Angst. Er war ein ganzes Jahr fort gewesen und hatte in dieser Zeit oft von seiner Rückkehr geträumt. Der triumphierende Heimkehrer, der weitgereiste Mann in Kleidern aus teurem Tuch würde seine glühende Freude nicht zeigen, sondern, wie es sich für einen erfolgreichen Kaufmann gehörte, ruhig und gerade an der Reling stehen. Und dann, wenn er sie dort unten sah, würde er sein klopfendes Herz bezähmen und nur würdig die Hand zum Gruß heben.

Immer wieder hatte er sich die Szene seiner Rückkehr ausgemalt. Würdig wollte er sein, vor allem würdig.

Und nun schlich er an Land wie ein Dieb.

Je weiter das Schiff die Elbe hinaufgesegelt war, um so beklommener hatte er sich gefühlt. Nur der Kapitän wußte, wer er war. Für die Matrosen blieb er irgendein reicher junger Herr, der von einer langen Bildungsreise quer durch Europa heimkehrte. Er lächelte. Selbst wenn er für eine solche Reise Muße gehabt hätte, gab es keine Familie, die sie ihm bezahlen konnte.

Er sah sich noch einmal vorsichtig um, dann machte er sich auf den Weg zum Neuen Wandrahm. Sicher würde Herrmanns noch in seinem Zimmer an dem großen Eichentisch sitzen, und wenn er schon schlief, würde Blohm ihn eben wecken müssen.

Eine kalte Bö fegte von der Elbe herüber. Er wickelte sich fester in seinen Mantel und machte größere Schritte.

War da nicht jemand hinter ihm? Er blieb stehen und lauschte in den auffrischenden Wind. Aber da war nichts. Er hatte nur sein eigenes Echo gehört. Rasch ging er an dem sechsstöckigen Steinhaus der Hannoverschen Poststation vorbei über die Hohe Brücke. Der Klang seiner Stiefel auf den alten Bohlen erschien ihm laut wie Kanonendonner. Er drückte sich in den Schatten des Neuen Krans und hielt den Atem an.

Nur das Wasser gluckste leise am Ufer.

Jetzt war es nicht mehr weit. Nur noch die Mühren hinauf, bei St. Katharinen über die Jungfernbrücke mit ihren gelb glimmenden Rüböl-Laternen, dann konnte er das reiche Portal des Hauses schon sehen.

«Ruhig», flüsterte er, «ganz ruhig. Alles ist gut.»

Die Angst umklammerte ihn wie eine Faust. Er schämte sich dafür. Es gab doch keine Gefahr. Niemand wußte, daß er in Hamburg war, und niemand konnte wissen, was er Claes Herrmanns zu berichten hatte. Noch ein paar Minuten, dann würde Blohm das große Tor öffnen, und er konnte sich wieder sicher fühlen. Dann war er zu Hause.

Aber er hatte sich geirrt. Die Schritte waren nicht das Echo seiner eigenen gewesen. Der Schlag, mit dem der Knüppel ihn traf, fuhr wie ein explodierendes Feuer durch seinen Kopf. Dann spürte er nichts mehr. Er hörte auch nichts von dem kurzen Streit der beiden Männer, ob er nun genug habe oder ob es nicht besser sei, noch einmal zuzuschlagen. Nur das Grölen zweier Betrunkener, die die Straße heraufkamen, ersparte ihm den zweiten Schlag.

«Der hat genug», flüsterte eine rauhe Stimme.

Die schwarze Nacht verschluckte die beiden Gestalten wie Schatten.

Der erste der zwei Matrosen, die kurz darauf um die Ecke bogen, stolperte über die zusammengekrümmte Gestalt am Anfang der Brücke. «He», rief er, «der hat noch mehr gesoffen als wir. Steh auf, Bruder, in der Gosse frierste dir heute nacht den Arsch ab. Steh auf.»

Dann sah er das Blut dick und schwarz unter der Kapuze hervorsickern und erstarrte.

«Komm», zischte der andere, «laß ihn liegen. Was kümmert uns so 'n Schnösel. Oder willste aufs Rad geflochten werden, weil se glauben, wir hätten den erschlagen?»

Erst am nächsten Morgen, als der Nachtwächter seine Sechsuhrrunde machte, wurde Martin Sievers gefunden und in Herrmanns' Haus gebracht.

«Tot», sagte der Nachtwächter, «tot wie 'ne Katze, die unter die Räder gekommen ist.»

«Noch nicht», sagte die Köchin, die zu dieser frühen Stunde das Tor geöffnet hatte, «noch nicht ganz.»

Die Doktoren Eisermann und Kletterich, die Claes schon vor dem Frühstück aus ihren warmen Betten holen ließ, wickelten frische Tücher um Martins Kopf, murmelten ein paar lateinische Sätze und machten sorgenvolle Gesichter. Dann ließen sie den Patienten zur Ader, forderten warme Decken und verboten, das Fenster zu öffnen, damit die frische, kühle Luft ihn nicht noch mehr schwäche. Sie rieten zu Gebeten und Geduld.

Keiner der beiden glaubte, daß dieser bleiche junge Herr je wieder aufwachen würde. Aber beide hofften, daß er noch lange genug lebte, um ihnen ein paar Goldstücke einzubringen.

DONNERSTAG MORGEN

Der Morgen war noch grau, als sich Augusta und Claes zum Frühstück trafen. Keiner von beiden hatte Appetit.

«Warum ist er so heimlich und bei Nacht gekommen?» fragte Augusta. «Sein Schiff muß doch schon bei Tag angelegt haben. Bei Nacht ist der Hafen gesperrt. Wo ist er solange gewesen?»

«Ich weiß es nicht.» Claes strich sich müde über die Stirn. Sein Kopf dröhnte zum Zerspringen. «Ich weiß es wirklich nicht.»

Schon in der ersten Dämmerung war er zum Hafen gegangen und hatte schnell herausgefunden, mit welchem Schiff Martin gestern angekommen war.

«Der Kapitän sagt, Martin hat darauf bestanden, daß niemand

auf dem Schiff erfuhr, wer er ist und wohin er will. In seinem Gepäck war kein Brief, kein Dokument, nichts, was über die Explosion auf der Bark Auskunft geben könnte. Gar nichts.»

«Er hat die Auskünfte in seinem Kopf», seufzte Augusta, «in seinem armen, zerschlagenen Kopf.»

«Herrgott! Er darf nicht sterben! Ich muß wissen, was er mir sagen wollte. Wenn er sich so geheimnisvoll auf den Weg gemacht hat, muß er etwas herausgefunden haben. Er muß wissen, wer hinter allem steckt.»

Claes schob seinen Stuhl zurück und ging, schwer auf den Stock gestützt, zum Fenster.

Augusta sah ihn an. Sie wußte, daß es ihm nicht nur um Martins Geheimnis ging. Claes hatte den Jungen gern. Er bewunderte Martins Tüchtigkeit und kaufmännisches Geschick, und er vertraute ihm wie wenigen, die nicht zu seiner Familie gehörten.

«Und es muß jemand hier in Hamburg sein», sagte Augusta leise, «vor dem er Angst hat. Also jemand, den wir alle kennen.»

Claes nickte, seine Finger trommelten lautlos gegen das Fenster. Er sah hinunter auf die Straße, sah die Karren, die hochbepackt vom Hafen kamen, sah Köchinnen und Mägde mit Körben zum Gemüsemarkt am Meßberg eilen, eine Sänfte wurde vorbeigetragen, und ein Kind trieb ein paar Schweine den Neuen Wandrahm hinauf, obwohl der Rat kürzlich verboten hatte, Schweine in der Stadt frei herumlaufen zu lassen.

Claes war hier zu Hause. Er kannte London und Amsterdam. Er hatte auch Schweden und Dänemark, Portugal, Spanien und Frankreich bereist. Er war sogar im russischen Archangelsk und in St. Petersburg gewesen. Aber keine Stadt war ihm schöner erschienen als Hamburg. Nicht einmal das weiß schimmernde Lissabon auf den Hügeln über dem Tejo unter dem tiefblauen südlichen Himmel.

Venedig vielleicht, auch wenn seine bunten Paläste so ganz anders waren als die hochgiebeligen Häuser aus rotem Backstein oder uraltem Fachwerk, die vor seinem Fenster behäbig in den grauen Himmel ragten. Aber dennoch, vor allem wohl, weil Venedig wie Hamburg eine Stadt im Wasser war. Weil dort die Schritte auf den Brücken über den zahllosen großen und kleinen Kanälen genauso klangen wie hier. Der Nebel, der die Lagunenstadt hinter den Sümpfen immer wieder ganz unvermittelt einhüllte, hatte ihn am meisten an den Norden erinnert.

Auch Hamburg lag in einem Sumpfland, in dem ein Fremder sich leicht verirren konnte. Oder ein achtjähriges Kind. Hätte Blohm ihn nicht gefunden, halbtot von der nassen Kälte und der Angst vor dem Geist des wilden Jägers, der hier umging – das Gebell der Geisterhunde war ja schon ganz nah gewesen –, wäre er nie aus dem Sumpf zurückgekehrt.

Blohm, damals noch Knecht auf einem der großen Höfe in den Marschen, hatte den zitternden Jungen in seinem flachen Boot zurück in die Stadt gestakt. Claes' Vater hatte ihn zum Dank für das Leben seines Sohnes freigekauft, und seit damals war Blohm immer in seiner Nähe. Mit der Halsstarrigkeit der Leute aus den Marschen hatte er sogar durchgesetzt, den jungen Claes in die Lehrjahre nach London zu begleiten.

Claes glaubte schon lange nicht mehr an Gespenster. Er sah hinaus auf die Stadt und spürte zum ersten Mal Fremdheit. Er sah durch das Fenster wie auf das neue Bild eines fremden Künstlers. Das Gefühl der Sicherheit, das ihm hier so selbstverständlich war, daß es ihm nur bewußt wurde, wenn er von einer langen Reise zurückkam, hatte ihn an diesem Morgen verlassen. Er hatte nicht nur Freunde hier, natürlich nicht, es gab Konkurrenten, und früher, als er noch jung war, hatte es Feindschaft um der einen oder anderen Liebe willen gegeben. Es gab Männer, die er nicht mochte, andere, die ihn nicht mochten.

Vielleicht hatte er in den mehr als vierzig Jahren seines Lebens mehr Unmut erregt, als ihm bewußt war. So war das eben, wenn man ein großes Geschäft führte und immer ein waches Auge auf den Rat der Stadt und der Commerz-Deputation hatte. Aber Feinde? Männer, die ihn so sehr haßten oder fürchteten, daß sie einen seiner Vertrauten töteten und eines seiner Schiffe zerstörten?

Claes war plötzlich sehr kalt. Der Schmerz in seinem Bein und seiner Schulter erinnerte ihn an den Unfall auf Jersey. Auch dort hatte er nur freundliche Menschen getroffen. Und doch hatte einer von ihnen vielleicht versucht, ihn zu töten.

Warum?

Er drehte sich abrupt um und ging zum Tisch zurück.

Augusta sah ihn immer noch aufmerksam an. «Du denkst, was ich denke, Claes. Du rechnest all die Unfälle in den letzten Monaten zusammen und weißt, daß es unmöglich ist, in so kurzer Zeit so viel Pech zu haben.»

«Ich würde gerne an einen schwarzen Stern über unserem Haus glauben, aber seit jemand versucht hat, Martin umzubringen, kann ich das nicht mehr. Ich kann auch nicht glauben, daß Gott oder der Teufel das Unglück schicken. Da hat ein ganz Irdischer die Fäden in der Hand.»

Er setzte sich wieder an den Tisch und rührte nachdenklich in seinem Gerstenbrei.

«Hilf mir denken, Augusta.» Er schob energisch seine Schüssel beiseite. «Nur dir kann ich blind vertrauen.»

«Sei nicht bitter, Claes. Tatsächlich gibt es nur einen, dem du nicht vertrauen kannst.»

«Mag sein. Aber solange ich nicht weiß, wer das ist, muß ich vorsichtiger sein, als mir lieb ist. Die Bilanz der letzten Monate ist trübe genug. Zuerst das Unglück auf Jersey.» Er legte seinen Löffel in die Mitte des Tisches. «Das», er schob die Salzschüssel in die Nähe des Löffels, «ist die Explosion in Lissabon. Und der Überfall auf Martin.» Die Butterschale fand Platz gegenüber dem Salz. «Drei Ereignisse, so weit voneinander entfernt, daß sie scheinbar nichts miteinander zu tun haben können.»

Mit dem Zeigefinger zog er unsichtbare Linien zwischen Löffel, Salzschüssel und Butterschale.

«In diesem Dreieck, mittendrin, sitzt einer, der vor gar nichts zurückschreckt.»

«Er muß einen Grund haben.»

«Ich habe die ganze Nacht gegrübelt, Augusta. Seit Martin da unten liegt und um sein Leben kämpft, habe ich nichts anderes getan, als zu überlegen, wer mich so hassen kann.» Er stützte den Kopf in beide Hände und schloß müde die Augen. «Mir ist niemand eingefallen.»

«Bist du ein Heiliger, Claes?»

Er lächelte fast gegen seinen Willen. «Natürlich nicht. Wer ist das schon. Aber ist das Grund genug für einen Mord? Sicher gibt es ein paar Handelshäuser, die bessere Geschäfte machen, wenn es mich nicht mehr gibt. Aber so ein Risiko lohnt sich nicht, um uns zu ruinieren. Wir sind wohl groß in Hamburg, aber klein in der Welt. Wer so viele Anschläge in verschiedenen Ländern plant, muß ja Mitwisser haben, die ihm gefährlich werden. Da gibt es andere Handelshäuser, deren Bankrott mehr Gewinn brächte.»

«Die Welt ist weit, Claes. Du mußt hier anfangen zu suchen.»

Claes nickte ungeduldig. «Ja, natürlich. Aber Martin kann uns jetzt nichts sagen. Er ist der einzige, der weiterhelfen kann.»

«Bist du sicher?»

Claes sah sie fragend an.

«Du hast den Mord an Behrmann vergessen. Oder glaubst du immer noch, daß der ein Zufall war?»

Claes schwieg mit gerunzelter Stirn. «Nein», sagte er dann entschieden, «das kann ich nun wohl nicht mehr.»

Langsam schob er den Milchkrug zu Löffel, Butterschale und Salzschüssel. «Sie haben diesen Komödianten neben Behrmanns Leiche gefunden», murmelte er. «Dieser Hund muß wissen, wer...»

«Vielleicht, Claes. Vielleicht auch nicht. Der, der so beharrlich dein Unglück will, gibt sich viel Mühe. Sein Arm reicht quer durch Europa. Seine Bosheit ist klug, und alle Anschläge waren gut geplant. Ist es nicht unwahrscheinlich, daß so einer ausgerechnet einen Trunkenbold als Mörder dingt? Und daß er dann nicht verhindert, daß der sich direkt neben seinem Opfer schlafen legt, damit die Nachtwächter ihn sofort entdecken? Muß er nicht damit rechnen, daß der Mörder, um die eigene Haut zu retten, den Auftraggeber verrät?»

Claes zuckte die Achseln. «So viel Dummheit konnte er sich wahrscheinlich nicht vorstellen. Und vielleicht hatte er es eilig, vielleicht fand er niemand anderen.»

Augusta schwieg, aber ihre Miene verriet, daß sie mit dieser Erklärung nicht zufrieden war.

«Vielleicht ist Behrmanns Tod gerade jetzt aber doch ein Zufall», fuhr Claes fort. «Daß mich jemand töten will, um unser Handelshaus zu treffen, daß jemand eines meiner größten Schiffe zerstört, um mir zu schaden, ja. Aber warum Behrmann? Behrmann kannte alle meine Geschäfte, er war meine rechte Hand und die Hälfte meines Kopfes. Sein Tod ist ein großes Unglück, aber vor allem für die Menschen, die ihn schätzten. Es klingt hart, aber meine Geschäfte gehen auch ohne Behrmann weiter. Es gibt ein paar Turbulenzen, ein wenig mehr Mühe im Kontor, vielleicht auch Verluste. Doch an denen gehen wir nicht kaputt, und in ein paar Wochen wird jemand anderes seine Arbeit genausogut beherrschen. Tonbrinck ist zwar noch ein wenig jung...»

Er stockte und wurde blaß.

«Nein, Claes. Tonbrinck ist ehrgeizig. Aber er ist auch freundlich. Und in einigen Jahren wird er nach Lüneburg zurückkehren und einen guten Platz im Handelshaus seiner Familie einnehmen. Warum sollte er Behrmann töten? Nur um für ein oder zwei Jahre der erste in deinem Kontor zu sein?»

Claes seufzte. «Du hast recht, Augusta, ich muß achtgeben, nicht in jedem, der mit meinen Geschäften zu tun hat, einen Verschwörer zu sehen.»

«Könnte es nicht sein, daß der Überfall auf Martin ein Zufall war? Ein Räuber, der sich in der dunklen Nacht sicher fühlen konnte, der einen Fremden erschlägt, weil er hoffte, in dessen Taschen ein paar Münzen zu finden?»

«Das ist ein netter Gedanke, Augusta. Aber wir wissen beide, daß er nichts bedeutet als ein bißchen Hoffnung, daß unsere Welt immer noch in Ordnung ist. Martin hatte fünf Goldstücke in seinem Mantel, und auch den Ring an seiner rechten Hand hätte kein Räuber übersehen. Nein, nur Martin kann weiterhelfen. Wir sollten nach Struensee in Altona schicken. Der hat mein Bein kuriert, als Eisermann und Kletterich mich schon zum alten Eisen werfen wollten. Martin muß wieder aufwachen, und zwar schnell.»

«Das ist eine gute Idee. Schick Blohm nach dem jungen Doktor. Der scheint mir ein bißchen verrückt, aber wenn er damit die Menschen kuriert, soll er so verrückt sein, wie er mag.»

Claes erhob sich, froh, endlich etwas tun zu können. «Blohm soll besser den Pferdejungen schicken, der ist schneller.»

Der Alte würde murren, weil er einen so wichtigen Auftrag nicht selbst ausführen sollte, aber der Tag war naß und kalt, Claes wollte nicht, daß er seine Gicht spürte.

«Warte, Claes.» Augusta zögerte einen Moment. «Nehmen wir einmal an, der Komödiant ist doch ein gedungener Mörder. Dann hätten wir nicht nur Martin.»

Claes runzelte ungeduldig die Stirn. Er wußte, was sie sagen würde, aber er wollte es jetzt nicht mehr hören.

«Dann hätten wir auch den Komödianten. Du hast es gerade selbst gesagt. Falls er Behrmann tasächlich nicht nur um ein paar Goldstücke erstochen hat, sondern um dir zu schaden, muß er einen Auftraggeber haben. Das weißt du so gut wie ich. Warum sollte dir ein Komödiant schaden wollen? Der reist ständig herum und hat wahrscheinlich noch nie von Claes Herrmanns gehört. Wenn er wirklich ein gedungener Mörder ist, muß ihn also jemand dafür bezahlt haben. Entweder hier in Hamburg oder aber in einer der anderen Städte, in denen er in den letzten Monaten seine Komödien gezeigt hat. Geh zu ihm, versprich ihm ein Goldstück oder was immer er fordert, wenn er dir verrät, wer ihm den Auftrag gegeben hat...»

«Niemals, Augusta! Von mir aus soll der Kerl verfaulen. Und

wenn diese beiden Damen, seine Tanzmamsellen, glauben, ich würde jemals mit ihnen sprechen, so hoffen sie vergeblich, absolut vergeblich. Egal, wie ordentlich sie sich herausgeputzt hatten, als sie hier vor der Tür standen...»

«Halt, Claes! Welche beiden Damen oder – wie sagtest du? – Tanzmamsellen?»

«Zwei dieser Komödiantinnen. Sie waren hier und wollten mit mir sprechen. Ich habe sie gleich von Blohm hinauswerfen lassen. Wir sind schließlich nicht in Bremen, wo die Bürger ganze Schauspielersippen in ihre Salons einladen, obwohl die Geistlichkeit angeordnet hat, daß sie als Verfemte zu behandeln sind...»

«Eigentlich schade. Manche spielen doch recht schöne Stücke. In meiner Jugend waren die Komödien ja alle ziemlich derb, aber heute scheint mir, daß sich die Theaterkunst recht ernsthaft wandelt. Vielleicht sind wir einfach ein bißchen altmodisch, Claes. Und vielleicht auch ein wenig zu stolz und borniert.»

«Augusta, ich muß doch sehr bitten. Wir sind nicht – altmodisch, wie du es nennst. Wir leben unsere Tradition. Die ist das Fundament unserer Lebensart, vergiß das bitte nicht.»

«Und du vergiß bitte nicht, daß ich kein Kind bin, sondern deine alte Tante, der du Respekt schuldest.»

«Verzeih mir, Augusta. Ich bin so unbeherrscht in diesen Tagen. Aber manchmal», ein kleines Lächeln schlich sich in seine Mundwinkel, «erscheinst du mir jünger und unvernünftiger als Sophie.»

«Ach, mein Lieber, das ist ein nettes Kompliment für eine alte Frau, findest du nicht? Ohne ein bißchen Unvernunft wird das Herz kalt und der Verstand zu einem Kontobuch.»

Claes lachte. «Du bist eine heimliche Poetin, Augusta.»

Er verbeugte sich mit einer entschuldigenden Geste und küßte galant ihre Fingerspitzen. «Selbst ohne Schuhe. Aber was den Komödianten angeht, bleibe ich bei meiner Meinung. Es hat sowieso keinen Zweck, mit dem Kerl zu reden. Er behauptet stur, daß er unschuldig ist und sich an nichts erinnert. Wahrscheinlich war er so betrunken, daß er tatsächlich nicht mehr weiß, was er getan hat. Dieses Lumpenpack bringt nur Unglück. In ein paar Tagen wird ihm der Prozeß gemacht, auf der Streckbank wird er schon reden. Wenn er was zu reden hat.»

«Auf der Streckbank reden die Menschen viel, aber nur selten die Wahrheit, sondern vielmehr das, was ihnen das Entsetzen eingibt. Der Streckbank kannst du genausowenig trauen wie Irrlichtern im Moor.»

Claes fühlte Ärger in sich aufsteigen, der Hammer in seinem Kopf begann, heftiger zu schlagen. «Mag sein. Aber auch für Geld erzählen Menschen alles, was du hören möchtest. Ich denke nicht daran, zu dem dreckigen Lumpen in den Kerker zu steigen. Und ich wünsche nicht, daß irgendein anderes Mitglied meiner Familie das tut.» Zornig wandte er sich ab und ging hinaus. Die Tür fiel krachend hinter ihm ins Schloß.

Es sind die Männer, dachte Augusta verblüfft, die manchmal recht unvernünftig sind. Nicht die Frauen. Aber vielleicht hatten Männer und Frauen einfach nur ganz verschiedene Vorstellungen von dem, was vernünftig oder unvernünftig war.

Sie nippte an dem Salbeitee. Er war kalt geworden.

«Wie langweilig», murmelte sie und wußte nicht genau, ob sie den Tee oder die Traditionen meinte. Und dann beschloß sie, trotz des kalten Wetters zwei Besuche zu machen.

Christoph Gottlieb Holländer fror und schwitzte zugleich. Es hatte schon in der Nacht begonnen. Er hatte seine Frau geweckt und eine zweite Decke befohlen, aber die hatte nicht viel genützt. Zwar war er irgendwann wieder eingeschlafen, aber am Morgen schmerzte sein Kopf, die Gelenke waren steif, und der Gedanke an ein gutes Frühstück mit Gerstensuppe und gebratenen Eiern auf Speck bereitete ihm Übelkeit.

Die Influenza, dachte er und sagte seiner Frau, er habe eben zu viel gearbeitet. Sie würde nur nach dem Arzt schreien, den fürchtete er mehr als den Zahnreißer.

Gegen Mittag gab er auf. Doktor Kletterich ließ ihn zur Ader, das Messer war natürlich wieder nicht ordentlich geschärft, verordnete strenge Bettruhe, kalte Wickel und viel Schlaf. Er legte ein Säckchen mit Kräutern auf den Tisch, aus denen die Köchin einen starken Tee für den Kranken bereiten sollte.

«Wie lange?» fragte der und klapperte im Schüttelfrost grimmig mit den Zähnen.

«Das weiß Gott allein. Haltet Euch warm, laßt die Fenster fest verschlossen und betet. Wenn das Fieber steigt, laßt Euch ein feuchtes Tuch auf die Stirn legen, aber nicht zu lange. Das wird schon helfen, Gott ist gerecht.»

Kletterich war ein frommer Mann.

Christoph Gottlieb Holländer betete für gewöhnlich nur am Sonntagmorgen, wenn er mit seiner Frau und den sieben Kindern in die Kirche ging. Sonst hielt er es mehr mit der irdischen Gerechtigkeit. Er war erster Richter am Niederngericht, ein strenger Mann, und gerade in diesen Tagen wurde er für einen großen Prozeß gebraucht. Andere Prozesse mochten wichtiger sein, aber kaum einer würde so viel Aufsehen erregen.

Seit Tagen stellte er sich die gierige Menge vor, die darauf wartete, daß er, Christoph Gottlieb Holländer, Recht sprach und den Komödianten zum Tode am Galgen verurteilte.

Was für ein Spektakel! Zu Tausenden würden die Leute in Lumpen oder in Seide, auf Holzpantinen oder in gut gepolsterten Kutschen durch das Steintor hinaus zum Galgenfeld bei der Vorstadt St. Georg drängen. Wie immer, wenn einer gehenkt wurde, hatten die Schulkinder frei und fanden Platz in der ersten Reihe, damit sie erlebten, wohin ruchlose Taten führten.

Vielleicht würde er den Halunken auch aufs Rad flechten lassen. Das würde die Menge verdoppeln.

Der Mann in der Fronerei war schuldig. Er würde ihn schon zum Reden bringen, diesen schmierigen Komödianten. Im vergangenen Jahr hatte er ihn in der Komödienbude über die Bretter springen sehen. Nicht daß es ihm Vergnügen bereitet hatte, aber er, der oberste Richter, mußte wissen, worüber sich das Volk amüsierte. Dreimal hatte er dieser schweren Pflicht entsprochen, und wenn er ein wenig enttäuscht war, weil das Spiel auf der Bühne nicht halb so unzüchtig war, wie man ihm zugeflüstert hatte, so sprach er nicht darüber. Sodom und Gomorrha, hatte er seiner Frau berichtet und streng verboten, daß sie, wie einige ihrer würdelosen Freundinnen, die Komödienbude besuchte. Auch wenn das Theater neuerdings in einigen Kreisen als sittliches Amüsement galt – er schätzte keine neuen Moden.

Das Volk hatte zwar die Verse des Prinzipals nicht so beklatscht wie die derben Späße des dicken Hanswursts und die Beine der Balletteusen in fleischfarbenen Strümpfen, aber wenn der Komödiant vor seinem Richterstuhl stand, würde es ihnen egal sein, ob er Teufel, König oder griechischer Gott gewesen war. Das Gericht war Holländers Bühne, hier war er König. Der Komödiant hatte jetzt nur noch eine Rolle, die des Büßers. Es würde seine letzte sein.

Und nun lag er, Holländer, mit der Influenza im Bett wie ein altes zahnloses Weib, mit diesem Fieber, das in den letzten Wochen in den Höfen und Buden um St. Michaelis und St. Jakobi dem Tod kräftig zugearbeitet hatte. Was suchte die Influenza in seinem Haus? Gott war gerecht? Gott konnte sich auch einmal irren.

Christoph Gottlieb Holländer war wütend. Er schwor sich, daß er, egal, wie hoch das Fieber stieg, nicht zulassen würde, daß ein anderer Richter diesen schönen Prozeß, dieses größte Spektakel seit langem, an sich reißen würde.

Der Prozeß gegen den Mörder von Herrmanns' Schreiber mußte warten, bis er wieder gesund war. Und wenn es Wochen dauerte.

«Linde!»

Die Frau des Richters stellte seufzend ihre Kaffeetasse auf den Tisch. Sie hatte gehofft, daß er endlich schlief und sie und ihren Haushalt für eine kleine Stunde in Ruhe ließ. Sie prüfte in dem Spiegel über der Konsole den Sitz ihrer Haube und ging zu ihrem kranken, nörgelnden Mann.

Das Fieber mußte ihn verwirrt haben. Er trug ihr auf, dem Komödianten einen frischen Strohsack und zwei warme Decken in die Fronfeste bringen zu lassen. Und jeden Tag eine fette, warme Suppe, ein ordentliches Stück Brot und einen Becher Bier.

Der Richter wußte genau, was er befahl. Er wollte seinen Prozeß und das Galgenspektakel. Der mörderische Komödiant durfte nicht vorher sterben.

7. KAPITEL

DONNERSTAG VORMITTAG

Gleich nach dem Frühstück hatten Helena, Rosina und Gesine Streit. Sie waren allein. Rudolf ließ sich nur noch zum Essen und Schlafen aus der Komödienbude locken, Titus, Sebastian und Muto holten mit dem großen Wagen das Holz für die Reparaturen. Wo Lies steckte, wußte niemand. Sie ging immer ihre eigenen Wege.

Rosina hatte am vergangenen Abend die große Kiste mit den Texten aufgeklappt und drei Schauspiele für die ersten Aufführungen herausgesucht. Gesine war empört.

«Das sind ja nur diese dummen Schäferstücke! Kein einziges lehrreiches Drama. Bloß damit du wieder deine Beine zeigen kannst...»

«Meine Beine sind mir völlig egal.» Rosina sprang ärgerlich von der Bank auf, und Helena konnte gerade noch den umstürzenden Milchkrug auffangen.

«Wenn du essen willst, mußt du den Leuten Spaß bieten. Lehrreiches hören sie von der Kanzel. Aber von mir aus kannst du die Stücke aussuchen. Ich habe genug anderes zu tun.»

Gesine saß zornrot auf ihrem Hocker, doch bevor sie antworten konnte, schlug Helena mit der flachen Hand auf den Tisch.

«Hört auf, ihr beiden! Wir spielen ein Schäferstück und ein Ballett. Wie immer. Und wir spielen ein englisches oder deutsches Drama. Wie immer. Erst das Schäferstück, dann die Kunst, zum Schluß das Ballett. Rosina, setz dich wieder hin.»

Gesine schluckte. «Es tut mir leid, Rosina.» Um des lieben Friedens willen war sie immer schnell bereit, klein beizugeben. «Das mit deinen Beinen habe ich nicht so gemeint.»

«Du hast ja recht», Rosina, so schnell versöhnt wie erbost, lachte schon wieder. «Ich zeige sie wirklich gerne.»

Die anschließende Auseinandersetzung beschränkte sich auf sachliche Fragen, zum Beispiel, ob das Drama von Herrn Lessing, «Miß Sara Sampson», sich für die Hamburger eigne.

Danach murrte Helena über Rosinas unleserliche Schrift, nur um gleich darauf anzuerkennen, daß Rosina die Abschreiberei ja bei nächtlichem Kerzenschein und in Eile erledigen mußte.

Schließlich fand Rosina, daß es heute wohl wenig Sinn mache, an den Texten zu arbeiten. «Wir sind alle drei nervös und kratzbürstig. Ich gehe in die Stadt und höre, was die Leute sagen.»

«Paß auf dich auf, Rosina. Sei nicht wieder so leichtsinnig.»

Aber Rosina hörte sie schon nicht mehr, und Gesine wunderte sich, warum Helena plötzlich so besorgt um Rosina war.

Rosina hatte sich wieder in Friedrich Reichenbach verwandelt und war unbemerkt aus der hinteren Tür geschlüpft. Nur Sebastian, Titus und Helena wußten von ihrem Doppelspiel. Den anderen wollte sie nicht noch mehr Grund zur Sorge geben. Wenn sie in den schönen grauen Herrenrock schlüpfte, den Dreispitz unter dem Arm spürte und die Freiheit von ihrem Schnürkorsett genoß, vergaß sie manchmal selbst, daß sie eigentlich Rosina hieß. Dann war sie ganz und gar Friedrich Reichenbach, ein Freund der Komödianten.

Sie stand in der Gasse hinter dem Gänsemarkt und sah den Arbeitern zu, die die Reste des alten Opernhauses abtrugen. Sie waren fast fertig, die Wände waren schon verschwunden, und die Bretter, die für das neue Theater noch gebraucht werden konnten, lagen aufgestapelt in einer Ecke der Baustelle. Es waren nicht viele. Das Haus war alt gewesen, fast hundert Jahre, und das neue Gebäude sollte viel größer werden und brauchte stabileres Holz.

Noch in diesem Sommer sollte das Theater, das der berühmte Prinzipal Ackermann auf eigene Kosten bauen ließ, fertig sein. Ein mutiges Unternehmen, es war kaum vorstellbar, daß die Hamburger die Schauspiele genug liebten, um Ackermann und seiner großen Gesellschaft von mehr als 20 Personen ein Auskommen zu sichern. Aber Hamburg würde ein richtiges Theater haben. Ob es dann noch genug Zuschauer gab, um auch die Wanderkomödianten satt zu machen, war ungewiß.

Reichenbach unterdrückte einen Seufzer und schlenderte weiter. Es gab Tage, da verließ einen der Mut. Man mußte sie durchstehen und etwas tun, woran man glaubte.

Auf dem Jungfernstieg herrschte die Geschäftigkeit eines ganz normalen Arbeitstages. In Hamburg schienen immer alle Straßen voll zu sein. Es lebten einfach zu viele Menschen in den engen Mauern. Von ferne sah Reichenbach Claes Herrmanns mit großen Schritten auf das Rathaus zugehen. Er blieb kurz vor einer Vierländer Blumenfrau stehen, sah unentschlossen in ihre Körbe und eilte weiter.

Aus einem schön geschnitzten, hölzernen Portal eines der breiten Fachwerkhäuser, die diese Straße direkt am Wasser säumten, trat Thomas Matthews. Eine grazile Frau mit aufgetürmtem aschblondem Haar, eleganter als die meisten Hamburgerinnen und beweglich wie eine Libelle, folgte ihm. Reichenbach grinste. Eine ungewöhnlich frühe Stunde für einen Mann und eine Frau, die nicht die gleiche Adresse hatten, gemeinsam aus einem Haus zu treten. Die Frau war schlecht gelaunt. Sie fächelte sich mit kurzen, heftigen Schlägen, obwohl der Wind empfindlich frisch von der Alster wehte.

Reichenbach glitt hinter einen Karren und lauschte.

«Eure Cousine! Das mag ja sein. Obwohl Ihr nie von dieser Verwandtschaft auf Jersey erzählt habt. Aber sie ist eine Freundin von Herrmanns. Vergeßt das nicht.»

Matthews' Antwort war schon nicht mehr zu verstehen. Das Rattern des Wagens, in dem das Paar davonfuhr, übertönte jedes Wort.

Reichenbach mußte unbedingt herausfinden, wer diese Frau war und was sie so ärgerte.

Und Rosina mußte unbedingt herausfinden, was diese Frau mit Claes Herrmanns verband.

«Hier seid ihr alle!»

Gesine stand in der Stalltür und sah ärgerlich auf Helena, Rosina und Rudolf hinunter, die auf einem Heuhaufen hockten. Die Pferde der Komödianten und das dicke Lastpony der Krögerin scharrten unruhig mit den Hufen.

«Wieso versteckt ihr euch im Stall?»

«Mach die Tür zu, und setz dich zu uns.» Helena rückte ein wenig beiseite und klopfte mit der flachen Hand neben sich auf das Heu. «In der Komödienbude ist es viel zu kalt, und im Haus hat die Krögerin überall ihre großen Ohren.»

Gesine setzte sich neben Helena.

«Habt ihr mit Jean gesprochen?»

«Noch nicht», Rosina wickelte sich fröstelnd fester in ihr Wolltuch. «Die Fronknechte denken nicht daran, uns auch nur in die Wachstube zu lassen. In den Kerker dürfen wahrscheinlich nur der Richter und der liebe Gott persönlich. Und vor dem Fensterloch hockt eine Zwiebelverkäuferin. Der ganze Platz vor der Fronerei war am Vormittag voller Menschen. Es war wie auf dem Jahrmarkt.»

«Heute abend», fuhr Helena fort, «wenn alle bei ihrer Suppe sitzen, versuchen wir es noch einmal. Auch wenn wir nicht mit ihm reden können, so kann ich versuchen, ihm einen Brief durch das Mauerloch zu werfen. Dann weiß er immerhin, daß wir da sind und ihn rausholen werden. Auch wenn uns keiner dabei helfen will.»

Rosina war nach ihrer Begegnung mit Thomas Matthews und der schlechtgelaunten Dame auf dem Jungfernstieg zurück zum Krögerschen Haus gelaufen. Sie hatte es plötzlich satt, die Spionin zu spielen.

In der Dachkammer, die sie mit Helena teilte, war sie in ihr bestes Kleid geschlüpft. Sie hatte das burgunderrote Samttuch, das sonst nur aus der Kiste geholt wurde, wenn Helena eine Königin spielte, um die Schultern geschlungen und sich wieder auf den Weg gemacht. Auch der zweite Versuch, mit Herrmanns zu reden, war fehlgeschlagen. Der Diener hatte ihr gleich die Tür vor der Nase zugeschlagen. Aber es gab andere, die nicht so engstirnig waren. Bürger, die im letzten Jahr begeistert ihre Schauspiele beklatscht hatten, die von der neuen Zeit sprachen und Komödianten nicht als hergelaufenes Pack, sondern wie Menschen behandelten. Vor allem Jacques Klappmeyer, ein reicher Privatier, von dem es hieß, ihm gehöre die halbe Neustadt. Ein wirklich kunstsinniger Mensch und Jünger der neuen Geistesrichtung, ein Verehrer der Vernunft, die Menschen nicht nach ihrem Stand, sondern nach ihren Gaben und Verdiensten beurteilte.

Vielleicht hatte er seine Hände ein wenig zu gern in Rosinas Nähe gehabt. Aber wirklich nur ein wenig, und jetzt war nicht die richtige Zeit für Empfindlichkeiten. Rosina brauchte Hilfe, und Jacques Klappmeyer mußte als reicher Bürger Einfluß in der Stadt haben.

Wann immer sie ihn brauche, hatte er im letzten Jahr versichert und ihr innig die Hand geküßt, er werde dasein. Er hatte ein Fäßchen mit rotem französischem Wein geschickt und ein selbstgereimtes, sehr langes Gedicht dazugelegt. Der Wein war ausgezeichnet gewesen.

Rosina klopfte an die Tür des Klappmeyerschen Hauses in der Gröningerstraße. Niemand öffnete, doch irgend jemand mußte zu Hause sein, ein Diener oder die Köchin, zumindest ein Küchenjunge. Sie klopfte kräftiger. Schließlich wurde die schwere Tür einen Spaltbreit geöffnet. Klappmeyers Diener – sie erkannte ihn sofort, denn er hatte das Weinfäßchen gebracht und mit eifrigen Kratzfüßen überreicht – steckte die Nase durch den Spalt.

«Der Herr ist nicht da», flüsterte er und blickte mit flinken Augen nach links und nach rechts die Straße entlang.

«Dann laß mich hinein, damit ich ihm eine Nachricht schreiben kann.» Rosina wollte die Tür aufschieben, aber der Diener hielt sie fest. «Du weißt doch, wer ich bin, Putow. Dein Herr...»

«Mein Herr ist nicht da. Er ist auf Reisen. Für lange Zeit. Geh weg!» Mit beiden Händen machte er eine eilig flatternde Bewegung, als wollte er eine lästige Fliege verscheuchen. Dann fiel die schwere Tür ins Schloß. Rosina konnte gerade noch rechtzeitig ihre Röcke zur Seite raffen.

Sie trat zurück auf die Straße und sah an dem hohen Giebel hinauf. Hinter einem Fenster im ersten Stock erkannte sie einen Mann, der nervös an seinen Spitzenmanschetten zupfte. Als er ihren Blick bemerkte, trat er hastig in den Schatten des Zimmers zurück.

Jacques Klappmeyers Versprechen hielten offenbar nicht länger als eine Saison.

Bei Astrid Bellrich erging es ihr ähnlich. Auch sie hatte sich im vergangenen Jahr als begeisterte Verehrerin der Musen gezeigt. Die trüben Kaufleute, hatte sie gespottet, die nichts von der Kunst verstanden, nichts von der Empfindsamkeit einer künstlerischen Seele, sie seien ihr so einerlei. Sie liebe das Theater und ehre die Schauspieler, denn die Kunst könne nur von Gott kommen. Ganz gleich, was die Pastoren von der Kanzel predigten, die alten Männer seien ja bis tief in ihre Seelen völlig verstaubt.

Und nun ließ sie ihre Zofe an der Tür ausrichten, sie fühle sich nicht wohl. Und Madame, hatte das Mädchen mit einem herablassenden Blick hinzugefügt, interessiere sich in diesem Jahr nur für die Blumenzucht und für die Malerei. Die Komödianten seien ihr nicht gelehrt genug.

Wieder fiel eine Tür ins Schloß.

«Nicht gelehrt genug», schimpfte Gesine. «Diese dumme Gans. Wißt ihr noch, wie sie sich einen Lorbeerkranz auf ihr Haar legte und Molière deklamierte? Und überhaupt nicht merkte, daß die Verse von Racine waren? Wie eine rostige Leier hat sie deklamiert, eine Schande für die Kunst!»

Rosina, Helena und Rudolf starrten sie verblüfft an.

«Gesine!» Rudolf grinste breit. «Wie schön du schimpfen kannst!»

«Und wie laut», sagte Sebastian, der in diesem Moment die Stalltür öffnete, «man hört dich über den ganzen Hof. Warum sitzt ihr alle hier bei den Pferden? Lest ihr ihnen Verse vor?»

«Damit die Krögerin uns nicht belauscht», kicherte Helena. «Wo warst du, Sebastian? Wir haben dich gesucht. Wenn uns nicht schnell einfällt, wie wir den Messerstecher finden, kommt jede Hilfe für Jean zu spät.»

«Ich war...»

«Ja, ja», unterbrach ihn Rosina unwirsch. Sie wollte gar nicht wissen, an welcher Brücke er geträumt hatte. «Du warst am Wasser spazieren. Jetzt wach auf, setz dich hin und hilf uns denken.»

«So höre doch...»

«Nein, jetzt hörst du. Wir haben keine Zeit.»

Sebastian zuckte gleichmütig mit den Schultern und setzte sich auf eine Tonne. Muto, der hinter ihm durch die Tür geschlüpft war, hockte sich neben ihm auf den Boden.

Rosina schritt nervös auf und ab.

«Steh still. Du machst die Pferde wild.»

Sie warf Sebastian einen ärgerlichen Blick zu und lehnte sich unruhig gegen einen Pfosten.

«Laßt uns überlegen, was wir bisher unternommen haben und was nun zu tun ist. Wir haben versucht, mit Claes Herrmanns zu sprechen. Er hat uns gleich hinauswerfen lassen. Wir haben versucht, mit Jean zu sprechen, die Fronknechte waren noch unverschämter als der Kaufmann. Ich habe versucht, unsere einflußreichen Kunstfreunde um Hilfe zu bitten. Wir wissen nun, daß sie keine Freunde sind. Wenn ein wenig Courage gefordert ist, lassen sie uns und die Kunst mitsamt allen Musen freudig untergehen.»

«Warst du auch bei den Jacobs?» fragte Helena.

Rosina schüttelte den Kopf. «Die waren doch im letzten Frühjahr nur ein paarmal im Theater.»

«Sie haben einen Korb mit Pfirsichen geschickt.»

«Aber sie haben niemals gesagt, wir könnten auf sie zählen. Es hat mir genügt, zweimal abgewiesen zu werden wie eine schwindsüchtige Bettlerin. Wir können uns nur auf uns selbst verlassen.»

«Das ist doch eine ganze Menge», brummte Rudolf. «Da wissen wir wenigstens, woran wir sind.»

«Vielleicht ist Jean auch ohne fremde Hilfe bald frei.» Sebastian strich Muto über das Haar, der sich schläfrig gegen seine Knie gelehnt hatte.

«Wenn Rosina mir nun erlauben würde zu sprechen...»

«So rede doch. Hat man den Mörder etwa gefunden?»

«Nein, das nicht. Aber er hat wieder zugeschlagen.»

«Ist Herrmanns tot?» rief Rosina.

«Nein, nicht Herrmanns. Der Kaufmann, der in Lissabon seine Geschäfte führt, ist hier im Hafen beinahe totgeschlagen worden. Gestern in der Nacht. Vielleicht ist er inzwischen auch schon ganz tot. Die Leute auf den Straßen sind sich noch nicht einig. Und ich fand es nicht sehr passend, den Kaufmann selbst zu fragen.»

«Aber das beweist doch, daß Jean unschuldig ist. Wenn der Mörder wieder jemanden erstochen hat...»

«Diesmal hat er kein Messer genommen, sondern einen Knüppel», unterbrach Sebastian die aufgeregte Helena.

«Die ganze Geschichte ist ziemlich geheimnisvoll. Er kam gestern nachmittag auf einer portugiesischen Brigg an, und die Leute sagen, daß er sich auf dem Schiff verborgen hat, bis es ganz dunkel und still war. Einige glauben, weil er Angst hatte, andere, weil eine ansteckende Krankheit sein Gesicht entstellt hat. Das Mädchen, bei dem die Köchin von Doktor Kletterich Fisch kauft, sagt, Sievers liegt im Herrmannsschen Haus, rührt sich nicht und kämpft mit dem Tod. Aber der Doktor meint, er wird wohl kaum wieder aufwachen.»

«Und woher kennst du das Fischmädchen?» fragte Rosina spitz.

«Auf den Brücken kommt man leicht ins Gespräch.»

Rosina sah ihn streng an. Sie hatte sich nie viel Gedanken über Sebastian gemacht, aber jetzt sah sie, daß er sich in den zwölf Monaten, die er nun mit der Beckerschen Gesellschaft lebte, verändert hatte. Während der langen Wanderungen kreuz und quer durch das Land war aus dem schmächtigen, blassen Studenten ein schlanker junger Mann geworden. Trotz seiner Schweigsamkeit war er nicht mehr die graue Gestalt, die alle übersahen. In seinen Augen lagen nun Neugier, Anteilnahme und Energie, seine Schultern waren breiter, sein einst gebeugter Rücken gerade. Er bewegte sich leicht und kraftvoll.

Er war kein guter Schauspieler. Auf der Bühne gerieten seine Sprache hölzern, seine Gesten steif. Das Pathetische lag ihm nicht, und immer wieder brachte er die Verse durcheinander. Aber zur Überraschung aller erwies er sich bald als kühner Akrobat. Hinter der Bühne und unterwegs tat er, was getan werden mußte, keine Kiste war ihm zu schwer, keine Arbeit zu schmutzig, und die Pferde waren seine Brüder. Wie Muto, dieses eigentümliche, stumme Kind, das nie von Sebastians Seite wich.

Und nun fängt er mit Fischmädchen an, dachte Rosina und rümpfte ärgerlich die Nase. Er wird wohl erwachsen. Dabei übersah sie großzügig, daß Sebastian ein ganzes Jahr älter war als sie selbst.

«Gut gemacht, Sebastian», lobte Helena. «Wußte sie, wer du bist?»

«Dann hätte sie kaum mit mir gesprochen. Ich habe in den Straßen nicht gerade Gutes über die Komödianten gehört. Aber die Leute hier erkennen mich nicht. Ich war ja erst einmal in dieser Stadt, und», er grinste vergnügt, «meine Schauspielkunst hat sicher wenig Eindruck hinterlassen.»

«Und du denkst, weil noch ein anderer Mann aus Herrmanns' Haus überfallen worden ist, werden die Pfeffersäcke Jean freilassen? Warum?»

«Weil doch kaum gleich zwei Mörder hier herumlaufen, die es auf Herrmanns und seine Leute abgesehen haben. Jean saß gestern nacht im Kerker. Er konnte niemandem einen Knüppel auf den Kopf schlagen. Es war also ein anderer. Sicher derselbe, der auch den Schreiber erstochen hat.»

Helena faltete mit einem kleinen Seufzer die Hände im Schoß. «Ich glaube nicht, daß hier irgend jemand so vernünftig denken wird.»

Diese Stadt war groß und voller Menschen, die einander nicht kannten. Hunger und Armut gab es überall, und sicher mehr als zwei, die einem Mann für ein paar Münzen den Kopf einschlugen oder ein Messer ins Herz stießen.

«Das ist Hamburg, nicht Wittenberg oder Celle.»

«Trotzdem.» Rosina nahm wieder ihre unruhige Wanderung durch den Stall auf, zwei Schritte hin, zwei Schritte her, mehr Platz gab es nicht.

«Trotzdem», sagte sie noch einmal und blieb stehen. «Es ist doch ein Hinweis. Irgend jemand will dem Kaufmann schaden. Das muß mittlerweile auch ein Blinder erkennen. Das Schiffsunglück, der Schreiber, nun der Mann aus Lissabon. War das Schiffsunglück nicht auch in Lissabon?»

Alle nickten.

«Du siehst aus, als würde dir die ganze Geschichte Spaß machen.»

«Spaß? Nein, Helena. Aber ist es nicht tatsächlich besser als jede Tragödie in Versen? Der Komödiant und der Kaufmann, die Suche nach dem Mörder.»

Sie begleitete ihre Worte mit einer kleinen, eiligen Scharade, verzog ihr Gesicht zur Narrenfratze, mimte den herablassenden Bürger und den mordlustigen Gauner. «Ach», rief sie schließlich und breitete lachend die Arme aus, «vielleicht ist dieses Unglück am Ende doch ein Glück. Es schadet Jean gar nichts, wenn er mal ein paar ungemütliche Tage abbrummen muß. Und wir machen eine wunderbare Komödie daraus, wenn das alles vorbei ist. Die Menschen werden sich um die Plätze schlagen. Sie werden jeden Preis bezahlen...»

«Du versündigst dich, Rosina», rief Gesine. «Hier geht es

nicht um Verse, sondern um Menschen. Um Gottes Geschöpfe», fügte sie hinzu und schlug für einen Moment fromm die Augen nieder. «Und um uns. Ihr habt etwas vergessen. Haben die Leute nicht gesagt, Jean hätte einen Helfer gehabt, der die Goldstücke des Schreibers fortschaffte? Werden sie jetzt nicht sagen, dieser Helfer hat den Mann aus Lissabon überfallen? Und werden sie ihn nicht zuerst bei uns suchen?»

«Heilige Thalia», flüsterte Rosina, «daran habe ich nicht gedacht.»

Die glückliche Hoffnung auf ein schnelles und gutes Ende der unseligen Geschichte war davongeweht wie ein trockener Strohhalm im Wind.

«Wo sind eigentlich Lies und Titus?» fragte Sebastian in die düstere Stille.

Lies saß bei der Krögerin am Ofen, wie Rudolf zu berichten wußte. Sie besprach einige Warzen, die im Winter am Hals der Wirtsfrau gewachsen waren, und las ihr aus dem Satz ihres Mittagskaffees die Zukunft.

Wo Titus steckte, wußte niemand.

Elsbeth lebte schon fast ihr ganzes Leben lang im Hause Herrmanns. Als sie acht Jahre alt war, vielleicht neun, genau erinnerte sie sich nicht mehr, wurde sie vom Waisenhaus in den Neuen Wandrahm geschickt. Ein großes Glück für ein Kind, das niemandem gehörte.

Zitternd trat sie durch die Seitentür des großen Hauses in die Küche. Im Waisenhaus erzählte man schreckliche Geschichten von Kindern, die in den reichen Familien zu Tode geschunden wurden. Aber auch wunderbare von Zimmern, in denen es immer warm war, von eigenen Kleidern und Bergen von Milchklößen mit Zimt und Honig.

Doch ihre Angst mischte sich mit Hoffnung. Elsbeth war gewöhnt, hart zu arbeiten, und auch der Hunger, ihr ständiger Gefährte in der Nacht, konnte kaum schlimmer werden. Das Leben in einem so schönen Haus würde sicher nicht bitterer sein als in den verlausten Schlaf- und Arbeitssälen der tausend Waisenkinder nahe dem Schaartor.

Sie hatte Glück. Auch ihr neues Leben war nicht gerade ein Paradies. Aber sie mußte nun nie wieder hungern. Sie hatte einen warmen Platz am Feuer, immer ein reines Kleid, und niemand schlug sie.

Die Köchin, die hagere, wortkarge Gerda, merkte schnell, daß dieses Kind, von dem niemand wußte, wer seine Eltern waren, einen wachen Verstand und ein Talent für die Küche hatte. Nach einem halben Jahr schickte sie nach einem anderen Kind, das auf die Feuer achten und den Schmutz hinaustragen mußte. Elsbeth, kaum groß genug, um über den Küchentisch zu gukken, rührte nun die Soßen, lernte feine Kuchen zu backen, und der Kräutergarten gedieh unter ihren kleinen Händen wie nie zuvor.

Die Köchin lehrte das Kind alles, was sie selbst konnte. Als Elsbeth achtzehn war, starb Gerda in einem besonders nassen Winter am Fieber, und Elsbeth nahm ganz selbstverständlich ihren Platz ein. Sie trauerte lange um die strenge Frau, die ihr einen warmen Platz in der Welt gegeben hatte.

Elsbeth vergaß ihre hungrigen Waisenhausjahre nie. Sie erinnerte sich an die vielen Jungen und Mädchen, die in den stickigen Sälen immer blasser und magerer wurden, bis sie an der Schwindsucht, am Fieber, an der Cholera, an Masern und Diphtherie oder einfach an Mutlosigkeit starben. Nur die Zähesten überlebten, und sie wußte nicht, ob sie dazugehört hätte.

Das war mehr als dreißig Jahre her, aber Elsbeth, die absolute Herrscherin über Küche, Garten und Keller im Herrmannsschen Haus, vergaß nie, woher sie gekommen war. Immer noch schickte das Waisenhaus magere Kinder zur Arbeit, und jedes von ihnen fand auch in dieser Köchin eine strenge, aber freundliche Herrin.

Manchmal, wenn die Nacht Sturm oder Gewitter brachte, träumte sie von dem elenden Schmutz, von dem röchelnden Husten der Kinder in der Nacht, von dem Jucken der Haut voller Krätze. Wenn sie dann erwachte, schreckensstarr und schweißgebadet, kroch sie aus ihrem warmen Bett, zündete eine Kerze an und dankte Gott für die Gnade, die sie in dieses Haus geführt hatte. Elsbeth glaubte an einen milden und gütigen Gott, und sie bemühte sich, ihm nachzueifern, auch wenn es ihr nicht leichtfiel, denn ihr Temperament war nicht weniger aufbrausend, ihre Zunge nicht weniger spitz als die ihrer Lehrmeisterin. Ein paar böse Mäuler behaupteten, das sei gewiß kein Zufall. Schließlich müsse auch ein Waisenkind von einer Frau geboren worden sein.

Elsbeth zog ihr Tuch fester um die molligen Schultern. Ein frischer Wind wehte um die Katharinenkirche. Es war wirklich zu kalt für April. Kein Wunder, wenn Blohm wieder an der Gicht litt. Sie sah in ihren Korb, und eine kleine Falte stieg über ihrer Nasenwurzel auf. Ein paar Wochen noch, dann würde es wärmer sein, und die Vierländer Bäuerinnen, die ihre flachen Boote an der Trostbrücke festmachten, würden wieder mehr bieten als Zwiebeln, Kohl, schrumpelige Rüben und getrocknete Bohnen.

In ihrer Küche köchelte ein fettes Huhn über dem Feuer. Hühnerbrühe war immer noch das Beste für einen Kranken. Martins Geist schien unerreichbar. Aber es war Elsbeth gelungen, ihm ein paar Löffel Brühe einzuflößen. Solange er schluckte, wollte er leben.

Hauptsache, Kletterich brachte ihn nicht um.

Sie pikte mit dem Finger in den Schellfisch, den sie, in ein sauberes Tuch gewickelt, auf das Gemüse gelegt hatte. Auch nicht gerade ein Prachtstück, dachte sie, aber mit einer ordentlichen Prise getrocknetem Dill, ein wenig Rahm oder Butter würde er schon delikat werden.

Elsbeth mochte den April nicht. Der Keller war fast leer, die Kräuter hatten nur noch wenig Aroma, und die Sehnsucht nach der wärmenden Sonne war fast so groß wie die nach dem Geschmack von jungen Karotten, Lauchzwiebeln und frischer Petersilie. Überhaupt mochte Elsbeth das Gefühl von Sehnsucht nicht. Es machte unruhig und unentschieden, störte den Gleichmut des Herzens und den ruhigen Schlaf.

«Verflixt, du Lausebengel, so paß doch auf...»

Ein heftiger Stoß hatte Elsbeth aus ihren Gedanken gerissen. Der Fisch war mitsamt dem Tuch aus dem Korb gehüpft, als wäre er noch lebendig, und lag nun im Schmutz der Straße.

«Sofort hebst du den Fisch auf und entschuldigst dich, du Tölpel!»

Ein großer Mann mit dickem gelbem Haar hatte den Jungen, der sich eilig davonmachen wollte, am Ohr erwischt und zog ihn heran. Jammernd griff das Kind, kräusellockig und pausbäckig wie ein Cupido, nach dem Fisch, warf ihn zurück in den Korb und rannte mit großen Sprüngen davon.

«Ich hoffe, Euch ist nichts geschehen.» Der Fremde sah Elsbeth besorgt an. «Ihr seid ganz blaß. Nicht, daß Euch die Blässe nicht kleiden würde, alles kleidet Euch, darauf will ich jederzeit schwören. Aber bevor der wilde Kerl Euch umrannte, war Euer schönes Gesicht doch rosig wie ein Sonnenaufgang im Mai. Gebt mir Euren Korb und nehmt meinen Arm. Ich werde Euch nach Hause begleiten. Nein, keine Widerrede, so ein Schrecken ist ganz ungesund. Er macht das Blut dick und die Füße schwach. Ihr braucht jetzt einen starken Arm...»

So ließ sich Elsbeth, in deren rotwangigem rundem Gesicht bis zu diesem Morgen noch niemand eine kleidsame Blässe entdeckt hatte, am starken Arm eines dicken Herrn bis in ihre Küche begleiten. Und weil sie wußte, daß Dankbarkeit eine Tugend ist, lud sie ihn zu einem stärkenden Frühstück ein. Sie ließ nie Fremde in ihre Küche, aber schließlich hatte er sie gerettet – wer weiß, ob sie nicht doch auf dem Heimweg einen Anfall von Schwäche erlitten hätte –, und daß er ein guter Mensch war, hatte sie gleich gesehen.

Jules Braniff hatte ausgezeichnet geschlafen. Das Hotel zum Kaisershof am Neß war erstklassig. Es bot saubere Betten, honorige Gäste und einen wirklich bemerkenswerten Weinkeller.

Matthews hatte ihm in männlichem Einverständnis zugezwinkert, als er die Gastfreundschaft des Engländers höflich ausschlug, weil er einfach lieber in Gasthäusern wohnte. Aber Matthews' Vermutung war falsch. Nicht die Mädchen und der Wein machten die Nächte in bezahlten Betten für den Captain so angenehm. Er fühlte sich dort einfach wohler als in einem Bürgerhaus mit seinen Regeln und strengen Ritualen.

Die Vermutung seiner Schwester, er meide den längeren Aufenthalt bei ordentlichen Menschen aus Furcht, doch noch auf den Geschmack am Familienleben zu kommen, war natürlich absurd.

Braniff hatte Hamburg erst einmal angelaufen, und das war viele Jahre her. Seine Häfen in Europa waren London und Bristol, Santander, Bordeaux und vor allem seine Heimatstadt St. Aubin auf Jersey. Und ab und zu Lissabon. Aber am wohlsten fühlte er sich an den Küsten der Inseln im Karibischen Meer. Irgendwann würde er sich dort niederlassen, auf Martinique vielleicht oder auf Hispaniola, der blühendsten aller Inseln.

Die Küsten von Virginia und Maryland gefielen ihm noch besser, und in einigen Jahren würde dort viel Geld zu verdienen sein. Aber diese puritanischen Neuengländer verdrängten immer mehr von der alten französischen Lebensart. Sie schienen ihm nicht die richtige Gesellschaft für ein angenehmes Leben.

Er schlenderte über die Brodschrangen, blieb auf der Zollenbrücke stehen und sah den Führern von zwei schwerbeladenen Schuten zu, die versuchten, ihre flachen Kähne aneinander vorbeizustaken. Die Flut hatte die Fleete gefüllt. Mit der nächsten Ebbe wurden die kleineren Fleete wieder zu seicht, und die Schutenführer beeilten sich, ihre Waren von den Schiffen im Hafen zu den Speichern zu bringen.

Braniff hörte dem Geschrei der Männer eine Weile zu. Er verstand Deutsch und Holländisch, und auch wenn ihr Dialekt ein wenig nach beidem klang, konnte er nicht heraushören, ob sich die beiden beschimpften oder sich gegenseitig bei ihrem Manöver halfen.

Als der Captain Herrmanns' Haus am Neuen Wandrahm erreichte, pfiff er leise durch die Zähne. Gar nicht so übel. Er hatte sich eines dieser schmalen, hohen Häuser vorgestellt, in denen sich Familie und Geschäft auf engem Raum drängten, Wohnstuben und Lager kaum voneinander zu trennen waren und das offene Feuer in der Diele jedem Besucher das Aroma einer alten Schinkenwurst mit auf den Weg gab.

Aber die meisten Häuser in dieser Straße waren anders. In solidem Stein gebaut, verputzt und doppelt so breit wie die älteren Fachwerkhäuser in den engen Straßen zwischen dem Dom und St. Nikolai, zeugten sie vom Reichtum ihrer Besitzer. Das steinerne Portal und die doppelflügelige Tür des Herrmannsschen Hauses waren reich mit Weinlaubgirlanden, Muschelschnitzereien und Blumenornamenten verziert. Über allem wachte eine Putte und sah einladend auf die Gäste dieses Hauses herunter.

Braniff kniff die Augen zusammen, der Hausspruch über dem Portal war schon ein wenig verwittert: ‹Facilis est repraehendere quam imitari.› Er kramte mühsam in seinen verschütteten Lateinkenntnissen: ‹Es ist leichter, zu tadeln, als nachzumachen.› Oder so ähnlich.

«Gefällt Euch mein Haus? Mein Großvater muß aus irgendeinem Grund ein schlechtes Gewissen gehabt haben.»

Mißmutig betrachtete Claes den Hausspruch seiner Familie. «Habt Ihr schon auf mich gewartet? Bis um zwei ist in Hamburg immer Börsenzeit.»

Jules hatte sich nicht um die Zeit gekümmert. Auf See wußte er immer, wie spät es war, aber an Land versagte sein Zeitgefühl völlig. «Ich hoffe, es geht Eurem Mann aus Lissabon besser.»

«Ihr seid bemerkenswert gut informiert, Captain.»

«Nichts läuft so flink wie eine schlechte Nachricht.»

Claes nickte und öffnete die Tür.

Im Kontor herrschte große Unruhe. Tonbrinck, der nun Behrmanns Platz als erster Schreiber eingenommen hatte, stand mit den fünf anderen Schreibern am Kachelofen. Als Claes und Braniff eintraten, verstummten ihre aufgeregten Stimmen.

«Egal, was ihr gehört habt», schnauzte Claes, «Martin lebt. Es geht ihm nicht gut, aber ich bin sicher, er wird wieder ganz gesund. Und jetzt an die Arbeit. Oder habt ihr nichts zu tun?»

Grimmig schritt er durch das Zimmer der Schreiber und betrat sein Kontor. «Was ist das?»

Neben dem Schreibtisch stand ein Faß.

Bevor Tonbrinck erklären konnte, daß zwei Männer das Faß früh am Morgen geliefert hatten, schloß Braniff energisch die Tür. «Das ist ein Gruß von mir.» Mit beiden Händen strich er zärtlich über die dicken hölzernen Rundungen. «Unser gemeinsamer Freund Paul bat mich, Euch einige Fässer dieser Art zu bringen. Dieser besonderen Art. Als Probelieferung. Wenn sie Euch gefällt, können wir ins Geschäft kommen. Denn das war ja wohl der Grund für Euren letzten Besuch auf Jersey. Als mein Schiff vor St. Aubin vor Anker lag, lagt Ihr leider in tiefem Schlaf und sorgtet für dunkle Ringe unter den Augen unserer schönen Anne. Hier», er reichte Claes ein kleines Stemmeisen, «macht auf.»

«Habt Ihr immer so ein Werkzeug in der Tasche?»

Braniff schüttelte lachend den Kopf.

«Nur wenn es gebraucht wird. Macht auf.»

«Zucker», rief Claes, als er das Deckelbrett endlich gelöst hatte. Skeptisch leckte er an einem groben dunkelbraunen Klumpen. «Nicht gerade die edelste Sorte. Und, verzeiht, aber Zucker war nicht der Grund für meinen Besuch auf der Insel.»

«Stimmt, und das hier ist auch noch der billigste von San Domingo.»

Braniff griff nach dem elfenbeinernen Lineal auf Claes' Schreibtisch, stocherte in den klebrigen Kristallen und nickte zufrieden. «Bitte», er reichte Claes das Lineal. «Versucht selbst.»

Mißtrauisch schob Claes das Lineal in den Zucker und spürte schnell einen Widerstand.

«In jedem Faß ist Zucker», erklärte der Captain, «und in jedem Faß versteckt sich darin ein Sack aus Ölzeug. Den Zucker solltet Ihr einem Feind andrehen oder in einen Eurer Fleete schütten, um die Lachse zu mästen. Aber mit den Säcken macht Ihr gute Geschäfte. Kaffeebohnen, mein Freund.» Braniff lachte vergnügt. «Direkt von den Plantagen und ganz frei von diesen lästigen Abgaben an irgendeinen König.»

DONNERSTAG NACHMITTAG

St. Katharinen schlug schon drei, als sich die Sonne durch die grauen Wolken drängte. Elsbeth öffnete den Riegel und schob das hölzerne Gatter beiseite. Der Garten, den Herrmanns vor dem Steintor gepachtet hatte, war nur klein. Aber er war allein Elsbeths Reich, ihr ganzer Stolz und das Geheimnis ihrer Kochkunst.

Allerdings nur noch bis zum Juni. Dann sollte das Haus auf dem großen, neuen Gartengrundstück in Hamm fertig sein, und die Familie würde die Sommer nicht mehr in der stickigen, viel zu eng gewordenen Stadt verbringen.

Das alte Grundstück in den Horner Auen hatte Claes nach Maria Herrmanns' schrecklichem Tod in dem hölzernen Gartenhaus verkauft. Zu einem schlechten Preis, niemand in der Stadt wollte einen Sommersitz auf der Asche des Hauses bauen, in dem Maria verbrannt war.

Seit jener Tragödie hatte Claes keinen der Gärten vor der Stadt betreten. Selbst die Sommerfeste, das Vergnügen der reichen Hamburger Bürger, mied er seither.

Erst im letzten Herbst, als die späte Hitze wie eine erstikkende Decke wochenlang über der Stadt lag und der Gestank aus den Fleeten und Höfen unerträglich wurde, hatte er einen neuen Garten vor den Toren gekauft. Der frühere Besitzer, ein holländischer Gesandter, wollte nach Amsterdam zurückkehren. Sein

Sommerhaus war eine hübsche Villa aus massivem Backstein. Die Handwerker hatten schon begonnen, sie zu renovieren und neu einzurichten.

Elsbeth wollte auch dort einen Kräutergarten anlegen, aber sie konnte sich nicht vorstellen, daß der Hammer Sand ihren Kräutern dasselbe köstliche Aroma geben würde wie die saftige Marscherde vor dem Steintor. Veränderungen hatten Elsbeth immer beunruhigt.

Sie schob vorsichtig ein wenig von dem Stroh beiseite, das die Kräuterbeete vor dem Winter geschützt hatte. Bald konnte es auf den Misthaufen. Für manche Menschen fing der Frühling am Ostersonntag an, für andere mit dem ersten Huflattich oder dem Gesang der Amseln. Für Elsbeth begann der Frühling mit dem Tag, an dem sie den Garten von seinem vermoderten Winterpelz befreite.

Sie spürte wohlig die Aprilsonne auf ihrem Rücken und hob behutsam das nasse, fast verrottete Stroh von den Petersilien- und Selleriepflanzen. Zwischen abgestorbenem altem Kraut zeigten sich erste grüne Spitzen.

«Für euch beide ist es wohl schon warm genug», murmelte sie und schob noch mehr Stroh beiseite.

Ihre Finger spürten einen Stein und zogen ihn aus der Erde. Als sie ihn gerade auf den Weg werfen wollte, fühlte sie, daß es kein gewöhnlicher Stein war. Sie rieb ihren Fund vorsichtig mit einem Schürzenzipfel ab, und er begann rot zu schimmern. Durch den Schmutz hindurch erkannte sie eine goldgefaßte Kamee. Ein Meister der Goldschmiedekunst hatte eine halbgeöffnete Rosenblüte und einen winzigen Käfer in den roten Stein geschnitten. Die Fassung glänzte nun in der Sonne, und Elsbeth betrachtete das Kleinod von allen Seiten.

Die Kamee konnte weder Sophie noch Frau Augusta gehören. Beide kamen nie hierher. Sophie hatte keinen Sinn für die Gärtnerei, und ihrer Großtante war der Weg vor das Tor zu weit. Sie zog ihre Hyazinthen an einem der großen Vorderfenster am Neuen Wandrahm.

Elsbeth war ganz sicher. Sie hatte die Kamee nie zuvor gesehen. Schließlich steckte sie das Schmuckstück in ihre Schürzentasche, nahm einen kleinen Dreizack aus dem Korb und begann, die feuchte schwarze Erde um die erwachenden Petersilien- und Selleriepflanzen herum aufzulockern.

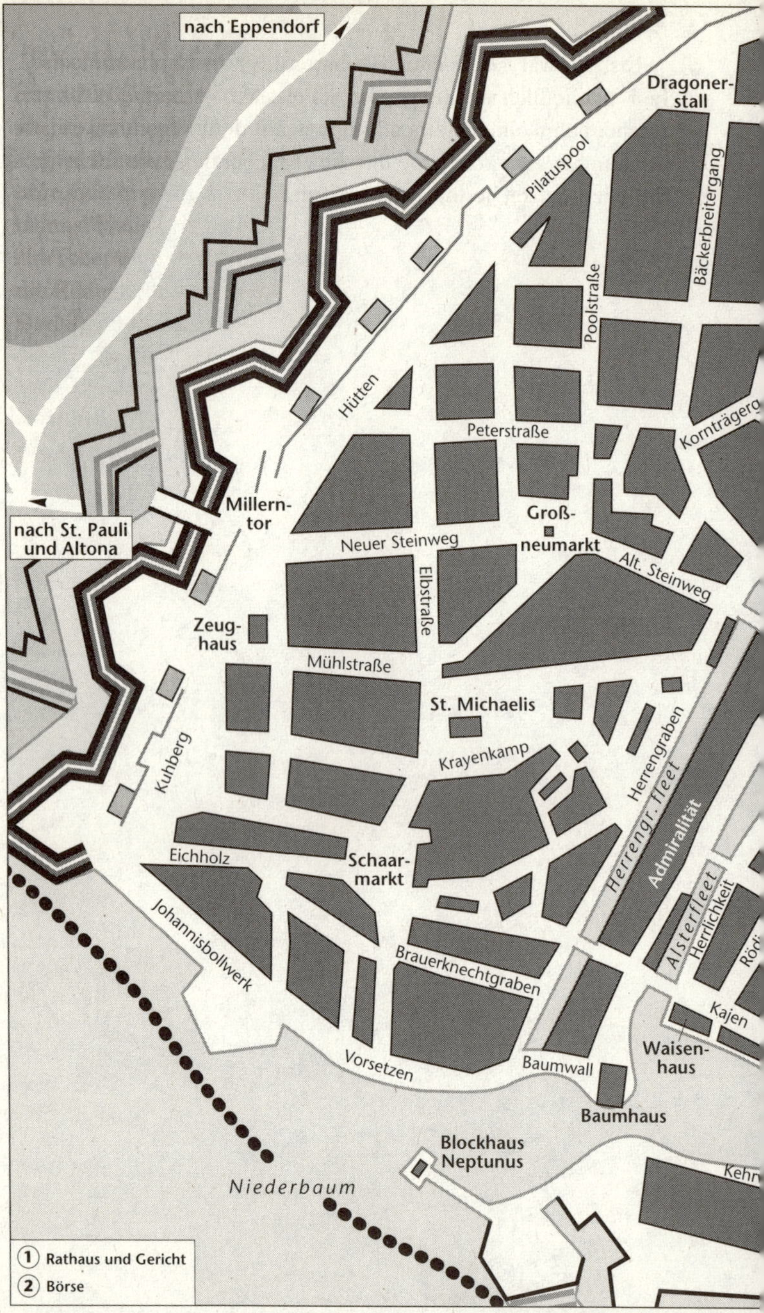

nach Eppendorf
Dragoner-
stall
Pilatuspool
Bäckerbreitergang
Poolstraße
Hütten
Kornträgerg
Peterstraße
Millern-
tor
Groß-
neumarkt
nach St. Pauli
und Altona
Neuer Steinweg
Alt. Steinweg
Elbstraße
Zeug-
haus
Mühlstraße
St. Michaelis
Kuhberg
Krayenkamp
Herrengraben
Herrengr. fleet
Admiralität
Eichholz
Schaar-
markt
Johannisbollwerk
Alsterfleet
Herrlichkeit
Brauerknechtgraben
Kajen
Waisen-
haus
Vorsetzen
Baumwall
Baumhaus
Blockhaus
Neptunus
Niederbaum
Kehr
1 Rathaus und Gericht
2 Börse

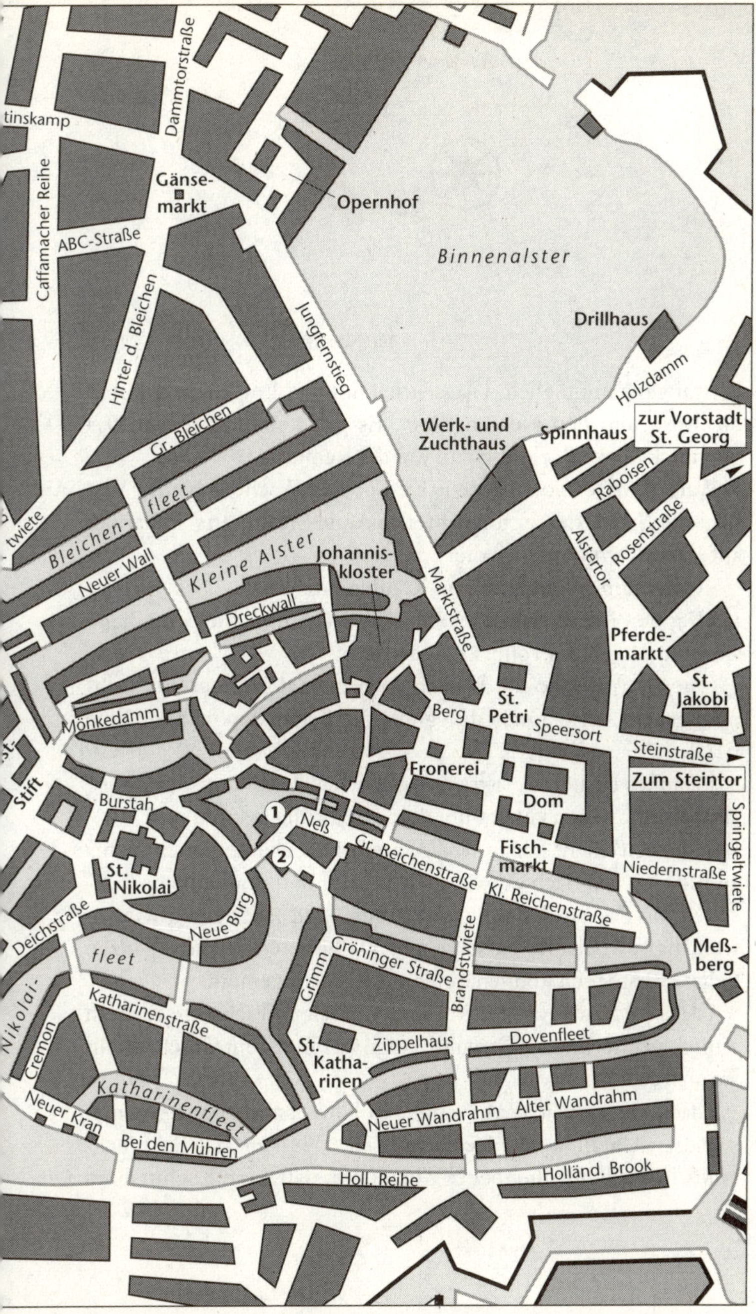

tinskamp
Dammtorstraße
Caffamacher Reihe
Gänse-
markt
Opernhof
ABC-Straße
Binnenalster
Hinter d. Bleichen
Jungfernstieg
Drillhaus
Holzdamm
zur Vorstadt
St. Georg
Werk- und
Zuchthaus
Spinnhaus
Gr. Bleichen
Raboisen
twiete
Bleichen-
fleet
Rosenstraße
Alstertor
Kleine Alster
Johannis-
kloster
Neuer Wall
Marktstraße
Dreckwall
Pferde-
markt
St.
Jakobi
Mönkedamm
Berg
St.
Petri
Speersort
Steinstraße
Stift
Fronerei
Zum Steintor
Burstah
Dom
Springeltwiete
1
Neß
2
Fisch-
markt
Gr. Reichenstraße
Niedernstraße
St.
Nikolai
Kl. Reichenstraße
Deichstraße
Neue Burg
Meß-
berg
fleet
Gröninger Straße
Grimm
Brandstwiete
Nikolai-
Katharinenstraße
Cremon
St.
Katha-
rinen
Zippelhaus
Dovenfleet
Katharinenfleet
Neuer Kran
Alter Wandrahm
Neuer Wandrahm
Bei den Mühren
Holl. Reihe
Holländ. Brook

8. KAPITEL

DONNERSTAG NACHMITTAG

Es war ganz unmöglich. Claes strich mit den Fingerspitzen über die Rose und den kleinen Käfer. Es gab keinen Zweifel. Das Schmuckstück in seiner Hand war die Kamee.

Wann hatte er sie ihr geschickt? Vor acht Wochen? Neun? Wie kam der Stein, den er mißachtet in Anne St. Roberts' Schatulle auf Jersey vermutete, hierher?

«Unter dem Winterstroh im Kräutergarten?»

«Bei den Petersilienbüschen.» Die Köchin nickte. «Ich habe sie geputzt, sie war voller Gartenerde.»

Claes betrachtete die Kamee noch einmal genauer im Nachmittagslicht, das durch das große Vorderfenster in die Diele fiel.

«Danke, Elsbeth», sagte er dann. «Ich weiß, wem sie gehört. Wann hast du dich zuletzt um deine Petersilie gekümmert?»

«Ich weiß nicht genau. Im Winter ist im Kräutergarten nichts zu tun. Ich war nach dem letzten Schnee dort und habe nachgesehen, ob das Stroh noch dicht genug liegt. Aber es war viel zu früh, um es beiseite zu schieben. Da hätte einer einen ganzen Schatz verstecken können, ich hätte es nicht gemerkt.»

Claes steckte die Kamee in seinen Rock und schickte Elsbeth zurück in ihre Küche. Er wollte Augusta bitten, ein Geschenk für sie auszusuchen.

Claes war plötzlich sehr müde. Er hatte längst genug von mysteriösen Unfällen und Geheimnissen. Wie kam das Schmuckstück in das Petersilienbeet? Wer wußte, daß seine Köchin ihren

Garten da draußen hatte? Und wer wußte, welcher der kleinen umzäunten Äcker der richtige war?

Vielleicht war alles nur ein verrückter Zufall, und der Goldschmied hatte gelogen, als er beteuerte, daß es dieses Stück nur einmal gab. Denn selbst wenn Anne es scheußlich gefunden und ihrem Stubenmädchen geschenkt hatte, wenn es an einen Pretiosenhändler auf Jersey weiterverkauft worden war – wie kam es zurück nach Hamburg? Und wann? Und warum ausgerechnet in seinen Garten? Es mußte wochenlang im nassen Stroh gelegen haben.

Anfang Januar, bald nach seiner Heimkehr, hatte er die Kamee nach Jersey geschickt. Behrmann hatte wie immer die Post zum Hafen gebracht, und er hatte ihn gebeten, auf dieses Päckchen besonders gut aufzupassen.

Und dann? Hatte er Anne, ohne es zu wissen, so verärgert, daß sie jemanden beauftragt hatte, sein Geschenk in seinen Garten zu werfen, damit es dort irgendwann wie Abfall gefunden wurde?

Absurder Gedanke. Für solche Kindereien war Anne viel zu vernünftig.

Kannte er sie wirklich so gut? Warum hatte sie ihn bei ihrer Ankunft so kalt behandelt? Und warum nahm sie bei Matthews Quartier anstatt bei ihm, einem alten Freund ihres Bruders? Warum hatte sie ihm auf Jersey nicht erzählt, daß sie Thomas Matthews so gut kannte?

Vielleicht war es kein Zufall, daß Anne und ihr Captain, von dem niemand wußte, in welchem Gasthaus er logierte, nur wenige Stunden vor dem Anschlag auf Martin in Hamburg angekommen waren?

Unsinn, schalt er sich, woher sollten die beiden wissen, daß Martin in der Stadt war? Niemand hatte es gewußt.

Nur der portugiesische Kapitän.

Kannten sich nicht alle Kapitäne?

Der Unfall auf Jersey, der Anschlag auf Martin – immer war Anne in der Nähe gewesen. Es hätte ihn überhaupt nicht gewundert, wenn sich herausgestellt hätte, daß Braniffs Schiff zum Zeitpunkt der Explosion der Bark im Lissaboner Hafen lag. Er seufzte. Wenigstens waren beide weit weg gewesen, als Behrmann ermordet wurde.

Aber war nicht Matthews, der Mann, in dessen Haus Anne nun wohnte, immer in Hamburg gewesen?

Tausend Fragen. Für nur eine Antwort hätte er viel gegeben.

Claes ging die Treppe hinauf und öffnete leise die Tür zu Martins Krankenzimmer.

Martin schlief noch immer seinen tiefen, todesähnlichen Schlaf. Aber er atmete nun gleichmäßig und schluckte ein paar Löffel der Brühe, die Sophie oder Elsbeth ihm einflößte. Claes spürte Zuversicht. Martin war jung und stark. Er würde wieder aufwachen und gesund werden. Und reden. Claes hatte von Männern gehört, die nach einem schweren Schlag auf den Kopf alle Erinnerung verloren hatten, selbst an ihren eigenen Namen. Er hoffte, daß Martin das nicht widerfahren war.

Die Sitzung der Commerz Deputation war heute nur kurz gewesen. Es ging wieder einmal um den alten Streit mit der Dänischen Krone, die Hamburg immer noch als Teil ihres Reiches beanspruchte und nicht als freie deutsche Reichsstadt akzeptierte. Seit Jahren wurde verhandelt. Es würde wohl nichts anderes übrigbleiben, als den Dänenkönig, ständig in peinlicher Geldnot, teuer abzufinden.

Niemandem war aufgefallen, daß Claes nicht bei der Sache war.

«Ihr seht grämlich aus, Freund Herrmanns. Ist wieder einer der treuen, abergläubischen Bürger auf die andere Straßenseite gegangen, als Ihr entgegenkamt?» Baumeister Sonnin tippte grüßend mit zwei Fingern an den Rand seines Dreispitzes. Der Staub auf seinem burgunderroten Samtrock und seinen grauen Kniehosen verriet, daß er direkt von der Baustelle am Dom kam. Aber vielleicht hatte er auch nur zu viel Puder auf sein Haar gestäubt. Sonnin war nicht verheiratet, und seine Haushälterin hatte schlechte Augen.

Mit einem resignierten Lächeln gab Claes dem Baumeister die Hand. Endlich einer, der aussprach, was er sich nur einzubilden geglaubt hatte: Es gab Leute, die ihm aus dem Weg gingen, weil sie fürchteten, sein Unglück könnte auf sie abfärben.

«So schlimm ist es nicht, Sonnin. Aber ein paar meiner alten Freunde sind in den letzten Tagen tatsächlich recht zurückhaltend mit ihrer Freundschaft.»

«Pfeift drauf! So sind die Leute. Erst letzte Woche hat mir wieder irgendein dummer Mensch ein Traktätchen in mein Arbeitszimmer beim Dom gelegt. Er wisse, daß ich mit dem Teufel im Bunde sei, und Gott werde mich strafen. Natürlich hat er vergessen, seinen Namen darunter zu malen. Solange er sich nicht zu Gottes Werkzeug macht, soll's mir recht sein. Der Gott, an den ich glaube, freut sich, daß ich die Türme seiner Kirchen wieder brademache. Die Menschen verstehen nichts von der Mathematik der Baukunst, und was sie für unmöglich halten, wird gar zu gern zum Teufelswerk erklärt.» Sonnin, wie immer außerordentlich gesprächig, lachte vergnügt und verrieb ein wenig von dem Staub auf seinem Ärmel.

«Es ist auch für viele von Eurer Zunft ein Wunder, was Ihr an den Türmen vollbringt.» Claes war froh, über etwas reden zu können, das mit keiner seiner Sorgen auch nur das geringste zu tun hatte. «Wie lange braucht Ihr noch für den Dom? Unser Katharinen-Turm neigt sich auch bedrohlich. Nicht ganze drei Meter wie der des Doms, aber genug, daß wir um seine Standfestigkeit fürchten. Was denkt Ihr, könnt Ihr ihn als nächstes grademachen?»

«Ach, immer die Kirchtürme. Ich bin die ständige Zankerei mit den Pfaffen nun wirklich leid. Schade, daß Ihr Grothues' Gartenhaus gekauft habt. Ich hätte Euch gerne eine hübsche kleine Villa gebaut. Aber wenn Ihr dafür sorgt, daß Goeze und seine Kirchenältesten einverstanden sind und gut zahlen, will ich darüber nachdenken. Mit dem Dom bin ich fast fertig. Was haltet Ihr von einem Täßchen Kaffee und einer Partie Billard? Es wird mich den Staub und die Zahlen und Euch die Sorgen vergessen lassen.»

Zwei Stunden nach Börsenschluß war der große Trubel in Jensens Kaffeehaus vorbei. An den Tischen bei den vorderen Fenstern saßen einige Gäste und ließen den Dampf ihrer Pfeifen hinter großen Zeitungsseiten aufsteigen. Aus den hinteren Räumen drang das kurze, harte Klicken von aufeinandertreffenden Billardkugeln.

Sonnin bestellte Kaffee, für Claes mit Kardamom und für sich selbst mit zerstoßenem Zucker, einer Prise Nelkenpfeffer und viel Milch, und die beiden Männer setzten sich an einen freien Tisch.

Claes hatte Sonnin, den er seit Jahren als Freund und als klugen und gewitzten Gesprächspartner hochschätzte, lange nicht getroffen. Der Baumeister war in der Stadt so gefragt wie umstritten. In den letzten Monaten hatte er sich gemeinsam mit Vater und Sohn Reimarus, Büsch und einigen anderen Bürgern der Gründung der Hamburgischen Gesellschaft zur Beförderung der Manufacturen, Künste und nützlichen Gewerbe gewidmet. Die konstituierende Versammlung war für die nächste Woche, den 11. April, im Börsensaal angekündigt.

Ein helles Lachen drang aus dem Billardraum herüber.

«Voilà, gewonnen.»

«Ihr seid ein verteufelt guter Spieler für Eure Jahre, Reichenbach.»

Claes erkannte Joachims Stimme. Sie klang ihm fremd. Kalt und gepreßt vor unterdrücktem Zorn.

Der kleine Sachse spielte also mit Joachim Billard und gewann. Claes gelang das selten. Er war hart und ehrgeizig in seinen Geschäften, aber er hatte wenig Sinn für Kampf im Spiel. Wenn er spielte, wollte er sich ausruhen und plaudern. Deshalb spielte er am liebsten mit Sonnin. Daß der immer gewann, störte ihn nicht.

Als Friedrich Reichenbach und Joachim aus dem Billardzimmer in den Schankraum traten, steckte der kleine Sachse etwas in seine Rocktasche, es klimperte leise. Joachim war immer ein stolzer Spieler und schlechter Verlierer gewesen, er und Daniel hatten ihn in ihrer Kinderzeit deswegen oft gehänselt. Inzwischen gewann Joachim fast immer. Von so einem Jungen besiegt zu werden konnte ihm nicht schaden.

Die beiden Spieler kamen an ihren Tisch, und Claes und Sonnin rückten ein wenig zusammen, um genug Platz für zwei weitere Stühle zu machen.

Claes betrachtete Reichenbach nachdenklich. Ein hübscher Junge, temperamentvoll, gebildet und mit gutem Witz, aber trotz der Narbe auf der Wange ein bißchen weibisch. Reichenbach griff nach seiner Kaffeetasse und trank. Wohl doch nicht, dachte Claes. Hände verraten viel vom Charakter eines Mannes. Und Reichenbachs Hände waren breit und kräftig. Man sah ihnen an, daß er lieber selbst die Zügel in die Hand nahm, als sich kutschieren zu lassen.

«Wie geht es Eurem zukünftigen Schwiegersohn? Habt Ihr Hoffnung, daß er die Attacke übersteht?»

Die Augen des jungen Sachsen verrieten echtes Interesse und Mitgefühl. Obwohl Claes die Fragen nach Martin heute ein wenig ungeduldig machten – es wäre schön gewesen, wenn sich einmal jemand erkundigt hätte, wie es ihm selbst ging –, tat Reichenbachs Anteilnahme ihm ebenso wohl wie vorher Sonnins freudige Begrüßung auf der Straße.

«Wir sind sehr zuversichtlich. Besonders seit unsere Köchin ihre alte Tante ins Haus gebracht hat. Die Alte tut zwar alles, was Kletterich nicht täte, aber er hat gottlob selbst die Influenza, und ihre Behandlung hilft Martin. Jedenfalls sieht es so aus.»

Bei seinen letzten Worten klopfte er behutsam Reichenbachs Rücken. Der Junge hatte sich heftig verschluckt. Er erholte sich schnell, und nur Joachim bemerkte und argwöhnte, daß er sich allzu interessiert nach Claes' Geschäften und Familie erkundigte. Aber die Sachsen, dachte er, sind schon immer ein neugieriges Volk gewesen.

Claes verließ das Kaffeehaus gut gelaunt. So eine heitere Stunde war belebend und ein gutes Mittel gegen zu viel Trübsinn. Die wollte er sich nun öfter gönnen.

Der junge Reichenbach, fand er, war eine äußerst angenehme Gesellschaft. Ein bißchen von seinem Esprit und Charme würden Martin guttun. Er wollte ihn, bevor er nach London weiterreiste, zu einem kleinen Essen in sein Haus einladen. Augusta würde von seinen respektlosen Plaudereien über die Literatur und die Literaten hingerissen sein. Aber dann dachte er an Emily und ihre brennende, aber völlig unpassende Liebe zu jenem Maler und entschied, mit solchen Einladungen zu warten, bis Sophie und Martin verheiratet waren.

Das Abendessen, das ihn morgen erwartete, oder besser gesagt, die Gäste, dämpften seine gute Laune ein wenig. Ein Abend mit Anne St. Roberts und Jules Braniff erschien ihm wenig verlockend.

FREITAG NACHMITTAG

«Amen», flüsterte Hilfspastor Voschering mit heiliger Inbrunst, und dann nieste er kräftig. Gewöhnlich nieste er nur, wenn er frischem Stroh zu nahe kam. Das Stroh, das auf dem Boden des Kerkers lag, war klumpig, feucht und uralt. Mein Herr und Gott, flehte er still, wenn du mich mit der Influenza züchtigen willst, so will ich als dein braver Diener mein Schicksal geduldig tragen. Aber vielleicht wartest du noch ein wenig. Nur fünf Tage, bis Pastor Goeze aus dem Dänischen zurück ist.

Er seufzte ergeben, schneuzte sich vorsichtig und blickte den Gefangenen Jean Becker streng an.

«Nun, mein Sohn, unser Gebet wird Gottes Ohr für dich öffnen. Aber Gott hilft vor allem denen, die sich selbst helfen. Also sei nicht verstockt, sondern bereue und beichte mir deine Sünden.»

Voschering war mit sich zurfrieden. Er hatte den richtigen Ton getroffen. Streng und doch väterlich. Er rückte seinen Stuhl, den die Wachen für ihn in die Zelle getragen hatten, ein wenig näher zu Jean und fingerte in seiner Rocktasche nach dem parfümierten Schnupftuch.

Jean roch noch schlechter als der alte Strohsack, auf dem er hockte.

«Ich höre», murmelte Voschering durch das Tuch. «Aber sprich leise. Die Wachen müssen nicht wissen, was du mir anvertraust.»

Jean sah den jungen Geistlichen mit dem pickeligen Kindergesicht zweifelnd an.

«Was soll ich Euch erzählen? Ich weiß doch nur, daß ich mitten in der Nacht im Straßendreck neben dem Schreiber aufgewacht bin. Der war tot, und dann kam die Wache. Seitdem bin ich hier und friere und darbe...»

«Du hast ihn nicht erstochen?»

«Nein.»

«Ich denke, du erinnerst dich an nichts.»

«Daran würde ich mich bestimmt erinnern.»

Voschering schwieg. Er hatte keine Erfahrung mit Menschen, die nicht wußten, was sie ihm erzählen sollten. Die Männer und Frauen in der Gemeinde überschütteten ihn stets mit Geschwätz und Gejammer. Fragt ihn nach jeder Minute dieser Nacht, hatte Frau Augusta ihm aufgetragen. Und ihm blieb nichts anderes übrig, als das zu tun. Er schuldete ihr Dank, denn ohne Frau Augusta hätte er niemals die Stelle als Hilfspfarrer an St. Katharinen bekommen. Er seufzte noch einmal tief und machte einen neuen Anfang.

In der folgenden Stunde erfuhr der junge Pastor, der niemals eine Frau ohne Kleider gesehen und niemals mehr als ein Glas Wein oder Bier getrunken hatte, von den sündigen Freuden des wahren Lebens.

«Abgründe», murmelte er, als er endlich wieder auf der Straße stand. Abgründe. Und doch. Ein guter Seelenhirte sollte wissen, wie ein Sünder lebte, und wieder einmal dankte er dem Herrn für die Prüfungen, die Er ihm auferlegte. Frau Augusta würde zufrieden sein. Jean erinnerte sich zwar immer noch nicht an das, was auf der Straße geschehen war. Aber er erinnerte sich an das Würfelspiel mit dem Schreiber.

Behrmann hatte, wie der Komödiant, viel zuviel Bier und Branntwein getrunken, und je mehr er trank, um so trauriger wurde er. Er faselte viel von Sünde und von dem Unrecht, das er einem Bruder getan hatte. Und mit seinen Eltern stimmte auch irgend etwas nicht.

Jean hatte nicht so genau zugehört. Für ihn gab es zwei Sorten von Branntweintrinkern. Die einen wurden mit jedem Glas fröhlicher – zu denen gehörte Jean. Den anderen öffnete der Branntwein den Kummerkasten in ihrer Seele, sie begannen, zu klagen und zu jammern, und versprachen, ab morgen bessere Menschen zu werden. Zu denen gehörte der Schreiber.

Es lohnte einfach nicht, zuzuhören. Sobald das Kopfweh am nächsten Tag verging, blieben sie doch die alten.

Aber, so hatte Jean dem Pastor versprochen, er wolle nun mit großer Anstrengung nachdenken. Wenn der Herr Pastor morgen wiederkommen könne? Sicher sei ihm dann noch mehr eingefallen. Und es lasse sich viel besser denken, wenn man eine wärmere Decke habe und vielleicht eine dicke Suppe mit einem ordentlichen Stück Fleisch.

Und eine kleine Prise Schnupftabak.

Voschering ging mit großen Schritten am Rathaus vorbei und durch die engen Gassen hinunter nach St. Katharinen. Wenn er sich beeilte, könnte er Frau Augusta gerade bei einem späten Nachmittagskaffee antreffen. Im Pfarrhaus gab es diese gute Gottesgabe nur an Sonntagen. Und der Pastorenmamsell gelangen niemals so köstliche Milchbrötchen wie der Herrmannsschen Köchin.

Frau Augusta würde zufrieden sein. Und morgen, gleich nach dem Frühgottesdienst, wollte er wieder in die Fronerei. Die Lösung des Geheimnisses war nah, und das war ganz allein sein, Hilfspastor Voscherings, Verdienst.

Voschering war viel zu sehr mit Milchbrötchen und dem zu

erwartenden Lob beschäftigt, um zu bemerken, daß ihm zwei hagere, ganz in Schwarz gekleidete Männer in einigem Abstand folgten. Als er über die Katharinenbrücke eilte, bog einer der beiden Männer schattengleich in das Dovenfleet ab und verschwand in dem engen Gang neben dem Speicher, den Claes Herrmanns vor einigen Wochen neu gepachtet hatte. Der andere folgte Voschering zum Neuen Wandrahm.

SAMSTAG ABEND

Von St. Katharinen wehte der Wind sechs dünne Glockenschläge herüber, und in der Schenke Zum Bremer Schlüssel hockten erst wenige Gäste bei einem abendlichen Krug Bier. Als Titus und Sebastian die Gaststube betraten, verstummten die Gespräche über das Wetter, die neuen Preise für Osterlämmer oder das Pech, das Herrmanns in letzter Zeit verfolgte, abrupt.

«Titus, alter Hanswurst», rief der Mann, der am Schanktisch stand und braunes Bier aus einem Faß in Krüge laufen ließ. Er wischte sich die Hände, Pranken, die ein Faß wie einen Eierkorb stemmten, an der Lederschürze ab und klopfte den beiden Komödianten freudig auf die Schultern.

«Und ihr», schnauzte er seine Gäste an, «kümmert euch um euer Bier und euer Geschwätz. Wem meine Freunde nicht passen, der kann rüber in den Gotländer gehen und da ein für allemal bleiben.»

Niemand in der Fuhlentwiete konnte sich erinnern, daß das Parterre des Hauses neben dem Krögerschen Hof jemals etwas anderes als die Schenke beherbergt hatte. Nur ein paar Gäste wußten noch, daß der alte Wirt bei der letzten Pest vor einem halben Jahrhundert gestorben war und Jakob Jakobsens Vater, Sohn eines Gasthausbesitzers aus Husum, die Schenke übernommen hatte. Auch der war schon lange tot, und obwohl sein Sohn seit mehr als dreißig Jahren hinter der Theke des Bremer Schlüssels stand und längst Großvater war, wurde er in der Neustadt immer noch der junge Jakobsen genannt.

Jakobsen war ein guter Wirt. Er würfelte und trank mit seinen Gästen, aber er war nie betrunken, bevor die letzte Zeche kassiert war. Er wußte genau, wem er Kredit geben konnte, und hatte nichts dagegen, wenn sich zwei prügeln mußten, aber sobald das erste Blut floß, machte er, ein Mann wie ein Bär, dem Spektakel rigoros ein Ende. Nur in ganz schlechten Zeiten oder wenn kurz vor der Sperrstunde die letzten Gäste allzu betrunken waren, verlängerte er den Branntwein mit kaltem Eichenrindentee.

Fremde, selbst Matrosen, verirrten sich nur selten bis in diese Ecke der Fuhlentwiete. Jakobsen kannte fast alle seine Gäste seit vielen Jahren. Mit den meisten war er als Kind durch die Gänge, wie hier die engen Gassen genannt wurden, und über die Höfe der Neustadt getobt, und weiter über die Graskellerbrücke, den Rödingsmarkt hinunter bis zum Hafen. Sie hatten am Wasser gesessen, an den Kajen, beim Baumwall oder am Neuen Kran bei der Hohen Brücke, hatten vergeblich versucht, die Masten und gerefften Segel zu zählen und die Matrosen um einen Haifischzahn oder ein Stück Schnur mit einem Seemannsknoten angebettelt. Ein paar Jahre noch, dann wollten sie zu denen gehören, die mit wiegenden Schritten und grob gestutzten Bärten von den Schiffen kamen und von der weiten Welt, von den Korsaren auf See und den Wilden an fremden Küsten erzählten. Von Weibern mit dicken Brüsten, Rum bis zum Umfallen und vergrabenen Schatzkisten auf entlegenen Inseln.

Die meisten waren an Land geblieben und hatten ihre Träume vergessen. Jakobsen hatte nichts vergessen, und weil in seinem weiten Herzen immer noch ein Rest der alten Sehnsucht steckte, mochte er Menschen, die sich jenseits der sicheren Stadtmauern durchschlugen. Besonders mochte Jakobsen Titus, der immer, wenn die Beckersche Truppe in Hamburg spielte, im Bremer Schlüssel sein Bier trank.

Wenn dann beide betrunken waren, schlugen sie einander auf die breiten Schultern, nannten sich unter Tränen Bruder und beneideten heimlich einer den anderen. Vor Jahren hätte Jakobsen Titus gerne mit seiner Schwester verheiratet, aber Titus wollte sein Wanderleben nicht aufgeben, und Jakobsens Schwester gab einem Komödianten nicht mal die Hand. Sie hatte auch sonst niemandem die Hand gegeben, aber sie war eine fröhliche alte Jungfer geworden. Nun regierte sie in der Küche hinter der Schenke, und Jakobsen war überzeugt, daß Gott es eben so gewollt hatte. Der Bremer Schlüssel war die einzige Schenke in der Stadt, in der die Beckerschen Komödianten auch in diesen unheilvollen Apriltagen freudig begrüßt wurden.

Sebastian und Titus setzten sich an einen der hinteren Tische, und die Schankmagd brachte ihnen Bier. Bevor sie den Krug auf den Tisch stellte, beugte sie sich weit vor und schob mit ausholenden Bewegungen einen feuchten Lumpen über das Holz.

Titus grinste. «Der Tisch ist ganz sauber, Lineken. Aber wenn du Sebastian noch mehr Aussicht auf deinen Busen gönnst, fällt der Junge schon unter den Tisch, bevor er nur einen Schluck von dem Bier getrunken hat.»

Sebastian wurde feuerrot.

Lineken stopfte das Brusttuch wieder in ihrem Ausschnitt fest, zog schnippisch die Schultern hoch und verschwand in der Küche.

Jakobsen hinter dem Tresen lachte sein heiseres Lachen. «Laß dem Mädchen doch seinen Spaß, alter Freund. Sie trifft hier selten so hübsche Kerle wie euren Akrobaten. Wollt ihr Branntwein?»

«Aber nur einen», rief Titus. Sebastian schüttelte den Kopf. Titus sah sich in der Schenke um, als wäre er zum ersten Mal hier. Es war eine gute Schenke, der Boden wurde am Morgen gefegt, jeder Gast bekam einen sauberen Becher, durch die Fenster fiel um Mittag ein wenig Sonne, und die Suppen, die Jakobsens Schwester kochte, waren frisch, fett und gut gewürzt. Die Gäste – Titus stützte traurig seinen Kopf in beide Hände.

Sie paßte einfach nicht hierher. Diese Schenke gehörte zu seiner Welt, wie die Plätze, die Bretterbühne und die Wagen. Auch sein Vater war Hanswurst gewesen. Titus hatte seine Kunst von ihm gelernt und der wiederum von seinem Vater, einem venezianischen Arlecchino, der vor vielen Jahren über die Alpen nach Norden gewandert war. Titus wußte es nicht, aber er war sicher, daß auch sein italienischer Großvater bei seinem Vater in die Lehre gegangen war.

Nun war Titus über die Vierzig, und er hatte keinen Sohn, der seine Tradition weiterführte. Er hatte nie dran gedacht, seßhaft zu werden. Aber dazu war es noch nicht zu spät. Ein gutes Gasthaus, in dem vornehme Gäste verkehrten. Mit Elsbeths delikater Küche.

Er schalt sich einen Träumer und alten Gecken und leerte entschlossen seinen Becher.

Als er ihr gestern morgen bei seinem zweiten Besuch gesagt hatte, wer er war, hatte sie ihn nur lange prüfend angesehen. Sprecht weiter, sagte sie schließlich und hörte still zu, anstatt ihn sofort hinauszuwerfen. Sie gab ihm eine Schüssel Milchklöße mit Zimt und Honig und erschien ihm wie ein Engel. Aber ob ein Engel mit einem Spaßmacher leben konnte?

Langsam füllte sich die Schenke. Auch wenn niemand wagte, Jakobsens alten Freund Titus verächtlich zu behandeln, blieben die Komödianten an ihrem Tisch doch allein.

Bis Vandenfelde kam. An jedem Samstagabend spülte sich der Metzger auf seinem Heimweg vom Schlachthaus an der Heiliggeistbrücke zu seinem Bett in einer Hinterhofbude in der Knochenhauertwiete den Blutgeschmack aus dem Hals.

«Bind deine gräßliche Schürze ab, Vandenfelde», schimpfte Jakobsens Schwester, die gerade aus der Küche kam, um einen Krug Bier für die Abendsuppe zu holen.

Der Metzger setzte sich zu Titus und Sebastian und löste grinsend das Band seiner blutigen Schürze. Das blau-weiß gestreifte Hemd, das er darunter trug, sah allerdings nicht besser aus.

«Na?» polterte er, «haben sie den Galgen für euren Prinzipal schon aufgeputzt?»

Titus zog Sebastian, der zornig aufsprang, zurück auf seinen Stuhl. «Ruhig, Junge. Der Metzger macht immer solche schlechten Scherze. Er sollte als Hanswurst zu den Komödianten gehen.»

«Schlechte Scherze? Egal, wer's getan hat, wenn 'n Komödiant neben einem gefunden wird, der 'n Messer zwischen den Rippen hat, dann ist er fällig. Lineken, bring mir Branntwein.»

Er nahm einen großen Schluck, als wäre reines Wasser in dem Becher, wischte sich mit dem Handrücken über die Lippen und rülpste erleichtert. Vandenfelde mochte seine Arbeit im Schlachthaus. Ein Tier schnell und sauber zu töten war für ihn eine Kunst. Er beherrschte sie perfekt, und das machte ihn zufrieden. Aber die stickige Luft, der Gestank von Blut und Kot, das Angstgebrüll der Tiere ließen seinen Magen an jedem Tag zu einem harten Klumpen schrumpfen.

«Nichts für ungut, Junge.» Er sah Sebastian mit zusammengekniffenen Augen an. «Ich glaub auch nicht, daß dein Prinzipal den Schreiber totgemacht hat. Der kann ja nicht mal 'n Lamm abstechen. Letztes Frühjahr hab ich ihm eins gegeben, für 'n paar Verse für meine Mechthild, schöne Verse und 'n schönes Lamm, alles hatte seine Ordnung. Aber wenn eure alte Lies nicht wär, würd das Vieh immer noch leben. Trink», sagte er und schob seinen Becher über den Tisch. «Noch zu grün für Schnaps? Dann trink ich selber.»

Er leerte den Becher, knallte ihn auf den Tisch und beugte sich zu Titus. «Da gibt's andere, denen der Behrmann im Weg war, das sag ich dir. Ganz andere. Aber das sind solche, die nie an den Galgen kommen. Ich weiß, was ich weiß, aber wer ruhig leben will, hält sein Maul.»

Es kostete Titus noch drei Becher von Jakobsens bestem Branntwein, bis Vandenfelde endlich begann, seine Geschichte zu erzählen. Es war keine besonders spannende Geschichte. Und eine ganz alltägliche.

Behrmanns Mutter, so hatte Vandenfelde gehört, war als junges Ding Küchenmädchen in einem reichen Hamburger Haus. Nicht mal besonders hübsch, aber doch mit schönen Grübchen und mit Augen, die viel wollten.

Dann kam, was oft kommt und keiner wissen will: Das Mädchen wurde blaß und dick. Eines Tages war es verschwunden und keiner wußte, wohin. Nur die Köchin. Die hat gesagt, der Herr hätte das Mädchen wieder zu seiner Tante nach Eppendorf geschickt, wo es vor einem Jahr hergekommen war. Eltern hatte es nicht mehr, und für die Tante war es deshalb schon lange ihr Kind.

Die Stadtluft hätte sie krank gemacht, sagte die Köchin, aber außer dem Herrn und der Köchin hatte das bis dahin nie einer bemerkt.

«Aber kommt ja drauf an», sagte Vandenfelde und grinste bis zu den Ohren, «was einer mit krank meint.»

Jedenfalls war sie da oben in Eppendorf bei ihrer Tante ein halbes Jahr später wieder dünn und hatte ein Kind. Aber es ging ihr nicht schlecht. Sie hatte ihrer Tante nämlich nicht nur den dicken Bauch mitgebracht, sondern auch genug Geld für eine Kuh und ein größeres Stück Land. So sei es gewesen.

«Und was glaubt ihr, von wem ein Küchenmädchen für 'n dikken Bauch auch noch Geld für 'n Stück Land kriegt und genug, um ihren Jungen auf die Schule zu schicken? Nicht vom Pferdeknecht.»

«Und? Sag schon, Vandenfelde. Wer war's? In welchem Haus war sie Küchenmädchen?»

Das wußte Vandenfelde nicht.

«Aber man hört so dies und das, wenn die Bauern ihr Vieh bringen, und ich sag dir, was ich glaube, Titus. Der alte Herrmanns war's, der Vater von Claes. Der ist es gewesen.»

«Vandenfelde, du spinnst!» Ärgerlich knallte Jakobsen seinen Becher auf den Tisch und tippte sich mit drei Fingern heftig an die Stirn. «Ausgerechnet der alte Herrmanns! Der hat schon zu Lebzeiten 'nen Heiligenschein mit sich geschleppt. Wenn der 'ner anderen als seiner Ehefrau Kinder gemacht hat, freß ich 'nen Besen.»

«Lineken», brüllte Vandenfelde, «bring deinen Besen. Jakobsen will einen fressen.»

Die Männer, die längst von ihren Bänken aufgestanden waren und sich um den Tisch drängten, damit ihnen das Neueste über den Mord an Behrmann nicht entging, lachten grölend. Und am lautesten lachte Jakobsen, der Wirt.

9. KAPITEL

SAMSTAG ABEND

Anne und Jules waren ein schönes Paar. Sie schritten durch die Diele des hanseatischen Kaufmannshauses wie durch einen Ballsaal. Ihre vornehme Eleganz gab Claes das Gefühl, den falschen Rock angezogen zu haben. Annes Begrüßung erschien ihm fremd und von gezwungener Fröhlichkeit. Braniff war wie stets der höfliche, verhalten amüsierte Beobachter.

Die halbe Stunde im Salon, bis Blohm zum Essen rief, erschien Claes wie eine Ewigkeit. Augusta hingegen war entzückt von Braniffs Charme und ließ sich von seinen kühnen Abenteuern in Surinam und im Karibischen Meer begeistern.

Anne saß in ihrem Sessel wie eine lächelnde Statue.

Sophie begrüßte die Gäste mit gebührender Höflichkeit und ungebührlicher Neugier. Aber sie entschuldigte sich nach wenigen Minuten. Martin brauche sie.

«Geht es ihm immer noch nicht besser?» fragte Anne, als sich die Tür hinter Claes' Tochter geschlossen hatte.

«Ihr seid sehr bekümmert», antwortete er spröde, «obwohl Ihr den Jungen nicht kennt. Das ist wirklich freundlich.»

Augusta seufzte. Daß Claes sich selbst einen Idioten gescholten hatte, war vielleicht doch nicht ganz falsch.

«Natürlich bin ich bekümmert. Er gehört zu Eurer Familie. Und was ihm geschehen ist, erinnert mich an einen anderen Kranken, um den ich mich wochenlang gesorgt habe.»

«Er ist immer noch nicht aufgewacht», sagte Augusta in den Moment peinlicher Stille.

«Aber wir sind hoffnungsvoll. Er schläft ruhiger, und heute abend hat er kein Fieber mehr. Wie mein Neffe im letzten Herbst», sie warf ihm einen strengen Blick zu, «wird auch Martin aufopferungsvoll gepflegt. Und wie mein Neffe wird auch Martin zu uns zurückkehren.»

Blohm trat in den Salon und meldete, es könne nun aufgetragen werden, und weil Anne den Arm, den Claes ihr bot, übersah und sich von Augusta in den Speisesaal führen ließ, blieb ihm nichts anderes übrig, als Braniff zu Tisch zu begleiten.

Elsbeth hatte Sophie ein Tablett mit ihren Lieblingsleckereien in das Krankenzimmer gebracht. Sie müsse essen, hatte die Köchin gesagt, wer solle Martin gesund pflegen, wenn auch sie krank werde? Also hatte Sophie gegessen, und Elsbeth war zufrieden in die Küche zurückgekehrt.

Sooft sie konnte, ging sie auf einen kurzen Besuch in Martins Zimmer. Krank und blaß, erinnerte er sie wieder an den schüchternen Jungen, der sich in Herrmanns' Kontor gewagt hatte. Sie mochte ihn schon damals. Der Erfolg machte ihn ein wenig steif, und wahrscheinlich wurde er einmal ein besserer Pfeffersack als alle, die dazu geboren waren. Aber die quecksilbrige, respektlose Sophie würde schon aufpassen, daß er sich nicht an seinem eigenen Stolz verschluckte.

Es gab noch einen anderen Grund für Elsbeths Sorge. Sie war schuld, wenn Martin doch noch starb. Sie ganz allein. Aber wenn Martin erwachte und gesund wurde, und daran glaubte sie fest, würde sie immer wissen, daß er ohne ihre Lüge gestorben wäre. Das war den Einsatz wert.

Sie hatte Kletterichs Kuren und Blutzapfereien nie getraut. Die waren gegen die Natur, davon konnte kein Mensch gesund werden. Martin wurde davon nur schwächer.

Dr. Struensee war nicht gekommen. Ihm vertraute Elsbeth wie keinem anderen, seit es ihm gelungen war, die Waisenkinder von der Krätze zu heilen. Aber er war im Pinnebergischen unterwegs und prüfte die Arzneien der Landapotheken.

Die Heilerin, die Titus gestern in ihre Küche brachte, sah ein bißchen unheimlich aus, aber Elsbeth hatte an ihr Kräfte gespürt, die Kletterich nie haben würde.

Die Alte sah sich in der Küche um und strich über die kupfernen Töpfe, als sei sie nach einer langen Reise heimgekehrt. Sie sprach nicht viel, aber schließlich fragte sie, ob Elsbeth auch Ingwer in das Holunderkonfekt knete wie ihre alte Freundin Gerda.

Elsbeth konnte sich nicht vorstellen, wie eine, die seit Jahrzehnten mit den Komödianten durchs Land zog, zur Vertrauten einer Herrmannschen Köchin geworden war. Aber wer Gerdas Holunderkonfekt-Rezept kannte, mußte ihr sehr vertraut gewesen sein. Und wem Elsbeths strenge Ziehmutter ihre Rezepte verriet, der konnte kein böser Mensch sein.

Elsbeth hatte nicht gedacht, daß es so leicht sein würde, Frau Augusta zu überzeugen, die Alte an Martins Bett zu lassen.

«Wenn du ihr vertraust und genau achtgibst, was sie tut», hatte Augusta gesagt, «soll sie ihre Kunst versuchen. Wir haben nicht viel zu verlieren. Und laß sie mittags kommen, wenn mein Neffe an der Börse ist.»

Elsbeth hoffte, Augusta würde nie erfahren, daß Lies, so hieß die Kräuterfrau, eine Fremde und nicht die Tante einer Freundin war. Auch Frau Augusta mußte nicht alles wissen.

Elsbeth hatte schnell begriffen, daß die Komödianten Martin genauso dringend lebend brauchten wie Herrmanns. Nach einer langen, schlaflosen Nacht entschloß sie sich, Augusta um die Erlaubnis zu fragen, und bald darauf stand Lies an Martins Bett.

Sie sah ihn lange an. «Öffne das Fenster, Mädchen», sagte sie zu Sophie, «draußen scheint die Sonne, und hier riecht es wie in einem Kaninchenstall.»

Sie deckte den Kranken gut zu und wickelte ihm behutsam ein warmes Tuch gegen die Zugluft um den Kopf. Elsbeth verstand nicht, was Lies dann tat. Sie legte sanft ihre Hände auf sein verquollenes Gesicht und murmelte leise unverständliche Worte. Es hörte sich nicht wie ein Gebet an, aber Martins Atem ging bald ruhiger, er löste seine ständig verkrampften Fäuste, und es schien, als sei er nicht mehr so totenblaß.

Elsbeth schwitzte, faltete die Hände vor der Brust und erinnerte sich daran, daß es Hexen und Schwarze Magie schon lange nicht mehr gab.

Lies strich über Martins Hände, hob die Decke und betrachtete und befühlte seine Füße. «Mach das Fenster wieder zu», murmelte sie, «sonst wird es zu kalt. Und hol reine Laken und eine große Schüssel mit warmem Wasser. Niemand mag aufwachen, wenn ihm der eigene kranke Gestank so faulig in die Nase steigt.»

Sie erklärte der Köchin, welche Kräuter und Wurzeln sie brauche, um einen heilenden Tee zu kochen, und welche, um sie morgens, mittags und abends in einer Räucherpfanne zu verbrennen.

«Nur wenig Rauch, er soll nicht husten, aber genug, um die giftigen Fieberdämpfe zu vertreiben.»

Elsbeth hörte auf zu schwitzen. Sie kannte alle befohlenen Kräuter, die meisten hingen fein gebündelt an ihren Küchenbalken. Gewiß konnte keines Martin schaden.

«Liebt er dich?» Lies sah Sophie streng an.

Sophie nickte zögernd. Warum fragte sie das? Die Alte verwirrte sie. Sie schien arm zu sein, aber sie wirkte wie eine, die gewohnt war, daß man ihr überall gehorcht.

Von da an wurden Sophies Krankenwachen leichter.

«Wenn er dich liebt, will er dich hören», sagte Lies und trug ihr auf, zu Martin zu sprechen.

«Erzähl ihm, was du willst, nur keine Sorgen. Zum Jammern ist Zeit, wenn ihr verheiratet seid, jetzt nicht. Sing ihm Liebeslieder, sprich von allem, was er gerne hört.»

«Aber er hört mich doch nicht.»

«Woher weißt du das? Er steht an dem dunklen Fluß in die andere Welt. Da sind viele Stimmen, die ihn über das Ufer lokken. Wenn du ihn nicht zurückrufst, werden sie gewinnen.»

Und so wurde Martin Sievers, der nie etwas anderes als Kontobücher, Börsenanschläge und ab und zu die Bibel gelesen hatte, in die Welt der Romane und Schäferlieder eingeführt.

Während im unteren Stockwerk der vierte Gang serviert wurde, Rinderbraten auf ungarisch, reichlich gewürzt mit Äpfeln, Wacholderbeeren, Pfeffer, Ingwer, Muskat, Kümmel und Safran, las Sophie Martin aus dem neuen Roman «Die Abenteuer des Don Sylvio von Rosalva oder Der Sieg der Natur über die Schwärmerei» vor.

Das Buch war ein Geschenk von Augusta und handelte von amüsanten und äußerst frivolen Liebesverwicklungen. Sophie las es schon zum zweiten Mal. Natürlich waren die berühmten Abenteuer des Robinson Crusoe als Lektüre für einen kranken Verlobten weitaus passender als der Roman von diesem unbekannten Herrn Wieland. Aber sie befürchtete, das schwere Schicksal und die lebensbedrohlichen Abenteuer des Schiffbrüchigen könnten Martin endgültig über den dunklen Fluß treiben.

Um diese Zeit hatte sich die Stimmung im Eßzimmer endlich etwas gelöst. Augusta tat, was sie konnte, um aus ihrem stocksteifen Neffen wieder einen lebendigen Menschen zu machen. Mit geringem Erfolg, aber es reichte für ein anregendes Gespräch.

Braniff, fand Claes nach einer Weile, war vielleicht doch nicht so übel.

Der Captain genoß das Essen und den reifen Burgunder, plauderte leicht und unaufdringlich, drängte nie seine Weltläufigkeit in den Vordergrund und zeigte sich als kluger Gesprächspartner in Fragen der Politik und des Handels.

Bis zum vierten Gang. Dann wurde er auf eine Weise privat, die Claes doch sehr unpassend fand.

«Anne, laß uns doch über das Geheimnis um die Post zwischen Hamburg und Jersey reden.»

Eine zarte Röte stieg in ihr Gesicht, und sie blickte Braniff stirnrunzelnd an. «Ich weiß nicht, was du meinst. Ich weiß von keinem Geheimnis.»

«Dann laß mich reden. Auch wenn es mich natürlich überhaupt nichts angeht.» Er sah Claes wieder mit seinem spöttischen Blinzeln an, trank einen Schluck Burgunder und erzählte ihr frech, was ihm Claes bei ihrer Ankunft im Hafen voller Ärger verraten hatte. Er erzählte von den Briefen, die sie nicht beantwortet, von der Kamee, für die sie sich nie bedankt hatte.

Claes hätte nichts dagegen gehabt, ganz plötzlich unsichtbar zu werden.

«Aber ich habe Eure Post nie bekommen», rief Anne und sah Claes zum erstenmal an diesem Abend offen an.

«Und meine Briefe? Habt Ihr vielleicht meine Briefe auch nicht bekommen? Ich war sehr verletzt, weil Ihr nie geantwortet habt. Nur ein kleiner Gruß. Das wäre ja schon genug gewesen. Aber so gar keine Zeile nach den langen gemeinsamen Wochen...»

Claes hatte tatsächlich niemals einen Brief von Anne bekommen. Und genau in diesem Moment fiel Augusta ein, daß sie Braniff unbedingt ihre Hyazinthenzucht zeigen mußte.

«Captain», sagte sie, «gebt mir Euren Arm. Ich weiß, daß Ihr Hyazinthen liebt. Nein, sagt nichts, es macht mir wirklich keine Mühe. Bereitet einer alten Gärtnerin die Freude, ihre Zöglinge zu bewundern.»

Herrmanns und Anne erhoben sich sofort, um der Schrulle einer alten Dame höflich zu folgen, auch wenn sie wie aus heiterem Himmel mitten in ein so brennend wichtiges Gespräch platzte.

«O nein», rief Augusta, «ich sehe Euch an, liebe Anne, daß Ihr den schweren Duft der Blüten nicht vertragt. Ihr bleibt hier, und mein Neffe wird Euch Gesellschaft leisten. Er findet Blumen nicht besonders interessant. Captain, Euren Arm!»

Braniff beeilte sich, ihrem Wunsch zu folgen, und sagte mit großem Ernst und ganz eigentümlich gepreßter Stimme: «Euer Takt ist bewundernswert, Frau Augusta. In der Tat erlitt Mademoiselle Anne erst kürzlich nur beim Anblick der Zeichnung einer Hyazinthe einen Anfall von Schwäche. Sie ist eine so zarte Seele...»

Damit fiel die Tür hinter Augusta und dem Captain ins Schloß.

Als sie nach einer halben Stunde zurückkehrten, von einem Glas Rosmarin-Branntwein aus Augustas Schrank besonders wohlgestimmt, erwartete sie ein hübscher Anblick. Anne und Claes saßen gar nicht mehr feindlich, sondern in schönster, tatsächlich in innigster Eintracht auf der gepolsterten Bank. Auf Annes Busen leuchtete die Kamee, die nun endlich den ihr zugedachten Platz bekommen hatte. Daß die Farbe des Steins so gar nicht zu Annes resedagrünem Kleid paßte, fiel nur Braniff auf. Und der war mit sich und Augusta so zufrieden, daß ihn gar nichts störte.

Titus holte tief Luft und ließ sich auf die Bank im Krögerschen Hof fallen.

«Vandenfelde stinkt wie ein Gerber. Hoffentlich haben wir kein Fleisch aus seinen Mulden in unserer Suppe.»

Sebastian setzte sich neben Titus und sah zu den dunklen Fenstern der Schlafkammern hinauf. Alle schliefen. Rosina hatte zwar ein bißchen zu gerne recht, aber mit ihrem klaren Geist und ihren freien Gedanken würde es leichter sein, Vandenfeldes Geschichte abzuwägen. Und sie würde wissen, was nun zu tun war.

«Sie träumt schon», murmelte Titus, der Sebastians Blick gefolgt war, schläfrig. «Was hältst du von der Geschichte?»

«Sie könnte stimmen.» Titus tauchte die Hände in die Regentonne und kühlte sein branntweinrotes Gesicht. «Könnte! Aber warum sollte einer Behrmann nach so vielen Jahren umbringen, nur weil sein Vater ein Pfeffersack war?»

«Einer? Vandenfelde glaubt doch, daß es Herrmanns selbst war. Vielleicht wollte der Schreiber sein Erbe.»

«Erbe?» Titus lachte. «So einer kriegt kein Erbe. Wenn die Geschichte stimmt, war seine Mutter glücklich, daß sie nicht im Spinnhaus am Alstertor und ihr Kind im Waisenhaus verrottet ist. Das sind die Orte für gefallene Küchenmädchen und ihre Brut.

Die reine Hölle. Ein Stück Land und ein paar Taler sind eine ungewöhnlich fürstliche Buße für eine lose Moral.»

«Und wenn er die Geschichte bekanntmachen wollte? Wenn er Herrmanns erpreßt hat?»

«Junge, du kennst die Welt immer noch nicht. Was hätte er davon gehabt? Er wäre seinen schönen, weichen Schreibersessel und seine ordentliche Herkunft los gewesen. Von der Zukunft wollen wir nun gar nicht mehr reden. Aber ob der alte Herrmanns einen oder zehn Bastarde gezeugt hat, interessiert hier niemand.» Titus gähnte. «Ich geh schlafen. Erzähl die Geschichte morgen Lies. Die kannte die Stadt schon, als du noch nicht geboren warst. Vielleicht weiß sie was.»

Sebastian glaubte nicht, daß Herrmanns der Ruf seines Vaters egal war, gerade jetzt, wo seine Ernennung zum Ratsmitglied bevorstand. Natürlich konnte ein reicher Bürger so viele Küchenmädchen und Schankdirnen schwängern, wie er wollte. Aber es durfte nicht darüber geredet werden. Nicht in dieser Stadt, in der vielen schon eine rote Seidenweste als erster Schritt auf dem Weg zur Hölle galt.

Trotzdem machte das alles keinen Sinn. Hatte Behrmann überhaupt gewußt, wer sein Vater war? Wieso hätte er sich ausgerechnet seinen Halbbruder zum Herrn wählen sollen? Es mußte eine Qual gewesen sein, alle Tage einem zu dienen, der den gleichen Vater hatte und soviel mehr besaß und galt, nur weil eine Mutter einen Ring getragen hatte und die andere nicht.

Aber vielleicht kannte Herrmanns die Geschichte, und der Posten als erster Schreiber war der Lohn für Behrmanns Schweigen gewesen. Es hieß ja, daß kein Schreiber so guten Lohn bekommen hatte wie Behrmann. Vielleicht – aber da schlief Sebastian ein.

Im Bremer Schlüssel herrschte immer noch Lärm. Jakobsen hatte den Besen nicht gefressen, aber dafür eine Runde Branntwein für alle spendiert. Jetzt saßen die Männer an den Tischen, schlugen sich auf die Schenkel und knallten ihre Becher immer lauter auf das Holz. Obwohl Vandenfelde, reichlich belohnt für seine gute Geschichte, längst mit dem Gesicht auf dem Tisch schnarchte, wurde das Geheimnis um Behrmanns Geburt immer bunter geredet. Es wurde immer größer, schöner und unanständiger, und die Zahl der Kaufleute, die als Vater in Frage kamen, wuchs rasch.

Als Jakobsen kurz vor der Sperrstunde seinen letzten Gast auf die Twiete schob, waren auch zwei Hauptpastoren und der Musikus Telemann in die Reihe der Verdächtigen aufgenommen. Herrmanns' Vater, der alte, langweilige Herrmanns, war darüber beinahe vergessen.

Aber das war nicht wichtig. Die Hauptsache war, daß der Metzger eine seiner schönsten Geschichten erzählt und daß der Hanswurst sie geglaubt hatte.

10. KAPITEL

SAMSTAG NACHT

Der Mond stand fast voll am Himmel, sein weißes Licht fiel schräg durch das Fenster in die Kammer im zweiten Stock des Krögerschen Hauses. Die Glocke von St. Petri begann die Stunden zu schlagen, und weil Rosina schon zum zweitenmal mitzählte, wußte sie, daß es diesmal zwölf Schläge sein würden. Niemand schläft bei Vollmond gut, dachte sie und lauschte unwillig auf Helenas tiefe, ruhige Atemzüge.

Leise glitt sie aus dem Bett und schlüpfte in Kniehosen, Hemd und Wolljacke. Sie band ihr dickes Haar im Nacken zu einem Zopf und schlich vorsichtig die Treppe hinunter. Die Stadt lag längst in tiefem Schlaf. Irgendwo in den verwinkelten Gassen und Höfen der Neustadt jammerte eine Katze, und ab und zu drang aus Titus' und Sebastians Zimmer krächzendes Schnarchen. Sonst war alles still. Die Sperrstunde hatte auch dem Grölen der Männer im Bremer Schlüssel ein Ende gemacht.

Rosina setzte sich auf einen Holzklotz an der Hauswand und lehnte sich an das rauhe Fachwerk. Der Wind hatte gedreht und von Südwesten laue Frühlingsluft herangeweht. Selbst jetzt in der Nacht war sie noch sanft wie ein Seidentuch. Der Rosenstrauch, der an der Wand emporrankte, trug schon dicke Blattknospen. Noch ein paar Tage warmes Wetter, und die ersten grünen Blättchen würden sich entfalten.

Wie konnte Helena nur so ruhig schlafen? Am Nachmittag war es ihr endlich gelungen, unbemerkt einen Gruß durch das vergitterte Fensterloch des Kerkers zu werfen. Jean wußte jetzt, daß sie da waren und versuchten, den Mörder des Schreibers zu finden. Allerdings stand nicht auf dem Zettel, daß Helena und Rosina eine unerwartete Verbündete gefunden hatten. Die Dame, die vorgestern plötzlich im Krögerschen Hof aufgetaucht war, hatte sie davon überzeugt, daß es besser sei, ihren Besuch vorerst noch geheimzuhalten. Rosina traute dieser Frau in den feinen Kleidern nicht. Helena hatte recht. Sie konnten sich nicht leisten, das Angebot auszuschlagen. Aber Rosina war auf der Hut.

Ob Jean auch schlief? Sie würde nie den Tag vergessen, an dem er sie auf der Straße nach Leipzig aufgelesen hatte, naß, hungrig und vor lauter Angst kratzbürstig wie eine Wildkatze. Er hatte sie für einen Jungen gehalten, einen entlaufenen Pagen vom Altenburger Schloß oder einem der großen Herrenhäuser.

Das war fünf Jahre her, seitdem reiste sie mit den Komödianten und hieß Rosina. Auch wenn sie sich noch so sehr bemüht hatte, ihren richtigen Namen und ihren Vater zu vergessen, die Narbe auf ihrer linken Wange machte das unmöglich.

Rosina wurde schläfrig, und gerade als sie die Haustür öffnete, um wieder zurück ins Bett zu gehen, hörte sie ein Geräusch. Sie blieb stehen und lauschte. Da, wieder hörte sie ein Kratzen und Schurren. Sie lief rasch und fast geräuschlos über den Hof und lauschte an der Stalltür.

Bei den Pferden war alles ruhig. Die Geräusche kamen aus der Komödienbude hinter dem Stall. Das mußte Mira sein. Die dicke rote Katze der Krögerin war seit gestern verschwunden. Vielleicht war sie durch ein Loch in den morschen Bodenbrettern gefallen und fand nicht mehr heraus.

Und wenn es nicht die Katze war?

«Mira», rief sie leise, «Mira?»

Nun war es wieder still.

Entschlossen öffnete sie die Budentür und erstarrte. In dem Durcheinander von alten und neuen Brettern saß ein Mann in einem schwarzen Rock mit weißem Kragen. Er lehnte mit dem Rücken gegen eine umgestürzte Bank, und das Mondlicht, das nun hell auf sein Gesicht fiel, beleuchtete einen vor Entsetzen verzerrten Mund und verquollene, halbgeöffnete Augen.

Bevor der Schrei hervorbrach, der in Rosinas Kehle kroch, legte sich ein kräftiger Arm um ihre Brust, und eine Hand preßte sich fest auf ihren Mund. Sie spürte, wie ihre Knie nachgaben, dann versank sie in einem schwarzen Abgrund. Rosina, die vor nichts Angst hatte, war zum erstenmal in ihrem Leben in Ohnmacht gefallen.

Claes fühlte sich viel zu unruhig, um schon zu schlafen. Anne und Braniff hatten das Haus in der sicheren Begleitung von zwei Laternenträgern verlassen. Wie hatte er je denken können, daß Anne in dieses mörderische Komplott verwickelt war? Er vertraute auf sein Gefühl für Menschen, aber seit der Sache mit Agnes war er unsicher.

Doch Anne war anders. Anne. Er sah wieder ihr Gesicht vor sich, den warmen Glanz in ihren Augen, als er ihr die Kamee gab. Er fühlte ihre schmale Hand auf seinem Arm und atmete diesen sanften Duft von Jasmin. Als er sie im vergangenen Herbst kennenlernte, war sie ihm spröde erschienen. Er war blind und taub gewesen.

Claes griff nach den Briefen, die sie ihm von Jersey mitgebracht hatte, legte Emilys lächelnd zurück auf den Tisch und erbrach zuerst Pauls Siegel.

Der gute alte Paul. In seiner schönen runden Schrift plauderte er von den Belanglosigkeiten seiner heiteren Tage. Er schien sich nie um seine Geschäfte zu sorgen. Claes beneidete ihn um sein leichtes Gemüt und seine Fähigkeit, in allem einen guten Kern zu finden.

Selbst Emilys Verlobung mit ihrem geliebten Maler war inzwischen für ihn zum Glück geworden. David sei ein prächtiger Mensch. Und ein so geduldiger Zuhörer. Es sei ihm nicht nur gelungen, Madame Maynor, die argwöhnische Gattin des Arztes, für sich einzunehmen. Auch Frederik, der doch jeden, der um seinen Liebling Emily warb, mit grimmiger Kälte behandelte, die selbst einem sehr alten Butler nicht zustand, habe David sein Herz geöffnet.

Und es sei wunderbar, einen Portraitisten in der Familie zu haben. *Wenn Emily im Sommer mein Haus verläßt, kann ich doch jeden Tag ihr Bild betrachten. David hat es mit dem Auge der Liebe wirklich vortrefflich gemalt.*

Annes Portrait sei leider nicht fertig geworden, weil seine eigensinnige Schwester darauf bestand, so plötzlich und ohne die wochenlange Vorbereitung, die Frauen doch sonst für eine so weite Reise brauchen, mit Braniff nach Hamburg zu segeln.

Ich bitte Dich, mein Freund, schrieb Paul, *habe ein wachsames Auge auf sie und Matthews. Er ist zwar um unzählige Ecken herum irgendwie mit uns verwandt, dennoch hätte ich es lieber gesehen, wenn sie in Deinem Haus gewohnt hätte. Aber Du kennst meine Schwester, sie hat ihren eigenen Kopf, und an Matthews scheint sie einen Narren gefressen zu haben. Dabei geht in London das Gerücht, er sei ein windiger Kerl. Was spricht man in Hamburg über ihn?*

Braniff hingegen, schrieb Paul noch, gebärde sich wie ein Windhund, sei aber tüchtig, zuverlässig und ein kluger Kopf. Claes erinnerte sich gut an den falschen Erfinder, dem Paul während ihrer gemeinsamen Jugendjahre in London für irgendeine mechanische Revolution ein kleines Vermögen anvertraut hatte. Und verloren. Den hatte er auch für einen zuverlässigen, klugen Kopf gehalten.

Die Kerzen waren fast heruntergebrannt und flackerten unruhig. Claes steckte neue auf den Leuchter.

Blohm hatte einen Vorrat für die Nacht auf dem Tisch bereitgelegt. Er wußte, daß Claes in diesen Tagen schlecht schlief und vor dem Zubettgehen gern noch eine Stunde für sich allein in seinem Zimmer saß, bis der Lauf seiner Gedanken sich beruhigte.

Matthews. Was sprach man über ihn in Hamburg?

Zum erstenmal bedauerte Claes, daß er sich nie um den

Klatsch an der Börse, in den Kontoren und Salons der Stadt kümmerte. Er mochte Thomas Matthews nicht, auch wenn er nicht benennen konnte, warum. Der junge Kaufmann war ihm zu glatt, zu geschmeidig. Hinter seinem ständig lächelnden Gesicht argwöhnte Claes nichts als den Versuch, sich bei den wichtigen Leuten beliebt zu machen.

Jeder wußte, daß Matthews hart kämpfen mußte, aber es schien ihn nicht zu bedrücken. Seine Londoner Familie war mit dem Brasilienhandel über die portugiesischen Häfen reich geworden. Der ganze portugiesische Handel war seit Jahrzehnten fest in englischer Hand. Das brasilianische Gold und die reiche Ausbeute aus den Diamantenminen flossen in englische Kassen, und die Weine aus Porto, das einzige, was der karge westiberische Boden für den Handel hergab, wurden fast ausnahmslos an eine Londoner Handelsgesellschaft verkauft.

Auch der Port, mit dem in Hamburg gehandelt wurde, machte nicht portugiesische, sondern englische Händler reicher. Wenn es französischen, holländischen oder deutschen Kaufleuten gelang, ein paar Fässer direkt von portugiesischen Händlern zu kaufen, waren es immer nur Weine schlechter Qualität. Der erstklassige Port in den Fässern, die mit der Bark auf dem Grund des Tejo lagen, waren, wenn man es genau nahm, Schmuggelware.

Portugal! Warum hatte er nicht gleich daran gedacht? Matthews mußte in Lissabon die besten Verbindungen haben. Und die Stadt am Tejo war berüchtigt. Der portugiesische König und seine Vasallen galten als die reichsten Fürsten in ganz Europa, ihre Paläste waren prächtig wie die des französischen Adels.

Das Volk hingegen hungerte wie kaum ein anderes auf dem Kontinent. In den Hüttendörfern, stinkenden Pestbeulen am Rand der reichen Hauptstadt, war das Leben noch elender als in den Slums von London. Überfälle und Einbrüche, Diebstähle und Morde waren an der Tagesordnung. Diese Auswüchse der Armut rund um das herrschaftliche Lissabon waren der einzige Grund, warum Claes sich Sorgen um Sophies Ehe mit Martin machte.

Für jemanden mit Matthews Verbindungen mußte es leicht sein, in Lissabon ein Schiff versenken zu lassen.

Er wollte Joachim fragen. Gewiß wurde auch an den Billardtischen in Jensens Kaffeehaus über Matthews geredet.

Es war schade, daß Joachim heute abend abgesagt hatte. Gerade in der ersten mühsamen Stunde des Abends hätte seine heitere Gegenwart Claes geholfen. Aber wenn es um Duchess ging, wenn sie gar wie heute eine Kolik hatte, war Joachim alles andere egal. Er hatte die kostbare schwarze Stute aus London mitgebracht und liebte sie wie ein Knabe sein erstes Pony. Jeden Tag ritt er sie gleich nach Sonnenaufgang vor den Wällen. Claes verstand diese Verehrung für ein Tier nicht, aber sie berührte ihn.

Joachim konnte er trauen. Claes fröstelte. Konnte er das wirklich? Auch nach dem, was Braniff aus London berichtet hatte?

Claes hatte Joachim seit dem Tag, an dem er aus London heimkehrte, um nach Daniels Tod das Handelshaus van Stetten zu leiten, blind vertraut. Es war tröstlich gewesen, die brüderliche Freundschaft zu Daniel van Stetten einfach auf den jüngeren Bruder zu übertragen. Joachim galt zwar – wie Matthews – in seiner Jugend als Leichtfuß, und auch wenn er ihm in so vielem glich, war er doch nicht Daniel. Aber Joachim hatte sich in den Jahren fern von Hamburg verändert. Er war ruhiger geworden, ein zuverlässiger Kaufmann. Und ein treuer Freund. Das hatte er ganz besonders in den schweren Monaten nach Marias Tod immer wieder bewiesen.

Ihm zu mißtrauen war ein Treubruch. Nur weil Captain Braniff, den er noch keine vier Tage kannte, abenteuerliche Geschichten aus London erzählte, mußten sie nicht wahr sein. Immerhin war der Engländer ein ehemaliger Freibeuter, und auch jetzt noch, zwei Jahre nach dem Ende der großen europäischen Kriege, machte er Geschäfte mit dem Schmuggel. Nicht weil ihn die Not dazu zwang, sondern ganz offensichtlich, weil es ihm Spaß machte.

Braniff konnte sich auch einfach nur geirrt haben. So wie er, Claes, sich mit seinem Verdacht gegen Anne geirrt haben mußte.

Und was ging es ihn überhaupt an, wenn Joachim in London tatsächlich falsch gespielt hatte? Das war nicht gerade ehrenhaft, aber deswegen war er noch kein schlechter Mensch, es gab keinen Grund, an seiner Freundschaft zu zweifeln.

Wahrscheinlich war er an der Themse in üble Gesellschaft geraten. Aber hier, zu Hause in Hamburg, hielt sich Joachim an seinesgleichen und kümmerte sich nur um seine Geschäfte.

Oder etwa nicht?

Claes stöhnte und suchte in seiner Rocktasche nach dem Fläschchen, das Sophie ihm heute nachmittag gegeben hatte. Er betrachtete es zweifelnd, zog vorsichtig den Stopfen heraus und hielt es an die Nase. Nicht schlecht. Sophie wußte nicht, welche Essenzen die alte Heilerin gegen seine Kopfschmerzen zusammengemischt hatte, aber es roch gut. Er verrieb einen Tropfen der öligen Flüssigkeit zwischen den Fingern und sog den frischen Duft tief ein. Minze, vielleicht auch Thymian. Es konnte wohl kaum schaden.

Er lehnte sich zurück und schloß die Augen.

Das war ihm alles viel zu kompliziert. Sein Leben war immer einfach und klar gewesen. Bis zu dieser unglückseligen Reise nach Jersey. Damit hatte alles angefangen. Doch sicher wäre seine Bark auch explodiert, wenn er nicht nach Jersey gefahren wäre.

Auch Behrmanns Tod hatte mit dieser Reise nichts zu tun. Aber irgendwie mußte alles zusammenhängen. Es mußte eine Klammer geben, die alles verband. Behrmann mußte gewußt haben, was sich abspielte. Der treue, fleißige Behrmann.

Erst jetzt bemerkte Claes, wie wenig er über ihn wußte. Er kam aus einem der Dörfer nördlich der Wälle, aus welchem, hatte er vergessen, und war bei einem Lübecker Händler in die Lehre gegangen. Es schien, als habe es für ihn in den letzten Jahren nichts gegeben als das Herrmannssche Handelshaus.

Claes mochte ihn, auf eine gewisse Weise war Behrmann ihm von Anfang an vertraut gewesen. Aber das Kontor war das Kontor. Privates hatte da keinen Platz.

Ob er auf Martin eifersüchtig gewesen war?

Claes war nie auf den Gedanken gekommen, zu fragen, ob Behrmann den Posten in Lissabon wollte. Nicht, weil er es ihm nicht zugetraut hätte, aber Behrmann gehörte in sein Kontor wie Tintenfaß und Börsennachrichten. Er war ihm unersetzlich erschienen. Er hätte ihm das einmal sagen sollen. Martins schneller Aufstieg mußte ihn gekränkt haben.

Und die Verlobung mit Sophie? Hatte Behrmann auf eine Ehe mit Sophie spekuliert? Sicher nicht. Claes lächelte. Er konnte sich Behrmann nicht als Liebhaber oder Ehemann vorstellen. Doch wer weiß, welche Leidenschaften sich hinter der korrekten, immer ein wenig papierenen Fassade verborgen hatten.

Claes verrieb noch einen Tropfen des Öls auf den Schläfen. Es besänftigte den bohrenden Schmerz tatsächlich. Wenn die Mixtur ihm doch auch helfen würde, klarer zu denken. Da war etwas, an das er sich erinnern wollte, irgendein Satz, ein Gedanke, ein Wort.

Ein Bild?

Vielleicht sollte er auf Augusta hören und mit dem Komödianten in der Fronerei reden. Es konnte nicht schaden. Und wenn er sich zusammenriß und zuhörte, anstatt gleich loszubrüllen, wenn der Kerl ihm nicht paßte, erlebte er womöglich eine Überraschung und erfuhr, was er wissen wollte.

Er goß sich noch einen Port ein, ganz bestimmt den letzten heute abend, und öffnete das Fenster. Die Nachtluft war milde, der Frühling war nun wirklich da. Mondlicht glänzte auf dem Fleet, und am Ende der Straße flackerte der Lichtschein der Laternen auf der Jungfernbrücke herüber. Schwer vorstellbar, daß Martin hier, nur wenige Meter von seinem sicheren Haus entfernt, fast erschlagen worden war.

«Vater!» Sophie stand aufgeregt in der Tür. «Gott sei Dank, du schläfst noch nicht. Komm schnell zu Martin.»

Das Wolltuch rutschte von ihren Schultern, aber sie beachtete es nicht.

«Er spricht, und ich kann ihn einfach nicht verstehen. So komm doch! Schnell!» Schon war sie wieder aus der Tür und lief eilig die Treppe hinauf zurück in Martins Zimmer.

Martin lag mit geschlossenen Augen in dem breiten Bett. Obwohl die sechs Kerzen den Raum nur spärlich beleuchteten, bemerkte Claes, daß ein Hauch von Leben in sein bleiches Gesicht zurückgekehrt war.

Aber Martin sprach nicht. Er atmete ruhig und blieb stumm.

Sophie starrte ihn flehentlich an. «Eben hat er geredet. Er war ganz aufgeregt, irgend etwas von den Färöern und von einem Gamben-Hans. Verstehst du das? Warum denkt er jetzt an die Färöer Inseln? Treiben wir mit denen Handel? O Vater, glaubst du, es geht ihm besser? Wenn er spricht, muß es ihm doch bessergehen.»

«Sicher geht es ihm besser, Sophie. Das liegt an deiner guten Pflege.» Claes legte beruhigend seinen Arm um die zitternden Schultern seiner Tochter.

«Die Färöer, sagst du? Das macht keinen Sinn. Aber wenn Kranke phantasieren, erscheint das oft ohne Sinn. Wer weiß, wovon er gerade träumt?»

Claes hatte damals auf Jersey auch phantasiert. Von Jasmin, hatte Anne ihm später berichtet, immer wieder von Jasmin. Das hatte auch keinen Sinn gemacht. An diesem Abend verstand er endlich.

Martin stöhnte und drehte unruhig seinen Kopf auf dem Kissen. Für einen Moment öffnete er die Augen, aber sein Blick blieb leer und hielt nichts fest. Und dann sprach er wieder, hastig und unruhig Gemurmeltes, wirre Satzfetzen, die kaum zu verstehen waren.

«Bitte, Martin», flehte Sophie, «wach auf, Liebster. Sprich mit mir. Bitte.»

Aber Martin seufzte nur. Sein Atem wurde ruhiger und zeigte, daß er wieder in tiefem Schlaf versunken war.

Sophie hatte ihn auch jetzt nicht verstanden. Claes zuckte bedauernd die Schultern.

«Mach dir keine Sorgen, Kind. Es kann nur ein gutes Zeichen sein. Mir scheint auch, daß er nicht mehr ganz so weit fort ist.» Er strich ihr über die heiße Wange. «Solltest du nicht auch schlafen?»

«Bald, Vater. Elsbeth löst mich um Mitternacht ab. Wir wollen nicht, daß er allein ist, wenn er aufwacht.»

Claes nickte und erinnerte sich daran, wie er damals auf Jersey zum erstenmal aus seiner tagelangen Bewußtlosigkeit erwacht war. Er hatte sich nicht erinnern können, wo oder wer er war, hatte Schmerzen gespürt und die Angst, die ihn durch die Fieberträume gejagt hatte. Doch als er Annes Gesicht im Schein der Kerze sah, war alles gut, und die Angst verging.

An der Tür drehte er sich noch einmal um. Sophie hielt Martins Hand, betrachtete ihn aufmerksam und murmelte beruhigende Worte. Sie warb um seine Rückkehr von den Ufern der Dunkelheit in ihre helle Welt.

In den letzten Tagen war aus dem quirligen Mädchen eine starke junge Frau geworden. Eine liebende Frau. Sophie war erwachsen. Sicher nicht erst seit den letzten Tagen, er hatte es bisher nur nicht bemerkt.

«Sophie.»

«Ja, Vater?»

Sie drehte sich zu ihm um, voller Anmut, trotz ihrer Müdigkeit. Ihr stilles Lächeln und ihr aufmerksamer Blick erreichten eine Kammer seiner Seele, die er vor drei Jahren fest verschlossen hatte.

«Du bist deiner Mutter sehr ähnlich. Ich bin stolz auf dich.» Dann schloß er leise die Tür.

Färöer und Gamben-Hans. Claes runzelte die Stirn, griff nach Feder und Tinte und schrieb die Worte auf einen Bogen Papier. Eigentlich war das nicht nötig. Er hatte nur wenig von dem verstanden, was Martin gemurmelt hatte, auch den Sinn hatte er nicht begriffen. Aber diese beiden Worte waren ganz klar gewesen.

Sophie konnte sie nicht verstehen, weil sie in ihrer Welt nicht vorkamen. Das hoffte Claes jedenfalls. Martin träumte nicht von den Färöern und irgendeinem Gamben-Hans. Er hatte von Pharo und vom Gambling House gesprochen.

In allen Städten, in denen die Engländer zu Hause waren, gab es Spielhöllen, in denen Pharo gespielt wurde. Das Glücksspiel konnte einen unbeherrschten Spieler in einer Nacht um seinen ganzen Besitz bringen.

Das berühmteste war das Gambling House in London. Es war über einen unauffälligen, schmutzigen Hof am Rande der Slums zu erreichen. Grimmige Diener bewachten die unscheinbare Tür. Nur wen sie für würdig, und das hieß für reich genug befanden, ließen sie in das mit rotem Samt tapezierte Foyer treten. Goldgerahmte Spiegel und der Glanz von zahllosen Kerzen auf Kristallüstern, das gedämpfte Lachen der Kokotten aus den Spielzimmern und Séparées, schwerer Moschusduft und das Klingen von Gläsern und Geigen wirkten wie der Rauch aus den Wasserpfeifen in orientalischen Basaren. Alles schien möglich. Unmöglich schien nur, in diesem Paradies zu verlieren.

Claes hatte Glück gehabt, damals.

Was wußte Martin von diesem Haus? Oder war er in Lissabon selbst in die Fänge der Berufsspieler geraten? War er etwa nur so heimlich nach Hamburg gekommen, weil er auf der Flucht vor seinen Gläubigern war?

Martin war jung und unerfahren. Wer konnte wissen, welchen Verlockungen er in der Hitze des Südens erlegen war?

Aber der Brief, den er mit dem Geheimkurier vorausgeschickt hatte, war eindeutig. Egal, welche Spielhölle seine Träume verdüsterte, Martin wußte, auf welche Weise und in wessen Auftrag die *Katharina* untergegangen war. Und nur das war jetzt wichtig.

Claes warf einen letzten Blick auf den Lichtschein von der Jungfernbrücke und schloß das Fenster. Martin brauchte mehr als Sophies Pflege. Martin mußte beschützt werden. Niemand, der nicht zur Familie gehörte, durfte in sein Zimmer. Auch Braniff nicht. Und Anne? Nein, auch Anne nicht. Alle Eingänge des Hauses mußten ständig bewacht werden, und Augusta und Sophie durften das Haus nicht mehr ohne Begleitung verlassen.

Es war genug gemordet worden.

«Wach auf», zischte eine aufgeregte Stimme, «so wach doch bitte wieder auf.»

Eine lästige, kühle Hand schlug ihr leicht immer abwechselnd auf beide Wangen. Rosina blieb nichts anderes übrig, als die Augen zu öffnen. Sie hatte also nicht geträumt. Sie war in der Komödienbude, und der Mann im schwarzen Rock lehnte immer noch an der umgestürzten Bank. Aber er starrte sie nicht mehr so entsetzlich an, jemand hatte ein Tuch über seinen Kopf gelegt.

«Dem Himmel sei Dank», flüsterte die Stimme, «für einen Moment dachte ich, dir sei die Luft endgültig weggeblieben. Geht's wieder besser?»

Sebastians Gesicht tauchte aus dem Dunkel auf. Er strich ihr vorsichtig das zerzauste Haar aus der Stirn.

«Wer ist das?» Rosina schob seine Hand fort und zeigte auf den Mann. «Ist er tot?»

«Pssst! Sei doch leise. Willst du, daß man uns direkt neben einer Leiche findet? Dann geh doch gleich in den Kerker.»

Sie sah ihn erschrocken an, sein Gesicht war kaum zu erkennen. Er hatte die Tür geschlossen, und durch die Ritzen der Bretterbude fiel nur wenig Mondlicht. Sie versuchte klar zu denken, aber in ihrem Kopf war nichts klar. Sie erinnerte sich nur an diesen Mann mit dem entsetzlich verzerrten Gesicht und an die feste Hand auf ihrem Mund. «Du hast mich fast erstickt!»

«Ich wußte ja nicht, wer da zur Tür hereinschlich. Warum läufst du auch in Männerkleidern herum? Bei deinem ersten Schrei hätte sich innerhalb von Minuten die halbe Stadt hier versammelt. Wenn du so einen Lärm gemacht hättest wie die arme, verfolgte Melusine im «Götterfest von Thrakien», wäre wahrscheinlich sogar der Mörder wieder zurückgekommen.»

Rosina wurde wieder schwindelig.

«Oder glaubst du, daß dieser Mann an der Influenza gestorben ist? Ich habe ihn nicht umgebracht, aber irgendwer muß es getan haben. Was tust du überhaupt hier, mitten in der Nacht?»

Rosina antwortete nicht. Sie beugte sich zu dem Toten und sah vorsichtig unter das Tuch. «Kennst du ihn?»

«Fall bloß nicht wieder in Ohnmacht», flüsterte Sebastian. «Ich habe keine Ahnung, wer das ist. Aber sieh dir seine Kleidung an. Sieht er nicht aus wie ein Pastor?»

Rosina nickte und ließ das Tuch wieder über das bläuliche Gesicht gleiten.

«Wann hast du ihn gefunden?»

«Nicht lange bevor es Mitternacht schlug.»

Sebastian hatte sich nach dem Ausflug in den Bremer Schlüssel im Stall ein Bett gemacht. Wenn Titus den Bauch voll Bier und Branntwein hatte, war sein Schnarchen fürchterlich.

Er wußte nicht, was ihn geweckt hatte, aber die Unruhe der Pferde und ein unbestimmtes Gefühl von Gefahr machten ihn sofort hellwach. Dann hörte er Bretter knarren und leise Schritte, die sich schnell entfernten.

«Ich bin aus dem Heu gekrochen und habe ihn gefunden.»

«Du hättest zuerst Hilfe holen sollen. Wenn er noch dagewesen wäre...»

«...hätte ich mit ihm genau das gleiche wie mit dir gemacht.» Sebastian grinste. «Sicher wäre der Mörder auch in Ohnmacht gefallen.»

Rosina hätte ihn gerne böse angesehen, aber es gelang ihr nicht. Sie war plötzlich sehr froh, daß er da war.

«Du frierst», sagte er leise, zog seine Jacke aus und legte sie um ihre Schultern.

Rosina schmiegte sich an das warme Loden, atmete seinen Geruch nach Heu und Pferden und hatte ausnahmsweise nichts dagegen, daß er ganz nahe heranrückte und den Arm um sie legte, um sie zu wärmen.

«Wir müssen ihn schnell loswerden.»

Sebastian nickte.

«Wenn er hier gefunden wird, können wir im Gänsemarsch zum Galgen marschieren.»

«Hat er geblutet?»

«Nein, zum Glück ist er nicht erstochen worden.»

Sebastian drehte sich um, hob das Tuch und murmelte: «Erwürgt. Ich habe zwar noch nie einen Erwürgten gesehen, aber schau selbst.»

«Ich glaube dir auch so.» Rosina kroch noch tiefer in die warme Jacke.

«Und was machen wir mit ihm? Wir können ihn doch nicht einfach durch die Stadt schleppen und in ein Fleet werfen. Da laufen Wächter herum, und die Nacht ist immer noch hell...»

«Aber nicht mehr lange. Der Wind bringt schon Wolken.»

Sebastian und Rosina erstarrten. Wie aus dem Erdboden gewachsen, stand eine dunkel verhüllte Gestalt vor ihnen. Sie schlug das Tuch zurück und kicherte leise. Lautlos glitt sie aus dem Schatten und beugte sich über den Mann.

«Lies! Wo kommst du so plötzlich her?»

«Nach Mitternacht ist Geisterstunde, Rosina. Weißt du das nicht?»

Sie hob das Tuch und betrachtete das Gesicht des Toten. Ihre dünnen Finger tasteten von den Schläfen hinunter zum Hals, verharrten unterhalb der Ohren, glitten unter den Kragen und über die Schultermuskeln.

«Tot», flüsterte sie, «aber noch nicht lange. Ich weiß einen schönen Platz für dich», murmelte sie und tätschelte dem Toten freundlich die Schulter. «Wir warten, bis der Mond verschwunden ist. Betet, daß, wer immer das getan hat, die Stadtwache erst morgen schickt.»

11. KAPITEL

SONNTAG VORMITTAG

Das helle Sonnenlicht blendete Claes, als er mit Augusta die Katharinenkirche verließ. In der Kirche mit ihren alten Buntglasfenstern war es schummrig, und sosehr er sich bemüht hatte, der Predigt zu folgen, er war doch immer wieder eingenickt. Er hatte nach den Aufregungen der letzten Nacht schlecht und zuwenig geschlafen, und Pastor Meiser predigte zu langweilig, um ihn an diesem Morgen wach zu halten. Jedesmal wenn sein Kopf nach vorne sank, hatte Augusta ihn sanft geschubst. Es hatte wenig genützt.

Hoffentlich kam Goeze bald von seinem Besuch im dänischen Schleswig zurück. Der Hauptpastor war ein strenger und humorloser Mann, doch ein gewaltiger Redner, und seine Predigten, oft ein hartes Gericht gegen die Unsittlichkeit der Künste, waren wenigstens nie langweilig. Claes teilte Goezes Zorn auf weltliche Vergnügen nicht. Aber Meisers Salbaderei war gegen den Donner des Hauptpastors nichts als dünne Luft.

Goeze sorgte immer wieder für Aufregung. Was war das für ein Spektakel gewesen, als er den Rat dazu gebracht hatte, Dreyers Büchlein mit Spottgedichten zu beschlagnahmen und vom Henker auf der Trostbrücke verbrennen zu lassen. Zwar hatten die Bürger dafür gesorgt, daß die Stadtwache von den gedruckten tausend nur noch wenige Exemplare in den Buchhandlungen fanden, aber Dreyer mußte sich von Goezes Kanzel als Satansapostel beschimpfen lassen und die Stadt verlassen. Wochenlang hatte das Debakel in den Salons Staub aufgewirbelt und das öde Einerlei aus Klatsch, Geschäften und Kartenspiel aufgemischt. Es hieß, daß Dreyer bald zurückkehren werde, und die ganze Stadt wartete gespannt auf den nächsten Akt des komischen Dramas zwischen Kunst und Kirche.

Claes seufzte. War es erst eine Woche her, daß er sich mit Joachim, Baumeister Sonnin, Telemann und dem jungen Reimarus im Kaffeehaus über das Recht auf die freie Rede, das Für und Wider der Zensur und die Macht der Kirche gestritten hatte? Wie vergnüglich war ihm in seinem Alltagstrott der ewige Zank zwischen Dreyer und Goeze erschienen. Was würde er jetzt darum geben, in diesen Trott zurückkehren zu können!

«Komm, Claes.» Augusta nahm seinen Arm. «Auf dem Jungfernstieg werden die ersten Veilchen angeboten. Ihr Frühlingsduft wird Martin guttun, und wir beide brauchen Luft und Sonne.»

Auf der breiten Promenade am Ufer der Binnenalster herrschte reges Treiben. Unter den Linden spazierten ganze Familien im Sonntagsstaat, junge Mädchen führten kleine Hunde und ihre neuen Frühlingshüte spazieren, Jungen rannten am Wasser entlang und drehten ihre Reifen, Hökerinnen hockten auf runden Ufersteinen, verkauften Mandeln, Zimtbrezeln und getrocknete Pflaumen. Am Anfang der Lindenallee standen zwei Vierländerinnen in ihren bunten Trachten mit den breitrandig gewölbten Strohhüten. Ihre Körbe waren fast leer. Augusta war froh, die letzten vier Veilchensträuße zu ergattern.

Claes sah zwei jungen Männern nach, Söhnen von Kroogstedt und Wagner, die auf ihren glänzenden Füchsen langsam durch die Menge ritten. Er sah ihre geschmeidigen Bewegungen, den galanten Schwung ihrer Arme, wenn sie, von den sonntäglich aufgezäumten Pferden herab ihren Dreispitz schwenkend, in die Menge grüßten, ihre vom Wind geröteten, selbstbewußten Gesichter.

Augusta, die immer seinen Gedanken folgen konnte, lächelte.

«Du solltest auch wieder reiten, Claes. Manchmal», sie strich entschuldigend über seinen Arm, «gebärdest du dich weitaus älter, als du bist.»

Claes nickte. Er hatte auch schon daran gedacht. Joachim behauptete immer, das Reiten halte ihn gesund und bei Laune. Tatsächlich wirkte er, obwohl nur wenige Jahre später geboren, weitaus jünger und kraftvoller als Claes.

Augusta hatte mal wieder recht. In den letzten Jahren war er eingerostet. Zumindest wollte er den Stock zu Hause lassen, er brauchte ihn wirklich nicht mehr.

Aber eigentlich kümmerte ihn seine Gesundheit an diesem Vormittag weniger denn je. Die Gedanken schwirrten in seinem Kopf wie kanarische Vögel in einer zu engen Voliere. Das merkwürdige Verschwinden der Post zwischen Jersey und Hamburg hatte ihn fast Annes Freundschaft gekostet. Die anonymen Briefe, in denen er als gottloser Förderer der Sklaverei angeklagt und mit göttlicher Strafe bedroht wurde, waren nicht minder merkwürdig. Ein dritter hatte heute morgen auf seiner Kirchenbank gelegen. Er würde ihn später lesen, er wußte ja, was darin stand.

Zwei Worte drängten sich in dem Durcheinander in seinem Kopf immer wieder in den Vordergrund: Pharo und Gambling House.

Er war heute ein schlechter Gesellschafter und froh, als die struppige Perücke Telemanns aus der Menge auftauchte. Der Wagen des Musikers wartete nahe St. Petri. Augusta nahm sein Angebot, sie nach Hause zu fahren, freudig an. Telemann würde mit ihr ein ausgiebiges Frühstück nehmen.

Claes sah den beiden lächelnd nach. Augusta, immer noch kerzengerade und elegant in der schweren grauen Seide am Arm des steifbeinigen, etwas krummen Telemann. Plaudernd und kichernd wirkten sie aus der Entfernung wie ein junges Paar. Zwischen ihnen gab es keine Zweifel, keine schwarzen Wolken. Im Bewußtsein der Kostbarkeit jeden Tages schlenderten sie durch die Frühlingssonne, als gebe es nichts zu fürchten als den nächsten Regenschauer.

Der alte Moses, zwei Schritte hinter seinem Herrn, wie es sich gehörte, mit besorgtem Gesicht, wie es seine Art war, würde zwar kaum dafür sorgen können, daß die beiden Alten unversehrt im Neuen Wandrahm ankamen. Aber Telemanns Kutscher, ein rotgesichtiger Junge aus Horn, hatte für den Notfall kräftige Fäuste.

Claes ging über die Promenade, grüßte höflich nach links und nach rechts, aber anders als sonst blieb er nicht stehen, wenn er Bekannte traf.

Er war in Gedanken, und als er Agnes entdeckte, war es beinahe schon zu spät.

Seit sie im Februar zurückgekehrt war, vermied er, ihr zu begegnen. Er wußte, daß sie die Wintermonate nicht zum Vergnügen in London verbracht hatte, sondern auf der Flucht vor dem Klatsch.

Als sie beim Großen Festmahl der Ratsherren im letzten August an seiner Seite saß, schien ihre Hochzeit nur noch eine Frage der Zeit. Niemand hatte verstanden, warum er sich plötzlich von ihr zurückgezogen hatte. Selbst aus den Küchen der Häuser Herrmanns und Josten drangen nur vage Vermutungen.

Nun kam sie ihm in der Menge entgegen, und Claes glitt hinter den dicken Stamm einer Linde. Irgendwann mußte er ihr begegnen, aber nicht gerade heute.

Agnes war eine schöne Frau. Biegsam wie eine Birke und immer in Bewegung, die weit schwingenden Röcke ihres schilfgrünen Kleides waren mit silbernen Litzen besetzt, die im Sonnenlicht glänzten und alle Blicke anzogen. Die winzige Haube auf dem hochgetürmten aschblonden Haar war mit Schwanenfedern besetzt und ließ ihren zarten Teint schimmern wie eine frisch erblühte weiße Rose. Er sah sie lachen, die vollen Lippen glänzten feucht und rot über makellosen kleinen Zähnen.

Claes seufzte. An ihrer Seite hatte er sich wieder jung und abenteuerlustig gefühlt. Er hatte sie mit jeder Faser seines Körpers begehrt.

Aber dann sah er, wie sie ihre Zofe schlug, bis aus der Nase des Mädchens Blut rann, nur weil es Kakao über ein neues Kleid geschüttet hatte. Er sah immer noch hinter der schönen Maske die wutverzerrte Fratze, hörte immer noch die harten Schläge dieser kleinen, scheinbar so zarten Hände.

Er war sich bis heute nicht sicher, ob das wirklich ein Grund war, eine so günstige Ehe auszuschlagen. Auch Maria konnte streng sein, streiten und ihn reizen, bis er tobte. Aber sie hatte immer einen Grund gehabt. Und niemals hätte sie eine Magd, fast ein Kind noch, geschlagen. Schon gar nicht für ein Mißgeschick, wie es alle Tage vorkommen konnte.

Bei dem Gedanken an Marias Tod fühlte er immer noch Zorn.

Agnes war nicht allein, natürlich nicht, es mangelte ihr nie an Verehrern, die von ihrer Schönheit und Caprice oder von ihrem Vermögen gefesselt waren. Aber mit Thomas Matthews hatte Claes sie nie zuvor gesehen.

Sie blieben nicht weit von der Linde stehen, hinter deren Stamm sich Claes verbarg.

«Ach, Thomas, mein Freund, Ihr seid so kraftvoll. Und so klug.» Sie sah ihn schmelzend über den Rand ihres Fächers an. «Was hätte ich gestern nur ohne Eure Hilfe getan?»

Matthews errötete wie ein Jüngling.

Der Wind trug den Rest ihrer Worte davon. Was Claes bedauerte. Er hätte gerne noch ein wenig gelauscht.

Nun hob sie den Arm und winkte mit dem Fächer. Scherzend und tändelnd tippelte sie, Matthews fest am Arm, die Allee hinunter.

Claes schimpfte sich einen erbärmlichen Feigling, aber nur der Ehre wegen und äußerst halbherzig, kam hinter seinem Lindenversteck hervor und sah, wie Captain Braniff, die rechte Hand auf dem weinroten Samtrock direkt über dem Herzen, sich tief über Agnes' Hand beugte.

Claes war ärgerlich, auch wenn er nicht wußte, warum. Agnes konnte sich umwerben lassen, von wem immer sie wollte, es ging ihn nichts an, und es interessierte ihn auch nicht, was Matthews für sie getan hatte.

Nein, er ärgerte sich nicht über Agnes. Er ärgerte sich über Matthews. Und über Braniff. Aber warum? Die beiden paßten gut zu Agnes. Zwei Abenteurer und eine, eine...

Ach was. Es ging ihn wirklich nichts an.

Claes blieb so plötzlich stehen, daß ein Junge, der in blindem Vergnügen einem Reifen hinterherrannte, über seinen Stock stolperte. Das Kind rappelte sich hastig auf und lief erschrocken davon, aber Claes bemerkte es kaum.

Er sah immer noch Agnes, Braniff und Thomas nach, die fröhlich plaudernd zu einem der Anleger schlenderten und mit viel Gelächter eine der schwankenden Lustschuten, ein kleines, überdachtes Ausflugsboot, bestiegen.

Was hatten die drei miteinander zu tun?

Und vor allem: Wo war Anne?

In Jensens Kaffeehaus herrschte das gleiche Gedränge wie an der Alster. Während die Hausfrauen nach Gottesdienst und Promenade davoneilten, um ihren Köchinnen auf die Finger zu sehen und das gute Silber für das Sonntagsmahl aus dem Schrank zu holen, trafen sich die Herren zu einer Tasse Kaffee oder einem Glas Port bei Jensen.

Claes mochte die sonntägliche Mittagsstunde im Kaffeehaus nicht besonders. An Wochentagen, wenn sich die Kaufleute nach der Börse beim Kaffee oder zu einer Runde Billard trafen, summten die Räume von den Gesprächen über Ladungen und Schiffe, über Probleme der Commerz Deputation, den letzten Bankrott oder die neuesten Nachrichten in den Zeitungen aus London, Berlin, Amsterdam, Kopenhagen und Paris.

Am Sonntag vormittag lähmte gewöhnlich die Schläfrigkeit eines Tages ohne Arbeit auch das Kaffeehaus. Die Queues lagen ungenutzt auf den Billardtischen, die Gespräche waren gedämpfter, und kein atemloser Bote drängte mit einer eiligen Nachricht auf der Suche nach seinem Herrn durch die Räume.

Aber heute drang der Lärm einer heftigen Debatte schon durch die geschlossene Tür.

«Woher wißt Ihr, daß es diesen Toten tatsächlich gibt?» Die Stimme von Friedrich Reichenbach übertönte hell den allgemeinen Aufruhr.

«Ein Kind, schmutzig und in Lumpen, hat einen anonymen Brief in der Hauptwache abgegeben. Und keiner weiß, wer ihn geschickt hat. In der Komödienbude soll eine Leiche liegen! Mehr stand nicht da. Das kann jeder behaupten...»

«Papperlapapp», schrie Henbach, ein dicker Mann im modischen blauen Rock über weißen Kniehosen. «Nicht irgendeine Leiche, Pastor Voschering von St. Katharinen soll's sein. Und der ist seit gestern verschwunden. War nicht zu Hause letzte Nacht, und wo sollte ein Pastor sich wohl rumtreiben?»

Grölendes Gelächter rundum, und der kleine Reichenbach wurde zornrot.

«Kennt Ihr Eure Hilfspastoren so gut? Vielleicht ist er ein Sünder, Ihr solltet eilig Euer Altarsilber zählen. Wer weiß, was fehlt, und der Pastor ist damit auf und davon...»

«Jensen.» Claes war blaß geworden und hielt den Wirt, der sich mit einem Tablett voller schmutziger Kaffeetassen durch die Menge drängte, am Arm fest. «Was ist hier los? Wer ist tot?»

«Wahrscheinlich niemand. Regt Euch nicht auf.»

Jensen sah Herrmanns freundlich an. «Und ganz bestimmt niemand, der mit Euch zu tun hat. In der Hauptwache hat einer einen Brief abgegeben. Da stand drin, daß Voschering, Ihr wißt schon, dieser neue pickelige Hilfspastor von St. Katharinen, mausetot in der Komödienbude liegt. Aber die Stadtwache hat keine Leiche gefunden. Nichts als Staub, Komödiantengerümpel und alte Bretter. Vielleicht war der dicke Wagner auch nur blind. Eins der Weiber, eine Blonde, die immer die Liebhaberinnen spielt und singt und tanzt, soll ihm völlig seinen dösigen Kopf verdreht haben. Glaubt mir, das Ganze ist nur ein unchristlicher Scherz. Und das so kurz vor Ostern.» Kopfschüttelnd eilte der Wirt in die Küche.

Claes wurde übel. Ganz bestimmt niemand, der mit ihm zu tun hatte?

Am frühen Freitagabend war der Hilfspastor mit devoten Verbeugungen an ihm vorbei die Treppe zu Augustas Salon hinaufgeeilt. Der Neffe ihrer Weißnäherin – oder war es die Hutmacherin? – hatte die begehrte Stelle nur bekommen, weil Augusta Hauptpastor Goeze sanft daran erinnert hatte, daß das neue Taufgeschirr ohne ihre Hilfe immer noch beim Silberschmied in Köln verstauben würde.

Claes hatte seine Tante nicht nach ihrem Besucher gefragt. Warum auch? Voschering wollte sicher nur seine Gönnerin bei Laune halten.

«Und selbst wenn er da gelegen hat, wer konnte es wissen?»

Die Stimme des jungen Reichenbach drang wieder hell durch den Trubel. «Doch nur der, der ihn ums Leben gebracht hat. Wer sonst? Und wenn es die Komödianten waren, wie ihr alle glaubt, warum sollten sie selbst die Wache rufen?»

Es wurde plötzlich still in Jensens Kaffeehaus. Niemand wußte eine Antwort.

«Warum?» rief der junge Sachse. «Das wäre doch verrückt.»

«Na und?» Levering, erst kürzlich zu Geld gekommen und in die Reihe der betuchten Kaffeehausbesucher und Börsianer emporgestiegen, war aufgesprungen. «Die sind doch auch alle verrückt. Ihr Sachsen seid vor lauter höfischer Kunstsinnigkeit ganz blind fürs Leben. Das ist ein gottloses Gesindel. Einige von denen sollen sogar aus anständigen Häusern kommen, das sind die Schlimmsten. Wer weiß, warum die sich dem Straßenvolk angeschlossen haben. Denen muß man alles zutrauen. Aus der Stadt jagen sollten wir sie...»

«Langsam, Levering.» Joachim, der bisher für Claes unsichtbar an einem der hinteren Tische gesessen hatte, erhob sich und legte dem jungen Kaufmann beruhigend die Hand auf die Schulter. «Wir sollten besser dafür sorgen, daß die Komödianten nicht heimlich durchs Tor verschwinden können. Und Reichenbach hat nicht ganz unrecht.»

Joachim sah den jungen Sachsen nachdenklich an.

«Andererseits, vielleicht hat ein Nachbar in der Fuhlentwiete den Toten gesehen und sich nicht getraut, selbst zur Wache zu gehen. In der Neustadt gibt es genug Schlitzohren, die die Stadtsoldaten aus gutem Grund meiden wie die Pest...»

«...und kaum einer von ihnen kann schreiben und lesen.» Obwohl Reichenbach sich ein wenig beruhigt hatte, war sein Gesicht immer noch von Eifer gerötet.

«Und ist der Brief nicht auf ordentlichem Bütten geschrieben? Das ist teuer, keines von diesen Schlitzohren hat je eine Papierhandlung betreten. Nein, den Brief an die Wache hat einer geschrieben, der den Komödianten schaden will.»

Wieder brach ein Tumult los, und Claes bahnte sich erschöpft den Weg zurück zur Tür.

«Wir werden ja sehen», hörte er Levering rufen. «Wagner hat Grandow aus Wellingsbüttel holen lassen. Der kriegt raus, ob das Pack einen umgebracht hat. Den können auch zehn Tanzmamsellen nicht blenden. Mit Weibern», er grinste breit, «hat der nicht viel im Sinn, und sein Hund findet jeden wieder. Tot oder lebendig.»

Claes trat hinaus in das helle Vormittagslicht, bog in die Kleine Johannisstraße und machte sich auf den Heimweg. Er mußte unbedingt mit Augusta sprechen.

Seine Sorge um Anne hatte er ganz vergessen.

Er hatte es eilig. Deshalb bemerkte er nicht, wie Friedrich Reichenbach mit gleicher Eile in die entgegengesetzte Richtung lief.

Die Komödianten saßen im Krögerschen Hof in der Mittagssonne und probten den Text zu dem Schäferspiel «Die holde Marietta und der Gänsehirt».

Sie hörten Grandow schon von weitem. Er zog durch die Gassen wie ein Rattenfänger. Kinder und Bettler, Straßenhändler und einige Küchenmädchen, die sich auf dem Weg zum Markt entschlossen hatten, lieber dem Mann mit dem Hund nachzulaufen, folgten ihm, als führe er die Prozession am Waisengrüntag an. Immer in respektvollem Abstand, denn Hund wie Mann sahen aus, als käme man ihnen besser nicht zu nahe.

«Macht Platz, weg da, geht doch nach Hause, Leute, hier gibt es nichts zu glotzen. Oder habt ihr noch nie einen Hund gesehen? Ihr stört uns nur bei der Arbeit. Geht nach Hause.» Wagner, der kleine, dicke Wachtmeister, hüpfte wie ein aufgeschrecktes Kaninchen neben dem Hundeführer her und versuchte vergeblich, das neugierige Gefolge fortzujagen.

In der Fuhlentwiete flogen die Fenster auf, und die Nachricht verbreitete sich wie ein Lauffeuer in der ganzen Neustadt: Grandow aus Wellingsbüttel ist da, gleich wird sein Hund, dieses schwarze Ungetüm mit den gelben Augen und schlabbernden Lefzen, Voscherings Leiche finden, und mit den Komödianten ist es ein für allemal aus.

Vor dem Holztor zum Krögerschen Hof blieb Grandow stehen. Er drehte sich um, und die nachdrängende Menge rutschte lachend und schimpfend ineinander.

«Faß, Hubertus!» sagte Grandow ruhig. Mit wütendem Gebell und hoch über sein Wolfsgebiß gezogenen Lefzen stieg der Hund an dem kurzen Lederriemen und versuchte sich mit wütendem Jaulen loszureißen, um dem Befehl seines Herrn zu folgen.

Kreischend stob die Menge auseinander, purzelte und stolperte zurück. Ein Eierkorb flog durch die Luft, eine Gans verlor ihr Leben, und drei Taschendiebe, die sich wie alle anderen nur aus Neugier unter die Menge gemischt hatten, machten in dem panischen Gedränge unverhofft Beute.

«Aus, Hubertus!» Grandow zog kurz und kräftig an der Leine, und das Tier, eben noch eine geifernde Bestie, setzte sich schwer atmend, aber friedlich wie ein Lamm neben seinen Herrn. Bevor die Menge wieder vordrängen konnte, waren Herr, Hund und Wachtmeister im Krögerschen Hof verschwunden, und Wagner hatte das Tor von innen mit dem Schließbalken verriegelt.

«Fräulein Rosina», Wagner tupfte seine schwitzende Stirn mit einem roten Schnupftuch und verbeugte sich tänzelnd und mit flatternden Armen vor den Komödianten.

«Fräulein Rosina», wiederholte er. «Ich bringe Euch Cordt Grandow, Ihr habt gewiß von ihm gehört, ein ausgezeichneter Mann, und sein Hund, ein nettes Tier, auch wenn es ein wenig grimmig aussehen mag...»

«Wo ist die Komödienbude?» fragte Grandow, der die Tänzelei des Wachtmeisters für äußerst unwürdig hielt und deshalb sowenig beachtete wie die Komödianten, die sprachlos auf ihren Hockern saßen und den riesigen Fremden mit dem feuerroten Bart und dem kalbsgroßen schwarzen Hund anstarrten. Sie interessierten ihn nicht. Sie mochten Mörder sein. Aber das ging ihn nichts an.

Obwohl die Weiber wirklich saftig waren. Die Blonde war ihm etwas zu mager, aber die Rote hätte er gern im Bett gehabt.

Er schob die rote Faust in die Hosentasche und drehte sich um. Er und Hubertus hatten eine Leiche zu suchen, und wenn jemals eine hier gelegen hatte, würden Hubertus' unvergleichliche Nase, seine Gier nach Blut und Aas sie auch aufstöbern. Egal, wie tief sie jetzt vergraben war. Selbst wenn sie im Schlick des Herrengraben-Fleets steckte, der gleich hinter der Fuhlentwiete verlief, würde Hubertus ihm die Stelle zeigen, bei der man sie hineingeworfen hatte. Und in den Fleeten ging nichts verloren. Dafür sorgten die nächste Ebbe und die Fleetenkieker, die bei ablaufendem Wasser im stinkenden Morast der Gräben nach Verwertbarem suchten.

«Gleich ist unsere Arbeit getan, Fräulein Rosina», zirpte der Wachtmeister, «nichts für ungut. Pflicht ist Pflicht», und stolperte aufgeregt davon, um Grandow den Weg hinter den Stall und zur Komödienbude zu zeigen.

Grabow zog ein Hemd, das nicht mehr ganz sauber war, aus einem Lederbeutel und hielt es Hubertus vor die Nase. Schnaubend und schnüffelnd besabberte der Hund das Leinen, rülpste, schüttelte speichelspritzend den mächtigen Schädel und sah seinen Herrn erwartungsvoll an. Hubertus war bereit.

«Such», zischte Grabow und stieß die Budentür weit auf.

Hubertus senkte seine große Nase in den Staub des Theaterbodens und schnüffelte zwischen Brettern, Bänken und alten Kulissen in jede Ecke. Er schnüffelte lange, und die Komödianten, die sich an der Budentür drängten, begannen zu hoffen.

Plötzlich blieb Hubertus stehen, sein Nackenhaar richtete sich langsam auf, seine Schenkel spannten sich, und ein dumpfes Knurren rollte aus seiner Kehle.

«Faß», rief Grabow aufgeregt, und das Tier, das eben noch wie ein Standbild im Staub gestanden hatte, bäumte sich auf und stürzte vorwärts.

«Faß», schrie Grabow immer wieder, «faß!»

In seinen Augen brannte das gleiche Jagdfieber wie in denen des Hundes, der nun mit aller Kraft an dem Riemen zerrte und aus der Bude stürzte, die Nase immer fest am Boden, bis zum Tor. Mit gellendem Gebell sprang er daran hoch, bis Wagner endlich den Balken weggeschoben und das Tor geöffnet hatte.

Hubertus raste auf die Fuhlentwiete und zog seinen Herrn hinter sich her wie ein Spielzeug. Johlend schloß sich die wartende Menge an, Hühner und Schweine stoben auseinander, Mütter rissen ihre Kinder aus dem Weg, und immer weiter ging es in wilder Jagd durch die labyrinthischen Gänge der Neustadt, bis Hubertus seinen atemlosen, aber siegesgewissen Herrn im Kornträgergang zwischen zwei schiefen Häusern hindurch in einen verwinkelten Hof zerrte. Sein gieriges Bellen wurde zum winselnden Jaulen, und als Rosina sich endlich bis in die erste Reihe gedrängelt hatte, sah sie, warum die Menge vor Vergnügen grölte wie bei Titus' derbsten Späßen.

Hubertus hatte sein Ziel erreicht. Aber er hatte keine Leiche gesucht, sondern war der heißen Spur einer läufigen Hündin gefolgt. Nun war er eifrig dabei, seine zahlreiche Nachkommenschaft weiter zu vergrößern.

Im Krögerschen Hof war Lies allein zurückgeblieben. Hunde, dachte sie, sind berechenbare Tiere. Fast wie Menschen.

Sie lauschte dem Lärm, der über die Höfe und Gänge drang, und nähte mit zufriedenem Lächeln neue Kräuterbeutel. Am Herrengrabenfleet hatte sie heute morgen schon vor Sonnenaufgang die ersten Huflattichblüten entdeckt. Ein wunderbares Kraut gegen den Frühlingshusten und geschwollene Gelenke.

Wenn man es sparsam verwendete.

Rosina atmete tief durch, als sie das Millerntor passiert hatten. Der Wind wehte vom Fluß, und auch wenn er den ranzigen Geruch von den Tranbrennereien am Elbhang mitbrachte, schien er ihr frisch und rein wie auf den Harzhöhen. Erst jetzt spürte sie, wie eng und stickig das Leben in der übervölkerten Stadt mit ihren moderigen Fleeten war.

Sie drehte sich um und sah zurück auf die kupfergrünen Türme der Kirchen und Klöster, auf das Meer von roten Dächern und Giebeln. An den steilen Wällen der Festungen drängte frisches Gras durch das Winterbraun, und selbst die Wachen am Tor, die Rosina und Lies streng gemustert hatten, erschienen ihr nun in ihren rot-blauen Uniformen wie Figuren auf einem Gemälde. Von der Ebene vor den Wällen war die Stadt in der Mittagssonne wunderschön. Das sollte Rudolf sehen. Es würde ein gutes Motiv für die neuen Kulissen geben, die er in den nächsten Tagen malen wollte.

«Komm weiter, Rosina.» Lies zog ungeduldig an ihrem Ärmel. «Bevor es dämmert, schließen die Hamburger ihre Tore zu. Ich will nicht auf dieser Wiese übernachten.»

Es war kurz nach dem Mittagsläuten. Schwer beladene Wagen, Kutschen und Reiter lärmten auf der schmalen Straße, die aus der Stadt zum Hamburger Berg und weiter nach Altona ins Dänische führte. Bald bogen die beiden Frauen auf den Pfad ab, der durch die Wiesen zu den Häusern am Hamburger Berg rund um die Kirche St. Pauli führte.

Auch wenn Lies selbst zur Eile gemahnt hatte, blieb die Alte immer wieder stehen und beugte sich über ein paar grüne Stengel. Meistens strich sie nur leicht über das zarte Grün, aber manchmal schnitt sie mit einem winzigen scharfen Messer ein paar Blätter ab und steckte sie behutsam in eines der Leinenbeutelchen, die sie an ihren Gürtel gebunden hatte.

«Wird sie es uns erzählen, wenn sie etwas weiß?» fragte Rosina.

«Vielleicht.»

Lies beugte sich zu einer gelben Blume mit fünf glänzenden runden Blütenblättern und betrachtete sie aufmerksam.

«Der Hahnenfuß ist noch zu dünn», murmelte sie und ging weiter. Lies redete nie über Dinge, die niemand wissen konnte.

Rosina wußte nicht, daß Lies nicht so gelassen war, wie sie tat. Sie hatte sich still angehört, was Sebastian und Titus im Bremer Schlüssel erfahren hatten, und sofort gewußt, wen sie fragen mußte, um mehr über Behrmanns Geburt zu erfahren. Die lag Jahrzehnte zurück. Behrmann war fast dreißig gewesen, genauer wußte es Jakobsen nicht, doch es war eine besondere Geschichte, und sicher war damals darüber geredet worden.

Der Weg zum Hamburger Berg fiel Lies schwer. Sie hatte lange nicht mehr an die Zeit gedacht, die sie in dem Haus an der dänischen Grenze verbracht hatte, und die Jahre nicht gezählt, die seither vergangen waren.

Das Kind wäre jetzt etwa so alt wie Helena. Aber es war ein Junge gewesen. Daß er tot geboren wurde, war ihr wie eine Gnade Gottes erschienen. Der Überfall auf der Straße bei Zwickau hatte ihre Freundin das Leben gekostet, Lies hätte es nicht ertragen, diesen Tod mit einem neuen Leben zu belohnen.

Sie hatte Männer nie begehrenswert gefunden. Und weil sie anders war als die anderen Frauen in ihrem Dorf, hatte sie beschlossen, ein anderes, freieres Leben zu führen, und war mit vorbeiziehenden Spielleuten davongelaufen. Als sie das Mädchen traf, das ihr zeigte, daß an ihrem Anderssein nichts Falsches war, begann sie zu leben. Mit dem Tod der Freundin starb alles in ihr, was gerade erwacht war.

Eine junge Hebamme fand Lies neun Monate später krank und halb verhungert am Elbhang. Lies hatte gedacht, daß sie an diesem fremden Fluß sterben würde, und es war ihr recht gewesen. Dennoch erschien ihr die Frau, die ohne viel zu fragen half und tat, was getan werden mußte, wie ein Engel.

Bei der Geburt wäre Lies beinahe verblutet. Auch als es ihr besserging und sie wieder stark genug war, in ihr altes Leben zurückzukehren, schickte Matti sie nicht fort.

«Warum tust du das für mich?» fragte Lies.

«Es ist schön, nicht allein zu sein. Und weil du eine entfernte Cousine bist», sagte Matti und lachte. «Das glauben jedenfalls die Leute.»

Dann küßte sie Lies mitten auf den Mund, und das Leben begann doch noch einmal von vorn.

In diesem glücklichen Jahr am Hamburger Berg lernte Lies alles, was es über Kräuter, Wurzeln und die irdischen Heilkräfte zu lernen gab.

Dann ging sie fort. Der Grönlandfahrer, mit dem Matti verlobt war und der schon lange als verschollen galt, war zurückgekommen.

«Vielleicht ist sie nicht da», sagte Lies, als sie vor dem Haus standen. Es sah noch kleiner aus als damals. Nur die Linden links und rechts der Eingangstür waren zu mächtigen Bäumen herangewachsen.

Aber Matti öffnete die Tür. Sie war alt wie Lies, das Gesicht voller Falten, das Haar unter der Haube nebelgrau. Aber die Augen. Immer noch wie die ersten Veilchen.

«Lies», sagte sie, nichts weiter. Dann sah sie Rosina an und lächelte. «Sie gehört nicht dir.»

«Nein.» Lies schüttelte den Kopf. «Und dein Grönlandfahrer?»

«Verschollen», sagte Matti, «schon lange wieder verschollen. Diesmal endgültig.»

Rosina hatte nie ein solches Haus gesehen. Es war klein, aber statt der üblichen rußigen Feuerstelle wärmte ein kleiner runder Kachelofen die Stube, vor dem drei bequeme Sessel standen. Unter der Decke hingen Reihe um Reihe Büschel getrockneter Kräuter, viele freie Haken zeigten, daß der Winter nur Reste eines gewaltigen Vorrats übriggelassen hatte. In einem Schrank mit gläsernen Türen lagen ein paar dicke Bücher, zwischen den beiden vorderen Fenstern tickte eine Standuhr mit einem Zifferblatt aus poliertem Messing. Es duftete nach frischem Brot, Thymian und Minze, und auf dem Tisch standen zwei weiße Hyazinthen.

Hebammen bekamen wenig Lohn für ihre Arbeit. Doch selbst wenn Matti Haus, Möbel und Bücher geerbt hatte, konnte sie nicht arm sein, wenn sie so kostbare Blumen besaß. Rosinas Mutter hatte auch die weißen Hyazinthen am liebsten gemocht. Ihr Vater, der alles verabscheute, was seine Frau und seine Tochter liebten, hatte sie gleich nach der Trauerfeier auf den Misthaufen hinter den Ställen geworfen.

«Rosina», sagte Lies leise in ihre Gedanken. «Rosina. Erzähl Matti, was der Metzger gesagt hat.»

Matti goß dampfenden Minztee in blaue Becher, stellte frisches Brot und den Honigtopf auf den Tisch, setzte sich an den Kachelofen und hörte zu.

Zuerst konnte sie sich nicht erinnern. Behrmann? Der Name sagte ihr nichts. Matti war in Altona eine angesehene Hebamme, nach Hamburg wurde sie selten gerufen. Und, du liebe Güte, es war so lange her.

Aber doch, von dem Mord hatten auch die Leute am Hamburger Berg gehört. Aber Matti hatte nicht gewußt, daß der Mann in der Fronfeste Lies' Prinzipal war. Sie hatte überhaupt nicht gewußt, daß Lies in der Nähe war. Warum...

«Darüber reden wir später», sagte Lies. «Morgen oder übermorgen. Ich komme wieder.»

«Bestimmt?»

«Bestimmt. Versuch dich zu erinnern, Matti. Vielleicht

kannst du helfen, Jeans Kopf zu retten. Und vielleicht auch unseren.»

Wer wußte, was den Pfeffersäcken noch einfiel.

Aber Matti konnte nicht helfen. Es hatte in all den Jahren viele Mädchen gegeben, die schwanger aus der Stadt gejagt wurden. Das war nichts Besonderes. Und einige hatten anstelle eines Tritts tatsächlich ein kleines Stückchen Garten oder ein paar Goldstücke bekommen. Oder waren verheiratet worden. Unter den Marschenbauern gab es immer arme Hunde, die eine Frau mit einem fremden Kind nahmen, wenn sie dafür bezahlt wurden.

«Wer soll der Vater gewesen sein?»

«Das sollst du uns erzählen», sagte Lies, und Rosina rief: «Herrmanns, der Kaufmann am Neuen Wandrahm.»

Mattis Gesicht wurde streng.

«Ich denke, ich soll euch helfen, euren Kopf zu retten. Was, glaubt ihr, geschieht, wenn ein paar fahrende Komödianten dem Richter erzählen, es sei gar keiner von ihnen gewesen, sondern einer der angesehensten Bürger der Stadt? Ihr seid ja verrückt.»

«Komödianten sind immer ein bißchen verrückt.»

«Das hatte ich vergessen, Lies.» Matti seufzte. «Du hast dich nicht verändert. Aber gut, ich will sehen, was ich tun kann.»

Behrmann war, wenn die Geschichte des Metzgers stimmte, in Eppendorf geboren. Matti kannte dort niemanden. Aber sie kannte die Hebamme im Nachbardorf, in Winterhude. «Euch wird sie nichts erzählen. Aber ich wollte sie schon lange wieder besuchen.»

Die Hebamme von Winterhude war auch eine Cousine.

12. KAPITEL

MONTAG VORMITTAG

Augusta war, als trage sie eine zentnerschwere Last. Sie ging durch den Mittelgang des St.-Marien-Domes, blickte prüfend in alle Seitenkapellen, in den Rundgang hinter dem Altar und zur Orgelempore hinauf. Wie sie es erwartet hatte, war der Dom um diese Vormittagsstunde menschenleer. Auch hinter der Tür zur Sakristei war alles still. Vor der Kanzel wandte sie sich nach links und setzte sich in die letzte Bank der ersten Seitenkapelle.

Der Dom war ihr als ein guter Treffpunkt erschienen. Die Bauarbeiten am Turm ruhten, und die älteste und größte Kirche der Stadt war als Enklave des Kurfürsten von Hannover von den Hamburgern wenig besucht. Aber selbst wenn jemand sie sah, würde er unter dem tief über die Stirn gezogenen schwarzen Wolltuch niemals Claes Herrmanns' elegante Tante vermuten.

Augusta konnte sich nicht erinnern, wann sie sich das letztemal so hilflos gefühlt hatte. Vielleicht im vergangenen Herbst, als die Nachricht von Claes' Unfall kam. Aber damals war es anders gewesen. Sie war krank vor Sorge, verzweifelt, weil sie nichts tun konnte als warten, aber sie hatte sich nicht schuldig gefühlt. Sie war auch nicht schuldig gewesen. An Voscherings Tod aber war ganz allein sie schuld. Niemand sonst.

Sie zweifelte nicht mehr daran, daß der Hilfspastor tot war. Wie Behrmann. Sie hatte versucht, sich einzureden, daß Voschering plötzlich verreist war. Vielleicht war seine Mutter krank geworden, alle Welt litt in diesen Wochen an der Influenza, und er mußte eilig ins Wendländische reisen, um ihr beizustehen. In der Eile hatte er einfach vergessen, im Pfarrhaus Bescheid zu sagen.

Vielleicht hatte er sich auch betrunken, er vertrug ja sicher nichts und war schnell betrunken, lag nun in irgendeiner Kaschemme und wußte nicht mehr, wo er war. Ein junger, unerfahrener Mann konnte in einer großen Hafenstadt leicht verlorengehen. Aber sie wußte genau, daß das nur Wünsche waren.

Seit Freitag abend, als er ihr von seinem Besuch in der Fronerei berichtet hatte, war Voschering verschwunden. Niemand hatte ihn gesehen, seit er ihren Salon und das Herrmannssche Haus verlassen hatte.

Augusta hatte Angst.

Behrmann war tot. Martin kämpfte um sein Leben, von Voschering fehlte jede Spur. Wenn der anonyme Briefschreiber, von dem im Kaffeehaus gesprochen worden war, recht hatte, war er tot. Und sein Tod bestätigte, daß sein Besuch bei dem Komödianten jemandem gefährlich war. Behrmanns Mörder. Wem sonst?

Wenn er es nötig hatte, den harmlosen Hilfspastor zu töten, stand er mit dem Rücken zur Wand. Dann versuchte er verzweifelt alle, die dieser Serie von Verbrechen auf die Spur kommen konnten, zum Schweigen zu bringen.

Egal, aus welchem Grund und mit welchem Ziel er mordete, alles drehte sich um Claes. Und Claes würde der nächste auf seiner Schreckensliste sein.

Warum hatte sie ihm nichts von ihren Nachforschungen erzählt? Natürlich hatte sie ihm gebeichtet, daß Voschering in ihrem Auftrag bei Jean gewesen war. Er hatte den Pastor ja auf dem Weg in ihren Salon gesehen und Aufklärung verlangt.

Aber alles andere hatte sie ihm verschwiegen. Weil er schon wegen Voscherings Kerkerbesuch gebrüllt hatte wie ein Brauerknecht. Vielleicht. Sie wollte ihn nicht noch mehr erzürnen.

Ach was, sie war feige gewesen.

Aber nicht nur. Sie spürte, wie sich Trotz in ihre Angst

mischte. Sie wollte diese Sache zu Ende bringen, und dazu mußte sie ungewöhnliche Wege gehen. Claes hätte das ganz gewiß verhindert.

Sie wollte ihn schützen. Ihn, Sophie und Martin. Ihre Familie. Und das konnte nur gelingen, wenn sie ihren Plan weiterverfolgte.

Aber wie?

Eine Hand legte sich von hinten auf ihre Schulter, und Augusta erstarrte. Sie hatte immer noch Angst. Wenn sie doch nur einen belebteren Treffpunkt gewählt hätte. In dieser verlassenen Kirche würde niemand...

«Frau Augusta?» Rosina glitt neben sie in die Bank und rutschte ein wenig zur Seite, damit auch Helena, die hinter ihr stand, Platz fand.

«Stimmt es, daß mein Pastor in Eurem Theater getötet worden ist?»

Sie sah die beiden jungen Frauen, die sie bis gestern noch als so schön, erstaunlich wohlerzogen und völlig vertrauenswürdig empfunden hatte, nicht an.

«Wenn Ihr von dem geheimnisvollen Brief gehört habt, habt Ihr gewiß auch erfahren, daß weder die Wache noch dieser schreckliche Mann mit seinem geifernden Untier einen Toten im Theater gefunden hat.»

Rosinas Stimme bebte. Augusta schlug ihr Tuch zurück und blickte sie streng an. Sie sah in zornige Augen und spürte die nur mühsam beherrschte Erregung.

«Glaubt Ihr jetzt auch, daß wir Mörder sind? Warum sollten wir ihn töten? Wer könnte brennender darauf warten, zu hören, was Euer Pastor von Jean erfahren hat als wir? Sagt mir, wer?»

Augusta nickte. «Ich vielleicht. Und Claes.»

«Wir haben immer noch das gleiche Ziel. Wir alle wollen wissen, warum Behrmann starb. Und wer ihn getötet hat. Aber vielleicht ist es besser, wenn wir gehen. Komm, Helena...»

Rosina erhob sich, aber Augusta hielt sie zurück.

«Vielleicht. Ja, vielleicht wäre es besser. Aber ich bitte euch zu bleiben. Ich habe euch vertraut, obwohl ich euch nicht kannte und euer Stand in dieser Stadt nichts gilt. Nein», sie zog Rosina wieder neben sich auf die Bank, «seid nicht zornig. Versucht, mich zu verstehen. Ich habe Angst, aber ich vertraue euch immer noch. Nicht, weil ich besonders klug bin, sondern weil ich glaube, daß mein Herz seine eigene Vernunft hat, der ich folgen kann.» Sie lächelte plötzlich. «Und weil wir einander immer noch brauchen. Ihr wollt euren Prinzipal beschützen, ich meinen Neffen.»

«Aber Ihr habt nicht gedacht, daß Ihr damit jemanden in Gefahr bringen könntet», sagte Helena sanft. «Nun habt Ihr Angst. Und Ihr fühlt Euch schuldig. Aber Ihr seid nicht schuldig, genausowenig wie wir. Nur der ist schuldig, der diese Morde begangen hat. Und er wird weitermorden, wenn wir ihn nicht schnell finden.»

Rosina atmete tief, lehnte sich gegen die Bank und blickte starr geradeaus auf den kleinen Marienaltar. Sie war immer noch wütend, auch wenn sie nicht genau wußte, warum. Augustas Mißtrauen kam nicht überraschend. Sie mußte ihnen ja mißtrauen. Alle mißtrauten ihnen. Doch nun war nicht die richtige Zeit zum Selbstmitleid.

«Kanntet Ihr Behrmann gut, Frau Augusta?»

Augusta überlegte und schüttelte den Kopf.

«Wußtet Ihr etwas über seine Familie? Woher kam er?»

«Es ist komisch. Ich kenne alle Menschen in Claes' Haus recht gut. Ich weiß, woher sie kommen, wer ihre Eltern sind. Auch von denen, die nicht bei uns wohnen, wie die Schreiber aus dem Kontor. Sie essen mittags mit uns und erzählen gerne von zu Hause. Aber Behrmann? Er war immer ein wenig spröde. Wenn er einmal sprach, ging es stets um das Geschäft. Er war ein wandelndes Kontobuch.»

Ein kalter Lufthauch zog durch die Kapelle, und Augusta sah sich um. Von ihrer Bank konnte sie das Kirchenportal und den Mittelgang überblicken. Mehr nicht. Doch sicher hätte sie

Schritte gehört, wenn jemand die Kirche betreten hätte. Nicht alle verstanden so lautlos zu gehen wie die beiden Komödiantinnen.

Seit sie heute morgen das Haus am Neuen Wandrahm verlassen hatte, fühlte sie sich beobachtet. Aber das war sicher nur ihr schlechtes Gewissen. Es war nicht einfach gewesen, unbemerkt von Claes' Wächtern aus dem Haus zu schleichen. Augusta war nicht an Heimlichkeiten gewöhnt. Dennoch bedeutete sie Helena und Rosina, leiser zu sprechen. «Einmal hat Behrmann doch etwas verraten», fuhr sie mit gesenkter Stimme fort. «Er erzählte von Eppendorf. Ihr werdet das nicht kennen, ein hübscher Weiler nördlich der Wälle. Ich glaube, er lebte dort bei einer Tante. Aber sie war alt und ist schon lange tot.»

«Wißt Ihr, wer seine Eltern sind?»

«Nein, aber Claes wird es wissen. Ist das wichtig?»

«Vielleicht», sagte Rosina vorsichtig. Aber dann berichtete sie, was im Bremer Schlüssel erzählt wurde und was Matti von der Winterhuder Hebamme erfahren hatte.

Augusta sah sie fassungslos an.

«Mein Bruder? Mein frommer, ehrbarer Bruder? Das ist ganz unmöglich.»

«Es gibt keinen Beweis, im Kirchenbuch ist kein Vatername verzeichnet, und es wird ja immer geklatscht. Aber viele Herren schwängern ihre Mägde.»

«Ich bin kein Kind, Rosina. Ich weiß sehr genau, was die Herren tun, auch wenn sie glauben, daß wir gar nichts wissen. Aber mein Bruder, dieser Moralapostel!»

Sie schüttelte den Kopf und lachte plötzlich laut auf.

«Warum eigentlich nicht? Ich habe mich immer gefragt, wie einer mein Bruder sein kann und so ohne Leben. Dann war er wohl doch nicht so ohne Leben. Aber was kann das mit Behrmanns Tod zu tun haben?»

Rosina sah auf ihre Hände und schwieg.

«Das wissen wir auch nicht», sagte Helena schnell. «Vielleicht ist es ganz ohne Bedeutung. Aber nun sagt uns doch, was Jean dem

Pastor erzählt hat. Ihr habt doch mit ihm gesprochen, bevor, bevor...»

«...bevor er verschwand. Oder bevor ihn jemand getötet hat. Ja, ich habe mit ihm gesprochen. Er ist direkt von der Fronerei zu mir gekommen. Wenn ihn jemand wegen dieser Kleinigkeit getötet hat, war es ein billiger Tod.»

Behrmann, erzählte Augusta, war an diesem Abend ein Opfer der Melancholie gewesen. Offenbar plagte ihn ein großer Kummer und, wenn Jean ihn richtig verstanden hatte, eine große Schuld. Jean und Behrmann hatten gewürfelt, getrunken, viel zuviel getrunken, und je mehr Branntwein er trank, um so mehr redete der Schreiber von einer großen Sünde, die er gegen seinen Bruder oder einen, den er so nannte, begangen habe.

Jean hatte sich mehr für sein Würfelglück interessiert und nicht richtig zugehört. Aber er hatte Voschering versprochen, noch einmal ordentlich zu grübeln, um die dunkle Wolke des Vergessens zu erhellen, genau so hatte er sich ausgedrückt, zu erhellen. Jean war sicher, daß er mehr berichten könnte, wenn Voschering am nächsten Tag wiederkäme.

«Das wollte Voschering tun, und ich befürchte, er ist deshalb verschwunden. Er hat mir versprochen, daß dieser Besuch unser Geheimnis bleibt, aber er muß doch jemandem davon erzählt haben. Gewiß versteht ihr, wenn ich niemand anderen bitten kann, nun statt seiner zu eurem Prinzipal zu gehen.»

«Gewiß», sagte Helena und Rosina nickte.

Augusta erzählte nicht, daß sie Claes noch vor wenigen Tagen vergeblich gedrängt hatte, Jean selbst zu befragen. Es sähe ihm ähnlich, wenn er es jetzt, wo so ein Besuch gefährlich war, tun würde. Sie wollte ihn nicht mehr daran erinnern.

«Uns läßt man natürlich nicht hinein», sagte Helena. «Wir haben es schon zweimal versucht. Die Fronknechte lachen uns nur aus.»

«War Voschering schon früher im Kerker?» Rosina sah Augusta nachdenklich an. «Ich meine, hat er auch andere Gefangene besucht?»

«Ich weiß es nicht.» Augusta überlegte. «Aber ich bin mir recht sicher, daß er nie zuvor dort war. Ich mußte ihn ein wenig, nun, ich will sagen, dazu überreden. Jean gehört nicht zu seiner Gemeinde, und überhaupt geht ein Pastor für gewöhnlich nur in den Kerker, wenn ein Gefangener darum bittet oder wenn es um die letzte Beichte und das letzte Abendmahl geht.»

«Und die Wache läßt sicher nur die Seelsorger hinein, die sie gut kennt. Wie Voschering.»

Augusta schüttelte den Kopf. «Ich glaube nicht, daß die Wache Vorschering gekannt hat. Ganz sicher nicht. Er war erst seit einigen Monaten in der Stadt, und es gibt so viele Pastoren in Hamburg. Aber jeder kennt das geistliche Kleid, und wenn ein Pastor einen Sünder ermahnen will, seine Schandtaten zu gestehen, darf ihn niemand daran hindern.»

Augusta schlug das große schwarze Tuch über ihren Kopf und erhob sich.

«Ich weiß nun wirklich nicht mehr weiter. Was sollen wir tun? Können wir noch etwas tun?»

«Man kann immer etwas tun!» Rosina sprang auf und griff nach Augustas Hand. «Verzeiht mir meinen Zorn über Eure Frage vorhin. Und wenn Ihr könnt, vertraut uns noch ein wenig länger. Nur ein oder zwei Tage noch. Und gebt auf Euch und auf Euren Neffen acht. Ihr solltet nicht allein ausgehen, vor allem am Abend.»

Augusta nickte. «Er läßt seit gestern morgen das Haus bewachen, weil er um die Sicherheit von Martin und Sophie fürchtet. Aber ich will sehen, ob ich ihn davon überzeugen kann, sich von nun an von Brooks begleiten zu lassen. Der ist der stärkste Mann in unseren Speichern. Ein wacher Kopf, und er würde sich eher aufs Rad flechten lassen, als Claes zu schaden.»

Sie strich Rosina leicht über die Wange, spürte die Narbe und fuhr entschlossen fort: «Bald wird dieser Alptraum zu Ende sein, und der Richtige wird in der Fronerei sitzen und auf den Galgen warten. Dann, mein Kind, will ich dich und Helena endlich in einer Komödie sehen. Ich werde in eure Theaterbude kommen und dafür sorgen, daß diese ganze frömmelnde Hamburger Gesellschaft es mir nachtut.» Sie war wieder die alte Augusta, der Zorn hatte – zumindest für diese Stunde – die Angst besiegt und ihren Mut gestärkt.

«Paßt gut aufeinander auf, und wenn ihr Neues wißt, schickt wieder euer stummes Kind mit Nachricht zu Elsbeth in die Küche. Aber zu niemandem sonst. Zu niemandem, sagt ihm das.»

Im Mittelgang drehte sie sich noch einmal um. «Schickt es auch, wenn ihr Hilfe braucht.»

Augusta verließ eilig den St.-Marien-Dom. Sie sah sich nicht um, es war ihr jetzt egal, ob jemand sie erkannte.

Was hatte Rosina gesagt? «Warum sollten wir Voschering töten?» Einen Grund gab es: Wenn der Hilfspastor etwas gewußt hatte, das den Komödianten gefährlich werden konnte, wenn ihr Prinzipal doch der Messerstecher oder ein Komplize des Mörders war. Das wäre ein triftiger Grund gewesen. Aber sie wußte, daß Voschering kein Geheimnis dieser Art erfahren hatte.

Sie rief sich noch einmal alles ins Gedächtnis, was er erzählt hatte, doch es erschien ihr immer noch genauso unbedeutend wie am Freitag abend. Sie konnte sich nicht vorstellen, wem in dieser Stadt Behrmanns Kümmernisse so gefährlich waren.

Daß Behrmann – wenn die Hebamme recht hatte – Claes' Halbbruder gewesen war, wurde ihr erst sehr viel später klar.

Rosina und Helena warteten einige Minuten, bevor sie den Dom verließen. Als sie aus dem großen Portal traten, fegte ein kalter Wind über den Vorplatz. Der Himmel war grau geworden, und von Südosten schoben sich schwarze Wolken über die Elbe. Sie wickelten sich fester in ihre Tücher und machten sich eilig auf den Weg zurück in die Fuhlentwiete.

Auf dem Jungfernstieg blieb Helena bei einer Hökerin stehen und kaufte einen Strauß Veilchen. «Für Lies», sagte sie lächelnd, «und für ihre Vorliebe für alte Hebammen.»

Auch Rosina war stehengeblieben, aber sie hörte nicht zu. Sie sah über die Binnenalster und schien die kleinen krausen Wellen zu zählen, die der Wind vor sich hertrieb. Tatsächlich folgte ihr Blick einem dicken, rotgesichtigen Pastor, der mit wehendem Mantel zum Werk- und Zuchthaus am gegenüberliegenden Ufer eilte.

«Rosina?» Helena folgte ihrem Blick und senkte unwillkürlich die Stimme. «Denkst du, was ich denke?»

«Ich glaube schon, Helena.»

«Es ist gefährlich. Aber ich werde es tun. Wir haben nichts zu verlieren.»

«Wir haben immer noch eine Menge zu verlieren.» Rosinas Stimme klang streng. «Nur Jean hat nichts zu verlieren. Aber es ist die einzige Chance.»

Rosina sah ihre Freundin prüfend an: das runde, weiche Gesicht, die leidenschaftlichen dunklen Augen, die vollen Lippen, den Busen, der, auch unter dem Schultertuch verborgen, nicht zu verstecken war. Sie strich mit beiden Händen Helenas kastanienrotes Haar aus der Stirn, raffte ihre Röcke über den Hüften und sagte:

«Nein. Auf keinen Fall. Du schaffst es nicht. Ich werde gehen, und niemand wird etwas merken.»

MONTAG NACHMITTAG

Jean saß in eine Decke gewickelt auf seinem Strohsack und sehnte sich nach einem großen Zuber mit heißem Wasser, nach einem Stück Seife, seinem Rasiermesser und ein wenig Lavendelwasser.

Jean stank. Und er haßte es zu stinken. Die Fronknechte hatten ihn ausgelacht, als er mehr Waschwasser forderte, und der jüngere der beiden, ein hagerer, glatzköpfiger Kerl mit schwarzen Zähnen, der nicht besser roch als sein Gefangener, hatte grinsend seine Hose hinuntergelassen und in die Zelle gepißt. Jean konnte gerade noch seinen Strohsack vor dem dampfenden Strahl in Sicherheit bringen. Am liebsten hätte er dem Kerl sein bestes Stück abgerissen. Nur seine Vernunft und der Ekel hinderten ihn daran. Vielleicht auch die großen Fäuste seines Bewachers. Darüber wollte er nun nicht nachdenken.

Jean stank, und sein Gesicht begann hinter dem juckenden Gekräusel eines schwarzen Bartes zu verschwinden. Immerhin hatte er einen neuen Strohsack und zwei neue Decken, kratzende Pferdedecken, aber dick und warm.

Der komische, kleine Pastor war zwar nicht wiedergekommen – sein eigener Schade, denn Jean hatte inzwischen mit Erfolg nachgedacht –, aber doch dafür gesorgt, daß Jean das Nachdenken ein wenig leichter fiel. Eine krumme Alte und ein schieläugiger Knirps hatten gestern den Sack und die Decken gebracht. Die Alte hatte hastig einen Topf mit dicker Kohlsuppe neben die Tür gestellt und ihn dabei nicht aus den Augen gelassen.

Bleib da, hatte sie gekeift, als er ihr den Topf abnehmen wollte, rühr mich nich' an. Als wäre er nicht an der Mauer festgekettet wie ein Ochse am Schlachthaus.

Er mußte sich sehr strecken, um den Topf zu erreichen. Die Suppe war kalt, und auch das versprochene Stück Fleisch fehlte, aber sie war fett und reichlich mit Pfeffer und Kümmel gewürzt. Jean, der seit Tagen nichts als Brotkanten und eine graue Wassersuppe aß, erschien sie köstlich wie Schwanenpastete.

Die Fronknechte waren seither nicht mehr so rüde. Jean hörte sie streiten, warum der Oberrichter dem verderbten Komödianten solche Geschenke machte.

Ihre Dummheit bereitete ihm großes Vergnügen. Natürlich hatte der kleine Pastor die Alte geschickt. Ein Oberrichter war der letzte, der einem Gefangenen Gutes tat. Je hungriger, müder und kranker einer war, um so schneller redete er unter den Qualen der Streckbank und der glühenden Zangen.

Bei diesem Gedanken schmeckte Jean die Suppe nicht mehr ganz so gut. Rasch beschloß er, daß der Hamburger Oberrichter eben anders und ein wahrhaft christlicher Mensch sein mußte.

Und warum grübeln? Wenn ein Komödiant sich viel darum kümmerte, was morgen war, ging er schon vor lauter Sorge gleich unter. Helena war ganz anderer Meinung, sie stritt ständig mit ihm, daß eine gute Planung der halbe Erfolg sei. Aber was wußten Frauen?

Auch heute hatte die Alte einen Topf Suppe gebracht, und diesmal fand Jean darin sogar ein kleines Stück fetten Speck. Er kaute lange auf der Schwarte herum und fühlte sich wie ein König. Gerade, als er den Topf sauberleckte – seine guten Manieren, auf die er besonders in Gasthäusern großen Wert legte, waren ihm in diesem dunklen Loch schnell abhanden gekommen –, wurde die erbärmlich jammernde Kerkertür aufgeschoben.

Der Fronknecht trug einen Stuhl herein und stellte ihn in Jeans Nähe. Er trat mit einer mühsamen Verbeugung zur Seite und ließ den Besucher eintreten.

Jean erhob sich schnell und wischte sich verstohlen mit dem Handrücken das Fett von den Lippen.

Der Pastor war doch wiedergekommen.

«Danke, mein Sohn», sagte der Mann im schwarzen Rock, dessen Gesicht unter einem breitkrempigen Hut verborgen war, «nun laß mich mit dem armen Sünder allein. Schließe die Tür und bedenke: Gott sieht alles. Besonders, wenn du lauschst.»

Er blieb mit gesenktem Kopf stehen, bis die Tür hinter ihm zugezogen war.

«Mein Bruder Vorschering ist leider verhindert. Er hat mich beauftragt, deine Beichte weiter anzuhören. Setz dich.»

Jean setzte sich brav auf seinen Strohsack, wickelte sich wieder in eine der Pferdedecken und sah seinen Besucher erwartungsvoll an. Ein zartes Bürschchen, selbst für einen Pastor. Als Komödiant auf den Straßen könnte so einer kein Jahr aushalten.

Der Pastor rückte seinen Stuhl noch ein wenig näher an Jean heran und sprach laut ein Vaterunser.

Jean fühlte sich unbehaglich. Warum hatte der Kerl seinen Hut so tief im Gesicht? Er dachte an Behrmann, sah wieder den Griff des Messers aus dem feinen englischen Tuch ragen und begann zu schwitzen. Vielleicht sollte er lieber die Wache rufen. Das war nicht Voschering, aber vielleicht der, der Behrmann erstochen hatte, und jetzt wollte er ihn um die Ecke bringen, mausetot, mundtot machen.

«Wache», krächzte er, aber seine Stimme klang wie das Fiepen einer Maus.

«Bist du verrückt? Sei still und laß die Wachhunde, wo sie sind.»

Jean erstarrte.

Der Pastor nahm den Hut ab, und vor Jean saß Rosina, das dicke blonde Haar ordentlich gepudert und zum straffen Zopf gebunden, wie es sich für einen frommen Mann gehörte. Der schwarze Rock, Jean erkannte ihn jetzt, war das Kostüm eines Leipziger Kandidaten der Theologie, der in einer Burleske mit Tanz und Gesang ein traurige Rolle spielte. Die dicke Bibel, die Rosina auf den Knien hielt, gehörte Helena.

Jean schnappte nach Luft, und Rosina legte ihm schnell die Hand auf den Mund.

«Psst», flüsterte sie, «ich weiß nicht, wie dicht die Tür schließt, wahrscheinlich liegen die beiden Kerle da draußen mit den Ohren direkt am Holz. Also reiß dich zusammen, und sei ein Komödiant. Es kann dir doch nicht schwerfallen, ein Weilchen den frommen Sünder zu spielen!»

Jean starrte Rosina immer noch an. Er atmete tief ihren frischen Duft nach sauberem Leinen, Puder und Minze. Und ein wenig nach Pomeranzen.

«Du siehst aus, als kämst du geradewegs aus der Hölle!» flüsterte sie.

«Ich bin in der Hölle. Wenn du wüßtest, was...»

«Pst. Jetzt ist keine Zeit zum Jammern. Warum mußtest du dich auch betrinken und unser Geld verspielen, anstatt dich um das Theater und die Papiere zu kümmern? Nein, sei still. O Bruder in Christo», rief sie plötzlich laut mit tieferer Stimme, «der Herr ist mein Hirte, mir wird nichts mangeln. Er weidet mich auf einer grünen Aue und führet mich zum frischen Wasser» – sie stand leise auf – «er erquicket meine Seele» – schlich an die Tür und riß sie mit einem Ruck auf. Der Wächter stolperte ihr entgegen und fiel lang in das Stroh.

«Er führet mich auf rechter Straße um seines Namens willen. Du, mein ungehorsamer Sohn, scheinst jedoch vom rechten Wege abgekommen. Nicht nur Gott, auch ich sehe alles. Wenn ich dich noch einmal erwische, wird der Oberrichter erfahren, daß du ungehorsam und deines Postens nicht würdig bist.»

Mit dramatischer Geste streckte sie den Arm aus und wies ihn zurück in die Wachstube.

«Fort mit dir! Die Worte zwischen Pastor und Sünder gehen nur diese zwei und Gott etwas an. Und vielleicht den Oberrichter. Noch einmal», brüllte sie, «und du landest selbst im Kerker.» Damit warf sie die schwere Tür mit aller Kraft hinter dem flüchtenden Wächter ins Schloß.

«So, nun haben wir Ruhe, mein Sohn», sagte sie atemlos und ließ sich auf den Stuhl fallen. Mit lauter Pastorenstimme deklamierte sie den Pslam zu Ende, dann beugte sie sich wieder zu Jean hinunter: «Helena läßt dich grüßen. Ich soll dir das geben.» Mit spitzen Lippen küßte sie ihn eilig auf seine bärtige Wange. «Voschering kommt nicht wieder. Weißt du, warum?»

Jean schüttelte den Kopf.

«Das ist jetzt einerlei. Wir haben nicht viel Zeit. Ich weiß, was du ihm erzählt hast. Und daß du noch mehr weißt. Was hat Behrmann dir noch erzählt? Und sprich leise!»

«Nur von seinem Bruder. Immer wieder von seinem Bruder. Gegen den habe er sich versündigt, schwer versündigt. Dafür werde er in der Hölle schmoren, wenn er sich nicht offenbare. Sein Bruder, hat er immerzu gejammert, sei ein edler Mensch, und dieser englische Teufel habe ihn verführt und die schwarzen Hunde in seiner Seele geweckt. Er war fast ein Poet. Weißt du, welcher englische Teufel?»

Rosina schüttelte den Kopf. «Das müßtest du doch wissen. Hast du ihn nicht gefragt?»

«Warum? Was interessieren mich die Teufel eines Schreibers? Wenn ich natürlich gewußt hätte...»

«Wir werden's schon rauskriegen. Weiter! Was hat er noch gesagt?»

Jean überlegte, und Rosina, der gerade kein weiterer Psalm einfiel, begann das Hohelied Salomos zu deklamieren. Hoffentlich sind die Wachen nicht so fromm, wie es sich gehört, dachte sie. Sie werden sich sonst wundern, warum der Pastor dem Delinquenten anstelle eines Psalms von königlichen Leidenschaften sprach.

Beinahe hätte sie sich in der Erinnerung an eine sehr innige Stunde mit diesen Versen verloren. Doch Jeans Geruch hielt sie in der Gegenwart.

Es nutzte nichts. Ihm fiel nur noch ein, daß der, den Behrmann als englischen Teufel bezeichnet hatte, nicht in England, sondern in Hamburg sei. Das war keine große Neuigkeit. Wer in Hamburg mordete, mußte auch in Hamburg sein.

Doch dann glitt ein triumphierendes Glänzen über Jeans schmutziges Gesicht.

«Ich wußte, da war noch etwas. Es saß in einer tief verborgenen Kammer meines qequälten Geistes...»

«Hör auf zu deklamieren, die Bühne kommt später. Was ist dir eingefallen?»

«Er hat von einem Brief gesprochen. Warte.»

Jean überlegte noch ein wenig. «Sag schon», zischte Rosina. Sie war überzeugt, daß er nur zögerte, um sich wichtig zu machen.

«Er hat einen Brief an seinen Bruder geschrieben, wer immer dieser Heilige sein mag. Und diesen Brief wollte er am nächsten Morgen übergeben, um sich dann der Gnade des großen Mannes auszuliefern. So hat er gesagt. Seines Bruders, nehme ich an. Der muß ein mächtiger Mann sein, wenn er Gnaden zu gewähren hat...»

«Wo ist der Brief? Hatte er ihn bei sich?»

«Keine Ahnung. Ich glaube nicht. Der Schreiber war so mitteilsam und weinerlich gestimmt, er hätte ihn mir glatt vorgelesen. Aber du mußt besser wissen, was man in Behrmanns Taschen gefunden hat. Die ganze Stadt wird doch davon plärren. Mir erzählt hier drin kein Mensch was...»

«So sprich doch leise. Weißt du noch etwas?»

Jean schüttelte den Kopf. «Nein, sicher nicht.»

Plötzlich legte er alle Pose ab. Gleich würde Rosina fortgehen und mit ihr der frische Duft, die Treue und Menschlichkeit, die er trotz Ungeduld und Ärger in ihren Augen sah. Und die Hoffnung, die ein einziger Mensch einem anderen bedeuten kann, wenn er am Abgrund steht. «Nur Mut», flüsterte Rosina. «Nur Mut, Jean. Es wird bald vorbei sein, und dann stehen wir alle auf der Bühne und spielen Komödie. Und bis dahin sage niemandem etwas von dem Brief. Niemanden, egal, wer dir schmeichelt.»

Jean konnte sich nicht vorstellen, daß ihm hier jemand auf andere Weise schmeicheln würde als mit glühenden Zangen und der Streckbank. Aber er nickte und flüsterte: «Ich halte es nicht mehr lange aus, Rosina. Manchmal in der Nacht denke ich, ich werde verrückt. Sie ketten mich in einer engen Holzkoje an.

Es ist so kalt, und in der Dunkelheit kriechen die Gespenster aus allen Löchern. Wenn die Nacht schon so lang ist und kein Ende nehmen will, wenn es kein Licht gibt, nicht einmal einen Stern kann ich aus diesem Loch sehen, ist alle Hoffnung verschwunden. Dann weiß ich, daß ich hier vermodern muß. Daß mich alle vergessen haben, als wäre ich schon lange tot. Und jeden Tag machen sich ein paar Tölpel vor dem Loch da oben einen Spaß», er zeigte zu der Fensterluke hoch in der Mauer, «und erzählen sich, wie das ist, wenn sich der Galgenstrick langsam zuzieht, wenn man würgt und strampelt und schon den Teufel über den Anger reiten sieht. Rosina, ich habe so schreckliche Angst.»

«Ich weiß, Jean, ich weiß. Aber ein anderer wird den Galgenstrick spüren. Du nicht.»

Sie umarmte ihn fest und strich liebevoll über sein zottiges Haar. «Es ist bald vorbei. Nur ein paar Tage noch. Vielleicht schon morgen. Wir haben eine gute Spur und mutige Verbündete. Ich bin gewiß, auch Gott ist auf unserer Seite. Selbst wenn ich mal wieder das Kleid seines Dieners mißbrauche.»

Sie küßte ihn schnell auf den Mund.

«Sei tapfer, Prinzipal», flüsterte sie, und bevor Jean noch etwas sagen konnte, öffnete sie die Kerkertür und verließ schnurstracks, ohne die dienernden Fronknechte auch nur eines Blickes zu würdigen, die Fronerei.

Sie hatte vergessen, Jean den Schnupftabak zu geben. Für Muto würde es ein großer Spaß sein, den Beutel durch das Fenster zu schmuggeln.

Muto würde nichts geschehen. Niemand war so schnell und leise wie er.

13. KAPITEL

MONTAG AM SPÄTNACHMITTAG

Anne nippte an ihrem Kaffee und schob ihr federgeschmücktes Hütchen auf der kunstvoll aufgetürmten Frisur zurecht, die wie so oft ein wenig verrutscht war. Nervös zerkrümelte sie ein Korianderplätzchen über dem Teller. Das Ticken der italienischen Standuhr klang in ihren Ohren wie die Schläge einer Totentrommel.

Claes, der steif am Postregal lehnte, sah grimmig auf sie herab. «Und Ihr seid sicher, daß Ihr Braniff und Matthews trauen könnt? Daß stimmt, was sie erzählen?»

Anne nickte. «Ganz sicher.»

Sie verschwieg, daß sie nicht bei Thomas Matthews wohnte, weil er ein ferner Cousin war, sondern um herauszufinden, ob er an dem Komplott gegen Claes beteiligt war.

Aber diesen Verdacht hatte sie schon nach wenigen Tagen begraben. Thomas war ein großes, vergnügtes Kind, dem nichts mehr Freude machte als eine Partie Billard, ein gutes Essen und ein lauter Abend mit Freunden. Seine Geschäfte liefen besser, als die Hamburger vermuteten, und auch wenn Claes ihn nicht mochte, so bewunderte und verehrte der junge englische Kaufmann den älteren Deutschen doch vorbehaltlos. Er würde Claes niemals wissentlich schaden, und er hatte auch keinen Grund dazu. Jedenfalls keinen, den Anne kannte.

Aber wie Jules Braniff war auch Matthews Joachim van Stetten in dessen Londoner Jahren begegnet. Gestern abend, bei einer ausdauernden Partie Whist – Annes Zofe hatte als Jules' Partnerin die glühende, aber glücklose Vierte gespielt –, begannen die Männer zu plaudern. Anne war für sie fast wie eine Schwester, es gab keinen Grund, die Themen der Unterhaltung zimperlich abzuwägen.

«Er ist Euer Freund, Claes. Und mir scheint, Ihr liebt ihn wie einen Bruder. Jules wollte Euch nicht verletzen. Nur deshalb hat er vorgestern abend nicht alles erzählt. Aber ich glaube jetzt, daß Ihr alles wissen müßt. Egal, ob...» Sie schluckte und suchte nach den richtigen Worten, «... ob es von Bedeutung ist oder nicht. Monsieur van Stetten hat ja in London mehr als nur ein wenig gespielt. Es sind enorme Summen, auf seinen Schuldscheinen drängen sich die Nullen. Und die Clubs, in denen er am liebsten spielte, waren, waren...»

«Ja? Was waren sie?»

«Nun, sie waren nicht *nur* Spielclubs. Da waren auch Damen. Wie soll ich sagen? Besonders grelle Damen, versteht Ihr?»

Claes verstand. Joachim hatte schon früher eine Schwäche für teure käufliche Damen gehabt, und es war mehr als wahrscheinlich, daß zumindest Braniff aus eigener Anschauung so genau über Joachims Abenteuer in diesen Clubs Bescheid wußte.

Es klopfte, und der jüngste Schreiber steckte vorsichtig den Kopf durch die Tür.

«Nein, Nielsen, jetzt nicht. Mach die Tür zu. Von außen.»

Der Schreiber zögerte. «Es ist wichtig, Herr. Der Bote von der Börse...»

«Später, Nielsen. Mach die Tür zu und sag dem Boten, er soll warten.»

Nielsen schloß eilig die Tür, und Claes nahm wieder seine unruhige Wanderung durch das Kontor auf.

«Viele haben Schulden. Das gehört zum Kaufmannsleben, auch wenn man sich nicht in Spielclubs und mit – grellen Damen herumtreibt. Deswegen werden die Leute nicht gleich zu Attentätern. Und genau das wolltet Ihr mir doch damit sagen: Mein bester Freund hat erdrückende alte und überfällige Schulden in London und ganz ähnliche neue in Hamburg und Altona. Er ist ein schlechter Mensch, und deshalb versucht er, mich zu ruinieren. Oder gar zu töten.»

Claes' Stimme war laut und schneidend geworden.

«Ich habe es befürchtet.»

Anne stand abrupt auf, legte ihren Mantel um und streifte die Seidenhandschuhe über ihre zitternden Hände. «Ich hätte nicht herkommen sollen. Es war ein Fehler, Euch davon zu erzählen. Ich hoffe für Euch, Ihr habt recht, und meine Sorge ist nichts als die Verleumdung Eures Freundes. Aber kennt Ihr ihn wirklich so gut? Und ist es wirklich ein Zufall, daß seine größte Schuld gerade jetzt fällig wird? Er wird sie nicht bezahlen können. Kein Kaufmann kann so eine Schuld bezahlen, ohne sein Geschäft zu ruinieren.»

Sie sah ihn mit zornig blitzenden Augen an. Dieser halsstarrige Mann, treu wie ein Setter und so fest in seinen Traditionen und Normen, daß er lieber blind in sein eigenes Unglück stolperte, als einem Freund Schlechtes zuzutrauen. Ohne ihn noch einmal anzusehen, drehte sie sich um und ging hastig zur Tür. Wenn sie nicht sofort dieses stickige Kontor verließ, würde sie schreien.

«Anne!» Claes' Stimme hatte plötzlich alle Strenge verloren. «Verzeiht», flüsterte er rauh. «Bitte, geht nicht.» Er legte seine Hände auf ihre Schultern, um sie zurückzuhalten, aber ihr war, als halte er sich an ihr fest.

«Ich bin so zornig, weil Ihr aussprecht, was ich selbst befürchte und nicht wahrhaben will. Ich finde einfach keinen Grund, warum Joachim mit diesen grauenhaften Anschlägen zu tun haben sollte. Was hat er von meinem Untergang? Was habe ich ihm getan? Und Behrmann? Aber trotzdem scheint es so zu sein.»

Er holte eine Schatulle aus dem großen Kontorschrank und schloß sie auf. «Ich will Euch etwas zeigen. Er nahm drei Briefe heraus und reichte ihr den ersten. «Die ersten beiden haben im Kaffeehaus auf mich gewartet. Der dritte auf meiner Bank in St. Katharinen, ein besonders pikanter Einfall. Bitte lest.»

Anne las, der Brief enthielt nur wenige Zeilen, und seufzte. «Nun», sagte sie langsam, «die Sklaverei ist tatsächlich eine schreckliche Sache...»

«Ja, natürlich. Aber darum geht es jetzt nicht. Die Briefe sind von einem ‹Freund der Freiheit aller Menschen› unterzeichnet. Sehr edel.»

Er legte alle Briefe nebeneinander auf den Tisch und strich sie glatt.

«Die Schrift ist gut verstellt, ich kenne sie nicht. Aber hier, seht Ihr?» Er zeigte auf das a in der Unterschrift. «Fällt Euch etwas auf?»

Anne nickte zögernd. «Es sieht sehr fremd aus. Irgendwie falsch.»

«Es ist falsch, nämlich verkehrt herum. Wie in einem Spiegel.»

Er ging zum Fenster und sah durch die Scheiben in die beginnende Dunkelheit.

«Ich habe diese Briefe wieder und wieder gelesen, weil mir irgend etwas seltsam vorkam. Erst heute morgen ist es mir klargeworden. Es ist das falsche a. Nur eine Kleinigkeit, die kaum auffällt. Aber ich kenne dieses a genau. Als Kinder haben wir oft darüber gelacht. Daniel, ich und – Joachim. Auch wenn er sich noch so bemühte, immer wieder malte er das a falsch herum. Nie einen anderen Buchstaben, nur das a. Zuerst haben wir gedacht, er will unseren Lehrer ärgern. Aber so war es nicht. Er konnte es einfach nicht anders.»

Anne war leise zu ihm getreten und legte sanft beide Hände auf seine fest verschränkten Arme.

«Viele Menschen haben Besonderheiten in ihrer Schrift. Warum sollte er diese Briefe schreiben? Selbst wenn er Euch schaden will, was hat das für einen Sinn?»

«Was hat das *alles* für einen Sinn? Ich weiß es nicht.» Claes wünschte sich, sie möge nie ihre Hand von seinem Arm nehmen.

«Aber wenn er mich auch nur beunruhigen wollte, hat er sein

Ziel erreicht. Einen Tag lang dachte ich sogar, ein Verrückter will mich ruinieren, um die Sklaven zu befreien. Keine Kaufleute, die Zucker und Kaffee kaufen, kein Bedarf an Sklaven. Einer weniger ist nicht viel, aber immerhin ein Anfang.»

Sie riecht so gut, dachte er und befürchtete, sie könnte seine Gedanken lesen und zurücktreten.

«Ihr riecht so gut», sagte er, und sie lächelte mit ihren graugrünen Augen und blieb einfach, die Hände immer noch auf seinem Arm, ganz nah bei ihm stehen.

«Wie schön, daß Ihr es endlich bemerkt.»

«Herr», Nielsen stand mit rotem Kopf in der Tür und trippelte nervös von einem Fuß auf den anderen, «der Bote von der Börse will nicht mehr warten.»

Annes Mantel war zu Boden geglitten. Als Claes ihn ihr wieder um die Schultern legte, sah er, daß sie seine Kamee trug. Das machte ihn ganz unsinnig glücklich.

Trotzdem vergaß er nicht, zwei Laternenträger rufen zu lassen, damit Anne das Matthewssche Haus am Jungfernstieg sicher erreichte.

MONTAG NACHT

Frau Adelus schwitzte. Stöhnend hob sie mit den Füßen das Federbett ein wenig an, aber die frische Luft brachte ihr keine Linderung. Natürlich nicht, denn die Luft war nicht wirklich frisch. Vor vier Tagen hatte sie die Fenster fest verschlossen und seither nicht mehr geöffnet, denn der kleinste Lufthauch würde ihre Krankheit schlimmer machen.

Sie setzte sich mühsam auf und griff nach dem Krug, den Klara ihr für die Nacht neben das Bett gestellt hatte. Er war schon leer. Sie stellte ihn ärgerlich zurück und ließ sich wieder in die Kissen fallen.

Frau Adelus war eine unternehmungslustige Frau. Nichts war für sie schlimmer, als untätig im Bett herumzuliegen. Das Fieber hatte sie den ganzen Tag schlafen lassen, und nun lag sie wach, seit Stunden, wie ihr schien, und war ihren Gedanken ausgeliefert.

Fast zwei Wochen war die Wohnung im dritten Stock schon unbewohnt. Verschenktes Geld, dachte sie grimmig. In der ersten Woche hatte die Pietät sie daran gehindert, die Räume gleich wieder zu vermieten. Außerdem hatte Schreiber Behrmann bis zum Ende des Aprils bezahlt, und niemand hatte Anspruch auf seinen Nachlaß angemeldet.

Es war nicht viel. Seine Kleider im Schrank, immerhin von wirklich guter Qualität, sein Bettzeug, ein samtbezogener Sessel und zwei kleine Truhen mit allerlei Persönlichem. Nichts von echtem Wert, das hatte sie schon überprüft. Die restlichen Möbel gehörten bis auf den kleinen Tisch mit dem hübschen knöchernen Knauf an der Schublade Frau Adelus.

Und nun lag sie krank im Bett, konnte weder die Wohnung räumen noch neue Mieter suchen. Sie nahm nicht jeden. Irgendein Pöbel kam ihr nicht ins Haus, nur ordentliche Leute, mit Vorliebe alleinstehende Herren in sicherer Position. Aber die waren rar und wurden immer schnell geheiratet. Sie hatte schon einige an ein neues eigenes Heim verloren. Sie selbst hatte stets das Nachsehen. Zum Glück war sie nicht auf einen Ehemann angewiesen. Ihr Haus war das schmalste am Rödingsmarkt, aber drei Stockwerke hoch, aus solidem Fachwerk und mit schöner Backsteinfassade. Es gehörte ihr ganz allein.

Die Putzmacherei im Erdgeschoß ernährte sie gut, ihre Künste waren bei den Hamburger Damen gefragt, und die Miete für die Wohnung im obersten Stockwerk war ein angenehmes Zubrot.

Seit Adelus vor zwölf Jahren auf einem Großsegler verschwunden war – er hatte versäumt, sich von ihr zu verabschieden, und war nie wiedergekehrt –, lebte sie allein mit ihrer Magd im ersten Stock. Sie war eine gute Partie, aber das behielt sie für sich.

Behrmann war in all den Jahren ihr liebster Mieter gewesen. Ein ruhiger Mann, bescheiden und höflich, leider allzu höflich, und nun war er tot, erstochen beim Zollhaus, nur ein paar

Schritte von ihrem Haus. Er war keiner, der sich im Wirtshaus betrank, seine tödlich endende Eskapade empfand sie als eine große Rücksichtslosigkeit.

Heute nachmittag hatte jemand Klara vor dem Haus angesprochen und nach der Wohnung gefragt, ein schöner junger Mann mit klarem Gesicht und breiten Schultern. Ob seine Kleider aus gutem Tuch und seine Schuhe aus feinem Leder waren, hatte sie nicht gewußt. Die jungen Dinger achteten nie auf das Wichtige. Klara hatte ihm die Fenster im dritten Stock gezeigt und auch erwähnt, daß die Schlafkammer ein Fenster nach hinten zum Fleet hatte, was ruhigen Schlaf bis in den Morgen versprach, wenn in der Twiete schon die Karren über das Pflaster polterten. Die Kranwinde sei zwar direkt neben dem Fenster, aber die werde selten vor Mittag benutzt, weil die Lieferanten um diese späte Stunde weniger Bringegeld forderten.

Frau Adelus' Füße wurden kalt. Sie zog sie wieder unter die Decke, rollte sich auf die Seite und versank doch noch in tiefen Schlaf.

Der untreue Adelus tauchte aus dem Dunkel auf und kämpfte, wie so oft in ihren rachsüchtigen Träumen, mit dem Fliegenden Holländer um sein Leben. Der Traum endete stets mit Adelus' schaurigem Todesschrei, und jedesmal erwachte seine verlassene Gattin erfrischt und zufrieden.

Diesmal gab es keinen Schrei, stumm und leichtfüßig wie in einem Tanz bewegten sich die beiden Schattengestalten durch ihren Traum, nur ab und zu schepperten und knarrten die Decksplanken wie rutschende Dachpfannen und wie Dielen eines alten Hauses. Schließlich kam ein Sturmwind und wehte die Kämpfer mit quietschendem Jaulen davon.

Beunruhigt erwachte sie. Ihr gefiel dieser Traum mit seinem üblichen Ausgang, und sie wünschte keine Veränderung. Was war das für ein seltsam vertrautes Geräusch gewesen? Sie schlug die heiße Decke zurück und setzte sich schwer atmend auf die Bettkante. Das Fieber war gesunken, aber ihr war furchtbar schwindelig.

Da, wieder dieses Quietschen.

Ein kalter Schauer rieselte ihren schwitzenden Rücken hinab, sie starrte gebannt auf die Tür, aber nichts bewegte sich. Zitternd schlüpfte sie in ihre Pantoffeln und schlich zum Fenster. An der Kranwinde, die am hinteren Giebel für den Transport der Lasten auf den Dachboden angebracht war, schaukelte im kräftig auffrischenden Nachtwind das lange Seil.

Entschlossen riß sie das Fenster auf. Egal, ob die Nachtluft sie töten würde, wenn ihr Eigentum in Gefahr war, wurde sie todesmutig. Sie mußte wissen, was da draußen vorging.

Das Seil war nicht fest verknotet. Es riß sich von seiner Verankerung los, flatterte frei im Wind und fiel klatschend in das Fleet. Und weil der Zorn der Geizigen stets größer ist als die Angst, beugte sie sich tapfer aus dem Fenster und sah hinunter auf das Wasser.

Eine dunkle Gestalt, groß und breit wie ein Bär, stakte eilig ein kleines, flaches Boot davon. Der lange, schwarze Mantel wehte im Nachtwind, und Frau Adelus überlegte mit wohligem Grausen, ob es der Fliegende Holländer war, der versucht hatte, über die Kranwinde in ihr Schlafzimmer zu gelangen.

Als sie am nächsten Morgen erwachte, glaubte sie fest, alles nur geträumt zu haben.

Sie hatte nicht geträumt. Tatsächlich waren allerdings drei schwarzvermummte Menschen mit dem Boot im Dunkel verschwunden.

«Nun sag schon», flüsterte Rosina unter der Plane hervor, «hast du was gefunden?»

«Einen versiegelten Brief», Sebastian klopfte auf sein Wams, in das er den Brief gesteckt hatte. «Ich hoffe, es ist der richtige. Sonst war nichts da, was uns interessieren könnte. Keine Papiere und keine Hinweise auf geheime Laster.» Er grinste breit, und Rosina sah seine Zähne in der Dunkelheit blitzen.

«Haltet's Maul», zischte Titus, der Mann an der Stake. «Und macht euch verdammt noch mal unsichtbar.»

Rasch legten sich Sebastian und Rosina flach auf den Boden des Bootes. Die wenigen Minuten, bis Titus die Brücke nahe dem Dreckwall erreichte, erschienen Rosina wie eine Ewigkeit. Sie hatten Glück, niemand war zu sehen, und niemand wartete mit der Stadtwache auf die Bootsdiebe. Sie hatten das Boot, das dort wie viele andere für die Nacht festgemacht war, vor einer Stunde «ausgeliehen». Jakobsen war der einzige, der ihnen ohne zu fragen und mitten in der Nacht eines geliehen hätte. Doch sie wollten den Wirt nicht in ihr verbotenes Abenteuer hineinziehen. Außerdem lag es am Herrengrabenfleet, zu weit, um nicht an irgendeiner Ecke auf einen Nachtwächter zu treffen.

Titus machte das Boot an seinem alten Platz fest, und mit kaum hörbaren, eiligen Schritten verschwanden die drei im Schatten der engstehenden Häuser.

Niemand würde am nächsten Morgen bemerken, daß das Boot in der Nacht unterwegs gewesen war. Und niemand, auch nicht Frau Adelus, würde es für möglich halten, daß einer ohne die Hilfe dunkler Mächte unbemerkt in die Behrmannsche Wohnung eindringen konnte. Die Haustür war in der Nacht mit einem Balken gesichert, und wer durch eines der unteren Fenster einstieg, wurde schon nach wenigen Schritten auf der Treppe erwischt. Ihr erbarmungsloses Knarren verriet jeden.

Sie nahmen nicht den direkten Weg zur Fuhlentwiete, sondern schlichen vom Langen Gang aus durch die engen, stockdunklen Gänge und Höfe, an der Komödienbude vorbei und über den Bretterzaun in den Krögerschen Hof. Dabei schreckten sie ein paar Hunde auf, aber daran würde sich morgen niemand erinnern. Hunde bellten immer, wenn Sturmwolken aufzogen. Gerade als sie den Stall erreichten, öffnete der Himmel seine Schleusen und schüttete harten, winterkalten Regen auf die Stadt.

Die Tür glitt geräuschlos auf, Rudolf hatte am Vormittag die Scharniere poliert und gründlich eingefettet.

«Endlich!» Helena sprang von ihrem Heuballen auf, als Titus, Rosina und Sebastian in den Stall schlüpften. «Ich bin fast gestorben vor Angst. Warum habt ihr so lange gebraucht? Habt ihr den Brief gefunden?»

«Langsam», brummte Titus, «eins nach dem anderen. Hast du an den Wein gedacht? Ich verdurste.»

«So seid doch leise», flüsterte Gesine, die in der Dunkelheit hinter Helena stand, und reichte ihm einen Krug.

Sebsatian zog den Brief aus seinem Wams und hielt ihn triumphierend hoch.

«Ich hätte ihn fast übersehen, er lag, in ein Stück Sackleinen gewickelt, ganz hinten in einer Schublade. Vielleicht ist es gar nicht der richtige...»

«Gib her!» Helena griff ungeduldig nach dem hellen Fleck in der Dunkelheit und verschwand hinter einem Wagen. Ein trübes Öllämpchen brannte unter dunklen Tüchern, die sie zwischen den Wagen gespannt hatte, damit der Lichtschein sie nicht verraten konnte. Sie entzündete zwei Kerzen an der Lampe, erbrach das schlichte Wachssiegel und hielt den Bogen nahe an die Kerzen.

«Sag schon», wisperte Rosina heiser, «ist es der Brief?»

Helena blickte in die vom flackernden Licht gespenstisch beleuchteten Gesichter, dann reichte sie Sebastian den Bogen.

«Du hast ihn gefunden», flüsterte sie feierlich, «lies vor.»

Sebastian nahm einen großen Schluck aus dem Krug und begann zu lesen.

Behutsam schloß Claes die Tür von Martins Krankenzimmer und ging die Treppe hinunter. Er mußte nachdenken, und das ging in seinem Kontor am besten.

Die lauen Frühlingsnächte waren wieder vorbei. Es hatte am Nachmittag heftig geregnet, der kalte Nachtwind zog durch alle Fensterritzen und kämpfte gegen die Wärme des Kachelofens. Bevor Claes die schweren Gardinen vor die Fenster zog – Nielsen hatte mal wieder vergessen, daß das zu seinen täglichen Pflichten gehörte –, blickte er aufmerksam auf den Neuen Wandrahm hinaus.

Niemand war zu sehen. Nicht einmal ein Kater streunte am Fleet entlang. Die Nacht war stockdunkel, und Claes hoffte, daß die Schatten, die sich eng an das große Portal drückten, seine beiden Wächter waren.

Alles war still. Die Stadt schlief.

Die Standuhr zeigte schon auf ein Viertel nach elf, aber er konnte jetzt unmöglich schlafen. Das Chaos seiner Gefühle hielt ihn hellwach.

Er war unendlich froh, daß Martins Genesung nun sicher schien. Zwar schlief er immer noch diesen unergründlich tiefen Schlaf, aber das Fieber war verschwunden, er atmete tief und gleichmäßig, und sein Gesicht hatte wieder einen rosigen Schimmer.

Ein Geräusch ließ ihn zusammenzucken. Er war schreckhaft geworden in diesen Tagen. Vielleicht auch nur wachsam. Leise ging er zur Tür, öffnete sie behutsam und lauschte mit angehaltenem Atem. Nichts, es war wieder ganz still im Haus. Wahrscheinlich war Augusta in Martins Zimmer auf und ab gegangen, um die vom langen Sitzen steifen Glieder zu strecken.

Claes hatte den ganzen Abend mit ihr im Zimmer des Kranken gesessen und darauf gewartet, daß Martin erwachte und endlich sprach. Auch wenn er nicht gleich alles erzählen konnte, ein Name, ein kleiner Hinweis hätten genügt, um Joachim freizusprechen. Nie war ihm Martins Geheimnis so wichtig erschienen wie heute abend. Doch Martin war nicht aufgewacht. Er sprach auch nicht mehr im Schlaf. Aber vielleicht schon morgen, hatte die Kräuterfrau versichert, konnte er aufwachen.

Die verschrumpelte Alte hatte wahre Wunder an Martin bewirkt. Kletterich sollte sich mit seiner Quacksalberei zum Teufel scheren. Was für ein Glück, daß die Influenza den Arzt ins Bett gezwungen hatte.

Seltsam, er hatte nie gewußt, daß Elsbeth eine Tante hatte? War sie nicht als Waisenkind ins Haus gekommen? Ob Tante oder nicht, sie verstand sich offenbar nicht nur auf das Heilen der Körper. Seit sie den Kranken besuchte, hatte auch Sophie viel von ihrer alten Fröhlichkeit und Zuversicht wiedergefunden. Und auch wenn er es nicht gerne zugab, das Minzöl milderte seine Kopfschmerzen beträchtlich.

Die Hoffnung auf Martins Erwachen war der einzige Grund, warum Claes nicht gleich nach dem Gespräch mit Anne zu Joachim gegangen war. Es gab bisher keinen Beweis für seine Schuld, und da war immer noch eine Chance, daß alles nur ein schrecklicher Irrtum war.

Claes lehnte sich mit dem Rücken gegen den Kachelofen, die Wärme drang tröstlich durch seinen Rock.

Noch vor zwei Wochen war seine einzige Sorge die Suche nach den profitabelsten Kaffeelieferungen gewesen, sein Leben verlief geregelt, und das Gleichmaß seiner Gefühle war durch nichts aus dem Takt zu bringen. Er hatte keinen Anlaß gehabt, darüber nachzudenken.

Jedenfalls meistens. Er erinnerte sich an den Anflug von Neid und Sehnsucht, als der junge Marquis Jouffroy d'Abbans auf Jersey mit glühendem Gesicht für seine Dampfschiff-Ideen focht. Oder als der kleine Friedrich Reichenbach aus Sachsen in Jensens Kaffeehaus so leidenschaftlich für die Gleichheit der Menschen gesprochen hatte.

Reichenbach?

Hoffnung blitzte auf und zerplatzte wie eine Seifenblase.

Nein. Nicht Reichenbach. Briefe gegen die Sklaverei paßten zwar gut zu ihm. Aber der hübsche kleine Sachse hatte Courage und hielt seine Meinung nicht zurück. Der schrieb keine anonymen Briefe, sondern kämpfte mit offenem Visier.

Hoffentlich hatte er seinen Söhnen auch ein wenig von diesem aufrechten Kampfgeist mitgegeben.

Mitgegeben? Hatte er ihn denn selbst?

Er dachte an Anne, wieder an Anne. Ihr Blick, der Druck ihrer Hände gaben ihm auch jetzt noch Kraft. Sie war ihm nie so nah gewesen. Warum hatte er sie nicht geküßt? Sie mußte ihn für einen alten Tölpel halten! Sein Mangel an Mut in Liebesdingen war hoffentlich nicht ihr einziger Maßstab.

Claes holte ein Glas und die Portweinkaraffe aus dem Schrank und goß sich ein. Sein Bein schmerzte trotz des heftigen Windes nicht, und auch der Kopf war heute klar und frei von dem quälenden eisernen Ring.

Er zog den Stuhl mit den Löwenfüßen neben den Kachelofen, setzte sich und bedachte noch einmal alle Unglücke, Unfälle oder Attentate. Es fand sich kein neues Bindeglied, keine logische Erklärung für diese mörderische Wut, die jemand auf ihn haben mußte.

Und immer noch verstand er am allerwenigsten den Mord an Behrmann.

Wenn er bis zum späten Vormittag nichts von Martin erfuhr, mußte er Joachim mit seinem Verdacht konfrontieren. Zumindest wollte er ihn nach seinen Schulden fragen. Es war unmöglich, Joachim wie jeden Mittag an der Börse zu treffen und so zu tun, als wäre nichts geschehen.

Streitende Stimmen drangen von der Straße herauf. Eine rauhe, tiefe, das war ohne Zweifel Berthold, einer der beiden Wächter. Und eine hohe, aufgeregte Frauenstimme.

Claes sprang auf. Es war eine englische Stimme, das konnte nur Anne sein.

Immer zwei Stufen auf einmal sprang er die Treppe hinunter, rannte durch die Diele, wuchtete den Balken zur Seite und öffnete die Tür.

Es war nicht Anne, die da mit den Wächtern stritt, es waren Françoise, ihre Zofe, und Matthews' Kontorbote.

«Verzeiht, Herr», Brooks hielt die strampelnde Françoise mit beiden Armen fest. «Die verrückte Frauensperson will unbedingt rein. Ist wichtig, sagt sie. Kann ich aber nich glauben, mitten in der Nacht. Wir verstehn sie auch nich richtig, spricht was Fremdes. Englisch, glaub ich, oder Französisch. Oder beides durcheinander.»

«Monsieur! Mademoiselle Anne...»

«Ganz ruhig, Françoise.» Er befreite sie aus Bertholds Umklammerung und schob sie und den Kontorboten in die Diele.

«Ist schon in Ordnung, Berthold. Das Mädchen hat eine Botschaft für mich. Ihr habt es trotzdem gut gemacht, an euch beiden kommt keiner vorbei. Blohm, was tust du hier?»

Der Diener stand, in einen dicken Schlafrock gewickelt, das Holzbeil in der Faust, mit grimmigem Gesicht in der Diele. «Geh wieder ins Bett, mein Alter. Es ist alles in Ordnung. Aber sieh mal in der Küche nach, ob du für unsere beiden Ritter vor der Tür noch was Wärmendes zu trinken findest.» Schnell schob er das Mädchen und seinen Begleiter die Treppe hinauf in sein Kontor.

Ihre Botschaft war schrecklich. Anne war verschwunden.

Es war schon spät, bestimmt nach zehn, und Anne wollte gerade zu Bett gehen, als ein Bote kam.

Claes Herrmanns erwarte Anne in seinem Speicher am Cremon. Es sei eine ungewöhnliche Zeit, aber sehr dringlich. Sie möge gleich kommen, der Bote werde ihr den Weg zeigen.

Sie war gleich mit ihm gegangen. An der Tür hatte sie sich noch einmal umgedreht und ihr, Françoise, leise aufgetragen, zu Monsieur Herrmanns zu gehen, falls sie bis Mitternacht nicht zurück sei. Die Messieurs Braniff und Matthews seien nämlich in Lübeck. Aber sie habe nun nicht mehr länger warten können.

Nein, Françoise wußte nicht, ob Anne nach seinem Namen gefragt habe. Warum auch? Er war irgendein Bote. Allerdings, wenn sie es recht bedenke, ein düsterer Kerl in schmutzigen Stiefeln.

Herrmanns nickte. Es war egal. Er hatte keine Boten geschickt, aber er ahnte, bei wem Anne jetzt war.

Wenn ihr irgend etwas geschah, nur irgend etwas, sollte die Welt ihn kennenlernen. Und vor allem dieser eine. Was für ein teuflischer Einfall. Warum Anne? Sie war doch am wenigsten mit seinem Haus verbunden.

Und wenn das alles nur eine List war, ein Hinterhalt? Wenn er sich in ihr täuschte, wie er sich in Agnes getäuscht hatte? Wenn sie gemeinsam mit Matthews und Braniff ein böses, ein mörderisches Spiel mit ihm trieb?

Wieso waren die gerade heute nach Lübeck gefahren? Waren sie überhaupt in Lübeck?

Er atmete tief und spürte eine kalte Ruhe. Er würde sich von diesem Irrsinnigen nicht in blinde Panik drängen lassen, sondern klug und überlegt handeln. Er fühlte, daß Anne lebte. Er wußte es. Aber wenn er jetzt nicht das Richtige tat, und zwar sehr schnell... Weiter wagte er nicht zu denken.

«Augusta!»

Der Lärm auf der Treppe hatte sie heruntergelockt, nun stand sie mit angstvoll geweiteten Augen in der Tür. «Was ist geschehn, ist wieder jemand...»

«Anne ist verschwunden. Aber mach dir keine Sorgen, ich weiß, wo sie ist.»

Er werde später alles erklären. Hastig gab er ihr ein paar Anweisungen, vor allem sollte Piet die Stadtwache alarmieren, warf seinen Mantel über und griff nach dem Stock.

Zum ersten Mal bedauerte er, daß er keine Pistole besaß. Er würde Brooks mitnehmen. Die beiden Arbeiter, die in der Kammer im hinteren Speicher schliefen, sollten helfen, das Haus zu bewachen.

Der Regen peitschte ihm ins Gesicht, sein Hut flog davon, und das eisige Wasser lief ihm in den Kragen. Aber er spürte es nicht.

Er schickte ein Stoßgebet zum Himmel. Das Handelshaus Herrmanns hatte keinen Speicher am Cremon. Aber einer der größten Cremon-Speicher gehörte Joachim van Stetten.

14. KAPITEL

MONTAG NACHT

Er sah anders aus als die jungen Männer, die sie in Claes' Kontor gesehen hatte. Die trugen zwar schlichte, aber gut geschnittene Röcke aus feinem, dunklem Tuch über sandfarbenen Westen, schiefergrauen Kniehosen und weißen Strümpfen. Dieser trug eine grobe braune Joppe, seine Hose war schmutzig und sein Schuhwerk ohne Schnallen. Sicher war er einer der neuen Wächter. Sie wunderte sich, daß er keine Laterne trug. Er hatte sie wohl in der Eile vergessen.

Der Bote ging schnell, und Anne konnte kaum mit ihm Schritt halten. Aber es war ihr recht, der Wind wehte eiskalt durch die stockdunklen Straßen. Ob er wußte, warum Claes sie in seinem Speicher treffen wollte? Es machte wenig Sinn, einen Boten nach den Gedanken seines Herrn zu fragen.

Ihr schien, als gehe er nicht den direkten, sondern den dunkelsten Weg zur Cremon-Insel. Aber die Stadt war ein Labyrinth. Auf dem scheinbar kürzesten Weg stand man plötzlich vor einem Fleet, fand keine Brücke und mußte einen weiten Umweg machen.

Anne fühlte sich unbehaglich, allein mit diesem düsteren Fremden mitten in der Nacht in den leeren Straßen. Je weiter sie gingen, um so verrückter und unwirklicher kam ihr dieses nächtliche Abenteuer vor. Sicher würde sie gleich aufwachen, und alles war nur ein Traum gewesen.

Ein Traum, der immer unheimlicher und bedrohlicher wurde.

An der Holzbrücke, die über das breite Nicolai-Fleet auf die Cremon-Insel führte, blieb sie atemlos unter einer Straßenlaterne stehen und sah zurück. Es kam gar nicht in Frage, einfach umzukehren und zu dem warmen, sicheren Haus am Jungfernstieg zu laufen. Und was sollte ihr geschehen?

Entschlossen ging sie weiter. Sie war nie feige gewesen. Ihre Nerven waren von den Ereignissen der letzten Wochen nur so überreizt, daß sie hinter allem Ungewöhnlichen Böses argwöhnte. Zu Hause in St. Aubin kannte sie jedes Haus, jeden Weg und jedes Gesicht. Ihre Insel war so friedlich. Es gab kaum Verbrechen, wenn man einmal vom Schmuggel an der Nordküste absah. Doch den gab es seit Jahrhunderten, er hatte ihr ruhiges Leben nie bedroht. In den verwinkelten Straßen und Höfen dieser Stadt drängten sich 100000 Menschen. Eine fremde, bedrohliche Welt. Ach was, ihre Phantasie spielte ihr einen Streich. Sicher ließ nur die Dunkelheit die Stadt plötzlich so unheimlich und voller Abgründe erscheinen. Schreckliche Dinge waren geschehen, aber sie, Anne, spielte in dieser Tragödie keine Rolle. Wer sollte ihr etwas antun? Und warum?

Es war ganz einfach: Claes rief sie in seinen Speicher, weil er dort etwas entdeckt hatte. Er würde sie niemals einer Gefahr aussetzen.

Eilig ging der Bote in den Cremon voraus. Am Ende der engen, halbrund gebogenen Straße glitzerte das schwarze Wasser des Binnenhafens. Die Schiffe dümpelten an den Duckdalben, der Wind trug ihr Knarren und Ächzen heran. Irgendwo jaulte ein Hund.

Und wenn sie jetzt einfach losrannte? Nur ein paar Minuten, und sie wäre in Claes' Haus.

«Hier isses!» sagte der Bote und schob sie in einen Speicher. Er sah noch einmal die Straße hinauf und hinab und verschloß die Tür von innen mit einem Querbalken.

Die Gerüche waren Anne tröstlich vertraut. Auch in den Lagerhäusern von St. Aubin roch es nach Getreide, Zucker, Gewürzen und Hölzern.

Im Speicher war es noch dunkler als auf der Straße. Zwei Laternen auf einer Tonne neben der schmalen Treppe erhellten nur matt einen kleinen Lichtkreis.

«Claes?»

Anne horchte in den Speicher hinein. Sie fror, und sosehr sie sich auch töricht schalt, der eiserne Griff der Angst legte sich immer fester um ihre Brust.

«Claes», rief sie noch einmal. «Wo seid Ihr?»

«Oben», sagte der Bote, «er is auf 'm dritten Boden.»

«Dann nimm die Laterne und geh voraus.»

Der Mann schüttelte den Kopf und lehnte sich mit dem breiten Rücken gegen die Tür.

«Er wartet nich gern», brummte er und starrte sie ausdruckslos an.

Anne griff ärgerlich eine der Laternen, raffte mit der anderen Hand ihre Röcke und ging vorsichtig die schmale Treppe hinauf. Verblüfft stellte sie fest, daß alle Böden leer waren. Merkwürdig! Die Speicherböden großer Händler waren normalerweise immer gefüllt.

Eine Windböe ließ die Holztüren der Ladeluken klappern.

«Claes?»

Gleich würde er kommen, ihr die Hand reichen und sie die letzten schmalen Stufen sicher hinaufführen. Gleich – sie glaubte nicht mehr daran, aber nun war sie gefangen. Es gab kein Zurück, also ging sie vorwärts. Langsam wuchs der Zorn über ihre Angst hinaus.

Am Ende der Treppe zum dritten Boden stand im flackernden Licht eine schlanke Gestalt. Das Licht hinter seinem Rücken ließ sein Gesicht im Dunkeln.

«Willkommen.» Sie hörte ein leises Lachen.

«Ich habe nicht geglaubt, daß Ihr meinem Boten folgen würdet. Es ist unschicklich.»

Joachim van Stetten hob eine Laterne und trat mit galanter Bewegung zur Seite.

«Und gefährlich. Ihr seid eine ungewöhnliche Frau. Aber vielleicht hat Euch die Liebe zu meinem alten Freund nur dumm und blind gemacht. Ihr liebt ihn doch?»

«Das geht Euch überhaupt nichts an. Und wenn Ihr mich für so töricht haltet, mitten in der Nacht mit einem Fremden zu gehen, ohne daß es jemand weiß, seid Ihr dümmer, als ich dachte. Mein Cousin und Captain Braniff...»

«... sind heute morgen nach Lübeck gereist.» Er lachte leise, fast tonlos. Ein Lachen wie ein eisiger Hauch.

Seit der Bote den Balken mit dumpfem Knall vor die Tür fallen ließ und sie allein die Treppe hinaufschickte, hatte Anne gewußt, daß sie in eine Falle gelaufen war. Sie hatte sich gegen die Wahrheit gewehrt. Aber nun war es geschehen. Allein stand sie Claes' gefährlichstem Feind gegenüber. Nun war er auch ihr Feind.

Joachim hatte eine gespenstische Kulisse aufgebaut. Zwischen zwei brokatbezogenen Lehnstühlen glitzerten auf einem kleinen runden Mahagonitisch Gläser und eine Weinkaraffe aus geschliffenem Kristallglas. Blutrote Tücher waren über ein paar Säcke, Fässer und in ranzig riechendes Ölzeug gerollte Ballen gebreitet. In der Mitte stand, einem Altarbild gleich mit Kerzen erleuchtet, das goldgerahmte Portrait einer Frau.

«Was soll diese alberne Posse? Was wollt Ihr von mir?»

«Setzt Euch», er nahm ihren Arm und führte sie mit festem Griff zu einem der beiden Stühle. «Ich will Euch mit einer Dame bekannt machen.» Er nahm die Karaffe und füllte die beiden Gläser. «Ihr müßt mit mir ein Glas Burgunder auf ihr Wohl trinken. Trinkt!»

Zögernd nahm Anne das Glas. Er war verrückt. Trank sie, so würde auch er trinken. Wenn er viel trank, konnte sie vielleicht entkommen.

Er leerte sein Glas in einem Zug.

«Trinkt! Trinkt auf Marias Wohl.»

Anne nippte an ihrem Glas.

«Maria? Ich kenne sie nicht. Sie interessiert mich auch nicht. Warum habt Ihr Behrmann getötet?»

Joachim, der sein Glas gegen das Bild gehoben hatte, fuhr herum und starrte sie an. Sein Gesicht verzerrte sich zu einer wütenden Maske. «Behrmann! Der Bastard war ein Versager, ein Feigling und Verräter. Er hat Claes verehrt wie einen Kaiser, hat willig Jahr für Jahr den Schreiber gespielt, ein glücklicher Knecht seiner noblen Familie, die nichts von ihm wußte und nichts von ihm wissen wollte.» Er kicherte böse.

«Der Haß auf seinen Bruder war nicht leicht zu wecken. Aber dann brannte er lichterloh. Seit dem letzten Sommer war er *mein* Büttel. Und dann, so kurz vor dem Ziel, faßt ihn die Reue! Claes' Unfall auf Eurer Insel hat ihn erschreckt. Die zarte Seele wollte beichten, wollte sich der Gnade seines Bruders ausliefern. Der Gnade! So ein Narr! Er wollte sich vernichten und mich mit in sein Unglück reißen. Aber das ist ihm nicht gelungen. Und wenn Ihr jetzt hier seid, ist es seine Schuld. Trinkt, Mademoiselle von der stillen Insel. Trinkt.»

Anne leerte tapfer ihr Glas. Er trank ja Wein aus der gleichen Karaffe. «Ihr habt Euch ganz allein in Euer Unglück gerissen. Ihr werdet alles verlieren. Ich verstehe nicht, was Ihr da erzählt, aber glaubt Ihr wirklich, Ihr kommt davon? Nach all diesen Verbrechen? Claes weiß, was Ihr getan habt, und egal, was Ihr mit mir plant, Ihr habt längst verloren.»

Er beugte sich mit einer schnellen Bewegung über sie, sie spürte seinen heißen Atem und roch den kalten, sauren Schweiß seiner Erregung.

«Wißt Ihr nicht, daß ich ein Spieler bin? Nichts macht mehr Lust als ein tödlich hoher Einsatz. Aber wenn ich verliere, soll auch der andere nicht gewinnen.»

Mit geballten Fäusten breitete er die Arme aus, verflogen waren sardonische Freude und Selbstgewißheit, seine Stimme überschlug sich schrill.

«Er hat immer gewonnen. Immer war er der Erste. Zuerst hat er mir Daniel weggenommen und dann», er drehte sich um und zeigte zornig auf das sanft lächelnde Portrait, «und dann Maria. Ich habe sie geliebt, ich! Für ihn war sie nur ein gutes Geschäft.

Mit Maria wäre mir alles gelungen. Sie hätte den Menschen aus mir gemacht, den sie aus Claes gemacht hat. Glaubt Ihr, er ist besser als ich? Er hatte Maria. Maria war ein Engel. Sie hat mich geliebt, aber sie hat gehorsam den geheiratet, den ihre Familie für sie ausgesucht hatte. Claes, den ältesten Sohn und reichen Erben. Und wenn Ihr glaubt, ich lasse zu, daß er noch einmal geliebt wird, habt Ihr Euch getäuscht!» Er riß ihr das Brusttuch vom Dekolleté und betrachtet sie aus schmalen Augen.

«Ihr seid keine Knospe mehr, Mademoiselle, aber immer noch schön.» Er hob ihr Kinn gegen das Licht.

«Eine süße, reife Frucht. Sieht er Eure Leidenschaft? Oder seid auch Ihr für ihn nur ein Geschäft. Seid Ihr Jungfrau?» flüsterte er heiser. «Ein wenig spät, aber Vieth wird das gern ändern. Claes soll keine wie Euch mehr haben. Oder wie Maria. Nie mehr. Er soll eine kalte Frau haben, wie ich. Zu Dirnen gehen, ohne Trost zu finden. Wie ich.»

«Eure Frau ist kalt? Bei einem wie Euch muß jede kalt sein. Laßt mich los!»

Mit aller Kraft stieß Anne ihn zurück und sprang auf. Der Raum drehte sich, plötzlich standen drei Karaffen seltsam verschwommen auf einem blassen Fleck, der eben noch ein Tisch gewesen war. «Ihr irrt», stieß sie schwer atmend hervor. «Claes weiß, wo ich bin. Meine Zofe ist schon bei ihm.»

Sie fror jämmerlich, und ihr Atem ging seltsam schwer. Ihre Beine gaben nach, sie sank zurück in den Sessel. Joachims Gesicht verschwamm zu einem tanzenden Fleck.

«Ihr müßt jetzt nicht mehr lügen.»

Seine Stimme kam von ferne und hallte seltsam.

«Und selbst wenn er Euch tatsächlich sucht, wird er zu spät kommen. Wußtet Ihr, daß Maria verbrannt ist? Er hat sie nicht gerettet, er wird auch Euch nicht retten.»

Die letzten Worte hörte Anne wie ein dumpfes Murmeln aus weiter Ferne. Das Gift in ihrem Wein hatte gewirkt.

«Vieth», schrie Joachim, «komm rauf!»

«Psst!» Rosina legte den Kopf schief und lauschte angestrengt.

«Das ist nur der Wind», flüsterte Sebastian. «Bei dem Wetter kriecht hier niemand rum. Und auf die Krögerin und die Kinder wird Lies schon achtgeben.»

«Aber ich habe bestimmt etwas gehört.»

«Na gut», brummte Titus und rappelte sich von seinem bequemen Lager im Heu auf. Er öffnete behutsam die Stalltür und steckte den Kopf hinaus.

Eine Weile waren alle still und lauschten. Aber nur der Wind und das gleichmäßige Rauschen des Regens waren zu hören.

«Lies leise weiter, Sebastian», flüsterte Helena. «Das kann draußen sowieso niemand verstehen. Der Regen ist viel zu laut.»

Behrmanns Brief war schwer zu entziffern. Als Schreiber hatte er sicher eine akkurate Handschrift gehabt, aber diese Zeilen waren ganz offensichtlich in großer Erregung geschrieben worden.

«Lies den letzten Absatz noch mal. Nachdem er erklärt hat, daß der alte Herrmanns sein Vater war und daß er sich immer gewünscht hatte, für das Haus Herrmanns zu arbeiten.» Rosina schüttelte zweifelnd den Kopf. «Ein komischer Kerl, demütig wie ein Mönch. Ich an seiner Stelle hätte so viel Abstand zwischen mich und diese bigotte Gesellschaft gebracht wie nur möglich.»

«Vielleicht war er nicht so stark wie du», sagte Gesine sanft. «Jeder braucht eine Familie oder andere Menschen, zu denen er gehört. Wir haben einander, aber er hatte nach dem Tod seiner Mutter und seiner Tante niemanden mehr.»

Rosina schwieg, und Sebastian hielt den Briefbogen wieder an die Kerze.

«Also, den letzten Absatz noch mal.» Mit zusammengekniffenen Augen und gesenkter Stimme fuhr er fort, Behrmanns Brief an Claes Herrmanns vorzulesen.

«Ich weiß heute nicht mehr zu sagen, welcher Teufel mich ritt, als ich mich gegen Euch verbündete. Ich schwöre bei Gott, daß ich Euch und allen Mitgliedern Eures Hauses nie an Leib und Leben schaden wollte. Daß ich trotzdem so schuldig geworden bin, läßt mir mein Dasein wie eine unerträgliche Last erscheinen.

Zuerst, als ich von Lübeck nach Hamburg kam, wollte ich zu Euch gehen und meine Herkunft offenbaren. In den Straßen sprach man von Euch als von einem strengen, aber auch gütigen und gerechten Herrn. Ich wollte, daß Ihr wißt, wer ich bin. Warum? Ich weiß es nicht, es schien mir das Wichtigste in meinem Leben zu sein. Ich kannte meinen Vater nicht. Meine Mutter offenbarte mir ihr Geheimnis erst wenige Stunden vor ihrem Tod. Sie war ihm immer dankbar. Andere Herren hätten sie ins Spinnhaus geschickt, und ich wäre im Waisenhaus verdorben. Ich verdanke mein gutes Leben Eurem Vater. Erlaubt, wenn ich hier endlich sage: unserem Vater.

Heute weiß ich, daß ich heimlich darauf hoffte, von Euch als Bruder anerkannt zu werden. Ich wollte nichts fordern, keine Rechte, keine Güter. Ich weiß sehr wohl, daß mir nichts zusteht. Ich wollte nur zu Eurem Haus gehören. Als Ihr mich zu Eurem Schreiber machtet, war ich der glücklichste Mensch. Ich nahm mir vor, Euch zu beeindrucken, Euch mit meiner Leistung und meinem Gehorsam für mich einzunehmen. Dann wollte ich einen günstigen Tag abwarten, um mich zu offenbaren.

Ich weiß, daß Ihr meine Arbeit immer anerkannt habt. Aber schon bald verließ mich der Mut. In der Stadt sind die Menschen anders als in den Dörfern vor den Mauern. Es heißt, sie seien freier im Geist, aber mir scheint, sie sind grausamer. Ich hörte die üblen Reden in den Schenken und auf den Märkten. Da verkehrt viel gemeines Volk. Aber auch in der Börse gilt eine böse Geschichte über einen Konkurrenten oder Partner immer mehr als eine freundliche.

Ihr gehört nicht zu denen, die solche Nachrede verbreiten oder auch nur anhören, aber ich vergaß, das zu bedenken.

Trotzdem wartete ich immer noch auf einen günstigen Tag, um Euch als Bruder anzusprechen. Doch dann kam dieses Mädchen, erinnert Ihr Euch? Sie stand eines Tages im Kontor, reinlich gekleidet, ein wenig zu sehr geputzt vielleicht, aber sie schien mir nicht verderbt.

Ihr ließet sie in Euer Kontor, und bald hörten wir harte Worte und Geschrei. Dann ging Eure Tür auf, und Ihr schobt das Mädchen mit zorniger Kraft über die Diele und auf die Straße. Sie fiel in die Gosse. Ich habe Euch nie so zornig gesehen.

Erinnert Ihr Euch? Schon am nächsten Tag sprach man in der Stadt davon, wer sie war. Sie war die Tochter einer Goldstickerin und, so behauptete sie, Eures Vaters.

Später hörte ich, sie sei aus gleichem Grund auch bei anderen Handelsherren gewesen. Wahrscheinlich wart Ihr so zornig, weil Ihr sie als Betrügerin kanntet. Aber damals sah ich nur, daß Ihr eine, die vorgab, Eure illegitime Schwester zu sein, in die Gosse stießt.

Ich hätte es nicht ertragen, wenn Ihr das gleiche mit mir getan hättet. Auch wenn Ihr es nie bemerkt habt, ich liebe und verehre Euch wie einen Bruder, fast wie einen Vater. Ihr steht so hoch über mir...»

«Hör auf!» Rosina sprang wütend auf. «Das kann man ja nicht aushalten! Ist Herrmanns Gott? Wie kann einer so vor seinem Herrn im Dreck kriechen? Egal, ob er sein Halbbruder oder der Kaiser von Brasilien ist. Der hat seinen Reichtum nicht vom Beten und Verteilen milder Gaben. Der ist genau wie alle anderen reich und mächtig geworden, weil...»

«Ist ja gut, Rosina», Helena zog sie zurück auf den Heuballen. «Behrmann hat eben so gefühlt. Wir müssen das ja nicht verstehen. Laß Sebastian jetzt weiterlesen.»

«Und wenn du wieder schreien willst», fügte Titus hinzu, «dann schrei leise. Los, Sebastian. Mir ist kalt, und ich will endlich wissen, wie's ausgeht.»

Sebastian las weiter:

«*Ihr steht so hoch über mir, daß*... Die nächsten Worte kann ich nicht entziffern. *Aber ein Stachel muß geblieben sein*, schreibt er dann weiter. Immerhin. *Es schmeichelte mir, als Joachim van Stetten mich an der Börse zum ersten Mal ansprach. Von da an kreuzte er oft meinen Weg. Später, als er mich schon in seine Ränke verstrickt hatte, trafen wir uns in einer dunklen Kellerschenke in der Neustadt.*

Es ging mir nicht gut in jener Zeit. Ich habe es Euch nie merken lassen, aber Euer Freund sah es in meinem Gesicht. Manchmal gab er mir ein Fläschchen mit Laudanumsaft, damit ich besser schlafen konnte. Zuletzt brachte er zu jedem Treffen so ein Fläschchen mit. Manchmal vergaß er es, und ich wartete mit zitternden Nerven, bis ich ihn das nächste Mal traf.

Ich muß mich sputen, die Kerze ist bald heruntergebrannt, und die Wirtin hat versäumt, einen Vorrat bereitzulegen.

Hinter van Stettens schöner, freundlicher Maske verbirgt sich ein teuflischer Mensch. Ganz langsam, Tropfen für Tropfen, flößte er mir das Gift von Neid, verletztem Stolz und blinder Rachsucht ein. Doch ich will mich nicht freisprechen. Wäre meine Seele so rein, wie ich glaubte, hätte er mich nicht zu seinem Werkzeug machen können.

Es war nicht schwer, Euch in den letzten Monaten um manches Geschäft zu bringen. Ihr vertrautet mir einfach zu sehr. Es war auch einfach, ab und zu falsche Gebühren und Summen zu berechnen, um Eurem guten Namen zu schaden. Das fiel mir jedoch immer am schwersten. Ich ließ manchen Eurer Briefe verlorengehen oder zögerte sie zu lange hinaus. Wenn Ihr dies gelesen habt, will ich Euch peinlich Rede und Antwort stehen.

Er sagte mir, er wolle Euch ärgern, nicht ruinieren oder sonst ernstlich schaden, aber doch zu schweren Einbußen verhelfen. Er versuchte immer wieder, mich dafür zu bezahlen, aber ich wollte kein Gold. Später, wenn er etliche Eurer Handelsverträge übernommen hatte, sollte ich sein erster Schreiber werden. Es erschien mir gerecht, nun nicht mehr Euch zu dienen, sondern mit meinen Fähigkeiten Euren heimlichen Konkurrenten zum Erfolg zu verhelfen.

Glaubt mir, ich war nicht glücklich in dieser Zeit, aber die schwärende Wunde in meiner Seele trieb mich, weiterzumachen. Jeden Tag sagte ich mir, hör auf, aber eine böse Stimme in meinem Kopf schalt mich als kleinmütig und dumm, und so machte ich weiter.

Euer Unglück auf Jersey erschütterte mich tief. Ich dachte nie daran, daß es van Stettens Werk sein könnte. Aber dann explodierte die Bark. Van Stetten wußte von mir genau über Eure Schiffe, die Ladungen, Häfen und Routen Bescheid. Mein Argwohn war erwacht und ließ sich nicht mehr besänftigen.

Nun, nach quälenden Wochen, wollte ich Gewißheit und forderte von ihm die ganze Wahrheit. Ich drohte, Euch sonst alles zu offenbaren. Van Stetten, der Euer bester Freund zu sein vorgibt, bewies mir seine ganze Ruchlosigkeit. Der Unfall auf Jersey und die Explosion der Katharina *in Lissabon waren sein Werk. Er hat es nur vage angedeutet, aber es scheint, als habe er in St. Aubin einen Verbündeten im Haus Eures Freundes St. Roberts.*

Ich weiß nicht, warum, aber van Stetten will Euch vernichten. Und er glaubt immer noch, ich helfe ihm dabei bis zum Ende.

Ich schreibe diesen Brief, weil ich mir nicht sicher bin, ob ich stark genug sein werde, Euch dies alles zu berichten, ohne die Fassung zu verlieren. Es ist zugleich das schriftliche Geständnis, das Ihr sicher von mir fordern werdet. Ihr denkt, ich bin nichts als ein trockener Rechner, frei von allen menschlichen Leidenschaften. Es ist mir nicht gegeben zu zeigen, was meine Seele fühlt, aber ich versichere Euch: Sie vermag tief, brennend und ehrlich zu fühlen.

Ich will Euch diesen Brief geben und bei Euch sitzen, wenn Ihr ihn lest. Ich will meine Verbrechen gestehen und Zeugnis gegen van Stetten ablegen. Dann lege ich mein Schicksal in Eure Hände.»

Sebastian ließ den Bogen sinken.

«Das war's. Unterschrieben hat er mit…, wartet, es ist kaum zu entziffern, mit *Johannes Behrmann, Sohn von Hanna Behrmann und Claes Herrmanns, d. Älteren.*»

«Was für ein Melodram», seufzte Helena.

Dann schwiegen alle. Der Brief bewies Joachim van Stettens Schuld. Aber er bewies immer noch nicht Jeans Unschuld. Die Richter würden nur glauben, daß Jean in van Stettens Auftrag getötet hatte.

«Wir müssen van Stetten dazu kriegen, daß er gesteht.»

«Eine wunderbare Idee, Rosina», spottete Titus. «Wir bitten den Richter ganz freundlich, er möge uns in van Stettens Haus begleiten. Das wird er mit dem größten Vergnügen tun, er mag uns ja so gut leiden. Und van Stetten wird sofort sein Haupt mit Asche bestreuen und gestehen, daß er Behrmann höchstpersönlich erstochen hat.»

«So kommen wir nicht weiter, Titus.» Sebastian faltete den Brief zusammen und steckte ihn wieder in sein Wams. «Ich weiß auch nicht, wie wir es anstellen sollen. Aber Rosina hat recht. Uns muß etwas einfallen. Helena, ihr solltet morgen mit Frau Augusta sprechen. Glaubst du, daß sie euch empfängt?

Helena nickte. «Wir werden es versuchen.»

«Gut.» Sebastian stand auf und streckte seine von der Kälte und dem krummen Sitzen steifgewordenen Glieder.

«Komm, Titus, der Brief muß wieder in Behrmanns Schublade. Wir müssen uns beeilen.»

«Bist du verrückt? Du hast dir wegen diesem blöden Stück Papier fast den Hals gebrochen, und jetzt willst du es zurückbringen?»

«Ja, und zwar schnell. Sieh dir diese schreckliche Schrift an. Ich denke, da ist ihm das Laudanum ausgegangen, und das hat seine Hand zittern lassen. Aber es ist leicht, zu behaupten, daß das gar nicht Behrmanns Schrift ist. Wenn wir diesen Brief als Beweis vorlegen oder wenn er bei uns gefunden wird, glauben alle, wir hätten ihn selbst geschrieben, um Jean zu retten. Wir müssen jetzt dafür sorgen, daß ein honoriger Hamburger über den Brief stolpert. Am besten Herrmanns selbst.»

«Verdammt», schimpfte Titus und warf sich den Mantel über. «Aber Rosina bleibt diesmal hier. Es reicht, wenn die Wache zwei von uns schnappt.»

«Joachim! Mach auf. Ich weiß, daß du da bist.»

Claes trommelte wütend mit beiden Fäusten gegen die Tür des van Stettenschen Speichers im Cremon. Sein Atem ging keuchend, seine Lungen schienen zu bersten. Aber er merkte es nicht.

«Mach das Tor auf», rief er atemlos. «Anne!»

«Weg da, Herr.» Brooks stellte ruhig die Laterne auf die Straße und schob Claes zur Seite. Dann trat er einige Schritte zurück und warf sich mit der ganzen Wucht seines schweren Körpers gegen die Tür. Sie sprang auf wie eine reife Schote.

Claes griff die Laterne und stürmte die Treppe hinauf. Die Böden waren leer. Er leuchtete in den ersten, in den zweiten, erreichte keuchend den dritten und blieb wie angewurzelt stehen.

Er sah die Lehnstühle, einer war umgekippt, den Tisch mit den Gläsern und der leeren Karaffe. Und dann fiel der Lichtschein auf das Bild. Das Gesicht lächelte ihn gespenstisch aus der Dunkelheit an.

«Maria», flüsterte Claes.

Es war das Portrait, das vor drei Jahren mit ihr in dem Gartenhaus verbrannt war.

Brooks nahm ihm die Laterne aus der Hand und leuchtete in die Ecken. Wie ein Spuk war Marias lächelndes Gesicht wieder im Dunkel verschwunden.

«Hier is keiner mehr, Herr.»

Der Speicher war leer. Verwirrt sah Claes sich um. Die Bilder im flackernden Licht der Laterne machten ihn schwindelig.

«Und was jetzt?»

Brooks' ruhige Stimme holte ihn in die Wirklichkeit zurück. Claes trat mit der Laterne zu dem Bild und strich über den schweren Goldrahmen. Maria blickte ihn mit dem vertrauten Lächeln an, so wie er sich oft an sie erinnerte.

Auch jetzt machte es ihm Mut. Die Panik schwand, und er konnte wieder klar denken.

Er erkannte die Stühle aus Joachims Salon. Wenn er noch einen Beweis gebraucht hätte, daß dies Joachims Werk war, hätte er ihn nun gehabt.

Ein Hauch von Jasmin drang durch die Gerüche des Speichers. Anne war hiergewesen, vor kurzer Zeit. Aber wo war sie jetzt? Wo?

In Joachims Haus? Kaum. Das war voller Dienstboten, und selbst um diese späte Stunde würden sie aufwachen, wenn jemand das Haus betrat.

«Maria», flüsterte er. «Hilf mir.»

Er durfte jetzt keinen Fehler machen. Jede vertane Minute

konnte Annes Leben kosten. Maria lächelte. Das Rubinkreuz auf ihrer Brust leuchtete im Laternenlicht in der gleichen Farbe wie die Tücher dieser schauerlichen Inszenierung.

Das Kreuz.

Natürlich.

Der Tod des kleinen Pastors.

Ein anonymer Brief an die Stadtwache hatte ihn bekanntgemacht. Ein anonymer Brief! Claes sprang auf.

«Komm, Brooks. Ich weiß, wo sie sind. Und bete, daß wir nicht zu spät kommen.»

Anne fühlte sich wie in einer großen Schaukel. Die Welt war schwarz und furchtbar kalt, aber das kümmerte sie nicht. Ihr war alles egal. «Nein», murmelte sie träge, als sie von harten Händen gepackt und aus dem, was sie für eine Schaukel hielt, gehoben wurde. Was für eine Schaukel? Wo war sie? Ach, irgendeine Schaukel.

Es war nicht wichtig.

Und was waren das für Gerüche?

Fremde Gerüche. Wie bei David.

Wer war David?

Sie hatte es vergessen. Egal, sie wollte zurück in die Schaukel. Sie fühlte, daß sie nun auf etwas Hartem lag.

Du mußt aufwachen, drängte eine Stimme in ihrem Kopf.

Nein. Sie wollte nicht aufwachen, nur schlafen. Schaukeln und schlafen.

Wach auf!

«Sei still», murmelte sie, «geh weg und laß mich schlafen.»

«Ahh. Mademoiselle wird munter.»

Jemand rüttelte an ihrer Schulter.

«Ihr hättet mehr trinken sollen. Es wäre besser für Euch gewesen.»

Trinken? Der Wein. Da war etwas mit dem Wein. Annes Lider waren schwer wie Blei. Sie wollte die Augen öffnen. Gleich, nur einen Moment noch. Wenn es nur nicht so dunkel wäre.

«Morgen früh seid ihr beide als erste durchs Dammtor.»

Was waren das für Stimmen?

«Paul?» Ihr Mund war trocken und ihre Zunge schwer wie ihre Lider.

«Paul!» Niemand antwortete.

«Nein», zischte die Stimme wieder, «ihr nehmt *nicht* den Ewer nach Harburg. Da sehen euch zu viele.»

Den breiten Dialekt der anderen Stimmen konnte Anne nicht verstehen.

Was war Harburg?

«Ihr tut, verdammt noch mal, was ich euch sage. Ihr habt genug bekommen. Wenn ihr keine Gäule kaufen wollt, stehlt welche von den Harvestehuder Koppeln. Das ist mir egal. Aber ihr verschwindet ins Preußische. Ist das klar!»

Je länger die Stimme redete, um so besser konnte Anne verstehen. Sie wußte nicht, wo sie war, aber ein deutliches Gefühl von Gefahr drang durch den Nebel ihrer Gleichgültigkeit.

«Und wenn ihr euch vor Michaeli wieder in der Stadt rumtreibt, könnt ihr eure Stunden zählen.»

Sie wollte den Kopf heben und sehen, wer da sprach. Aber er war zu schwer, und ihre Muskeln gehorchten ihr nicht. Joachim. Jetzt erkannte sie seine Stimme, und wie ein Vorhang öffnete sich die Erinnerung. Sie war mit Joachim und seinem unheimlichen Boten im Speicher am Cremon.

Aber es roch ganz anders.

Sie zwang sich, die Augen zu öffnen, nur ein wenig. Im Schein der Laterne standen drei Männer. Oder zwei? Ihr Blick war immer noch nicht klar, alle Konturen schwankten und verschwammen, vervielfachten sich, wie in den Minuten, bevor sie das Bewußtsein verlor. Sie erinnerte sich wieder an die drei Karaffen, wo doch zuvor nur eine einzige gewesen war.

Der Wein in ihrem Glas war vergiftet. Sie mußte weg hier, schnell und leise aufstehen und in der Dunkelheit verschwinden. Aber sie konnte nicht aufstehen, und es war auch schon zu spät.

Wie Schatten verschmolzen zwei der Männer im Dunkel, eine Tür knarrte leise ins Schloß, und der dritte Mann, Joachim van Stetten, kam mit der Laterne näher.

Sie schloß die Augen. Wenn er glaubte, daß sie wieder schlief, würde er sie nicht beachten.

«Anne?» Er rüttelte sie grob an der Schulter.

Sie regte sich nicht.

«Schlaft nur.» Sie hörte ein zischendes Kichern. «Das Laudanum ist gnädiger als ich.»

Aber Anne schlief nicht. Mit aller Kraft wehrte sie sich gegen die Wirkung des Opiumsaftes, gegen den Sog des Schlafs und die Süße der Gleichgültigkeit. Sie wußte nicht, was sie tun sollte, aber sie wußte, daß Schlaf ihr sicherer Tod war.

Joachim war stark. Sie hatte nur eine Chance gegen ihn. Sie mußte mit ihm reden. Vielleicht konnte sie ihn davon überzeugen, wie sinnlos es war, sie zu töten. Sie mußte ihm sagen, daß er Claes damit einen Gefallen tat. Daß der nicht sie liebe, sondern eine andere. Irgendeine andere. Ihr mußte etwas einfallen. Egal, wie verrückt es war.

Aber was überzeugte einen, in dessen Seele ein Feuer von lange genährtem Haß brannte, der jedes Versagen, jede Schwäche und jeden Fehler seines Lebens einem zuschrieb, der besser war als er, den er niemals einholen konnte? Was überzeugte einen Wahnsinnigen?

Sie mußte ihm schmeicheln, sie mußte ...

Das matte Licht drang schwach durch ihre geschlossenen Lider, und sie öffnete die Augen.

Joachim hatte die Laterne auf einen Bretterstapel gestellt. Er beugte sich über einen Korb und holte behutsam ein Paket heraus, löste das Ölpapier und stellte die kleine Kiste, die darin eingewickelt war, auf den Boden.

Sie starrte auf die Kiste, und ihr Geist, immer noch träge und verwirrt, kämpfte mit dem Bild, das sie sah. Joachims Hände öffneten eine kleine Kiste. Was bedeutete eine kleine Kiste?

«Ihr seid ja eine Komödiantin.»

Er hatte sich umgedreht und sah sie an.

«Fast wäre ich auf Eure Schlafkomödie hereingefallen.»

Er lachte wieder dieses tonlose Lachen, und für einen Moment verlor Anne alle Hoffnung.

«Leider, Mademoiselle, kann ich Euch nicht vertrauen. Ich hatte nicht das Vergnügen, Euch gut genug kennenzulernen. Aber Ihr seid sicher nicht zimperlich und seht aus, als ob Ihr kräftig schreien könnt. Es ist wenig kleidsam, aber glaubt mir, wenn man Euch findet, wird es nicht mehr zu sehen sein. Seide vergeht fast so schnell wie Papier.»

Mit einer schnellen Bewegung preßte er einen Schal auf ihren Mund und verknotete ihn fest hinter ihrem Kopf.

«Laßt das!» Böse griff er nach ihren Händen, die das Tuch herunterreißen wollten.

Sie wand sich und versuchte mit der Kraft der Verzweiflung, seinem festen Griff zu entkommen, doch er war zu stark. Mit hartem Ruck zog er einen Riemen um ihre Handgelenke und stieß sie zurück auf den Boden. Ihr Kopf schlug hart auf eine Kante, und sie verlor wieder das Bewußtsein.

Als sie erwachte, waren auch ihre Füße gefesselt. Es gab kein Entrinnen mehr.

Joachim schien sie vergessen zu haben. Die Laterne stand immer noch auf dem Holzstapel, warf ein mattes Licht, und Anne ahnte nun, wohin er sie gebracht hatte. Sie lag in der Mitte einer großen Bretterbude, das schwarze Quadrat am Ende der Bude mußte die Bühne sein.

Geräusche drangen wie durch Nebel in ihr Bewußtsein. Was für Geräusche? Der Wind rüttelte durch die Gänge und Höfe. Regen trommelte auf das hölzerne Dach und tropfte nur ein paar Schritte von ihrem Kopf entfernt auf den Boden. War da nicht noch etwas? Ein anderes Geräusch? Nein, sie hörte nur Joachims Schritte auf dem alten, knarrenden Holz.

Joachim schüttete den Inhalt der Kiste langsam und gleichmäßig auf den Boden. Schwarzes Pulver rieselte heraus und zeichnete einen Kreis um Anne, zweimal, dann war die Kiste leer. Joachim betrachtete den schwarzen Streifen prüfend wie ein gerade vollendetes Kunstwerk, bückte sich und strich die Rundungen des Kreises um Annes Füße gleichmäßig aus. Sein Gesicht war ein weißer Fleck mit starren schwarzen Augen.

Ein dumpfer Geruch stieg auf, und Anne wußte, was in der Kiste war. Es roch nach Schwefel. Was sie wie ein magischer Kreis umschloß, war Pulver. Schwarzpulver. Die Lunte lag schon bereit.

«Wenn Ihr mögt, Mademoiselle, sprecht ein letztes Gebet. Der kleine Pastor hatte dazu leider keine Zeit mehr.» Joachim sah zufrieden aus, wie in der Erinnerung an einen schönen Tag.

«Er war ein bißchen zu weit auf meiner Spur, der dumme Schwarzrock, und hat es selbst nicht mal bemerkt. Nur ein Schluck Branntwein, und er hat geplaudert, als bete er seine Episteln herunter. Noch ein Schluck, und er ist mir in diese Bude gefolgt wie ein Pilger, um die Stätte der Verderbtheit zu erleben. So hat er es genannt, die Stätte der Verderbtheit, und war dabei geil wie ein rolliger Kater. Es war nicht schade um ihn.»

Joachim nahm die Laterne und leuchtete Anne ins Gesicht.

«Aber um Euch ist es wirklich schade. Ihr hättet einen guten Preis gebracht. Die Korsaren...»

«Halt dein dreckiges Maul!»

Die wütende Stimme hallte wie ein Schrei durch die leere Komödienbude. Joachim fuhr herum, die Laterne schwankte und wäre ihm fast entglitten. Mit beiden Händen hielt er sie fest und sprang aus dem Pulverkreis.

Im schwankenden Lichtschein stand Claes mit wirrem Haar und tropfnassen Kleidern.

«Du kommst zu spät, Claes. Dieses eine Mal kommst du zu spät. Bleib, wo du bist!» Triumphierend griff Joachim nach dem Ende der Lunte. «Nur einen Schritt näher, und deine Liebste brennt. Und du mit ihr.»

«Wenn wir brennen, brennst du auch. Gib mir die Laterne, Joachim. Sei vernünftig. Es ist vorbei.»

«Bleib stehen!» Joachims Gesicht war zu einer Maske von Haß und Rachgier erstarrt.

«Du kommst hier nicht heil raus, Joachim. An mir kannst du nicht vorbei, und es gibt nur diese Tür. Gib mir die Laterne. Wir verraten dich nicht, du kannst die Stadt verlassen, morgen, wenn das erste Tor sich öffnet. Du kannst auch meinen Ewer nehmen und nach Harburg segeln, noch heute nacht...»

«Komm nicht näher! Denkst du, ich merke nicht, daß du mich bereden willst? So wie du es immer getan hast, mit deinem schlauen Geschwätz. Sei vernünftig, Joachim, sei klug, Joachim. Es war immer zu deinem Nutzen, nur zu deinem Nutzen. So wie Maria nur zu deinem Nutzen war. Sie wollte *mich*, und du hast sie mir gestohlen...»

«Maria? Du bist wahnsinnig. Maria hat dich nie geliebt. Niemals. Dazu war sie viel zu klug. Du warst für sie nur Daniels leichtfertiger kleiner Bruder, ein Kind, das Freundlichkeit braucht...»

«Schweig! Glaubst du, du weißt alles? Du weißt nichts!» schrie er. «Erst habe ich sie verloren, dann hast du sie verloren. Aber jetzt gewinne ich...»

«So wie in London? Da hast du alles verloren, was du besitzt. Alles. Denkst du, auch die Wechsel verbrennen in dieser Bude?»

Joachim starrte ihn haßerfüllt an. Dann begann er wieder zu lachen, schrill und hoch, er warf den Kopf zurück, seine Zähne schimmerten weiß wie ein Raubtiergebiß im flackernden Licht. «Ich gewinne immer. Immer! Und wenn mich dafür der Teufel holt!»

In diesem Augenblick hallte ein fürchterlicher Schrei durch den Raum. Donner folgte wie ein Echo nach, und ein hoher, pfeifender Ton drang durch den Regentrommel auf dem Dach, immer lauter und schriller, ein wütendes Crescendo, das in den Köpfen zu platzen schien. Das Pfeifen brach abrupt ab und dort, wo eben noch nichts als ein schwarzes Quadrat war, erhob sich zwischen zuckenden Irrlichtern eine schwarze Gestalt. Sie wuchs und wuchs, wurde riesig bis zur Decke, schwankte und schwebte mit neuem Donner und pfeifendem Kreischen durch das rot und gelb schillernde Licht.

Joachim stand wie versteinert, starrte mit aufgerissenen Augen und im Entsetzen verzerrtem Mund auf die Höllenerscheinung. Die Laterne zitterte in seiner Hand. Immer höher schrillten die Töne der Flöte zu einem schaurigen Kreischen.

Ein lautes «Johoooo» ließ ihn herumfahren, eine silbrige Gestalt flog wie ein Pfeil durch die Luft, griff mit großer Kralle nach der gefesselten Anne, und während er sie mit sich in das Dunkel riß, traf Joachim ein scharfer Stoß. Er fiel mit der Lampe in den Kreis und verschwand mit einem gellenden Schrei in der explodierenden Feuerfalle, die er selbst gelegt hatte.

15. KAPITEL

EIN TAG IM MAI

Augusta guckte mißtrauisch in den dampfenden Topf. Sein Inhalt roch ohne Zweifel gut, nach Zimt, Nelken und Sherry, aber er sah nicht sehr appetitlich aus.

«Und du glaubst wirklich, daß es schmeckt?»

Elsbeth zuckte mit den Schultern.

«Es sind nur gute Sachen drin, viele Eier, Rosinen, Mandeln und ganz feines Mehl von Weizen. Denkt Ihr, Herr Claes merkt, daß ich das Nierenfett weggelassen und dafür frische Marschenbutter genommen habe?»

«Ob er es merkt oder nicht, das hast du sehr gut gemacht. Nierenfett! Das klingt ja ekelhaft. Die Engländer sind doch sonst so kultiviert.»

Dazu schwieg Elsbeth. Seit einem außerordentlich betrüblichen Erlebnis mit einem Steuermann aus Bristol hatte sie ihre eigene Meinung von Engländern.

Seufzend schloß Augusta den Topf. Sie glaubte zwar nicht, daß Zuneigung ein heimatliches Dessert als Beweis brauchte – eine schöne Brosche oder ein delikater Ring reichte völlig –, aber wenn er Anne mit einem Plumpudding überraschen wollte, sollte er ihn bekommen. «Serviere außer dem da auch deine wunderbaren eingemachten Pfirsiche, Elsbeth. Und stell eine große Kanne frischer Sahne auf den Tisch. Sahne rettet alles. Selbst einen so unansehnlichen Pudding.»

Augusta ging die Treppe hinauf und öffnete die Tür zum großen Eßzimmer. Es war nach Marias Tod kaum noch benutzt worden, aber heute strahlte es in seinem alten Glanz. Die schilfgrünen Damastgardinen, frisch gewaschen und gebügelt, bauschten sich leicht im warmen Maiwind, der sanft durch die weitgeöffneten Fenster hereinwehte. Die große Anrichte strahlte frisch poliert und verströmte den Duft von Honigwachs.

Augusta war, als begänne heute ein neuer Abschnitt ihres Lebens. Vielleicht war es tatsächlich so, aber ganz sicher waren die Schrecken der letzten Monate nun endgültig vorbei. Sie ging langsam um die lange, festlich gedeckte Tafel, rückte hier ein Messer, dort ein Glas zurecht und nickte zufrieden. Der große Strauß von Birkengrün und den ersten Margeriten in der Mitte des Tisches erschien ihr wie ein Symbol für das Ende der Dunkelheit.

Alles fügte sich. Die Geheimnisse waren gelüftet, die Schrekken vergangen, die Wunden verheilt. Jedenfalls die sichtbaren. Claes würde sicher noch lange brauchen, um den Verlust Joachims zu verschmerzen.

Joachim war tot. Aber viel schwerer wog, daß er, für den Claes tiefe, brüderliche Freundschaft empfand, ihn so grauenvoll hintergangen hatte. Sie sorgte sich um ihren Neffen. Die Brandwunden an seinen Händen und auf seiner Stirn waren nur noch rote Male. Auch die würden mit der Zeit vergehen. Aber in seinen Augen sah sie noch den tiefen Schmerz seiner Seele. Da konnten Lies' Minzteekompressen und Ringelblumensalbe keine Wunder bewirken. Nur die Zeit und, so hoffte Augusta, Anne St. Roberts besaßen die Kraft, ihm die heitere Zuversicht zurückzugeben, die sein Wesen immer geprägt hatte.

Daß er und Anne überhaupt noch lebten, grenzte an ein Wunder. Von der Komödienbude war nach dem Feuer in jener Nacht nur noch ein Haufen Asche geblieben. Der strömende Regen und die Klugheit der Komödianten hatten verhindert, daß die Flammen auf die Nachbarhäuser übergriffen und eine Katastrophe auslösten. Als endlich die Männer mit der Wasserpumpe kamen, war der Brand schon fast gelöscht. Niemand war ernstlich zu Schaden gekommen.

Außer Joachim. Sie hatte Gott um Vergebung für ihre unchristliche Härte gebeten, aber sie konnte seinen entsetzlichen Tod nicht bedauern. Sie bedauerte Gritt, seine Frau, und seine Kinder. Alle, denen er so großes Leid zugefügt hatte. Aber nicht Joachim.

«Das ist sehr hübsch, Augusta.»

Claes war leise eingetreten und betrachtete das sommerlich geschmückte Zimmer. Er schloß die Tür, ging langsam um den Tisch und setzte sich auf einen der Sessel zwischen den Fenstern. Seine linke Hand war noch verbunden, behutsam legte er sie auf die Lehne.

«Wann kommen unsere Gäste?»

«In zwei Stunden. Du solltest noch etwas ruhen, Claes.»

Sein Blick ging starr aus dem Fenster über das Fleet, aber Augusta war nicht sicher, ob seine Augen den Ewer und die Lastkarren draußen sahen.

«Augusta? Hatte Joachim recht?»

«Recht? Womit? Was meinst du, Claes?»

«Hatte er recht, als er sagte, Maria habe ihn geliebt?»

«Nein, Claes, ganz sicher nicht!» Sie hoffte inständig, daß er ihr glaubte. «Das ist Unsinn, und du weißt es. Joachim war wahnsinnig. Er hat in einer Welt gelebt, die es nicht gibt. Er sah, was er sehen wollte. Du solltest nicht mehr darüber grübeln. Er wollte dich vernichten, laß nicht zu, daß er noch über seinen Tod hinaus dein Leben vergiftet.»

Claes nickte und versuchte zu lächeln. «Du hast recht, doch es ist nicht einfach. Warum habe ich nie gemerkt, wie es um ihn stand? Ich hätte es merken müssen.»

«Vielleicht. Aber er war ein Meister der Verstellung. Niemand hat etwas bemerkt, nicht einmal seine Frau. Du verlangst zuviel von dir, Claes, dich trifft keine Schuld.»

«An manchen Tagen glaube ich, daß ich beginne zu vergessen. Aber dann, ganz plötzlich, überschwemmen mich die Bilder wie eine große Flut. Dann sehe ich ihn wieder da stehen, mit diesem fremden, verzerrten Gesicht, die Lunte in der einen, die schwankende Laterne in der anderen Hand. Ich höre wieder sein furchtbares Lachen, und es verwandelt sich in einen Schrei, diesen letzten entsetzlichen Schrei. Und alles vermischt sich mit dem Feuer vor drei Jahren. Mit Marias Tod. Ich habe es nicht gesehen. Als ich aus Amsterdam zurückkam, war das Gartenhaus zerstört, und Maria hatte schon ein Grab. Aber mir ist jetzt, als wäre ich dabeigewesen, bei allem, was geschah, ich sehe Maria, das Feuer, ich höre sie schreien...»

Er stöhnte auf, und Tränen rannen über sein Gesicht. Augusta hatte ihn niemals weinen sehen. Selbst den Schmerz und das Entsetzen über Marias Tod hatte er allein getragen. Sie hörte sein Schluchzen, sah seine zitternden Schultern und schloß ihn fest in ihre Arme, wiegte ihn wie ein Kind, murmelte sanfte Worte und weinte mit ihm.

«Verzeih, Augusta», flüsterte er schließlich, «verzeih mir.»

«Es gibt nichts zu verzeihen. Du hast zu viele Gründe, um zu weinen.»

«Es tut gut.» Er lächelte mit roten Augen, schüchtern wie ein Knabe. «Ich habe nie gedacht, daß es guttun könnte.»

Er nahm eines der Mundtücher vom Tisch, preßte sein Gesicht in das kühle Leinen, und dann schneuzte er sich kräftig.

Augusta holte die Branntweinkaraffe aus der Anrichte und füllte zwei Gläser. «Trink», sagte sie, «das tut auch gut. Manchmal.»

Er leerte sein Glas in einem Zug und lehnte sich erschöpft zurück. «Ich verstehe so vieles nicht. Vor allem kann ich nicht begreifen, woher er Marias Bild hatte. Es ist in dem Gartenhaus verbrannt. Für ein paar Tage war ich sicher, daß er auch das Feuer im Gartenhaus gelegt hat, daß auch Maria zu seinen Opfern gehört. Er hat sie vernichtet und ihr Bild gerettet. Aber das ist unmöglich, er kam erst nach dem Brand nach Hamburg zurück. Wenige Tage nur, aber dennoch...»

«Vielleicht war das Bild eine Kopie. Wenn er Maria von Anfang an liebte, hat er vielleicht einen Kopisten beauftragt. Wir hatten so viele Gäste, vielleicht war einer dabei, der sich darauf verstand und für genug Geld bereit war, heimlich Marias Bild nachzumalen. Sonnin soll sich einmal umhören. Er kennt alle Maler in der Stadt.»

«Das ist eine gute Idee. Ich werde ihn nach dem Essen darum bitten.»

Aber Claes glaubte nicht daran. Den kostbaren Rahmen konnte niemand kopieren. Sogar die kleine Unregelmäßigkeit im Muster an der unteren linken Ecke war da. Er erinnerte sich genau daran, wie er mit Maria deswegen gestritten hatte. Er hatte den Fehler gleich entdeckt, als der Rahmen geliefert wurde, und wollte ihn zurückschicken. Aber Maria bestand darauf, ihn zu behalten, wie er war. Die kleine Unregelmäßigkeit mache ihn erst besonders, beharrte sie. So wie ein Mensch erst durch kleine Unberechenbarkeiten ganz er selbst werde.

Von der Diele klangen Stimmen, eilige Schritte kamen die Treppe herauf, und schon stand Sophie an der Tür. Mit ihren strahlenden Augen und rosigen Wangen erinnerte sie nur noch wenig an die blasse junge Frau, die Stunde um Stunde still an Martins Krankenlager gewacht hatte. Ihr schlüsselblumengelbes Kleid aus duftigem Musselin tanzte fröhlich mit ihren schnellen Schritten. Sie umarmte Augusta, küßte ihren Vater auf die Stirn und klatschte begeistert in die Hände. «Wie schön. Auf meinem Hochzeitstisch will ich auch Margeriten.»

Sie betrachtete ihren Vater und wurde still.

«Du siehst müde aus, Vater. Solltest du nicht noch ein wenig ruhen, bevor die Gäste kommen?»

«Das findet Augusta auch. Aber ich denke, drei Wochen Ruhe sind genug. Wo ist Martin?»

«Er hat noch etwas zu erledigen. In der Druckerei, sagte er, wegen der Einladungen.» Sophie kicherte. «Dabei sind die längst fertig. Es fiel ihm direkt vor dem Fenster von Meister Schütte ein. Ach, er ist so süß. Ausgerechnet vor der Tür unseres besten Goldschmieds gibt er vor, er gehe in die Druckerei.»

Augusta hoffte innig, Sophies Begeisterung für Martins Ungeschicklichkeiten werde lange anhalten. Es würde nötig sein.

Martin war am Morgen nach Joachims Ende und dem Brand in der Komödienbude erwacht, und seine Nachrichten, die ihn fast das Leben gekostet hatten, bestätigten, was Claes aus Behrmanns Brief und von Anne wußte. Martins Schreiber Pereira hatte in einer Kaschemme in Lissabon Joachims Kumpan gefunden, zu betrunken, um das Geheimnis um die Explosion der *Katharina* für sich zu behalten. Vielleicht trank er auch, weil sein Bruder die Lunte auf dem Schiff gelegt hatte und mit ihm untergegangen war.

Von den Schwätzern am Spieltisch in einem Lissaboner Kaffeehaus hatte Martin von Joachims erdrückender Londoner Spielschuld erfahren. Er hörte von der Fälligkeit der Wechsel in diesem April, begriff, daß Claes in höchster Gefahr war, und nahm kurzentschlossen das nächste Schiff nach Norden. Der treue Martin. Sicher wog dieser Charakterzug diese gewisse papierene Trockenheit auf, die Augusta so beunruhigte.

Die beiden Kutschen, die am Abend durch die Fuhlentwiete ratterten und vor dem Eingang zum Krögerschen Hof hielten, erregten großes Aufsehen. Alle Fenster flogen auf, die Kinder rannten auf die Gasse und bestaunten die glänzenden Rappen. Solche Pferde sah man hier selten.

Herrmanns' Kutsche ist da, rief jemand im Bremer Schlüssel, und alle rannten, den Becher noch in der Hand, vor die Tür, um zuzusehen, wie die sonntäglich geputzten Komödianten die Kutschen bestiegen.

Muto warf einen Blick in die samtgepolsterten Wagen, lachte sein lautloses Lachen und kletterte geschickt wie eine Katze zu dem Kutscher auf den Bock des ersten Wagens. Er wollte sich die Gelegenheit, die Stadt von so hoch oben zu betrachten, nicht entgehen lassen.

Jean, rasiert, gewaschen, entlaust und glücklich, wie einer nur sein kann, der dem Galgen entkommen ist, verbeugte sich voller Grazie nach allen Seiten, warf der Krögerin eine Kußhand zu und stieg als letzter ein.

Lies war nicht dabei. Sie war bei Matti, und es war nicht sicher, ob sie in diesem Sommer mit der Beckerschen Komödiantengesellschaft weiterreisen würde.

Rosina fehlt auch, stellte Jakobsen fest, aber vielleicht hatte er sie in dem Gewimmel auf der Gasse nur übersehen. Die Kutschen rollten durch die Stadt, und überall blieben die Leute stehen und sahen ihnen nach. Es hatte sich längst herumgesprochen, daß Herrmanns die Komödianten in sein Haus geladen hatte.

Es hieß, Herrmanns habe sogar den Aufbau der Komödienbude bezahlt, die nach dem Brand vor zwei Wochen nur noch ein Schutthaufen gewesen war. Nun war sie wiederaufgebaut, aus bestem, hartem Holz. Die Karten für die ersten Vorstellungen waren längst ausverkauft. Auch Jacques Klappmeyer und Astrid Bellrich hatten ihre Diener immer wieder in den Bremer Schlüssel um Billetts geschickt. Aber eigentümlicherweise kamen sie jedesmal zu spät.

Vor dem Haus am Neuen Wandrahm hielten die Kutschen, und Helena und Jean, Sebastian und Titus, Gesine, Rudolf und die Kinder stiegen aus. Selbst Jean hatte ein wenig von seiner Grandezza verloren. Er war große Häuser und reiche Leute aus anderen Städten und Residenzen gewöhnt, aber die Türen dieser Stadt waren ihm so lange verschlossen geblieben, daß ihm der Abend wie die Premiere eines neuen Schauspiels erschien.

Und dann war es ganz einfach. Sonnin, Anne und Matthews waren als letzte eingetroffen, und plötzlich saßen alle an der langen Tafel in Herrmanns' Speisesaal. Auch wenn der Herr des Hauses noch ein wenig blaß und wortkarg am Ende des Tisches residierte, so war er doch freundlich und aufmerksam, als hätte er nur die besten Freunde zu Gast, und Frau Augusta am anderen Ende plauderte und lachte wie in ihren besten Jahren. Sie war ein wenig enttäuscht, daß Rosina nicht gekommen war. Aber gewiß hatte sie gute Gründe.

Den Kindern wurde ihr Essen an einem besonderen Tisch in

der Küche serviert. So war es der Brauch in diesen Häusern. Manon hatte gemurrt, aber Titus nahm sie fest bei der Hand und versicherte eilig, er wolle mit den Kindern essen, damit sie sich in der fremden Küche nicht so allein fühlten.

Claes saß an seiner Tafel und betrachtete die Gäste. Er hatte ein buntes, lautes Volk erwartet und sich vorgenommen, ihre schlechten Manieren tapfer zu ertragen. Aber es gab wenig zu ertragen. Helenas Dekolleté mochte ein wenig zu großzügig sein, ganz sicher war es das, und ein Brusttuch auf ihrer schimmernden weißen Haut wäre schicklicher gewesen. Aber sie war doch ein schöner Anblick, sie bewegte sich graziös, und ihre warme Stimme wurde nur selten zu laut. Rudolf und Gesine unterschieden sich kaum von den Leuten, die er in den Straßen traf, und auch an dem stillen Sebastian, der Anne mit seinem kuriosen Flug durch das Theater vor dem Tod gerettet hatte, fand er nichts auszusetzen.

Jean, nun ja, ein Prinzipal war eben immer auf der Bühne. Braniff hätte großes Vergnügen an ihm gehabt, aber der Captain war nach Norden gesegelt. Wer weiß, in welchem Geschäft.

Er hatte Claes kurz vor dem Ablegen besucht und ihm amüsiert von den beiden preußischen Kaffeeschnüfflern erzählt, die sich seit Tagen in der Stadt, am Hafen und bei den Speichern herumgedrückt hatten. Die preußische Staatskasse war in dem langen Krieg zu einem leeren Beutel geschrumpft, deshalb hatte der König ein neues staatliches Monopol auf das Kaffeerösten eingeführt. Seither krochen in den Dörfern und Städten seines Königreiches Männer herum und erschnüffelten, wo heimlich Kaffee geröstet wurde.

Diese beiden, stets schwarz gekleidet, wie sonst nur die Pfaffen, hielten sich für besonders schlau. Sie versuchten herauszufinden, welche Hamburger Händler Kaffee nach Preußen lieferten, um den Wagen zu folgen und die Strafen bei den Käufern und Röstern gleich zu kassieren. Die Stadtwache hatte sie recht unwirsch vor das Tor gejagt.

«Dilettanten», hatte der Captain mit seinem unvergleichlichen Grinsen gerufen, «wir fangen das Geschäft schlauer an.» Claes hatte sich dabei ertappt, daß er mit Braniff lachte.

Wenn der Captain zurückkam, würde er Anne mit nach Jersey nehmen. Er sah sie an, ihre Blicke trafen sich, und sein Herz klopfte. Der richtige Moment für die alles entscheidende Frage war noch nicht dagewesen. Er mußte sich beeilen, wenn er sie nicht wieder verlieren wollte.

Seit William bei Nacht und Nebel mit unbekanntem Ziel verschwunden war, brauchte Paul sie dringender denn je. Trotzdem würde er sich in Zukunft selbst um seine Geschäfte kümmern müssen.

Gerade wurde der zweite Gang serviert, ein auf dem Rost gebratener Hecht in einer delikaten Weinsoße mit viel Butter und Schalotten, deftig gewürzt mit Kapern, Nelken, Muskat und Pfeffer, als Blohm hinter ihn trat und ihm zuflüsterte, da seien noch mehr Gäste. Monsieur Telemann, er habe ein Kind dabei, und ein junger Herr, Friedrich Reichenbach. Man bitte um Einlaß.

«Laß sie alle rein, Blohm. Und bring noch Teller und Gläser. Und mehr Wein. Mach schnell, mein Alter.»

Claes erhob sich freudig, um die späten Gäste zu empfangen. Telemann hatte seinen Besuch angekündigt und eine unterhaltsame Überraschung versprochen.

Daß Reichenbach uneingeladen in sein Haus kam, wunderte Claes. Aber es freute ihn, auch wenn es gegen die Sitten verstieß. Die Strenge der Sitten war ihm seit den letzten Wochen nicht mehr so wichtig

Niemand hatte den kleinen Sachsen seit jenem Sonntag, als er im Kaffeehaus so heftig für die Komödianten focht, gesehen. Claes hatte bedauert, daß er so plötzlich und ohne Abschied weitergereist war. Er würde den couragierten Jungen mit dem wachen Geist, der ihm wie der Bote einer neuen Generation erschien, vermissen. Obwohl er ihn doch nur ein paarmal im Kaffeehaus getroffen hatte, war er ihm nah. Damals, als die Komödianten ihn halb bewußtlos aus dem brennenden Theater zerrten, glaubte er sogar, ihn in einem der von Regen und Ruß verschmierten Gesichter zu erkennen. Grauen und Schmerz riefen seltsame Bilder hervor.

Telemann schob ein Kind vor sich her durch die Tür. Es war etwa neun Jahre alt, trug einen roten Rock mit weißen Litzen und eine Perücke, die schon ein ganz klein wenig zu eng schien.

«Wolfgang, gib dem Herrn brav die Hand, mach einen Diener und setz dich an den Tisch. Frau Augusta», er machte eine steife, gleichwohl vollendet galante Verbeugung, «und Claes, mein Freund, ich bringe euch einen kleinen Zauberer mit. Er ist mit seinem Vater und seiner Schwester unterwegs nach Den Haag, aber die beiden hat die Influenza in die Kissen gezwungen. So kommen wir in den unverhofften Genuß einer Attraktion. Aber laßt ihn erst essen, er muß noch so schrecklich viel wachsen. Wie er zaubert, beweisen wir euch später. Ich hoffe, das Spinett ist gut gestimmt.»

Das Kind, ein selbstbewußter Knirps mit neugierigen Augen und ein wenig spitzer Nase, setzte sich brav auf seinen Stuhl und ließ sich von Augusta den Teller füllen.

«Herein, herein», rief Telemann und zog nun Reichenbach, der ein wenig unsicher in der Tür stand, am Ärmel seines Rockes in das Speisezimmer.

Gesine verschluckte sich just in diesem Moment an ihrem Burgunder, Rudolf vergaß, ihr auf den Rücken zu klopfen, und Augusta bekam einen Schluckauf. Nur Helena und Sebastian aßen in aller Seelenruhe weiter. Jean bewegte vorsichtig seine schmerzenden Zehen in den etwas zu engen, aber ganz prächtigen neuen Schuhen. Niemand hatte bemerkt, daß Helena und Sebastian ihn gleichzeitig und äußerst heftig getreten hatten.

Matthews und Sonnin begrüßten Reichenbach wie einen alten Bekannten, und Anne hatte das sichere Gefühl, daß hier irgend etwas ganz und gar nicht stimmte.

Claes reichte dem jungen Sachsen freundlich die Hand.

«Man hat mir gesagt, daß Ihr schon weitergereist seid. Ich

freue mich, daß das ein Irrtum war. Setzt Euch und eßt mit uns.»

«Verzeiht, wenn ich ohne Einladung in Euer Haus komme. Aber ich wollte nicht – verschwinden, ohne mich von Euch zu verabschieden.»

Augusta bemühte sich angestrengt, ihren Schluckauf zu überwinden. Das also war der kleine Sachse, von dem Claes ihr mit so viel Wärme erzählt hatte. Nicht nur das Kind mit dem roten Rock würde Claes heute abend überraschen.

Als das Stühlerücken und Tellerauflegen wieder vorbei war, herrschte eine seltsam gespannte Stille. Nur Claes und Jean merkten nichts davon.

Aber beim Dessert – selbst Augusta fand Elsbeths Plumpudding ganz ausgezeichnet, wenn man ein wenig Pfirsichsaft darübergoß – war das Geplauder wieder munter wie zuvor. «Helft mir, Rudolf», sagte Claes, als die letzten Pfirsiche auf dem Teller des kleinen Wolfgang lagen und ihrem Ende entgegensahen. «Seit drei Wochen grübele ich, was in dieser schrecklichen Nacht tatsächlich geschehen ist. Ich weiß nur, daß ihr eure ganze Kunst zum Einsatz gebracht habt, um uns zu retten. Aber wieso wart ihr alle mitten in der Nacht in der Komödienbude? Und wie habt ihr dieses schauerliche Gespenst erscheinen lassen? Ich dachte selbst, die Hölle hätte sich aufgetan.»

«Nun, das war nicht ganz falsch. Was Ihr erlebt habt, war das Finale aus einem unserer neuen Stücke. Der gütige Tod und Giovanni, der ruchlose Graf. Er war nicht ganz so gütig wie in unserem Stück, das schon, aber am nächsten Sonntag kann ihn jeder im Original sehen, der ein Billett für unser Theater hat. Was Ihr als Höllenorchester gehört habt, waren nichts als eine Flöte, ein donnerndes Zinkblech, eine Pauke, große Messingteller und eine hölzerne Rinne über Eurem Kopf, in der ein paar Holzkugeln herumpolterten. So lassen wir es immer donnern, und unser Publikum schätzt diesen Lärm ganz ungemein.»

«Und Ihr könnt fliegen, Sebastian?»

Der lachte vergnügt. «Mit Rudolfs Hilfe könntet Ihr es auch. Es ist einzig sein Verdienst. Während wir in der Stadt herumliefen und einen Mörder suchten, war er sicher, der werde dorthin zurückkehren, wo er schon einmal gemordet hatte. Als es soweit war, stand er mit den Lichtern, Instrumenten und dem Tod hinter der Bühne bereit. Es gibt nämlich doch noch mehr Türen als die große an der Giebelwand.»

Daß Lies die Rückkehr des Mörders für diese Nacht prophezeit hatte, verriet er aber nicht.

«Das Flugwerk war allerdings eine neue Konstruktion», fuhr Rudolf fort. «Es war erst am Nachmittag fertig geworden, und ich wußte nicht, ob es einen so schnellen Flug und einen zweiten Körper aushält...»

«... davon hast du mir nichts gesagt!»

«Dazu war wirklich keine Zeit, Sebastian, und ich war sicher, du würdest es trotzdem wagen. Wir hätten ihn natürlich leicht überwältigen können», fuhr er, wieder zu Claes gewandt, fort, «aber dann wäre die Laterne gefallen, hätte das Pulver entzündet, und wir alle hätten sein Schicksal geteilt.»

«Aber die farbigen Lichter? Und wie konnte diese schwarze Gestalt immer größer und größer werden?»

«Sei nicht so neugierig, Claes», sagte Augusta. «Du gibst deine Geschäftsgeheimnisse auch nicht preis. Aber wieso wart ihr alle zur rechten Zeit da? Es war nach Mitternacht, kalt und naß.»

«Wir saßen im Stall, lasen Behrmanns Brief und überlegten, was als nächstes zu tun sei.» Helena drehte das Glas in den Händen und betrachtete die eingeschliffenen Muster. «Ihr habt nie gefragt, woher wir ihn hatten. Ich will es Euch nun verraten. Wir haben von dem Brief erfahren und beschlossen, ihn zu stehlen. Es ist nicht unsere Art, zu stehlen und in fremde Häuser einzusteigen, auch wenn das viele glauben. Aber in jener Nacht ist Sebastian durch das Fenster in Behrmanns Wohnung geklettert und hat den Brief in einer Schublade gefunden.»

Claes starrte sie fassungslos an.

«Durch das Fenster? Es ist fast unter dem Dach. Drei oder vier Etagen hoch über dem Fleet.»

«Sebastian ist ein guter Akrobat.»

Es gab noch viele Fragen an diesem Abend zu beantworten, und Jean, gewöhnt, immer im Mittelpunkt zu stehen und das Wort zu führen, trug schwer daran, diesmal ganz unwichtig zu sein.

Schließlich hob Augusta die Tafel auf, und die Gesellschaft begab sich in den Nebenraum, in dem der Kaffee schon wartete. Augusta übergab Sophie die Pflichten der Hausfrau, griff nach Reichenbachs Arm und zog ihn, irgend etwas von neuen Büchern in ihrem Salon murmelnd, mit sich hinaus.

Sophie servierte den Kaffee, und das Kind wurde von Telemann ans Spinett gesetzt und spielte, wie es niemand in diesem Haus je gehört hatte.

«Ganze neun Jahre alt und besser, als ich es je war. Und was er spielt, hat er selbst komponiert. Es ist ein Wunder. Er spielt jetzt schon vor Fürsten und Königen, der kleine himmlische Teufelsbraten.»

Telemann strahlte, ganz frei von Künstlerneid und glücklich über dieses Geschenk, das er mitgebracht hatte.

«Bravo!» rief Augusta, die in der Tür zum Speisezimmer stand. «Bravo. Komm her, mein Kind.»

Gehorsam rutschte der Junge von der Bank und lief zu ihr. Sie beugte sich zu ihm hinunter und flüsterte ihm etwas ins Ohr. Er nickte und kletterte wieder auf die Bank vor dem Spinett. Einen Moment lang sah er still auf die Tasten, als lausche er einer fernen Melodie, dann erklangen die ersten Töne. Ein Lied von Johann Bach, der vor Jahren Musikdirektor und Kantor in Leipzig gewesen war. Claes hatte ihn einmal während der Messe im Zimmermannschen Kaffeehaus am Brühl mit seinem Collegium musicum gehört. Sein zweitältester Sohn, Carl Philipp Emanuel, war Telemanns Patensohn. Der Hofcembalist des preußischen Königs würde, wenn es nach den Wünschen des alten Musikdirektors ging, sein Nachfolger in Hamburg werden.

«Willst du dein Herz mir schenken, so fang es heimlich an, daß unser beider Denken niemand erraten kann...»

Eine klare Sopranstimme sang schmelzend die Liebesworte zu der zierlichen Musik des Kindes. Claes konnte die Sängerin nicht sehen, sie verbarg sich noch im Speisezimmer. Er begegnete Annes Blick, und diesmal hielt er ihn fest.

«Die Liebe muß bei beiden allzeit verschwiegen sein...»

Sie erwiderte sein Lächeln, und er wußte, daß seine Frage beantwortet war. Aber verschwiegen sollte seine Liebe nun nicht mehr sein. Nie mehr.

Die Stimme der Sängerin kam näher, und mit dem letzten Ton trat sie in den Raum.

Sie verbeugte sich tief vor dem jubelnden Applaus, und als sie sich erhob, glaubte Claes sich wieder in eines von Rudolfs Trugbilder versetzt. In der Tür stand, an Augustas Arm und in Sophies schlüsselblumengelbem Kleid, der kleine reisende Sachse Friedrich Reichenbach. Augusta lachte hell auf.

«Faßt euch, meine Lieben. Oh, ihr Männer, daß ihr nie etwas merkt. Wie oft habt ihr mit ihm Billard gespielt, gestritten und Kaffee getrunken und habt doch nicht gesehen, daß dieser kleine Sachse eine sächsische Komödiantin ist, eine Spionin auf der Suche nach einem Mörder. Nicht Friedrich, sondern Rosina.»

Der Abend wurde noch lang. Es wurde noch viel geredet, musiziert und gelacht. Und natürlich gesungen und rezitiert, endlich konnte auch Jean in der ersten Reihe stehen und den Applaus genießen. Claes ertappte sich dabei, daß er diese kleinen Schäferlieder eigentlich doch ganz amüsant fand, und beobachtete zufrieden, wie Martin verstohlen Sophies Hand hielt. Alles war gut.

Später, als die Kutschen schon vor das Haus rollten, sang Rosina noch einmal das Lied von der heimlichen Liebe. Diesmal begleitete Sebastian sie am Spinett. Aber er sah nicht sie an. Er sah nichts als die Tasten und die Bilder seiner Träume.

Der kleine Wolfgang, das Kind aus dem fernen Salzburg,

schlief da schon auf der Bank am Kachelofen. Seine etwas zu kleine Perücke war ihm übers Gesicht gerutscht, und er träumte einen glücklichen Traum. Darin komponierte er eine große dramatische Oper von der Liebe einer wunderschönen Gräfin mit honigfarbenen Locken und klarem Sopran.

Ganz sicher wollte er sie Rosina nennen.

GLOSSAR

Ackermann, Konrad Ernst (1712–1771) war einer der bedeutendsten Schauspieler und Prinzipale des deutschen Theaters im 18. Jahrhundert. Sein Theater am Hamburger Gänsemarkt, im Sommer 1765 eröffnet, mußte aus Geldmangel schon ein Jahr später wieder schließen.

Bach, Johann Sebastian (1685–1750), Musiker des Barock, komponierte schon zu Lebzeiten im Widerspruch zum musikalischen Zeitgeschmack und war in der zweiten Hälfte des 18. Jahrhunderts nahezu vergessen. Viele seiner Werke gingen in dieser Zeit verloren. Zu Anfang des 19. Jahrhunderts wurde er neu entdeckt, aber erst als Robert Schumann und andere Verehrer seiner Werke 1850 eine Bach-Gesellschaft gründeten, begann die wirkliche Wiederentdeckung.

Bark Das Segelschiff mit mindestens drei Masten (überwiegend Rahsegeln) gehörte mit einer Tragfähigkeit von etwa 240 bis 600 Tonnen zu den wichtigsten Langstreckenseglern der Handelsflotten.

Baumhaus Das legendäre Gesellschaftshaus bekam seinen Namen nach dem Standort am Eingang zum Binnenhafen (heute Ecke Baumwall/Steinhöft), der nachts durch «Bäume», aneinandergekettete schwimmende Stämme, versperrt war. Das große, elegante Gebäude wurde 1662 erbaut und gehörte bis zum Abriß 1857 zu den Lieblingstreffpunkten des bürgerlichen Hamburg. Es bot Gaststätten, Spielzimmer und einen Saal für Bankette, Konzerte, Familienfeiern oder Bälle für

200 Personen. Von der Dachterrasse hatte man den schönsten Blick über die Stadt und die weite Flußlandschaft. In zwei kleineren, eingeschossigen Seitenflügeln logierten die Zollaufsicht und die Schifferwacht, am Anleger machten die Fähren aus dem Umland fest.

Blitzableiter Den allerersten konstruierte 1752 der amerikanische Autor, Naturwissenschaftler und Politiker Benjamin Franklin (1706–1790). Der erste in Europa wurde auf der Spitze des Leuchtturms angebracht, der 1756–59 auf dem Eddystone-Felsen 14 Meilen vor der südenglischen Küste im Englischen Kanal erbaut wurde. Der erste in Deutschland krönte ab 1769 die Hamburger Jacobikirche.

Brigg Das Segelschiff mit zwei Masten (Rahsegeln) ist kleiner, aber schneller und wendiger als die Bark. Es wurde auf Handels-, Walfang- und Kriegsflottenfahrten eingesetzt.

Büsch, Johann Georg (1728–1800), Mathematikprofessor am Akademischen Gymnasium, Direktor der 1767 gegründeten Handelsakademie, *Reimarus, Herrmann Samuel* (1694–1768), Theologe und Professor am Akademischen Gymnasium, und sein Sohn, der Arzt *Johann Albrecht Heinrich R.* (1729–1814), waren angesehene Hamburger Bürger und führend in den Kreisen der Aufklärer in der Hansestadt. Sie gehören zu den Gründungsmitgliedern der *Hamb. Gesellschaft zur Beförderung der Manufacturen, Künste und Nützlichen Gewerbe* (s. d.).

Commerz Deputation Die Vorläuferin der Handelskammer wurde 1665 von Großkaufleuten als selbständige Vertretung des See- und Fernhandels gegenüber Rat und Bürgerschaft gegründet. Sie gewann schnell großen Einfluß auf Handel und Politik. Ihre 1735 gegründete Bibliothek besaß schon nach 15 Jahren etwa 50000 Bücher und gehörte zu den größten und bedeutendsten Europas.

Deutsche Länder Deutschland, oder genauer: Das Heilige Römische Reich Deutscher Nation, war in dieser Zeit keine nationale Einheit, sondern ein bunter Flickenteppich aus Hunderten von «Herrschaftseinheiten», die groß wie das Königreich

Preußen oder klein wie ein Rittergut sein konnten. Der Kaiser im fernen Wien hatte praktisch keinen Einfluß mehr.

Dreyer, Johann Matthias (1717–1768). Der Hamburger Vertreter des Herzogs von Holstein-Gottorp war ein boshafter Spötter gegen die Obrigkeit, besonders gegen die geistliche. Nachdem in seiner Gedichtsammlung *Schöne Spielwerke beym Weine, Punsch, Bischof und Krambamboli* auch Zotiges über den Glauben stand, zeigte die Kirche ihre Macht: Dreyers Bücher wurden 1763 auf der Trostbrücke vom Henker verbrannt und der Dichter für drei Jahre aus der Stadt gejagt.

Duckdalben In der Mitte des 18. Jahrhunderts waren die Liegeplätze am Ufer schon knapp und für die größer werdenden Schiffe nicht mehr tief genug. Durch die D., sehr tief in den Elbgrund gerammte dicke Pfähle oder Pfahlbündel, vervielfachte sich die Zahl der Anlegemöglichkeiten.

Ewer und Schuten heißen offene, flache Boote, die in der Hamburger Region als Elbfähren und als Transporter zwischen den Großseglern im Strom und den Speichern und Märkten an den städtischen Fleeten und Flußarmen dien(t)en. Ewer sind einmastige, wendige Segelboote, Schuten werden nur mit Muskelkraft und langen Holzstaken bewegt.

Fleete werden Gräben und Kanäle genannt, die seit dem 9. Jahrhundert zugleich als Entwässerungsgräben, Müllschlucker, Kloaken, Nutz- und Trinkwasserleitungen und als Transportwege dienten. Manche waren (und sind noch) breit und tief genug für Elbkähne. Viele F. fallen bei Ebbe flach oder trocken, also wurden die Lastkähne mit auflaufendem Wasser in die F. zu den Speichern u. a. Häusern in der Stadt gestakt, entladen und mit ablaufendem Wasser zurückgestakt. Auch Straßen können als F. bezeichnet werden (z. B. Dovenfleet), wenn eine der Häuserzeilen am F. steht.

Fronerei Eine Art Untersuchungsgefängnis an der heutigen Bergstraße nahe St. Petri. Im Keller befand sich eine Marterkammer für «peinliche Befragungen». Die letzte offizielle

Folterung fand in Hamburg 1790 statt. Der Fron, sozusagen der Fronerei-Chef, war zugleich der Scharfrichter.

Hamb. Gesellschaft zur Beförderung der Manufacturen, Künste und Nützlichen Gewerbe Die schon bald und bis heute *Patriotische Gesellschaft* genannte Vereinigung Hamburger Kaufleute und Gelehrter entstand aus dem Geist der Aufklärung. Ziel war (und ist) die Anregung privater Initiative zur Förderung des Gemeinwohls in der Stadt. Die Mitglieder engagierten sich effektiv und auf vielen Gebieten wie z. B. in der Armenversorgung, Bibliothekengründung, Verbesserung des Schulwesens oder der Einführung der Blitzableiter und der Gründung einer frühen Form der Sparkasse «zum Nutzen geringer fleissiger Personen beiderlei Geschlechts, als Dienstboten, Tagelöhner, Handarbeiter, Seeleute etc.».

Hamburgischer Correspondent Die Zeitung erschien seit dem 1. Januar 1731 viermal wöchentlich mit einer Auflage von bis zu 30000 Exemplaren – das war mehr als das Dreifache der schon damals berühmten Londoner *Times*. Sie blieb bis 1851 führend und war viele Jahre die meistgelesene Zeitung Europas. Neben Handels- und Schiffahrtsnachrichten wurden auch geistesgeschichtlich wichtige Diskussionen gedruckt, z. B. zwischen Lessing, Goeze, Bodmer, Gottsched und Lichtenberg. Aber ebenso – eine Sensation – Heiratsanzeigen.

Hexenverfolgung Vor allem in der Zeit von etwa 1450 bis 1750 wurden Zehntausende von Frauen, aber auch Männer Opfer der Hexenverfolgungen in den christlichen Ländern. In Norddeutschland hörten die Hexenverbrennungen zwar Ende des 17. Jahrhunderts auf, aber die Angst vor Hexen, vor dem Anderssein, fand ein Ventil u. a. in der Verfolgung geistig verwirrter und kranker Menschen, die bis in die Gegenwart als vom Teufel oder von Dämonen besessen erlebt werden. Als letzte im deutschen Sprachraum wurde 1782 im schweizerischen Glarus Anna Göldi «wegen Kunstkraft» zum Tode verurteilt und geköpft.

Hispaniola Heute wenig gebrauchte Bezeichnung für die zweitgrößte westindische Insel, die pol. in Haiti und die Dominikanische Republik aufgeteilt ist.

Indigo Das pflanzliche Färbemittel wurde schon vor 5000 Jahren in Indien und später in fast allen Kulturen der tropischen und subtropischen Zonen verwendet. Die tiefblaue Farbe ist besonders haltbar. Das beste I. kommt aus Indien, danach ist es benannt, aber der natürliche Farbstoff wurde aus mehr als 300 Arten des mit der Erbse verwandten Strauchgewächses rund um den Globus gewonnen. In Europa löste aus Indien und von den Westindischen Inseln importiertes I. erst im 18. Jahrhundert den bis dahin zur Blaufärbung genutzten Färberwaid ab. Die Kattundruckereien, neben Zuckerverarbeitung und Kaffeehandel einer der wichtigsten Hamburger Wirtschaftsfaktoren dieser Zeit, brauchten große Mengen I.

Jouffroy d'Abbans, Claude, Marquis (1751–1832), interessierte sich zum Entsetzen seiner vornehmen Familie schon als Jugendlicher brennend für die Mechanik. Die Entwicklung eines funktionstüchtigen Dampfschiffes und die Jagd nach dem dazu nötigen Geld bestimmten sein ganzes Leben. Er starb arm und nahezu vergessen. Obgleich die von ihm konstruierten Dampfschiffe stets nur eine kurze Strecke zurücklegten, erklärte ihn die Akademie der Wissenschaften in Paris acht Jahre nach seinem Tod zum Erfinder der Dampfschiffe.

Kaffeehaus Der Kaffee, ursprünglich aus Abessinien, verbreitete sich über die gesamte islamische Welt und kam um 1600 über Venedig nach Europa. Obwohl er als gefährliche Droge galt und immer wieder Verbote gefordert wurden, eröffneten in Amsterdam, London, Paris und dann in allen großen Städten Europas Kaffeehäuser. Spätestens im frühen 18. Jahrhundert galt der «Türkentrank» trotz zeitweiliger regionaler Verbote allgemein als Modegetränk. J. S. Bach widmete ihm sogar eine Kantate. In Hamburg machte er dem bis dahin zu allen Tageszeiten üblichen Bier und dem Branntwein mächtig Konkurrenz. Kaffeehäuser, noch über lange Zeit eine reine Männerdomäne, waren Anlaufpunkte für Reisende aus aller Welt und beliebte Treffpunkte der Bürger; es gab Spielzimmer, internationale Zeitungen und jede Menge wirtschaftlichen, politischen und privaten Klatsch. Hamburgs erstes Kaffeehaus wurde nahe Börse und Rathaus wahrscheinlich 1677 von einem englischen Kaufmann oder 1680 von einem Holländer, dem späteren Leibarzt am preußischen Hof Cornelius Bontekoe, eröffnet. Hamburg war der zentrale Umschlagplatz für Kaffee in Nordeuropa. Ab 1763 passierten jährlich etwa 25 Millionen Pfund den Hafen, 1777 gab es 276 Kaffee- und Teehändler in der Stadt.

Kaiserhof Das renommierte Wirtshaus und Hotel im Zentrum der Altstadt wurde 1619 erbaut. Seine Renaissance-Fassade galt als die schönste in Hamburg. Deshalb wurde sie 1873 beim Abriß des Gebäudes abgetragen und im Hof des *Museums für Kunst und Gewerbe* wiederaufgebaut. Dort ist sie heute noch zu sehen.

Komödienbude an der Fuhlentwiete Zumindest für die Zeit bis 1738 gibt es Belege für ihre Existenz, wahrscheinlich traten hier aber auch später kleine Komödianten- oder Artistentruppen auf. Bessere Theaterräume nahe den Wällen am Dragonerstall gehörten um 1765 dem renommierten Wandertheaterprinzipal Friedrich Koch, der sie zeitweise vermietete, u. a. an die Ackermannsche Truppe. Für eine kleine Truppe wie die Beckersche waren sie in der Regel zu teuer.

König, Engelbert (gest. 1769 in Venedig). Der Hamburger Kaufmann war ein enger Freund G. E. Lessings, der 1776 dessen Witwe Eva König heiratete.

Lissabon Portugals Hauptstadt wurde bis zum großen Erdbeben 1755 als die schönste Stadt Europas gepriesen. Das Beben und die folgenden Flutwellen und Brände zerstörten die Hälfte der Stadt und töteten mehr als ein Drittel der 110000 Einwohner. Die Stadt wurde unter der Leitung des außerordentlich reformfreudigen Premierministers Marquès de Pombal im damals modernen Schachbrettmuster wieder aufgebaut. Das

Erdbeben war bis ins nördliche Westeuropa zu spüren, und seine verheerende Zestörungskraft erschütterte den Glauben an Gottes gute Ordnung. Kant, Voltaire, Kleist, Goethe und viele andere große Denker bis weit ins 19. Jahrhundert entwickelten philosophische Theorien von der Bedeutung des Bebens.

Mozart, Wolfgang Amadeus (1756–1791). Wir wissen nicht, ob der Knabe, der in dieser Geschichte so brav das Lied eines fast vergessenen Komponisten spielt, jemals in Hamburg war. Ebensowenig wissen wir, ob er, der einmal der berühmteste Komponist aller Zeiten werden würde, von einer schönen Wanderkomödiantin für seine Oper *Figaros Hochzeit* zur Figur der Gräfin Rosina Almaviva inspiriert wurde. Die Kulturgeschichte notierte seinen Aufenthalt für die Zeit vom September 1764 bis 1765 in London, aber was wissen wir schon tatsächlich über vergangene Jahrhunderte? Gewiß hingegen ist, daß der erwachsene Wolfgang A. M. ganz gegen den Zeitgeist Werke J. S. Bachs kannte und bewunderte.

Niederngericht Im komplizierten Gefüge des Hamburger Gerichtswesens jener Zeit war das Niederngericht das bedeutendste allgemeine Gericht der ersten Instanz. Ihm gehörten zwei Senatoren, zwei graduierte Juristen und sechs Bürger an. Das Oberngericht, die zweite Instanz, war mit dem Rat der Stadt nahezu identisch. Erfolg am Niederngericht galt als Start für eine solide Karriere in Politik oder Verwaltung.

Oper In der Nähe des heutigen Gänsemarktes mitten in Hamburg wurde 1677/78 die erste bürgerliche Oper Deutschlands erbaut und viele Jahre mit großem Erfolg bespielt. Erst 1738 mußte das private Unternehmen schließen. Das Gebäude wurde 1765 abgerissen, um für das neue Theater (s. Ackermann) Platz zu machen. Nach anderen Forschungen existierte das alte Opernhaus bereits 1757 nicht mehr.

Pesthof Die Krankenanstalt vor den westlichen Mauern, aber noch auf hamburgischem Gebiet, beherbergte 800 bis 1000 Menschen auf engstem Raum. Pestkranke gab es seit der letzten Epidemie anno 1713 nicht mehr. In den Sälen, Kellern,

Verliesen und Käfigen vegetierten vor allem Fieberkranke, Verbrecher sowie Geistes- und Dauerkranke. Unruhige wurden angekettet, Laute geknebelt. Dr. J. F. Struensee, Stadtphysicus zu Altona, urteilte 1760: «In solchen Behausungen des Grauens kann wohl eher ein Vernünftiger zum Wahnsinn als ein Wahnsinniger zur Vernunft gebracht werden.»

Pfeffersäcke In älterer Zeit, als der Handel mit Gewürzen noch den größten Gewinn abwarf, wurde der P. zum Symbol für großen Reichtum und enormen Geiz. Wer die Hamburger Kaufleute als P. bezeichnet, hält sie also für reich, geldgierig, blind für alle, die Hilfe brauchen, und für ignorant gegenüber allen schönen Künsten, die keinen Profit abwerfen.

Pharo Das auch Pharao genannte Glücksspiel wurde mit 52 Karten nach sehr komplizierten Regeln gespielt. Es galt als besonders risikoreich und war im 18. Jahrhundert in noblen Kreisen sehr beliebt.

Rüböl Hamburg hatte unter den deutschen Städten die beste Straßenbeleuchtung. Schon 1679 gab es 1000 Straßenlaternen, die die Sicherheit in der Stadt erhöhen sollten. Das aus Rübsen- oder Rapssamen gewonnene Öl wurde bis zum Ende des 19. Jahrhunderts in Laternen und Lampen verwendet, besonders für die Straßenbeleuchtung, da es zwar unangenehm roch, aber sehr viel billiger war als der fast geruchlose Tran.

Schwanenpastete Die Alsterschwäne waren den Hamburger Bürgern heilig. Wer sie «beleidigte», mußte mit schweren Strafen rechnen. Nur bei den großen Ratsessen für die Vornehmen der Stadt, der Petri- und der Matthäi-Mahlzeit, wurde seit dem Mittelalter eine Schwanenpastete als traditionelle Delikatesse verspeist.

Siebenjähriger Krieg (1756–1763) Preußen und das (zunächst) mit Rußland und Frankreich verbündete Österreich schlugen sich um Schlesien und die Macht im allgemeinen. Gleichzeitig tobte zwischen England und Frankreich ein Seekrieg um die Kolonien. Am Ende wurde Englands Vorherrschaft in Indien endgültig anerkannt und auf den Westindischen Inseln ausgedehnt. Zudem wurden «die überseeischen Kolonien» Kanada, Neuschottland, Florida und die Schiffahrtsrechte auf dem Mississippi bis hinunter zum Mexikanischen Golf ebenso englisch wie Menorca und Gibraltar im Mittelmeer.

Sonnin, Ernst Georg (1713–1794). Nach dem Studium der Theologie, Philosophie und Mathematik in Halle arbeitete S. in Hamburg als Privatlehrer und entwickelte als genialer Tüftler mechanische und optische Geräte. Erst mit 40 Jahren begann er als Baumeister zu arbeiten. Seine aus fundiertem Wissen entwickelten bautechnischen Methoden galten besonders beim Turmbau als verwegen, wenn nicht gar teuflisch. Das Hamburger Wahrzeichen, die Michaeliskirche, war sein berühmtestes Werk. Eng verbunden mit den aufklärerischen Kreisen Hamburgs, gehörte er zu den Gründern der *Patriotischen Gesellschaft* (s. *Hamburg. Gesellschaft der Manufacturen ...*).

Struensee, Dr. Johann Friedrich (1737–1772), wurde schon mit 20 Jahren Stadtphysicus von Altona, damit zugleich Armen- und Gefängnisarzt. Er war ein Freidenker und seiner Zeit besonders auf medizinischem und sozialpolitischem Gebiet weit voraus. 1769 wurde er zunächst Hofarzt und dann Geheimer Kabinettsminister des dänischen Königs Christian VII. Seine radikalen Reformen gegen die Interessen von Kirche, Patrizier und Adel (und vielleicht auch eine Liebschaft mit Königin Karoline Mathilde) führten zu seinem schnellen Sturz und schließlich zu seiner Hinrichtung.

Telemann, Georg Philipp (1681–1767), einer der bedeutendsten Komponisten des Barock, war von 1721 bis zu seinem Tod 46 Jahre lang Musikdirektor der fünf Hamburger Hauptkirchen, Kantor am Johanneum (Knabengymnasium) und bis 1738 auch Leiter der ersten Hamburger Oper. Er war ein großer Gartenliebhaber, und komponierte außerordentlich fleißig: 50 Opern, mehrere Oratorien, 46 Passionen, Messen, Psalmen, etwa 1400 Kirchenkantaten, 70 weltliche Kantaten, 40 Kapitänsmusiken, Lieder, Oden, Kanons, etwa 1000 Orchestersuiten, etwa 120 Solokonzerte für verschiedene Instrumente und etliche Kammer-, Klavier- und Orgelwerke.

Twiete Im Prinzip eine enge Gasse, die zwei (twee) breitere Straßen miteinander verbindet. Die Fuhlentwiete an der westlichen Grenze der Altstadt zur Neustadt war jedoch eine lange Straße. Neben den üblichen schmalen, schiefen Häusern aus Fachwerk, höchstens mit steinerner Fassade, standen hier auch reiche Gebäude für «gut Betuchte» wie das «Herren-Logiment», ein säulengeziertes Palais und, wie der zweite Name «Ballhaus» verrät, eine Art Fitneß- und Sportcenter der frühen Jahre.

Waisengrüntag Das Volksfest fand zw. 1633 und 1876 alljährlich im Sommer statt. Höhepunkt war der Umzug der Waisenkinder mit dem «bravsten Zögling des Jahres» und ein paar Musikanten an der Spitze. Einige Jungen trugen an langen Stangen Sammelbüchsen, die zur Finanzierung des Waisenhauses von den Bürgern gefüllt werden sollten.

Werk- und Zuchthaus Das große Haus am Alstertor an der Binnenalster nahe dem heutigen Gerhart-Hauptmann-Platz wurde 1622 eröffnet. Es war Gefängnis und Arbeitshaus für Sträflinge, Arme und hilflose Alte und «etliche, die ihre Kost wohl verdienen können, aber wegen ihres faulen Fleisches und der guten Tage willen solches nicht thun, sondern gehen lieber betteln», und für «starke, faule, freche, geile, gottlose, mutwillige und ungehorsame, versoffene Trunkenbolde und Bierbalge sowohl Frauen als Mannspersonen, die in Untugend, Hurerei, Büberei und allerlei Sünde und Schande erwachsen...». 1666 wurde es um das Spinnhaus, eine Extraabteilung für «junge Diebe und liderliche Frauenzimer», erweitert.

DANKSAGUNG

Bis auf einige historisch verbürgte und bedeutsame Persönlichkeiten, die wie z. B. Stadtmusikus Telemann oder Baumeister Sonnin im Glossar vorgestellt werden, sind Personen und Handlung dieses Romans Produkte meiner Phantasie. Ähnlichkeiten mit vergangener oder gegenwärtiger Realität wären reiner Zufall. Ich habe mich bemüht, das Leben im Jahr 1765 so authentisch wie möglich zu schildern, aber sicher ist mir der eine oder andere Fehler unterlaufen. Für Hinweise bin ich dankbar.

Wer tiefer in Hamburgs Vergangenheit stöbern, wer wissen will, was in dieser Stadt vor 250 Jahren gegessen, gefeiert, gehandelt wurde, wie es roch oder welche Schiffe mit welcher Ladung im Hafen festmachten, findet in einer kaum überschaubaren Fülle von Büchern und Broschüren Auskunft. Davon habe ich profitiert. Ebenso von den Hamburger Museen und Bibliotheken, für dieses Buch insbesondere vom *Museum für Hamburgische Geschichte*, dem *Staatsarchiv der Freien und Hansestadt Hamburg* und der *Commerzbibliothek der Handelskammer Hamburg*.

Ein Extradank gilt Prof. Armin Reller vom *Institut für Anorganische und Angewandte Chemie* an der Universität Hamburg, der mir half herauszufinden, wie man anno 1765 ein kunterbuntes Feuerwerk und eine mörderische Explosion veranstaltete. Für die Unterstützung meiner Recherche auf Jersey danke ich den Mitarbeiterinnen des *Jersey Museums* in St. Hélier und ganz besonders Mr. Alec Podger in St. Saviour, dem Spezialisten für Hafen und Schiffahrt in der *Société Jersiaise* auf Jersey.

Der Sommer des Kometen

HISTORISCHER
KRIMINALROMAN

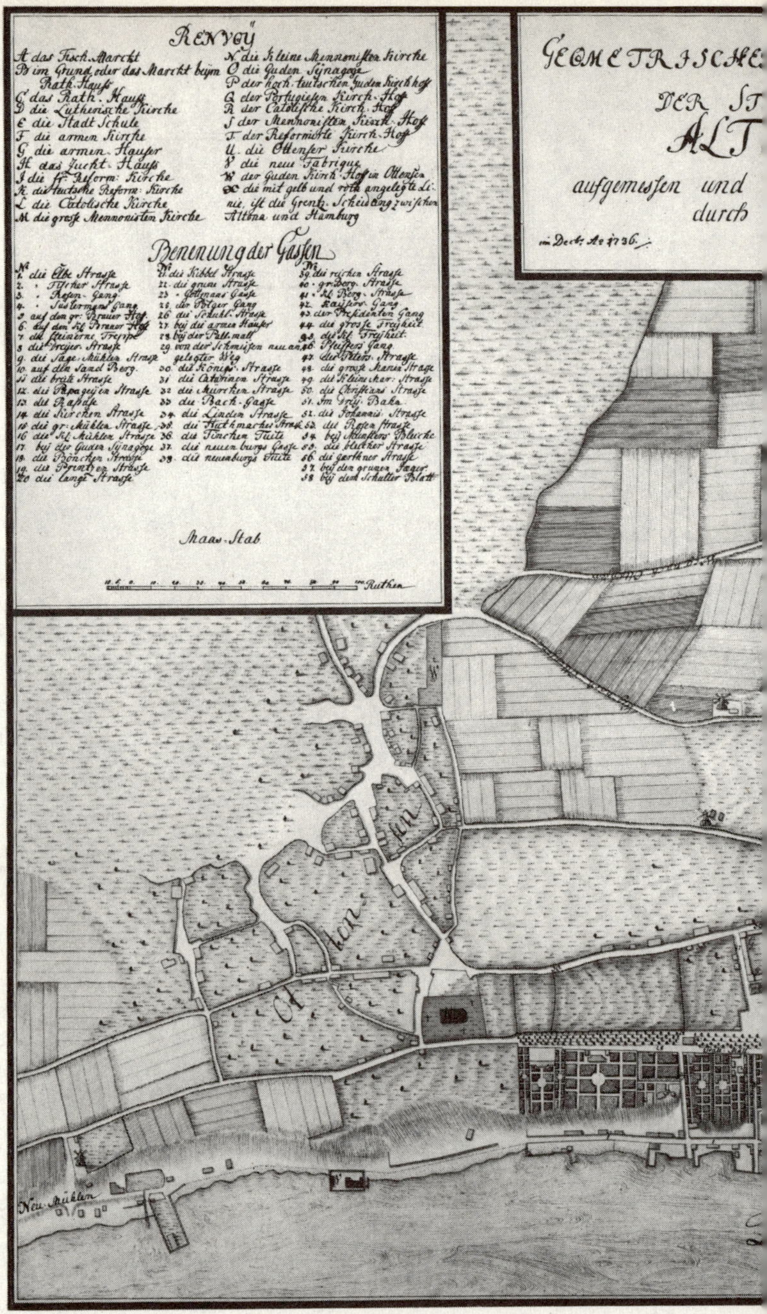

GEOMETRISCHE
DER ST
ALT
aufgemessen und
durch
im Dec: Ao 1736.
Renvoy
A das Fisch Marckt
B im Grund oder das Marckt beym Rath Hauss
C das Rath Hauss
D die Lutherische Kirche
E die Stadt Schule
F die armen Kirche
G die armen Hauser
H das Zucht Hauss
I die fr: Reform: Kirche
K die teutsche Reform: Kirche
L die Catolische Kirche
M die grosse Mennonisten Kirche
N die kleine Mennonisten Kirche
O die Juden Synagoge
P der hoch teutschen Juden Kirch hoff
Q der Portugiesen Kirch Hoff
R der Catolische Kirch Hoff
S der Mennonisten Kirch Hoff
T der Reformierte Kirch Hoff
U die Ottenser Kirche
V die neue Fabrique
W der Juden Kirch Hoff in Ottensen
die mit gelb und roth angelegte Linie, ist die Grentz Scheidung zwischen Altona und Hamburg
Benenung der Gassen
1. die Elbe Strasse
2. Fischer Strasse
3. Rosen Gang
4. Sustermans Gang
5. auf dem gr: Brauer Hof
6. auf dem kl: Brauer Hof
7. die steinerne Treppe
8. die Dreyer Strasse
9. die Sage Mühlen Strasse
10. auf den Sand Berg
11. die breite Strasse
12. die Papageyen Strasse
13. die Rapsche
14. die Kirchen Strasse
15. die gr: Mühlen Strasse
16. die kl: Mühlen Strasse
17. bey der Juden Synagoge
18. die Bröncken Strasse
19. die Printzen Strasse
20. die lange Strasse
21. die Kibbel Strasse
22. die grune Strasse
23. Gottmans Gasse
25. der Polger Gang
26. die Schuhl Strasse
27. bey die armen Hauser
28. bey der Pall mall
29. von der Schmiden neu angelegter Weg
30. die Königs Strasse
31. die Catarinen Strasse
32. die Mürcken Strasse
33. die Bach Gasse
34. die Linden Strasse
35. die Fischmarckts Strasse
36. die Fincken Tüte
37. die neuen burgs Gasse
38. die neuenburgs Tüte
39. die reichen Strasse
40. gr: Berg Strasse
41. kl: Berg Strasse
42. Kaysers Gang
43. der Presidenten Gang
44. die grosse Freyheit
45. die kl: Freyheit
46. Pfeiffers Gang
47. der Peters Strasse
48. die grosse Marien Strasse
49. die kleine Mar: Strasse
50. die Christians Strasse
51. Im Drey Baka
52. die Johannis Strasse
53. die Rosen strasse
54. bey Munsters Bleiche
55. die blecher Strasse
56. die garthner Strasse
57. bey den grunen Jager
58. bey dem Schulter Blatt
Maas Stab
Ruthen
Neu Mühlen
Ottensen

RUND RISS
neiret
Dilleben
Ober Conducteur
Der
Hamburger Berg
der Strand und Trahnbrennerey
Elbe
Fluth
ELBE

Historische Karte von Altona
mit freundlicher Genehmigung des
Staatsarchivs der Freien und Hansestadt Hamburg
Detailausschnitt Seite 90/91
Hamburg-Karte Seite 42/43
Kartenausschnitte: D. Ahmadi/P. Trampusch

Für Monika und Winfried

Was ist Vernunft? Der Wahnsinn aller. Was ist Wahnsinn?
Die Vernunft des einzelnen. Was nennt ihr Wahrheit?
Die Täuschung, die Jahrhunderte alt geworden.
Was Täuschung? Die Wahrheit, die nur eine Minute gelebt.

Baruch de Spinoza

Gegen die Erde gibt es keinen Trost als den Sternenhimmel.

Jean Paul

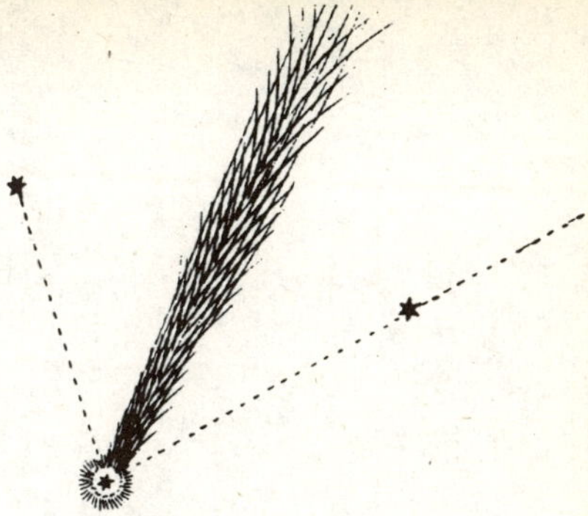

1744

IN EINER SEPTEMBERNACHT

Sie blickte auf ihre Hände und wunderte sich, daß sie aussahen wie immer. So wie vor vier Wochen, wie vor drei Monaten, wie vor einem Jahr. Dann mußte auch ihr Gesicht aussehen wie immer. Wie im letzten September. Das wußte sie nicht, denn in der kleinen Reisekiste, die man ihr eilig gepackt hatte, war kein Spiegel. Sie war sicher, daß er nicht einfach vergessen worden war. Niemand sollte sie sehen, nicht einmal sie selbst. Sie hätte sich gerne noch einmal gesehen. Aber vielleicht war auch das nur eitel. Sie hatte gesündigt, unverzeihlich und unaufhebbar. Sie war verlassen worden, und man hatte sie fortgeschickt. Es machte jetzt keinen Sinn mehr, zurückzuschauen.

Sie hob den Kopf und sah über das Meer in den Himmel, und zum erstenmal, seit sie auf diesem Schiff erwacht war, hatte sie keine Angst.

Heute würde sie allem entkommen. Allem, was sie sich und den anderen angetan hatte. Sie würde Ruhe finden. Und vielleicht konnte Gott ihr verzeihen. Gott war gut und voll der Gnade, so hatte sie es gelernt. Sie war sich nicht mehr sicher, ob die Menschen ihm darin tatsächlich nacheiferten. Aber auch das war wohl nur ein eitler Gedanke.

Die Segel des Dreimasters blähten sich stolz, der Wind trieb das Schiff ruhig, aber eilig über das Meer. Als sie zum erstenmal an Deck gekommen war, mitten in der Nacht vor drei, nein, vor vier Nächten, war ihr als erstes die Stille aufgefallen. Zu Hause, wenn der Wind von der Elbe kam und um das alte Haus mit den hohen Giebeln jagte, heulte er doch immer so laut. Er zerrte an den Ästen der großen Buche vor ihrem Fenster, und es klang, als brächte er ganze Scharen von Geistern und Kobolden mit, vom Meer im Norden, von den weiten Heideflächen im Süden oder aus der Tiefe des breiten Flusses. Ihr Vater hatte ihr einmal erklärt, warum es auf einem Segelschiff, selbst wenn es vom Wind gejagt wird, so still ist. Weil ein Schiff, so hatte er gesagt, niemals schneller ist als der Wind, der es über das Meer treibt. Das Rauschen höre nur, wer schneller sei, wie ein Reiter im Galopp, oder wer sich gegen den Wind bewege. Der Lärm in den Ohren, hatte er noch hinzugefügt, sei eine Warnung, denn wer sich gegen den Wind stelle, wer ihn gar überholen wolle, laufe immer Gefahr, zu fallen. Der gerade herrschende Wind sei stets stärker, wer auf See lebe, zweifele niemals daran.

Dieses Schiff, sie wußte nicht einmal seinen Namen, flog sicher mit dem Wind über das Meer nach Süden. Da war nichts als ein Rauschen, ein Singen in der Leinwand, nur das Tauwerk und die Taljen, ein anscheinend unentwirrbares, tatsächlich aber wunderbar geordnetes Gefüge, schlugen an die Wanten, an die Reling und an die Masten, die wie dicke spitze Finger in den Himmel wiesen.

Die Reling war niedrig. Es würde ganz einfach sein. Sie war dankbar, daß die See so ruhig war, denn auch wenn sie am Wasser aufgewachsen war, hatte sie es immer gefürchtet. Wegen seiner unberechenbaren Kraft und wegen der Geschichten, welche die Leute erzählten, diese Geschichten von fremdartigen wilden Wesen, die auf dem Meeresgrund lebten. Als Kind hatte sie immer wieder davon gehört, mit wohligem Grausen, denn das feste Land unter den Füßen verlieh Mut. Aber nun machte sie die Erinnerung an die unheimlichen Mächte der Tiefe schaudern.

Sie sah zu den Sternen auf und bedauerte, daß sie so wenig über sie wußte. Seit Urzeiten halfen sie, den Weg über die Meere zu finden. Und ganz ohne Zweifel waren sie auch schön. Aber ihr kaltes Flimmern war von grausamer Schönheit. Waren sie nicht noch beängstigender als das Meer? Das schien nur unendlich, aber es gab doch immer irgendwo eine Küste, die Hoffnung auf Heimkehr. Die Welt der Sterne hingegen war unendlich – wie leicht regten sich angesichts dieser Unendlichkeit Zweifel daran, daß es einen Gott gab. Und das Vertrauen in Gottes Existenz brauchte sie heute mehr denn je.

Sie erhob sich von der Kiste, auf der sie gesessen und in den Himmel gestarrt hatte, und trat an die Reling. Das Wasser glitzerte schwarz.

«Ich bin sehr froh, daß es Euch bessergeht.» So sanft die Worte waren, so fest war der Griff der Hand, die sich um ihren Ellbogen schloß. «Verzeiht, wenn ich in Eure Gedanken einbreche. Aber ich bin so kurz vor Morgengrauen oft schlaflos, und ... Nun, ich dachte, vielleicht geht es Euch ebenso ...?»

Sie mußte sich nicht umsehen, sie hatte die Stimme des Kapitäns sofort erkannt. Sie klang rauher als sonst, aber das lag gewiß an der frühen Stunde, und er ließ ihr keine Zeit darüber nachzudenken.

«Ihr betrachtet die Sterne», fuhr er fort, ohne ihren Arm loszulassen, und sie dachte, daß seine Hand wärmer sein müßte. Aber sie war kalt, wie auch ihre eigenen Hände, und plötzlich spürte sie, daß sie fror. Obwohl es doch immer unangenehm war zu frieren, machte dieses Frösteln, das seine Berührung hervorrief, ihr Herz seltsam leicht.

«Ja», sagte sie, «die Sterne. Ich weiß fast nichts über sie.»

Er ließ ihren Arm immer noch nicht los, aber der Griff seiner Hand wurde sanfter.

«Kommt mit mir zum Bug, ich werde Euch den Sirius zeigen. Er ist der hellste von allen, und der Tröster auf See. Wußtet Ihr, daß auf See jeder einen Tröster braucht? Selbst wenn die Nächte so warm sind wie diese?»

Ohne ihre Antwort abzuwarten, führte er sie über das Deck. Sein Schritt war sicher, das Wiegen des Schiffes, das sie immer wieder schwanken ließ, schien er nicht wahrzunehmen. Wie lange mochte er schon auf Schiffsplanken zu Hause sein? Zehn

Jahre? Zwanzig? Sie sah ihn an, prüfend, als sähe sie ihn zum erstenmal. Er war nur ein wenig größer als sie, und sein Gesicht mit den schmalen Lippen, den tiefliegenden Augen unter kräftigen dunklen Brauen, der vom Leben auf dem Meer gegerbten Haut, war dem ihren nah. Ein Gesicht, das nichts verriet.

Einen Moment lang dachte sie an die Wesen in den kalten Untiefen, von denen die Leute erzählten, daß einige zuweilen für einen Sommer auftauchten und in Menschengestalt über die Meere jagten. Aber sie ließ sich willig führen.

Obwohl er ihren Blick gespürt haben mußte, hatte der Kapitän ihn nicht erwidert. Er sah nach Süden, dorthin, wo sich das Vorsegel vor dem Nachthimmel blähte.

Entschlossen straffte sie den Rücken, knüpfte die losen Bänder ihrer weißen Haube und folgte seinem Blick. Sie atmete tief, fühlte die feuchte Salzluft auf ihrem Gesicht und fand plötzlich gleichgültig, was gestern gewesen war und was morgen sein würde. Jetzt stand sie auf diesen wiegenden Planken, gehalten von einer kalten Hand, unter einem Himmel, der aussah wie ein unendliches, von Juwelensplittern besetztes Samttuch, erdrükkend und verheißungsvoll zugleich.

Morgen blieb genug Zeit. Oder übermorgen. Es waren noch vier Nächte bis Lissabon.

1766

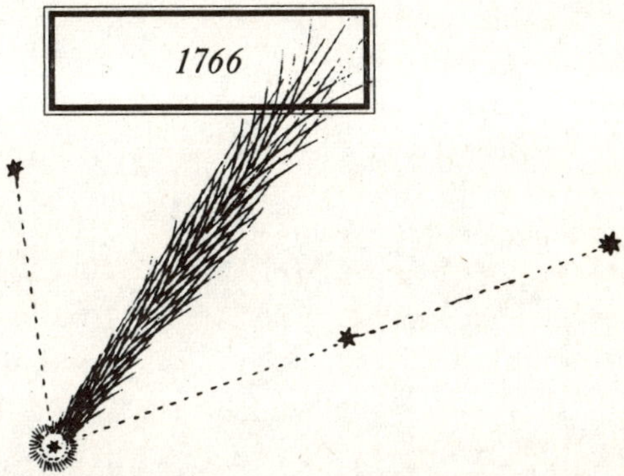

1. KAPITEL

MITTWOCH, DEN 11. JUNIUS,
NACHMITTAGS

Der Mann und das Pferd mochten sich nicht. Das sah man gleich, wenn man auch nur ein wenig von Pferden und von Männern verstand. Beide zogen störrisch die Oberlippe über die Zähne, der Reiter hielt die Zügel zu kurz, die Trense schnitt ins schaumige Maul, und der große Apfelschimmel tänzelte immer wieder steifbeinig mit dem breiten Hinterteil zur Seite. Der Mann schwitzte. Das Pferd auch. «Verdammt, Paladin, benimm dich wie ein anständiger Gaul», knurrte der Reiter schließlich, «wir sind ja bald zu Hause.»

Eigentlich hieß das Pferd Gret, aber er nannte alle seine Pferde Paladin, und alle hörten bereitwillig auf den Namen, den er vor zwanzig Jahren seinem ersten Pony gegeben hatte. Nur dieses nicht. Wahrscheinlich, weil es gar nicht seines, sondern nur eins aus dem Mietstall an der Finckentwiete war. Johann Friedrich Struensee, so hieß der Reiter, war der Stadtphysikus von Altona, und natürlich besaß er auch ein eigenes Pferd, aber das hatte sich von einer Kolik in der letzten Nacht noch nicht erholt und stand dösend und rülpsend in seinem Stall an der Königstraße.

Ein dünner Blitz zitterte über den trüben Nachmittagshimmel, und obwohl der Donner ausblieb, hatte Paladin nun wirklich genug. Entschlossen stemmte er die Vorderbeine in den Sand und blieb mit einem Ruck stehen. Zornig sprang Struensee aus dem Sattel, eine Staubwolke wirbelte auf und legte sich klebrig auf Pferd und Reiter.

«Na gut, du dummes Tier, machen wir eben eine Pause. Obwohl du sie nicht verdient hast.»

Er ließ die Zügel los, und der Apfelschimmel trottete, von der harschen Kritik völlig unbeeindruckt, über die von der brennenden Sonne fast verdorrte Wiese zu den Linden und Kastanien, die entlang den Bahnen der Reepschläger Schatten boten.

Struensee war die Pause recht. Der Weg zwischen Hamburg und Altona, sonst um diese Stunde voller Fuhrwerke und Kutschen, Reiter und Fußvolk, lag öde unter der verhangenen Sonne. Er lehnte sich an einen dicken Stamm, blickte zurück auf die Wälle und die Türme der Stadt, aus der er gerade gekommen war, und atmete tief den Honigduft der Linden ein. Trotzdem glaubte er noch immer die fauligen Gerüche aus den Fleeten und engen Gassen und Höfen Hamburgs zu riechen. Wahrscheinlich war es nur der ranzige Gestank, der von Roosens Tranbrennereien am nahen Flußufer herüberzog.

Die alte Hafenstadt an der Elbe, keine halbe Stunde zu Fuß durchs freie Feld entfernt, sah schön aus. Die spitzen roten Dächer, eines am anderen ohne Lücke, und die hohen Türme der großen Kirchen hinter den von hundertjährigen Ulmen gekrönten Wällen zeigten Reichtum, aber auch die Enge, in der sich die Menschen wie in einem riesigen Ameisenhaufen zwischen den Befestigungen drängten. Natürlich war das Wetter schuld daran, daß in den armen Vierteln um St. Jakobi und St. Michaelis wieder das Fieber Einzug gehalten hatte. Der Tod machte gierig Beute. Vielleicht würden die Senatoren diesmal begreifen, daß das Fieber nicht vom Himmel fiel und einzig durch Gottes Fügung die Viertel und Häuser der Reichen verschonte, sondern aus dem ganz irdischen Dreck kroch, und daß dringend etwas geschehen mußte.

Er stand auf, streckte sich und holte die Flasche aus der Satteltasche, die Gräfin Schimmelmann ihm aufgedrängt hatte, als er das Palais nahe der Michaeliskirche verließ. Das Wasser, nicht aus den modrigen Fleeten, sondern frisch und klar aus den Harvestehuder Quellen und immer noch kühl vom Eiskeller unter der herrschaftlichen Küche, war das reinste Lebenselixier. Er nahm einen großen Schluck, goß den Rest in seinen Dreispitz und hielt ihn dem Apfelschimmel unters Maul.

«Aber wenn du weiter so herumtänzelst, mußt du es sofort wieder ausspucken, du launisches Vieh.» Er klopfte den schmutzigen Hals des Pferdes, blinzelte durch das müde Laub der Bäume zum bleiernen Himmel hinauf und seufzte. Alle waren in diesen Wochen ein wenig verrückt, warum nicht auch die Tiere? Der Mai des Jahres 1766 war ein wahrer Wonnemonat gewesen, doch der Juni hatte sich vom ersten Tag an als übler Gewittermonat gezeigt. Die Sonne zog Tag für Tag träge über den stets verhangenen Himmel, selbst in den Nächten blieb die Luft drückend schwül, in den Hamburger Fleeten stand das Wasser, und der faulige Geruch lag wie eine Glocke über der Stadt. Nur kurz aufbrausende, unberechenbare Gewitterstürme unterbrachen hin und wieder die seit zwei Wochen herrschende Flaute, ohne die dringend nötige Erfrischung mitzubringen. Kein Wunder, daß die Menschen durchdrehten. Viele Schiffe waren überfällig, weil der Wind schlief. Die meisten lagen vor Cuxhaven fest, einige hatten es bis Glückstadt geschafft, und die Kaufleute überlegten, Wagen elbabwärts zu schicken, um wenigstens die kostbareren Teile ihrer Frachten nach Hamburg zu holen. Es hieß, in einigen Raffinerien würde schon der Rohzucker knapp. Die Nerven der Leute lagen bloß, in den Schenken am Hafen und in der Neustadt saßen Fäuste und Messer locker. Und der Pesthof hinter den Reeperbahnen – seit die letzte Seuche vor Jahrzehnten Europa verlassen hatte, das Hamburger Hospital für Sieche, Blöde und Wahnsinnige – war überfüllter denn je.

Wieder einmal war Struensee froh, daß das Schicksal ihn nicht nach Hamburg, sondern nach Altona gesandt hatte. Natürlich besuchte er gerne das Theater und die Konzerte in der größeren Stadt, er genoß die Sonntagnachmittage bei seinem Freund Reimarus, mit dem sich so herrlich streiten ließ, aber in Altona lebte es sich freier. Zwar war die Stadt sechsmal kleiner, doch es gab keine Mauern, keine bedrängende Enge hinter streng bewachten Toren, die das Gemüt so reizte und das Blut so ungeduldig machte.

Der Blick des jungen Mannes wanderte nach Süden über die Elbe, die bleiern zwischen ihren grünen Inseln schwappte. Auf einer der größten, auf Finkenwerder, streckte der kurze dicke Turm der neuen Kirche nicht viel mehr als seine Wetterfahne übers Ried, davor mühten sich ein paar Ewer mit schlaffen Segeln und knarzenden Rudern flußaufwärts zum Hamburger Hafen.

Er blickte weiter nach Westen nach Altona. Nur zwei Türme, vom Rathaus und von St. Trinitatis, überragten die Ziegeldächer. All die anderen Kirchen der Mennoniten, Reformierten, Katholischen, Juden und wer sonst noch in der freizügigeren dänischen Stadt Zuflucht gefunden hatte, duckten sich unauffällig zwischen den Mauern.

Struensee zog die weiten Ärmel seines weißen Hemdes, die er wegen der Hitze aufgekrempelt hatte, wieder herunter und griff nach dem Rock aus blaßblauem Tuch. Entschlossen rollte er ihn zusammen und stopfte ihn in die Satteltasche. Stadtphysikus hin oder her, heute war nicht der Tag für ordentliche, sondern für möglichst wenig Kleider.

«Komm, Paladin, du stolzer Renner», sagte er und schwang sich in den Sattel, «in zehn Minuten sind wir zu Hause.»

Vielleicht lag es an der geteilten Wasserration, vielleicht war das Pferd auch einfach zu schläfrig, um noch Widerstand zu leisten. Es trottete brav über den staubigen Weg, warf nur einen verächtlichen Blick auf den trüben Teich an der Grenze und trug seinen Herrn durch das Nobistor, nicht viel mehr als eine bescheidene hölzerne Grenzmarkierung zwischen hamburgischem und dänischem Gebiet, nach Altona hinein.

Der Arzt brachte den Apfelschimmel in den Mietstall zurück, nahm seine Tasche und machte sich auf den Heimweg in die Königstraße. Dort wollte er ein frisches Hemd anziehen, um anschließend der neuen Gebärstation im Zuchthaus einen Besuch abzustatten.

In der Neuenburgsgasse stand die Luft. Auch über Altona, sonst kaum minder geschäftig und lärmend als Hamburg, hatte die schwüle Hitze eine eigentümlich explosive Stille gelegt. Hinter einem Hoftor gackerten ein paar Hühner, irgendwo beschimpften sich kurz und kräftig eine tiefe und eine hohe Stimme, eine dicke schwitzende Frau schob ihre mit Körben tropfender frischer Wäsche beladene Karre die Gasse hinunter. Plötzlich sauste ein kleines schwarzgeflecktes Schwein panisch quiekend an Struensee vorbei, eine ganze Horde von Kindern rannte lärmend hinterher. Sie sahen ihm eins wie das andere aus: alle blond, alle rotznasig, alle in staubigen Kleidern und ohne Schuhe. Er erkannte nur einen kleinen Rotschopf, der trotz seines steifen Beines wacker hinter den anderen herflitzte. Im letzten Jahr hatte er das Faulfieber überlebt, obwohl selbst Struensee, der nie an den Tod glauben wollte, ihn schon aufgegeben hatte.

«Lorenz», rief er und erwischte den Jungen gerade noch am Ärmel. «Was ist los, wo wollt ihr alle so schnell hin? Das Schwein einfangen?»

«Ach was, das Schwein! Laß mich los, Doktor. Laß mich doch los!»

«Hat's ein Unglück gegeben?»

«Kein Unglück. Akrobaten sind da. Die machen was vorm Rathaus. Hörst du nicht die Flöte? So laß mich doch los, die anderen ...»

Struensee gab ihn frei und sah dem flink davonhumpelnden Jungen nach. Hoffentlich hatte er ein paar besondere Gaben mitbekommen, sonst würde er immer der letzte sein, und der erste, den man bei Gaunereien wiedererkannte und schnappte. Rote Haare, ein steifes Bein, der Vater beim Walfang irgendwo vor Grönland verlorengegangen – ein Wunder, daß er mit seiner Mutter und den vier Geschwistern noch nicht in den Armenhäusern am westlichen Stadtrand gelandet war.

Nun hörte er die Flöte auch, und ihrem ein wenig schrägen Klang folgend bog er in den weiten Marktplatz ein.

Eine dichte Menge stand im Halbkreis Schulter an Schulter vor dem Rathaus, das – sieben Doppelfenster breit und fast so hoch wie St. Trinitatis – zu den stolzesten Gebäuden der Stadt zählte. Der Pranger mit der groben steinernen Säule stand nur wenige Schritte entfernt hinter seinem eisernen Gitter. Struensee, den es vor diesem Ort öffentlicher Demütigung ekelte, bemerkte erleichtert, daß er heute leer war.

Er konnte die Akrobaten hinter all den Menschen nicht sehen. Er sah nur ein Kind mit weißblonden Kräusellocken, das auf der Brüstung zwischen den Säulen unter dem hohen Balkon, der den Eingang überdachte, mit hochrotem Kopf und runden Backen in die Flöte blies. Aber das war ihm genug. Schnell drängte er sich durch die Menschenmauer, und wenn zuerst auch gemurrt wurde, teilte sich die Menge bereitwillig, sobald man ihn erkannte. Struensee war erst 28 Jahre alt, aber schon seit fast acht Jahren Stadtphysikus. Unter seinen Kollegen und auch unter den Pastoren hatte der Amts- und Armenarzt sich zwar viele Feinde gemacht, aber von den ganz Armen und den ganz Reichen wurde er verehrt oder zumindest respektiert.

Vor den Akrobaten drängten sie sich nun alle ohne Unterschied. Auf dem von vier dünnen Säulen getragenen Balkon vor dem Ratssaal im ersten Stock lehnten sich sogar zwei Ratsdiener gemeinsam mit Bürgermeister Baur einträchtig über die Balustrade. Die Perücken, bei dieser Schwüle unerträgliche Requisiten ihrer Amtswürde, hatten alle drei wie Hüte unter den Arm geklemmt. Struensee grinste. Er war schon immer von der heilsamen und verbindenden Wirkung der Künste überzeugt gewesen.

Eine Ballerina, ein schlankes Mädchen in engem rotem Mieder über einem weißen, duftig flatternden Rock, die dicken blonden Locken zu kunstvollen Zöpfen aufgeflochten, sprang gerade in einem letzten großen Wirbel über einen feisten Mann in einer grasgrünen Weste und einer bunten weiten Hose, der gottserbärmlich jammernd im Staub lag. Dann verneigte sie sich graziös, half dem Dicken wieder auf die Beine, und ehe das Volk mit dem Klatschen und Johlen fertig war, sprangen ein Mann und ein Knabe in die Mitte.

Der Mann, nur wenige Jahre jünger als Struensee, war groß und schlank und bewegte sich wie einer, der sich seines Körpers ganz sicher ist.

«Allez!» rief er, und das Kind, das einige Schritte abseits gestanden hatte, hüpfte mit leichten Sprüngen auf ihn zu, wirbelte im Flickflack durch die Luft, fand noch im Flug die Hände des Mannes und stand fest auf dessen breiten Schultern. Beifall brandete auf. Mit einem gewagten Salto landete das Kind, fast so rotschöpfig wie der kleine Lorenz, wieder auf der Erde direkt vor der ersten Reihe der Zuschauer. Kreischend und lachend wich die Menge zurück, und schon ging es weiter. Bälle sausten durch die Luft, ein roter, ein grüner, ein gelber, ein schwarzer, flogen hoch hinauf und hin und her zwischen den Händen des Mannes und des Jungen. Aber der war nicht schnell genug, und als zwei Bälle auf den staubigen Boden rollten, sprang Struensee in den Kreis, nahm sie blitzschnell auf, und nun – die Altonaer konnten es nicht fassen – flogen die Bälle zwischen den breiten Händen des Akrobaten und den schmalen des Arztes hin und her, hin und her, bis der Akrobat sie in einem furiosen Finale ganz hoch hinauf warf und endlich blitzschnell einen nach dem anderen einfing.

Der Hut, mit dem der Junge nach dem Spektakel herumging, wurde an diesem Tag besonders großzügig gefüllt.

«Du hast es nicht verlernt, Struensee», sagte der Mann mit den Bällen immer noch atemlos, als die Menge sich langsam zerstreute.

Struensee wischte sich mit dem Ärmel seines Hemdes lachend den Schweiß von der Stirn und boxte den Akrobaten freundschaftlich gegen die Schulter.

«Mir war immer klar, daß ich diese Kunst einmal brauchen würde. Ich hatte zwar mehr an die Zeit gedacht, nachdem sie mich als Arzt davongejagt hätten, aber was soll's? Wenn ich meine Patienten so zum Lachen bringe, ist das doch noch besser.

Wahrscheinlich habe ich mich gerade um ein paar fette Honorare gebracht. Aber du bist gut geworden, Rothländer. Viel besser als ich. In Halle hast du ständig alles fallen lassen.»

«Das ist ein paar Jahre her. Inzwischen hatte ich einen guten Lehrer. Titus ist außerdem viel geduldiger als du.»

Der dicke Mann mit dem strohgelben Haar, der gerade noch als verlachter Galan jammernd im Schmutz gelegen hatte, klopfte sich grinsend auf die Brust. «Den besten. Und irgendwas mußte Sebastian ja bei uns lernen. Die Verse wollen ihm nie recht innig von den Lippen. Gibt's hier nichts zu trinken, Doktor? Wenn ich nicht bald den Altonaer Staub aus dem Hals bekomme, verdurste ich. Wo ist Rosina?»

Rosina, die Ballerina, hatte sich einen schicklicheren Rock aus kornblumenblauem Tuch über ihr Tanzkleid gezogen. Nun wickelte sie die silberne Flöte, der das Kind unter dem Rathausbalkon so schräge Töne entlockt hatte, in ein weiches Tuch und legte sie behutsam in einen hölzernen Kasten.

«Wir kommen schon», rief sie, «die Kinder müssen auch etwas trinken. Fritz platzt vom Flöteblasen gleich der Kopf. Geht es Ihnen gut, Monsieur Struensee?»

Aber sie sah ihn nicht an und erwartete auch keine Antwort, sondern strubbelte dem Jungen liebevoll durch die weißblonden Kringellocken. «Mach nicht so ein Gesicht, Fritz. Das war zwar noch nicht perfekt, aber schon viel besser als das letzte Mal. Wir werden weiter üben, und jeden Tag klingt es ein bißchen schöner.»

Am Abend wurde in allen Schenken Altonas darüber gesprochen, daß der Physikus jongliere wie ein Fahrender, und daß er zudem mit einigen von denen, die seit einer Woche über Melzers Kaffeehaus neben der Theaterscheune an der Elbstraße wohnten, im Alten Ratskeller an der Kirchenstraße eingekehrt sei. Eigentlich habe der Wirt die Komödianten nicht hereinlassen wollen, aber Struensee habe ihn nur lachend beiseite geschoben und gleich «für mich und meine ehrenwerten Gäste» den besten Tisch besetzt. Dem Wirt sei nichts anderes übriggeblieben, als den Physikus, den er wegen seiner zänkischen Galle nicht verärgern durfte, höflich zu bedienen. Samt seiner ehrenwerten Gäste. Es sei übrigens ganz manierlich zugegangen, selbst die beiden Knaben, von denen der eine, der rötliche, nicht ein Wort geredet habe, wußten mit Messer und Gabel, ja, selbst mit dem Mundtuch, umzugehen, ganz anders als man es von Komödianten erwarte. Der Physikus sei nun mal ein seltsamer Kauz, und so einer habe seltsame Bekanntschaften. Man hätte nur zu gerne gewußt, woher.

Danach hätte man Struensee nur zu fragen brauchen. Er schämte sich nie für seine Freundschaften. Den Akrobaten, den er mit dessen Familiennamen Rothländer angesprochen hatte, und der von den Komödianten, zu denen er seit einigen Jahren gehörte, nur Sebastian genannt wurde, kannte er aus Halle. Dort hatten beide studiert. Als Sebastian an die Universität kam, war Struensee schon in seinem letzten Jahr. Er hatte den ruhigen, immer etwas gebeugt erscheinenden Jungen vom Land gleich gemocht, und die Entschlossenheit, mit der der Jüngere sich so verschiedenen Wissenschaften wie der Theologie, der Juristerei und, von dem neuen Freund animiert, der Kunst des Jonglierens widmete, hatte ihm, dem ewigen Spötter, imponiert.

Im vergangenen Frühjahr hatte die Beckersche Komödiantengesellschaft, wie sie nach ihrem Prinzipal Jean Becker hieß, in Hamburg Furore gemacht, weil sie half, einen Mörder zu fangen und einen weiteren Mord zu verhindern. Damals hatte Struensee in dem geschmeidigen Akrobaten und, zugegeben, nicht besonders gefälligen Deklamierer, den alten Freund wiedererkannt. Er hatte nicht gefragt, warum er, der aus guter Familie kam und an einer der besten deutschen Universitäten studiert hatte, Komödiant geworden war. Aus dem blassen, etwas kraftlosen Studiosus war ein selbstbewußter fröhlicher Mann geworden, immer noch ruhig, aber nicht mehr verschlossen und melancholisch. Das genügte ihm. Struensee war in jenen Wochen oft nach Hamburg geritten, er hatte in der Theaterbude an der Neustädter Fuhlentwiete gesessen und sich amüsiert, er hatte nach der Vorstellung mit den Komödianten in der Schenke *Zum Bremer Schlüssel* gesessen und sich noch mehr amüsiert.

Struensee freute sich, daß die Komödianten gerade in diesem trüben Monat zurückgekehrt waren. Er brauchte ein wenig Vergnügen, auch wenn er nicht wußte, woher er die Zeit dazu nehmen sollte. Das Wetter machte zu viele krank.

Eigentlich hatte er es eilig, wie immer, aber nichts und niemand hätte ihn daran gehindert, die Komödianten nach Hause zu begleiten, um die anderen Mitglieder der Gesellschaft zu begrüßen. Zu Hause, das bedeutete für ein paar Wochen die Mietwohnung in der Elbstraße, gleich neben der großen Scheune, die in Altona an reisende Komödianten, Puppenspieler, Ballett- oder Operntruppen vermietet wurde.

Satt – es hatte mit süßem Eierrahm und Mandeln gebackenes Krebsfleisch gegeben – und erfrischt von kühlem Zitronenwasser, schlenderten der Physikus und die Komödianten durch den Rosengang und die Fischerstraße. In Sustermanns Gang mußten sie sich an einem hoch mit Heu beladenen Fuhrwerk vorbeidrängen, dessen Räder wegen des starken Gefälles am Geesthang gerade von zwei Frauen mit dicken Steinen blockiert wurden. Schließlich erreichten sie den Fischmarkt, von dem aus sich die Elbstraße, das quirlige Altonaer Zentrum für Handel und Schiffahrt, flußabwärts erstreckte. Fische durften nur bis um halb zehn am Morgen verkauft werden, und die Ewer der Fischer waren um diese Nachmittagsstunde längst wieder nach Neumühlen, Övelgönne oder Finkenwerder verschwunden. Nur im Schatten der Fischmarktwache, auf deren First ein in Eisen gegossener Kranich über Ruhe, Ordnung und reelle Geschäfte wachte, hockten noch einige Ottenser Bäuerinnen neben ihren Körben. Die meisten waren schon leer, aber es gab immer noch Erdbeeren, junge Zwiebeln, grüne Bohnen, Spargel, Eier und weißen Käse.

Rosina blieb am Brunnen stehen, tauchte beide Hände ins Wasser und lächelte zu der steinernen Minerva hinauf, die auf dem achteckigen Podest inmitten des Beckens thronte. Sie kühlte ihre Arme, schöpfte mit beiden Händen Wasser und ließ es über die Füße der Schutzherrin des Handwerks, der Weisheit und der Künste laufen.

«Bring uns Glück», flüsterte sie, «bring uns bitte Glück.»

Die Elbstraße begleitete den Lauf des Flusses bis zum Ende der Stadt. Nahe dem Fischmarkt war sie zur Landseite dicht von Kontor- und Wohnhäusern der reichen Kaufleute und Handwerksmeister, der Reeder und Schiffbauer gesäumt. Die Durchfahrten in die Höfe gaben den Blick frei in die Werkstätten und Lager. An der Wasserseite trotzten ein paar Speicher der Flut. Auf den Landnasen zwischen den von hölzernen Anlegerbrükken, die man hier ‹Vorsetzen› nannte, gesäumten Hafenbecken hatten die Sägereien und Werften ihren Platz.

Auf der Elbstraße herrschte der übliche rege Alltagsbetrieb. Auch wenn in diesen Tagen kein neues Schiff mit Ware von Frankreich, Portugal, England oder den nördlichen und östlichen Ländern einlief, sondern nur ein paar Großsegler an den Ankern dümpelten und auf den Wind warteten, der sie elbabwärts zum Meer bringen sollte, blieb das Leben doch nicht stehen. Fuhrwerke drängten sich mit Handkarren, Boten eilten mit neuer Post zu den Kontoren, ein paar Mägde trugen schwere Körbe in ihre Küchen. Alles machte der goldbeschlagenen Kutsche Platz, die, unterwegs zu einem der reichen Häuser hinter den Gärten an der Palmaille, die Hälfte der Straße einnahm. Eine Hand in silberweißen Spitzenhandschuhen schob sich durch das Fenster und winkte Struensee einen müden Gruß zu, den er lächelnd mit einer kleinen Verneigung erwiderte.

Es roch nach Holz, Teer, Firnis und brackigem Wasser, der faulige Geruch der Maische von den Brauereien mischte sich mit dem süßlichen von den Zuckersiedereien, und vor der weit geöffneten Tür von Melzers Kaffeehaus an der Ecke zum Brauerhof duftete es herb nach Kaffee und Tabakrauch. Der Lärm der Hämmer und Sägen von den Reeden und Sägereien am Ufer wurde nur von den streitenden Stimmen übertönt, die aus den geöffneten Fenstern im zweiten Stock über dem Kaffeehaus drangen.

«Sie sind sich noch immer nicht einig», rief Rosina ärgerlich, raffte ihre Röcke und lief, immer zwei Stufen auf einmal und von Sebastian, Titus und den Jungen gefolgt, die steile Treppe hinauf. Struensee hatte sich zwar ein etwas ruhigeres Wiedersehen vorgestellt, aber für einen ordentlichen Streit war er immer zu haben.

Helena, das kastanienrote Haar in zorniger Unordnung, stand, die Hände in die Hüften gestemmt, mitten im Zimmer und funkelte ihren Ehemann aus blitzendgrünen Augen an.

«Du bist der Prinzipal», schrie sie, «wer sonst soll sich darum kümmern? Gib's doch zu! Du bist nur zu feige, in das stinkfeine Bürgerhaus zu gehen und danach zu fragen. Was aus uns wird, ist dir völlig egal ...»

«Hör auf, Helena», rief Rosina, die Türklinke noch in der Hand, «halb Altona kann euch hören, und ich hoffe sehr, daß alle denken, ihr probt für ein neues Stück.»

«Neues Stück! Du weißt genau, daß es wahrscheinlich gar nicht existiert. Und daß dieser Verrückte, der uns aus Braunschweig, und wir haben gute Geschäfte gemacht in Braunschweig, sehr gute sogar, daß dieser Verrückte inzwischen offenbar so verrückt geworden ist, daß sie ihn ins Irrenhaus gesperrt haben. Guten Tag, Doktor Struensee, wie reizend, daß Ihr uns besucht», fuhr sie mit ruhiger, äußerst sittsamer Stimme fort. Helena, erste Heroine, Königin und Göttin in Komödie und Tragödie auf der Bühne der Beckerschen Komödiantengesellschaft, war eine große Schauspielerin. Auch die raschesten Stimmungswechsel gelangen ihr perfekt.

Struensee lachte verblüfft, und Helena lachte mit ihm. Alle lachten, auch wenn Jean, der immer noch wie ein geprügelter Hund auf der Bank am Fenster hockte, nicht besonders fröhlich, sondern vor allem erleichtert klang. Er liebte Helena, mal mehr, mal weniger, und er kannte ihre Ausbrüche gut. Zwar hatten sie erst im letzten Sommer geheiratet, doch waren sie schon seit vielen Jahren ein Paar. Er hätte es niemals zugegeben, aber er wußte genau, daß sein Theaterunternehmen ohne sie schon lange bankrott gewesen wäre.

Die Beckersche war eine von den kleineren Komödiantengesellschaften, die durch das Land zogen, und immer dort spielten, wo man es ihnen erlaubte. Zur Ackermannschen, die nun in Hamburg als erste ein eigenes Theater hatte, gehörten fast zwanzig Mitglieder, die ebenso berühmte Kochsche war kaum kleiner. Aber auch Jeans Truppe galt schon lange mehr als die bunten Spaßmachergrüppchen, die auf den Jahrmärkten derbe Stegreifspiele ohne Sinn und Handlung aufführten. Dabei verstanden sie sich auch auf die alten Späße. Titus war ein wirklich begnadeter Hanswurst, ohne ihn wären die Bänke vor der Bretterbühne ganz gewiß sehr viel leerer gewesen, aber die lustigen Einlagen gaben nur den bunten Rahmen für die echten Dramen und Komödien. Die Kiste, bis zum Rand mit Stücken in ordentlichen Versen gefüllt, war ihr größter Schatz. Und wenn auch an den Höfen des Adels immer noch die italienischen Operisten bevorzugt wurden, begannen viele Bürger in den Städten das Theater, wie es die Ackermannsche, die Kochsche oder auch die Beckersche Gesellschaft zeigte, zu schätzen. Jean sehnte sich zwar manchmal nach den guten alten Zeiten, in denen so lästige Dinge wie Proben und Auswendiglernen, vor allem das Auswendiglernen, nicht nötig gewesen waren, aber er war doch stolz, zu denen zu gehören, die aus der Bühne eine Stätte der Kunst machten. Natürlich mußte man die Werke der großen Dichter wie Molière, Gellert oder Corneille ein wenig zurechtschneidern, weil sie oft gar zu gelehrt und lang waren, und mit einem lustigen Vorspiel anreichern. Aber er fand es doch sehr erhebend, dem Volk einen Spiegel vorzuhalten. Auch wenn das Volk es nicht immer verstand oder zu würdigen wußte. So war das Volk eben.

Außer Helena, Jean, Rosina, Titus und Sebastian gehörten noch Rudolf und Gesine zu Jeans Gesellschaft. Ein Ehepaar, brav und unauffällig wie ein Armenschullehrer und seine fromme Frau. Auf der Bühne waren sie die besten für die wakkere Tante der liebreizenden Heroine, den treuen Diener des Helden. Hinter der Bühne erwies sich Gesine als geschickte Schneiderin, mit ein wenig Flitter und ein paar Stücken alten Samtes schuf sie die edelsten Roben. Rudolf machte aus der löcherigsten Scheune eine haltbare Theaterbude und war ein großer Zauberer, wenn es darum ging, mit Licht und Donner Illusionen zu erschaffen. Und mit seiner Flugwerkkonstruktion konnte er Engel und Teufel, Göttinnen und Helden in wildem Sturz über den Theaterhimmel sausen lassen. Vor lauter Blitz und Donner vergaßen die Zuschauer, daß es sich um Menschen aus Fleisch und Blut handelte.

Dann waren da noch Fritz und Manon, die Kinder von Rudolf und Gesine. Und Muto, der Junge, von dem niemand wußte, woher er kam. Sie hatten ihn vor drei Jahren in einer dunklen Straße in Leipzig gefunden, mitten im Winter, halb erfroren und so zerschlagen, daß niemand glaubte, er würde wieder heil und ganz werden. Die alte Lies pflegte ihn mit ihren Kräutern und ihrer Heilkunst aber doch gesund, nur die Sprache fand er nicht wieder. Vielleicht hatte er auch nie gesprochen, das wußten sie nicht. Sie brachten ihn ins Waisenhaus, wie es ihre Pflicht war, doch als sie einige Tage später Leipzig verließen, entdeckten sie ihn unter der Plane des letzten Wagens. Sie wollten ihn zurückbringen, aber das Kind klammerte sich mit still schreienden, angstvollen Augen an Sebastian, und Jean entschied in seltener Entschlossenheit, daß ein Komödiantenwagen immer noch ein besseres Schicksal für ein Kind bedeute als ein Waisenhaus, und daß ein weiterer kleiner Esser sie auch nicht ärmer machen könne. So blieb Muto bei ihnen, immer an Sebastians Seite, als wäre der sein selbsterwählter Vater. Die grimmige alte Lies hatte sie im letzten Sommer verlassen, ein Verlust, den jeder auf seine eigene Art schmerzlich spürte.

Als die Komödianten nun um den großen Tisch saßen und sich aus der Kirschweinkaraffe bedient hatten, erfuhr Struensee den Grund für Helenas Wut.

Es war vier Wochen her, sie spielten gerade in Braunschweig, in dieser theaterliebenden Stadt, die das Komödienhaus keinen Abend leer stehen ließ, da bekam Jean einen Brief aus Hamburg. Er war auf gutem dicken Papier geschrieben und sah auch sonst aus, als komme er aus einem reichen Haus. Der Absender hatte mit ‹Lysander Julius Billkamp, Dichter› unterschrieben. Das hatte Helena gleich mißtrauisch gemacht, denn so durfte sich schließlich nur ein von den Universitäten gekrönter berühmter Poet nennen, und dieser war völlig unbekannt.

«Aber du wolltest ja nicht hören», schnaubte sie.

«Wenn ich immer gleich auf dich hören würde, kämen wir nie weiter. Du warst sogar dagegen, daß wir Rosina ...»

«Das ist Unsinn, Jean», fiel ihm Rosina ins Wort. «Helena war nur am ersten Tag dagegen, mich bei euch aufzunehmen, und dazu hatte sie gute Gründe. Außerdem ist es fast sechs Jahre her. Nun erzähl Sebastians Freund endlich von unserem Pech. Vielleicht hat er eine Idee, die uns weiterhilft. Schließlich ist er Arzt, er wird sich auch mit kranken Seelen auskennen.»

«Habt ihr ihm noch nicht davon erzählt?»

Rosina schüttelte den Kopf.

«Nein, Helena», seufzte sie, «wir haben wohl eine ganze Weile im Alten Ratskeller zusammengesessen, aber Sebastian und sein gelehrter Freund mußten erst einmal von alten Zeiten schwärmen.»

Struensee hätte viel lieber erfahren, wie Rosina zu ihrem seltsamen Beruf gekommen war. Ganz offensichtlich war sie genausowenig wie Sebastian auf dem Komödiantenkarren geboren, das hatte er schon im letzten Jahr festgestellt. Aber er lehnte sich zurück und hörte zu.

Der fremde Briefschreiber hatte zunächst viel Platz des kostbaren Papiers auf Lobpreisungen der Beckerschen Gesellschaft verwendet, deren Mut und hohe Kunst, so stand es da, er im letzten Mai ausführlich zu bewundern Gelegenheit gehabt habe. Dann forderte er sie auf, möglichst schnell nach Norden zu reisen, denn er habe ein Stück geschrieben, das niemand als sie aufführen könne. Es glänze nicht nur durch die formidablen Verse, sondern auch durch die brisante Begebenheit, von der er darin erzähle. Es sei eine wahre Begebenheit, die sich vor langer, aber nicht zu langer Zeit zugetragen habe, und weil ganz gewiß jeder davon erfahren wolle, werde das Theater wochenlang ausverkauft sein.

«Hat er geschrieben, worum es darin geht?» Bis jetzt fand Struensee die Geschichte nicht besonders aufregend.

«Nein», fuhr Jean fort, «aber für mich als Künstler, der nicht nur spielen, sondern das Volk belehren und aufklären ...»

«Jean!» Helenas Augen begannen wieder gefährlich zu blitzen.

«Nun ja, ich will fortfahren. Er trug uns auf, nicht in Hamburg, sondern in Altona Wohnung zu nehmen, damit der Inhalt nicht vor der Zeit durch die Proben bekannt würde.»

«Als würde nicht jeder Klatsch schneller als die Börsennachrichten zwischen Altona und Hamburg hin- und hergehen.»

Jean ignorierte Rosinas Einwurf mit der gehörigen Grandezza. «Altona war mir sehr recht, denn seit Ackermann im letzten Sommer sein großes Theater im Opernhof am Gänsemarkt eröffnet hat, ist für uns in Hamburg zuwenig Platz. Um es kurz zu machen: Wir brachen unser sehr einträgliches Gastspiel in Braunschweig ab, beluden die Wagen und machten uns auf den Weg. Es war eine beschwerliche Reise, das könnt Ihr glauben, die Hitze und der Staub ...»

«Jean!» Zum tausendstenmal fragte Helena sich, warum sie diesen eitlen, larmoyanten Komödianten nur so liebte.

«Staub, ich sagte Staub!» Er leerte mit einem Schluck sein Glas und schenkte sich mit aufreizender Akkuratesse nach. «Wir erreichten die Stadt, immerhin diesmal ohne auch nur ein Rad zu brechen, weil auf den Straßen selbst das größte Schlammloch nur noch staubig ist, mieteten diese Wohnung, eine gute, aber doch sehr teure Wohnung, und wanderten gleich am nächsten Tag nach Hamburg.» Er tupfte sich seufzend mit einem Spitzentuch die Stirn. «Monsieur Billkamp lebt tatsächlich in einem sehr reichen Haus in der Gröninger Straße, vier Etagen hoch, breit wie ein Dom und aus schönstem Stein. Er ist auch nicht, wie Helena, die nie an das Gute zu glauben vermag, vermutet hatte, ein Diener oder Hilfsschreiber. Nein, Monsieur Billkamp ist ein sehr reicher Mann, der sich schon vor Jahren von seinen Geschäften zurückgezogen und ganz der Dichtkunst hingegeben hat...»

«Ja, aber leider ist ihm die zu Kopf gestiegen», unterbrach ihn seine Frau, der Jeans Rede viel zu langsam ging. «Er hat die Wohnung wechseln müssen. Nein, natürlich haben sie uns gar nicht erst in den Salon gelassen, irgendein Wichtigtuer mit dikken silbernen Knöpfen auf der Weste, von dem wir überhaupt nicht wissen, wer er war, sagte, wir könnten gleich wieder gehen. Monsieur Billkamp sei erkrankt, und es sei nicht anzunehmen, daß er vor dem Winter wieder gesund werde. Vor dem Winter! Der Sommer hat gerade erst angefangen.»

Sie griff nach dem *Altonaer Mercurius*, der frisch aufgeschnitten auf dem Tisch lag, und fächelte sich erregt.

«Mehr war nicht aus ihm herauzubekommen. Erst Jakobsen, der Wirt vom *Bremer Schlüssel* – Ihr erinnert Euch gewiß an Titus' alten Freund in der Neustädter Fuhlentwiete –, bei dem wir ratlos und durstig einkehrten, hat das Rätsel für uns gelöst. Ihr müßtet die Geschichte eigentlich kennen, in Hamburg wurde viel davon geredet. Billkamp ist tatsächlich ein Dichter, auch wenn das außer ihm niemand so recht glaubt, auf alle Fälle schreibt er viel Papier voll und deklamiert jedem, der ihm nicht rechtzeitig entkommt, seine Verse. Vor zwei oder drei Wochen, keiner weiß genau, wann es anfing, begann er plötzlich wirr zu reden. Er tat niemandem etwas zuleide, und da sowieso die meisten der Ansicht sind, daß er nicht besonders ernst zu nehmen sei, kümmerte es zunächst keinen. Als er aber versuchte, auf den Turm von St. Petri zu klettern, um allen zu zeigen, daß Gott ihm die Gabe zu fliegen gegeben habe, beschloß sein Vetter, offenbar sein einziger Verwandter, ihn vor sich selbst zu schützen. Kurz und gut, er lieferte ihn im Pesthof vor den Wällen ab, in diesem gräßlichen Anwesen, in dem die Hamburger ihre Siechen wegschließen. Ich finde das sehr befremdlich. Hätte ich einen Vetter und so viel Geld, würde ich ihn um keinen Preis in diesem Haus einschließen lassen, das selbst bei kühlem Wetter meilenweit stinkt und vom Schreien und Stöhnen der armen Verwirrten widertönt.»

Sie holte tief Luft. Das war selbst für Helena eine lange Rede gewesen. Es war plötzlich still im Zimmer, nur eine Hummel brummte auf der Suche nach dem Fenster. Alle sahen Struensee erwartungsvoll an.

«Und jetzt habt ihr kein Stück, das ihr aufführen könnt.»

«Natürlich haben wir ein Stück, viele Stücke, Tragödien, Komödien, Ballette oder Schäferspiele, das wißt Ihr doch. Aber wir haben für ihn und sein blödes Stück Braunschweig aufgegeben, und er hat uns ein besonderes Honorar zugesichert. Das brauchen wir jetzt dringend. Dieser wandelnde Silberknopf, gewiß sein Herr Vetter, behauptete, er wisse nichts von einem neuen Stück. Wir brauchen es aber, und Billkamps Brief ist so gut wie ein Vertrag, sagt Sebastian.»

Struensee zupfte sich nachdenklich an der etwas groß geratenen Nase und nickte. «Billkamp, sagt Ihr? An den Namen kann ich mich zwar nicht erinnern, ich habe schon große Mühe, mir die meiner Patienten zu merken. Aber doch, ich habe von der Geschichte gehört. Warum besucht ihr ihn nicht im Pesthof? Gegen eine geringe Gebühr kann da jeder hinein, sonntags gleich nach dem Gottesdienst pilgern ganze Familien zur Unterhaltung in diese Gruselkabinette und weiden sich am Elend der Kranken. Ihr habt immerhin einen Grund.»

«Das hat Jakobsen auch vorgeschlagen», sagte Titus, der die Geschichte längst leid war und bis zu diesem Moment in einer Ecke gedöst hatte. «Jakobsen kennt sich aus, ein guter Wirt hört von allem, was in der Stadt geschieht. Ich bin auch gleich mit Helena hingegangen, aber sie haben uns nicht eingelassen. Ausnahmsweise war der Grund nicht, daß wir Komödianten sind. Da kommt offenbar tatsächlich jeder hinein, selbst so übles Volk wie wir. Aber speziell unser Dichter sei nicht zu besuchen, sagte der Torwächter. Nicht für uns und auch sonst für niemanden.»

Wieder nickte Struensee. Wer genug Geld hatte, konnte seinen Verwandten dort eine Einzelzelle abseits der großen Säle mieten, und wenn die Wächter ab und zu mit einem Fäßchen Branntwein und einem halben Goldstück versorgt wurden, ließen sie die Gaffer nicht hinein.

«Der Pesthof gehört den Hamburgern», erklärte er. «Als Stadtphysikus von Altona habe ich da nichts zu suchen, es sei denn, es handelt sich um einen meiner dänischen Patienten, die in Hamburg leben.»

«Gibt es in Altona keinen Wahnsinn?» fragte Sebastian spöttisch.

«Doch», Struensee lachte. «Und nicht nur bei diesem Wetter. Aber wir sperren alle, die uns aus welchem Grund auch immer stören, einfach gemeinsam ins Zuchthaus in der Kleinen Mühlenstraße. Das ist zwar ständig überfüllt, aber so ist es eben am billigsten. Vielleicht kann Rohding helfen, er hat sicher Patienten dort. Ich will sehen, was ich tun kann.»

Nachdem er gegangen war, blieb Rosina am Fenster stehen und sah ihm nach, wie er sich mit großen, leichten Schritten, die Ärmel hochgeschoben und die Jacke über der Schulter, durch das Gedränge auf der Elbstraße schob und in einer Seitenstraße verschwand. Sie hätte ihn gerne noch einiges gefragt. Wie es den Herrmanns' am Neuen Wandrahm ging, zum Beispiel.

2. KAPITEL

MITTWOCH, DEN 11. JUNIUS,
NACHMITTAGS

Claes Herrmanns blinzelte träge in die Sonne, die in breiten Streifen durch die Fenster in Jensens Kaffeehaus fiel und sich in den bläulichen Tabakschwaden brach. Es war die Stunde nach Börsenschluß, und das Kaffeehaus war wie stets um diese Zeit gedrängt voll. Die Stimmen der Männer verschmolzen in Claes' Ohren zu einem breiten, vieltönigen Summen. Er löffelte den Zuckersatz aus seiner Tasse und fand, er sei ein glücklicher Mann.

Sein Handelshaus, eines der größten in Hamburg, florierte trotz der schwierigen Zeiten, die die Hamburger Kaufleute seit dem Ende des Krieges erlebten, in dem sich die größten europäischen Mächte sieben Jahre lang um ihre ertragreichsten Provinzen und Kolonien geschlagen hatten. Sein ältester Sohn war im letzten Herbst aus der Lehre in Bergen heimgekehrt und im Herrmannsschen Kontor mittlerweile unersetzlich, zum einen wegen seines guten Gespürs für Geschäfte und Menschen, zum anderen wegen seines heiteren Naturells. Von dem war in den letzten Tagen zwar nicht viel zu spüren, aber das würde sicher vergehen.

Und er hatte Anne. Seine Ehe mit der jungen Frau von der Insel Jersey war noch kein Jahr alt, aber er konnte sich nicht mehr vorstellen, wie das Leben ohne sie gewesen war. Dunkel, dachte er, die letzten Jahre mußten sehr dunkel gewesen sein. Nun war es hell, und er fühlte, daß er mit ihr alle Stürme, die noch auf ihn warteten, überstehen konnte.

«Herrmanns! Du träumst!»

Werner Bocholt sah ihn mißbilligend an. Vor vielen Jahren hatten sie miteinander lateinische Verben konjugiert, nun führten beide große Handelshäuser, und Claes war an dreien von Bocholts Schiffen beteiligt.

«Ich möchte dir Thies Kosjan vorstellen. Er lebt auf Madeira und bereist nun unseren Norden. Gerade hat er mich gefragt, ob viele von uns am Geschäft mit den afrikanischen Sklaven teilhaben. Ich weiß davon nichts, aber was meinst du?»

Bocholt kam immer gleich zur Sache. Er war ein etwas spröder, aber stets verbindlicher Mann und gewitzter Reeder. Natürlich wußte er ebensogut wie Claes vom Sklavenhandel, doch bei brenzligen Angelegenheiten hielt er seine Meinung gerne zurück. Die beiden Männer setzten sich Claes gegenüber und sahen ihn erwartungsvoll an.

«In der Hanse war es von jeher verboten, mit Sklaven zu handeln», sagte Claes mit einem spöttischen Blick auf Bocholt, der ganz unbeteiligt an seinem rechten Ärmel herumzupfte.

«Die Hanse gibt es nicht mehr», antwortete Bocholts Begleiter, und auch in seiner Stimme schwang sanfter Spott. Er schien der einzige, der in diesen Tagen in Hamburg nicht schwitzte. Seine gebräunte Haut verriet, daß er Sonne und Hitze gewöhnt war. Er mochte einige Jahre älter als Claes und Bocholt sein, trotzdem war sein ungewöhnlich kurzes Haar schlohweiß. Claes hatte erst auf den zweiten Blick erkannt, daß es nicht gepudert war. Er war nicht sehr groß und nicht mehr ganz schlank, aber unter seinem exzellent geschnittenen taubengrauen Rock steckten ganz eindeutig kräftige Muskeln. Dieser Mann verbrachte sicher nicht alle seine Tage im Kontor.

«Nein», antwortete Claes lächelnd, «die Hanse gibt es schon lange nicht mehr. Aber die meisten von uns fühlen sich vielen der alten Regeln immer noch verpflichtet, weil sie gut und richtig sind. Kein Hamburger Kaufmann transportiert Sklaven auf seinen Schiffen.»

«Das würde Euch gewiß schwerfallen», antwortete der andere mit seiner weichen Stimme, die ganz leicht von einem fremden

Akzent gefärbt war. «Eure Schiffe fahren ja nicht weiter als bis an die spanische Küste. Oder, falls sie den Barbaresken, wie Ihr sie nennt, entkommen, durchs Mittelmeer.»

Claes fühlte sich plötzlich unbehaglich. Vielleicht lag es an dem Blick der hellbraunen, fast grünlich schimmernden Augen des Mannes, vielleicht auch an diesem unerfreulichen Thema, das Claes in seiner Zufriedenheit störte.

«Ich meine nicht auf eigenen Schiffen», fuhr der andere beharrlich fort, «ich denke eher an stille Teilhaberschaften an holländischen, englischen oder dänischen Schiffen. Dänemark beginnt mit Altona ja gleich vor Eurer Tür.»

«Ich habe mich nie für solche Teilhaberschaften interessiert, und ganz gewiß auch mein Vater nicht. Ich will nicht behaupten, daß niemand von uns hier in Hamburg an diesen unchristlichen Geschäften beteiligt ist, aber vielleicht fragt ihr besser im Dänischen. Oder in Holland und England.»

Von St. Petri schlug es dreimal, und Claes erhob sich. «Es wird Zeit für mich, mein Sohn erwartet mich längst im Kontor. Wir sehen uns morgen in der Commerzdeputation, Bocholt.» Er legte dem Kaufmann flüchtig die Hand auf die Schulter und nickte Kosjan einen Gruß zum Abschied zu. «Es hat mich gefreut, Euch kennenzulernen, gewiß treffen wir uns bald wieder. Wie lange bleibt Ihr in Hamburg?»

«Bis der Wind mich wieder davontreibt», lächelte Kosjan. «Ich bin in der glücklichen Lage, viel Zeit zu haben, und nach so vielen Jahren im Süden kann ich mich einfach ein bißchen hier im Norden herumtreiben.» Er erhob sich und reichte Claes die Hand. «Es wäre mir eine Ehre, wenn Ihr an einem der nächsten Abende im Baumhaus mein Gast sein würdet.»

Warum nicht, dachte Claes, als er wenig später das große, mit eleganten Schnitzereien geschmückte Portal zu seinem Haus am Neuen Wandrahm aufschob. Kosjan war zwar ein etwas befremdlicher Charakter, aber er fand es immer interessant, Menschen aus Ländern zu treffen, die er selbst nie bereist hatte.

Wenn er sich als ein angenehmer Gesellschafter erweisen sollte, könnte er ihn für einen Abend nach Harvestehude einladen, auch Anne freute sich immer über Besuch aus der Ferne. Am besten fragte er Bocholt morgen genauer, wer der Fremde war und woher er ihn kannte.

Er schritt durch die angenehm kühle Diele die wenigen Stufen zum Kontor hinauf und öffnete die Tür. Die Tische der Lehrlinge im vorderen Raum waren verwaist. Sicher hockten sie noch für ein spätes Mittagessen in der Küche. Die Tür zum hinteren Raum, in dem die beiden Herrmanns, Vater und Sohn, arbeiteten, stand weit offen. Es duftete nach Jasmin, nur ganz leicht, aber er erkannte das Lieblingsparfum seiner Frau sofort. Sie war hier gewesen, und nicht nur das, sie hatte ihm auch einen der voll erblühten Zweige aus dem Garten in Harvestehude ans Fenster gestellt. Noch vor einem Jahr hätte er Blumen in seinem Kontor für unpassend gehalten. Er lächelte. Anne St. Roberts, die seit dem letzten September Anne Herrmanns hieß, hatte viel mehr Neues in sein Leben gebracht als ab und zu ein paar Blüten für sein Kontor.

Er schloß behutsam die Tür. Christian saß an seinem Tisch, vor ihm lagen Speicherlisten und Rechnungsbücher, aber anstatt daran zu arbeiten, starrte er aus dem Fenster. Claes gestand sich ein, daß er seinen Sohn äußerst wohlgeraten fand. Christian Herrmanns war groß und schlank, ohne ungelenk zu wirken, die Mode der taillierten Röcke und engen Kniehosen schien anders als für manche seiner beleibteren Freunde, extra für ihn erfunden. Mit seinen grauen Augen, der geraden, eher zarten Nase und dem walnußbraunen ungepuderten Haar glich er seiner jüngeren Schwester Sophie beinahe wie ein Zwilling. Sophie lebte seit dem letzten Sommer mit ihrem Mann in Lissabon, und Claes vermißte immer noch ihren fröhlichen Lärm.

Christian bemerkte seinen Vater nicht, er war mit seinen Gedanken ganz offensichtlich weit fort. Als Claes sich leise räusperte, schrak er zusammen.

«Ach, du bist es, Vater. Wie war es an der Börse?»

Claes ignorierte die Frage, die ihm als eine leere Floskel erschien.

«Hast du jemand anderen erwartet?»

«Nein, natürlich nicht.»

Der Blick des jungen Mannes konzentrierte sich, und er bemühte sich um seine übliche heitere Miene. «Du solltest mal diese Abrechnungen für die Zuckerlieferungen an Marburger überprüfen. Irgend etwas stimmt da wieder nicht, aber ich kann es nicht herausfinden.»

Claes nahm den Rechnungsbogen, legte ihn aber gleich wieder achtlos auf den Tisch.

«Ich hatte erwartet, dich in Jensens Kaffeehaus zu treffen, mein Sohn. Sonst läßt du doch keine Gelegenheit aus, den Salonlöwen zu spielen. Nein, nein, guck nicht so betreten. Das stört mich ja nicht. Im Gegenteil, ich muß zugeben, daß ich stolz bin wie ein alter Gockel, wenn ich sehe, wie beliebt du bist, und zwar nicht nur bei den Damen. Also. Warum bist du nicht gekommen?»

«Hier ist viel zu tun, und ich dachte, das sei wichtiger.»

«Das Kaffeehaus gehört auch zu deiner Arbeit. Da wird ja nicht nur Kaffee getrunken und Billard gespielt, da werden oft mehr Geschäfte und Handelsbeziehungen gepflegt als in der Börsenhalle, auch wenn es Neulingen nicht so scheint. Außerdem ist es nicht nur unsere Nachrichtenbörse, man trifft da auch immer wieder Reisende aus der ganzen Welt. Es kann nur von Vorteil sein, mit Fremden zu reden, sonst wird unser Denken noch genauso eng wie die Mauern um die Stadt. Natürlich mußt du selbst entscheiden, wie du deine Arbeit machst, aber es ist mir sehr wichtig, daß du auch mit jener Art unserer Arbeit vertraut wirst. Und daß die Leute den zukünftigen Chef unseres Hauses noch besser kennenlernen.»

«Natürlich, Vater, entschuldige. Morgen werde ich dasein.» Das klang nicht sehr enthusiastisch, und Claes sah seinen Sohn, wie schon oft in den letzten Tagen, prüfend an. Christian war erst im vergangenen Herbst zur Hochzeit seines Vaters aus der

Lehre in Bergen zurückgekommen. Vier Jahre war er fort gewesen und inzwischen erwachsen, aber doch immer noch der gleiche energische, stets freundliche Junge. Er steckte voller Ideen und brachte einträgliche neue Kontakte in den Norden und bessere zu den englischen Textilmanufakturen mit. Vielleicht entschied er manchmal ein wenig forsch, aber das konnte den Geschäften, die schon lange im alten Trott liefen, nur guttun.

Claes Herrmanns, 45 Jahre alt und Herr eines der ältesten und größten Handelshäuser in Hamburg, dachte zwar nicht daran, sich zur Ruhe zu setzen, aber seine Aufgaben in der Commerzdeputation waren zeitraubender, als er vor der ehrenvollen Wahl angenommen hatte. Und natürlich wünschte er sich viel mehr Zeit für Anne. Seine Hoffnung, Christian werde sich als fähig erweisen, einen Teil der Geschäfte selbständig zu führen, war nicht enttäuscht worden. In ein paar Jahren würde Christian genug Erfahrung haben, um die Grenze zwischen kaufmännischem Wagemut und Leichtsinn besser zu erkennen, und bis dahin konnte das eine oder andere falsch eingeschätzte Geschäft das Haus Herrmanns kaum ruinieren.

Er selbst war nicht anders gewesen, als er vor mehr als zwei Jahrzehnten von seiner Lehre in London ins väterliche Kontor zurückkehrte. Und wie an die Stürme seiner ersten Jahre als Hamburger Kaufmann erinnerte er sich auch daran, daß er zu viele Fragen seines Vaters stets als erdrückend empfunden hatte.

«Gut, Christian, also morgen. Wenn wir am Vormittag das Nötige besprochen haben, kannst du uns auch gleich an der Börse vertreten.»

Er hatte erwartet, daß Christian sich über diese Auszeichnung freuen würde, doch sein Sohn nickte nur und beugte sich wieder über die Papiere.

«So heiße Wochen bist du von Bergen sicher nicht gewöhnt. Wenn dich die Schwüle zu sehr bedrückt, komm doch heute abend mit mir nach Harvestehude ins Gartenhaus. Anne wird sich freuen.»

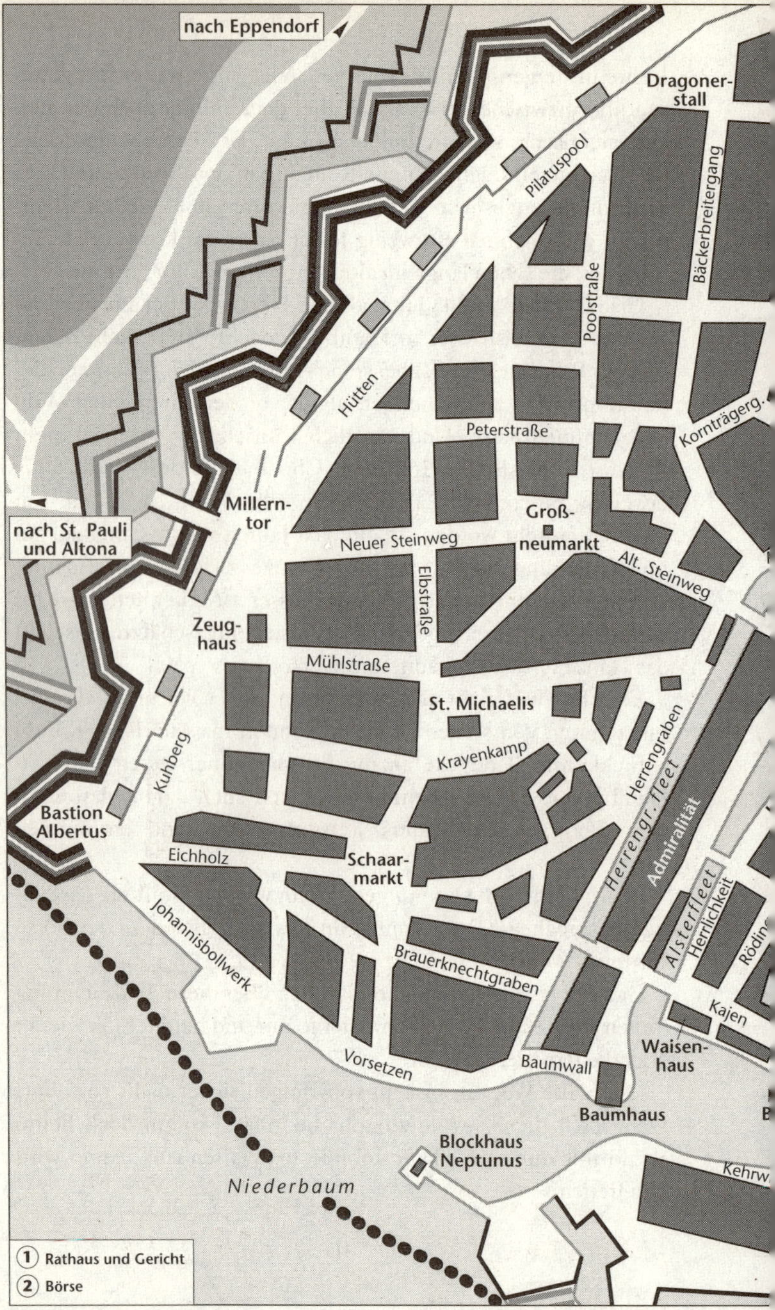
nach Eppendorf
Dragoner-
stall
Pilatuspool
Bäckerbreitergang
Poolstraße
Hütten
Kornträgerg.
Peterstraße
Millern-
tor
Groß-
neumarkt
nach St. Pauli
und Altona
Neuer Steinweg
Alt. Steinweg
Elbstraße
Zeug-
haus
Mühlstraße
St. Michaelis
Herrengraben
Krayenkamp
Kuhberg
Herrengr. fleet
Admiralität
Bastion
Albertus
Eichholz
Schaar-
markt
Alsterfleet
Herrlichkeit
Johannisbollwerk
Brauerknechtgraben
Kajen
Waisen-
haus
Vorsetzen
Baumwall
Baumhaus
Blockhaus
Neptunus
Niederbaum
Kehrw
1 Rathaus und Gericht
2 Börse

zum Dammtor und
nach Harvestehude
Außenalster
Bastion
David
Dammtorstraße
Caffamacher Reihe
Gänse-
markt
Theater im
Opernhof
ABC-Straße
Binnenalster
Hinter d. Bleichen
Jungfernstieg
Drillhaus
Holzdamm
Gr. Bleichen
Werk- und
Zuchthaus
Spinnhaus
zur Vorstadt
St. Georg
Raboisen
twiete
Bleichen-
fleet
Rosenstraße
Alstertor
Neuer Wall
Kleine Alster
Johannis-
kloster
Marktstraße
Dreckwall
Pferde-
markt
St.
Jakobi
Mönkedamm
Berg
St.
Petri
Speersort
Steinstraße
Fronerei
Zum Steintor
Burstah
Dom
Springeltwiete
1
Neß
2
Gr. Reichenstraße
Fisch-
markt
Niedernstraße
St.
Nikolai
Kl. Reichenstraße
Deichstraße
Neue Burg
Brandstwiete
Meß-
berg
fleet
Gröninger Straße
Grimm
Nikolai-
Katharinenstraße
Cremon
Dovenfleet
Zippelhaus
St.
Katha-
rinen
Katharinenfleet
Alter Wandrahm
Neuer Kran
Neuer Wandrahm
Waage
Bei den Mühren
Holl. Reihe
Holländ. Brook

Claes' Angebot sollte nicht mehr als eine freundliche Geste sein, denn in den letzten Wochen hatte sich Christian fast jeden Abend mit seinen Freunden auf den Wällen, auf dem Altan des Baumhauses oder zum Rudern auf der Alster getroffen, wie es unter den jungen Leuten in der Stadt an warmen Sommerabenden üblich war. Aber als er zwei Stunden später das Kontor im Stammhaus am Neuen Wandrahm verließ, schloß sein Sohn sich ihm an.

Sie lenkten ihre Pferde über die Jungfernbrücke zum Katharinenkirchhof, überquerten die Grimm-Insel und erreichten die noch engeren uralten Gassen nahe Rathaus und Börse hinter der Trostbrücke. Von St. Petri hatte es schon sechs geschlagen, die Straßen leerten sich.

Selbst am Jungfernstieg wehte heute nicht der sonst übliche frische Wind von dem großen See, zu dem die schmale Alster schon vor vielen Generationen gestaut worden war, dennoch atmete es sich freier, wenn man die engen Straßen mit ihren hochaufragenden Häuserschluchten hinter sich ließ. Claes erinnerte sich, daß in seiner Kindheit noch überall in der Stadt Gärten und kleine Felder das verschachtelte Häusermeer unterbrochen hatten. Die waren nun fast alle verschwunden, kaum ein Fleck in der Stadt, der inzwischen nicht bebaut war, meistens drei- oder vierstöckig, aber auch höher, denn Baugrund war in der von den Wällen eingeschnürten Stadt rar und teuer. Nur in der Neustadt gab es noch ein paar kleine Gärten und Gemüsefelder. Wer es sich leisten konnte, mietete oder kaufte einen Garten in den Billeniederungen vor dem Steintor und in den Vierlanden oder neuerdings, so wie die Herrmanns, auch am näheren Westufer der Außenalster.

Die beiden Herrmanns lenkten ihre Pferde langsam durch die flanierenden Menschen unter den Linden der breiten Promenade. Sie grüßten nach links und rechts, bis ihnen Baumeister Sonnin entgegenkam, ein paar gerollte Bauzeichnungen unter dem Arm und wie immer in staubiger Jacke, und Claes seine Stute zügelte. Sonnin war ein Querkopf, ein genialer Tüftler mechanischer Apparate, ein eigensinniger Baumeister und vor allem ein alter Freund.

«Nehmt Ihr wieder Arbeit mit nach Hause, Sonnin?» fragte Claes.

Der Baumeister schüttelte den Kopf mit der staubigen, etwas struppigen Perücke: «Nein, ich gehe noch nicht in meine Klause in der Neustadt. Da ist es mir heute abend zu stickig. Aus den Höfen hat es schon vor dem Frühstück so gestunken, als faule da eine ganze Ziegenherde vor sich hin. Nein, ich mache es wie die meisten meiner lieben Mitbürger, ich halte mich möglichst nah am Wasser, immer in der Hoffnung, einen Windhauch zu erwischen. Und Ihr? Unterwegs ins neue Haus?»

«Richtig. Kommt doch mit, alter Freund. Vor den Wällen fühlt man sich an so einem Abend wie auf einem anderen Kontinent.»

«Sehr freundlich. Aber ich bleibe lieber beim schwitzenden Volk.» Sonnin grinste über das ganze spitznasige Gesicht. Es freute ihn, daß einer wie Claes Herrmanns in Deputationen gewählt wurde und bei der Verwaltung der Stadt wenigstens ein bißchen uralten hanseatischen Staub aufwirbelte, wenn auch zu Sonnins Bedauern nicht in der Baudeputation. Dennoch ließ er keine Gelegenheit aus, über Ämter und Würden des Freundes zu spotten.

«Aber bestellt Madame Anne meine vorzüglichsten Grüße, und wenn Ihr auch am Sonntag zwischen Rhabarber und Rittersporn weilt, will ich Euch gerne in Eurem grünen Refugium heimsuchen. Ah, da kommt Reimarus mit seiner Tochter. Lebt wohl und vergeßt meine Grüße nicht.»

Auf dem Gänsemarkt herrschte Trubel. Vor der Wache priesen ein paar Händler, die vor der zu großen Konkurrenz am Jungfernstieg hierher ausgewichen waren, ihre Waren an, aber die meisten Leute drängten sich um einen äußerst befremdlichen Mann. Die Enden eines violetten Stirnbandes waren in sein nahezu schwarzes Haar gebunden, das ihm offen über die Schultern hing. Er stand in der Mitte des Marktes, mit ausgebreiteten Armen, den Kopf weit in den Nacken gelegt, die

Augen zum Himmel erhoben, als suche er hinter dem gelblichgrauen Dunst, der den Himmel bedeckte, das klare Blau des nördlichen Sommers. Er stand einfach da, unbeweglich und schweigend.

«Wer ist das? Haben wir einen Wind- und Regenrufer in der Stadt?»

«Nein, Vater.» Zum erstenmal an diesem Nachmittag lachte Christian. «Das ist ein Kometenbeschwörer. Er steht schon seit Tagen da, meistens nachmittags und oft stundenlang. Weiß der Himmel, wie er so lange seine Arme ausgestreckt halten kann. Na ja, mit dem Himmel ist er ja im Bunde, jedenfalls glaubt das eine ganze Menge von Leuten. Habt ihr im Kaffeehaus tatsächlich nur von Geschäften gesprochen?»

«Von diesem Gespenst jedenfalls kein Wort. Dabei wird da sonst jede Wunderlichkeit kurz- und kleingeredet. Und er? Steht er nur herum, oder redet er auch?»

«Ab und zu redet er auch, vornehmlich von Reue und Buße. Aber es sind wohl mehr die Leute aus den Hinterhöfen der Neustadt und von Jakobi, die ihm zuhören. Er sagt, daß sich ein Komet am Himmel zeigen werde, und dann sei es aus mit Sodom und Gomorra an Elbe, Alster und Bille. In Preußen und im Dänischen auch, aber da ist er sich nicht ganz so sicher.»

Claes grinste. «Und was weiß er Nützliches über das Hannoversche hinter der Elbe?»

«Bisher nichts, doch vielleicht hat der Komet, der da kommen soll, ihm noch nicht alles verraten. Ich finde ihn ganz unterhaltsam, aber Struensee sagt, man müßte ihn aus der Stadt jagen, die Leute seien sowieso schon verrückt von dem Wetter. Ich denke, es gibt eigentlich keinen Grund, er nimmt nicht mal Geld.»

Das allerdings fand Claes erstaunlich. «Solange er nicht zum Sturm auf das Rathaus aufruft – laß ihn doch herumstehen und seine Geschichten erzählen.»

Er schnalzte mit der Zunge, und gerade als sich sein Fuchs mit leisem Schnauben in Bewegung setzte, öffnete der seltsame Prophet die Augen. Es waren helle Augen, ihr Blick traf Claes und ließ ihn nicht los. Die Augen folgten ihm noch, als der Kaufmann unwillig die Fersen in die weichen Flanken des Pferdes drückte und davonritt.

Sie ritten die Dammtorstraße hinauf, passierten einige hochbeladene Wagen, die sich vor dem Tor stauten, saßen ab und führten ihre Pferde duch den halbdunklen Gang des Tores. Die Wachen salutierten und knallten steifrückig mit den Hacken, der Zollprüfer verbeugte sich und fegte dabei mit seiner Mütze den Staub der Straße. Claes war von jeher gewöhnt, daß die Leute ihn respektvoll behandelten, doch die Aufmerksamkeit, die ihm zuteil wurde, seit er Deputierter war, verursachte ihm oft Unbehagen. Er war nun einmal kein Fürst, sondern ein Bürger, wenn auch in dieser Stadt, die keinem Fürsten unterstand, einer der ersten. Und einer der reichsten. Das allerdings bereitete ihm ein ganz entschiedenes Wohlgefallen.

Schließlich ließen sie die lärmende, stickige Hitze der Stadt hinter sich. Claes hatte einige Jahre in England gelebt und halb Europa bereist, er kannte Venedig, Livorno, Lissabon, Bordeaux und Amsterdam, im Osten führten ihn seine Geschäfte bis nach Warschau, St. Petersburg und Archangelsk. Dennoch hatte er fast sein ganzes Leben in Hamburg verbracht, und damit war er sehr zufrieden. Für ihn gab es keine schönere Stadt, doch immer, wenn er sie durch eines der vier großen Tore in den mächtigen Festungswällen verließ, spürte er dieses beunruhigende Gefühl von Übermut, sobald er die Tore passierte. Ein ganz und gar unpatriotisches Gefühl, von dem er niemals jemandem erzählte. Seit er im letzten Herbst das Haus und den Garten in Harvestehude gekauft hatte, war dieses Gefühl stärker denn je.

Er fand das unsinnig, schließlich ging es nicht in die Freiheit verheißende Ferne, sondern nur eine gute Viertelstunde die Außenalster hinauf, in die Arme seiner Frau, von der er niemals wieder, um keinen Preis, frei sein wollte. Im vergangenen Jahr hatte er vor lauter Stolz und Sturheit fast ihre Liebe und sogar ihr Leben verspielt. Er wußte nicht, ob er das Glück verdiente, das er in ihrer Nähe fühlte, aber er hatte schnell aufgehört, darüber nachzudenken. Er genoß es einfach.

Seit diese mörderische Schwüle über der Stadt lag, lebte er mit Anne ständig in Harvestehude. Das Backsteinhaus mit dem kleinen Glockenturm war nicht so weitläufig wie das behäbige, gleichwohl vornehme und ehrwürdige Bürgerhaus, das sein Vater vor vierzig Jahren auf der Wandrahminsel nahe dem Hafen gebaut hatte. Aber es war licht und bequem, und inmitten des großen Gartens empfand er den Aufenthalt dort nach der Enge der Stadt als Labsal. Anne ging es nicht anders. Immerhin hatte sie die ersten 35 Jahre ihres Lebens auf der wahrhaft lieblichen Insel Jersey verbracht. Und weil er in diesen Tagen nicht, wie sonst, ab und zu von seinem Schreibtisch aufstehen konnte, um seine Frau in den Wohnräumen über den Kontoren wenigstens für einige Minuten zu besuchen, hatte er es am Abend stets besonders eilig, die Stadt zu verlassen. So auch heute, doch als er sah, daß der Wirt vorm Gasthaus *Alte Rabe* hinter den Klosterbleichen ein paar Tische in den Schatten einer Eiche gestellt hatte, beschloß er, sich diesmal zu gedulden.

«Komm, Junge» – unversehens fiel er wieder in die Anrede aus Christians Kinderzeit. «Laß uns ein Glas Erdbeerbowle trinken. Das Essen wird noch nicht fertig sein», fügte er nach einem Moment hinzu, «und Anne hat es nicht gerne, wenn man bei den Vorbereitungen stört.»

Sie ließen die Pferde am Alsterufer grasen, warfen ihre Röcke und Hüte ins Gras und setzten sich in den lichten Schatten des alten Baumes. Das Gasthaus war eine hübsche Kate aus sauberem Fachwerk unter einem tiefgezogenen Dach. Ein noch kleineres Nebenhaus stand auf schwarzen Pfählen halb im Wasser. Es war von allerlei angebauten Schuppen verschiedenster Größe umgeben und sah aus wie eine geduldige Mutter, der all ihre dicken Kinder am Rockzipfel hingen. Darin wohnte der Fährmann, der ganz allein das Recht hatte, Reisende zum anderen Ufer nach St. Georg überzusetzen. Claes blinzelte und entdeckte das Ruderboot mit dem kleinen runden Dach auf vier

Pfosten in der Mitte des Sees. Nur ein Fahrgast saß im Heck des Bootes. Offenbar hatte er besonders gut bezahlt. Der Fährmann ruderte, als ginge es um sein Leben.

Nachdem Claes ein wenig über das Wetter, den schlechten Besuch in Ackermanns Theater und den einen oder anderen Klatsch von der Börse geplaudert und endlich noch das zweite Glas Bowle bestellt hatte, kam er zur Sache. Es fiel ihm schwer, denn es war in seiner Familie nicht üblich, über so unvernünftige Dinge wie Stimmungen oder Gefühle zu sprechen, aber er fand, er habe Christians Melancholie nun lange genug beobachtet, und wenn er auch nicht glaubte, daß Väter die richtigen Vertrauten für die Geheimnisse einundzwanzigjähriger Söhne waren, überwog die Sorge die Diskretion.

«Ich will dich nicht bedrängen, Christian, du weißt, daß das nicht meine Art ist. Aber den ganzen Winter und Frühling warst du so fröhlich, so voller Energie ...»

Ein ganz schlechter Anfang, der nichts als einen Vorwurf erwarten ließ. Er löffelte umständlich eine Erdbeere aus seinem Glas und suchte nach besseren Worten. Da hielt er gefürchtete Reden vor dem Senat und in der Commerzdeputation, führte Geschäftsverhandlungen wie ein Fuchs und vermochte doch nicht, seinem Sohn eine einfache Frage zu stellen.

«Willst du wissen, warum ich so schlecht gelaunt bin, Vater?» Sie sahen einander an, und Claes dankte Gott für diesen Sohn. Der hatte ein freies Gemüt. Er selbst hätte sich eher die Zunge abgebissen, als vor seinem Vater dieses Zugeständnis zu machen, das zugleich ein Angebot des Vertrauens bedeutete.

«Ich bin froh, daß du mich fragst.» Christian lächelte schüchtern und löste seine Halsbinde, als dürfe er endlich wieder frei atmen. «Ich bin froh, weil du mir damit den Anfang abnimmst. Seit Tagen will ich mit dir darüber sprechen, aber ich wußte nicht, wie, und fand auch nie den rechten Augenblick.»

Sein Blick glitt über das sanfte Ufer des Sees, doch er sah weder die Schwäne, die mit ihren grauen Jungen durch das stille Wasser glitten, noch die Dächer von St. Georg am jenseitigen

Ufer. Alles Leichte, alles Lächeln war wieder aus seinem Gesicht verschwunden.

«Wenn du Schulden hast ...»

«Nein, keine Schulden. Ich bin zwar ein lausiger Spieler, aber es macht mir auch nicht genug Spaß, als daß ich nicht zur rechten Zeit aufhören könnte.»

«Hast du ein Mädchen ... nun, man nennt das allgemein ‹in Schwierigkeiten gebracht›? Das läßt sich sicher regeln.»

«Falsch, Vater, ganz falsch. Ich bin mindestens so ehrbar wie du. Das liegt uns wohl, manchmal denke ich: leider, im Blut. Hör auf zu raten, hör mir lieber zu. In einem hast du recht, es geht um ein Mädchen. Aber nicht um so eines, wie du vermutest. Sie ist auch nicht in dieser Art von Schwierigkeiten. Im Gegenteil, sie ist noch ehrbarer als ich, was wirklich nicht zur Lösung des Problems beiträgt, aber ich fange am besten am Anfang an.»

Das Mädchen, ein wahrer Engel, von bestrickender Sanftmut und mit einer Taille wie eine Libelle, ihr Haar von goldenem Braun wie Buchweizenhonig und ihre Wangen rosig wie, ach, eben wie die schönste Mairose in Annes Garten, ihre Stimme... An dieser Stelle seufzte Christian, und Claes war gewiß, daß er gleich von ihren Kirschlippen sprechen würde. Aber das tat sein Sohn nicht.

«Sie bewegt sich wie eine Elfe», fuhr er fort, «und selbst auf Schlittschuhen ...»

«Auf Schlittschuhen? Die Elbe war zuletzt im Februar zugefroren, und auch auf die Alster hat sich schon im frühen März niemand mehr gewagt. Wie lange kennst du sie? Und warum weiß ich nichts von ihr?»

Christian ließ sich von dem Anflug väterlicher Strenge nicht beeindrucken.

«Du hast ganz recht. Wir kennen uns, seit die Elbe zuletzt zugefroren war, seit dem 23. Februar, um es genau zu sagen. Es war kurz nach dem Krach in der Commerzdeputation und genau in der Zeit, als die *Maria van Steen* als verschollen galt. Du warst ständig beim Rat und in der Admiralität, und damals gab es auch noch keinen Grund, sie dir vorzustellen. Und nun», seufzte er düster, «ist es sowieso zu spät.»

Er hatte Lucia, so hieß die zarte Ursache seiner Melancholie, an jenem sonnigen, aber bitterkalten Februartag auf der Elbe vor Altona zum erstenmal gesehen. Zwei Knaben waren bei ihr, ihre Brüder, wie er später erfuhr, und einander an den Händen haltend glitten alle drei schnell wie der Wind über das blanke Eis. Zuerst hatte er ihr Lachen gehört, ihr helles und das tiefere, etwas brüchige der beiden Jungen. Die Mütze des größeren wehte davon, und sie jagten ihr nach. Der Rummel, der sich stets einstellte, wenn die Elbe «stand», wie die Hamburger es nannten, wenn der breite Fluß vom nördlichen bis zum südlichen Ufer und um alle Inseln herum zugefroren war, fehlte an jenem Tag. Der Wind war einfach zu scharf. Den dreien schien das nichts auszumachen. Und dann wehte eine Bö erst die Mütze direkt vor Christians Füße und dann das Mädchen direkt in seine Arme. Er fing sie auf, und so hatte es angefangen.

Obwohl er schon andere Mädchen in den Armen gehalten hatte, nicht nur beim Eislaufen, glaubte er etwas völlig Neues, etwas ganz und gar Unerhörtes zu erleben. Aber das Mädchen griff nur eilig nach der Mütze, rief ihm eine fröhliche Entschuldigung für die Karambolage zu und war schon wieder übers Eis davon.

Niemand von Christians Freunden hatte sie erkannt, aber einer meinte, er habe sie neulich mit ihrer Familie in Altona gesehen, vor der Mennonitenkirche am Ende der Großen Freiheit, aber vielleicht sei es auch eine andere gewesen, wen solle man denn unter all den warmen Schals und Hauben erkennen?

«Eine Mennonitin?»

«Ja, Vater. Aber das wußte ich da noch nicht, und es war und ist mir auch jetzt völlig egal.»

Claes nickte. «Natürlich. Erzähl weiter.»

Es dauerte einige Wochen, bis er sie wiedersah. Der März ging schon zu Ende, der Wind im ersten zarten Grün verwandelte die

Zweige der Trauerweiden am Strom in fließendes Nixenhaar. Huflattich und Schlüsselblumen blühten an den Bächen, und die alles verhüllenden Schals blieben in den Schränken. Nicht, daß er seit jenem Februartag vor Sehnsucht keinen Schlaf mehr gefunden hatte, aber das feine, vom kalten Wind gerötete Gesicht, die gewölbten Brauen über den lachenden Augen, die ganze, über das Eis davongleitende anmutige Gestalt hatten sich ihm tief eingeprägt, ebenso wie dieses Gefühl, das er in dem kurzen Moment empfunden hatte, als er sie in den Armen hielt.

An einem jener milden Märztage ritt er mit dem jüngeren Matthew gerade durch das Nobistor nach Altona hinein, als der die Zügel anzog und vom Pferd sprang. Er begrüßte einen hageren, schwarzgekleideten älteren Mann, der mit seiner Familie gerade aus der Großen Freiheit, in der die Katholischen und die Mennoniten ihre Gotteshäuser hatten, in die Reichenstraße eingebogen war. So wurde Christian ihrer Familie vorgestellt, sie verriet mit keinem Blick und mit keinem Wort, daß sie sich an ihn erinnerte, und später erfuhr er, daß sie große Sorge gehabt hatte, er könne sie vor ihren Eltern danach fragen. Das Schlittschuhlaufen war nämlich nur ihren Brüdern erlaubt, und ihr Verstoß gegen das strikte Gebot hätte unangenehme Folgen gehabt.

Jeremy Matthew kannte ihren Vater, der mit seiner Londoner Familie Geschäfte gemacht hatte. Er war ein ehemaliger Kapitän, Josua Stedemühlen, der viele Jahre in Bristol, der großen Hafenstadt an der englischen Westküste, gelebt und sich erst vor zwei Jahren in Altona niedergelassen hatte. Ein streng wirkender Mann, um viele Jahre älter als seine Frau, die allerdings nur wenig milder erschien.

Von da an traf er Lucia häufiger. Matthew nahm ihn mit zum Tee in das schlichte, aber eindeutig reiche Haus der Stedemühlens an der Palmaille, und er wurde dort zurückhaltend, doch freundlich empfangen. Besonders Madame Stedemühlen, die sich zuerst so spröde gezeigt hatte, kam ihm bald mit besonders großer Freundlichkeit entgegen. Allerdings ahnte sie nicht, daß er Lucia keineswegs nur in ihrem Salon, sondern auch an den warmen Sonntagnachmittagen im Mai in den Gärten hinter der Admiralitätsweide traf.

Christian leerte sein Glas, die Bowle war längst schal geworden, und schwieg.

«In den Gärten», sagte Claes aufmunternd. Christians Geschichte hatte ihn seltsam berührt. Sie erinnerte ihn an eine vergessen geglaubte Liebe, die kurz, äußerst innig und doch bitter gewesen war. Aber das war lange her, er war damals kaum älter gewesen als sein Sohn, und die heutigen Sitten, dazu zählten auch Verbindungen über die Grenzen der Religionen hinweg, waren längst nicht mehr so streng wie in seiner Jugend.

«Ja», fuhr Christian fort, und es klang ein wenig trotzig. «In den Gärten. Es sind wunderschöne Gärten, weißt du? Ganz natürlich, um nicht zu sagen, ein wenig wild, aber voller Duft und Farben. Sie liegen schon auf Hamburger Gebiet, doch weit vor den Wällen, wir fühlten uns dort sehr frei.»

«Wie frei?»

«Ach, Vater! Nicht, was du denkst. Wieso denkst du so etwas überhaupt immer? Wir waren nie allein, fast nie jedenfalls, und ich würde es nie wagen, zu weit zu gehen. Aber ihre Eltern haben gedacht, daß sie diese Nachmittage mit ihrer Freundin Marianne verbringt. Sie hüten ihre Tochter wie das kaiserliche Siegel und hätten ihr nie erlaubt, an unseren vergnügten, sie würden sagen: leichtfertigen Nachmittagen teilzuhaben.»

«Und nun haben sie es herausbekommen, ein Donnerwetter gehalten und ihr diese Nachmittage verboten», fuhr Claes fort. Allmählich begann ihn der Hunger zu quälen.

«Schlimmer», murmelte Christian verzagt, «viel schlimmer. Ich darf sie nie, niemals mehr treffen. Und das Haus der Stedemühlens ist mir für immer verschlossen. Bis in Gottes Ewigkeit, hat sie gesagt.»

«Wer?»

«Madame Stedemühlen. Sie ist schrecklich fromm.»

Das Unglück in Gestalt von Lucias zürnender Mutter hatte Christian allerdings nicht in jenem wilden, wohlduftenden Garten, sondern in der ordentlichen Diele des Stedemühlenschen Hauses getroffen. Er war immer nur als Jeremy Matthews Begleiter dort gewesen, aber an diesem Tag, vorgestern, um es genau zu sagen, wurde Jeremy aufgehalten und hatte den Freund gebeten, vorauszureiten und seine Verspätung zu entschuldigen. Lucia kam gerade die Treppe herunter, als der Diener ihn einließ, und sie vergaß, wer weiß schon, warum, alle Vorsicht und flog direkt in seine Arme. So fand Lucias Mutter, die den Gast begrüßen wollte, ihre Tochter innig umschlungen von einem jungen Mann, mit dem sie nicht einmal verlobt war.

Bis dahin hatte er niemals mehr als ihre Hände geküßt, aber auch wenn es anders gewesen wäre, hätte Christian nie für möglich gehalten, was dann geschah.

«Hinaus», schrie die bisher gastfreundliche und stets beherrschte Frau. «Hinaus!»

Wütend riß sie ihre Tochter zurück und stieß ihn wie einen Dieb und Gotteslästerer vor sich her zur Tür. Christian stotterte Entschuldigungen, wollte erklären, beschwichtigen, aber sie gab ihm keine Gelegenheit, und er stolperte unter ihrem letzten Stoß auf die Straße.

«Wagt nie wieder, dieses Haus zu betreten! Niemals wieder! Bis in Gottes Ewigkeit.» Es war das letzte, was er hörte, dann flog die Tür ins Schloß.

Natürlich hatte er tapfer geklopft, um Lucia in dieser Situation nicht allein zu lassen und um doch noch zu erklären, daß seine Absichten nur ehrbar, sogar äußerst ehrbar waren. Aber die Tür blieb verschlossen.

«Die Frau ist verrückt!»

Claes saß vor Empörung aufrecht, beide Hände auf die Oberschenkel gestemmt, auf der Stuhlkante. Einen Herrmanns auf diese Art vor die Tür zu setzen, das hatte noch niemand gewagt.

«Vielleicht ist sie das, vielleicht auch nicht. Ich kenne mich mit den Sorgen der Mütter nicht so aus. Aber wie kann sie nur denken, wir hätten etwas Unrechtes getan?»

Das konnte sich Claes sehr genau vorstellen, aber es war nun nicht der richtige Moment, darüber zu sprechen. Später allerdings mußte er das dringend nachholen. Offenbar waren in Bergen die Sitten familiärer als in Hamburg.

«Und was sagt dein Freund Jeremy?» fragte er mit immer noch etwas lauter Stimme.

«Den lassen sie seither auch nicht mehr vor.»

«Gütiger Himmel! Und Thomas Matthew? Hat er als der ältere Bruder nicht versucht, zu vermitteln?»

«Das konnte er nicht.» Christian schüttelte den Kopf. «Thomas ist vorige Woche nach London und Bristol abgereist. Wegen der Flaute mußte er mit der Kutsche nach Emden fahren, dort liegt die *Lady of the Severn*. Wahrscheinlich ist er jetzt schon mitten im Ärmelkanal. Er kommt frühestens in sechs Wochen zurück. Glaubst du, er wird sehr wütend sein?»

«Nein, das glaube ich nicht. Thomas ist kein Pharisäer, und außerdem liebt er jede Art von Drama.»

Claes stand energisch auf und griff nach seinem Rock.

«Dann werde ich mich darum kümmern. Es mag ja sein, daß du Madame Stedemühlens Zartgefühl sträflich verletzt hast, aber das muß sie mir doch erklären, warum eine Umarmung meines Sohnes in einer Diele, dazu am hellichten Nachmittag, gleich zu einem Hinauswurf für alle Zeiten führen muß.»

«Jemand ist hinausgeworfen worden? Wie interessant. Wer?»

«Anne.» Claes' Stimme war gleich um einige Töne sanfter geworden. «Was tust du hier?»

«Ich suche dich, mein Lieber. Sonst bist du um diese Zeit längst da und verspottest meine Künste als Gärtnerin. Meine Bäume und ich haben uns gefragt, wo du wohl bleibst, und so bin ich dir entgegengegangen.»

Sie küßte ihn auf die Wange, ließ ihre Hand in der seinen und wandte sich lächelnd ihrem Stiefsohn zu.

«Christian, wie schön, daß du mitgekommen bist. Du bist ein wenig blaß heute. Ich hoffe, es liegt nur an der Hitze?»

Christian nickte, und sie ersparte ihm weitere Fragen. Sie war fast so groß wie Claes, das blasse Gelb ihres Kleides und das weiße Brusttuch aus feinstem Lyoner Batist verstärkten die ziemlich undamenhafte Bräune ihres Teints, ein Ergebnis ihrer strikten Weigerung, bei der Gartenarbeit einen Hut zu tragen. Sie streckte Christian ihre freie Hand entgegen, und er küßte sie mit einem erleichterten Lächeln.

Als sein Vater ihm seine zweite Heirat ankündigte, hatte er sich um echte Freude bemüht. Seit dem Tod seiner Mutter waren ja schon einige Jahre vergangen, und natürlich war eine neue Ehe an der Zeit. Aber er hatte seine Mutter sehr geliebt, und ihr tragischer Tod bei einem Feuer in dem alten Gartenhaus in Hamm verfolgte ihn zuweilen immer noch in Alpträumen. Er konnte sich gegen alle Vernunft keine andere auf ihrem Platz vorstellen und war ganz sicher, daß er – selbst bei großem Bemühen um Respekt – die neue Gattin seines Vaters immer als Feindin seiner Mutter empfinden würde.

Aber dann kehrte er nach Hamburg zurück und traf wenige Tage vor der Hochzeit die Frau von der englischen Insel Jersey, die nun die Herrin des Hauses Herrmanns war. Sie war so ganz anders, als er sie sich vorgestellt hatte. Er bemühte sich, Fehler zu entdecken, aber außer der etwas zu spitzen Nase und dem etwas zu großen Mund, der allerdings wunderbar lachen konnte und im richtigen Moment auch zu schweigen wußte, außer einer gewissen Respektlosigkeit gegenüber der steifen Hamburger Würde, die sein Vater ab und zu hervorkehrte, außer ihrer wirklich ganz und gar unweiblichen Leidenschaft für den Handel und die neuesten Entwicklungen der Technik, hatte er nichts gefunden. Und all diese Fehler, so fand er im Gegensatz zu vielen Hamburgern, waren eigentlich Vorzüge.

Sosehr er sich zu Anfang auch dagegen wehrte, Christian hatte seine neue Stiefmutter vom ersten Tag an gemocht. Einen Moment lang dachte er, vielleicht könnte sie, die wie die Stedemühlens in England gelebt hatte, viel besser als sein sturer Vater in diesem Drama vermitteln. Er würde die ganze Geschichte beim Abendessen sowieso noch einmal erzählen müssen.

Claes Herrmanns schlenderte mit seiner Frau und seinem

Sohn an der Alster entlang die letzten Schritte bis zu seinem Landhaus. Gleich am nächsten Vormittag wollte er nach Altona hinüberfahren. Er würde die schwarzpolierte neue Kutsche anspannen lassen, mit Paul St. Roberts' Hochzeitsgeschenk für seinen alten Freund und neuen Schwager: den vier elegantesten Füchsen, die jemals in Hamburg gesehen worden waren.

Er blieb stehen und bewunderte durch ein Loch in der Hecke die in diesem Jahr besonders prächtigen Sonnenblumen in Böckmanns Garten, als Anne zu Eile gemahnte: Elsbeth und Blohm warteten gewiß schon ungeduldig, endlich das Abendessen aufzutragen. Blohm sei ein wenig grämlich aus der Stadt gekommen, aber das liege wohl nur am Wetter.

Claes runzelte die Stirn. Der Diener war alt genug, um ab und zu ein wenig verstimmt zu sein, doch es war etwas anderes, wenn er seine Herrschaft das spüren ließ. Vielleicht wäre ein wenig mehr Hausherrnstrenge angebracht. Anne erriet seine Gedanken. «Gib dir keine Mühe, mein Lieber», sagte sie lachend. «Ob du ein strenges Gesicht machst oder nicht, kümmert die beiden kaum.»

Blohm, seit Jahrzehnten Claes' Diener und offizieller oberster Wächter des Haushaltes, und Elsbeth, die Köchin und tatsächliche Herrin, erwarteten ihn wirklich mit kaum verhohlener Ungeduld. Beide gehörten seit vielen Jahren zu seinem Haus. Elsbeth war, noch bevor sie über den Eichentisch vor dem Herdfeuer im Großen Wandrahm gucken konnte, vom Waisenhaus als Küchenhilfe vermietet und nie in das elende Asyl bei den Kajen, das nichts anderes als ein Arbeitshaus für Kinder war, zurückgeschickt worden. Sie war eine Meisterin der feinen Küche und der Kräuter- und Gemüsezucht. Inzwischen weit in den Dreißigern, hatte sie das Leid ihrer ersten Kinderjahre doch nie vergessen. Wie ihre Vorgängerin, deren Platz sie schließlich eingenommen hatte, holte auch sie alle Jahre zwei der dünnen hustenden Kinder aus den verlausten Sälen, päppelte sie auf und vermittelte sie, wenn sie genug gelernt hatten, an eine ordentliche Familie. Sie war mollig, spitzzüngig, selbstbewußt und energisch, aber dem Herrmannsschen Haus, das sie als einzige und zudem wunderbare Heimat betrachtete, treu ergeben. Erst im vergangenen Sommer hatte sie zum erstenmal ernsthaft an eine Ehe gedacht, aber er hatte sie dann doch nicht gefragt, und Elsbeth wußte nicht, ob sie darüber traurig oder erleichtert war.

Und Blohm? Der war schon ein Mann mittleren Alters gewesen, als er aus den Marschen kam und in den Dienst der Familie trat. Er sprach nie darüber, wie er Claes, damals noch der junge Herr ohne den geringsten Flaum am Kinn, kennengelernt hatte, und warum der alte Herrmanns ihn von dem Hof, auf dem er als Leibeigener lebte, freikaufte. Überhaupt sprach Blohm nicht viel, und manchmal befürchtete Elsbeth, er werde eines Tages noch ganz verstummen.

Auch nun sagte er nichts. Als er seinen Herrn wohlbehalten die Auffahrt heraufkommen sah, drehte er sich mit einem Schnaufer, der eher ärgerlich als erleichtert klang, um und verschwand eilig in der Küche. Blohm, vertraute Elsbeth später Anne an, habe sich Sorgen gemacht, als die Herrschaften so lange ausblieben. Der Fremde auf dem Gänsemarkt, berichtete sie, spreche nämlich von einem mächtigen Donner, der über dem Herrn unter dem Glockendach lauere. Was er damit meine, wisse niemand so genau. Sie selbst denke dabei an einen der Pastoren, möge Gott sie alle beschützen. Blohm hingegen, dem die Spökenkiekerei der Leute aus den Marschen noch tief im Blut stecke, sei nun in großer Sorge, weil doch das Herrmannssche Gartenhaus wegen des kleinen Glockenturms über dem Tor von den Leuten auch Glockenhaus genannt werde.

Von diesem törichten Geschwätz, dachte Anne fröstelnd, würde sie Claes ganz gewiß nichts erzählen.

3. KAPITEL

DONNERSTAG, DEN 12. JUNIUS,
VORMITTAGS

Rosina öffnete die Fenster und sah hinunter auf die Elbstraße. Wie schön wäre es, jetzt Zeit zu haben und zwischen all den Menschen dort unten herumzulaufen. Sie war zum ersten Mal in Altona, und die kleine Stadt an der Elbe machte sie neugierig. Sie hörte das Hämmern und Sägen von den Werften, Hufe klapperten über die hölzernen Vorsetzen, und Menschen riefen einander Worte zu, die sie kaum verstand. Die meisten Altonaer sprachen in ihrem Dialekt, dem Plattdeutschen, aber mit dem Stimmengewirr klang genausoviel Dänisch und Holländisch herauf. Auch ein paar französische, spanische und englische Brokken glaubte sie zu hören. Und vor der Tür des Kaffeehauses, direkt unter ihr, standen zwei Männer, offensichtlich ein Kapitän und sein Bootsmann, die sich mit tiefen Stimmen in einer Sprache unterhielten, die ihr noch fremder klang als das Plattdeutsche. Das mußte Russisch sein. Sie warf einen letzten sehnsüchtigen Blick auf das bunte Gewimmel und setzte sich an den Tisch.

Nun blieb keine Zeit zu träumen. Sie griff nach der Feder, doch ihre Gedanken waren noch nicht bei dem Stück, dessen Manuskript vor ihr lag. Natürlich wäre es am besten, Claes Herrmanns um Hilfe zu bitten. Der war in Hamburg zu Hause und wurde gewiß in jedem Bürgerhaus mit Freuden empfangen. Der konnte leicht herausbekommen, ob dieses geheimnisvolle Stück überhaupt existierte und was tatsächlich mit dem Dichter geschehen war. Und Frau Augusta würde keine Scheu haben, sich in den feinen Salons dumm zu stellen, um alles zu erfahren, was sie wollte. Der Gedanke an die ungewöhnliche alte Dame mit den unpassend glänzenden Litzen an ihrer Witwenhaube machte Rosina lächeln. Frau Augusta hätte sie gerne besucht, und sie war sicher, daß Claes Herrmanns' Tante ihr sogar verübeln würde, wenn sie nach dem gemeinsamen Abenteuer im letzten Jahr ihrem Haus so nah war und versäumte, bei ihr vorzusprechen.

Aber ihr Neffe?

Bürger vergaßen nie, das hatte sie gelernt, wer sie beleidigt oder benachteiligt, jedoch bald, wer ihnen geholfen hatte. Vor allem wenn es jemand wie sie war, ohne Bürgerrechte und mit dem Makel der Fahrenden behaftet. Zwar verweigerten die Pfarrer ihnen nicht mehr in jedem Kirchspiel den christlichen Segen zum Abschied von dieser Welt, aber immer noch wurde in den Häusern der Seßhaften und vor allem auf den Kanzeln vor ihnen gewarnt.

Nun, sie hatte dieses Leben gewählt, und sie war damit zufrieden, auch wenn ihr Vater das niemals glauben würde. Selbst in Zeiten, meistens im Winter, wenn die Sehnsucht nach einem bequemen warmen Haus, aus dem sie niemand vertreiben konnte, wieder einmal groß wurde, wußte sie, daß sie ihren Beruf für die Erfüllung dieser Sehnsucht niemals aufgeben könnte. Das war nun ihr Leben, und so war es gut! Und sie mußte endlich damit aufhören, von allen Bürgern immer das gleiche zu erwarten wie von ihrem Vater.

Energisch schnitt sie eine neue Feder zu und begann mit der Abschrift eines Schäferspiels, das die Beckersche Gesellschaft aufführen wollte, sobald Rudolf in der nächsten Woche mit den Reparaturen an der Theaterscheune fertig war. Sie las den Text, summte leise die Lieder, und in ihrem Kopf entstanden bereits die Bilder der galanten Liebeskomödie. Das gehörte zu ihren Stärken. Schon bei der ersten Lektüre eines neuen Stücks sah sie Kostüme, Bewegungen, die ganze Inszenierung vor sich. Wenn Jean bei den Proben die Spielleitung übernahm, mußte sie ihn nur ein klein wenig lenken, damit entstand, was sie sich vorgestellt hatte.

Das war ein altes Spiel zwischen ihnen. Rosina schenkte Jean ihre lebendige und sehr konkrete Phantasie, und Jean, sonst stets ängstlich darauf bedacht, sich die Führung nicht aus den Händen nehmen zu lassen, akzeptierte dieses Geschenk. Am Schluß war er stets fest davon überzeugt, daß das, was schließlich dem Publikum präsentiert wurde, seine ganz eigene Schöpfung war. Rosina wiederum akzeptierte diesen kleinen Betrug. Auch wenn sie ihren Prinzipal in allen anderen Dingen oft völlig respektlos behandelte, fühlte sie immer, auch nach all den Jahren noch, eine tiefe Dankbarkeit.

Wer weiß, was aus ihr geworden wäre, wenn er sie an jenem kalten Regentag nicht auf der Landstraße nach Leipzig aufgelesen und mit in den Gasthof genommen hätte, in dem seine Komödiantengesellschaft auf ihn wartete? Wie ein nasses Bündel zog er sie damals unter der Schlehenhecke hervor, ignorierte lachend ihre angstvolle Kratzbürstigkeit und setzte sie einfach vor sich auf seinen alten Klepper. Er hielt sie für einen Jungen, wegen ihrer feinen Samtkniehosen und des kunstvoll bestickten Hemdkragens für einen entlaufenen Pagen vom Altenburger Schloß oder einem der großen Herrenhäuser der Gegend. Er hatte nie gefragt, woher die Narbe stammte, die sich fast bis zum Kinn quer über ihre linke Wange zog, und bis heute hatte sie es weder ihm noch jemand anderem erzählt. Nicht einmal Helena, in der sie schnell eine liebevolle ältere Freundin gefunden hatte.

Auch ihre Herkunft war ihr Geheimnis geblieben. Aber das war unter fahrenden Komödianten nichts Besonderes. Gerade in diesen Jahren liefen ihnen viele junge Männer zu, deren bürgerliche Familien plötzlich verarmt waren, die an den Universitäten scheiterten oder von der großen Sehnsucht nach dem Abenteuer auf der Landstraße gepackt wurden. Wer sich einfügte und ein wenig deklamieren, tanzen, singen oder auch nur Kulissen und Kostümkisten schleppen konnte, war willkommen. Manchen von ihnen gelang nach ein paar turbulenten Wanderjahren die

Rückkehr in ein bürgerliches Leben. Für eine Frau war das unmöglich.

«Hier bist du, Rosina, wir suchen dich überall! Du mußt nun unbedingt helfen. Wir können uns nicht einigen, ob auf dieses Kostüm eine weiße Rüsche gehört oder eine aus Goldpapier.» Helena stand mitten im Zimmer, zerzaust wie immer und mit gerötetem Gesicht, und hielt in der einen Hand die Rüsche, in der anderen die Rolle mit dem glänzenden Papier hoch. Hinter ihr stand Gesine, mit ergebenem Gesicht, die Lippen schmal zusammengepreßt und einen Weidenkorb mit Kostümen in den Armen.

«Das Kind ist viel zu jung für soviel Flitter», schimpfte sie und sah grimmig auf ihre Tochter, die sich geschickt an der Mutter vorbei in den Raum drängte.

«Das stimmt nicht», rief Manon aufgebracht. «Ich bin dreizehn Jahre alt...»

«Zwölf!!»

«Zwölf. Aber fast dreizehn Jahre alt. Immer nur die weißen Rüschen! Das ist so langweilig. Fritz ist ein Jahr jünger als ich, und er hat auch schon Goldlitzen auf seinem Kostüm.»

«Eben nur Litzen. Außerdem ist das etwas ganz anderes.»

«Wieso denn, Mutter?»

«Weil es so ist. Rosina, nun sag schon endlich was. Du bist doch vernünftig.»

Rosina bemühte sich, nur ganz leise zu seufzen. Sie verstand Manon, aber sie verstand auch Gesine. Noch im letzten Jahr hatte sich das Kind vor jeder Anprobe auf irgendeinem Baum verkrochen. Plötzlich, im letzten Winter, hatte sie dann die Lust vor dem Spiegel entdeckt. Von einem Tag auf den anderen war aus dem wilden Kind ein eitles kleines Fräulein geworden. Ausgerechnet Gesines Tochter. Niemand in der Beckerschen Komödiantengesellschaft hielt so auf Tugend wie Gesine. Und erst vor wenigen Tagen hatte sie Manon erwischt, als die sich gerade Rouge auf Wangen und Lippen strich, bevor sie auf den Markt ging, um Eier und Gemüse zu kaufen. Das Donnerwetter ihrer

Mutter, Schminke sei für die Bühne und sonst nur für Hurenhäuser und Fürstenpaläste, war bis in die Gaststube des Kaffeehauses zu hören gewesen. Rudolf hatte sich vor Schreck darüber verschluckt, daß seine stille Frau, die denkbar strengste Hüterin der guten Sitten, solche Worte vor den Kindern in den Mund nahm.

Manon dagegen hatte die Strafpredigt gleichmütig und mit angemessen zur Schau getragener Zerknirschung über sich ergehen lassen und die Farbe brav wieder abgerieben. Das nächste Mal würde sie sich eben nicht erwischen lassen.

«Näht doch an die weißen Rüschen auch goldene Litzen», schlug Rosina nun vor. «Zuviel Gold macht nur blaß, Manon, es sei denn, man hat Farben wie Helena.»

«Farben? Sprecht ihr von Farben? Das ist gut.»

Rudolf, Manons und Fritz' Vater und geschickter Baumeister und Kulissenmaler der Truppe, drängte sich wie zuvor seine Tochter an seiner Frau vorbei ins Zimmer.

«Hübsch, das Gold. Das wird dir gut stehen, Manon. Findest du nicht auch, Gesine? Aber sag mir, Rosina, gehst du heute noch in die Königstraße? Ich brauche dringend Rot und Blau, vielleicht auch ein wenig Gelb. Aber vor allem Rot für den Abendhimmel. Warum starrt ihr mich alle so an? Habe ich Farbe im Gesicht?»

Er hatte tatsächlich Farbe im Gesicht, vor allem von dem Rubinrot, das ihm auf den Kulissen fehlte. Selbst Gesine rang sich ein Lachen ab und gab auf.

«Du hast gewonnen, Manon», sagte sie, «also nehmen wir das Gold. Aber nicht zuviel. Jetzt komm, wir haben keine Zeit, hier herumzustehen. An die Arbeit.»

Rudolf sah den beiden Frauen und dem Kind, die eilig und schon wieder streitend die Treppe hinunterliefen, verwundert nach. «Habe ich etwas Falsches gesagt?»

«Nein, das war ganz richtig. Sonst hätten wir uns noch ewig um Manons Kostüm die Köpfe heißreden müssen. Ist eigentlich Sebastian bei dir in der Theaterscheune?»

Rudolf schüttelte den Kopf. «Nein, der ist gerade zum Pesthof gegangen. Er hat eine Nachricht von Doktor Struensee bekommen und soll ihn gleich wegen dieses Dichters dort treffen.»

«Aber nicht ohne mich!» rief Rosina ärgerlich, stöpselte eilig das Tintenfaß zu, griff nach ihrem Brusttuch und war schon die Treppe hinunter und aus dem Haus.

Die Farben mußte Rudolf sich selber besorgen.

Rosina holte Sebastian schon kurz vor dem Schlachterbudentor ein, und sie setzten ihren Weg gemeinsam fort. Nachdem sie den kleinen Friedhof um die Kirche St. Pauli passiert hatten, verließen sie den Weg und gingen querfeldein über die trockenen Wiesen des Vorlandes. Zwei Bussarde drehten auf der Suche nach einem späten Frühstück hoch über ihnen ihre Kreise. Gerade als sie den Weg an den Reepschlägerhütten erreichten, stürzte sich einer im steilen Flug hinab, und die Mäusekolonie auf dem Hamburger Berg war um ein Mitglied ärmer.

Rosina sah sich um. Ein paar Schritte hinter der Kirche konnte sie die Hecke des üppigen Gartens voller Sträucher, Blumen und Heilpflanzen erkennen, der zu Mattis Haus gehörte. Rosina dachte an die kleinen, nach Thymian, Minze, Rosmarin und Lavendel duftenden Räume und blieb einen Moment stehen, um die Erinnerung wachzurufen. Sie würde ihr Kraft geben für das, was nun vor ihr lag.

«Was ist los?» fragte Sebastian. «Warum lächelst du so zufrieden?»

«Weil ich an Matti und Lies denke. Dort hinter St. Pauli kannst du noch eine Ecke von Mattis Haus sehen.»

Sebastian nickte. Er kannte sie kaum, aber er hatte viel von der alten Hebamme gehört, der die nicht minder alte Lies seit ihrer Jugend auf ganz besondere Weise verbunden war. Lies hatte sie erst im letzten Frühling wiedergetroffen, und als die Beckersche Komödiantengesellschaft weiterzog, war sie in Mattis Haus zurückgeblieben.

«Komm weiter», sagte er, «Struensee wird schon warten.»

Er hatte jetzt keinen Sinn für alte Geschichten. Ein Haus wie den Pesthof hatte er noch nie betreten. Er war neugierig und dennoch froh gewesen, als er Rosina hinter sich rufen hörte und sie die Bachgasse zum Tor herauflaufen sah. Manchmal wünschte er sich, sie wäre ein wenig sanfter, vielleicht sogar ein wenig anschmiegsamer, sie ermunterte ihn niemals zu mehr als freundschaftlicher Gemeinsamkeit. Doch in ungemütlichen Situationen war sie die beste, die verläßlichste Begleitung, die er sich vorstellen konnte.

Die langgestreckten Dächer des Pesthofs lagen nun schon vor ihnen und muteten wie ein großes, von alten Bäumen und Buschwerk umstandenes Kloster an. Der beißende Gestank aus den Gräben, die das Grundstück umgrenzten und zugleich als Kloake dienten, hätte allerdings auch die demütigste Klosterfrau vertrieben.

Struensee und Heiner Rohding erwarteten sie schon vor dem hohen Portal an der Brücke über dem Wassergraben. Diesmal gab es keine Fragen und keine Verbote. Die Wächter dienerten eifrig vor den Ärzten, nahmen keinerlei Notiz von den beiden Komödianten und ließen alle vier passieren.

Wie Struensee bemühte sich auch Rohding um eine Verbesserung der unchristlichen Zustände in den elenden Häusern, in denen Sieche, Alte und Gestrauchelte eingeschlossen, Fieberkranke jeder Art zusammengepfercht und so die Krankheiten immer weiter- und weitergegeben wurden. Vielleicht, so hatte er Struensee versichert, gab ihm das Schicksal des Dichters wieder eine Gelegenheit zu einer Eingabe an den Senat. Steter Tropfen höhle den Stein, das sei der Satz, mit dem er sich in diesem fast aussichtslosen Kampf immer wieder aufmuntere. Vielleicht sei hier wieder so ein Tropfen und diese kleine Gratwanderung an der Grenze der ärztlichen Schweigepflicht geradezu geboten.

Er begrüßte die beiden Komödianten rasch, aber ohne jede Herablassung, dann schritt er den anderen voraus durch das Tor und über die hölzerne Grabenbrücke in den weiten Hof. Das alte Gebäude, mit seinen vier Flügeln im Quadrat wie eine mittelalterliche Burg gebaut, ragte abweisend vor ihnen auf. Trotz der Hitze des Tages waren alle Fenster fest verschlossen. Auf der linken Seite gab es einen hübsch angelegten, aber menschenleeren Lustgarten, auf der rechten standen gegenüber dem Pastorenhaus einige langgestreckte neuere Gebäude. Aus dem Kamin des Backhauses in ihrem Schatten stieg kerzengerade eine dünne Rauchfahne. Die Anlage war mächtig, aber daß hier mehr als 900 Menschen lebten, erschien Rosina unvorstellbar.

Der Wächter am Eingang des Haupthauses erkannte die beiden Ärzte und gab bereitwillig Auskunft.

«Es tut mir leid», sagte Struensee zu Rosina und Sebastian, «aber wir müssen durch zwei Flügel dieses Fegefeuers gehen.»

Der Wächter lächelte mit säuerlich schmalen Lippen und gab mit einer steifen Verbeugung den Weg frei.

«Normalerweise werden zahlende Gäste in einem der neueren Flügel untergebracht», fuhr der Arzt fort, «aber es hat da in der letzten Woche ein kleines Feuer gegeben, keiner weiß, wie das geschehen konnte, und auch Billkamps Zimmer ist noch nicht wieder zu bewohnen. Deshalb ist er in einer der Grotten im hinteren Flügel untergebracht, bis er zurückkehren kann. Seid Ihr sicher, Rosina, daß Ihr uns begleiten wollt?»

«Natürlich. Warum nicht? Fragt lieber Sebastian. Der ist jetzt schon ganz bleich.»

«Das Wetter», murmelte Sebastian und beeilte sich, das Haus zu betreten.

Rohding eilte an ihm vorbei, ein parfümiertes Tuch fest vor die Nase gepreßt. Die Ausdünstungen der Kranken, die kaum jemals in den Genuß eines Bades kamen, der Gestank aus Nachtstühlen und aus den Betten, in denen sich stets zwei oder gar drei Kranke drängten, war infernalisch. Entsetzt starrte Rosina auf das Gewimmel der Irren, Versehrten und Fieberkranken, auf die Tollkoben an den hinteren Wänden der Säle – enge Holzverschläge, in denen Wütige angekettet lagen, so daß sie nur ihren Kopf durch eine kleine Öffnung in den Saal stecken konnten. Unwirsche Wächter warfen den Kranken Brotstücke zu wie Raubtieren. Sie wußte nicht, was schlimmer war: die erstikkende Luft, der elende Anblick oder der unwirkliche Chor von Jammern und Geschrei, von Hämmern und Zetern, von allen Geräuschen, die Menschen in Not hervorbringen, wenn Vernunft, Zuversicht und Beherrschung verloren sind. Hier sollte einer wie Billkamp, reich und aus guter Familie, eingesperrt sein?

Rohding eilte mit langen Schritten voran, als bemerke er nichts von dieser Hölle. Offenbar wußte er genau, wo Billkamp zu finden war. Er bog in einen anderen Gang ein, der größte Lärm und Gestank blieben endlich zurück. Die Luft war immer noch zum Schneiden dick und muffig, aber die großen Säle hatten sie nun hinter sich gelassen. Dieser Gang, erklärte Struensee, sei für die reicheren Patienten reserviert. Zelle reihte sich an Zelle, aber durch die Türen, die aus nichts als einem groben Eisengitter bestanden, sah Rosina, daß viele leer waren. Und in den Sälen, dachte Rosina, müssen sich zwei oder gar drei ein Bett teilen.

«Hier ist es», sagte Rohding schließlich, «Nummer 26. Er ist nicht da.»

Er schob die unverschlossene Gittertür auf, und sie betraten den kleinen Raum. Rosina sah sich um. Die Zelle war nicht sehr groß, aber halbwegs sauber, und vor dem ebenfalls vergitterten Fenster sang eine Schwalbe. Das Bett in der hinteren Ecke war zerwühlt und roch säuerlich. Auf dem Tisch vor dem Fenster standen ein Tintenfaß, eine Streusandbüchse und eine winzige weibliche Statue, deren Bedeutung Rosina nicht erkannte. Eine Wasserkaraffe und eine Schale mit grünen Äpfeln wirkten wie Boten aus einer anderen Welt. Auf einer angebissenen Frucht summte eine Wespe, eine zweite kroch müde über ein fleckiges Mundtuch. Auch drei tintenverklebte Federn und eine ganze Menge Papier lagen herum. Rosina hätte nichts lieber getan, als sich sofort auf die Suche zu machen, die Papiere zu durchstöbern und endlich dieses vermaledeite Stück zu finden. Mittlerweile war ihr schon egal, wovon es handelte, sie wollte es nur endlich haben.

Offenbar teilte Rohding ihren Wunsch. Mit den Spitzen seines Zeigefingers schob er vorsichtig einige der Bögen zur Seite, um zu sehen, was darauf geschrieben stand. Rosina versuchte über seiner Schulter zu sehen, was er las, aber leider spürte der Arzt Struensees kritisch fragenden Blick und zog seine zu neugierigen Hände zurück. Er wußte, daß sein Altonaer Kollege die Privatsphäre der Patienten aufs höchste respektierte.

«Nun, er ist nicht hier», sagte Rohding mit einem Räuspern und rieb sich die Hände, «dann müssen wir ihn suchen. Er muß ja irgendwo sein. Am besten, wir fragen Johann Reinhard, der ist hier der Ökonom und kann gewiß helfen.»

Sie gingen weiter den Gang entlang. Plötzlich blieb Rohding vor einer Zelle stehen. Die Einrichtung war ganz ähnlich wie die Billkamps, allerdings war der Tisch unter dem Fenster bis auf die Wasserkaraffe und einen Holzteller mit ein paar Brocken weißen Brotes leer. Rohding schob die Tür auf. Auch sie war nicht verschlossen, das war bei der Patientin, die darin lebte, offensichtlich auch nicht nötig. Die Frau hockte mit tief gesenktem Kopf auf dem Bett, ihr strähniges blondes Haar war zu ordentlich um den Kopf gewundenen Zöpfen frisiert. Sie hielt ihre hochgezogenen Beine unter dem Rock ihres gelben Seidenkleides mit beiden Armen fest umschlungen, als seien sie der einzige Halt in ihrer Welt. Eine kleine dünne Frau im schlichten grauen Kleid, deren Kopf unter einer weißleinenen Haube fast verschwand, erhob sich rasch aus dem Sessel neben dem Tisch, legte die Bibel hinter sich, ergriff Rohdings Hand und küßte sie.

«Aber nicht doch, Regina, ist ja schon gut.» Rohding entzog ihr seine Hand, klopfte flüchtig ihren Rücken und wandte sich der Frau auf dem Bett zu. Die rührte sich nicht. Auch eine Statue, dachte Rosina und schämte sich einen kleinen Moment für ihre Neugier.

«Das ist Regina», erklärte der Arzt, mit einem kurzen Blick auf die alte Frau. Sie sei schon die Amme seiner Patientin gewesen und wolle sie auch hier nicht verlassen. Er sprach von ihr, als wäre sie selbst gar nicht da. Aber das schien Regina nicht zu stören.

«Es ist immer das gleiche», sagte sie leise. «Sie sitzt da, will nichts und tut nichts. Sie ißt und trinkt auch nichts. Nur wenn ich sie zwinge. Wo sie doch nun glücklich sein sollte, das Kind ist so schön und ganz gesund. Und der Herr, der gute Herr ...»

Sie schluchzte auf und schlug die Hände vor ihr faltiges Gesicht.

«Es wird schon werden», tröstete Rohding. «Versuche, deine Herrin möglichst oft in den Garten zu bringen. Die Sonne und die Düfte des Sommers sind in solchen Fällen oft heilsam. Wir wollen mit Gottes Hilfe immer hoffen.»

Aber er klang wenig überzeugt. Die Dame, man möge verstehen, wenn er ihren Namen nun nicht nenne, habe im Februar ihr viertes Kind geboren, erklärte er, und seitdem sei sie nicht mehr sie selbst.

«Tragisch», murmelte er, «sie hat alles, was eine Frau glücklich machen kann, und wünscht sich nichts als den Tod. Wirklich tragisch.» Man habe sie mit einem Messer über der Wiege gefunden, seitdem sei sie in diesem Haus.

Rosina wollte nicht länger bleiben und die Kranke betrachten, als sei sie eines der exotischen Tiere, die auf der Leipziger Messe gezeigt wurden. Sie brauchte dringend frische Luft und einen freien, unvergitterten Blick.

Leise trat sie in den Gang und machte sich auf die Suche nach einer offenen Tür. Der Gang schien endlos, deshalb bog sie in einen anderen ab. Plötzlich hörte sie seltsame Töne. Ein Schaben und Quietschen, vermischt mit einer hündisch jaulenden, aber offenbar menschlichen Stimme. Immer eiliger wurde das Quietschen, immer höher stiegen die Töne der dünnen Stimme. Entsetzt hielt Rosina sich die Ohren zu. Sie hatte schon genug gesehen und gehört, mehr würde sie nicht ertragen. Wie hatte Struensee gesagt? In diesem Haus könne eher ein Vernünftiger zum Wahnsinn als ein Wahnsinniger zur Vernunft gebracht werden. Nun verstand sie ihn.

Gerade als sie sich umdrehen und den langen Gang zurücklaufen wollte, um endlich dieses Haus des Schreckens, dieses weltliche Fegefeuer zu verlassen, brach die Stimme abrupt ab. Das Quietschen und Schaben wurde langsamer, leiser, und hörte schließlich ganz auf.

Ihre Neugier hatte ihr von jeher viel Ärger eingebracht, und auch heute war sie größer als ihr Schaudern, also schob sie vorsichtig die nur angelehnte Tür auf, hinter der sie die Ursache der Geräusche vermutete. Der Raum war sehr viel kleiner als die Säle, die sie zu Anfang durchquert hatte, aber größer als die Einzelzellen. Es war dämmerig, und sie erkannte zunächst nur drei vorgebeugte Rücken. Die bewegten sich nicht, und in dem diffusen Licht wirkten sie wie eine dieser Scharaden, bei denen die Spieler im Lauf erstarrten, damit die Zuschauer errieten, was sie darstellten.

Plötzlich gewann das Bild Leben. Aus den Rücken wurden drei Männer, die sich über einen vierten beugten, der seltsam verrenkt in einem Lehnsessel auf einem eigenartigen runden Podest hing. Die drei versuchten vergeblich, den Mann auf dem Stuhl aufzurichten. Einer schlug ihm auf die Wange.

«Laß das, Rüther», rief einer der beiden anderen, ein Mann im teuren Rock, «hol Wasser. Und Riechsalz. Wenn du keines findest, bring Ammoniak. Schnell.»

Wasser, dachte Rosina, hat der schon genug gehabt.

Der Mann auf dem Stuhl, ein kleiner, dicklicher Mann mit wirren grauen Haaren und leichenblassem Gesicht, war völlig durchnäßt. Eine leere Zinkwanne stand neben ihm in einer Wasserlache. Darin schwamm ein dicker, von Speichel und Erbrochenem verschmierter Knebel.

Niemand beachtete Rosina, selbst der Wärter, der um Wasser geschickt worden war, schob sie nur beiseite, als er hastig den Raum verließ, und nun konnte sie den Kranken genauer erkennen.

Sein Kopf hing starr im Nacken, die Augen waren so verdreht, daß man nur mehr das Weiße in ihnen sah, und aus seinem Mund und seinem linken Ohr sickerten dünne Rinnsale von Blut.

Auch Ammoniak würde ihm nicht mehr helfen. Der Dichter

Lysander Julius Billkamp war tot. Er hatte die rasende Tortur auf dem Drehstuhl, mit der Doktor Kletterich versucht hatte, ihm den Wahnsinn auszutreiben, nicht überlebt.

Schon an Nachmittag machte die Nachricht vom plötzlichen Tod des Dichters in Hamburg die Runde. Dietrich Köster, Verleger und Buchdrucker in der Steinstraße, der gegen gutes Geld schließlich bereit gewesen war, ein dünnes Bändchen mit Billkamps Elysischen Gesängen zu drucken, erfuhr es von zwei Damen, die mit kleinen schwarzen Rüschen an ihren Brusttüchern in sein Geschäft vor der Druckerei kamen und alle Werke «unseres verehrten elysischen Poeten» verlangten. Sie nahmen dann allerdings doch nicht die ganze Kiste, sondern jede nur fünf Exemplare, was Köster sehr bedauerte, denn er hätte ihnen wirklich gerne die gesamte Auflage verkauft. Bisher fehlten nur die zehn Bände, die der Künstler selbst erstanden hatte, um sie den wenigen wahren Kunstverständigen in dieser Stadt zu verehren. Kösters Bedauern währte allerdings nur kurz. Noch am selben Nachmittag hatte er alle Exemplare verkauft, obwohl er schon nach dem dritten Kunden den Preis verdoppelt hatte.

Hätten sich Claes und Christian Herrmanns, wie am Tag zuvor verabredet, nach der Börse in Jensens Kaffeehaus getroffen, wären sie mitten in eine heftige Diskussion über die gesundheitsschädigende Wirkung der Dichtkunst geraten. Das Kaffeehaus war wie gewöhnlich um diese Stunde bis auf den letzten Stuhl besetzt, und wenn das beständige Summen der Stimmen einmal leiser wurde, klang aus dem hinteren Raum das helle Klicken der Billardkugeln herüber. Die Debatte war zum allgemeinen Geschrei geworden, als Syndikus Meyer sich mit lauter, harter Stimme verbat, so ruchlos über einen gerade erst Verstorbenen zu sprechen.

«Dann warten wir eben ein bißchen», schrie einer von den hinteren Tischen, der offenbar Branntwein in seinen Kaffee gemogelt hatte, und alles lachte.

Und schon ging es hoch her, Sätze flogen durch den Raum, Gelächter hallte hinterher, und die Köpfe röteten sich. Der Syndikus hatte sich längst wieder in stillem Zorn auf seinen Stuhl gesetzt, weil die Aufregung nur einen neuen Aderlaß nötig machen würde. Es waren ja auch genug andere da, die guten Sitten zu verteidigen. Doch da irrte er: auch wenn die lauten Stimmen nach Streiterei klangen, ging es bald nur noch darum, einander in den wildesten Vermutungen über Billkamps Leiden zu übertreffen.

«Die christliche Moral und unsere guten hanseatischen Sitten gehen vor die Hunde», sagte der Syndikus dumpf und wischte sich immer wieder mit einem dazu völlig ungeeigneten Spitzentüchlein die schweißnasse Stirn. «Vor die Hunde, sage ich Euch, Bocholt, ganz und gar.»

Bocholt, der in Gesellschaft des Reisenden Kosjan mit Meyer an einem Tisch saß, nickte nur höflich und lauschte weiter gespannt dem, wie er fand, kolossal unterhaltsamen Schlagabtausch der Stimmen. Bis das erfrischende Spektakel begann, hatten die beiden anderen Männer sich über die Beteiligung Hamburger oder Altonaer Kaufleute am Handel mit afrikanischen Sklaven unterhalten. Das schien Kosjans Lieblingsthema zu sein, obwohl er sonst ganz und gar nicht pastoral wirkte. Womöglich suchte er nur eine Möglichkeit, selbst in dieses äußerst lukrative Geschäft einzusteigen. Nur, warum war er dann ausgerechnet nach Hamburg gekommen? In Amsterdam oder Bristol, schon in Kopenhagen käme er da leichter ans Ziel. Aber eigentlich interessierte auch das Bocholt nicht besonders. Er kannte Kosjan ja nicht näher, der hatte sich mit dem Empfehlungsschreiben eines Handelspartners in Bordeaux bei ihm eingeführt, also würde er ihn gastfreundlich behandeln und in der Stadt vorstellen, mehr tat nicht not.

Nun mischte sich Marburger, der Zuckerraffineur vom Dreckwall, in den Lärm. Er habe den Billkamp zwar kaum gekannt, aber der sei doch schon lange als Spintisierer berüchtigt gewesen. Nun sei er tot, und man solle nicht mehr über ihn reden, sondern auf das Heil seiner Seele trinken, möge der Dichter in Frieden ruhen. «Jensen!» brüllte er und bestellte Port für alle. Obwohl einige der Herren im etwas besseren Tuch über die in diesem Kaffeehaus unübliche großtuerische und zudem völlig wahllose Einladung die Nase rümpften, verweigerte doch niemand, eines der Gläser zu leeren, die Jensen und sein Gehilfe eilfertig auf die Tische verteilten.

Danach wurde zwar nicht mehr herumgebrüllt, aber der Tod des Dichters und die Qualität seiner Kunst blieben das Thema des Tages, bis alle wieder in ihren Kontoren verschwanden.

Der Scherenschleifer und die Taubenverkäuferin, die vor dem Kaffeehaus eine kleine Pause von ihren anstrengenden Alltagsgeschäften machten, kümmerten sich allerdings nicht um den Tod des Dichters. Unter dem nervösen Gurren der jungen Tauben, die in der dreibödigen Kiepe der kleinen dünnen Frau saßen und auf ihr Ende in einem Schmortopf oder einer Pfanne warteten, flüsterten sie sich die neuesten Nachrichten von dem Mann im weißen Kleid auf dem Gänsemarkt zu.

Er hatte wieder gesprochen, und was er gesagt hatte, ließ beide erschauern. Ein erstes Zeichen werde gegeben werden, bleich wie der Mond und rot wie der Schweif des Kometen, der da kommen werde, die Ungerechten zu brandmarken. Brandmarken, wisperte die Frau, so wie es die Barbaresken von Algier mit entlaufenen Sklaven taten, wenn sie sie wieder eingefangen hatten.

DONNERSTAG, DEN 12. JUNIUS, AM FRÜHEN ABEND

Doktor Struensee war berüchtigt für seine unermüdliche Energie, für seinen stets hellwachen Geist und seine Ungeduld gegen alles Träge, aber der Tote im Pesthof am Morgen und am Nachmittag der Kampf um ein neues Leben in der Gebärstation im Zuchthaus hatten selbst ihn erschöpft. Die Geburt war schwierig gewesen, aber er hatte es geschafft, er, die Hebamme und vor allem die Mutter. Sie war sehr jung, das winzige Mädchen, das sie nach vielen Stunden der Qual geboren hatte, war ihr erstes Kind, und es würde ohne Vater aufwachsen müssen. Vielleicht auch ohne Mutter, denn die meisten dieser Kinder wurden ins Waisenhaus gebracht.

Er beugte sich über die Waschschüssel und ließ Wasser aus der großen Blechkanne über seinen Nacken laufen. Es war lauwarm, dennoch erfrischte es ihn sofort. Zufrieden bemerkte er den großen Stapel frischgewaschener Leintücher, griff nach dem obersten und trocknete sich ab. Die Hebamme sprach leise mit der Mutter, es klang freundlich, die Schulung der Altonaer Wehmütter zeigte Erfolg. Darauf war er stolz. In diesem Haus kamen keine Hebammen betrunken, mit schmutzigen Händen und stinkenden Kleidern auch nur in die Nähe einer Kreißenden. Das Kindbettfieber, das überall so viele Frauen sterben ließ, war so leicht nicht auszurotten, aber es war nun längst nicht mehr so häufig.

Es war ein langer und harter Kampf gewesen. Am Anfang hatte der Rat ihn einfach nur ausgelacht. Weiber, die ohne Gottes Segen eine Leibesfrucht trugen, gehörten an den Pranger. In vielen Regionen wurden sie ausgepeitscht und aus dem Land verjagt, was beinahe einem Todesurteil gleichkam. War es ein Wunder, wenn manche ihr Kind in der Verzweiflung töteten oder aussetzten? Seit die Gebärstation im Altonaer Zuchthaus diesen armen Jungfrauen offenstand, war in Altona kein Neugeborenes mehr getötet worden. Zwar hieß es immer noch, er schütze und belohne gotteslästerliche Sünderinnen, aber das störte ihn nicht. Auch wenn sie ihm die Hebammenschule nicht anvertraut hatten, so leitete er doch diese neue Entbindungsanstalt.

So sehr Struensee sich bemühte, er konnte einfach nicht verstehen, warum es so schwer zu erkennen war, daß viele der quälendsten und tödlichsten Krankheiten nicht von inneren Säften, sondern von äußeren Ursachen kamen und deshalb auch rasend schnell von einem Menschen zum nächsten weitergegeben werden konnten. Vielleicht lag es einfach daran, daß die nötige Reinlichkeit vielen zu unbequem war.

Er ging noch einmal in die Krankenstube, die gerade von zwei Frauen mit viel frischem Wasser geschrubbt wurde, und beugte sich über die junge Mutter. «Clara?»

Das Mädchen schlief. Das flachsblonde Haar klebte ihr noch an der Stirn, die dunklen Ringe unter den Augen zeigten ihre Erschöpfung. Aber ihr Atem ging ruhig, und ihre schmalen Lippen waren weich, fast als lächelte sie. Wie ihr Kind, das in reine Tücher gewickelt neben ihr in einer mit Stroh gepolsterten kleinen Kiste lag, schlief sie einen gesunden Schlaf.

Von Trinitatis schlug es fünfmal, und Struensee beeilte sich, nach Hause zu kommen. Wie stets konzentrierte er sich ganz auf die Sache, die er gerade tat. In den letzten Stunden hatte er keine Sekunde an das Drama im Pesthof gedacht. Nun kehrte die Erinnerung zurück, und er sah wieder den kleinen Mann auf dem Stuhl vor sich, zu Tode gequält von einem dummen Arzt, dem man seinen schrecklichen Fehler nicht einmal vorwerfen konnte. Kletterich hatte nur getan, was üblich war.

Billkamp mußte sehr geschwächt gewesen sein. Struensee hatte, seit er in Altona arbeitete, nie davon gehört, daß vor ihm jemand bei dieser Tortur gestorben war. Das erstaunte ihn mehr als Billkamps Schicksal. Das zarte Gewebe des Gehirns mußte durch die Kraft des Drehens heftig an die harte Schädeldecke gepreßt werden, das konnte nur großen Schaden anrichten. Geheilt hatte es jedenfalls noch niemanden. Der Teufel mochte wissen, wem die Kur mit dem Drehstuhl eingefallen war. Die Menschen mußten diese Kranken, in deren Kopf doch nur ein anderer Geist lebte als in den meisten anderen, sehr fürchten, wenn sie zu solchen Methoden griffen, um sie wieder zurechtzurücken. Und wer wußte denn überhaupt, was richtig war? Hatte immer die Mehrheit das Wahre gepachtet? Seufzend schüttelte Struensee die Gedanken ab, die ihm lange vertraut waren und ihn doch immer nur im Kreise herum führten, und schritt eilig die Kleine Mühlenstraße hinauf.

Auf dem kurzen Weg zu seiner Wohnung in der Königstraße machte er noch Besuche bei einer alten, schwer von der Gicht geplagten Witwe in einem der reicheren Häuser, und bei einem Kind, das mit seinen Eltern und fünf Geschwistern in einem der Hinterhöfe wohnte und gerade die Masern überlebt hatte. Ein Wunder, daß seine Brüder und Schwestern verschont geblieben waren.

Er ermahnte die Witwe wie schon so oft, ihrer Leidenschaft für Leber von gestopften Gänsen und mit Sahne geschmorten Schweinebauch zu widerstehen, und sich mehr an Sauerkraut, Spargel, Pilze und Erbsen zu halten. Ihrer Köchin gab er einen Beutel mit Bibernelle, Gundermann, Schafgarbe, Weidenrinde und allerlei anderen Kräutern und trug ihr auf, ihrer Herrin morgens und abends davon einen Tee zu kochen.

Dem Kind schenkte er ein paar Backpflaumen und eine schnelle Geschichte vom Wassergeist in der Elbe, steckte der Mutter kurz entschlossen die Hälfte des Entgelts, das er von der Witwe für seinen Besuch und den Tee erhalten hatte, für einen Krug frischer Milch in die Schürzentasche und war schon wieder verschwunden.

Hartog Gerson war bereits da. Der schmale junge Mann mit dem dunklen Bart saß in Struensees kleiner Studierstube neben dem größeren Wohnraum und war, wie so oft, über das Mikroskop des Freundes gebeugt. Neben dem kostbaren Gerät lagen nicht minder kostbare Bücher. Gerson hatte die ‹Micrographia› von Hooke aufgeschlagen, ein hundert Jahre altes und immer noch unersetzliches Werk, in dem alle nur denkbaren Insekten und auch einzelne ihrer zarten Körperteile so abgebildet waren, als betrachte man sie durch eine Lupe oder ein Mikroskop. Er hatte das schwere Buch gegen zwei andere gestützt, Swammedams ‹Historia insectorum generalis› und Pascals ‹Pensées›. Die kostbaren Bücher waren Struensees größter Schatz und wie das Mikroskop Erbe seines Großvaters, der nicht nur in der Berufswahl sein Vorbild gewesen war. Aber auch wenn er, anders als die meisten seiner Kollegen, das Mikroskop zu den wertvollsten ärztlichen Werkzeugen zählte, fehlte ihm die innere Ruhe für die konzentrierte geduldige Arbeit der Augen. Gerson dagegen konnte sich stundenlang in diese Welt der Winzigkeiten vertiefen, und seine Ergebnisse mit dem Freund zu teilen und zu diskutieren, half ihm wie Struensee auf die beste Weise.

«War deine Vermutung richtig?» fragte Struensee statt einer Begrüßung. Er wußte, daß Gerson sich in diesen Tagen mit Stechmücken beschäftigte, weil er davon überzeugt war, daß die für die Verbreitung des Wechselfiebers oder Marschfiebers, wie es im Holsteinischen genannt wurde, verantwortlich waren. Was allerdings nicht der Lehrmeinung entsprach, die auch dieses Fieber als Folge von schlechten Dämpfen sah. Das Fieber war in diesen drückenden Tagen wieder heftig ausgebrochen, und Gerson fürchtete, es werde bald aus den sumpfigen Regionen des Landes in die Stadt gelangen.

Je mehr wir die Einzeldinge kennen, um so mehr erkennen wir Gott, hatte der jüdische Philosoph und Linsenschleifer Spinoza einst gesagt. Spinoza war von Juden wie von Christen als Ketzer verdammt worden, aber Struensee, der Christ, und Gerson, der Jude, gehörten zu denen, die seiner Lehre heimlich anhingen. Das Prinzip der Erkenntnisse durch das Mikroskopieren stand ihnen für alle Dinge auf der Welt: Hinter allem, was das Auge entdecken konnte, steckte noch etwas anderes, Kleineres. So sahen die Menschen im immer Kleineren immer mehr. Das letzte, am tiefsten Verborgene war das wirklich Bedeutungsvolle, erst mit dem Kleinsten erkannte man das Große, das Ganze. Nicht nur das Göttliche, hatte Struensee gefunden, sondern auch die wahre Ursache aller Übel. Und manchmal auch allen Glücks.

«Ich bin noch nicht sicher, ob meine Vermutung richtig ist», murmelte Gerson nach einer Weile. Er sah auf, rieb sich die Augen und seufzte: «Wenn doch nur die Linsenschleiferei endlich größere Fortschritte machen würde. Ich kann einfach nicht genug erkennen. Sag mir, was du siehst.»

Struensee warf einen flüchtigen Blick durch das schwarze, mit zierlichen Malereien von Insekten und Blumen verzierte Rohr. Dann schüttelte er den Kopf.

«Ich habe heute schon genug gesehen. Außerdem», er blickte zur Standuhr zwischen den Fenstern, «die anderen kommen gleich.»

Gerson nickte. Er wußte, was am Morgen im Pesthof geschehen war und daß Struensee die Sache heute abend mit Rohding und den beiden Komödianten noch einmal überlegen wollte. Es war ihm recht. Struensee führte trotz seiner geringen Einkünfte ein gastfreies Haus, seine Tafelrunden mit den unterschiedlichsten Gästen waren immer unterhaltsam und oft äußerst anregend für seinen und Struensees stets hungrigen Geist. Aber einen so seltsamen Tod hatten sie noch nie erörtert.

«Was hast du eigentlich vor? Willst du etwa gegen Kletterich streiten?»

Struensee zuckte mit den Achseln. «Das wäre Sache der Hamburger Ärzte. Und im Moment steht mir auch nicht der Sinn danach. Ich habe schon genug Ärger.»

«In deinem Gesicht lese ich, daß dein Kampfgeist dennoch wach und ungestüm ist. Gib acht, mein Freund, du wärst nicht der erste Armenarzt, der aus der Stadt gejagt wird, weil er sich zu ungeschickt mit den mächtigen Herren angelegt hat.»

Struensee lachte unbekümmert. «So ist es eben. Die Menschen hassen nun mal nicht so sehr den, der etwas Verkehrtes tut, sondern stets den, der es beim Namen nennt. Aber gerade du hast gut warnen. Den Deinen bist du doch auch zu weltlich. Was sagt denn dein Rabbi zu deinen spinozistischen Gedanken?»

«Ich rede mit ihm nicht darüber», antwortete Gerson mit sanftem Augenaufschlag. «Du weißt doch: Man soll schweigen, wenn weise alte Männer sprechen.»

Gerson, etwa zehn Jahre älter als sein Freund Struensee, stammte aus einer alten jüdischen Arztfamilie und hatte wie sein Vater in Holland und England studiert. Nun war er der Arzt der jüdischen Gemeinde von Altona und leitete auch deren kleines Krankenhaus, das erst kürzlich neben dem jüdischen Friedhof an der Königstraße eröffnet worden war. Ihre Freundschaft währte schon seit jenem mörderischen April 1759, als die brandige Halsbräune in ganz Holstein Hunderte Kinder getötet hatte. In Altona waren die meisten in der Kleinen Papagoyenstraße gestorben, wo vor allem die jüdischen Familien der Stadt wohnten.

In Hamburg, das von jeher fast nur reichen jüdischen Familien ein Wohnrecht einräumte, lebten vor allem ursprünglich aus Portugal stammende vornehme Sepharden, die mit ihren guten Beziehungen bis weit nach Übersee an der Blüte der Stadt größeren Anteil trugen, als je ein Hamburger Kaufmann zugegeben hätte. In Altona hingegen genossen zahlreiche deutsche Juden, Aschkenasim, den Schutz der dänischen Krone. Manche lebten in bescheidenem Wohlstand, aber die meisten waren arme Kleinhändler, die dichtgedrängt in den alten Fachwerkhäusern wohnten.

Hartog Gerson hatte damals die Hilfe des Stadtphysikus gebraucht. Die beiden jungen Ärzte konnten nur wenig tun, der Würgeengel ging um, so sagten die Leute, und erstickte die heiß fiebernden Kinder qualvoll. In jenen schreckensvollen Wochen entdeckten die beiden, daß sie mehr verband als ihr Beruf.

«Mach dir nicht so viele Sorgen, Hartog», sagte Struensee mit unternehmungslustig glitzernden Augen, «wenn es ganz schlimm kommt, wandere ich eben aus. Nach Ostindien zum Beispiel. Dort sollen die Menschen sehr freundlich sein. Und kaum bigott. Am besten, du kommst mit. Und wegen des Fiebers – das trifft ja doch vor allem die Hamburger, solange sie nichts gegen ihre stinkenden Fleete unternehmen.»

«Du hast leicht spotten, Struensee», klang eine trockene Stimme von der Treppe hinauf, «ihr Altonaer habt sauberes Wasser soviel ihr wollt aus euren vielen frischen Quellen. Bei uns in Hamburg bleiben den Leuten doch nur die Fleete.»

Doktor Rohding trat ins Zimmer. Trotz der Hitze trug er seine Perücke, nur die geöffnete Weste war ein Zugeständnis an die erdrückende Schwüle. Sein schmales Gesicht mit der großen, etwas knolligen Nase war blaß und ernst. Er warf seinen Rock über einen Stuhl, griff nach der Wasserkaraffe, die auf den Tisch stand, und füllte ein Glas.

«Auf Altonas Quellen!» Er hob das Glas und leerte es in einem Zug.

«Rohding! Schön, daß Ihr da seid.» Struensee sah den Hamburger Kollegen prüfend an. «Ihr seid blaß, Ihr braucht doch nicht etwa einen Arzt?»

Der andere lächelte säuerlich. «Ein guter, aber methusalemischer Scherz, Struensee. Und ich bin einer der Gesündesten in der Stadt da drüben.»

«Gewiß, weil Ihr reich genug seid und Euer Haus im letzten Jahr an die Wasserleitung von den Feldbrunnen angeschlossen habt.»

«Spottet nur weiter. Ich würde auch lieber die Gesunden gesund erhalten, als die Kranken notdürftig zu behandeln. Aber erspart mir heute den Streit um das Wasser. Obwohl es gerade in diesen Tagen interessante Überlegungen zuläßt. Wer uns Feldbrunnentrinkern übel will, muß nur ein wenig Arsenik in die Rohre schütten, und schon sind wir alle im Jenseits.» Er schnaubte mißmutig und trat an das weit geöffnete Fenster.

«Ihr wohnt idyllisch, Struensee», sagte er, «ich sehe nichts als endlose Wiesen und Felder, ein paar Gehöfte unter Eichen, Linden und Ulmen und drei, nein, vier Mühlen. Es riecht nach dem Heu, das die Leute dort drüben gerade wenden. Wenn ich aus meinen Fenstern im Valentinskamp sehe, ist da zwar noch der kleine Garten, sogar ein tapferer Kastanienbaum reckt sich zum Licht, aber gleich drum herum nichts als ein Gewimmel von Häusern, dunklen Höfen und zu vielen Menschen.» Er atmete tief die würzige Luft von den Feldern und fuhr fort: «Es stinkt in diesen Tagen bei uns ganz erbärmlich. Selten habe ich mich so sehr nach einem Garten vor den Wällen gesehnt. Oder wenigstens nach einem scharfen Nordwind.»

Gerson, der immer noch über dem Mikroskop saß und dem Geplänkel der Freunde nur mit halbem Ohr gelauscht hatte, sah auf. So trübe kannte er Rohding nicht. Doch wenn er es recht bedachte, war Rohding seit dem Tod seiner Frau vor nun schon mehr als zwei Jahren stiller geworden. Die beiden hatten einander sehr geliebt, und niemand wußte so recht, woran sie gestorben war. Sie war jung und bis dahin immer gesund gewesen. So etwas war auch nicht gerade förderlich für die Reputation eines Arztes. «Bittet doch euren neuen Heiligen um Wind, Rohding», sagte er. «Oder hat sich der Kometenbeschwörer schon wieder davongemacht?»

Rohding schüttelte den Kopf. «Er steht immer noch auf dem Großneumarkt und läßt sich begaffen. Inzwischen hat er eine recht treue Anhängerschar. Ich werde nie verstehen, warum die Leute so gerne von ihren Sünden und vom Untergang der Welt hören.» Er ließ sich auf einen Stuhl fallen und reckte sich. «Aber vielleicht habt Ihr recht, Gerson. Ich sollte ihn fragen. Seine Drohungen scheinen ja tatsächlich Schritt für Schritt wahr zu werden. Der Himmel wird immer giftiger, immer mehr leiden am Fieber, und nun dieser seltsame Tod im Pesthof.» Er schüttelte bedauernd den Kopf. «Gibt es heute bei Euch nichts zu essen, Struensee? Wenn wir auch über Schauriges zu reden haben, plagt mich doch der Hunger.»

Rosina und Sebastian hatten sich verspätet. Ausgerechnet heute war Jean eingefallen, daß er der Prinzipal war, und er wollte sie erst gehen lassen, nachdem sie über die Lieder für das neue Schäferstück entschieden hatten, mit dem in der nächsten Woche das Theater endlich eröffnet werden sollte. Auf der Treppe zu Struensees Wohnung begegneten sie der Bilserin, die gerade mit rotem Gesicht eine große Platte dampfenden Spargel hinauftrug. Eines der Bänder ihrer weißen Haube hatte sich zu dem schlanken grünen Gemüse in die flüssige Butter gelegt, aber sie war zu sehr in Eile, als daß Rosina sie darauf hätte aufmerksam machen können.

Die Bilserin, in deren Haus Struensee die obere Etage gemietet hatte und die ihm auch den Haushalt führte, hatte ungeduldig auf den Ruf aus dem ersten Stock gewartet. Zerkochter Spargel kam in ihrem Haus nicht auf den Tisch. Sie hatte auch, so wie er es gewünscht hatte, Kartoffeln gekocht. Allerdings war sie sicher, daß keiner seiner Gäste, wenn auch einer ein Jude war, seine Vorliebe für diese fremdländischen Knollen teilen konnte.

Tatsächlich wurden die Ergebnisse ihrer Kochkunst heute in Struensees Stube wenig gewürdigt. Die Ärzte und die Komödianten waren viel zu sehr in ihre Debatte über die Ursachen geistiger Verwirrung und ihre richtige Behandlung vertieft. Genaugenommen sprachen vor allem Rohding und Struensee. Rosina und Sebastian hatten bereitwillig die Rolle der unwissend Fragenden eingenommen, und Gerson war aufmerksam, aber still wie stets.

«Als ich vor geraumer Zeit in England lebte», mischte er sich schließlich doch ein, «besuchte ich gerne die Theater. Es gibt wohl in keiner anderen Stadt so viele wie in London. Auf einer kleinen Komödienbühne am Haymarket, nicht weit von der großen Oper, sah ich ein Stück, über das ich bisweilen noch heute nachdenke. Schau nicht so unwirsch, Struensee, ich will deine gelehrten Vorträge gar nicht unterbrechen, auch wenn es so scheint, ich will sie nur bereichern. Also iß den Spargel auf, er ist sowieso schon ganz kalt, und hör zu.»

Rohding schob schmunzelnd die Gemüseplatte über den Tisch. Niemand konnte Struensees missionarischen Redefluß so diskret und doch erfolgreich stoppen wie Gerson.

«Ich weiß noch, wie das Stück hieß: Die Melancholie des Liebenden. Es geht darin um einen äußerst trübsinnigen Fürsten, der jeder Aufheiterung widersteht. Bis sein Leibarzt, er trug den seltsamen Namen Corax, ihm ein eigens für diesen Zweck gestaltetes Ballett vorführen läßt. Die Tänzer stellten alles dar, Gram, Verzweiflung, Mutlosigkeit, Lethargie, auch aufkeimende Hoffnung, eben die ganze Zerrissenheit einer verdunkelten Seele.»

«Und hat es dem grämlichen Fürsten genützt?» Struensee schob mit der letzten Kartoffel die flüssige Butter zusammen und steckte sie achtlos in den Mund. «Vergnügen ist immer heilsam, du weißt, wie ich darüber denke, Hartog, aber hauptsächlich, davon bin ich fest überzeugt, müssen die Kranken Arbeit bekommen. Würdest du nicht verrückt, wenn man dich in diese Säle des Schreckens sperrte und dich dazu an allem sinnvollen Tun hinderte? Was bleibt einem da als Toben, Schreien oder Erstarren?»

Gerson nickte, aber in seiner Antwort ignorierte er die letzten Sätze.

«Es war natürlich Theater, mein gestrenger Freund, aber dort auf der Bühne hat es tatsächlich genützt. Der Fürst wurde wieder froh, und alle waren glücklich. Könnte das im wahren Leben nicht auch gehen? Was sagt Ihr dazu, Mademoiselle?»

Rosina hatte mit großer Spannung zugehört und sah schon die Szenen vor sich, nicht als Ballett, sondern als Komödie. Die Geschichte gefiel ihr ausnehmend gut, und sie würde sie gewiß nicht vergessen. Aber jetzt lachte sie. «Es war, wie Ihr sagt, Theater. Aber das Theater ist doch auch eine Schule. Die Leute lachen und weinen vor unseren Brettern, aber ich hoffe stets, daß wir nicht nur ihre Seelen, sondern auch ihren Geist berühren.»

«Rosina ist fest davon überzeugt», erklärte Sebastian, «daß manche ab und zu über das nachdenken, was sie bei uns gesehen und gehört haben. Ich bin da nicht so sicher ...»

«Weil du in der Tiefe deiner Seele auch nichts als ein Misanthrop bist.»

Darüber lachten sie beide, es war eine alte Uneinigkeit zwischen ihnen, und obwohl er nun schon einige Jahre mit den Komödianten reiste, dachte Sebastian immer noch kühl wie ein Student der Jurisprudenz. Das behauptete jedenfalls Rosina.

«Nun gut, aber Theater, sinnvolles Tun oder gar beides zusammen wird Billkamp nicht mehr helfen.» Rohding hatte den vorrückenden Zeiger der Standuhr gesehen. «Und wegen Billkamps Tod sind wir heute hier. Allerdings frage ich mich, was es da noch zu reden gibt? Natürlich muß im Pesthof vieles verbessert werden, aber wo nicht? Und das werden wir heute ganz sicher nicht mehr bewältigen.»

Rosina warf Sebastian einen hilfesuchenden Blick zu, aber der verschränkte die Arme vor der Brust, lehnte sich zurück, sah aus dem Fenster und schwieg. Rosina hatte etwas genommen, das ihr nicht gehörte. In bester Absicht, aber es war ihm trotzdem peinlich. Würden nun nicht alle denken, das Stehlen sei ihr, der Komödiantin, etwas Selbstverständliches?

«Wir können ihm nun nicht mehr helfen», sagte sie. «Das stimmt. Aber ich möchte trotzdem wissen, warum er überhaupt in den Pesthof kam. Und vielleicht können wir dann auch herausfinden, warum er sterben mußte.»

«Aber das ist doch ganz klar, der Drehstuhl ...»

«Ja und nein», Rosina griff in die Tasche ihres weiten Rockes, holte behutsam einen gläsernen, sauber verstöpselten Napf hervor und stellte ihn mitten auf den Tisch.

«Was ist das?» Struensee griff nach dem Napf und drehte ihn neugierig in den Händen.

«Den habe ich in Billkamps Kammer gefunden. Als alle um den Toten herumstanden, wollte ich nur fort von diesem schrecklichen Anblick. Nun ja, ich will zugeben, daß ich auch ein Ziel hatte. Ich ging zurück zu seiner Kammer, weil ich hoffte, unter den vielen Papieren, die wir vorher auf seinem Tisch gesehen hatten, wäre vielleicht unser Stück. Damit muß es doch irgendeine verhängnisvolle Bewandtnis haben, und ich möchte wissen, welche.»

«Und? Habt Ihr es gefunden?»

«Nein, Monsieur Rohding. Aber ich habe dieses Gefäß aus Glas eingesteckt. Ich war in Eile, und irgend etwas daran schien mir seltsam. Ich habe es einfach eingesteckt. Erst vorhin, als wir uns auf den Weg hierher machten, sah ich es noch einmal genauer an, und mir kam ein böser Verdacht.»

Struensee drehte das kleine Glasgefäß vorsichtig in den Händen. Das Licht des Tages schwand schon, so hielt er es näher ans Fenster und runzelte die Stirn.

«Irgendeine Quacksalbermischung», sagte er, löste den Stopfen und hielt sich den Napf unter die Nase. «Es riecht vor allem nach Schweineschmalz. Wie eine ganz normale Salbe. Was hältst du davon, Hartog? Denkst du, was ich denke?»

Gerson nahm den Topf, roch daran und versuchte mit zusammengekniffenen Augen die seltsamen Zeichen zu entziffern, die auf einen aufgeklebten Papierfetzen gemalt waren.

«Ich denke schon. Diese Zeichen verraten ja, was darin ist. Ihr solltet es außer uns niemandem zeigen, Rosina, sonst kommt Ihr in Teufels Küche.»

«Richtig», knurrte Struensee, «genau dahin, wo dieses Zeug herkommt. Wenn es das ist, was ich glaube.»

«Verdammt», Rohding saß nun ganz aufrecht, «hört auf, in Rätseln zu sprechen. Was ist in dem Glas?»

Er nahm es Gerson ungeduldig aus der Hand, versuchte die Schrift zu lesen, wischte vorsichtig darüber und befeuchtete schließlich seinen Daumen. Hätte Gerson ihm das kleine Gefäß nicht schnell wieder fortgenommen, wären die Zeichen unter Rohdings Prüfung womöglich zu einem unleserlichen Fleck verlaufen.

«Was tatsächlich drin ist, weiß ich nicht», sagte Gerson bedächtig. «Aber wahrscheinlich ist es etwas, das die Leute, manche Leute jedenfalls, Hexensalbe nennen. Nein, bitte, laßt uns jetzt nicht darüber diskutieren, Rohding, ob es Hexen gibt oder nicht, das ist völlig überflüssig. Aber Ihr wißt auch, daß Kräuter und Wurzeln wachsen, die den Geist verwirren und seltsame Gefühle im Körper hervorrufen. Niemand spricht darüber, weil es zu gefährlich ist. Im Süden verbrennen oder rädern sie immer noch Frauen, die im Verdacht stehen, eine Hexe zu sein.»

Rosina warf Sebastian einen triumphierenden Blick zu. Gestohlen oder nicht, sie hatte nur etwas gerettet, was sonst unweigerlich im großen Abfallhaufen des Pesthofes verschwunden wäre.

«So etwas hatte ich vermutet», sagte sie, völlig unberührt von den Ermahnungen der Männer, «und natürlich kann ich damit nicht zur Wedde gehen. Schließlich sind wir Komödianten, die kommen ja gleich nach den Hexen ...»

«Und den Juden», murmelte Gerson. Er starrte immer noch auf das Glas in seinen Händen. «Warum zur Wedde?» fragte er dann. «Billkamp ist tot. Warum sollte man ihn denn jetzt noch der Hexerei, oder laßt mich sagen, der Quacksalberei anklagen?»

«Weil Rosina glaubt», erklärte Sebastian viel ruhiger, als ihm zumute war, «daß er nicht wußte, was er da besaß und wahrscheinlich auch benutzt hat. Weil ihm diese Salbe vielleicht jemand gegeben hat, der unbedingt *wollte*, daß er verrückt wurde, oder zumindest, daß die Leute ihn für verrückt hielten.»

Endlich hatte er begriffen, wie wichtig ihr kleiner Diebstahl gewesen war. «So einem glaubt man doch nichts», setzte Rosina seine Erklärung eifrig fort. «Wenn er ein Stück schreibt, in dem ein Skandal, ein Verbrechen, oder was auch immer, bekannt gemacht wird, werden alle sagen, das sei nur ein Zeugnis seines verwirrten Geistes. Und deshalb denke ich, jemand, der etwas verheimlichen muß, hat ihm die Sache gegeben. Vielleicht hat er gesagt, sie sei gut für die Dichtkunst oder so etwas wie ein Jungbrunnen. Irgend etwas, das ihm erstrebenswert erschien.»

«Starker Tobak», Rohding zupfte sich nachdenklich am Kinn, «aber durchaus möglich. Andererseits könnte er auch schlechtes Mehl gegessen haben. Eine Vergiftung mit Mutterkorn kann sich ganz ähnlich zeigen und ist bei diesem Wetter gar nicht unwahrscheinlich.»

«Das ist wohl richtig, aber ich habe nichts von schlechtem Mehl gehört, weder in Hamburg noch in Altona», gab Struensee zu bedenken, «und es ist doch recht unwahrscheinlich, daß nur er allein davon gegessen haben sollte. In Billkamps Küche kam sicher nur feinstes Mehl, das feuchte, klumpige gelangt kaum in reiche Häuser.»

Das gestand Rohding bereitwillig zu. «Allerdings, nur weil da dieser Papierfetzen mit ein paar mysteriösen Kritzeleien ...»

«Wir müssen es ausprobieren», rief Rosina, «das ist doch ganz einfach. Der Napf ist fast leer, aber auch schon ein kleines bißchen...»

«Auf gar keinen Fall! Wenn Ihr das tun wollt, seid Ihr jetzt schon verrückt.» Struensee war aufgesprungen und stapfte mit ärgerlichen Schritten durch das Zimmer. «Kommt nicht in Frage. Versprecht mir, daß Ihr das nicht tun werdet, Rosina.» Er streckte ihr streng fordernd die Hand entgegen, und sie schlug widerwillig und auch ein ganz klein wenig erleichtert ein.

«Gut. Ich vertraue auf Eure Vernunft. Ich habe überhaupt keine Lust, so bald wieder im Pesthof Visite zu machen.»

Er holte fünf böhmische Gläser aus dem Vitrinenschrank und füllte sie mit dem Wein, den die Bilserin in einem kühlenden Krug auf die Anrichte gestellt hatte.

«Ich könnte natürlich versuchen», er nahm prüfend einen Schluck Wein, «eines von den Schweinen im Hof damit einzureiben.»

«Schweine sind keine Menschen», wandte Gerson vernünftig ein. «Es wäre kein echter Beweis. Außerdem weiß man bei Schweinen auch sonst nie, ob sie nicht gerade ein bißchen irre sind.»

Alle schwiegen und blickten auf Struensee. Ihm war deutlich anzusehen, daß hinter seiner hohen Stirn eine Idee reifte. «Wir werden alle darüber nachdenken», sagte er schließlich. «Aber ich bitte Euch, Rosina, zeigt diese Salbe Eurem Kräuterweib. Ihr alle wißt, daß die Quacksalberei mir ein ekles Übel ist. Aber ich muß zugestehen, Lies weiß viel über die alten Künste, und sie kennt sich mit Kräutern und Wurzeln aus wie niemand sonst, den ich kenne. Und nun werde ich dieses Teufelszeug in ein festes Leinensäckchen wickeln, sonst könnt Ihr womöglich doch nicht widerstehen.»

Es war spät geworden. Vor allem Rohding, der, wie er die andern erinnerte, noch vor der Torsperre durch die Wälle nach Hamburg hinein mußte, war in großer Eile. Und auch Gerson wollte noch einmal in sein Hospital.

«Rohding», rief Struensee ihm nach, als er schon die Treppe hinunterlief, «könnt Ihr diesen Kometenbeschwörer nicht einmal zu meiner Tafelrunde mitbringen? Ich würde mich zu gerne mit ihm unterhalten.»

Das allerdings verweigerte Rohding ganz entschieden.

4. KAPITEL

FREITAG, DEN 13. JUNIUS,
VORMITTAGS

Es ging schon auf Mittag zu, als die Kutsche Altona erreichte und durch die Breite Straße rollte. Claes sah zwei Männer mit schwarzen Hüten und leicht gebeugtem Gang in einer schmalen Passage zwischen den Häusern verschwinden. Sicher waren sie unterwegs zur Synagoge der hochdeutschen Juden, die sich in einem Hof zur Kleinen Papagoyenstraße hin befand. Das große, schlichte Backsteingebäude mit den mit dem Davidstern im Strahlenkranz verzierten Fenstern war für Passanten unsichtbar zwischen den Straßenzügen erbaut.

Die Breite Straße trug ihren Namen zu Recht, hier hatten auch fünf Kutschen nebeneinander Platz. Sie war von soliden drei- und vierstöckigen Bürgerhäusern gesäumt, und obwohl das Gebiet zum alten Stadtkern gehörte, war kein Haus älter als fünfzig Jahre. Die Gebäude, die 1711 den großen Brand überstanden hatten, waren zwei Jahre später vernichtet worden, als die Schweden den größeren Teil der Stadt einäscherten. Wenn Claes sich auch manchmal hinter Hamburgs Wällen eingesperrt fühlte, vergaß er nie ihren Nutzen. Die imposante Leistung des holländischen Festungsbaumeisters hatte alle Kriegsherren, selbst die des großen, dreißig Jahre währenden Gemetzels, abgeschreckt.

Das Haus der Stedemühlens, hatte Christian erklärt, sei leicht an den beiden kugelrunden Buchsbäumen links und rechts der Tür zu erkennen. Es stand am Anfang der Palmaille, auf der linken Seite, direkt bevor der steile Weg zur Elbe hinunter-

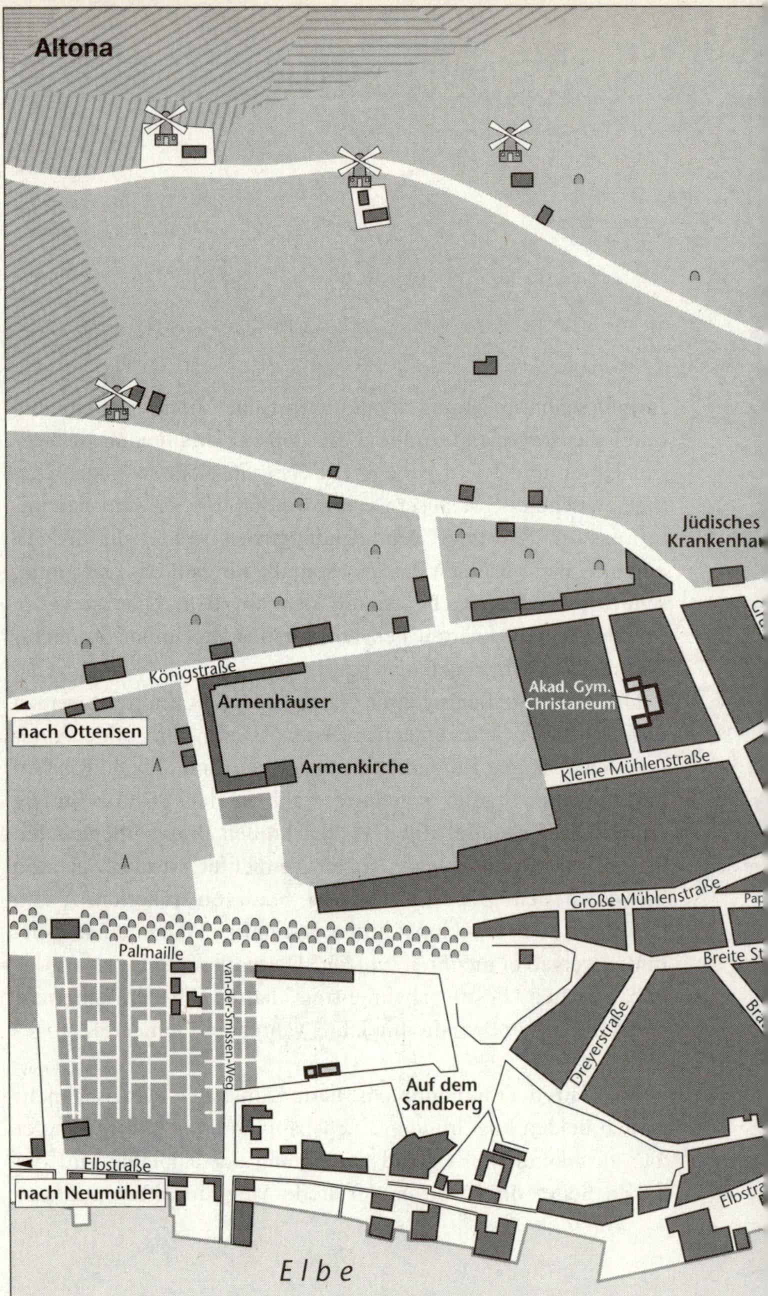
Altona
Jüdisches
Krankenha
Königstraße
Armenhäuser
Akad. Gym.
Christaneum
nach Ottensen
Armenkirche
Kleine Mühlenstraße
Große Mühlenstraße
Palmaille
Breite St
van-der-Smissen-Weg
Dreyerstraße
Auf dem
Sandberg
Elbstraße
nach Neumühlen
Elbstra
Elbe

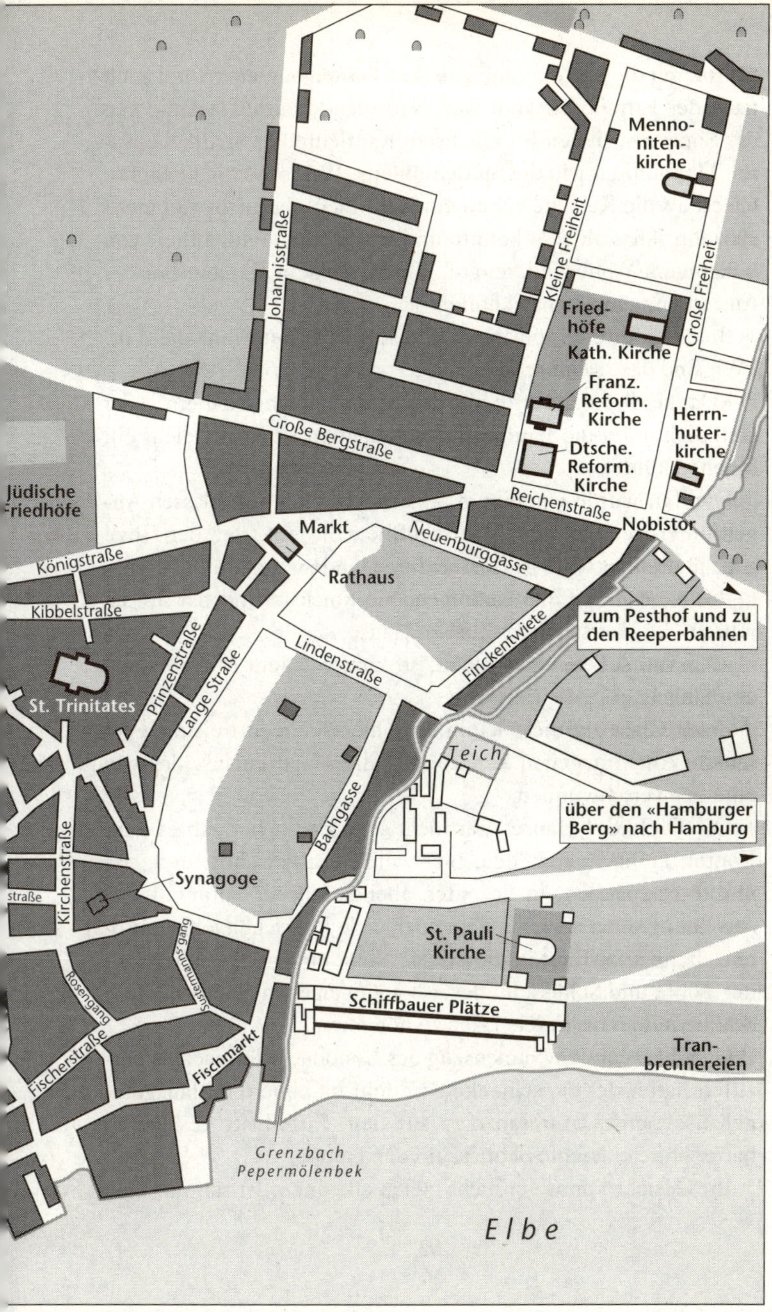

Menno-
niten-
kirche
Kleine Freiheit
Große Freiheit
Johannisstraße
Fried-
höfe
Kath. Kirche
Franz.
Reform.
Kirche
Herrn-
huter-
kirche
Große Bergstraße
Dtsche.
Reform.
Kirche
Jüdische
Friedhöfe
Reichenstraße
Markt
Nobistor
Neuenburggasse
Königstraße
Rathaus
Kibbelstraße
zum Pesthof und zu
den Reeperbahnen
Finckentwiete
Lindenstraße
Prinzenstraße
Lange Straße
St. Trinitates
Teich
Bachgasse
über den «Hamburger
Berg» nach Hamburg
Kirchenstraße
Synagoge
straße
St. Pauli
Kirche
Sustermanns-gang
Rosengang
Schiffbauer Plätze
Fischerstraße
Fischmarkt
Tran-
brennereien
Grenzbach
Pepermölenbek
Elbe

führte, der die Van der Smissenschen Gärten begrenzte und auch nach der Familie benannt war. Natürlich kannte Claes die van der Smissens, die einflußreichsten Kaufleute der Stadt. Sie waren Mennoniten wie die Stedemühlens. Wahrscheinlich, dachte Claes, als die Kutsche vor einem Haus hielt, das nicht viel mehr als zehn Jahre alt sein konnte und trotz seiner Schlichtheit von behäbigem Wohlstand zeugte, hatten sie dem Kapitän bei der Ansiedelung in Altona geholfen.

Brooks kletterte vom Kutschbock und öffnete ihm die Tür. «Wir sind da», sagte er.

«Danke, Brooks. Warte bitte, es wird nicht lange dauern. Aber stell dich unter die Bäume. Da im Schatten ist es vielleicht ein bißchen kühler.»

Die Tür wurde von einem blassen Mädchen mit blassen Augen unter weißblondem Haar geöffnet. Sie war trotz der Hitze ganz in dunkles Grau gekleidet. Ihre Hände waren unter der makellos weißen Schürze verborgen. Sie knickste und bat ihn zu warten, die Herrschaften seien zu Hause.

«Ich will sehen, ob sie jetzt, so kurz vor dem Mittag, noch empfangen.»

Bevor Claes auf diese kaum verhohlene Zurechtweisung eine scharfe Antwort geben konnte, war die Magd geräuschlos wie eine Fee verschwunden.

Die Diele des Hauses war nicht sehr groß. Hier gab es kein Kontor, keine Lagerböden, hier wurde nur gewohnt, und, das mußte er zugeben, in dezenter, aber deutlicher Vornehmheit. Aus dem großen Haus, in dem doch viele Menschen leben mußten, drang kein Laut in die Diele. Nicht einmal das Scheppern der Töpfe und Schüsseln, das in seinem eigenen Haus um diese Stunde immer bis unters Dach zu hören war.

Gerade als er den Namenszug des Londoner Uhrmachers entziffert hatte, der die schlanke Standuhr im polierten Mahagonigehäuse samt Datumsanzeige auf dem Zifferblatt geschaffen hatte, hörte er leichte Schritte auf der Treppe.

Ihr Gesicht konnte er nicht gleich erkennen. Er sah nur eine schlanke Gestalt in einem weichfließenden blaßgrauen Kleid, das Haar unter einer Haube versteckt, ähnlich der des Mädchens, aber aus zartem, durchscheinendem Stoff und über dem glatten Stirnband zierlich gefältelt. Sie blieb auf dem Treppenabsatz stehen und sah zu ihm hinunter. Durch das große Fenster, das fast die ganze Wand hinter dem Treppenabsatz einnahm, fiel gleißendes Sonnenlicht und ließ ihr Gesicht im Dunkel. Er glaubte ein kleines Seufzen zu hören, aber das war gewiß nur eine Bewegung der Dielen.

Erst als sie langsam die Treppe herunterkam, sah er ihr Gesicht. Ein altersloses Gesicht, das einmal sehr schön gewesen war. Nein, es war immer noch schön mit den großen Augen, nur eine Nuance dunkler als die Farbe ihres Kleides, mit der zierlichen Nase und dem langen Hals, der wie der eines eleganten Vogels aus ihrem weißen Kragen wuchs.

Nur ihre Lippen hatten sich verändert. Sie waren schmal geworden.

Kirschenlippen, dachte er, sie hatte Kirschenlippen gehabt, und flüsterte: «Gunda?»

Sie sah ihn aus diesen großen grauen Augen an, die immer noch ein wenig im Schatten lagen, und nickte. Jetzt erkannte er, daß sich auch ihre Augen verändert hatten.

«Wenn Sie mich bitte Stedemühlen nennen wollen, Monsieur Herrmanns. Madame Stedemühlen. Ich muß den Kapitän entschuldigen, er hat bis zum Sonnenaufgang in seinem Observatorium gearbeitet und muß noch ruhen. Ihr werdet gewiß mit mir vorliebnehmen. Wenn ich bitten darf.»

Sie neigte leicht den Kopf und ging, genauso geräuschlos wie zuvor ihr Mädchen, voraus in den Salon, der an die Diele grenzte.

Josua Stedemühlen, oder der Kapitän, wie er allgemein genannt wurde, schlief nicht. Dabei wünschte er sich nichts sehnlicher, als zu schlafen. Früher, in seinen jungen Jahren, und darunter verstand er die Zeit seines Lebens, die er auf See verbracht hatte, konnte er das zu jeder Tageszeit. Nicht daß er ein behäbiger oder gar fauler Mensch gewesen war. Tatsächlich hatte er immer nur wenig Ruhe gebraucht, aber das Leben auf See war nicht von der Uhr, sondern von Wetter und Wind und der Verantwortung für die Ladung und die Männer auf seinen Schiffen bestimmt gewesen. Es hatte ihn gelehrt, sich, wann immer die Gelegenheit günstig war, den notwendigen Schlaf zu holen. Er war von einer Sekunde auf die andere eingeschlafen und ebenso schnell hellwach geworden, wenn sich die Dünung veränderte, der Wind auffrischte oder ungewöhnliche Geräusche verrieten, daß an Bord etwas nicht so war, wie es zu sein hatte.

Er war nicht gleich an Land geblieben, nachdem er geheiratet hatte. Zunächst machte er zwischen den Fahrten immer längere Pausen. Erst später, als er sich mit seiner Frau und den ersten beiden Kindern in Bristol niedergelassen hatte, nahm er seinen Abschied als Kapitän. Die ersten Jahre in der Hafenstadt am Avon in Englands Südwesten waren friedvoll, er erinnerte sich nicht genau, wann die Alpträume angefangen hatten. Sie kamen schleichend, in großen Abständen, und zuerst fand er sie nur lästig. Er sprach nie darüber, und seine Frau, die seine nächtliche Unruhe spürte, gab endlich auf, ihn danach zu fragen. Auch seinem Wunsch, das schöne Haus an der Corn Street nahe St. Nicolas' Market zu verkaufen und in ein anderes in dem Dörfchen Clifton auf der Höhe über der Stadt zu ziehen, stimmte sie ohne Fragen zu. Die Rückkehr an die Elbe allerdings verweigerte sie, bis er darauf einging, sich zumindest nicht in Hamburg, sondern in Altona niederzulassen.

Als er diese seltsame Ehe schloß, war er schon in den Vierzigern, mehr als doppelt so alt wie sie, ein hagerer, schweigsamer Mann, der den Umgang mit Menschen an Land wenig gewöhnt war. Er hatte diese Braut angenommen wie ein unerwartetes Geschenk und wie eine Aufgabe, die Gott ihm gesandt hatte, und viele Jahre lang geglaubt, sein Gehorsam sei belohnt worden.

Nun war Gottes Nachsicht erschöpft. Vielleicht hätte er sich milder gezeigt, wenn das Mädchen, das er zu seiner Frau bestimmt hatte, so gewesen wäre, wie ihre Eltern glaubten. Aber sie war ihm stets treu ergeben, hatte ihm Kinder geschenkt, nur eines hatte Gott wieder zurückgefordert, und bescheiden, willig und klug sein Haus verwaltet. Im Laufe der Jahre hatte er geglaubt, Gott könne vergessen. Aber natürlich konnte Er das nicht.

Gundas Gott war milde. Seiner war gerecht.

Er schlug die Decke zurück, die sie gegen diese lähmende Kälte seines Blutes wieder einmal vergeblich über seine Knie gelegt hatte, erhob sich und ging zum Fenster. Zwei Gärtner schleppten schwere Kannen mit Wasser vom Brunnen am Ende des großen Gartens, der unter der Hitze zu verdorren drohte, und leerten sie über den Wurzeln der beiden Goldregenbüsche vor dem Pavillon. Aber er sah sie nicht. Er sah über den Fluß, der breit war wie ein großer See, sah über die grünen Inseln, auf denen Vieh graste, sah in den Himmel. Dunst schob sich vor das matte Blau, wie die gelblichgraue Leinwand alter spakiger Segel, die schlaff an den Rahen hingen. Die Ruhe vor dem Sturm. Wenn dieser Sturm doch endlich losbrechen würde! Aber er wußte, daß die Erlösung nicht mehr lange auf sich warten lassen konnte.

Erlösung, so hatte er geglaubt, bedeute Gottes gnädiges Verzeihen. Aber das war ein Irrtum, die nichtige Hoffnung eines Menschen. Für ihn war nur die Strafe, die ihn bald, sehr bald erwartete, Erlösung, und er wollte sie annehmen, um Demut bemüht.

Nacht für Nacht hockte er in dem kleinen Turm auf dem Pavillon am Ende des Gartens und starrte in den Himmel über dem Elbhang, in diesen Juninächten, die immer kürzer wurden und die Sterne viel zu schnell verblassen ließen. Er starrte in den Himmel und wartete auf den einen Stern, der keiner war. Auf den Boten, der das Ende anzeigen würde. Die Erlösung. Er war gewiß, daß der prophezeite Komet sein Zeichen war.

Ein Schwalbenpaar flog tief über die Buchsbaumhecken, deren herber Geruch bis in sein Zimmer drang. Die Schwalben, sagte man in Frankreich, meiden ein unglückliches Haus. Für einen Moment atmete er freier.

Zwei Stockwerke tiefer saß Claes im lichten Salon auf der gelben Seide eines Besuchersessels und versuchte in dem Gesicht der Frau zu lesen, die ihm aufrecht mit manierlich im Schoß gefalteten Händen gegenübersaß. Sie hatte ihren Rücken dem Fenster zugewandt, so daß ihre Züge wie schon zuvor auf der Treppe gegen das helle Licht des Tages im Dämmer lagen. Er war nicht nach Altona gefahren, weil er so furchtbar gerne peinliche Gespräche um die Ehre und um mögliche Verfehlungen seines Sohnes führte, sondern weil er eine unsinnige Empörung aus der Welt schaffen und eine Versöhnung herbeiführen wollte. Und nun saß er dieser Frau gegenüber, der verkörperten Erinnerung an seine Jugend, und wußte nicht weiter.

Tatsächlich hatte er seit vielen Jahren nicht mehr an sie gedacht. Zuerst, weil es zu schmerzhaft war. Später, als er Maria getroffen und geheiratet hatte, weil es keinen Grund mehr gab, um eine verlorene Liebe zu trauern. Hätte ihm noch gestern jemand erzählt, diese unverhoffte Wiederbegegnung würde ihm heute, nach mehr als zwanzig Jahren, weiche Knie bereiten, hätte er gelacht. Aber es gab keinen Zweifel, er hatte weiche Knie. Und auch wenn er in dieser schmalen grauen Gestalt unter der akkuraten Haube der mennonitischen Ehefrau das quirlige, sommersprossige Mädchen von einst kaum mehr wiederfand, spürte er doch diese weiche Stelle in seinem Herzen, die er trotz ihrer schrecklichen Zurückweisung immer für sie bewahrt hatte.

«Ich gebe zu», sagte sie mit ihrer tonlosen Stimme, die er ebensowenig wie die schmalen Lippen wiedererkannte, «daß ich ein wenig die Contenance verloren habe, als ich, nun, als ich meine Tochter und Euren Sohn auf diese vertraute Weise in der Diele sah. Ich habe mich unbeherrscht verhalten, und dafür möchte ich mich entschuldigen.»

Er wünschte, sie möge wenigstens schwer atmen oder ein

klein wenig seufzen, aber sie saß ruhig und unbewegt wie eine Statue.

«Aber ganz sicher werde ich das Verhalten Eures Sohnes nicht entschuldigen. Er war uns als der Freund eines Freundes willkommen, er war immer höflich und zurückhaltend, und ich habe nie daran gedacht, daß er mein Kind – verführen würde, daß er ...»

«Ich bitte dich, Gunda.» Er schaffte es einfach nicht, sie Madame Stedemühlen zu nennen. «Verführen! Sie haben sich umarmt. Ich habe keinen Grund, an Christians Schilderung zu zweifeln. Und seine Absichten sind durchaus ehrbar, das darf ich dir auch in seinem Namen versichern.»

«Ehrbar, Claes? Das waren deine angeblich auch ...»

«Du hast mich Claes genannt!»

«Schon wieder ein Fehler», sagte sie streng, aber ein kleines Lächeln schlich sich widerwillig in ihre Mundwinkel, «für den ich mich entschuldigen muß. Monsieur Herrmanns.» Sie erhob sich rasch und trat ans Fenster, aber auch der Blick über den Garten konnte ihre Gefühle nicht mehr im Zaum halten. «Ehrbar! Deine Absichten waren auch ehrbar. Das habe ich jedenfalls geglaubt, ich konnte mir damals einfach nichts anderes vorstellen. Ich war sehr dumm. Und ich bin dafür bestraft worden. Ich hatte dir mein Herz und mein Leben geschenkt. Und du hast es weggeworfen. Du hast alles genommen und mich mit meiner Leichtfertigkeit, mit meiner Sünde allein gelassen. Du hast mich weggeworfen. Wie ein leergetrunkenes Glas.»

«Gunda.» Er stand nun neben ihr, ganz nah, und traute sich doch nicht, zu tun, was er sich in diesem Moment mehr wünschte als alles auf der Welt: sie in die Arme zu schließen, festzuhalten, zu trösten. Sie zu verstehen.

«Ich begreife dich nicht. Nicht ich, du warst es, die plötzlich verschwand. An dem Tag, ich werde ihn nie vergessen, niemals, an dem Tag, an dem ich deinen Vater bitten wollte, dich mir zu geben, für immer, warst du verschwunden. Ich habe nie wieder von dir gehört. Sie gaben mir diesen Brief, diese wenigen mageren Zeilen, und schickten mich fort. Wie kannst du sagen, ich hätte dich allein gelassen? Ich wollte mein Leben mit dir teilen, und du bist vor mir geflohen wie vor einem Aussätzigen ...»

Sie schwankte. Er fing sie auf und führte sie zu der gepolsterten Bank neben dem Cembalo. Ihr Gesicht war tränenüberströmt und bleich wie ihre Haube, mit eiskalten zitternden Händen griff sie nach seinem Arm.

«Sie gaben dir einen Brief? Von mir?»

«Natürlich. Aber ich verstand ihn nicht, ich ...»

«Mir gaben sie auch einen Brief. Von dir.»

«Was für einen Brief? Ich habe keinen geschrieben. Warum auch? Ich wußte doch, ich würde dich an diesem Tag sehen. Und zwar, so glaubte ich fest, als meine Braut.»

Sie preßte beide Hände gegen ihre Schläfen und schloß die Augen, eine steile Falte wuchs über ihrer Nasenwurzel, tief atmend rang sie um Fassung.

Dann öffnete sie die Augen und sah ihn fest an.

«Ich bitte dich sehr, Claes, um unserer Kinder willen, belüge mich jetzt nicht. Bitte, belüge mich nicht. Hast du mir an dem Tag, bevor ich verschwand, wie du es nennst, einen Brief geschrieben? Hast du mir geschrieben, daß du mich nun nicht mehr genug achten kannst, um mich zu deiner Frau zu machen. Hast du diesen Brief geschrieben?»

«Das ist doch absurd, Gunda. Um nichts in der Welt hätte ich so einen Unsinn geschrieben. Ich liebte dich so brennend, du weißt am besten, wie sehr. Ein Leben ohne dich konnte ich mir überhaupt nicht vorstellen. Mir war, als müßte ich sterben, als sie mir deinen Brief gaben und die Tür hinter mir ins Schloß warfen.»

«Meinen Brief.» Ihre Stimme war nicht mehr als ein Flüstern. «Was stand in dem Brief?»

«Nicht viel. Um so weniger verstand ich es. Ich war mir deiner Liebe so gewiß. Du schriebst, daß du nach England reisen und mich nie wiedersehen wolltest. Und daß ich deiner nicht würdig sei. Ich wisse selbst, warum. Ich fand das völlig verrückt, ich dachte – o mein Gott, Gunda!» Endlich begriff er die Wahrheit. «In beiden Briefen stand fast das gleiche. Deine Eltern ...»

«... haben die Briefe selbst geschrieben und uns so getrennt. Sie hatten gehofft, daß wir unsere Schriftzüge nicht kannten, und wir hatten uns ja tatsächlich nie geschrieben, nicht einmal ein kleines Billett, aus Angst, jemand könnte es finden. Sie haben mich auf das erste Schiff gebracht, das mit dem frühen Wind bei Sonnenaufgang den Hafen verließ, weil sie wußten, daß ich ihnen dieses eine Mal nicht gehorchen würde. Nein, Claes, ich habe dich nicht verlassen. Sie haben uns auseinandergerissen.»

Sie atmete tief, und langsam kehrte ein wenig Farbe in ihre Wangen zurück.

«Wie konntest du nur glauben, ich würde dich so kalt verlassen, Gunda?»

«Und warum hast du nicht nach mir gesucht?»

Er hatte sie gesucht, in jenen Augusttagen 1744, aber einfach nicht finden können. Er wußte, daß in den letzten 36 Stunden kein Schiff den Hafen nach England verlassen hatte. Länger konnte sie aber nicht fort sein, sie hatten einander ja vorgestern noch gesehen, im Vorbeigehen bloß, und sich mit der gebührenden distanzierten Höflichkeit gegrüßt, die nur flüchtig miteinander bekannten jungen Leuten zusteht. Er schickte einen Boten nach Altona, und dort hatte, so wurde ihm berichtet, am Morgen eine Schnau nach Amsterdam abgelegt, die auch Fracht für Emden geladen hatte. Von Emden gingen oft Schiffe nach London. Auf diesem Schiff, so dachte er, mußte sie sein.

Natürlich wollte er sich sofort auf den Weg nach Emden machen. Auch wenn die Chance, die Hafenstadt an der Emsmündung vor der Schnau zu erreichen, gering war, der Wind stand gut in diesen Tagen, wollte er es doch versuchen, und wenn er sie verpaßte, konnte er das nächste Schiff nach England nehmen und sie dort suchen.

Ihre Eltern hatten sich geweigert, ihm genauere Auskunft zu

geben, und es war sicher schwierig, sie in der größten Stadt, von der man je gehört hatte, zu finden. Aber er vertraute auf sein Glück und auf die guten Verbindungen, die er seit seiner Lehre in London hatte.

Aber dann konnte er Hamburg nicht verlassen. Sein Vater wurde im Hafen von einem durchgehenden Gespann überrannt, und es war nicht gewiß, ob er dieses Unglück überleben würde. Als einziger Sohn mußte Claes seinen Platz einnehmen. Also schickte er Blohm, der mit ihm in London gewesen war und sich genausogut auskannte, um nach Gunda zu suchen. Der kehrte nach einigen Wochen unverrichteterdinge zurück.

«Da wußte ich nicht mehr weiter. Und es gab schrecklich viel zu tun, ich war ja plötzlich allein verantwortlich für unseren ganzen Handel. Wir hatten viel Ärger mit den Barbaresken und den Franzosen.»

Seine Erklärung erschien ihm jetzt dünn. Doch, er hatte sie gesucht. Aber als Blohm ohne Nachricht zurückkam, hatte er einfach aufgegeben. Und, aber das würde er ihr nun nicht sagen, mit großem Zorn. Sie hatte ihn verraten. Warum sollte er weiter nach ihr suchen? So hatte er damals gedacht.

Und dann, sein Vater war kaum genesen, sorgten seine Eltern für die Bekanntschaft mit Maria, der Tochter eines Amsterdamer Kompagnons seines Vaters, die den Sommer bei ihrer Tante in der Gröninger Straße verbrachte. Er liebte sie nicht gleich, sein Herz war noch wund, und sein Stolz stellte sich noch geraume Zeit vor jedes zärtlich aufkeimende Gefühl, aber doch sehr bald. Er war bereit gewesen, Gunda zu lieben, sie war verschwunden, nun liebte er Maria. Im Mai 1745 wurde sie seine Frau, und er begann, Gunda zu vergessen. Maria hatte ihm das sehr leichtgemacht.

«Wenn du dachtest, es sei mein Wunsch gewesen, zu reisen, hast du dich nie gefragt, warum meine Eltern mich so plötzlich fortgelassen hatten?»

«Zuerst nicht. Meine Gedanken waren wie gelähmt. Ich glaubte, daß ich mich völlig in dir getäuscht hatte, und ich hatte den Beweis, daß du mich nicht wolltest. Und jetzt? Doch sicher, weil sie nicht wollten, daß du einen Mann heiratest, der nicht zu eurer Kirche gehört. So war das damals, obwohl auch in jenen Jahren schon Ehen über diese unsinnigen Grenzen hinweg geschlossen wurden.»

«So unsinnig finde ich sie nicht.»

Ihre Stimme klang streng und entschlossen, und Claes schaute sie verblüfft an. Wie konnte sie ausgerechnet jetzt, da sie von diesem unerträglichen Betrug und Verrat ihrer Eltern erfahren hatte, an ihre altbackenen Regeln denken?

«Laß uns darüber jetzt nicht streiten, Gunda. Ich muß gestehen, daß in meinem Kopf ein großes Durcheinander herrscht. Ich kam, um für meinen Sohn zu sprechen, und nun fühle ich mich in eine längst vergangene Zeit zurückversetzt, und ich möchte nur für mich selbst sprechen.»

Sie hob abwehrend die Hände, und er schwieg.

«Ich bin sehr erschöpft.» Sie sah ihn an, ihr Gesicht verbarg sich wieder hinter dieser ausdruckslosen Miene, in der er nicht zu lesen wußte, und schien nachzudenken.

«Es gibt nichts mehr zu besprechen, Claes. Nicht nach diesen vielen Jahren. Vorhin habe ich dich um die Wahrheit gebeten», fuhr sie langsam fort, als lese sie von einem Blatt mit schwer entzifferbarer Schrift. «Nun bitte ich dich um dieser Wahrheit willen, meine Entscheidung zu akzeptieren, auch wenn du sie nicht verstehst. Nein, bitte, laß mich ausreden. Wir haben einander wiedergetroffen, nicht, weil ich oder du es wollten, sondern weil die Welt, in der meine Familie und ich so zurückgezogen leben, doch kleiner ist, als ich dachte.» Sie richtete sich auf und sah ihn wieder wie den Fremden an, als den sie ihn in der Diele begrüßt hatte. «Ich wünsche nicht, und der Kapitän ist derselben Meinung, daß dein Sohn meine Tochter wiedersieht. Und ich wünsche auch nicht, daß wir uns wiedersehen.»

«Das ist doch verrückt, Gunda.» Claes sprang erregt auf. «Ich möchte deine Familie kennenlernen, nach all den Jahren muß das doch möglich sein! Wir sind doch alle aufgeklärte Menschen, und mein Sohn ist ein freundlicher Junge, er ist klug und liebenswürdig, von seinem Erbe will ich nun gar nicht reden.»

«Ich wünsche es nicht, Claes. Und ich erwarte, daß du meine Wünsche dieses Mal akzeptierst.»

«Was heißt hier dieses Mal? Ich habe deine Wünsche immer akzeptiert. Verdammt, sieh mich nicht an, als wollte ich dein Silber stehlen. Wollen wir nicht in ein paar Tagen noch einmal darüber reden?»

Er sprach nun ruhiger und mit bittenden Augen. Sie war nicht mehr das Mädchen, das er geliebt hatte, aber sie war auch keine Fremde, sondern ein verloren geglaubter Teil seines Lebens. Selbst wenn sie sich nicht mehr liebten und nicht mehr viel miteinander gemein hatten, schien es absurd, einander sofort wieder zu verlieren.

«Ich verstehe nur zu gut, daß du viele Jahre lang einen tiefen Groll gegen mich gefühlt hast. Aber jetzt weißt du doch, daß ich genauso betrogen worden bin wie du. Sollen wir den gleichen Fehler machen wie deine Eltern? Wäre es nicht vielmehr ein schönes Geschenk des Schicksals, wenn unsere Kinder das Glück fänden, das uns genommen wurde?»

«Nein!» Sie stand plötzlich aufrecht und steif wie ein Fahnenmast vor ihm. «Das ist unmöglich. Ganz und gar unmöglich. Das kann ich nicht erlauben, und ich bitte dich, nun zu gehen. Und ...» Er sah, daß sie verzweifelt nach Worten suchte, «und es hat auch keinen Zweck. Mein Mann ist nicht wohl, nur deshalb sind wir aus Bristol zurückgekehrt. Er hatte gehofft, hier Besserung zu finden, aber das Gegenteil ist der Fall. Ich kann ihm eine solche Aufregung nicht zumuten. Ich bitte dich, Claes», flehte sie, «geh fort und komme nicht zurück. Vergiß mich einfach wieder.»

«Beruhige dich, Gunda.» Er ergriff ihre Hände und hielt sie warm in den seinen. «Beruhige dich. Ich werde jetzt gehen. Und auch wenn ich dich tatsächlich überhaupt nicht verstehe, werde ich mit Christian sprechen und ihm deine Entscheidung mitteilen. Ich würde dir gerne sagen: Verlaß dich auf mich. Aber das kann ich nicht. Bei aller Freundlichkeit hat er seinen eigenen Kopf, einen sehr zielstrebigen Kopf, und ich kann ihn nicht einsperren. Genausowenig, wie du deine Tochter einsperren kannst.»

«Nein», sie entzog ihm ihre Hände, «nein, das kann ich nicht. Und ich werde sie auch nicht auf das nächstbeste Schiff verfrachten, falls du das denken solltest. Mein Schiff ging übrigens nicht nach London, sondern nach Lissabon. Deshalb konntest du mich nicht finden. Ich war vielleicht dumm, aber Lucia ist ein verständiges Mädchen. Außerdem ist sie so gut wie verlobt, und gewiß nicht mit deinem Sohn.»

«Bist du sicher, daß sie das schon weiß?»

Sie ignorierte seinen bissigen Einwand, schritt eilig zur Tür und öffnete sie weit.

«Ich weiß nicht, ob ich froh bin, dich wiedergesehen zu haben, Claes», sagte sie mit einem kleinen, zitternden Lächeln. «Ich hatte bis heute nicht gewußt, wie sehr ich mich davor fürchtete, seit wir hier leben. Es tut mir leid, daß es unter so bedauerlichen Umständen geschah. Und nun mußt du gehen. Der Kapitän erwartet mich zum Tee. Und, Monsieur Herrmanns, würdet Ihr mich bitte fortan, so wie es sich gehört, Madame Stedemühlen nennen?»

5. KAPITEL

FREITAG, DEN 13. JUNIUS,
VORMITTAGS

Die beiden mächtigen Linden vor dem kleinen Haus nahe der Kirche St. Pauli auf dem Hamburger Berg blühten noch. Ihr Duft lag süß über dem Vordergarten und mischte sich mit den Gerüchen von Phlox, Holunder, Rosen und braunrotem Goldlack. Sonnenblumen leuchteten in sattem Gelb am Rande der Büsche, und in einem runden, von niedrigem Buchsbaum umrahmten Beet in der Mitte des üppigen Gärtchens summte eine dicke Hummel um kurzstielige weiße und zartblaue Blüten, deren Namen Rosina nicht kannte. Irgendwann wollte sie auch so einen Garten haben. Und so ein kleines Haus nahe am Ufer eines großen Flusses.

«Komm, Rosina, den Garten kannst du dir nachher noch anschauen.»

Titus klang mißmutig. Er kannte Rosinas Gartentraum, und der gefiel ihm überhaupt nicht. Es war ihm auch nicht ganz geheuer, daß eine Hebamme ein so hübsches Anwesen besaß, und so schob er Rosina einfach weiter den Weg entlang zur Haustür.

Helena klopfte, aber niemand öffnete.

«Vielleicht sind sie ausgegangen», sagte Sebastian, «oder Matti mußte zu einer Geburt.»

«Oder sie wollen uns nicht hören», knurrte Titus.

«Laßt uns im Kräutergarten nachsehen», schlug Rosina vor und lief den anderen auf dem schmalen Pfad neben der Hainbuchenhecke um das Haus herum voraus.

Sie hatte sich nicht geirrt. In dem größeren Garten hinter dem

Haus, in dem Matti ein wenig Gemüse und viele Kräuter und Heilpflanzen zog, fanden sie die beiden alten Frauen. Matti hockte in einem der Beete und band die feinen Stengel ihres Bohnenkrauts an stützende Zweige. Lies saß auf einer Bank, den Rücken an das warme Fachwerk des Hauses gelehnt und nähte Leinensäckchen für den Vorrat an heilenden Kräutern und Wurzeln. Rosina lächelte. Lies hatte auf ihren langen Wanderungen und Fahrten so oft gefroren, es war ihr selbst in diesen heißen Tagen niemals zu warm.

Die Komödianten wurden freudig begrüßt. Matti wusch die Hände in dem kleinen Bach, der am Ende ihres Gartens verlief, Lies packte ihre Näharbeit in den Korb, und alle setzten sich um den Tisch, der im Schatten einer alten Rotbuche stand. Nur Titus verabschiedete sich gleich nach der Begrüßung wieder von den beiden Alten. Er hatte es eilig, seinen Freund Jakobsen, den Wirt der Schenke *Zum Bremer Schlüssel* in der Neustädter Fuhlentwiete, wiederzusehen. Auch mochte er Matti nicht besonders, seit Lies die Komödianten verlassen hatte, um in ihrem Haus zu leben. Er vermißte sie sehr.

Lies und Matti saßen einander gegenüber auf bequemen Holzstühlen, die eine hager und immer ein wenig grimmig, die andere rundlich mit sanftem Blick aus Augen, die an die Farbe der ersten Veilchen erinnerten.

Es war mehr als ein halbes Menschenleben her, seit Matti ein ausgehungertes Mädchen unten am Fuß des steilen Ufers gefunden und in ihr Haus mitgenommen hatte. Für Lies, die an jenem Morgen nichts mehr als den Tod erwartet hatte, war Matti ein Wunder gewesen. Nach einem Jahr kehrte der Grönlandfahrer, mit dem Matti verlobt war und der schon lange als verschollen galt, zurück, und Lies verschwand still in der folgenden Nacht.

Auch damals wäre sie lieber gestorben, als Matti diesem Mann zu überlassen und ohne sie weiterzuleben, aber die junge Hebamme hatte sie in dem gemeinsamen Jahr nicht nur alles gelehrt, was sie selber wußte, sondern ihr auch einen festen Glauben an das Leben gegeben. Also lebte sie weiter, zuerst für Mattis Glauben und schließlich, nach einigen Jahren, weil aus den unheilbar scheinenden Wunden ihrer Seele harte Narben geworden waren.

Aber als sie Matti im vergangenen Jahr wiedertraf, war es, als seien die Jahrzehnte seit ihrer Trennung im Flug vergangen, und als die Beckersche Komödiantengesellschaft weiterzog, blieb Lies im Haus unter den Linden. Die Entscheidung war ihr nicht leichtgefallen. Sie war fast ihr ganzes Leben über die Straßen gezogen, und in einem ehrlichen Moment gestand sie sich ein, daß sie sich vor allem davor fürchtete, sie und Matti könnten einander nicht mehr wie früher Tag um Tag, Nacht für Nacht ertragen. Aber Matti hatte gelacht, als sie ihr endlich diese Angst gestand. Es sei ja auch früher oft ein Kampf gewesen, das gehöre doch zum Leben. Und dann erinnerte sie sie an den nächsten Winter, strich dabei sanft über Lies' Finger, die deutliche Anzeichen der Gicht zeigten, und Lies sagte: Gut, für ein Jahr. Dann sehen wir weiter.

Das Jahr war nun um, aber niemand sprach mehr davon, daß Lies dieses Haus und Matti wieder verlassen könnte. Wahrscheinlich dachte auch niemand mehr daran.

Matti servierte kalten Tee von Malvenblüten und getrockneten sauren Äpfeln, schnitt ein paar Minzeblätter hinein und freute sich über ihre Gäste. Sie hatte den Grönlandfahrer geheiratet, wie sie es damals für ihre Pflicht gehalten hatte. Aber schon von einer seiner nächsten Fahrten kehrte er nicht mehr zurück, und danach lehnte sie alle Bewerber in ihrer freundlichen und unerschütterlich eigensinnigen Art ab. Mit Lies' Komödianten hatte sie nun doch noch so etwas wie eine Familie bekommen. Sie gastierten zwar nur einmal im Jahr für wenige Wochen an der Elbe oder der Alster, aber das fand sie angenehm. Zuviel Besuch hatte sie nie geschätzt.

Gespannt lauschten Matti und Lies, was Rosina und Sebastian über den Tod des Dichters erzählten.

«In seiner Kammer», schloß Rosina, «habe ich etwas gefunden, das uns sehr bedeutsam erscheint.»

Sie holte das immer noch in Struensees Leintuch gewickelte

Näpfchen aus ihrer Rocktasche, packte es behutsam aus und reichte es Lies.

«Kannst du mir sagen, was das sein mag? Wir sind ziemlich sicher, daß es Hexensalbe ist.»

«Sei still, Kind», zischte Lies, und Matti sah sich halb amüsiert, halb erschreckt um. Aber die Hecke um den Garten war zu hoch, heimliche oder zufällige Lauscher konnten von dem Platz unter der Buche aus nicht entdeckt werden.

Die alten Frauen steckten die Köpfe zusammen, daß die zierlichen Hauben über ihren grauen Scheiteln wie eine große erschienen, studierten gemeinsam den Papierfetzen auf dem Gefäß und erhoben sich.

«Laßt uns ins Haus gehen», sagte Matti, «man weiß ja nie.»

«Es sind wirklich gute Katzen», schmeichelte das Kind, «ganz brave, die werden die besten Jäger.»

Wieder hob es Rosina die schmutzigen Lumpen entgegen, in denen drei rot-weiß gescheckte und zwei ganz und gar schwarze Katzenjunge kreuz und quer übereinandergerollt dösten.

«Paar Wochen bloß, und die fang'n dir jede Maus, Ratten sowieso. Wir ham in unserm Keller nich eine Ratte mehr.»

«Deine Kätzchen sind wirklich hübsch.» Rosina strich mit dem Zeigefinger über einen der kleinen Köpfe. «Aber ich kann keines brauchen. Leider. Doch warte.»

Sie griff in ihren Beutel, holte einen der dicken Hefekringel hervor, die sie in der Bude am Millerntor erstanden hatte, und steckte ihn dem Kind, dessen Züge ein Mädchen vermuten ließen, das aber wie ein Junge gekleidet war, in das ausgefranste Hemd. Dann drehte sie sich schnell um und lief den anderen nach. Sie kannte harte Zeiten, und seit sie bei der Beckerschen Komödiantengesellschaft lebte, war der Tisch nicht oft üppig gedeckt, aber sie hatte doch nie hungern müssen. Was konnte erbärmlicher sein als ein hungriges Kind?

Suchend sah sie sich um. Der Großneumarkt, ein weites viereckiges Gelände nahe der Michaeliskirche, war nicht nur in der

Neustadt, sondern in ganz Hamburg der größte Platz. Eng umstanden von nicht zu alten hochgiebeligen Fachwerkhäusern, in denen auch Werkstätten, kleine Läden und Schenken Platz gefunden hatten, bot er einen freundlichen Aufenthalt. Heute morgen drängte sich alles Volk vor dem Wachhaus zusammen. Auch die vier Chorknaben, die von St. Michaelis die Schlachterstraße heraufflitzten und dabei fast einen Torflieferanten und eine alte Reisigbesenhändlerin umrannten, tauchten sofort in der Menge unter.

Rosina kannte den Marktplatz noch gut vom letzten Frühjahr, als sie nicht weit von hier in der alten Theaterbude in einem Hof der Neustädter Fuhlentwiete gespielt hatten. Wochenlang, und immer im ausverkauften Theater. Aber auch damals waren die ersten Wochen voller Probleme gewesen, und schließlich hatte sich alles zum Guten, tatsächlich sogar zum Allerbesten gewendet. Vielleicht war es einfach so hier im Norden. Schwerer Anfang, furioses Finale.

Lies und Matti hatten sie weggeschickt, aber die Salbe behalten. Sie hatten etwas von ‹in den Büchern prüfen› gemurmelt, von nachdenken und davon, daß sie Bescheid geben würden. Zuerst war Rosina enttäuscht gewesen, sie hatte gehofft, sofort zu erfahren, ob der Dichter tatsächlich Hexensalbe besessen hatte. Aber die beiden würden sicher nicht lange brauchen.

Sie griff wieder in ihren Beutel, nahm sich selbst einen Kringel heraus und biß fest hinein. Der herb-süße Geschmack von Buchweizen und Vanille war köstlich. Eigentlich sollte sie traurig über den Tod des Dichters sein, zumindest angemessen kummervoll. Aber sie hatte ihn nicht gekannt, und wenn sie ehrlich war, fühlte sie sich seit diesem gruseligen Besuch im Pesthof erheblich besser. In der letzten Woche hatte das Warten alle nervös gemacht, sie waren betrogen worden, und es gab keine Aussicht auf Entschädigung. Daran hatte sich nichts geändert, aber Rosina fühlte, daß etwas Wichtiges geschehen war. Das tatenlose Warten war vorbei, es gab nun etwas, das sie herausfinden mußte. Helena hielt ihren Verdacht zwar für kindisch, aber sie spürte genau, daß es um den Tod des Dichters irgendein krummes Geheimnis gab.

«Da bist du ja, wir haben schon gedacht, der Kerl da hinten hat dich weggehext.»

Helena, das dicke kastanienfarbene Haar wie immer trotz der ordentlichen Bänder ein wenig zerzaust, stand mit leuchtenden Augen vor ihr. Die ängstliche Beklommenheit, mit der sie versucht hatte, Rosina die Suche nach dem Manuskript auszureden, war verschwunden. Helena liebte den Trubel auf den Märkten, und in Altona mochte es städtisch zugehen, aber von echtem Trubel war da nun mal keine Spur.

«Komm schnell, Rosina, du mußt ihn dir unbedingt aus der Nähe ansehen. Vielleicht ist der die Lösung deines Rätsels. So komm doch.»

Sie griff nach Rosinas Ärmel und zog sie einfach mit sich durch die Menge. Die Neugier hatte alle vereint, Köchinnen mit weißen Schürzen, Damen in Seide und Musselin mit kleinen Hündchen und buntseidenen Fächern, barfüßige Bettelkinder in Lumpen und Johanneumschüler mit weißen Kragen und kleinen Schnallen auf feinen Schuhen, Herren, die in bestem englischen Tuch unter ihren Perücken schwitzten und Schlachter- und Bäkkergesellen in weiten blauen oder weißen Kitteln. Straßenhändler und Bettler, Schiffer aus den Vierlanden und Matrosen aus aller Welt, sonnenverbrannt und bärtig wie der Leibhaftige. Sogar die Marktfrauen vor dem Brunnen, die sonst kein Auge von ihren Körben und Karren ließen, damit nur kein flinker kleiner Dieb einen Apfel oder Kohlkopf, eine Handvoll Zimtkuchen oder gar eine Rolle Tonderner Klöppelspitzen stibitzte, starrten erwartungsvoll zu dem kleinen Podest aus Feldsteinen wenige Schritte vor der Wache.

Ein Straßenmusikant mit blinden Augen hockte davor und entlockte der Drehleier auf seinen Knien seltsam jammernde Töne. Und obwohl er sie nicht sehen konnte, hatte auch er den Kopf der Gestalt, die über ihm auf den Steinen stand, zugewandt, so daß ihm seine Filzkappe in den Nacken gerutscht war.

Die Sonne brannte stechend, und zwei Wasserträger und die Wirte, die aus den geöffneten Fenstern der Schenken am Rande des Platzes Dünnbier verkauften, machten gute Geschäfte.

«Siehst du ihn? Da ist er», flüsterte Helena. «Die Wedde hat ihn vom Gänsemarkt vertrieben, sagen die Leute, aber hier in der Neustadt wird er geduldet.»

«Kein Wunder», knurrte Sebastian, der plötzlich neben ihnen stand, «hier in der Neustadt dulden sie alle. Zauberpantomimen, Taschenspieler, Zahnbrecher und Quacksalber, dressierte Affen und zweiköpfige Kälber, sogar eine ganze Straße voller armer Juden. Warum nicht auch einen Kometenbeschwörer?»

«Du hast die Komödianten vergessen.»

Rosina stützte sich auf seinen Arm, stellte sich auf die Zehenspitzen und versuchte, über die vielen Schultern vor ihr den Mann, von dem man auch in Altona sprach, zu erkennen. Zwischen modisch aufgetürmten Frisuren, braven Hauben, Dreispitzen, runden Arbeitshüten und Tuchkappen hindurch sah sie ein dunkles Gesicht mit geschlossenen Augen unter langem schwarzen Haar, sah ausgebreitete sehnige Arme in weiten weißen Ärmeln, die bis zu den Ellenbogen hinaufgerutscht waren.

Sie war enttäuscht. Ein wenig mehr Geheimnisvolles hatte sie von einem, der mit den Sternen im Bunde sein wollte, doch erwartet. Er sah nicht viel anders aus als Jean, wenn er, ein wenig Farbe im Gesicht und eine wallende Perücke auf dem Kopf, mal wieder eine seiner Lieblingsrollen darstellte, den edlen Zeus auf dem Olymp oder Hieronymus, den Einsiedler in der Wüste, wobei letzterer gegen alle Wahrscheinlichkeit, aber zur Begeisterung des Publikums von einer Meernymphe mit kastanienrotem Haar verführt wurde.

«Und warum stehen die Leute alle so vor ihm, ergeben wie vor dem Erzengel Gabriel persönlich? Macht er irgendwelche verdienstvollen Kunststücke, läßt er es regnen, oder überzeugt er die Sonne, daß sie sich mal ein bißchen zurückhalten soll?»

«Sei still, Rosina!» Helena stieß die Freundin warnend in die Seite. «Sonst trifft dich sein Fluch als erste.»

Sie kicherte, aber Rosina fand, es klang weniger vergnügt als nervös. Helena war für jeden Spuk empfänglich. In ihren Reisekästen und -taschen waren Glücksbringer versteckt, und sie betrat niemals die Bühne ohne das kleine silbergefaßte Amulett aus russischem Lapislazuli.

«Sie warten darauf, daß er spricht», erklärte Helena flüsternd. «Er spricht an jedem Nachmittag, immer, wenn er seine Vision hat. Der Komet, sagt er, kommt jeden Tag näher, und wenn er da ist, wird das Gericht die treffen, die es verdient haben.»

«Welches Gericht? Glaubst du, er darf für Gott sprechen?»

«Psst, du versündigst dich.» Helena sah sich flink um, doch niemand beachtete die beiden Frauen. «Das weiß keiner, aber der Herr dort drüben», sie zeigte auf einen würdigen kleinen Mann, der in der schlichten schwarzen Tracht eines Gelehrten im Schatten einer Linde stand und sich mit einem dünnen, gewiß sehr bedeutenden Buch Luft zufächelte, «der Herr dort sagt, daß auch kurz vor der letzten Pest ein großer Komet über den Himmel wanderte, er hatte vier Schweife, und auch vor der letzten großen Flut, die ganze Inseln und zahllose Menschen verschluckte, vom Vieh gar nicht erst zu sprechen, war ein Komet am Himmel.»

Rosina schwieg. Ihr fiel einfach nichts ein, was sie darauf sagen konnte. Sie würde Lies nach dieser Kometensache fragen. Niemand kannte sich in Dingen, die irgendwo zwischen Himmel und Erde zu Hause waren, so gut aus wie Lies. Aber eines wußte sie genau, sie wollte nicht länger mit all diesen Menschen in der Sonne stehen, egal, ob sie doch den Blick dieses seltsamen Fremden fürchtete oder nur die pralle Hitze.

Und weil Helena unbedingt auf die Vision des Mannes warten wollte, gingen Rosina und Sebastian allein zum *Bremer Schlüssel* in die Fuhlentwiete voraus.

Es hatte zwar so ausgesehen, als ob sich alle Bewohner der Neustadt auf dem Großneumarkt versammelt hätten, aber das konnte nicht sein. In der Schenke waren alle Bänke und Schemel besetzt, und der Lärm der Gäste drang Rosina und Sebastian schon entgegen, als sie vom Alten Steinweg in die Twiete einbogen. Sie betraten den dämmerigen Raum, und bevor sie sich im Gedränge der Männer auf die Suche nach Titus machen konnten, hatte Jakobsen sie bereits entdeckt.

«Sebastian», brüllte er – die kräftige Stimme des Wirtes hätte selbst den Donner preußischer Kanonen übertönt – «und Mademoiselle Rosina!»

Eilig steckte er den Holzstöpsel in das Bierfaß, stellte den erst halb gefüllten tönernen Krug auf den Schanktisch und schob sich zwischen Bänken und Tischen zur Tür, um die beiden Neuankömmlinge zu begrüßen. Er rieb seine großen Hände an der Lederschürze ab und umarmte sie freudig.

«Wie schön, daß ihr wieder hier seid. Was wollt ihr bloß bei den Altonaern? Bei uns habt ihr doch viel besseres Publikum als die blassen Dänen hinter dem Hamburger Berg. Und dazu die beste Schenke.»

Er lachte dröhnend, so wie man es von einem Wirt erwartete, und Rosinas Hand, vom Kutschieren der Komödiantenwagen schon ungewöhnlich fest und kräftig, verschwand völlig in einer seiner großen Pranken. Gleichzeitig klopfte er mit der anderen Sebastian auf die Schulter und brüllte der Schankmagd zu: «Lineken, hol was von dem Rheinischen aus dem Keller. Wenn ihr Titus sucht», fuhr er etwas leiser fort, «der sitzt dort hinten auf der Bank neben dem Faß. Gut, daß ihr kommt, sonst hat er es gleich leer getrunken.»

Titus hatte keine Lust gehabt, sich das Spektakel auf dem Großneumarkt anzusehen. Es gebe schon genug Gram auf der Welt, da brauche er nicht noch einen Unglückspropheten im weißen Hemd, hatte er gebrummt und sich gleich zu seinem alten Freund Jakobsen aufgemacht. Sie kannten einander schon lange, der Wirt und der Komödiant, und wenn die Beckersche Gesellschaft in Hamburg spielte, konnte man Titus stets leicht finden. Zwar war der eine auf dem Karren, der andere in einer Kammer über der Schenke geboren, der eine sein Leben lang auf allen Straßen des Reiches unterwegs gewesen, der andere immer in Hamburg geblieben, aber weil beide heimlich vom Glück des anderen Lebens träumten, fühlten sie sich einander verbunden wie Brüder. Und wenn einer in Jakobsens Schenke saß und über das fahrende Pack herzog, hatte er hier sein letztes Glas Branntwein getrunken. Das wußte jeder in der Neustadt, und weil Jakobsen ein guter Wirt war, weil er reines Bier in sauberen Krügen und nur wenn schon alle betrunken waren, verdünnten Branntwein ausschenkte, weil seine Schwester, die Königin der Küche hinter dem breiten Schanktisch, weit und breit den besten Klippfisch in Rahmbrühe mit Pfeffer, Muskatblumen und Petersilien servierte, wurde im *Bremer Schlüssel* eben nicht über fahrendes Pack geschimpft.

Titus saß auf einem Schemel und schaute den Mann, der ihm gegenüber saß, mit listigen Augen an.

«Und ich sage dir, Knopfmacher: du spinnst. So ein Komet hat was Besseres zu tun, als auf die Erde zu knallen. Dann ist er ja hin, und warum sollte er das wollen?»

Er griff nach seinem Krug und leerte ihn, ohne zu bemerken, daß der fürsorgliche Jakobsen ihm nur mit wenigen Tropfen Bier vermischtes Wasser nachgefüllt hatte.

«Ich spinne? Du mußt es ja wissen. Aber ich weiß es noch besser. Monsieur Klappmeyer, für den ich schon viele Knöpfe gemacht habe, und zwar nur die feinsten, mit italienischem Damast bezogene, aus Elfenbein und bestem irischen Hirschhorn, Monsieur Klappmeyer kennt alle Welt und viele Bücher. Jeden Tag liest er in seinen Büchern, er wird noch blind werden davon, aber das macht ihm nichts, die Wissenschaft geht ihm über alles, der hat mir erst heute morgen erzählt ...»

«Klapperlapapp! Haaa», Titus schlug mit brüllendem Gelächter mit der Faust auf den Tisch. «Klapperlapapp, das ist gut. Jakobsen, bring dem Knopfmacher noch ein Bier, er ist der beste Hanswurst weit und breit. Die besten Schauergeschichten ...»

«Titus!» Rosina stand, die Hände in die Hüften gestemmt, vor ihm und sah streng auf ihn herunter. «Was soll der Unsinn?

Seit wann trinkst du wie ein Brauerknecht? Dazu am hellichten Tag! Steh auf, du verrückter Kerl, laß uns nach Hause gehen.»

«Rosina, holde Ballerina», schrie Titus und fing gleich wieder an, grölend zu lachen. Rosina kannte ihn seit sechs Jahren, oft war er, der auf der Bühne immer der große Spaßmacher sein mußte, brummig, und beizeiten konnte er wüten wie ein Rumpelstilz, aber so betrunken hatte sie ihn noch nie erlebt. Sie sah sich nach Sebastian um, alleine würde sie Titus nie von seinem Schemel bewegen, aber der ließ sich gerade von Lineken Bier einschenken und, das sah Rosina genau, hemmungslos anhimmeln. Ärgerlich griff sie nach Titus' Krug, sie war durstig und hungrig, und nahm einen großen Schluck.

«Pfui Teufel», rief sie, aber Jakobsen, der gerade in diesem Moment hinter Titus' Rücken auftauchte, legte grinsend den Finger auf den Mund.

«Jakobsen braut das beste Bier», nuschelte Titus, «das allerbeste.»

Und dann legte er mit einem zufriedenen Schnaufer den schweren Kopf auf die Arme und war von einer Sekunde auf die andere eingeschlafen.

Jakobsen, Rosina und Servatius, der Knopfmacher aus der Caffamacherreihe, sahen verblüfft auf den breiten Rücken in der grünen Joppe, auf das dicke gelbe Haar, und die beiden Hände, die noch im Schlaf zärtlich den leeren Krug umfaßt hielten.

«Nehmt es ihm nicht übel. Das Bier hat ihn zwar lustig gemacht, aber tatsächlich hat er dicken Kummer. Wegen Elsbeth.»

«Elsbeth? Herrmanns' Köchin? Ist sie tot?»

Jakobsen schüttelte den Kopf.

«Ganz im Gegenteil. Vandenfelde, ihr erinnert euch gewiß an den schwatzhaften Knochenhauer vom Schlachthaus an der Heiliggeistbrücke, hat erzählt, daß sie eine Liebschaft mit einem Zuckerbäcker hat. Ob's stimmt oder nicht, nun hat ihn der Jammer gepackt. Dabei hätte er sich sicher auch in diesem Jahr höchstens getraut, ihre guten Suppen zu loben, der alte Feigling.»

Rosina seufzte. Sie hatte nicht einmal gemerkt, daß Titus in der energischen Elsbeth mehr sah als eine prächtige Köchin. Aber sie verstand seinen Kummer gut. Ein fahrender Komödiant, dazu noch ein Hanswurst, und die Köchin von einem der ersten Häuser der Stadt. Es gab kaum eine vergeblichere Liebe.

«Und wie sollen wir ihn nun nach Altona bekommen?» fragte Sebastian.

«Gar nicht», Jakobsen grinste immer noch, «die Wachen am Tor stecken ihn, bierselig wie er ist, nur gleich ins Loch. Macht euch keine Sorgen, er bleibt am besten hier. Hilf mir, ihn in die Kammer zu schleppen. Morgen früh ist er wieder der alte, dann kann er zu euch nach Altona laufen. Du kannst auch mit anfassen, Servatius, danach kriegst du das Bier, das unser schlafender Freund dir vorhin spendiert hat. Wofür eigentlich?»

Das wußte der Knopfmacher auch nicht, und weil er die Verballhornung des Namens von Klappmeyer, einem seiner vornehmsten Kunden, immer noch übelnahm, rutschten ihm auf der engen Treppe hinter dem Schankraum Titus' Füße immer wieder aus den Händen und knallten auf die ausgetretenen Eichenstufen.

Nachdem Rosina und Sebastian sich an einer ordentlichen Portion Ochsenzunge, in rotem Wein zart gedünstet mit Sardellen, Kapern und Nelken, satt gegessen hatten, machten sie sich auf den Heimweg. Nach Helena mußten sie nicht lange suchen, sie kam ihnen entgegen, als sie in den Alten Steinweg einbogen, um zum Großneumarkt zurückzukehren. Der Kometenbeschwörer hatte zwar immer noch nicht seine neueste Vision preisgegeben, aber sie wußte eine andere Neuigkeit. Sie hatte Claes Herrmanns gesehen, er habe ein grämliches Gesicht gemacht, aber ganz gewiß wegen der Hitze, er sei eilig über den Markt gegangen und habe nicht links und nicht rechts und auch nicht nach dem Mann auf dem Podest gesehen. Gerade als sie zu ihm laufen und ihn begrüßen wollte, war er stehengeblieben, um mit einem Mann zu sprechen, der am Rande des Platzes in einem leichten Einspänner saß und wie alle den Kometenbeschwörer beobachtete.

Der Mann, da sei sie ganz sicher, sie habe ihn schon vorher erkannt, war der grämliche Mensch mit den dicken Silberknöpfen auf der Weste, der sie in dem Haus des Dichters in der Gröninger Straße empfangen und gleich wieder hinauskomplimentiert habe.

«Gut», sagte Rosina, «sehr gut. Morgen besuchen wir Monsieur Herrmanns. Und Madame Augusta.»

«Und», ergänzte Sebastian, «Madame Anne.»

FREITAG, DEN 13. JUNIUS,
ZUR SPÄTEN MITTAGSZEIT

Die Herrmannssche Kutsche rumpelte in einer gelben Staubwolke, die das glänzende Fell der vier Füchse in mattes Braun verwandelt hatte, über die weite, Hamburger Berg genannte Ebene auf die Wälle zu. Eigentlich wurde Claes im Kontor erwartet, aber er hatte Brooks aufgetragen, ihn direkt nach Harvestehude zu kutschieren. Er sah zum Heiligengeistfeld hinüber, die Flügel der holländischen Mühle am Rande der Ebene standen seit Tagen unbeweglich. Claes blickte über das trockene Weidefeld und wünschte sich einen heftigen Wind herbei, kalt und frisch, wie er sonst im Juni oft von Norden her über das Meer und den Fluß heraufkam und mit den Ausdünstungen der übervölkerten Stadt auch die trüben Gedanken fortwehte. Er spürte, wie sich die Unruhe seiner Gedanken auf seinen Körper übertrug. Seine Finger trommelten auf die Sitzbank, er sehnte sich voller Ungeduld danach, diesen engen schwarzen Kasten zu verlassen und mit langen Schritten unter den Bäumen seines Gartens zur Alster hinunterzulaufen. Er brauchte Bewegung. Und Anne würde ihm helfen, Klarheit in seine Verwirrung zu bringen.

Aber dann merkte er, daß ihm bei der Vorstellung, ausgerechnet mit Anne von dieser alten, tragischen Liebe zu sprechen, immer unbehaglicher wurde. Ganz sicher wollte er ihr von Gunda erzählen. Ganz sicher und bald. Aber nicht jetzt.

Als die Kutsche auf das Millerntor zurollte, ließ er halten und machte sich zu Fuß auf den Weg durch die Stadt. Er ging durch den Neuen Steinweg, wich einer Sänfte aus, die von vier schwitzenden Lakaien getragen wurde, Wappen an der Seite verrieten ihm, das sie zum Haus des französischen Gesandten gehörte, stieg über einen dicken schwarzen Hund, der mit hechelnder Zunge mitten auf dem Weg lag, und erreichte schließlich den Großneumarkt. Der seltsame Kometenheilige hatte sein Revier gewechselt. Die Stadtsoldaten vor dem Wachhaus, alle ohne Mütze und die rotweißen Röcke ganz unmilitärisch geöffnet, begafften ihn genauso wie die Menge, die sich um ihn scharte. An anderen Tagen wäre er sicher auch stehengeblieben, hätte sich das Spektakel angesehen und seinen Spaß gehabt, aber heute? Heute wirklich nicht.

Er passierte den Alten Steinweg, der völlig verlassen war, und gelangte über die Stadthausbrücke in den Burstah. Obwohl er auf seinem Weg häufig nach links und rechts gegrüßt und ein- oder zweimal sogar ein paar Worte gewechselt hatte, erinnerte er sich an keines der vielen Gesichter, die er gesehen hatte, als er endlich an seinem Lieblingstisch hinter den vorderen Fenstern von Jensens Kaffeehaus saß.

«Und die Frau Gemahlin ist wohlauf? Pflanzt sie wieder neue Bäume?» – Jensen stellte mit elegantem Schwung die dampfende Kaffeetasse und ein hübsch gedrehtes Messingkännchen zum Nachfüllen auf den Tisch und lächelte beflissen.

«Im Juni pflanzt kein vernünftiger Mensch Bäume, Jensen», blaffte Claes den Wirt an und starrte wieder auf die neueste Ausgabe des *Hamburgischen Correspondenten*, die er nun schon geraume Zeit in den Händen hielt, ohne auch nur ein Wort zu entziffern.

«Jensen!» rief er dann dem erschreckt davoneilenden Wirt nach. Der blieb stehen und sah seinen Gast, den er noch nie so unfreundlich erlebt hatte, abwartend an.

Claes räusperte sich und sagte: «Meiner Frau geht es ganz ausgezeichnet. Und ihren Bäumen auch.»

Im Kaffeehaus war es noch still. In einer halben Stunde, wenn die Börse schloß, würde hier auch der letzte Stuhl besetzt sein.

Claes war die Ruhe recht. Als er in der Palmaille in die Kutsche stieg, war er wie betäubt gewesen. Die Bilder und Gedanken in seinem Kopf stritten um Bedeutung und Vorrang, vermischten sich zu einer Melange, die schließlich zu einem unklaren, aber tiefem Unbehagen gerann. Selbstverständlich würde Christian sich mit dieser Zurückweisung nicht einfach zufriedengeben. Das konnte er nicht, wenn seine Gefühle für das Mädchen so tief waren, wie er vorgab. Und auch er selbst, Claes, konnte sich damit nicht zufriedengeben. Wäre die Mutter des Mädchens nicht Gunda gewesen, hätte er sich und seine ganze Familie von ihrer strikten Ablehnung zutiefst beleidigt gefühlt. Nun war er nur verärgert und verwirrt.

Nun gut. Lucia war Mennonitin, Christian Lutheraner. Aber viel mehr als unbequem konnte das nicht sein. Wenn sie Katholikin oder gar Jüdin gewesen wäre, hätten die Priester und Rabbiner eine solche Verbindung tatsächlich für sündhaft gehalten. Doch die Schwierigkeiten einer Ehe zwischen Christian und seiner geliebten Lucia konnten nicht unüberwindlich sein. Wie hatte Christian gesagt? Lucias Mutter sei schrecklich fromm. Am besten ließ er ihr ein wenig Zeit und sprach dann noch einmal in der Palmaille vor. Vielleicht war der Kapitän vernünftiger. Konnte er sich eine bessere Partie für seine Tochter wünschen?

Nur ungern gestand Claes sich ein, daß er nicht so ganz an Gundas steife Frömmigkeit glaubte. Er glaubte vielmehr, daß dieses Drama, das sie mit dem Namen Herrmanns verband, die Liebe zwischen ihren Kindern nicht zuließ. Und das war unvernünftig, also mußte es zu überwinden sein.

Er bemühte sich um Ruhe und spürte doch Ärger. Mußte Christian sich ausgerechnet jetzt auf eine so komplizierte Liebschaft einlassen?

Sein Haus war solide, aber die Zeiten waren dennoch hart genug. Seit dem Ende der siebenjährigen Kriege zwischen Preußen und Österreich um die Vorherrschaft auf dem Kontinent und zwischen England, Spanien und Frankreich um ihre überseeischen Kolonien, ging es den Hamburgern an ihre Gewinne. Der Zusammenbruch der preußischen Währung hatte in den letzten zwei Jahren zahlreiche holländische Banken ruiniert, die wiederum viele Hamburger Kaufleute mit in den Bankrott gezogen hatten. Um ihre leere Kasse zu füllen, hatten die Preußen ihre Grenzen für einige Waren geschlossen oder die Zölle so erhöht, daß der Export heftig litt. Und vom Export lebte die Stadt. Hamburg war letztlich nichts anderes als ein riesiges Kaufhaus, in dem Waren aus aller Welt ankamen und in das weite europäische Hinterland weiterverkauft wurden.

Außerdem forderten die Franzosen seit einigen Jahren für jeden Sack, der von einem französischen Schiff im Hamburger Hafen gelöscht wurde, für jeden Krümel, den ein deutsches Schiff in Frankreich an Bord nahm, deftige Gebühren. Auch das ließ den Gewinn bedenklich schrumpfen. Solange alle Waren aus den Kolonien nur von Schiffen der Kolonialmächte transportiert werden durften, waren die deutschen Händler machtlos. Die Hamburger traf es besonders hart. Ein großer Teil dieser Waren und jeder zweite Sack Kaffee aus den französischen Kolonien nahmen den Weg über ihren Hafen. Aus London hörte man zwar, in den nordamerikanischen Kolonien der englischen Krone gäre es gewaltig, aber solange die noch zu ihrem europäischen Mutterland gehörten, konnten Hamburger Schiffe dort auch keine Geschäfte machen. Und daß sich das jemals ändern könnte, glaubte niemand, der nicht gerade seinen schwärmerischen Kopf in den Wolken hatte.

«Mumpitz. Blanker Unsinn. Ich sage dir, der hatte einfach ein zu weiches Hirn. Das kommt vom Sellerie.»

Die schnarrende Stimme riß Claes aus seinen Gedanken. Offenbar war die Börse geschlossen, denn das Kaffeehaus füllte sich. Der Mann mit der lauten Stimme war der Zuckerbäcker Marburger, ein fülliger Hüne im nachtblauen Rock, aus dessen etwas zu engen Ärmeln reichgekräuselte Spitzenmanschetten hervorquollen, die eher auf den jährlichen Empfang der Admiralität als in ein Kaffeehaus gepaßt hätten.

«Irma hat seine Köchin heute morgen auf dem Markt getroffen, obwohl man wirklich nicht weiß, was sie noch zu kochen hat, wo er nun tot ist und sowieso schon im Pesthof eingesperrt war. Also, seine Köchin sagt, daß er ständig Sellerie verlangt hat, am liebsten mit dem Kraut. Man stelle sich das vor, mit dem Kraut. Dabei ist Sellerie ja doch eine sehr unbekömmliche Knolle, viel zu aromatisch. Und», er kicherte meckernd, «sie geht auch stark ins männliche Blut, und wo er doch gar keine Frau hatte, wozu braucht er da den Sellerie?»

«Da bin ich aber ganz anderer Ansicht», widersprach sein nicht minder beleibter, aber um etliches kleinerer rotnasiger Begleiter im erbsengrünen Rock, der bei jedem seiner Worte einen spitzen Zeigefinger in die Luft stach und den letzten Satz einfach überhörte. «Sellerie verdünnt das Blut, und das kann für einen wie den Billkamp nur gut sein. Jensen, bring uns Kaffee, aber ohne alles und schnell.»

«Jensen», Claes hielt den vorbeieilenden Wirt am Ärmel fest. «Wer ist tot? Billkamp? Wer ist das?»

«Habt Ihr nicht gehört? Meister Lysander, der Dichter, er hat ein Haus in der Gröninger Straße und wollte vor einigen Wochen von St. Petri fliegen. So sind die Dichter, einfach zu viel Phantasie, sage ich. Sein Cousin hat ihn in den Pesthof gebracht, und da ist er gestern gestorben.»

Jensen beugte sich ein wenig zu Claes hinunter, hob die Hand vor den Mund und flüsterte mit glänzenden Augen: «Doktor Kletterich soll ihn ein bißchen zu gründlich behandelt haben. Aber darauf darf man gewiß nichts geben. Entschuldigt mich, der Kaffee.»

Claes erinnerte sich, daß Julius Billkamp, der bis vor wenigen Jahren einen einträglichen Handel vor allem mit Kattun, afrikanischen Hölzern und Zucker betrieb, sich mit dem Namen Lysander geschmückt und der Dichtkunst verschrieben hatte. Im

Kaffeehaus war oft darüber gespottet worden. Aber wenn er sich von Kletterich, diesem geldgierigen Aderlasser, behandeln ließ, war er selbst schuld.

Claes rührte in seinem längst kalt gewordenen Kaffee und beobachtete die beiden Männer, die sich, immer noch laut schwatzend, an einen der Tische an den Fleetfenstern gesetzt hatten. Marburger hatte sich wirklich fein herausgeputzt. Claes empfand Respekt für tüchtige Männer, die wie der Dicke mit den unpassenden Manschetten ihr Erbe aus eigener Kraft verdoppelt hatten. Marburger galt nun als der größte Raffineur in der Stadt, und die Qualität seiner Ware war unbestritten. Es hieß, sogar der preußische König rühre Marburgers Zucker in den Mokka.

«Ich habe Euch ertappt, heimlich bewundert Ihr unseren ersten Zuckerbäcker doch.»

Sonnin, dessen dunkelroter Samtrock über der Weste mit der etwas ausgefransten Stickerei wie üblich ein wenig staubig war, ließ sich mit einem kleinen Ächzer auf den Stuhl neben Claes plumpsen, griff nach dessen Kaffeetasse und schnupperte mit mißtrauisch gespitztem Mund an dem kalten Gebräu.

«Dachte ich es doch, Kardamom. Mitten im Sommer schmeckt Euer Kaffee mal wieder winterlich.»

«Jeder nach seiner Fasson, das wißt Ihr doch.» Claes lachte. Mit Sonnin würde er seine wirren Gedanken erst einmal vergessen können. «Aber wegen Marburger muß ich Euch enttäuschen, ich kann den Kerl nicht ertragen. Es ist mir ein Rätsel, wie ein solcher Schaumschläger und Dummkopf so gute Geschäfte machen kann.»

«Aber ich dachte immer, die Schaumschlägerei sei eine der wichtigsten Tugenden im Handel. Und liefert Ihr ihm etwa keinen Rohzucker? Ah, macht nicht so ein Gesicht. Ich bin nur ein schlichter Baumeister und Mechanikus. Von den Finessen der hohen Kunst des Handels verstehe ich nichts. Holla, was ist denn da los?»

Von Marburgers Tisch, der nun von vielen Rücken fast ganz verdeckt wurde, drangen laute Stimmen herüber. Die beiden

Männer erhoben sich, um über die geschlossene Reihe der Schultern vor ihnen besser sehen zu können, und Sonnin, einen halben Kopf kleiner als der hochgewachsene Claes, stieg auf seinen Stuhl. Marburger saß zurückgelehnt auf einem Sessel. Ein hagerer, aber doch muskulöser Mann, gewiß noch keine Dreißig und mit hochrotem Kopf, stand mit wütend geballten Fäusten vor ihm.

«Hier ist wirklich nicht der Ort, über deine dummerhaftigen Anschuldigungen zu reden, Oswald. Du bist bankrott, und daran bist du selbst schuld. So ist das Geschäftsleben, einer gewinnt, der andere verliert.» Marburger leckte sich genüßlich die breiten Lippen und lächelte mit spöttischer Großzügigkeit. «Komm in zwei Stunden in mein Kontor, und da sagst du mir, was du willst. Vielleicht kannst du wieder bei mir arbeiten, wir wollen mal sehen. In der Sirupkocherei ist immer genug zu tun.»

Der junge Mann zitterte, und zwei der anderen Gäste griffen nach seinen Armen und hielten ihn fest. Einer von ihnen war Christian. Claes hatte in dem Gedränge nicht bemerkt, daß sein Sohn hereingekommen war.

«Laßt mich los», sagte der Mann, den der Zuckerbäcker Oswald genannt hatte, ruhig, «an dem mache ich mir die Finger nicht schmutzig. Und Ihr», fuhr er zu Marburger gewandt fort, «wißt genau, wie oft ich versucht habe, Euch im Kontor zu sprechen. Ihr habt mir schon in der Diele Eure Schläger auf den Hals gehetzt. Aber eines sollt Ihr wissen, Marburger» – seine Stimme senkte sich zu einem bedrohlichen Flüstern –, «so kommt Ihr mir nicht davon.» Voller Verachtung spuckte er in Marburgers grinsendes Gesicht, und während die Männer, die dicht um die beiden Kontrahenten herumstanden, noch verblüfft das Rinnsal von Speichel auf der schweißglänzenden Wange des Zuckerbäkkers anstarrten, schob er hastig die Menge zur Seite und verschwand durch die weit geöffnete Tür.

«Platz», piepste Jensen, «so macht doch Platz.»

Eilfertig wischte er mit einem großen weißen Tuch das Kinn und den Rock seines reichen Kunden ab. Der saß immer noch sprachlos auf seinem Sessel, bis er schließlich ärgerlich die Hand des Wirts beiseite schob und aufsprang.

«Der Kerl ist irre!» brüllte er plötzlich. «Hat nichts, kann nichts, und vergreift sich an einem ehrbaren Bürger. Der kriegt die Wedde auf den Hals. Bei Gott! Und kein Bein mehr auf die Erde, dem bleibt nur das Arbeitshaus. «Dann stürzte auch er aus der Tür.

Nun schrien alle nach Kaffee, Branntwein oder Tee, einer verlangte sogar irischen Whiskey. Aber damit konnte Jensen nicht dienen. Statt dessen beeilte er sich, eine Karaffe mit gutem alten Port zu füllen. So ein Spektakel hatte es in Jensens Kaffeehaus schon lange nicht mehr gegeben, und alle hatten schlagartig die beste Laune. Sogar Claes.

Johns, Besitzer der großen Kattundruckerei am Valentinskamp, wußte, wer der aufgebrachte Mann war, der so zielsicher spucken konnte, und war sofort der gefragteste Gast an allen Tischen.

Aber auch Christian, der sich nun zu Sonnin und seinem Vater setzte, kannte den Mann. «Das ist Götz Oswald, du müßtest dich eigentlich auch an ihn erinnern, Vater. Im letzten Winter habe ich ihm für unsere Mecklenburger Kunden eine ganze Menge Zucker abgekauft. Aber die Geschäfte mit ihm wurden einfach zu unsicher. Eigentlich ist er ein netter, honoriger Kerl.»

Oswald war Zuckerknecht bei Marburger gewesen, und zwar einer der besten, er hatte ein Rezept entwickelt, das den Zucker besonders süß und auch besonders haltbar machte. Vor einem guten Jahr war sein Onkel gestorben und hatte ihm ein paar Äcker und ein bißchen Vieh hinterlassen.

«Das hat er verkauft und dafür die kleine Zuckerbäckerei von der Lenzerin gekauft, deren Mann im letzten Jahr an den Masern gestorben ist. Marburger wollte ihn nicht gehen lassen, er bot ihm sogar besseren Lohn – man stelle sich vor, Marburger, der alte Geizkragen! Aber Oswald wollte selbständig sein, und wahrscheinlich hatte er die Schinderei bei dem Dicken längst satt.»

Das ganze Geld sei draufgegangen für sein neues Geschäft

und dazu habe er sich was leihen müssen. Zuerst ging es gut, und er lieh sich noch ein bißchen mehr, kaufte den Schuppen neben seiner Raffinerie dazu, um weitere Pfannen aufzustellen. Und dann ging es plötzlich steil bergab. Seine Lieferungen fielen in die Elbe, ein paar Fässer kamen mit Pferdeurin durchnäßt bei seinen Kunden an, andere waren mit Salz durchmischt. Jedenfalls blieben bald die Aufträge aus, und es gab Gerüchte, daß er allen möglichen giftigen Kram in seinen Zucker mische, damit er besonders weiß werde. Oswald ging bankrott.

«Es passiert alle Tage, daß in Hamburg jemand bankrott geht», wandte Claes ein, «ab und zu muß selbst ein großer Händler wieder von vorne anfangen.»

«Aber Oswalds Ruin stinkt doch zum Himmel. Wenn es auch keiner offen ausspricht, viele glauben, daß Marburger da seine schmutzigen Hände im Spiel hatte. Und womit sollte Oswald wieder von vorn anfangen? Er kann froh sein, wenn seine Gläubiger ihn nicht ins Werk- und Zuchthaus stecken. Und seine Frau hat gerade das dritte Kind gekriegt. Wir sollten diesem verdammten Marburger endlich zeigen, daß er nicht machen kann, was er will.»

Claes hoffte still, daß sich Christian seine Fähigkeit zur Empörung über diese düsteren Seiten des Kaufmannslebens lange bewahren würde. Für einen wie Oswald, der nichts gehabt hatte als ein paar magere Äcker und drei Kühe, und nun tief in Schulden steckte, gab es tatsächlich kaum eine Chance, wieder auf die Beine zu kommen. So einem blieb nur, den Rücken demütig zu beugen und wieder Knecht zu werden. Wenn ihn noch einer nahm. Es wimmelte in Hamburg ja nur so von Armen ohne Brot und Arbeit. Da mußte man keinen einstellen, der sich als unzuverlässig erwiesen hatte.

«Wenn ich so eine Geschichte höre, bin ich froh, daß ich all mein Geld immer wieder in der Lotterie verliere.» Sonnin bemühte sich vergeblich, ein wenig Staub von seiner rechten Schulter zu klopfen. «Marburger ist doch ein hübsches Beispiel dafür, daß Geld tatsächlich den Charakter verdirbt. Ihr, meine

Freunde, seid natürlich Ausnahmen. Aber nun laßt uns von etwas Erfreulicherem reden. Wie geht es Eurer lieblichen Gemahlin, Herrmanns? Pflanzt sie wieder neue Bäume?»

Claes lachte schallend.

Und Christian hätte über seinem Zorn auf Marburger fast vergessen, daß sein Vater an diesem Morgen Lucias Eltern besucht hatte.

6. KAPITEL

FREITAG, DEN 13. JUNIUS,
ZUR SPÄTEN MITTAGSZEIT

Gunda Stedemühlen sah zum Himmel auf und suchte die Lerche, deren hell flirrender Singsang wie die Verheißung von Sorglosigkeit und Glück über dem Garten lag. Sie beschirmte die Augen mit beiden Händen, aber der kleine Vogel war gegen das gleißende Licht nicht zu erkennen. Auf Madeira hatte sie nie eine Lerche gehört, und so war das übermütige Zwitschern für sie immer mit der weiten Ebene um die Stadt ihrer Kindheit verbunden geblieben, mit diesen Sommern ohne Ende, dem warmen leichten Wind, der über die Felder kam und den Geruch von blühendem Weizen und Hopfen mitbrachte. An einen Sommer wie diesen konnte sie sich nicht erinnern, aber sie fand, daß alles zueinander paßte. Das stechende Licht über der Schwüle, der Geruch von brackigem Wasser und diese maßlose Verwirrung, die sie nun spürte. Aber der Garten duftete süß, und sie genoß diesen Duft wie einen Trost.

Sie nickte den Gärtnern zu, die immer noch Wanne um Wanne von der Pumpe zu den Beeten trugen, und schritt entschlossen zum Pavillon, der wie ein kleiner, von Geißblatt und Heckenrosen umrankter Turm mit seinem sechseckigen Dach am Ende des Gartens stand. Die Ranken waren schwer von zarten blaßrosa Blüten, und ihr Duft vermischte sich mit dem der Holunderdolden.

Ihre Vermutung war richtig gewesen. Lucia saß auf der Bank im Pavillon, die Ellenbogen auf die Brüstung, das kleine runde Kinn auf beide Hände gestützt, und sah hinaus über den Fluß. In ihrem Kleid aus feinem, blaß geblümtem Musselin erinnerte sie selbst an eine Heckenrose.

«Lucia?»

Das Mädchen sah lächelnd zu ihr auf, rückte mit einer einladenden Geste ein wenig zur Seite, und Gunda setzte sich neben sie. Mit den goldbraunen Locken über dem fast noch kindlich runden Gesicht glich sie niemandem in der Familie. Aber ihre Augen, dieser schräge, stets ein wenig erstaunte Blick, war ganz und gar der Blick ihres Vaters, als er noch jung gewesen war.

Sie hatte angenommen, Lucia würde traurig oder zornig sein, ihr Temperament war hin und wieder wenig damenhaft. Aber Lucia war ohne Zweifel einfach nur heiter, glücklich sogar, und von dem schlechten Gewissen, das ihre Mutter noch bei ihr zu finden erwartete, zeigte sie nicht die geringste Spur.

«Du bist blaß, Mama», sagte das Mädchen, griff nach Gundas Hand und drückte sie liebevoll. «Und deine Hände sind eiskalt. Wie machst du das? Wenn du dafür ein Rezept hast, kannst du in diesen Tagen unermeßlich reich werden.»

Gunda sah dieses Kind an, das längst eine junge Frau war, und mußte, ob sie wollte oder nicht, lächeln. Lucia hatte etwas viel Besseres als ein Rezept für kalte Hände an heißen Tagen. Nur ein Lächeln, und egal, wie sehr man ihr zürnte, der Zorn schmolz im Handumdrehen und wich dem Wunsch, so heiter zu sein wie sie.

«Ich bin reich genug.» Gunda bemühte sich vergeblich um ein strenges Gesicht. «Obwohl ich mich manchmal frage, zu was das nütze ist. Heute zum Beispiel.»

Sie befreite sich sanft von den Händen ihrer Tochter und faltete die ihren wie gewöhnlich im Schoß.

«Machst du dir immer noch Sorgen wegen Christian, Mama? Das ist ganz und gar nicht nötig.» Die Grübchen in Lucias Wangen wurden tiefer. «Aber er ist doch sehr schön, findest du nicht?»

«Es ist gleichgültig, ob er schön oder häßlich ist. Du hast ihn umarmt, und wenn ich richtig gesehen habe, sogar geküßt. Ich will nicht wieder davon anfangen, was das zu bedeuten hat. Das habe ich dir in den letzten Tagen oft genug erklärt. Aber du mußt endlich begreifen, daß es nie, ich sage es dir noch einmal und ganz klar, niemals eine Verbindung zwischen euch geben kann.»

«Ja, Mama. Das hast du gesagt.»

Es klang sehr kleinlaut, aber Gunda sah ihre Tochter mißtrauisch an. Sie kannte Lucias Strategie, Ermahnungen und Verbote demütig entgegenzunehmen, nur um dann die Zeit für sich arbeiten zu lassen. Und das mußte sie sich und ihrer Erziehung wirklich vorwerfen, es war eine äußerst erfolgreiche Strategie. Aber diesmal, dieses eine Mal, würde ihrer Tochter auch die Zeit nicht helfen. Gunda seufzte. Wären sie doch niemals von Bristol hierher zurückgekehrt! Hamburg oder Altona, das war schließlich fast das gleiche. Wie hatte sie nur glauben können, sie würden einander niemals begegnen, die Stedemühlens und die Herrmanns'. Aber konnte das Schicksal sie wirklich so strafen? Mußte sie ihrer Tochter das gleiche antun, was ihre Eltern ihr selbst angetan hatten?

«Ach, Mama. Warum machst du dir ständig Sorgen. Bin ich nicht immer eine gehorsame Tochter …?»

«Erzähl mir nichts von gehorsamer Tochter, Lucia. Du redest mit deiner Mutter. Nicht mit deinem dir völlig ergebenen Vater.»

«Aber ich würde nie etwas tun, was du nicht wünschst.»

«Du tust ständig Dinge, die ich nicht wünsche. Dinge, von denen ich glaubte, sie dir nicht extra verbieten zu müssen. Aber genug davon. Darüber haben wir gestern lange genug gestritten. Versprichst du mir, ihn nicht wieder zu treffen? Versprich es mir jetzt.»

Lucia zog die Nase kraus, und die kleine Falte, die dabei entstand, glich genau der über der Nase ihrer Mutter.

«Du hast mir immer gesagt, Gehorsam sei eine wichtige Tugend, Mama. Nun gut, auch wenn ich finde, daß sie vor allem eine schwere Tugend ist, will ich gerne zugestehen, daß sie auch wichtig sein mag. Obwohl ich längst nicht mehr zu jung bin, um eine eigene Meinung zu haben. Du hast mir auch gesagt, daß eine eigene Meinung sehr wichtig ist. Wie kann ich gehorsam sein und zugleich eine eigene Meinung haben? Was nützt eine eigene Meinung, wenn ich nicht nach ihr handeln darf?»

Gunda seufzte. Das hatte sie von ihrem Bemühen, ihre Kinder zu aufrechten Menschen zu erziehen. Vielleicht war es doch eher von Nachteil, jedenfalls für Mütter in ehrbaren Familien, auch die Töchter zu selbständigem Denken anzuhalten.

«Liebst du ihn wirklich so sehr?»

Wieder wurde die Nase kraus gezogen, und Lucia sagte: «Nun ja...», und schwieg.

«Was heißt ‹Nun ja›? Ja oder nein?»

«Nun ja. Ich meine, das ist nicht so einfach. Wie ich schon sagte, er ist sehr schön, und so stattlich. Und auch sehr ernsthaft, und doch kann er wunderbar lachen. Und er hört mir immer zu, wenn ich rede. Weißt du, er gibt mir nie das Gefühl, nur ein Mädchen zu sein. Ich meine, kein ganzer Mensch. Jeremy ist auch sehr hübsch, und er redet auch mit mir, aber er macht immer Scherze und sagt *little Lady* zu mir. Das ist ja nett, aber er und die anderen jungen Männer behandeln mich, als könnte ich nicht bis drei zählen. Wie soll ich mein Leben mit so einem Mann verbringen, ohne dabei tatsächlich dumm zu werden? Doch, ich liebe Christian sehr. Ich träume sogar von ihm.» Auch sie seufzte nun, aber leicht wie ein Windhauch.

«Lucia!»

«Aber dafür kann ich doch wirklich nichts. Ich träume schöne Dinge. Wir fahren in einem Boot, und es schaukelt. Und er sitzt mir gegenüber und sieht mich an.»

«Und dann?»

«Dann? Nichts mehr. Es ist ein sehr schöner Traum.»

Dann nichts mehr. Gunda entspannte sich, zumindest ein wenig.

«Hast du damals auch von Papa geträumt?»

«Nein. Ich glaube nicht. Es ist sehr lange her.»

«Aber du mußt dich doch erinnern. Ihr habt euch doch sehr geliebt, sonst hättest du ihn gewiß nicht geheiratet. Ich kenne dich gut, Mama.» Sie lachte und tätschelte ihrer Mutter großmütig die Wange. «Du tust immer sehr streng, aber du hast doch eine milde Seele voller Liebe. Niemals hättest du nur deinen Eltern zu Gefallen geheiratet. Aus Gehorsam. Du hast mir nie erzählt, wie ihr euch kennengelernt habt. War es in Hamburg? In Großvaters Haus?»

«Nein.» Gunda sah ihre Tochter an und fand, daß es Zeit wurde, ihr davon zu erzählen, daß das Leben nicht immer in Salons und auf Schlittschuhen begann und daß es nur wenig mit den englischen und französischen Romanen gemein hatte, die Lucia neuerdings so leidenschaftlich las.

«Nein. Ich habe den Kapitän ja erst auf dem Schiff nach Lissabon kennengelernt ...»

«Und gleich habt ihr euch geliebt? Vom ersten Augenblick an? Ihr habt doch schon in Lissabon geheiratet. Oh, Mama, wie romantisch.»

«Ja», murmelte Gunda. «Romantisch. Er erklärte mir die Sterne. Ich war ja noch sehr jung und auf der Reise zu Verwandten, sehr entfernten Verwandten, du kennst sie nicht. Ich sollte dort ... nun, jedenfalls haben wir dort geheiratet. Dann bin ich ihm nach Madeira gefolgt.»

Eine spröde Geschichte voller Lücken, aber das schien Lucia nicht zu stören.

«Und du hast deine Eltern nicht gefragt. Das konntest du gar nicht, sie waren ja in Hamburg.»

Gunda überhörte den gefährlichen Triumph in den Worten ihrer Tochter und bemühte sich, das Zittern ihrer Stimme zu verbergen.

«Ich konnte ganz sicher sein, daß sie einverstanden waren. Er war ein ehrbarer Mann, und er gehörte zu unserer Kirche. Und eine Tante war bei mir, sie gab uns den Segen.»

Und roch ständig nach altem Puder und Pomeranzen, aber das sagte sie nicht. Das Gespräch hatte eine Wendung genommen, die Gunda ganz und gar nicht gefiel. Auch Mütter, so fand sie, hatten ein Recht auf Geheimnisse.

«Es ist so traurig, daß Großmama und Großpapa so früh gestorben sind. Alle haben so viele Verwandte, wir fast gar keine. Papas Eltern, deine Eltern, alle sind tot, und ich habe sie nie kennengelernt. Glaubst du, sie wären auf meiner Seite gewesen? Sie waren gewiß sehr liebe Menschen.»

«Gewiß. Und sehr gerecht. Ich glaube aber nicht, daß sie anders denken würden als der Kapitän und ich.»

«Mama?» Lucias Stimme klang plötzlich sehr erwachsen. «Ich habe immer noch nicht verstanden, was ihr gegen Christian einzuwenden habt. Papa will nicht einmal mit mir über ihn sprechen. Er kommt kaum noch aus seinem Zimmer, nur nachts geht er in das Observatorium, und da darf ich ihn nicht stören. Christian gehört doch zu einer guten Familie, er ist der älteste Sohn, ist auch freundlich, und sein Vater, so heißt es, sei ein bedeutender Mann. Jeremy hat gesagt, daß Christian weder zuviel trinkt noch spielt ...»

«Er ist kein Mitglied unserer Kirche, Lucia. Dein Vater wird dieser Verbindung nie zustimmen. Sie ist nicht recht.»

«Aber Hetty durfte doch auch ...»

«Du bist eben nicht Hetty, wir haben andere Sitten. Und ihre Familie brauchte dringend eine gute Partie. Wir sind auf so einen Handel nicht angewiesen. Gedankt sei Gott. Außerdem lebt Hetty in England. Das ist etwas ganz anderes.»

Gunda wußte genau, daß das gar nichts anderes war, und kam sich billig vor. Ihre Hände waren längst heiß geworden, und sie wünschte sich sehnlichst, dieses Gespräch wäre zu Ende. Wie sollte sie ihrem Kind erklären, was in ihr vorging und was sie wirklich dachte. Wie? «Laß uns einen Vertrag abschließen, Lucia. Wie ehrbare Kaufleute. Liebe ist ein launisches Wesen. Ich weiß, daß du dir das jetzt nicht vorstellen kannst. Aber vertraue einfach meinen Erfahrungen.»

«Ja, Mama», nickte Lucia, und es fiel ihr ganz leicht. Immer glaubten Mütter, ihre Töchter hätten keine Erfahrungen des

Herzens, aber das stimmte nicht. Natürlich war sie schon früher in Bristol verliebt gewesen, in ihren Zeichenlehrer zum Beispiel. Aber als sie erkannte, daß alle Mädchen in ihn verliebt waren und er außerdem nichts als seine eleganten Farbkompositionen und wohlklingenden, leeren Worte zu bieten hatte, war die Liebe blitzschnell verflogen. Sie hatte das sehr bedauert, nicht seinetwegen, sondern wegen dieses erregenden Gefühls, das sie bei seiner Berührung gespürt und ebenso verloren hatte. Und dann war da Sir Geoffrey gewesen ...

«Aber wenn du ihn wirklich liebst», unterbrach ihre Mutter leise ihr Resümee in Sachen Liebeserfahrung, «und wenn er dich wirklich liebt, wird diese Liebe dauern und eine kleine Prüfung leicht überstehen. Versprich mir, daß du ihn vier Wochen nicht sehen wirst. Keine heimlichen Treffen, keine heimlichen Briefe. Wenn du ihn dann immer noch willst, werden wir noch einmal über alles nachdenken.»

«Vier Wochen. Was hältst du von zwei?»

«Vier. Keine weniger.»

Lucia sah wieder über den Fluß, und plötzlich lachte sie hell. «Gut, Mama. Vier Wochen. Das ist doch auch sehr romantisch. Fast wie bei Romeo und Julia, nur daß wir nicht sterben werden. Und wenn er eines Nachts unter meinem Fenster steht und mit der Nachtigall Liebeslieder singt?»

Sie kicherte vergnügt, und ihre Mutter stellte erleichtert fest, daß in ihrer so erwachsenen Tochter auch noch das Mädchen steckte, das seinen Brüdern vor gar nicht so langer Zeit drei kleine glibberige Frösche in die Waschschüsseln gesetzt hatte.

Einen Moment überlegte sie, ob das ein kluger Vertrag war, ob sich diese junge Liebe nicht viel leichter als ein Irrtum erweisen würde, wenn die beiden sich möglichst oft sahen. Aber das war letztlich egal. Sie wußte, daß sie diesen Vertrag niemals einhalten würde. Sie mußte ihn brechen. Auch wenn es keinen anderen Weg gab, fühlte sie eine tiefe Scham über ihren Betrug.

FREITAG, DEN 13. JUNIUS, SPÄTNACHMITTAGS

«Kann ich dich wirklich nicht umstimmen?»

Lies blickte Matti unsicher an, aber die schüttelte nur lächelnd den Kopf.

«Aber Rosina hat *mich* um Rat gefragt, und du bist ihr auch durch nichts verpflichtet. Ich sollte ...»

«Du solltest einfach nur vernünftig sein. Setz dich zu mir», sie klopfte auffordernd neben sich auf das Polster des Bettes, «und hilf mir, indem du bei mir bist. Mach nicht so ein Gesicht, meine Alte, ohne dich könnte ich es doch gar nicht tun.»

«Aber es ist nicht richtig.»

«Vielleicht nicht, vielleicht doch», Matti lachte leise, und ihre Augen glitzerten, «aber wie sollen wir das wissen, wenn wir es nicht probieren? Für dich ist es zu gefährlich. Du willst es nicht hören, aber ich bin viel gesünder als du. Und stärker. Also werde *ich* es tun. Hab keine Angst, ich werde wieder aufwachen und die alte sein. Und ich weiß ja, daß du gut auf mich achtgibst. Hast du die Lederbänder bereitgelegt? Es wäre nicht sehr passend, wenn ich dir in diesem Zustand davonliefe.»

Matti und Lies hatten die Zeichen auf dem Glas gleich erkannt. Sie hatten sie beide seit vielen Jahren nicht mehr gesehen, aber sie wußten, daß es uralte, einstmals heilige Zeichen aus einer Zeit waren, als die Landschaft an der Elbe noch ein unpassierbarer Sumpf war und das erste Kreuz auf der Sandinsel bei der Alster nichts als ein Vorposten des ersten christlichen Kaisers gegen die wilden nördlichen Völker.

Jede, die diese Salbe kochte, hatte ihr geheimes Rezept, aber ob die Zunge einer Unke, Blut eines neugeborenen Lammes oder feingeschabte Krähenschnäbel in der grauen Salbe verkocht waren, ganz sicher enthielt sie den Saft der Tollkirsche, des Bilsenkrauts oder des Stechapfels. Vielleicht sogar alle drei. Und wenn das stimmte, würde die Salbe Ursache für einen wilden, mal stürzenden, mal hochfliegenden Ritt in eine fremde Welt sein, in einen Kosmos voller Fratzen, Töne und Begegnungen mit fremden Wesen, bis an die Schwelle – hoffentlich nur bis an die Schwelle – des Todes.

Das sagten die Zeichen. Aber sie aufzumalen oder die Salbe tatsächlich zu kochen und in das Glas zu füllen, waren zwei Dinge. Sie waren sich schnell einig gewesen, daß es nur eine Möglichkeit gab, die Wahrheit herauszufinden. Zwar bedauerten sie, daß sie die Salbe erst heute bekommen hatten, denn von alters her war der Donnerstag der beste Tag für jede Art von Zauberei. Aber zum einen war heute erst Freitag, und zum anderen glaubten sowohl Matti als auch Lies schon lange mehr an die Kraft des Bilsenkrauts und der Tollkirsche als an die alte Zauberei. Obwohl man natürlich nie ganz sicher sein konnte, ob das eine ohne das andere tatsächlich wirkte.

Entschlossen öffnete Matti die Bänder ihrer Bluse und streifte das weiße Leinen über die Schultern.

«Nun komm schon, Lies, sei brav und bring es mir.»

Dann tauchte sie den Ring- und den Mittelfinger der linken Hand in das Glas und bestrich ihre Achselhöhlen mit der grauen Salbe.

FREITAG, DEN 13. JUNIUS, NACHMITTAGS UND ABENDS

«Und du kennst sie schon so lange? Dann verstehe ich erst recht nicht, warum sie sich so gegen Christian stellt. Kanntest du sie gut?»

«Nun, was heißt gut? Unsere Väter hatten gemeinsame Geschäfte. Wie man sich dann so kennt. Sie verließ Hamburg bald und hat in Lissabon den Kapitän geheiratet. Ich habe nie wieder von ihr gehört. Das ist ja sehr lange her.»

Claes saß neben seiner Frau auf der Terrasse und bemühte sich, möglichst wenig zu lügen. Er hatte überhaupt nicht lügen, sondern einfach nur ein wenig auslassen, überspringen wollen. Aber nun war es geschehen. Er lauschte dem Klang seiner Worte nach, als habe sie ein anderer gesprochen, und fand sie dünn. Warum erzählte er ihr nicht einfach die ganze Geschichte? Weil er sich schämte? Nun hatte er noch mehr Grund, sich zu schämen. Es müßte doch ganz leicht sein, einfach den Mund aufzumachen und die Worte herausfließen zu lassen. Natürlich wollte er sie nicht mit diesen uralten Geschichten belasten. Sie waren ja lange vorbei und gingen außer ihn und Gunda niemanden mehr etwas an.

Dünn, Claes, dachte er, ganz dünn. Und so durchsichtig.

Er fühlte Ärger aufsteigen, kurioserweise nicht auf sich oder Gunda oder diese dummen Zufälle, sondern auf Anne. Aber warum war sie auch immer so verdammt klug, die richtigen Fragen zu stellen? Warum mußte sie überhaupt immer alles so genau wissen?

Nur den Mund aufmachen und die Worte fließen lassen. Ganz einfach.

Aber seine Lippen blieben verschlossen. Als ob sie jemand zuhielte. Er sah in den Garten hinaus und spürte doch ihren Blick wie ein prüfendes Tasten. Sie schien meilenweit entfernt.

Anne sah ihren Mann in der Tat aufmerksam an. Da war es wieder, dieses Gefühl der Fremdheit, dieses Gefühl, ihm nicht wirklich nah zu sein. Er hatte ihr von seinem Besuch in der Palmaille erzählt, von Oswalds Zusammenstoß mit Marburger im Kaffeehaus, und nun, zum Schluß, bemerkte er ganz nebenbei, er habe Madame Stedemühlen früher gekannt. Warum hatte er das nicht gleich erwähnt? Fand er es so unwichtig? Er sah verschlossen und erschöpft aus, vielleicht sollte sie ihn nun nicht weiter fragen, später würde genug Zeit dazu sein.

Er nahm ihre Hand, die Fremdheit wurde milder, und sie schämte sich für ihr Mißtrauen. Natürlich sah er verschlossen aus. Die Ablehnung der Stedemühlens mußte seinen Stolz schwer treffen. Um so mehr, als er früher mit der Mutter des Mädchens bekannt gewesen war.

Ein Zitronenfalter flatterte durch den Garten und setzte sich zart auf den Rand des Springbrunnens. Sie beneidete ihn um seine Leichtigkeit.

«Sie ist eine strenge Frau geworden und sehr unversöhnlich», murmelte Claes. «Aber wenn Christian Geduld hat, werde ich es schon schaffen ...» Er unterbrach sich, als Blohm eilig ums Haus kam.

«Was ist los, Blohm? Ist dir ein Engel begegnet? Du strahlst ja so.»

«Herr Claes», rief der Alte mit dem ihm möglichen Höchstmaß an Vertraulichkeit und Freude, «Mademoiselle Rosina ist da.» Selten war den beiden Herrmanns' zugleich ein Besuch so gelegen gekommen.

Obwohl Rosina keinen Grund hatte anzunehmen, man werde sie im Haus der Herrmanns' unfreundlich empfangen, war ihr der Weg nicht leichtgefallen. Claes Herrmanns war seit dem letzten April von seiner Abneigung gegen die Komödianten geheilt, aber das war nun schon mehr als ein Jahr her, und es kam ihr sehr unpassend vor, einfach anzuklopfen. Und nun stand sie in diesem Garten vor Claes Herrmanns und fühlte sich steif wie ein Klippfisch.

Aber da war Anne schon aufgesprungen.

«Rosina», rief sie und umarmte die Komödiantin wie eine alte Freundin. «Ich wußte doch, daß dieser Tag nicht nur schlechte Neuigkeiten bringt.»

Rosina lächelte erleichtert. Die Ehe, fand sie, bekam Anne offenbar gut, sie hatte ihr zumindest nichts von ihrer munteren Unbefangenheit genommen. Und wie im vergangenen Jahr, als sie einander kennengelernt hatten, war ihr Teint zu sehr gebräunt und ihre stets etwas unordentliche Frisur nicht unter einer Haube versteckt. Das hatte sie mit Helena gemeinsam, diese liebenswerte Unachtsamkeit für die Äußerlichkeiten, die den Bürgern doch sonst so wichtig waren.

«Ich freue mich, Euch so wohl wiederzusehen, Madame Herrmanns, ich ...»

«Anne, chère amie. Für Euch immer noch Anne.»

Rosina griff nach ihrer Hand, und plötzlich war alles ganz einfach. Es dauerte nicht lange, und sie saßen um den Tisch im Gartenzimmer. Nachdem alle einander versichert hatten, daß es ihnen sehr gutgehe und wie schrecklich diese Hitze doch sei, traf auch Christian ein. Er brannte darauf, mit seinem Vater über dessen Besuch bei den Stedemühlens zu sprechen, und fand diese Besucherin, von der er schon viel gehört hatte, zwar hübsch und auch interessant, aber gerade heute äußerst lästig. Aber es ging schon auf den Abend zu, lange konnte sie nicht mehr bleiben. So zog er einen Stuhl heran, goß sich ein Glas Zitronenwasser ein und hörte zu. Nachdem ausführlich über Augustas nun schon Monate währenden Aufenthalt in Köln und Bad Pyrmont und über die Hochzeit von Helena und Jean gesprochen worden war, verriet Rosina endlich den eigentlichen Grund ihres Besuchs.

«Sicher wären wir nicht weitergereist, ohne bei Euch vorzusprechen, Anne», begann sie. «Aber heute habe ich ein Anliegen. Wenn Ihr ein wenig Geduld habt», wandte sie sich an Claes, «erzähle ich Euch rasch die ganze Geschichte, damit Ihr besser versteht.»

Claes nickte, und Rosina erzählte von dem verschwundenen Stück und von dem plötzlich verstorbenen Dichter. Die geheimnisvolle Salbe erwähnte sie allerdings nicht. Die drei Herrmanns' hörten ihr bis zum Ende zu, ohne zu unterbrechen.

«Helena sah Euch heute vormittag mit dem Cousin von Monsieur Billkamp auf dem Großneumarkt reden», schloß sie. «Deshalb dachte ich, Ihr könnt uns vielleicht helfen.»

«Das will ich gerne versuchen, aber wie?» Claes Gesicht verriet Zweifel. «Glaubt Ihr, Jörn Billkamp weiß etwas von diesem Manuskript? Sein Vetter hatte sich in den letzten Jahren sehr von seiner Familie zurückgezogen. Er fühlte sich brüskiert, weil sie sich für seine Dichterkünste genierten.»

«Ich weiß es nicht. Und wenn er etwas weiß, wird er es wahrscheinlich nicht zugeben. Meister Lysander schrieb ja von einem Skandal, der viel Staub aufrühren sollte.»

Claes schwieg und überlegte.

«Ich kenne Billkamp nicht sehr gut», sagte er dann langsam, «natürlich kann ich ihn fragen. Aber ob er mir erzählt, was er in den Papieren seines Vetters gefunden hat? Und, verzeiht mir, es scheint mir auch ein wenig pietätlos, ihn so kurz nach dem Tod eines nahen Verwandten mit Neugier zu belästigen.»

«Sicher habt Ihr recht. Aber ich fürchte, wir haben nicht sehr viel Zeit. Ich habe Euch noch nicht alles erzählt, doch das muß ich nun wohl tun.» Rosina rutschte auf die Stuhlkante, setzte sich sehr gerade hin und atmete tief ein. «Vielleicht sehe ich Gespenster, aber ich glaube, daß Meister Lysander nicht zufällig gestorben ist.»

«Was meint Ihr damit?» fragte Anne, die die Geschichte bis jetzt schon höchst unterhaltsam gefunden hatte.

«Ich glaube, jemand hat, wie soll ich sagen, ein wenig nachgeholfen. Während im Pesthof alle ganz aufgeregt versuchten, den armen Mann in seinem Marterstuhl wieder zum Leben zu erwecken, lief ich fort. Ich war wirklich nur auf der Suche nach frischer Luft. Aber dann kam ich an seiner Kammer vorbei, die Tür stand weit offen, es war niemand in der Nähe, da konnte ich einfach nicht widerstehen. Ich trat ein und sah mich ein wenig um. Um ehrlich zu sein: Ich habe den Schrank und die Lade seines Tisches gründlich durchstöbert. Und auch unters Bett gesehen. Ich dachte, ich finde das Stück. Da waren tatsächlich viele bekritzelte Bögen Papier, aber von einem Drama keine Spur. Vielleicht war es da, aber ich hatte ja nicht viel Zeit. Statt dessen fand ich aber etwas anderes, einen gläsernen, gut verschlossenen Napf, auf dem ein Zettel mit eigentümlichen Zeichen klebte. Ich steckte ihn einfach ein, der Verdacht, daß er etwas mit dem Tod des Dichters zu tun haben könnte, kam mir erst gestern abend.»

«Aber ich denke, er hat diesen Drehstuhl nicht überlebt?»

«Das mag schon sein, Anne, aber warum ist er überhaupt in den Pesthof gekommen? Warum hat er sich vorher so seltsam benommen? Heute morgen habe ich Lies den Napf und diese

Zeichen gezeigt, und sie sagt, daß die Salbe darin wahrscheinlich eine Hexensalbe ist.»

«Aber Rosina!» Claes lachte, und hinter dem Lachen spürte sie ungeduldigen Ärger. «Lies' Künste in allen Ehren, wir alle haben davon profitiert und sind ihr dafür sehr zu Dank verpflichtet, aber Hexensalbe! Solchen Hokuspokus nimmt doch niemand mehr ernst.»

«Ich habe befürchtet, daß Ihr das sagt. Aber Doktor Struensee und sein Freund Doktor Gerson, die als letzte im Verdacht stehen, der Quacksalberei anzuhängen, haben uns gestern erklärt, daß es Kräuter gibt, die seltsame Gefühle hervorrufen oder auch den Geist verwirren. Ich mußte ganz fest versprechen, die Salbe nicht selbst auszuprobieren. Aber der Napf war auch schon ziemlich leer, und Lies», fügte sie mit sichtlichem Bedauern hinzu, «hat ihn mir sowieso nicht wiedergegeben.»

«Aber natürlich», rief Anne aufgeregt. «Weißt du nicht, daß es so etwas gibt, Claes? Zu Hause, ich meine auf Jersey, gibt es eine Frau, sie lebt an den Klippen in der Nähe von Grosnez, von der sagt man, daß sie solche Salben macht und bei Vollmond ...» Sie sah Claes' amüsierten Blick und verstummte ärgerlich.

«Lassen wir die Sache mit den Hexen und dem Vollmond mal beiseite», mischte sich nun Christian beschwichtigend ein. Er hatte schon viel von Rosina und den Komödianten gehört und sich eine etwas grelle junge Frau mit eher schlichtem Gemüt vorgestellt. Nun traf er sie zum erstenmal und war von ihrer eigenwilligen Schönheit und ihren guten Manieren überrascht, genau gesagt, sogar ein wenig verwirrt. Nichts schien bei ihr zusammenzupassen. «Billkamp war doch immer ein halbwegs vernünftiger Mann», fuhr er fort, «nur weil einer Verse macht, ist er ja noch nicht verrückt, und plötzlich hielt er wirre Reden und behauptete, fliegen zu können. Und das, Vater, kannst du nicht mit der Hitze erklären. Die Leute sagen, er begann damit schon im April, und der hat uns noch Morgenfröste gebracht. In Annes Garten sind sogar die jungen Triebe der Lavendelstauden erfroren.»

Claes nickte widerstrebend. «Aber es gibt viele Gründe, warum einer plötzlich Unsinn redet. Da muß nicht so Unvernünftiges wie Hexerei im Spiel sein.»

«Nicht Hexerei», unterbrach Rosina eifrig, «Hexensalbe. Gekochtes Schweineschmalz mit, ich habe es schon wieder vergessen, ich glaube mit Bilsenkraut. Oder Stechapfel. Vielleicht mit beidem. Lies kennt sich da gut aus, aber das solltet Ihr niemandem erzählen. Ihr wißt, wie die Leute sind.» Dabei vergaß sie, daß auch die Herrmanns' genau zu diesen Leuten gehörten. «Aber Euer Sohn hat recht, lassen wir die Sache mit der Salbe einfach mal beiseite. Sie nährt ja lediglich meinen Verdacht. Er hatte uns ein Stück versprochen, das für Spektakel und ein volles Haus sorgen würde. Das kann doch nur bedeuten, daß er darin ein Geheimnis offenbaren wollte. Kann es nicht sein, daß irgend jemand das verhindern wollte?»

«Natürlich kann das sein», rief Christian. «Aber ihn deshalb gleich zu töten?»

Doch er war schon ganz von Rosinas Theorie überzeugt. Ob es an der Stichhaltigkeit ihrer Argumente oder am Glanz ihrer tiefblauen Augen lag, mochte Claes, der die Begeisterung seines Sohnes mißtrauisch beobachtete, nicht entscheiden. Ihm selbst schien ja auch, daß sie in dem Jahr, das seit ihrem letzten Besuch vergangen war, noch reizvoller geworden war.

«Naturellement! Wo bleibt deine Phantasie?» rief nun Anne. «Was sage ich da? Phantasie? Das ist doch nur ein Rechenexempel. Und wer weiß», sie klatschte begeistert in die Hände, «vielleicht hat der Tod im Pesthof mit einer Verschwörung zu tun?»

Claes sah seinen Sohn und seine Frau streng an, aber dann krochen die seltenen Grübchen in seine Mundwinkel.

«Ihr beide seid mir wahre Christen. Da wird ein Mensch ermordet, und ihr seid völlig begeistert ...»

«Ah, Claes, du hast es gesagt: ein Mensch ermordet. Du glaubst es auch.»

«Halt, halt, meine Liebe. Ich weiß nicht, was ich glauben soll. So schnell geht das alles nicht. Aber ich muß zugeben, was Rosina sagt, klingt nicht ganz unvernünftig. Ich kann ja mal herumhören, was man über Billkamp spricht. Und es ist gut möglich, daß ich seinen Vetter ganz zufällig an der Börse treffe.»

Es war nun fast Abend, und gerade als Anne erklärt hatte, sie wolle Rosina nach Altona kutschieren, um auch all die anderen zu begrüßen, wurde der nächste Besuch angekündigt. Vier Herren standen in der Diele und entschuldigten sich wortreich für diesen Überfall, aber man sei gerade in der Nähe gewesen, und wenn es genehm sei – nur ein Blick in Madame Annes berühmten Garten, dann wolle man auch gleich wieder gehen.

Rosina stand still in einer Ecke der Diele und betrachtete die Besucher, denen sie als Mademoiselle Rosina, eine Freundin des Hauses, vorgestellt worden war. Es war Claes ein wenig peinlich gewesen, daß er ihren Familiennamen nicht nennen konnte, aber sie verriet ihn auch bei dieser Gelegenheit nicht. Sie hatte die Namen der Männer schon wieder vergessen, der große, laute war ein Senator, daran erinnerte sie sich, der junge ein Astronom, und der Mann mit dem kurzen weißen Haar? Er war der einzige gewesen, der sie bei der Begrüßung aufmerksam angesehen hatte. Sie spürte noch seinen Händedruck, er war irgendwie besonders gewesen. Nicht unangenehm, aber besonders.

Anne mußte nun auf ihren Besuch bei den Komödianten verzichten. Als ihr Zweispänner vorfuhr, nahm Christian die Zügel und kutschierte Rosina nach Altona.

Auf der Hälfte des Weges sah sie die Dächer des Pesthofes, und da fiel ihr ein, was an dem Händedruck des Mannes besonders gewesen war: Er hatte sich nicht vollständig angefühlt – der Hand, die die ihre so freundlich ergriffen hatte, fehlte ein Finger. Auch der Name fiel ihr nun wieder ein. Kosjan. Ein ungewöhnlicher Name.

«Hübsch», sagte van Witten und verschränkte die Hände auf dem Rücken. «Wirklich hübsch.»

«Und so natürlich», fügte Bocholt nach einer kleinen Pause hinzu. «Gewiß wird alles noch ein wenig wachsen?»

«Ganz gewiß», antwortete Anne Herrmanns, die zwar viel lieber zu den Komödianten nach Altona gefahren wäre, aber nun, wie es ihrer Rolle als gute Gattin entsprach, zwischen den beiden Männern auf der Terrasse des Hauses in Harvestehude stand, um ihnen ihren Garten zu zeigen.

«Und wann werdet Ihr die Blumenbeete anlegen?»

«In diese Art Garten gehören keine Blumenbeete, Monsieur Bocholt. Er ist nach der Natur angelegt, Ihr könnt ihn auch Park nennen. Darin sind viel freier Platz und viele verschiedene Bäume. Wir haben Kastanien, Rotbuchen, zwei Sommerlinden, einen Ahorn und einige Eschen, am Ufer stehen Trauer- und Kopfweiden, und dort drüben seht Ihr – wie sagt Ihr hier? Ilsebeeren?»

«Elsbeeren», half Bocholt.

«Ach ja. Also zwei Elsbeeren, sie sind noch klein, dort, die mit den weißen Blüten, die wie luftige Büschel aussehen. Die Ulmen erkennt Ihr gewiß, sie stehen ja auch auf den Wällen. Und der einzelne schöne Baum mit den weißen Blütentrauben, Ihr könnt ihren Duft bis hierher atmen, ist eine Robinie.»

Bocholt und van Witten sogen tief die Luft ein und nickten höflich.

«Sehr süß, in der Tat», murmelte Bocholt.

«Die größeren Bäume standen hier schon lange, bevor der erste Garten angelegt wurde», fuhr Anne eifrig fort. «Die anderen werden, wie Ihr schon sagt, noch wachsen. Deshalb erscheint der Garten Euch vielleicht ein wenig leer. Bäume brauchen viel Platz und Zeit. Sie wachsen nicht nur für eine Generation. Im Herbst werden noch mehr Büsche gesetzt werden. Hartriegel, Feuerdorn, vielleicht eine Magnolie. In England», fuhr sie fort, und van Witten glaubte nun eine Spur Trotz in ihren Worten zu hören, «werden jetzt die Gärten vieler Landsitze auf diese Weise umgestaltet. Man läßt dort auch Rotwild, Lämmer und Kühe darin weiden, dafür ist unser Garten leider zu klein. Aber dafür mußten wir nicht erst einen See graben lassen, die Alster ist ja schon da.»

«Kühe? In einem Garten?»

Bocholt hatte die Engländer immer für recht vernünftig gehalten. Aber dem Hochadel, und davon gab es auf der Insel ja jede Menge, war jede Verrücktheit zuzutrauen.

«Blumen», verteidigte Anne ihre Schöpfung, «gibt es natürlich auch. Meinen Blumengarten findet Ihr auf der anderen Seite des Hauses.»

Bocholt schwieg und warf van Witten einen peinlich berührten Blick zu. Sie hatten den Garten, an dessen Rand Haselsträucher und schlichte Hundsrosen wucherten, bei der Ankunft gesehen und waren sich nicht einig gewesen, ob der auch zum Herrmannsschen Besitz gehöre. So ein buntes Durcheinander, recht hübsch und bestimmt wohlduftend, aber wild und ohne erkennbaren Plan und Stil? Nur der alte Walnußbaum, der einen kleinen Brunnen mit einer nackten, einen dicken Fisch tragenden Putte beschattete, zeugte von Ruhe und Würde. Sehr seltsam.

«Dort drüben», Annes Hand wies nun zu einer brachen, nur von einigen struppigen Weißdornbüschen bestandenen Fläche am westlichen Ende des Parks, «wollen wir im Herbst zwei Glashäuser bauen lassen. Man kann darin den ganzen Winter Blumen ziehen, und vielleicht gelingt es auch, einige Ananaspflanzen über die kalten Monate zu bringen.»

«Ananas?» Den Namen hatte van Witten noch nie gehört.

«Eine äußerst delikate Frucht von den Westindischen Inseln. Oder irre ich mich, Madame?» Kosjan war aus dem Haus getreten und sah Anne aufmunternd an.

«Nein, Monsieur Kosjan. Ihr habt ganz recht. Äußerst delikat. Aber auch äußerst empfindlich gegen die Kälte auf dem Kontinent. Auf der Wiese hinter dem Blumengarten habe ich im Frühjahr schon die ersten Obstbäume gepflanzt, nur heimische Sorten, die überstehen auch die größte Kälte. Diese», sie zeigte stolz auf das Spalierobst an der südlichen Hauswand neben der Terrasse, «sind ganz außergewöhnlich. Diese beiden sind Pflaumen, aber die dritte ist eine Aprikose, und der kleine Baum daneben eine Nektarine, der letzte eine Spanische Birne, die köstlichste, die ich je gegessen habe. Sie gedeihen besonders gut, wenn man sie auf Quittenstämmen veredelt. Doch nun, Messieurs, will ich Euch nicht länger mit meinem Gartenlatein langweilen ...»

«Aber ich bitte Euch ...»

«Auf gar keinen Fall langweilt Ihr uns ...»

Bocholt und van Witten waren sehr gut erzogen.

«Es ist nur ein wenig, nun, ich will sagen, ein wenig neu.» Van Witten tätschelte entschuldigend Annes Hand. «Aber das Neue muß ja sein. Sonst führen wir immer noch im Einbaum über die Nordsee. Und wenn ich es recht bedenke, Bäume sind in der Tat stolze, dauerhafte Gewächse, die passen besser zu uns als der höfische Franzosenschnickschnack.»

Bocholt dachte an seinen und des ersten Bürgermeisters Garten in Hamm und räusperte sich diskret. Aber van Witten hörte ihn nicht. Er hatte beschlossen, sich für diese neue Art von Garten zu begeistern.

«Habt Ihr schon von dem Wörlitzer Garten gehört? Im Anhaltischen?» fuhr der Senator fort. «Fürst Franz legt dort auch so einen Park an, von dem es heißt, er sei ganz nach englischer Manier. Es soll dort alles geben, was er an Laub- und Nadelbäumen auftreiben kann, auch einen künstlichen See, auf dem will er Gondeln fahren lassen. Für Obstbäume hegt er offenbar eine ganz besondere Leidenschaft. Bei Jensen habe ich neulich gehört, er lasse nicht nur wie die Bauern in den Marschen südlich der Elbe ganze Wiesen seines Parks damit bepflanzen, er soll auch Ordre gegeben haben, entlang allen Landstraßen seines Landes Apfel- und Birnbäume zu setzen. Ich finde das unvernünftig. Bei so viel Obst werden seine Landeskinder ständig mit geblähtem Leib herumlaufen. Ich glaube, Bocholt, wir beide sind einfach etwas aus der Mode. Und nun, Madame Anne, glaubt Ihr, Eure Elsbeth hat für uns ungebetene Gäste etwas in ihrer unvergleichlichen Küche gezaubert?»

Annes Garten in Harvestehude war im letzten Herbst Stadtgespräch gewesen. Claes hatte erst im vorletzten Frühjahr ein Haus und einen Garten in Hamm gekauft, als Anne nach Hamburg kam, wurde das Haus gerade neu eingerichtet. Doch schon auf der ersten Spazierfahrt an der Außenalster entlang verliebte sie sich in das seit kurzem unbewohnte Anwesen in der einsamen Landschaft um Harvestehude, und auch wenn diese Gegend nördlich von Böckmanns Gärten noch recht sumpfig war und keineswegs als elegant galt, entschloß sich Claes schnell, den Besitz in Hamm wieder zu verkaufen und dafür dieses Areal zu erstehen. Das fiel ihm leicht, denn mit Hamm verband er schreckliche Erinnerungen an Marias Tod, außerdem war der Garten an der Alster vom Kontor viel schneller zu erreichen.

Das Haus auf den Alsterwiesen hatte einem kauzigen Eremiten gehört – wer sonst baute hier ein Haus? – und war von einem verwilderten Garten umgeben. Anne hatte sich gleich mit Begeisterung in die Arbeit gestürzt. Allerdings entsprachen ihre Vorstellungen nicht den Erwartungen der Hamburger. Sie ebnete die runden und eckigen, von kleinen Buchsbaumhecken umrandeten Beete, die unter dem wuchernden Unkraut noch gut zu erkennen waren, ein, ließ hölzerne Torbögen verschwinden, sogar das kostbare Labyrinth aus ehemals schmalgeschnittenen Eiben abtragen und machte ganz neue Pläne. Den Hamburgern gefiel nicht besonders, was sie da entstehen ließ. Ein Garten sei ein Garten, sagten sie, der müsse akkurate Beete in geometrischen Formen mit Blumen und Stauden in schön komponierten Farben haben, auch nicht in zu vielen Farben, und das, was da aus dem Herrmannsschen Grundstück werde, sei gar kein Garten. Ob den Herrmanns' denn das Geld ausgegangen sei?

Daran konnte es wirklich nicht liegen. Selbst wenn Annes Garten nach der Meinung der anderen Gartenbesitzer nicht viel hermachte, war er doch nicht billig, obwohl der teuerste, ein Caneel-Baum aus der Zucht der königlichen Gärten von Kensington, ein Geschenk ihres Bruders Paul gewesen war. Das edle chinesische Gewächs hatte den naßkalten norddeutschen Winter allerdings nicht überlebt.

Bocholt hatte an diesem Abend mit Kosjan in der *Alten Rabe* gesessen, als van Witten in Begleitung eines jungen Mannes, den beide nicht kannten, vorbeispazierte. Es war schon ungewöhnlich, daß der Senator den weiten Weg aus der Stadt hierher zu Fuß machte, zum einen wegen seiner Würde als Ratsmitglied, aber auch, weil er körperliche Bewegung nie geschätzt hatte. Als er kürzlich zum Frühstück im Palais Schimmelmann gewesen und dem jungen respektlosen Struensee begegnet war, hatte der ihm geraten, sein kostbares, wenn auch ein wenig dikkes Blut lieber zu behalten, anstatt es zur Ader zu lassen, und dafür seinen Körper so oft wie möglich auf den eigenen Beinen herumzutragen, denn dazu seien die gemacht. Auch das fand van Witten sehr neu und ungewöhnlich, aber seither hatte er entdeckt, daß diese nicht gerade vornehme Art der Fortbewegung, in Maßen genossen, nicht nur bekömmlich, sondern auch außerordentlich förderlich für seine Verdauung und für seine Heiterkeit war.

So hatte er sich an diesem Abend mit dem jungen Bode auf den Weg zu Herrmanns nach Harvestehude gemacht, um sich endlich einmal den Garten anzusehen, von dem so viel gesprochen wurde. Und weil Bocholt seinem Gast aus der Fremde gerne alles vorführte, was in der Stadt sehenswert war, schlossen er und Kosjan sich dem Senator an. Van Witten hatte gar nichts dagegen, das letzte Stück des Weges doch nicht auf seinen Füßen, sondern in Bocholts bequemem Zweispänner zurückzulegen.

Während Bocholt, van Witten und Kosjan Annes seltsamen Garten inspizierten, hatte Claes sich mit van Wittens Begleiter unterhalten. Johann Elert Bode war gerade 19 Jahre alt, aber in Hamburg schon berühmt, bei einigen sogar berüchtigt: Mehr als einmal hatten die Nachbarn seiner Eltern die Nachtwächter gerufen, weil dem jungen Bode die Aussicht aus den Dachfenstern des elterlichen Hauses wieder einmal nicht gereicht hatte und er mitsamt seinem neuen, 14 Fuß langen Fernrohr aufs Dach geklettert war. Am liebsten hätte er seine nächtlichen Beobachtungen von einem der Hamburger Kirchtürme aus gemacht, doch das war ihm bisher verwehrt worden.

Seine ganze Leidenschaft gehörte den Sternen, und seit er die astronomischen Instrumente und Bücher Johann Georg Büschs, eines der gelehrtesten Männer der Stadt, benutzen durfte, wähnte er sich selbst im Himmel. Bode war ein stiller Mensch. Bis zu dem Moment, da ihn jemand nach seinen Sternen fragte. Claes schwirrte der Kopf.

«Na, Herrmanns, kennt Ihr Euch nun über den Wolken aus?»

Van Witten, der mit Anne und den anderen beiden Gästen in das Gartenzimmer zurückkehrte, zwinkerte ihm fröhlich zu.

«Noch lange nicht», sagte Claes bedauernd, «dazu sind der Himmel zu groß und mein Kopf zu klein. Aber für heute ist es genug, nun laßt uns essen.»

Das Abendlicht, das durch die weit geöffneten Fenster hereinfiel, verstärkte den warmen Schimmer der gelben Seidentapeten des Speisezimmers und ließ den großen Strauß blutroter Dahlien auf der Mitte des Tisches ein letztes Mal aufglühen.

Anne und Claes waren mit ihren Gästen schon beim vorletzten Gang, als der Zweispänner wieder in den Hof rollte und Christian das Speisezimmer betrat.

«Und jetzt, Bode, verratet uns, was Ihr als Astronom von diesem Menschen haltet, der als Kometenbeschwörer auf den Märkten steht», sagte van Witten gerade, leerte das Soßenkännchen über der letzten Wachtel aus und sog genießerisch den Duft von kroß gebratenem Geflügel, Ingwer, Safran und Muskatblüten ein. «Was hat es mit dem Kerl auf sich? Ist das alles Humbug oder Wissenschaft?»

«Das ist eine sehr interessante Frage», sagte Kosjan, und die anderen nickten.

Bode, der während des ganzen Essens geschwiegen hatte, errötete. Er war nicht daran gewöhnt, daß eine ganze, dazu noch so vornehme Gesellschaft ihm zuhörte.

«Nun», begann er und schwieg.

«Redet nur», ermunterte Claes ihn. «Und falls Ihr Euch in der einen oder anderen Sache irren solltet – wir sind so unwissend, daß wir es nicht bemerken werden. Doch wir hören Euch begierig zu.»

So nahm Bode noch einen Schluck von dem leichten, prikkelnden Wein aus dem westlichen Frankreich, räusperte sich und erzählte, zunächst stockend und dann immer eifriger, daß man über die Kometen noch nicht sehr viel wisse. Sie bekämen ihre Schweife, wenn sie sich der Sonne näherten. Kepler, ein großer Astronom in älterer Zeit, habe gesagt, Kräfte der Sonne rissen feine Teile des Kometen heraus, die dann forttrieben und von der Sonne beleuchtet würden wie ein Stern. Das sehe von der Erde aus wie ein Schweif. Man wisse auch, daß die Kometen auf Kreisbahnen liefen, die jedoch von sehr unterschiedlicher Länge seien.

«Edmond Halley, ein Landsmann von Euch, Madame», erklärte er zu Anne gewandt, «hat es letztlich bewiesen. Ihr habt gewiß davon gehört, denn der Komet, dessen Wiederkehr er vorausberechnet hat, verursachte großen Aufruhr.»

Anne nickte. Auch auf Jersey waren damals die Kirchen wie die Klingelbeutel voll wie nie gewesen. Sie überlegte. «Das war vor sechs Jahren?»

«Vor sieben.»

«Ja, vor sieben. Und als er dann über den Himmel zog, knieten die Menschen betend am Strand und auf den Höhen und warteten trotzdem darauf, daß ihnen der Himmel auf den Kopf fiele.»

«So sind die Leute», sagte Bode streng. «Aber ich glaube nicht, daß je ein Komet herunterfällt. Seine Geschwindigkeit hält ihn auf seiner Bahn am Himmel. Daß Halley sein Erscheinen so genau berechnen konnte, beweist das alles.»

«Also sehen wir immer den gleichen Kometen, falls wir einen sehen?» fragte nun Claes. «In dem Jahr, als, nun, als ich sehr jung war, stand einer lange über der Stadt, er hatte erst vier, dann sechs Schweife. Die schimmerten zum Schluß rötlich, es war ein sehr unheimlicher Zauber.»

Er sagte nicht, daß es genau das Jahr gewesen war, in dem

Gunda so plötzlich verschwand. Tatsächlich hatte er damals eine Weile gegrübelt, ob es da einen Zusammenhang gebe.

«Das war ein berühmter Komet, der in vielen Ländern gesehen wurde», erklärte Bode, ohne auf die ganz unwissenschaftliche Frage des Zaubers einzugehen. «Aber es war ein anderer. Monsieur Halley hat den Kometen, der vor einigen Jahren wiederkehrte, bereits 1682 gesehen. Er ist schon lange tot, er nahm seine Theorie also mit ins Grab, ohne deren Beweis erleben zu dürfen. Das ist der größte Jammer für einen Astronomen.»

«Gewiß ist er nun bei unserem Herrgott», sagte Bocholt, dem diese Diskussion nun doch zu unchristlich wurde, mit frommem Blick, «und sieht alle Kometen ganz von nahem.»

Kosjan grinste still, und van Witten lachte dröhnend.

«Gewiß», gab Bode höflich zurück. «Er muß aber auch schon zuvor ganz sicher gewesen sein, denn er hatte berechnet, daß dieser Komet derselbe war wie der, der die Menschen schon 1531 und 1607 verstört hatte ...»

«Wie könnt Ihr Euch nur alle diese Zahlen merken?» Claes war ernstlich erstaunt. «Ich weiß gewiß mit Zahlen umzugehen, aber mit Daten? Ich bin froh, wenn mir einfällt, in welchen Jahren meine Kinder geboren wurden.»

«Aber sagt uns», mischte sich nun Kosjan ein, «bringt so ein Komet, auch wenn er nicht herunterfällt, Gefahren? Zum Beispiel große Unwetter oder die Pest?»

«Verzeiht, aber das kann ich nicht sagen. Ich glaube zwar nicht daran, mein Feld ist die akkurate Mathematik. Aber ich weiß auch, wie wenig ich weiß, und in alten Chroniken wird das wohl behauptet. Andererseits gibt es ebenso viele Berichte von Kometen, in deren Gefolge nichts als schönes Wetter und gute Ernten verzeichnet wurden.»

«Und gegen die böse Kraft des Gewitters», rief Anne, alle damenhafte Ruhe vergessend, «gibt es ein gutes Mittel. Ich habe schon zu meinem Bruder und nun zu meinem Gatten gesagt, wir müssen dafür sorgen, daß auf den Dächern, besonders der hohen Häuser und der Kirchtürme, Blitzableiter eingerichtet werden.»

«Mon dieu», stöhnte van Witten und fragte sich zum erstenmal, ob es klug gewesen war, den jungen Bode mitzubringen, «ein gelehrsamer Abend! Was ist ein Blitz..., wie habt Ihr gesagt?»

«Blitzableiter. Eine neue Erfindung. Eigentlich nicht ganz neu, sie ist nämlich schon etliche Jahre alt, aber noch sehr wenig bekannt. Monsieur Franklin in den nordamerikanischen Kolonien hat sie erfunden. Sie schützt vor der Feuerkraft der Blitze und verhindert die Brände, indem sie die Elektrizität einfängt und über eine kupferne oder bleierne Leitung vom Dach und an der Hauswand entlang in die Erde, am besten in einen Bach oder ein anderes Wasser leitet. In Hamburg mit den vielen Fleeten und Flüssen ist es besonders einfach. Man muß nur...»

In diesem Moment brachte Blohm das Dessert, große Schalen mit gezuckerten Erdbeeren und halbgeschlagener Sahne und eine Platte mit Butterzimtwaffeln und Weinmus. Besseres hatte Elsbeth in der Kürze der Zeit und bei der großen Zahl der unerwarteten Gäste nicht zaubern können.

Anne mußte mit ihrem Lieblingsthema wieder einmal warten. Aber sie war sicher, daß es ihr schließlich gelingen würde, Verbündete zu finden und selbst Claes zu überzeugen, der, was den Blitzableiter betraf, um keinen Deut besser war als Paul. Dabei warteten die vielen hohen Kirchtürme Hamburgs nur darauf. War St. Michaelis nicht erst vor einigen Jahren, durch einen mächtigen Blitz entzündet, bis auf die Grundmauern niedergebrannt?

Als die letzte Weinkaraffe geleert war und Blohm den Branntweinkrug und die Pfeifen weggeräumt hatte, machten sich Bocholt, Kosjan, van Witten und Bode in dem Zweispänner wieder auf den Weg zurück in die Stadt. Es war spät geworden, und die Tore waren längst geschlossen. Der Himmel war verhangen, nur wenige Sterne schimmerten durch die Wolkendecke. Aber für den Himmel und seine geheimnisvollen Reize blieb ohnehin keine Zeit. Sie mußten sich beeilen, jetzt konnten sie noch für eine teure Gebühr samt Pferd und Wagen das Dammtor passieren, aber es ging auf Mitternacht, und danach öffneten die Wachen für niemanden, ob Bettler oder Potentat, eines der Hamburger Tore.

Erst als van Witten vor seinem Haus in der Steinstraße aus Bocholts Wagen kletterte, fiel ihm auf, daß Herrmanns' Sohn an diesem doch so anregenden Abend ungewöhnlich schweigsam gewesen war.

7. KAPITEL

SAMSTAG, DEN 14. JUNIUS,
VORMITTAGS

Christian schreckte aus tiefem Schlaf. Sein Haar war schweißnaß, und in seiner Kehle würgte ein erstickter Schrei. Er hatte geträumt, und auch wenn er sich nicht mehr daran erinnern konnte, spürte er noch einen Rest von Entsetzen. Es mußte ein furchtbarer Traum gewesen sein.

Durch das weit geöffnete Fenster drang das kecke Lied einer Amsel, die im Birnbaum saß, um das erste Licht des Tages zu begrüßen, und der zarte Duft des Jasmins von der Terrasse holte ihn endgültig in die reale Welt zurück. Im Haus herrschte tiefe Stille. Bis zum Frühstück dauerte es noch mindestens zwei Stunden, aber an Schlaf war nun nicht mehr zu denken, also kleidete er sich an, schlich leise die Treppe hinunter, trank in der Küche einen Schluck Milch aus der Kühlkammer, riß ein ordentliches Stück von dem Brotlaib, der in ein Leintuch gewickelt in der Tonschüssel auf dem Tisch stand, und ging hinaus zum Stall. Tau glitzerte matt auf dem Gras, bald würde die Sonne aufgehen und die Frische des Morgens vertreiben. Es war schon warm, in diesen Tagen kühlte es selbst hier draußen am See niemals richtig ab, aber immer noch frisch genug für einen scharfen Ritt. Er spürte die Morgenluft wie ein belebendes Elixier in seinem ganzen Körper, er brauchte Bewegung und Geschwindigkeit, Wind im Gesicht und das heftige Klopfen des Herzens.

Er ließ den Pferdejungen in seiner Kammer über dem Stall schlafen, gab seiner Stute, die ihn freundlich schnaubend begrüßte, die Hälfte des Brotes, und sattelte sie eilig. Aus dem Hof führte er sie zum unteren Fahrweg, der an der Alster entlang durch die Wiesen nach Norden führte, sprang in den Sattel, und als hätte die Stute nur darauf gewartet, galoppierte sie sofort los.

Er ritt bis zum Eichwald bei der Krugkoppel, wo die Alster vom langgestreckt aufgestauten See wieder zum Fluß wurde. Unwillig fügte sich die Stute in den Halt, und er blickte atemlos zurück. Wenn man von Altona kam, sah die Stadt hinter den Wällen mit ihren Türmen und den zusammengedrängten Dächern und Giebeln aus wie ein überladenes Fuhrwerk. Dann schien es ganz selbstverständlich, daß es dort schon am frühen Morgen stickig war. Besonders in diesen Wochen, in denen selbst die Nächte ohne Wind blieben, hingen die Ausdünstungen der hunderttausend Menschen und der moderige Geruch aus den Fleeten ständig über den Dächern. Von der Krugkoppel aber sah er über den ganzen langgestreckten See mit seinen sanften grünen Ufern, die die Festung durchbrachen, und das Bild der Stadt mit ihren eleganten Türmen bot im rosigen Morgenlicht kurz vor Sonnenaufgang den schönsten Anblick, den er je genossen hatte. Außer Lucia natürlich.

Christian wandte sich um und blickte nach Norden den Fluß hinauf. Ein müdes Bauernpaar aus Eppendorf, Wellingsbüttel oder Ohlsdorf stakte seinen mit Körben und Ballen beladenen Kahn flußabwärts zum See. Der dicke rotbraune Hund im Bug hielt genüßlich die Nase in die feuchte Morgenluft. Der Mann und die Frau mußten noch weit staken, bis sie über die Alster und durch die ganze Stadt den Markt an der Trostbrücke oder den Hafen erreichten.

Über St. Georg ging glühend die Sonne auf. Sie schien träge, als mache es ihr Mühe, die gelbgraue Wolkenwand vor dem Horizont zu überwinden. Das Land war still, nur die Vögel, die sich in den mächtigen Kronen der Eichen zu ihrem Morgenkonvent versammelt hatten, sangen und keckerten, schilpten und trillerten, als gelte es, den Preis der Meistersinger zu gewinnen.

Christian lenkte die Stute im langsamen Trab über den Lizentiatenberg, eine lindenbestandene Anhöhe, und bog in den mittleren Fahrweg ein, den die Leute aus den Dörfern einfach Mittelweg nannten. Über das dichte Gebüsch jenseits der Wiesen ragte der gedrungene Turm der Kirche von Eppendorf, einige Kühe und Ziegen standen schläfrig im Gras, die Welt schien menschenleer.

«Komm, Bella», er schnalzte leise, «nur noch eine kleine Galgenfrist, bis Stall und Kontor uns wieder einsperren.»

Sofort fiel die Stute in übermütigen Galopp, und Christian hörte sich lachen, er fühlte die starken Muskeln des Tieres zwischen seinen Schenkeln, eine Kraft, die auf ihn überging, die reine Freude war, Lust zu leben und die sichere Erwartung zukünftigen Glücks.

Wenn er den kürzesten Weg durch das Dammtor gewählt hätte, wären die nächsten Tage für ihn und auch für seinen Vater und Anne sehr viel beschaulicher gewesen, aber das ahnte er nicht, und so galoppierte er voller Lust über den beginnenden Tag den längsten Weg am breiten Stadtgraben entlang, der vor den Wällen die Stadt umschloß, und auf die Elbe und das Millerntor zu.

Durch dieses Tor strömten von jeher die meisten Menschen und Wagen in die Stadt. Auch an diesem Morgen, es mochte gerade sechs Uhr sein, stauten sich schon die Fuhrwerke und Karren aus Altona, Bahrenfeld oder Ottensen auf ihrem Weg zu den Märkten und Anlegern. Zwei Jungen zerrten ein schwarzweißes Rind und zwei geschorene Hammel an Stricken auf ihrem letzten Gang zu den Schlachterbuden an Wagen vorbei, eine ganze Schar ärmlich gekleideter Frauen mit schweren Körben oder in Tücher gewickelten Töpfen voller gesalzener Butter, Käse, Fleisch oder gerupftem Geflügel und frisch geschnittenen Kräutern stritten vor der Akzisebude mit einem rotgesichtigen Zolleinnehmer. Der verlangte standhaft, daß sich eine von ihnen, ein sommersprossiges Mädchen mit ungewöhnlich breiten Röcken, durchsuchen lasse. An keinem der Tore wurde so viel geschmuggelt wie an diesem.

Christian stieg ab, führte Bella an den Fuhrwerken vorbei auf der Zugbrücke über den Graben und hatte Glück: Die Wachsoldaten erkannten den jungen Herrmanns und winkten ihn an den anderen vorbei. Hier kam niemand hinein oder hinaus, ohne gesehen zu werden. Während am Steintor am anderen Ende der Stadt schon seit der Toröffnung ganze Wagenkolonnen auf die Straße nach Lübeck oder über Bergedorf elbaufwärts zur Furt bei Artlenburg oder zur Fähre nach Zollenspieker rollten, verließen um diese frühe Stunde nur sehr wenige Menschen und Wagen die Stadt in westliche Richtung und ins Dänische. Christian beachtete sie nicht, nur ein eiliger dicker Mann mit struppigem gelbem Haar fiel ihm auf. Sein Gesicht war sonnengebräunt, dennoch wirkte er bleich, und sein breites Kinn brauchte dringend ein Badermesser.

Schnell stieg Christian in den Sattel und beschloß, sich noch einen Blick nach Altona zu gönnen. Vielleicht erkannte er von der Bastion Albertus den Turm des Pavillons im Stedemühlenschen Garten. Und wer weiß, vielleicht konnte auch Lucia nicht mehr schlafen, ganz gewiß konnte sie das nicht, und er entdeckte einen Zipfel ihres Kleides zwischen den Büschen. Auch wenn er sie nicht treffen durfte, ein Blick über eine Meile Entfernung mußte erlaubt sein.

Unter den Ulmen auf dem Wall war es still, wer um diese Stunde schon emsig war, arbeitete in den Werkstätten und Küchen oder drängte in entgegengesetzter Richtung in die Stadt und zum Hafen. Albertus ragte hoch über die Elbe, und höchstens der Altan des Baumhauses bot einen schöneren Rundblick über den Hafen und die weite Landschaft bis zu den Marschen am südlichen Ufer.

Die Sonne war nun schon über die Dächer geklettert, sie hing am Himmel, blaß und grell zugleich. Es würde, natürlich, wieder ein heißer, drückender Tag werden.

Christian war enttäuscht. Vom Stedemühlenschen Garten war nicht einmal ein Zweig der äußeren Eibenhecke zu sehen. Er hätte es wissen müssen. Altona war schließlich kein Fischerdorf, sondern eine Stadt mit ebenso hohen Häusern wie Hamburg.

Das Haus in den Palmaillegärten und selbst der Pavillon am Ufer waren vollständig dahinter verborgen. Und selbst wenn Lucia auf einem der vorderen Dächer gesessen hätte, der gleißende Dunst ließ alle Konturen verschwimmen.

«Dann gehen wir eben frühstücken, Bella.» Er klopfte der Stute den schweißnassen Hals, und gerade als er die Bastion verlassen und sich über das Johannisbollwerk hinunter am Hafen entlang zum Neuen Wandrahm aufmachen wollte, entdeckte er ihn. Zuerst sah er nur die breit ausgestreckten Beine, die kräftigen Waden in weißen Seidenstrümpfen. Der Rest des Mannes, der da auf der Bank unter einer Ulme saß, war hinter dem dicken Stamm verborgen. Christian hatte das Gefühl zu stören, aber sein Weg führte an der Bank vorbei, und wobei sollte er jemanden stören, der nur wie er selbst über die Elbe blickte?

Er kam näher, sah den ganzen Mann und erkannte ihn sofort. Marburger, Zuckerbäcker und Profiteur erster Güte, hing schräg auf der Bank und schlief mit offenem Mund. Und das zu einer Stunde, in der in allen Zuckerraffinerien der Stadt längst Hochbetrieb herrschte. Auf seiner Jacke aus dunkelgelbem Samt, gerade an der Stelle, unter der selbst er ein Herz haben mußte, schimmerte ein grünlicher Fleck.

Christian grinste. Der Dicke hatte wohl eine schlechte Nacht gehabt, wenn er hier gestrandet war und die berüchtigte tyrannische Aufsicht über seine Knechte vergaß.

Zuerst wollte er einfach vorbeigehen, aber dann sah er wieder Oswalds hageres Gesicht vor sich und entschied anders. Die Gelegenheit, diesen miesen Kerl sturzbetrunken, denn das war er ganz gewiß, bei der Wache abzuliefern und dem öffentlichen Spott preiszugeben, kam so schnell nicht wieder.

«Marburger», rief er, «aufwachen, der Sirup kocht über!»

Aber so einfach war Marburger nicht wachzukriegen. Eine winzige rote Spinne kroch eilig über seine Stirn, kletterte mühsam durch die kräftigen Augenbrauen und verschwand schließlich in seinem linken Ohr.

Auch das konnte ihn nicht wecken, denn Marburger war tot.

Ein dünnes Rinnsal von Blut, es begann gerade erst zu trocknen, sickerte von einer schmierigen Wunde hinter dem Ohr, das die Spinne als Versteck gewählt hatte, den kurzen fleischigen Hals hinab und färbte seine Halsbinde dunkelrot. Die halbgeöffneten Augen und der offene Mund gaben ihm den Ausdruck eines mißtrauischen dicken Kindes. Lebend hatte er niemals so harmlos ausgesehen.

Christian hatte in den letzten Monaten oft gedacht, eines Tages werde ihn einer in seiner eigenen brodelnden Zuckerbrühe ersäufen. Eine wahrhaft unchristliche, aber doch sehr angenehme Vorstellung. Statt dessen hatte ihn jemand mit einer Zuckerhutform erschlagen. Die lag nun blutbeschmiert zwischen den Wurzeln der Ulme.

«Aber warum hast gerade du ihn gefunden?» Claes Herrmanns lehnte an seinem Schreibpult und sah seinen Sohn fragend an. «Was hast du überhaupt auf Albertus gemacht?»

«Es war noch so früh, als ich durchs Tor kam. Da bin ich einfach auf die Bastion geritten, um, na ja, um über den Hafen zu sehen. Du sagst doch selbst immer, daß das der schönste Blick über die Elbe ist.»

Claes nickte. «Natürlich. Entschuldige, Christian. Es geht mich ja auch gar nichts an, welchen Weg du nimmst.»

Er nahm ein Stück Schinken von der Platte, die Elsbeth den beiden Herrmanns ins Kontor gebracht hatte, wickelte es um ein Stück Roggenbrot und stopfte beides unachtsam in den Mund. Für ein ruhiges zweites Frühstück im Salon oder in der Küche war heute keine Zeit.

«Du sagst, es war noch früh. Wie früh? Hast du nicht auf die Uhr am Millerntorturm gesehen?»

Christian schüttelte den Kopf. «Daran habe ich gar nicht gedacht. Ich hatte ja sehr viel Zeit. Außerdem bleibt die in den letzten Wochen andauernd stehen. Es heißt, die Hitze habe das Öl im Räderwerk eintrocknen lassen.»

«Aber warum haben die Soldaten ihn nicht schon früher gefunden? Er kann doch nur wenige Schritte vom Wachhaus gestorben sein.»

«Da war niemand. Deshalb bin ich ja gleich zum Zeughaus geritten. Es ist ja sowieso nicht gerade klug, sich ausgerechnet den Platz neben einer Wache für ein Verbrechen auszusuchen. Aber ich weiß nicht, ob noch alle zweiundzwanzig Bastionen ständig bewacht werden.»

Das wußte Claes auch nicht. Es erschien ihm auch gerade bei der Bastion Albertus ziemlich überflüssig. Wer verrückt genug war, dort hinaufsteigen zu wollen, scheiterte schon am Vorwerk, und dann hatte er einen Wall vor sich, der dreißig Fuß steil aufragte. Es war unmöglich, dort hinaufzugelangen. Es sei denn, man besaß Flügel oder andere übermenschliche Gaben.

«Also war niemand außer dir dort. Wenn du auf der Bastion nur mit der Wache gesprochen hast, wird bald jemand von der Wedde kommen, um dich auch zu befragen. Laß uns alles noch einmal durchgehen, damit du gut vorbereitet bist.»

«Warum machst du dir so viele Gedanken, Vater? Ich habe Marburger entdeckt, ich habe die Wache geholt, und damit ist es doch erledigt. Du tust fast so, als hätte ich etwas mit seinem Tod zu tun.»

«Unsinn, Christian, niemand wird es wagen, dich zu verdächtigen.» Seine Worte klangen allerdings nicht überzeugend. «Aber so eine Sache ist immer mißlich. Es ist unangenehm für uns, mit einem Mord zu tun zu haben. Es kostet Zeit und Nerven, und die brauchen wir gerade jetzt für anderes. Also erzähl mir noch mal alles genau, dann geht die Unterhaltung mit der Wedde um so schneller, und wir können wieder unsere Arbeit tun.»

Die letzten Worte hatte er sehr laut gesprochen und dabei grimmig durch die von großen Fenstern durchbrochene Wand zum Raum der Lehrlinge gesehen. Fietz und Dübbel, die angestrengt lauschend versucht hatten, wenigstens ein paar Fetzen von dieser aufregenden Sache mitzubekommen, beugten sich eilig über ihre Tische.

Christian verstand die Nervosität seines Vaters zwar nicht, aber bereitwillig erzählte er noch einmal, wie er den Zuckerbäkker gefunden hatte.

«Ich war wirklich erschrocken», schloß er seinen Bericht, «als ich merkte, daß er tot war. Ich will nicht behaupten, daß ich von tiefer Trauer erfaßt wurde. Im Gegenteil, mein erster Gedanke war: Nun hat er bekommen, was er verdient...»

«Das, mein Sohn, wirst du der Wedde auf keinen Fall erzählen.»

Christian lachte. «Ganz wie du wünschst. Aber ich bin sicher, daß nur sehr wenige Menschen in der Stadt anders denken.»

«Was hast du dann gemacht?»

«Dann?» Christian überlegte einen Moment. «Dann habe ich gedacht, daß ich mich vielleicht irre. Ich kenne mich nicht gut aus mit Toten. Also habe ich ihn an der Schulter gerüttelt. Da rutschte er ganz langsam auf die Seite, was sehr gruselig war, weil er mich immer aus diesen halbgeöffneten Augen anstarrte. Dann bin ich so schnell ich konnte zur Wache am Zeughaus geritten und habe Alarm geschlagen. Die kamen alle gleich mit, es waren auch ein paar Dragoner da, ich glaube vier, und dann standen wir um den toten Marburger herum, bis einer der Dragoner ihn schließlich ordentlich auf die Bank legte. Aber da kam schon Wagner angerannt, der kleine Weddemeister, und scheuchte alle auseinander. Er hat sich meine Geschichte angehört, so genau wie du wollte er es allerdings gar nicht wissen, und mich nach Hause geschickt. Also bin ich hierher geritten, habe Bella in den Stall gebracht und bin auf der Suche nach einem Frühstück zu Elsbeth in die Küche gegangen. Ich hatte schrecklichen Hunger.»

Das Uhrwerk von St. Katharinen schlug, und Claes zählte die Schläge mit.

«Schon zehn», murmelte er. «Sie werden bald kommen. Kanntest du Marburger? Immerhin gönnst du ihm diesen Tod.»

«Ich kannte ihn nicht besser als du. Er hat von uns Zucker gekauft, aber das hat meistens Pagerian erledigt, sein Schreiber.

Daß er ein Mistkerl war, wußte jeder, und was er Oswald angetan hat, ist niederträchtig. Dafür müßte man ihn von der Börse ausschließen. Das ist jetzt ja überflüssig.»

Claes drehte Christian, der immer noch an dem großen Eichentisch nahe dem Postregal saß und sich gerade den dritten Buchweizenpfannkuchen auf den Teller lud, den Rücken zu und blickte über das Fleet hinüber zur Jungfernbrücke. Er kämpfte gegen ein dumpfes, schwarzes Gefühl. Es gab keinen Grund dafür, und doch war es da. Er wußte nur zu gut, wie schnell einer, der ganz und gar unschuldig ist, in falschen Verdacht geraten konnte.

«Und Oswald? Kennst du den?»

«Götz Oswald kenne ich schon sehr lange», hörte er seinen Sohn antworten. «Du auch, du hast es nur vergessen. Götz' Vater hat mit seiner Schute jahrelang Waren für dich transportiert. Ich durfte manchmal mitfahren, und obwohl er einige Jahre älter ist als ich, nahm er mich sonntags oft mit an den Oberbaum zum Angeln. Er war ein kluger Junge und hat mich immer gelöchert, was ich im Johanneum lernte. Er wäre sicher selbst gerne dort zur Schule gegangen.»

Claes versuchte sich zu erinnern, aber es gelang ihm nicht. «Und warum hat er die Schute seines Vaters nicht übernommen?»

«Der starb schon, als Götz etwa dreizehn Jahre alt war, seine Mutter mußte den Kahn wohl verkaufen. Ich habe ihn dann nicht mehr oft gesehen, ich lernte Latein, Mathematik, Französisch und die Gavotte, und er schuftete schon bei Marburger. Für eine richtige Lehre gab es kein Geld, und die Zuckerbäcker können als Unzünftige ja machen, was sie wollen. Auch mit ihren Leuten.»

Christian schob den leergegessenen Teller zur Seite, faltete das Mundtuch zusammen und sah den Rücken seines Vaters nachdenklich an.

«Vater?»

«Ja?»

Claes bemühte sich, die Unruhe aus seinem Gesicht zu verbannen, und wandte sich wieder seinem Sohn zu.

«Warum fragst du mich nach Oswald? Du glaubst doch nicht etwa, daß der mit dem Mord zu tun hat?»

«Was ich glaube, wird in den nächsten Tagen ziemlich gleichgültig sein. Aber viele haben den Streit im Kaffeehaus erlebt. Da muß man kein Verleumder sein, um auf diese Idee zu kommen. Und du weißt, wie die Zuckerknechte sind. Starrköpfig, immer unzufrieden und bei jeder Schlägerei dabei.»

«Wenn ich so hart arbeiten müßte, wäre ich vielleicht nicht anders. Aber so ist doch nicht jeder, nur weil er alle Tage im Zucker steht. Götz zu verdächtigen, ist wirklich verrückt. Entschuldige, Vater, aber so ist es nun mal. Ich habe ihn, nachdem ich aus Bergen zurück war, wiedergetroffen und sogar zwei- oder dreimal ein Bier mit ihm getrunken. Er ist immer noch ein sehr freundlicher Mensch, er hat eine liebe Frau und drei Kinder. Das jüngste wurde erst im Mai geboren. Vor allem ist er nicht dumm genug, so etwas zu tun.»

Claes wußte besser als sein Sohn, wie wenig Verbrechen mit Klugheit zu tun hatte, aber bevor er ihn darüber belehren konnte, wurde die Kontortür schwungvoll geöffnet.

«Da ist er ja, unser Bluthund.» Senator van Witten stand in der Tür und lachte dröhnend. Er ging mit großen Schritten auf Christian zu, schlug ihm auf die Schulter, als habe er einen Amboß vor sich, und musterte ihn mit breitem Grinsen.

«Das kommt davon, wenn man sich schon am frühen Morgen auf den Wällen verlustiert, anstatt wie ein ordentlicher Kaufmann Geld zu scheffeln.»

Christian schob den Stuhl zurück und erhob sich mit einer höflichen Verbeugung.

«Guten Morgen, Herr Senator», murmelte er und rieb sich verstohlen die Schulter, aber van Witten hatte sich schon Claes zugewandt. Er war vormittags immer in Eile und hielt wohlerzogene Floskeln außerhalb der Salons und Ballsäle und insbesondere in Abwesenheit von Damen für reine Zeitverschwendung.

«Herrmanns, mein Freund, das gefällt mir gar nicht. Es ist schon genug Unruhe in der Stadt, und jetzt muß sich noch der Marburger den Schädel einschlagen lassen. Sehr kapriziös. Wie geht es Madame Anne? Hat sie unseren gestrigen Überfall auf ihren Garten verkraftet? Und glaubt Ihr, Eure Küche kann ganz flink ein Täßchen von Eurem hervorragenden Kaffee zaubern? Oder gibt es bei Euch um diese Stunde noch keinen sündigen Türkentrank?»

Dabei ließ er sich mit einer für seine Körpergröße unerwarteten Geschmeidigkeit in Claes' Stuhl sinken, prüfte genüßlich die Bequemlichkeit der Lehnen und schnalzte mit der Zunge.

«Wirklich hübsch, Euer Kontor. Wo habt Ihr diesen Stuhl erstanden?»

«Welche Frage soll ich denn nun zuerst beantworten, van Witten?»

Claes lächelte den kräftigen Mann, der hellwach und ganz und gar zufrieden in seinem Stuhl lehnte, spöttisch an. Van Witten war neben vielem anderen auch einer der vier für die Wedde verantwortlichen Senatoren. Er mochte etwa zehn Jahre älter sein als Claes, doch heute morgen war er herausgeputzt wie ein junger Mann im Konkurrenzkampf um die schönste Tänzerin. Die matte Seide seines sandfarbenen Rockes schimmerte, die Silberknöpfe auf seiner langen Weste glänzten mit den Schnallen seiner Schuhe um die Wette. Wer ihn nicht kannte, hielt ihn leicht für einen polterigen, selbstgefälligen Großtuer. Wahrscheinlich war er tatsächlich ein bißchen selbstgefällig, aber hinter seiner lärmenden Fassade verbarg er einen klaren Verstand, und zuweilen zeigte er sogar ein großes Herz. Claes kannte van Witten gut und schätzte seine Direktheit. Die unerschöpflich gute Laune des Senators hatte ihn schon angesteckt, und vor allem war er erleichtert, daß van Witten Marburgers Tod untersuchte. Mit Holländer, der seine echte Eitelkeit mit bigotter Moral verkleisterte, wäre alles viel unangenehmer gewesen.

«Am besten schickt Ihr zuerst um den Kaffee», entschied der Senator, «dann wollen wir in Ruhe reden.»

Als Margret, eines der Mädchen, den Kaffee brachte, hatte Christian seine Geschichte noch einmal erzählt. Van Witten sah ihn dabei unverwandt an, während er die Reste vom Schinkenteller in seinen Mund schob, allerdings ohne Brot. Er stellte die gleichen Fragen wie Claes, jedoch keine nach Oswald, und das beruhigte Christian ein wenig, obwohl ihm klar war, daß nicht nur sein Vater diesen Verdacht hegen würde. Er wollte so schnell wie möglich mit Oswald sprechen, vorher allerdings mußte er herausfinden, wo er jetzt wohnte. Seit seinem Bankrott lebte eine andere Familie in der hellen kleinen Wohnung über der nun stillgelegten Zuckerbäckerei. Wahrscheinlich waren die Oswalds in das Labyrinth der schmutzigen Gänge um St. Jakobi zurückgekehrt.

«Gut.» Van Witten rieb sich die Hände und schnupperte nach dem würzigen Duft, der aus seiner Tasse aufstieg. «Das wäre erledigt. Ah, da kommt unsere Spürnase.»

Blohm hatte die Tür geöffnet, brummte: «Der Weddemeister», und schob den zögernden Wagner, klein und dick, rotgesichtig und schwitzend, ins Kontor.

«Komm rein, Wagner, immer geradeaus. Und setz dich da hin», van Witten zeigte auf einen Schemel zwischen den Fenstern, «du machst mich sonst nervös.» Wagner setzte sich gehorsam. Er schwitzte, und das lag nicht allein an der Hitze, die auch heute seit dem frühen Morgen über der Stadt lag. Er schwitzte immer, wenn ein Senator in der Nähe war.

«Christian», fuhr van Witten munter fort, «für dich ist die Sache nun erledigt. Jetzt hat Wagner sie am Hals. Und ich.»

Er rührte eifrig in seinem Kaffee, legte klirrend den Löffel auf die Untertasse und faltete die großen weißen Hände fest auf dem Tisch.

«Herrmanns», sagte er dann bedeutsam, «die Stadt braucht Euch. Natürlich braucht sie Euch immer, Ihr bringt gutes Geld in die Kassen. Aber sie braucht Euch in dieser speziellen Sache.» Er sah Claes auffordernd an. «Nun macht es mir nicht so schwer.»

«Schwer? Was denn? Ich habe keine Ahnung, was Ihr von mir wollt. Was für eine spezielle Sache?»

«Ich will, daß Ihr Euch ein bißchen um diese Mordsache kümmert. Ihr wißt ja, als Weddesenator muß ich diese völlig überflüssige Untat aufklären. Aber ich muß mich schon um viel zuviel kümmern, und auch mein Tag geht nur von Sonnenaufgang bis Sonnenuntergang. Natürlich ist unser Meister Wagner die beste Spürnase, die man sich denken kann, aber Ihr kennt die Leute, Ihr könnt in Häusern, in denen Wagner nur dienstlich ...»

«Moment. Nicht so schnell. Ihr wollt mir gerade sagen, daß Ihr keine Lust habt, herauszufinden, wer den Zuckerbäcker auf den Kopf geschlagen hat, und glaubt, daß ich Euch die Arbeit abnehme? Obwohl es weder meine Pflicht noch mein Recht ist, von meiner Zeit mal ganz abgesehen?»

«Genau das sollt Ihr.» Van Witten strahlte ihn an. Er erinnerte Christian an einen Schweißhund, der nach langem beschwerlichen Suchen seine Beute aufgebracht hatte.

«Das mit dem Recht ist kein Problem, das regeln wir schon, und das mit der Zeit, alter Freund, ist nicht so wichtig, wenn Eure Vaterstadt ruft.»

«Van Witten, mit Verlaub, das ist absurd. Und kommt mir nicht plötzlich vaterstädtisch. Das ist sonst auch nicht Eure Stärke. Wie stellt Ihr Euch das vor? Soll ich mich im Rathaus auf Euren Stuhl setzen und ...»

«Nein, eben nicht. Ich bin sicher ...»

Er brach ab und sah mit zusammengekniffenen Augen durch die Scheiben in den vorderen Raum. «Schickt erst mal die beiden Lauscher weg. Die haben doch sicher am Hafen zu tun. Sonst sollen sie sich da was zu tun machen.»

«Van Witten ...»

«Bitte, Herrmanns. Es ist wirklich wichtig.»

Seufzend nickte Claes Christian zu, und erst als Fietz und Dübbel widerwillig das Kontor verlassen hatten, sprach der Senator weiter.

«Ich bin sicher, daß die Sache mit Marburger ziemlich kompliziert ist. Wir wissen alle, daß er ein zwielichtiger Kerl war, nur konnte ihm nie einer was beweisen. Aber irgendwer muß ja was wissen. Wie ich schon sagte, Ihr kennt die Leute, und vor Euch hat keiner Angst. Wenn die Wedde kommt, sehen sich die meisten gleich in der Fronerei und halten den Mund, und wenn einer doch was sagt, dann selten die Wahrheit. Jeder kocht sein Süppchen, das wißt Ihr doch. Wenn *Ihr* aber mit den Leuten redet, so ganz nebenbei, einfach als neugieriger Bürger, ist das etwas ganz anderes. Keiner gibt gern Auskunft, doch alle klatschen gern. Das müßt Ihr doch verstehen. Ihr bekommt einfach viel mehr heraus als Wagner und ich. Und Ihr könnt Euch immer mit Wagner beraten, wenn es schwierig ist. Unser Wagner», schloß er mit einem gönnerhaften Blick auf seinen Weddemeister, «sieht zwar nicht nach viel aus, aber er hat was im Kopf. Und ich bin natürlich auch immer da. Denkt darüber nach, aber nicht zu lange.»

Er erhob sich und schritt, Wagner im Gefolge, zur Tür.

«Gebt mir morgen Bescheid, Herrmanns, aber ich will keine Ablehnung hören. Ihr seid genau der Richtige, das habt Ihr im letzten Frühjahr bewiesen. Und noch etwas, fast hätte ich es vergessen: Pagerian braucht dringend einen Aushilfsschreiber. Er muß jetzt Marburgers Arbeit miterledigen, und das ist offenbar ziemlich schwierig, weil der Kerl ständig irgendwelche undurchsichtigen Alleingänge gemacht hat. Pagerian hat einen Lehrling, aber der ist zu einer völlig überflüssigen Familiensache zu Hause in Höxter. Wenn Ihr jemanden wißt, schickt ihn einfach in das Kontor am Dreckwall neben der Zuckerbäckerei. Er soll sagen, er komme von mir.»

Später fragte sich Claes, welcher Teufel ihn geritten hatte, in van Wittens seltsamen Plan einzuwilligen, und für einen Moment gestand er sich ein, daß es einzig dieses völlig unvernünftige Kribbeln gewesen war, das er bei dem Gedanken gefühlt hatte, ein Geheimnis aufzuklären. Nur für einen Moment, aber bis unter die Haarwurzeln.

Der Senat brauche seine Hilfe, erklärte er seinem verblüfften Sohn, wer könne sich da verweigern?

Claes saß im Kontor in seinem Lehnstuhl, der für ihn immer der beste Ort war, um nachzudenken, zog den großen Tabaktopf aus portugiesischer Fayence heran und stopfte sich bedächtig eine Pfeife. Er liebte diesen Topf, der schon seit Generationen in seiner Familie war und stets im Kontor des jeweiligen Hausherrn stand. Er war groß wie eine Suppenterrine und bauchig wie ein Ballon. Die kunstvollen Blaumalereien hatten ihn als Kind von wunderbaren Abenteuern träumen lassen. Am oberen Rand posierten Elefanten und Löwen zwischen fremdartigen Gewächsen, und darunter lustwandelte ein vornehmes, von Vögeln und Blumen umgebenes Paar. Die lächelnde Dame mit dem verführerischen Dekolleté trug zierlich einen Fächer, der Herr mit dem großen Federhut und den langen Kräusellocken hielt eine langstielige Pfeife in der ausgestreckten Hand.

Claes drehte den Topf und betrachtete, wie er es vor vielen Jahren so oft getan hatte, auf der anderen Seite das Hamburger Wappen, das dreitürmige, von zwei aufrecht stehenden Löwen gestützte Stadttor. Darunter war die Jahreszahl gemalt, 1668. Fast hundert Jahre war der Topf in seiner Familie, und Claes wußte, daß er zur Aussteuer einer seiner Vorfahrinnen gehört hatte, als Teil eines großen Services mit allen erdenklichen dazu passenden Gefäßen, so wie es damals in den wohlhabenden Familien Brauch war.

Wenn seine Ahnin dem Bild auf dem Topf entsprochen hatte, mußte sie eine heitere Dame gewesen sein. Auf den zweiten Blick glich sie ein wenig Anne. Er legte die gestopfte Pfeife auf den Tisch und griff nach einem Bogen Papier. Dann schnitt er die Feder nach und tauchte sie in die Tinte. Er kam sich albern vor, wie er da an diesem Tisch saß, an dem sonst nur Zahlen, Listen und ordentliche Handelskorrespondenzen geschrieben wurden, und über den besten Plan nachsann, einen Mörder zu fangen.

Egal. Wer konnte Grund gehabt haben, Marburger zu töten? Gab es überhaupt einen vernünftigen Grund, einen Menschen zu töten, ihm morgens bald nach Sonnenaufgang eine schwere

Tonform auf den Schädel zu schlagen und ihn sterbend liegenzulassen?

Das war die falsche Frage. Mord und Totschlag waren nie vernünftig, aber sie geschahen dennoch. Und wer weiß, wie es zu dem tödlichen Schlag gekommen war? Vielleicht war der gar nicht geplant gewesen, vielleicht hatte Marburger mit seinen gefürchteten Beleidigungen und Hänseleien seinen Mörder erst zu der Tat gereizt.

Andererseits, wer eine Zuckerform auf die Bastion schleppte, mußte einen Grund dafür gehabt haben. Und wozu sonst konnte man so ein schweres unhandliches Ding dort brauchen?

Er mußte die Frage anders stellen: Wer hatte Grund gehabt, Marburger zu hassen? Wen hatte er so gequält oder betrogen?

Ja, so kam er weiter. Oswald, natürlich. Egal, wie sehr Christian für seinen Charakter bürgte, der haßte den Zuckerbäcker tatsächlich bis aufs Blut, und dazu aus gutem, aus sehr gutem Grund. Er mußte unbedingt mit ihm reden, und zwar bald, am besten heute noch.

Wieder öffnete Blohm die Tür, aber diesmal drängte Wagner sich schon an ihm vorbei, bevor der alte Diener ihn melden konnte.

Claes sah unwillig auf. Was wollte der schon wieder hier? Wagner war der letzte, den er jetzt sprechen wollte. Er sah, daß der Weddemeister schwer atmete, ganz offensichtlich hatte er sich auf seinem Weg vom Rathaus zum Neuen Wandrahm sehr beeilt.

«Bring uns Zitronenwasser, Blohm», sagte Claes.

«Danke, sehr freundlich. Die Hitze», Wagner zog mit einer entschuldigenden Handbewegung ein großes Tuch aus seiner Jacke, wischte sich energisch die Stirn und schielte dabei unverhohlen neugierig auf Claes' Liste.

«Ich sehe, Ihr habt schon begonnen. Sehr gut. Dann kommt meine Nachricht gerade recht. Sie duldet keinen Aufschub.»

«Laßt sie mich gleich hören.»

Claes nahm die Liste aus Wagners Blickfeld, es gefiel ihm gar nicht, daß ein Mitglied der Wedde darauf Oswalds Namen gelesen hatte.

«Natürlich. Gleich. Es ist sehr interessant. Die Ärzte haben den Toten nun untersucht. Ihr wißt sicher, daß jeder, der durch fremde Hand gestorben ist, im Keller des Eimbeckschen Hauses genau untersucht wird. Das ist nun geschehen, und man hat festgestellt, daß er *nicht* mit der Zuckerhutform erschlagen wurde.»

Wagner sah Claes triumphierend an.

Der Jagdhund hat apportiert, dachte der und fragte: «Wieso nicht? Die lag doch gleich daneben, und – das hat der Senator jedenfalls gesagt – sie war blutverschmiert.»

Wagner nickte eifrig.

«Das stimmt. Und ich denke, der Mörder hat sie auch tatsächlich benutzt. Aber so eine Zuckerhutform, sagen die Ärzte, ist nicht hart genug, um jemanden damit zu töten. Jedenfalls nicht gleich mit einem Schlag. Und vor allem: Wenn man so heftig mit ihr zuschlägt, daß ein Mensch ernstlich verletzt wird, würde sie zerbrechen. Sie haben es sogar ausprobiert. Natürlich nur auf einem Holzklotz aus harter Eiche. Dreimal. Nichts als Scherben. Tonscherben natürlich. Und menschliche Knochen sind härter als Eiche, eindeutig härter. Es war auch eine kleine Form, und eine neue dazu, das sind die leichtesten, weil sie noch nicht mit Zucker vollgesogen sind. Die alten sind härter, aber sie würden auch zerbrechen.»

Blohm trat ein, stellte einen Krug mit kaltem Zitronenwasser und zwei Gläser auf den Tisch und zog sich, nicht ohne dem unschicklichen Besuch einen herablassenden Blick zuzuwerfen, stumm wieder zurück.

«Danke, Blohm.» Claes goß beide Gläser randvoll und nahm einen großen Schluck. «Trinkt, Wagner, das wird Euch abkühlen.»

Wagner nahm sein Glas, aber er trank nicht, sondern sah Claes gespannt an.

«Was sagt Ihr dazu? Ist das nicht sehr seltsam?»

«Das ist tatsächlich seltsam. Ich verstehe es nicht. Die Zukkerhutform war doch blutig ...»

«In der Tat, sogar sehr blutig. Aber ich habe sie mir nun ganz genau besehen. Und wenn man das tut, stellt man fest: Das Blut kam nicht von dem Schlag.»

«Nicht?»

«Nein. Es wurde auf die Form *gewischt*. Wenn man ein sehr hartes Objekt verwendet, zum Beispiel ein großes Bügeleisen, einen Schmiedehammer oder ein Bleigewicht, um damit auf einen Kopf zu schlagen, sieht das hinterher ganz anders aus. Die Kopfhaut platzt, der Knochen splittert, das gibt, sozusagen, einen Brei aus Blut und Knochensplittern, und wenn das Gehirn hervorgetreten ist, auch von dieser Masse, sie ist hellgrau, müßt Ihr wissen, fast schon weiß und sehr weich, klebt dann etwas auf der Form, wie ein ...»

«Schon gut, Wagner.» Claes fühlte, wie leichte Übelkeit an die Stelle des anregenden Kribbelns trat. «Ihr braucht nicht so ins Detail zu gehen. Wenn ich Euch recht verstehe, fehlte auf der Form dieser ..., nun, dieser Brei.»

«Genau. Es sieht aus, als habe ihn jemand mit einem anderen harten Gegenstand, einem Rohr oder sehr harten dicken Knüppel, niedergeschlagen und ein wenig von dem Blut, das von der Wunde den Hals hinunterlief, mit den Fingern auf die Form gewischt. Und es ist auch möglich, daß die Form, die wir dort fanden, gegen die Kopfwunde gedrückt wurde, um sie mit dem Brei aus ... nun, mit dem Brei zu beschmutzen. Das heißt», nun leuchtete sein rundes Gesicht vor Triumph, «für den tödlichen Schlag hat jemand ein anderes Objekt benutzt. Und das hat er wieder mitgenommen, denn wir haben keines gefunden.»

«Aber warum dann dieser Umstand mit der Tonform?»

«Damit wir denken, diese Form sei das Corpus delicti. Versteht Ihr? Eine Täuschung.»

Claes bemühte sich um ein kluges Gesicht, aber tatsächlich fragte er sich, ob er der richtige Mann für diese Aufgabe war. Mit solchen Finessen hatte er nicht gerechnet.

«Eine Täuschung also. Ich muß gestehen, daß mir auch dazu keine Erklärung einfällt.»

«Es ist ganz einfach.» Endlich trank Wagner, sein Glas war mit einem Zug geleert, und Claes füllte es sofort nach. Vielleicht hatte van Witten recht, und hinter dem unbedarften Auftreten des Weddemeisters steckte wirklich ein schlauer Kopf.

«Ganz einfach», wiederholte der. «Der Täter will, daß wir *denken*, die Zuckerform sei die Mordwaffe. Und dafür gibt es zwei Erklärungen.»

«Nun sagt schon. Welche?»

«Erstens: Es ist eine Botschaft, die uns und der ganzen Stadt sagen soll: Der ist wegen eines Streites unter Zuckerleuten getötet worden. Ihr wißt, in den großen Zuckerbäckereien herrscht seit einigen Wochen viel Aufruhr. Es kann eine Warnung für die anderen Zuckerbäcker bedeuten, den Forderungen der Knechte nachzukommen. Zweitens», er trank wieder, aber diesmal nur einen kleinen eiligen Schluck, «der Mörder will, daß wir das denken, weil er den wahren Grund verbergen möchte.»

«Aber warum sollte er das wollen?»

Wagner seufzte, und Claes fand, daß es sich ein wenig ungeduldig anhörte.

«Auch das ist, mit Verlaub, ganz einfach. Wenn wir einen Mörder suchen, suchen wir doch immer einen, der Grund zu dieser Tat hatte.»

«Natürlich. Darüber hatte ich gerade nachgedacht, als Ihr kamt. Was haltet Ihr davon, wenn wir von nun an gemeinsam nachdenken?»

Wagner nickte ernsthaft, griff in seine Tasche und holte einen Bogen Papier hervor. Als er ihn auseinanderfaltete, sah Claes, daß die Liste des Weddemeisters schon sehr lang war. Beschämend lang.

8. KAPITEL

SAMSTAG, DEN 14. JUNIUS,
NACHMITTAGS

Es kostete Mühe, Brooks loszuwerden, und Claes wußte nicht, ob er sich über ihn ärgern oder sich über die Fürsorglichkeit seines Stallmeisters freuen sollte. Als die Kutsche, diesmal war er klug genug gewesen, die alte, kleinere zu nehmen, an der Springeltwiete hielt, sprang Brooks vom Bock, machte die Pferde an der Haltestange vor Gulles Weinhaus fest und schickte sich an, seinen Herrn zu begleiten.

«Du bleibst hier», sagte Claes, «ich will keine Eskorte.»

Aber ganz gegen seine Art widersprach Brooks. Es sei zu gefährlich für einen Herrn, allein in die Gänge zu gehen, das sei ein Irrgarten, und das Volk da drin Lumpenpack oder immer hungrig, was beides große Lust machte, Fremden den letzten Silberknopf von der Weste zu reißen, und wenn es ganz arg komme ...

«Unsinn!» schnitt Claes ihm ärgerlich das Wort ab, drehte sich um und stapfte die Twiete hinab. «Wenn ich heute abend nicht zu Hause bin», rief er über die Schulter zurück, «darfst du mich suchen kommen.»

Brooks sah ihm grimmig nach.

Claes lächelte nachsichtig. Guter alter Brooks. Er wußte schließlich selbst, daß die Höfe und Gänge um St. Jakobi ein Labyrinth waren, er wußte, daß hier auch der Bodensatz der Stadt lebte, wie van Witten es gerne ausdrückte. Aber Pagerian hatte ihm erklärt, wo Oswald mit seiner Familie jetzt wohnte. Man mußte nur in den Hofdurchgang neben Seibolds Kammmacherei an der Steinstraße direkt gegenüber der Springeltwiete gehen, in den dritten Gang links und dann, nun sei es sehr schwer zu erklären, am besten fragte man dann jemanden. Menschen seien da mehr als genug.

Ganz sicher hatte Pagerian nicht angenommen, der vornehme Kaufmann würde sich selbst auf die Suche nach Oswald machen, aber Claes hatte es ihm auch nicht auf die Nase gebunden. Nicht jeder sollte wissen, daß er van Witten half, Marburgers Mörder zu suchen.

Wer würde es schon wagen, ihm, einem kräftigen Mann, am hellen Tag etwas anzutun? Und was war einfacher, als einem Jungen ein kleines Kupferstück zu geben, damit er ihn führte? Hätte er eine Eskorte gebraucht, hätte er Wagner mitgenommen. Aber er wollte allein gehen, unbemerkt, damit Oswald nicht gewarnt wurde und ihm davonlief. Deshalb hatte er Brooks auch schon bei der Springeltwiete und nicht direkt vor dem Hof an der Steinstraße halten lassen, durch den man schneller zu Oswalds Wohnung gelangte.

Der Durchgang in den Hof war schmal und so niedrig, daß Claes den Kopf beugen mußte. Die Luft veränderte sich schlagartig. Auf der breiten, wie immer sehr belebten Steinstraße war es schwül und staubig wie in der ganzen Stadt gewesen, nun war ihm, als betrete er eine Orangerie. Allerdings duftete es nicht nach Zitronen, Pfirsichen und Rosen. Der faulige Gestank von Urin, Kohlsuppen, Schweine- und Hühnermist, altem Fisch, schimmeligen Mauern und verwesendem Abfall nahm ihm fast den Atem, und er beeilte sich, den dritten Gang zu erreichen. Der Streit gellender Stimmen drang aus einem der übervölkerten Keller herauf, ein Säugling schrie, oder war es eine gequälte Katze?, eine stumpfe Säge knarrte durch zu hartes Holz, und über allem sang wie zum Spott eine Amsel.

Endlich fand er den engen Durchlaß und stolperte fast über ein Kind, das trotz seiner von der Englischen Krankheit mißgestalteten kurzen Beine und des verkrümmten Rückens flink wie ein Wiesel durch den Gang huschte und in einer Tür verschwand. Gebückt ging er weiter und fand sich, nur wenige

Schritte von den schönen Häusern der Bürger, in einer Welt wieder, die nichts als Hoffnungslosigkeit atmete. Die nur notdürftig ausgebesserten schiefen Wände der uralten Häuser ließen kaum Raum für einen breitschultrigen Mann, Stockwerk für Stockwerk ragten sie weit vor, bis sie im Dachgeschoß fast zusammenwuchsen, geöffnete Fensterflügel waren einander im Weg, und auf Leinen hoch über seinem Kopf hingen dunkle, stockfleckige Wäschestücke, die noch das letzte Licht verschluckten. Seine Augen gewöhnten sich schnell an den dunstigen Dämmer, er sah nur wenige Menschen, aber er spürte deutlich die Gegenwart der Elenden, die hinter diesen Wänden von den feuchten Kellern bis zu den Böden unter löchrigen Dächern in unmenschlicher Enge hausten.

Ein fremder Kontinent, dachte er, und bedauerte zum ersten Mal, daß er Brooks Begleitung so unwirsch zurückgewiesen hatte. Ein zahnloser Alter drängte sich grinsend an ihn heran. Claes roch seinen Branntweinatem und die Ausdünstungen der eitrigen Schwären auf den Armen und griff eilig in die Tasche. Ohne ihn zu berühren, ließ er voller Ekel zwei Pfennige in seine gichtig verkrüppelte, fordernde Hand fallen und stolperte weiter.

Plötzlich endete der Gang. Wo ging es weiter? Hinter einer ausgetretenen Holztreppe, die in einen Kellergang hinabführte, glaubte er einen Schimmer von Tageslicht zu erkennen. Er dachte an die Labyrinthe aus Buchsbaum und hohen Eibenhekken der englischen und französischen Gärten, in denen wohlgenährte Damen und Herren in Samt, Seide und Spitzen sich neckten und amüsierten. Das düstere Gewirr dieser Gänge erschien ihm nun wie eine Verhöhnung jener zierlichen Irrgärten.

Der Unrat hatte seine Schuhe aufgeweicht, und als er über eine Bohle stolperte, die über einem ausgetrockneten Rinnsal lag, lösten sich die Sohlen. Er beugte sich über seine Schuhe, und gerade als er überlegte, ob es nicht klüger sei, sie liegenzulassen und auf Strümpfen weiter durch den Morast zu waten, schoben sich ein paar nackte, schwarze Füße in sein Blickfeld.

Vor ihm standen vier Männer, sehr junge Männer mit uralten Gesichtern, barfuß und fast kahlgeschoren, in zerlumpten Kleidern. Nur einer, der größte, trug einen Rock aus gutem braunem Tuch, schmutzig wie die der anderen, aber ganz sicher hatte er ihn nicht selbst bezahlt. In dem breiten Lederriemen, den er um seinen mageren, aber sehnigen Leib gewunden hatte, steckte ein Messer mit einem Hirschhorngriff. Claes hörte, wie eilig einige Fenster zugeklappt wurden, und plötzlich war es ganz still. Nur von Ferne klang das gleichmäßige Dröhnen eines Schmiedehammers.

Rosina sah mit gerunzelter Stirn auf den Brief, den sie gerade gelesen hatte, und gab ihn Sebastian zurück.

«Wirst du es tun?»

«Ich halte es für eine gute Idee. Es bringt uns ein wenig Geld, und ganz sicher ist es eine Gelegenheit, ein bißchen in Marburgers Geschäftspapieren zu blättern. Das steht zwar nicht so direkt in Herrmanns' Schreiben, aber natürlich erhofft er sich von diesem Arrangement auch ein paar interessante Auskünfte. Ich bin gewiß», Sebastian grinste breit, «er erinnert sich gut an unsere Gabe, Geheimnisse aufzuspüren.»

Rosina nickte lächelnd. «Das denke ich auch. Aber wer hätte gedacht, daß der ehrbare Kaufmann auf solche Mittel setzt?»

Ein Bote hatte den Brief vor einer Viertelstunde in die Wohnung der Beckerschen Gesellschaft in der Altonaer Elbstraße gebracht. Er war an Sebastian gerichtet und nur kurz. Claes hatte keine Zeit mit den sonst üblichen blumigen Höflichkeitsfloskeln verschwendet. Im Kontor des verstorbenen Zuckerbäckers Marburger, schrieb er, werde dringend ein Hilfsschreiber gebraucht. Nur für die nächsten zwei oder drei Wochen, bis Pagerian, der das Kontor seines toten Herrn nun leite, die in den letzten Jahren offenbar ein wenig unübersichtlich geratenen Geschäftsunterlagen geprüft und geordnet habe. Der Hilfsschreiber brauche keine besonderen Kenntnisse in Zuckergeschäften, er müsse nur sauber schreiben und gut rechnen können und fügsam und vertrauenswürdig sein. Er, Herrmanns, habe Pagerian in dieser doch sehr betrüblichen Notlage zugesichert, einen jungen Mann mit all diesen Eigenschaften und Fähigkeiten zu ihm zu schikken. Pagerian erwarte einen ehemaligen Studenten der Universität Halle, einen Verwandten eines Handelsfreundes der Familie Herrmanns. Er hoffe, er habe nicht zuviel versprochen, als er Pagerian, der im übrigen, ganz anders als sein einstiger Herr, ein angenehmer Mensch sei, diesen jungen Schreiber für Montag morgen, bald nach sieben Uhr, angekündigt hatte.

Nach einigen Worten über den Lohn und einer Beschreibung des Weges zum Kontor im Dreckwall schloß Herrmanns mit der Bitte, Sebastian möge eilendst Bescheid geben, wenn er aus irgendeinem Grund verhindert sei, das Angebot anzunehmen, was er sich allerdings bei dem allseitigen Interesse am Hause Marburger nicht vorstellen könne.

«Angebot?» sagte Rosina. «Das klingt eher wie ein Befehl.»

«Mehr wie eine sehr dringliche Bitte. Sei nicht so streng mit ihm, er ist gewöhnt, daß alle nach seiner Pfeife tanzen, und wie hätte er sich sonst ausdrücken sollen? Wenn der Brief in die falschen Hände gerät, bekommt er schon jetzt mächtig Ärger. Einen Zimtkringel für deine Gedanken, Rosina, du brütest doch irgendwas Unvernünftiges aus.»

«Unsinn. Aber wir sollten die anderen zusammenrufen und die Angelegenheit besprechen. Ich fürchte», und sie lächelte dabei ihr gefürchtetes Ozelotlächeln, «Rudolf braucht dich gerade am Montag ganz dringend in der Theaterscheune.»

In diesem Moment ging die Tür auf. Helena trat ein, begleitet von einem jungen Mann, den Rosina und Sebastian noch nie gesehen hatten.

«Ich bringe dir Monsieur Schmitt, Rosina.»

«Smid», verbesserte der und hob dabei vorsichtig den linken Zeigefinger, «van Smid.»

«Ich bin im Hof», sagte Sebastian und schob sich an Helena und dem Besucher vorbei auf die Treppe. «Jean soll den Brief gleich lesen.»

«Also, Monsieur van Smid», fuhr Helena mit einem neugierigen Blick auf das gesiegelte Papier, das Sebastian in der Hand hielt, fort. «Er möchte dich ganz dringlich sprechen, Rosina, und niemandem sonst verraten, was er will. Er sieht nicht aus wie ein Räuber, also überlasse ich ihn dir. Aber wenn du mich brauchst, bin ich gleich da.»

Cornelius van Smid errötete bei dieser Unterstellung und verbeugte sich höflich. Er mochte 25 Jahre alt sein, aber er hatte den rosigen Teint eines Knaben, was ihn unter seiner nußbraunen Perücke, deren akkurate Lockenrollen über die Ohren und bis zum Kinn reichten, noch jünger erscheinen ließ. Sein steifer umbrafarbener Rock war trotz der Schwüle bis zum letzten Knopf unter der makellos weißen Halsbinde geschlossen. Er sah Rosina an und versuchte, sein anhaltendes Erröten durch eine zweite kleine Verbeugung zu verbergen.

Rosina hatte schon viele dieser steifen jungen Männer gesehen, vor ihrer Bühne und auch in den Salons der wenigen Bürgerhäuser, in die man die Beckerschen Komödianten in Leipzig, Hannover oder Braunschweig hin und wieder einlud. Aber niemals hatte sich so einer bis in ihre Wohnung gewagt, die, egal, in welcher Stadt, stets eine Mietwohnung unter irgendeinem fremden Dach war. Natürlich gab es immer Männer, die die Komödiantinnen für käuflich hielten, aber das waren andere, mit blitzenderen Augen und feuchteren Lippen. Männer mit gierigen Händen, denen Titus oder Sebastian mit großem Vergnügen und im Handumdrehen ihren Irrtum klarmachten, wenn sie Rosinas und Helenas Abweisungen ignorierten.

«Mademoiselle, ich störe gewiß, und es ist eine große Vermessenheit, ohne Einladung in Euer Heim vorzudringen. Ich meine, Ihr kennt mich nicht, und was sollte Euch veranlassen, mich zu empfangen ...»

Er wußte nicht mehr weiter, und Rosinas Stirn, die sich bei seinem Eintreten in strenge Falten gelegt hatte, entspannte sich. Der wollte nicht ihre zarte Hand küssen, ihre reizende Schulter anbeten, oder was die Bürgersöhne sonst vorgaben, von einer Komödiantin zu wollen. Er war sicher nur ein heimlicher Dichter, der seine Werke Thalia und Euterpe darbringen wollte – oder besser Melpomene, denn seine Augen verrieten, daß ihm eher Dramen als Komödien und zarte Gedichte einfielen.

Sie versuchte nicht zu seufzen, dachte an das verlorene Stück – vielleicht bot sich hier ja, entgegen aller Erfahrung, ein Ersatz an – und lächelte freundlich.

«Ob ich Euch empfangen will oder nicht, Ihr seid nun da, dann könnt Ihr Euch auch setzen. Am besten auf den roten Sessel dort, der steht im Schatten.»

Er setzte sich brav, faltete die Hände auf den Knien und sah sie erwartungsvoll an.

«Nun? Ihr seid sicher nicht gekommen, um mich anzusehen.»

«O nein!» Er rutschte auf die Sesselkante, spreizte nervös die Finger und legte die Hände fest auf die Knie. «Das würde ich mir niemals erlauben. Es ist ...»

Er holte tief Luft, und Rosina sah in seinem Gesicht, wie er seiner ängstlichen Seele einen großen, tapferen Schubs gab.

«Ich will zur Sache kommen.» Seine Finger spreizten sich wieder, er straffte seinen Rücken und sah sie gerade an. «Es wird Euch sehr befremdlich erscheinen. Aber ich möchte, ich bitte Euch ergebenst, mir Unterricht zu erteilen.»

Er lehnte sich zurück, und ein wenig von seiner Kaufmannswürde, denn er war gewiß ein junger Kaufmann oder Reeder, kehrte in seine Augen zurück.

«Unterricht?» Damit hatte sie als letztes gerechnet. «Ihr wollt doch nicht etwa zur Bühne? Das solltet Ihr Euch gut überlegen, es ist kein einfaches Leben, es ...»

«Aber nein. Verzeiht meine Ungeschicklichkeit. Ich habe noch niemals so ein Gespräch geführt, und ich weiß nicht, was sich bei so einer Gelegenheit schickt. Und wie ich es ausdrücken soll.» Ein Grübchen schlich sich in seine rechte Wange, und endlich erschien er wie ein ganz normaler, höchst lebendiger junger Mann.

«Es ist ganz einfach. Wie ein Handel. Ihr wollt Unterricht.

Sagt mir, wozu und worin, dann sage ich Euch, ob ich Euch diese Ware liefern kann. Und zu welchem Preis», fügte sie mit einem kleinen Lächeln hinzu.

Er nickte mit dankbarem Ernst. «Wenn Ihr erlaubt. Ich möchte Unterricht in Liebesdingen.» Nun war es heraus, und er verstand überhaupt nicht, warum diese bisher so freundliche junge Frau plötzlich voller Empörung aufsprang. Es war wohl doch nicht so einfach.

«Monsieur!» rief Rosina. «Ihr seid schlecht informiert. Wenn Ihr diese Art Unterricht wollt, da gibt es ein Haus auf dem Hamburger Berg gleich hinter den Reepschlägerbuden. Da findet Ihr die richtigen Damen für solche Unterweisung. Und nun hinaus! Hier seid Ihr völlig falsch. Hinaus!»

Zornbebend sah sie auf sein fassungsloses Gesicht hinunter, und da erst begriff er.

«Nein, ich bitte Euch, Ihr habt mich ganz und gar falsch verstanden, niemals hätte ich es gewagt ... nein, solchen Unterricht würde ich niemals fordern! Oh, beim Jakobus, wie bin ich dumm. Auf diese Idee wäre ich nie gekommen. Bitte», er ergriff flehend ihre Hand, «beruhigt Euch. Ich würde Euch nie so gering achten. Bitte, darf ich noch einmal von vorne anfangen?»

Nachdem Rosina zuerst Titus, der hereingestürzt war, um sie vor einem vermeintlich frechen Verehrer zu schützen, und dann sich selbst beruhigt hatte, ließ sie ihren seltsamen Besucher tatsächlich noch einmal von vorne anfangen. Sie war einfach zu neugierig, um ihn entschieden fortzuschicken. Sein Problem war ganz alltäglich. Er war verliebt, furchtbar verliebt, und das Mädchen, das sein Herz gefangen hielt, war nicht nur lieblich und eine wahrhaft reine Seele. An dieser Stelle bebte seine Stimme, wobei Rosina nicht klar war, ob wegen der Reinheit der Seele oder der außerordentlichen Lieblichkeit, die sich gewiß nicht nur auf ihr Gesicht beschränkte. Nein, das Mädchen war auch durchaus passend. Seine Familie würde mit dieser Verbindung sehr zufrieden sein, und es gebe sichere Anzeichen, daß auch ihre Eltern ihn nicht abweisen würden.

Bevor er die gewiß stichhaltigen Gründe für diese erfreuliche Gewißheit aufzählen und seine glänzenden Vermögensverhältnisse als ältester Sohn eines Bremer Reeders und Schiffbauers ausführlich darlegen konnte, unterbrach Rosina seinen plötzlichen Redefluß.

«Eine seltene Einigkeit. Wer oder was steht dann noch gegen Euer Glück?»

Er seufzte schwer. «Sie selbst. Ihr werdet verstehen, wenn ich ihren Namen nicht nenne, natürlich vertraue ich Eurer Diskretion, aber ...»

Rosina winkte ungeduldig ab.

«Natürlich. Ich erwarte nichts anderes. Sie hat Euch also abgewiesen. Warum?»

«Nun», er rutschte auf seiner Sesselkante gefährlich weit nach vorne, «nicht direkt. Genau gesagt: Sie konnte mich nicht abweisen, weil ich sie noch nicht gefragt habe.»

«Aber Ihr habt ihr doch gezeigt, daß Ihr sie liebt, sie zumindest verehrt. Und da hat sie Euch entmutigt.»

Cornelius schluckte und schwieg. Er machte ein Gesicht, wie ein junger Hund, dem man einen Knochen zugeworfen hat, der aber, obwohl ihm vor Appetit die Zähne tropfen, nicht weiß, was er damit anfangen soll.

«Nun?»

«Das ist es ja. Ich bin sehr ungeschickt in diesen Dingen. Wir sehen einander in der Kirche oder im Haus ihrer Eltern, und mir schien, daß sie mich stets gerne sah. Sie war immer sehr freundlich.»

«Höflich oder freundlich?»

«Besonders freundlich», antwortete er nun doch mit leichtem Trotz. «Ich hatte geplant, am letzten Maisonntag um sie anzuhalten, und bis dahin ...»

«Warum gerade am letzten Maisonntag?»

«Es schien mir der richtige Zeitpunkt», antwortete er nach kurzem Überlegen. «Aber dann wurde ich unsicher. Sie ist in den letzten Wochen verändert, auch wenn das niemand außer mir bemerkt. Sie ist nun wirklich nur noch höflich, unsere Augen treffen sich nicht mehr, ich bin sicher, sie weicht mir aus. Und wenn sie mir sonst ihre Hand stets einen Augenblick länger ließ, als es nötig war, so berührt sie nun kaum noch meine Fingerspitzen, und schon wendet sie sich jemand anderem zu.» Er seufzte verzagt. «Aber es ist mehr als das. Ich weiß nicht die richtigen Worte, aber es ist, als wäre eine Verbindung, die bisher zwischen uns bestand, abgerissen.»

«Ich verstehe», sagte Rosina, die tatsächlich langsam verstand. «Und dieser andere weiß besser mit dem, was Ihr Liebesdinge nennt, Bescheid.»

«Ich wußte, daß Ihr mich verstehen würdet. Und obwohl ich ihn beobachtet habe, sehr diskret natürlich, weiß ich nicht, wie er das macht.»

Daran hatte Rosina nicht den mindesten Zweifel.

«Und weil ich Euch im vergangenen Jahr auf der Bühne gesehen, ich darf sagen: bewundert habe, dachte ich, nun ja, ich dachte, Euer Spiel war so galant und niemals peinlich, ich hasse nämlich Peinlichkeiten, Ihr spieltet in diesem Stück eine große Liebende, ich habe den Namen der Dame und auch des Stücks vergessen. Zum Schluß starbt Ihr leider, das will ich natürlich nicht als Omen nehmen, aber Ihr liebtet so innig und doch so elegant. Bitte, lehrt es mich. Es bedeutet mir alles.»

Rosina sah teilnehmend in sein rundes glühendes Gesicht, aber tatsächlich überlegte sie, welches Stück er meinte, sie mußten ihr Theater füllen und gaben deshalb selten Tragödien, in denen die Liebenden am Schluß ehrbar, aber mausetot waren, anstatt sich selig in die Arme zu fallen. Wenn dieser zugeknöpfte junge Mann sie als elegant und gar nicht peinlich empfunden hatte, war sie an jenem Abend sehr wahrscheinlich ein wenig steif gewesen. Aber das war jetzt egal.

«Ich finde Euren Einfall ziemlich absurd. Was sollte ich mit Euch tun? Was sollte ich Euch lehren? Schluchzen? Deklamieren?»

«Wenn es hilft.»

Rosina lachte, und er stimmte nach einigem Zögern ein. Er hatte seine Scheu verloren, und sie entdeckte in seinen Augen das Fünkchen Humor, ohne das ein Mensch verloren ist, besonders in Liebesdingen.

«Ich bin kein romantischer Mensch, Mademoiselle», fuhr er ruhig fort. «Ich habe mir nie viel Gedanken über die Liebe gemacht. Ich dachte, sie sei einfach da, sie wachse aus sich selbst heraus, wenn zwei Menschen spüren, daß sie zueinander passen. Und dann liebt man sich, egal, was man tut oder wie man aussieht. Das ganze Getändel ist doch nur äußerlicher Schein. Aber jetzt bin ich nicht mehr so sicher. Es widerstrebt mir zutiefst, um Liebe zu buhlen. Aber ich will sie nur, wenn auch sie mich liebt.»

«Und ihr behauptet, ihr seid kein romantischer Mensch», murmelte Rosina, die mit den Gedanken schon mitten in diesem Projekt war, von dem sie befürchtete, daß es eines ihrer schwierigsten werden würde. Natürlich hätte sie ablehnen müssen, aber konnte sie sich dieses ehrgeizige Experiment entgehen lassen? Vielleicht sollte sie Sebastian um Rat fragen. Aber der Gedanke war noch absurder als dieser ganze Plan. Sebastian könnte selbst ein wenig Übung dieser Art brauchen.

«Ich finde Euren Plan ziemlich verrückt, Monsieur, aber ich fürchte, ich bin dumm genug, mich darauf einzulassen. Wenn Ihr Eure Geschäfte mit der gleichen Zielstrebigkeit verfolgt wie Eure Privatangelegenheiten, kann Eure Zukunft nur rosig aussehen. Obwohl ich das Gefühl habe, daß dieser Gedanke sehr vermessen ist.»

«Dann fangen wir gleich an.»

Rosina lachte vergnügt. Das war genau die Reaktion, die sie erwartet hatte und die ihr gefiel.

«Steht bitte auf.»

Sie führte ihn näher an die weit geöffneten Fenster ins Licht und ging langsam um ihn herum. Dann seufzte sie, seufzte noch einmal, nur sehr viel schwerer.

«Fangen wir mit dem Leichtesten an.» Sie ging zur Tür und

rief laut nach Helena. Die stand in ganz erstaunlicher Geschwindigkeit im Zimmer, und nach kurzem Geflüster betrachtete sie Rosinas Gast mit unverhohlener Neugier.

«Dreht Euch um», befahl sie, «nicht so schnell! Langsam, ganz langsam.»

Sie taxierte ihn wie ein Ballkleid, das jahrelang in der Truhe gelegen hatte und nun nach Mottenlöchern abgesucht werden mußte, klopfte sich ein paarmal nachdenklich mit dem Zeigefinger ans Kinn und nickte schließlich zufrieden.

«Ich bin ganz deiner Meinung, Rosina. Habt Ihr Geld, Monsieur? Natürlich habt Ihr Geld. Ihr gebt es nur den falschen Leuten, das kann ich sehen. Als erstes braucht er einen anderen Schneider, Rosina. Und zwar einen, der nicht mehr die Schnitte und Stoffe seines Urgroßvaters verwendet. Und der genug Gesellen hat, um sehr schnell zu arbeiten. Kennt Ihr so einen, oder sollen wir einen für Euch finden?»

Cornelius van Smid hatte mit vielem gerechnet, aber an seiner Kleidung, so hatte er gedacht, sei wirklich nichts auszusetzen. Sauberes solides Tuch, unauffällige Farben, ein schlichter, bequemer Schnitt. Er würde den Rock und auch die Kniehosen viele Jahre tragen, ohne daß sie schäbig aussahen.

Das sei gewiß wahr, wandte Rosina freundlich ein. Solide, unauffällig und schlicht seien bevorzugte Tugenden, wenn man eine Stiftsdame im Konvent an der Hamburger Steinstraße beeindrucken wolle.

«Und natürlich sind Eure Kleider nicht wirklich wichtig. Aber stellt Euch vor, Ihr müßtet aus einer Schale voller Pralinés das beste auswählen. Würde Euch nicht das mit dem delikatesten Zuckerguß den größten Appetit machen? Und nun zieht Euren Rock aus, damit wir Euer Hemd begutachten können. Und, Helena, erinnerst du dich, wie dieser neue Perückenmacher heißt, von dem Jean gestern sprach?»

Um Claes' Rock stritten die vier Männer nicht lange, den bekam der zweitgrößte, das Hemd der mit dem guten Rock, und die

Schuhe, genauer gesagt, was noch von ihnen übrig war, griff sich der Kleinste.

Nun fürchtete er um seine Hose, aber der Anführer zog sein Messer aus dem Leibriemen, betrachtete es gelangweilt, warf es mit einer flinken Bewegung aus dem Handgelenk in die Luft und hielt es noch im Auffangen an die nackte Brust seines Opfers.

«Jetzt der Ring», sagte er. «Erzähl mir nich, der geht nich ab. Dann schneid ich ihn ab.»

Claes spürte, wie die Spitze des Messers seine Haut über dem Herzen ritzte, und fror. In seinem Kopf überschlugen sich Gedanken, Pläne, Listen, Fluchten. Nicht den Ring, dachte er immer wieder, nicht den Ring. Sie waren zu viert und gut trainierte Schläger, er war allein, und seine letzte Prügelei lag Jahrzehnte zurück. Er hatte keine Chance, aber er würde sich diesen Ring, der von Generation zu Generation auf den ältesten Herrmanns überging, nicht abnehmen lassen. Er würde ...

«Tu's nicht», sagte da eine fremde Stimme hinter ihm, «das ist natürlich nur ein Rat, aber glaub mir, habîbî, es wird dir schlecht bekommen. Und jetzt gib mir das Messer. Sofort.»

Claes drehte sich nicht um, er war wie versteinert, aber daß hinter ihm ein Retter stand, erkannte er an den schreckensgeweiteten Augen der struppigen Bande vor ihm. Sie starrten den Mann an, dem diese eigentümlich sanfte und zugleich herrische Stimme gehörte, als sei er eine Erscheinung, ganz besonders die große Pistole, die er in der rechten Hand hielt. Die Waffe war mit Silber eingelegt, sicher alt, aber kostbar, gut gepflegt und ganz gewiß schußbereit. Aber das konnte Claes jetzt noch nicht sehen.

«Und nun, Bürschchen», der Fremde griff blitzschnell an Claes vorbei den Anführer beim Kragen und bohrte ihm den Lauf der Pistole in den Hals, «jetzt bringt ihr diesen Herrn sicher an sein Ziel. Wohin wollt Ihr eigentlich?» fragte er.

«Zu Götz Oswald. Ich habe mich in diesen Gängen wohl verirrt, aber es kann nicht weit sein.»

Sein Hals war trocken wie altes Pergament und machte seine Stimme heiser. Er versuchte, das Gesicht des Mannes zu erkennen, doch es war zu finster in dem Gang, und unter der breiten Krempe seines Hutes erkannte Claes nur ein sauber rasiertes und sonnengebräuntes Kinn, beides ungewöhnlich genug in dieser Unterwelt, und den Schemen eines Gesichtes.

«Ihr habt es gehört: zu dem Hof, in dem Götz Oswald wohnt.» Die Pistole, deren Mündung immer noch in den Hals des Räubers drückte, vereitelte jeden Widerspruch. «Sag mir nicht, du weißt nicht, wo das ist, dann puste ich's aus dir raus. Und wenn du denkst, du kannst uns in irgendein Loch führen – laß es bleiben! Die anderen sind hinter mir. Beeil dich lieber, sonst sind sie hier, und du siehst die Sonne da draußen nie wieder. Los jetzt!»

Barfuß, nur in Leibhemd und Hosen, stolperte Claes hinter der eigenartigen Eskorte her, die er da ganz und gar wider Willen doch noch bekommen hatte, durch ein Gewirr von stinkenden dunklen Kellern, Gängen und Höfen, einen riesigen menschlichen Ameisenhaufen. Immer wartete er darauf, daß einige der Erbärmlichen dieses Schattenreiches den vier Kumpanen zu Hilfe kommen würden, aber auch als sie sich einmal nur mit Mühe durch ein Gewimmel von Menschen, Hunden, Federvieh und Schweinen drängten, schien sie niemand wahrzunehmen. Es war, als wären sie Gespenster. Ein Alptraum, dachte Claes, auch auf dem Weg durch die Hölle blieb man unsichtbar.

Schließlich erreichten sie einen helleren, saubereren Hof, und der Anblick der dünnen Kastanie in seiner Mitte erschien Claes wie ein Symbol für rettendes Licht, für das Leben. Nie wieder würde er über die Bäume in Annes Garten spotten.

Hinter der Toreinfahrt am Ende des Hofes glitten Wagen und Menschen vorbei. Er hörte das Knarren der Räder, und die heisere Stimme eines Straßenverkäufers bot fetten geräucherten Elblachs an. Das mußte die Spitalerstraße sein. Die wirkliche Welt, dachte er, aber er war nicht mehr sicher, ob er damit recht hatte.

Die vier Männer waren so plötzlich verschwunden, wie sie aufgetaucht waren, und bevor Claes sich bei seinem Retter bedanken konnte, löste sich auch seine Gestalt im Dunst der Gänge auf.

Er fand den Aufgang zu Oswalds Wohnung schnell. Das Hinterhaus war alt und ärmlich, aber gegen das, was Claes in den Gängen gesehen hatte, geradezu fürstlich. Von der Spitalerstraße hätte er es ohne Mühe gefunden. Hatte Pagerian ihn absichtlich in die Irre geschickt? Aber warum hätte er das tun sollen? Er mußte achtgeben, daß er nicht in jeder Verwirrung einen Hinterhalt vermutete. Sicher hatte er dem Schreiber nur nicht richtig zugehört.

Zwei kleine Mädchen saßen im Hof und pahlten Pferdebohnen, sie zeigten ihm bereitwillig den richtigen Eingang und nannten das Stockwerk. Es kostete ihn Überwindung, in nichts als Strümpfen und Kniehosen einen Besuch zu machen. Aber er wollte Oswald sofort und ungewarnt zur Rede stellen, da blieb keine Zeit, auf Etikette zu achten.

Er kletterte die steile ausgetretene Treppe in den zweiten Stock hinauf und hoffte, Oswald werde ihm für den Rückweg durch die Stadt ein Hemd leihen.

Er klopfte, und eine blasse junge Frau öffnete. Sie sah den halbnackten Fremden erstaunt an, aber sie führte ihn in die kleine Kammer, in der Oswald mit einem anderen an einem weißgescheuerten Tisch saß. Oswald erhob sich ruhig, senkte leicht, nicht mehr als höflich, den Kopf zum Gruß und sagte:

«So schnell haben wir nicht mit Euch gerechnet.»

Der andere hatte Claes den Rücken zugewandt und drehte sich nun um. Der Besucher war Christian.

Sie starrten einander an, der eine, weil er seinen Sohn hier als letzten vermutet hatte, der andere, weil er seinen Vater niemals in einer solchen Verkleidung gesehen hatte.

«Um Gottes willen, Vater, was ist passiert?»

Christians Stimme verriet besorgtes Erschrecken, aber sein Gesicht zeigte eindeutig völlig unpassendes Amüsement.

«Das werde ich dir später erzählen. Würdest du mir bitte zuerst verraten, was du hier zu suchen hast?»

«Sicher, Vater. Aber du siehst wirklich schrecklich aus, und mit Verlaub, du riechst auch nicht besonders gut.»

«Wenn der Herr sich zuerst ein wenig erfrischen möchte», sagte eine leise Stimme hinter Claes, «ich habe in der Küche eine Schüssel mit Wasser bereitgestellt.»

«Danke, Gerlinde, das ist sehr nett. Geh erst mal in die Küche, Vater, Götz läuft dir nicht weg. Er ist genauso begierig herauszufinden, wer Marburger erschlagen hat. Aber warum hast du mir nicht gesagt, daß du schon heute mit ihm reden willst? Ich hätte dich doch mitgenommen.»

Selten hatte Claes das warme, brackige Wasser, das die Leute aus den Fleeten schöpften, oder, wenn sie es sich leisten konnten, bei einem der vielen Wasserträger kauften, so erfrischend gefunden.

Als er wenig später mit Christian, Oswald und Gerlinde an dem schmalen Tisch saß, fühlte er sich beschämt von der Freundlichkeit, mit der er hier empfangen wurde. Es würde ihn Mühe kosten, seine Urteilskraft davon nicht beeinflussen zu lassen. Götz Oswald mochte ein freundlicher Mensch mit einer sanften, taktvollen Frau sein, aber konnte so einer nicht auch aus Haß und Verzweiflung zum Mörder werden?

9. KAPITEL

SAMSTAG, DEN 14. JUNIUS,
ABENDS

Das matte Rot, das die untergehende Sonne auf den Himmel über den Bäumen der Alsterniederung gemalt hatte, verblaßte schnell. In einer halben Stunde schon würde es ganz dunkel sein. Anne stand unter einer Weide am Ufer und sah über die Außenalster zur Stadt. Auf den Wällen bewegten sich winzig wie Ameisen die letzten Spaziergänger, Laternenträger warteten auf der Bastion Vincent, um ihre Kundschaft sicher durch die dunklen Straßen nach Hause zu begleiten. Die matten Nachtleuchten schwankten auf ihren Stangen wie müde Glühwürmchen. Auch in den Häusern, deren obere Stockwerke die Wälle überragten, wurden schon die Kerzen und Rüböllampen entzündet. Der See war ruhig wie dunkler, rötlich schimmernder Satin, auch das letzte Boot lag längst vertäut in den Schuppen und bei den Anlegern. Aber Claes war immer noch nicht heimgekehrt. Langsam ging sie durch den Park zurück zur Terrasse. Aus dem Haus drang leises Klappern von Geschirr, Elsbeth, die mit Blohm am Nachmittag aus dem Neuen Wandrahm wieder herübergekommen war, deckte den Tisch für das späte Abendessen.

Es war immer noch schwül. Anne sah zum Himmel auf. Die Sterne nahmen ihre Plätze ein, und sie hielt nach dem Kometen Ausschau. Sie hatte erst einmal einen dieser geschweiften Himmelsboten gesehen und war begierig, diesen neuen zu entdekken. Auch wenn sie ihn nicht fürchtete, jedenfalls nicht wirklich, würde es aufregend sein, zu beobachten, wie er über die Stadt und den See wanderte.

Sie sehnte sich so sehr nach Aufregung. Als sie ihr stilles Jersey verlassen hatte, freute sie sich auf das turbulente Stadtleben, und tatsächlich genoß sie die Konzerte, das Theater, die Maskenbälle und Soireen wie ein hungriges Kind, dem man eine große bunte Torte vorsetzt.

Aber als der Winter zu Ende ging, als das Eis auf der Elbe schmolz und die ersten Schiffe ihre Segel setzten, wurde sie unruhig. Die Vergnügungen, die sie bisher als erheiternd, die Gespräche, die sie als anregend und interessant empfunden hatte, erschienen ihr plötzlich schal. Sie wußte zuerst nicht, warum, es waren ja dieselben Menschen, und ganz sicher bot diese Stadt viel mehr als das verschlafene St. Aubin auf der entlegenen Insel im englischen Kanal. Aber der matte Fleck auf ihrer Seele wurde trüber, und manchmal, wenn sie am Hafen die mächtigen Segler sah, die sich schwer beladen auf ihre langen Reisen die Elbe hinunter und über die weiten Meere machten, wurde die Unruhe in ihrer Brust zu einem drängenden Schmerz. Dann lief sie auf die Wälle und lief und lief, bis ihr Gesicht gerötet, ihr Geist klar und ihr Gemüt wieder heiter waren. Manche Leute in der Stadt meinten, Claes Herrmanns habe vielleicht eine Lady geheiratet, aber keine Dame.

Es lag nicht an Claes. Die Ehe gefiel ihr besser, als sie zu hoffen gewagt hatte, auch wenn es hin und wieder verwirrend war, einander so nah und sich doch oft so fremd zu sein. Aber weil das Nahsein häufiger war, und das Fremdsein stets schnell verging, sorgte sie sich nicht.

Nein, Claes war wirklich nicht die Ursache. Ihre Liebe zueinander wuchs, und gerade deshalb quälte sie diese Unruhe so sehr. Nicht, was sie gewonnen, sondern was sie für ihr neues Leben aufgegeben hatte, bedrückte sie. Anne Herrmanns vermißte die Arbeit, die die Tage der Anne St. Roberts ausgefüllt hatte. Sie vermißte sie sogar ganz schrecklich. Auch wenn sie selbst nicht um die Welt gereist war, die Arbeit im Kontor hatte ihre Gedanken doch mit den Westindischen Inseln, den amerikanischen Kolonien, mit Frankreich und Spanien, mit Ostindien sogar oder der afrikanischen Küste verbunden. Der Handel, die Risiken der Geschäfte, die Verantwortung über Gewinn und Verlust waren auch Abenteuer gewesen.

Früher, wenn sie schon mit der Sonne aufgestanden und nach einem eiligen ersten Frühstück in das Kontor und die Speicher in dem kleinen Hafen geeilt war, hatte sie sich oft gewünscht, das behaglichere, überschaubare Leben der anderen Frauen zu führen. Es mußte doch recht angenehm sein, nur einem Haushalt vorzustehen, so hatte sie damals gedacht, sich um den Garten und die Familie zu kümmern, genug Zeit für die vielen Gäste des Hauses zu haben, auch für die Bedürftigen im Dorf und sogar ab und zu für eine hübsche Stickerei. Natürlich dachte sie bei diesen Träumen von der heimischen Idylle nicht an die Frauen in den kleinen Gehöften aus grauem Stein oder den engen Häuschen der Handwerker und Tagelöhner, sondern an ihre Freundinnen in den bequemen Bürger- und Herrenhäusern. Die beklagten sich zwar auch häufig über ihre geschäftigen Tage, aber die wirkliche Last luden sie doch bei Wäscherinnen, Köchinnen, Gärtnern und Stubenmädchen, die Kinder bei Nannys, Hauslehrern und Gouvernanten ab.

Auf der Insel und auf den Schiffen, die dort anlegten, wußte jeder, daß nicht Paul, sondern seine jüngere Schwester Anne die eigentliche Herrin des Handelshauses war. Mochten auch viele Anne St. Roberts für recht schrullig oder gar männlich gehalten haben, weil sie wie ihr Bruder Tag für Tag mit tintenfleckigen Fingern und staubigen Kleidern, den Kopf voller Zahlen und Lieferlisten im Kontor und auf der Pier anzutreffen war, sie hatte die Arbeit doch immer genossen. Und nun?

Der Herrmannssche Haushalt lief unter Elsbeths Führung ganz und gar von selbst, was ein Glück war, denn Anne hatte keine Ahnung von dessen Geheimnissen und tatsächlich weder Talent noch Neigung zu den vielfältigen Aufgaben einer Hausfrau, und wenn sie Claes mit nur mühsam verhohlener Wißbegierde nach seinen Geschäften fragte, antwortete er heiter, damit müsse sie sich nicht belasten, und plauderte über Dinge, die ehrbare Frauen zu interessieren hatten. Und ihr neuer Baumgarten? Der erforderte in der Tat viel Planung und Pflege, und auch wenn er genauso zu werden versprach, wie sie es sich gewünscht hatte, wuchs er nun, einmal angelegt, fast von allein. Es war hübsch, taunasse Rosen zu schneiden, das Haus mit Blumen zu schmücken und dem Gärtner beim Aufbinden der Büsche zuzusehen. Für eine Stunde. Oder für zwei. Aber die anfängliche Lust, die hohe Kunst der Gärtnerei tiefer zu ergründen, war längst verflogen.

Und nun? In den letzten Wochen ertappte sie sich immer wieder dabei, wie sie durch die großen Wandfenster in der Diele in das Kontor starrte und selbst Dübbel und Fietz beneidete, weil sie an dieser aufregenden Welt des Handels teilhatten. Sie hatte geglaubt, die Liebe werde ihr Leben ganz ausfüllen. Aber das stimmte nicht.

Eine Nachtigall schlug, sie klang seltsam rauh, und Anne wischte ihre Gedanken energisch fort. Sie hatte sich für dieses Leben entschieden, und sie würde das Beste daraus machen. Es war ein gutes Leben, und sie fand es vermessen, darüber zu klagen.

Die Nacht war nun ganz dunkel, der Mond, nur eine schmale Sichel tief über der Vorstadt St. Georg, gab kaum Licht, und obwohl die Stadt so nah war, fühlte sie sich plötzlich allein wie auf einem verlassenen Planeten. Es raschelte hinter der Ligusterhecke, die das runde Bassin um den Springbrunnen gegen den hinteren Teil des Parks abschirmte. Sicher ein Dachs oder ein Igel. Oder waren das Schritte? Vielleicht der Pferdejunge.

«Benni?» rief sie leise, aber es kam keine Antwort. Sie lauschte mit angehaltenem Atem und hörte nur das Schlagen ihres Herzens. Die Nachtigall schwieg. Da war auch kein Rascheln mehr, selbst aus dem Haus drang nicht das leiseste Geräusch. Über ihren Nacken strich ein kalter Hauch, dann hörte sie es wieder. Eine Wolkenschwade schob sich vor die Mondsichel und nahm das letzte Licht, schwarz lag die Nacht trotz der Myriaden von Sternen über dem Land. Doch dort hinter der Robinie, deren Zweige ihre honigsüß duftenden Blütentrauben der zarten Fontäne in der Mitte des Springbrunnens entgegenstreckten, war da nicht ein noch dunklerer Schatten? Etwas bewegte sich, es kam näher, ein Schemen nur ...

Hufe klapperten plötzlich auf den rundköpfigen Steinen des Hofes, und der Schatten, dieser Spuk in der Finsternis, war verschwunden.

«Anne?»

Claes, vom schnellen Ritt noch erhitzt, kam mit langen Schritten um das Haus, und sie stürzte in seine Arme wie ein verlorenes Kind.

«Ich habe so auf dich gewartet», flüsterte sie heiser, «so sehr. Warum läßt du mich so lange warten?»

Claes hielt sie fest in seinen Armen, er fühlte ihr Zittern, und weil er dachte, es sei ein Zeichen ihrer großen Sehnsucht, lächelte er glücklich.

SONNTAG, DEN 15. JUNIUS,
MORGENS IN BAD PYRMONT

«Und jetzt, Anneke, setzen wir uns dort unter diese hübsch duftenden Linden und trinken Schokolade.»

Augusta Kjellerup zeigte mit ihrem Sonnenschirm auf eine kleine Runde von zierlichen Tischen und bequemen Stühlen, die der Wirt des Kaffeehauses an der großen Allee in den Halbschatten gestellt hatte. Es war noch früh, die meisten Kurgäste lauschten wohl der Predigt in der Petri-Kirche oder verschliefen den schönen Sonntagmorgen in einem der vielen Gasthäuser und Privatquartiere des kleinen Ortes. Sie war wie immer früh erwacht, hatte mit Anneke, ihrer alten Dienerin, die nach nun schon fast fünfzig Jahren ihres Dienstes mit all ihrer Schrulligkeit eher Vertraute war, am Brunnen brav das weltberühmte Heilwasser getrunken. Sie hatten, wie schon so oft, den Springbrunnen bewundert, aus dem reines Mineralwasser plätscherte, das es in anderen Städten nur in winzigen Fläschchen in den Apotheken zu kaufen gab. Hier gab es so viel davon, daß die Pyrmonter es wie die Hamburger ihr Bier ins Ausland verkauften. Sie hatte schon viele hochbeladene, von vier schweren Hannoveranern gezogene Fuhrwerke gesehen, die zahllose Fässer des guten Wassers nach Höxter brachten. Erst gestern hatte Niemeyer stolz berichtet, daß die Fässer dann auf den flachen Weserbooten bis nach Bremen und von dort mit großen Frachtseglern weiter bis nach den englischen Inseln und sogar nach den amerikanischen Kolonien gebracht wurden.

Aber nun, so fand Augusta, sei der Gesundheit genug gedient.

«Da ist noch zu», brummte Anneke. «Und wo wir gerade das gute Wasser getrunken haben, ist das nicht richtig.»

«Du bist ein Griesgram, meine Alte, gerade *weil* wir das gute Wasser getrunken haben, haben wir uns jetzt eine Schokolade verdient. Murre nicht, sondern gib dem Wirt Bescheid, er soll uns flink Schokolade machen. Und an der Sahne nicht sparen.»

Anneke verschwand weniger widerstrebend, als sie vorgab, nichts liebte sie mehr als heiße Schokolade. Ihre Herrin ließ sich mit einem wohligen Seufzer auf einen der gepolsterten Stühle fallen. Die graue Seide der neuen Schuhe war wirklich sehr hübsch, aber eindeutig zu eng genäht. War die ständige Qual mit dem Korsett nicht genug? Mußten auch die Schuhe *immer* so zierlich sein? Und dieses Wasser! Es schmeckte doch recht schwefelig, auch wenn es ganz gewiß sehr heilsam war. Die Geschichten von alten Knochen, die hier wieder jung geworden waren, konnte man überall hören.

Augusta war nicht in der Stimmung, zu nörgeln, dazu war der Tag viel zu schön, und in ihrer Tasche steckte ein Brief von Claes aus Hamburg. Der reitende Bote der Kaiserlichen Eilpost hatte ihn gestern gleich nach seiner Ankunft am Abend im Haus Niemeyer abgegeben, in dem sie mit Anneke einige äußerst bequeme und sonnige Zimmer bewohnte. Der Wirt, der dumme Patron, hatte ihre Nachtruhe nicht stören wollen und ihr den Brief erst heute morgen gegeben.

Armer Claes. Da war ihr Neffe so glücklich, daß sein Sohn

heimgekehrt war und sich im Kontor als guter Kaufmann erwies, nun verliebte der hübsche Junge sich ausgerechnet in die Tochter der unglücklichen Jugendliebe seines Vaters. Eine Mennonitin zudem, und offenbar aus einer ganz altertümlichen Familie. Augusta fand Gunda Stedemühlens Empörung und die unerbittliche Trennung der beiden jungen Leute äußerst töricht. In Christians Alter war die Liebe noch schrecklich anstrengend.

Aber daß die Beckerschen Komödianten wieder da waren, freute sie sehr und bestärkte sie in ihrem Entschluß, bald nach Hamburg zurückzukehren. Die Erneuerung ihrer Bekanntschaft mit Rosina und Helena wollte sie nicht versäumen.

Sie sah die gepflegte vierreihige Allee hinunter, die sich allmählich mit Spaziergängern füllte. Pyrmont war eine ganz eigene Welt. Es gab auch hier Bäcker und Schornsteinfeger, Schweinehirten, Kohlenträger und Wäscherinnen, aber sie schienen im verborgenen zu leben. Auch besuchten erstaunlich viele Bauernfamilien Pyrmont, um an den Brunnen und bei den vielfältigen Wohltaten des Badehauses ihre Gesundheit wiederzufinden. Als Augusta nach einer äußerst ungemütlichen Kutschfahrt vor vier Wochen von Köln in Pyrmont ankam, waren die bäuerlichen Brunnengäste noch zahlreicher als die vornehmen gewesen. Sie reisten auf mit Vorräten vollgepackten Fuhrwerken an, oft von weit her, selbst aus dem Münsterländischen und dem Osnabrückischen kamen sie, nahmen im Weiler Oesdorf nahe der Quelle Quartier und verhielten sich stets würdig. Die Trinkkur war bei ihnen seit Generationen beliebt, und man sagte, dieses Recht könne ihnen niemand verwehren, denn schon ihre germanischen Vorfahren besuchten und verehrten die Pyrmonter Quellen als Heiligtum. Augusta hatte von einer jungen Frau aus dem Ravensbergischen gehört, die sich im Ehepakt von ihrem Gatten das Recht auf Pyrmonter Brunnenkuren einräumen ließ. Mittlerweile waren die meisten Bauern wieder verschwunden, der Sommer schritt voran, und ihre Felder brauchten sie.

Auf den Alleen und in den blühenden Gärten zwischen dem

Schloß und dem achteckigen Tempelchen über dem Trinkbrunnen bestand die Gesellschaft das ganze Jahr über nur aus reichgekleideten flanierenden und plaudernden Menschen. Die große Allee war den Landleuten wie der Besuch der Glücksspielsalons, der Konzerte und der Lesezimmer verboten. Die Trinkkur in Pyrmont gehörte in der feinen Gesellschaft der Residenzen und der Bürgerhäuser schon lange zum guten Ton. Wer auf sich hielt und die Mittel dazu hatte, mischte sich für einige Wochen unter die Fürsten, Herzöge und Grafen und hoffte, daß wieder einer wie Zar Peter der Große käme, mit 300 Pferden und einem Gefolge ohnegleichen. Das war schon fünfzig Jahre her, aber immer noch wurde daran erinnert, und wenn sich inzwischen auch andere gekrönte Häupter an der Brunnenkur und dem gesellschaftlichen Spektakel gelabt hatten, galt der Gewittersturm jenes glanzvollen Besuches als unübertroffen.

Augusta zog Claes' Brief aus ihrer Tasche, doch bevor sie ihn ein zweites Mal lesen und darüber nachdenken konnte, wurde sie durch ein lautes «Chère Augusta, bonjour, bonjou-hur» gestört. Gräfin Soldenborg eilte am allseits begehrten Arm von Monsieur Tischbein, dem Kabinettmaler des Landgrafen von Hessen, auf das Kaffeehaus zu und schien fest entschlossen, Augusta Gesellschaft zu leisten.

Augusta vermutete richtig. Die Gräfin hatte sie als williges Opfer ausgemacht, es gab keine Möglichkeit, ihr zu entkommen. Dafür hatte der Maler endlich eine Gelegenheit, der unablässig plätschernden Plauderei aus dem Mund der fülligen Kopenhagenerin zu entgehen. Er rückte seiner Begleiterin einen Sessel zurecht und überließ Augusta mit einer vollendet eleganten Verbeugung die schon um diese frühe Stunde entsetzlich muntere Dame, murmelte eine Entschuldigung von Morgenlicht und göttlichen Farben der Tabakblüten auf den Feldern im lieblichen Emmertal und schritt eilends davon.

«Augusta, meine Liebe, wie schön dich zu treffen, stell dir vor, was Monsieur Tischbein sagt. Ist er nicht ein wunderbarer Kavalier. Diese Augen! Und der göttliche Schwung seiner Lippen! Und so ein begnadeter Künstler. Ich will meinen Thore doch unbedingt überreden, daß er uns von ihm porträtieren läßt. Und die Kinder. Aber er hat so viel in der Residenz zu Kassel zu tun. Für den Grafen. Der Arme. Nie wird er Zeit finden, uns in unserem neuen Palais in Kopenhagen zu besuchen. Wirklich, zu schade. Aber man wird sehen. Vielleicht sein jüngerer Bruder. Lebt er noch in Hamburg? Der hat auch die Unzers in Altona gemalt. Zartfühlend, sage ich dir. Besonders die Unzerin. Man weiß ja, wie groß ihr Kinn ist, aber nichts davon auf dem Porträt. Es soll auch einen sehr talentierten Neffen geben. Ist mein Kleid nicht delikat, liebste Augusta? Verte comme une prairie, sagt der Meister. Und ich bin die Blume darin. Das hat er zwar nicht gesagt, aber es versteht sich doch von selbst, daß er ...»

«Aber ich verstehe kein Wort, Thomasine. Wenn du Luft geholt hast, verrate mir doch zuerst, was Monsieur Tischbein tatsächlich gesagt hat. Ich meine nicht über seine zahlreichen Brüder, Onkels und Neffen oder zu deinem Kleid.»

Das Kleid erinnerte Augusta weniger an eine Wiesenlandschaft als an einen Teich voller Entengrütze, aber sie wußte bei aller Spitzzüngigkeit stets, wann sie ihre Gedanken besser für sich behielt – obwohl das bei Thomasine manchmal an verschenkte Gelegenheiten zur Notwehr grenzte.

Thomasine kicherte, strich die gekräuselte Seide über ihrem üppigen Körper glatt und kicherte noch einmal.

«Ich weiß nicht, warum ich dich so mag, Augusta Kjellerup, du bist wirklich nicht immer comme il faut. Wahrscheinlich liegt es daran, daß ...»

«Was, meine liebe Thomasine, hat Monsieur Tischbein gesagt?»

«Ach ja. Er sagt, morgen oder erst übermorgen, aber das ist ja fast dasselbe, wird Fürst zu Waldeck-Pyrmont auf dem Schloß erwartet. Mit der Fürstin. Ist das nicht fabelhaft?»

«Du kennst die fürstliche Familie?»

«Nein, noch nicht. Aber es ist doch sehr angenehm, den Landesherren mit seinem vornehmen Gefolge hier zu haben. Er soll ganz reizend sein, aber seine Gattin!» Sie hielt ihre kleine runde Hand im nicht minder wiesengrünen Handschuh vor den Mund und versicherte sich mit eiligen glitzernden Blicken, daß niemand von Bedeutung lauschte. «Also, seine fürstliche Gattin, ich sage dir! Ständig Kopfschmerzen! Und sehr streng. Und er? So lebenslustig. Der arme Mann.»

Sie sah Augusta triumphierend an, sichtlich enttäuscht, daß die gebührende Resonanz auf diese ungeheuer wichtige Enthüllung ausblieb.

«Es wird ein Konzert im Schloß geben», fuhr sie munter fort. «Wenn du eingeladen wirst, verdankst du es mir, meine Liebe. Ich habe dem Meister schon erzählt, daß du in Hamburg sehr vertrauten Verkehr mit Monsieur Telemann pflegst. Der Fürst bringt seine Hofkapelle mit, und man wird Telemanns *Pyrmonter Kurwoche* geben, die er für den seligen Vater des Fürsten komponiert hat. Melodische Frühstunden beim Pyrmonter Wasser. Ein schöner Titel, und so heitere Melodien. Zu schade, daß euer Herr Musikdirektor schon so gebrechlich ist, sonst hätte er dich begleiten und uns wie seinerzeit die fürstliche Gesellschaft auf dem Cembalo unterhalten können, und gewiß ...»

«Die Schokolade kommt jetzt.»

Anneke war an den Tisch getreten und starrte die Gräfin mit unverhohlener Feindseligkeit an.

«Wunderbar», sagte Augusta. «Dann setz dich auf diesen Stuhl, lehn dich zurück und ruh dich aus.»

Thomasine, die nie verstanden hatte, wie Augusta mit einer Domestikin so vertraulichen Umgang pflegen konnte, tat, als habe sie Anneke nicht bemerkt. Ihr neugieriger Blick hatte gerade den Brief in Augustas Schoß entdeckt.

«Ein Brief? Womöglich von Monsieur Telemann?»

Sie drohte neckisch mit dem Finger, und Augusta bereute, daß sie den Bogen nicht in ihrer Tasche gelassen hatte. Andererseits, niemand war so perfekt informiert wie Thomasine. Und auch wenn nie ganz klar war, wie sehr sie ihre Informationen mit Phantasie und mehr oder weniger übler Nachrede vermischt hatte, waren sie von Zeit zu Zeit ganz gut zu gebrauchen. Augusta kannte Gunda Stedemühlen, Claes' Jugendliebe, nicht. In jenem Sommer, als die so plötzlich verschwunden war, lebte Augusta schon viele Jahre in Kopenhagen. Auch Thomasine stammte aus einer Hamburger Familie. Sie hatte in der Hansestadt einen Kopenhagener Kaufmann geheiratet, dem sie nach einigen Ehejahren in seine Heimat folgte. Dort hatte er sich vor allem um die Heringsfischerei und die marode königliche Kasse verdient gemacht und war deshalb vor einigen Jahren in den Adelsstand erhoben worden. Es würde anstrengend werden, aber es war einen Versuch wert.

«Nein, nicht von Telemann. Das ist ein Brief von Claes. Du erinnerst dich doch gewiß aus deiner Jugend an meinen Neffen?» Um Thomasine einen Köder hinzuwerfen, fuhr sie fort: «Er schreibt, daß Lysander Billkamp gestorben sei. Der Dichter aus der Gröninger Straße. Vielleicht erinnerst du dich auch an ihn. Bevor er sich vor einigen Jahren ganz der Dichtkunst verschrieb, war er ordentlicher Kaufmann.»

Still ertrug sie zuerst Thomasines Empörung über Kaufleute, die sich mit den Musen einlassen, dann das etwas angenehmere Loblied über ihren Neffen, den Kummer über den tragischen Tod von dessen erster Frau und den Zweifel an der Weisheit seiner Entscheidung für eine neue Ehe mit einer Engländerin. Thomasine war wirklich erstaunlich gut informiert. Augusta nutzte eine Atempause zu ihrer nächsten Frage.

«Aber gewiß erinnerst du dich nicht an Gunda Terhöft. Sie stammt aus einer mennonitischen Hamburger Familie, und Claes war in seiner Jugend gut mit ihr bekannt. Sie hat später einen Kapitän geheiratet, Stedemühlen, glaube ich. Sie leben jetzt wieder in Altona ...»

«Natürlich erinnere ich mich. Oh», wieder wackelte sie mit dem lustig drohenden Finger, «dein Neffe denkt, die Sache sei geheim gewesen. Aber ich weiß natürlich darüber Bescheid. Ich war damals schon lange verheiratet und Mutter, aber wir lebten noch in Hamburg.»

Nun folgte die Geschichte ihrer ersten und vor allem der zweiten, viel schwereren Niederkunft und die lebhafte Schilderung der Freude Thore Soldenborgs über seinen ersten Sohn. Anneke schnaufte vernehmlich.

«Natürlich war er sehr stolz, Thomasine», unterbrach Augusta schließlich das Wortgeplätscher. «Er hatte allen Grund, und du auch. Was sprach man damals über die junge Terhöft? Warum verschwand das Mädchen so plötzlich? Claes war eine gute Partie, und ganz gewiß hatte er die ehrbarsten ...»

«Mennoniten», unterbrach Thomasine sie düster, «du weißt doch, wie sie sind. Ehrbare Leute, und, das sagt Thore auch immer, äußerst tüchtig. Aber sie heiraten nur untereinander, obwohl es ja gar nicht so viele von ihnen gibt. Die reine Inzucht. Das will Thore nicht hören. Aber *ich* sage dir, da war mehr als die falsche Religion. Da stimmte irgend etwas ganz und gar nicht. Schau, da drüben geht Mademoiselle Liebig, wer ist wohl dieser häßliche Galan an ihrer Seite? Wo läßt der bloß schneidern? Also, ich hatte damals ein Mädchen, das kannte die Frau des Stallmeisters der Terhöfts, eine sehr unpassende Bekanntschaft übrigens, aber ich war immer großzügig in diesen Dingen, das weißt du ja, meine liebe Augusta. Ah, da kommt eure Schokolade, welch köstlicher Duft. Für mich auch, Wirt. Aber nur ganz wenig Sahne, ich halte auf Gesundheit. Ja. Was sagtest du gerade, Augusta?»

Augusta wünschte sich dringend einen Schluck von dem Rosmarin-Branntwein, der in der Vitrine in ihrem Salon im Neuen Wandrahm für Notfälle aller Art bereitstand. Aber der war weit, und so blieb ihr nur, besonders tief Luft zu holen.

«Du sagtest, dein Mädchen damals habe die Frau des Stallmeisters der Terhöfts gekannt, und die habe etwas über das Verschwinden des Mädchens gewußt.»

«Ja, richtig. Ist das nicht interessant? Die haben ihre Gunda von einem Tag auf den anderen einfach auf das nächste Schiff nach Lissabon gebracht, angeblich – und ich sage angeblich! – zu einem Verwandtenbesuch. Sie hatte nur eine Tante als Begleitung. Eine ledige natürlich, eine pflichtbewußte Ehefrau kann ja nicht so einfach wochenlang ihre Familie verlassen, es sei denn, um der Gesundheit willen. Aber stell dir vor, die Stallmeisterin war sicher, daß sie ihr Mohnsaft gegeben haben, damit sie schläfrig ist und nicht davonläuft. Hat man so etwas schon gehört?»

«Tatsächlich?»

Diesmal mußte Augusta sich nicht um angemessenes Erstaunen bemühen. Das war in der Tat unerhört. Obwohl viele Mädchen in eine ungeliebte Ehe gezwungen wurden und sicher oft mit den abenteuerlichsten Mitteln, fand sie hier keine Ursache. Gunda wurde am Ende dieser seltsamen Reise ja nicht von einem unliebsamen Bräutigam erwartet, sondern von Verwandten in einem sonnigen Land.

«Hast du eben gesagt, Lysander Billkamp sei gestorben?» Thomasine zog nachdenklich ihre Stirn kraus. «Das ist kurios. Da habe ich jahrelang nicht mehr an all diese Menschen aus meiner Jugend gedacht, und nun sprichst du an diesem einen Morgen gleich von mehreren. Ich erinnere mich an Julius Billkamp. Es ist wirklich lustig. Ich wußte nicht, daß Gunda den Stedemühlen geheiratet hat. Der war schon lange vorher Kapitän, und Julius Billkamp war mit auf seinem Schiff, als es den algerischen Barbaresken in die Hände fiel. Es war ja auch sehr dumm, durch die Gibraltar-Enge ins Mittelmeer zu segeln. Heute macht das kein vernünftiger Mensch. Nur die Engländer. Ich weiß gar nicht mehr, wie war das damals doch?» Nachdenklich zog sie Augustas Kakaotasse zu sich heran, rührte zwei gehäufte Löffel Zucker hinein und nahm einen zierlichen Schluck. Anneke schnaufte lauter, aber Augusta legte den Finger auf den Mund. Sie fühlte eine erregende Spannung, und auch wenn diese Sache nichts mit Gundas Verschwinden zu tun hatte, sagte ihr eine innere Stimme, daß die gemeinsame Fahrt von Billkamp und Stedemühlen wichtig war.

«Das war die Sache mit dem Freikauf. Erinnerst du dich nicht, Augusta? Du bist natürlich viel älter als ich und warst in jenem Jahr schon lange in Kopenhagen, aber gewiß hat dein Bruder dir damals davon berichtet. Alle Welt sprach darüber.»

Augusta sah keinen Grund, Thomasine darüber aufzuklären, daß ihr spröder Bruder ihr nie etwas berichtet und höchstens zu Weihnachten einen höflichen Gruß gesandt hatte.

«Das Schiff wurde von Barbaresken gekapert», fuhr Thomasine fort, «einige Männer wurden getötet, aber die meisten in die Sklaverei verschleppt, bis sie von der Sklavenkasse oder ihren Familien wieder freigekauft wurden. Ja, jetzt erinnere ich mich wieder! Billkamp und Stedemühlen waren die ersten, die zurückkamen. Aber wie war das nur? Ach, mehr weiß ich nicht. Es ist ja auch alles viel zu lange her. Und für diese dummen Männerangelegenheiten habe ich einfach kein Gedächtnis.»

Thomasine machte ein verzagtes Gesicht. Über die Privatangelegenheiten und Familiengeheimnisse anderer Leute nicht ausführlich Auskunft geben zu können, war für sie das schlimmste Versagen.

SONNTAG, DEN 15. JUNIUS,
NACHTS

Lucia löschte gerade die Kerzen auf ihrem Nachttisch, als sie das Geräusch hörte. Es klang, als habe ein Zweig des Walnußbaumes vor ihrem Fenster an der Scheibe gekratzt, aber das war unmöglich. Die breite Krone war im letzten Winter kräftig beschnitten worden, damit sie in Sturmnächten nicht störte oder gar die Scheiben zerbrach. Wieder hörte sie das leise Klicken. Neugierig glitt sie aus ihren Kissen und schlich auf Zehenspitzen zum Fenster.

Sie sah ihn gleich, der Schatten des Flieders verbarg ihn, aber er zeigte sich genug, damit sie ihn erkennen konnte. Christian Herrmanns, bis auf die weißseidenen Strümpfe ganz in Schwarz gekleidet, stand unter ihrem Fenster und hob gerade den Arm, um den nächsten Kiesel an ihre Scheibe zu werfen.

Das Fenster öffnete sich fast geräuschlos – ihre Mutter achtete stets darauf, daß keine quietschenden Scharniere die Ruhe des Kapitäns störten –, und sie beugte sich hinaus.

Da stand er und sah zu ihr auf. Lucias Herz klopfte, und sie wußte nicht, was sie tun sollte. Natürlich hatte sie in ihren Romanen oft von solchen geheimen nächtlichen Rendezvous gelesen, aber das war doch etwas ganz anderes. Er stand einfach da, bewegungslos, mit noch erhobenem Arm. Was sollte sie tun? Was tat man in so einer Situation?

Lucia tat, was die Heldinnen in den Romanen taten. Sie warf ihm einen innigen Handkuß zu, formte mit den Lippen ein verheißungsvolles «Warte, ich komme zu dir», schlüpfte eilig in ihren neuesten Hausmantel mit dem Besatz aus Brüsseler Spitze und öffnete vorsichtig die Tür zum Flur. Sie lauschte, das ganze Haus lag still. Es war schon spät, sicher bald Mitternacht, eine Stunde, in der alles schlief. Auch sie war gewöhnlich zu dieser Zeit nicht mehr wach, aber der beunruhigende Trubel in ihrem Kopf hatte sie heute nicht einschlafen lassen.

Wie mußte er sie lieben, wenn er das Versprechen seines Vaters brach und auf diese unerhörte Weise ihre Nähe suchte. Im Flur und in der Diele war es dunkel wie in einem fensterlosen Keller. Sie schlich, die aprikosenfarbenen Pantöffelchen in der Hand, behutsam die Treppe hinab, mied die fünfte und die elfte Stufe, die immer schrecklich knarrten, und huschte durch die hintere Tür in den Garten.

«Lucia», flüsterte er, «Geliebte.»

Schnell legte sie ihm ihre Hand auf den Mund und spürte erschauernd den Kuß heißer Lippen. Sie nahm seine Hand und zog ihn im Schutz der Hecken auf die steinerne Bank am Rosenrondell.

«Ich mußte dich sehen», flüsterte er und ergriff ihre Hände, «ich mußte einfach. Du sollst wissen, daß ich mich höchst widerwillig den Wünschen unserer Eltern beuge, nur um ihnen zu beweisen, daß diese lächerlichen vier Wochen unsere Liebe niemals zerstören können. O Lucia, wie schön du bist.»

Lucia schwankte zwischen Entzücken und ängstlicher Sorge.

Ihre Eltern hatten einen leichten Schlaf. Vielleicht war ihr Vater sogar wach und in seinem Observatorium. Sie war nicht sicher, ob dieses nächtliche Treffen, auch wenn sie es äußerst erregend fand, die Qual des strafenden Schweigens ihrer Mutter aufwiegen konnte.

Aber sie sah seine brennenden Augen, roch den Duft von Rosen und Reseda …

«Lucia!» Die Stimme ihres Vaters war leise, aber sie klang hart wie ein Donnerschlag und schneidend wie eine Sense.

«Du stehst sofort auf, Lucia.»

Seine Stimme war nun schon lauter, er packte seine Tochter hart am Arm und zog sie mit einem Ruck an seine Seite. «Und Ihr, Monsieur! Wie könnt Ihr es wagen, gegen mein Verbot und das Versprechen Eures Vaters in mein Haus einzudringen und meine Tochter mit dieser schmachvollen Szene zu beleidigen? Wenn Ihr auf meinem Schiff wärt, ich würde Euch kielholen lassen, bis die Muscheln am Bug Euren Körper zerfetzt, bis das salzige Wasser Eure Lungen gesprengt hätte und Eure ruchlose Seele zur Hölle gefahren wäre.»

Die letzten Sätze schrie er, seine Augen brannten schwarz, und seine Faust schwang drohend durch die Finsternis der Nacht.

«Wagt es nicht, nur ein Wort zu Eurer Verteidigung hervorzubringen, wagt es nicht! Und wenn Ihr nicht in einem Augenblick verschwunden seid, um nie, ich sage nie wieder, in die Nähe meiner Tochter zu kommen, werde ich Euch mit dieser Faust erschlagen. Kommt niemals wieder. Nicht in vier Wochen, in vier Jahren oder vier Leben. Eure Familie hat genug Leid über uns gebracht. Lauft, ehe ich mich vergesse. Lauft!»

Er stieß Christian, der erschrocken von der Bank aufgesprungen war, in besinnungslosem Zorn gegen die Brust, und dem blieb nichts, als vor diesem Wüten zu fliehen, wenn er sich nicht mit dem Vater seiner Geliebten schlagen wollte.

«Das werdet Ihr bereuen, Stedemühlen, furchtbar bereuen», schrie er im Davonlaufen über die Schulter zurück. «Vertraue auf mich, Lucia. Unsere Liebe ist unsterblich, was immer sie auch tun!»

Lucia stand neben ihrem zornbebenden Vater, bleich wie der Mond im Winter, sah Christian durch die Hecke verschwinden und wußte, daß sich dieses Abenteuer gelohnt hatte. Egal, was nun folgen würde.

Christian jagte sein Pferd in blindem Zorn über den Hamburger Berg und sann auf Rache für diese Demütigung. Nur eines beruhigte ihn: Niemand war Zeuge dieser peinlichen Begegnung gewesen, niemand würde sich das Maul darüber zerreißen, weder in Altona noch im Hamburg.

Doch zumindest in ersterem irrte er. Der Stedemühlensche Garten war in dieser Nacht und zu einer Stunde, da die Wächter längst zum Löschen allen Feuers und Lichts aufgerufen hatten, ungewöhnlich gut besucht.

Nachdem Christian verschwunden war und der Kapitän seine zitternde Tochter in ihr Zimmer gescheucht und sich an seinen Lieblingsplatz im Pavillon zurückgezogen hatte, fühlte sich die Igelfamilie in ihrem angestammten Revier in der seitlichen Hecke immer noch gestört.

Bei den Holunderbüschen am Rande des Gartens hockten zwei Gestalten mit heißen Wangen und klopfenden Herzen, Haar und Schultern mit winzigen weißen Sternblüten der Dolden berieselt. Christian wäre bei seiner Flucht aus dem Garten fast über sie gestolpert, aber er war so wütend und aufgeregt gewesen, daß er selbst einen Elefanten übersehen hätte.

Rosina und Cornelius van Smid saßen wie erstarrt in der Hecke. Cornelius hatte in dieser Nacht seine erste praktische Unterrichtsstunde in Liebeswerbung absolvieren wollen, und auch wenn ihm das innige Geflüster seiner Geliebten mit seinem Rivalen immer noch wie ein Traumtheater erschien, wurde die Mutlosigkeit, die sein Herz umfing, immer bitterer. Solange er hier im Schatten dieser Zweige verharrte, blieb das eben Erlebte ein Traum. Mit dem ersten Schritt zurück durch die Hecke auf den ganz realen Weg in die Stadt wurde auch die Liebe zwischen

Lucia und Christian Realität, und er wußte nicht, wie er das ertragen sollte.

Auch Rosina fühlte sich wie in einem Theater. Aber die Komödiantin spürte alles andere als Mutlosigkeit. Der maßlose Zorn des Kapitäns hatte sie gefesselt, und die Szene der beiden unglücklich Liebenden auf der Bank zwischen blühenden Büschen am Rosenbeet, der Himmel über ihnen ein schwarzes Spitzentuch voller Diamantengeglitzer, die Mondsichel scharf und schmal – sie hätte sich nicht gewundert, wenn plötzlich elysische Violinen und Engelsstimmen erklungen wären. Sie blickte ihren Begleiter an, der offenbar ganz anderen Tönen lauschte, und zupfte ihn zart am Ärmel.

«Laßt uns nun gehen», flüsterte sie kaum hörbar. «Sie sind alle fort, und für uns wird es höchste Zeit.»

Cornelius nickte, und sie schoben sich vorsichtig zurück durch die Hecke.

«Wir müssen auf die Nachtwächter achtgeben», sagte Rosina immer noch flüsternd. «Es wäre gar nicht passend, wenn sie uns um diese Stunde auf den Straßen antreffen. Denkt an Euren guten Ruf.»

Cornelius machte nicht den Eindruck, als sei er mit Scherzen aufzuheitern. Sie hätte nie geglaubt, daß sein rundes freundliches Knabengesicht so grimmig werden konnte.

«Es tut mir leid, Cornelius.»

Sein offensichtlicher Schmerz verführte Rosina ganz selbstverständlich zu der vertraulichen Anrede. Sie wußte, daß es für ihn jetzt keinen Trost gab, und bedauerte, daß er diesen absurden, gleichwohl heiteren Unterricht nun sicher beenden würde. Vielleicht war ihre Idee, Cornelius unter Lucias Fenster eine italienische Barkarole singen zu lassen, doch zu verrückt gewesen. Aber als sie feststellte, wie erstaunlich klar, melodisch und innig dieser vermeintlich so steife junge Mann zu singen vermochte, und daß er zudem das Italienische perfekt beherrschte, konnte sie nicht widerstehen. Zuerst sträubte er sich, aber schließlich siegte die romantische Seite seiner Seele.

Cornelius schüttelte heftig den Kopf, und die Verzagtheit seiner Miene wich kühner Entschlossenheit.

«Ich danke für Euer Mitgefühl, Rosina. Aber es muß Euch nicht leid tun, denn nun weiß ich um den Stand der Dinge. Wir müssen uns beeilen. Habt Ihr morgen wieder Zeit für mich? Am Vormittag?»

10. KAPITEL

MONTAG, DEN 16. JUNIUS,
IM MORGENGRAUEN

Die Kammern der Dienstboten lagen im Stedemühlenschen Haus nach vorne zur Straße hinaus. Nur das Fenster der Köchin erlaubte den Blick über den Garten und den Fluß. Sie war eine Hugenottin aus Bristol, seit fünfzehn Jahren in Gundas Diensten und erfuhr deshalb und wegen ihrer außerordentlichen Fähigkeiten die beste Behandlung. Der Kapitän mochte karg und sparsam wirken, aber eine erstklassige Küche gehörte zu seinen wenigen Leidenschaften. Der Schlaf der Köchin widerstand Kanonendonner, die Stimme ihres Herrn, selbst wenn sie sich so ungewöhnlich hob wie in dieser Nacht, drang nicht einmal in ihre Träume.

Gunda Stedemühlen hingegen, deren Schlafzimmer unter der Kammer der Köchin lag, mußte gar nicht erst geweckt werden. Sie schlief in diesen Tagen schlecht. Als Christian Herrmanns ihr von dem jungen Matthew vorgestellt worden war, hatte sie, schon bevor sie seinen Namen hörte, gewußt, wer er war. Sein Lächeln, sein Gang, die Art, wie er beim Sprechen die Hände bewegte – in alledem glich er dem jungen Mann, der sein Vater einmal gewesen war.

Seit sie hierher zurückgekehrt war, hatte sie immer damit gerechnet, Claes zu treffen, unversehens auf irgendeinem Platz, in einem Konzert oder bei einem ihrer seltenen Besuche in den Nachbarhäusern. Sie hatte sich davor gefürchtet und war gegen diese Begegnung gewappnet gewesen. Seinen Sohn zu treffen, war wie eine unerwartete Zeitreise in alte Bilder und überwunden geglaubte Gefühle. Beim ersten Mal nahm ihr Christians Anblick den Atem, und sie entkam der Flucht in die Ohnmacht nur, weil der Kapitän aufmerksam ihren Arm stützte.

Natürlich war sie selbst schuld an allem, was seither geschehen war. Wie konnte sie nur dulden, daß er in ihr Haus kam wie irgendein beliebiger junger Mann aus den guten Familien der Stadt? Wußte sie nicht, daß genau dies passieren würde? Passieren mußte? War es die Bosheit gewesen, die sie seit ihrer Kindheit immer wieder in ihrer Seele spürte und nur mit Mühe und Gebeten im Zaum zu halten vermochte? Wollte sie Claes' Sohn den Schmerz widerfahren lassen, den sein Vater ihr einst angetan hatte? Wie töricht, wie unendlich dumm und kleinlich. Hatte sie nur an Rache für ihre gemarterte Mädchenseele gedacht und nicht an das Glück ihrer Tochter? Es gab keinen Grund für diese Rache, Gott war gnädig gewesen, als Er über ihr Schicksal entschieden hatte. Aber vielleicht war das nun eine späte Strafe.

In dieser Nacht jedoch gestand sie sich endlich ein, daß sie einfach nicht stark genug gewesen war, Christian von ihrem Haus fernzuhalten. Nach dem ersten Erschrecken über die Verwirrung ihrer Gefühle hatte sie begonnen, sich selbst zu belügen: Sie genoß seine Besuche und sagte sich, durch die Gewöhnung an die Gegenwart seines Sohnes werde nun endlich nach all den Jahren die Erinnerung an Claes alltäglich werden. Und weil sie es nicht anders sehen wollte, erschien ihr seine doch ganz offensichtliche Verehrung Lucias nur als jugendliche Galanterie, das übliche Spiel in den Salons. Und Lucia, versicherte sie sich stets, sei ein vernünftiges Mädchen und zudem Cornelius van Smid so gut wie versprochen.

Als sie nun die zornige Stimme ihres Mannes im Garten hörte, eilte sie ans Fenster und betrachtete bewegungslos die unwirkliche Szene am Rosenrondell. Sie hätte es wissen müssen. Niemand, auch Lucia und Christian nicht, war in diesen jungen Jahren das, was sie vernünftig nannte. Und rann nicht ihr Blut in Lucias Adern?

Als der Garten wieder still unter dem dunklen Himmel lag und die erschrockenen Zikaden ihr Lied von neuem begannen, schlüpfte sie in ihr Hauskleid und trat in den Flur. Sie erwartete, aus Lucias Zimmer Geräusche zu hören, auf- und abgehende Schritte, Schluchzen, aber kein Laut drang durch die Tür. Einen Moment lang fürchtete sie, das Mädchen könnte durch die Vordertür davongelaufen sein, aber soviel Übermut traute sie ihrer Tochter nicht zu.

Geräuschlos glitt Gunda die Treppe hinab – auch sie wußte um das verräterische Knarren der fünften und elften Stufe – und trat in den Garten. Die Sichel des Mondes stand nun hoch über der westlichen Elbe, und wenn die ersehnte Kühle auch in dieser Nacht ausbleiben würde, war die Luft doch frischer geworden. Sie mied wie zuvor ihre Tochter den breiten Kiesweg, um das Knirschen der Schritte zu verhindern, und ging auf dem schmalen Pfad zwischen der Hecke, die den Garten zu Van der Smissens Weg abgrenzte, und den buchsbaumgerahmten Beeten zum Pavillon.

Auf halbem Weg blieb sie stehen. Es war völlig windstill, aber da war ein beständiges Raunen in den Bäumen. Von der Elbstraße am Fuße des Hochufers glaubte sie Flüstern und leises Klirren zu vernehmen, als stieße man mit feinen Gläsern an. Ihre Nerven waren wirklich überreizt.

Aus den oberen Fenstern des Pavillons drang das milde Licht einer Kerze. Gunda seufzte. Er war nicht zu ihr gekommen, um das unerhörte Ereignis im Garten zu besprechen. Er hatte sich im Dachzimmer des Pavillons verkrochen, starrte in das Teleskop und versank, wie so oft in den letzten Jahren, in seinen Grübeleien. Sie wußte, er mied den Schlaf, um seinen Alpträumen zu entkommen.

Sie hatte ihren Mann immer als kühlen klaren Denker gekannt. Damals auf Madeira, als die Menschen der Insel von einem Kometen sprachen, begann er sich, zunächst beiläufig und dann immer stärker, für den erwarteten Unglücksboten zu interessieren. Sie hatte darüber gelächelt, als Seemann waren ihm die Gestirne ja vertraute Botschafter. Aber dann saß er

Nacht für Nacht im Turm, den ihr Haus wie viele andere in Funchal als Ausguck nach den gefürchteten Piraten hatte, und starrte durch ihr Fernrohr.

Der Kapitän, so hieß es, besitze ein Observatorium, aber tatsächlich war es Gunda, die die Sternenkunde betrieb. Als Mädchen hatte sie sich nie für die Sterne interessiert, doch auf ihrer langen gemeinsamen Reise von Hamburg in dieses neue unerwartete Leben, hatte er sie in die ersten Geheimnisse des nächtlichen Himmels eingeführt. Und der alte Jesuit, der in Stedemühlens Haus bis zu ihrer Ankunft das Privileg genoß, vom Turmzimmer aus den Himmel zu erforschen, setzte den Unterricht fort, nachdem auch der Kapitän ihm die Erlaubnis erteilt hatte, das Observatorium zu nutzen. Die nächtliche Welt des Himmels, die Suche nach neuen Sternen und Planeten wurde ihr bald mehr als der bewundernde Blick in eine schöne glitzernde Welt. Als der Mönch in seine portugiesische Heimat zurückbeordert wurde, bestellte der Kapitän in England ein neues Teleskop für seine Frau. Das kostbare Geschenk war seine Art, die Freude über Jakob, das gerade geborene zweite Kind, auszudrücken.

Aber als das Geflüster von dem bevorstehenden Kometen und die wilden Prophezeiungen über seine bedrohliche Bedeutung begannen, verdrängte er Gunda aus dem Turmzimmer. Sie fügte sich ohne Widerspruch, so wie sie es immer tat, und sorgte sich um seine wachsende Unruhe. Damals quälten ihn auch die ersten Alpträume. Das Erdbeben, das 1748 die stille Insel heimsuchte, sahen alle als Beweis für die drohende Kraft des Kometen, der zwar über der Insel nie gesehen wurde, dessen Existenz jedoch als sicher galt.

Als nun vor wenigen Wochen die ersten Gerüchte über einen neuen Kometen in Altona auftauchten, erfüllten sich ihre Befürchtungen schnell. Eines Abends, als sie wie oft in ihr Observatorium hinaufkletterte, saß er wie schon vor Jahren auf Madeira auf ihrem Platz vor dem Teleskop und schickte sie einfach fort.

Da erst begriff sie, daß vor allem der Pavillon mit dem weiten freien Blick über das Hochufer für seine Entscheidung, dieses

Haus zu kaufen, ausschlaggebend gewesen war. Er hatte das zierliche Gebäude am Ende des Gartens, gedacht für Mußestunden mit einem Buch oder eine Tasse Tee, stabiler machen und mit einem turmartigen Dachzimmer versehen lassen, in dem sie ihr kleines Observatorium einrichten konnte. Er schenkte ihrer Korrespondenz mit Astronomen in verschiedenen europäischen Ländern zwar kaum Beachtung, aber sie wußte, daß er die Briefe aus der Ledermappe auf dem Tisch nahe dem Teleskop heimlich las. Und wenn sie hohe Summen ihres eigenen ererbten Geldes für die neuesten Sternenkarten und kostbare Bücher über die Himmelskunde ausgab, hatte er stets geschwiegen, und sie ahnte, daß er diese Schriften genauso gründlich studierte wie sie. Sie hatte nie begriffen, warum er sein Interesse nicht offen mit ihr teilte.

Er hatte das Observatorium also nicht nur für sie bauen lassen, sondern aus Angst vor einem neuen Unglücksboten. Er wollte bereit sein, ihn zu suchen.

Sie erklomm die schmale Stiege, und als sie das Dachzimmer betrat, schob er eilig eine halbleere Flasche mit grünem Absinth hinter die Bücher. Dann sah er sie an, seine Augen lagen tief und dunkel in seinem hageren Gesicht, und seine Lippen waren zu einer schmalen Linie aufeinandergepreßt.

«Verzeih, wenn ich dich störe, Josua», begann Gunda, «aber ich habe den Streit im Garten gehört. War das Christian Herrmanns?»

Der Kapitän wandte sich abrupt ab. Das Fernrohr stand vor ihm auf dem Tisch, es ragte zum Himmel gerichtet aus dem weit geöffneten Fenster. Er starrte hinein, und die Fingerspitzen seiner linken Hand fuhren mit nervösen Strichen über das Schmuckmuster aus eingelegtem Perlmutt.

«Er hat es gewagt», stieß er schließlich hervor, «er hat es tatsächlich gewagt. Und du hast es nicht verhindert. Hat es bei dir auch so angefangen? Auf einer Gartenbank? In einer Nacht wie dieser? Ist sie ganz deine Tochter? Haltlos und ohne Ehre?»

Er sprach leise, aber seine Worte trafen Gunda wie ein Schlag ins Gesicht. Zweiundzwanzig Jahre hatte sie auf diese Worte gewartet und zuletzt geglaubt, sie würden niemals ausgesprochen. Sie wollte etwas sagen, doch sie wußte keine Antwort. Vielleicht hätte sie in diesem Moment gehen sollen, jedes Wort, das sie nun sprach, würde alles nur noch schlimmer machen. Aber sie konnte nun nicht gehen. Auch wenn sie immer geglaubt hatte, sie würde in diesem lange gefürchteten Moment demütig niedersinken, alles ertragen, was er über sie ausschüttete, alles hinnehmen im Bewußtsein ihres Versagens vor Gott und den Menschen, erhob sich in ihrem Herzen nun ein Sturm. Alle Sanftmut und Bescheidenheit fielen von ihr ab, und ihr gebeugter Stolz richtete sie endlich wieder auf. Es kostete sie dennoch keine Kraft, ruhig zu bleiben, jetzt nicht mehr. Sie sah auf den steif gekrümmten Rücken hinunter, auf den Mann, dessen Leben sie geteilt, dessen Kinder sie geboren und dessen Sorgen sie getragen hatte. Jetzt war es genug. Die Stimme, mit der sie nun sprach, war von kalter Entschlossenheit.

«Ich erlaube dir nicht, mit diesen Worten von Lucia zu sprechen, Josua. Und sprich mir nicht von Ehre, als hättest *du* immer ein ehrenvolles Leben gelebt. Nein, du wirst mir jetzt zuhören. Ich weiß, was ich dir schulde. Du hast mich geheiratet, als ich ohne Ausweg war, und mich meinen Makel niemals offen spüren lassen. Aber ich weiß auch, was du mir schuldest. Ich war dir zwei Jahrzehnte eine demütige Ehefrau, ich war es, die dir ein Heim gegeben und deiner einsamen Seele geholfen hat, Ruhe zu finden. Ich habe lange geglaubt, die Qual, die dich seit einigen Jahren heimsucht, sei die Schuld meiner Unzulänglichkeit. Ich habe Gott angefleht, sie von dir zu nehmen, damit du Frieden findest und unser Leben wieder glücklich wird. Denn es war glücklich, Josua, auch wenn du nun so tust, als hättest du Glück nie gekannt. Auf Madeira waren wir glücklich. Bis das Erdbeben die Insel erschütterte und du zu glauben begannst, Gott habe es geschickt, um dich zu strafen. Du warst tatsächlich so vermessen, zu denken, Gott schicke Verderben über die Menschen einer ganzen Insel, nur um dich, Josua Stedemühlen, zu strafen. Und du sprachst von Demut?»

«Schweig, Gunda. Hör auf!» Er starrte sie an, mit geballten Fäusten und drohendem Blick, aber sie hörte nicht auf. Sie spürte die Kraft, die die Worte ihr zurückgaben, und wenn sie grausam waren, so entsprachen sie doch der Wahrheit.

«Der überstürzte Umzug nach Bristol geschah nicht, wie du vorgabst, wegen des Klimas. Das ist nirgends auf der Welt besser als auf dieser blühenden Insel vor der afrikanischen Küste. Auch nicht, wie du ebenfalls alle Welt wissen ließest, aus Rücksicht auf meine von dem Erdbeben zerrütteten Nerven. Meine Nerven waren immer stark. Es war *deine* Flucht, Josua. Höre, was ich sage: deine Flucht. Wovor bist du geflohen? Ich war überzeugt, du fürchtetest Gottes Strafe, weil du mich geheiratet hattest. Du wußtest das, und ich werde dir nie verzeihen, daß du mir all die Jahre diesen Glauben ließest, der mein und der Kinder Leben verdüsterte.» Sie lachte böse. «Aber es war auch eine sehr praktische Flucht, nicht wahr? Endlich warst du im Zentrum deiner Geschäfte. Wurden sie dadurch noch besser? Gewiß wurden sie das. Erst als wir Bristol verließen, um hierher zurückzukehren, begriff ich. Du flohst vor deinem Gewissen, das dich Nacht für Nacht quälte. Ich weiß nicht, wer du warst, bevor ich deine Frau wurde. Aber ich weiß genau, wer mein Ehemann war. Und ist. Ich bin weder blind noch taub noch dumm. Ich weiß, womit du unser bequemes Leben bezahlst, die großen Kutschen und die edelsten Pferde, Porzellan aus Meißen und China, Seiden aus Ostindien und die reichen Gaben an die Kirche. Wußte John Wesley, als du ihn und seine Prediger so großzügig unterstütztest, daß das Geld mit Menschenblut erworben war? Daß du deine Geschäfte mit Kanonen, Pulver und Sklaven machtest? Oder war auch ihm das egal, wenn nur die Gaben groß genug waren und die Zahl der Gebete stimmte?»

Er saß vor ihr, zusammengesunken, ein alter Mann, sah auf seine Hände, die er drehte und wendete, als sehe er sie zum erstenmal. Schweiß rann ihm an Schläfen und Hals hinab, ein muffiger Geruch ging von ihm aus, und plötzlich, zum erstenmal in ihrer langen Ehe, haßte sie ihn. Kalt und unversöhnlich.

«Ich verachte diese Geschäfte, Josua. So wie jeder ehrliche Christ. Und wage nicht zu behaupten, du habest es für mich und die Kinder getan. Du wolltest reich und bedeutend sein, zu denen gehören, die all das haben, was du dir auf diese Weise erkauft hast», fuhr sie noch atemlos, aber in kalter Ruhe fort. «Ich verachte diese Geschäfte mit Menschenleben. Sie sind ekelhaft und jedes Menschen, egal, welcher Religion, unwürdig. Sprich mir also nie wieder von Haltlosigkeit und Ehre. Du hast kein Recht dazu. Mein Vergehen ist, so lange geschwiegen zu haben. Das ist nun vorbei. Ich ertrage dieses Leben nicht länger, Josua. Keinen Tag.»

So ließ sie ihn zurück, stieg die Treppe hinab und lief in den Garten. Nun fühlte sie den Schrei, all die stummen Schreie der letzten Jahre, in ihrer Kehle. Aber man kann nicht so einfach schreien, wenn man jahrelang stumm war. So eilte sie durch den Garten, umrundete das Rondell immer wieder, bis ihr Herz ruhiger schlug, ihre Brust ruhiger atmete und ihr Kopf begriff, was sie gerade getan hatte. Sie sank erschöpft auf die Steinbank, dieselbe, auf der Lucia und Christian erst vor kurzem gesessen hatten, und versuchte vernünftig nachzudenken. Vergeblich, aber es machte nichts. Auch morgen oder übermorgen würde sie ihre Worte nicht bereuen. Sie erhob sich, und ohne sich noch einmal umzuwenden, ging sie zurück in das dunkle Haus.

Stedemühlen saß immer noch vor dem Teleskop am Fenster des Pavillons. Er starrte durch das lange Rohr mit den geschliffenen Gläsern, die alles vergrößerten und ihn doch niemals sehen ließen, was er suchte.

Gunda hatte recht. Sein Reichtum war der eines Teilhabers ehrbarer Bristoler Kaufleute, deren Schiffe englische Waren nach Afrika lieferten, dafür Sklaven eintauschten, die sie in den amerikanischen und westindischen Kolonien verschacherten. Dann kehrten diese Schiffe, beladen mit Indigo, Kaffee oder Zucker, vor allem Zucker, nach Europa zurück, und die Rundreise begann von neuem.

Er selbst hatte nie ein solches Schiff geführt, aber er war durch diesen Handel reich geworden. Der Menschenhandel, der doch all seinen christlichen Prinzipien zuwiderlief, hatte ihn dennoch stets gequält. Und auch wenn er niemals begriff, warum, hatte diese Qual sich wie eine Decke über jene andere gelegt, die stetig darunter schwärte. Wie eine frische Wunde, die von einer älteren, tieferen, ablenkte. Wie ein neues Vergehen, das ein anderes übertreffen und damit nichtig machen sollte? Ein Beweis, daß er durch und durch verderbt und deshalb nicht verantwortlich für diesen ersten Betrug war? Egal, warum, es hatte nicht funktioniert. Ein Mensch blieb immer verantwortlich für seine Taten.

Die Gesichter der Männer, die er nun wieder anstelle des friedvollen Himmels sah, die Schreie, die er hörte, die Schuld, die ihn marterte, wuchsen nicht aus den Erinnerungen an die Sklavenschiffe, an denen er verdient, die er aber nie betreten hatte.

Wenn Gunda sagte, die Unruhe seines Gewissens habe ihn zuerst von Madeira und später aus Bristol fortgetrieben, irrte sie dennoch nicht. Wie sie mit allen diesen entsetzlichen Worten recht gehabt hatte. Aber von dem wahren Grund seiner Angst und Sehnsucht nach Gottes Strafe ahnte sie nichts. Zum erstenmal wünschte er sich, er könnte ihr anvertrauen, womit er seinen Reichtum tatsächlich begründet und den Frieden seiner Seele zerstört hatte. Waren nicht alles Glück, jede friedvolle Minute seines Lebens, nach jenem Tag nur von ihr gekommen?

Der Gedanke gab ihm Hoffnung, das Rauschen der panischen Erregung in seinem Kopf wurde leiser, er hörte den Uhu rufen, der über der Remise wohnte, und dann begann eine Nachtigall zu schlagen. Sie schluchzte, und es klang ein wenig rauh.

MONTAG, DEN 16. JUNIUS,
VORMITTAGS

Claes betrachtete nachdenklich seinen Sohn, der bleich und übernächtigt an seinem Tisch saß und so tat, als prüfe er die Preise eines Londoner Maklers. Sein Ärger über Christians nächtliche Eskapade in Stedemühlens Garten war schnell verflogen, und tatsächlich war dieser Ärger mehr aus väterlicher Pflicht als aus echter Empörung erwachsen. Christian hatte sein Versprechen, Lucia vier Wochen nicht zu treffen, gebrochen. Das war nicht gerade ehrenhaft, aber in einer warmen Sommernacht, das Herz voller Liebe und den Kopf voller Ärger über elterlichen Unverstand, wurden Versprechen dieser Art schnell dünn. Und hatte Gunda diesen Auftritt nicht verdient? Er hoffte nur, daß das Unwetter, das über Lucia gewiß hereinbrechen würde, nicht zu heftig war.

Claes war bei Sonnenaufgang in Harvestehude erwacht und in den Garten gegangen, um als Morgengabe für Anne eine der großen tiefgelben Rosen mit dem lachsfarbenen Hauch am Rand der Blütenblätter zu schneiden. Die Rosenstöcke standen an der Südseite des Hauses, so verließ er es durch das Gartenzimmer, schritt über die Terrasse und stolperte über zwei ausgestreckte Beine. Christians Beine. Sein Sohn saß dösend auf der Bank hinter den Fliederbüschen, den Rücken an die Hauswand gelehnt, mit bleichem, erschöpften Gesicht und wirrem Haar. Bevor sein Vater nach der Ursache seines seltsamen Schlafplatzes und zerzausten Zustandes fragen konnte, beichtete er die Sünden der vergangenen Nacht, als habe er nur darauf gewartet, sie endlich loszuwerden. Daß er so dumm gewesen war, sich von dem Kapitän erwischen zu lassen, quälte ihn mindestens sosehr wie die Schuld des gebrochenen Versprechens.

Nach seinem Zusammenstoß mit Lucias Vater war es ihm unmöglich gewesen zu schlafen. Zorn, Scham und Sorge um Lucia fochten in ihm einen heftigen Streit, und so jagte er über das freie Vorland an der Sternschanze vorbei nach Nordosten. Bei dem Holzsteg von der Eppendorfer auf die Winterhuder Seite lenkte er sein Pferd durch die Alsterfurt und galoppierte am Ufer den Leinpfad entlang weiter flußaufwärts, bis weißschäumender Schweiß das Pferd bedeckte und sein Zorn sich zumindest etwas gelegt hatte. Er war erst gegen Morgen zurückgekehrt und, weil die Tore noch verschlossen waren, nicht zum Neuen Wandrahm, sondern zum Gartenhaus geritten.

Nach dem Frühstück – die Rose für Anne hatte Claes völlig vergessen – ritten sie gemeinsam in die Stadt. Claes hatte gedacht, Christian würde seine gute Laune schnell wiederfinden, aber es schien, als werde er immer bedrückter.

Nun ging es schon auf zehn, und Claes wunderte sich, daß noch kein Bote erschienen war, um einen gebührend empörten Brief des Kapitäns zu überbringen. Er konnte warten, und ganz gewiß würde er ohne Aufforderung nicht wieder in die Palmaille fahren, um sich für seinen Sohn zu entschuldigen. Es gab Wichtigeres zu tun.

Er schob den Stuhl zurück und ging zum Fenster. Der Himmel – in welchem Sommer hatten die Hamburger so häufig zum Himmel geblickt wie in diesem? – war auch heute morgen von seltsam gelblichem Dunst verhangen, aber im Westen waren über Nacht Wolken aufgezogen. Sie hingen bleigrau über der Elbe, und auf den Märkten und am Hafen sprachen die Leute davon, daß nun bald Sturm aufziehen und Regen mitbringen müsse. Hoffentlich hatten sie recht. Er war diese drückende Schwüle Tag für Tag wirklich leid. Vielleicht war der Kometenbeschwörer heimlich ja doch ein Regenmacher.

«Christian?»

«Ja, Vater?»

«Nun mach nicht so ein schuldbewußtes Gesicht. Die Zeiten, in denen ich als dein Vater auch dein Richter war, sind vorbei, und glaube mir, ich bin sehr froh darüber. Und ich bin auch froh darüber, daß ich nicht mehr auf deine Schwester Sophie aufpassen muß. Seit sie verheiratet ist, sind meine Tage sehr viel ruhiger. Was ich damit sagen will: Ich kann Stedemühlens Zorn und

Sorge verstehen, und wenn du ihm schreiben willst, um dich demütig zu entschuldigen, ist das nur recht und billig. Aber im übrigen gibt es jetzt wichtigere Dinge auf der Welt als ein verbotenes Rendezvous. Hier ist ein Mord geschehen, vielleicht sogar zwei, und das muß geklärt werden.»

«Ja, Vater.»

«Himmel! Du bist wortkarg heute morgen, äußerst wortkarg. Lucia ist nicht gestorben, ihre Eltern sind nur etwas seltsam, und mit ein wenig Glück wird sich alles regeln. Vertraue auf die Zeit. Und jetzt sage nur nicht wieder ‹Ja, Vater›. Leg die Feder hin, ich will mit dir noch einmal über Oswald sprechen.»

Christian öffnete den Mund, schloß ihn wieder, nickte und legte die Feder in die Schreibschale.

«Verdächtigst du ihn immer noch?»

«Nein, Christian, aber das heißt nicht, daß er freigesprochen ist. Die Nachbarin schwört, Oswald habe die ganze Nacht am Bett ihres sterbenden Mannes gewacht. Aber er könnte sie bezahlt haben, und ihr Mann ist tot. Ein ganz schlechter Zeuge. Vielleicht ist die Frau auch gegen Morgen eingeschlafen, und als sie erwachte, war Oswald schon wieder zurück. Das dürfte sie natürlich niemals zugeben. Am Sterbebett des eigenen Mannes schläft eine gute Ehefrau nicht ein, egal, wie erschöpft sie ist.»

«Das wäre auch ganz unmöglich. Von Oswalds Wohnung hinter der Steinstraße bis Albertus ist es weit, auch bei eiligem Gang wohl eine halbe Stunde. Das konnte er nicht riskieren. Und ein Mann, der um diese Zeit quer durch die ganze Stadt rennt, fällt allen auf. Die Straßen sind dann noch nicht gedrängt voll, aber wenigstens zur Zeit seines Rückwegs waren doch schon viele unterwegs.»

«Das stimmt. Natürlich. Und warum sollte Marburger sich um diese ungewöhnliche Zeit allein und ausgerechnet mit Oswald, den er nach dem Auftritt im Kaffeehaus doch fürchten muß, auf einer der Bastionen verabreden? Andererseits, wenn seine Nachbarin gelogen hat, könnte er Marburger die ganze

Nacht verfolgt und auf eine günstige Gelegenheit gewartet haben, um ihn zu erschlagen.»

«Dann müßte der Zuckerbäcker sich auch die ganze Nacht irgendwo anders als in seinem Bett aufgehalten haben. Hast du gestern herausbekommen, wo er vor dem Mord war?»

Claes schüttelte den Kopf. Er hatte inzwischen Marburgers Frau besucht, sie seines Beileids versichert und so diskret wie möglich ausgehorcht. Sie war eine zierliche Frau mit einem trotz ihrer mehr als vierzig Jahre mädchenhaft runden Gesicht und erstaunlich freundlichen Augen. Noch erstaunlicher fand Claes, daß ihre Trauer tief und echt war. Die Liebe ging wirklich seltsame Wege. Sie wußte nur, daß ihr Mann am Abend mit ihr zu Bett gegangen und schnell eingeschlafen war. Wann er das Bett und das Haus verlassen hatte, wußte sie nicht. Sie hatte es nicht bemerkt, denn, so versicherte sie, ihr Schlaf war stets tief und gesund, ganz besonders gegen Morgen. Auch die Dienstboten, sie hatte sie schon selbst danach gefragt, wußten nichts von nächtlichen Geräuschen auf der Treppe oder an den Türen.

«Obwohl Marburger so ein polteriger schwerer Kerl war?» Christian zog skeptisch die Brauen hoch. «Und wenn Oswald ihm gefolgt wäre, Vater, dann hätte er die ganze Nacht die Zukkerhutform mit sich herumschleppen müssen. Oder glaubst du, daß der Mörder sie zufällig unter der Bank auf Albertus gefunden und zum Spaß mit Blut beschmiert hat?» Die Sache mit der Zukkerhutform hatte Claes nicht bedacht. Natürlich schleppte niemand eine ganze Nacht so ein unhandliches Ding mit sich herum. Sehr lästig, diese Zuckerhutform. Irgendwer machte sich ein makabres Vergnügen.

«Du solltest dich nicht zu lange mit Oswald aufhalten, Vater. Auch wenn seine Frau noch so innig um ihn trauert, Marburger war beliebt wie Faulfieber. Seine Geschäfte galten oft als fragwürdig, auf seine Rücksichtslosigkeit war er stolz, und seine Vorliebe für Vergnügen auf Kosten anderer war stadtbekannt. Sicher hatte er auch Freunde oder was er dafür halten mochte, aber ich habe immer nur gehört, daß man ihn am besten meide.»

«Von wem?»

«Von niemand Besonderem. Es war die allgemeine Meinung über ihn. Du kennst dich in der Stadt und in den Kontoren doch viel besser aus, Vater. Weißt du nicht, wer ihm außer Oswald noch feind war?»

Wieder schüttelte Claes den Kopf. «Ich dachte, ich kenne diese Stadt wie meine Westentasche. Aber das stimmt wohl nicht. Am besten, ich spreche gleich mit Pagerian. Das Kontor überlasse ich jetzt dir und deinem schlauen Kopf. Mach unserem Haus Ehre, mein Sohn, das lenkt dich von nächtlichen Gartenpartien ab. Wenn du mich brauchst, was ich nicht hoffe, findest du mich heute abend in Harvestehude.»

Er pfiff leise und zufrieden vor sich hin, als er das Haus durch die hintere Tür verließ und über den schattigen Innenhof zu den Ställen hinüberging. Es war doch wunderbar, einen Sohn zu haben, dem man für eine Weile die alltäglichen Pflichten aufbürden konnte.

Brooks sattelte ihm brummig die ältere Stute. Das nervöse Temperament der jüngeren war für die schnellen Ritte vor den Wällen ein reines Vergnügen, für einen ganzen Tag in der Stadt bedeutete es nichts als Ärger. Der Stallmeister war immer noch schlecht gelaunt. Er konnte sich nicht verzeihen, daß er der unvernünftigen Anordnung seines Herrn gefolgt war und ihn im finsteren Labyrinth der Gänge und Höfe allein gelassen hatte. Da mußte irgend so ein Fremder kommen, um ihn rauszuhauen. Wäre er, Brooks, an Claes' Seite gewesen, hätten sich die Räuber gar nicht erst aus ihren Löchern getraut. Wahrscheinlich hatte er damit sogar recht.

Claes ritt über die Jungfernbrücke und den Katharinenkirchhof und lenkte seine Stute in den Grimm. Die Hufe klapperten hohl auf den runden Kopfsteinen der schmalen Straße, deren Häuser fast alle fünf Böden hoch aufragten. Hier war es endlich ein wenig kühler. Vor Bocholts Haus stand der Hausherr, zeigte auf das Wappen über seinem Portal und erklärte seinem Begleiter dessen Bedeutung. Claes erkannte Kosjan, er sah nur sein

Profil, die Augenbraue schien geschwollen, aber sicher war das nur ein Spiel der Schatten. Bocholts rechte Hand lag auf dem Kopf des kleinen steinernen Löwen, der den Stufenaufgang zu dem mit kunstvoll gemeißelten Ranken und Reben verzierten Portal bewachte. Er hörte die Hufe und drehte sich um.

«Guten Morgen, Herrmanns. Wir wollen uns gerade zur Uhlenhorst rudern lassen. Kosjan will sich dort ein Grundstück ansehen. Warum leistest du uns nicht Gesellschaft?»

«Guten Morgen», Claes nickte den beiden zu, «an einem anderen Tag sehr gerne, aber heute geht es nicht. Die Pflicht ruft zu laut. Und außerdem, wenn ein Schiff zu klein für ein ordentliches Segel ist, steige ich nur ein, wenn ich unbedingt muß. Mir sind diese Nußschalen einfach zu wackelig, vielleicht liegt's auch daran, daß ich nicht schwimmen kann.»

Bocholt nickte ernst. Daß Herrmanns nicht schwimmen konnte, war ihm ohne Belang, wer konnte das schon? Nur Bauernkinder. Aber es ging ihm wenig über hanseatische Strebsamkeit.

Claes hob die Hand zum Abschied und überlegte, welches Grundstück Kosjan wohl interessieren mochte, er hatte von keinem gehört, das zum Verkauf stand. Und vor allem: Was wollte er damit? Während er über die Zollernbrücke ritt, dachte er darüber nach, warum er Kosjans interessierten Blick nicht nur freundlich, sondern auch ein wenig beunruhigend gefunden hatte.

Auf dem Nikolaifleet drängten sich viele Schuten und ein paar kleinere Ewer mit umgelegtem Mast. Wieder einmal waren sich zwei von den größeren in die Quere gekommen, und die beiden Schiffsführer stritten, wer nun zurückstaken müsse.

«Da soll dich doch der Komet treffen, du Dasselkopp», brüllte einer. Normalerweise hätte Claes sich darüber amüsiert, wie schnell selbst ein neuer Fluch in Mode kommt, aber heute war sein Kopf mit anderen Gedanken beschäftigt.

Auf dem langgestreckten Platz, der zwischen Bank, Rathaus, Niederngericht, Börse und dem Hotel Kaiserhof als das Herz der

Stadt galt, herrschte die übliche morgendliche Geschäftigkeit. Zwischen Marktbuden und Verkaufsständen trödelten Mägde und Kontorboten, eilten Köchinnen und Hausfrauen. Kutschen und kleine Fuhrwerke rollten langsam durch die Menge; zwischen den drei Portalen des Rathauses, den Türen der Bank und des Gerichts trugen eilige Männer Dokumente und schwere Gedanken hin und her. Die Börsendiener begannen schon, die ersten Listen an die Säulen der zum Platz hin offenen Börsenhalle zu hängen, und verscheuchten ein paar dürre Hunde, die die Säulen gierig beschnüffelten. Das größte Gedränge herrschte heute jedoch vor einer Bude am Anfang der Trostbrücke. Da wurden seit vorgestern Wetten angenommen, ob mit dem Kometen die Pest, eine Sturmflut oder der Weltuntergang komme. Wetten auf den Tod des Kaisers und ganz besonders des Ersten Bürgermeisters, Magnifizenz Martin Hieronimus Schele, wurden nicht angenommen. Spitzenreiter war eindeutig die Pest. Einer setzte auf einen Brand im Dom, der die Kirche endgültig vernichten würde, damit blieb er allerdings allein, weil das kaum jemand als wirklich bedeutendes Unglück ansah.

Behutsam lenkte Claes die schwarze Stute durch das Gedränge vor der Börsenhalle, wich der Ratskutsche aus, nickte Elsbeth zu, die mit dem ältesten ihrer Waisenmädchen die frischen Erdbeeren einer Vierländer Bäuerin überprüfte, und hätte Pagerian bestimmt übersehen, wenn der sich ihm nicht einfach in den Weg gestellt hätte.

«Monsieur Herrmanns, wie gut, daß ich Euch treffe, ich bin Euch wirklich zu Dank verpflichtet ...»

«Wartet, Pagerian, nur einen Augenblick.»

Claes schwang sich aus dem Sattel und nahm die Stute beim kurzen Zügel. Trotzdem mußte er auf den Schreiber des toten Zuckerbäckers hinuntersehen. Pagerian, offenbar selbst sein bester Kunde, trug sein kugelrundes Gesicht über einem kugelrunden Bauch auf sehr kurzen Beinen.

«Ich bin gerade auf dem Weg zu Euch, Pagerian. Es gibt da ein paar Fragen ...»

«Gewiß, gewiß. Jederzeit. Ich habe schon gehört, daß Ihr dem Senator in diesem tragischen Fall Eure Hilfe gewährt.» Sein strahlendes Gesicht verzog sich schlagartig zu einem Ensemble tiefer Kummerfalten. «Sehr verdienstvoll. Ein paar Fragen, gewiß. Nur leider, gerade jetzt bin ich sehr in Eile, ich werde in der Bank erwartet, es gibt so viel zu regeln. Wenn Ihr Euch ein Stündchen gedulden könntet? Dann bin ich wieder im Kontor und stehe Euch ganz zur Verfügung. Aber bevor ich enteile, laßt mich Euch sagen, der Hilfsschreiber, den der Senator heute morgen mit Eurer Empfehlung geschickt hat, ist wirklich ein Glücksfall. Nicht daß er viel vom Zuckergeschäft verstünde, das ist ja gar nicht nötig, aber seine Schrift! Exzellent. Und das Französische, wir haben ja so viel Korrespondenz mit Frankreich, ist ihm vertraut wie Monsieur Voltaire persönlich. Und selbst mit den Zahlen», nun schlug er begeistert seine kleinen rundlichen Hände zusammen, «mit den Zahlen macht er keinen Fehler. Ich habe ihn gleich heute morgen zwei Stunden examiniert, und es war die reine Freude. Aber nun muß ich eilen, die Bank, Ihr versteht. Noch eines, Monsieur Herrmanns, der junge Mylau ist auch ein ernsthafter junger Mann, der die Erfahrungen von uns Älteren zu würdigen weiß. Aber gewiß hat er bei all seiner Jugend schon einiges erlebt ...» Er schlenkerte drohend mit der erhobenen Hand. «Die Ursache seiner Narbe, mitten im Gesicht und doch recht männlich kleidsam für einen jungen Mann von zarter Statur, wollte er nicht verraten. Nun denn. In einer Stunde, Monsieur, in einer Stunde.»

Und schon trippelte er auf seinen kurzen Beinen, die in prächtigen Schnallenschuhen mit ganz außerordentlichen Absätzen steckten, im Gedränge davon.

Claes erholte sich mit einem tiefen Atemzug von Pagerians begeistertem Redeschwall und rieb sich zufrieden die Hände. Er hatte gleich gedacht, daß Sebastian sich gut einfügen würde. Er war ein ruhiger und gewiß kluger junger Mensch, und seine Ausbildung an der Universität war ganz sicher ausreichend für das Kontor einer Zuckerbäckerei.

Während er darüber nachdachte, daß es doch beachtlich sei, daß einer wie Pagerian Voltaire lese, führte er die Stute über die Trostbrücke und aus dem Gedränge. Gerade als er sich wieder in den Sattel schwang, um zum Dreckwall zu reiten und mit Sebastian zu besprechen, worauf er als Spion im Hause des Ermordeten zu achten habe, trafen ihn die letzten Worte von Pagerians Loblied.

‹Die Ursache seiner Narbe mitten im Gesicht›?

Dieses verdammte Frauenzimmer. Hatte sie nicht schon im letzten Jahr die halbe Stadt an der Nase herumgeführt? Plötzlich hatte er es sehr eilig.

Sven Mylau saß an seinem Tisch im Marburgerschen Kontor und dachte nach. Die ersten eiligen Blicke in die Geschäftspapiere hatten keine Spur gezeigt. Das war nicht verwunderlich, denn die wichtigen wurden gewiß in der messingbeschlagenen Truhe mit den drei dicken Schlüssellöchern verwahrt. Am besten wäre es, das langweilige Kontor zu verlassen und sich in der Raffinerie umzusehen. Am besten ...

«Verdammt, Rosina. Was fällt Euch ein?!»

Rosina, heute in der Rolle des Sven Mylau, sprang erschrokken auf, schubste den aufgebrachten Besucher beiseite und schloß eilig die Tür.

«Wenn Ihr weiter so herumschreit», sagte sie ärgerlich, «weiß gleich die ganze Stadt, daß Eure Hilfsbereitschaft nicht so selbstlos ist, wie sie scheint, und unser schöner Plan ist geplatzt.»

Er starrte sie wütend an, aber ihr Anblick ließ jeden Ärger verrauchen. Er hatte erwartet, sie würde wieder so aussehen wie im letzten Jahr, als sie als junger Reisender aus Sachsen tagelang alle Männer im Kaffeehaus zum besten gehalten hatte. Niemand hatte gemerkt, daß sie eine Frau war, nur Telemann, den ihre Scharade viel zu sehr amüsierte, als daß er sie verraten hätte. Sie war klug genug gewesen, Sven Mylau ein anderes Aussehen zu geben, und er war nicht sicher, ob er sie ohne Pagerians Bemerkung über die Narbe sofort erkannt hätte.

Aus Rosina, blond und gertenschlank, war der pummelige Sven Mylau geworden, sie mußte viele Meter eines dicken Stoffs um ihren Körper gebunden und Polster in die Schultern ihrer Jacke genäht haben. Kein Wunder, daß auf ihrer Stirn und über der Oberlippe feine Schweißperlen glänzten. Am verblüffendsten jedoch war das feuerrote Haar, das sie geglättet und im Nakken mit einer schwarzen Schleife gebändigt hatte. Ihre Lippen, sonst voll und kirschrot, wirkten blaß und schmal. Aber das würde niemand bemerken. Jeder, der sie sah, mußte auf das rote Haar achten, nicht auf das Gesicht darunter.

«Starrt mich nicht so an.» Ihre Stimme klang nun schon freundlicher. «Ich wollte schon immer rote Haare haben. Obwohl ich hoffe, daß Helenas Versicherung, die Farbe lasse sich mit der Zeit wieder auswaschen, der Wahrheit entspricht.»

«Aber warum seid *Ihr* hier? Warum nicht Sebastian?»

«Das ist ganz einfach», erklärte sie. «Aber setzt Euch doch, und wenn Ihr bitte ein wenig leiser reden würdet. Ich bin noch nicht lange genug hier, um zu wissen, ob man hören kann, wenn jemand durch die Diele kommt.»

Sie schob ihm einen Stuhl in den Erker, so weit wie möglich von der Tür entfernt, und setzte sich ihm gegenüber.

«Als Sebastian Euren Brief bekam», erklärte sie und beugte sich möglichst nah an sein Ohr, «wollte er Eurem Wunsch sofort entsprechen; um ehrlich zu sein, er wollte nichts lieber als das. Ich verstehe das zwar nicht, aber manchmal sehnt er sich ein wenig nach, Ihr würdet sagen: ordentlichen Verhältnissen. Aber wir haben auch unsere Arbeit, und als wir uns alle zusammensetzten, um diese Sache zu besprechen, fanden wir, daß ich im Theater zur Zeit am wenigsten gebraucht werde.»

Jean habe allerdings behauptet, er selbst würde den besten Schreiber abgeben, doch Helena habe ihn überzeugt, daß der Prinzipal niemals abkömmlich sei. Das habe alle erleichtert, denn niemand konnte sich vorstellen, daß er seine großen Erfolge auf der Bühne und bei den Damen lange für sich zu behalten vermochte. Sebastian sei zunächst ein wenig verstimmt gewesen, dann habe er jedoch eingesehen, daß Rudolf ohne seine Hilfe die Galerie in der Altonaer Theaterscheune nicht bauen konnte. Und wenn Rosina auf dem Kutschbock und auch sonst zu allem gut zu gebrauchen sei, als Baumeistergehilfin habe sie überhaupt kein Talent.

Damit mußte Claes sich zufriedengeben. Daß Sebastian zwar das Lateinische einigermaßen, den Umgang mit Zahlen halbwegs, aber das Französische überhaupt nicht beherrschte, behielt Rosina für sich. Und daß sie gewiß die größere Meisterin in der Kunst der Verstellung war, erforderte keinen besonderen Hinweis.

«Dann versprecht mir wenigstens, gut auf Euch achtzugeben, Rosina», sagte Claes voller Sorge. «Ich habe nichts gegen diese Scharade, ich weiß ja, wie gut Ihr Eure Rollen spielt. Reichenbachs Kaffeehausauftritte», fügte er grinsend hinzu, «haben es mich im letzten Jahr zur Genüge gelehrt. Aber wenn mein Verdacht stimmt, daß Marburgers Tod mit seinen Geschäften oder den Unruhen unter den Zuckerknechten zu tun hat, kann Euer Aufenthalt in diesem Haus gefährlich sein. Niemand darf merken, warum Ihr hier seid. Niemand, auch Pagerian nicht.»

Der am wenigsten, dachte sie und sagte: «Ich werde mein Bestes tun. Aber die ganze Hilfsschreiberei nützt nichts, wenn ich auf meinem Stuhl sitze und abwarte. Gerade als Ihr kamt, wollte ich in die Zuckerkocherei ...»

«Auf gar keinen Fall. Ihr seid hier, um Augen und Ohren offenzuhalten und um vielleicht das eine oder andere Schriftstück, das nicht für fremde Augen bestimmt ist, zu lesen. Aber haltet Euch von den Knechten fern, und ...»

In diesem Moment klopfte es heftig an die Tür, und bevor Rosina von ihrem Stuhl aufspringen konnte, um die verräterische Zweisamkeit zu beenden, wurde die Tür aufgerissen und Wagner, der Weddemeister, stürmte herein.

«Monsieur Herrmanns», keuchte er, «ich habe Euch gesucht, Euer Sohn sagte, Ihr wäret hier. Ich habe Neuigkeiten – Mademoiselle Rosina? Seid Ihr es?»

Claes stöhnte. «Wagner, Ihr seid ein Spielverderber. Wieso habt Ihr sie erkannt? So macht doch Euren Mund zu.»

Wieder eilte Rosina zur Tür, die immer noch weit offenstand, sah in die Diele und auf die Galerie, und zog die Tür ins Schloß.

«Nicht so laut, lieber Wagner, und nennt mich einfach Mylau.» An Claes gewandt fuhr sie fort: «Wenn er mich erkennt, hat das keine Bedeutung, er hat eben ein besonders gutes Auge. Niemand sonst wird mich hier erkennen, weil mich hier niemand sonst zuvor gesehen hat und schon gar nicht hier vermutet. Die Leute sehen selten, was sie nicht erwarten. Aber schnell, Wagner, sagt zuerst, welche Neuigkeiten Euch so außer Atem gebracht haben?»

Der ließ das große Tuch, mit dem er vergeblich die schweißnasse Stirn zu trocknen versucht hatte, in der Tasche seines Uniformrockes verschwinden und räusperte sich verwirrt.

«Und sprecht leise», erinnerte ihn Rosina und legte einen Finger auf die Lippen.

«Gewiß. Leise.»

Er starrte sie immer noch an, und ein Hauch von Entzücken trat in seine Augen, aber nur für einen kurzen Moment, dann war er wieder ganz der ernste, unbestechliche Weddemeister.

«Monsieur Herrmanns, sicher hat das mit unseren Toten nicht das geringste zu tun, aber es ist doch beunruhigend. Drüben in Altona ist auch ein Mann ermordet worden. Ein ehemaliger Kapitän, Josua Stedemühlen, und es heißt, daß er sich kurz vor seinem Tod in seinem Garten mit einem jungen Mann gestritten habe. Sehr laut und wegen seiner Tochter. Der habe ihm dabei übel gedroht, und die Nachbarn sagen, der sei ein Verehrer der Tochter», er sah auf einen zerknitterten Bogen Papier, «Mademoiselle Lucia Stedemühlen. Er sei ganz gewiß aus Hamburg. Der Tote wurde bei Morgengrauen von seiner Gattin im Gartenpavillon gefunden. Tragisch, in der Tat. Aber andererseits, was mag sie zu dieser Stunde im Garten getan haben?»

11. KAPITEL

MONTAG, DEN 16. JUNIUS,
VORMITTAGS

Nach ihrem Streit im Pavillon hatte Gunda Stedemühlen nicht einmal an Schlaf gedacht, doch schon wenige Minuten nachdem sie sich erschöpft, aber mit aufgewühltem Geist in ihre Kissen zurückgelehnt hatte, war sie sofort in einen tiefen traumlosen Schlaf gefallen. Der Lärm zweier Amseln, die im Birnbaum vor ihrem Fenster um den lautesten Gesang wetteiferten, weckte sie schon im Morgengrauen. Obwohl sie nur wenige Stunden geschlafen hatte, war sie hellwach und überlegte, was sie nun tun sollte.

Das einmal Gesagte war nicht mehr zurückzunehmen, und das wollte sie auch nicht. Auch ihr Entschluß, dieses Leben zu verändern, wankte nicht. Aber der Zorn der vergangenen Nacht war nun milder, und sie fragte sich, ob ihr hartes Urteil nicht sehr selbstgerecht gewesen war. Sie hatte ihm nicht einmal die Chance gegeben zu antworten. Vielleicht gab es eine Erklärung, warum gerade er, ein frommer Mennonit und streng auf Ehre und gute Sitten bedachter Mann, in diese Geschäfte verstrickt gewesen war. Auch das, dachte sie, war ein Übel des viel zu langen Schweigens. Wenn es endlich gebrochen wird, bricht das, was dahinter verborgen war, hervor wie ein Gewittersturm; ohrenbetäubend, ohne Rücksicht und bar aller Milde und Weisheit schlug er eine Schneise der Zerstörung in ein scheinbar ruhiges gutbestelltes Feld.

Sie war frisch erwacht, doch nun spürte sie im Nacken den dumpfen Druck, der eine ihrer gefürchteten Kopfschmerzattakken ankündigte. Sie erhob sich, um in der Wasserschale ein Tuch anzufeuchten – manchmal verhinderte eine kühlende Kompresse die ärgsten Schmerzen –, und dabei sah sie durch das Fenster, daß im Pavillon immer noch Licht war. Wenn Josua den Himmel beobachtete, löschte er gewöhnlich die Lampe, damit seine Augen sich an die Dunkelheit gewöhnen und die Lichter des Himmels besser erkennen konnten.

Der im beginnenden Tageslicht nur noch matte Schein stimmte sie milde. Er hatte sich also nicht einfach wieder seiner Kometensuche zugewandt. Vielleicht war es doch möglich, einen Weg zu finden, die Bitterkeit in ihrer beider Herzen zu besiegen. Vielleicht war es doch möglich, nach all den Jahren wie Vertraute miteinander zu sprechen. Und zu verzeihen?

Sie ließ das nasse Tuch in die Schüssel gleiten, schlüpfte in ihr Hauskleid und machte sich auf den Weg zum Pavillon. Sie ließ sich Zeit, begutachtete einige der Beete und überlegte, welche Anweisungen die Gärtner heute vormittag brauchen würden. Aber als sie erkannte, daß sie nur die Begegnung mit ihrem Mann hinauszögern wollte, ging sie eilig zum Pavillon.

Die Vögel machten immer noch großen Lärm. In das übermütige Konzert der Amseln mischten sich nun alle die anderen gefiederten Gartenbewohner, die Rotkehlchen und Meisen, die Zeisige, Ammern, Buchfinken und auch das Zaunkönigpärchen, das in diesem Jahr in einer Mauernische nistete. Das Haus mit seinem reich mit Ornamenten geschmückten Seitengiebel und dem kleinen Glockenturm in der Mitte des Daches sah hinter den Büschen und wiegenden Baumkronen wie ein Hort des Glücks und des Friedens aus.

Sie drückte entschlossen die Klinke hinunter, schloß noch für einen Moment die Augen, um all ihre Kraft zu sammeln, und schob die Tür auf.

Er lag am Fuß der Treppe, die Glieder verrenkt, seine zur Faust verkrampfte Hand direkt vor ihren Füßen, als wolle er ihr drohen. Seine weit geöffneten Augen sahen sie an, aber er sah sie doch nicht, denn Josua Stedemühlen war tot.

«So hat sie es der Wedde in Altona erzählt», schloß Wagner seinen Bericht. «Daran ist auch gewiß nicht zu zweifeln ...»

«Aber das ist doch eine ganz andere Sache als bei uns», unterbrach Claes, der sich verzweifelt bemühte, klar zu denken. Wieder einmal überschlugen sich die Bilder in seinem Kopf, die Gefühle in seiner Brust. Er dachte an Gunda, an das Entsetzliche, das sie erlebte, und er dachte an den jungen Mann, mit dem sich Stedemühlen kurz vor seinem Tod so schrecklich gestritten hatte, an seinen Sohn, auf dem nun endgültig ein schwerer Verdacht lasten mußte. War es nur ein böser Scherz des Schicksals, daß Christian zuerst den gerade erschlagenen Marburger fand und wenige Tage später der letzte war, der sich mit dem Kapitän gestritten hatte, bevor der eine Treppe hinuntergestoßen wurde? Nein! Ganz gewiß nicht wirklich der letzte. Das war der gewesen, der ihn getötet hatte.

«Aber es ist ganz anders als bei Marburger», fuhr Claes hastig fort. «Der Mann wird einfach die Treppe hinuntergefallen sein, völlig übermüdet, und er war ja auch nicht mehr jung, da passiert so etwas schon mal mitten in der Nacht und bei schlechtem Licht.»

«Das dachte Madame Stedemühlen auch, aber es gibt Hinweise», Wagners sonst so träge Augen begannen jagdfiebrig zu glitzern, «Hinweise, daß ihm dabei jemand geholfen hat. Ein Riß in seinem Rock, und eine deftige Schramme vom Kinn bis zum Ohr.»

«Wer die Treppe hinuntergefallen ist, hat immer Schrammen», wandte Rosina ein.

Wagner nickte mit einem nachsichtigen Lächeln.

«Aber diese, sagt der Arzt, habe ihm jemand vorher zugefügt. Madame Stedemühlen hat nämlich gleich nach einem Arzt geschickt. Sicher hat sie auch gehofft, er könne ihrem Gatten noch helfen, aber dem war nicht mehr zu helfen. Er war tot, noch nicht lange, aber doch schon eine ganze Weile. Sie hat den Arzt übrigens auch gleich selbst gebraucht: Als sie zum Haus zurücklief, sprang sie über ein Blumenbeet, um den Weg durch den Garten abzukürzen, und stolperte dabei in ein Mauseloch. Nun ist ihr Knöchel verletzt. Sie sollte ihre Gärtner wirklich besser beaufsichtigen. Mauselöcher haben in einem gut bestellten Garten nichts zu suchen.»

Claes sehnte sich nach einem Kaffee, schwarz, stark, mit viel Kardamom. Er mußte nachdenken, er mußte Gunda besuchen, er mußte mit Christian sprechen, was sollte er zuerst tun? Er mußte auch Marburgers Mörder finden. Wie hatte er sich nur von van Witten dazu überreden lassen können?

«Was nun, Wagner? Was denkt Ihr?»

Wagner dachte nach. «Ich denke, daß das alles recht seltsam ist», sagte er schließlich. «Wir haben drei Tote, die alle nichts miteinander zu tun hatten. So scheint es jedenfalls. Aber auch wenn es ganz unvernünftig ist, habe ich das Gefühl, als hätten sie *doch* etwas miteinander zu tun.»

Rosina nickte. «Das glaube ich auch. Wir müssen nur herausfinden, was es sein kann. Drei Männer sind tot, drei sehr verschiedene Männer.»

«Ein Dichter», begann Wagner mit der Aufzählung, «dessen Kunst nicht gerade verehrt wurde, der aber doch niemanden störte.»

«Aber», unterbrach Claes, «immer vorausgesetzt, er starb wirklich nicht zufällig, sein Tod oder zumindest sein Irrsinn muß jemandem genützt haben. Vielleicht seinem Erben? Er war sehr wohlhabend.»

«Das Testament ist noch nicht verlesen, aber er hatte keine Kinder, und es ist sicher, daß sein Cousin als einziger Verwandter der Erbe ist. Doch der ist ein honoriger Mensch und hat schon jetzt mehr, als der Dichter je hatte. Marburger war fast ebenso reich, wie reich, weiß bis jetzt allerdings noch niemand genau. Seine beiden Söhne sind seine Erben, aber der älteste ist zur Lehre in Bordeaux und der jüngere gerade fünfzehn Jahre alt und Schüler am Johanneum. Sehr brav, wie man hört. Und seine Gattin, so sagt man», er senkte die Stimme vertraulich, «ist der einzige Mensch auf Erden, der ihn wirklich geliebt hat.»

«Bleibt der Kapitän.»

Claes trommelte nervös mit den Fingerspitzen seiner rechten Hand auf den Tisch. Jetzt war nicht die Zeit, über Christians Verbindung zu den Stedemühlens zu sprechen, aber es wäre dumm, so zu tun, als kenne er die Familie nicht.

«Ich habe ihn selbst nicht kennengelernt, er war nicht sehr wohl in der letzten Zeit, aber ich kenne seine Frau. Wir waren in unserer Jugend ...» Er räusperte sich und fühlte ärgerlich Rosinas aufmerksamen Blick und die Hitze in seinem Gesicht, «... wir waren recht gut bekannt. Ich sollte gleich nach Altona reiten.»

Rosina sah ihn an, und auch wenn er die Botschaft ihrer Augen nicht deuten konnte, bereitete sie ihm Unbehagen.

«Von ihm wissen wir am wenigsten», sagte sie langsam und wandte ihren Blick Wagner zu. «Vielleicht kann Monsieur Herrmanns in Altona erfahren, ob der Kapitän mit Billkamp oder Marburger bekannt war. Oder mit beiden. Natürlich, wie dumm von uns!» Sie sprang auf und schlug sich mit der Hand an die Stirn. «Wie dumm. *Natürlich* hatten sie etwas gemeinsam. Es fiel uns nur nicht auf, weil das in dieser Stadt ganz gewöhnlich ist. Alle waren mit dem Handel verbunden, jeder auf seine Art. Billkamp war Kaufmann, bevor er sich in seine Dichterklause zurückzog. Marburger, das ist einfach, handelte mit Zucker und mit wer weiß was noch. Das werde ich schon herausfinden. Und Stedemühlen», schloß sie triumphierend, «war als Kapitän für viele Kaufleute auf den Meeren unterwegs.»

«Bravo, Mademoiselle.» Wagner schüttelte ihr überschwenglich die Hand. «Ich sage immer, der einfachste Weg führt zum Ziel. Das ist zwar noch nicht in Sicht, aber der erste Schritt ist der wichtigste. Und nun weiß ich auch, warum Ihr hier seid, und warum so seltsam verkl...»

«Donnerwetter, was für eine Versammlung in meinem Kontor!» Pagerian stand in der Tür und betrachtete verwundert das ungewöhnliche Trio. «So, so, Ihr wißt, warum unser Mylau hier ist? Er wird mir tüchtig helfen, ganz gewiß wird er das. Was sonst? Und nun, Messieurs, habe ich auch Zeit für Eure Fragen. Verzeiht, daß es ein wenig länger gedauert hat, aber wie ich sehe, habt Ihr Euch bestens unterhalten. Wenn ich bitten darf, wir wollen Mylau nicht bei der Arbeit stören, folgt mir in diesen Raum.» Mit einer sehr kleinen Verbeugung öffnete er die Tür und schritt, nun schon viel weniger trippelnd, in das fürstlich ausgestattete Zimmer, von dem aus sein Herr bis vor wenigen Tagen die Zuckerbäckerei regiert hatte.

Rosina, nun wieder ganz Sven Mylau, blieb allein zurück. Ihr Herz klopfte, und sie fragte sich, wie lange Pagerian wohl schon hinter der Tür gestanden und gelauscht haben mochte. Aber vor allem mußte sie Claes Herrmanns ganz schnell wissen lassen, was Lies und Matti herausgefunden hatten. Sie vertraute Wagner, aber Weddemeister blieb Weddemeister. Es war nicht klug, so einen hören zu lassen, daß die beiden alten Frauen sich nicht nur auf Dinge wie Hexensalbe verstanden, sondern sie auch gründlich ausprobiert hatten. Und wahrscheinlich mit dem größten Vergnügen. In dem gläsernen Näpfchen war tatsächlich Hexensalbe gewesen, und zwar, so hatte Matti immer noch erschöpft betont, von exzellenter Qualität. Am besten wäre es, sobald sie heute abend das Kontor verlassen konnte, nach Harvestehude hinauszugehen. Wenn sie sich beeilte, konnte sie es vor dem Dunkelwerden noch zurück nach Altona schaffen. Helena würde schon vor Neugier platzen.

Claes Herrmanns hielt sich nicht lange bei Pagerian auf. Der mußte auf der Bank gute Nachricht bekommen haben, denn er saß auf dem kostbaren Lehnstuhl seines toten Herrn und machte die schmalen Schultern breit, als sei das schon immer sein Stuhl gewesen. Er verabschiedete sich schnell und überließ es Wagner, der wieder das harmlose Gesicht eines einfachen dicken Weddemeisters aufgesetzt hatte, Marburgers Schreiber auszufragen. Wagner wußte sowieso besser, wie man das machte. Der beherrschte die seltene Kunst der wahrhaft Selbstbewußten, sich so dumm zu zeigen, daß sein Opfer alle Vorsicht vergaß.

Nie war Claes der Weg bis zum Millerntor länger vorgekommen. Alles, was die Stadt an Wasserträgern, Wäscherinnen und Straßenhändlern mit ihren dicken Körben, gemächlich flanierenden Spaziergängern, streunenden Hunden und sperrigen Kutschen und Fuhrwerken zu bieten hatte, schien sich heute auf den Straßen herumzutreiben, nur um ihn aufzuhalten.

Als er endlich das Tor passierte, zweifelte er, ob es nicht doch besser wäre, zuerst mit Christian zu reden. Ganz sicher hatte Wagner ihm den Grund genannt, warum er ihn, Claes, so eilig suchte. Und ganz sicher saß Christian nun im Kontor und grübelte, was zu tun sei. Hoffentlich tat er das. Womöglich war er verrückt genug, auf sein Pferd zu springen und nach Altona zu reiten, um seiner geliebten Lucia in dieser schweren Stunde die Hand zu halten. Er schickte ein Stoßgebet zum Himmel, sein Sohn möge so klug sein, wie er dachte, und als genau in dem Moment ein violetter Blitz grell am Himmel über Altona zuckte, hoffte er, daß das kein Zeichen für weiteres Unheil war. Es war nun mehr als genug geschehen. Und dann ärgerte er sich, daß er auf solche Zeichen doch noch hereinfiel. Dabei, das hatte er im Vorbeireiten bemerkt, stand der Kometenbeschwörer nicht einmal mehr an seinem Platz auf dem Großneumarkt. Auf dem kleinen Podest aus Steinen hatte er nur den blinden Leierspieler gesehen. Und dann ärgerte er sich, daß seine Gefühle und Gedanken nichts als ein großes Durcheinander waren, und sorgte sich plötzlich um Anne, die von alledem noch nichts wußte und bei einem aufziehenden Gewittersturm allein mit einem Mädchen und einem Pferdejungen in Harvestehude war.

Donner grollte dumpf und von ferne nach, und Claes zügelte die Stute. So konnte er Gunda nicht begegnen. Erst mußte er sich beruhigen und seine Gedanken sortieren. *Wie* sollte er ihr entgegentreten? Als alter Freund, der ihr beistehen wollte? Als Christians Vater, der für seinen Sohn bitten wollte? Gewiß hatte sie den Streit in der letzten Nacht gehört. Sie konnte doch nicht glauben, daß sein freundlicher Sohn ihren Mann getötet hatte?

Langsam ritt er weiter, zwei Schwalben schossen nur wenige

Handbreit über dem trockenen Gras nahe an ihm vorbei. Die Wolken über dem Horizont hatten sich seit dem Morgen fast schwarz gefärbt, die Luft war schwer und klebrig wie in den Trockenkammern der Zuckerbäckereien, die Elbe, bleiern und schwarz wie der Himmel, lag immer noch öde. Nur ein kleiner Ewer mit gerefftem Segel wurde von zwei Männern mit der Strömung nach einer der Elbinseln hinübergewriggt. Möwen flogen mit gierigen Schreien in engen Runden um das Boot. Offenbar waren die Männer Fischer, die ihren Fang heimbrachten.

Er war nun ruhiger, aber die Erregung hatte einer drückenden Verzagtheit Raum gegeben. Als van Witten ihm auftrug, Marburgers Tod zu untersuchen, hatte er sich gefühlt wie ein Junge vor seiner ersten Jagd. Dabei hatte er vergessen, daß er die Jagd nie gemocht hatte. Nun war aus dem Spiel tatsächlich eine mörderische Hatz geworden, und er wußte nicht mehr, ob er zu den Jägern oder zu den Gejagten gehörte.

Die Palmaille lag still, nur eine alte Kutsche rollte ratternd und quietschend auf der breiten Straße mit ihren vier stolzen Baumreihen stadtauswärts. Ein dürrer rotbrauner Hund sprang ihr kläffend nach.

Claes band seine Stute an den Eisenring neben dem Portal, und noch bevor er klopfen konnte, wurde es geöffnet. Doktor Struensee, seine große schwarze Tasche unter dem einen, die zerzauste Perücke unter dem anderen Arm, trat heraus.

«Monsieur Herrmanns! Hat sich das Unglück schon bis in Euer Kontor herumgesprochen?»

«Wie geht es Gunda? Madame Stedemühlen? Ich habe gehört, sie sei verletzt?»

«Das stimmt. Aber es ist nicht schlimm. Sie ist zu eilig durch den Garten gelaufen, nachdem sie den Kapitän am Fuß der Treppe fand. Ihr habt sicher auch gehört, daß er im Pavillon starb.» Er zögerte einen Augenblick und fuhr energisch fort: «Ach was, es wird sich ja doch herumsprechen wie ein Lauffeuer. Jemand hat ihn die Treppe hinuntergestoßen, wahrscheinlich nach einem kurzen Kampf. Das Teleskop und eines der Bücher lagen auf dem Boden, und der linke Ärmel seines Hausmantels ist fast herausgerissen. Und an seinem Kopf ...»

«Gewiß. Aber wie geht es Madame Stedemühlen?»

«Ach ja, der Fuß. Wie ich schon sagte, nichts Schlimmes, der Knöchel ist nur ein wenig verstaucht. Das ist schmerzhaft und schwillt beängstigend, aber mit ein wenig Ruhe, Beinwellsalbe und Essigwasserkompressen ist es bald vergessen. Ihr seid gut mit der Familie des Kapitäns bekannt?»

«Nicht sehr gut, nur mein Sohn – doch das wißt Ihr wahrscheinlich schon viel länger als ich. Aber es stimmt, ich kenne Madame Stedemühlen aus meiner Jugend. Und nun entschuldigt mich, Doktor, ich möchte ihr mein Beileid aussprechen.»

«Gut.» Struensee nickte. «Und wenn das Mädchen Euch nicht vorlassen will, sagt nur, ich habe Euch Sondererlaubnis gegeben, Madame solle Euch unbedingt empfangen. Es wird ihr guttun, einen alten Freund zu sehen. Lebt wohl. Das Zuchthaus wartet auf mich, dort wird heute wieder geboren.» Er blickte skeptisch zum Himmel auf, stopfte die Perücke nachlässig in seine Tasche und verschwand in der Allee.

Struensees Sondererlaubnis, wie er es genannt hatte, wirkte wie ein Zauberspruch. Ohne ihre Herrin auch nur zu fragen, führte ihn das Mädchen die Treppe hinauf und in einen kleinen Salon im ersten Stock. Er möge warten, sie werde den Herrn bei Madame melden.

Claes trat an das zum Garten geöffnete Fenster. Die äußerst akkurate Idylle von quadratischen und runden Beeten lag verlassen. Es war sehr still, die Tür des Pavillons stand offen, und Claes fröstelte bei dem Gedanken, daß dort vor einigen Stunden ein Mensch getötet worden war. Nicht irgendein Mensch, sondern Gundas Ehemann, der Vater des Mädchens, das Christian liebte. Das gedrungene Gebäude mit dem kleinen Turm, umgeben von Goldregen und Holunder mit den letzten leuchtend gelb und weiß blühenden Dolden vor diesem düster dräuenden Himmel erinnerte ihn an ein altes holländisches Gemälde.

Aus dem Nebenzimmer hörte er leise Stimmen, wahrscheinlich würde das Mädchen gleich zurückkommen und ihn wieder fortschicken. Und auch wenn ihm in diesem Moment nichts lieber gewesen wäre, wußte er, daß er sich nicht fortschicken lassen durfte. Er mußte mit Gunda sprechen, weil er mehr über den Kapitän erfahren mußte. Vielleicht sollte er Struensee besuchen, der hatte den Kapitän sicher gut gekannt, oder er wußte, wer über ihn Auskunft geben konnte.

Die Tür zum Nebenzimmer öffnete sich, und Gunda betrat, leicht auf den Arm des Mädchens gestützt, den Salon.

Sie trug ein schlichtes Kleid aus grauem Musselin, ihre Augen glänzten dunkel und fiebrig in ihrem blassen Gesicht.

«Mit dir habe ich nicht gerechnet, Claes», sagte sie. «Bitte, setz dich doch.» Sie zeigte auf zwei zierliche Sessel, die links und rechts von einem niedrigen Rosenholztischchen nahe den Fenstern standen. Sie selbst wählte den linken, so daß sie mit dem Rücken zum Blick auf den Pavillon saß.

«Es tut mir so leid, Gunda. Ich weiß nicht, was ich sagen soll ...»

«Warum bist du gekommen?»

«Gut. Kein Drumherumreden. Auf meinem Weg hierher war ich sehr verwirrt. Ich wollte dir beistehen, obwohl ich kein Recht dazu habe. Und ich wollte von dir hören, daß du ...», er suchte angestrengt nach den richtigen Worten, «daß du, wie soll ich es nur sagen? Gunda, du weißt sicher, daß Christian gestern nacht in eurem Garten war, daß dein Mann ihn fand und sie heftig miteinander stritten.»

«Zuletzt rief er, Josua werde seinen Zorn bereuen. Natürlich habe ich es gehört. Ich stand am Fenster und sah ihn fortlaufen.» Sie lächelte müde, zog eine kleine Bank heran und legte ihren dick verbundenen Fuß darauf. «Und nun fürchtest du», fuhr sie fort, «ich könnte glauben, Christian sei gegen Morgen zurückgekehrt und habe seine Drohung wahr gemacht.»

«Glaubst du das?»

Sie drehte sich um, sah hinaus in den Garten, als könne sie

dort die Wahrheit oder wenigstens die alte Klarheit ihrer Gedanken finden, dann sah sie ihn fest an.

«Zuerst habe ich es geglaubt. Für einen winzigen Moment. Es lag so nahe. Doch dann sah ich ihn vor mir, deinen Sohn, und konnte es nicht mehr glauben. Er gleicht dir so sehr, Claes, so sehr, daß es mir den Atem nahm, als ich ihn das erste Mal sah. Das sollte ich dir sicher nicht sagen, Struensees Tee macht wohl nicht nur matt, sondern auch schwatzhaft.»

Sie beugte sich vor und strich sanft mit den Fingerspitzen über seine Hand.

«Er hat auch deine Hände, Claes. Die gleichen Hände, die du damals hattest. Er bewegt sich wie du. Wußtest du das? Eltern erkennen wenig von sich selbst in ihren Kindern.»

Ihre Hand lag auf seiner, und er spürte heiß die Berührung ihrer kühlen Haut.

Dann lehnte sie sich abrupt zurück, faltete die Hände fest im Schoß und schloß die Augen.

«Gunda ...»

«Psst, sag nichts. Das ist lange her, und heute ist heute. Ein schlechter Tag.»

Sie schlug die Augen auf und sah ihn an, fest und klar, als habe sie seine Hand nie berührt.

«Nein, ich glaube nicht, daß dein Sohn zurückgekommen ist, um meinen Mann zu erschlagen.» Ihre Worte klangen hart, aber er wußte, daß sie diese Härte jetzt brauchte. «Er ist zu weich für eine solche Untat. Und sollte er danach fragen, auch Lucia glaubt nicht an seine Schuld. Aber das ändert nichts, absolut nichts an meinem Verbot, sie zu treffen. Er soll es nicht wagen, an unsere Tür zu klopfen. Oder jemals wieder unseren Garten zu betreten. Bei Tag oder bei Nacht. Und nun mußt du gehen. Ich bin sehr müde.»

«Erlaubst du noch eine letzte Frage?»

«Das kommt auf die Frage an.»

Ein Hauch des alten vertrauten Lächelns glitt plötzlich über ihr Gesicht, und Claes faßte Mut.

«Es gibt noch einen Grund, warum ich mit dir sprechen mußte. Aber der hat weder mit uns noch mit unseren Kindern zu tun. Der Tod deines Mannes ist eine Tragödie, und sein Mörder muß gefunden werden. In den letzten Tagen sind noch zwei andere Männer gestorben. Der eine wurde erschlagen, der andere starb im Pesthof, aber es ist sehr wahrscheinlich, daß man ihm vorher ein Gift gab, das seine Sinne verwirrte und letztlich zu seinem Tod führte. Verzeih, ich will dich nicht noch mehr beunruhigen, aber ich muß dich fragen, denn ich habe den Verdacht, daß diese drei Tode zusammenhängen, daß es irgendeine Verbindung gibt. Frag heute bitte nicht, warum, die Geschichte ist ganz vage und zu verworren, um dich jetzt damit zu belasten. Aber sage mir bitte: Weißt du, ob der Kapitän einen Dichter mit Namen Lysander Julius Billkamp kannte? Oder Augustus Marburger? Ihm gehörte eine der größten Hamburger Zuckerbäckereien. Hat er sie besucht, mit ihnen Geschäfte gemacht, oder waren sie je in eurem Haus?»

Gunda schüttelte langsam den Kopf. «Die Namen sagen mir nichts», sagte sie dann. «Und ich bin ziemlich sicher, daß auch der Kapitän sie nicht kannte. Ein Dichter und ein Zuckerbäcker? Wie seltsam. Das müßte ich wissen. Aber außer mit einigen Brüdern aus unserer Gemeinde verkehrte er mit niemandem, seit wir hier leben. Und er ging auch nie ohne mich aus. Nein, Claes, ich glaube nicht, daß er sie gekannt hat. Ich bin sogar sicher.»

«Ich danke dir, Gunda. Ich hatte zwar auf eine andere Antwort gehofft, um endlich den Anfang eines Fadens in diesem wirren Knäuel zu finden, aber auch diese wird uns weiterhelfen.»

Er erhob sich und wollte ihr zum Abschied die Hand reichen, doch als er sah, daß sie ihre Hände immer noch fest gefaltet im Schoß hielt, verbeugte er sich und wandte sich zur Tür. «Wenn du Hilfe brauchst, Gunda, ich hoffe, du weißt, daß du sie immer bei mir findest. Ich will dich nicht beleidigen, aber ihr habt wenig Freunde hier, und wenn eure Verhältnisse ...»

«Unsere Verhältnisse? Die sind ausgezeichnet.» Sie lachte spöttisch, aber ihre Stimme klirrte vor unterdrücktem Zorn.

«Der Kapitän war ein reicher Mann. Während unserer Jahre auf Madeira und in Bristol hat er sich sehr erfolgreich am Sklavenhandel beteiligt. All das, was du hier siehst, und auch etliches, was du nicht siehst, ist mit dem Diebstahl und Verkauf von Menschen bezahlt.»

Er war schon fast auf der Treppe, als er sie seinen Namen rufen hörte. Sie stand in der Tür des Salons, auf ihren Wangen glühten rote Flecken.

«Noch ein Wort zu deiner Frage, Claes», sagte sie. «Ich bin sicher, daß er die beiden Männer nicht getroffen hat, seit wir in Altona sind. Aber du solltest bedenken, daß er vor unserer Ehe wie du und ich in Hamburg gelebt hat. Als ich ihn traf, fuhr er nur auf englischen Schiffen. Ich weiß nicht, wessen Schiffe er davor befehligt hat.»

MONTAG, DEN 16. JUNIUS,
NACHMITTAGS

Augustus Marburgers Haus am Dreckwall war sehr groß. Tatsächlich bestand es aus zwei Häusern. Das linke, etwas schmalere, hatte er stets das Stammhaus genannt, denn als er darin wie zuvor sein Vater geboren wurde, beherbergte es die Wohnräume, die Zuckerbäckerei und das Lager. Seine Geschäfte gingen erstaunlich schnell immer besser, schließlich kaufte er das Nachbarhaus dazu und richtete darin eine sehr viel größere Zukkerbäckerei ein. Die Lage in der engen, ruhigen Straße war besonders günstig. Nur in solchen Straßen und Twieten konnte guter Zucker gemacht werden, denn die Erschütterung des Bodens durch vorbeiratternde Fuhrwerke oder Kutschen, durch die Hufe trabender oder gar galoppierender Pferde störten die empfindliche Kristallisation des Zuckers.

Das erste Haus behielt Marburger als Wohnhaus für seine wachsende Familie. Außer den beiden Söhnen, von denen Wagner gesprochen hatte, gebar ihm seine Frau auch fünf Töchter. Das Haus hatte er von innen ganz und gar neu machen lassen, überall gab es seidene und lederne Tapeten, französische Sessel und Tische, italienische Uhren und Schränkchen. Die schönen Möbel aus dem fremden gelben Holz der Zuckerkisten, die auch die Hamburger Möbelmacher so kunstvoll tischlerten und an betuchte Bürger verkauften, kamen ihm nicht ins Haus. Die schlichte Vordertür aus polierter alter Eiche hatte er durch ein prächtiges Portal ersetzen lassen, umrahmt von zwei Pilastern, die einen reich mit steinernen Früchten und gewundenem Laubwerk geschmückten Giebel trugen. Der dickbäuchige Wassermann, den der Steinmetz gerne als Krönung des Kunstwerks gesehen hätte, hatte seine Gattin zwar entzückt, aber ihm war er für ein behauenes Stück Stein zu teuer gewesen.

In die benachbarte Zuckerbäckerei gelangte man durch drei Eingänge. Der für die Zuckerknechte und Besucher befand sich an der Vorderseite des Hauses am Dreckwall. Der hintere bestand aus den Luken auf der Wasserseite des Gebäudes an der Kleinen Alster. Hier legten die Schuten und Ewer an, die den Rohzucker von den Schiffen und aus den Lagern der Zuckermakler brachten oder die in feste Kisten verpackten Zuckerhüte für ihre Reise über die Ostsee nach Schweden, Polen, Rußland und Kurland oder über die Flüsse und über Land bis hinunter ins Österreichische einluden. Auch die schottische und englische Steinkohle für die Feuer unter den Zuckerpfannen, die Putten, runde Töpfe für den Sirup, und die Hutformen aus der besten Manufaktur am Stadtdeich, die nur den guten französischen Ton verarbeitete, sowie Kisten, Papier und Stroh für den sicheren Transport der brüchigen Zuckerhüte wurden hier angeliefert. Die Seilwinde hievte die schweren Lasten fünf Böden hoch hinauf und hinunter und war Tag um Tag in Betrieb.

Der dritte Eingang verband die Dielen der beiden Häuser miteinander und war Marburger und seinen Söhnen vorbehalten. Seine Frau betrat die Zuckerbäckerei nie, und den Töchtern war es streng verboten, in die Nähe der groben Zuckerknechte zu kommen.

Ein weiterer Durchgang in der Mauer auf dem letzten, dem

fünften Boden direkt unter dem Dach, war nicht größer als eine Luke, mit dem Deckel einer Zuckerkiste nur notdürftig versperrt und lange vergessen. Nur Marburgers mittlere Tochter, ein eigensinniges Kind von großem Forscherdrang, kannte ihn. Aber sie war nun zwölf Jahre alt, fast schon eine junge Dame, und interessierte sich viel mehr für den neuen, ganz delikat nach Lavendel duftenden Gesangslehrer ihrer älteren Schwestern, dem sie mit staubigen Zuckerbödengeheimnissen gewiß nicht imponieren konnte.

Das Kontor, in dem Sven Mylau zum Hilfsschreiber geworden war, lag im Hochparterre neben der Diele des Arbeitshauses. Es kostete Rosina Mühe, ihre Gedanken beim Zuckerhandel zu lassen. Sie hatte schon herausgefunden, daß in den Papieren des Kontors keine Geheimnisse zu entdecken waren. Es gab noch andere in Marburgers Zimmer, und solange Pagerian dort thronte, konnte sie es nicht wagen, darin herumzustöbern. Sie mußte erst seine Gewohnheiten kennenlernen, bevor sie sich unbemerkt hineinschleichen konnte.

Aber da waren ja nicht nur die Papiere, da waren noch die mehr als dreißig Zuckerknechte und Lehrlinge, die in der Kocherei, den Abfüll- und Trockenkammern, im Zuckerlager und an den Seilwinden arbeiteten. Vielleicht wußten sie nicht viel, aber auf alle Fälle mehr als sie selbst. Egal, was Claes Herrmanns sagte oder befürchtete, sie mußte in die Siederei. Die Tür ging auf, und Pagerian trat ein, ein Bündel mit Listen und Briefen unter dem Arm, die der neue Hilfsschreiber in seiner akkuraten zierlichen Schrift sauber kopieren und zur Post bringen sollte.

«Natürlich», dienerte Rosina, «unverzüglich», und hoffte, daß sie die richtigen Briefe in die jeweils richtige Poststation bringen würde. Dann hatte sie eine Idee.

«Monsieur Pagerian, verzeiht, Eure Zeit ist kostbar und knapp bemessen, aber ich habe eine Bitte.»

«Fragt nur, Mylau, immer heraus damit.»

Es konnte nicht schaden, einem Verwandten von Claes Herrmanns' Freunden großzügig entgegenzukommen, auch wenn er nur einer sächsischen Nebenlinie entstammte und im dritten, oder war es gar im vierten Grad?, verschwägert war.

«Ich bin so dankbar, daß ich diese wichtige Erfahrung in Eurem Kontor sammeln darf, es wird gewiß für mein weiteres Leben von außerordentlicher Bedeutung sein, und der Zuckerhandel», sie sah ihn aus großen Augen ehrfürchtig an, «galt mir schon immer als der bedeutendste.»

«Sehr klug, mein Sohn», schnurrte Pagerian und hob anerkennend den Zeigefinger, «sehr verständig. Er ist in der Tat der gesunde Boden unseres Wohlstandes.»

«Ja. Wie Ihr es sagt. Gewiß werdet Ihr mir dann einen großen Wunsch erfüllen, der meine Bildung befördern soll. Es drängt mich, nicht nur das Kontor, sondern auch all die anderen Bereiche Eurer verdienstvollen Arbeit kennenzulernen. Könntet Ihr mich durch die Zuckerbäckerei führen und mir erklären, wie der Zucker raffiniert wird? Es ist doch auch von Nutzen für meine Arbeit in Eurem Kontor», fügte sie hastig hinzu, «ich verstehe alles viel besser, wenn ich weiß, wie die Arbeit versehen wird.»

«Löblich. Sehr löblich. Ich sage immer: Nur das Ganze bringt den Erfolg.»

Das erinnerte Rosina an einen anderen dicken kleinen Mann. Sie strahlte ihn dankbar an und vergaß fast, daß sie gerade nicht die Rolle eines Mädchens spielte.

«Jetzt gleich?» bat sie und gab darauf acht, daß ihre Stimme nicht wieder in ihre natürliche, etwas höhere Tonlage glitt. «Könnten wir gleich gehen? Ich bin so begierig, alles von Euch zu lernen.»

«Nun gut», Pagerian zögerte nur so lange, wie es für einen mit Verantwortung überlasteten Mann schicklich war, «verschließt die Tür zur Straße, dann können wir gehen.»

Sie schritten durch die große Diele, und der süße, brandige Geruch, der selbst das Kontor beherrschte, wurde immer stärker. Pagerian öffnete die Tür, und Rosina, die gedacht hatte, es sei schon im Kontor stickig gewesen, betrat die backofenheiße Siederei, die fast das ganze Erdgeschoß einnahm. Zuerst ließ Pagerian sie jedoch einen Blick in das hintere Lager mit der Luke zur Kleinen Alster werfen. Der hoch aufgeschüttete Rohzucker glänzte matt in allen Schattierungen von gelb über hell- bis schwarzbraun, er kam aus Manila, Surinam, den karibischen oder brasilianischen Kolonien. Der von San Domingo war der dunkelste und der von Java, der feinste, schon fast weiß. Auf den Plantagen, erklärte Pagerian stolz, als habe nicht eine Vielzahl afrikanischer Sklaven, sondern er persönlich in tropischer Hitze das harte Rohr geschnitten und verarbeitet, werde der Zuckersaft aus dem Rohr gepreßt und vorraffiniert. Aber für die verfeinerte europäische Zunge, so sagte er, werde er erst in diesen Kammern genießbar gemacht. Dabei schnalzte er genüßlich und zog Rosina zurück zu den Siedepfannen. Die Hitze erschien ihr unerträglich, wie hielten die Knechte das nur aus?

Die Jungen und Männer schienen sie nicht zu beachten. Ihre Arbeit erforderte große Kraft und der Umgang mit dem siedenden Zucker höchste Aufmerksamkeit. Sie riefen sich Worte zu, auch Sätze, kurz und knapp, aber Rosina wußte nicht, ob das freche Scherze über die seltenen Besucher, Befehle oder einfach Schwätzereien waren. Sie verstand die Männer nicht. Der Hamburger Dialekt war viel mehr eine eigene Sprache als das Sächsische ihrer Heimat. Das würde es schwer machen, heimlich mit dem einen oder anderen zu sprechen.

Rosina zählte sechs Klärpfannen, große Kupferbotticche über glühendem Kohlenfeuer. An jeder stand ein Mann mit einer riesigen weißen Schürze und rührte mit einem dicken Holz in der Masse. Die begann im zweiten Kessel gerade zu kochen, zähe Blasen stiegen auf und platzten, und an den Rändern des Bottichs sammelten sich trüber Schaum und allerlei Schmutz. Auf einen Pfiff des Mannes mit dem Rührholz eilte ein Junge herbei, ein fast kahlköpfiger vierschrötiger kleiner Kerl, und schob nasse Kohlen aufs Feuer, um die Hitze zu dämpfen. Dampf und Geruch der zischenden schwarzen Brocken unter dem Kessel mischten sich mit dem des Zuckers. Nachdem die Masse kräftig gekocht und geblubbert hatte, ließ sie der Zuckerknecht durch ein dickes Rohr am Boden des Kessels in einen anderen, spiegelblank geputzten ablaufen.

«Weiter, Mylau. Drüben sind sie schon beim nächsten Schritt.» Pagerian schob sie vor sich her zu zwei Männern und einem Jungen, die mit großen Messern aus einer zähen Masse in einer anderen Pfanne handgroße Stücke schnitten. Das war schon vorher abgelassener Zucker, der nun abgekühlt und steif geworden war. Die weißlichen Brocken warfen sie in einen weiteren Kessel, unter dem ein heißes Feuer loderte.

«Wird der Zucker jetzt noch mal gekocht?» fragte Rosina. Ihr Interesse war mittlerweile nicht mehr geheuchelt.

«Gewiß», Pagerian nickte eifrig. Die Hitze schien ihn nicht zu stören. «Wenn er in dieser Pfanne tüchtig gekocht hat, werden der Schaum wie der Schmutz abgeschöpft, und der Zuckersaft ist klar und gelblich wie Rheinwein. Kommt weiter.»

In einer anderen Ecke des großen Raumes gossen Männer heißen Zuckersaft durch Tücher aus weichem weißem Wollstoff. Er sammelte sich darunter in einer großen, flacheren Pfanne.

«Die Kühlpfanne», erklärte Pagerian. «Wenn der Saft etwas abgekühlt ist, wird er in die Formen gegossen.»

Er eilte ihr voraus die Treppe hinauf und zeigte auf lange Reihen von Tonformen, die mit der Spitze nach unten in bauchigen Töpfen standen. Vier Männer trampelten die Treppe herauf und drängten sich an ihnen vorbei.

«Hier stören wir jetzt», sagte Pagerian. «Es ist auch nicht mehr viel zu sehen. Die Knechte bringen die Formen nun auf den nächsten Boden.»

Rosina beobachtete, wie die Männer eine Kette bildeten und die warmen, steinschweren Zuckerhutformen die Treppe mehr hinaufwarfen als -reichten.

«Und jetzt ist der Zucker fertig?»

«Wo denkt Ihr hin, Mylau? Sobald der Zucker fest genug ist, werden die Formen mit englischer Erde bedeckt, das ist ein sehr delikater nasser Ton. Der sickert durch die Masse, und seine Feuchte kommt unten als gelber Sirup wieder heraus. Dann erst, es dauert gewöhnlich zehn Tage und Nächte, ist der Zucker richtig rein, weiß und süß. Die Knechte stülpen die Formen um», er machte die Handbewegung nach, als handele es sich nicht um große schwere Tonformen, sondern um zierliche Marzipanhütchen, «klopfen die Zuckerhüte heraus und prüfen ihr Aussehen.» Er blickte mit hochgezogenen Brauen auf den imaginären Zuckerhut auf seiner kleinen weichen Hand. «Wenn sie rein und scheinbar trocken sind, bleiben sie noch einmal zehn Tage in der heißen Trockenstube, bis die Feuchte auch das innerste Kristall verlassen hat. Dann erst», er hob wieder bedeutsam den Zeigefinger, «werden sie in blaue Bogen aus der neuen Papiermühle in Fuhlsbüttel gewickelt und zwischen viel Stroh in Fässer gepackt. Alle bekommen unser Zeichen, das ist ein Gesetz. Sonst könnte jeder, der eine Partie englischen Lumpenzucker anzubieten hat, behaupten, im Faß sei bester Marburger-Zucker aus Hamburg. Die Fässer müssen dann nur noch auf die Schuten abgeseilt werden, und fort geht's in die weite Welt. Ach», seufzte er zärtlich, «die weite Welt. Manchmal möchte man doch gerne ein Zuckerhut sein.»

Als sie wieder im Kontor waren und einander gegenseitig erlaubt hatten, die Jacken auszuziehen, stellte Rosina eine letzte Frage: «Wann beginnt denn am Morgen die Arbeit in der Siederei, Monsieur Pagerian?»

Die Feuer, erklärte Pagerian, würden schon morgens um zwei vom jüngsten Lehrjungen entzündet, der danach auch die anderen Lehrjungen und die Knechte, die im Hause unter dem Dach wohnten, wecken müsse. Zu der Zeit kämen auch die, die ihre Wohnung in der Stadt hätten. Dann begännen sie mit ihrem Tagwerk. Einer der Knechte und drei der Jungen kämen jedoch immer erst zwei Stunden später, die blieben am Nachmittag, wenn die anderen sich zum Essen begaben, noch da und wüschen die geleerten Tonformen und vor allem die Schürzen der Knechte. Die Reinheit der Schürzen zeuge von der Reinheit des Zuckers. Das sei so Brauch. Nein, nicht immer die gleichen, es seien an jedem Tag andere. Ja, und der Meisterknecht beaufsichtige am Morgen zuerst die richtige Mischung aus rohem Zukker, Ochsenblut und Kalkwasser, und so gehe es fort. Das habe er ja jetzt alles selbst gesehen. «Und nun, Mylau, geschwind. Die Post. Ich werde bei Madame Marburger erwartet, zum Tee. Die Arme ist so mutlos, sie braucht meine Kraft.»

Er schlüpfte wieder in seine Jacke, band sich eine frische Halsbinde, die er aus den Tiefen des Kontorschrankes geholt hatte, und trippelte, schon die richtige Mischung aus angemessener Trauer und schmeichelndem Lächeln im Gesicht, eilig davon.

Rosina sehnte sich nach einem Bad. Sie fühlte sich wie eine Zuckerstange, klebrig durch und durch und mit süßem Guß überzogen. Wahrscheinlich war sie das auch, der zähe Dampf des kochenden Zuckers überzog alles, was in der Siederei, aber auch noch auf den oberen Böden stand, ging oder benutzt wurde, mit einer zähen Zuckerschicht. Nun war sie ein Teil davon.

Ob es erlaubt war, ins Stammhaus hinüberzugehen und in der Küche ein wenig Wasser zu erbitten, damit sie sich wenigstens die Hände waschen konnte? Es mußte erlaubt sein. Klebrige Briefe machten wahrlich keinen guten Eindruck, selbst wenn sie von einer Zuckerbäckerei kamen.

In der Küche herrschte Hochbetrieb. Die Köchin, eine junge Frau, deren hübsches Gesicht vom Dampf über den Töpfen und Pfannen gerötet war, schlug dem neuen Hilfsschreiber mit den schönen Augen seine Bitte nicht ab. Leider konnte sie ihn nicht selbst in die Spülküche begleiten. Der Lachs war in der kritischen Phase, und nichts haßte Madame so sehr wie zerfallenen Lachs. Außerdem schlug sie gerade Sahne für das Dessert, eine Erdbeermousse mit Vanillebaisers, das ihre ganze Aufmerksamkeit erforderte. So schickte sie die Spülmagd, ein recht unansehnliches Geschöpf mit schlechten Zähnen, dem jungen Mann Wasser zu schöpfen und das Handtuch anzureichen. Dem Mädchen mochte es an Glanz fehlen, aber es fehlte ihm ebenso an Scheu.

«Ihr seid neu, nich?» begann sie, und fuhr gleich mit gesenkter Stimme fort: «Gebt bloß acht.»

«Worauf?»

«In diesem Haus wird ständig gebrüllt. Aber nun, wo der Herr tot ist, wird's ja vielleicht besser.»

Rosina fand, das Mädchen schöpfe äußerst langsam, das war ihr sehr recht. «Wo hat er gebrüllt? Und mit wem?»

«Überall. Und mit allen. Nur mit Madam nich, das wäre ihm auch schlecht bekommen.» Sie grinste zufrieden und zeigte eine beachtliche Zahnlücke. «Ich wunder mich nich, dasser tot is. Ich wüßt, wer's gemacht hat, wenn der nich auch schon hin wär. Aber ich hab nix gesagt. Wo er ja auch seit Samstag im Grab ...»

«Wer? Wen meinst du? Wer ist auch schon tot?»

Rosinas Herz klopfte, jede Sekunde konnte die Köchin hereinkommen, weil das Mädchen so lange fortblieb. Sie mußte sich beeilen. «Nun sag schon. Wer ist außer deinem Herrn noch tot?»

«Wenn Ihr so herrisch seid, sag ich gar nix.»

«Verzeih», sie strich mit eiligem Lächeln über die rauhe Hand des Mädchens, «das wollte ich nicht. Bitte, sag mir, wer?»

«Der war doch hier, vor ein paar Wochen, nich im Kontor, sondern in dem Herrn sein Zimmer, das war, als er noch nicht verrückt war, und ...»

«Ebba!»

Nun war es passiert. Die Köchin stand in der Spülküche, die Fäuste in die Hüften gestemmt, und blitzte ihre Magd zornig an. «Wie lange brauchst du, um eine Schüssel zu füllen?»

Sie nahm dem Mädchen unwirsch den Schöpfbecher aus der Hand, tauchte ihn flink ein paarmal in die Wassertonne, und schon war die Schüssel bis zum Rand gefüllt. «Nun könnt Ihr Euch waschen.»

Sie lächelte Rosina, besser gesagt: den hübschen jungen Mann namens Sven Mylau an, und ihre Stimme war wieder ruhig und ein ganz klein wenig schmelzend. «Wenn Ihr mich braucht, ruft nur, die Mousse ist fertig. Vielleicht mögt Ihr sie probieren? Und du», sie schubste das Mädchen derb in die Küche zurück, «geh endlich Spargel schälen!»

12. KAPITEL

MONTAG, DEN 16. JUNIUS,
SPÄTNACHMITTAGS

Von dem Platz nahe St. Petri, der Berg genannt wurde und direkt vor der Fronerei lag, klang ein hoher, zirpender Gesang in die Pelzerstraße. Claes fand, es seien ganz schauerliche Töne, und beschleunigte seine Schritte, um ihre Ursache zu besehen. Er traf auf ein kurioses Schauspiel.

Vor dem Pranger, um den gewöhnlich alle einen Bogen machten, wenn es nicht gerade galt, einen Sünder mit dampfenden Pferdeäpfeln oder fauligen Zwiebeln zu bewerfen, wurden ein Mann und eine Frau von einer schweigenden Menge umringt. Beide waren sehr jung und in unförmige weiße Gewänder gekleidet, sie hatten die Arme weit ausgebreitet, die des Mannes wurden auf jeder Seite von lumpigen Kindern gestützt. Die Frau, fast ein Mädchen noch, mit dem gleichen fast weißen Haar wie die Kinder, sang mit hoher Stimme einen Choral. Claes konnte nicht erkennen, welcher es war. Ihre Stimme klang dünn und doch schrill, und die Worte blieben unverständlich.

«Wer sind die?» fragte er einen Schusterjungen, der, auf seine Kiepe mit Ledermustern gestützt, die seltsamen Gestalten aus sicherer Entfernung beobachtete.

«Wo der Kometenbeschwörer verschwunden ist», sagte der Junge, ohne den Blick von dem Schauspiel zu lassen, «stehen die jetzt da. Sie sind seine Jünger, sagen sie, aber mein Meister sagt, das ist Ketzerei. Nur unser Herr Christus hatte Jünger. Aber er sagt, die stehn hier richtig, weil sie ganz bestimmt bald an den Pranger gekettet werden.»

«Dann sag deinem Meister», mischte sich eine Vierländerin ein, die den großen runden Strohhut ihrer Tracht schützend über die müden Blumen in ihrem Korb hielt, «das ham sie von unserm Herrn Christus auch gesagt, daß er ein Ketzer ist. Und wenn die» – sie wies mit ihrem Hut in der Hand auf die beiden selbsternannten Jünger des Kometenbeschwörers – «am Pranger enden, dann ist das wie bei unserm Herrn Christus, als sie ihn ans Kreuz schlugen. Amen.»

«Dein Meister», brummte ein Windradverkäufer, «soll man gut aufpassen, daß ihn der Komet nicht zuerst trifft!»

Die Turmuhr schlug viermal, und Claes ging weiter. Der Mann mit den hellen Augen und dem langen schwarzen Haar war also verschwunden. Noch so ein Rätsel in diesen Tagen. Er hätte ihn gerne einmal von nahem besehen und herausbekommen, wer er war. Niemand wird als Kometenbeschwörer geboren.

Die Stadt erschien Claes heute besonders eng. Der Himmel war zwar wieder ein wenig heller, die Hoffnung der Menschen auf Regen und den befreienden kühlen Wind aus Nordwest wuchs, aber die Schwüle wurde immer unerträglicher. Die Menschen, die ihm auf seinem Weg vom Kontor zu Jensens Kaffeehaus hinter der Börse begegneten, hatten müde Gesichter, und es hieß, daß in diesen Tagen, die das Blut in den Adern dick werden ließen, mehr starben als sonst.

Die Bänke der Kirchen waren heute besser besucht als an anderen Tagen, denn auch die Angst vor dem großen Unwetter, vor der tödlichen Kraft der Blitze und vor den Donnerschlägen, die selbst die standhaftesten Seelen erschüttern, wuchs und trieb viele zum Gebet. Dann war da noch der Komet. Es schien gewiß, daß diese Düsternis sein Vorbote war. Der Himmel würde zerreißen wie an dem Tag, da Christus ans Kreuz geschlagen worden war, die Blitze würden Feuer regnen lassen und nur die Gerechten verschonen. Selbst einige Prediger baten Gott auf den Kanzeln und vor den Altären, er möge sich gnädig zeigen und die Kraft seines Himmelsboten nur zum Guten senden. Er möge nicht Sturm, sondern guten Wind bringen, der die Segel der Schiffe füllte und den Atem der Menschen befreite, Regen, der das verdorrende Land labte und das Wasser in den Fleeten und Brunnen zum Wohl der Menschen und Tiere, der Kinder Gottes, erfrischte.

Und außerdem, dachte Claes, war es heute in den Kirchen gewiß am kühlsten. Aber selbst wenn er es sich nur widerwillig eingestand, auch ihm war die Düsternis, die der dunkle Himmel schon in der Mitte des Tages verbreitete, unheimlich.

Im Kaffeehaus saßen nur zwei Fremde an einem der hinteren Tische und lasen, ohne auf den neuen Gast zu achten, in französischen Zeitungen. Wer nicht an der Börse oder im Kontor zu tun hatte, war heute zu Hause, stellte die Schaufeln zurecht und füllte die Wassereimer, um für einen Brand vorbereitet zu sein.

Claes nickte Jensen zu, der eilig in die Küche lief, um die übliche Bestellung auszuführen.

«Und einen Krug Wasser, Jensen!» rief Claes ihm nach, denn der Kaffee würde seinen Durst nicht löschen. Als er sich an seinen Lieblingstisch an einem der vorderen Fenster setzte, spürte er den Brief, den er in die Tasche seiner Weste gesteckt hatte, als er das Kontor verließ. Fietz war gerade mit Post gekommen, und dieser Brief, hatte er gesagt, sei eben erst eingetroffen, das Pferd des Eilpostreiters habe noch im Hof gedampft. Die Schrift war ihm vertraut, Augusta hatte aus Pyrmont geschrieben. Es rührte ihn, daß sie so schnell auf seinen Brief antwortete. Sicher hatte sie seine bedrückte Stimmung bemerkt und wollte ihn aufheitern.

Er brach das Siegel auf, ihre Schrift war nicht so akkurat wie sonst und zeugte von großer Hast. Er begann zu lesen, und Augustas Botschaft ließ ihn schlagartig alle Mattigkeit vergessen.

Lieber Claes,

ich bin sehr in Eile, der Postreiter ist schon da, und sobald er sich erfrischt und ein neues Pferd gesattelt hat, muß dieser Brief in seiner Tasche sein. Aber ich habe hier interessante Dinge gehört, die Du so schnell wie möglich wissen sollst. Vom wem, tut nun nichts zur Sache, ich vermag auch nicht zu sagen, wie verläßlich die Auskünfte sind. Wenn sie aber stimmen, steckt offenbar mehr als Du annimmst hinter der törichten Haltung der Eltern des Mädchens, in das Christian verliebt ist. Gunda Stedemühlen, mit der Du in Eurer Jugend so innig bekannt warst, wurde von ihren Eltern nicht einfach nur fortgeschickt, man hat das Mädchen damals mit Mohnsaft gefügig gemacht. Das erscheint mir unerhört, und es muß einen Grund für dieses Vorgehen gegeben haben. Bist Du sicher, daß sie nur fortgeschafft wurde, weil Ihr Euch liebtet? Vielleicht erklärt sie es Dir, wenn Du sie fragst, und vielleicht läßt sich dann doch noch ein Weg finden, Christians Kummer zu beenden.

Aber ich habe noch etwas ganz anderes gehört. Es scheint nicht sehr wichtig, doch ich habe so ein Gefühl, daß es für Dich doch von Bedeutung ist. Lysander Julius Billkamp, so hat mir erst vor einer Stunde eine Freundin aus alten Tagen erzählt, ist vor sehr langer Zeit auf einem Schiff, das Stedemühlen als Kapitän befehligte, in einen Überfall durch algerische Barbaresken geraten. Ich weiß nicht, wie lange es her ist, aber ganz sicher geschah es, bevor Gunda die Frau des Kapitäns wurde. Ich weiß auch nicht, was Billkamp, der ja zuletzt ein Dichter war, auf dem Schiff gemacht hat. Fuhr er in jungen Jahren zur See? Oder war er seinerzeit in Geschäften unterwegs?

Einige Männer starben damals, die meisten wurden als Sklaven in die Bagnos von Algier verschleppt, viele später durch die Sklavenkasse freigekauft. Billkamp und der Kapitän sollen zu den ersten gehört haben, die zurückkehrten. Danach soll es einen Skandal um den Freikauf einiger anderer Seeleute gegeben haben. Genaueres konnte ich leider nicht erfahren, aber damals, so wurde mir gesagt, habe man viel darüber gesprochen. Wahrscheinlich erinnerst Du Dich nicht, weil Du womöglich zu jener Zeit in der Lehre in London warst.

Ich kenne mich mit den Regeln der Sklavenkasse nicht so gut aus, aber Anneke, deren jüngster Bruder vor vielen Jahren aus der Sklaverei ausgelöst wurde, weiß, daß nur freigekauft wird, wer sich bei dem Überfall wehrhaft verhalten hatte. Ist es nicht eigentümlich, daß gerade der Kapitän, der doch als letzter sein Schiff verlassen muß, als erster freigekauft wurde? Anneke sagt allerdings, das sei so Brauch.

Nun muß ich den Brief versiegeln, Anneke ist nicht mehr hübsch genug, um den Postreiter länger aufzuhalten, als es dauert, seinem Pferd ein Stück Brot zu geben.

Lebe wohl und viel Glück. Gib gut auf Dich acht, mein Lieber, im Alltag ist das Leben am gefährlichsten.

Deine Augusta.

PS. Meine herzlichsten Grüße an Anne und Christian, die liebe Elsbeth und natürlich Blohm. Und an die Komödianten, wenn Du sie triffst. Und Telemann und Sonnin. Ich werde nun bald nach Hamburg zurückkehren, und hoffe, daß Du und Anne ...

Was Augusta hoffte, stand nicht da. Die alte Anneke war eben wirklich nicht mehr hübsch genug.

Claes schwitzte, allerdings weniger wegen des Wetters. Die längst vergangene Zeit, in der er Gunda geliebt hatte, war plötzlich wieder ganz nah, und er ahnte, daß ihre Eltern es doch herausgefunden hatten. Aber war das wirklich ein Grund, die eigene Tochter verschwinden zu lassen? Zu verbannen wie eine Aussätzige? War das nicht viel eher ein Grund, den Widerstand gegen diese Liebe aufzugeben und in einer ehrbaren Verbindung enden zu lassen? Hatte er damals nicht gerade das gehofft? Oder belog er sich, redete er sich seine Jugendsünden schön? Er mußte unbedingt mit Gunda sprechen. Diesmal mußte sie ihm alles sagen.

Aber seine Gedanken sprangen schon weiter. Billkamp und Stedemühlen auf einem Schiff? Und beide waren nach dem Barbareskenüberfall als erste ausgelöst worden? Das mußte nichts bedeuten. Billkamp war reich, seine Familie konnte schnell ein großzügiges Lösegeld bezahlen. Aber was hatte er überhaupt auf dem Schiff gemacht?

Claes' Blick fiel aus dem Fenster, und plötzlich sprang er auf. War das nicht Wagner gewesen, der da gerade vorbeiging? Er lief zur Tür, und tatsächlich verschwand der Weddemeister gerade um die Ecke. Mit wenigen Schritten holte Claes ihn ein.

«Wagner, schnell, ich habe Neuigkeiten. Kommt mit ins Kaffeehaus, ich muß Euch einen Brief zeigen.»

Wagner folgte dem Kaufmann zögernd, als der, ohne seine Antwort abzuwarten, zurückeilte. Er hatte den Brief auf dem Tisch liegengelassen und sorgte sich plötzlich, er könnte verschwunden sein, wenn er zu lange wegbliebe.

Aber der Brief lag noch da, und Claes forderte Wagner ungeduldig auf, sich zu setzen. «Jensen», rief er, «noch zweimal Kaffee. Und Wasser. Aber bring besser Limonenwasser als das hier.»

Wagner war sowieso auf der Suche nach Claes Herrmanns gewesen, doch nun hockte er unglücklich auf der Stuhlkante. Zum einen, weil er dieses Kaffeehaus noch nie betreten hatte, und ganz sicher war hier auch nie ein einfacher Weddemeister bedient worden. Zum anderen, weil er einige sehr unangenehme Fragen stellen mußte. Er hoffte nur, es gab eine gute Erklärung dafür, daß Christian Herrmanns kurz vor dem Tod des Kapitäns in der Nähe von dessen Garten gesehen worden war.

Aber nachdem Claes ihm die Zeilen über Billkamp, Stedemühlen und den Barbareskenüberfall vorgelesen hatte, vergaß er den Verdacht gegen Christian für eine Weile. Auch er konnte sich nicht an den Skandal erinnern. Er sei damals noch ein Kind gewesen, erklärte er, aber er wolle sich umhören.

«Und ich», sagte Claes, den das Jagdfieber nun doch wieder in den Fängen hatte, «werde noch einmal zu Madame Stedemühlen nach Altona reiten. Vielleicht gibt es irgendwelche Unterlagen, Tagebücher, irgend etwas, unter den nachgelassenen Papieren des Kapitäns. Ich muß sie sowieso wegen einer anderen Sache aufsuchen.»

«Gewiß, das wird sehr hilfreich sein», Wagner hüstelte. «Da ist noch eine Frage von Bedeutung. Sie betrifft, leider, möchte ich sagen, Euren ...»

«Bocholt!» Claes hatte den Kaufmann in der Tür entdeckt und winkte ihm eifrig zu. «Entschuldigt, Wagner, wir kommen gleich zu Eurer Frage. Aber Bocholt kennt alle Leute und jede Geschichte von Belang. Wir wollen ihn nach unserer Sache fragen. Setz dich doch zu uns, Bocholt. Kennst du Wagner?»

Nein, Bocholt kannte Wagner nicht. Seine in der Tat vielfältigen Bekanntschaften beschränkten sich auf Leute, die sich Silberknöpfe an der Weste leisten konnten. Seiner Miene war deutlich anzusehen, daß er auf geringere Bekanntschaften auch keinen Wert legte, was Claes aber überhaupt nicht störte. Er saß im Kaffeehaus, mit wem er wollte. Sollte sich Bocholt, der sehr stolz darauf war, daß seine Großmutter aus einem adeligen Haushalt im Flämischen stammte, nur ein wenig sorgen, weil man ihn in dieser Gesellschaft sah.

Der Kaufmann hörte sich Augustas Geschichte an, und nachdem er mit genüßlich geschlossenen Augen den Duft seines Kaffees eingesogen hatte, er bevorzugte ihn mit zerstoßenen Nelken und Mandelmilch, begann er bereitwillig nachzudenken. Doch, sagte er schließlich, er habe da eine Erinnerung, aber nur eine sehr schwache. Da sei einmal so etwas gewesen, bald nach seiner Heirat, also müsse es an die dreißig Jahre her sein, und wer erinnere sich schon so lange zurück? An Namen? Nein, ganz gewiß nicht. Er habe sich auch damals nie an Schiffen beteiligt, die auf den gefährlichen Routen fuhren. Heute tue das ja sowieso kein vernünftiger Kaufmann mehr.

«Aber es gibt jemanden, der sich da auskennen muß. Warum fragst du nicht in der Admiralität? Die wissen doch alles, was mit der Seefahrt zu tun hat, und haben auch die Gerichtsbarkeit für diese Belange. Gewiß gibt es alte Akten. Oder geh doch gleich zu Claus Gerckens.»

«Claus Gerckens?» fragte Claes.

«Der Schreiber der Admiralität. Er ist zugleich der Sklavenvater», erinnerte ihn Wagner.

«Natürlich, Gerckens. Eine ganz vorzügliche Idee. Ich danke dir, Bocholt. Wißt Ihr, wo er zu finden ist, Wagner? In der Admiralität?»

Der nickte, aber Bocholt erklärte: «Du mußt bis morgen warten, besser bis übermorgen. Ich habe heute in der Börse gehört, daß er in Glückstadt ist. Es geht da um einen Matrosen aus dem Dänischen, der in unsere Kasse eingezahlt hat.»

«Die Leute verreisen einfach zuviel», sagte Claes, und Bocholt, der selten Scherze machte und deshalb auch keine verstand, nickte ernsthaft.

«Wahr gesprochen, sehr wahr gesprochen. Aber nun muß ich gehen.»

Er klopfte Claes zum Abschied auf die Schulter, ignorierte Wagner, warf Jensen eine Münze zu und machte sich auf den Weg zu seiner Frau und den vorzüglichen Ergebnissen der Kunst seiner Köchin. An diesem Tage würde es besonders delikat sein, denn er erwartete einen Gast. Kosjan wußte eine gute Küche zu würdigen. Heute war er zu jungem Hühnchen mit Sauerampfersoße geladen und zu einem großen Schinken, der schon seit dem Morgen in der Bocholtschen Küche in mit Zimt, Nelken und Pfeffer gewürztem Burgunder geköchelt hatte und nun mit zarten Schalotten ganz delikat braun und krustig gebraten wurde. Auch der schwere Rote, den Bocholt schon im Frühjahr bei Cäsar Godeffroy bestellt hatte, würde ihm Eindruck machen. Godeffroy war eben doch der beste Händler für spanischen Wein.

Wagner, befreit von der beklemmenden Gegenwart des anderen Kaufmanns, wollte nun endlich seine peinliche Frage stellen. Er rührte mit dem Löffel in seiner leeren Kaffeetasse, faßte sich ein Herz und kam direkt zur Sache.

«Euer Sohn ist gesehen worden, Monsieur Herrmanns, verzeiht, aber es ist nun mal so. In der Nacht, in der der Kapitän starb, ritt er Van der Smissens Weg hinauf, und er ritt wie der Teufel. Er muß der gewesen sein, der im Garten einen Streit mit dem Kapitän hatte. Einen bösen Streit. Wißt Ihr davon?»

Er hatte leise gesprochen, niemand außer Claes konnte ihn hören. Der senkte den Kopf und antwortete genauso leise:

«Ja, Wagner, ich weiß davon. Ich hätte es Euch sagen müssen.» Er seufzte schwer. «Aber ich hatte gehofft, wir finden den Täter schnell, das war natürlich sehr unvernünftig. Ja, er war dort, er hatte auch einen Streit mit Stedemühlen. Christian war dumm genug, sich mit der Tochter des Kapitäns im Garten zu treffen, und Stedemühlen hat die beiden erwischt. Aber ich schwöre bei Gott, Christian hat mit der Sache nichts zu tun.»

«Das will ich wohl glauben, aber es kann nicht verschwiegen werden. Das würde den Verdacht nur erhärten, Ihr versteht das gewiß. Er wurde gesehen, und damit ist er verdächtig.»

«Wann wurde er gesehen? Und von wem?»

«Vom Nachtwächter. Um Mitternacht.»

«Struensee sagt, der Kapitän sei erst gegen Morgen gestorben.»

Wagner schwieg und sah ihn traurig an.

«Gut.» Claes nickte ergeben. «Ihr müßt ihn befragen, es läßt sich nicht vermeiden. Ich weiß es. Aber könnt Ihr uns noch einen Tag Frist geben? Christian läuft nicht weg, und es wäre wirklich nur ein Tag. Ich bin ganz sicher, daß wir in der Admiralität und vom Sklavenvater Wichtiges erfahren werden. Ich bitte Euch.»

Wagner errötete. «Bittet mich nicht. Aber ein Tag wird wohl nicht schaden. Ich vertraue auf Euer Wort.»

Wagner wußte, daß er in den nächsten beiden Nächten schlecht schlafen würde. Auch er konnte sich nicht vorstellen, daß Christian Herrmanns die beiden Männer getötet hatte. Andererseits war er schon vielen begegnet, denen niemand eine solche Tat zugetraut hatte, die aber doch schuldig gewesen waren.

Der Uhrzeiger am Turm von St. Petri näherte sich der Sieben, als Rosina endlich das Marburgersche Kontor verlassen konnte. Sie war müde, immer noch klebrig und sehnte sich nach frischer Luft. Vor allem hätte sie gerne die warmen Männerkleider ausgezogen. Sie schimpfte stets über das lästige Korsett und beneidete die Männer um ihre viel bequemere freie Kleidung. Aber im Sommer, so dachte sie, während sie die Dammtorstraße hinauflief und versuchte, ihre Halsbinde zu lockern, möchte ich um nichts in der Welt für länger als ein oder zwei möglichst kühle Tage tauschen.

Sie passierte das Tor, atmete froh den leichten Duft der Wiesen und wanderte schon munterer an der Außenalster entlang. Gerade als sie bei Böckmanns Garten neugierig versuchte, durch ein Loch in der hohen Hecke zu sehen, hörte sie einen Reiter hinter sich. Claes Herrmanns zügelte sein Pferd neben ihr und stieg ab. Er hatte sie gleich an den roten Haaren erkannt.

«Mylau», sagte er lächelnd, «das ist eine Überraschung.»

«Verzeiht, wenn ich Euch in Eurem Garten störe, aber es gibt Neuigkeiten, und ich dachte, die wollt Ihr sicher gleich erfahren.»

«Ganz sicher. Und Anne wird sich freuen, Euch zu sehen.»

Anne freute sich sogar sehr, und sie erlaubte Claes erst, mit Rosina zu reden, nachdem die sich in Annes Kabinett erfrischt und umgekleidet hatte. Ein luftiges Gartenkleid von Anne, aus leichtem, mit grünen Ranken und zarten Heckenrosen bedrucktem Kattun, verwandelte Sven Mylau wieder in Rosina. Es war zu lang, aber es stand ihr wunderbar. Das fand zumindest Christian.

Während Elsbeth Petersiliensuppe servierte und Blohm Platten mit geräucherten Forellenfilets, weißem Käse aus den Marschen, salzigem, mit Kräutern gebackenem Dinkelbrot und eine große Schale mit Erdbeeren und Pfirsichen ins Gartenzimmer brachte, konnte Rosina ihre Neuigkeiten berichten. Anne war mindestens so neugierig wie ihr Mann und ihr Stiefsohn.

Rosina erzählte schnell von ihrem Besuch in der Zuckersiederei und ihrer Überzeugung, daß es mit einigem Geschick wohl möglich sei, eine Zuckerhutform unbemerkt aus dem Haus zu bringen, besonders eine der kleineren, die man ja auch auf der Bastion bei Marburger gefunden habe.

«Die Arbeit in der Siederei», fuhr sie fort, «beginnt schon am Morgen um zwei. Aber einige der Knechte und Jungen kommen stets später, weil sie am Nachmittag die Formen und die Schürzen waschen. Es sind an jedem Tag andere, für einen von ihnen wäre es sicher möglich gewesen, bei Sonnenaufgang auf der Bastion zu sein. Die Meisterknechte würden bemerken, wenn einer viel später kommt, aber es ist dort eng, mehr als dreißig

Männer und Jungen drängen sich an den Siedepfannen und im ganzen Haus bei den verschiedenen Arbeitsgängen. Es ist gewiß leicht, zu behaupten, man sei auf einem der anderen Böden oder im Lager aufgehalten worden.»

Und sicher sei es ganz besonders leicht, fügte Claes hinzu, wenn alle den Nachzügler deckten. Also könne der Mord an Marburger eine gemeinsame Rache gewesen sein, vielleicht sogar ein Komplott mit Oswald. Der sei bei den anderen Knechten sehr beliebt gewesen.

«Und auch wenn Marburgers Tod mit den Unruhen zusammenhängt, die seit Wochen unter den Männern in allen Siedereien gären, wenn alle oder nur einige diesen Mord geplant und einen ausgewählt haben, ihn auszuführen ...»

«Aber wie haben sie ihn um diese Stunde auf die Bastion gelockt?» fragte Rosina, der seine Gedankenspiele viel zu theoretisch waren. Claes, der sich sehr wohl vorstellen konnte, wer und was einen Mann mitten in der Nacht an einen einsamen, idyllischen Ort locken konnte, schwieg.

«Warum überhaupt so umständlich», gab Anne zu bedenken und griff nach der Karaffe, um sich und Rosina Wein nachzuschenken. «Wenn sie ihn wirklich töten wollten, weil er ein so fürchterlicher Patron war, wie man hört, wäre es nicht einfacher gewesen, ein Unglück in der Siederei zu arrangieren? Das ist doch ein gefährlicher Ort. Wäre das möglich, Rosina?»

«Ganz bestimmt. Die Treppen sind steil, alles ist klebrig, und es ist leicht, auszurutschen. Die Siedebottiche sind riesengroß, und die kochende Masse dampft und brodelt beängstigend. Sicher kann man dort eine Möglichkeit finden.»

«Es ist doch auch ganz leicht», phantasierte Anne mit sichtlichem Behagen weiter, «einen Toten aus den Luken in ein Boot abzuseilen und verschwinden zu lassen, in den Fleeten oder gar in der Elbe. Dann findet niemand mehr heraus, wer es getan hat. Oder in einem Zuckerfaß?»

«Nein, Anne, dazu war Marburger wohl zu groß und zu dick.»

Rosina amüsierte sich über Annes Eifer, und das Vergnügen,

das Claes Herrmanns' Frau an diesem unfeinen Thema hatte, nahm ihr die letzte Scheu.

«Dann eben in die Elbe», sagte Anne, nickte und steckte sich ein großes sonnengelbes Pfirsichstück in den Mund. «Die ist doch breit und tief genug für jeden.»

«Ganz bestimmt.»

«Ich glaube», sagte nun Christian, der bisher schweigend zugehört hatte, «daß der, der ihn erschlagen hat, gar nicht wollte, daß der Tote verschwindet. Warum sonst die Farce mit der Tonform? Die kann er doch nur inszeniert haben, weil er unbedingt wollte, daß man Marburger findet und denkt, er sei mit dieser Zuckerhutform erschlagen worden. Mir scheint, da legt einer Spuren und wartet, ob wir klug genug sind, sie zu lesen und zu verstehen.»

Alle schwiegen. Nun waren sie wieder dort, wo sie am Morgen von Marburgers Tod begonnen hatten.

«Das Problem werden wir sicher noch lösen, wenn wir mehr wissen.» Rosina liebte es nicht, zu lange bei scheinbar Unlösbarem zu verweilen, und die eigentliche Neuigkeit hatte sie noch nicht erzählt. «Ich habe nämlich noch etwas viel Interessanteres erfahren. Wir haben doch gedacht, Monsieur Herrmanns, die toten Männer hätten nichts miteinander zu tun gehabt. Aber das schien nur so. Tatsächlich war Marburger mit Billkamp gut bekannt, sogar gut genug für einen lauten Streit.»

Claes war es, als sei das blitzende Wetterleuchten, das gerade am Abendhimmel über die Alster zuckte, durch ihn hindurchgefahren. «Seid Ihr sicher? Und ich habe heute gehört, daß Billkamp Stedemühlen gekannt hat. Vor vielen Jahren zwar, aber wohl recht gut. Doch davon gleich, sagt uns zuerst, was Ihr gehört habt.»

Rosina berichtete, was ihr das Spülmädchen verraten hatte. Danach hatte sie beschlossen, Pagerian gründlich auszufragen. Das war ganz einfach. Sie schrieb schnell die Briefe, die er ihr aufgetragen hatte, und brachte sie in großer Eile zur Post. Als sie ins Kontor zurückkam, kehrte der Schreiber gerade mit roten

Wangen und innigem Lächeln von seinem Besuch bei der betrübten Witwe seines toten Herrn zurück.

Ein langer Besuch, fand Rosina, aber das war nur von Vorteil, denn Pagerian war durch die Huld der Dame in gönnerhafter Stimmung und schnell bereit zu plaudern. Rosina nutzte ihre Chance.

Auf der Poststation habe man erzählt, begann sie, der selige Herr sei ein alter Freund dieses Dichters gewesen, der erst kürzlich einem geheimnisvollen Leiden im Pesthaus erlegen und am Samstag in der Gruft von St. Petri seine letzte Ruhe gefunden habe. Das sei doch recht tragisch – zwei Freunde und innerhalb von wenigen Tagen dahingerafft.

«Nun ja», Pagerian hüstelte zögernd, aber seine Schwatzhaftigkeit und der Stolz, in die privaten Belange seines Herrn eingeweiht gewesen zu sein, siegten über die Verschwiegenheit, die seiner Stellung gebührte. «Der Herr hielt nicht sehr viel von der Dichtkunst, er war ein Mann von echtem Schrot und Korn, wie wir in dieser Stadt sagen, die Füße fest auf heimatlichem Boden und den Prinzipien des Handels. Ja, das war er gewiß. Und Billkamp – Ihr sprecht doch von Billkamp?»

Rosina nickte eifrig.

«Billkamp war da ganz anders.» Er schnalzte mißbilligend mit der Zunge. «Ein Dichter eben, wenig verläßlich und den Kopf immer in den Wolken, wenn Ihr wißt, was ich meine. Aber Ihr habt recht, er war vor einigen Wochen hier. Kurz nach Ostern? Nein, jetzt erinnere ich mich genau. Es war drei Tage vor Ostern, am Tag von Madame Marburgers Geburtstag, sie ist ein echtes Frühlingskind, müßt Ihr wissen, eine zarte Narzisse. Ach ja.»

«Er war also hier und besuchte den Herrn? Oder Madame Marburger?»

«Wo denkt Ihr hin? Sie ist eine Dame. Natürlich den Herrn, in seinem Kontor. Und tatsächlich», er senkte die Stimme, als könne der ihn noch hören und für seine Indiskretion strafen, «gab es nach einer Weile einen mächtigen Disput. Das war erstaunlich, denn zuerst hatten sie sehr nett miteinander geplaudert. Wohl über ein Leiden des Dichters, und der Herr gab Rat. Ja, er war immer hilfreich bei den Leiden Schwächerer.»

«Und worum ging es bei dem Streit?»

«Das weiß ich natürlich nicht, denkt Ihr, ich habe gelauscht? Aber der Dichter rief, er war einfach nicht zu überhören, immer wieder rief er, es müsse ans Licht, er werde es schreiben, mein Herr könne ihn nicht hindern, es werde sie beide vor der Hölle retten und solcherlei Dinge. Von Bekenntnissen vor Gott und den Menschen sprach er noch. Vielleicht sagte er auch Bewandtnisse, es war nicht so genau zu verstehen. Nun, ich sagte ja schon, den Kopf immer in den Wolken. Warum sollte auf meinen Herrn, der doch immer so selbstlos für das Waisenhaus und die Sklavenkasse gespendet hat, die Hölle warten?»

Rosina dachte, was der Tod aus den Menschen doch für Lügner mache. Das einzige, was sie in der Poststation tatsächlich gehört hatte, war, daß alle glaubten, Pagerian müsse heilfroh sein, weil der Sensenmann seinen Herrn geholt habe und er nun endlich nicht mehr schikaniert werde wie ein lahmer Gaul.

«Und das war das einzige Mal, daß der Dichter hier war?» Rosina hoffte inständig, Pagerian werde ihre völlig unangemessene Neugier nicht auffallen, bevor sie genug gefragt hatte.

«Mein Herr war, wie ich schon sagte, stets darauf bedacht, anderen zu helfen. Schon am nächsten Tag schickte er einen Jungen in die Gröninger Straße. Dort wohnte Billkamp, müßt Ihr wissen, in einem ungewöhnlich reichen Haus für einen wie ihn. Nun ja, der Junge, ich habe das nur zufällig gehört, sollte ihn für den nächsten Tag hierher bitten.»

«Und er kam?»

«Pünktlich mit dem Glockenschlag. Es war eine gute Unterredung. Kein lautes Wort, mein Herr war immer für schnelle Versöhnung. Der Dichter ging schon nach ganz kurzer Zeit. Die Herren hatten allerdings noch von der neuen Lieferung Rum von St. Thomas probiert, und als er das Kontor verließ, trug er ein Geschenk meines Herrn in der Hand.»

«Was war es?» Rosina ahnte die Antwort und platzte fast vor Ungeduld.

Pagerian rieb sich die Hände und kicherte verschämt.

«Nun, Ihr seid noch ein wenig jung für diese Dinge, Mylau, aber ich will es Euch erklären. Es war ein gläserner Napf. Ich sah ihn ganz zufällig, als der Herr ihn am Vormittag jenes Tages in seinen Kontorschrank stellte und so vor meinen Augen verbarg. Er wollte seinen Freund, denn er muß wohl doch ein Freund gewesen sein, nicht decouvrieren. Es war eines dieser Mittel, das uns hilft, wenn, nun ja ... wenn die Manneskraft, Ihr versteht, wenn sie ein wenig zu wünschen übrigläßt. Nicht daß mein Herr so etwas je benötigt hätte, aber er wußte von diesen Dingen, weil er eben ein hilfreicher Mensch war und sich immer – nun ja.»

Als Rosina ihren Bericht hier endete, war ihr Kopf mindestens so rot wie Pagerians bei seiner Erklärung der Probleme gewisser männlicher Kräfte.

«Die Hexensalbe», sagte Claes tonlos. «Marburger hat sie ihm gegeben?»

Rosina nickte. «Es kann nur die Hexensalbe gewesen sein. Der gläserne Napf, den ich in seiner Kammer im Pesthof gefunden habe. Ich hatte noch keine Gelegenheit, Euch zu berichten, aber Matti und Lies sind ganz sicher, daß Hexensalbe darin war. Sogar von der wirksamsten Sorte, sagt Matti.»

«Jetzt verstehe ich gar nichts mehr», Claes rieb sich unwillig die Stirn. «Dann haben wir uns geirrt. Die Wirkung der Salbe war gar keine böse Absicht, sondern ganz im Gegenteil eine Hilfe unter Männern ...»

«Aber nein, versteht Ihr denn nicht, was sie *tatsächlich* bewirken sollte?»

«Nun sag es uns, Rosina», rief Anne. «Wir verstehen gar nichts.»

«Also noch einmal von vorn», sagte Claes. «Worum haben sie sich gestritten, und wozu sollte die Hexensalbe dienen?»

«Es ist ganz klar», erklärte Rosina. «Mir fiel es aber auch erst ein, als ich vorhin über den Gänsemarkt ging. Monsieur Ackermann, der Prinzipal des neuen Theaters, trat gerade aus dem Gang zum Opernhof. Theater, versteht Ihr? Monsieur Billkamp sprach in dem Streit von etwas, das er schreiben wollte. Er meinte natürlich das Stück, das er uns versprochen hatte. In seinem Brief an Jean stand doch, es handele von einer wahren Begebenheit, die zwar lange zurückliege, aber dennoch großes Aufsehen erregen werde. In Hamburg und in Altona.»

«Altona», flüsterte Anne aufgeregt. «Der Kapitän lebte in Altona.»

Aber niemand hörte ihr zu.

«In seinem Stück drehte es sich ganz bestimmt um etwas, das mit Marburger zu tun hatte, irgend etwas, das er geheimhalten wollte, vielleicht mußte. Ein Verbrechen, eine Schande, was weiß ich?»

«Aber warum hat er es dann Marburger erzählt?» Claes konnte sich nicht vorstellen, daß einer, der einen Skandal anzetteln will, sein Opfer vorher warnt.

«Ich weiß es nicht, aber ich glaube, ich weiß, warum der ihm die Salbe gegeben hat. Er muß gewußt haben, welche seltsamen Wirkungen sie hat. Und tatsächlich haben alle geglaubt, Billkamps Geist sei verwirrt. Und so einer», schloß sie triumphierend, «kann schreiben und sagen, was er will. Niemand wird ihm glauben.»

Claes griff nach der Karaffe, aber sie war leer.

«Blohm», brüllte er, «bring uns noch Wein. Vielleicht hilft der mir, dieses Wirrwarr zu verstehen», fügte er stöhnend hinzu. «Also: Marburger und Billkamp hatten ein gemeinsames Geheimnis. Offenbar ein ganz übles. Billkamp wollte es mit seinem Theaterstück bekannt machen. Warum? Er hätte es doch einfach allen erzählen können?»

Rosina zuckte mit den Schultern und dachte an ihren Prinzipal. Jean hätte es wahrscheinlich genauso gemacht, nichts ging ihm über einen deftigen dramatischen Auftritt.

«Ein Stück auf dem Theater», sagte sie dann, «macht größeren Skandal. Und vielleicht wollte er auf diese Weise endlich berühmt werden.»

«Eine verrückte Idee.»

«Verrückt, mon ami», rief Anne, die sich überhaupt nicht mehr vorstellen konnte, daß sie sich jemals in Hamburg gelangweilt hatte, «aber perfekt. Alle wären ins Theater gelaufen. Ich auch. Du etwa nicht?»

Claes brummte etwas Unverständliches, dann stützte er seufzend den Kopf in die Hände.

«Das hilft uns aber immer noch nicht bei der Frage, wer Marburger und Stedemühlen getötet hat.»

«Und warum ausgerechnet ich den einen gefunden und mit dem anderen kurz vor seinem Tod lautstark gestritten habe», fügte Christian beklommen hinzu. «Ich kann nur schwer glauben, daß das Zufall war.»

«Merde», sagte Anne.

Damit waren alle einverstanden.

«Christian, versteht mich nicht falsch, ich glaube nicht, daß Ihr mit diesen Toden zu tun habt, aber sicher wird Wagner Euch danach fragen müssen: Wo seid Ihr gewesen, nachdem Ihr den Stedemühlenschen Garten verlassen habt?»

Christian nickte. Natürlich nahm er Rosina diese Frage nicht übel. Sie wollte es wissen, aber sie wollte ihn auch auf die Fragen des Weddemeisters vorbereiten.

«Ich war so zornig», begann er, «ich habe gar nicht über meinen Weg nachgedacht, ich galoppierte mir einfach die Hitze aus dem Leib. Es war ja tiefe Nacht, und die Hamburger Tore waren längst verschlossen, so ritt ich über das Vorland und an der Sternschanze vorbei nach Eppendorf. Ich war viel zu unruhig, um schlafen zu gehen oder auch nur irgendwo herumzusitzen und zu grübeln, also überquerte ich die Alster und ritt auf dem Uferweg immer weiter. Wohl bis irgendwo hinter Wellingsbüttel, genau weiß ich das aber nicht mehr, diese kleinen Weiler erscheinen mir in der Nacht alle gleich. Dort ließ ich mein Pferd verschnaufen, es war schweißnaß, deshalb rieb ich es mit Heu ab, das da auf der Wiese zum Trocknen lag. Dann ließ ich mich einfach ins Gras fallen und starrte in die Sterne. Vielleicht schlief ich sogar für ein paar Minuten ein, ich weiß auch das nicht genau, jedenfalls war es längst hell, als ich hierher zurückkehrte.»

«Wann wird es jetzt hell?» fragte Rosina. «Um fünf? Und hat Euch irgend jemand gesehen?»

Christian schüttelte unglücklich den Kopf. Er begriff, das sein nächtlicher Ritt alles andere als ein Beweis für seine Unschuld war. «Als ich den Leinpfad an der Alster hochritt, war es noch dunkel, wer sollte da ein Boot treideln oder in die Dörfer an der Oberalster unterwegs sein? Zurück folgte ich nicht dem Pfad, sondern ritt über die östlichen Wiesen um Winterhude und dann zurück über die Eppendorfer Furt auf den mittleren Weg. Da überholten sich zwei kleine Fuhrwerke, mehr nicht. Es war ja noch sehr früh. Als ich durch die Furt ritt, kam von Norden zwar ein Alsterkahn, ich weiß nicht, ob der Mann an der Stake mich bemerkt hat, aber angesehen hat er mich sicher nicht. In dem Boot stand eine Kuh, die er wohl zum Schlachthaus bringen wollte, jedenfalls war das Tier sehr unruhig, und er hatte keine Augen für frühe Reiter.»

«Und Ihr wart erst kurz, bevor Euer Vater Euch auf der Terrasse traf, zurück?»

«Vielleicht eine Viertelstunde.»

Blohm brachte den Wein, füllte ungewöhnlich umständlich die Gläser und rieb sich dann verlegen die roten Hände.

«Was ist los, Blohm?» fragte Claes.

«Die Tür war offen», sagte der Alte, «man hört draußen ein bißchen, aber nur Elsbeth und ich, und wir sind – ich wollte nur sagen, der Zuckerbäcker hat immer viel für die Sklavenkasse gegeben. Das hat Mamsellken Rosina doch vorhin auch gesagt. Alle wissen das und denken, er hat gespendet, weil er früher selbst zur See gefahren ist und erst, als sein Vetter von einer Seereise nicht zurückkam, die Siederei geerbt hat. Aber komisch ist das doch. Und Ihr, Herr Claes, habt gesagt, da war mal vor Jahren was mit dem Freikauf. Das wollte ich nur sagen.»

«Blohm, mein Alter», rief Claes plötzlich, sprang auf und drückte dem erschrockenen Diener einen Kuß auf die Stirn, «gelobt seien deine guten Ohren und unsere offene Tür.»

Blohm, der seinem Herrn niemals näher gekommen war als eine Tellerbreite, flüchtete in die Küche, wo er Elsbeth berichtete, der Herr habe heute ausnahmsweise zuviel getrunken, und gewiß verstärke das Wetter die Wirkung des Weins.

Es war nun schon fast dunkel, und Rosinas tapferer Entschluß, eilends nach Altona zurückzukehren, stieß auf heftigen Protest. Man müsse noch so viel besprechen, mahnte Anne, und genau planen, was morgen am dringlichsten und zuerst zu tun sei. Der Weg sei zu weit, sagte Claes, und es sei für niemanden, aber besonders für eine junge Frau nicht mehr die Zeit, allein über das Vorland zu gehen. Auf sein Angebot, Rosina mit dem Zweispänner nach Altona zu bringen, erntete Christian nur einen strengen Blick seines Vaters und schwieg.

Um die Komödianten, die gewiß schon in großer Sorge waren, zu beruhigen, wurde Benni, der Pferdejunge, in die Elbstraße geschickt. Helena, versicherte ihm Rosina, werde einen Schlafplatz für ihn finden, damit er nicht in dieser ungemütlichen Nacht zurückreiten müsse.

Dennoch flüchteten an diesem Abend viele der Kaninchen, Feldmäuse, Hasen und selbst ein einsamer Dachs, die auf dem freien Feld des Hamburger Bergs wohnten, vor dem in rasender Jagd unter dem dunklen, wetterleuchtenden Himmel galoppierenden Boten. Benni hatte bei dem Wettnehmer an der Trostbrücke darauf gesetzt, daß der Komet ein großes Feuer ankündige. Und so allein auf dem ungeschützten Land vor den Wällen war es nicht unwahrscheinlich, daß dieses Feuer zuerst ihn traf.

13. KAPITEL

DIENSTAG, DEN 17. JUNIUS,
MITTAGS

Die junge Frau, die gerade aus dem Haus trat, war wie ihre Begleiterin ganz in Schwarz gekleidet. Sie blickte den Mann neugierig an und beobachtete, wie er sein Pferd an den Eisenring neben dem Portal band. Sie nickte ihm zu, vielleicht hätte sie ihn sogar begrüßt, wenn ihre Begleiterin, eine ältere, äußerst honorig wirkende Dame, nicht energisch ihren Arm genommen und sie mit strengem Flüstern auf den Weg unter den Bäumen entlang der Palmaille gezogen hätte.

Claes klopfte den Hals des unruhig schnaubenden Pferdes und sah den beiden nach. In den Augen des Mädchens hatte ein Lächeln des Wiedererkennens aufgeleuchtet, und auch sie schien ihm nicht fremd, obwohl er sie nie zuvor gesehen hatte. Das konnte nur Lucia gewesen sein. Offenbar glich er seinem Sohn tatsächlich mehr, als er selbst es sah. Und sie? Sie ähnelte Gunda nur wenig, sie wirkte größer und dunkler, aber sicher war es dieser Zug um den lächelnden Mund, die Haltung des Kopfes, irgend etwas, das ihn doch an Gunda erinnerte.

Wieder führte ihn das Mädchen bereitwillig über die Treppe hinauf in den kleinen Salon, und kurz darauf trat Gunda, nun auf einen Stock gestützt, ein. «Nimm Platz», sagte sie, ohne ihn zu begrüßen, und wie vorher bot sie ihm auch diesmal keine Erfrischung an. Das Mädchen schob ihr das Bänkchen für den verletzten Fuß zurecht und verließ knicksend den Raum.

«Laß uns keine unnütze Konversation machen, Claes. Morgen ist die Beerdigung, und ich habe viel zu tun.»

Ihre Kühle verletzte ihn, und seine Hoffnung, sie möge bereitwillig ihre Geheimnisse mit ihm teilen, und womöglich doch noch den Weg für Christians Liebe zu Lucia öffnen, schwand.

«Gewiß», sagte er steif, «ich werde dich nicht länger als notwendig aufhalten. Inzwischen habe ich herausgefunden, daß der kürzlich verstorbene Dichter, du erinnerst dich gewiß, tatsächlich vor langer Zeit mit dem Kapitän bekannt war. Er ist sogar auf einem seiner Schiffe mitgefahren, und es ist ziemlich sicher, daß sie gemeinsam in einen Barbareskenüberfall gerieten. Hat er je davon erzählt?»

Gunda schüttelte den Kopf.

«Nein, daran würde ich mich erinnern. Er erzählte allerdings nie viel von seinen Fahrten, er hatte eine eigentümliche Scheu davor, wohl weil er glaubte, daß das eine Frau langweilen oder erschrecken könnte. Was ist damals geschehen?»

Claes erzählte ihr das wenige, das er wußte, und sie hörte mit wachsender Spannung zu.

«Ich hoffe», schloß er, «daß es irgendwelche Papiere in seiner Hinterlassenschaft gibt, die mir weiterhelfen, in denen steht, wer noch mit auf dem Schiff war, und besonders, wer außer ihm und Billkamp den Barbaresken entkommen ist. Das ist unser einziger Hinweis. Drei Männer sind tot, sie kannten sich, aber obwohl sie so nahe beieinander lebten, pflegten sie diese Bekanntschaft nicht. Das einzige, was zumindest zwei, wahrscheinlich sogar alle drei verband, war eine Schiffsreise vor etwa drei Jahrzehnten, bei der sie einem Barbareskenüberfall entkamen, der später zu Unstimmigkeiten mit der Sklavenkasse führte. Ich glaube, daß die Morde damit zusammenhängen müssen.»

«Sind deine Schlüsse nicht ein wenig verwegen, Claes? Nur weil es vor so vielen Jahren offenbar Schwierigkeiten mit der Auslösung gegeben hat, in die mein Mann vielleicht, wirklich nur vielleicht, verwickelt war, sollte ihn deshalb jemand getötet haben? Und erst jetzt?»

Sie dachte an die anderen Sklaven, an denen der Kapitän reich geworden war. Spielte Claes auch darauf an? Oder hatte er das vergessen? Warum sprach er nicht davon? In ihrem Kopf vermischten sich die Bilder, und es kostete sie große Mühe, weiter ruhig zu erscheinen.

«Wir haben nicht die leiseste Ahnung, warum er nach all diesen Jahren deswegen getötet worden sein soll», fuhr Claes fort, «aber es gibt einige Hinweise, die das nahelegen. Ich will dich damit gerade heute nicht aufhalten, es ist eine sehr verwickelte und immer noch recht rätselhafte Geschichte. Hast du seine Papiere schon durchgesehen?»

«Ja.» Gunda nickte nachdenklich. «Flüchtig, es gibt nur sehr wenige. Und das ist wirklich erstaunlich. Da sind Berechnungen für allerlei Gestirne und Planeten und auch für diesen Kometen, von dem alle sprechen. Einige Verträge auch, aber nur über den Kauf dieses Hauses und ähnliche Angelegenheiten, die alle aus den letzten Jahren stammen.»

«Keine Briefe? Keine alten Aufzeichnungen? Als Kapitän war er doch gewohnt, ein Logbuch zu führen, vielleicht hat er auch private Gedanken und Ereignisse aufgeschrieben. Vielleicht hast du auch noch nicht genug Muße gehabt, um alles ...»

Wieder schüttelte sie den Kopf.

«Nein, da gibt es einfach nichts. Ich bin auch sicher, daß ich nichts mehr in irgendeinem verborgenen Winkel finde. Das war nicht seine Art, und bevor wir Bristol verließen, hat er sich lange in sein Arbeitszimmer zurückgezogen und dann eine Kiste mit Dokumenten im Garten verbrannt. Unnötiges altes Zeug, sagte er, nur Ballast und zu nichts nütze.»

Claes verkniff sich einen deftigen Fluch. Das waren sie ganz sicher gewesen, die Unterlagen, die er nun so dringend brauchte.

«Dann muß ich auf andere Weise weitersuchen.» Er hoffte, sie werde den Ärger in seiner Stimme nicht bemerken. Nichts wünschte er sich in diesem Moment so sehr, als sie milde zu stimmen. Wie sollte er von ihrer Abreise vor mehr als zwanzig Jahren, die mehr einer Entführung geglichen hatte, beginnen?

«Mehr kann ich dir nicht sagen, Claes.»

Sie wollte, daß er ging, natürlich.

Also begann er hastig einfach mit dem Anfang: «Gunda, ich muß das jetzt fragen. Stimmt es, daß deine Eltern dich damals, als du so überstürzt aus Hamburg abreisen mußtest, mit Laudanum betäubt haben? Weil du dich sonst geweigert hättest abzureisen?»

Ihr Gesicht wurde klein und blaß, ihr ganzer Körper schien zu schrumpfen. Dann lehnte sie sich zurück und schloß erschöpft die Augen.

«Wer hat dir das gesagt», flüsterte sie. «Von wem weißt du das?»

«Von meiner Tante. Aber sorge dich nicht, sie ist klug und verschwiegen. Sie wird es niemals jemand anderem anvertrauen als mir. Es stimmt also?»

Sie nickte schwach und öffnete die Augen, aus ihrem Blick war alle Kälte verschwunden.

«Und nun willst du die ganze Geschichte hören.»

«Wir haben beide mehr als zwanzig Jahre geglaubt, daß wir feige vom anderen verlassen wurden, Gunda. Wir wissen jetzt, daß deine Eltern uns das mit gefälschten Briefen glauben machten. Wenn sie dich trotzdem auf diese Weise zwingen mußten, das Land zu verlassen, müssen sie Gründe gehabt haben. Sag mir, welche, Gunda.»

«Du kannst nicht vergessen haben, was wir taten. Was *ich* tat, denn für einen Mann ist das wohl nicht ungewöhnlich. Ich vergaß in dieser Stunde alles, was ich über Moral, Ehre und Würde gelernt hatte. Ich …»

Was in jener Nacht vor vielen Jahren geschehen war, hatte Claes niemals vergessen, aber es war von Schmerz und Scham zugedeckt so weit in seinen Erinnerungen vergraben gewesen, daß es ihm schon lange unwirklich erschienen war, fast, als wäre es niemals geschehen.

Er nahm erschrocken ihre Hand, und diesmal hielt sie sich an seiner fest.

«Es war nicht deine Schuld, Gunda, ich war der Schuldige, ich war es, der alles vergaß, und, mein Gott, wir waren so glücklich. Und so jung. Und wir glaubten doch beide, daß sie uns dann erlauben würden, erlauben mußten, zu heiraten.»

Er hielt ihre Hand und spürte, wie die Wärme in sie zurückkehrte.

«Du hast es ihnen gesagt, deshalb brachten sie dich fort und strickten diese widerwärtige Intrige?»

Sie lächelte matt.

«Ja, ich habe es ihnen gesagt. Aber erst einige Wochen später. Du warst in Amsterdam gewesen, und ich wartete mit meiner Beichte, bis du zurück warst, weil mich deine Nähe stärkte. Ich hatte große Angst davor, in meinem Herzen hatte diese Nacht nichts Schmutziges, nichts Sündiges, doch ich ahnte, *sie* würden nur die Sünde sehen. Aber sie waren meine Eltern, und ich vertraute ihnen, so wie sie mich gelehrt hatten, immer auf Gottes Gnade zu vertrauen. Erspare mir, zu wiederholen, was sie sagten. Es war schrecklich.» Sie schluckte und zwei Tränen rannen über ihre Wangen. «Am nächsten Morgen gaben sie mir deinen Brief und schlossen mich ein. In der übernächsten Nacht brachten sie mich auf das Schiff.»

Und dann erzählte sie ihm die Geschichte ihrer Reise in ihr neues Leben, von der Nacht an der Reling, als Stedemühlen kam und begann, ihr die Sterne zu erklären, daß sie in Lissabon, wo ihre Reise enden sollte, an Land ging, aber nur, um den Kapitän zu heiraten und ihm in sein Haus auf Madeira zu folgen.

«Aber er war dir fremd. Liebtest du ihn? So schnell?»

«Bist du gekränkt?» Endlich entzog sie ihm ihre Hand. «Nein, du bist nur dumm. Damals liebte ich ihn nicht, aber ich achtete ihn und hatte keine Wahl. Später habe ich ihn auch geliebt, für eine Weile, aber in den ersten Jahren war ich nur dankbar, daß er mit mir als seiner Frau lebte, trotz des Makels, den ich trug. Ich hatte es nicht erwartet, aber er hat Lucia sehr geliebt. Seit ihrem ersten Schrei. Mein Erlösungskind, nannte er sie immer. Wohl weil sie ihn aus dem einsamen Leben erlöste, das er bis dahin geführt hatte.»

«Das hattest du doch schon getan. Und warum sollte er sein erstes Kind nicht lieben?»

«Warum? Weil sie nicht sein Kind ist. Begreifst du denn nicht, warum eine Verbindung zwischen Lucia und Christian unmöglich ist? Sie ist nicht Stedemühlens Kind. Lucia ist deine Tochter.»

Als Claes Herrmanns an der Kirche St. Pauli vorbeiritt, schlug die Glocke, aber er zählte nicht, wie es sonst seine Gewohnheit war, die Schläge. Er beachtete auch nicht, daß der Wind plötzlich in kühlen Böen über den Hamburger Berg stolperte, sein Hut davonwehte und der Himmel über Altona schwarz war wie in tiefer Nacht. Blitze zuckten und von ferne rollte der Donner, als nehme er Anlauf für den großen Sprung in die Stadt hinter den Festungsmauern. Die junge Stute spürte die Gewalt des Unwetters und tänzelte nervös, doch erst als sie in einen unruhigen Galopp fiel, kehrte Claes zurück in die Gegenwart.

Lucia war seine Tochter. Und der Kapitän hatte es gewußt. Er hatte dieses Kind als seines anerkannt, hatte dafür gesorgt, daß während des Umzugs nach Bristol die Geburtspapiere verschwanden, und in England neue anfertigen lassen, die das Mädchen um ein Jahr jünger machten, seine Geburt mehr als ein Jahr nach der Hochzeit bezeugten. Tatsächlich war sie nicht, wie sie selbst glaubte, im gleichen Jahr geboren wie Christian, sondern schon ein Jahr zuvor.

Gunda hatte dem Kapitän alles erzählt, bevor sie in diese Ehe einwilligte. Aber er hatte es schon gewußt. Die Tante, die Gunda begleitete, hatte ihm als dem Kapitän des Schiffes erklärt, wer unter seinen Segeln reiste. Alles sei Gottes Vorsehung, versicherte er Gunda später, auch die Sünde. Es sei nur Seinem Willen unterworfen, wer erwählt und wer verworfen werde. Die Aufgabe der Menschen, die in Seinem Geist wandelten, sei es, gefallene Brüder und Schwestern zu stützen und auf Gottes Weg zurückzuführen. Vielleicht sei es sein Auftrag, sie, Gunda, zurückzuführen. Sie möge das Buch Hiob lesen, es werde sie trösten.

War dieser Mann wirklich so milde gewesen? Einer, der mit Sklaven handelte?

Was sollte er nun tun? Auch wenn sie beteuerte, Stedemühlen sei ein guter Gatte gewesen, so hatte er, Claes, doch Gundas Leben zerstört. Weil er dumm gewesen war, selbstsüchtig und unbeherrscht. Wie sollte er diese Schuld jemals begleichen?

Und wie sollte er seinem Sohn sagen, er könne seine Liebe nicht zum Altar führen, weil sie seine Schwester sei?

Der Himmel zerriß, gleißende Blitze jagten durch das violette Schwarz der Wolkenwand, über dem Land zerbarst dröhnend der Donner, und Regen fiel wie eine Sintflut vom Himmel, aus den ersten warmen Schauern wurde eiskalt prasselndes Strömen, das die Augen blind und die Ohren taub machte. In wilder Panik jagte die Stute dahin, Claes beugte sich tief über ihren Hals, spürte das harte Schlagen ihres Herzens, das Pulsieren in ihren Adern, und die Qual seiner Seele wurde aufgesogen von dem Wüten des Himmels. Ohne darüber nachzudenken, zwang er die rasende Stute nicht in den Schutz der nahen Stadt, sondern an den Mauern und Gräben entlang zu Anne in ihrem friedlichen Haus unter den Bäumen.

DIENSTAG, DEN 17. JUNIUS,
NACHMITTAGS

Als der vierte Donner grollte, hatte sich Pagerian milde gezeigt und seinem fleißigen Hilfsschreiber erlaubt, sich schon am Nachmittag auf den Heimweg nach Altona zu machen. Er möge sich beeilen, hatte er Mylau munter nachgerufen, auf dem freien Feld vor den Wällen suche der Blitz nach allem, was sich bewege. Aber so weit kam Rosina gar nicht. Sie bog gerade erst in die Fuhlentwiete ein, als das Unwetter begann. Sie flüchtete in den *Bremer Schlüssel*, ihre Jacke war schon völlig durchnäßt.

Ein paar tränende Kerzen erhellten den nachtdunklen Raum nur notdürftig. Einige alte Männer hockten auf einer Bank nahe dem Schanktisch. Jakobsen stand am Fenster, die Stirn in besorgten Falten, und blickte auf die Straße. Der Wirt drehte sich um, er erkannte Rosina nicht sofort, aber dann, beim zweiten Blick, zog sich ein breites Grinsen über sein rundes Gesicht. Sie legte rasch den Finger auf den Mund, und er nickte. Er liebte Rosinas Scharaden, von dieser neuesten hatte ihm Titus unter dem Siegel der Verschwiegenheit schon erzählt, er würde die Komödiantin gewiß nicht verraten. Er führte sie in die Küche hinter der Schenke, drückte ihr ein Leinentuch in die Hand und ging wieder an seinen Schanktisch. Sie trocknete sich notdürftig ab, auf dem Handtuch blieb ein rötlicher Schimmer zurück, und sie hoffte, daß ihre Halsbinde weiß geblieben war.

Die Küche war leer, auf dem nur mehr glosenden Herdfeuer köchelte eine wunderbar duftende Ochsenschwanzsuppe in einem großen Eisentopf. Sie füllte eine Kelle davon in eine Schale, brach ein Stück von dem frischen Roggenbrot, das auf dem Tisch lag, und trug beides in den Schankraum.

Jakobsen war nicht zu sehen, wahrscheinlich rannte er durch sein Haus, um zu prüfen, ob alle Fenster fest verriegelt waren und der Regen an der dünnen Stelle im Dach über Linekens Kammer bereits durchtropfte.

Rosina saß wohl schon eine Stunde in der Schenke, und das Unwetter tobte, als wolle es die ganze Stadt kurz und klein schlagen, als Jakobsen endlich Zeit fand, sich zu ihr zu setzen. Er trug frische Kleider, aber sein Haar war noch naß. Die Schuppentür habe sich losgerissen, erzählte er vergnügt, er habe sie erst vernageln müssen.

«Aber mal ganz ehrlich: Es geht doch wenig über so ein richtiges Unwetter. Was, Mylau?»

Mit seinem üblichen dröhnenden Gelächter schlug er auf Rosinas gepolsterte Schulter, stutzte, lachte noch dröhnender und rieb sich die Hände.

«Irgendwann muß es ja aufhören», sagte er immer noch glucksend, «dann kann der Herr Hilfsschreiber in herrlich frischer, kühler Luft nach Altona laufen.»

Rosina nickte mißmutig. Im Gegensatz zu Jakobsen fand sie das Unwetter nur bedrohlich und äußerst störend. Im Kontor hatte sie heute nichts Neues erfahren können, und sie ertrug es schwer, bis morgen auf den Sklavenvater warten zu müssen. Womöglich verzögerte das Unwetter seine Rückkehr noch. Jakobsen, der sonst alles hörte, was in dieser Stadt geschah, hatte diesmal nicht helfen können.

Einer der Alten auf der Bank langweilte sich. So ein Unwetter machte ihn nicht munter, er hatte schon ganz andere erlebt, damals, in der Biskaya oder im Skagerrak. Und einmal, als er auf dem wurmzerfressenen Engländer angeheuert hatte, da – ach was, uralte Geschichten, die keine lebende Seele mehr interessierten. Mit den Jahren erzählten er und seine Kumpane sich immer dieselben Geschichten, und auch wenn die anderen schon zu dösig waren und es nicht merkten, er wußte ganz genau, daß die Hälfte davon nicht stimmte.

Aber Märchenerzählen war besser als nichts. Hörte nur keiner mehr richtig zu. Nicht mal dem, was er heute wußte. Das hatten sie ihm einfach nicht geglaubt. Er werde wohl bald blind, hatten sie gesagt, die unverständigen Kerle.

Er blinzelte gegen die Kerze und entdeckte den rothaarigen Jungen, der bei Jakobsen hockte und aussah, als ob man ihm noch erzählen könnte, wie es im Leben zugeht. Er schob seine steifen Knochen über die Bank, schlurfte durch den Raum und setzte sich neben Rosina.

«Na, Broder», feixte Jakobsen, «suchst du ein Ohr für deine ollen Geschichten? Dann laß mal hören.» Jakobsen war nicht nur ein guter, sondern auch ein freundlicher Wirt.

Der Alte grinste und fing eifrig an zu erzählen. Rosina war schläfrig und hörte nicht richtig zu. Die Gewitterluft klopfte in ihrem Kopf, und die dicken Polster unter den Männerkleidern bedeuteten die reinste Schwitzkur. Aber dann fiel ein Wort, das sie hellwach werden ließ.

«Was hat er gesagt?» fragte sie den Wirt. «Hat er was vom algerischen Bagno gesagt?»

Der Alte sprach zwar verständlicher als die Zuckersieder, aber vielleicht hatte sie sich doch verhört.

«Genau», sagte der Alte. «Ich hab ihn gesehen, auf der Steinstraße. Fein wie ein Herr, und alle dachten, der ist bei den Barbaresken verfault.»

«Bring noch Branntwein, Jakobsen», flüsterte Rosina dem Wirt zu. Laut sagte sie: «Sicher trinkt Ihr ein Glas mit mir, ich möcht Euch gerne ein bißchen zuhören.»

«Nicht so vornehm, mein Junge, sag einfach Broder.»

«Ist mir eine Ehre, Broder. Sag doch noch einmal, was du eben erzählt hast. Wer ist im Bagno verfault? Und wann?»

«Also», Broder nahm den Branntweinbecher, prostete diesem jungen Mann zu, der noch auf die Lebenserfahrungen der Alten hielt, trank und leckte sich genüßlich die Lippen.

«Unser Jakobsen hat den besten Branntwein», sagte er, «und nu hör zu, Junge.»

Zuerst erzählte er ziemlich umständlich, wie er sein erstes Schiff bekam, und gerade als Rosina überlegte, ob der Branntwein eine gute Idee gewesen war, wurde es spannend.

«Aber das wolltest du ja gar nicht wissen, was? Also der aus dem Bagno. Da war eine Sache, ganz lange her, das muß spät in den Dreißigern gewesen sein, mein Bruder war gerade vor Spitzbergen geblieben, da fuhr mein anderer Bruder, ich hab nämlich sechs davon gehabt, sind aber alle tot, auf einem Schiff, das haben die Barbaresken aufgebracht.»

Nun folgte eine ziemlich blutrünstige Schilderung des Überfalls, und Rosina brauchte ihren ganzen, notorisch kleinen Vorrat an Geduld, um den Alten nicht zu unterbrechen.

«Meinen Bruder ham sie zuletzt auch noch ausgelöst», sagte er schließlich. «Der hat immer ordentlich in die Sklavenkasse gezahlt, da ist das nur recht und billig. Und als er nach vier Jahren wiederkam, hat er erzählt, daß da noch welche übrig sind. Aber das wollte keiner hören. Das waren welche, ham sie gesagt, die sie nicht auslösen durften, weil die feige vor dem Feind waren. Mein Bruder, der ist nu auch schon lange tot, mein Bruder hat gesagt, das stimmt nicht. Er war dabei und hat gesehen, wie die gekämpft haben. Wie Stiere, sagt er, aber keiner hat gehört. Die anderen, die gesehen haben, daß die feige waren, galten eben mehr in der Stadt. Der Kapitän war ja auch dabei, und da kann ein einfacher Matrose viel reden. Hat mein Bruder dann auch nicht mehr gemacht, sonst hätte er wohl nie wieder 'ne Heuer gekriegt. Gegen einen Kapitän aussagen, das ist nicht gut. Stimmt doch, Jakobsen, oder?»

«Aber du hast vorhin noch was anderes gesagt, Broder», drängte Rosina, die sich endlich vorm Ziel sah. «Du hast einen von denen, die damals im Bagno bleiben mußten, in der Steinstraße gesehen? Wann? Und wie heißt er?»

«Genau. In der Steinstraße. Die da», er zeigte mit dem gichtigen Daumen über seine Schulter zu den dösenden Männern auf der Bank, «die sagen, ich spinne. Im Bagno wird keiner alt, und zurück kommt auch keiner, wenn er nicht ausgelöst wird. Aber ich hab immer noch Augen wie ein Adler. Ich kenn den, weil ich mal mit ihm auf einem Schiff gefahren bin, da war er noch Schiffsjunge. Ich hab ihn gern gehabt, war 'n kleiner kräftiger Kerl, und schlau, der ist sogar zur Schule gegangen und war auf dem Schiff von meinem Bruder wohl schon zweiter Steuermann. Hast du noch einen Schluck, Jakobsen? Das ist fein. Ich hab ihn gleich erkannt, nicht nur weil dem an der linken Hand ein halber Finger fehlt. Den hat er in die Leinen gekriegt, kommt oft vor, wenn die Jungs noch grün sind.»

Er zeigte kichernd auf seine rechte Hand, an deren Mittelfinger die obersten beiden Glieder fehlten.

«Wer ist er? Weißt du seinen Namen nicht mehr?»

«Nee. Augen wie 'n Adler, aber Namen? Nää.»

«Macht ja nichts», sagte Rosina. «Aber vielleicht war er in Begleitung? Oder ging er in ein bestimmtes Haus?»

«Nee. Und ja. Er ging in kein Haus, aber er war mit Bocholt unterwegs, den kenn ich auch, weil ich mal 'ne Zeit auf seinem

Speicher im Grimm an der Seilwinde gestanden habe. Hat die Nase immer hoch, der Bocholt, zahlt auch nicht gut. Wo willst du denn so eilig hin, Junge? Ich wollt dir doch noch erzählen, der Oswald, den der Marburger bankrott gemacht hat, der hat auch mit ihm gesprochen, ist ja klar, wo sein Onkel auch auf dem Schiff war und nich wiedergekommen is.»

Es war immer dasselbe, keiner hörte ihm richtig zu.

Rosina war nun klar, wer der Mann auf der Steinstraße gewesen war. Sie mußte sofort zu Claes Herrmanns. Wo mochte er jetzt sein? Ganz sicher hatte er Anne in diesem Unwetter nicht allein gelassen. Aufgeregt zog sie den Wirt beiseite.

«Gib mir dein Pferd, Jakobsen», flüsterte sie, «ich muß sofort nach Harvestehude. Bitte, du bekommst es heil zurück.»

Er nickte und eilte ihr voraus in den Stall hinter der Schenke. Das Gewitter war weitergezogen, und der Regen machte gerade eine Pause, aber es war innerhalb der letzten beiden Stunden kalt wie im April geworden. Jakobsens Pferd schnaubte unwillig, als er den Riemen um den ausladenden Bauch des Tieres festzurrte. Es war gewöhnt, schwere Fuhren zu ziehen, einen Sattel hatte es schon lange nicht mehr gespürt. «Sei vorsichtig, Rosina», rief Jakobsen ihr nach, «die Braune kennt dich nicht, und manchmal ist sie störrisch.»

Aber Rosina war schon aus dem Hof geritten und trabte durch die matschige Fuhlentwiete nach Norden zum Dammtor.

«Und an so einem verrückten Abend», sagte er darum zu sich selbst, «weiß man nie, was einem vor den Wällen begegnet. Und wer – vor allem, wer.»

DIENSTAG, DEN 17. JUNIUS,
ABENDS

Claes Herrmanns hatte Mühe, seine aufgeregte Stute in den Stall zu bugsieren. Es kam ihm wie ein Wunder vor, daß er zwar naß bis auf die Haut, aber ohne von den Blitzen erwischt worden zu sein und mit heilen Knochen den Hof seines Hauses in Harvestehude erreicht hatte. Der Donner krachte zum letzten Mal, als er die Tür aufstieß und in die Diele trat. «Anne», rief er. Aber sie kam nicht, und die unsinnige Angst, er werde sie nie wiedersehen, krallte sich in sein Herz.

Dann stand sie plötzlich in der Diele, und er fühlte ihre Arme, ihren warmen Körper, hörte ihre zärtlich schimpfende Stimme, wie könne er nur so verrückt sein, in diesem Wetter herzureiten, das vertraute Durcheinander von aufgeregten englischen und französischen Worten, und wußte, alles wurde gut. Sie nahm sein Gesicht in beide Hände, sah die Tränen, die sich mit dem Regen vermischten, der von den Haaren herab und über sein Gesicht lief, und hielt ihn ganz fest. Sie wußte nicht, was geschehen, aber sie wußte, bei wem er gewesen war. Sie hatte Angst vor dieser Frau, dieser großen Liebe aus einer Zeit, als das Leben noch alles versprochen und die nicht sie, sondern diese andere Frau mit ihm geteilt hatte. Aber dann war Elsbeth da, praktisch und flink, und eine halbe Stunde später saß Claes im Salon, von Kopf bis Fuß eingehüllt in heiße Wickel, Blohm brachte Glut für den Kamin aus der Küche, legte trockene Birkenscheite auf und blies so lange, bis er hustete und das Feuer zu knistern begann. Elsbeth scheuchte derweil Benni aus der Küche in den Stall, damit er die Stute trockenrieb und beruhigte.

Gehorsam leerte Claes den Becher mit dampfendem, honigsüßem Salbeitee, den Elsbeth ihm in die Hand gedrückt hatte. Er sah über den Rand des Bechers Annes Gesicht, fühlte, wie die Liebe in ihren Augen ihn ruhig werden ließ, und dann erzählte er ihr alles.

Er sprach lange, diesmal ließ er nichts aus, auch nicht, was ihn tatsächlich mit Gunda verband, warum er sie so schnell vergessen und Maria geliebt hatte. Er suchte in den tiefen Falten der Vergangenheit nach jeder Einzelheit, suchte Gründe und Entschuldigungen und fand immer wieder neue Schuld. Anne hörte still zu, versuchte ihm in diese längst vergangenen Jahre zu folgen, versuchte den jungen Mann, der er einmal gewesen war, zu verstehen. Sie sah ihn vor sich, aber er blieb ihr fremd. Und je mehr er erzählte, um so ferner wurde er ihr.

Als sie Claes vor fast zwei Jahren auf ihrer Insel kennenlernte, traf sie einen freundlichen, auch klugen, aber doch recht steifen Deutschen, der viele Monate brauchte, bis er begriff, daß sie einander liebten. Sie mußte ihm erst nach Hamburg nachreisen und ihn über seinen eigenen Schatten schubsen, sonst hätte er sich nie getraut, diese Liebe auch zu fühlen. War das der gleiche Mann, dessen Leidenschaft einst alle Grenzen von Sitte und Moral übersprungen hatte? Der die eine nahm und nach einem halben Jahr eine andere liebte? Wie lange würde er sie lieben?

«Anne? Warum sagst du nichts? Kannst du mir nicht verzeihen?»

«Habe ich dir etwas zu verzeihen?»

Er sah sie ratlos an. Er hatte Trost und Absolution erhofft. Aber ihre Stimme klang kühl und fremd.

«Warum hast du mir nach eurem ersten Treffen erzählt, daß ihr einander nur flüchtig kanntet? Warum hast du mir nicht vertraut, sondern mich belogen? Habe ich dir nur das zu verzeihen?»

Sie sah ihn an, aber er verstand ihren Blick nicht zu deuten.

«Oder liebst du sie immer noch?»

«Nein», flüsterte er, «natürlich nicht. Wie könnte ich sie neben dir lieben? Nein, das ist es nicht. Aber ich bin schuldig. Ich habe ihr Leben zerstört, auch wenn ich das nicht wollte, ich wollte, daß sie glücklich ist, mit mir glücklich ist. Wir waren sicher, daß ihre Eltern nachgeben müßten, wenn wir ihnen unsere Sünde beichteten. Aber ich habe sie unglücklich gemacht. Ihr Leben wäre besser gewesen, wenn ich nicht ...»

«Woher willst du all das wissen, Claes? Du hast sie *vielleicht* unglücklich gemacht, aber ganz *gewiß* haben ihre bigotten Eltern das getan. Sie hätten sie lieber ein uneheliches vaterloses Kind zur Welt bringen lassen, als sie dir zur Ehefrau zu geben. Nur weil ihre Religion gegen die Ehe mit Andersgläubigen steht? Du bist kein Muselmane, kein Jude, deine Religion ist der ihren verwandt wie ein Bruder, andere Mennonitenfamilien verbinden sich auch mit Lutherischen. Und was hatten sie mit dem Kind und seiner Mutter vor? Wollten sie es in irgendeiner portugiesischen Familie verschwinden und ihre Tochter als unberührte Jungfrau heimkehren lassen? Neue Ware für den heimischen Brauthandel? Oder sollte sie dort bleiben, ihr Leben als Verbannte fristen? Die Mennoniten sind milde Leute, ihr Gott ist gnädig, und auch die Sünde ist für sie Gottes Wille. Nein, Claes, vielleicht wart ihr, du und Gunda, schwach und dumm, aber ihre Eltern waren die Sünder.»

Zornig schritt sie im Zimmer auf und ab, die Schritte kurz und hart wie ihre Worte. Claes starrte sie an, er wußte, daß sie heftig sein konnte, in ihrem Übermut wie in ihrem Zorn. Aber er hatte sie nie zuvor so aufgebracht gesehen. Und wie zuvor das Unwetter auf dem freien Feld nahm ihr Zorn ihm seine Beklommenheit, ließ ihn wieder frei atmen und klar denken.

Aber Anne hatte noch mehr zu sagen. «Etwas muß ich dir dennoch vorhalten, Claes. Es mangelt dir an Demut. Woher weißt du, ob sie an deiner Seite glücklicher geworden wäre? Woher weißt du, ob eure Liebe nicht im Alltag der Ehe bald schal geworden wäre? Geschieht das nicht oft? Und hat sie nicht gesagt, der Kapitän sei über viele Jahre ein guter Ehemann gewesen und sie habe gelernt, ihn zu lieben? Er ist nun tot, aber Gunda ist nicht nur eine wohlhabende Witwe, hat nicht nur ein schönes Haus und wohlgeratene Kinder. Gunda lebt, Claes. Du hast an ihrer Stelle Maria geheiratet. Und Maria ist tot.»

Ihre letzten Worte waren heiß und leise gewesen, aber er spürte jedes wie einen Messerstich.

Und ich? wollte sie schreien. Wer bin ich gegen diese schönen zerbrechlichen Frauen aus deiner Welt? Wer bin ich gegen diese Lieben aus deiner Vergangenheit?

Doch dann sah sie sein weißes Gesicht, und ihr Schrei erstickte in einem trockenen Schluchzen.

«Verzeih mir, Claes. Das wollte ich nicht sagen. Marias Tod ist dir eine schreckliche Qual, und ich bin ...»

Ein lautes Klopfen unterbrach ihre Worte. Die Tür wurde aufgestoßen, Kosjan schob sich energisch an Blohm vorbei, der vergeblich versuchte, ihn aufzuhalten.

«Ich weiß, daß ich störe», stieß er hervor, immer noch atemlos vom scharfen Ritt, «es tut mir leid, aber mein Anliegen duldet keinen Aufschub. Ich brauche Euch, Herrmanns. Oswalds Frau war gerade bei Bocholt und hat ihm gestanden, daß ihr Mann Marburger erschlagen hat. Und schlimmer noch. Er wußte, daß Mademoiselle Rosina ihm heute auf die Spur gekommen ist und hat sie entführt. Ich weiß, wohin. Euer Pferd wird schon gesattelt. Wenn wir schnell reiten, können wir sie vielleicht retten.»

Blohm, der zugehört hatte, brachte trockene Kleider, und einen Augenblick später eilten die beiden Männer hinaus. Kosjan saß schon im Sattel, da rannte Claes noch einmal zurück ins Haus. Anne stand immer noch wie erstarrt vor dem erlöschenden Kamin. Mit zwei Schritten war er bei ihr und umschlang sie fest.

«Es gibt nichts», flüsterte er, «nichts auf dieser Welt, im Himmel oder in Gottes Universum, das uns jemals trennen kann. Nichts.»

Dann war er verschwunden.

Es hatte aufgehört zu regnen, aber der Himmel war immer noch in Aufruhr. In der Ferne grollte dumpf hallender Donner, letzte Blitze bäumten sich auf, und schwarzblaue Wolkenwände schoben vom Horizont graue Fetzen über die Stadt. Die Finsternis des Himmels verschwamm mit der beginnenden Dunkelheit des Abends, und es war kalt geworden. Nach der wochenlangen Dürre und Hitze hatte das Unwetter die Kälte des Eismeeres herangejagt, wie es im Juni in nördlichen Ländern manchmal geschieht. Aber an einen so mächtigen Temperatursturz konnte Claes sich nicht erinnern. Vor ihm galoppierte Kosjan über den regenschweren Boden, er ritt wie ein weit jüngerer Mann, und als habe er sein Leben lang nichts anderes getan.

Claes hatte so viele Fragen: Wieso war Gerlinde zu Bocholt gegangen? Hatte Oswald auch Stedemühlen getötet? Und was hatte Billkamp mit alledem zu tun? Wohin ritten sie, wohin brachte Oswald Rosina? Er würde sich gedulden müssen. In seiner Seele kämpften heftige Gefühle miteinander. Das Entsetzen über Annes Worte, die unerschütterliche Liebe, die er für sie fühlte, die Sorge um Rosina. Und Christian? Wußte er von Oswalds Schuld? Hatte er für seinen Freund aus Kindertagen gelogen? Waren die Menschen, die er liebte, alle so anders, als er glaubte, so unberechenbar?

Nebel zog auf, wurde immer dicker und nahm die Sicht. Claes schob seine Zweifel beiseite. Er brauchte nun alle Kraft für diesen Ritt, wohin der auch immer führen mochte.

Anne zitterte. Sie sehnte sich danach zu weinen, immer noch steckte der Schrei in ihrer Kehle, das Entsetzen über die Worte, die sie ihm entgegengeschleudert hatte, als er schwach war und ihre Hilfe brauchte. Aber ihre Augen blieben trocken, der Schrei war in ihrem Körper gefangen. Sie spürte wieder seine Arme um ihren Körper, seine warmen Hände um ihr Gesicht, als er flüsterte, daß nichts sie trennen könne, und begriff endlich doch, wie er damals gewesen war. Wie er immer noch war.

«Madame?» Elsbeth stand schüchtern in der Tür und hielt ein Tablett mit dampfendem Wein in ihren Händen. «Trinkt das, es wird Euch stärken und die Ruhe geben, die Ihr nun braucht. Bitte, Madame.»

Anne nickte und nahm mit einem vorsichtigen Lächeln das Glas entgegen.

«Kleine Schlucke», befahl Elsbeth, die schon ein wenig von ihrer vertrauten Resolutheit zurückgewonnen hatte. «Es wird sicher eine ganze Weile dauern, bis er zurück ist», fügte sie hinzu. «Aber er wird Rosina finden, und beide werden, noch bevor der Morgen kommt, gesund und sicher wieder hier sein.»

An der Tür drehte sie sich noch einmal um. «Wenn Ihr mich braucht», sagte sie sanft, «ruft mich. Blohm und ich werden auch auf den Herrn warten.»

Sie schloß leise die Tür, und als sie das befreite Schluchzen ihrer Herrin hörte, nickte sie zufrieden und ging zurück in ihre stille Küche.

Anne trank den Wein, in kleinen Schlucken, wie Elsbeth befohlen hatte, und fühlte die stärkende Wärme in ihrem Körper und in ihrer Seele. Immer noch wetterleuchtete es über dem Garten, und sie wünschte sich, ein Mann zu sein. Wäre sie ein Mann gewesen, hätten sie sie mitgenommen.

Und dann hörte sie ein Geräusch, sie sprang auf, lauschte, schwere Hufe klapperten auf dem Hof. Sie riß die Tür auf, rannte in die Diele und hörte eine helle Stimme.

«Schnell, Elsbeth», rief die Stimme, «ich muß sofort Monsieur Herrmanns sprechen. Ich weiß jetzt, wer die Männer getötet hat.«

Sie erkannte zuerst die Stimme. Dann die Gestalt, die atemlos und mit aufgelöstem Haar von einem dicken schwerfälligen Pferd sprang. Rosina stand vor ihr, und Anne wußte, daß Kosjan gelogen hatte, und im gleichen Moment wußte sie auch, warum.

Als Rosina plötzlich in der Diele des Gartenhauses stand und aufgeregt nach Claes Herrmanns fragte, fürchtete Elsbeth, Madame Herrmanns, die sich doch gerade erst von ihrem bösen Streit erholte, werde gleich in Ohnmacht fallen. Sie stand kreidebleich in der Tür zum Salon und starrte die seltsam verkleidete Rosina an wie einen Wassergeist.

Aber Anne fiel nicht in Ohnmacht. «Schnell», rief sie, «der Wagen. Wir müssen ihnen nach. Wir müssen sie einholen.»

«Das schaffen wir nicht», sagte Blohm, den der Lärm in die Diele gelockt hatte. «Die haben schnelle Pferde. Aber kann sein, ich weiß, wo sie hin sind. Kann auch nicht sein, aber ich glaube doch.»

«Wohin, Blohm?»

«Er hat was vom Fluß gesagt, Madame. Als ich ihn nicht reinlassen wollte. Daß Oswald auf dem Fluß ist. Es gibt da Inseln, tückische Dinger, man weiß nie, wann sie unter Wasser sind und wann nicht. Ich weiß, wo das ist, und vielleicht ...»

«Jetzt ist keine Zeit für vielleicht, Blohm. Ruf Benni und spannt schnell an. Und du, Elsbeth, nimmst den anderen Wagen und fährst in die Stadt. Mach Tee. Und stell Suppe aufs Feuer. Wenn wir zurückkommen, wird er hungrig sein.»

«Mach viel heißes Wasser», rief Blohm noch, als er in den Hof hinauseilte, «und weck Brooks, er soll Feuer im Zimmer vom Herrn machen.»

Kurz darauf saß Rosina auf dem Kutschbock und raste mit Anne und dem alten Blohm aus dem Hof.

14. KAPITEL

DIENSTAG, DEN 17. JUNIUS,
NACHTS

Sie ritten nach Süden auf die Elbe zu, und je näher sie dem breiten Strom kamen, um so dichter wurde der Nebel. Als sie das Ufer erreicht hatten, lenkte Kosjan sein Pferd auf einem schmalen Pfad die Böschung hinunter und trabte am Strand entlang elbabwärts. Es war nun völlig dunkel, der Fluß dampfte, und Claes hielt nah auf, um ihn in diesem unwirklichen Nebel nicht zu verlieren.

All seine Sinne waren hellwach, er hörte das Schmatzen des Wassers im Wurzelwerk der Uferweiden, roch den ranzigen Geruch von den nahen Tranbrennereien, ein Vogel schrie, wohl eine Möwe, aber er konnte die Stimme und Art nicht erkennen.

Kosjan zügelte sein Pferd und sprang aus dem Sattel.

«Steigt ab», rief er leise, «von hier geht es mit dem Boot weiter.»

Er schlang die Zügel um den dicken unteren Ast einer Weide, und Claes tat es ihm nach. Obwohl sein Hemd vom hitzigen Ritt schweißdurchnäßt war, fröstelte er.

«Wieso ...» hub er an.

«Sprecht leise», zischte Kosjan, «soll er uns jetzt schon hören? Helft mir, das Boot ins Wasser zu schieben.»

Claes zögerte einen Moment, er glaubte entfernte, leise Ruderschläge zu hören, aber er erinnerte sich gut daran, daß Nebel und dunkles Wasser Meister der Täuschung waren. Das Gefühl der Gefahr, das er in seinem Nacken wie eine Warnung spüre, war ja richtig, Oswald *war* ein gefährlicher Mann. Ärgerlich schob er den anderen Grund seiner Furcht beiseite. Es war albern für einen erwachsenen, weitgereisten Kaufmann, sich vor dem heimatlichen Nebel und vor dem glucksenden Fluß zu fürchten. Und es war dumm, auf diese wispernde innere Stimme zu hören, die ihn vor dem Mann warnte, der gerade begann, das Boot über den nassen Sand zu schieben.

«So helft mir doch, wir haben jetzt keine Zeit zum Grübeln.»

«Woher wißt Ihr denn, wo Oswald ist?» flüsterte Claes.

«Erst das Boot. Auf dem Fluß haben wir genug Zeit für Erklärungen.»

Es schien ein gutes, wenn auch kleines Boot zu sein, und weil es auf der Seite gelegen hatte, war es nicht wie die anderen beiden voll Regenwasser.

«Setzt Euch in den Bug», flüsterte Kosjan, «ich rudere zuerst, Ihr könnt mich später ablösen.»

Mit wenigen Schlägen hatte er das Boot in die Strömung gebracht, der Fluß ging noch träge, aber schon bald würden die vielen kleinen Flüsse und Entwässerungskanäle, die das Land stromaufwärts durchzogen, die überreiche Wasserernte des Unwetters in das breite Flußbett tragen. Claes drehte sich um, aber da war nichts als Nebel.

«Wie findet Ihr in diesem Dunst unser Ziel?» wisperte er.

Das Gesicht ihm gegenüber, nur ein blasser Fleck, verzog sich zu einem Lächeln.

«Ich kenne es, und ich finde immer mein Ziel», antwortete der Mann an den Riemen. «Wir müssen zu einer der kleinen Inseln. Die ist mein Ziel. Und wenn Ihr wollt – jetzt ist die richtige Zeit für Eure Fragen.»

Claes sah ihn prüfend an, Kosjan ruderte ruhig, aber er schien nun keine Eile mehr zu haben.

«Kosjan?» begann Claes, aber dann wußte er nicht, welche Frage er zuerst stellen sollte, das seltsame Lächeln des anderen verwirrte ihn.

«Ich frage gerade mich selbst», fuhr er schließlich fort, «warum ich Euch so vorbehaltlos folgte und nun nicht mehr sicher bin, ob ich Euch trauen darf. Ihr schweigt? Dann will ich beginnen zu fragen. Sagt mir, warum kam Gerlinde zu Bocholt und nicht zu mir? Sie wußte, daß ich Marburgers Mörder suche.»

«Eine kluge Frage. Laßt mich überlegen. Vielleicht, weil Ihr fern wart und Bocholt so nah? Es ist nicht weit von dem Hof hinter der Steinstraße bis zum Grimm.»

Claes nickte. Dagegen war nichts einzuwenden.

«Fragt weiter», sagte Kosjan. «Ich bin gespannt, was Ihr wissen wollt.»

«Selbst wenn Gerlinde Euch verraten hat, wohin ihr Mann Rosina bringen will, bleiben zwei Fragen. Zum einen, warum bringt er sie dorthin, warum diese umständliche Entführung in die Mitte des Flusses? Und dann: Ihr seid zwar seit geraumer Zeit in der Stadt und oft Bocholts Gast, aber doch fremd hier. Wieso glaubt Ihr, Oswald finden zu können? Wieso konntet Ihr Euch überhaupt vorstellen, welche der vielen Inseln Gerlinde meinte?»

Kosjan lachte leise.

«Das waren mehr als zwei Fragen, mein neugieriger Freund, mit welcher soll ich beginnen?»

Er zog langsam die Riemen durch das schwarze Wasser und fuhr fort: «Ich wußte, daß Ihr gefährlich klug seid, und glaube, es wird Zeit, Euch endlich ganz aufzuklären. Zunächst: Vergeßt Eure Sorge um die entzückende und gewiß äußerst talentierte Komödiantin. Ich bin sicher, sie schläft tief und friedvoll in ihrem eigenen Bett und träumt vom Glanz ihrer nächsten Premiere. Vielleicht auch von Euch, wer weiß? Auch ist es wahrscheinlich, daß Oswald in seinem Bett liegt, ich hoffe, mit seiner glücklichen Frau. Die beiden ...»

«Wer seid Ihr?!»

«Eure Stimme klingt gar nicht mehr milde. Nun, ich will mich Eurer Ungeduld beugen. Ich kenne die Inseln in diesem Fluß, weil ich auf ihnen als Junge zu Hause war. Ihr seht, ich bin nicht so fremd, wie es scheint. Wollt Ihr die ganze Geschichte hören oder nur den letzten Teil? Ich empfehle Euch die ganze Geschichte, so gewinnt Ihr Zeit. Aber es ist gewiß aufschlußreicher, wenn Ihr mir zuhört, als darüber nachzudenken, wie Ihr Eurem Dilemma entfliehen könntet. Vergeßt nicht, Ihr könnt nicht schwimmen.»

Wieder lachte er, und für einen Moment fühlte Claes Panik. Dann sah er Anne vor sich, seinen Sohn und sein Haus. Aber noch ertrank er nicht. Er würde zuhören und warten, bis seine Chance kam.

Kosjan benutzte die Riemen jetzt nur noch, um das Boot in der Strömung ruhig zu halten und zugleich in die Richtung zu lenken, die er wünschte. «Ich fuhr schon etliche Jahre zur See», begann er, «als ich unter Stedemühlen als zweiter Steuermann anheuerte. Unsere Fahrt ging nach Malaga im Süden des spanischen Königreiches, aber wir erreichten den Hafen nie. Bald hinter Gibraltar sahen wir ihre Segel, sie holten schnell auf. Es waren zwei mächtige Schiffe, das größere eine Bark, wohl in England gebaut und nun unter der Flagge der algerischen Korsaren, die Ihr Barbaresken nennt, auf Kaperfahrt. Sie waren schneller als wir, und gewiß hatten sie auch die besseren Mannschaften. Wir kämpften entschlossen, aber es dauerte nicht lange, dann lagen die meisten von uns in Fesseln auf den Decksplanken.

Ich weiß nicht, wie viele unter den Hieben der Barbaresken ihr Leben ließen, sie wollten ja nicht mehr als nötig töten, sondern uns als Sklaven verkaufen oder gegen Lösegeld zurückschicken. Aber ich weiß, daß einer von uns nicht durch einen algerischen Säbel verblutete. Ein scharfes Messer aus dieser Stadt schnitt ihm die Kehle durch. Und wenn ich auch zuerst glauben wollte, da habe ihn einer im Getümmel, Schreien und Pulverdampf mit einem der Kaperer verwechselt, wußte ich doch von Anfang an, daß es nicht so war. Ich hatte gesehen, wie unser Bootsmann seinen Vetter tötete, einen jungen Kaufmann, der als Passagier in Geschäften mit uns reiste. Ich sah auch, daß ein anderer ihm dabei half. Und daß unser Kapitän, der noch auf dem Achterdeck stand und hilflos Befehle schrie, auf die längst niemand mehr hörte, es auch gesehen hatte. Ich blickte in sein entsetztes Gesicht, dann trafen meine Augen die des Mannes mit dem blutigen Messer, ich sah seinen Triumph und zugleich das Erschrecken, als er merkte, daß ich wußte, was er getan hatte. Da traf mich von hinten ein Hieb, und ich kam erst wieder zu mir, als ich gefesselt mit vielen anderen unter Deck lag. Die Korsaren hatten unser Schiff übernommen, der Wind war gut, und schon nach wenigen Tagen liefen wir in den Hafen von Algier ein.»

Sand knirschte leise unter dem Kiel, und Claes zuckte zusammen. Wo immer Kosjan hin wollte, sein Ziel war erreicht. Der Nebel war noch dick – auch wenn Claes gerade erst bemerkt hatte, daß er sich nicht mehr wie eine undurchdringliche Wand, sondern schon in Fetzen über das Wasser bewegte, wurde er hier über den Inseln wieder dicht wie Milch. Kosjan zog die Riemen ein und sprang behende aus dem Boot, die klamme Kälte schien ihm, der doch zehn oder mehr Jahre älter sein mußte als Claes, nichts auszumachen.

«Steigt aus», sagte er. «Ihr wolltet doch so gerne mein Ziel wissen. Wir sind da.»

Zum zweiten Mal in dieser Nacht jagten Hufe über die regenschwere Erde von Harvestehude zum Fluß hinunter. Rosina, die gewöhnt war, die gemütlichen Pferde vor den hoch beladenen Komödiantenwagen zu lenken, war froh, daß der schwere Boden half, die feurigen Füchse im Zaum zu halten. Und sie hoffte inständig, in dieser nebeltrüben Finsternis nicht vom Wege abzukommen.

Der Fluß war lang, doch weder Anne noch Rosina wagten, Blohm zu fragen, warum er glaube, daß diese Inseln das richtige Ziel seien. Das geheimnisvolle Wissen des Alten war ihre einzige Hoffnung. Er hätte auch kaum antworten können, er wußte es einfach. Vor vielen Jahren hatte er Claes, der noch ein Kind war und sich weit östlich der Stadt verirrt hatte, aus den Sümpfen gerettet. Seit jener Nacht lebte er nicht mehr in den Marschen, sondern im Haus der Herrmanns', und war Claes nah wie ein

Schatten. Selbst als der nach London in die Lehre ging, hatte Blohm es mit stiller Beharrlichkeit geschafft, ihn dorthin zu begleiten.

Er wies Rosina die Richtung zu Roosens Tranbrennereien am Fuß des Steilufers nicht weit von Altona. Der Weg erschien ihnen endlos, aber dort, so wußte Blohm, lagen immer Boote.

Er hatte recht gehabt. Sie nahmen das kleinste. Es war halb voll Wasser, aber sie fanden bei den Tranbrennereien zwei alte lederne Schöpfeimer, und schließlich waren sie auf dem Fluß. Das Rudern war schwer, und Rosina bemerkte erstaunt, daß auch Anne kräftige Arme hatte und am besten mit dem Ruderboot umzugehen verstand. Sie wußte nicht, daß Anne es seit ihrer Kindheit geliebt hatte, auf die Bucht von St. Aubin hinauszurudern, ohne das erstickende Korsett und mit den weit ausholenden kraftvollen Bewegungen, die einer Dame an Land nicht erlaubt waren.

Sie ruderten stromaufwärts, es war trotz des auflaufenden Wassers harte Arbeit, aber sie wechselten sich ab. Blohm wies die Richtung, auch jetzt fragten sie ihn nichts. Sein Ziel war das einzige, das sie hatten. Der Nebel war dichter geworden. Schließlich stieg die erste Insel vor ihnen aus dem Wasser. Sie war leer, nicht mal ein dürres Gebüsch hatte hier Wurzeln geschlagen.

«Claes!» rief Anne. Bevor sie ein zweites Mal rufen konnte, legte Rosina ihr schnell die Hand auf den Mund.

«Nicht rufen, Anne», flüsterte sie. «Wir müssen leise sein, Kosjan soll nicht wissen, daß wir hier sind.»

Wer weiß, was er dann tut? dachte sie. Aber diese Sorge sprach sie nicht aus. Sie tauchte die Riemen wieder ins Wasser und lenkte das Boot zurück in den Fluß. Es gab noch viele andere Inseln.

Claes kletterte steifbeinig aus dem Boot – das Wasser reichte fast bis an seine Knie –, und versuchte zu erkennen, was ihn erwartete. Die flache Insel, nicht mehr als eine Sandbank mit ein paar grünen Büscheln und einigen Flecken niedrigen Weidengestrüpps, schien kaum größer als die Diele seines Hauses im Neuen Wandrahm. Aber vielleicht wurde der Rest nur im Nebel verschluckt.

«Ihr werdet zwar ganz bestimmt *nicht* mit in diesem Boot zurückfahren», hörte er Kosjan hinter sich sagen, «aber da Ihr es dennoch hofft, werdet Ihr mir gewiß helfen, es weiter auf den Sand zu schieben, damit es mir nicht heimlich davonschwimmt.»

«Und nun?» fragte Claes atemlos, als das Boot einige Fuß höher auf dem Sand lag. «Was sieht Euer Plan nun vor?»

«Ich würde Euch gerne ein wenig fürstlicher bewirten, so wie ich es dort, wo ich die letzten Jahrzehnte verbracht habe, gewöhnt bin. Aber leider», er breitete die Arme aus und sah sich bedauernd um, «ich kann Euch nicht einmal einen Diwan bieten. Setzt Euch. Dort in den Sand.» Er zeigte auf das Weidengebüsch.

Claes sah sich um und dachte fieberhaft nach. Er mußte jetzt handeln, vielleicht war das die einzige Gelegenheit, er mußte ihn niederschlagen, in das Boot springen und zurückrudern, irgendwo würde er schon an Land kommen. Aber er wartete zu lange, er war nicht gewohnt, zuzuschlagen, und bevor er auch nur einen Entschluß faßte, hörte er wieder Kosjans Stimme.

«Setzt Euch», wiederholte der, und als Claes sich zu ihm umdrehte, sah er eine alte, mit Silber belegte Pistole in Kosjans Hand. «Kommt nicht auf leichtfertige Gedanken. Mit einem Loch in der Brust könnt Ihr erst recht nicht schwimmen.»

Claes blickte verblüfft auf die Waffe. «Ihr wart der Mann, der mich in dem Gang hinter der Steinstraße gerettet hat?»

Der andere nickte. «Dumm von mir, nicht wahr?»

«Und nun? Wollt Ihr mich jetzt auch töten?»

Wieder lachte Kosjan dieses leise, spöttische Lachen, und diesmal wurde Claes wütend. Er hatte diesen Mann in sein Haus geladen, er hatte ihn mit seinen Freunden bewirtet und, schlimmer noch, er hatte ihn gemocht. Er fühlte sich betrogen, und das Spiel, das Kosjan mit ihm spielte, demütigte ihn zutiefst.

«Ihr seht grimmig aus», hörte er Kosjan weitersprechen. «Einer wie ich, der schon zwei andere Männer getötet hat, schreckt vor einem dritten kaum zurück. So denkt Ihr gewiß, und vielleicht habt Ihr recht. Aber ich möchte Euch nicht töten. Jedenfalls nicht jetzt. Jetzt möchte ich Euch meine Geschichte zu Ende erzählen. Was nützt meine Rache, wenn niemand um ihre Ursache weiß? Wir Menschen sind eigenartige Geschöpfe. Wir nähren Jahre, gar Jahrzehnte die Lust auf Rache, und wenn wir am Ziel sind, bleibt eine trübe Leere zurück.» Er seufzte. «Wirklich enttäuschend. Ich spüre keine Reue, aber auch keine Genugtuung. Jedenfalls nicht genug, längst nicht genug. Bleibt sitzen! Und glaubt nicht, Ihr könntet mich übertölpeln.»

«Dann erzählt mir doch endlich Eure Geschichte. Sagt mir, was Euch das Recht gab, nach dieser langen Zeit zurückzukommen, nur um einen Mord zu sühnen, mit dem Ihr gar nichts zu tun hattet. Drei Menschen sind dafür gestorben. Seid Ihr Gottes Racheengel?»

«Ich habe nur zwei zu verantworten. Eigentlich habt Ihr recht, drei Köpfe standen auf meinem Plan. Aber den einen hatte mir schon Marburger abgenommen. Ich wüßte zu gerne, wie er es geschafft hat, Billkamp auf diese doch recht listenreiche Weise in die Hölle zu befördern. Und zu Eurem wirklich ehrbaren Einwand, nein, ich bin nicht Gottes Racheengel, sondern mein eigener. Macht mir die Freude, hört ein wenig zu. Wo waren wir, als unser Boot auf Sand lief? Ich lag gerade verschnürt wie ein Schinken unter Deck. Ach nein – wir liefen ja schon in Algier ein. Eine wunderbare Stadt, aber das entdeckte ich natürlich erst später. Sehr viel später. Übrigens heiße ich nicht Kosjan, mein christlicher Name ist Carsten Laurentus. Soll ich Euch meine Geschichte nun weitererzählen?»

«Habe ich eine Wahl?»

«Wohl kaum.» Kosjan, oder Laurentus, setzte sich Claes gegenüber in den feuchten Sand. «Wenigstens einer in dieser Stadt muß wissen, was damals wirklich geschah. Aber glaubt nicht, ich könnte darüber vergessen, auf Euch achtzugeben.» Er strich leicht über den Lauf der Pistole. Dann fuhr er fort: «Gleich nach der Ankunft in Algier legten sie uns Ketten an und brachten uns in die Bagnos. Marburger wurde wohl in ein anderes gebracht, jedenfalls bin ich ihm dort niemals begegnet. Ich vergaß den Mord, den ich beobachtet hatte, nicht, aber dachte zuerst auch nicht mehr daran. Mich bewegte nur eine einzige Frage: Wann man mir endlich erlauben würde, den Brief nach Hamburg zu schreiben, der der Sklavenkasse bezeugen würde, daß ich lebte, und die Summe nannte, für die ich freigekauft werden konnte.

Viele der Männer wurden schon in den ersten Tagen auf dem Sklavenmarkt verkauft, andere blieben wie ich im Bagno. Tagsüber arbeiteten wir an den Festungsmauern, am Palast, der in jenen Jahren erweitert wurde, oder in den Steinbrüchen. Dorthin wurde auch ich Tag für Tag gebracht. Ich sah dort Männer, die ich für stärker als mich selbst gehalten hatte, unter der harten Arbeit in der trockenen Hitze zusammenbrechen, die Lungen voller Steinstaub. Wir bekamen nie genug zu trinken, auch nie genug Brot. Es dauerte nicht lange, bis ich mich an der nächtlichen Jagd auf die Ratten beteiligte. Unzählige lebten in den dunklen, übervölkerten Kammern des labyrinthischen Bagnos, sie waren wie die Flöhe und Wanzen durch nichts zu vertreiben. So viele wir auch erschlugen, Nacht für Nacht drängten neue durch die Mauerritzen, angezogen von der Wärme und dem Gestank der gefangenen Männer.

Wir waren mehrere tausend Sklaven, die damals in den Bagnos der Barbarei vegetierten, Christen aus aller Herren Länder. Viele hatten vergessen, wie lange sie schon hier waren, und hegten keine Hoffnung auf Heimkehr, weil es niemanden gab, der das hohe Lösegeld für sie aufbringen konnte. Wir Hamburger Seeleute vertrauten auf die Lösung durch die Sklavenkasse. Und wir vertrauten auf die Menschen in unseren Kirchspielen, deren Spenden die nie ausreichende Kasse auffüllten.

Viele von uns hatten ihre Briefe schon lange geschrieben, als sie es endlich auch mir erlaubten. Ein Wächter brachte Feder, Tinte und Papier, und ich schrieb an meinen Vater, der den Antrag auf Lösung bei der Admiralität stellen mußte. Der Brief gab mir neue Hoffnung, und mehr denn je versuchte ich, meinen Stolz zu bezähmen, um die Wachen, auch wenn sie mich oder einen meiner Freunde demütigten und quälten, nicht zu reizen. Ich wollte das Bagno überleben, wollte gesund zurückkehren, ohne zum Krüppel geschlagen worden zu sein.»

«Viele wären heute froh, wenn Euch das mißlungen wäre!»

Laurentus' Gesicht lag im Dunkel. Claes konnte nicht erkennen, ob der Mann, der ihm mitten im Fluß gegenüber saß und die Pistole auf ihn richtete, ihn auch nur gehört hatte.

«Aber dann verkauften sie mich und vier andere an einen Dei», fuhr Laurentus fort, «einen osmanischen Heerführer, der ein Gebiet regierte, das mehrere Tagesreisen weit südlich der afrikanischen Küste lag. Ich solle mich nicht sorgen, erklärte mir einer von denen, die ihre Sklavenjahre nicht mehr zählten. Wenn das Lösegeld komme, werde es an den Dei weitergeleitet, und ich würde dann von dort aus in die Heimat zurückgeschickt werden. Das komme oft vor. Ich solle froh sein, wenn man mich nicht auf eine Galeere bringe, denn das bedeute tatsächlich das Ende aller Hoffnung.

Ich zwang mich, auf die Worte des Alten zu vertrauen, und mein Trost war, daß mit mir Pieter Graat auf den Weg in den noch heißeren Süden verkauft wurde.

Pieter war ein halbes Jahr nach mir in das Bagno verschleppt worden, er war fast noch ein Kind, und aus gutem Haus. Nur mit größter Beharrlichkeit war es ihm gelungen, seinem Vater die Erlaubnis abzuringen, zur See zu fahren. Er liebte das Meer, aber er war nicht zum Seemann gemacht. Ich war ganz anders, aber ich fühlte eine tiefe Verwandtschaft mit dem Jungen, und ich beschützte ihn, wo ich konnte.

Nachts, wenn wir unter der Hitze der Steine im Gestank der engen Verliese nicht schlafen konnten, erzählte ich ihm von meinem freien Leben auf See, erklärte ihm die Kunst der Navigation und versuchte, ihm durch den Lichtschacht die Sterne zu zeigen. Der Junge aus dem Patrizierhaus in Amsterdam sog meine

Abenteuer und mein Wissen auf, und erzählte mir dafür von den Büchern, die er gelesen hatte.

Das neue Leben nahe dem maurischen Palast, den der Dei mit seinem Gefolge und seiner Familie bewohnte, erschien uns zuerst paradiesisch. Immer noch waren wir Sklaven, immer noch arbeiteten wir von Sonnenaufgang bis Sonnenuntergang, aber es gab nun genug zu essen und zu trinken; die Hütten, in denen wir die Nächte verbrachten, waren luftig und nicht viel schlechter als die Ställe für die Pferde, die der Dei so liebte. Auch die Arbeit in den Steinbrüchen war nun zu Ende. Unser neuer Herr ließ einen großen Garten anlegen, und diese Arbeit erschien uns wie ein Geschenk.

Aber meine frohe Stimmung hielt nicht lange an. Schon mehr als zwei Jahre waren vergangen, seit mein Schiff gekapert worden war, und meine Lösung war überfällig. Dann überstürzten sich die Ereignisse. Neue Sklaven wurden gebracht. Die Gefangenen waren nach dem langen Marsch erschöpft, Pieter und mir wurde befohlen, ihnen Wasser zu bringen. Die Männer tranken gierig und dankbar, auch der letzte, dem ich den Krug an die Lippen hielt. Aber dann sah er auf, seine Augen wurden schmal, und er spuckte das Wasser, das noch in seinem Mund war, in mein Gesicht. Von einem Verräter nehme er nichts, stieß er hervor, und wenn er verdurste.

Ich empörte mich nicht, ich wußte, daß die afrikanische Sonne einen erschöpften Geist leicht verwirrte. Aber dann erkannte ich den Mann, er war ein einfacher Matrose aus der Hamburger Neustadt, mit dem ich vor einigen Jahren auf dem gleichen Schiff gefahren war. Das Rätsel dieser Verachtung löste sich schnell, und ich erfuhr, warum mein Freikauf so lange auf sich warten ließ. In den Akten der Admiralität stand, daß ich, Carsten Laurentus, zweiter Steuermann auf der *Anna Marie*, beim Überfall der Korsaren nicht nur Feigheit gezeigt, sondern den Feinden auch freiwillig das Ruder übergeben hatte, um für mich selbst Schonung zu erkaufen. Die Lösung aus der Sklavenkasse war deshalb abgelehnt worden. In Hamburg wußten alle davon.

Der Kapitän und sein Bootsmann Marburger waren als Zeugen vermerkt. Stedemühlen war als erster freigekauft worden, so entsprach es der Tradition, und er hatte in seinem Brief gebeten, man möge seinen Bootsmann wegen dessen besonderer Verdienste um das Schiff mit ihm vor den anderen auslösen. Das geschah, und, so berichtete der Neustädter noch, der Bootsmann trage schwer am Tod seines Vetters und habe ihm zu Ehren seine Liebe zur Seefahrt geopfert, um als nächster in der Erbfolge seine Pflicht in der Marburgerschen Zuckerbäckerei zu erfüllen.

Endlich begriff ich, warum Marburger seinen Vetter getötet hatte. Er war nie, wie er nun vorgab, mit Leib und Seele zur See gefahren, und er hatte den Mann, der in der Erbfolge als einziger vor ihm stand, immer neidisch gehaßt. Vielleicht hatte der Bootsmann diesen Mord lange geplant, vielleicht sogar bei seinem letzten Landgang in Hamburg mit Billkamp ausgetüftelt. Das weiß ich nicht, er hat es mir nicht mehr verraten. Aber wenn es so gewesen war, schenkte ihm der Überfall der Korsaren die beste Gelegenheit, den Platz an der Spitze seiner Familie und der Raffinerie zu erreichen, und die Käuflichkeit des Kapitäns ließ ihn auch noch als Helden aus seinem Verbrechen hervorgehen. Er war ein gemeiner Mörder, aber nun stand er an der Spitze seiner Familie und der Zuckerbäckerei.

Er mußte die beiden anderen sehr teuer gekauft haben. Billkamp war ein Kaufmannssohn aus Hamburg und wie Marburgers Vetter nur ein reisender Gast auf der *Anna Marie* gewesen. Ich kannte ihn nicht und wußte auch nichts von ihm oder von seinen Beziehungen zu dem Bootsmann. Aber der Kapitän war doch immer ein honoriger Mann gewesen, ein wenig schwach vielleicht. Ohne die harten Gesetze auf See und die natürliche Autorität seines ersten Steuermanns, der in vorderster Reihe durch die Hand eines Korsaren gefallen war, hätte es viel Unruhe auf seinem Schiff gegeben. Was war sein Preis gewesen? Nur Geld? Oder wußte Marburger Geheimnisse, die zumindest dem Kapitän gefährlich werden konnten? Mich, den Zeugen ihrer Untat, wollten sie jedenfalls in den Kerkern verrotten lassen.»

Laurentus schwieg. Er starrte auf die Pistole, als habe er vergessen, wo er sich befand.

Claes räusperte sich. «Aber wenn es wirklich so war, wie Ihr sagt, warum hat keiner der ausgelösten und heimgekehrten Matrosen für Euch gesprochen?»

Laurentus nickte. «Das quälte mich am meisten. Immer wieder habe ich mir diese Frage gestellt. Ich fand nur eine Erklärung: Wahrscheinlich hatte in diesem Kampf gegen die wilde Übermacht der Korsaren niemand beobachtet, was tatsächlich geschehen war. Und wer würde es auch wagen, gegen seinen Kapitän auszusagen? Ich würde es tun. Ich mußte es tun. Nun mehr denn je. Auf die Lösung konnte ich nicht mehr hoffen, so begann ich in der folgenden Nacht meine Flucht zu planen. Ich wußte, es war fast unmöglich, den Besitz des Deis zu verlassen und dann einen sicheren Weg durch dieses unwirtliche Land zu finden. Selbst wenn mir das gelang, wie sollte ich, der keinen Piaster besaß und dem man trotz der verbrannten Haut den Europäer sofort ansah, in einem der afrikanischen Häfen ein Schiff nach Norden finden? Eine Flucht, auch das wußte ich, bedeutete meistens den Tod. Doch nun hatte ich nichts mehr zu verlieren.

So glaubte ich in jener Nacht. Schon am nächsten Abend erfuhr ich, daß das ein Irrtum gewesen war. Einer der Wächter hatte sich schon lange, niemand wußte, warum, ausgerechnet Pieter als Ziel für seine Quälereien ausgesucht, diesen sanften Jungen, der still seine Arbeit tat und sich am Werden des Gartens freute. An diesem Abend, als wir Sklaven gerade zur Nacht in unsere Hütten gebracht werden sollten, sorgte er dafür, daß Pieter in einen der frisch ausgehobenen Wassergräben stolperte. Der Junge versuchte aus dem steinigen Schlamm zu kriechen, er hatte sich verletzt und war von des langen Tages Arbeit erschöpft. Als er das dritte Mal in den Graben zurückgestoßen wurde, sprang ich endlich vor und half ihm. Sofort sausten harte Schläge auf mich und den Jungen nieder. Sicher hätte der Wächter in seinem rasenden Zorn über die Aufsässigkeit eines Ungläubigen zum Säbel gegriffen, wenn er nicht um den hohen Wert der Sklaven gewußt hätte. Schließlich bezähmte er sich und befahl den Abmarsch. Pieter hatte sich über mich, der ihn doch schützen wollte, geworfen und die meisten Schläge abbekommen, er war ohne Bewußtsein, und ich schleppte ihn zurück zu den Hütten. Niemand von den anderen half uns – dem vermeintlichen Verräter und seinem Freund.

Es wurde Nacht. Pieter lag unruhig auf seinen Lumpen, und das Licht des fast vollen Mondes, das durch ein Fenster hereinfiel, leuchtete fahl auf seinem Gesicht. Ich saß bei ihm, hielt seine Hand, wischte den kalten Schweiß von seiner Stirn und betete flehend und zornig um diesen Jungen. Die Wachen gingen vor der Hütte ihre Runden, einer brachte frisches Wasser, den Finger auf die Lippen gelegt, damit mein Dank ihn nicht an den Aufseher verriete.

Kurz bevor der Mond hinter den Dächern des Palastes verschwand, schlug Pieter die Augen auf, sah mich an, drückte matt meine Hand und verzog die weißen Lippen zu einem Lächeln. Ich griff nach der Wasserschale, aber als ich mich ihm wieder zuwandte, atmete er nicht mehr. Mir war, als habe mein eigenes Herz aufgehört zu schlagen, ich rief Pieters Namen, erst leise, flüsternd, dann immer lauter, aber Pieter war tot und hatte mich allein zurückgelassen.

Ich hörte ein Rauschen in meinen Ohren, und ich hörte eine Stimme, die in der erkaltenden Nacht sang, Worte sang und schrie, die sich in einer eigentümlichen Melodie fanden.

Es war meine eigene Stimme, es waren die Worte eines Chorals aus einer alten Passion. Wieder und wieder schrie ich das Lied, ich hörte und spürte nicht das Mahnen der anderen, nicht das böse Schütteln des Wächters, nicht den ersten Schlag, ich hielt den Jungen fest und sang, als könne ich das Entsetzliche damit bannen.

Plötzlich war der Aufruhr um mich vorbei. Die Wächter zogen sich zurück, und die Männer auf ihren Lagern duckten sich. Eine leise Stimme, deren Worte ich nicht verstand, drang in mein Bewußtsein, noch ein letztes Mal flüsterte ich die Anfangsworte des Chorals ‹Wer hat dich so geschlagen›, dann war es still.»

Auch auf der Insel in der Elbe war es nun still.

«Ihr habt ihn sehr geliebt», sagte Claes nach einer Weile.

«Er war mein Bruder. Oder mein Kind. Ein reiner Mensch, und es gab niemanden sonst.» Laurentus' Stimme war tonlos. Als koste es ihn Mühe, aus jener fernen, lange vergangenen Qual in die Gegenwart zurückzukehren.

Er atmete tief. «Wäre ich nicht zu ihm in den Graben gesprungen, hätte der Wächter vielleicht von ihm abgelassen, und er würde heute noch leben. Seine Eltern waren sehr reich, sie hätten ihn um jeden Preis gelöst. Doch ist es nicht seltsam? Sein Tod gab *mir* ein neues Leben.»

«Aber der Wächter schlug Euch.»

«Nur anfangs. Dann bekam er andere Befehle. Die zweite Frau des Deis hatte meinen Gesang gehört und ihren Diener nach mir geschickt.»

«Aber was geschah dann? Wieso seid Ihr jetzt hier?»

Laurentus sah ihn an, seine Miene war in der Dunkelheit kaum zu erkennen. «Von den restlichen achtundzwanzig Jahren ist rasch berichtet. Die Dame liebte meinen Gesang, aber da ich das Frauenhaus nicht betreten konnte, wurde ich in den Palast des Deis gebracht. Es dauerte nicht lange, und er begriff, daß ich mehr konnte als singen. Und gewiß sang ich nie wieder wie in dieser Nacht. Ich bin ein guter Organisator, ich weiß mit Zahlen umzugehen und bin talentiert im Erlernen fremder Sprachen. Nach wenigen Jahren war ich, Ihr würdet sagen, sein Kämmerer. Der Dei war ein kluger, gebildeter Mensch, ich sprach gerne mit ihm und er mit mir. Fragt mich nicht, warum, aber er vertraute mir schon bald, und obwohl ich nie seinen Glauben annahm, lebte ich in einem eigenen Haus. Inzwischen habe ich fast hundert Pferde und viele Diener», nun lachte er wieder sein leises übermütiges Lachen, «ich bin reich. Er gab mir sogar eine Frau und war nicht beleidigt, als ich nur diese eine annehmen wollte.

Ich bin ein Mörder und liebe meine Frau und meine Kinder. Und meine Pferde. Findet Ihr das befremdlich?»

«Und doch kamt Ihr erst jetzt?»

«Weil ich immer sein Sklave blieb. Meine Flucht hätte meinen Tod bedeutet, gerade weil ich dem Dei lieb und wertvoll geworden war. Seine Ehre und die Sitten des Landes hätten nicht zugelassen, mich nach einer Flucht zu verschonen. Aber als er im letzten Sommer starb, gab mir sein Sohn die Freiheit, wie sein Vater es gewünscht hatte. Ich trauere um so mehr um ihn. Sein Sohn bat mich, trotz meiner Freiheit zu bleiben und ihm zu dienen, wie zuvor dem alten Dei. Er gewährte mir ein Jahr Urlaub, und ich reiste hierher in den Norden. Den Rest meiner Geschichte kennt Ihr. Und nun werde ich dorthin zurückkehren.»

Er griff die Pistole fester und richtete sie wieder auf Claes.

«Versucht jetzt nicht, mich aufzuhalten. Ich will Euch nicht verletzen, aber ich müßte es tun. Wenn Ihr morgen zurück in der Stadt seid, bin ich weit genug fort. Ich hatte gedacht, es würde mich trotz meiner Pläne glücklicher machen, wieder zu Hause zu sein. Ich hatte ja so unendlich lange davon geträumt, mehr als mein halbes Leben. Aber es machte mich vom ersten Tag an traurig. Wohl, weil mein Zuhause schon lange nicht mehr hier, sondern an einem anderen Ende der Welt ist. Dort raubte mir das Heimweh oft den Schlaf, und nun quält es mich wieder.»

«Sagt mir noch: Wer war Kosjan?»

«Ein armer Kerl. Ich traf ihn in Marseille, er starb dort am Wechselfieber, das oft aus den Sümpfen nahe der Stadt herüberzieht. Er wohnte in der gleichen Herberge wie ich, und es ergab sich, daß ich einen Blick in seinen Reisesack werfen konnte. Es wird Eure schlechte Meinung von mir bestätigen, zu hören, daß ich auch zum Dieb wurde. Ich brauchte für meinen heimlichen Besuch in dieser Stadt einen neuen Namen, und so stahl ich seine Papiere. Vor allem das Empfehlungsschreiben von Bocholts Partner in Bordeaux schien mir ein Geschenk des Himmels. Nur Allah weiß, was er damit im fernen Marseille gemacht hatte. Das Schreiben war auf den Namen Kosjan ausgestellt und an den mir ganz unbekannten Kaufmann in Hamburg gerichtet, also nannte ich mich fortan Kosjan. Obwohl mir der Name nie gefiel. Aber er wird mich noch ein wenig begleiten müssen, bis ich wieder guten algerischen Boden unter den Füßen habe. Bocholt übrigens war es auch, der mir erzählte, wie nah Ihr mir auf der Spur wart. Nach dem Studium der Akten in der Admiralität hättet Ihr nicht mehr lange gebraucht, mich zu finden.»

Laurentus stand auf und reckte seine vom Sitzen in der nebeligen Nachtluft nun doch steifen Glieder, ohne Claes aus den Augen zu lassen.

«Und gestern begegnete mir ein Alter, dem ich ansah, daß er mich erkannte. Ich entkam ihm nur knapp, ich glaube, er war der, der mich als Schiffsjunge die ersten richtigen Knoten lehrte. Von meiner Familie lebt schon lange niemand mehr, und da kommt so ein vergessener Alter und erkennt mich. Das war lästig, aber ich muß gestehen, es rührte mich auch. Auch wenn ich nicht erkannt werden wollte, war es bitter, heimzukehren und nur in gleichgültige Gesichter zu sehen.»

Er warf einen kurzen Blick auf das Boot. «Bleibt sitzen, mein Freund. Diesmal brauche ich Eure Hilfe nicht. Das Wasser ist hoch genug aufgelaufen. Und sorgt Euch nicht um Euer Leben, ich habe nicht alles verlernt. Diese Insel behält auch bei hoher Flut eine kleine trockene Kuppe. Die wird für Euch reichen.»

Claes erstarrte. Laurentus würde ihn um keinen Preis wieder in das Boot einsteigen lassen. Aber auch wenn er jedes Zeitgefühl verloren hatte, war er sicher, daß das Wasser noch höher auflaufen würde. Und um nichts in der Welt wollte er in dieser finsteren Nacht auf einer winzigen Insel, die immer mehr zu versinken schien, allein zurückbleiben.

«Warum so umständlich?» rief er schrill. «Warum habt Ihr die Zuckerhutform neben Marburger gelegt?»

Laurentus stemmte sich gegen das Boot und schob es, die Pistole fest auf Claes gerichtet, langsam mit dem Rücken in den Fluß.

«War das nicht eine nette Komödie? Ich hoffe, Ihr seid darauf hereingefallen. Wie auf den Kometenbeschwörer. Hat der auch Euch verwirrt? Nirgends hört man so viele Neuigkeiten wie als schweigsamer Heiliger auf einem großen Markt. Und ich gebe gerne zu, es war mir eine Lust, Verwirrung zu stiften in dieser Stadt, in der Ihr alle so satt und selbstgewiß seid.»

«Ihr habt nicht uns Satte und Selbstgewisse, sondern die Armen und Törichten verwirrt.»

«Ich hoffe, ich habe sie auch ein wenig aufgewiegelt.»

«Niemand wird aufgewiegelt, wenn man ihm vorgaukelt, ein Prophet zu sein», rief Claes, dessen Angst in Wut umgeschlagen war, «wenn man ihn glauben macht, ein Stern sei für sein Los verantwortlich. Das macht die Leute nur dumm und folgsam wie junge Hunde.»

«Seid Ihr ein Rebell, Herrmanns? Ich wußte doch, daß es noch einen anderen Grund als Eure liebliche, kluge Gattin in ihrem schönen Garten und Eure gute Küche gibt, warum ich Euch mag. Vielleicht habt Ihr recht. Wie schade. Nun, die Komödie auf dem Markt hat mich dennoch gut unterhalten. Und obwohl ich mein himmlisches Unwesen in Hamburg trieb, war Stedemühlen im dänischen Altona weit jenseits Eurer Festungsmauern doch zutiefst von meinen Prophezeiungen verstört. Ich glaube, daß er nichts dagegen hatte, zu sterben. Dabei wollte ich ihn nicht unbedingt töten, ich wollte ihn zuerst nur erschrecken und vor aller Welt bloßstellen, aber dann waren da plötzlich mein alter Zorn und diese Treppe. So etwas geschieht eben. Und tatsächlich merke ich nun, daß ich doch eine gewisse Genugtuung über seinen Tod spüre. Wenn auch nicht so sehr wie über Marburgers Ende.» Ein zufriedenes Lächeln glitt über sein Gesicht. «Marburger war ein Schwein, ein Teufel. Ich bin ja nicht einfach in diese Stadt gekommen und habe zugeschlagen. Ich habe zuerst den Leuten zugehört, habe gehört, was diese drei aus ihrem Leben, aus ihrem Reichtum gemacht haben, der mit jenem Mord begann und mit meiner Verleumdung gesichert wurde.»

«Und? Hättet Ihr Marburger verschont, wenn er ein braver, stiller Mensch geworden wäre?»

Laurentus überlegte. «Vielleicht. Aber nein, wohl doch nicht. Marburger nicht. Und Stedemühlen? Wußtet Ihr, daß er das Geld, mit dem ihn Marburger damals bestach, im englischen Sklavenhandel vervielfacht hat? Ist das nicht kurios? Ausgerechnet mit dem Sklavenhandel? Sagt mir, Claes Herrmanns, ehrbarer Kaufmann, liebender Gatte und Vater, was hättet Ihr an meiner Stelle getan?»

Verzeihen, wollte Claes rufen, auf Gottes Gerechtigkeit vertrauen. Aber er schwieg.

«Euer Schweigen ist beredt.» Laurentus stieg in das Boot und stemmte die Riemen ins seichte Ufer. «Höchste Zeit für mich. Der Nebel wird sich gewiß bald lichten. Obwohl es immer noch kalt ist und der Morgen neuen Dunst bringen wird, wie Ihr besser wißt als ich. Ich bin nur noch die heißen Regionen gewöhnt, in denen ist ein solcher Nebel kaum bekannt.»

Er stieß das Boot behutsam ab. «Ich werde Euch nun auf diesem hübschen Eiland zurücklassen. In ein paar Stunden, wenn der Tag beginnt, wird Euch ein Fischer finden. Bis dahin schont Eure Stimme. Wenn Ihr früher um Hilfe ruft, werden die Leute nur die Daunen noch fester über ihre Ohren ziehen, weil sie fürchten, der Fliegende Holländer oder die Hunde der Geisterjäger seien unterwegs. Also geduldet Euch. Das gibt mir die Zeit, die ich brauche, um genug Meilen zwischen meinen Kopf und Eure Wedde zu bringen.»

Die letzten Sätze klangen schon gedämpft durch den Nebel, in dem das Boot mit leise klatschenden Ruderschlägen verschwunden war.

«Lebt wohl», klang die Stimme noch einmal aus der milchigen Finsternis zurück. «Hätten wir uns unter anderen Umständen getroffen, wäre ich gerne Euer Freund geworden.»

Claes stand noch immer auf der gleichen Stelle, aber das Wasser, das vorher noch einige Fuß entfernt gewesen war, leckte nun schon beinahe an seinen Schuhen. Seit Laurentus diese Insel als

Junge erforscht hatte, waren viele Jahre vergangen, er hatte vergessen, daß der Lauf der mäandernden Flußarme immer in Bewegung war. Und daß nach einem Unwetter wie am vergangenen Tag die Fluten aus den Marschen kamen und das Wasser schnell und heftig steigen ließen. Claes wußte, daß diese kleinsten Inseln in den letzten Jahren nach solchen Regenstürmen stets überflutet gewesen waren.

Die Panik krallte sich in seinen Rücken, er stand starr, lauschte in die unerträgliche Stille und schrie Kosjans Namen. Die Angst vor dem Wasser hatte ihn vergessen lassen, daß Kosjans Name Laurentus war.

15. KAPITEL

DIENSTAG, DEN 17. JUNIUS,
NACHTS

Der Nebel wurde lichter, aber immer noch verschluckte er alle Geräusche. Nicht einmal das Glucksen des Flusses war zu hören, weil es kein Ufer, kein Wurzelwerk mehr gab, an dem sich seine Fluten brechen konnten. Die Insel, auf der Laurentus Claes Herrmanns zurückgelassen hatte, war verschwunden. Die Flut reichte ihm nun schon fast bis zur Taille, und nur weil dieser sandige Hügel im Fluß abseits der tieferen und schnelleren Strömung lag, gelang es ihm, die Füße im Gesträuch und auf dem letzten festen Grund zu behalten. Aber seine Beine waren schon taub, seine Kräfte erlahmt, er wußte, er würde dem Druck des Wassers nicht mehr lange standhalten können. Gab das Wurzelwerk unter seinen Füßen nicht schon nach? Es würde bald ausgespült sein und davontreiben.

Alte Geschichten von Nixen und Wassergeistern fielen ihm ein. Er konnte sich nun vorstellen, warum sie in den Köpfen der Küstenmenschen so lebendig waren. Auch er hatte in der letzten Stunde – oder waren es nur Minuten? – Schemen vorbeihuschen sehen, hatte die tödliche Versuchung gespürt, ihnen nachzugeben, dem Wasser und den Irrbildern zu folgen, sich treiben zu lassen und in der Umarmung des Flusses zu versinken. Zuerst hatte er um Hilfe gerufen, aber niemand hörte ihn, die Häfen lagen verschlossen und die Menschen in tiefem Schlaf.

Mußten die Fischer nicht längst hinausfahren? Noch einmal versuchte er einen Ruf, seine Stimme krächzte, und die Gleichgültigkeit, die ihn nach einer Welle von Angst und Zorn gefangenhielt, ließ ihn wieder verstummen. Das Wasser stieg immer noch, langsamer jetzt, aber es stieg. Für einen Moment riß der Nebel auf, ein wenig nur, und wieder glaubte er einen Schemen zu sehen, dann schloß die Wand sich wieder. Er beachtete das Irrbild so wenig wie die Geräusche, die täuschend echt wie Ruderschläge aus einer anderen Welt herüberklangen. Er war froh, daß er vor dem hastigen Aufbruch noch einmal zu Anne ins Haus gelaufen war. So würde sie nicht mit dem quälenden Gedanken an ihre harten und doch so wahren Worte zurückbleiben, sondern mit der Erinnerung an seine Umarmung und die Versicherung seiner unabänderlichen Liebe.

Er hörte sie rufen. «Claes», rief sie, «Claes, wo bist du?»

Er lächelte. Sie klang so besorgt.

«Claes», klang es wieder durch die Dunkelheit, und da merkte er, daß es kein Trug war, Sie rief ihn. Sie rief ihn hier, mitten im Wasser.

«Anne», schrie er krächzend, «ich bin hier! Anne.»

Er hörte eilige Ruderschläge. Kamen sie näher? Entfernten sie sich? Er konnte es nicht unterscheiden.

«Dorthin», rief eine andere Stimme, «es war mehr dort drüben.»

Die Ruderschläge kamen näher, sie kamen tatsächlich näher, und dann sah er sie. «Anne», flüsterte er.

Aber sie hatte ihn schon entdeckt.

Sie hockte im Bug eines kleinen Bootes, das nun vor ihm aus dem Dunst auftauchte, und ihre Arme streckten sich ihm entgegen.

«Claes», schluchzte sie auf, «wir haben dich gefunden. Mein Gott, ich danke dir. Er ist da, er lebt.»

Dann war das Boot neben ihm, und eine andere Gestalt, er glaubte Rosina zu erkennen, schob die aufgeregte Anne zur Seite. «Könnt Ihr ins Boot klettern?»

Es war Rosina, auch wenn sie immer noch aussah wie Mylau, was ihn in diesem Moment auf ganz absurde Weise amüsierte.

«Könnt Ihr?»

Er nickte. «Sicher», flüsterte er und umklammerte das rauhe Holz. Aber seine Beine waren steif und fühllos, sie gehorchten ihm nicht. Das Boot schwankte gefährlich.

«Wartet», schrie Rosina. «Anne, Blohm, lehnt euch auf der anderen Seite über den Rand, aber nicht zu weit. Haltet das Boot in der Balance. So paßt doch auf!»

Wieder neigte sich das Boot tief zur Seite und trieb einige Fuß weit ab. Dann kam es zurück, er umklammerte wieder den Rand, und mit einer letzten Kraft, die er sich nicht mehr zugetraut hatte, stieß er sich aus dem Weidengebüsch ab und rutschte mit der Hilfe von Rosinas kräftigen Armen ins Boot.

MITTWOCH, DEN 18. JUNIUS,
MORGENS

Als die Sonne aufging, herrschte im Herrmannsschen Haus am Neuen Wandrahm schon Betrieb wie auf einem Jahrmarkt. In Elsbeths Küche dampfte und brutzelte es, die Mädchen liefen die Treppen hinauf und hinunter, schleppten heißes Wasser und Tücher, balancierten große Platten mit Eiern auf köstlich duftendem gebratenem Speck, mit Schinken und weißem Käse, Weizenbrot und kalter Pastete, Konfitüren, Sahneerdbeeren und den ersten Kirschen. Sie trugen Kannen mit heißem Tee und frischer Milch, und daß keine die Treppe hinunterstolperte, war das reinste Wunder. Brooks brachte Berge von Buchenscheiten, um das Feuer, das er im Zimmer des Herrn im Kamin entfacht hatte, tüchtig zu füttern. Nur Blohm war nicht zu bewegen, von der Seite seines Herrn zu weichen.

Claes lag eingewickelt in heiße feuchte Tücher in seinem Bett, halb vergraben unter Bergen von Daunendecken, die Anne aus dem ganzen Haus herbeigeschleppt hatte. Er war benommen, aber er wollte nicht wieder im Dunkel versinken und kämpfte gegen den Schlaf. Unter den wärmenden Decken hielt er Annes Hand umklammert, als sei sie seine einzige Verbindung zum Leben.

Immer wenn er doch die Augen schloß, glaubte er wieder in dem schwarzen Fluß zu versinken. Aber dann fühlte er Annes Hand, und schließlich gelang es ihm, in den Bildern der Finsternis über dem Wasser die Bilder seiner Rettung zu sehen.

Als er endlich in dem schwankenden Boot gelegen hatte, hatte Rosina die Riemen übernommen, und Anne und Blohm begannen eilig, ihm die nassen Kleider auszuziehen. Er wehrte sich, es sei alles in Ordnung, er friere nur ein bißchen.

Unsinn, brummte Blohm, die Sachen müßten runter, sonst hole ihn der Tod doch noch. Blohm hatte sein halbes Leben auf einem Hof in den Marschen gedient, er kannte die Überfälle der Hochfluten und wußte mit Leuten, die zu lange im Wasser gewesen waren, umzugehen. Sie rieben Claes' Beine, bis er wieder Leben in ihnen spürte, und wickelten ihn in alle Kleider, die sie selbst entbehren konnten. Die vielen Tücher, die die schlanke Rosina zum fülligen Mylau aufgepolstert hatten, leisteten nun noch einmal gute Dienste. Dann half Blohm Rosina an den Riemen, und es gelang ihnen, nahe dem wartenden Zweispänner wieder ans Ufer zu kommen.

Kurz vor Sonnenaufgang erreichten sie das Millerntor, und die verblüfften Wachen, die gerade erst Ketten und Balken lösten, gaben dem Wagen mit der seltsamen Fracht sofort den Weg frei.

Rosina lenkte die Füchse vom Tor über den Kuberg und das Johannisbollwerk hinunter auf die Straßen, die am Hafen entlang führten. Der Weg durch die innere Stadt war vielleicht kürzer, sie wußte es nicht so genau, aber diese Straßen waren breiter und erlaubten eine eiligere Fahrt, auch wenn im beginnenden Tag schon die ersten Wagen unterwegs waren.

Bei den Mühren, kurz bevor sie auf die Jungfernbrücke und hinüber auf die Wandrahminsel rollten, überholten sie drei Männer, einen Jungen und ein Pferd. Die grasgrüne Joppe und der strohgelbe Haarschopf des dicksten unter ihnen konnten nur Titus gehören.

Titus und Sebastian, dem wie immer Muto wenige Schritte vorauslief, hatten sich bei Morgengrauen auf den Weg nach

Hamburg gemacht. Rosina war nicht nach Hause gekommen, und auch wenn sie glaubten, daß sie wegen des Unwetters dortgeblieben und irgendwo Unterschlupf gefunden hatte, sorgten sie sich. Helena und Jean gingen nach Harvestehude, denn Helena dachte, Rosina sei gewiß bei Anne im Gartenhaus. Die anderen wollten zuerst bei Jakobsen im *Bremer Schlüssel* fragen, aber am Millerntor hörten sie die Wachen darüber reden, daß Herrmanns im Sterben liege und daß seine Köchin, zornig wie eine Furie, in der letzten Nacht durchs Tor in die Stadt gefahren sei.

Sie hasteten weiter und trafen als ersten Struensee, der die Nacht im Schimmelmannschen Palais verbracht hatte, weil die Gräfin gewiß war, daß ihr kleiner Friedrich, der jüngste Sohn, die Masern hatte. Es waren nur Hitzeflecken gewesen, aber Struensee hatte zur Seelenruhe der Mutter die Nacht am Bett des Kindes gewacht.

Als er die beunruhigenden Nachrichten aus dem Hause Herrmanns hörte, schloß er sich den Komödianten an und war gleich zur Stelle, als der vor Kälte immer noch zitternde Claes mühsam aus der Kutsche stieg.

Im Neuen Wandrahm wurden sie schon erwartet. Elsbeth hatte Benni gleich den zweiten Wagen anspannen lassen und sich mit dem Jungen auf den Weg durch die dunkle Nebelnacht gemacht. Am Dammtor hatte es sie viel Zorn und Geschrei gekostet, bis die verschlafenen Wachen bereit gewesen waren, das Tor noch einmal zu öffnen. Schließlich hatten sie gegen ein hohes Torgeld auch den Wagen passieren lassen.

Dann stand Elsbeth in ihrer Küche, schürte das Feuer und wurde ganz ruhig. Die drei würden es schaffen, hatte sie sich immer wieder versichert, sie würden ihn finden und heil zurückbringen. Sie hatte sich keinen Zweifel erlaubt und mit den verschlafenen Küchenmädchen gearbeitet, als gelte es, ein Fest vorzubereiten.

Claes wurde nun versorgt wie ein neugeborenes Kind, niemand achtete auf seine schwachen Proteste. Nachdem er schließlich an Annes sicherer Hand doch in den Schlaf der Erschöpfung hinübergeglitten war, wurde im Salon ein fürstliches Frühstück serviert. Immer wieder mußte Rosina von der nächtlichen Suche erzählen, und je mehr sie erzählte, um so mehr wurde das Abenteuer auf dem Fluß zur Posse, um so mehr vertrieb Gelächter die Angst und das Entsetzen der letzten Stunden. Nur Christian fiel das Lachen ziemlich schwer. Er glaubte nicht, daß er sich jemals verzeihen könne, diese Nacht verschlafen zu haben. Und ebensowenig würde er Elsbeth verzeihen, daß sie ihn erst geweckt hatte, als Claes sicher zurückgekehrt war.

Gerade als Muto sich das letzte Würstchen von einer der Platten angelte, trafen Helena und Jean ein, und in der Küche begann das Brutzeln und Köcheln von neuem.

Auch Wagner war da, Rosina hatte gleich nach ihrer Ankunft im Neuen Wandrahm nach ihm geschickt und das wenige, das sie schon wußte, berichtet. Monsieur Herrmanns lag zu Bett und war noch nicht in der Lage, ihm mehr zu erzählen. Aber für ihn gab es nun sowieso nichts mehr zu tun als zuzuhören. Der Mann, der den Kapitän und den Zuckerbäcker getötet hatte, war ans südliche Ufer der Elbe gerudert und von dort auf Nimmerwiedersehen verschwunden, dessen war Wagner gewiß. Sein Pferd und auch die Herrmannssche Stute hatte einer der Weddeknechte gerade dort gefunden, wo die beiden Männer die Tiere in der Nacht angebunden hatten. Also mußte er einen anderen Fluchtweg vorbereitet haben, und da er ja schon in der Mitte der Elbe gewesen war, schien es nur vernünftig, nicht nach Hamburg zurück-, sondern weiter ans südliche Ufer zu rudern. Wagner hatte bereits einen Boten mit Nachricht über den Flüchtigen über die Elbe ins Hannoversche geschickt. Aber selbst wenn man sich dort entschloß, ihn zu verfolgen, war sein Vorsprung viel zu groß, als daß ihn noch jemand fangen könnte.

Aber vielleicht, hoffte Wagner still, bricht er sich ja unterwegs den Hals.

So saß er mit den anderen am Tisch, freute sich über das unerwartete gute Frühstück und betrachtete Rosina.

Leider saß sie nicht bei ihm, sondern neben Sebastian. Sie trug wieder eines von Annes Kleidern und wärmte sich in einem ihrer großen weichen Tücher. Wenn sie zuerst auch gedacht hatte, sie sei so wach, daß sie nie wieder schlafen könne, dauerte es nicht lange, bis die fröhlichen Stimmen um sie herum ihr nur noch wie ein fernes Murmeln erschienen. Sie lächelte dem Weddemeister noch einmal schläfrig zu und stahl sich, behaglich und sicher an Sebastians Schulter gelehnt, in den Schlaf davon.

Auch Titus hörte nicht mehr, was im Salon geschwatzt wurde. Der hatte Rosina, kaum, daß er sie in der dämmerigen Diele entdeckte, an seine breite grasgrüne Brust gedrückt, etwas von ‹Mach so was nie wieder, Mädchen› gemurmelt und sich ganz unauffällig zu Elsbeth in die Küche geschlichen. Aber das ist eine andere Geschichte.

Epilog

AN EINEM MITTWOCH,
DREI WOCHEN NACH JOHANNI

Doktor Struensee und Gret, das Pferd, das er wie alle anderen Paladin nannte, hatten sich aneinander gewöhnt. Zwar zog der große Apfelschimmel immer noch ab und zu die gelben Zähne über die Oberlippe, aber wenn er scheinbar unwillig seine Mähne schüttelte, war das nur ein Zeichen von Übermut. Der Mann auf seinem breiten Rücken hatte ihn heute morgen aus dem dunklen Mietstall an der Finckentwiete geholt; sein eigenes Pferd, ein sensibler Fuchs, leistete sich wieder einmal eine völlig überflüssige Malaise, und nun ging es hinaus aus der Stadt und über guten festen Boden hinauf nach Elmshorn.

Struensee war nicht nur Stadtphysikus in Altona, sondern gleichzeitig Landphysikus der benachbarten Grafschaft Rantzau. Dort lag vieles im argen, aber die Zustände in den Apotheken entrüsteten ihn am meisten. Gegen die Kurpfuscherei, gegen sogenannte Geheimmittel, Wundertränke und Zaubersalben, die fast alle Kot und Urin von verschiedenstem Getier enthielten, in Apotheken teuer verkauft wurden und niemanden gesund machten, zog er immer wieder verbissen zu Felde. Die Quacksalberei nahm überhand, und wenn der Physikus nicht ab und zu eine unerwartete Kontrolle durchführte und dafür sorgte, daß verstaubte Krüge und Büchsen voller ungewisser Ingredienzen in stinkenden Fetten aus den Regalen verschwanden, würde den Leuten weiter getrocknetes Katzenhirn gegen Schwindelgefühle und mit Branntwein vermischter Schaf- und Gänsekot gegen die Blattern aufgeschwatzt werden. Oder das gefährliche Arsenik gegen das Wechselfieber, während die heilsame Chinarinde gemieden wurde wie Teufelswerk. Die Leute nahmen die ekelhaften Mittel ein, und wenn sie sich darauf nur heftig erbrachen, war ihnen schon die heilsame Wirkung bewiesen. Es war ein Kampf gegen Windmühlenflügel.

Aber die Apotheken im Rantzauischen waren noch weit, jetzt wollte Struensee nur den Ritt durch den frischen sonnigen Morgen genießen. Der Himmel strahlte in tiefem Blau, dicke weiße Schönwetterwolken schoben sich hoch über das satte grüne Land, und der Weiße Steinklee am Rande des Weges duftete süß.

Er ritt in leichtem Trab, beugte sich vor und klopfte den kräftigen, etwas gedrungenen Hals des Pferdes.

«Ist das nicht herrlich, Paladin?» rief er und blickte glücklich über die weite Ebene. Der Sommerwind trieb sanfte Wellen durch die zartblauen Blütenseen der Flachsfelder, auch der Roggen stand schon hoch, und die Luft prickelte vom herben Geruch des Heus, das die Bauern auf den Wiesen wendeten.

Er dachte an das Fest im Herrmannsschen Garten vor drei Wochen. Claes Herrmanns hatte sein nasses Abenteuer mit einem leichten Fieber, das allerdings nur zwei Tage anhielt, überstanden. Zu Johanni luden er und Anne in den Harvestehuder Garten. Wer in der Stadt auf sich hielt, war der Einladung gefolgt und drängte sich zwischen den Bäumen an der Alster. Selbst der alte Telemann war da und wich Herrmanns' Tante Augusta, die zu aller Freude endlich aus Pyrmont heimgekehrt war, nicht von der Seite. Er hatte seine Stadtmusiker mitgebracht, und die bewiesen, wie gut sie sich auch auf die allerweltlichsten Melodien verstanden.

Die Komödianten erfreuten die Gäste mit einem hübschen Singspiel, das nicht zu lang ausfiel, obwohl darin auch sehr schön getanzt wurde. Alle klatschten großen Beifall, allerdings waren viele später der Meinung, daß Claes Herrmanns doch ein wenig zu weit ging, als er die Fahrenden nach der Aufführung nicht in die Küche oder gleich zurück zu ihren Wagen schickte, sondern zu den anderen Gästen führte und sie auch als solche behandelte. Daß er selbst einen Weddemeister eingeladen hatte, bereitete nicht weniger Unbehagen. Madame Bocholt jedoch, das hatte Struensee genau gesehen, als er und Gerson sich von Elsbeth ihren neuen Kräutergarten zeigen ließen, hatte sich erstaunlich schnell mit der Anwesenheit dieser seltsamen Menschen arrangiert. Sie saß auf einer Bank hinter der Ligusterhecke und ließ sich von Prinzipal Jean, der in ganz besonders prächtigen Samt gekleidet war, hingebungsvoll die Vorzüge des Hexameters erläutern. Aus irgendeinem Struensee nicht erkennbaren Grund mußte er dazu ihre beiden Hände halten, was sie aber ganz offensichtlich ebenso entzückte wie Jeans Vortrag.

Rosina hatte zu ihrem Ärger nicht verhindern können, daß ihre Rolle als Mylau und ihre Verdienste bei der Mörderjagd und der Rettung Claes Herrmanns' bekannt wurden. Sie war nun eine Berühmtheit in der Stadt und würde in diesen Mauern wohl nie wieder als junger Mann herumlaufen können, ohne daß man sie erkannte, welche Haarfarbe sie auch wählen würde. Aber die Theaterbude in Altona war, egal, welches Stück gegeben wurde, seither bei jeder Aufführung ausverkauft. Muto trat nun auch auf, Helena hatte entdeckt, daß das Spiel auf der Bühne ihn über alles freute, und seither fügte Rosina kleine Szenen für ein stummes Kind in die Stücke ein – als Engel oder Kobold –, die beim Publikum sehr beliebt waren. Struensee hatte Muto gründlich untersucht und festgestellt, daß sein Körper gesund war. Der Grund, warum er nicht sprechen konnte, mußte an einem Leiden seiner Seele liegen. Struensee hatte von solchen Fällen gehört. Auch, daß die Stimme eines Tages plötzlich zurückkehren konnte.

Den Höhepunkt des Abends, das war das einzige, worin sich alle einig waren, bestritt jedoch Rudolf, der stillste unter den Komödianten. Das Feuerwerk, das er mit Gesines Hilfe an den Himmel hoch über der Alster zauberte, war vielleicht nicht ganz so prächtig wie jenes, das der Senat im vergangenen Jahr zu Ehren des neuen Kaisers entzünden ließ, aber es begeisterte nicht nur Herrmanns' zahlreiche Gäste, sondern auch alle, die sich auf den Wällen drängten oder ihre Boote auf den See hinausgerudert hatten, um dem feurigen Spektakel zuzusehen.

Christian Herrmanns war ganz gegen Struensees Erwartung nicht vom Liebeskummer niedergedrückt, obwohl er allen Grund dazu gehabt hätte. Denn kaum war sein Vater halbwegs genesen, hatte Christian ihm mitgeteilt, daß er sich bei Madame Stedemühlen nicht mehr für seine Verbindung mit Lucia einsetzen müsse. Die sei ihm nicht ernsthaft genug und auch zu wankelmütig. Einige Wochen habe er sie nicht gesehen, und schon habe Cornelius van Smid ihr Herz gewonnen, der doch wirklich als langweiliger Mensch bekannt sei.

Diese Wendung schien Christian aber nicht vernichtet zu haben, denn an jenem Abend im Garten sah Struensee, wie er Camilla, Senator van Wittens jüngste Tochter, verfolgte, bis sie ihm errötend erlaubte, ihr ein Glas Bowle zu bringen.

Madame Stedemühlen und ihre Tochter erschienen an diesem Abend nicht, was jedoch niemanden wunderte. Nicht nur, weil sie gerade erst Witwe geworden war, sondern weil die nach so vielen Jahren ruchbar gewordene Schande ihres Gatten auch die ihre war und sie aus der guten Gesellschaft ausschloß, bis man mit Anstand vorgeben konnte, alles vergessen zu haben.

Allerdings trug Gunda die Schmach mit Würde und Gelassenheit. Kürzlich hatte Struensee sie in der Halle der Hamburger Börse getroffen, wo sie bei der Versteigerung einer äußerst kostbaren Sammlung optischer Geräte das wertvollste Teleskop, einige andere, kleinere Apparate und ein Buch über die neuesten Erkenntnisse von der Messung der Längengrade auf See ersteigerte. Es sei doch sehr angenehm, erklärte sie, als er sie begrüßte, nun, da niemand außer ihm ihr noch die Hand gebe, müsse sie nicht mehr auf die Sitten achten. Sie könne sogar wie ein Mann bei einer Versteigerung mithalten, und das sei endlich einmal etwas Amüsantes in diesen dunklen Wochen. Im übrigen danke sie ihm für seine Dienste und hoffe, in Bristol einen ebenso aufgeschlossenen Arzt zu finden. Denn dorthin werde sie mit ihrer Tochter und den beiden Söhnen nun zurückkehren. Die Kinder seien sowieso mehr am Avon zu Hause als an der Elbe, und sie selbst halte hier nichts als bittere Erinnerungen. Auch Cornelius van Smid, fügte sie lächelnd hinzu, werde seinen Wohnort nach Bristol verlegen, um dort für seine Familie ein Kontor zu führen.

Madame Marburgers Fehlen hatte nichts zu bedeuten, die Herrmanns' waren einfach nicht mit ihr bekannt. Es solle ihr trotz des Eklats um die üblen Taten ihres toten Gatten recht gut gehen, so hatte die Bilserin Struensee erzählt, und im übrigen sehe man nun stets Pagerian an ihrer Seite, und das nicht nur in der Kutsche, am letzten Sonntag habe er sogar ihre Kirchenbank geteilt und noch vor ihren fünf Töchtern neben ihr gesessen.

In der Stadt wurde die Zuckerbäckerwitwe eher bedauert als gemieden. In spätestens einem Jahr, dachte Struensee, würde niemand mehr von Marburger als einem Mörder, Betrüger und Despoten sprechen. Man würde seiner als eines verdienstvollen Bürgers dieser Stadt und als eines bedauernswerten Opfers gedenken, eines Mannes, der wohl in seiner Jugend ein wenig gefehlt, aber schwer dafür gebüßt hatte. Kosjan jedoch, oder Laurentus, würde als ein teuflischer Verbrecher im Gedächtnis der Leute bleiben, als ein Fremder, ein Barbar, der Unheil über diese brave Stadt gebracht hatte und der gerechten Strafe auf dem Rad und am Galgen entkommen war.

Wen hatte Struensee noch in Annes Garten gesehen? Götz Oswald und seine Frau Gerlinde. Sie standen ein wenig steif zwischen den reichen Bürgern, bis Claes sie fand, Gerlinde seiner an diesem Abend ganz besonders strahlenden Gattin anvertraute und mit dem jungen Zuckerbäcker für einige Zeit im Haus verschwand. Rosina, die Struensee gestern wegen einer verstauchten Hand konsultiert hatte, über deren Ursache sie leider nichts verraten wollte, erzählte ihm, Götz gehe nun doch nicht ins Preußische. Dort hatte man ihm einen hochbezahlten Posten in einer der neuen königlichen Zuckermanufakturen angeboten, die wie überall in Preußen zwar über alle nötigen Gerätschaften verfügten, deren Arbeiter sich aber nicht so gut auf die Kunst des Raffinierens verstanden wie die Hamburger, die ja unbestritten den besten Zucker weit und breit machten. Er werde statt dessen eine neue Zuckerbäckerei in Hamburg eröffnen. Er habe einen wohlhabenden Kompagnon gefunden, der mit ihm einen äußerst günstigen Vertrag abgeschlossen habe.

Struensee war heute sehr vergnügt. Dieser bedrückende Juni mit all seinen Schrecken hatte sich endlich zum Guten gewendet. Selbst die Witwen der beiden erschlagenen Männer schienen nicht am Abgrund seelischer Pein zu stehen.

Nur von dem armen Dichter Lysander Julius Billkamp sprach niemand mehr. Aber vielleicht erschien er Doktor Kletterich, der ihn im Pesthof auf diesen mörderischen Stuhl gebunden und zu Tode geschleudert hatte, noch ab und zu in einem Alptraum. So wäre auch er nicht ganz von der Erde verschwunden.

Ein Komet wurde in diesem Sommer übrigens nicht über der Stadt gesehen, nicht einmal ein winzig kleiner. Selbst der junge Astronom Bode konnte durch sein Teleskop keinen entdecken, der vielleicht der begrenzten Sehkraft der menschlichen Augen entgangen wäre, und auch aus anderen Städten kam keine Kunde von einem solch außerordentlichen Ereignis.

Struensee behauptete später, er habe sowieso nicht an den Humbug dieses Kometenbeschwörers geglaubt, und die Männer in den Kaffeehäusern waren ausnahmsweise ganz seiner Meinung. Gerson allerdings lächelte und schwieg. Er wußte zu genau um die Begrenztheit, der der menschliche Geist wie auch die Sehkraft unterworfen waren. Und er wußte, wie gering die Kraft einer noch so meisterhaft geschliffenen Linse war, wenn man sie an der Unendlichkeit des Himmels maß.

Struensee gab der dicken Gret alias Paladin die Sporen und galoppierte vergnügt nach Nordwesten.

Wovon er an diesem Morgen nichts ahnte und gewiß auch niemals erfahren würde, war die Ankunft eines ganz besonderen Briefes. Claes fand ihn eines Morgens in seiner Post. Er kam aus Marseille und war mit dem Namen Munadschim Abdullah unterzeichnet. Er schrieb, das Schiff, das ihn in seine Heimat zurückbringen werde, liege zum Auslaufen bereit. Nun sage er adieu und hoffe, Claes sei so wohlbehalten wieder in seine Stadt zurückgelangt wie er in diesen sicheren Hafen. Er möge ihm jene dunkle Nacht verzeihen, und der, den man Allah, Jehova, Gott oder Christus nenne, möge ihn immer beschützen.

Claes zeigte den Brief niemandem.

Außer Anne.

GLOSSAR

«Alte Rabe» (Die weibliche Form leitet sich wahrscheinlich vom niederdeutschen «de Rave» her.) Das Gasthaus stand dort, wo heute die Alte Rabenstraße am westlichen Ufer der Außenalster endet. Im 18. Jahrhundert war es ein beliebter Erholungsort. Neben der Fähre nach St. Georg gab es einen Anleger für «Alsterarchen», kleine Boote für Vergnügungsfahrten.

Admiralität hieß die 1623 gegründete Institution, die so eine Art frühe Schiffahrtsbehörde war. Sie organisierte, verwaltete und beaufsichtigte in Hamburg nahezu alles, was mit der Fluß- und Seefahrt zu tun hatte, nicht zuletzt war sie auch die Instanz für die Seegerichtsbarkeit.

Akzise Wie der Zoll für alle anderen ein- und ausgeführten Waren wurde an den Toren auch die A. erhoben, eine Steuer auf alle Waren des täglichen Bedarfs, d. h. auf alles, «was ein jeder Bürger und Untertan dieser Stadt und des Gebietes um und in den Leib gebrauchet». Für jedes Pfund Butter, für jeden Streifen Klöppelspitze oder für jede Spargelstange mußte diese Abgabe geleistet werden. Da der Kleinschmuggel blühte, waren die Kontrollen oft sehr rigide.

Bagno Bezeichnung für Gefängnisse im türkischen Machtbereich, nach den Sklavenunterkünften in Konstantinopel, die nahe bei den Bädern des Serails lagen. Auch in Frankreich wurden Gefängnisse für Schwerverbrecher und politische Gefangene als B. bezeichnet.

Barbaresken Als B. staaten oder Barbarei wurden die nordafrikanischen Reiche zwischen Marokko und Tunis bezeichnet, die jahrhundertelang von Phöniziern und Römern besetzt waren, bevor die Araber, die Spanier und schließlich, im frühen 16. Jahrhundert, die Osmanen die Macht übernahmen. Die Seeräuberei war hier seit dem Mittelalter eine Haupteinnahmequelle, Gebietsherrscher waren von den Janitscharen, den türkischen Offizieren, gewählte Paschas und Deis, die der Regierung in Konstantinopel verantwortlich waren. Ihr despotisches Regime war berüchtigt. Seither wurde für die hochgefürchteten Piraten aus diesen Regionen die Bezeichnung ‹Barbaresken› oder auch einfach ‹Türken› üblich. Seeräuberei gab es auf allen Meeren, aber die Barbaresken betrieben sie wie ein öffentliches Gewerbe. Mehr als die Hälfte der Staatseinnahmen Algiers kam zu jener Zeit aus der Kaperei, besonders aus den Lösegeldern für die versklavten Schiffsbesatzungen. Als berühmtester Sklave der B. gilt Miguel de Cervantes, der Autor des *Don Quijote*, der von 1575 bis 1580 in Algier gefangengehalten wurde. Algerische Piraten segelten im Mittelmeer und vor den europäischen Westküsten, zeitweise bis in die Nordsee hinauf, marokkanische vor der Westküste Afrikas. Der Begriff ‹Barbarei› oder ‹Barbarien› entstand ursprünglich nach der Bezeichnung der Ureinwohner, die Berber. Der «barbarische» Klang vermischt sich für uns mit der Bezeichnung der antiken Griechen für Unfreie, Grausame, Rohe oder Feige. Die Römer nannten unter dem Einfluß von griechischer Kultur und Sprache insbesondere die aufmüpfigen Germanen Barbaren.

Bark Ein großer, eher bauchig gebauter Dreimaster für die Handelsschiffahrt seit der Mitte des 18. Jahrhunderts.

Baumhaus Das legendäre Gesellschaftshaus, bis zum Abriß 1857 Lieblingstreffpunkt des bürgerlichen Hamburg, bekam seinen Namen nach dem Standort am Eingang zum Binnenhafen (heute Ecke Baumwall/Steinhöft), der nachts durch «Bäume», aneinandergekettete schwimmende Stämme, versperrt war.

Blitzableiter Den allerersten B. konstruierte 1752 der amerikanische Autor, Naturwissenschaftler und Politiker Benjamin Franklin (1706–1790). Der erste in Europa wurde auf der Spitze des Leuchtturms angebracht, der 1756 bis 1759 auf dem Eddystone-Felsen 14 Meilen vor der südenglischen Küste im Englischen Kanal erbaut wurde. Der erste auf dem Kontinent krönte ab 1769 die Hamburger Jacobikirche.

Bode, Johann Elert (1747–1826) Als erste wiss. Arbeit veröffentlichte Bode 1766 die exakte Vorausberechnung der Sonnenfinsternis, die am 5. August 1766 stattfinden würde. Er war schnell als Astronom anerkannt und bekam schon 1772 eine Anstellung an der Sternwarte in Berlin, die er ab 1778 bis 1825 leitete. Sein Hauptwerk, der Sternatlas *Uranographia* mit 17 240 Sternen, erschien 1801.

Brandige Halsbräune ist die alte Bezeichnung für die damals sehr gefürchtete Diphtherie.

Bristol Obwohl B. im Südwesten Englands etwa elf Kilometer landeinwärts am schwer befahrbaren Fluß Avon liegt, war es bis ins letzte Drittel des 18. Jahrhunderts nach London die bedeutendste Hafenstadt des Landes und galt als Tor zum Atlantik und zur Neuen Welt.

Commerzdeputation Die Vorläuferin der Handelskammer wurde 1665 von Großkaufleuten als selbständige Vertretung des See- und Fernhandels gegenüber Rat und Bürgerschaft gegründet. Sie gewann schnell großen Einfluß auf Handel und Politik. Ihre 1735 gegründete Bibliothek besaß schon nach 15 Jahren etwa 50 000 Bücher und gehörte zu den größten und bedeutendsten Europas.

Dreckwall Bezeichnung für die Straße, die 1788 in Alte Wallstraße und 1843 in Alter Wall umbenannt wurde. Sie verläuft auf der Linie des alten, 1480 angelegten Stadtwalls, der nach dem Bau des neuen Walls 1562 eingeebnet und als Straße bebaut wurde. Da diese sehr schlecht war und in den ersten Jahrzehnten zudem gerne als Abladeplatz für Unrat mißbraucht wurde, entstand der Name Dreckwall.

Eimbecksches Haus Das Gebäude aus dem 13. Jahrhundert stand an der Straße Dornbusch. Es beherbergte zunächst Rat, Gericht und eine Schenke und wurde nach dem Bier aus Eimbeck (heute: Einbeck) benannt, das nur dort ausgeschenkt werden durfte. Als Gesellschaftshaus blieb es durch die Jahrhunderte ein beliebter Treffpunkt der Bürger. Im 18. Jahrhundert befanden sich hier u. a. außerdem auch ein Anatomisches Theater, eine Hebammenschule und ein Sezierraum, in dem «Selbstmörder und von unbekannter Hand gewaltsam Getötete entkleidet zur Schau gestellt und mitunter seziert» wurden. Von 1769 bis 1771 wurde das Haus prachtvoll neu erbaut. 1842 fiel es dem «Großen Brand» zum Opfer, nur die Bacchusstatue vom Eingang des Hauses wurde gerettet. Sie bewacht heute den Eingang zum Ratskeller im «neuen» Rathaus.

Englische Krankheit Volkstümliche Bezeichnung für Rachitis, eine durch Vitamin-D-Mangel bedingte Störung, zu deren äußeren Symptomen eine Verformung des Skeletts, besonders der Beine und des Brustkorbs, gehört.

Ewer ist der in den vergangenen Jahrhunderten meistgebaute deutsche Segelschifftyp. Für die Hamburger und die Anrainer der ganzen Unterelbe war er im 18. Jahrhundert sozusagen das Allroundschiff für alle Gelegenheiten. Das offene, einmastige Fahrzeug unterschiedlicher Größe wurde zum Beispiel zum Transport von landwirtschaftlichen Produkten und Brennmaterial aus dem Umland, als Fährschiff oder als Postewer, aber auch für die Flußfischerei eingesetzt.

Fleete werden die Gräben und Kanäle genannt, die seit dem 9. Jahrhundert zugleich als Entwässerungsgräben, Müllschlucker, Kloaken, Nutz- und Trinkwasserleitungen und als Transportwege dienten. Viele F. fallen bei Ebbe flach oder trocken, also wurden die Lastkähne mit auflaufendem Wasser in die Fleete zu den Speichern u. a. Häusern in der Stadt gestakt, entladen und mit ablaufendem Wasser zurückgestakt.

Freiheit, Kleine und *Große* Die beiden Straßen im heutigen Vergnügungsviertel von St. Pauli lagen im 18. Jahrhundert im Nordosten der Stadt Altona. Sie sind heute letzte Zeugen des etwa ab 1603 «Freiheit» genannten Gebietes, in dem der damalige Landesherr, der Schauenburger Graf Ernst, den Reformierten Zunftfreiheit gewährte und ihnen auch erlaubte, öffentlich ihre Gottesdienste abzuhalten. In den folgenden Jahren ließen sich hier sehr zum Ärger der Altonaer Zünfte auch Handwerker anderer Konfessionen nieder. Hier befanden sich auch die Gotteshäuser und Friedhöfe der reformierten, mennonitischen und katholischen Gemeinden.

Gavotte Der ursprünglich provenzalische Volkstanz wurde zuerst am französischen Hof Mode und blieb weit bis ins 19. Jahrhundert in ganz Europa ein beliebter Gesellschaftstanz.

Gerckens, Claus (1716–1801), war als Seemann selbst vier Jahre in algerischer Gefangenschaft, bevor er Hamburgs letzter *Sklavenvater* wurde. Die S.väter hatten die Sammlungen für die Sklavenkasse zu organisieren bzw. durchzuführen und die Lösegelder zu verwalten. G. übte das Amt etwa 50 Jahre aus. Nach seinem Tod übernahm die Admiralität auch diese Aufgaben. In seinem Jugendbuch *Es waren Räuber auf dem Meer* erzählt Günter Sachse von G.s Leben.

Gerson, Dr. Hartog Hirsch (1727–1801), entstammte einer angesehenen Arztfamilie. Er kehrte nach dem Studium in England und Holland nach Altona zurück und wurde etwa 1758 wie vor ihm sein Vater David G. Arzt der jüdischen Gemeinde in Altona. Der hochgebildete und kluge Mann war Anhänger der von Juden wie Christen als ketzerisch abgelehnten Lehre des niederländischen Philosophen Spinoza und ein engagierter medizinischer Publizist. Wie seine Freunde und Kollegen J. F. Struensee und J. A. H. Reimarus war er im Kampf gegen den Aberglauben in der Medizin und insbesondere bei der Suche nach den Ursachen und der Bekämpfung von Infektionskrankheiten seiner Zeit weit voraus. Über Struensee gehörte er auch zu Lessings Bekanntenkreis.

Hanse Seit dem 13. Jahrhundert ein genossenschaftlicher Verbund von deutschen Kaufleuten zur Förderung und Sicherung ihres Handels im Ausland. Während der Blütezeit im 14. und 15. Jahrhundert gab es zwischen der Zuidersee und dem finnischen Meerbusen 70 Hansestädte und weitere 130, die der H. lockerer angeschlossen waren. Als letzte Niederlassung wurde 1598 der Stalhof in London geschlossen. In der 2. Hälfte des 17. Jahrhunderts setzten Hamburg, Bremen und Lübeck gemeinschaftlich die Tradition der H. fort.

Hooke, Robert (1635–1703), englischer Naturforscher, einer der vielseitigsten Wissenschaftler seiner Zeit.

Kaffeehaus Das K., auch in Europa lange eine reine Männerdomäne, war Anlaufpunkt für Reisende aus aller Welt und beliebter Treffpunkt der Bürger; es gab Spielzimmer, internationale Zeitungen und jede Menge wirtschaftlichen, politischen und privaten Klatsch. Hamburgs erstes K. wurde nahe Börse und Rathaus wahrscheinlich 1677 von einem englischen Kaufmann oder 1680 von einem Holländer, dem späteren Leibarzt am preußischen Hof, Cornelius Bontekoe, eröffnet. Hamburg war zentraler Kaffee-Umschlagplatz für Nordeuropa. Ab 1763 passierten jährlich ca. 25 Millionen Pfund den Hafen, 1777 gab es 276 Kaffee- und Teehändler in der Stadt.

Leinpfad Vom L. aus wurden jahrhundertelang Alsterkähne mit menschlicher oder tierischer Muskelkraft an Leinen flußaufwärts gezogen. Er verlief (und verläuft als schmale Fahr- und exklusive Wohnstraße immer noch) als Grenze zwischen den Hamburger Stadtteilen Winterhude und Eppendorf links des Alsterflusses. Beide Ortschaften waren nur durch einen morastigen Fußweg durch die Alsterniederung und einen Holzsteg über das Flüßchen verbunden. Wenn die Alster wenig Wasser führte, konnten Pferde und Fuhrwerke an der gleichen Stelle eine Furt benutzen. Erst 1841 wurde eine Fahrbrücke gebaut.

Mennoniten Eine aus der Täuferbewegung im 16. Jahrhundert entstandene protestantische Glaubensgemeinschaft. Namengeber war der ehemalige Priester Simon Menno (ca. 1496–1561), der die friedlichen Täufer nach der Zerschlagung des «Täuferreichs zu Münster» 1536 zusammenführte. M. praktizieren die Erwachsenentaufe; Glaubensgrundlage und oberste Lebensnorm ist für sie die Bibel und, da sie in der konsequenten Nachfolge Christi leben wollen, besonders das Neue Testament und die Bergpredigt. Zu ihren obersten Prinzipien gehören Nächstenliebe und Wahrhaftigkeit. Der Lebensstil eines M. soll einfach sein, um Gottes Aufruf zur Demut zu entsprechen. Kriegsdienste werden generell abgelehnt, die Entscheidung darüber kann aber individuell gefällt werden. Auch Eide werden abgelehnt, da sie einen Eingriff in die Zukunft bedeuten, über die allein Gott entscheiden kann. Nach dem alten Grundsatz der Meidung der (übrigen) Welt führte eine Mischehe bis etwa 1750 zum Ausschluß vom Abendmahl. Aber in Altona versuchte noch 20 Jahre später die Gemeinde die Wahl der Ehepartner zu beeinflussen. Am gesellschaftlichen Leben, besonders dem der Aufklärer, nahmen die Hamburger und Altonaer Mennoniten kaum teil, um die Geschlossenheit ihrer Gemeinden nicht zu gefährden. Trotz der Geringachtung weltlicher Güter gehörte die große und sehr geachtete mennonitische Familie van der Smissen in Altona zu den ersten und reichsten der Stadt.

Mutterkorn wird ein Getreide-Pilz genannt, der vor allem in feuchtwarmen Jahren gedeiht. Er enthält chemische Substanzen, die der in LSD enthaltenen Lyserg-Säure verwandt sind, und verursacht neben Kopfschmerzen, Kribbeln in den Gliedmaßen, Gewebenekrosen, Krämpfen und Schwindel auch Halluzinationen und manische Zustände. Schon im Jahre 922 sollen dieser Vergiftung in Spanien und Frankreich 40000 Menschen zum Opfer gefallen sein. Es wird vermutet, daß viele Opfer der Hexenverfolgung mit Mutterkorn befallenes Getreide gegessen hatten.

Neuer Wandrahm Der Name benennt seit dem 17. Jahrhundert die Verlängerung des Alten W. Beide Straßen liegen auf der Wandrahminsel, im Areal der heutigen, ab 1885 erbauten Speicherstadt. Bis zur Verlegung auf den noch südlicheren Grasbrook vor den Wällen im Jahre 1609 standen hier die Wandrahmen, große Gestelle, in die die Tuchmacher das gefärbte Tuch (Wand, Lein-Wand) zum Trocknen und Glätten einspannten. Der Begriff Wand für Tuch geht auf das 8. Jahrhundert zurück. Er bedeutete in gotischer Zeit Rute und übertrug sich über die aus Ruten geflochtene (mit Lehm verputzte) Haus‹wand› auf das wie dieses Flechtwerk strukturierte Gewebte.

Palmaille Die lange Allee entlang dem Altonaer Hochufer über der Elbe wurde 1638 angelegt. Graf Otto V., der letzte Schauenburger Herrscher über Altona, ließ 400 Linden in vier Reihen pflanzen, damit er und «seine» Altonaer in ihrem Schatten das damals besonders an den Höfen von Holland, England und Frankreich sehr beliebte ‹Pallmail› spielen konnten. Bei dem in Italien entstandenen Spiel muß ein hölzerner Ball (palla) mit hölzernem Hammer (maglio) mit einer bestimmten Anzahl von Schlägen durch einen eisernen Torbogen am Ende der Bahn getrieben werden. Auf der Altonaer P. wurde allerdings nie Pallmail gespielt, denn Graf Otto starb schon 1640, nach nur fünfjähriger Regentschaft und gerade 27 Jahre alt, bei einem Gastmahl für die protestantischen Fürsten und Heerführer zu Hildesheim. Wie es heißt, an Gift.

Pascal, Blaise (1623–1662) Französischer Philosoph, Mathematiker und Physiker. P. gilt als der erste Wissenschaftskritiker; er betonte gegen die Überzeugungen seiner Zeit, daß der an Theorien und Analysen orientierte Verstand nur funktionsfähig ist, wenn die Intuition, die «Logik des Herzens» (logique du cœur), die von Gottes Gnade kommt, mit einbezogen wird.

Portugiesische Fayencen Repräsentative Fayencegefäße (auf der Scheibe getöpfert, gebrannt und bemalt) gehörten im 17. Jahrhundert in Hamburg in jedes reiche Haus. Die traditionell als «Hamburger Fayencen» bezeichneten, mit kunstvoller Blau- und Gelbmalerei geschmückten Stücke wurden aber tatsächlich in Portugal hergestellt und vor allem zwischen 1620 und 1670 von Kaufleuten, meist sephardischen Juden, aus Lissabon über Amsterdam nach Nord- und Westdeutschland importiert. Oft waren es Auftragsbestellungen mit vorgegebenen Mustern, auch dem Namenszug oder dem Wappen der Familie oder der Heimatstadt der Kunden. Die Dekore vermischten ostasiatische und europäische Motive und ersetzten in großbürgerlichen Haushalten das bei Adel übliche, sehr viel teurere chinesische Porzellan. Diese F. wurden deshalb auch «porcellanas de Lisboa» genannt. Erst mit der Gründung deutscher Porzellanmanufakturen im 18. Jahrhundert kamen F. als Prunkstücke endgültig aus der Mode.

Reeperbahn Eine langgestreckte überdachte Anlage zur Herstellung von Tauen und Seilen etwa auf dem Gelände der heutigen Seilerstraße, das von 1626 bis 1883 dem Amt (Zunft) der Reepschläger, der Seilmacher, überlassen worden war. Die später als Reeperbahn bezeichnete Amüsiermeile liegt wenige Schritte südlich. Sie war im 18. Jahrhundert ein Zufahrtsweg über das Feld vor den Wällen.

Schimmelmann, Heinrich Carl (1724–1782), war ein Finanzgenie. Ersten Reichtum erwarb er als preußischer Heereslieferant im Siebenjährigen Krieg (1756–63), ab 1757 lebte er in Hamburg, später in seinen Schlössern in Wandsbek und Ahrensburg und in einem Palais in Kopenhagen. Er herrschte über ein gewaltiges Wirtschaftsimperium, zu dem ein eigener Hafen in Neumühlen (Altona), riesige Zuckerplantagen in der Karibik, Kattunfabriken und die einzige Gewehrfabrik Dänemarks gehörten. Er war einer der Größten im berüchtigten ‹*atlantischen Dreieckshandel*›. Dabei wurden auf der Route Europa – Afrika – Westindien / amerikanische Kolonien – Europa europäische Produkte wie Flinten, Schnaps, Werkzeuge und Kattun nach Afrika gebracht und gegen Sklaven getauscht, die wiederum über den Atlantik nach Westen verschifft und dort vor allem gegen Zucker, Rum, Baumwolle und Kaffee verschachert wurden. Weil Sch. als königlich-dänischer Schatzmeister die marode Staatskasse sanierte, wurde er zunächst zum Grafen, dann zum Baron gemacht.

Schute In der Mitte des 18. Jahrhunderts ein flaches, meist offenes Fluß- oder Hafenboot ohne Segel, das gezogen oder geschoben wurde. In den Häfen wurde die Sch. zum Transport der Waren zwischen Schiffen auf Reede und Lagerhäusern oder Märkten an Land eingesetzt. In den Hamburger Fleeten und anderen flachen Gewässern wurden Sch. auch gestakt.

Sklavenkasse Die Hamburger S. wurde 1624 gegründet, um hamburgische Seeleute aus der Sklaverei der Barbaresken (siehe dort) freikaufen zu können. Alle Seeleute, die auf hamburgischen Schiffen fuhren, mußten einige Prozent ihrer Heuer in die Kasse zahlen, die gleich einbehalten und an die Admiralität abgeführt wurden. Die Abgaben wurden durch Zahlungen der Reeder und der Admiralität aufgestockt. Damit war die S. wahrscheinlich die erste Pflicht-Sozialversicherung Deutschlands. Außerdem wurden stets in den zwei Wochen nach Ostern, Johannis, Michaelis und Weihnachten Sammelbecken für die S. an den Kirchentüren aufgestellt. Wer ausgelöst wurde, mußte nach seiner Heimkehr ein Jahr lang die Hälfte der Heuer an die S. zurückzahlen. Schon 1622 war die «Cassa der Stück von Achten» gegründet worden, die allerdings freiwillig und nur für die «Führungskräfte», die Kapitäne, Steuermänner und Schiffsschreiber, eingerichtet worden war. Aus der S. wurden auch kleine Beträge an in Not geratene Familien von versklavten Seeleuten gezahlt. Wer sich auf See feige verhalten hatte oder in der Gefangenschaft zum Islam übertrat, wurde nicht ausgelöst.

Sonnin, Ernst Georg (1713–1794) Nach dem Studium der Theologie, Philosophie und Mathematik in Halle arbeitete S. in Hamburg als Privatlehrer und entwickelte als genialer Tüftler mechanische und optische Geräte. Erst mit 40 Jahren begann er als Baumeister zu arbeiten. Seine aus fundiertem Wissen entwickelten bautechnischen Methoden galten besonders beim Turmbau als verwegen, wenn nicht gar teuflisch. Das Hamburger Wahrzeichen, die Michaeliskirche, war sein berühmtestes Werk. Eng verbunden mit den aufklärerischen

Kreisen Hamburgs, gehörte er zu den Gründern der *Patriotischen Gesellschaft.*

Spinoza, Baruch de (1632–1677) Der niederländische Philosoph wurde als Abweichler von der traditionellen Lehre aus der jüdischen Gemeinde von Amsterdam ausgeschlossen und aus der Stadt verbannt. Er hielt Jesus zwar nicht für Gottes Sohn, aber für den bedeutendsten und edelsten Menschen, in dessen Nachfolge vielleicht alle Menschen über die Grenzen der Religionen hinweg geeint werden können. Er war überzeugt, daß Gott und Natur (alles Seiende) identisch sind, die Menschen ein (nicht übergeordneter) Teil der Natur, und daß die Worte der Bibel nicht Gottes Worte, sondern die von sehr unvollkommenen Menschen sind. Das galt Juden wie Christen als blanke Ketzerei. S. verdiente seinen Lebensunterhalt als Linsenschleifer; er litt an Tuberkulose, das ständige Einatmen des Schleifstaubes soll seinen frühen Tod beschleunigt haben. Vielen orthodoxen Geistlichen waren noch im 18. Jahrhundert Teleskop und Mikroskop auch deshalb suspekt, weil sie argwöhnten, die Linsen könnten von «dem holländischen Ketzer» geschliffen worden sein.

Struensee, Dr. Johann Friedrich (1737–1772), wurde schon mit 20 Jahren Stadtphysikus von Altona, damit zugleich Armen- und Gefängnisarzt. Er war ein Freidenker und seiner Zeit besonders auf medizinischem und sozialpolitischem Gebiet weit voraus. Etwa 1767 beschloß S., dessen zahlreiche streitbare Publikationen immer wieder der Zensur zum Opfer fielen, dessen knapp bemessenes Gehalt kaum zum Leben reichte, nach Ostindien auszuwandern, um sich dort als Arzt niederzulassen. Aber kurz vorher, 1768, wurde er zunächst Reise-, ein Jahr später Hofarzt und dann Geheimer Kabinettsminister, so eine Art Regierungschef, des dänischen Königs Christian VII. Seine radikalen Reformen gegen die Interessen von Kirche, Patriziat und Adel (und vielleicht auch eine Liebschaft mit Königin Karoline Mathilde) führten zu seinem schnellen Sturz und zu seiner Hinrichtung. Die Königin wurde nach Celle verbannt, wo sie schon 1775, gerade 24 Jahre alt, starb.

Swammerdam, Jan (1637–1680) Holl. Arzt und Naturforscher.

The Lovers Melancholy Dr. Hartog Gerson sah während seines Medizinstudiums in England ein Stück mit diesem Titel und Inhalt und veröffentlichte später einen Aufsatz über seine Theorie. Wahrscheinlich handelte es sich jedoch um eines von John Ford (1586–1640), dessen Elegien und Dramen für ihre melancholischen und makabren Elemente berühmt waren. Knapp vierzig Jahre später empfahl der Anatom und Gehirnforscher Johann Christian Reil (1759–1813) ein gut ausgestattetes Theater für jedes Irrenhaus, damit Geistes- und Gemütskranke im Theaterspiel ihre Leiden und Wahnvorstellungen ausagieren könnten. Im Pariser Irrenhaus Charenton führten etwa um die gleiche Zeit tatsächlich Kranke Komödien auf. Die Anregung dazu kam von einem prominenten Patienten, der allerdings vor allem die Rolle des Regisseurs übernahm, von Marquis de Sade (1740–1814).

Tischbein Große Malerfamilie. In diesem Roman geht Johann Heinrich Tischbein d. Ä. (1722–1789), Hofmaler und später Direktor der Kasseler Akademie, in Pyrmont spazieren. Er wird als «der Kasseler» bezeichnet in Abgrenzung zu seinem Neffen Johann Heinrich Wilhelm T. (1751–1829), der durch seine Freundschaft mit dem berühmten Literaten und seinem Bild ‹Goethe in der Campagna› auch Goethe-Tischbein genannt wird. Beide haben sich wie einige andere aus dem Tischbein-Clan geraume Zeit in Hamburg aufgehalten.

Wedde Die Organisation der Hamburger Behörden und Verwaltungen im 18. Jahrhundert unterschied sich sehr stark von der heutigen. So ist auch die alte Wedde nicht mit der heutigen Polizei gleichzusetzen, aber auch zu ihren Aufgaben gehörte die Aufsicht über «die allgemeine Ordnung», damals von der Eheschließung über die Reinhaltung der Straßen bis zur Jagd auf Spitzbuben aller Art.

Wesley, John (1703–1791) Der zunächst anglikanische Geistliche lernte als Missionar in der Kolonie Georgia (heute USA) die Herrnhuter Brüdergemeine kennen und begründete, von ihren Prinzipien beeinflußt, nach seiner Rückkehr nach England den Methodismus. Er war ein großer Prediger und ritt unermüdlich als Missionar für seine Überzeugungen durch England. Die erste Methodistenkapelle, den «New Room», eröffnete er 1739 in Bristol, wo er sich auch in späteren Jahren häufig und lange aufhielt.

Zuckerbäcker wurden in Hamburg die Zuckersieder genannt, die den importierten Rohzucker zu Zuckerhüten verarbeiteten. Sie sind nicht mit den «Confectbäckern» und «Conditoren» der Bäckerzunft zu verwechseln. Die Zuckersiederei wurde Ende des 16. Jahrhunderts von Niederländern an die Elbe gebracht, mit dem steigenden Kaffee- und Teekonsum stieg der Zuckerverbrauch explosionsartig. In der Mitte des 18. Jahrhunderts produzierten allein in Hamburg etwa 280 Siedereien Zuckerhüte, Kandis und Sirup. Zuckerknechte waren für ihre Grobheit und mangelnde Demut gegenüber bürgerlichen Autoritäten berüchtigt. 1766 ging ihre «Widersetzlichkeit», d. h., daß sie «ihren Herren ins Angesicht Trotz boten, ein Complott untereinander macheten und bei der ersten Gelegenheit die Arbeit niederlegeten», so weit, daß sich 144 der durch keine Zunft verbundenen Hamburger Zuckerbäcker gemeinsame Regeln schufen, mit denen sie ihre Knechte künftig erfolgreich disziplinierten.

DANKSAGUNG

Bis auf einige historisch verbürgte und bedeutsame Persönlichkeiten wie z. B. die Ärzte Struensee und Gerson, die im Glossar vorgestellt werden, sind Personen und Handlung dieses Romans Produkte meiner Phantasie. Ähnlichkeiten mit vergangener oder gegenwärtiger Realität wären reiner Zufall. Ich habe mich bemüht, das Leben im Jahr 1766 so authentisch wie möglich zu schildern, für Hinweise auf mögliche Fehler bin ich dankbar.

Die Topographie der Elbinseln allerdings habe ich noch ein wenig abenteuerlicher gestaltet, als diese Region ohnehin war. Wo sich heute das Industriegebiet Hamburger Hafen ausdehnt, lag damals eine außerordentlich idyllisch anmutende labyrinthische Flußlandschaft, deren unberechenbare Sände den Schiffsführern mächtige Probleme bereiteten.

Wieder habe ich aus dem großen Fundus der Hamburg-Literatur und der Hamburger Museen, Bibliotheken und Archive schöpfen können. Für besondere Hilfe bedanke ich mich bei der Bibliothekarin Meike Annuss, bei dem Spezialisten für Schifffahrt und Fischerei Dr. Boye Meyer-Friese, beide am Altonaer Museum/Norddeutschen Landesmuseum in Hamburg, und bei Heinz-Gustav Wagener, Kurdirektor von Bad Pyrmont. Professor Stefan Winkle und seinem Buch *Johann Friedrich Struensee. Arzt – Aufklärer – Staatsmann* verdankte ich nicht nur Informartionen über den berühmten Arzt und seine vielfältigen Tätigkeiten, sondern auch viele Details über Politik und Alltag jener Jahre.

Lorettas letzter Vorhang

EIN HISTORISCHER KRIMINALROMAN

Nider Baum
Die
Elb
Kleiner
Grevenhoff
Gras
Grosser

(Detailausschnitt auf der Seite 176/177)

Historische Karte:
Staatsarchiv der Freien und Hansestadt Hamburg
Hamburg-Karte Seite 176/177:
D. Ahmadi/P. Palm

FÜR KATRIN, SUSANNE
UND MICHAEL

Auf dem Theater sollen wir nicht lernen,
was dieser oder jener einzelne Mensch gethan hat,
sondern was ein jeder Mensch von einem
gewissen Charakter unter gewissen gegebenen
Umständen thun werde.

G. E. Lessing (1729–1781),
Hamburgische Dramaturgie, 19. Stück

Niemand ist eine Insel

John Donne (1572–1631)

VORSPIEL

FREITAG, 30. MAI 1766

Die Nacht duftete süß. Der Frühling war warm gewesen, und der Wind, der von Clifton herunterwehte, verriet, daß Jasmin und Geißblatt in voller Blüte standen. Im *Llandoger Trow* nahe dem Bristoler Hafen war davon allerdings nichts zu merken. In der Schenke roch es nach Bier, saurem Wein und scharfem Tabak. Zwei betrunkene Seeleute aus Liverpool ließen sich von einem Korkschneider beim Würfeln betrügen, ein Tuchmachergeselle stritt tapfer mit drei Kattundruckern, ob Leinen nicht doch der Baumwolle vorzuziehen sei, zwei Kutscher lamentierten über die rapide kürzer werdende Lebensdauer ihrer Pferde, seit die verbesserten Straßen das Reisen immer schneller machten, und in einer Ecke beim Kamin fütterten Liz und Betty ihr schwarzweißes Hündchen mit einem fettigen Fetzen Hammelfleisch und warteten auf Kundschaft.

Es war ein ganz gewöhnlicher Abend im *Llandoger Trow*, und Elsi, das Schankmädchen, begann sich zu langweilen. Doch dann, als die Schenke sich schon leerte, wurde es in der Ecke neben der Tür zur Küche plötzlich laut. Der Fremde, ein wirklich schöner, wenn auch ein wenig dunkler Herr aus London, hatte lange allein an einem kleinen Tisch gesessen, vom teuersten Port getrunken, und obwohl sein Blick immer wieder träge durch den spärlich beleuchteten Raum glitt, schien es, als würde er nichts von dem wahrnehmen, was in der Schenke vor sich ging. Nicht einmal Elsi, der doch sonst alle Gäste nachsahen. Sie hatte ihn schließlich nicht mehr beachtet. Der Wirt, immer neugierig auf Nachrichten, hatte sich zu dem Fremden gesetzt, sie hatten eine Weile leise miteinander gesprochen, und nun wurden sie plötzlich laut.

Der Mann widersprach dem Wirt entschieden. Es stimme einfach nicht, sagte er, und es klang bei aller Schärfe äußerst herablassend, daß Mr. Defoe jenen Matrosen, nach dessen Erlebnissen er seinen berühmten Roman «Das Leben und die seltsamen überraschenden Abenteuer des Robinson Crusoe» schrieb, in dieser Schenke getroffen habe. Sein Vater sei mit Mr. Defoe in London gut bekannt gewesen, weshalb er getrost sein Stadthaus am Cavendish Square darauf wetten wolle, daß Mr. Defoe die Geschichte nicht hier, sondern im *Wild Indian* nahe der Seefahrer-Kirche St. Mary Redcliffe gehört habe.

Schade, dachte Elsi, die auf echte Neuigkeiten gehofft hatte, nur wieder die alte Geschichte, und begann lustlos, die Dielen unter dem ewig tropfenden Bierfaß zu wischen. Aber Joe Kelly, der Wirt des *Llandoger Trow*, war erbost. Seine Stirnadern schwollen gefährlich an.

«Eine infame Lüge!» brüllte er. Ganz gewiß bezahle Plummer, diese Ratte von Wirt des *Wild Indian*, gut für diese Schurkerei. Ganz gewiß!

So ging es hin und her, obwohl Joe tatsächlich nicht ganz sicher wußte, ob die Sache mit Mr. Defoe doch nur der geschäftstüchtigen Phantasie seines Vaters entsprungen war, aber das gab er nicht einmal vor sich selbst zu. Die Legende von Mr. Defoes Besuchen im *Llandoger Trow* lebte nun schon seit vier Jahrzehnten, allein deshalb war sie so gut wie die Wahrheit. Auf alle Fälle war sie gut fürs Geschäft. Und die Mär, er selbst, Joe, habe als achtjähriger Knirps dem berühmten Schriftsteller Ale und Lammkeule serviert, brachte ihm viele vornehme, des Lesens und Schreibens kundige Gäste in seine ziemlich düstere Schenke. Dumm, wie reiche Leute nun mal waren, zahlten sie willig den doppelten Preis für alle Speisen und Getränke, wenn sie ihnen nur von Joe persönlich auf den klebrigen Holztisch gestellt wurden. Nie hatte jemand die Geschichte angezweifelt. Und das Bild an der Wand hinter dem Schanktisch, von Kaminruß und Schenkendunst geschwärzt, wurde ehrfürchtig als das Porträt jenes Alexander Selkirk bewundert, der viele Jahre ganz allein auf einer einsamen Insel Hunderte von Meilen vor der peruanischen Küste verschollen gewesen war. Es war schon so lange her, seit Joe das dilettantische Werk einem hungrigen Seemann gegen einen Teller Suppe und einen Becher Branntwein getauscht hatte, daß er es beinahe selbst glaubte. Und nun kam dieser feine Besserwisser und verbreitete Unsinn.

«Lügen», rief er wieder, «ganz gewiß ...»

Elsi konnte nicht mehr hören und sehen, was dann geschah, denn just in dem Moment steckte Kate, Joes Frau, den Kopf aus der Küchentür.

«Steh nicht rum und gaff die Männer an, Mädchen, mach dich an die Arbeit», rief sie so dröhnend, daß selbst die beiden Streithähne für einen Moment innehielten. «Schnell, du wirst im Theater gebraucht», und schon war sie wieder in der Küche verschwunden.

Das Theater. Die silberne Haarspange, ihr einziges Stück von einigem Wert, hätte Elsi dafür gegeben, heute abend dort sein zu dürfen. Aber der Eröffnungsabend des neuen Theaters war nicht für Schankmädchen, und Kate hatte ihr nicht einmal erlaubt, auch nur für ein paar Minuten hinüberzulaufen, um wenigstens zuzuschauen, wie die Kutschen und Sänften sich vor dem Theater drängten, wie all die Herren und Damen, die Glücklichen, die ein Billett ergattert hatten, in ihren schönsten Kleidern das nagelneue Haus betraten. «Gaffen kannst du, wenn du alt bist», hatte Kate geknurrt, «jetzt wird gearbeitet.»

Nicht mehr lange, hatte Elsi trotzig gedacht, und sie konnte sich so viele Theaterbilletts kaufen, wie sie mochte. Und ein Kleid aus feinstem indischem Kattun voller Goldfäden, Schuhe aus Seide, Federn und Spitze für das Haar, gut genug für die beste Loge. Aber das wußte niemand.

Als sie vor ein paar Wochen, fremd in der Stadt und ohne einen Penny in der Tasche, an die Tür klopfte, hatten Joe und Kate sie, ohne viel zu fragen, aufgenommen. Sie beherrschte kaum ihre Sprache, aber die beiden gaben ihr einen Strohsack unter dem Dach und zwei, manchmal drei Mahlzeiten täglich und ab und zu ein freundliches Wort. Dafür mußte sie vom frühen Morgen bis in die Nacht im Haus und in der Schenke arbeiten. Das störte Elsi nicht, sie war keine, die sich auf der faulen Haut wohl fühlte, und wenn die Kerle nicht gerade gar zu unverschämt waren, machte ihr die Arbeit in der Schenke Vergnügen. Doch Elsi hatte Pläne. Für die lernte sie, wann immer sich eine Gelegenheit ergab, die Sprache dieses Landes, und sie lernte schnell. Aber für ihre Pläne brauchte sie auch Geld, mehr, als sie als Schankmagd jemals bekommen konnte. Sie vertraute auf ihr Glück, und dann, vor sieben Tagen, war es ihr begegnet. Bald würde sie genug haben, um fortzugehen. Nach London. Oder doch noch wie die anderen, die mit ihr in diese Stadt gekommen und auf dem nächsten Schiff weitergereist waren, nach den amerikanischen Kolonien. Aber ganz sicher nicht zurück ...

Kates laute Stimme riß sie aus ihren Gedanken. «Wo

bleibst du? Vorhin wolltest du doch unbedingt zum Theater rennen. Nun darfst du sogar hinter die Bühne.»

Das hagere Gesicht der Wirtin verzog sich zu einem wohlwollenden Grinsen. Sie mochte das Mädchen, die Kleine war sauber und fleißig, ihre gute Laune steckte alle an, und sie verstand es, mit den Gästen freundlich zu sein, ohne sich ihnen, wie Liz und Betty, anzubieten. Elsi, da war Kate sicher, würde nicht wie sie selbst in einer Schenke hängenbleiben.

Sie zeigte auf einen großen, mit einem Leintuch bedeckten Korb auf dem Küchentisch. «Die Aufführung ist zu Ende, die Leute sind fort, nur einige der Damen und Herren Schauspieler und Musikanten sind noch da und haben Hunger. Hätten ja bei uns dinieren können, aber wenn sie lieber auf ihrer staubigen Bühne essen ... Daß du mir ja schnell wiederkommst. Da ist viel lockeres Volk dabei, auch wenn sie alle noch so sehr wie vornehme Leute aus London tun.»

Eilig griff Elsi den Korb. Er war schwer, der Geruch von warmem Brot, gekochtem Schinken, Pudding und fetter Rindswurst stieg ihr süß in die Nase. Unterwegs würde Zeit genug sein, ein kleines Stück vom Schinken abzuzupfen.

«Geh zum hinteren Eingang», rief Kate ihr noch nach, «der Bote hat gesagt, der vordere sei schon versperrt. Und paß auf, daß du dem Nachtwächter nicht über den Weg läufst.»

Es ging schon auf Mitternacht. Der Mond verbarg sich hinter dichten Wolken, die Straße lag dunkel und verlassen. In der Tür zögerte Elsi einen Moment – sie hatte die Dunkelheit schon immer mehr gefürchtet als andere –, doch dann trat sie entschlossen auf die Straße. Furcht hatte in ihren Plänen keinen Platz, und es war ja nicht weit bis zum Theater, nur die King Street hinunter und durch den Gang bei Clarksons Lederhandlung zum Hintertor.

«Elsi.»

Der Mann, dem die leise Stimme gehörte, trat aus einer Hofeinfahrt neben der Schenke und versperrte dem Mädchen den Weg.

Vor Schreck hätte sie fast den Korb fallen lassen, aber dann erkannte sie ihn. «Joseph», flüsterte sie ärgerlich, «was machst du hier?»

Er sah sie an und schwieg. Es war klar, was er hier machte. Er wartete auf Elsi, wie schon oft in den letzten Wochen. Den ganzen Abend hatte er gewartet, gehofft, sie würde aus der Schenke treten, einen Korb mit Abendbrot unter dem Arm, auf dem Weg zu einem der nahen Etablissements, in denen reiche Herren und hübsch geputzte, stets etwas zu stark geschminkte Damen sich bei heiterer Musik und allerlei Spielen vergnügten. Aber heute hatte niemand nach einem Abendbrot geschickt. Alle waren im neuen Theater gewesen.

«Geh nach Hause», flüsterte Elsi und zog schnell die Tür hinter sich zu, «ich bin in Eile. Und sieh mich nicht so an. Ich werd meine Meinung nicht ändern.»

Er nickte bedächtig. Elsi spürte Ungeduld, wie immer, wenn sie dem jungen Glasbläser gegenüberstand. Man wurde steinalt, bevor er nur einen Satz herausbrachte.

«Geh nach Hause», flüsterte sie noch einmal, «und vergiß mich einfach.»

Wieder nickte er gehorsam. «Gleich», sagte er dann mit seiner tonlosen, stets etwas rauhen Stimme. «Das hier ist zum Abschied. Nur zum Abschied.»

Damit du mich nicht vergißt, wollte er hinzufügen, aber das tat er nicht. Er hielt ihr ein schmales, in blaues Tuch gewickeltes Päckchen entgegen. Elsi zögerte, dann nahm sie es rasch und schob es in die Tasche ihrer Schürze. Joseph war ein netter Mann, aber sie liebte ihn nicht, jedenfalls nicht genug, um für ihn ihre Pläne aufzugeben.

«Leb wohl», flüsterte sie, und weil er ihr leid tat, strich sie im Davoneilen flüchtig über seine Wange.

Bevor sie an der Lederhandlung vorbei in den Gang schlüpfte, der zum Hintertor des Theaters führte, sah sie sich noch einmal um. Sie war sicher, Josephs Schritte hinter sich gehört zu haben, aber nun war er verschwunden. Eigentlich, fand sie, hätte er ihr den schweren Korb tragen können. Aber auf solche Ideen kam er nie, er war eben ein Glasbläser und kein Gentleman.

In dem Gang war es noch dunkler als auf der Straße. Sie sah zu den Fenstern des neuen Gebäudes hinauf, auch dort entdeckte sie keinen Lichtschimmer. Was war das für eine Premierenfeier, ohne Licht, ohne Musik, ohne laute, fröhliche Stimmen? Eine nachtkühle Bö fegte vom Avon herauf und wirbelte ein paar welke Blüten in den Gang, aus dem Garten hinter dem Haus des Lederhändlers duftete es nach Flieder, irgendwo klapperte ein hölzernes Fenster gegen seinen Rahmen. Sonst nichts. Wo war nur das Hintertor? Der Korb wurde immer schwerer. Als Elsi gerade die Suche aufgeben wollte, entdeckte sie eine schmale Tür. Sie war tatsächlich nicht verschlossen, und Elsi schlüpfte trotz ihrer schweren Last flink in den dahinterliegenden Gang. An seinem Ende gab eine Öllampe mattes Licht, und das Mädchen seufzte erleichtert. Sie war nicht sicher, ob sie genug Mut gehabt hätte, in einem stockdunklen fremden Haus nach den Komödianten zu suchen.

Aber nun konnte sie sie doch hören. Schwach nur, sie mußten am anderen Ende des Hauses sein. Elsi hörte eine hohe weibliche Stimme, eine tiefere lachte, ein Cembalo wurde angeschlagen, eine Violine angestrichen, und dann begann jemand zu singen. Elsi war nicht sicher, ob sie tatsächlich erwartet wurde, vielleicht hatte sich nur jemand mit Kate einen Scherz erlaubt. Aber das war ihr egal. Sie konnte endlich das Theater betreten, mehr noch, sie würde die Schauspieler treffen, vielleicht war sogar Mr. Garrick noch da, der berühmteste im ganzen Land und extra zu diesem großen Ereignis aus London angereist. Oder Mr. Powell, einer der Direktoren, von dem Liz gesagt hatte, daß er ein charmanter Herr sei und immer auf der Suche nach jungen Talenten.

Es war nun wieder dunkel, die Gänge erschienen Elsi wie ein Labyrinth, aber sie mußte ja nur den Stimmen folgen, die jetzt immer klarer wurden. Sie stieg, so schnell sie konnte, eine steile Treppe hinauf, das Knarren der Stufen erschien ihr seltsam, als habe es ein Echo. Die blöde Liz, dachte sie ärgerlich. Hätte sie mir doch nicht dieses Märchen von den Geistern erzählt, die in jedem Theater wohnen und dafür sorgen, daß keine fremden Künstler die angestammten verdrängen.

Die Stimmen schienen nun wieder leiser zu werden, und so sehr sie sich auch dagegen wehrte, Elsi begann sich zu fürchten. «Hallo», rief sie. «Hal ...»

Das Wort blieb in ihrem Hals stecken, eine feste Hand hatte sich auf Elsis Mund gelegt, sie spürte einen Körper, der sie durch eine enge Tür in die Schwärze eines dunklen Raumes drängte. Es war plötzlich ganz still, atemlos still. Das letzte, was Elsi hörte, war ein trockenes Knacken.

Schon eine halbe Stunde später wurde Elsi gefunden. Ein junger, hungriger Schauspieler hatte sich auf die Suche nach der Schankmagd mit dem Abendessen gemacht. Er kannte sich in dem neuen Gebäude gut aus, und das matte

Licht einer Talgkerze genügte ihm. Es war allerdings nicht das Licht, das ihm half, Elsis toten Körper zu finden. Der gute Duft des Schinkens, der aus dem fallenden Korb auf die Dielen gerollt war, lockte ihn in die kleine Kammer.

Wer weiß, vielleicht hätten sie ihn als Mörder gehängt, irgend jemand mußte ja schuldig sein. Und obwohl sie keine Bristolerin war, hatten alle in der King Street Elsi gern gehabt. Wer also sollte ihren Tod wünschen?

Der Schauspieler hatte Glück, sie faßten den Mörder schnell. Ein kostbares blaues Glas, dessen Scherben sie, in ein blaues Tuch gehüllt, in Elsis Schürzentasche fanden, war der Beweis. Ein junger Glasbläser war es gewesen. Das Glas stammte aus der Werkstatt seines Meisters, er hatte es gestohlen, was schon Verbrechen genug war, und der Nachtwächter war ihm am Ende der King Street über den Weg gelaufen, just als der Schauspieler aus einem Fenster des Theaters nach der Wache schrie.

Joseph beteuerte noch unter dem Galgen seine Unschuld, doch niemand glaubte ihm. Nicht einmal der Pastor, der ihn 19 Jahre zuvor getauft hatte und nun auf seinem letzten Gang begleitete.

Hamburg,
im Oktober 1767

1. KAPITEL

DIENSTAG, DEN 6. OKTOBER,
VORMITTAGS

Die Stadt sah wie frisch gewaschen aus, und das war sie auch. Tagelang hatte der prasselnde Regen den Sommerstaub von den Dächern gespült, hatten stürmische Böen Unrat und alles, was nicht fest gebaut oder angebunden war, von Straßen, Plätzen und Höfen in die Fleete und Flüsse geweht. Die alten Ulmen auf den Wällen und die Linden auf dem Jungfernstieg reckten ihre gerupften, nun schon fast nackten Äste in den Himmel.

Die junge Frau im nachtblauen Mieder sah stirnrunzelnd an ihrem ehemals weiß und lavendelfarben gestreiften Rock hinunter. Der braune Morast und das schlammige Wasser der Pfützen, die viele Straßen der Stadt immer noch bedeckten, hingen schwer und klebrig bis weit über den Saum in dem feinen Kattun. Natürlich war es leichtsinnig gewesen, heute morgen ihren schönsten Rock anzuziehen. Aber wie wunderbar, daß Regen und Sturm sich endlich eine andere Stadt gesucht hatten! In den letzten Tagen hatte sie sich wie ein Vogel im Käfig gefühlt, und der erste Morgen ohne diese kalten Sturzbäche war wie ein Fest. Das war einen schmutzigen Rock wert. Sie blinzelte in die Sonne und sah über die innere Alster, auf der sich das Licht glitzernd in kleinen, mutwillig hüpfenden Wellen fing. Die roten Dächer am westlichen Ufer leuchteten im klaren Morgenlicht, und die schwarzen der beiden Mühlen links und rechts der Lombardsbrücke zwischen den Bastionen Dedericus und David schimmerten wie Samt. Selbst die Schreie der hoch über dem Wasser tanzenden Möwen klangen ausgelassen der Sonne entgegen.

In der vergangenen Nacht hatte der sintflutartige Regen endlich aufgehört. Mit dem Sonnenaufgang riß die bleierne Wolkendecke, verwandelte sich in aufgeplusterte Gebilde, die, weiß und grau mit kleinen schwarzblauen Fetzen, immer weiter aufzusteigen schienen. Plötzlich war der Himmel über Hamburg nicht mehr bedrohlich, plötzlich war er hoch und hell, die Sonne, genauso geputzt wie die Dächer, überschüttete die Stadt mit diesem goldenen Herbstlicht, das die Seele weit macht und sehnsüchtig, genau wie das erste Grün des Frühlings. Die frische, klare Luft war belebend wie junger Wein. Immer noch wehte Wind, aber nun war er sanft, als habe er sich müde getobt und schlendere nur noch ein wenig herum, um der Sonne, die sich so lange verborgen hatte, Gesellschaft zu leisten.

Alles, was Beine hatte, egal ob zwei oder vier, drängte sich in den Straßen. Auf den Wäscheleinen über den Gängen flatterten Kleider, Decken, Kissen und Leinzeug. Alles, was in den letzten Tagen feucht und muffig geworden war, dehnte und glättete sich in der wärmenden Sonne. Niemand schien sich daran zu stören, daß die meisten Wege in der Stadt noch so morastig waren, Kinder, ob in Lumpen oder im Samtjäckchen, sprangen mit schrillem Geschrei über die großen Wasserlachen, und wer nicht zu Pferd, in einer Kutsche oder Sänfte den ersten sonnigen Tag begrüßen konnte, stapfte in klobigen, strohgepolsterten Holzschuhen durch die Pfützen.

Auch Rosina, die junge Frau, die ihren schmutzigen Rock nun ein wenig höher raffte, als es an normalen Tagen schicklich war, trug heute Holzschuhe. Sie gehörten ihrer außerordentlich stattlichen Wirtin und waren trotz des dicken Strohpolsters viel zu groß. Wenn sie den Winter in Hamburg mit halbwegs trockenen Füßen überstehen wollte, mußte sie unbedingt ein passendes Paar dieser unförmigen Pantinen kaufen.

Auf dem Jungfernstieg drängten sich die Menschen, bewegten sich in seltsam stockenden Schlangenlinien, hüpften von einer halbwegs trockenen Stelle zur nächsten, und wenn sie Nachbarn oder Freunde trafen, nahmen sie sich doch immer wieder genug Zeit, einander zu versichern, daß Anfang Oktober viel zu früh für so einen Sturm sei, daß man nicht wisse, wie man den Keller und den Schuppen jemals wieder trocken bekomme, oder – mit einem wohlwollenden Blick zur kupfernen Turmspitze von St. Petri – was für ein Glück es sei, daß Petrus nun doch ein Einsehen gehabt habe. Auf den Ufersteinen boten Hökerinnen schon wieder ihre Waren feil, beeilten sich, mit roten Äpfel oder Zimtkringeln, Zitronen, getrocknetem Lavendel, kleinen Puppen aus weißen und braunen Wollfäden oder Windrädern aus Gänsefedern die Verluste der vergangenen Tage wettzumachen.

Rosina besah sich die Menschen, hörte ihnen zu, lauschte auf die Möwen, die Hunde und Pferde, die knarrenden Räder der Karren, Fuhrwerke und Kutschen und fühlte sich wie auf einer großen Bühne. Einer etwas zu vollen Bühne: Gerade wich sie einem hoch mit Kattunballen beladenen Karren aus, als sie unsanft von einem «Platz da!» rufenden Sänftenträger zur Seite geschubst wurde. Die Männer schleppten offenbar einen ebenso schweren wie gut zahlenden Gast, jedenfalls waren sie sehr in Eile.

Rosina stolperte und sprang hastig zur Seite, aber ihren linken Schuh kümmerte das nicht. Der blieb einen Schritt zurück in einer schlammigen Pfütze stecken, und nun stand sie schwankend auf einem Bein, das Gesicht unter den blonden, nur noch mühsam gebändigten Locken ärgerlich gerötet, die schlammbespritzten Röcke mit beiden Händen gerafft. Und während ein vorbeieilender Wasserträger etwas von einem betrunkenen Storch rief, löste sich ihr Schultertuch, glitt langsam, aber unaufhaltsam zu Boden und versank in einer braunen Pfütze.

Ein junger Mann löste sich aus der Menge der lachenden Zuschauer, zog schnell die Pantine aus dem Morast und stülpte sie über Rosinas Fuß in einem ehemals weißen Strumpf.

«Danke», murmelte Rosina, als sie endlich wieder fest auf beiden Beiden stand, «sehr freundlich», und sie starrte auf ihre Füße. Sie war ihm wirklich dankbar, alle anderen hatten nur darauf gewartet, daß sie ganz und gar im Morast landete. Er hatte allerdings vergessen, den Holzschuh auszuleeren. Der Schlamm, kalt, klebrig und graubraun wie angebrannte Gerstengrütze, quoll langsam über ihren Knöchel.

Gerade hatte sie sich noch über die Leute geärgert, die lachend herumstanden, anstatt ihr zu helfen, doch nun mußte sie selbst lachen. Da hatte sie im Morast gestanden, auf einem Bein schwankend, windzerzaust, und tatsächlich, ganz wie es im Lustspiel üblich war, kam auch hier ein rettender – nun, vielleicht kein Prinz, aber doch einer, der ihr die Hand und ihren schlammigen Schuh reichte. Aus dem Ärgernis war eine Komödie geworden, und Rosina Hardenstein, seit drei Wochen im Ensemble des neuen Theaters am Gänsemarkt, hatte ihre gute Laune wiedergefunden. Irgendwann, da war sie sicher, würde sie diese Szene auf der Bühne nutzen, um damit auch das Publikum zum Lachen zu bringen.

Sie sah dem jungen Mann im braunen Rock nach, aber

er war kaum weniger in Eile als die Sänftenträger und schon in der Menge verschwunden, als ihr einfiel, warum er ihr so vertraut erschienen war: Er war der Kattundrukker, der alle Tage am Bühneneingang auf Loretta wartete. Und meistens ließ ihn Loretta, wie Rosina Komödiantin am Hamburger Theater, warten. Wie war nur sein Name? Rosina konnte sich nicht erinnern. Wenn Loretta von ihm sprach, und das tat sie selten, sprach sie nur von dem Kattundrucker. Armer Lukas. Ja, nun erinnerte sie sich doch, so hieß er. Lukas Blank. Wer sich in Loretta verliebte und nichts als ein Kattundrucker war, hatte ziemlich schlechte Karten.

Es waren nur noch wenige Schritte bis zu dem Gang, der zwischen zwei hohen Häusern mit reichen Giebeln vom Gänsemarkt zum Theater führte. Er war schmal, gerade breit genug für eine nicht zu prächtige Kutsche, und von der Art, die an ihrem Ende einen mageren Garten, ein paar Ställe oder eine dieser übelriechenden, labyrinthischen Anhäufungen uralter Häuser und Hütten versprach. In der Tat fand man nach wenigen Schritten von allem ein wenig. Ein paar dünne Bäume, einen Stall für Mietpferde und einige Reihen kleiner Häuser aus nicht mehr ganz geradem Fachwerk, die sich matt aneinanderlehnten. Mittendrin erhob sich stolz das neue Hamburger Nationaltheater. Von denen, die das Schauspiel für ein ganz und gar überflüssiges oder gar sündhaftes Vergnügen hielten, wurde das Haus allerdings als eine etwas zu groß geratene hölzerne Scheune verlacht, deren ärmlichen Eingang ein schrulliger Gutsherr mit zwei dünnen Säulen geschmückt hatte.

Rosina stapfte in den von Nässe und Schlamm schweren Holzschuhen aus dem Gang in den Hof. Das mit der Scheune war tatsächlich nicht ganz falsch. Aber kam es bei einem Theater etwa auf die äußere Pracht an? Selbst das sächsische Hoftheater in Dresden hatte nur eine bescheidene Fassade, und niemandem würde einfallen, seinen Besitzer, den sächsischen Kurfürsten, als ärmlichen Mann zu bezeichnen.

Mit seinem ebenfalls recht schlichten Innenraum allerdings unterschied sich das Hamburger Theater erheblich von der goldenen Pracht des sächsischen. Aber egal, es war doch ein richtiges Theater mit einer großen Bühne, mit raffinierten Kulissen, Flugwerken und Windmaschinen, mit Logen und Galerie. Es war prächtiger als jede Bühne, auf der Rosina zuvor gestanden hatte.

Sie sah an dem hohen, breitgiebeligen Gebäude hinauf und seufzte. Alle Fenster waren weit geöffnet, auch im Theater roch es nach der regenschweren Zeit feucht und muffig, trotzdem war keine einzige streitende Stimme zu hören. Das war zwar ungewöhnlich, geradezu beunruhigend, aber doch sehr angenehm. Vielleicht, dachte sie, war einfach noch niemand da. Aber nein, da flog der helle, etwas näselnde Klang einer Oboe herüber. Rosina war nicht sicher, ob die leichte Melodie aus einem der Theaterfenster oder mit dem sanften Wind von den Häusern bei den Kalkhöfen am Alsterufer kam. Von denen, die dort lebten, würde allerdings kaum jemand eine Oboe besitzen.

Am Bühneneingang an der Rückseite des Gebäudes schlüpfte sie aus Holzschuhen und Strümpfen, schöpfte Wasser aus der randvollen Regentonne und wusch ihre Füße. Ihr nun schlammbraunes Schultertuch, das kostbare Abschiedsgeschenk von Helena, würde bis zum Abend auf ein Bad warten müssen.

Die zwölf Männer, die das Theater vor einem halben Jahr gepachtet und unter dem stolzen Titel Hamburger Nationaltheater neu eröffnet hatten, hatten hier die besten Schauspieler und Schauspielerinnen aus dem ganzen

Land versammelt. Als Monsieur Seyler, der Direktor, im August auch bei der Beckerschen Komödiantengesellschaft auftauchte, um Rosina nach Hamburg zu engagieren, hatte sie der großen Ehre nicht widerstehen können. Sie verließ die Beckersche Komödiantengesellschaft, mit der sie sieben Jahre durch die deutschen Länder gezogen war. Seither war kein Tag vergangen, an dem sie diese Entscheidung nicht wenigstens für einen kleinen Moment bereut hatte.

Sie lief die Treppe hinauf, die Tür zur Garderobe der Frauen stand weit offen. In dem länglichen Raum sah es aus, als erwarte er eine Inspektion. Alle Kostüme hingen in seltener Ordnung auf den langen Stangen an der hinteren Wand, die Körbe mit Hüten, Miedern und Bändern, Schals, Schuhen und Flitter waren akkurat verschlossen, sogar die Tiegel und Dosen mit Schminke und Fett standen aufgereiht wie Zinnsoldaten auf den Tischen an der Wand zwischen den Fenstern.

Rosina sah die glänzenden bunten Stoffe, atmete den Duft von Staub, Puder und Farben, den es nur in einer Theatergarderobe gab, und wußte, daß sie es ganz bestimmt noch ein wenig aushalten wollte.

Die Garderobe hatte zwei Türen, eine – durch die Rosina gerade hereingekommen war – führte zum Flur und über eine Treppe zum hinteren Ausgang. Durch die zweite, etwas breitere am anderen Ende des Raumes gelangte man zu den Gängen hinter den Kulissen und auf die Bühne. Von dort hörte Rosina nun doch leise Stimmen. Jedenfalls waren sie am Anfang leise, und sie beachtete sie nicht. Aber gerade, als sie beschloß, ein wenig in dem Kasten mit den Textbüchern zu stöbern anstatt ihrer Pflicht nachzukommen und die Kostüme für die heutige Aufführung auf Risse und Löcher zu untersuchen, wurden die

Stimmen lauter. Rosina vergaß Textbücher und Kostüme, spitzte die Ohren und öffnete, da man durch verschlossene Türen nun mal schlecht lauschen kann, behutsam die Tür.

Die helle Stimme mit dem leichten, aber eindeutigen französischen Akzent gehörte Loretta, die vollere Madame Hensel. Vorsichtig trat Rosina einen Schritt in den Flur. Die Stimmen kamen aus dem Bureau der Direktion, und nun mischte sich eine Männerstimme ein, wurde lauter, übertönte die der Frauen und sprach schließlich allein.

«Meine liebe, verehrte Madame Hensel, ich bitte Euch. Natürlich war es ein wenig übereilt von unserem guten Löwen, natürlich hätte er sich zuerst unseres Einverständnisses versichern müssen, bevor er Mademoiselle Grelot, unserer lieben Loretta, die Rolle gab. Nein, Loretta, Ihr seid jetzt still. Ein wenig übereilt, sagte ich. Aber, Madame, auch wenn man die Sache gründlich überdenkt, so ist es zwar eine Hauptrolle, aber doch keine so bedeutende. Ihr spielt an dieser Bühne alle großen Heldinnen, und zwar von Anfang an und ganz gewiß auch in Zukunft, daran wird niemand zu rühren wagen, aber diese ist, wie ich schon sagte, keineswegs so bedeutend, daß Ihr auch sie unbedingt mit Eurem Genie füllen müßt.»

Rosina, auf ihren nackten Füßen geräuschlos, hatte nun das Fenster erreicht, durch das aus dem sonnenhellen Bureau ein wenig Licht in den dämmrigen Gang fiel. Die Stimme gehörte Abel Seyler, einem der zwölf Hamburger Kaufleute, die das Theater im Frühling gepachtet und neu eröffnet hatten. Anders als die meisten von ihnen, die sich nur als stille Teilhaber verstanden, war er wie ein leibhaftiger Direktor alle Tage da. Er hatte stets Gewinn, Verlust und alles, was die Kasse berührte, im Auge. Und

Madame Hensel. Das wußte jeder, auch wenn – bisher – kaum darüber gesprochen wurde.

In einem staubigen Sessel nahe einem unordentlich mit Papieren vollgestopften Regal saß Johann Friedrich Löwen, ein etwas blasser Mann mit großen grauen Augen. Er hatte einst in Göttingen die Rechte studiert und war schließlich, als ihm das Geld für die Universität ausging, zum Wandertheater gegangen und zu einigem Ruhm gelangt. Nun, in seinem 38. Jahr, war er nach Hamburg als künstlerischer Primus berufen worden. Bei allem blieb er ein Dichter mit dem Kopf voller Ideale und dem festen Glauben an eine Bühnenkunst, die die Menschen nicht nur zu amüsieren, sondern vor allem moralisch zu bessern vermöge. Er war an diesem Theater, um für die Kunst zu kämpfen. Seyler und Löwen waren deshalb selten einer Meinung.

Madame Hensel war, während Seyler sprach, unruhig auf und ab gegangen und blieb nun stehen. Sie zupfte mit zierlich gespreizten Fingern an den kleinen Löckchen, die sich über den Schläfen aus der hohen, schon um diese Tageszeit perfekt gepuderten Frisur gelöst hatten, und ihre fest aufeinandergepreßten Lippen wurden ein wenig weicher.

«Das mag alles sein», auch ihre Stimme klang nun wärmer, «aber in meinem Vertrag steht, daß ich über die Besetzung der großen Rollen mitzuentscheiden habe. Glaubt Ihr, ich hätte sonst meine Ohren vor dem Ruf aus Wien – und es war ein ehrenvoller Ruf! – verschlossen, um hierzubleiben? In dieser Stadt am Ende der zivilisierten Welt, deren Bürger man zur Kunst erst erziehen muß? Glaubt Ihr …»

Seyler, der die erste Heldin des Hauses besser, sogar sehr viel besser kannte als alle anderen, von Monsieur

Hensel vielleicht einmal abgesehen, fiel ihr ins Wort, bevor sie sich wieder in heißen Zorn reden konnte.

«Aber, meine Verehrte!» Er trat vor das Fenster, und Rosina sah leider nichts mehr als seinen Rücken und die beschwichtigend erhobenen Arme. «Wir alle wissen um Eure große Bedeutung für die Kunst in unserem Land, für die Kunst in der ganzen christlichen Welt. Aber Ihr *könnt* nicht alle großen Rollen spielen, jaja, ich weiß, die eine oder andere spielt Mademoiselle Mercour oder die allseits verehrte Madame Löwen. Aber Ihr, nur zum Exempel, seid Voltaires Semiramis, Merope und Lindane, Destouches' Celiante und Henriette, seid Lessings Sara und die unvergleichliche, wenn auch nicht sehr lukrative Minna, Corneilles Elisabeth und Cleopatra. Ihr seid die Heldinnen Molières und Goldonis. Welch ungeheurer Reichtum an Rollen von hoher Kunst! Doch gerade *weil* Ihr so unvergleichlich seid, meine liebe Verehrte, wird es Euch und Euren Ruhm nicht im geringsten beeinträchtigen, diese eine Rolle einer jüngeren Kollegin zu überlassen, die noch so viel von Euch lernen kann ...»

Madames Blick traf ihn wie ein Blitzstrahl, und er fuhr eilig fort: «... nur eine *unbedeutend* jüngere Kollegin an Jahren, aber eine um *Äonen* jüngere an künstlerischer Raffinesse ...» Ganz sicher hätte er nur noch ein oder zwei Minuten länger solch honigsüßen Schaum schlagen müssen, Madame Hensel wäre dahingeschmolzen wie ein Sorbet im August, und Loretta hätte ihre Hauptrolle in dem neuen Stück ohne weitere Anfechtungen spielen können. Es war ja nur eines dieser leichten Nachspiele, die am Ende jeder Aufführung das von der Kunst ermüdete Publikum erheitern sollten, wie ein Dessert nach einem etwas zu fetten Braten.

Aber leider, Loretta, wenig zartfühlend wie immer, ungeschickt wie selten, konnte sich gerade in diesem Moment nicht länger beherrschen.

«Was heißt hier wenig bedeutend und weniger künstlerische Raffinesse!?»

Rosina sah, wie sie sich, einen eifrig flatternden Fächer aus quittegelber Seide in der Hand, vor Seyler aufbaute.

«Es ist ein exzellentes Stück, und Ihr versprecht mir so eine Rolle nun schon seit Monaten. Seit ich in dieser Stadt bin, spiele ich nichts als dumme Zofen und helfe in der Garderobe oder als Souffleuse aus. Alle Rollen, die Madame Hensel spielt, und das sind in der Tat fast alle, wenn sie sich darin nur in jeder Szene auf dem Proszenium präsentieren kann, laßt Ihr mich lernen. Für die Wiederaufführungen, habt Ihr mir gesagt. Nun gut, das wäre besser als nichts. Aber tatsächlich bin ich nur die zweite Besetzung, damit die Bühne nicht leer bleibt, falls Madame einmal ein Fieber ereilt. Und ereilt Madame ein Fieber? Niemals! Sie ist gesund wie ein fetter preußischer Ochse ...»

Weiter kam Loretta nicht. Ein schriller Schrei zerschnitt die Luft, und Madame Hensels Schirm, ein zartes silbergrünes Gebilde voller Rüschen, allerdings mit stählernen Speichen und einem hübsch geschnitzten Knauf aus Walknochen, sauste auf Lorettas Schulter nieder. Bevor eine der Damen zur nächsten Attacke ausholen konnte, stürzten sich Löwen und Seyler in die Schlacht und trennten die beiden. Nicht zuletzt, weil zerkratzte Gesichter und blaue Augen bei der Vorstellung, die ja schon in wenigen Stunden beginnen sollte, für das Publikum äußerst irritierend gewesen wären. Daß Monsieur Löwen, obwohl er der ganzen Debatte doch nur stumm und ergeben zugehört hatte, aus dem Getümmel ohne Perücke, dafür mit einem blutroten Kratzer auf der Stirn hervorging, war dagegen ohne Belang.

Madame Hensel sank, zur Ohnmacht ermattet, an Monsieur Seylers breite Brust, allerdings nur für einen Moment. Nun war der richtige Augenblick für einen anderen großen Auftritt. Sie richtete erst sich selbst, dann den verrutschten Turm ihrer Frisur auf, griff nach ihrem Schirm und sagte mit der Würde, die nur einer tatsächlich großen Tragödin nach einer solchen Posse gelingt: «Messieurs! Es ist Zeit für eine Entscheidung. Für mich ist hier kein Platz, keine Luft zum Atmen, wenn diese – *Actrice*», sie spuckte das Wort auf den Boden wie einen faulen Zahn, «an diesem Theater auch nur noch die Böden fegt.»

Rosina konnte gerade noch hinter eine alte Kulisse schlüpfen, als Madame Hensel mit hochrotem Kopf und triumphierendem Lächeln an ihr vorbei zur Bühne rauschte und in einer der Kulissengassen verschwand.

«Hübsch, wirklich sehr hübsch.» Schon zum drittenmal blätterte Claes Herrmanns durch das dicke Musterbuch, aber je mehr er blätterte, um so weniger konnte er sich entscheiden. Er rutschte unbehaglich auf dem zu weich gepolsterten Sessel herum und wünschte sich plötzlich brennend eine Tasse Kaffee mit einer Prise Kardamom. Wahrscheinlich war es sowieso eine dumme Idee, Anne mit einem neuen Stoff für die Wintersaison zu überraschen. Seine Frau hätte keine Mühe gehabt, selbst das Richtige zu wählen, aber dann wäre es schließlich keine Überraschung gewesen. Und er wollte sie unbedingt überraschen. Tatsächlich war er nicht selbst auf diese Idee gekommen. Wieder einmal war es Augusta gewesen, die ihn diskret, aber äußerst deutlich darauf hingewiesen hatte, daß auch eine amtlich bescheinigte Ehefrau ab und zu mit einer kostbaren Liebesgabe überrascht werden möchte.

Der Teufel wußte, warum er sich auf Augustas Vorschlag mit dem Kattun eingelassen hatte, eine hübsche Meißner Dose für Nadeln und Knöpfe oder einer dieser mit viel Obst und kleinem Getier garnierten Tafelaufsätze wäre sehr viel einfacher zu bestellen gewesen. Aber Augusta hatte ihn für diese Idee nur ausgelacht und seine Bitte, den Stoff für ihn auszusuchen, rigoros abgelehnt. Auch wenn er nicht begriffen hatte, was an seinem doch recht nützlichen Vorschlag so komisch gewesen war, hatte er nicht danach gefragt. Augusta war seine Tante, eine alte Dame, die allen Respekt verdiente, ungeachtet ihres bisweilen völlig unhanseatischen Verhaltens. Wahrscheinlich liebte er sie gerade wegen dieser kleinen störrischen Anflüge, die eigentlich nur sehr jungen Damen anstanden.

«Prachtvoll, nicht wahr?» Schwarzbach, Besitzer der Kattundruckerei Schwarzbach & Sohn, sah seinen Kunden prüfend an. Er machte schon seit einigen Jahren Geschäfte mit Claes Herrmanns, aber noch nie war der, immerhin einer der reichsten Kaufleute der Stadt und als Mitglied der Commerzdeputation ein einflußreicher Mann, persönlich in seinem Kontor erschienen, um Stoffe für seine junge Gattin auszusuchen. Nun ja, ganz so jung war Madame Herrmanns nicht mehr, gewiß schon Mitte der Dreißig, aber doch erst seit zwei Jahren verheiratet und von wirklich jugendlicher Gestalt. Knochig hatte Lohmeyer sie neulich genannt, das fand Schwarzbach nicht gerade. Gewiß, sie war äußerst grazil, auch ein wenig zu groß, aber doch elegant, wirklich elegant, was man von einer Engländerin nicht unbedingt erwarten konnte. Wenn er an die Garderoben der Königin dachte, da hörte man wirklich seltsame Dinge. Ihre Majestät, hieß es, trage immer noch nichts als Seide, wo doch gerade in England der Kattun so *en vogue* war. Andererseits war Madame Herrmanns ja auch keine richtige Engländerin, sondern von der Insel Jersey vor der Küste der Normandie, also schon fast eine Französin. Und Lohmeyers Geschmack war sowieso nicht der beste, zumindest was Damen betraf. Madame Herrmanns auf dem großen Januarball in einer Robe aus seinem, Schwarzbachs, Kattun! Das würde Mode machen. Trotzdem, er zählte verstohlen die Schläge der Turmuhr von St. Petri. Eine dreiviertel Stunde, nur um ein Muster für ein privates Vergnügen auszuwählen, erschien ihm doch als sehr großzügiger, geradezu leichtfertiger Umgang mit der Zeit.

«Eure Muster, Schwarzbach, sind in der Tat prachtvoll. Aber ich muß gestehen, es wäre mir lieber, wenn Ihr mir nur vier oder fünf zur Auswahl gezeigt hättet. Dies sind ja mehr als – was sagtet Ihr? Hundert?»

«Hundertsechsundzwanzig. Und es gibt noch ein zweites Musterbuch. Noch einmal so viele Muster. Allerdings schlichtere, viel schlichtere. Ich glaube nicht, daß sie für Madame Herrmanns geeignet sind. Doch dieses ...», er beugte sich vor, blätterte in dem dicken Katalog und schlug ein Blatt im hinteren Teil auf, «... dieses Muster würde sie ganz wunderbar kleiden. Zu ihren zarten Farben und zu dem Honigton ihres Haares. Habe ich nicht recht?»

Henner Schwarzbach rieb seine trockenen Hände und lächelte triumphierend, soweit seine strengen Züge ein solches Gefühl überhaupt verraten konnten. Es gab 17 Kattundruckereien in Hamburg, doch gleichgültig, wie groß die Konkurrenz war, seine Muster waren die elegantesten. Natürlich lagerten in den Regalen der Säle seiner Manufaktur auch viele Druckstöcke mit einfachen Mustern für preiswertere Ware, für Röcke von Köchinnen oder Knopfmacherinnen, nicht für eine Madame Herrmanns. Obwohl allgemein bekannt war, daß sie hin und wieder einen geradezu exzentrisch schlichten Geschmack bewies, um es höflich auszudrücken. Das war eben doch das Englische in ihr. Aber hier ging es nicht um den Stoff für ein Gartenkleid, und außerdem, warum sollte er einem reichen Kaufmann Appetit aufs Sparen machen?

Claes Herrmanns sah eher grimmig als zweifelnd auf das Muster und versuchte sich die schweren roten und gelben Blüten zwischen goldumrandetem Blattwerk auf einem Kleid seiner Frau vorzustellen. Schwarzbach mochte ein guter Geschäftsmann sein, von Frauenkleidern im allgemeinen und Mode im besonderen verstand er offensichtlich nicht viel. Anne Herrmanns war eine hochgewachsene, schlanke Frau, ihre Farben waren tatsächlich zart, und auch wenn Claes Herrmanns kaum mehr von der Mode verstand als Schwarzbach, sah er doch auf den ersten Blick, daß diese üppigen Gebilde eher für das Kleid einer mutigen Matrone oder den Bezug einer Chaiselongue paßten als für Anne.

Es schien ihm wirklich leichter, über den Kauf von Anteilen an einem Schiff oder die stille Beteiligung an einem holländischen Lagerhaus in Ostindien zu entscheiden als über so ein vermaledeites Kattunmuster.

«Hübsch», murmelte er, «wirklich hübsch, aber wie ich schon sagte, ich glaube nicht, daß diese Muster ...»

«Wenn Ihr erlaubt, Monsieur, vielleicht kann ich helfen.»

Claes sah sich nach der leisen Stimme um. Er hatte die junge Frau, die gleich nach seiner Ankunft das Musterbuch gebracht hatte, völlig vergessen. Sie war nicht groß und nicht klein, trug ein unauffälliges, grau-weiß gestreiftes Kleid, und das streng zurückgebundene, fast schwarze Haar unter ihrer offenen, leichten Haube ließ sie noch blasser erscheinen, als sie ohnedies war.

«Ja, ganz trefflich. Ein guter Vorschlag», rief Schwarzbach erleichtert. «Freda, Mademoiselle Blank, ist meine beste Musterzeichnerin und hatte im Frühjahr die Ehre», er machte eine kleine Verbeugung, «Eure Gattin bei der Wahl der Muster für die neue Ausstattung Eures Harvestehuder Gartenzimmers zu beraten. Schnell, Freda, Monsieur Herrmanns ist ein beschäftiger Mann.»

Schwarzbach gab sich große Mühe, streng und angemessen herrisch zu klingen, was ihm allerdings nicht recht gelang. Er trat zur Seite, um seiner Musterzeichnerin Platz zu machen, und die Weise, in der er sie dabei betrachtete, ließ Claes ahnen, warum Schwarzbachs Westen seit einiger Zeit so bedenklich jugendliche Farben zeigten.

Seit Claes Herrmanns nicht nur wieder verheiratet, sondern in seine Frau auch geradezu beunruhigend verliebt war, sah er Dinge, die er früher nie wahrgenommen hatte.

«Wenn Ihr erlaubt?» Freda schob das dicke Buch ein wenig näher zum Fenster und blätterte mit sicherem Griff einige Seiten zurück. «Für den Januarball, habt Ihr gesagt», murmelte sie, aber es war keine Frage. Ihr Blick war konzentriert, als sähe sie anstelle der Muster Madame Herrmanns auf dem Parkett des großen Saales im Baumhaus im Licht der hundert Kerzen, als hörte sie das Orchester, klirrende Gläser und gedämpftes Lachen.

«Dieses», sagte sie dann, «oder das nächste.»

Auch das klang nicht wie eine Frage.

Claes erwartete, daß sie nun einige höfliche Sätze über den erlesenen Geschmack ihres Herrn murmeln würde, der nur in diesem speziellen Fall vielleicht ein wenig fehlgegangen sei. Aber das tat Freda nicht. Sie sah nur schweigend auf das aufgeschlagene Blatt.

«Madame Herrmanns», erläuterte sie dann, «liebt zartere Muster, und die kleiden sie auch am besten. Das sanfte Grün dieser Ranken unterstreicht die Farbe ihrer Augen, das helle Ziegelrot der kleinen Blüten gibt dem Muster die Heiterkeit, die auch Eurer Gattin zu eigen ist. Und diese gefiederten Tulpen sind wohl üppig, aber dennoch ganz leicht.»

Claes starrte verblüfft auf das Blatt. Natürlich, warum hatte er das nicht selbst herausgefunden? Sein Blick war immer nur an den stärksten, an den leuchtendsten Farben haftengeblieben, diese sanften hatte er dabei übersehen, sie waren ihm schwach und viel zu schlicht erschienen.

Er blickte Freda an, dann Schwarzbach. Der rieb seine Hände inzwischen äußerst nervös.

«Wunderbar», sagte Claes, «Ihr habt vollkommen recht. Ich bin Euch sehr dankbar. Und ich wäre Euch noch dankbarer, wenn Ihr Euren Rat das nächste Mal gleich geben würdet.»

Er blätterte die nächste Seite auf. «Dieser, sagtet Ihr, würde meiner Frau auch stehen?»

Freda nickte lächelnd.

«Aber gewiß.» Schwarzbachs Stimme und Blick waren nun wieder ganz spröde Würde. «Wenn Ihr allerdings bedenkt – für den großen Ball wirkt dieser Kattun mit den delikaten Goldmalereien doch sehr viel kostbarer. Nicht nur modischer, auch kostbarer als Seide.»

Claes blickte nachdenklich aus dem Fenster, aber tatsächlich sah er Freda an, die wieder ihren Platz an der Tür eingenommen hatte, sah ihr kaum merkliches Kopfschütteln und spitzte scheinbar abwägend die Lippen.

«Nun, mein lieber Schwarzbach, das mag sein. Aber ich glaube, meine Frau mag diese goldbemalten Stoffe zur Zeit nicht so sehr. Vielleicht zu den Karnevalsmaskeraden im Februar. Dann kleiden wir uns ja alle gern ein wenig extravaganter.»

Endlich konnte Schwarzbach seinen Kunden hinausbegleiten. Als die beiden Männer aus der Tür traten, rumpelte ein Fuhrwerk über das Pflaster in den Hof. Es war mit dicken Kattunballen beladen. Schwarzbach seufzte.

«Auf dem Wagen», sagte er, «sind auch Eure beiden Ballen. Sie sind schon gewaschen, auch mit Vitriolöl-Wasser gekocht und immer wieder geklopft, um Flecken, Schmutz und die Schlichte der Weber herauszulösen, und mehr als drei Wochen auf der Bleichwiese gewesen. Sie sind auch mit Pottaschewasser gekocht, was den Stoff noch weißer macht. Doch das Wetter der letzten Tage hat sie beschmutzt, nun müssen wir sie noch einmal waschen. Aber dann werden sie nicht im Gehenken-Haus getrocknet, sondern in den warmen Sälen, das geht um diese Jahreszeit viel schneller, und wer weiß, ob nicht schon morgen der nächste Regensturm kommt.»

Claes kannte die großen Bleichwiesen, so lange er sich erinnern konnte. Innerhalb der Mauern hatten sie längst keinen Platz mehr, Schwarzbachs Bleiche lag weit vor der Stadt an der Isebek. Die zwanzig bis vierzig Brabanter Ellen langen Bahnen, gegen den Wind mit Schlaufen an in die Erde geschlagenen Pflöcken befestigt, lagen wochenlang auf der Wiese und wurden von den Bleichern immer wieder mit frischem Wasser besprengt. Als Junge hatte er gedacht, daß die Männer mit ihren durchlöcherten Bleichschaufeln nicht nur Wasser aus den Bächen oder den mit ihnen verbundenen hölzernen Rinnen schöpften und auf die Stoffe regnen ließen, sondern weiße Farbe. Erst später hatte er gelernt, daß Sonne und Wasser gemeinsam die Kraft haben, aus einem fleckigen, gelblichen Stoff einen rein weißen zu machen.

«So haben wir die Muster gerade zur rechten Zeit ausgesucht?»

«Unbedingt, obwohl die Alster noch zu aufgewühlt ist. Wir können die Bahnen erst in einigen Tagen spülen, wenn das Wasser wieder rein ist. Aber ich werde dafür sorgen, daß die Öfen ordentlich eingeheizt werden.»

Ein Knecht brachte Claes Herrmanns' Pferd, und während er in den Sattel stieg, fuhr Schwarzbach eilig, als wolle er beweisen, wie zuverlässig und schnell die Arbeit nun vorangehen werde, fort: «Dann müssen die Bahnen nur noch gestärkt und wieder getrocknet werden. Und hart gemangelt, damit auch die letzten kleinsten Unebenheiten verschwinden und den Druck nicht stören können.»

Claes nickte. Er wußte, daß die Vorbereitung der Stoffe viel Zeit in Anspruch nahm. «Ich danke Euch für Eure Geduld und auch Mademoiselle Freda. Sie war mir eine große Hilfe.» Dann drückte er den Dreispitz fester auf den Kopf und lenkte sein Pferd, einen jungen, aber schon gut an das städtische Gedränge gewöhnten Fuchs, aus dem Hof der Kattundruckerei und durch den Gang in den Neuen Wall. Er war sehr zufrieden. Die Stoffe würden schön und auch rechtzeitig fertig werden. Im Winter, wenn die Flüsse zufroren, konnte nicht gedruckt werden, weil das ständige Waschen und Spülen nun einmal klares, fließendes Wasser erforderte. Aber ein paar Wochen würde der Frost schon noch warten.

Es wäre viel angenehmer gewesen, das Musterbuch in seinem eigenen Kontor durchzusehen, vielleicht hätte er Augusta dann doch dazu bewegen können, einen Blick auf die Blätter zu werfen. Aber diese Musterbücher waren den Kattunmanufakteuren ein Heiligtum, nur die Rezepte der Coloristen waren noch kostbarer. Auf die durfte niemand, nicht einmal der beste Kunde, auch nur einen Blick werfen. Vor allem von der Qualität dieser Rezepte hingen die Leuchtkraft und die Haltbarkeit der aufgedruckten Farben ab. Auch wenn die Männer in den Kattundruckereien keiner Zunft angehörten, waren sie doch hochbezahlte, selbstbewußte Handwerker. Vor allem die Coloristen, wahre Alchimisten, die die Zusammensetzung ihrer Mixturen hüteten wie Rezepte fürs Goldmachen.

Er hätte gerne eine kleine Pause im Kaffeehaus gemacht, aber weil die Musterwahl viel länger gedauert hatte, als er angenommen hatte, beeilte er sich. Christian würde ihn schon dringlich im Kontor erwarten.

Doppelt so viele Wasserträger wie sonst waren heute in der Stadt und auch auf dem Jungfernstieg unterwegs. In den Fleeten, seit Tagen bis zum Rand gefüllt, schwamm jede Art von Unrat und ertrunkenem Kleingetier. Wer immer es sich leisten konnte, vermied in diesen Tagen, Trinkwasser daraus zu schöpfen, und kaufte das gute aus den Feldbrunnen vor der Stadt. Der Mann mit den Reifen hingegen machte schlechte Geschäfte. Wie alle Wege der Stadt war auch die Promenade an der Alster, die vornehmste und belebteste innerhalb der Mauern, nach den schweren Unwettern viel zu schlammig, als daß ein Kind seinen Reifen auch nur zwei Schritt weit vorantreiben konnte.

Der weite Platz vor dem Rathaus, an dem auch das Gericht, die Bank, die Stadtwaage und die Börse lagen, leerte sich. Die Börsenzeit war vorüber. An einer der Säulen der offenen Halle befestigte ein Junge einen Theaterzettel. Claes beugte sich im Sattel vor und las, daß man morgen *Das Gespenst mit der Trommel* geben werde, ein Lustspiel aus England. Claes seufzte. Der Zettel erinnerte ihn daran, daß Anne für diese Vorstellung eine Loge reserviert hatte. Und diesmal, hatte sie gesagt, wolle sie nicht wieder in Begleitung ihres Stiefsohnes, sondern an der Seite ihres Ehemannes ins Theater gehen. Claes seufzte noch einmal. Er wußte, diesmal war keine Ausrede gut genug. Aber immerhin, man gab eine Komödie. Vielleicht wurde es ja doch ein heiterer Abend.

2. KAPITEL

DIENSTAG, DEN 6. OKTOBER,
MITTAGS

Die Kutsche rollte vor das Portal des Herrmannsschen Hauses am Neuen Wandrahm. Anne Herrmanns, ganz undamenhaft zerzaust und trotzdem ohne Haube, blinzelte gegen die Sonne. Das Haus, breit wie eine Bark und unter einem elegant geschwungenen Giebel fünf Etagen hoch, sah aus wie ein riesiger Taubenschlag. Jedes der zwölf doppelflügeligen Fenster der zweiten und dritten Etage war weit geöffnet, und in jedem zweiten, so schien es ihr, flatterten weiße Tücher wie aufgeregte Vögel. Elsbeth und ihre Mädchen, wie stets in zartgestreiften blauweißen Kattun gekleidet, polierten, nachdem Sturm und Regen endlich davongezogen waren, eifrig die Scheiben. Elsbeth, Köchin und Herrin des Haushalts, liebte reine Fenster über alles, für sie waren sie das wahre Aushängeschild eines wohlgeführten Hauses. In den schon makellosen Scheiben des Kontors und des Besuchersalons in der unteren Etage glitzerte die Sonne.

Anne reckte wohlig ihre Schultern, öffnete den Schlag und stieg aus der Kutsche.

«Laß nur, Brooks», rief sie dem Kutscher zu, der vom Bock springen, den Schlag öffnen und ihren Korb hineintragen wollte, «der Korb ist nicht schwer. Bring nur gleich den Wagen in die Remise.»

Vielleicht, dachte sie, als sie den davonrollenden Rädern nachlauschte, war das in diesem Jahr die letzte Fahrt im offenen Zweispänner gewesen, und ob sie wollte oder nicht, mußte sie an den langen Winter denken, an die Nässe und Kälte, die für Monate nur blasse Sonne.

Aber es war ja erst Oktober, und der war heute nichts als Wärme und Licht. Sie sah in den Korb, den sie aus ihrem Garten in Harvestehude mitgebracht hatte, und jeder Gedanke an den Winter war verflogen. Annes Garten war in Hamburg schon fast so bekannt wie die neue Michaeliskirche. Aber während das Gotteshaus allgemein als Zierde der Neustadt gelobt wurde, war der Herrmannssche Garten an der äußeren Alster höchst umstritten. Keine akkuraten Beete, keine harmonischen Farben, und auch wenn ein Springbrunnen bei der Ligusterhecke im Schatten der Robinie lieblich plätscherte – der Garten war kein Garten, sondern ein Park, wie es in ihrer englischen Heimat viele gab. Immerhin ließ sie keine Kühe und Schafe darin herumlaufen, und wenn die neuen, jüngeren Bäume, die sie erst im letzten Jahr gesetzt hatte, tüchtig wuchsen, so fanden die anderen Hamburger Gartenbesitzer, konnte ja vielleicht noch etwas daraus werden. Annes Garten machte trotzdem in Hamburg Mode.

Sie sah auf ihre Hände und runzelte die Stirn. Im Prinzip war an ihnen nichts auszusetzen, heute jedoch sahen sie aus wie die Hände einer Kätnerin, die stundenlang in ihrem Acker gegraben hatte. Und genau das hatte sie auch getan. Der Blumengarten hinter dem Pferdestall, ein scheinbar wirres, tatsächlich aber der Natur abgeschautes Miteinander von wilden und gezüchteten Pflanzen, war in diesem Jahr ihre große Leidenschaft. Die Bäume wuchsen ja nun von allein, aber die zarten blühenden Gewächse bekamen nie genug von Annes Gärtnerei. Claes' zarter Hinweis, daß das eigentlich Aufgabe der Gärtner sei oder doch Elsbeths Sache, die außer ihren Kräutern ganz gewiß auch den Blumengarten gern pflegen wolle, hatte Anne mit einem abwesenden Lächeln einfach überhört. Die üppige Pracht in ihrem Arm, bunte Sternblumen und blauer Eisenhut, purpurne und leuchtendgelbe Dahlien, Margeriten, tiefrote und himbeerfarbene Rosen, eine letzte hellblaue, zart nach Vanille duftende Flockenblume und mattgrünes Schilf, war nach den schweren Regengüssen die letzte Ernte des Herbstes. Und das Ergebnis ihrer Hände Arbeit. Die würde sie sich nicht nehmen lassen.

Der Gärtner und sein Gehilfe hatten genug zu tun in diesen Tagen, und auch wenn der Sturm fast alle Früchte von den Bäumen gerissen hatte, einen Korb Pflaumen hatte sie doch noch pflücken können. Die späten Äpfel, nun nichts als fleckiges Fallobst, konnte Benni morgen in die Mosterei bringen. Der Saft mochte für zwei Winter reichen.

Spätestens im Januar würde sie wieder brennendes Heimweh nach ihrer Insel bekommen. Auch auf Jersey waren die Winter oft rauh und stürmisch. Einmal hatte es so heftig gefroren, daß die Wassertröge für das Vieh aufgestoßen werden mußten. Aber das war ein so besonderes Ereignis gewesen, daß die alten Frauen in den grauen Steinhäusern allerlei Zukünftiges daraus gelesen hatten. Sie stellte sich vor, wie es wäre, wenn die weite Bucht vor St. Aubin zufrieren würde, und mußte lachen. Es war einfach undenkbar. Die Elbe hingegen war in beiden Wintern, die sie nun schon in Hamburg verbracht hatte, von einem Ufer zum anderen wochenlang unter einer festen Eisdecke verschwunden gewesen. Halb Hamburg war darauf spazieren gefahren, die Milchbauern auf den Inseln hatten ihre hölzernen Kannen statt in Boote auf Schlitten geladen, Christian, Claes' älterer Sohn, und seine Freunde trugen beim Schlittschuhlaufen blaue Flecken und verrenkte Glieder davon, und einmal hatten sogar die Stadtpfeifer ein Konzert auf dem Eis gegeben. Man trank dazu Punsch und warmes Bier, aß fette, heiße Würste und süße Kuchen – es war ein großes Spektakel, und alle hatten das außerordentlich amüsant gefunden. Wahrscheinlich stimmte es, wenn die Leute sagten, man könne nur eine Hamburgerin sein, wenn schon die Großeltern hier geboren waren.

In der Diele nahm Blohm ihr den Korb ab und folgte seiner Herrin mit ihren Blumen in die Küche.

«Wie wunderschön, Madame!» Elsbeth klatschte begeistert in die mehlweißen Hände, sie buk gerade Zitronenpasteten, und in der Küche duftete es wie in einer Orangerie. «Doch was machen wir mit Euren Fingern?»

Elsbeth entging nichts, und da sie äußerst praktisch war, sahen Annes Hände nach einer gründlichen Behandlung mit feinem weißem Sand von Bornholm und bestem Butterfett zwar rot wie Rüben, aber wieder glatt und weich aus.

Eine halbe Stunde später standen zartduftende Rosen auf Claes' großem Tisch im Kontor. Gerade als Anne das große, bunte Bukett im Salon ein wenig gefälliger arrangierte, trat Niklas ein.

«Bonjour, Madame.» Er verbeugte sich förmlich. «Ihr habt nach mir geschickt?»

Er sah Anne nur für einen Moment an, dann heftete sich sein Blick, viel zu alt für zwölfjährige Augen, an die Blumen. Wenn sie auch wußte, daß er nichts mochte, was sie mochte, glaubte sie, einen kleinen Schimmer von Interesse zu erkennen. Das schien ihr ungewöhnlich, aber er war auch ein ungewöhnliches Kind, und es war einen Versuch wert.

«Magst du diese Blumen?»

«Sie sind Geschöpfe Gottes.»

Amen, dachte Anne. Aber sie nickte und sagte: «Gewiß die allerschönsten.» Sie zog einen Stengel Eisenhut aus der Vase und steckte ihn behutsam zwischen zwei Margeriten.

«Ich möchte dich um etwas bitten, Niklas. Ich war gerade in Harvestehude, das Spalierobst sieht furchtbar traurig aus. Die Bäume sind noch jung und zudem sehr empfindlich. Der Gärtner hat alles für sie getan, aber ich fürchte, es war vergeblich. Ich dachte, vielleicht könntest du uns helfen.»

«Ich weiß nichts von Bäumen, Madame. Gewiß wißt Ihr selbst viel mehr darüber.»

«Ich weiß eine ganze Menge über Blumen und inzwischen auch einiges über Bäume, das stimmt. Aber doch nicht genug, und das Spalierobst ... Nun, ich dachte, weil du doch so häufig in der Commerz-Bibliothek studierst ... Ich weiß zwar nicht, ob es dort auch Bücher über die Pflanzenzucht gibt. Aber dein Vater sagt, dort gebe es Werke über alles. Ich bin zur Zeit so sehr mit anderen Dingen beschäftigt. Könntest du vielleicht einmal nachsehen, ob dort auch etwas über Spalierobst zu finden ist? Vielleicht sind diese Bäume für besondere Schädlinge anfällig, die wir nur nicht entdecken. Oder sie brauchen einen anderen Boden. Könntest du so freundlich sein? Es ist sehr wichtig für mich.»

Niklas sah die Frau, die nun seine Stiefmutter war, an wie ein unbekanntes, unberechenbares Insekt. «Vater liebt es nicht, wenn ich so oft in die Bibliothek gehe», sagte er schließlich, «und ich finde Bäume auch nicht besonders interessant.»

«Oh, das wußte ich nicht.»

«Nein», sagte Niklas, und Anne verstand genau, was er

mit dem kleinen, harten Wort sagen wollte. Sie wußte nichts von ihm, und er würde sie auch nichts wissen lassen.

«Aber natürlich, Madame, bei Gelegenheit, wenn ich ein entsprechendes Werk finden sollte ... Habt Ihr mich deshalb rufen lassen?»

«Auch deshalb, ja. Außerdem wollte ich dich daran erinnern, daß wir morgen abend eine Loge im Theater haben. Dein neuer Samtrock ist schon gebürstet, und auf deinem Bett liegen ein feineres Hemd und frische Wadenstrümpfe bereit. Wenn du beim Ankleiden Hilfe brauchst...»

«Merci, Madame. Ich kleide mich immer selbst an. Aber wenn Ihr erlaubt, ich möchte nicht ins Theater gehen. Ich gehe niemals in ein Theater.»

«Dann wird es höchste Zeit, das zu ändern.» Anne lächelte aufmunternd. «Du solltest es versuchen, es wird dir großen Spaß machen.»

«Tante Cornelia hätte nie erlaubt, daß ich das Theater besuche.»

«Deine Tante ist in Köln, und hier solltest du dich an das halten, was dein Vater wünscht. Er freut sich schon sehr darauf, daß du neben ihm in der Loge sitzen wirst.»

Das stimmte zwar kaum; Claes nutzte jede Gelegenheit, seinem jüngeren Sohn aus dem Weg zu gehen. Doch zumindest in den ersten Wochen hatte er sich redlich bemüht, in diesem staubtrockenen kleinen Professor das Kind wiederzufinden, das er vor mehr als drei Jahren zu seiner Schwester nach Köln geschickt hatte. Vielleicht war das ein Fehler gewesen, aber was hätte er sonst tun sollen? Nach dem Tod seiner Mutter kränkelte Niklas lange Zeit. Er war schon immer ein stilles Kind gewesen, ganz anders als sein großer Bruder Christian, dem, kaum daß er laufen konnte, kein Baum zu hoch, kein Pony zu wild gewesen war. Niklas' Gemüt sei ein wenig düster für sein Alter, sagten die Ärzte schließlich und kneteten besorgt die Hände, aber vor allem gebe seine Brust Anlaß zu großer Sorge. Sie sei zu eng und feucht, nur ein wärmeres Klima könne helfen. So packte Claes sein Kind in die große Kutsche und brachte es nach dem milderen Köln zu seiner Schwester. Nur für den Winter, so war es geplant, doch es waren drei Jahre daraus geworden. Drei Jahre sind eine lange Zeit im Leben eines Zwölfjährigen.

«Verdirb ihm doch nicht die Freude, Niklas.» Sie sah ihn bittend an, plötzlich kam sie sich selbst wie ein Kind vor. Das war nun wirklich genug. «Die Kutsche», sagte sie und klang nun ebenso kühl wie ihr Stiefsohn, «wartet um Schlag halb sechs vor der Tür, und du wirst mit mir und deinem Vater einsteigen und zum Theater fahren. So ist es beschlossen, und ich fürchte, so wird es auch sein.»

«Gewiß wünscht Ihr nicht, daß ich gegen meine christliche Überzeugung handle.» Niklas zog die noch kindlich feinen Brauen hoch wie ein Prediger im Angesicht eines uneinsichtigen Sünders. «Das würde ich tun, wenn ich dem Befehl meines Vaters folgte. Zudem habe ich Tante Augusta versprochen, ihr morgen abend die nächste Schachlektion zu geben. Ich darf sie nicht enttäuschen.»

Anne spürte einen zornigen, kalten Druck in ihrem Nacken. Dieses Kind behandelte sie nicht wie die Frau seines Vaters, der es Respekt schuldete, sondern wie einen unliebsamen Haushofmeister, mit dieser schrecklichen Höflichkeit, die jeden Versuch der Freundlichkeit im Keim erstickte.

«Aber du weißt seit Tagen, daß wir morgen ins Theater gehen», ihre Stimme klang lauter, als sie es eigentlich wollte, «und wenn du solche Termine vergißt, solltest du sie dir künftig aufschreiben. Am besten gehst du gleich zu Augusta und teilst ihr mit, daß sie morgen auf ihre Schachlektion verzichten muß. Sie wird es verstehen. Du wirst jedenfalls morgen abend mit uns kommen, ob du es mit deinem christlichen Gewissen vereinbaren kannst oder nicht.»

Anne hätte viel dafür gegeben, diesen letzten Satz ungesagt zu machen, aber nun war er heraus, und zum hundertstenmal verfluchte sie ihre unbeherrschte Zunge. Zu spät. Niklas, blaß wie ein Leintuch und immer noch beherrscht wie ein alter Mann, verbeugte sich steif, trat rückwärts einen Schritt zur Tür, und als er sich im Hinausgehen umdrehte, es war gewiß nur eine Ungeschicklichkeit, stieß er mit dem Ellbogen die Deckelvase aus chinesischem Porzellan von dem kleinen Tisch neben dem Kachelofen. Bevor Anne auch nur die Arme ausstrecken konnte, um die Vase aufzufangen, lag sie am Boden, nur noch Scherben und tausend Splitter.

Niklas war die Treppe hinauf geflüchtet. Anne sah auf die Scherben und kämpfte mit ihrem Zorn. Sie mußte nun klug sein. Aber was war hier klug? Was war das Richtige bei diesem Kind? Auf alle Fälle würde sie Claes sagen, daß ihr eigener Ellbogen die Vase hinuntergestoßen hatte. Und sie würde ihm nicht sagen, daß sie seinem Sohn erst gestern, wie so oft im Bemühen, seine fest verschlossene Seele doch noch zu erreichen, die besondere Schönheit der Vase erklärt und gesagt hatte, daß sein Vater sie ihr im vergangenen Jahr zu ihrem ersten Hochzeitstag geschenkt hatte. Sie atmete tief und schloß die Augen. Er ist ein Kind, dachte sie beschämt, fremd in seiner eigenen Familie, er braucht Geduld. Aber wenn er glaubt, daß ich so schnell aufgebe, hat er sich mächtig geirrt.

«Madame – ach, was für ein Unglück. Paßt auf, Ihr verletzt Euch ja, laßt mich das machen.» Blohm stand in der offenen Salontür, sah bekümmert auf die Scherben.

«Ja, ein Unglück. Ich bin heute schon den ganzen Tag so ungeschickt. Mein Ellbogen, nun, die Vase stand eben im Weg, und es ist nicht mehr zu ändern. Aber ruf besser Betty, Blohm, sie soll die Scherben behutsam einsammeln, vielleicht kann man doch noch etwas davon retten.»

«Sofort, Madame.» Blohm war sichtlich erleichtert, seine steifen alten Knie nicht selbst beugen zu müssen. «Aber ich wollte Besuch melden. Madame Matthew ist in der Diele, mit zwei anderen Damen.»

«Jetzt?» Sie warf eilig einen Blick aus dem Fenster. Vor dem Haus stand eine offene zweispännige Kutsche. Den Mann auf dem Bock hatte sie nie zuvor gesehen. Er trug einen Kutscherrock aus offensichtlich teurem schwarzem Tuch in gutem Schnitt, und sein breites Gesicht unter der akkuraten, allerdings etwas steifen Perücke war ausdruckslos.

«Jetzt», sagte Blohm düster. «Eine ganz unpassende Zeit.» Der alte Diener war lange genug Faktotum des Hauses, um die Grenzen des Respektes ab und zu unscharf werden zu lassen. Er sah das bekümmerte Gesicht seiner Herrin und schlug mit nur wenig gesenkter Stimme vor: «Am besten schicke ich die Mesdames wieder weg. Ich könnte sagen …»

«Nein, Blohm, vielen Dank. Aber das können wir nicht machen. Obwohl es mir jetzt wirklich überhaupt nicht paßt.»

Anne hatte eine Verabredung mit Dr. Reimarus. Der Arzt war wie sie brennend an der Verbreitung der Blitzableiter interessiert. Sie hatte versprochen, ihm heute die Übersetzung eines neuen englischen Aufsatzes zu bringen. Außer in den amerikanischen Kolonien, wo diese noch ziemlich neue Erfindung gelungen war, was Reimarus, wie er betont hatte, erstaunte, denn in den wilden Landschaften jenseits des Atlantischen Ozeans konnte es mit den Wissenschaften nicht weit her sein, hatte man bisher nur in England Erfahrungen mit dem Gewitterschutz. In Hamburg, wo der Blitz so oft einschlug und gerade erst den Turm der Nikolaikirche beschädigt hatte, hielten die Herren im Rat ebenso wie die Kirchenoberen diese segensreiche Erfindung für modische Spielerei. Oder Gotteslästerung. Ganz nach Weltanschauung. Auch Claes machte sich gerne über die Blitzfängerei, wie er es nannte, lustig. Anne hatte sich den ganzen Vormittag auf das Gespräch mit Reimarus gefreut. Endlich ein Besuch, bei dem nicht nur freundlich über das Wetter, den geplanten neuen Saal im Bosselhof oder über den Mangel an fettem Fleisch in der italienischen Küche geplaudert wurde.

Natürlich war es trotzdem völlig unmöglich, Agnes und ihre Begleiterinnen wieder wegzuschicken. Auch wenn Anne sich in diesem Moment nichts sehnlicher gewünscht hätte, einen solchen Fauxpas würde sie sich niemals erlauben. Und da kam Agnes Matthew auch schon hereingerauscht.

«Meine liebe Cousine», rief sie, «ich muß dir Thomas' Geschenk zeigen. Ist er nicht entzückend?»

Mit beiden Händen hielt sie Anne ein mausgraues Wesen mit schwarzem Gesicht entgegen, klein, rundlich und trotz der pechschwarz glänzenden, etwas vorstehenden Augen von äußerst grämlichem Ausdruck, als sei es höchst unzufrieden mit der breiten weißen Seidenschleife, die seinen kurzen, dicken Hals zierte.

«Sag der Dame guten Tag, Carlino, sag schön guten Tag. Ist er nicht entzückend? Keine Angst, er ist erst ein

Jahr alt, aber ganz zahm. Und rein. Möchtest du ihn nicht einmal auf den Arm nehmen?»

Und schon drückte sie Anne ihren rundlichen Mops in den Arm, trat einen Schritt zurück und klatschte zufrieden in die Hände. «Sehr schön. Obwohl ich, ohne eitel sein zu wollen, sagen muß, daß er mich besser kleidet.» Sie lachte hell wie ein Porzellanglöckchen. «Er ist einfach zu rundlich für dich, zu dir paßt – nun, ich weiß es im Moment nicht, aber ich werde darüber nachdenken und es Claes wissen lassen. Ein Spitz vielleicht? So ein hübscher kleiner Hund ist doch eine echte Zierde ...»

Ein zartes Räuspern drang durch Agnes' Redeschwall, worauf sie ohne Pause fortfuhr: «... und außer Carlino habe ich dir Magdalena mitgebracht, Mrs. Bellham, meine Cousine. Und unsere liebe Mademoiselle Bauer, aber Henny kennst du ja schon. Ist es nicht wunderbar? Nun habe ich zwei Cousinen, Magdalena und dich. Ich habe dir gewiß schon von ihr erzählt, ganz gewiß. Stell dir vor, wir haben uns seit Jahren nicht mehr gesehen. Wie lange das her ist, will ich wirklich nicht nachrechnen, das wäre zu deprimierend. Aber jetzt ist sie mit dem lieben Robert von England nach Hamburg gekommen. Welche Freude. Zwei Jahre ...»

Wieder unterbrach ein Räuspern die schnell fließenden Neuigkeiten, aber diesmal klang es nicht sanft, sondern kräftig und ungeduldig. Blohm stand mit grimmigem Gesicht an der Tür, die Hände wie ein ordentlicher Diener steif herabhängend, und sah Anne fragend an.

«Ja, Blohm, natürlich. Bring uns eine Kanne Schokolade. Und Sahne und Zitronenpasteten, sie sind gewiß schon fertig.»

Agnes hielt sich nicht mit dem üblichen «Das wäre doch nicht nötig» oder «Wir wollen dich aber nicht aufhalten» auf, sondern griff nach ihrem Mops und ließ sich elegant in einen der breiten, mit weißem Damast bezogenen Sessel gleiten. Agnes konnte sich nicht vorstellen, daß Damen am frühen Nachmittag Besseres zu tun hatten, als Besuche zu empfangen.

In der nächsten Stunde erfuhr Anne, daß Mr. und Mrs. Bellham vor acht Wochen ein Haus in der Großen Reichenstraße nahe dem Dom bezogen hätten, daß der liebe Robert in Geschäften zwei Jahre in Hamburg zu bleiben gedenke und die Ehre habe, als Mitglied der Merchant Adventurers aufgenommen zu werden. Und daß die liebe Magdalena ihn, damals ein bedauernswerter Witwer mit vier heranwachsenden Kindern, vor acht Jahren geheiratet habe. Außerdem hörte sie von allen Vorzügen und Charakterfehlern des italienischen Gesandten und vorherigen Besitzers von Carlino, wurde ebenso über die kommende Mode, das Haar hoch wie einen Bienenkorb aufzutürmen, informiert wie über die allgemein bekannte Tatsache, daß nun, da der gute alte Telemann im Grab in St. Johannis ruhe, von der kommenden Konzertsaison nicht viel zu erwarten und das Theater, diese seltsame neue Unternehmung, doch eine rechte Enttäuschung sei. In London dagegen …

Annes Versuche, Mrs. Bellham und Mademoiselle Bauer ins Gespräch zu ziehen, schlugen leider fehl. Dazu war Agnes zu laut und besonders ihre Cousine zu leise. Die saß, die Hände im Schoß gefaltet, aufrecht in ihrem Sessel und lächelte zu Agnes' unaufhaltsamem Geplauder mit der geduldigen Nachsicht einer Mutter gegenüber ihrem aufgeregten Kind. Anne suchte Ähnlichkeiten in den Zügen der beiden Frauen, aber selbst wenn Form und Farbe ihrer Augen, überhaupt der Schnitt ihres Gesichts und auch ihre Gestalten einander sehr glichen, waren sie doch viel zu verschieden, als daß man sie auf den ersten Blick für Verwandte gehalten hätte. Agnes war immer in Bewegung und glänzend wie Quecksilber. Das raffiniert geschnittene Kleid in ihren Lieblingsfarben Schilfgrün und Silberweiß hätte an jeder anderen Frau am hellen Tag wie eine Verkleidung gewirkt, die Ohrringe aus kleinen Smaragden und Perlen ließen ihren makellosen Teint mehr denn je an Milch und Rosen erinnern. Und an die teuersten französischen Öle. Auch Henny Bauer, die äußerst muntere Tochter eines Kaffeehändlers, der wie Claes über einen holländischen Mittelsmann an einigen Schiffen auf der Westindien-Route beteiligt war, glänzte von Kopf bis Fuß festlich. Daß sie gehofft hatte, bei diesem Besuch ganz und gar zufällig dem älteren Sohn des Hauses zu begegnen, ahnte niemand. Auf ihren Wangen glaubte Anne sogar einen Hauch Rouge zu entdecken, was Madame Bauer kaum gebilligt hätte.

Mrs. Bellham investierte in ihre Schönheit gewiß nicht mehr als Wasser und Mandelseife. Sie sah bei aller vornehmen Blässe gesund aus, und ihr flach um den Kopf frisiertes Haar war nicht wie Agnes' und Hennys mit allerlei Blüten, sondern nur mit äußerst praktischen Bändern geflochten. Das Kleid aus weichem hellgrauem Musselin, nach der englischen Mode nur halb so breit wie Agnes' über den Hüften weit ausladende Röcke, war mit schmalen Streifen aus Satin geschmückt, die Spitze an den Ärmeln erlesen, aber in seiner Schlichtheit erinnerte es dennoch an die vornehme, etwas strenge Tracht reicher Mennonitinnen. Magdalena, fand Anne, war ein passender Name für Mrs. Bellham, und sie beschloß, diese Frau, die zwar wenig sprach, aber deren Augen Aufmerksamkeit und Anteilnahme verrieten, zu mögen.

Eine Stunde später stieg Claes Herrmanns vor seinem

Haus aus dem Sattel und führte seinen Fuchs durch das tiefliegende Tor und den langen, dämmerigen Gang bis in den hinteren Hof. Benni, der Pferdejunge, kam ihm schon entgegen, er hörte das Klappern der Hufe aus dem gepflasterten Gang immer als erster, und übernahm die Zügel. Der Fuchs schnaubte freundlich und rieb sein schaumiges Maul an seiner Schulter. Benni, wie auch zwei von Elsbeths Küchenmädchen ein Kind aus dem Waisenhaus, hatte enormen Pferdeverstand.

Im Kontor herrschte ungewohnte Stille. Die Tische der beiden Lehrlinge waren leer. Fitz war mit Briefen unterwegs zu den Ämtern der verschiedenen Postlinien. Dübbel, dessen Lehre im nächsten Jahr zu Ende sein würde, überwachte im Speicher am Grimm das Stapeln der Ware, die gestern mit einer Bark aus Bordeaux angekommen war. So saß nur Christian Herrmanns hinter der verglasten Wand im hinteren Kontor, das Vater und Sohn Herrmanns vorbehalten war, an seinem Tisch, den Kopf konzentriert über das große Kontobuch geneigt, das aufgeschlagen vor ihm lag.

Claes grinste. Sein ältester Sohn war 21 Jahre alt und mit seiner schlanken Gestalt, dem klaren Gesicht und dem dichten braunen Haar, das eine Perücke selbst bei offiziellen Anlässen unnötig machte, ein ansehnlicher junger Mann. Und leicht entflammbar. Seit seiner angeblich ewigen, doch aus den verschiedensten Gründen schnell gescheiterten Liebe zu Lucia Stedemühlen war erst ein gutes Jahr vergangen. Doch inzwischen war er zweimal davon überzeugt gewesen, die Liebe seines Lebens entdeckt zu haben. Zur Zeit beschäftigte ihn allerdings nichts anderes als die Geschäfte des Hauses Herrmanns. Claes sah keinen Grund, seinen Sohn in seinem löblichen Fleiß zu unterbrechen. Er hatte sich zwar viel zu lange bei Schwarzbach aufgehalten, aber für einen kurzen Besuch bei Anne war noch Zeit genug.

Leise schloß er die Kontortür und ging auf der Galerie über der Diele zum Salon. Im Näherkommen hörte er Stimmen, genaugenommen nur eine, und die war ihm allzu vertraut. Vor ein paar Jahren hatte er sich einige Zeit gewünscht, sie von morgens bis abends und bis an sein Lebensende zu hören. Als er die Tür öffnete und eintrat, glitt ein Strahlen über Annes Gesicht, allerdings nicht, wie ihre Besucherinnen annahmen, aus rührender Gattenliebe, sondern aus schlichter Erleichterung.

Als Claes die Damen und – ein wenig verhaltener – Carlino begrüßt hatte, brachte Blohm schon eine weitere Tasse und frische, dampfende Schokolade, allerdings keine weiteren Zitronenpasteten, was besonders Mademoiselle Bauer sehr bedauerte.

Weil Claes nicht so recht wußte, worüber er nach dem üblichen Austausch von Höflichkeiten am besten plaudern sollte, entschied er sich für eines der Lieblingsthemen seiner Frau. «Habt Ihr schon unser Theater besucht, Mrs. Bellham? Wenn Ihr in London gelebt habt, seid Ihr natürlich mit so großen Künstlern wie Mr. Garrick und Mrs. Pritchard verwöhnt, aber auch unsere Bühne hat durchaus ihre Qualitäten.»

Anne verkniff sich ein erstauntes Stirnrunzeln und hoffte, er werde nun nicht erzählen, daß sie für morgen abend eine Loge reserviert hatten. Eine vergebliche Hoffnung.

«Ich muß gestehen», fuhr Claes fort, «daß ich, anders als Anne, kein fleißiger Theaterbesucher bin. Dennoch gebe ich zu, daß es recht amüsant sein kann. Morgen abend, zum Beispiel, gibt man eine Komödie. Wir haben eine Loge reserviert, darin ist auch für unsere Gäste Platz.»

«Früher», Magdalena strich sanft mit einem Zeigefinger über ihren Ehering, der anders als Agnes' glitzerndes Schmuckstück nur mit einem kleinen flachgeschliffenen Rubin besetzt war, «in meiner Jugend hatte ich, nun, ich will es ein gewisses Interesse für das Theater nennen. Mr. Garrick habe ich nie gesehen, obwohl er gewiß zu den ernsthaften Künstlern gehört. Tatsächlich», fügte sie nach einem kurzen Zögern hinzu, «bin ich in London nie im Theater gewesen. Und ich werde gewiß auch das hiesige nicht betreten.»

«Wirklich nicht, Magdalena?» Agnes konnte es nicht fassen. «Als ich vor drei Jahren den Winter in London verbrachte, war ich häufig im Covent Garden und mindestens einmal in der Woche im Drury Lane. Du hast versäumt, Mr. Garrick zu sehen? Er ist göttlich, meine Liebe, einfach göttlich, obwohl er nicht wirklich schön und auch nicht sehr stolz gewachsen ist. Er rührt jeden zu Tränen, sogar Seine Majestät, ich habe es selbst gesehen. Unsere Schauspieler am Gänsemarkt sind gegen ihn nur Schatten. Aber natürlich nehmen wir deine Einladung gerne an, Claes.»

Genau das hatte Anne befürchtet.

«Thomas und ich lieben das Theater so sehr, und ganz gewiß wird auch Robert gerne einmal etwas anderes tun, als immer nur Geschäfte zu machen.»

Magdalena lächelte immer noch, aber ihre Augen blickten kühl. «Ihr müßt entschuldigen, Monsieur Herrmanns. Aber ich kann in diesem Fall auch im Namen meines Mannes sprechen. Wir meiden das Theater, weil wir nicht glauben, daß es den Menschen zur Besserung gereicht. Wir glauben im Gegenteil, daß es die Menschen, wenn sie auch nur ein wenig schwach sind, auf Abwege führt. Gewiß nicht so gefestigte Seelen wie Euch oder Eure Gattin», beeilte sie sich hinzuzufügen, «aber doch die Mehrheit der Menschen. Es ist einzig Aufgabe der Kirche, die gute Moral zu lehren. Natürlich ist nichts gegen ein wenig Vergnügen zu sagen, aber bedenkt die Wirkungen der Belustigungen, nicht zuletzt des Balletts, auf die Zuschauer auf der Galerie, auf die empfindsamen jungen Männer aus guten Häusern im Parkett.»

Sie lächelte entschuldigend, als sei sie selbst erstaunt über ihre lange Rede.

«Nun ...» Claes hüstelte, froh, daß er das Gespräch nicht gleich mit Lessings zwar umstrittenen, aber, wie er fand, äußerst faden Theaterkritiken begonnen hatte. Dieser Lessing, das hatte man jedenfalls im Kaffeehaus erzählt, war ein kritischer Denker und, obwohl selbst Pastorensohn, immer auf Kriegsfuß mit dem strengeren Teil der Geistlichkeit. «Nun ja», fuhr er munter fort, «ich denke, das Theater wird den Pastoren und ihren Predigten kaum eine ernsthafte Konkurrenz sein. Bisher sind unsere Kirchen immer noch erheblich besser besucht als unser Theater.»

Claes betrachtete seine Frau, sah ihr bemühtes Lächeln, sah ihre gutverschnürte lederne Mappe griffbereit auf dem Tischchen neben der Tür, und endlich fiel ihm ein, daß dieser Besuch für sie die reinste Folter sein mußte. Nicht wegen Mrs. Bellhams strikter Frömmigkeit oder Agnes' unaufhaltsam plätscherndem Geplauder. Daran war Anne schon gewöhnt, denn seit Agnes' überraschender Heirat – die ganze Stadt hatte darüber getuschelt, immerhin war Thomas fünf Jahre jünger als seine Frau – hatte sie die entfernte, wirklich sehr entfernte Verwandtschaft zwischen Anne und Thomas Matthew zum Anlaß größerer Vertraulichkeit mit der Familie Herrmanns genommen. Nein, nicht deshalb war sie ungeduldig, sondern weil der Besuch sie daran hinderte, sich mit ihrem Lieblingsprojekt zu beschäftigen. Claes hatte ihre Verabredung mit Reimarus völlig vergessen.

«Aber nun, Mesdames», sagte er deshalb, bevor Agnes, der die ridige Haltung ihrer Cousine gewiß nur für einen Moment die Sprache verschlagen hatte, wieder das Wort ergreifen konnte, «muß ich Eure Plauderei unterbrechen. Man erwartet Anne dringend bei den Reimarus'. Wenn die Damen vielleicht mit mir vorliebnehmen wollen ...»

«O nein, Monsieur», Magdalena erhob sich und strich sanft, aber entschieden ihre knisternden Röcke glatt, «wir sind schon viel zu lange geblieben. Es war so reizend, mit Eurer Gattin zu plaudern. Aber wir werden Euch nicht von Eurer Arbeit im Kontor fernhalten. Nicht wahr, Agnes?»

Agnes hätte zwar nichts lieber getan, als ein weiteres Stündchen mit Claes Herrmanns vorliebzunehmen, aber nun, da Magdalena sich dummerweise so voreilig erhoben hatte und Claes mit keiner Geste widersprach, blieb ihr nichts anderes, als sich zu verabschieden. Immerhin machte Magdalena den klugen Vorschlag, Anne zu ihrem Besuch in die Neustädter Fuhlentwiete zu fahren, es sei nur ein unbedeutender Umweg, und für sie, die sie noch fremd in der Stadt sei, eine gute Gelegenheit, Hamburg wieder ein wenig besser kennenzulernen.

Agnes unterstützte diesen Vorschlag entschieden. Ganz sicher würde es ihr in der Kutsche gelingen, herauszubekommen, was Anne bei Reimarus wollte. Immerhin war er ein renommierter Arzt, womöglich war sie schwanger. Das wäre wirklich eine Neuigkeit, die für den überstürzten Aufbruch entschädigte, denn darauf wartete, mehr als zwei Jahre nach der Hochzeit, die ganze Stadt.

Carlino hatte sie darüber ganz vergessen. Den fand Blohm verlassen auf dem Sessel, und wenn der Mops nicht gerade begonnen hätte, heftig zu schnarchen, hätte auch er ihn übersehen. So wurde Carlino ziemlich unsanft in die gerade abfahrende Kutsche gereicht, und Blohm war wieder einmal froh, daß sein Herr damals doch noch klug geworden war und Madame Agnes nicht geheiratet hatte.

DIENSTAG, DEN 6. OKTOBER,
NACHTS

«Pssst!» Rosina beugte sich hastig vor und legte Loretta eine Hand auf den Mund. «Nicht so laut», flüsterte sie, «du bist hier nicht auf der Bühne. Es reicht doch, wenn ich dich verstehe.»

Loretta hob entschuldigend die Hände, und Rosina gab ihren Mund wieder frei. «Die Krögerin hat es vorhin ganz ernst gemeint: Noch einmal so ein Lärm, und du mußt deinen Reisekorb packen und woanders unterschlüpfen.»

Loretta verdrehte ungeduldig die Augen und seufzte: «Ich versuche es ja, aber diese Szene ist so erregend, da vergesse ich einfach, daß ich nur flüstern darf. Bedenke doch: Florinde hat ihren Liebsten verloren, sie hält ihn für tot und glaubt, daß sie ihn nie mehr wiedersehen wird. Und da soll sie flüstern?»

Sie warf das Textheft auf den Tisch und ließ sich auf ihr Bett fallen. «Wie soll ich bis übermorgen den ganzen Text können, wenn ich nur in der Nacht Zeit zum Lernen habe und dann auch noch flüstern muß? Nicht nur der Text muß gelernt werden, auch die Bewegungen, der Ausdruck der Gefühle. Da kann man nicht ständig bedenken, ob Madame Krögers Schlaf gestört wird.»

Rosina schwieg. Sie verstand Loretta nur zu gut. In eine Rolle zu schlüpfen und gleichzeitig darauf zu achten, niemanden zu stören, war wie ein Salto vorwärts und rückwärts zugleich. Aber es nützte nichts. Es hatte sie genug Mühe gekostet, die Wirtin nicht nur zu überreden, Loretta als zweite Mieterin in ihr Zimmer aufzunehmen, sondern auch mit der üblichen Vorauszahlung eine Woche zu warten. Dann, hatte Loretta beteuert, sei ihr kleiner finanzieller Engpaß vorbei. Rosina hatte für sie gebürgt und nicht gefragt, was in einer Woche geschehen sollte. Wahrscheinlich hatte Monsieur Seyler dann genug Geld aufgetrieben, um die überfälligen Gagen zu bezahlen. Jedenfalls hoffte sie das. Auch ihr Geldbeutel war inzwischen so gut wie leer.

Bis vor drei Tagen hatte Loretta in einem Zimmer hinter dem Kalkhof gewohnt. Natürlich war es ärgerlich, daß die Wirtin sie so plötzlich vor die Tür gesetzt hatte, aber das Zimmer, erzählte sie Rosina, war sowieso eine Schande. Was half die hübscheste Aussicht auf die Alster und über die Brücke beim Lombardhaus, wenn die Wände feucht und die Fenster so undicht waren, daß die Gardine beim kleinsten Wind quer im Zimmer stand? Aber es war eine Frechheit, sie hinauszuwerfen, nur weil Lukas am Abend zuvor in ihrem Zimmer gewesen war, und selbstverständlich hatte sie nicht vorgehabt, ihn die ganze Nacht – das war ja absurd. Als ob sie nicht ihrem guten Ruf verpflichtet wäre. Aber wo sollte man denn private Dinge besprechen, wenn es draußen ständig stürmte und regnete?

Rosina fielen dazu eine ganze Reihe von honorigen Wirtshäusern ein, die auch für Lorettas Ruf nicht von Nachteil gewesen wären, der *Bremer Schlüssel* zum Beispiel, aber das tat nun nichts zur Sache. Sie mochte Loretta, wie sie war, vielleicht, weil sie in ihrer Quirligkeit, ihrem Witz und ihrem Hang zum Melodram bei jeder Gelegenheit an Jean, den Prinzipal der Beckerschen Komödiantengesellschaft, erinnerte. Loretta war ihr von der ersten Begegnung an vertraut erschienen. Sie mischte zwar munter und mit offensichtlichem Genuß in den ewigen Streitereien im Theater am Gänsemarkt mit, aber wenn sie sich auch auf die Finessen des Konkurrierens gut verstand, kämpfte sie doch immer mit offenem Visier. Jedenfalls fast immer, und in Rosina, dem neuesten Mitglied im Ensemble, sah sie eher eine Verbündete als eine Konkurrentin.

Daß allerdings Madame Hensel Mademoiselle Grelots Konkurrenz zu Recht fürchtete, hatte Rosina in den letzten beiden Stunden erfahren. Gewiß war Lorettas Talent eine übergroße Gabe der Natur. Doch auch wenn sie in den letzten Monaten nur kleine Rollen spielen durfte, hatte sie doch bei jeder Vorstellung in den Kulissen gestanden, den Großen ihrer Profession zugesehen und diese Abende als Lehrzeit gut genutzt.

Rosina trat ans Fenster, schob den Vorhang ein wenig zur Seite und sah über den Hof hinunter auf die Straße. Die Fuhlentwiete lag schon seit Stunden im Dunkel, gerade kam der halbvolle Mond hinter einer dunklen Wolkenwand hervor und malte scharfe Schatten. Die Neustadt schlief. Hinter keinem der vielen Fenster flackerte noch eine Kerze. Nur eine weißgefleckte Katze schlich über das hölzerne Schindeldach des Schuppens neben der Bürstenbinderei. Ein vergessenes Stück Sackleinen, was sonst konnte es sein, bewegte sich für einen Moment im Nachtwind wie eine menschliche Gestalt. Rosina fröstelte und zog ihr wollenes Schultertuch fester, aber sie war nur müde, dagegen half auch ein Tuch nicht.

«Komm», sagte sie leise, nahm das Textheft und hielt es der Freundin auffordernd entgegen, «noch einmal die letzte Szene, dann löschen wir die Kerze. Und morgen bitten wir Monsieur Löwen, ob wir nach der Vorstellung noch ein oder zwei Stunden in der Garderobe üben dürfen, wenn wir ihm die Kerzen bezahlen. Dann bist du bis zur Probe am nächsten Tag gut vorbereitet.»

Loretta schüttelte den Kopf. «Jetzt geht es nicht mehr. Der Schwung ist weg. Und du hast ja recht, ich darf die Krögerin nicht verärgern. Wenn meine Stimme sie ein zweites Mal weckt, setzt sie womöglich nicht nur mich, sondern auch dich auf die Straße.» Sie setzte sich auf und begann Nadeln und Bänder aus ihrem Haar zu lösen. «Damals in Straßburg», murmelte sie, «habe ich mir das doch etwas anders vorgestellt.»

Rosina war schon sehr schläfrig gewesen, doch nun wurde sie wieder hellwach. Straßburg? Das war genau der richtige Moment.

«Straßburg?» fragte sie. «Bist du dort geboren?»

Loretta schwieg und sah auf das Band aus weißem Samt, das über ihren gespreizten Fingern zu einer glatten Rolle wurde. «Nein», sagte sie dann. «Aber ich habe dort gelebt. Eine Weile.» Sie lachte leise. «Eine schöne Weile. Zu Anfang. Dann war es nicht mehr so schön, und ich bin gegangen.»

Sie sah Rosina an, nachdenklich, abwägend, und schließlich lösten die vertrauten Grübchen die ungewohnte Strenge in ihrem Gesicht wieder auf. «Ich weiß nichts von dir, Rosina», sagte sie, «ich weiß nicht, woher du kommst, wer dich Französisch und all die vielen Dinge gelehrt hat, die du weißt. Und die feinen Manieren, die dich von den meisten von uns unterscheiden. Oh, wir haben alle feine Manieren, aber wir haben sie gelernt wie eine Rolle, und wir vergessen sie oft. Bei dir ist das anders, bei dir sind sie so natürlich wie das Atmen.»

Rosina hörte verblüfft zu. Sie hatte diesen Unterschied

nie bemerkt, und sie glaubte auch nicht, daß er tatsächlich existierte. Daß sie sich am Hamburger Theater so fremd fühlte, hatte andere Gründe: In der Beckerschen Gesellschaft, bei Helena, Jean, Rudolf und Gesine, bei Sebastian, Titus und den Kindern hatte sie sich gefühlt wie in einer Familie. Es hatte auch dort Streit gegeben, sogar heftigen, aber doch nicht diese Fremdheit, die sie in den letzten Wochen erlebte, diese Mauer, die sie verletzte und einsam machte. Alle, die bei den Beckerschen auf der Bühne standen, waren unter dem Theaterkarren geboren worden, alle, außer ihr und Sebastian, und doch war sie ganz eine von ihnen gewesen.

«Wir machen einen Handel, Rosina», fuhr Loretta leise fort. «Heute nacht erzähle ich dir meine Geschichte, und morgen nacht höre ich deine.»

Rosina schluckte. Nicht einmal Helena, der sie so nahe stand wie sonst niemandem, kannte ihre ganze Vergangenheit. Aber bevor sie überlegen konnte, ob sie bereit war, Loretta zu vertrauen, begann die schon zu erzählen.

«Es fing an, als ich fünfzehn und ein Niemand war. Lore Gürlich, ein Küchenmädchen. Ich verstand kein Wort Französisch, und in Frankreich war ich auch niemals gewesen. Aber ich war hübsch und auch geschickt, und wenn viele Gäste da waren, durfte ich bei Tisch bedienen. Darauf war ich stolz, ich liebte den Rock aus dunkelblauem Kattun und die feine weiße Schürze, die sie mir dafür gegeben hatten. Sie luden häufig Gäste ein, nicht nur aus unserer Gegend, es kamen auch Franzosen und Italiener, auch Engländer, und einmal war sogar ein Mann aus St. Petersburg da, der trotzdem sehr gut unsere Sprache sprach. Um es kurz zu machen, sonst schläfst du mir noch ein: An einem Abend war unter ihnen ein junger Kaufmann aus Frankreich, aus dem Elsaß, unterwegs in irgendwelchen

Geschäften in England und nun auf der Heimreise. Der Sohn meines Herrn war sein Freund von ihren Studien auf der Universität Leiden, und so ruhte er sich einige Tage im Haus meiner Herrschaft aus, bevor er sich auf die letzte Etappe, den Rhein hinunter, machte. Und», sie kicherte zufrieden, «er verliebte sich in dieses fünfzehnjährige Ding, das mit vor Anstrengung rotem Kopf Schüsseln aus der Küche ins Speisezimmer schleppte. Vielleicht mochte er mein Haar, so ein glänzenes Kupfer ist selbst da, wo ich herkomme, selten. Und ich – nun, ich wollte es kurz machen –, ich sah seine Blicke. Er hatte die schönsten schwarzen Augen, die ich je gesehen habe, und bis zu diesem Abend hatte mich niemals jemand so angesehen. Als er abreiste, reiste ich mit ihm. Nein, nein, ich bin nicht davongelaufen, das hätte ich mich niemals getraut. Damals noch nicht. Wer weiß, welchen Handel sie geschlossen haben, aber am Tag vor seiner Abreise rief mich Madame in ihr Zimmer und sagte mir, er wolle mich mitnehmen. Ich solle nicht dumm sein und mich sträuben, er werde gut für mich sorgen, und später, dann werde man schon sehen, er sei ein Ehrenmann, ich würde schon nicht auf der Straße enden. Meine Eltern seien bereit, mich gehen zu lassen, wenn man sie gut entschädigte, und das habe sie schon getan. Meine Eltern, das wußte ich, würden sich keine Gedanken um mich machen, das hatten sie nie getan. So wie ich mir seither auch keine Gedanken mehr um sie mache.»

«Und du gingst mit ihm? Gleich am nächsten Tag?»

«Natürlich. Selbst wenn ich eine Wahl gehabt hätte, wäre ich mit ihm gegangen. Nicht nur wegen seiner Augen. Er war gekleidet wie ein Prinz, duftete wie ein Rosengarten, und seine Pferde – du hättest seine Pferde sehen sollen. Ich war ja noch sehr dumm, und außerdem: Was ich zurückließ, war nicht gerade der Himmel.»

Es sei eine lange Reise gewesen, berichtete Loretta, aber schließlich waren sie am Ziel, einem Haus in den Wäldern nahe von Straßburg. Nicht gerade ein Schloß, aber ein komfortables Jagdhaus mit einem großen Garten. Sie hatte nun eine Zofe, ein Kind noch, aber doch recht putzig und sehr geschickt, es gab eine Köchin, zwei Mädchen und einen alten Mann, Philippe, der dem Haus vorstand. Sie hatte zwar gedacht, sie werde mit ihrem neuen Herrn in Straßburg leben, er hatte ihr so viel davon erzählt, von den Theatern, den Konzerten, den Kaffeehäusern und Gesellschaften, auch von der prächtigen Kathedrale, deren Turm höher war als die aller anderen Kirchen. Doch sie begriff schnell, daß er ein Mädchen wie sie, ein Geschenk aus der Küche einer befreundeten Familie, nicht in seine feine Gesellschaft mitnehmen konnte. Sie beschloß, sich zu gedulden und einstweilen glücklich zu sein, wenn er bei ihr war. Und sie war klug genug, sich an all den anderen Tagen nicht zu Tode zu langweilen oder mit Schokolade zu betäuben, sondern Philippe davon zu überzeugen, daß sie nicht so dumm war, wie er dachte. So brachte er ihr alles bei, was eine Dame wissen und können muß.

«Tatsächlich ist das ja nicht sehr viel, und ich lerne schnell. Nur mit dem Spinett wollte es nicht klappen. Meine Hände», sie sah auf ihre kräftigen, stets etwas geröteten Finger und verbarg sie schnell in ihren Röcken, «meine Hände waren geschickt mit Schüsseln, Töpfen und Wassereimern, auch in einigen anderen Dingen, von der eine Dame ganz bestimmt nichts wissen sollte, aber seit einem besonders kalten Winter waren sie nicht mehr geschmeidig genug für die Tasten. Und mein Gesang klang schon immer so zierlich wie der einer Krähe.»

Rosina hatte gespannt zugehört, diese Geschichte war so ganz anders als ihre. Aber auch wenn Lorettas Stimme, wie versprochen sehr leise, sie immer schläfriger machte, wollte sie auch das Ende hören. Und Antworten auf all die Fragen, die Loretta noch offengelassen hatte.

«Aber warum bist du dort weggegangen? Hat er dich weggeschickt?» fragte sie.

Loretta schüttelte trotzig den Kopf. «Nein, er hat mich nicht weggeschickt. Ich bin einfach gegangen. Nun gut, wahrscheinlich hätte er es bald getan. Ich ging, als er immer seltener kam. Er war noch freundlich, auch gefiel ihm mein Körper noch gut, aber seine Augen blickten mich anders an, und in der Küche sprach man darüber, wie lange es noch dauern würde, bis eine andere einzog. Ich war nicht die erste, die er hier versteckte, und die, die vor mir da war, hatte er an einen anderen weitergereicht. Es hieß, er habe sie gegen zwei Schimmel aus der Camargue getauscht, was ein stolzer Preis war, aber dem Mädchen trotzdem kaum gefallen haben wird. Mir jedenfalls hätte es nicht gefallen!

Aber ich will nicht klagen. Er hat mich aus dieser Küchenfron geholt, und ohne ihn hätte ich nie all das gelernt, was Philippe mich in den beiden Sommern und dem langen Winter lehrte. Kurz und gut, als der zweite Sommer zu Ende ging, als er fast einen Monat nicht bei mir gewesen war, packte ich ein Bündel, gerade so schwer, daß ich es tragen konnte. Du kannst mir glauben, es war die schwerste Entscheidung meines Lebens, all die Fächer, Schuhe und Spitzen und bis auf eines auch die schönen Kleider zurückzulassen, nur um einige baumwollene Röcke und Mieder einzupacken, die für meine Pläne nützlicher waren.»

«Das war tapfer von dir», murmelte Rosina schläfrig. «Du warst doch fremd dort. Wohin wolltest du gehen? Und gewiß hattest du kein Geld.»

«Ich wollte nach Paris. Zum Theater. Als ich noch Asche kratzte und Töpfe scheuerte, schickten sie mich manchmal auf den Markt, wenn die Köchin etwas vergessen hatte. An einem Tag, es war Frühsommer, ich weiß es noch genau, die Luft war wie Samt, und alle Menschen schienen vergnügt zu sein, waren Komödianten auf dem Markt. Ich traf zwei Freundinnen, und gemeinsam waren wir mutig genug, unsere Aufträge für eine Stunde zu vergessen, und krochen durch die Menge, die sich schon vor der hölzernen Bühne drängte. Ich muß nicht erzählen, wie wunderbar sie mir in ihren bunten Kleidern und seltsamen Gesten erschienen. Sie machten auch Musik mit einer Flöte und einer Violine, und einer von ihnen, ein Starker Mann, der stemmte ein altes Kanonenrohr, auf dem saß noch eine dicke Frau und sang. Sie sang scheußlich, aber es war ein ungeheures Spektakel und für uns so wunderbar wie nichts, was wir je gesehen hatten. Seither träumten wir nicht mehr, ein schöner, reicher Mann werde uns aus unseren Küchen holen, seither träumten wir vom Leben auf einer solchen Bühne. Und natürlich vom Applaus. Als mir später der alte Philippe von Theatern in Paris erzählte, geöffnet für alle Bürger und doch groß und schön wie ein königlicher Tanzsaal, stand mein Ziel fest. Ich war auch gut vorbereitet, meine Lehrbücher für das Französische waren Schauspiele von Molière und anderen Dichtern. Philippe kannte seinen Herrn. Vielleicht wollte er mir mit dem, was ich dumme Gans für meine Vorbereitung auf die feine Gesellschaft hielt, von Anfang an einen Weg zeigen, meinen Lebensunterhalt an einem anderen Ort als in einem Bordell zu verdienen. Er gab mir auch ein wenig Geld, Gott segne ihn. Er ertappte mich, als ich mein Bündel packte, und hielt mich nicht auf, was ihm gewiß großen Ärger mit seinem Herrn eingebracht hat.»

Am nächsten Morgen, zwei Stunden vor Sonnenaufgang, hatte sie sich durch den dichten Park davongeschlichen. Sie hatte Angst, fast mehr vor der Dunkelheit und den Tieren als vor der Fremde, vor dem Abenteuer, in das sie sich begab. Und zugleich zitterte sie, weil die Lust der Freiheit, das eigene Leben zu beginnen, Träumen nicht mehr nachzujagen, sondern sie endlich einzuholen, noch größer war als die Angst.

«Ich beschloß, nun nicht mehr Lore Gürlich zu sein, sondern Loretta Grelot. Ich machte den Kosenamen, den er mir gegeben hatte, weil mein Lachen in seinen Ohren wie ein munteres Glöckchen klang, zu meinem Namen. Später», sagte sie nach einer kleinen Atempause, «als das Geld verbraucht und ich weit genug weg von Straßburg war, habe ich die Sachen verkauft. Zuerst für einen Paß, dann für das, was ich zum Leben brauchte.»

Sie sprach nicht weiter. Sie sah wieder auf ihre Hände und wartete auf Rosinas Frage.

Aber Rosina fragte nicht, dazu war sie viel zu müde. Sie war schon fast eingeschlafen, als Loretta erzählte, daß sie außer ein paar praktischen Kleidern und einem schönen auch die silbernen Leuchter aus ihrem Schlafzimmer, ein Halsband aus Perlen und Amethysten, ein Armband und zwei goldene Ringe mit Steinen, deren Namen sie nicht kannte, die aber gutes Geld brachten, und eine Tabatière aus hauchfeinem chinesischem Porzellan mitgenommen hatte. Ein kleiner Lohn für fast zwei Jahre Liebesdienst, fand Loretta, aber sie wußte, daß ihr Geliebter anderer Meinung sein würde. Denn sie hatte in dieser Zeit auch gelernt, daß reiche Männer ganz anders dachten als arme Mädchen.

In dieser Nacht kehrte der Sturm noch einmal nach Hamburg zurück. Gegen Morgen, wenn der Wind sich doch gewöhnlich zur Ruhe begibt, begann er an Dächern und Türen zu rütteln, er pfiff durch die engen Straßen und heulte in den Höfen. Er kräuselte das Wasser auf den Flüssen und Fleeten, trieb es mit der auflaufenden Flut an niedrigen Stellen über die Ufer und in die Keller. Als hinter St. Georg der Himmel hell wurde, erwachte Rosina. Das Hoftor, dachte sie, das Hoftor ist zugeschlagen. Aber bevor sie darüber nachdenken konnte, wer es denn zuvor geöffnet oder ob es sich bloß losgerissen hatte, war sie schon wieder eingeschlafen.

3. KAPITEL

MITTWOCH, DEN 7. OKTOBER,
VORMITTAGS

Als Rosina erwachte, war das zweite Bett in ihrer Kammer leer. Schon auf der Treppe hörte sie Lorettas munter plaudernde Stimme und fand in der Küche ein Bild ungewohnter neuer Eintracht. Die Krögerin saß auf einem Schemel am Tisch nahe dem Fenster, eine Hand fest um einen Milchbecher, die andere in Lorettas Hand. Ein blasser Sonnenstrahl fiel durch das Fenster direkt auf die beiden Köpfe, den roten, nur flüchtig frisierten und den graublonden unter der adrett weißen Haube. Sie beachteten Rosina nicht, sie waren viel zu vertieft in die Zukunft der Wirtin, der Loretta aus der Hand las.

«Und dann», sagte sie gerade, «gebt gut acht auf Euer Vermögen. Auch wenn ein Herr noch so stattlich und sein Garten noch so groß ist, wenn seine Worte noch so süß klingen, eine vernünftige Frau bleibt immer mißtrauisch und achtet auf einen guten Ehevertrag.»

«Ehevertrag!» Die Krögerin kicherte. «Woran Ihr nur denkt.»

Rosina kannte die Krögerin schon seit einigen Jahren, immer wenn sie mit der Beckerschen Gesellschaft in Hamburg gewesen war, hatten sie bei ihr Zimmer gemietet, aber sie hatte sie noch nie auf diese Weise kichern gehört.

Sie sah die beiden Frauen, von denen die eine die andere noch vor wenigen Stunden vor die Tür setzen wollte, und mußte Loretta bewundern. Welche Rolle sie diesmal auch eingesetzt haben mochte, sie war ein großer Erfolg. Die Krögerin tätschelte Lorettas Hand wie die einer vertrauten Freundin, füllte frische Milch in ihre Becher und betrachtete noch einmal die Linien in ihrer molligen Hand.

«Wie klug Ihr darin zu lesen wißt», seufzte sie. «Ihr versteht Euch auf die menschliche Seele, man merkt doch gleich, daß Ihr eine Französin seid.»

«Merci.» Loretta neigte bescheiden den Kopf. «Doch es liegt an Euren Händen, sie sind ungewöhnlich beredt.»

So ging es eine Weile artig hin und her, und Rosina, die darauf brannte, sich für ihr plötzliches Einschlafen zu entschuldigen, vor allem aber noch viele Fragen stellen wollte, kaute unruhig an einer dicken Scheibe Roggenbrot. Natürlich war sie froh, daß es Loretta gelungen war, die Krögerin versöhnlich zu stimmen, aber mußte sie dazu ausgerechnet ein so trügerisches Mittel wie das Handlesen wählen? Sie hoffte, daß Loretta die Erfüllung ihrer Weissagungen recht weit in die Zukunft verlegt hatte.

Wenig später machten die beiden sich auf den Weg zum Theater. Der Morgensturm hatte die letzten Wolken davongefegt, in den Straßen versickerte schon das Wasser, und die Sonne schien so warm, als stünde der Winter noch lange nicht bevor.

«Wo hast du das gelernt? Auch bei Philippe?»

«Was? Das Handlesen? Das kannst du auch, du brauchst nur ein wenig Phantasie, und was Madame Kröger sich wünscht, ist nicht schwer herauszubekommen. Was denkst du? Ich lese auf deiner Stirn das Wort Betrug.»

«Das ist ein starkes Wort», sagte Rosina und erinnerte sich daran, wie die alte Lies der Krögerin früher aus dem

Kaffeesatz gelesen hatte. Aber bei Lies war sie immer sicher gewesen, daß ihre seltsame Deuterei ein ernstes Geschäft war. Loretta schien nichts ernst zu sein. Außer ihre Lust am Spiel.

«Betrug! Was sagte doch Chevalier Riccaud de la Marliniere, du weißt schon, der nicht ganz ehrenwerte, aber doch äußerst charmante französische Graf in Monsieur Lessings neuem Stück? *Corriger la fortune*, sagte er zu dem, was du Betrug nennst. Das hat mir an der ganzen Komödie am besten gefallen. Ich habe dem Glück auch nur ein wenig nachgeholfen. Na und? Alle sind zufrieden, und die Krögerin wird zukünftig schönere Träume und mit mir mehr Geduld haben.»

Dagegen gab es kein Argument.

Es war nicht weit bis zum Theater, nur die Fuhlentwiete hinauf, durch die enge ABC-Straße und über den Gänsemarkt. Die Glocke in dem kleinen, hölzernen Turm gegenüber dem Wachhaus am Rande des Marktes schlug gerade zehn. Es gab mehrere dieser seltsamen kleinen Glockentürme in der Neustadt. Solange die neue Michaeliskirche – die alte war vom Blitz getroffen worden und niedergebrannt – noch keinen Turm hatte, zeigten sie den Neustädtern die Zeit und auch Gefahren an.

Das vordere Tor des Theaters stand weit offen, schon im Vorraum hörten sie Stimmen. Eigentlich war es eine Stimme, die zweite sagte nur hin und wieder Worte wie «gewiß, aber, leider, bedenkt» oder «auf keinen Fall». Zwei Männer standen auf der Bühne: Der eine war Löwen, sein weinroter Rock war staubig, und am linken Ärmel drang durch einen langen Riß das silbrige Futter durch den Stoff. Der andere, ein kleiner, dicker Mann im dunkelblauen, nicht minder staubigen Uniformrock der Wedde, stand vor ihm, den Kopf zur Seite geneigt. Sein rundes Gesicht zeigte den üblichen bedauernden Ausdruck, und wer ihn nicht kannte, hätte dahinter nie die Wachsamkeit und Beharrlichkeit vermutet, die ihn zu einem der besten Weddemeister der Stadt machte.

«Leider», sagte er nun wieder, «leider muß ich darauf bestehen. Der Baumeister wird in einer Stunde hier sein und Eure Bühne mit dem Auge des Fachmanns untersuchen. Ich kann nicht versprechen, daß Ihr heute abend die angekündigte Komödie geben dürft.»

«Aber das ist Unsinn. Wir dulden in diesem Haus nicht die kleinste Nachlässigkeit. Ich habe Euch doch gerade überall herumgeführt und gezeigt, daß wir die ganze Maschinerie mit neuen Seilen versehen haben. Die Vorstellung konnte gestern deshalb erst eine Stunde später anfangen, und ich kann Euch versichern, daß unser Publikum darüber sehr empört war. Was sollen wir heute abend tun? Die Leute gar nicht erst hereinlassen und nach Hause schicken? Wer ersetzt mir den Ausfall?»

Weddemeister Wagner nickte geduldig, als habe er ein eigensinniges Kind vor sich. «Gewiß. Wie ich Euch schon mehrfach versichert habe, verstehe ich Euer Problem. Aber leider, es gab Hinweise, daß Eure Maschinerie nicht sicher ist …»

«Aber das ist ganz unmöglich. Die letzte Prüfung ist erst wenige Monate her.»

«Das mag sein, aber Sicherheit ist der Baudeputation das oberste Gebot. Ihr werdet doch nicht wollen, daß es während der Vorstellung einen Unfall gibt? Oder daß der große Kronleuchter Eurem Publikum auf die Köpfe fällt?»

«Von wem kamen denn diese Hinweise?»

Loretta und Rosina waren, von den beiden Männern unbemerkt, auf die Bühne gestiegen, und Loretta, bis vor einer Minute noch vergnügt wie ein Pirol im Frühling, blickte den Weddemeister an, als habe er ihr eine ganze Flasche Wasser aus Köln gestohlen.

«Das tut nichts zur Sache, Mademoiselle, es ist, nun ja, gemeldet worden.»

«Aber es ist nie etwas passiert», rief Löwen. «Ein Theater ist nun mal kein Salon. Hier gibt es Apparaturen, Seile, Winden, Versenkungen. Doch wie Ihr Euch selbst überzeugen konntet, haben wir keine Probleme. Wir haben sogar erst vor zwei Wochen einen Gehilfen unseres Maschinenmeisters entlassen, nur weil er bei einer Probe die Seilzüge falsch bedient hat. Nicht weil dabei etwas passiert *ist*, sondern allein, weil etwas hätte geschehen *können*. So wichtig ist *uns* die Sicherheit, schließlich sind es zuallererst unsere eigenen Köpfe, auf die etwas fallen ...»

«Leider ...» Auch Wagners Geduld war nicht unerschöpflich. Er blickte Löwen nun streng und äußerst amtlich an. «Wie ich schon sagte, der Baumeister wird bald hier sein, und Ihr werdet ihm Zugang zu allen Räumen und Böden gewähren. Sonst muß ich Euer Theater schließen, und zwar gleich jetzt. Guten Morgen, Mademoiselle Rosina», er hatte sie hinter Loretta im dämmerigen Licht entdeckt und neigte grüßend den Kopf, als sei Löwen plötzlich gar nicht mehr da. «Man sieht Euch nie auf der Bühne, ich hoffe, es geht Euch trotzdem gut.»

Löwen brauchte einen Moment, bis er begriff, daß der Weddemeister eine seiner Schauspielerinnen begrüßte wie eine alte Freundin. Aber da hatte Wagner sich ihm schon wieder zugewandt und bat, ihn nun endlich ins Direktionsbureau zu führen, damit man einen Plan für die Untersuchung aufstellen könne. Die beiden Männer verschwanden. Löwen voraus in großen Schritten, Wagner hinter ihm in kleinen, aber um so eiligeren.

Rosina sah Loretta an und lachte laut. «Du siehst aus,

als sei da wieder einer, der dir eine Rolle stehlen wolle. Wagner sitzt zwar oft auf der Galerie, aber zur Bühne drängt ihn nichts, wirklich gar nichts. Warum bist du so böse auf ihn?»

«Weil er das Theater schließen will natürlich, gerade einen Tag bevor ich endlich meine große Rolle spiele. Aber wieso, um Himmels willen, kennst du jemanden von der Wedde?»

Rosina zuckte die Achseln. «Das ist kein Geheimnis, die ganze Stadt weiß es. Außer dir. Im letzten Jahr habe ich ihm geholfen, ein Problem zu lösen. Sieh mich nicht so mißtrauisch an, ich bin keine Spionin fürs Rathaus, es hatte sich nur so ergeben. Aber wir haben doch einen Handel, Loretta. Gestern deine Geschichte, heute abend meine. Und jetzt habe ich noch ein paar Fragen.»

Aber Rosina kam nicht zu ihren Fragen. In der Garderobe saß schon Mareike, Madame Hensels Garderobiere, und nähte schwarze Litzen auf ein Kleid mit besonders weit ausladenden Röcken aus silbergrauer Seide, das ihre Herrin heute abend tragen wollte. Es würde eine Komödie geben, *Das Gespenst mit der Trommel*, die Madame sehr mochte, weil sie darin zwar eine Witwe spielte, aber doch eine schöne, junge, die zudem von mehreren Herren umworben wurde und zum Schluß den besten bekam. Wie es sich in einer ordentlichen Komödie gehörte.

«Heute abend», flüsterte Loretta. Während Rosina begann, die Kostüme für die Probe vorzubereiten, verschwand sie, um in einer der oberen Logen ungestört ihren Text zu lernen.

Ob die Probe stattfinden würde, war ohnehin fraglich. Inzwischen war der Baumeister eingetroffen, und wenn Löwen den Weddemeister schon unfreundlich gefunden hatte, fand er den Baumeister geradezu ungehobelt.

MITTWOCH, DEN 7. OKTOBER, NACHMITTAGS

Der Baumeister hatte sich redlich bemüht, aber dennoch keinen Grund gefunden, das Theater zu schließen. Die Vorstellung würde stattfinden. Rosina stand am Rande des Proszeniums neben einer der beiden hoch aufragenden Säulen, die die Bühne flankierten, und sah hinunter in den weiten Zuschauerraum. Sie liebte diese Stunde, bevor der Vorhang sich hob. Nichts kam ihr gleich, außer vielleicht das Gefühl taufrischer Liebe. Das ganze Theater schien zu vibrieren, und niemand, der daran teilhatte, konnte sich dem entziehen. Nicht nur die Schauspieler spürten das Prickeln aus Angst und Lust. Es erfaßte den Lampenputzer wie die Garderobiere, die Luftspringer und den neuen Tanzmeister wie die Billettverkäuferin, die Theatermaschinisten, die zum fünften Male prüften, ob die Windmaschine den richtigen Ton traf, den Kulissenmaler, der mit tropfendem Pinsel schnell noch die auf Leinwand gezauberte Ruine oder einen Wald ausbesserte. Sogar die Männer an der Feuerspritze, die doch gar nicht zum Theater gehörten, sondern nur zur Sicherheit und auf Befehl des Rates in den Kulissen standen, konnten sich nicht gegen das seltsame Fieber wehren.

Nur im Orchester schien es heute nicht zu wirken. Die Senke zwischen Parkett und Bühne war noch fast leer, die Notenpulte und Hocker standen unordentlich herum. Auf einem saß ein dicker Mann – Rosina war es noch nicht gelungen, auch nur die Hälfte der Namen all der vielen Menschen, die zu diesem Theater gehörten, zu behalten – und polierte mit einem großen Seidentuch bedächtig sein Waldhorn. Seine Perücke hatte er unter den Hocker geschoben, sie würde ihn später noch lange genug zum Schwitzen bringen. Auf einem anderen hockte ein Fagottist und prüfte das Mundstück seines Instrumentes, um es schließlich gegen ein neues auszutauschen. Das Cembalo verbarg sich noch unter einer großen Decke aus rotem Damast. Einige der Musiker hatte Rosina in der kleinen Schankstube gesehen, die am hinteren Teil des Theaters angebaut war, aber Löwen würde sie schon bald auf ihre Plätze jagen. Wie lange war es her, daß sie ihre Flöte aus dem schwarzpolierten hölzernen Kasten genommen hatte? Seit sie in Hamburg war, blieb der meistens in einem Korb unter ihrem Bett.

Noch eine halbe Stunde, dann würde das große vordere Tor geöffnet werden und das Publikum hereinströmen, lachend und plaudernd nach den richtigen Plätzen suchen, bis das Vibrieren im Zuschauerraum genauso elektrisierend war wie die Unruhe hinter der Bühne.

Der große Kronleuchter über dem Parkett war schon hochgezogen, seine dreißig Kerzen gaben ein schimmerndes, mildes Licht. Die matten Öllampen in den Logen und die Kerzen an den Notenpulten würden die Lichtputzer entzünden, kurz bevor das Publikum eingelassen wurde, die an der Bühnenrampe und auf den Lichttürmen in den Kulissengassen, wenn das Orchester schon mit der Anfangssymphonie begann. Alles war genau geplant, wenn einer fehlte, drohte das Chaos.

Ein Bogen strich zart über die Saiten einer Violine, die hohen, süßen Töne klangen nicht aus dem Orchestergraben herauf, sondern aus den Kulissen. Rosina drehte sich nicht um, sie stand ganz still, atmete kaum und lauschte auf den Gesang des Instruments, ein Lied wie der Frühsommer, wie Lerchen und ein klarer, eiliger Bach. Mit einem letzten Bogenstrich, als lache die Violine spöttisch, bevor sie sich mit dem Wind davonmachte, endete das Spiel.

Nun drehte sie sich um, aber sie wußte schon, wer da hinter ihr in der ersten Kulissengasse stand. David Rhye, seinen Namen hatte sie gleich behalten, der neue Violinist aus dem englischen Bath.

«Mademoiselle.» Er neigte den Kopf und lächelte auf diese Weise, die sie nie gewiß sein ließ, ob er sie verspottete oder ob er einfach eine etwas zu große Portion höfischer Sitten aus dem vornehmen Badeort mitgebracht hatte.

«Euer Spiel ist wunderbar», sagte sie und hörte ihrer Stimme zu, als spiele sie Komödie.

«Das liegt an meinem Instrument. Es weiß immer, ob es sich lohnt, besonders schön zu singen.»

Rosina war froh, daß die Kerzen auf den Lichtbäumen hinter den Kulissen noch nicht brannten, es war wirklich völlig überflüssig, daß er ihr Erröten bemerkte. Obwohl es nichts Besonderes war, errötete sie nicht allzu leicht? Auch wenn sie nicht gerade dem Mann mit den schönsten, tatsächlich betörendsten Augen, in die sie je geblickt hatte, gegenüberstand? Sie wollte etwas sagen, etwas Heiteres, Spaßhaftes, so wie es Loretta immer tat, wenn ihr jemand Komplimente machte, aber ihr fiel nichts ein. Nicht ein Wort. Nur Flucht.

«Verzeiht», murmelte sie, «ich werde in der Garderobe erwartet ...» Und war schon über die Bühne gelaufen, am Prospekt, der Kulisse, die die hintere Bühnenwand darstellte, vorbei in den Flur geschlüpft und auf dem Weg zur Garderobe.

Sie war schnell gelaufen, jedenfalls klopfte ihr Herz, und für einen Moment blieb sie vor der Tür stehen und amtete tief. In der Garderobe der Frauen war es seltsam still. Im *Gespenst mit der Trommel* gab es nur zwei weibliche Rollen; die Tür zur Nachbargarderobe, dem Raum der Ballerinen, war zwar weit geöffnet, aber da das Ballett heute nur zum Abschluß des Abends auftreten würde, war erst eine der Tänzerinnen im Theater.

In der Garderobe bereiteten sich nur zwei Schauspielerinnen auf den Auftritt vor. Mademoiselle Schulz beugte sich nah zum Spiegel neben dem hinteren Fenster zum Hof. Sie bereitete ihr Gesicht auf ihre Rolle als ältliche, intrigante Haushofmeisterin vor und konzentrierte sich mit kritischem Blick auf ihr Spiegelbild. Wie eine Malerin, die auf einem gelungenen Porträt die letzten Schatten und Konturen verfeinert, ließ sie aus ihrem jungen Gesicht das einer alten Jungfer entstehen.

Madame Hensel saß auf einem Hocker vor ihrem Spiegel nahe dem vorderen Fenster. Sie war nicht nur nach ihrer eigenen Meinung, sondern tatsächlich die schönste des Ensembles. Ihr Gesicht, von Verehrern gern als göttlich bezeichnet, glich nicht dem Ideal der Porzellanfigurinen oder der rosig-koketten Damen, die Monsieur Boucher mit so großem Erfolg in Paris malte. Madame Hensel hatte wohl weiche Züge, aber die hohen Wangenknochen, die gerade Nase und die geschwungenen Brauen gaben ihr auch etwas Kühnes. Ihr Körper war trotz der schlanken Taille genau auf die Art füllig, die Männer so schätzten, allerdings einige Zoll zu groß für eine Frau, was ihr mehr Kummer bereitete, als sie zugab. Nicht zuletzt weil Monsieur Ekhof, unbestreitbar der bedeutendste deutsche Schauspieler und in vielen Stücken ihr Partner, ein wenig gebeugt und von äußerst schmaler Statur war.

Tief in Gedanken versunken, bemerkte sie Rosina nicht sofort und betrachtete weiter ihr Spiegelbild. Einen Moment lang sah Rosina so ein anderes Gesicht als die hochmütige Maske des Alltags oder die stets mit der Rolle wechselnden Mienen. Friederike Hensel war noch nicht geschminkt, und auch wenn sie erst im nächsten Jahr die Dreißig erreichte, begann ihre Haut schon zu welken. In den Augen lag ein dunkler Schimmer. Die große Madame Hensel, das sah Rosina ganz deutlich, hatte Angst. Loretta war nicht viele Jahre jünger, aber sie wirkte doch um ein ganzes Jahrzehnt frischer und aufreizender. Auch wenn ihre Kunst nie an die der Älteren heranreichen würde, der größere Teil des Publikums würde sie bald lauter beklatschen.

Plötzlich verstand Rosina die so eitel erscheinende Eifersucht. Noch einige Jahre, mit viel Glück und noch mehr Schminke und Puder noch ein paar mehr, und Madame Hensel würde nur noch die Rollen der braven Mütter, weisen Königinnen oder der mürrischen Alten bekommen. Auch darunter gab es fordernde Partien, aber doch immer nur kleine, und keine stellte die Heldin eines Stückes dar. Vielleicht bereitete es besonderes Vergnügen, ein altes Weib zu spielen, wenn man unter Maske und Kostüm jung genug für die jugendliche Liebhaberin war. Aber dem Publikum galt nur die strahlende junge Heldin, alle anderen waren Beiwerk, über das man sich lustig machen durfte.

Wenn eine von einer solchen Höhe stürzen konnte wie Madame Hensel, das erkannte Rosina in diesem kurzen Augenblick, mußte die Angst um so größer sein. Es ging ja nicht nur um den Verlust des Publikums und des Applauses. Es ging auch um Hunger und Not, die größte Demütigung, die einen Menschen treffen konnte und die die meisten Schauspieler und noch mehr Schauspielerinnen in ihren späten Jahren einholte.

Madame Hensel trug nur ihre weißen Unterkleider, Rosina sah einen großen rötlich-blauen Fleck auf ihrem rechten Oberarm und einen zweiten auf der Schulter. In diesem Augenblick entdeckte sie Rosina hinter sich im Spiegel, und ihr Gesicht wurde schlagartig wieder zur schönen Maske. Hastig griff sie zu einem Tiegel, zog den Glasstopfen heraus und begann mit konzentrierten, ruhigen Bewegungen, helle Schminke auf ihrem Gesicht zu verteilen. Rosina war fasziniert von dem raschen Wechsel des Ausdrucks und fühlte sich zugleich schuldig, als habe sie eine versteckte Schatulle geöffnet und ein Geheimnis entdeckt.

«Ich bin gestolpert», sagte Madame Hensel, «irgend jemand hat wohl etwas von dem Fett zum Abschminken auf den Boden fallen lassen.»

Sie hätte niemals zugegeben, daß die blauen Flecken ein Resultat ihrer unverzeihlichen Unbeherrschtheit waren, die sie dazu hingerissen hatte, ihren Schirm gegen diese intrigante kleine Kokotte zu erheben. Sie besah sich die Verfärbungen ihres oberen Armes und bewegte ihn vorsichtig. «Ich habe Glück gehabt, es ist nur eine kleine schmerzende Stelle.»

«Wenn Ihr mögt, kann ich Euren Arm mit der Ringelblumensalbe einreiben, die die Tänzerinnen benutzen, wenn ihre Gelenke schmerzen oder wenn eine bei den Proben gestürzt ist.»

Madame Hensel runzelte die Stirn und sah Rosina im Spiegel an, als mißtraue sie der Freundlichkeit des Angebots. Aber dann entspannte sich ihr Gesicht, und sie nickte.

«Ja. Das wäre sicher gut. Der Arm ist doch ein wenig steif, das wird mein Spiel behindern. Mareike wollte es tun, aber ich habe sie noch einmal zu der Handschuhmacherin am Schaarmarkt geschickt. Diese da», sie zeigte mit einer Kopfbewegung auf ein paar fliederfarbene Handschuhe auf ihrem Schminktisch, «sind viel zu grell für das graue Kostüm. Ja, wenn Ihr so freundlich sein wollt?»

Rosina holte den Tiegel aus der Garderobe des Balletts und begann sanft die fettige Salbe auf die verfärbte Haut zu streichen. Madame Hensel beobachtete sie im Spiegel, als sähe sie sie zum erstenmal. Ein hübsches Gesicht, nicht zu süß und nicht zu herb, trotz der schmalen Narbe, die über ihre linke Wange bis zum Kinn lief. Ihr Haar war beneidenswert, von einem warmen Honigton und dick genug, ihr den Ärger mit den ewig verrutschenden falschen Haarteilen zu ersparen.

Als Seyler auch diese junge Komödiantin von wer weiß woher an das Theater geholt hatte, war Madame Hensel mehr als verstimmt gewesen. Und nicht er, sondern Mareike hatte ihr zugeflüstert, daß Rosina zwar von einer unbedeutenden Gesellschaft komme, aber die besten Beziehungen zu einigen wichtigen Familien in der Stadt habe. Was seltsam sei bei einer Komödiantin, und man könne sich ja denken, welcher Art die Ursache dieser Beziehungen sei. Sie hatte gleich genickt, mit strengem Blick, aber jetzt dachte sie, daß sie vielleicht ein wenig schnell geurteilt hatte. Wohl waren stille Wasser tief, aber Rosina war ihr von Anfang an eher spröde als aufreizend erschienen, und auch wenn es hieß, sie verbringe ihre Sonntage im Gartenhaus der Familie Herrmanns, sprach sie selbst nie darüber. Dennoch, sie konnte nicht verstehen, warum eine unbedeutende Komödiantin diesen Vorzug genoß, während ihr selbst die Türen der großen Häuser verschlossen blieben. Und plötzlich spürte Madame Hensel, die sich nur selten für die Geschichte anderer interessierte, Neugier. Es war ein erstaunlich anregendes Gefühl.

«Wie lange seid Ihr jetzt bei uns, Rosina?»

«Fast vier Wochen.»

«Gefällt es Euch?»

«Es ist ein gutes Theater …»

«… aber Ihr habt es Euch anders vorgestellt?»

Rosina lächelte. «Ganz anders. Ich hatte nicht gedacht, daß ich so lange nicht auf der Bühne stehen würde. Ich war gewohnt, alle Tage auf der Bühne zu stehen, selbst wenn ich Fieber hatte. Bei uns gab es immer zu viele Rollen für zu wenige Komödianten.»

Madames Lippen wurden schmal, und sie nickte.

«Seyler hat die Besten engagiert, bis auf einige dumme Fehlentscheidungen natürlich, schon das sollte Euch stolz machen. Aber gewiß, das hilft wenig, wenn Ihr es nicht zeigen könnt. Es gibt immer, in allen Stücken, mehr Rollen für Männer als für uns. Er hat einfach zu viele engagiert, weil er anderen Bühnen keine guten Akteure lassen wollte. Alle sollten hier versammelt sein und das Theater groß und berühmt machen. Manchmal denke ich, sie wollen einfach einen üppigen Schwarm blühender Weiblichkeit um sich haben, die Herren Direktoren. Und wenn es dann Streit um die Rollen gibt, sagen sie, Frauen seien eben unverträglicher als Männer.»

Sie seufzte, und als bedauere sie diese Vertraulichkeit schon, entzog sie Rosina ihren Arm, murmelte ein flüchtiges «Danke, es ist nun gut» und wandte sich wieder ihrer Schminke zu. «Ich hoffe», fügte sie hinzu, «Mademoiselle Grelot wird heute pünktlich sein. Auch wenn sie morgen ihren großen Auftritt hat, muß sie doch heute noch die Souffleuse ersetzen. Wenn Claras Halsentzündung nicht bald geheilt ist, sollte Löwen sie nicht weiter beschäftigen. Eine Souffleuse, die ständig krächzt und von Zeit zu Zeit ihre Stimme gänzlich verliert, ist noch fataler als eine lahme Tänzerin.» Madame hatte zu dem vertrauten harten Ton zurückgefunden.

«Sie wird gleich kommen, ganz gewiß.» Rosina hoffte, daß sie überzeugter klang, als sie tatsächlich war. Loretta hätte längst dasein sollen, so spät wie heute war sie noch nie gewesen. Durch die Fenster drang nun kaum noch Tageslicht, und Rosina zündete alle Kerzen neben den Spiegeln an. Dabei fiel ihr Blick in den Hof, und sie sah, warum Loretta noch nicht in der Garderobe war. Die Frau im Hof war nur noch ein Schemen, aber Rosina war sich sicher, daß sie es war. Sie stand im Hof, ihr großes, dunkles Tuch fest um die Schultern geschlungen, und redete mit – ja, das mußte Lukas Blank sein. Der blaue Rock, den er stets trug, wenn er das Theater besuchte, leuchtete im Grau der Dämmerung, die alle blasseren Farben verschluckte und alle Konturen trügerisch machte. Und wieder beobachtete Rosina etwas, was sie nichts anging, was sie vielleicht auch nicht sehen sollte. Alle wußten, daß Lukas brennend in Loretta verliebt war und ihre Capricen ertrug wie ein gutmütiger Hund. Nun ergriff er ihre Hand, versuchte gar, sie zu umarmen, aber Loretta machte sich frei. Sie stieß ihn nicht zurück, das nicht, aber die Bewegungen ihrer Hände zeigten deutlich, daß sie eine Umarmung nicht dulden würde.

Armer Lukas. Gewiß glaubte jeder von Lorettas Verehrern, erfolgreicher als der vorherige zu sein. Aber Loretta spielte nur gern, sie ließ sich von keinem besitzen.

Rosina wandte sich energisch ab. Vielleicht machte sie ihm auch etwas anderes klar, es ging sie nichts an. Und wahrscheinlich würde Loretta ihr heute abend ganz von selbst und mit großem Vergnügen erzählen, welche Turbulenzen es mit dem Kattundrucker gegeben hatte. Ohne diese kleinen Abenteuer hätte Loretta sich zu Tode gelangweilt.

Da hörte sie schon den leichten, schnellen Schritt auf der Treppe, und ehe sie noch die Vorhänge zugezogen hatte, stand Loretta, ihr Schultertuch zu einem unordentlichen Knäuel gerafft, in der Garderobe. Sie brachte einen ganzen Schwall der frischen, schon nachtkühlen Luft aus dem Hof mit herauf, rief: *«Bonsoir, mes amies»*, obwohl außer Rosina keine Freundin im Raum war, und: «Wie wunderbar! Monsieur Seyler weiß für einen kleinen Streit groß zu trösten.»

Wenn man bedachte, daß der kleine Streit eher eine Schlägerei gewesen war, bei der Loretta eine Hauptrolle gespielt hatte, war ihre Unbefangenheit mehr als erstaunlich. Vielleicht hatte sie doch etwas mit ihrer größten Konkurrentin gemeinsam.

Tatsächlich stand auf Madame Hensels Schminktisch ein wunderbarer Strauß später weißer Rosen. Die warf nur einen kurzen, hochmütigen Blick auf das Bukett, berührte eine der schweren Blüten mit der Spitze ihres schwarzen Stiftes und konzentrierte sich wieder auf die Konturen ihrer Augenbrauen.

Sie würde sich eher eines dieser überflüssigen Schönheitspflästerchen mitten auf die Nase kleben, als ausgerechnet Mademoiselle Grelot mit ihrem fragwürdigen Akzent wissen zu lassen, daß diese Blumen nicht von Monsieur Seyler, sondern von Monsieur Lessing waren. Seyler zeigte sich immer mit Worten, selten mit Taten galant, so wie er erst heute morgen wieder beteuert hatte, dafür zu sorgen, daß ihre Stellung als Erste an diesem Haus unantastbar bleiben werde. Worte! Sie brauchte Taten! Daß nun ausgerechnet der Kritiker, den sie für ihren Feind hielt, diese Rosen schickte und auf einer Karte mit schwungvoller Schrift sein Bedauern über den erlittenen Schrecken kundtat – damit hatte sie niemals gerechnet.

Immerhin waren sie und ihr Schirm schuld an dem Schrecken gewesen. Vielleicht, dachte sie, war Lessing doch nicht der Banause, für den sie ihn hielt, sondern ein Mensch, der endlich erkannte, was man ihrer empfindsamen Seele hier antat. Und vielleicht war sie auch ein wenig zu streng gewesen, als sie erzwang, daß er in seinem Journal, dieser gewiß verdienstvollen, aber nicht gerade erfolgreichen «Hamburgischen Dramaturgie», nur noch die Stücke, aber nicht mehr die Schauspieler und vor allem die Schauspielerinnen kritisieren durfte.

Die Garderoben füllten sich nun. Mareike brachte die richtigen, mattschwarzen Handschuhe, Charlotte und Dorothea, zwei junge, noch kindliche Schauspielerinnen mit ersten Rollen, die mit ihren Eltern zum Ensemble gehörten und wie Loretta und Rosina oft in den Kulissen standen, um zu beobachten und zu lernen, hockten sich auf die Körbe und beobachteten die Schminkkunst der Älteren. Aus der Garderobe der Ballerinen klang vielstimmiges Gelächter, und als eine zu singen begann, forderte Madame Hensel energisch, man möge die Tür schließen; sie liebe Gesang, aber nicht so kurz vor einem Auftritt.

Bald würde das Orchester mit der Anfangsmusik beginnen und der Lärm der Stimmen auch in der Garderobe zum hektischen Geflüster werden. Aber noch war er ungehemmt, war selbst eine Symphonie, mal summend, mal ein Crescendo, übertönt von den gelachten Trillern, von spitzen Schreien, wenn ein Mieder zu eng, eine Nadel im Kopfputz zu spitz war. Und Rosina, nur eine Randfigur in diesen fiebrigen Minuten vor der Aufführung, schlich sich leise davon. Sie wurde heute nicht gebraucht, so schlüpfte sie hinter den Seitenkulissen bis zu einer der Säulen am Bühnenrand, schob den Vorhang ein klein wenig beiseite und blinzelte in den Zuschauerraum.

Das Theater war heute voll wie schon lange nicht mehr. Zu ihren Füßen, zwei Meter tief im Orchestergraben, waren jetzt alle Hocker besetzt, und das seltsam schräge Durcheinander der Instrumente, die nun gestimmt wurden, übertönte kaum den Lärm der Zuschauer, die mit Gelächter und Schimpfen, mit grüßenden Rufen und lautem Plaudern Plätze und Freunde suchten. Auf der Galerie ganz oben unterm Dach herrschte schon großes Gedränge, Kopf an Kopf säumte die Brüstung, und Rosina sah zwischen den Männerköpfen sogar einige Hauben. Dort oben trafen sich zwischen den Domestiken und Gesellen, Krämern, Boten, Hilfsschreibern und den wenigen, meist etwas zu stark gepuderten und bemalten Damen auch die ärmlicheren unter den Gelehrten und Künstlern. Im Parkett standen nur Männer, manche fein geputzt, andere in den schlichteren Röcken der Handwerksmeister. Die Senatsloge direkt gegenüber der Bühne war leer, natürlich, das war sie meistens.

«Im Parkett», sagte eine leise Stimme hinter ihr, «herrscht doch die wahre Demokratie.»

Lessing, wie stets im eleganten, aber doch schlichten grauen Rock, das volle eigene Haar frisch gepudert, die Augen hellwach und nun ein bißchen amüsiert, blickte über ihre Schulter durch den Vorhangspalt.

«Beinahe.» Rosina sah in die Menge und war nicht seiner Meinung. «Die dabei stören könnten, drängen sich auf der stickigen Galerie. Und, mit Verlaub, gehören zur Demokratie keine Frauen? Oder gar Damen?»

Lessing lachte leise. «Gut pariert. Aber bei den alten Griechen, die diese Utopie erdacht haben, spielten Frauen, auch Damen, keine Rolle. Ihr seid Eurer Zeit voraus, Mademoiselle. Doch immerhin sitzen in den Logen doch schon Damen. Wartet ab, in einigen Jahren, es wird nicht mehr lange dauern, werdet Ihr sie auf allen Plätzen sehen. Sogar Pastoren und Juden wird dann der Theaterbesuch auch in dieser Stadt nicht mehr verboten sein. Wenn sie heute auch aus ganz verschiedenen Gründen vor der Tür bleiben müssen», fügte er hinzu, und in seinen Augen blitzte es belustigt. «Im Parkett, auf den Rängen, auf der Galerie und natürlich auch noch in den Logen. Aber irre ich mich, oder ist das Theater heute so gut besetzt wie schon lange nicht mehr?» Er beugte den Kopf weiter vor, um auch die Seitenlogen zu überblicken. «Wirklich außerordentlich gut besucht. Wahrscheinlich hat sich herumgesprochen, daß es hier einen veritablen Rollenkampf gegeben hat. Habt Ihr etwa geplaudert, Mademoiselle? Ach was, Ihr sicher nicht.»

«Nein, Monsieur, ich sicher nicht. Und ganz gewiß auch niemand anderer. Vielleicht liegt es an der Prüfung des Baumeisters.»

«Am Vergnügen des Gedankens, es könnte einem das Dach auf den Kopf fallen? Oder besser: nur dem Nachbarn? Jedenfalls lockt ein hübscher kleiner Kitzel der Nerven doch mehr Menschen als die beste Tragödie. Was denkt Ihr, sollten wir schnell einen veritablen Skandal inszenieren, um unsere lieben Löwen und Seyler von der ewigen Sorge um die leere Kasse zu erlösen?»

Er schien keine Antwort zu erwarten. Sein Blick suchte die Reihen der Logen ab, und dann sah Rosina ihn lächeln. Sie folgte seinem Blick, und auch wenn sie nicht wußte, wen er gerade erkannt hatte, entdeckte sie in einer der Logen auf der rechten Seite, nicht weit von der Bühne, Anne und Claes Herrmanns. Claes beugte sich eben über die Brüstung und sprach mit einem Herrn in der Nachbarloge, dem Seidenhändler und Tapetenfabrikanten König, wenn Rosina sich nicht irrte. Das Licht war zu matt, um nur flüchtig bekannte Gesichter genau zu erkennen. Doch, er mußte es sein, denn nun erkannte sie auch Madame König, eine wahre Theaterenthusiastin, die an vielen Abenden in ihrer Loge saß. Das spitze Kinn, die ein wenig große Nase und die dunklen, stets aufmerksamen, freundlichen Augen gaben ihrem Gesicht etwas Unverwechselbares. Lessing fand das ganz offensichtlich auch.

Die Herrmanns waren nicht allein in der Loge. Neben Anne saß Agnes Matthew, ihr Gatte Thomas in der zweiten Reihe hinter ihr studierte im Schein der Kerze den Theaterzettel. Die beiden anderen Stühle waren nicht besetzt.

Sie würden heute abend leer bleiben. Madame Augusta war noch nicht wieder bereit für das Theater, um so weniger, wenn sie vermuten mußte, daß man dort eine von Telemanns heiteren Suiten spielen würde. Christian saß mit Professor Büsch über Plänen für die neue Handelsakademie. Und Niklas? Claes hatte sich zwar geschworen, seinem jüngsten Sohn nicht jede Ungehörigkeit durchgehen zu lassen. Aber er hatte sich doch dazu durchgerungen, ihm zu erlauben, daß er seine versprochene Schachstunde gab und heute dem Theater fernblieb. Es war ihm nicht so schrecklich schwer gefallen. Zum einen, weil es Augusta, die ihren kleinen Großneffen sehr mochte, unterhalten und freuen würde, zum anderen, weil es ihm wenig verlokkend erschien, den ganzen Abend in Gegenwart dieses mißgestimmten Jungen zu verbringen, dessen Blick verriet, wie unangemessen er diese Art Vergnügen für ehrbare erwachsene Leute hielt. Claes empfand so einen Theaterabend auch nicht gerade als seinen liebsten Zeitvertreib. Aber Anne zuliebe war er entschlossen, das Spektakel – was war es sonst? – zu genießen. Es gab zum Glück eine Komödie samt Gespenst, heiterer Musik, zum Abschluß ein Ballett, und mit den Königs in der Nachbarloge versprachen zumindest die Pausen mehr als Agnes' heiteres Geschwätz.

Madame Matthew hatte beide Arme auf die Brüstung gelegt, zeigte der Welt ihre schlanken, teuer beringten Hände und einen delikaten Blick auf ihr leicht vorgebeugtes Dekolleté. Um ihren Hals, der jedem Schwan zur Ehre gereicht hätte, wand sich auch heute eine Reihe der schönsten Perlen, die Anne je gesehen hatte.

Sie blickte an sich herunter, betrachtete ihr Kleid aus matter, graublauer französischer Seide, die kostbaren Knöpfe auf der kurzen Jacke und die Rüschen aus feiner Lyoner Spitze an den Ärmeln. Noch vor einer Stunde war es ihr als edle Robe erschienen, viel zu fein für einen einfachen Theaterbesuch, und nun fragte sie sich zum tausendsten Mal, wie Agnes es nur machte, daß neben ihr jede Frau wie ein Aschenmädchen wirkte. Oder doch zumindest wie ihre Zofe. Anne war entschlossen, wenigstens nicht die Miene einer Zofe aufzusetzen. Sie straffte ihre Schultern, strich tröstend über die Seide ihrer Röcke und stützte sich neben Agnes auf die Brüstung. Wenn sie Claes an diesem Abend schon mit den Matthews teilen mußte, wollte sie das Beste daraus machen. Agnes mochte sich wie ein kostbares Ausstellungsstück präsentieren, aber tatsächlich entging ihren flinken Augen nichts und niemand in dem Gewimmel der Ränge und des Parketts. Das Theater begann schließlich lange, bevor der Vorhang sich hob.

Auf der Galerie war es zu dunkel, um irgend jemanden zu erkennen, dort würde auch niemand sein, der Agnes interessierte. Ihr Blick glitt schnell über die Logen, wanderte dann enttäuscht weiter – außer den Königs entdeckte sie niemanden aus den großen Häusern der Stadt – hinunter zum Gedränge im Parkett. Auf den wenigen

Bankreihen saßen nur einige Männer und schwatzten, zwei Jungen mit großen Körben drängten sich davor, verkauften Zimtkugeln, Brezeln und – wenn man genau hinsah – kleine Fläschchen mit Branntwein. Eine im Theater streng verbotene, aber um so begehrtere Ware. Früher hatten sie auch Obst verkauft, aber nachdem das Publikum die Früchte bei schlechter Laune direkt und zielsicher auf die Bühne befördert hatte, war der Obstverkauf sommers wie winters nicht mehr erlaubt. Vor allem die Pflaumen hatten viele der kostbaren Kostüme ruiniert.

«Schau mal, dort unten», Agnes schubste Anne eifrig mit dem Ellbogen, «dort, siehst du den jungen Mann in dem auffallend leuchtendblauen Rock? Nein, nicht dort, das sind die Söhne von Hudtwalcker und Voght, weiter rechts unter der, warte: eins, zwei, drei ... unter der vierten Loge. Siehst du ihn? Er kommt mir bekannt vor. Aber ich kann mich nicht erinnern, wer er ist.»

Anne sah ihn nun, einen hübschen Mann mit braunem ungepudertem Haar und einer so grimmigen Miene, als erwarte er keine Komödie, sondern ein Trauerspiel.

«Kennst du ihn?»

Anne schüttelte den Kopf. Sie kannte noch nicht sehr viele Leute in Hamburg. Auch Claes kannte ihn nicht. Erst als Thomas sich vorbeugte, bekam Agnes eine Antwort.

Das sei der junge Blank. Lukas. Seinem Vater habe die Kattundruckerei hinter dem Drillhaus gehört. «Er ging vor vier oder fünf Jahren bankrott, und dann ist er auch gleich gestorben. Geld für eine Lehre oder ein Studium war natürlich auch keines mehr da, und jetzt arbeitet Lukas als Drucker bei Schwarzbach.»

«Schwarzbach? Dann muß er ein guter Drucker sein.» Claes hatte die letzten Sätze gehört und sah nun auch zu

Lukas Blank hinunter. Gerade verschwand dieser mit einem hageren Mann in dem Gang hinter den Logen. Dessen an beiden Ärmeln geflickter Rock verriet, daß er sich wohl nur einen Platz auf der Galerie leisten konnte. Wahrscheinlich wollte Lukas ihn dorthin begleiten.

«Ein guter Drucker? Das mag sein.» Thomas grinste breit. «Obwohl mich das wundern würde. Er ist ein ganz freundlicher Kerl, aber denkt immer noch, daß er der Sohn eines reichen Mannes sei, jedenfalls gibt er für einen Drucker eindeutig zuviel Geld im Billardzimmer und am Spieltisch aus. Und wenn man bedenkt, wie zügig er stets sein Branntweinglas leert – bist du sicher, daß seine Drucke immer akkurat sind?»

Doch bevor Claes antworten konnte, begann das Orchester zu spielen, und auch wenn die meisten im Publikum, ganz besonders im Parkett, ihr Plaudern deshalb nicht gleich einstellten, so lehnten sich die Herrmanns', die Matthews und auch die Königs in ihren Stühlen zurück und lauschten der Musik. In Ermangelung einer passenden Anfangssymphonie gab man tatsächlich eine Telemannsche Ouvertüren-Suite, die *Burlesque de Quixotte.* Und noch bevor das sechste der kurzen Stücke der Suite, *Le Galope de Rosinante*, verklang, war Claes Herrmanns zum erstenmal eingeschlafen. Anders als Agnes Matthews neuer Mops schnarchte er dabei allerdings nicht im mindesten.

Es wäre übertrieben zu behaupten, Claes Herrmanns habe die ganze Komödie verschlafen. In der Pause nach dem dritten Aufzug sorgte er äußerst munter für die Lieferung des Korbes, mit dem Brooks in der Kutsche vor dem Hauptportal wartete. Der milde rote Bordeaux und die Taubenpastete mit Maronen, reichlich getrüffelt, mit gerösteten Mandelschnitzen bedeckt und mit Lorbeer, Zitrone, Pfeffer und Muskat erfrischend gewürzt, entschädigte ihn vollständig für die Enttäuschung über das Gespenst. Es schlug in dieser Komödie zwar fleißig eine dumpf tönende Trommel, aber das hätte nicht einmal einen Sperling erschreckt. Außerdem war das Gespenst gar keines, sondern nur ein ältlicher Verehrer, der einer Baronin mit der Trommelei aus einer geheimen Kammer weismachen wollte, daß da der Geist ihres verstorbenen Gatten gegen eine neue Ehe protestierte.

Dabei, so glaubte Claes verstanden zu haben, hätte der Verstorbene nichts gegen eine Ehe mit dem Trommler einzuwenden gehabt, sondern nur mit dessen Rivalen, einem höfisch gestelzten und äußerst geldgierigen jungen Herrn. Es konnte auch andersherum sein, das Knäuel der Liebhaber um die liebreizende, ehrbare und wohlhabende Heldin schien ihm recht verworren, weil auch noch die Haushofmeisterin ihre Intrigen spann – kurz und gut, es ging um Geld, Treue, echte und betrügerische Liebe, also um Dinge, die es im echten Leben zwar gab, aber ganz gewiß nicht auf diese Weise. Und daß eine liebende Frau ihren Gatten nur wegen eines weißen Bartes nicht wiedererkannte, erschien ihm völlig absurd.

Anne und Agnes amüsierten sich prächtig. Nun gut, Frauen hatten für dergleichen etwas übrig, aber daß auch Thomas, immerhin ein Kaufmann mit einem klugen Kopf, den Abend sichtlich genoß, verstand Claes nicht. Von der hinteren Reihe aus war die Sicht auf die Bühne nicht sehr gut, vielleicht war das eine Erklärung. Aber vielleicht neigte er selbst tatsächlich ein wenig zu hanseatischer Steife, wie Augusta ihm einst überdeutlich zu verstehen gegeben hatte. Und vielleicht, der Gedanke machte ihn für einen Moment hellwach, war er schon zu alt für heitere Nichtigkeiten.

Die Komödie ging nun dem Ende entgegen, was gut war, denn im Parkett wurde es unruhig. Man verlangte nach dem Ballett. Der Baron, doch nicht auf dem Schlachtfeld für die Ehre seines Vaterlands gefallen, sondern heimlich aufs Schloß zurückgekehrt, saß nun in der Verkleidung eines alten Wahrsagers im Salon seiner Gattin und versuchte herauszubekommen, ob sie ihm immer noch treu war. Die Baronin, von vornehmer Blässe und zunehmend beunruhigt, stand dem vermeintlichen alten Weisen freimütig Rede und Antwort. Claes hatte nun ausgeschlafen und beugte sich ein wenig vor, um das Spiel auf der Bühne besser sehen zu können. Die Baronin – tatsächlich, flüsterte Anne ihm zu, die berühmte Madame Hensel – war wirklich beeindruckend. Ihre Nervosität wirkte so überzeugend, als zittere sie tatsächlich. Dabei war es an dem verkleideten Baron, um sein Glück zu zittern, die Dame seines Herzens hatte nur ehrliche Worte der Treue zu sprechen.

«Gnädige Frau», sagte der Baron gerade mit Grabesstimme und strich gedankenvoll über seinen falschen Wahrsagerbart, «in allem, was Ihr sagt, finde ich nichts, was den Baron im Grabe stören sollte.»

«Äh», sagte die Baronin. Und noch einmal: «Äh.»

«Nichts!», wiederholte der Alte lauter, «was den Baron im Grabe stören sollte!!!»

Die Baronin hob die Hände beschwörend wie zum Gebet. «Ach», rief sie dann und flatterte wie ein aufgeschreckter Vogel von der Mitte der Bühne ganz nah an die Kulissen der linken Seite. «Ach, wenn er wüßte, wie mein Herz beschaffen ist, er würde mit der Hochachtung und Liebe, die ich für ihn habe und ewig haben werde, vollkommen zufrieden sein. Es hat dies aber auch niemals ein Mann besser verdient als er. Er war … Er war …»

Wieder stockte sie, und selbst durch die dicke weiße Schminke war zu erkennen, daß ihre Blässe zu hektischer Röte wechselte. Claes glaubte sogar, ihre Lippen zittern zu sehen, und beschloß, beim nächsten Theaterbesuch unbedingt sein kleines Teleskop mitzunehmen.

«Was war er denn nun?» rief eine kecke Stimme aus dem Parkett, ein paar Lacher folgten, und die Baronin, genauer gesagt, Madame Hensel, schien einer Ohnmacht nahe.

«Er war ...», sie wankte, huschte mit seltsam verrenktem Hals quer über die Bühne zur rechten Seite. «Er war ... die Tugend», rief sie dann, «die Gottesfurcht, die Redlichkeit selbst, seine Güte, Leutseligkeit, nun, Leutseligkeit, sagte ich. Wie? Ja ... haben niemals abgenommen. Er liebte mich ungemein treu und zärtlich. Mein Schmerz erlaubt mir nicht, ein mehreres zu sagen ...»

Im Textbuch stand, daß der Baron, ergriffen von dieser Offenbarung treuer Liebe, nun sagen sollte: «Gnädige Frau, das ist genug, Ihr könnt jetzo abtreten, denn ich muß allein sein.»

Aber das war nicht mehr nötig. Madame Hensel, nun gar nicht mehr die beherrschte Baronin, hatte die Bühne schon verlassen, und zwar äußerst rasch mit flatternden Händen und einem großen Sprung in die Kulissengasse.

Der schrille Schrei, der gleich darauf von dort durch das Theater hallte, sei durch Mark und Bein gegangen, sagten später alle, die an diesem Abend im Theater gewesen waren. Der zweite allerdings, der gleich darauffolgte und doppelt so schrill und dreifach so lang gewesen war, hätte die Nebelhörner bei den Sänden in der Elbmündung vor Scham verstummen lassen.

Plötzlich wollten alle, selbst jene, die die Komödie nicht besonders erbaulich gefunden hatten, wissen, wie sie zu

Ende gehen sollte. Aber auf der Bühne geschahen seltsame Dinge. Der verkleidete Baron, der nun eigentlich seinen größten Auftritt haben, die falschen Liebhaber entlarven und sich selbst zu erkennen geben sollte, trommelte mit den Fingern auf den Tisch und rutschte unruhig auf seinem Stuhl hin und her, und plötzlich sauste aus den Kulissen an der rechten Bühnenseite eine junge Frau quer über die Bühne und verschwand in den Kulissen auf der linken Seite. Ihr schlichtes Kleid und ungeschminktes Gesicht zeigten, daß sie nichts mit dieser Szene zu tun haben konnte. Wer mochte sie sein? Bevor diese Frage im Publikum ausführlich debattiert werden konnte, schrie irgend jemand aus dem hinteren Bühnenraum: «Vorhang!! So laßt doch den Vorhang herunter!» Der Musikmeister, der gerade seine Noten für die Schlußmusik sortierte, sprang auf, ließ beide Arme hochflattern, und schon begann das Orchester zu spielen.

Leider wußten die Musiker nicht, welches Stück gefordert war, denn eigentlich stand nun gar keines auf dem Plan, und so dauerte es einige für Musikliebhaber höllische Minuten, bis die Stimmen aller Instrumente in der Ballettmusik zusammenfanden, die der Komödie folgen sollte. Darin wurde viel auf den Waldhörnern geblasen, die Violinen jauchzten wie nie, und auch getrommelt wurde noch, aber nur wenig, weil das für eine Ballettmusik nicht paßte.

Der Vorhang senkte sich nicht wie gewöhnlich mit eleganter Langsamkeit, sondern fiel herab, als sei er aus Stein. Die Ballerinen, in ihrer Garderobe beim Schwatzen von der Musik aufgescheucht und sicher, ihren Einsatz verpaßt zu haben, sprangen eilig auf die Bühne und begannen sofort mit gewohnter Disziplin zu tanzen, bis der Lichtputzer ihnen zurief, es sei überflüssig, hinter dem heruntergelassenen Vorhang zu tanzen, und der gehe heute auch nicht mehr hoch.

Als das protestierende Johlen im Parkett und auf der Galerie schon das Orchester zu übertönen begann, trat schließlich Abel Seyler vor den Vorhang. Sein Ausdruck war beunruhigender als der Effekt jeglicher Schminke, und der Staub auf seinen schwarzseidenen Kniehosen und seinem tannengrünen Seidenrock ließen ihn wie einen Flüchtling erscheinen. Er hob die Hände, und, was sonst nie gelang, die Stimmen verstummten sofort. Hälse wurden gereckt, Lorgnettes gehoben und wer noch flüsterte, mit einem Schubser zur Ruhe gebracht.

«Mesdames, Messieurs ...» Seyler versuchte ein Lächeln. «Ich möchte mitteilen, daß die Komödie einen guten Ausgang hat.» Er räusperte sich, und seine rechte Hand glitt unruhig unter die Halsbinde mit dem völlig verrutschten Spitzenjabot. «Wie ich schon sagte: einen guten Ausgang. Es ist aber nicht möglich, ihn zu zeigen. Es ist auch nicht möglich, heute noch tanzen zu lassen. Das angekündigte Ballett wird nicht mehr gegeben.»

Sofort einsetzendes Murren und Pfeifen brachte er wieder mit einer energischen Handbewegung zum Schweigen. Seyler suchte verzweifelt nach Worten, die die schreckliche Wahrheit ein wenig schöner, ein wenig milder machen konnten. Es war wohl gut, das Publikum mit einem Flugwerk, Feuerzauber oder der Donnermaschine zu erschrecken – aber das hier? Das war kein Spaß.

«Mesdames, Messieurs!» rief er schließlich. «Das Theater ist für heute aus. Leider. Ein Unfall. Eine unserer hervorragendsten Aktricen, eine junge Schönheit mit großer Zukunft, ist hinter der Bühne gestürzt. Es ist dort recht dunkel, nun ja, sie ist gestürzt und hat sich ernstlich verletzt. Ich bitte sehr, das Theater zu verlassen. Die Billetts von heute», fügte er nach kurzem Zögern hinzu, «werden noch einmal gültig sein, um für das versäumte Ballett zu entschädigen. Und nun zum Ausgang noch eine Anglaise.»

Der Kapellmeister starrte zu Seyler hinauf. «Anglaise??» formten seine Lippen, aber Seyler nickte nur und war schon hinter dem Vorhang verschwunden. Er hatte nicht darüber nachgedacht, ob das Publikum nach dieser aufregenden Neuigkeit einfach nach Hause gehen würde, er hätte es nicht geglaubt, aber das Wunder geschah. Obwohl oder vielleicht auch weil die Anglaise, die nun ertönte, wahrlich nicht zum Tanzen animierte, war der Zuschauerraum bis hinauf in die Galerie eine halbe Stunde später leer. Die letzten Kerzen im großen Saal brannten herunter und verloschen von selbst, der Lichtputzer hatte genug damit zu tun, die Lichtbäume in den Kulissen mit neuen Talgkerzen zu versorgen.

Dr. Reimarus hatte als erstes Licht gefordert. Viel Licht.

Als der Botenjunge kam und ihn in großer Eile wegen eines Unfalls zum Theater bat, hatte er gerade im Hausrock in seinem Arbeitszimmer gesessen, eine lange Tonpfeife entzündet und behaglich über einem neuen Aufsatz über die Möglichkeiten und Risiken der Blatternimpfung gegrübelt. Natürlich war er dem Jungen gleich gefolgt. Aber als er sich seinen Weg durch die aufgeregt schwatzenden, davonschlendernden Zuschauer, die Sänften und Kutschen durch den Gang in den Theaterhof erkämpfte, hatte er mit einem gewissen Grimm überlegt, ob man den Rat und die Baudeputation nicht einmal auf die bedenkliche Häufigkeit der Unfälle im Theater hinweisen sollte. Schon viermal war er seit der Eröffnung im April gerufen worden, um die verrenkten Knöchel oder Schultern einer

Ballerina zu richten. Einmal hatte sich der Maschinenmeister vier Finger in einer der Bühnenversenkungen gequetscht.

Nun war er dessen nicht mehr so sicher. Die Komödiantin, die wie ein Haufen vergessener Kleider in den Kulissen lag und Madame Hensels eiliger Flucht von der Bühne im Weg gewesen war, zeigte keine der üblichen Verletzungen, die ein Körper aufweist, der hart gefallen oder von einem schweren Gegenstand getroffen worden ist. Ihr Gesicht war ganz still, fast lächelte sie, bereit, auf jede Frage mit großer Freundlichkeit zu antworten. Er hätte sie gern befragt, aber die junge Frau, Mademoiselle Grelot, konnte nicht antworten. Ihre große Zukunft, die Seyler eben noch vor dem Vorhang gepriesen hatte, war schon zu Ende. Aber es war ganz gewiß kein Unfall gewesen. Irgend jemand hatte ihr das Genick gebrochen. Jemand, der genau wußte, wie man so etwas schnell und ohne Aufsehen machte.

4. KAPITEL

DONNERSTAG, DEN 8. OKTOBER,
BEI SONNENAUFGANG

Von St. Petri schlug es halb sechs. Henner Schwarzbach legte den Löffel neben die leergegessene Schüssel und überlegte, ob er sich ein paar neue Gewohnheiten zulegen sollte. Alle Tage Gerstenbrei mit ein paar Tropfen Honig zum Frühstück erschien ihm heute morgen recht ärmlich. Er schob seinen Stuhl zurück und trat ans Fenster. Der Himmel wurde schon ein wenig blaß, in einer Stunde würde die Sonne über den Dächern aufsteigen. Er hatte schlecht geschlafen, Träume, unruhige Bilder ohne Sinn, hatten ihn gestört. Seine guten, sonst stets traumlosen Nächte waren ihm heilig, und so fühlte er sich eher ärgerlich als müde. Er war ein Mann, der alle Tage seinen Geschäften nachging, bedeutenden Geschäften, aus der Blaudruckerei, die sein Vater ihm hinterlassen hatte, hatte er eine große Manufaktur gemacht. Die Blaudruckerei war nur noch ein Nebengeschäft. Schwarzbachs Spezialität waren die aufwendigen Verfahren nach der ostindischen Manier, die aus schlichten Baumwollbahnen die kostbaren, in vielen Farben leuchtenden Indiennes machten. Seit diese farbigen Kattune nicht mehr teuer aus Indien eingeführt werden mußten, sondern in europäischen Druckereien hergestellt werden konnten, waren sie nicht nur beim Adel, sondern auch in den großen und kleinen Bürgerhäusern hoch begehrt. Schwarzbachs Ware stand in gutem Ruf, keine wichtige Messe, von der er oder sein Sohn nicht mit neuen lukrativen Verträgen zurückkam. Kurz und gut, er war ein Mann, der sich von privaten Wünschen nicht stören lassen konnte. Es war Zeit, Entscheidungen zu treffen. Wenn es seine Art gewesen wäre, zu seufzen, hätte er jetzt geseufzt, aber so räusperte er sich, zog seine Halsbinde etwas fester, zündete die Kerze in der messingnen Handlaterne an und machte sich auf den Weg durch seine Kattundruckerei. Das würde ihm die gewohnte Ruhe zurückgeben.

Schwarzbachs Anwesen in der Mitte der Stadt an der Kleinen Alster war weitläufig, eine ganze Ansammlung von miteinander verbundenen Gebäuden, in denen ein Fremder sich schnell verlief. Den größten Raum beanspruchten die Drucksäle, das Lager und die Ställe. Seine Wohnung nahm die erste und zweite Etage über den Lagerräumen im Eckhaus zum Neuen Wall ein. Seit seine Frau gestorben war und die Kinder es vorgezogen hatten, mit ihren Familien in neueren Häusern zu wohnen, erschien sie ihm viel zu groß. Gestern mittag, als das Sonnenlicht durch die breiten Fenster hereinfiel, hatte er sie dennoch eng gefunden. Die alten Tapeten aus Leder und dunkelrotem Leinen ließen die Räume düster wirken wie Mausoleen, und er hatte beschlossen, helle papierne Tapeten in Auftrag zu geben. Die Druckstöcke wollte er selbst liefern – wer hatte bessere Formschneider als er? –, und Freda würde die Muster entwerfen, zarte Muster, wie sie sie liebte. Auch die dunkelsamtenen Stühle und Gardinen mußten unbedingt erneuert werden. Blaß rosenfarbene vielleicht? Bader hatte doch erst kürzlich so eine neue Beize entwickelt. Und gewiß würde alles sehr viel repräsentativer, wenn er einige Wände herausbrechen und so die alten Räume vergrößern ließ. Genauso, dachte er jetzt, würde er es machen, und begann sich schon sehr viel besser zu fühlen.

Er trat in den Hof, die kühle, morgenfeuchte Luft war wie ein erfrischendes Bad. Es war noch still. In den Sommermonaten herrschte um diese Zeit schon Hochbetrieb, die Arbeit in den Drucksälen begann immer mit Sonnenaufgang. Mit dem fortschreitenden Herbst wurde auch die Arbeitszeit kürzer; einem Schuster oder Korbflechter mochten Tran- oder Unschlittlichter reichen, aber das akkurate Drucken erforderte gutes Licht. Er ging über den Hof und betrat das langgestreckte Haupthaus. Der Anblick der vielen Tische in den Sälen im ersten Stock, die Regale voller Druckstöcke und der vertraute Geruch nach Beizen und Kohlefeuer gab ihm seine ruhige Selbstgewißheit zurück. Die Wärme der großen Kachelöfen, die dafür sorgten, daß die bedruckten Kattunbahnen schnell trockneten, umfing ihn wie ein dickes Tuch. Behutsam prüfte er einige Bahnen, die, am vorigen Nachmittag frisch mit Beize bedruckt, an unter der Decke befestigten Stangen hingen. Bader hatte den neuen Farbton gestern probiert, aber natürlich war auf den Bahnen noch nichts als die Spuren der fast farblosen, nur hier und da ein wenig gelblich schimmernden Beize zu sehen. Die Beizen wurden von den meisten Druckern und auch von ihren Schöpfern, den Coloristen, «Farbe» genannt. Tatsächlich enthielten die dicklichen Massen nur die Bestandteile der Farbe, je nach Rezept eine andere, oder eine der vielen möglichen Farbabstufungen, die erst später in der Krappbrühe sichtbar wurden. Beize ohne Krapp blieb farblos, so wie das Krappbad ohne Beize keine Farben auf dem Stoff entstehen ließ. So wie eine Frau, dachte Schwarzbach, ohne einen Gatten nicht erblühen kann.

Plötzlich fand er es dumm, untätig herumzulaufen und von neuen Gardinen und Polstern zu träumen, anstatt sich endlich an die Arbeit im Kontor zu machen. Entschlossen und ohne den anderen frischen Drucken auch nur einen Blick zu gönnen, durchschritt er zwei weitere Säle. Im Vorbeigehen prüfte er flüchtig den Riegel an der Tür zum Laboratorium der Coloristen. Die waren ja die reinsten Alchimisten, und die oft ätzenden Substanzen für ihre Beizen waren nicht nur streng geheim, sondern für unerfahrene Hände auch ungemein gefahrvoll. Er betrat das Labor nie. Nicht nur, weil die Coloristen das äußerst störend und indiskret gefunden hätten. Die Mittel, aus denen die Farben entstanden, waren ihm unheimlich. Da wurde mit Arsenik, Pottasche, Alaun, Bleizucker, Sodasalz und Weinessig Rot gezaubert. Wollte man es dunkler machen, wurde es mit Eisenbrühe, dem Stoff für reines Schwarz, vermischt. Überhaupt diese Eisenbrühe. Die Herstellung war ein ungeheuer zeitraubendes Geschäft. Eisenfeilspäne mußten so lange in Wasser bleiben und immer wieder gerührt werden, bis sie starken Rost angesetzt hatten, dann wurde Heringslake zugesetzt, oder noch besser Urin, und wieder so lange gerührt und Lake zugesetzt, bis Rost und Eisen sich völlig aufgelöst hatten. Und wollte man zum Beispiel dunkles Violett haben, setzte man der Eisenbrühe cyprisches Vitriol zu. Schwarzbach erschienen all diese Substanzen wie Höllenpulver. Die Farben zum Ergänzen der zuvor aufgedruckten Muster waren ihm sehr viel lieber. Für ein leuchtendes Gelb brauchte man gestoßene Kreuzbeeren, Campechne-Holz aus Neu-Spanien hinter dem karibischen Meer, Schalen von Pomeranzen und Granatäpfeln, gutes Regenwasser und Alaun. Teuer, sehr teuer, aber doch in der Natur gewachsen und sanft. Natürlich verblaßten diese Farben schneller, aber sie waren ihm doch sehr viel angenehmer, was er seinen Kunden allerdings niemals gestand.

Er stieg die Treppe hinab, nickte kurz den beiden Männern zu, die schon die Feuer in den großen gemauerten Öfen schürten, damit die Beize in den bauchigen Becken, die in der oberen Etage direkt darüber gemauert waren, die richtige Temperatur hatte, wenn die Färber mit der Arbeit begannen. Er war sehr stolz auf seine guten Öfen. Aus ihnen entkam kein Funke. Erst im letzten Monat waren am Dovenfleet neun Häuser abgebrannt, zwei Menschen waren darin gestorben, nur weil sie nicht auf das Feuer geachtet hatten. Das konnte in seinem Haus nicht geschehen. Seit er angeordnet hatte, daß der Nachtwächter die Ofentüren jede Stunde prüfte, machte er sich darüber keine Sorgen mehr.

Die Tür zum Stall stand offen, und er hörte das unruhige Schnauben und Scharren der Tiere. Er hörte auch die Stimme des Wächters beruhigend murmeln und erinnerte sich, daß der neue Ochse, ein junges Tier, das erst vor einer Woche von einem Hof in Ottensen gebracht worden war, noch nicht im Tritt ging. Er glaubte noch, aufbegehren zu können, und wollte sich einfach nicht daran gewöhnen, Stunde um Stunde mit verbundenen Augen im Kreis zu gehen, um seine Kraft an das große Räderwerk für die Stoffpressen, -mangeln und Hebewerke weiterzugeben. Besonders wichtig war die Kraft der Ochsen für die Glättmaschine. Der fertig bedruckte und auf der linken Seite nachgebleichte Kattun wurde nämlich noch mit einem Glanz versehen, für den gerade der Hamburger berühmt war. Dazu wurden die Bahnen mit einer dünnen Stärkelösung appretiert, wieder getrocknet und dann unter großem Druck mit polierten Feuer- oder Achatsteinen in der Glättmaschine Zoll für Zoll gepreßt, bis die Oberfläche glänzte, als sei sie lackiert. Dann erst, nach vielen Wochen Arbeit, waren aus dem rohen Kattun die kostbaren Zitz-Kattune geworden.

Schwarzbach zögerte, doch dann eilte er weiter zu seinem Kontor, jetzt war nicht die Zeit, sich um unruhige Ochsen zu kümmern. Das konnte der Stallmeister tun, der wie die anderen Arbeiter gleich eintreffen mußte. Er fingerte in der Rocktasche nach seiner Uhr und klappte sie auf. Die Zeiger standen auf Viertel nach sechs. Eine gute Zeit, um mit der Arbeit zu beginnen.

Er war immer fasziniert von der Kunst, eine Uhr so klein und nur halb so flach wie ein Gänseei zu machen, und auch wenn er es niemals zugegeben hätte, er liebte seine Uhr nicht zuletzt um ihrer Schönheit willen. Ihr silberner Deckel war erlesen ziseliert und mit fünf winzigen goldenen Blättern um eine ebensolche Blüte eingelegt, in einem halbrunden Ausschnitt im weiß emaillierten Ziffernblatt mit seinen vergoldeten Zeigern zeigten Sonne oder Mond Tag oder Nacht an. Die Uhr ließ in ihrer Eleganz fast vergessen, daß die Flüchtigkeit der Zeit kein Vergnügen, sondern sehr wohl beunruhigend war für einen, der die Fünfzig gerade überschritten hatte.

Er sprang fast die Stufen zum Kontor hinauf und steckte den Schlüssel in das Schloß der Kontortür. Aber das war überflüssig. Die Tür war nicht verschlossen, und obwohl er sich das nicht erklären konnte, weil ihm das Abschließen am Abend so selbstverständlich wie das Atmen war, lächelte er nur. Er war in den letzten Wochen tatsächlich nicht immer ganz bei der Sache. Das war leichtsinnig, aber gewiß eine läßliche Sünde. Die ewige Abschließerei erschien ihm manchmal auch recht übertrieben. Selbst wenn es jemandem gelang, in das Kontor einzudringen: Seine Kontobücher gingen zwar niemanden etwas an, aber sie interessierten auch niemanden. Die wirklich wertvollen Papiere, wie die Musterbücher und Wechsel, lagen wohlverwahrt in der Truhe mit den beiden Schlössern.

In seinem Kontor war es noch dämmerig. Aber hinter den breiten Fenstern nach Osten verfärbte sich schon der Himmel. Die kupferne Spitze von St. Petri ragte mit sanftem Schimmer hinter den roten Dächern der hochgiebeligen Häuser auf. Es würde wieder ein schöner Tag werden. Gut, dachte er, um so schneller trocknen die Bahnen. Es war nicht mehr viel Zeit. Wenn erst der Frost kam und die Alster mit Eis bedeckte, würde die lange Winterpause beginnen, und bis dahin waren noch große Aufträge zu erledigen. Der letzte Winter war der längste und strengste seit Menschengedenken gewesen, nicht nur Alster und Bille, auch die Elbe war bis weit ins Preußische zugefroren gewesen, die Schiffahrt lag monatelang brach, auf dem Land waren viele erfroren, Mensch und Vieh. Für eine Kattundruckerei, die ohne fließendes Wasser nicht arbeiten kann, war so ein Winter eine doppelte Katastrophe.

Nun, er wollte sich jetzt an die Arbeit machen und später, am besten gegen Mittag, Freda rufen lassen. Sie war eine erwachsene, eine vernünftige Frau, mit der man auch vernünftig und ohne modische Schnörkeleien reden konnte. Er verstand nicht, daß seine Finger bebten – ganz wenig nur, aber es ließ sich nicht leugnen –, als er die beiden dreiarmigen Leuchter mit der Kerze aus seiner Handlaterne entzündete. Er stellte einen der Leuchter auf sein Pult, und daß er dabei noch einen Blick auf die Truhe warf, war nur ein Zufall. Er hatte schon nach den Listen für die Lieferung nach Sachsen gegriffen, die in der nächsten Woche auf der Elbe nach Südosten gehen sollte, als er dachte, sie sehe irgendwie anders aus. Ein wenig nur, aber doch anders. Er hatte sich nicht geirrt. Der Deckel war zwar heruntergeklappt, aber weil die Metallzapfen nicht in den Schlössern steckten, stand er ein klein wenig hoch, vielleicht ein Zoll, kaum mehr. Die Truhe war nicht verschlossen, und irgend jemand mußte es gewußt haben.

Als er den Deckel ganz hoch klappte und mit den Kerzen hineinleuchtete, sah er es sofort. Ein Musterbuch fehlte, das mit den kunstvollen Mustern, die in keiner anderen Hamburger Druckerei angeboten wurden.

Schwarzbachs schmales Gesicht wurde noch schmaler. Der Verlust des Musterbuches war schlimm, aber die Druckstöcke waren alle geschnitzt, und er wußte, daß Freda zumindest von ihren Mustern, und das waren die schönsten und teuersten, Kopien angefertigt hatte. Ein anderes Exemplar hatte sein Sohn natürlich mit auf Reisen genommen, nach London und Bristol, um damit neue Kunden zu gewinnen. Aber er wußte gleich, daß nicht nur das Musterbuch fehlte.

In der Truhe, sonst ordentlich gepackt und geschichtet wie ein Wäscheschrank, herrschte großes Durcheinander. Er kniete nieder, hielt den Leuchter hoch und verfluchte das matte Licht. Die meisten Schriftstücke waren zwar noch immer fest zu Packen verschnürt, aber die lagen jetzt kreuz und quer, als habe jemand in großer Eile mit beiden Händen darin gewühlt. Die eiserne Münzschatulle war noch da, unversehrt, doch darüber konnte Schwarzbach sich nicht freuen. Wer immer hier eingedrungen war, wußte, was den größten Wert hatte. Die Rezepte des ersten Coloristen in der Schwarzbachschen Kattundruckerei waren viel mehr wert als ein paar Wechselbriefe über geringe Summen, alte Register oder eine kleine Schatulle voll englischer, französischer und russischer Goldstücke. Der Dieb hatte nach Baders Rezeptheft gesucht, und er hatte es gefunden.

«Du solltest wirklich etwas essen, Rosina. Wenigstens einen Pfannkuchen, Elsbeth hat extra für dich einen Apfel hineingeschnitten. Tu's Elsbeth zuliebe.»

Rosina schüttelte den Kopf. Sie sah in Annes besorgtes Gesicht und hätte ihr und Elsbeth gerne den kleinen Gefallen getan, aber es ging nicht.

«Mein Hals ist zugeschnürt», murmelte sie. «Ich kann nichts essen. Sag Elsbeth meinen Dank. Später vielleicht.»

Anne nickte, stellte das Tablett auf die Kommode und setzte sich neben Rosina auf die gepolsterte Bank am Fenster. Sie wollte etwas Tröstendes sagen, aber ihr fiel nichts ein, so nahm sie Rosinas Hand in die ihre und schwieg.

Die Sonne wanderte um die Spitzen der gegenüberliegenden Dächer, erreichte das Fenster und fiel auf Rosinas Gesicht. Anne hatte sie in den letzten beiden Jahren mehr als einmal in schweren Momenten gesehen, aber nie zuvor war ihr Gesicht so bleich und ohne Leben gewesen.

«Ich möchte dich gerne trösten», sagte sie leise, «aber ich weiß, daß das nicht geht. Als Felicity starb», fuhr sie nach einer kleinen Pause fort, «sie war das Kind unserer Nachbarn und für mich immer eine Schwester, konnte mich auch niemand trösten. Sie starb nach der Geburt ihres ersten Kindes, es ist schon sehr lange her. Aber obwohl ich in ihren letzten Stunden bei ihr gewesen war, wollte ich nicht glauben, daß sie nicht mehr zu meinem Leben gehörte, daß wir nie wieder ...»

Anne stockte, sie hatte lange nicht mehr an Felicity gedacht. Auch nicht an das Kind, dem sie lange Zeit nur mit geheimem Groll begegnen konnte. Und plötzlich hoffte sie, daß sie das Kind, nun fast selbst schon eine Frau, bald wiedersehen würde.

Ihre Augen füllten sich mit Tränen, und mit ihrer Trauer um den lange zurückliegenden Tod einer Freundin tröstete sie Rosina mehr als mit allen klugen Worten.

Rosina drückte die Hand, die warm in ihrer lag, und nickte: «Ich kann es nicht glauben. Ich will es auch nicht glauben. Mein Gott», ihre Stimme brach in einem zornigen Schluchzen, «sie hat doch niemandem etwas getan. Und selbst wenn sie gerne ihre Spiele gespielt hat, mit der Liebe, mit uns allen, manchmal auch mit der Wahrheit, sie hat doch niemandem Schaden zugefügt, sie kann niemanden so verletzt haben. Wer konnte das tun? Warum?»

Tränen rannen über ihr Gesicht, rannen und rannen, wurden zu einem großen, nassen Fleck auf ihrem Brusttuch, und je mehr sie weinte, um so mehr wich ihr Zorn einer hilflosen Trauer. Und endlich verging ihre Starre, endlich konnte sie sich in Annes schützende Arme lehnen und beginnen, den Schmerz zu fühlen und zu ertragen.

«Ich habe sie ja nicht lange gekannt», sagte sie stokkend, als sie ihre Stimme wiederfand, «nur ein paar Wochen. Sie war so anders als ich, und auch wenn ich oft falsch fand, was sie tat, mußten wir immer darüber lachen. Sie war so fröhlich, immer so fröhlich. Und sie glaubte so fest an eine gute Zukunft. Sie war stark, sie glaubte an sich.»

«Und sie war am Theater deine einzige Freundin.»

Rosina nickte, griff nach dem Tuch in Annes Schoß und putzte sich wütend die Nase. «Alle haben immer geglaubt, daß ich ihr helfe, beim Rollenlernen, bei der Krögerin, pünktlich zu sein – lauter Nichtigkeiten. Sie hat mir viel mehr geholfen. Weil sie war, wie sie war, wurde das Leben in ihrer Nähe heiterer. Mit Loretta gab man seine Ziele nicht auf, weil sie so fest an ihre glaubte. Es gab keine schwarze Wolke, hinter der sie nicht auch einen hellen Schimmer entdeckte.»

Es klopfte, und bevor Anne «Herein» rufen konnte, schob Elsbeth schon vorsichtig ihren Kopf durch die Tür.

«Ich weiß, ich störe. Aber der Weddemeister ist da, und der Herr läßt fragen, ob Rosina in den Salon ...»

«Jetzt nicht, Elsbeth. Sag ihm, Mademoiselle Rosina brauche noch Ruhe. Er soll am Nachmittag wiederkommen. Oder besser morgen.»

«Nein, Anne. Das ist sehr fürsorglich, aber – nein, ich will mit Wagner sprechen. Sag ihm, ich sei gleich unten im Salon, Elsbeth. Wenn ich vorher noch eine Kanne Wasser haben könnte? Mein Gesicht», sie legte die Handrücken auf ihre Augen und versuchte ein Lächeln, «sieht gewiß erschreckend aus.»

«Ich dachte, daß Ihr frisches Wasser brauchen würdet», sagte Elsbeth und hielt die Kanne hoch, die sie, mit einem Leintuch bedeckt, hinter ihrem Rücken verborgen hatte. «Es ist gut gekühlt.»

«Na gut.» Anne seufzte. Sie hatten einen so friedlichen Sommer gehabt, abgesehen von dem Bemühen um dieses fremde Kind, das der jüngste Sohn des Hauses war und es einfach nicht sein wollte. Diesmal würde eben der Herbst alles durcheinanderbringen. Und auch wenn Annes Mitgefühl tief und echt war, spürte sie in einer kleinen Kammer ihrer Seele ein elektrisierendes Gefühl. Noch zu fern, um darüber Scham zu empfinden, aber deutlich genug, um zu verstehen, daß Rosina nichts abhalten würde, herauszufinden, wer sich am vergangenen Abend in die Kulissen geschlichen und Lorettas Leben ausgelöscht hatte. «Wenn du unbedingt willst, sprich mit Wagner. Und mit Claes, denn ich bin sicher, daß er genauso ungeduldig hören will, was du weißt, wie der Weddemeister.»

Sie goß das Wasser in die große Schale auf dem Tisch und sah zu, wie Rosina ihr Gesicht hineintauchte, sah den zarten weißen Nacken und spürte einen kurzen, heißen Stoß von Angst.

«Ich werde mit hinuntergehen», sagte sie schnell, «und aufpassen. Männer haben kein großes Talent zu merken, wenn genug gefragt ist. Und, Elsbeth, hol bitte ein frisches Brusttuch aus meinem Schrank. Das mandelfarbene, das macht nicht so blaß wie ein weißes.»

Als die beiden Frauen den Salon betraten, saßen Claes und Wagner, der Kaufmann und der Weddemeister, einträchtig über einen großen Bogen Papier gebeugt. Das geöffnete Tintenfaß stand auf dem Tisch, und die ersten schwarzen Kleckse breiteten sich auf dem polierten Kirschholz aus.

Elsbeth, die Anne und Rosina begleitet hatte, rannte davon, um für die Rettung des schönsten Tisches im Haus eine Filzunterlage aus dem Kontor zu holen, obwohl sich heute niemand ernstlich Gedanken um Tintenflecke machte. Anne und Rosina setzten sich Wagner und Claes gegenüber, und nachdem Anne mit einem kurzen, aber eindeutigen Blick klargemacht hatte, daß es ihr völlig egal war, ob das hier eine amtliche Vernehmung war, lehnte Claes sich mit verhaltenem Grinsen zurück und überließ Wagner das Wort. Er liebte seine Frau auch wegen ihrer Starrköpfigkeit.

Er bedauere sehr, begann Wagner, er wisse, die Tote sei eine Freundin gewesen, aber gerade deshalb, sie werde verstehen, sei besonders wichtig, was sie wisse und zu sagen habe. Auch wenn seine Fragen – er hüstelte auf die Art, die Rosina schon so gut kannte, und knetete seine kleinen, runden Hände – möglicherweise ein wenig indiskret sein würden.

Rosina nickte und sah ihn aufmunternd an. «Ich will auch wissen, wer es war. Fragt alles, was Ihr fragen wollt.»

Wagner steckte das große Tuch, das er sicherheitshalber für seine schwitzende Stirn bereitgehalten hatte, wieder in seinen Rock. Heute würde er nicht schwitzen müssen. Der Weddemeister war ein kleiner, dicker Mann, und wer ihn nicht kannte, hielt ihn auf den ersten Blick auch für einen kleinen, dummen Mann. Das war ein Fehler, denn er war vielleicht schüchtern und in Gegenwart von Senatoren und reichen Kaufleuten häufig unbeholfen, aber er war ein Jäger. Und sein harmloses Gesicht war, auch wenn er das gar nicht beabsichtigte, die beste Tarnkappe.

«Dr. Reimarus», begann er, «hat die Tote im Eimbeckschen Haus noch einmal gründlich untersucht, wie es seine Pflicht ist, wenn jemand eines unnatürlichen Todes gestorben ist, und er hat nur gefunden, was er gestern abend schon sagte. Jemand hat Mademoiselle Grelots Genick gebrochen. Und, das sagte er ausdrücklich, wer immer es getan hat, muß sich gut auskennen mit, nun ja, wie soll ich es nennen, mit solcherlei Praktiken. Wenn man es versteht, geht es ganz schnell und lautlos, anders als …» Ihm fiel gerade noch rechtzeitig ein, daß nun nicht der richtige Zeitpunkt war, den Unterschied zum Erwürgen und Erschlagen zu erläutern. «Ja, anders als andere Praktiken. Aber genug davon. Im Theater hat man mir gesagt, Mademoiselle Grelot habe mit Euch ein Zimmer im Krögerschen Haus geteilt, Rosina, und niemand kenne sie so gut wie Ihr. Ihr wißt wohl trotzdem nicht, wer für so eine Tat verdächtig sein könnte?»

Darüber hatte Rosina die ganze Nacht nachgedacht, und auch wenn ihr einiges eingefallen war, schwieg sie nun. In ihrem Kopf war noch ein großes Durcheinander, und sie wußte gut, wie flink einer eingesperrt und sogar gehenkt werden konnte, nur weil jemand seinen Namen genannt oder ihn verdächtig gefunden hatte.

«Nun», sagte Wagner. «Nun?»

«Ihr seht doch», mischte sich Anne schon ungehalten ein, «Rosina ist noch sehr verwirrt. Laßt ihr Zeit, und wenn sie darüber noch nachdenken muß, so fragt sie doch etwas anderes.»

«Gewiß, Madame Herrmanns, aber wir sollten uns nicht zuviel Zeit lassen. Das hilft nur dem Schurken zu entkommen.» Wagner sah den Kummer in Rosinas Augen, und es tat ihm weh, sie jetzt schon mit Fragen quälen zu müssen. Aber andererseits kannte er sie gut genug, um zu wissen, daß trotzdem hinter ihrer glatten Stirn ein präzises, ungeduldiges Uhrwerk arbeitete, um die Ereignisse der letzten Nacht immer wieder zu überdenken.

«Nun gut. Etwas anderes. Wir alle waren gestern abend im Theater, Rosina, aber Ihr seid die einzige, die hinter der Bühne war, jedenfalls bevor Mademoiselle Grelot starb. Sie war an diesem Abend die Souffleuse, das hat mir Monsieur Löwen gesagt. Geschah vor der Vorstellung etwas Ungewöhnliches? Gab es einen Streit? Oder waren Fremde hinter der Bühne? Überhaupt irgend jemand, der da nichts zu suchen hatte?»

Rosina schüttelte den Kopf. «Nein, nichts Ungewöhnliches. Es war eher ruhig. In dem Stück, das gestern gegeben wurde, treten neun Personen auf, zwei Frauen und sieben Männer. Das sind nicht sehr viele. Das Stück hat ja keine stummen Rollen. Ich weiß nicht, was in der Garderobe der Männer vor sich ging, sie ist im Anbau hinter dem Theater, aber bei uns war es ruhig. Madame Hensel war da, natürlich, sie fühlte sich nicht sehr wohl, und sie ist manchmal etwas ...», Rosina suchte nach dem richtigen Wort, «manchmal etwas harsch. Aber gestern war sie eher milder als sonst. Und Mareike war da, ihre Garderobiere, ein stilles Mädchen, ich habe sie kaum bemerkt. Mademoiselle Schulz, die die Haushofmeisterin spielte, war natürlich auch da. In der zweiten Garderobe waren die Tänzerinnen, aber die meisten von ihnen kamen erst, nachdem die Anfangsmusik begonnen hatte. Ihr Auftritt sollte den Abend beschließen, bis dahin war noch viel Zeit. Ich kenne sie kaum, und ich weiß nicht, ob in ihrer Garderobe etwas Ungewöhnliches geschah.»

«Und Mademoiselle Grelot? War sie anders als sonst? War sie unruhig oder bedrückt?»

«Nein.» Obwohl Rosinas Augen sich wieder mit Tränen füllten, lächelte sie. «Nein, sie war sehr vergnügt. Am nächsten Abend, heute abend sollte sie endlich ihren Auftritt haben. Sie hatte Monsieur Löwen erst vor wenigen Tagen eine große Rolle abgerungen, und sie war natürlich ein wenig unruhig, aber doch ihres Erfolges ganz sicher. Sie war tatsächlich eine wunderbare Komödiantin. Viel besser, als alle dachten.»

Wagner nickte. Die Feder in seiner Hand kratzte eilig über das Papier, dazu würde er später noch Fragen haben. «Und sie war gestern pünktlich?»

Rosina wischte energisch eine Träne ab, die langsam über ihre Wange rollte. «Pünktlich? Doch, sie war pünktlich, das heißt, sie kam keine Minute zu früh. Madame war schon ein wenig unruhig. Loretta kam immer auf die letzte Minute, aber sie war nie wirklich zu spät. Sie nahm das Theater sehr ernst, auch wenn es manchmal nicht so schien. Ernster als irgend etwas in ihrem Leben.»

«Gab es denn etwas anderes, das sie hätte ernst nehmen können?» fragte Claes, der bisher schweigend zugehört hatte, und beugte sich neugierig vor. «Es gab doch bestimmt Verehrer.»

«Mehrere. Sie war sehr charmant.»

«Verehrer.» Wagner nickte zufrieden. «Wen?»

«Ihr meint außerhalb des Theaters?»

«Ich meine überall.»

Rosina seufzte. «Zuletzt war da Lukas Blank, ein Kattundrucker. Aber er ist sehr freundlich, auch kein grober Mensch, und ich kann mir nicht vorstellen, daß er so etwas tun würde.»

Lukas Blank, notierte Wagner, und: *freundlich, nicht grob.* Dahinter setzte er ein Fragezeichen. «Wißt Ihr, in welcher Druckerei er arbeitet?»

«Bei Schwarzbach», sagte Claes, als Rosina den Kopf schüttelte. «Er war gestern abend im Parkett. Wir sahen ihn von der Loge aus. Aber ich glaube, kurz bevor das Orchester begann, ging er hinauf in die Galerie. Jedenfalls verließ er das Parkett.»

«Und? War er sich mit Mademoiselle Grelot einig?»

Das wußte Rosina nicht, und sie sah keinen Grund, von der kurzen Szene zu berichten, die sie am Abend zuvor im Hof beobachtet hatte. Warum auch? Das war nur eine kleine Auseinandersetzung, wie man sie mit Loretta jeden Tag haben konnte.

«Ich weiß nicht so genau um ihre Verehrer. Sie wohnte ja erst wenige Tage mit in meinem Zimmer.»

«Und *im* Theater? Madame Hensel mochte sie gewiß nicht besonders gerne, das wissen wir, aber Madame war zur Zeit des Todes auf der Bühne. Das haben Hunderte von Menschen gesehen. Gab es da – Verbindungen?»

«Monsieur Seyler setzte sich in der letzten Zeit sehr für Loretta ein, aber ich glaube nicht, daß er – ich meine, jeder weiß, daß Monsieur Seyler ein großer Verehrer Madame Hensels und immer galant mit den Frauen ist. Und ob die Sache mit David stimmt, weiß ich wirklich nicht.»

«David?»

«Ach, Wagner, guckt nicht gleich so gierig. David Rhye ist einer der Violinisten, ein Engländer aus Bath und ein großer Musiker. Mareike, Madame Hensels Garderobiere, hat gesagt, daß sie Loretta und ihn in einer Lustschute auf der Alster gesehen hätte. Aber Loretta hat nie von ihm erzählt, es kann nicht von Belang gewesen sein, und vielleicht hat Mareike sich auch geirrt oder nicht genau genug hingesehen. Fragt sie am besten selbst. Oder ihn. Aber ich kann mir nicht vorstellen ...»

«Ich weiß, Rosina, Ihr könnt Euch nicht vorstellen, daß er so etwas tun würde.»

«Nein, Wagner, das kann ich nicht. Auch wenn Ihr jetzt denkt, ich sei einfältig und blind für alles Schlechte. Ihr wißt genau, daß ich das nicht bin.»

In diesem Moment öffnete sich die Tür, und Blohm brachte ein Tablett mit einer großen Kanne Schokolade und einer Platte mit Quittenbrot und kleinen Carlsbader Kuchen voller Rosinen, Zimt und Mandeln.

«Laßt uns noch einmal untersuchen, was gestern während des letzten Aktes auf der Bühne und besonders hinter der Bühne passiert ist», sagte Wagner, als Blohm den Salon wieder verlassen hatte, und schnupperte mit Behagen am süßen Dampf des mit Anis, Muskat und Vanille verrührten Kakaos, einem für ihn ganz unerhörten Luxus. «Warum war Madame Hensel so verwirrt? Warum ist sie mitten in der Szene von der Bühne gelaufen? Oder war die Szene zu Ende gespielt?»

«Fast zu Ende, aber doch nicht ganz.» Und dann erzählte Rosina noch einmal, was gestern abend geschehen war.

Loretta habe in der vorderen Kulissengasse gestanden, genau auf dem Platz, den die Souffleuse immer einnehme.

In einigen der großen Hoftheater, erklärte sie, gebe es einen kleinen Kasten genau in der Mitte am Proszenium der Bühne zwischen den Rampenlichtern, in dem die Souffleuse während der ganzen Vorstellung sitze wie in einer Kiepe. Aber in diesem eben nicht. Madame Hensel brauche normalerweise keine Einhelferin, sie habe ein wunderbares Gedächtnis, und auch wenn sie wie alle an Lampenfieber leide, sei sie doch, sobald sie die Bühne betrete, ruhig und sicher. Sie tauche so in ihre Rolle ein, daß ihr die Worte wie die eigenen erschienen und zuflossen. An diesem Abend aber schmerzte ihre Schulter, und gewiß war sie ärgerlich, weil Seyler und Löwen Loretta die Rolle gegeben hatten, ohne sie zuvor zu fragen.

«Tatsächlich», fügte Rosina zögernd hinzu, «ist sie klug und erfahren genug, zu wissen, daß Loretta für sie eine echte Konkurrentin werden würde. Geworden wäre, meine ich.»

Jedenfalls geschah, was sonst nie geschah, Madame stolperte im Text. Es fiel zunächst niemandem auf, weil Loretta eben in der Kulissengasse stand und aushalf. Aber dann plötzlich nicht mehr, Madame wußte nicht weiter, und keine Stimme flüsterte ihr aus den Kulissen die nötigen Worte zu. Es reiche ja meistens schon ein Wort als Brücke zum verlorenen Text.

«Ich stand in der zweiten Kulissengasse auf der anderen Seite der Bühne», erklärte Rosina weiter. «Als ich merkte, daß Madame keine Hilfe mehr bekam, flüsterte ich den Text. Ich kann ihn auswendig, aber ich hatte große Sorge, daß man es im Parkett hören könnte, denn Madame war ja etliche Fuß weit entfernt.»

«Deshalb flatterte sie also plötzlich wie ein aufgeschreckter Vogel quer über die Bühne?» fragte Anne.

«Ja. Sie hatte mein Flüstern gehört, aber die Worte

nicht verstanden, also beeilte sie sich, näher zu kommen, und dann ging es ja auch weiter. Aber die fatale Situation, das Schweigen der Souffleuse, hatte sie so erschreckt und beschämt, daß sie in Panik geriet und schließlich zu früh von der Bühne stürzte. Und tatsächlich stürzte. Denn in der Kulissengasse lag ein großer Kleiderhaufen, was sie empörend fand, dort darf niemals etwas herumliegen. Es ist ja ziemlich dunkel hinter der Bühne, und der Abgang der Schauspieler muß geräuschlos sein. Sie stolperte …»

«Und da schrie sie das erste Mal?»

«Ja, Wagner. Da schrie sie das erste Mal.» Rosina schluckte. «Ich war zuerst wie erstarrt, ich hatte noch nie erlebt, daß eine Szene so verunglückte. So etwas darf einfach nicht passieren. Und als ich den zweiten Schrei hörte – er war so grauenvoll –, habe ich gar nicht mehr nachgedacht und bin einfach quer über die Bühne gelaufen. Und dann sah ich sie.»

Alle am Tisch wußten, was Rosina gesehen hatte. Madame Hensel lag halb aufgerichtet in der Kulissengasse, mit vom Schrei noch weit offenen Mund und dem blanken Entsetzen in den Augen. Sie hatte zornig den Kleiderhaufen beiseite schieben wollen, hatte das obenauf liegende Tuch weggezogen und entdeckt, daß der Kleiderhaufen gar keiner war, sondern Loretta, deren tote Augen sie anstarrten. Nach dem ersten Entsetzen, berichtete sie Dr. Reimarus später, habe sie gedacht, Loretta sei nicht tot, das könne ja gar nicht sein, sondern spiele ihr nur einen Streich, einen besonders degoutanten, entsetzlichen Streich.

Aber Loretta war tot, und bis der Arzt eintraf, herrschte hinter der Bühne ein großes Chaos. Rosina erinnerte sich nicht mehr an Einzelheiten. Sie kniete neben ihrer Freundin, und als sie begriffen hatte, daß alles Rufen und Schütteln nichts half, daß sie tatsächlich tot war, saß sie einfach da, Lorettas Hand umklammernd, und das Geschehen um sie herum verschwand hinter einem dicken Nebel, bis Dr. Reimarus sie sanft beiseite schob. Dann war da plötzlich Claes Herrmanns, der ihr ein Glas Branntwein in die Hand drückte, Anne, die es ihr schließlich an die Lippen führte, und auch Wagner tauchte aus dem Nebel auf, das wie stets sorgenvolle Gesicht noch sorgenvoller, aber seine Augen, das hatte Rosina selbst in ihrer Verwirrung bemerkt, wacher denn je. Wie die Augen eines Bussards, der auf der Suche nach Beute über einem abgeernteten Feld seine Kreise zieht.

Claes und Anne hatten nicht wie die anderen das Theater verlassen. In großer Sorge um Rosina hatten sie sich den Weg hinter die Bühne erkämpft, gefolgt von Agnes und Thomas Matthew. Agnes begann allerdings beim Anblick der Toten so sehr zu zittern, daß Thomas seine Frau sofort nach Hause begleitete, was ihm außerordentlich leid tat, denn so etwas, vertraute er Claes einige Tage später im Kaffeehaus bei einer Partie Billard an, erlebe man schließlich nicht alle Tage. Man solle das Theater zukünftig doch mehr unterstützen. Es wäre jammerschade, wenn es schließen müßte.

Wagner hatte an diesem Abend noch mit Löwen, Seyler und Madame Hensel gesprochen. Auch mit dem Kritiker, Monsieur Lessing, der zwar nicht wie sonst im Parkett gewesen war, sondern, so sagte er, erst aus der Schankstube im hinteren Teil des Theaters kam, als der Lärm von der Bühne immer größer wurde und sich gar nicht mehr nach der Komödie von Mr. Addison anhörte. Er hatte das Stück bei der ersten Aufführung im Mai gesehen und in seinem Journal kritisiert, um genau zu sein, nur kurz erwähnt. Mehr verdiene es nicht. Er wüßte keinen Grund, wahrlich keinen Grund, betonte er, es ein zweites Mal durchzustehen. Nein, in der Schankstube seien immer nur in der Pause Leute aus dem Publikum. Danach sei kein Fremder dort gewesen, außer ihm überhaupt nur einer von der Feuerwache, worüber man gewiß besser schweige, denn sein Platz sei ja in den Kulissen, und einer der Tänzer. Der Name sei ihm entfallen. Und natürlich Monsieur Seyler, mit dem er ein Glas getrunken und sich aufs schönste über die schreckliche Schändung der Shakespeareschen Texte auf den deutschen Bühnen gestritten habe. Monsieur Lessing erschien Wagner äußerst bekümmert über den Tod der jungen Komödiantin, und er war froh, die ersten Namen von der langen Liste der verdächtigen Theaterleute streichen zu können. Falls Monsieur Seyler die Worte des Kritikers bestätigen würde.

Alle anderen, die dichtgedrängt um die Tote herumstanden, waren viel zu aufgeregt und entsetzt gewesen, um halbwegs vernünftig auf seine vernünftigen Fragen zu antworten. Wagner würde in den nächsten Tagen noch viele Stunden im Theater verbringen müssen.

Was er selbst gesehen hatte, erzählte er nicht. Er war auf der Galerie gewesen, als die seltsamen Schreie und der Ruf nach dem Vorhang ertönten, und gleich hinunter und hinter die Bühne geeilt. Er hatte Madame Hensel schluchzen sehen, Monsieur Ekhof, der immer noch verkleidete Baron, sprach ein stummes Gebet, und Monsieur Ackermann, auf der Bühne das falsche, trommelnde Gespenst, schickte seine beiden Töchter, Charlotte und Dorothea, nach Hause, nicht ohne ihnen einen Hornisten und zwei Oboisten zur Bewachung mitzugeben. Was Umsicht und Vernunft bewies. Natürlich war es nie klug, zwei Kinder, ganz besonders Mädchen, am Abend alleine durch die Straßen laufen zu lassen, aber diese Begleiter hatten zudem zur Zeit des Mordes sichtbar für das ganze Publikum brav vor ihren Notenständern gesessen. Wagner hatte auch gesehen, daß der englische Violinist, den Rosina nun als David Rhye bezeichnete, eine ganze Weile neben ihr kniete, und trotz der Dunkelheit glaubte Wagner bemerkt zu haben, daß seine Aufmerksamkeit eher Rosina als der Toten galt. Rosina protestierte nicht, als Claes Herrmanns beschloß, sie werde diese Nacht nicht in ihrem Zimmer bei der Krögerin verbringen, sondern mit ihm und Anne in den Neuen Wandrahm fahren, Brooks warte mit der Kutsche voll warmer Decken vor dem Tor. Sie war ihm dankbar, sie hätte weder die Fragen der Krögerin noch den Anblick des leeren Bettes ertragen.

«Und nun ...» Wagner räusperte sich. Er war eine Amtsperson, er hatte seinem Auftrag zu folgen, was ihm normalerweise nicht schwerfiel, aber hier, im Salon des Hauses Herrmanns, zwischen Seide, geblümtem Kattun und duftendem Kakao in einer Tasse aus Meißner Porzellan, war er plötzlich nicht nur wegen der ungewohnten Umgebung unsicher. Es war viel schlimmer. Im letzten Jahr, nach dem plötzlichen Tod des Zuckerbäckers Marburger auf der Bastion Albertus, hatte Senator van Witten Claes Herrmanns gebeten, ihn, Wagner, bei der Suche nach dem Täter zu unterstützen. Und nun? Wagner glaubte nicht, daß der Senator das auch diesmal getan hatte, wahrscheinlich erfuhr er gerade jetzt erst von dem Mord im Theater. Aber Claes Herrmanns schien es offensichtlich selbstverständlich, daß er auch jetzt wieder der geheime Helfer der Wedde sein würde. Im letzten Sommer hatte es tatsächlich gute Gründe für den Einsatz des Kaufmanns gegeben, doch jetzt? Hier ging es um das Theater, da würde einer wie Herrmanns gleich auffallen, was der Aufklärung der bösen Tat nur hinderlich sein konnte.

Andererseits hatte er sich, abgesehen von einigen gefährlichen Eigensinnigkeiten, gar nicht so dumm angestellt, und, auch das wußte Wagner, es würde ihm kaum gelingen, ihn daran zu hindern. Wahrscheinlich würde er gleich behaupten, es sei ihm ein Anliegen und eine Pflicht, bei der Suche nach dem Mörder einer Freundin Rosinas, die ja eine enge Freundin des Hauses Herrmanns sei, zu helfen, wahrscheinlich …

«Wagner», unterbrach Claes seine Gedanken, «natürlich werde ich van Witten darüber informieren, aber es ist mir ein Anliegen, eine Pflicht, bei der Suche nach dem Mörder der Freundin Rosinas zu helfen. Ich will Euch nicht ins Handwerk pfuschen, aber mein Haus ist Mademoiselle Rosina eng verbunden, und niemand wird mich daran hindern. Also machen wir uns besser gleich gemeinsam auf die Suche.»

Wagner grinste. Es war das erste Mal, daß Claes Herrmanns ihn einfach so grinsen sah.

«Gewiß, Monsieur Herrmanns, ich dachte es mir schon. Der Senator wird kaum etwas dagegen einzuwenden haben, obwohl ich glaube, daß Euch das nicht hindern würde.»

Wagner wartete nun auf energischen Protest von Madame Herrmanns, auf die Sorge der liebenden Gattin, die es nicht zulassen will, daß sich ihr Mann zum einen in Gefahr, zum anderen in die Niederungen des Verbrechens begibt. Aber Anne, obgleich ihre Stirn sich in der Erinnerung an den gefahrvollen letzten Sommer ein wenig krauste, nickte nur. Für einen Moment fürchtete Wagner, daß er bald die ganze Familie Herrmanns, Madame Augusta eingeschlossen, im Auge behalten mußte. Er seufzte schwer, dann traute er sich endlich, in einen der köstlich duftenden Carlsbader Kuchen zu beißen.

«In einer Sache brauche ich Eure Unterstützung gleich», fuhr er schließlich fort. «Und gewiß auch die Eure, Madame Herrmanns.» Er sah Rosina streng an, legte beide Hände fest auf den Tisch und sagte ungewohnt energisch: «Mademoiselle, meine liebe Rosina, ich bitte Euch, ich befehle Euch sogar: Überlaßt die Aufklärung des Mordes mir. Und Monsieur Herrmanns natürlich. Ich weiß, wie ausgezeichnet unsere Zusammenarbeit im letzten Jahr war, ganz ausgezeichnet sogar, aber da ging es um ganz andere Verbrechen. Es wurden nur – pardon, Monsieur Herrmanns, Ihr versteht, wie ich es meine –, nur reiche Männer getötet. Nichts, was Euch von vornherein gefährlich werden konnte, weil niemand in diesen Kreisen in Euch eine Gefahr vermutete. Aber hier geht es um den Tod einer Komödiantin, und Ihr seid auch eine. Wer immer Mademoiselle Grelot getötet hat, muß irgendeine Verbindung zum Theater haben, und sei es als Zuschauer. Ihr müßt mir versprechen, nicht auf eigene Faust nach dem Mörder zu suchen. Fest versprechen. Ihr könntet sehr schnell in Gefahr kommen, wenn derjenige merkt, daß ihr Fragen stellt, daß ihr vielleicht etwas wißt oder herausfindet, das ihm gefährlich ...»

«Sehr richtig, Wagner», rief Claes, griff in seine Rocktasche und zog einen zerknitterten Bogen Papier heraus. «An einer der vorderen Säulen der Börsenhalle hing heute morgen dies hier, ein böses Pamphlet gegen alle, die mit dem Theater zu tun haben. Eine üble Faselei von Sünde, Gotteslästerung, von vom Satan verführten Weibern und solcherart Schändlichkeiten. Womöglich ist dieser Mörder auch so eine verirrte Seele, die es sich zur Aufgabe gemacht hat, die Stadt – wie heißt es hier? – ‹vom gottlosen fremdländischen Unrat zu reinigen›.»

«Wie dumm und schrecklich.» Anne griff zornig nach

dem Pamphlet und überflog die Zeilen. «Auf keinen Fall wird Rosina wieder in die Neustadt zurückkehren. Du wirst hier bei uns wohnen. Allein in deinem Zimmer bei der Krögerin, kein vernünftiger Riegel an der Tür, von einem Schloß ganz zu schweigen, das ist nicht gut für dich. Die Krögerin hat nicht einmal einen Hund, und ihre Gänse sind so fett und faul, die schnattern ja kaum, wenn sie am letzten Adventssonntag ein Messer sehen. Ich könnte kein Auge zutun. Nicht wahr, Claes, Rosina wird …»

«Nein!» Rosina hatte nun genug davon gehört, was sie tun oder nicht tun werde. Sie sah alle der Reihe nach an, Anne, Claes und Wagner, sah die Sorge in den Gesichtern, aber auch die Kühle und Selbstgewißheit, die sich stets in die Augen der Menschen schleichen, wenn sie über das Tun und Lassen anderer entscheiden. Egal, ob in böser oder guter Absicht.

«Nein!» sagte sie noch einmal und so laut, daß Blohm, der auf der anderen Seite der Tür lauschte, um Elsbeth genau Bericht erstatten zu können, erschrocken zurückfuhr, weil er dachte, die Tür habe sich geöffnet. «Auf gar keinen Fall. Das verspreche ich nicht! Befehlen könnt Ihr mir gar nichts. Und wenn Ihr mich bittet, muß ich Euch diese Bitte abschlagen. Ihr sagt es selbst, Wagner, es muß jemand sein, der mit dem Theater zu tun hat. Niemand von Euch kann sich im Theater so frei bewegen, niemand wird Euch das erzählen, was ich erfahren kann, einfach indem ich hier und da ein wenig zuhöre. Euer Appell ist gut gemeint, Wagner, das weiß ich, aber Ihr könnt nicht im Ernst annehmen, daß ich mich nun auf die Trauerbank setze, die Hände im Schoß falte und über einem Gebet warte, daß Lorettas Mörder gefaßt wird. Im letzten Jahr war ich nur neugierig, in diesem Jahr bin ich zornig, und ich werde

Loretta nicht im Stich lassen, indem ich mich von Euch wie ein Kind behandeln und einsperren lasse.»

Claes war der erste, der laut zu lachen begann, Anne stimmte mit ein, wenn auch ein wenig halbherzig, und auch Wagner, der eben noch so schön gegrinst hatte, verzog seine Lippen zu einem noch schöneren Grinsen.

Blohm erzählte bald darauf in der Küche, was er gehört hatte. Elsbeth nickte zufrieden. Allerdings fand sie es schade, daß Rosina sich auch nach der folgenden längeren Debatte nicht doch noch bereit erklärt hatte, wenigstens im Herrmannsschen Haus zu wohnen. In der Neustadt, hatte sie gesagt, wohnten die meisten Komödianten, die Krögerin wisse alles, und was sie nicht wisse, erfahre Jakobsen. Und der Wirt vom *Bremer Schlüssel* werde auch auf sie aufpassen, wenn es hart auf hart komme. Die Schenke sei ja nur wenige Häuser entfernt. Und nun sei genug debattiert. Nun wolle sie endlich mit der Arbeit beginnen.

5. KAPITEL

DONNERSTAG, DEN 8. OKTOBER,
VORMITTAGS

Freda Blank strich die dunkle Haarsträhne, die schon wieder aus dem Kamm gerutscht war, mit der linken Hand hinter das Ohr. Dann schob sie das Blatt weiter ins Licht und betrachtete es mit gerunzelter Stirn. Monsieur Klappmeyer hatte drei Entwürfe zur Auswahl bestellt, bevor er sich für ein Muster für die neue Ausstattung seines Speisesaals entscheiden wollte. Es sollte eine anmutige Hirtenszene zeigen, in die die Fassade seines Hauses wie ein Wappen eingearbeitet war. Freda war daran gewöhnt, ihre Muster nach den Wünschen der Käufer zu gestalten, aber diesen fand sie so eitel und unpassend, daß ihr ein Entwurf nach dem anderen mißlang. Nun endete schon der achte Bogen zerrissen in dem Korb unter ihrem Tisch, und gerade, als sie beschloß, sich die Fassade einfach als eine besonders schöne, nur etwas eckige Blüte vorzustellen, und zum Rötelstift griff, um mit neuer Zuversicht und ohne künstlerische Bedenken die geforderten Muster zu skizzieren, kam einer der Druckergehilfen herein. Sie möge zu Monsieur Schwarzbach kommen, der Herr erwarte sie gleich im Kontor. Und schon war er wieder verschwunden.

Freda erhob sich, schloß mit einem Seufzer das Fenster, wischte sich die rötlich verfärbten Hände an einem groben Leintuch ab und machte sich auf den Weg. Sie war

Schwarzbach dankbar. Oder sollte sie besser sagen: zu Dank verpflichtet? Er bot ihr die Möglichkeit, ihren Lebensunterhalt zu verdienen, ohne sich als Dienerin fühlen zu müssen. Sie arbeitete hart, aber immerhin war es eine Arbeit, die sie gerne tat und die ihren Talenten entsprach. Als Putzmacherin oder Weißwäscherin, selbst wenn jemand sie als Köchin, Hausdame oder Gouvernante ins Haus geholt hätte, wäre sie kläglich gescheitert. Für diese Art Beschäftigungen, die verarmten Mädchen aus guten Familien ohne hilfreiche Verwandte offenstanden, hatte sie keine Talente. Vor allem fehlte es ihr an der dazu nötigen Bereitschaft, den Nacken zu beugen.

Aber mußte sie ihm wirklich dankbar sein? Als sie für sich und ihren jüngeren Bruder ein neues Leben aufbauen mußte und niemand ihr eine Arbeit geben wollte, hatte er sie als Schildermädchen und Lukas als Streichjungen, als Gehilfen der Drucker, eingestellt. Für den üblichen Hungerlohn, der kaum zum täglichen Brot reichte. Daß er ihre Talente schnell erkannte und sie nun schon seit drei Jahren als Musterzeichnerin und Lukas seit dem letzten Winter als Drucker arbeiten konnte, war ein Glück. Es waren gutbezahlte Positionen, die ihnen nicht annähernd ihr altes, aber doch ein halbwegs unabhängiges Leben ermöglichten. Und nur sehr selten fand sich eine Frau unter den Musterzeichnern, Schwarzbach war für diese Entscheidung verspottet worden. Allerdings nur, bis die ersten von Fredas Entwürfen auf Kattun gedruckt und verkauft worden waren.

Tatsächlich, dachte sie nun, war es also auch ein Glück für ihn. Freda war wohlerzogen und stets zurückhaltend, aber sie wußte um den Wert ihrer Leistungen. In den letzten Wochen allerdings fiel ihr die Musterzeichnerei oft schwer. Was sie zu Anfang so begeistert hatte, erschien ihr nun als Wiederholung des stets Gleichen. In ihrem Kopf entstanden immer häufiger andere Bilder, ihre Hände wollten Gesichter, Landschaften, Allegorien zeichnen, Bilder, wie sie sie im letzten Jahr auf ihrer großen Reise gesehen hatte.

Weil es ihr anders als den Männern natürlich nicht möglich war, auf Wanderschaft zu gehen, um neue Techniken und Muster zu lernen, hatte Schwarzbach sie für einige Wochen zu befreundeten Manufakteuren in England geschickt, damit sie ihre Fähigkeiten und ihr Wissen erweiterte. Diese Reise, die erste in ihrem Leben, hatte sie als ein geradezu berauschendes Glück empfunden. Inzwischen war sie nicht mehr so sicher. Sie hatte viel gelernt, aber sie hatte auch ihre Ruhe und Zufriedenheit verloren, denn es waren nicht nur Kattunmuster, die sie dort gesehen hatte, sondern auch die Werke großer Maler, die in England, besonders in London, anders als in Hamburg hoch geehrt wurden. Und dann, nur zwei Wochen vor ihrer Heimreise, war eine junge Dame, bezaubernd schön und von erlesener Eleganz, nahe dem Golden Square in ihrer Kutsche an ihr vorbeigefahren. Die Leute hatten sich neugierig nach ihr umgesehen und gesagt, Miss Kauffmann, so hieß die Dame, sei eine Malerin, eine Schweizerin, die in London schon fast berühmter sei als Mr. Reynolds. Sie lebe in einer wahrhaft fürstlichen Residenz und denke nicht daran, nur Porträts zu malen, wie es sich für eine Dame gehöre. Nein, sie male alles, wonach ihr der Sinn stehe, und neuerdings sogar Deckengemälde für Mr. Adams, den berühmtesten Baumeister des Landes.

Sie male alles, wonach ihr der Sinn stehe. Das war nun in Fredas Kopf eingebrannt, und je länger das Echo dieser Worte in ihr lebte, um so vermessener wurden ihre Wünsche, um so größer und vielfältiger wurden die Bilder, die sie malen wollte. Bilder, die sich allerdings gewiß nicht für den Kattun eigneten. Sie wußte nicht, wie, aber sie würde, sie mußte einen Weg finden, diese Bilder irgendwann zu malen. Auch wenn sie nicht wie Miss Kauffmann einen Maler als Vater und stolzen Förderer hatte.

Sie verscheuchte die Gedanken an Miss Kauffmann und eine bessere Zukunft und blieb vor dem Kontor stehen. Durch die Scheibe der Kontortür sah sie Schwarzbach am Fenster stehen. Er hatte ihr den Rücken zugewandt, und zum erstenmal dachte sie, daß er vielleicht einen Weg bot. Wenn sie sich nur überwinden könnte, der Aufforderung seiner Blicke zu folgen. Es war ein hoher Preis, und obwohl sie noch nie von einer Ehefrau gehört hatte, die über das Wohl der Familie hinaus ihre eigenen Pläne hatte oder sie sogar verwirklichte, wollte sie darüber nachdenken.

«Ihr habt mich rufen lassen?»

Er drehte sich um, und sie sah sofort, daß er diesmal nicht nur einen Vorwand gesucht hatte, um mit ihr zu sprechen. Sein Gesicht erinnerte sie an das der Statue des heiligen Ansgar in St. Petri. Ein äußerst kühler, strenger Mann in der Gewißheit des rechten Glaubens.

«Ja. Bitte», er zeigte auf einen Stuhl, mit einem ihrer schönsten Kattunmuster bezogen, «wenn Ihr Euch setzen wollt.»

Er selbst blieb stehen, verschränkte die Hände und sah, nun das sonnenhelle Licht des Fensters im Rücken, auf sie hinab. «Ich will nicht lange Vorreden halten, Freda. Ich habe ein ernstes Problem, und das will ich mit Euch besprechen. Es ist etwas geschehen, und ich hoffe, daß wir eine Lösung finden, die uns allen – wie soll ich sagen? Uns allen zum Vorteil gereichen wird.»

Sie sah ihn aus diesen kühlen grauen Augen an, die alle Schliche zu durchschauen schienen, und, wie so oft in ihrer

Gegenwart, wurde es ihm unbehaglich. Vielleicht hätte er doch gleich zur Wedde gehen und den Diebstahl anzeigen sollen. Noch vor wenigen Minuten war ihm sein Plan grandios erschienen. Nun war er sich nicht mehr so sicher. Sicher schien ihm allerdings immer noch, daß nicht irgend jemand der mehr als 200 Menschen, die für ihn arbeiteten, sondern niemand außer Lukas, Fredas Bruder, der Dieb sein konnte. Vielleicht war das vermessen, er hatte ja keine Beweise, vielleicht trieben ihn nur seine heimlichen Wünsche in einen fatalen Irrtum. Aber er hatte oft genug von Lukas' unpassendem Lebenswandel gehört, von seiner Großsprecherei, und letztlich, wer sollte es sonst gewesen sein? Gelegenheit macht Diebe. Und hier war ihm ganz klar, daß nur Lukas um die Gelegenheit gewußt haben konnte. Und daß er sie genutzt hatte. Ob er das mit Fredas Hilfe und Einverständnis getan hatte, darüber wollte er nun nicht nachdenken. Das wäre nicht sehr angenehm, eine ungünstige Erschwernis, aber es würde seinen Plan nicht wirklich stören. Wer ein Ziel verfolgte, durfte nicht zimperlich sein.

«Hat Monsieur Klappmeyer seinen Auftrag zurückgezogen? Oder Monsieur Herrmanns?» fragte Freda in seine Gedanken.

«Auftrag? Aber nein, nichts dergleichen. Ihr erinnert Euch doch gewiß: Als Monsieur Herrmanns hier war, habt Ihr das Musterbuch in die Truhe zurückgelegt und sie dann verschlossen.»

Freda nickte. «Und danach gab ich Euch den Schlüssel zurück.»

«Seid Ihr sicher, daß die Truhe wirklich verschlossen war?»

«Natürlich. Ich habe in beiden Schlössern den Schlüssel umgedreht. Allerdings ...»

«Allerdings?»

«Nun, das ist etwas, das man, ohne viel darüber nachzudenken, tut. Man dreht einfach einen Schlüssel um. Aber doch», sagte sie nachdenklich, «ich erinnere mich, daß ich es tat. Es war ja erst gestern und das letzte Mal, daß ihr mich die Truhe verschließen ließet. Aber warum fragt ihr danach?»

«Weil heute morgen, als ich in das Kontor kam, zwar der Deckel heruntergeklappt, die Truhe aber nicht verschlossen war.»

«Das verstehe ich nicht. Ich habe den Schlüssel ganz bestimmt in beiden Schlössern herumgedreht. Aber gewiß erinnert Ihr Euch», fuhr sie nach kurzem Zögern fort, «ich habe Euch schon vor einiger Zeit darauf hingewiesen, daß es nötig sei, den Schlosser zu holen. Die Schlüssel bewegen sich schwer, und manchmal kostet es Mühe, die Riegel einrasten zu lassen.»

Das stimmte. Aber Schwarzbach hatte Fredas Hinweis nicht beachtet und schnell vergessen. Er wußte nicht mehr, warum, irgend etwas war wohl immer eiliger gewesen.

«Kostete es gestern auch Mühe?»

Daran erinnerte Freda sich nicht, aber sie schwieg. Sollte sie erklären, daß sie unaufmerksam gewesen und an etwas anderes gedacht hatte? Nämlich Madame Herrmanns zu bitten, daß sie ihr erlaubte, ihrem Stiefsohn botanischen Zeichenunterricht zu geben. Das wäre ein Anfang. Aber das konnte sie gerade Schwarzbach nicht anvertrauen.

«Nun? Ihr überlegt lange.»

«Weil ich gründlich überlege. Nein, ich kann mich nicht erinnern, daß es schwer ging. Aber wenn ich jetzt gleich nach dem Schlosser schicke, braucht Ihr Euch darum keine Gedanken mehr zu machen.»

«Natürlich werde ich die Schlösser sofort richten lassen, aber es ist zu spät, Freda. In der vergangenen Nacht ist jemand eingebrochen und hat wichtige Dokumente aus der Truhe gestohlen. Sehr wichtige, kostbare Dokumente. Könnt Ihr mir sagen, wer außer Euch wußte, daß die Schlösser schadhaft sind?»

Freda starrte ihn an, sein Gesicht erschien ihr fremd, die Augen schmaler, die Lippen blasser. Zu spät, hatte er gesagt. Zu spät.

Schwarzbach beobachtete sie, und er sah, wie ihre grauen Augen dunkler wurden, er sah ihre Angst, und das gab ihm Stärke.

«Ich kann nicht glauben, daß einfach irgend jemand von der Straße hereinkommt, zufällig die Truhe offen vorfindet und mit meinem Musterbuch davonläuft.»

«Das Musterbuch? Es ist gestohlen?»

Schwarzbach nickte. «Und auch, ich vertraue nun auf Eure absolute Verschwiegenheit, Baders Rezeptheft. Er hat es mir versiegelt anvertraut, damit ich es in der Truhe sicher verwahre. Ich muß Euch nicht erklären, wie geheim und wertvoll die Rezepte der Coloristen sind. Die Leuchtkraft und Dauerhaftigkeit der Farben sind das Kapital jeder Kattundruckerei. Nicht umsonst wird kaum ein Handwerker so gut bezahlt wie unsere Färber. Zu gut, wenn Ihr mich fragt. Der Diebstahl ist ein großes Unglück.»

«Aber Ihr könnt nicht glauben, daß ich die Rezepte gestohlen habe. Ich wußte nicht einmal, daß Ihr sie verwahrt. Ihr selbst habt mir erklärt, daß die Coloristen ihre Rezepte auch vor den Manufakturherren geheim halten.»

Er sah sie an. Wenn sie sich nun kalt und mit gestrafftem Rücken erhob, wenn ihre Augen wieder heller wurden, würde er seinen Plan verwerfen. Aber sie blieb sitzen, ihre beiden Hände legten sich fest um die Lehnen. Sie erschien ihm kleiner als zuvor.

«Ihr werdet verstehen, daß mir der Gedanke trotzdem kam.» Seine Finger glitten sachte über den aufgeklappten Deckel der Truhe. «Aber ich kenne Euch gut, und Ihr wißt, wie sehr ich Euch schätze. Es macht auch keinen Sinn. Ihr habt selbst viele der Muster gezeichnet, warum solltet Ihr das Buch stehlen? Das Rezeptheft allerdings wäre für Euch wie für jeden anderen von großem Wert. Und wäre es nicht möglich, daß Ihr es in der Truhe gesehen habt?»

«In der Truhe liegen so viele Papiere, ich habe sie nie beachtet.» Ihre Stimme zitterte, und die Hast ihrer Worte verriet nur mühsam beherrschte Furcht. «Ich versichere Euch, ich habe es nicht gesehen. Ich bin Euch dankbar für meine Arbeit, warum sollte ich Euch schaden? Ihr könnt das nicht glauben. Ich würde doch auch mir schaden. Und …» Sie suchte nach Beweisen für ihre Unschuld, nach Worten, die das, was er gleich sagen würde, schon im voraus entkräften konnten. Sie wußte nun, wen er wirklich im Verdacht hatte. «Ich würde mir fürchterlich schaden, und ich hätte keine ruhige Minute mehr, Ihr wißt, daß ich aus einer ehrbaren Familie stamme. Hätte mein Vater betrogen oder es auch nur in Erwägung gezogen, würde die Kattundruckerei Blank heute noch …»

«Ihr habt recht. Ich kann Euch nicht ernsthaft verdächtigen. Und ich will es auch nicht, deshalb frage ich Euch noch einmal: Habt Ihr jemandem erzählt, was in der Truhe verwahrt wurde? Und – das ist von noch größerer Bedeutung – daß das Schloß nicht mehr richtig greift? Habt Ihr Eurem Bruder davon erzählt, Freda?»

Genau diese Frage hatte sie erwartet, und sie war dagegen gewappnet. Sie erhob sich, kühl und mit gestrafftem

Rücken, aber es war zu spät. Wieder zu spät. Sie stand vor ihm, den Kopf erhoben, und spürte, daß er ihre Strenge als hilflose Maske erkannte.

«Ich weiß, daß Ihr meinen Bruder für leichtfertig haltet. Und vielleicht», sie schluckte trocken, «vielleicht ist er das hin und wieder. Unsere Eltern haben ihn nicht für das Leben erzogen und vorbereitet, das wir nun führen. Das war falsch, doch so ist es nun einmal. Aber er ist ein guter Drucker, und ganz sicher ist er kein Dieb.»

Schwarzbach schwieg. Er wußte jetzt, daß sein Plan gut war. «Ganz sicher nicht. Auch Euer Vater war ja, wie Ihr mich gerade erinnertet, ein ehrenwerter Mann», sagte er schließlich mit einem Lächeln, das sie nicht zu deuten wußte. «Ich mache Euch deshalb einen Vorschlag. Bader wird sein Heft in den nächsten Tagen nicht vermissen. Er hat seine Rezepte im Kopf, und so bleibt ein wenig Zeit. Ich werde auch nicht, wie ich es heute morgen selbstverständlich vorhatte, den Diebstahl der Wedde anzeigen. Nicht bis, sagen wir: in vier Tagen. Wenn nach vier Tagen das Musterbuch und das Rezeptheft wieder in meinem Kontor sind, *könnte* ich bereit sein, den Vorfall zu vergessen. Ich könnte sogar versäumen, Bader über den Diebstahl zu informieren, denn wer ein solches Heft einmal in Händen hat, wird nicht so dumm sein, es zurückzugeben, ohne die Rezepte vorher abzuschreiben.» Er nahm ihre Hand und hielt sie fest umschlossen. «Doch ich könnte den Vorfall vergessen», wiederholte er leise, «wenn wir ihn unter anderen Voraussetzungen betrachten könnten. Als ein kleines Problem, wie es in Familien ab und zu entstehen kann. Versteht Ihr mich?»

Sie verstand ihn. Sie sah auf seine Finger, breit und ungewöhnlich kräftig für einen Mann, der seine Tage im Kontor verbrachte, und der Gedanke, daß diese Hände sie nie wieder loslassen würden, bereitete ihr Übelkeit. Zum erstenmal in ihrem Leben haßte sie ihren Bruder.

«Aber das kann doch gar nicht sein. Das Haus ist erst zwei Jahre alt. Ihr tut ja so, als sei es ein bröckeliger Tempel aus der Römerzeit.»

Löwen stand in der Mitte der Bühne, den Kopf weit zurück in den Nacken gelegt, beschattete seine Augen mit beiden Händen und starrte hinauf zur Oberbühne. Rosina überlegte, ob die Rötung seines Gesichts an dieser anstrengenden Haltung oder an mühsam unterdrücktem Zorn lag. Der Klang seiner Stimme ließ auf Zorn schließen.

«Zwei Jahre sind eine lange Zeit», klang es gedämpft von der Oberbühne, «und Ihr werdet bestimmt davon gehört haben, daß dieses Theater vom ersten Tage an eine wackelige Angelegenheit war.»

«Wackelige Angelegenheit? Ich bitte Euch, es hat damals ein paar Probleme gegeben, durchaus strittige Probleme, die die Baudeputation aber schon vor der ersten Vorstellung ausbessern ließ.»

«Notdürftig, äußerst notdürftig. So ein großes Gebäude ganz und gar aus Holz ist immer, wie ich schon sagte, eine wackelige Angelegenheit, und der Mörtel im Fundament, das ist amtlich, ist viel zu mager. Ist eine Tote nicht genug? Wollt Ihr, daß das ganze Haus über Eurem Publikum einstürzt?»

Rosina hörte ein dumpfes Poltern hoch über den Soffitten, dann stiegen schwere Schritte die hölzerne Treppe hinab, und ein vierschrötiger Mann mit einem breitkrempigen schwarzen Hut trat auf die Bühne.

«Alles voller Streben und Eisenklammern da oben, wie auch an den Wänden und am Dach hinter den Logen und der Galerie. Flickwerk sage ich dazu.»

«Pardon, Monsieur.» Rosina trat aus den Kulissen in das dämmerige Licht der Bühne. «Erst gestern war ein Baumeister hier und hat gefunden, daß das Haus solide ist. Warum muß es schon wieder geprüft werden?»

«So ein Haus ist nie genug geprüft.» Der Mann beachtete die junge Frau nicht, deren Kleid viel zu schlicht war, als daß sie von Bedeutung sein konnte. Er sah Löwen an, als habe der die Frage gestellt, und hob mahnend den Hammer, mit dem er gerade erbarmungslos an den Dachstreben herumgeklopft hatte. «Es geht um Menschenleben. Obwohl ich sagen muß, wer in ein Theater geht, ist selbst schuld. Wer sich in Gefahr begibt, kommt darin um. Buch Sirach, Kapitel drei, Vers siebenundzwanzig.»

Löwen nickte ergeben. Er hatte sich längst abgewöhnt, mit Menschen zu streiten, die gleich eine passende Bibelstelle samt Kapitel- und Versnummer auf der Zunge trugen.

«Gewiß», sagte er. «Die Bibel ist das Buch der Bücher. Lobet den Herren. Ja. Aber das möchte ich auch wissen: Warum macht Ihr diese neue Untersuchung? Wer hat Euch beauftragt?»

«Das Maurer- und Zimmeramt natürlich. Wir haben neue Hinweise auf Mängel, erhebliche Mängel. Wenn Ihr mir nun den Weg zu den Garderoben zeigen wollt?»

Löwen versuchte gar nicht erst herauszufinden, was die Baudeputation vom Maurer- und Zimmeramt unterschied und welche der beiden Institutionen letztlich zu bestimmen hatte, ob in diesem Haus Theater gespielt werden durfte oder nicht. Er hatte sich auf solche Dinge nie verstanden und gerade jetzt ganz andere Sorgen. Für diese neue, tatsächlich schwerwiegende, hatte er einfach keinen Platz mehr. Es würde sich schon alles regeln, irgendwie, und so warf er Rosina nur einen müden Blick zu und beeilte sich, den mürrischen Mann mit dem Hammer in die Garderoben zu führen.

Rosina konnte sich vorstellen, warum der Zimmermeister das Dach, die Stützpfeiler und die Bühnenmaschinerie überprüfte. Aber was gab es in den Garderoben zu untersuchen?

Monsieur Löwen, fand sie, stellte nie die richtigen Fragen, er war einfach nicht neugierig genug. Sie sah hinüber zu der Kulissengasse, in der die Souffleuse ihren Platz hatte, und schloß für einen Moment die Augen. Dann beeilte sie sich, die beiden Männer einzuholen.

Der Zimmermeister stand in der Garderobe der Schauspielerinnen und sah sich mit zusammengekniffenen Augen um. «Aha», sagte er, klopfte mit den Knöcheln an der Wand zwischen den Fenstern entlang, prüfte mit dem Hammer hier und da die Decke und öffnete und schloß alle Fensterriegel und die Tür zur Garderobe der Tänzerinnen. Dann betrachtete er mißbilligend die Schmink- und Ankleidetische, rüttelte an den Platten und zog die erste Schublade heraus.

«Fürchtet Ihr, auch eine der Schubladen könnte uns erschlagen, Monsieur? Publikum hat hier ja keinen Zutritt. Vielleicht solltet Ihr auch die Körbe mit den Requisiten überprüfen.» Rosina zeigte mit unschuldigem Lächeln auf die Körbe neben den Kostümstangen. «Neulich erst ist mir einer der Deckel auf die Hand gefallen, und ich konnte eine ganze Stunde lang kaum mein Mieder binden.»

Der Zimmermeister sah verächtlich auf den Daumen, den sie hochgestreckt wackeln ließ, und wandte sich wieder an Löwen. «Hier sind nur Frauenkleider», sagte er, und es klang, als habe er eine Konfektschale entdeckt, aber leer gefunden.

«Natürlich! Die Herren haben eine eigene Garderobe. Wir halten auf Anstand, wie andere Bürger auch. Was dachtet Ihr?»

Das erforderte keine Antwort. Löwens Angebot, ihm auch diese Räume im hinteren Anbau des Hauses zu zeigen, lehnte der Zimmermeister ab. Es sei nun wohl genug, man werde Nachricht geben. Er steckte seinen Hammer zu dem anderen Werkzeug in seinen ledernen Beutel und war schon verschwunden.

Erst am nächsten Tag fiel Rosina auf, daß der Mann vom Maurer- und Zimmeramt genau gewußt hatte, welche der Türen zur hinteren Treppe in den Hof führte. Wahrscheinlich, dachte sie, war er früher schon hier gewesen, zu einer der vielen Prüfungen, die das Haus seit seinem Bestehen erfahren hatte.

Löwen ließ sich stöhnend in einen Ruhesessel fallen und rieb sich müde die Augen. «Der hat uns wirklich noch gefehlt», murmelte er. «Aber gut, daß Ihr nach seinem Auftrag gefragt habt, ich hätte das völlig vergessen.»

«Aber nach seinem Namen habt Ihr doch gefragt?»

Löwen zog beschämt die Schultern hoch. «In meinem Kopf summt es wie in einem Bienenkorb zur Lindenblüte. Es ist so furchtbar. Die arme Loretta. Zuerst dieser schreckliche Tod, und nun will sie niemand haben.»

«Haben? Was meint Ihr damit?»

«Haben eben. Ihr könnt auch sagen: Niemand will ihr das einzige Stück Erde geben, das wir alle am Ende brauchen.»

Es kämen nur zwei Friedhöfe in Frage, erklärte er, nämlich der bei der Gertrudenkapelle im Jakobi-Kirchspiel und der bei St. Annen nahe der Bastion Nicolaus. Wirklich hübsche Plätze, wenn man bedenke, daß sie den Armen vorbehalten seien. Obwohl der von St. Annen bei aller guten Aussicht ein wenig nah am Wasser sei. Wenn wieder eine hohe Flut komme – aber das sei nun sowieso eine müßige Sorge.

«Daß sie eine Komödiantin war», fuhr er fort, «ist es nicht allein. Auf den Armenfriedhöfen übt man sich da auch in dieser Stadt schon ein wenig in Toleranz. Aber Loretta war eine einfache, hier noch ganz unbekannte Komödiantin, vor allem aber eine Ermordete und zudem, so sagte man mir, von zweifelhaftem Ruf, wovon ich allerdings nichts weiß. Einer der Pastoren von St. Annen soll gesagt haben, wer so einen Tod erleide – die Herren wissen sich immer sehr gewählt auszudrücken –, müsse Verbindung zu schlechter Gesellschaft gehabt haben, trage ergo selber Schuld. Hat er die Geschichte vom ersten Stein, den man in solchen Fällen werfen soll, vergessen? Egal, sie wollen unsere Loretta nicht. Selbst wenn niemand etwas dagegen hätte, unsere berühmte Henselin in St. Michaelis zu beerdigen.»

Löwen kicherte, was Madame Hensel, die in diesem Augenblick die Garderobe betrat und die letzten Sätze sehr gut verstanden hatte, absolut unpassend fand. Ihr Blick schoß auf Löwen zu wie ein vergifteter Pfeil.

Die Schrecken der vergangenen Nacht waren noch in ihrem Gesicht, inzwischen allerdings zu schwelendem Zorn gewandelt. Glück für Löwen, daß sie von Mareike abgelenkt wurde, die ihr wie stets einem Hündchen gleich gefolgt war. Das Mädchen, allein schon wegen seines Berufs von beachtlicher Ordnungsliebe, schob mit einem kräftigen Knall die Schublade von Madame Hensels Garderobentisch zu.

«Meine Schublade», sagte die Henselin, und noch einmal, allerdings sehr viel lauter: «Meine Schublade?! Wie könnt Ihr es wagen, meine Schublade anzurühren?»

Rosina hielt Löwen für eine zwar nervöse, aber sanfte Natur. Das erstaunliche Gebrüll, mit dem er sich nun die Anschuldigung verbat, ihre Schublade durchsucht zu haben, die ganz gewiß das letzte war, was ihn in diesen Tagen und überhaupt an allen Tagen interessiere, übertönte das klirrend anklagende Zetern der ersten Dame des Hauses um ein Vielfaches.

DONNERSTAG, DEN 8. OKTOBER, MITTAGS

Claes Herrmanns hatte sich umsonst gesorgt. Zwar schien jeder zu wissen, daß er und Anne gestern abend im Theater gewesen waren und sogar die Tote gesehen hatten. Auch herrschte in Jensens Kaffeehaus das übliche Gedränge nach Börsenschluß, und der Wirt flitzte pausenlos mit einem schwerbeladenen Tablett zwischen den Tischen herum, um die Wünsche der Männer nach Kaffee mit den verschiedensten Gewürzen und Beimischungen, nach Tee, Tabak, Pfeifen und den neuesten Zeitungen aus London, Genua, Paris oder Amsterdam zu bedienen. Aber das Interesse am Tod im Theater verging schnell, nachdem Claes versichert hatte, es sei in der Tat ganz und gar unblutig zugegangen, und das Gerücht, die junge Komödiantin habe bis auf ein Paar kostbare Ohrringe aus Perlen und Lapislazuli völlig nackt in den Kulissen gelegen, sei frei erfunden.

An einem der Billardtische wurde Lorettas gewaltsames Ende zwar zum Anlaß genommen, wieder einmal und bei ziemlich grobem Gelächter über den guten oder verderblichen Einfluß der Komödien zu debattieren, aber das Ende der Stürme im besonderen und die ungebärdige Natur im allgemeinen beschäftigte die meisten noch sehr viel mehr. Der Sommer war in diesem Jahr kurz gewesen; als er zu Ende ging, die Ernte war noch nicht ganz eingefahren, hatte im Osnabrücker Land und im Westfälischen die Erde heftig gebebt, und dann begannen die Stürme, die bis zum Anfang dieser Woche angehalten hatten. Noch im Solling fällten sie 30000 Klafter Holz, und es war nur Glück, daß der Wind von Nordost kam. Wäre er von Nordwest gekommen, wie im Oktober anno 1757, hätte er womöglich wieder eine Flut vor sich her getrieben, die nicht nur an der Küste, sondern auch in den Elbniederungen bis ins Hamburgische hinein viele Menschen Gut und Leben gekostet hätte.

Selbst Bocholt, ein außerordentlich honoriger Kaufmann, der schon seit ihrer gemeinsamen Schulzeit am Johanneum Klatsch zutiefst verabscheute, aber immer den neuesten wußte, fielen keine Fragen mehr zu dem Skandal im Theater ein.

«Ob nackt oder nicht», sagte er zu Claes, «tot ist tot.» Und bestellte seine dritte Tasse Kaffee. Im Hafen war letzte Woche eine Ladung mit Bohnen aus Martinique eingetroffen, die waren ihm die liebsten. «Mit Dänemark», sagte er dann, «muß nun endlich was passieren. Ich habe gerade gehört», er senkte seine Stimme und beugte sich ein wenig näher zu Claes' Ohr, «es soll Verhandlungen geben, damit die ewige Geldschneiderei aufhört. Anderthalb Millionen Mark Lübisch allein in den letzten acht Jahren, nur damit der Däne seine Truppen von unseren Wällen weghält! Das ist nun wirklich genug.»

Claes nickte. Die dänischen Erpressungen waren schon seit Jahrzehnten ein Skandal, aber Friede war eben nicht billig und Krieg noch viel teurer. Und während Bocholt ihm ausführlich erklärte, welche Lösung für den dänischen Ärger der lukrativste wäre, Neuigkeiten, die für

Claes so frisch waren wie schrumpelige Äpfel im Februar, wanderten seine Augen über die Gesichter der Männer, die sich an den Tischen und am Tresen drängten.

Die meisten waren Kaufleute wie er. Jensens Kaffeehaus nahe der Börse war von Anfang an ihr Treffpunkt gewesen, aber auch die Gesandten aus anderen Städten und Ländern und Reisende, die in Geschäften oder zum Vergnügen an die Elbe kamen, trafen sich bei Jensen. Im Kaffeehaus wurden mindestens so viele Geschäfte angeknüpft wie in den Kontoren. Auch die eine oder andere Ehe wurde hier ebenso eingefädelt wie der Verkauf von Gartenhäusern oder Schiffsanteilen. Es gab nun schon elf Kaffeehäuser in Hamburg, und auch wenn sie für alle, die es sich leisten konnten, offen waren, hatte jedes seine besonderen Gäste. Gelehrte, Literaten, Journalschreiber und neuerdings auch einige der Schauspieler waren bei Jensen selten zu treffen, die fand man eher im Dresserschen Kaffeehaus bei der Trostbrücke. Die Menschen reisten zwar häufiger in die weite Welt und immer häufiger, um einfach nur fremde Länder, Leute und Künste kennenzulernen, aber zu Hause blieben sie am liebsten unter sich. So waren die Menschen eben. Hätte Claes Herrmanns darüber nachgedacht, wäre es ihm seltsam erschienen. Aber da es ihm selbst nicht anders ging, dachte er nicht darüber nach.

Am Tisch bei den Fenstern saß ein junger Mann, den er nicht kannte. Sein sonnengelber Rock, die üppige Perücke und die besonders reichen Spitzenmanschetten ließen den Franzosen ahnen. Gerade brachte Jensens Gehilfe ihm Feder, Tinte und Papier. Claes hatte ihn in den letzten Tagen mehrmals bei einer Partie L'hombre gesehen. Wahrscheinlich, dachte er und grinste in Erinnerung an seine eigene, lange zurückliegende Lehrzeit in London, schrieb er nach Hause um eine Aufbesserung seiner Reisekasse.

«Herrmanns, du hörst mir wieder überhaupt nicht zu.» Bocholt schubste ihn leicht mit dem Ellbogen.

«Entschuldige, alter Freund, wirklich nur die letzte Minute. Aber du hast recht, ich bin auch nicht sicher, ob Graf Schimmelmann der richtige Mann für die Verhandlung mit den Dänen ist. Der ist schon selbst zu dänisch. Aber sag mal: Wer ist der Junge da drüben im gelben Rock?»

«Das weiß ich auch nicht. Wohl irgendein Sohn auf seiner Bildungsreise, so was machen die jungen Herren ja neuerdings. Bringt sie nur auf dumme Ideen. Der älteste Marburger zum Beispiel. Der ist nach Italien gereist, und nun will er in Rom bleiben und Maler werden. Eine Schande. Hätten sie ihn nach der Lehre gleich ins Kontor gesteckt, wäre das nicht passiert. Der Junge da drüben ist nicht von Belang. Jensen sagt, er sei aus Straßburg, und wer macht schon Geschäfte mit Straßburg? Im Elsaß ist doch kaum mehr als Krapp zu holen.»

Straßburg. Soso. Aber nein, das war unmöglich, der Gelbrock am Fenster mochte gerade zwanzig Jahre alt sein, er war viel zu jung. Am Morgen, als sie im Salon gesessen und überlegt hatten, wer Lorettas Tod wünschen konnte, hatte Rosina auch deren abenteuerliche Geschichte erzählt. Wagner hatte fleißig notiert, aber sie waren sich schnell einig geworden, daß er diesen Hinweis getrost wieder streichen könne. Rosina wußte nicht genau, wie lange es her war, daß Loretta sich mit ihrem selbst zugeteilten Lohn davongeschlichen hatte, doch ganz gewiß etliche Jahre. Es war sehr unwahrscheinlich, daß ihr verlassener Liebhaber sich nun plötzlich auf die Suche begab, und noch unwahrscheinlicher, daß sein Groll ausreichte, heimlich ins Theater zu schleichen und zu töten. Das mochte auf der Bühne vorkommen, aber nicht im wahren Leben. Lorettas Straßburger mußte nun auch mindestens um die Dreißig sein. Wahrscheinlich war er längst ein braver Ehemann und Familienvater und hatte Loretta und seine verschwundenen Silberleuchter als Jugendsünde abgetan und vergessen.

Nahe der Tür zum Billardraum setzte sich der holländische Gesandte zu einem Mann, den Claes noch nie gesehen hatte. Er war kräftig, trug bestes englisches Tuch, und das volle Gesicht unter seiner schlichten Perücke strahlte diese Mischung aus Leutseligkeit und selbstgewisser Zufriedenheit aus, von der Claes nie wußte, ob er sie beneiden oder ihr besser mißtrauen sollte. Jensen brachte den beiden Männern Tee, und die Tiefe seiner Verbeugungen ließ darauf schließen, daß es sich um allerbeste Kunden handelte.

«Und wer ist der da drüben bei van Zoom? Ich kann mich nicht erinnern …»

«Wenn du immer so unaufmerksam bist wie heute, kannst du ihn natürlich nicht kennen. Das ist Bellham, der wohnt schon seit Wochen in der Großen Reichenstraße, in diesem Haus mit der seltsamen Fassade ganz aus Sandstein, kann nicht gut sein, auch wenn es recht manierlich aussieht. Aber die Löwenköpfe am Giebel, ich weiß nicht. Findest du so was christlich?»

«Sicher sind das keine osmanischen, sondern christliche Löwen, Bocholt. Was tut er in Hamburg? Warum ist er hier?»

Bocholt zuckte mit den Achseln. «Geschäfte machen, was sonst? Ich weiß aber nicht, welche. Er soll auch hinter dem Kattun hersein. Aber wenn er schlau ist, kümmert er sich um Tabak. Das sage ich. Du wirst eines Tages an mich denken, Herrmanns, Tabak ist jetzt schon ein gutes Geschäft, aber in Zukunft wird es das größte werden. So groß wie Kaffee. Wenn wir erst selbst Schiffe nach dem amerikanischen Virginia und Maryland ...»

Aber Claes hörte schon wieder nicht zu. Das also war «der liebe Robert», wie Agnes gesagt hatte. Ihre Cousine Magdalena mochte noch so streng und bescheiden sein, sie hatte offensichtlich einen Mann geheiratet, der es sich gerne gutgehen ließ.

Plötzlich fühlte er Unwillen. Da saß er im Kaffeehaus herum, sah den Leuten in die Gesichter, wie ein Bauer, der seinen Weizen nach giftigem Mutterkorn absucht, und überlegte, wer von diesen Männern ein Spitzbube sein könnte. Ein ekelhaftes Geschäft, er sollte es wirklich Wagner überlassen. Für seinen Weg zurück in sein Kontor am Neuen Wandrahm brauchte er heute nur halb so lange wie gewöhnlich.

Wagner fand sein Geschäft nur selten ekelhaft, was vielleicht daran lag, daß er seit vielen Jahren daran gewöhnt und von seinem Nutzen überzeugt war. Heute hatte er es sogar äußerst anregend gefunden, jedenfalls bis zum Mittag, nun verschwand die Sonne bald hinter den Wällen, und er hatte das Gefühl, von allen, die er befragte, nur einen auswendig gelernten Text zu hören. Niemand hatte Loretta besonders gut gekannt, er solle doch Rosina fragen. Nein, niemand hatte gestern abend einen Fremden hinter der Bühne gesehen, allerdings sei das auch nicht ganz leicht, weil ja immer etliche Leute hinter der Bühne zu tun hätten, und da sei kaum Licht, weil das bei der Aufführung störe, und an Kerzen müsse man stets sparen. In der Dunkelheit sehe jeder gleich aus. Nein, natürlich nicht ganz gleich, aber in diesem Theater arbeiteten mehr als fünfzig Personen, und wer kenne schon jeden Mann an der Feuerspritze?

Nur Monsieur Löwen hatte versichert, daß ein Fremder hinter der Bühne sofort erkannt werden würde. Natürlich, es seien sehr viele Menschen im Theater und auch immer wieder Neulinge, aber einen Fremden erkenne man schon daran, daß er sich unsicher bewege. Das fand Wagner nicht besonders überzeugend.

Auch beim Ballett und im Orchester gebe es immer wieder Neulinge, erklärte Mademoiselle Mercour. Wenn man sich über jedes Gesicht Gedanken machen wolle, habe man viel zu tun. Nein, empörte sich Klose, einer der Feuerwächter, natürlich seien die Türen nicht versperrt. Es sei ein Gebot des Rates, daß während der Vorstellungen alle Türen des Hauses unverschlossen blieben, damit im Falle eines Feuers jedermann schnell flüchten könne. Nein, das hörte Wagner von jedem zweiten, es sei dem Publikum nicht erlaubt, auf oder hinter die Bühne zu kommen. Schon gar nicht während der Vorstellung. Das möge in manchen Hoftheatern immer noch Sitte sein, weil es den Herren dort nicht um die Kunst, sondern um die Nähe zu den Damen gehe oder auch zu den jüngeren Herren, das sei bekannt. Aber in diesem Theater gehe es um die Kunst. Hier dulde man keine Störungen, das Publikum habe im Zuschauerraum zu bleiben.

Das letzte hatte ihm Löwen gesagt, und der künstlerische Direktor, bei der Befragung eindeutig der nervöseste und ungeduldigste von allen, hatte sich dabei sehr erregt. Was kein Wunder war, denn sein Anliegen, mit dem bürgerlichen Theater auch die immer noch von vielen als ehrloses Volk beargwöhnten Komödianten als bürgerliche Schauspieler zu etablieren, hatte mit dem Mord in den Kulissen einen argen Rückschlag erlitten.

Löwen war aber nicht erst durch Lorettas Tod am Rande seiner Hoffnungen. Wie groß waren die Pläne gewesen, als die zwölf Hamburger sich zusammentaten und ihn engagierten, dieses Theater zu eröffnen. Schauspiele wollten sie zeigen, nichts als Schauspiele, die die Bildung und den Charakter der Zuschauer beförderten und erhoben. Eine Schule für die Darstellungskunst sollte eingerichtet werden, in der das natürliche Agieren und Sprechen gelehrt wurde, die englische Art, nicht mehr die pompösen, gestelzten Gesten, das exaltierte, grimassenreiche Deklamieren der Franzosen und Italiener. Und weil man sicher war, daß dieses Theater viele Jahrzehnte Bestand haben würde, war auch eine Kasse für die Versorgung der Alten geplant, die, wenn sie nicht mehr auftreten konnten, bisher fast immer in Hunger und Elend endeten. Und nun? Nun konnten kaum die Gagen bezahlt werden, auch die Pacht war seit Wochen überfällig. Das Publikum, dachte er, war einfach zu dumm, war nicht bereit, zuzuhören und nachzudenken. Das Publikum wollte sich nur amüsieren. Man würde wieder einen Hanswurst engagieren müssen.

Das werde der Anfang vom künstlerischen Ende sein, dachte Löwen, während Wagner wieder ein paar Worte auf einen Papierbogen kritzelte. Vielleicht war Seylers Idee, über die er nur gelacht hatte, doch nicht so schlecht. In Eimsbüttel stand ein Garten zur Pacht. Das Dorf war zwar nicht mehr als eine Handvoll Höfe und Katen inmitten sanfter Wiesen. Aber die schöne, mit von Erlen und Linden gesäumten Bächen und Teichen geradezu liebliche Landschaft kam jetzt in Mode. Wer immer in Hamburg und Altona Kutsche oder Reitpferd, aber keinen eigenen Garten besaß, pilgerte an sonnigen Sonntagen in das Dorf bei der dänischen Grenze. Noch gab es keinen Gasthof, aber wenn man einen kleinen Pavillon errichtete, ganz leicht und nur aus Holz, das machte nicht viel Kosten, und dazu womöglich noch eine Kegelbahn baute – das würde endlich Geld einbringen, um die marode Theaterkasse aufzubessern. Er wollte die Idee unbedingt noch einmal mit Seyler besprechen, schließlich waren die lästigen Finanzen sein Metier. Er, Löwen, war nur für die Kunst zuständig.

Aber das erzählte er Wagner nicht, das ging einen Weddemeister auch nichts an. Der erzählte es nur in der Stadt herum, und der Erstbeste kam ihm zuvor, und wohin dann mit der Kegelbahn? Es ging, so fand er, Wagner erst recht nichts an, daß das Theater in enormen finanziellen Nöten war und daß Seyler heute morgen den Tod von Mademoiselle Grelot zutiefst bedauert, aber nahezu im gleichen Atemzug angeordnet hatte, man möge die Kasse nur gleich öffnen und Billetts im voraus verkaufen. So ein Skandal locke ja stets die Massen und gewiß nicht nur den Pöbel. Was entsetzlich und gegen alle Humanität sei, aber doch eine Tatsache, man dürfe das Publikum nicht enttäuschen. In der nächsten Woche werde wieder gespielt.

Dann war er davongegangen, um sich mit seinen Compagnons zu treffen. Auch wenn das Theater nun einige Tage geschlossen bleibe, müsse man die Lage klug wenden, hatte er noch gesagt. Was alles und nichts bedeuten konnte, aber Löwen hatte ihm nachgesehen und einen bitteren Geschmack verspürt. Seyler hatte von Trauer und tragischem Tod gesprochen, der schwer gesühnt werden müsse, aber seine Miene war dabei so heiter, sein Gang so beschwingt gewesen, als habe man ihm gerade die sächsische Staatskasse geöffnet.

Von alledem erfuhr Wagner nichts, doch sein Kopf brummte auch so. Schließlich war auch Madame Hensel bereit gewesen, sich seinen Fragen zu stellen. Sie trug ein einfaches fliederfarbenes Kleid, auf dem sorgfältig frisierten Haar lag ein Hauch schwarzer Spitze, ihr blasses Gesicht war ungeschminkt. Die Schatten unter ihren Augen ließen das kühne Gesicht noch dramatischer erscheinen. Es fiel ihr schwer, über den gestrigen Abend zu reden, ob wegen des Mordes oder weil ihr mitten in der Szene der Text abhanden gekommen war, der wahr gewordene Alptraum jeder Schauspielerin, war nicht zu erkennen. Aber dann betrat Seyler den Raum, um ihr beizustehen, wie er sagte, und sie begann zu berichten.

Ihr sei unwohl gewesen gestern, denn sie sei am Tag zuvor gestolpert und habe sich dabei den Arm verletzt. Die Schmerzen hätten ihre Konzentration so beeinträchtigt, daß geschah, was ihr noch nie geschehen war: Sie habe plötzlich den Text vergessen, ein unvorstellbarer Schock. Das Theater war besucht wie selten, und sie stand auf der Bühne, stotternd wie die untalentierteste Anfängerin, nie wieder wolle sie so etwas erleben. Loretta habe ihr gleich eingeholfen, zunächst, aber dann, als sie das zweite Mal Hilfe brauchte, direkt nach der Szene, in der so heftig getrommelt wurde, sei es in der Kulissengasse stumm geblieben.

Sie fühlte sich einer Ohnmacht nahe, obwohl es nicht ihre Angewohnheit sei, ohnmächtig zu werden, aber plötzlich hörte sie von der anderen Seite ein Flüstern, flatterte eilig quer über die Bühne, und da stand Rosina und half ihr aus. Aber sie habe sie schlecht verstehen können, die Erregung über ihr unverzeihliches Versagen rauschte in ihren Ohren wie ein Orkan. Dann sei sie voller Panik von der Bühne gelaufen. Auch das könne sie sich nie verzeihen, niemals. Aber sie habe nicht nachgedacht, ihr Körper habe einfach gehandelt, und dann, ja, und dann, als sie in die Kulissengasse sprang, sei sie gestolpert.

«Und da habt Ihr das erste Mal geschrien?» fragte Wagner.

Sie nickte. «Ich war so erschrocken. Und dann empört. Ich dachte, ich sei über ein Bündel Kleider oder einen umgestürzten Korb mit Kostümen gestolpert, und es ist ein striktes Gesetz, daß in den Kulissengassen nichts, aber auch gar nichts herumliegen darf. Man muß ja schnell und ungehindert von der Bühne abgehen, und wenn man dabei in die dunkleren Gassen tritt, sieht man zunächst sehr schlecht.» Dann habe sie auf dem Boden gesessen, sich den schmerzenden Knöchel gerieben und plötzlich gemerkt, daß das kein Kleiderbündel war. Es sei Loretta gewesen, ihre Augen, so ein Grauen, sie habe sofort gewußt, daß diese Augen einer Toten gehörten. Dann hörte sie sich schreien und sei doch noch ohnmächtig geworden. Nur für einen Augenblick, aber als sie wieder erwachte, seien schon viele Leute um sie herum gewesen, und den Rest kenne er ja selbst.

Madame Hensel tupfte mit einem zierlichen Tuch ihre Augen, und Wagner, der sie aufmerksam wie ein Falke beobachtete, sah, daß es eine echte Träne war, die sie fortwischte.

«Ich muß gestehen», fuhr sie mit einem kleinen Seufzer fort, «als ich wieder zu mir kam, spürte ich zuerst Zorn. Ich war plötzlich sicher, Loretta habe mir einen widerwärtigen Streich gespielt. Ihr habt es vielleicht schon gehört, wir ...» Sie stockte und räusperte sich dann energisch. «Wir waren nicht gerade Freundinnen, und ich war nicht einverstanden, als sie eine Hauptrolle bekam. Eine kleine, aber doch sehr verantwortungsvolle Arbeit, und ich glaube nicht, daß sie dem gewachsen ist. Gewachsen war.»

Wagner nickte und legte sein Gesicht in mitfühlend verständnisvolle Falten. Madame Hensel, ermuntert und auch ein wenig getröstet durch diesen so unerwartet zartfühlenden Weddemeister, wollte weiterreden, aber da legte Seyler ihr die Hand auf die Schulter und knurrte, man möge Madame nun endlich in Ruhe lassen. Er sehe doch, der Schock habe ihre Nerven völlig ermattet.

Wieder nickte Wagner verständnisvoll. Wenn es nötig war, würde er schon eine Gelegenheit finden, noch einmal mit der Dame zu reden. Ohne ihren Beschützer.

Die Befragungen hatten länger gedauert, als er angenommen hatte, deshalb schickte er die Musiker fort und bestellte sie für morgen vormittag neu. Vielleicht erfuhr er dann endlich eine kleine Neuigkeit.

Er verließ das Theater, verstaute die Zettel, die er aus einem großen Bogen geschnitten und bei den Befragungen dicht beschrieben hatte, in seiner Rocktasche. Vieles würde er später kaum mehr entziffern können. Sie hatten ihm zwar bereitwillig Feder und Tinte gebracht, aber keine Streusandbüchse auftreiben können. So waren einige seiner Notizen stark verwischt. Aber das machte nichts. Eigentlich waren diese Zettel ganz überflüssig, sein Gedächtnis war ausgezeichnet. Aber sein Gekrakel mit der Feder nahm den Befragten bald das Gefühl, beobachtet zu werden, weshalb Wagner in der Regel sehr viel mehr erfuhr, als sich auf den Zetteln wiederfand.

Die Sonne war verschwunden, es war höchste Zeit, tatsächlich war er schon um etliches zu spät, aber er wußte Rosina in guter Obhut, und so machte er sich ohne die eigentlich gebotene Hast auf den Weg.

6. KAPITEL

DONNERSTAG, DEN 8. OKTOBER,
ABENDS

An den langen Bänken und Tischen in der Schenke zum *Bremer Schlüssel* drängten sich die Männer, nicht einmal ein dreibeiniger Hocker war noch frei. Jakobsen, der Wirt, wuchtete ein neues Bierfäßchen auf das Gestell aus harten Eichenhölzern, und aus der offenen Tür zur Küche drang der köstliche Duft nach Ochsenschwanzsuppe, Krebspasteten und, das glaubte Rosina jedenfalls durch den Dunst von Branntwein, Bier, säuerlichem Wein und Tabakqualm zu riechen, von Französischem Frikassee, der neuesten Spezialität von Jakobsens Schwester. Ruth war irgendwann, nun schon vor etlichen Jahren, aus der Küche einer feinen Herrschaft gekommen, hatte ihrem Bruder den Löffel aus der Hand genommen und führte seither das Regiment am Herd in dem engen, stickigen Raum hinter dem Schanktisch. Nun gab es im *Bremer Schlüssel* keine klebrigen Gläser und Krüge mehr und an den hinteren Fenstern auch einige kleinere Tische, die für das etwas bessere Publikum reserviert waren.

Der Duft des Frikassees aus Kalb-, Huhn- und Lammfleisch, vermengt mit viel Zwiebeln, Eidottern, Pfeffer und geriebener Muskatnuß, Kapern und auch etwas weißem Wein, war köstlich, und plötzlich konnte Rosina sich vorstellen, wieder etwas zu essen. Bevor sie sich jedoch zu Ruth in die Küche oder auch nur zu Jakobsen an den

Schanktisch durchdrängeln konnte, hatte Vandenfelde sie schon entdeckt. Der Metzger im Schlachthaus bei der Heiliggeistbrücke sprang freudig auf, schwenkte seinen Krug, rief: «Achtung, sie kommt», und winkte Rosina eifrig zu sich heran.

Vandenfelde war einer von Jakobsens treuesten Kunden, und weil bei Jakobsen keiner auch nur einen Tropfen bekam, der über die Komödianten herzog, hatte er sich schon lange entschlossen, lieber auf den Branntwein zu setzen. Er mußte wirklich zugeben, daß der dicke Titus, Hanswurst in der Beckerschen Komödiantengesellschaft und einer von Jakobsens besten Freunden, ein Mann nach seinem Geschmack war. Gar nicht gespreizt, wie man es von Akteuren sonst kannte, und wenn er nur einmal auf den Tisch haute, blieb nichts stehen.

Alle im *Bremer Schlüssel*, der ja nur wenige Schritte vom Krögerschen entfernt war, wußten, daß Rosina die Beckerschen verlassen hatte und zu den Leuten am Gänsemarkt übergelaufen war. Die Meinungen darüber gingen weit auseinander, sehr weit sogar. Aber das, fand man letztlich, sei Rosinas Sache, und wer legte sich schon gerne mit Jakobsen an? Der hatte sich nämlich zu ihrem Beschützer ernannt. Nun, da Rosina so weit von ihrer Familie entfernt war – so sagte er immer: von ihrer Familie, obwohl doch keiner wußte, wer ihre richtige Familie war oder ob sie überhaupt eine hatte.

Schon seit einer Stunde hatte Vandenfelde damit angegeben, auf wie vertrautem Fuß er mit ihr stehe, und sobald sie komme, ganz gewiß komme sie heute, werde er alles über den Mord im Theater erfahren, Rosina sei schließlich dabeigewesen. Und nun war sie endlich da, und was passierte?

«Nichts da, Vandenfelde, du grober Klotz», rief Jakobsen und schob seinen schweren Leib mit der bierfeuchten Lederschürze durch die Menge der Männer, die Rosina sofort umringt hatte. «Ich hab dir vorhin schon gesagt, daß du das Mädchen in Ruhe lassen wirst. Die ist nicht ans Morden gewöhnt wie du. Glaubst du, sie hat Lust, euch geifernden Kerlen davon zu erzählen, als wär's ein Hunderennen auf dem Heiligengeistfeld gewesen?»

Nun hatte gerade Vandenfelde keine grobe Seele, wie man sie den Metzgern gerne nachsagt, nein, jedes Tier, das nicht fachgerecht getötet wurde oder an einem stumpfen, schartigen Messer leiden mußte, jammerte ihn und verdarb ihm die Lust aufs Abendessen. Aber das hier war etwas anderes. Ging das nicht alle an? Es war ja auch nicht ihre Schwester, die da das Zeitliche gesegnet hatte.

«Laß nur, Jakobsen, es ist schon gut.» Rosina sah in das ärgerlich gerötete Gesicht des Wirtes, dachte an Titus, der auch immer gleich herumbrüllte, und fühlte sich gestärkt und gut aufgehoben. Sie hatte gewußt, daß im *Bremer Schlüssel* eine neugierige Meute auf sie wartete. Und sie hatte beschlossen, das zu nutzen, indem sie mehr zuhörte als redete. Das meiste, das die Männer mit dem Branntweinatem zu erzählen hatten, war zwar stets ein buntes Gemisch aus Aufschneiderei und wuchernder Phantasie, aber was auf den Straßen und in den Werkstätten erzählt und ins Wirtshaus getragen wurde, barg oft auch die kleinen Bröckchen Wahrheit, die ein Weddemeister nie erfuhr.

«Ich kann euch nichts erzählen, was in der Stadt nicht schon von den Dächern gepfiffen wird», sagte sie zu den Männern. Was dazu führte, daß den meisten schlagartig einfiel, daß der Metzger ein Wichtigtuer sei und zu Hause Frau, Kinder und die Abendsuppe warteten. So war plötzlich viel Platz auf den Bänken, und Rosina setzte sich neben Vandenfelde, versicherte, daß man noch nicht wisse, wer es getan habe, aber sie sei ja nur im Theater gewesen, und was man denn auf den Straßen erzähle?

Eine halbe Stunde später, nach einer Portion von Ruths Frikassee, saß Rosina immer noch am Tisch nahe dem Kachelofen, der den Stammgästen vorbehalten war. Das meiste, das die fünf Männer erzählt hatten, die in der Hoffnung auf ein kleines Stück vom Skandal doch noch geblieben waren, war tatsächlich nichts als die übliche Spökenkiekerei. Außer den einander heftig widersprechenden Ratschlägen eines Lohgerbergesellen, eines Seilers und eines Buchdruckergehilfen, wie ein Theater am besten zu führen sei, wenn man tüchtig Gewinn machen wolle, hatte sie nur wenig erfahren. Zum Beispiel, daß man Padberg, einen kürzlich entlassenen Gehilfen des Theatermaschinenmeisters, neulich im *Schwarzen Adler* gesehen habe, was doch ein viel zu feines Gasthaus für einen wie ihn sei, ganz besonders, da er gerade mal wieder seine Arbeit verloren habe. Daß er da mit Monsieur Seyler gesessen habe, wurde von dem Lohgerbergesellen allerdings energisch bestritten. Der habe Seyler nur ähnlich gesehen, sei aber tatsächlich Prediger in St. Katharinen, was alle zum Brüllen komisch fanden.

«Ich weiß ja nicht», sagte schließlich der fünfte der Männer, ein Kattundrucker, der bisher nur schweigend zugehört hatte und von niemandem mit Namen angeredet wurde. «Ich will auch keinem was Böses nachsagen, aber ich glaube nicht, daß es einer vom Theater war.»

Alle sahen ihn erwartungsvoll an. Wer so lange geschwiegen hatte, mußte entweder etwas Überflüssiges oder etwas Unerhörtes zu bieten haben.

«Ich glaube», sagte er und sah Rosina an, als habe er gerade fünf Sechsen gewürfelt, «es ist eine Liebesangelegenheit.»

Vandenfelde hieb fröhlich auf den Tisch und brüllte: «Genau was ich immer sage! Liebschaften sind gefährlich und kommen viel zu teuer.»

Die anderen drei nickten, zufrieden, daß es endlich einer ausgesprochen hatte, wo man doch dieser Komödiantin, die von Jakobsen behandelt wurde wie ein rohes Ei, nicht mit etwas so Vertraulichem, um nicht zu sagen Unschicklichem, hatte zu nahe treten wollen. Und Rosina seufzte. Zum einen, weil alle immer dachten, daß Komödiantinnen mehr und gefährlichere Liebeshändel hatten als andere Frauen, zum anderen, weil sie selbst auch diesen Verdacht hatte und trotzdem – irgendwie – nicht daran glauben konnte.

Bei den Kattundruckern, fuhr der Mann fort, wisse jeder, daß der junge Blank was mit dem Fräulein gehabt habe, auch wenn der glaube, das wisse keiner. Aber dazu hätte er viel zu oft damit angegeben, daß es eine am Theater gebe, eine Dame, habe er gesagt, die alles für ihn tue. Und überhaupt habe sich der Blank schon immer für was Besseres gehalten, dabei sei es nur seiner Schwester zu verdanken, daß er bei Schwarzbach nicht längst einen Tritt bekommen habe. Die sei die beste Musterzeichnerin, die Schwarzbach je gehabt habe, ach was, die beste in der ganzen Stadt. Nein, einen Namen habe Blank nicht genannt, wozu auch? Man habe sie zusammen gesehen, zuletzt auf der Bastion Vincent, da wo die Laternenträger auf Kundschaft warteten. Es sei nämlich schon ziemlich auf den Abend zu gegangen, sie hätten sehr, nun, er wolle mal sagen, privatim ausgesehen, und man wisse ja, was so ein Pärchen im Kopf habe.

Bevor Rosina auch nur Luft holen konnte, um nun doch

einmal laut und deutlich zu sagen, daß keiner, der so schlau über sie rede, Loretta überhaupt gekannt habe, tauchte Jakobsen auf. Er sammelte die Gläser und Krüge ein, auch die, die noch nicht ganz leer waren, und sagte, nun sei es genug mit der Faselei, Mademoiselle brauche jetzt mal ein bißchen Ruhe.

Diesmal wehrte Rosina sich nicht. Sie mochte nicht mehr zuhören, mochte diesen Kattundrucker mit seiner abfälligen Art zu reden und den feuchten, heruntergezogenen Lippen nicht mehr sehen. Der ganze Jammer stieg wieder in ihr auf. Sie sah Loretta im gelben Licht der Laternen vor dem roten Abendhimmel über der Alster, hörte sie lachen, hörte ihren hübschen falschen Akzent und wünschte sich, Jakobsen würde ihr ein großes Glas Branntwein auf den Tisch stellen, was er nie tun würde, einfach weil er sich nicht vorstellen konnte, daß sie welchen trank. Ach, Loretta. Wäre ich doch auf deiner Seite der Kulissen geblieben, dachte sie, wären wir zu zweit gewesen, würdest du noch leben. Sie wußte, daß das Unsinn war. Wer nicht wollte, daß Loretta lebte, hätte eine andere Gelegenheit gefunden. Natürlich hätte sie das nicht verhindern können, und doch überlegte sie seit gestern immer wieder, immer wieder und auch nun, was sie hätte tun können, um Loretta zu retten.

Sie bemerkte kaum, wie die Männer, Vandenfelde als letzter, die Schenke verließen. Sie saß da mit hängendem Kopf, und tatsächlich, da schob sich ein Glas Branntwein, nur halb voll, aber doch Branntwein, direkt vor ihre Nase. Jakobsen ließ sich auf die Bank fallen und sah sie stirnrunzelnd an.

«Du bist selbst schuld, wenn du dir das Gewäsch der besoffenen Kerle so lange anhörst. Ich hätte sie gern rausgeschmissen.»

«Ich weiß.» Rosina wischte die Tränen weg und nahm das Glas. «Ich weiß. Aber ich dachte, wenn ich mit ihnen rede, oder besser, wenn ich sie reden lasse, erfahre ich vielleicht etwas.»

«Verdammt, Rosina! Überlaß das der Wedde. Du kennst doch Wagner, der ist kein Dummkopf, und das hier ist kein Spaß. Am liebsten würde ich dich anbinden, oben in der Kammer über der Küche, da kommt so schnell keiner hin. Ich habe einen leichten Schlaf, und Ruth kommt schon aus der Tür gestürzt, wenn ein Nachtfalter die Treppe raufschwirrt. Warum lachst du?»

«Weil ich heute morgen von Wagner und den Herrmanns genau das gleiche gehört habe. Also gib dir keine Mühe. Ich verspreche dir, ich passe auf mich auf. Ich gehe nicht im Dunkeln durch die Stadt, und außerdem, wer Loretta etwas antun wollte, hat nicht mich gemeint. Ich lasse mir keine Angst machen.»

Das klang trotzig, und das war es auch, denn tatsächlich sah Rosina seit gestern mehr Schatten, hörte sie mehr seltsame Geräusche als noch einen Tag zuvor.

«Na gut, dann trink wenigstens das Schlückchen Branntwein. Ich habe die Kerle übrigens auch weggeschickt, weil hier schon seit Stunden einer sitzt und auf dich wartet. Er war bei der Krögerin, hat er gesagt, aber die wollte ihn nicht reinlassen. Hier kann ja jeder rein, wenn er nicht zu sehr stinkt und randaliert, also hat er sich hingesetzt und gewartet. Ich habe ihn fast vergessen. Komisch, warum ist er denn nicht aus seiner Ecke rausgekommen? Die haben doch alle laut genug deinen Namen gebrüllt.»

Jakobsen drehte sich um und grinste. «Das Warten hat ihn müde gemacht. Er sitzt da am hinteren Tisch, ganz in der Ecke. Und schläft. So ein Kerl. Wenn er den ganzen

Krug, der da vor ihm steht, leergetrunken hat, ist das auch kein Wunder. Der sieht nicht aus, als würde er sich oft besaufen.»

Rosina stand auf und folgte Jakobsen zu dem letzten Gast. Die Kerze war verloschen, und sie konnte nur einen dichten dunklen Haarschopf erkennen, der auf einem ausgestreckten Arm auf dem Tisch lag. Jakobsen brachte eine neue Kerze, leuchtete in das halb verdeckte Gesicht, und Rosina erkannte ihn sofort. Lukas Blank, einen Krug Branntwein im Bauch, zarte dunkle Bartstoppeln am rosigen Kinn, hatte selbst im Schlaf den Ausdruck eines Kindes, das sich im Moor verirrt hat.

Alle Versuche, ihn aufzuwecken, scheiterten. Er öffnete wohl die Augen, als Rosina ihn an der Schulter rüttelte, er sah sie an, als sei sie ihm seit langem vertraut, obwohl sie einander tatsächlich nur sehr flüchtig begegnet waren. Sein Gesicht verzog sich, ob zu einem Lächeln oder einem Weinen, war schwer zu entscheiden, er murmelte ein paar Worte, Rosina glaubte «Loretta» und «nie wieder» verstanden zu haben, aber das war nicht sicher. Und auch nicht von besonderer Bedeutung. Daß er Loretta nie wieder sehen würde, war gewiß. Ehe sie ihn fragen konnte, was er meine, fiel sein Kopf wieder auf seinen Arm.

Jakobsen eilte in die Küche, und gerade, als er mit einem Krug Wasser wiederkam, der Lukas naßkalt in die Gegenwart zurückholen sollte, betrat Wagner die Schenke. Das Wasser nützte nicht viel. Lukas setzte sich wohl abrupt auf, schüttelte den Kopf wie ein nasser Hund und versuchte seinen Blick auf Rosina zu konzentrieren, aber dann nuschelte er nur etwas wie: Das habe er nicht gewollt, Loretta sei ein gutes Mädchen, und er müsse es unbedingt zurückhaben.

«Soso», sagte Wagner, und Rosina starrte den Mann mit den glasigen Augen zornig an. Am meisten ärgerte sie allerdings, daß sie ihn nicht früher entdeckt und Jakobsen ihr nicht gleich gesagt hatte, daß Lukas hier auf sie warte. Nichts wäre ihr an diesem Abend wichtiger gewesen, als mit Lukas Blank zu sprechen. Vandenfelde und seine Kumpane konnte sie hier fast jeden Tag treffen. Um mit Lukas Blank zu reden, ohne daß gleich die ganze Stadt darüber klatschte, mußte sie sich schon etwas einfallen lassen. Nun war er da, und sie würde kein vernünftiges Wort aus ihm herausbekommen. Und wenn Wagner – er hatte schon wieder dieses Jagdhundglitzern in seinen Augen – auf die Idee kam, den Kattundrucker gleich in die Fronerei bringen zu lassen, würde sie ganz gewiß keine Gelegenheit mehr dazu haben. Es war ihr einmal gelungen, sich in die Fronerei einzuschleichen, ein zweites Mal würde das kaum möglich sein.

«Lukas», rief sie, «so wacht doch auf. Ich bin's, Rosina. Ihr wolltet mit mir sprechen.»

Wieder sah er sie an, aber er verzog nur den Mund wie ein weinerliches Kind.

«Das hat keinen Zweck.» Jakobsen, der entschieden hatte, daß hier auch ein ordentlicher Schlag mit der flachen Hand nicht helfen würde, hatte nun keine Geduld mehr. «Wer so voll ist, braucht Stunden, bis er wieder einen halbwegs vernünftigen Satz denken oder gar sprechen kann. Weißt du, wo er wohnt?»

Rosina schüttelte den Kopf, aber Wagner sagte: «Ganz in der Nähe, in der zweiten Gasse hinter den Kalkhöfen. Über der Kammacherei.»

Und so wurde Lukas Blank, der an diesem Abend auch nicht mehr gehen konnte, in Jakobsens Schubkarre für die größeren Lasten nach Hause gebracht. Pietmann, ein

Steinmetzgeselle und Jakobsens Nachbar, gab sich große Mühe, und die Karre fiel nur einmal um.

In Lukas' Rocktasche steckte ein Fetzen Papier, auf den mit einem Bleistiftstummel eine eilige Nachricht gekritzelt war. Aber das wußte niemand außer Rosina, und sie hoffte, er werde am nächsten Morgen schon wieder lebendig genug sein, um den Zettel zu finden.

«Ich fürchtete, Ihr würdet ihn gleich mitnehmen und in die Fronerei stecken», sagte Rosina, während Jakobsen den Kattundrucker hinaus in den Hof schleppte und in die Karre hievte.

«Nun», Wagner schielte in der Hoffnung auf einen Schluck von Jakobsens gutem Wein in den leeren Wasserkrug, «das wäre vielleicht das beste gewesen. Aber ich denke, das hat noch Zeit. Einer, der nicht stehen kann, kann auch nicht weglaufen.»

Als Jakobsen in die Schankstube zurückkehrte, bekam Wagner doch noch sein Glas Wein. Aber es schmeckte ihm nicht. Er hatte keinen Grund, unzufrieden zu sein. Der Mord war erst gestern geschehen, dennoch hatte er das Gefühl, schon viel zu lange in einem großen Heuhaufen herumzustochern. Er suchte einen Mörder, das kam nicht alle Tage vor, aber es war auch nicht der erste, und bisher hatte er, bis auf einen, alle gefaßt. Bisher hatte er allerdings auch nie das Gefühl gehabt, auf einem fremden Kontinent zu jagen. Er kannte die Stadt wie seine Rocktasche, selbst die düstersten Ecken in den Gängen um St. Jakobi und in der Neustadt waren ihm vertrautes Terrain. Auch das Theater, so hatte er gedacht, sei ihm nicht fremd, aber er war bisher eben nur auf der Galerie gewesen, einmal auch in der Schankstube, aber die Menschen und das Leben hinter der Bühne waren ihm eben doch fremd.

Er war es gewohnt, nicht gerade begeistert empfangen zu werden. Vor allem in den Bürgerhäusern ließ man ihn gewöhnlich nur durch die Hintertür ein und behandelte ihn wie einen Kontorboten. Aber das hier war noch etwas anderes. Man antwortete ihm höflich, hin und wieder sogar mit scheinbarer Beflissenheit. Und doch war er keineswegs sicher, ob die allgemeine Ahnungslosigkeit nicht nur eine schlechte Komödie war.

Bei jeder Befragung gab es sonst einen, mit Glück sogar zwei, die nur darauf warteten, ihm Geheimnisse anderer Leute zuzuflüstern. Er hatte viel von dem Streit und den Intrigen gehört, die im Theater am Gänsemarkt Alltag waren, und erwartete, gerade hier werde er mit allerlei Andeutungen, zumindest mit dem üblichen Klatsch überschüttet werden. Aber die Menschen, denen er in den Garderoben seine Fragen stellte, wußten plötzlich nichts mehr von Streit und Intrigen. Wenn stimmte, was er bis jetzt gehört hatte, herrschten hinter dieser Bühne ausschließlich Freundschaft und gegenseitiger Respekt.

Er wußte, daß das nicht stimmte. Doch wenn er nicht acht gab, würde er sich von diesen freundlichen, gleichwohl undurchschaubaren Gesichtern doch noch einlullen lassen.

FREITAG, DEN 9. OKTOBER,
MITTAGS

Freda hatte sich niemals erlaubt, ihrer Arbeit auch nur einen halben Tag fernzubleiben. Aber als sie heute morgen aufgewacht war, es war noch dunkel gewesen, und sie hatte nur wenige Stunden geschlafen, wünschte sie sich nichts, als wieder einzuschlafen und erst zu erwachen, wenn all die Angst und Ungewißheit vorüber waren. Für wenige Minuten hatte sie ihrer Sehnsucht nachgegeben, aber natürlich konnte sie nicht wieder einschlafen. So stand sie auf, öffnete das Fenster ihrer Kammer, hielt ihr Gesicht in die feuchte, kalte Luft und horchte hinaus auf die Gasse. Im Haus gegenüber pfiff jemand, es klang froh und zufrieden, und auch als ein Säugling zu greinen begann, brach das Pfeifen nur kurz ab. Dann wurde die Tür der Kammacherei aufgeschoben, Freda erkannte sie immer an dem ganz besonderen Kratzen der Türangeln, und der jüngste Lehrling begann, die Abflußrinne vor dem Haus zu fegen. Aus einem Fenster im zweiten Stock über der Silberschmiede wurde eine Waschschüssel geleert, der Lehrling mit dem Reisigbesen konnte gerade noch zur Seite springen. Dann näherte sich ein Rumpeln, und Freda sah einen Mann, der eine hochbeladene Karre vorbeischob.

Sie hatte schnell das Fenster geschlossen, denn mit dem dumpfen Geräusch hatte Lukas' Rückkehr gestern abend wieder vor ihr gestanden wie ein neu gemaltes Bild.

Nun war es fast Mittag, der Himmel über der Alster war grau geblieben, kaum heller als zur Zeit der Dämmerung, und selbst die Farben auf ihrem Arbeitstisch schienen ihre Leuchtkraft verloren zu haben. Die Scham über die besinnungslose Trunkenheit ihres Bruders quälte sie, und der Zorn und die Schuld, die in ihrer Brust einen vergeblichen Kampf um die Vorherrschaft kämpften, ließen ihre Muster heute scharf und kantig werden. Aber sie gefielen ihr, sie waren wie ein Aufbegehren gegen die süßen, rundlichen Blumen und die molligen Schäferinnen, die Schwarzbach von ihr erwartete.

Den ganzen Abend hatte sie gestern auf Lukas gewartet, sie hatte sich die Worte gut zurechtgelegt, hatte gewußt, wie sie anfangen wollte, ohne daß sich sein Gesicht gleich verschloß. Sie war gewappnet gewesen, nicht wieder seinem Charme zu erliegen, nicht wieder den jungen Herrn in ihm zu sehen, dem ein trübes Schicksal die angemessene Stellung vorenthielt. Sie wollte ihn als das behandeln, was er war: ihr jüngerer Bruder, den sie zwar mehr liebte als irgendeinen anderen Menschen, der aber endlich lernen mußte, daß das Leben nicht so war, wie er es sich zurechtphantasierte.

Doch dann hatte dieser Mann an ihre Tür geklopft, und gemeinsam hatten sie Lukas aus dem Karren, die Treppe hinauf und in seine Kammer getragen. Viele Fenster und Türen waren aufgegangen, und die Nachbarn hatten das schmachvolle Schauspiel mit angesehen. Niemand hatte ihr geholfen. Der Triumph darüber, daß die Blanks eben doch nicht besser waren als sie selbst, stand deutlich in den Gesichtern.

Am Morgen war keine Zeit mehr gewesen, mit ihm zu sprechen. Blaß wie ein Leintuch war er in die Küche gekommen, hatte sich einen Krug Wasser über den Kopf geschüttet, einen zweiten leergetrunken und mit einer hastig gemurmelten Entschuldigung die Wohnung verlassen. Nun stand er unten in der Druckerei, und Freda hoffte, daß er heute nur einfache, billige Muster zu drukken hatte. Jedes verdruckte Stück Kattun würde Schwarzbach ihm von seinem Lohn abziehen, und auch wenn die Drucker besser verdienten als andere, die auch keiner Zunft angehörten, war es für Lukas nie genug.

Sie sah aus dem Fenster. Eine Schute, beladen mit englischer Steinkohle für die großen Öfen unter den Kesseln in der Färberei, wurde durch die Kleine Alster gestakt und bei den Luken festgemacht. Die Männer auf dem Kahn riefen den beiden Frauen, die auf den Flößen rohe Kattunbahnen spülten, etwas zu. Eine lachte laut, aber die andere senkte schnell den Kopf. Freda beugte sich vor und erkannte den Grund. Schwarzbach war auf das fest am Ufer und im Fluß verankerte Floß getreten. Nun drehte er sich um und grüßte zu Freda hinauf. Er neigte dabei den Kopf, aber sein Lächeln hatte nicht mehr die werbende Unsicherheit der letzten Wochen. Sein Lächeln war das eines Siegers.

Vielleicht, dachte Freda, sollte sie einfach zu ihm gehen und ihm sagen – was sollte sie ihm sagen? Daß sie seine Frau werden würde? Er hatte sie ja nicht einmal gefragt. Er hatte Andeutungen gemacht, und vielleicht hatte er gar nicht an eine Ehe, sondern nur an das gedacht, was man allgemein «Arrangement» nannte. Würde er das wagen?

Sie lehnte sich zurück, damit er sie nicht mehr sah, und spürte die vertraute Kühle zurückkehren. Warum nicht? Konnte es so schwer sein, zu tun, was andere Frauen auch taten? Wäre es nicht auch eine Erlösung, in Sicherheit zu sein?

Sie wischte ihre Gedanken beiseite, tauchte den Pinsel in die gelbe Farbe und gab einer Margerite einen eleganten Schwung. Vier Tage hatte er gesagt. Heute abend würde sie mit Lukas reden, und sie würde die Wahrheit aus ihm herausholen, egal auf welche Weise. Wieder hob sie den Blick, sie wollte nur nach dem Himmel sehen, ob die Sonne nicht doch noch hervorkommen und ihre Farben leuchtend machen würde. Aber sie sah nicht den Himmel, sie sah Lukas, der gerade in dem engen Gang zwischen dem Haus der Matthews und dem aufragenden Holzgebäude der Wasserkunst verschwand.

In den langen Stunden, die sie gestern auf ihn gewartet

hatte, war es ihr immer wahrscheinlicher erschienen, daß er der Dieb des Musterbuches war. Sie hatte ihm ja tatsächlich und schon vor Tagen erzählt, daß das Schloß der Truhe nichts tauge und daß Schwarzbachs Geiz leichtfertig sei, weil die Truhe die kostbaren Muster und allerlei wichtiges Papier enthalte. Gewöhnlich interessierte er sich nicht für ihren Alltag und stellte nicht mehr Fragen, als die Höflichkeit erforderte. Aber nach den Schlössern hatte er sehr genau gefragt, und sie hatte sich darüber gefreut. Er hatte auch gefragt, wie lange Schwarzbach gewöhnlich im Kontor sei, und darüber gescherzt, daß sich ein so reicher und gewitzter Manufakteur solche Nachlässigkeiten erlaube.

Allein in der Dunkelheit hatte sie sich nicht mehr dagegen gewehrt, sich einzugestehen, daß ihr Bruder ebenso liebenswert wie leichtfertig war. Und allein in der Dunkelheit wurde der Verdacht zur Gewißheit. Lukas war der Dieb. Er mußte es sein. Sie wußte ja, daß er lange auf sein Glück, wie er gerne sagte, wartete. Sie hatte allerdings nie daran gedacht, daß er versuchen würde, es mit einem Diebstahl zu erzwingen. Mit einem Diebstahl, der *ihr* Unglück sein würde. Aber auch wenn sie die gestohlenen Bücher in seiner Kammer, die sie mit wachsendem Zorn endlich durchsucht hatte, nicht finden konnte, hatte sie zuerst nicht daran gedacht, daß er sie vielleicht schon weitergegeben hatte. Als Tausch gegen irgendeinen kleinen Schuldschein? Oder verkauft? Wem? Kein Hamburger Kattundrucker würde es wagen, das Buch zu kaufen. Aber es waren immer genug Fremde in der Stadt. Wer wußte schon, von wem er sich zu so einem Diebstahl hatte verführen lassen?

Plötzlich waren die vier Tage Frist viel zu kurz. Es mußte ihr gelingen, die Frist zu verlängern, um ein oder zwei Tage nur, lange genug, um die Bücher wieder herbeizuschaffen.

Sie starrte immer noch auf den Gang zwischen den Häusern, wo Lukas gerade verschwunden war. Hatte er die kostbaren Bücher unter seiner Jacke verborgen? Wohin, zu wem mochte er nun gehen?

Wenn sie es nicht schaffte, Schwarzbach die Muster und Rezepte zurückzubringen, mußte sie sich keine Gedanken mehr darüber machen, ob sie es ertragen würde, seine Frau zu sein. Selbst er würde es nicht wagen, eine Frau zu heiraten, deren Bruder als Dieb von Kontorgeheimnissen bekannt war.

Lukas Blank war froh, daß die Sonne es heute vorgezogen hatte, nicht über Hamburg zu scheinen. Sein Kopf fühlte sich wie ein großer Ballen Baumwolle an, nur viel schmerzhafter. Seinen Augen erschien selbst das trübe graue Herbstlicht scharf wie ein Messer, und wenn sein Blick auf die träge bewegte Alster fiel, hob sich sein Magen. Er überquerte die Brücke zwischen der Kleinen und der Binnenalster und ging durch die Marktstraße auf St. Petri zu. Alle Versuche, sich ein wenig zu beeilen – er war schon spät –, scheiterten an dem Irrtum seines Körpers, der sich bei heftigem Seegang auf unsicheren Planken wähnte. So hielt er sich dicht an den Häuserwänden, um wenigstens das Gefühl einer sicheren Reling zu haben. In der Martinskapelle, stand auf dem Zettel. Er wußte nicht genau, welche der Seitenkapellen das war, aber er würde sie schon erkennen. Er würde …

«Paßt doch auf, Herr, so was Blödes.»

Eine junge Frau mit schmutzigem Gesicht schubste ihn im Vorbeihasten grob zur Seite, mit wehenden Röcken auf der Jagd nach einem fröhlich gackernden Huhn, dem es gelungen war, aus einem der engen hinteren Höfe in die Freiheit und zu den dickeren Würmern am Alsterufer zu entwischen.

Erschrocken lehnte er sich gegen eine Hauswand. Ob es an seinem branntweinschweren Kopf lag oder an dem stetigen Gefühl, beobachtet zu werden – er war heute schreckhaft wie eine alte Jungfer. Als einer der Drucker ihm heute morgen auf die Schulter geschlagen und gerufen hatte, so einer sei er also, man wisse alles, war ihm der gerade in die Farbe getauchte Druckstock auf den Kattun gefallen. Eine ganze Bahn war verdorben, und die Männer an den anderen Tischen hatten grölend gelacht. Er hatte sie blöde angestarrt, und erst als einer freundlich den Druckstock vom verschmierten Kattun nahm, ihn ihm in die Hand drückte und sagte, das hätte man ja nie gedacht, daß er sich auch mal wie ein richtiger Drucker vollaufen lasse, konnte er wieder atmen. Zum ersten Mal, seit er Drucker geworden war, behandelten die anderen ihn wie einen der Ihren. Er war nicht sicher, ob ihm das lieb war, aber jetzt konnte es nur von Vorteil sein. Er hatte in ihr Lachen eingestimmt, sich den schmerzenden Kopf gehalten, und die anderen hatten ihm geholfen, eine neue Kattunbahn auf den Tisch zu legen. Das verbrüdernde Gelächter der Männer gefiel ihm allemal besser als Fredas anklagendes Gesicht.

Wie konnte er sich nur so gehen lassen? Er hatte Trunkenheit immer ekelhaft gefunden. Aber am schlimmsten war, daß er sich nicht mehr erinnern konnte, was er gestern abend erzählt hatte. Er erinnerte sich, daß er im *Bremer Schlüssel* auf Rosina gewartet hatte. Diese einfältige Zimmerwirtin, mehr Angst als Gebete im Kopf! Hätte sie ihn in Rosinas Zimmer auf sie warten lassen, wäre alles ganz einfach gewesen. Natürlich war das nicht schicklich, aber schließlich war sie eine Komödiantin. Doch die zimperliche Krögerin hatte ihn nicht mal in ihre muffige kleine Diele gelassen.

Und dann in der Schenke ... Mußte er seine Trauer um Loretta mit diesem ekligen Fusel ertränken? Hatte er sie etwa so geliebt? Es stimmte, einmal hatte er sogar daran gedacht, sie mitzunehmen, wenn er fortging. Obwohl er genau wußte, daß das nur hinderlich und reine Sentimentalität gewesen wäre. Er war auch nicht sicher, ob sie überhaupt mit ihm gegangen wäre. Aber sie war so entzückend gewesen. Und so erregend. Ganz anders als die Mädchen, die er sonst kannte.

Oder hatte der Wirt oder sonst jemand ihm etwas in den Krug geschüttet? Irgendein giftiges Pulver, das den Branntwein doppelt wirken ließ? Es war so düster dort gewesen, fast wie hinter den Kulissen. Er hatte gedacht, daß ihn in dieser Neustadt-Schenke niemand kannte. Er hatte nur wenige Gesichter ausmachen können und keines erkannt. Und doch wußte heute schon die ganze Kattundruckerei, daß er gestern im Branntwein ersoffen war. Vielleicht sollte er doch die Stadt gleich verlassen. Aber wie? Womit? Schließlich hatte er dies alles nicht auf sich genommen, um als Bettler zu enden.

Er hatte sich die Sache wohl doch zu einfach vorgestellt, jedenfalls mußte er jetzt sehr wachsam sein. Und schnell.

Auf dem Platz vor St. Petri herrschte das übliche mittägliche Gedränge von Menschen, Karren, Wagen und Vieh, das vom Steintor her zu den Schlachthöfen getrieben wurde. Die Kirche mit dem hohen kupfernen Spitzturm im Zentrum der Stadt, nicht weit von Rathaus und Börse, war vor allem ein Gotteshaus der reichen Händler und Handwerker. Aber auch Bauern und Krämer aus dem Umland, die für ihre kleinen Geschäfte durch die Tore kamen, machten in Hamburgs neben dem Dom ältester Kirche gerne eine Pause, zum Gebet oder für eine Mütze ungestörten, sicheren Schlafes. Lukas griff nach dem eisernen Ring im Maul eines eichblattumrankten Löwenkopfes und zog die schwere Tür des Hauptportals auf.

Er erkannte sie gleich, sie saß, in ein dunkles Schultertuch gehüllt, nah an der Wand in einer der hinteren Bänke der Kapelle. Sie hielt sich sehr aufrecht, den Blick geradeaus auf das schlichte Kreuz über dem Altar gerichtet. Oder nur auf das darüberliegende Spitzbogenfenster aus buntem Glas? Waren Komödiantinnen fromm? War Loretta fromm gewesen?

Als er sich neben sie setzte, sah sie ihn nur kurz von der Seite an. «Ihr seht ziemlich krank aus», sagte sie leise, aber dann verlor sie keine Zeit mehr mit Höflichkeiten. «Ihr wolltet mich gestern sprechen. Es muß wichtig gewesen sein, wenn Ihr so lange auf mich gewartet habt.»

Er nickte. Sie hatte eine angenehme Stimme und eine gebildete Sprache, und sie war gewiß ein wenig spröde, aber nicht dumm. Genauso hatte Loretta sie beschrieben.

«Verzeiht meinen Zustand gestern, Mademoiselle, ich weiß, es gibt keine Entschuldigung, aber Ihr werdet am besten verstehen, wie jammervoll mir zumute ist. Der Schmerz um Loretta, um Mademoiselle Grelot, hat mich die Beherrschung gekostet. Ein unschätzbarer Verlust für die Kunst, aber für mich – Ihr wißt, daß wir uns nahestanden?»

Rosina nickte. «Aber ich wußte nicht, wie sehr.»

Seufzend preßte er beide Hände fest auf seine Brust. «Oh, unendlich nahe.»

Seine Augen suchten ihre, und auch wenn Rosina nicht ganz sicher war, ob dieser dunkle, schwimmende Blick eine späte Folge des Zechens oder tatsächlich ein Zeichen echter Trauer war, wurde ihre Stimme um eine winzige Nuance weicher.

«Und so kamt Ihr in den *Bremer Schlüssel*, um mit mir über Euren Kummer zu sprechen?»

«Ja, das wollte ich.» Er schluckte, erleichtert, daß er offenbar klug genug oder schon zu betrunken gewesen war, um zuviel zu verraten. «Mit niemandem sonst kann ich über sie sprechen, und niemand sonst kann ermessen, was ich verloren habe.»

Warum seufzte sie nun nicht? Warum nahm sie nicht seine Hand, um sie tröstend zu drücken? In diesem Moment erklangen von der großen Orgel über dem Hauptportal die ersten Klänge eines Chorals. Lukas sah sich unruhig um. Die Kirche füllte sich. In St. Petri verging kaum eine Stunde, ohne daß einer der zahlreichen Prediger auf die Kanzel stieg und den Leuten Gottes Wort und die Welt erklärte. Lukas hatte nichts gegen eine gute Predigt, aber gerade jetzt?

«Wir müssen uns beeilen, Mademoiselle, der Gottesdienst beginnt, und ich muß zurück in die Kattundruckerei. Ihr versteht, unsere Pause ist nur kurz, und gerade heute – nun ja, meine Arbeit ist heute ein wenig langsamer als sonst. Ich möchte meinen Kummer mit Euch teilen, ja, aber ich möchte Euch auch um etwas bitten. Versteht es bitte nicht als ein Zeichen mangelnder Ehrfurcht vor …», er räusperte sich leise und preßte die gefalteten Hände an die Brust, «vor dem Tod unserer lieben Freundin, aber in ihrem Besitz war ein Buch. Ein Buch, das mir lieb und teuer ist, sehr teuer sogar, tatsächlich gehört es zu den letzten Dingen, die mich noch an meinen Vater erinnern. Ja, und ich gab es Loretta zur Verwahrung. Ihr werdet verstehen, daß ich es wiederhaben möchte. Vielleicht hat sie es Euch gezeigt? Nein? Nun gut, aber Ihr könntet nachsehen, ob es bei ihren Sachen im Theater ist. Gewiß hatte sie einen Kasten für ihre Schminkutensilien, Kämme und dergleichen. Könntet Ihr das für mich tun?»

Er hatte sehr leise und sehr hastig gesprochen, und obwohl Rosina ihn nur schwer verstehen konnte, rückte sie ein wenig von ihm ab. Da war ein Drängen in seiner Stimme, eine Gier, die nicht zu seiner Frage nach einem einfachen Buch paßte.

«Was war das für ein Buch? Und wann habt Ihr es ihr gegeben?»

«Oh, nur ein Buch aus der Bibliothek meines Vaters, sein Inhalt ist ganz ohne Belang, es ist auch nicht besonders wertvoll, nur mir ist es kostbar. Es ist ganz fest in Ölpapier gewickelt. Wenn Ihr es findet, müßt Ihr es gar nicht öffnen, es könnte nur Schaden nehmen, denn es ist ein altes Buch und nicht mehr in sehr gutem Zustand. Ihr erkennt es auch so an dem Ölpapier.»

Halt, sagte eine Stimme in ihm, halt. Du bist zu eifrig, zu wichtig, es ist doch ein harmloses, ein ganz unwichtiges Buch, nur als Familienerinnerung von persönlichem Wert. Loretta hatte ihn immer ausgelacht, wenn er falsche Töne angeschlagen hatte. Einer Komödiantin, hatte sie gesagt, könne man nun mal kein Theater vormachen.

«Aber natürlich», fuhr er ruhiger fort, «will ich Euch nicht zumuten, in den Sachen unserer Freundin zu suchen, gewiß ist es schmerzhaft für Euch. Ich habe nur große Sorge, daß meine Schwester untröstlich sein wird, wenn ich ihr gestehen muß, daß das Buch, die letzte Erinnerung an unseren verehrten Vater, durch eine Dummheit, durch meine Leichtfertigkeit verloren ist.»

Der Einfall mit Fredas Untröstlichkeit, fand Lukas später, war grandios. Auch wenn Rosina ihn danach ein wenig streng angesehen hatte, hatte sie sich doch bereit erklärt, nach dem Buch zu suchen und eine Nachricht zu schikken, sobald sie es gefunden hätte.

Als er St. Petri verließ, entdeckte er Schwarzbach in dessen Kirchenstuhl nahe der Kanzel. Jener konnte ihn in der dunklen Ecke der Kapelle schwerlich erkannt haben. Als Lukas sich im Hinausgehen noch einmal nach ihm umsah, blieb sein Blick an dem reichen, weiß und gold bemalten Schnitzwerk der Kanzel haften, an dem aus Lindenholz geschnitzten Christus inmitten seiner Apostel. Zu Jesu Füßen, das wußte er, obwohl er sie jetzt nicht sehen konnte, hatte der Holzschnitzer die vier Evangelisten gesetzt: Johannes, Matthäus, Markus und Lukas. Als er noch ein Kind gewesen war, hatte sein Vater ihm diese Figuren gezeigt und erklärt. Und dort, hatte er gesagt, der Mann an der Staffelei ist Lukas, Arzt und Reisebegleiter von Paulus, des größten aller Missionare. Er war als Maler dargestellt, so wie es die Legende ihm zuschrieb, und dann hatte sein Vater noch gesagt: Dein Namenspatron war ein kluger, demütiger Mann, der wußte, wem er zu folgen hatte, um das Heil zu erlangen. So hatte er gesagt: das Heil zu erlangen. Und: Eifere ihm nach, wähle die, mit denen du lebst und deine Geschäfte machst, sorgfältig, und du wirst zufrieden sein. War es seine Schuld, daß er keinen wie Paulus getroffen hatte? Eigentlich glaubte er nicht, daß es solche Männer noch gab, die Zeiten hatten sich geändert. Wer etwas erreichen wollte, mußte sich diesen Zeiten anpassen. Das hatte sein Vater auch gesagt, obwohl er damit vielleicht nicht das gleiche wie sein Sohn gemeint hatte. War für den Lukas der Bibel das Heil nicht auch eine Ware, ein Geschäft gewesen, wenn er sein Leben als

Arzt und Maler aufgegeben hatte, um einem Missionar zu folgen? Er wandte sich abrupt ab, aber das kluge, friedvolle Gesicht des hölzernen Lukas folgte ihm noch lange und ähnelte in seiner Phantasie immer stärker dem Gesicht seines Vaters.

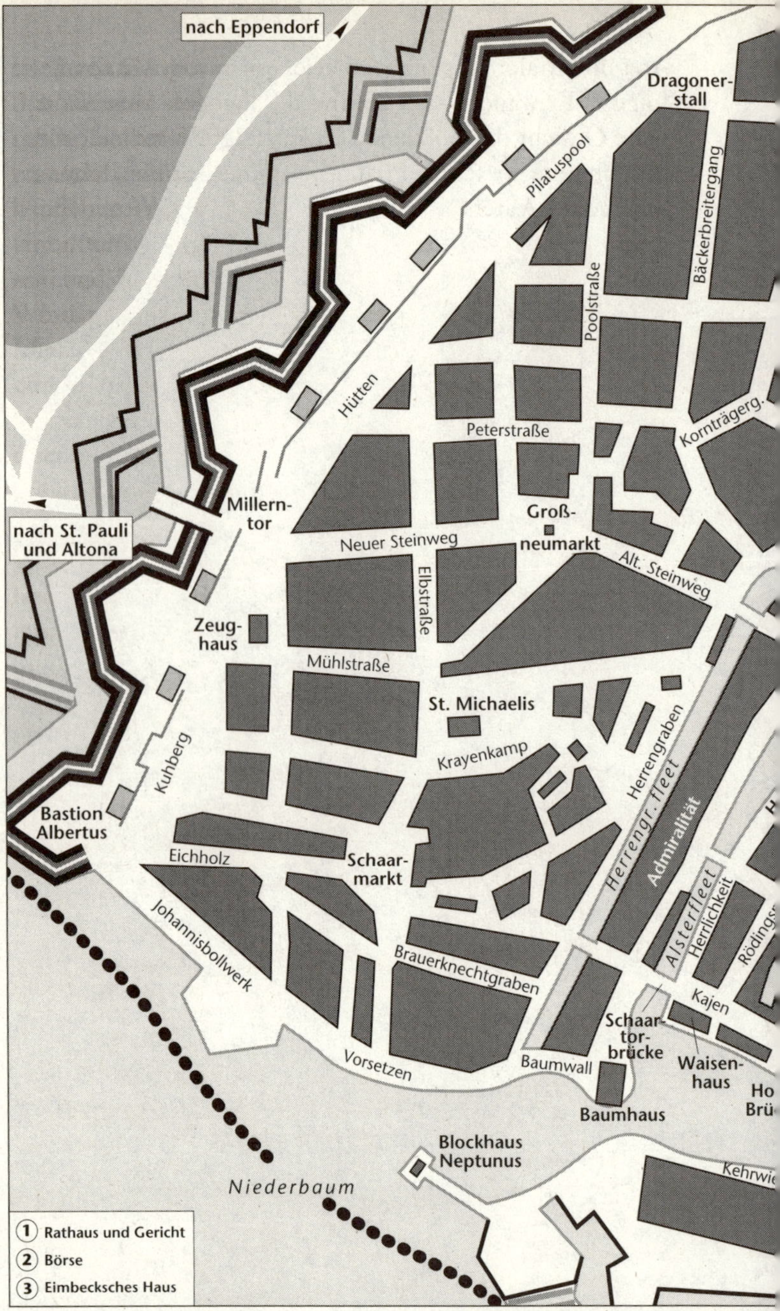
nach Eppendorf
Dragonerstall
Pilatuspool
Bäckerbreitergang
Poolstraße
Hütten
Peterstraße
Kornträgerg.
Millerntor
Großneumarkt
nach St. Pauli und Altona
Neuer Steinweg
Alt. Steinweg
Elbstraße
Zeughaus
Mühlstraße
St. Michaelis
Krayenkamp
Kuhberg
Herrengraben
Herrengr. fleet
Admiralität
Bastion Albertus
Eichholz
Schaarmarkt
Johannisbollwerk
Alsterfleet
Herrlichkeit
Brauerknechtgraben
Kajen
Schaartorbrücke
Vorsetzen
Baumwall
Waisenhaus
Baumhaus
Blockhaus Neptunus
Kehrwie
Niederbaum
1 Rathaus und Gericht
2 Börse
3 Eimbecksches Haus

zum Dammtor und
nach Harvestehude
Bastion
Didericus
Außen-
alster
Lombard-
haus
Lombards-
brücke
Bastion
David
Valentinskamp
Dammtorstraße
Caffamacher Reihe
Gänse-
markt
Theater im
Opernhof
ABC-Straße
Binnenalster
Hinter d. Bleichen
Jungfernstieg
Drillhaus
Holzdamm
Gr. Bleichen
Werk- und
Zuchthaus
Spinnhaus
zur Vorstadt
St. Georg
Lander Gang
Fuhlentwiete
Raboisen
Bleichen-
fleet
Alstertor
Rosenstraße
Neuer Wall
Kleine Alster
Johannis-
kloster
Marktstraße
Dreckwall
Pferde-
markt
St.
Jakobi
Mönkedamm
Gr. Johannisstraße
Berg
St.
Petri
Speersort
Steinstraße
Geist-
Stift
Gr. Bäckerstraße
Fronerei
Zum Steintor
Burstah
Neß
Dom
Springeltwiete
Gr. Reichenstraße
Fisch-
markt
Niedernstraße
St.
Nikolai
Kl. Reichenstraße
Deichstraße
Neue Burg
Brandstwiete
Meß-
berg
fleet
Gröninger Straße
Grimm
Nikolai-
Katharinenstraße
Cremon
St.
Katha-
rinen
Zippelhaus
Dovenfleet
Katharinenfleet
Alter Wandrahm
Neuer Kran
Jungfern-
brücke
Neuer Wandrahm
Waage
Bei den Mühren
Holl. Reihe
Holländ. Brook
St. Annen
Brook

7. KAPITEL

FREITAG, DEN 9. OKTOBER,
NACHMITTAGS

Die Damenrunde, die sich in Agnes Matthews Salon in ihrem Haus am Jungfernstieg zum Tee traf, wurde nicht, wie Anne Herrmanns befürchtet hatte, todlangweilig, sondern erstaunlich unterhaltsam. Auch fragten die Damen nur sehr diskret nach Annes Erlebnis im Theater am Abend des Mordes. Nicht weil Mord kein angemessenes Thema für einen Teenachmittag gewesen wäre, sondern weil es unmöglich war, über das Theater im allgemeinen und die Hamburger Schauspielerinnen im besonderen zu streiten, ohne womöglich Madame Herrmanns zu brüskieren. Ihre Vorliebe für die neuen Schauspiele und ihre Bekanntschaft mit einigen Komödianten waren schließlich in der ganzen Stadt bekannt. Aber den Engländern, auch das war bekannt, galt das Theater ja schon lange als ernsthafte Kunst, und deshalb sah man Claes Herrmanns' Gattin diesen *spleen* gern nach.

Dennoch hatte der Anfang des Nachmittags absolut Annes Erwartungen entsprochen. Der Tee wurde serviert und Agnes' neues Service sehr bewundert. Schon wieder ein Geschenk von Thomas. Ach ja. Er hatte es bei seiner letzten Englandreise im vergangenen Jahr bei einem neuen englischen Manufakteur bestellt. Wedgwood war in London schon sehr in Mode, und es war erst vor wenigen Tagen im Laderaum der *Lady of the Severn* in Hamburg angekommen. Die Kanne, unten schmal und grün, oben dick und sandfarben, bildete Blatt für Blatt, Röschen für Röschen einen Blumenkohl nach. Der Knauf auf dem Deckel war ein etwas flaches Extraröschen, und wenn Madame Bilsen auch fand, daß ein ordentlicher Blumenkohl aus *ihrem* Garten doch ein strahlendes Weiß aufweisen müsse, machte Agnes' kostbare Neuheit großen Eindruck.

Nach gebührender Bewunderung zog Madame van Witten, die auch in solchen Dingen nicht gerne zurückstand, ihr neues Riechfläschchen hervor – leider kein Geschenk ihres Gatten, sondern nur ihrer Schwägerin, was sie aber nicht verriet. Der elegante kleine Flakon von der Porzellanmanufaktur des Braunschweigischen Herzogs in Schloß Fürstenberg zeigte die Form einer halbgeöffneten Feige, das rote Fruchtfleisch leuchtete aus der dunkelgrünen Schale, und der Stöpsel war ein kleiner brauner Zweig mit einem smaragdgrünen Blatt. Bei der sogleich folgenden gegenseitigen Begutachtung aller verfügbaren Riechfläschchen – nur Anne konnte nicht mithalten, weil sie nie eines bei sich trug – war die Begeisterung groß. Diesmal wurde Agnes allerdings überflügelt. Ihre wirklich possierliche Porzellanente mit den vier Küken, wovon eines sich auf den Rücken der Mutter kuschelte, und dem Schilfbündel als Halterung für den vergoldeten Stöpsel rief allgemeines Entzücken hervor, aber Mademoiselle Bauers Fläschchen blieb dennoch Sieger: Es stellte eine kaum fingergroße, anmutige Dame in einem spitzenbesetzten, geblümten Kleid und mit einem Fächer dar, was noch nicht besonders war. Aber die Dame trug auch ihr Hündchen auf dem Arm, ein schwarzweißgetupftes Geschöpf mit breit grinsendem Gesicht, dessen Kopf, und das war das Unerhörte, als drehbarer Verschluß des Flakons diente. Obwohl keiner der anwesenden Damen nach einer Ohnmacht zumute war, wollte jede das Fläschchen öffnen und daran schnuppern. Agnes hielt es Carlino vor die faltige Nase, doch der Mops hatte keinen Sinn für seinen scharfriechenden Artgenossen aus Porzellan und wandte sich beleidigt schnaufend ab. Was auch alle sehr entzückend fanden.

Das war das Signal für die Beschäftigung mit den großen Platten voller Mandelmaronen, Zimtwaffeln, mit Muskat und Branntwein gewürzten Englischen Kringeln oder kleinen, mit Zibeben bestreuten Kuchen aus Blätterteig, den Schalen voll sahniger Cremes, Früchten und Weinmus. Während Anne noch überlegte, daß so ein Riechfläschchen im Prinzip ziemlich überflüssig, aber doch ein hübsches Spielzeug sei, hob Mademoiselle Bauer ihr spitzes kleines Kinn und erzählte von der neuesten Marotte ihres Bruders.

«Lorenz», erklärte sie, «sucht Compagnons für ein äußerst kurioses Unternehmen. Wegen des Geldes natürlich», fügte sie trocken hinzu, «sonst würde er es am liebsten ganz allein tun. Mein Bruder liebt es nicht, Ruhm zu teilen, mein Bruder ...»

«Ruhm ist schön und gut», warf Agnes ein, der das delikate Verhältnis zwischen den Geschwistern Bauer bis zur Ermüdung vertraut war, und lud geschickt ein sahniges Törtchen auf ihren Teller, «aber erzähl uns doch zuerst, womit er diesen Ruhm erlangen will.»

«Natürlich. Entschuldige, Agnes. Mein Bruder hat sich im Kontor gelangweilt und sich an seine Griechischstunden am Johanneum erinnert. Dort hatte ihm ein offenbar schwärmerischer Lehrer von der Überzeugung irgendeines alten Philosophen erzählt, es gäbe weit im Ozean eine Insel der Seligen, auf der die Menschen rein und unschuldig seien und in stetem Glück lebten.»

«Wahrscheinlich», murmelte Madame Bilsen, die aus einer großen Familie von Reedern und Tranhändlern stammte und stets praktisch dachte, durch ein Stück mit Orangensirup getränkter Waffel, «wahrscheinlich hat er das mit der Bibel verwechselt, und was aus dem Paradies geworden ist, wissen wir alle.»

Mademoiselle Bauer kicherte. «Vielleicht. Aber er sagt, diese Insel sei ein hochinteressantes Experiment. Es sei wie in dem Roman von Monsieur Rousseau, der seinen Emil, das arme Kind, auch ganz natürlich aufwachsen lasse. Die Wissenschaften, sagt er, seien bislang unterschätzt worden, und es sei eine edle Aufgabe, sie zu befördern.»

«Und nun will er diese Insel suchen?» Anne begann den Nachmittag – und auch Mademoiselle Bauer – interessant zu finden.

«Unbedingt. Er ist ganz verrückt danach. Mein Vater überlegt schon, ihn zu enterben, was natürlich nicht geht, weil es eine Schande für die ganze Familie wäre. Bei uns ist noch nie jemand enterbt worden.»

«Gewiß, Henny.» Mademoiselle Stollberg sah ihre Freundin und, wie sie sehr heimlich hoffte, zukünftige Schwägerin streng an. «Aber dein Bruder ist ein guter Kaufmann und kein Schwärmer. Weiß man von der Insel denn tatsächlich nur durch diesen alten Philosophen?»

«O nein, man hat die Insel immer wieder gesucht. Zuletzt, sagt Lorenz, vor etwa vierzig Jahren. Aber er hat eine Karte, die ist kaum zehn oder zwölf Jahre alt, und auf ihr ist die Insel nur einige Grad westlich von Ferro verzeichnet. Aber mein Vater sagt, da habe sich einer an der Kartenzeichnerei versündigt, denn dort, hinter den Kanarischen Inseln, sei nichts als Wasser bis zum spanischen Vizekönigreich Brasilien.»

«Aber diese Insel, von der dein Bruder da phantasiert,

ist doch schon vor Urzeiten untergegangen», wandte Madame van Witten ein, eine honorig wirkende reife Dame in grauer Seide, die aber sehr viel mehr las und von Abenteuern träumte, als sie ihren Gatten jemals wissen ließ. «Und soviel ich weiß, weil die Menschen darauf eben nicht selig waren, sondern außerordentlich unselig. Das reinste Sodom.»

Dazu lächelte sie ganz unpassend, und nun entbrannte ein Streit, allerdings nur ein kleiner, freundschaftlicher, ob es sich bei dieser Insel nicht um das geheimnisvolle Atlantis gehandelt habe und ob das vielleicht die gleiche Insel sei, auf der einst aus Seligkeit Sodom geworden sei, was leider leicht passieren könne.

Schließlich machte Agnes der Debatte ein Ende. «Verzeiht, meine Lieben», rief sie plötzlich, «ich finde das auch sehr ernsthaft, ganz gewiß auch sehr wichtig für die Wissenschaft und die Beförderung unserer Moral, aber mir ist gerade etwas eingefallen. Etwas ungemein Komisches. Magdalena, du erinnerst dich gewiß: Es gibt da dieses alte Buch, es heißt *Utopia*, das vergesse ich niemals, was immer das bedeuten mag. Ich weiß nicht, wer es geschrieben hat, wohl irgendein frommer Mann in England vor sehr langer Zeit, und es berichtet auch von einer Insel, auf der die Menschen in allem auf das Allerbeste zusammenleben. Sie bekamen alles, was sie brauchten, allerdings waren sie gräßlich genügsam und taten einander doch niemals irgend etwas Schlechtes oder Nachteiliges an. Ein Wunder, aber so ist es dort aufgeschrieben. Das hat mir mein Vater jedenfalls später erzählt. Vielleicht ist das diese selige Insel, die Lorenz sucht, wer weiß. Aber dieses Buch ist ziemlich alt, und – erinnerst du dich nicht, Magdalena? Es war in dem Sommer, in dem du und deine Mutter bei uns zu Besuch wart. Als wir uns das letzte Mal sahen, bis du jetzt wieder nach Hamburg gekommen bist. Sieh mich nicht so erschrocken an. In dieser alten Geschichte war ich der Tunichtgut. Mal wieder. Du warst ja immer bewundernswert brav.»

Magdalena, die bisher, wie es ihre Art war, mehr zugehört als geredet hatte, obwohl ihr Riechfläschchen, ein erstaunlicher Harlekin mit einer Katze auf dem Rücken und einer Maus in der Hand, großen Zuspruch gefunden hatte, nahm bedächtig einen Löffel von den mit gehackten Walnüssen bestreuten, eingelegten grünen Pflaumen.

«Ja», sagte sie dann, «jetzt erinnere ich mich. Aber ich weiß nicht mehr so genau, worum es ging. Es ist so lange her, daß wir Kinder waren.»

«Aber du mußt dich erinnern! Dieses Buch war sehr kostbar, ganz alt und in goldgeprägtes Leder gebunden, wie solche Bücher eben sind. Papa hatte es vom sächsischen Gesandten ausgeliehen und gewiß tausend Eide geschworen, es unversehrt zurückzugeben. Nun», sie kicherte vergnügt, «uns gefiel das Buch auch sehr gut, allerdings wegen des hübschen Bildes auf der ersten Seite. Es zeigte eine Insel in einem breiten Strom, sie war mit Türmen und großen Häusern bebaut, und vor der Insel kreuzte ein Schiff. Es war ein so stolzes Schiff. Ich hätte alles gegeben, um damit fortzureisen, und ich sehe es vor mir, als hätten wir erst gestern die große Schere aus dem Kontor stibitzt und das Bild ausgeschnitten. Aber ich bin eine schlechte Gastgeberin, ich rede die ganze Zeit. Erzähl du weiter, Magdalena, erzähl, was unsere Strafe dafür war. Es ist zu komisch!»

«Inzwischen ist so vieles geschehen, Agnes. Ich weiß es wirklich nicht mehr genau.» Magdalena lächelte ihrer Cousine, die eine solche Kinderei für ein wichtiges, berichtenswertes Ereignis in ihrem Leben hielt, nachsichtig zu. «Du erzählst auch viel lebendiger als ich. Erzähl nur weiter, wir hören dir alle gerne zu.»

«Nun gut. Also stellt euch vor, was die strenge Strafe meines guten Papas war. Solange Magdalena zu Besuch war, durften wir kein Buch berühren.» Sie lachte schallend, und plötzlich sah Anne hinter der makellosen, immer etwas gezierten Agnes das koboldhafte Kind, das sie einmal gewesen sein mußte. «Ich bin ein Dummkopf. Natürlich könnt ihr nicht richtig mitlachen, ihr wißt ja nicht, was das bedeutete. Es war wunderbar. Mein Hauslehrer, ein milchbärtiger Kandidat der Theologie, in den ich auch nicht eine Sekunde verliebt war, wagte während der ganzen Zeit nicht, mich ein Buch anfassen oder auch nur ansehen zu lassen. So war es ihm ja befohlen worden. Papa hatte natürlich die Bücher in seiner Bibliothek gemeint, aber der arme kleine Lehrer glaubte, Bücher jeglicher Art. Wir haben ihn nicht aufgeklärt und waren in all den Wochen vom Psalmen- und Sprüchelernen befreit. Ach», sie seufzte wohlig, noch immer glücklich über den lange vergangenen Streich, «so hatten wir doch schon für einige Wochen unsere eigene Insel der Seligen, nicht wahr, Magdalena?»

Ihre Cousine schob die letzte sirupschwere Pflaume über den Teller und lächelte milde. «Ich erinnere mich auch daran, meine Liebe, daß ich dich seinerzeit sehr gebeten habe, den bedauernswerten jungen Mann nicht so hinters Licht zu führen. Du kennst mich. Ich glaube, daß die Seligkeit genau in den Psalmen und Sprüchen liegt, die wir damals versäumten zu lernen.»

«Du bist eine Spielverderberin», rief Agnes, immer noch lachend, und griff nach der Teekanne. «Aber sei getrost, ich habe später, als du mit deiner Mutter nach Köln zurückgekehrt warst, alles nachholen müssen. Meine

Seele hat nichts verloren und keinen Schaden genommen.»

«Für Mrs. Bellham warst du in eurer Kinderzeit gewiß eine schwere Prüfung, Agnes», sagte nun Mademoiselle Bauer. Sie hatte Magdalenas schmal lächelnde Lippen bemerkt und fand, irgend jemand müsse ihr und ihrer ein wenig anstrengenden, aber unbedingt respektablen Rechtschaffenheit beistehen.

«Das war ich ganz gewiß! Aber wir haben uns ja nur selten gesehen. Und unser Vorsatz, einander fleißig Briefe zu schreiben, hielt nicht lange. Um ehrlich zu sein: mein Vorsatz. Wann immer ein Bote oder ein Wagenzug aus unserer Handlung nach Köln ging, brachte er auf dem Rückweg einen Brief von Magdalena. Und immer vergaß ich, bei der nächsten Gelegenheit eine Antwort zurückzuschicken. Ich hoffe, meine Liebe, du hast mir das verziehen. Ich verstehe gut, daß später, als wir erwachsen wurden, keine Briefe mehr von dir kamen.» Sie griff über die nun fast leeren Kuchenplatten und strich über Magdalenas Hand. «Ich rechne es dir um so höher an, daß du mir immer noch die gute alte Magdalena bist, stets geduldig mit deiner untreuen Cousine. Der liebe Robert hat mir verraten, daß du ihn sehr gedrängt hast, zu uns nach Hamburg zu reisen.»

«Wie ich schon sagte», Magdalena lächelte Agnes sanft an, «wir waren Kinder, und es ist lange her.»

Alle waren sehr gerührt. Doch dann griff Mademoiselle Stollberg den nur *en passant* erwähnten Monsieur Rousseau auf. Sein letztes Werk, sagte sie, die Geschichte von der Erziehung des Emil, sei außerordentlich interessant und, obgleich recht umfänglich, eine bemerkenswerte Lektüre. Bisher habe sie immer nur Männer darüber reden hören, und sie sei oft ganz anderer Meinung. Bei diesem Bekenntnis einer eigenen Meinung errötete sie leicht, aber die zustimmend nickenden Gesichter der Teerunde machten ihr Mut.

«Ich dachte», fuhr sie also fort, «wenn wir uns einmal in der Woche treffen würden, wäre es doch recht anregend, sich darüber zu unterhalten. Es geht ja um die Erziehung, und die obliegt uns Frauen, auch wenn die Männer ständig darüber reden, als hätten sie sie selbst erfunden.»

«Eine formidable Idee!» rief Mademoiselle Bauer und klatschte vor Begeisterung über die unerwartet kämpferischen Worte ihrer Freundin in die Hände. Wenn man sich regelmäßig träfe – es müsse ja nicht gleich in diesen unkleidsamen blauen Strümpfen sein, wie es jener berüchtigte Damenzirkel in London tue –, um über die neuesten Nachrichten und Bücher zu reden, würde das Leben ganz gewiß sehr viel anregender. Sie wolle auch schon lange einmal drüber debattieren, warum es am Johanneum immer noch keine Mädchenklassen gebe. (Hierauf zog Madame Bilsen scharf die Luft ein, was aber niemand beachtete.) «Und ganz gewiß könnt Ihr, Madame Herrmanns, etwas über Eure große Leidenschaft, das Einfangen der Blitze, berichten», fuhr Madmoiselle Bauer eifrig fort. «Oder über die neue englische Art, große Gärten anzulegen. Das interessiert mich beides ungemein. Besonders, wo man die Eremiten hernimmt, die einige englische Grafen und Barone angeblich engagieren, damit sie in den Grotten oder Ruinen hausen, die man in verschwiegenen Winkeln der Gärten extra errichtet. Ich fände es sehr angenehm, miteinander über etwas anderes zu reden als über den häuslichen Alltag, ohne daß unsere Väter, Brüder oder Gatten gleich vemeintlich noch Besseres oder Klügeres beizutragen haben. Und gewiß können wir noch die eine oder andere Dame hinzugewinnen.»

Auch dagegen hatte niemand etwas einzuwenden.

Annes Vorschlag, die Last der Gastgeberin nicht allein auf Agnes' Schultern zu lassen, sondern sich reihum in den Salons aller beteiligten Damen zu treffen, fand ebenso begeisterte Zustimmung. Agnes' Widerspruch und Beteuerung, das sei ihr wirklich keine Last, sondern ein Vergnügen, wurde als höflicher Einwand mißverstanden und ebenso höflich abgelehnt. Was Agnes wirklich enttäuschte, denn es gab nur wenig, was ihr in diesen Wochen lieber war, als ihren wunderbaren, neugestalteten Salon vorzuführen.

Als schließlich die Sänften und Kutschen herbeigerufen wurden, um die Damen nach Hause zu bringen, herrschte eine Stimmung wie vor einer großen Reise. Selbst Carlino, der Mops, erhob sich von seinem Lieblingsplatz auf einem Seidenkissen am Kachelofen und mischte sich mit heiserem Kläffen und freudig wackelndem Hinterteil unter die Damen, die sich in der Diele in ihre Schultertücher und Umhänge wickelten und voneinander verabschiedeten.

Madame Bilsen, die bis zu diesem Nachmittag nur selten auf die Idee gekommen war, anderes zu lesen als die Bibel und die kleinen Nachrichten auf den letzten Seiten des *Hamburgischen Correspondenten*, ließ auf ihrem Heimweg bei der Bodeschen Buchdruckerei und -handlung halten, um das Buch von diesem seltsamen Schweizer zu bestellen. Daß er, wie Henny Bauer betont hatte, mit Monsieur Voltaire, diesem unchristlichen Freidenker, im Streit lag, erschien ihr eine gute Empfehlung.

Anne wäre gerne zu Fuß zum Neuen Wandrahm zurückgegangen. Die Wege in der Stadt waren wieder halbwegs trocken, und selbst wenn es ihre Schuhe ruinieren würde, sie sehnte sich nach frischer Luft. Seit das Wetter ihr nicht mehr erlaubte, ganze Tage in ihrem Garten zu verbringen, war ihr jede Gelegenheit, sich im Freien zu bewegen, kostbar. Madame van Wittens Aufforderung, in ihrer Kutsche mitzufahren, konnte sie allerdings nicht ablehnen.

Madame van Witten mochte Claes Herrmanns' Frau, und sie mochte auch die jüngste Tochter der Bauers. Ein kluges Mädchen, das nicht nur Ziele habe, sondern sie auch verfolge, erklärte sie Anne, gemütlich in die Samtpolster ihrer kleinen Stadtkutsche zurückgelehnt und endlich von ihren drückenden Schuhen befreit.

«Sie hat wie Ihr eine große Vorliebe für das Theater, was ihre Eltern natürlich gar nicht gutheißen. Gewiß darf man die Zügel nicht zu lang lassen, aber ich glaube nicht, daß es von Vorteil ist, jungen Frauen jede Eigenwilligkeit zu verbieten. Das macht nur dickes Blut.»

Vielleicht könne sich Madame Herrmanns in dieser Sache für das Mädchen verwenden? Sie vielleicht sogar einmal in ihre Loge einladen? Das könnten die Eltern kaum verbieten, Claes Herrmanns treibe schließlich rege Geschäfte mit Bauer. Madame van Witten war wie immer gut informiert.

Aber bevor Anne ein Grund einfiel, sie nach Lukas Blank zu fragen, dessen Vater vor seinem Bankrott und plötzlichen Tode Madame van Witten bestimmt bekannt gewesen war, plauderte die schon munter weiter.

«Magdalena Bellham ist eine gute Seele», sagte sie und rieb sich ungeniert und wohlig seufzend ihre schmerzenden Knöchel. «Ich erinnere mich, wie sie als Mädchen war. Blaß und schüchtern, das einzige Kind ihrer Eltern, was ja schon immer ein Unglück ist. Aber sie hatte zudem ein Gebrechen, was ihre Chancen auf eine gute Heirat recht gering machte, zumal ihr Erbe nicht dazu angetan war, das wirklich auszugleichen. In solchen Fällen bleibt ja oft nur, ein Mädchen ins Ausland zu verheiraten, wo es zunächst sowieso niemand versteht.»

«Sie scheint heute doch sehr gesund zu sein», erwiderte Anne, die von Agnes gehört hatte, daß es zu Magdalenas Vorlieben gehöre, am frühen Morgen vor den Wällen auszureiten.

«Oh, das war sie auch früher. Ihr Gebrechen war anderer Art. Um es ohne Umschweife zu sagen, sie stotterte, als wäre sie mindestens dreimal aus der Wiege direkt auf den Kopf gefallen. Es ist mir eine Freude, sie nun mit so klarer Stimme zu hören. Agnes sagt, ein Gesangslehrer habe ihr dazu verholfen, aber ich sage: So ist das mit der Ehe», sie lächelte brav, «sie mag manche Last mit sich bringen, aber man erlebt immer wieder, daß sie auch manches Gebrechen plötzlich verschwinden läßt. Obwohl von Plötzlichkeit hier keine Rede sein kann, die Hochzeit muß an die acht oder gar zehn Jahre zurückliegen.»

«Nun ja.» Anne nickte. «Das mag sein.» Sie dachte an Sophie, ihre früher so muntere Stieftochter, die vor zwei Jahren den Mann ihrer Sehnsüchte geheiratet hatte, nun mit ihm in Lissabon lebte und heitere, nichtssagende Briefe schrieb, zwischen deren Zeilen allerdings ausschließlich von den Lasten der Ehe zu lesen war. Und dann dachte sie an Jane, die Wäscherin ihrer Familie auf Jersey. Auch Jane hatte seit ihrer Kindheit gestottert und unter dem Gespött der Leute im Ort gelitten. Auch sie hatte plötzlich aufgehört zu stottern, allerdings nicht nach der Hochzeit, sondern wenige Tage nachdem ihr Ehemann, der seine beachtlichen Fäuste nicht nur für Schaufel und Bierkrug benutzt hatte, von einem Mühlstein erschlagen und begraben worden war.

Lukas Blank hatte sich vor dem Portal von St. Petri nur mit einem verstohlenen Nicken verabschiedet und war in weniger als einer Minute in der Menge auf der Marktstraße verschwunden. Rosina folgte ihm langsam. Die Seitenkapellen der großen Kirchen und des Domes, dachte sie, sind die besten Plätze für ein unauffälliges Treffen. Wie viele heimliche Paare mochten einander dort schon ihre Liebe geschworen und ein Gebet um eine glückliche Zukunft gesprochen haben? Sie selbst hatte sich in diesen Kapellen leider nur zu sehr viel betrüblicheren Anlässen verabredet. Doch nun war es höchste Zeit, ins Theater zu gehen. Wenn sie Glück hatte, war niemand in der Garderobe, und sie konnte gleich nach dem Buch suchen. Der Gedanke, jemand könnte es zufällig vor ihr finden, beunruhigte sie plötzlich sehr. Warum eigentlich? Was war schlecht daran, wenn nicht sie, sondern irgend jemand anderer Lukas' Eigentum fand und ihm zurückgab?

Nichts, sagte ihr Verstand. Viel, sagte ihr Gefühl, denn irgend etwas stimmte da nicht. Rosina war verwirrt. Was sollte sie von Lukas halten, von seiner großen Trauer, von der Geschichte mit dem Buch seines Vaters? Warum hatte er Loretta so ein Buch gegeben? Wozu? Was war es überhaupt für eines? Der Antwort auf diese Fragen, so schien ihr nun, war er geschickt ausgewichen. Loretta war nicht dumm gewesen, aber für Bücher hatte sie sich nur interessiert, wenn darin Schauspiele standen, in denen sie eine Rolle für sich zu finden hoffte. So eines würde Lukas' Vater kaum besessen haben. Und warum wickelte man ein Buch in Ölpapier anstatt in ein einfaches Leintuch? Warum mußte es so geschützt werden? Wovor?

Sie wollte ihm so gerne glauben, weil sie dann nicht die einzige wäre, die um Loretta trauerte. Doch so, wie ihr Körper auf der Bank in der Kapelle vor seinem eindringlichen Flüstern abgerückt war, spürte nun auch ihr Herz den Wunsch nach Distanz. Ein Gefühl gegen alle Vernunft, aber gerade das war ja oft das Wesen der Gefühle, und sie, die Vernünftige, hatte gelernt, auf ihre Gefühle zu hören. Natürlich war es möglich, daß er Loretta so sehr geliebt hatte, wie er sie glauben machen wollte. Das hatte sie bis zu diesem Treffen auch angenommen, war sein jämmerlicher Zustand gestern im *Bremer Schlüssel* nicht der beste Beweis dafür? Dennoch konnte sie ihm nicht glauben. Sie hatte Worte gehört, eine Rolle gesehen. Doch obwohl seine Augen feucht geworden waren, wußte sie, daß er nicht wirklich trauerte, so wie man um einen geliebten Menschen trauert. Vielleicht war ihr Urteil vorschnell und ungerecht, vielleicht war er gar nicht in der Lage, tiefer zu fühlen, vielleicht hatte er auch nur gelernt, seine wahren Gefühle zu verbergen. Wurden dazu nicht die meisten Männer erzogen? Aber warum gab er sich dann solche Mühe? Weil es gerade in Mode kam, daß auch Männer Gefühle und Tränen, ihre empfindsame Seite zeigten? Gleichgültig, warum, den winzigen und doch deutlich falschen Ton in seiner Stimme hatte sie sich nicht eingebildet. Mit Lukas Blank stimmte etwas nicht.

Wind kam auf und zerrte an ihren Röcken und an ihrem Schultertuch, ein frischer Wind, der sie wie ein Schubs aus ihren Gedanken holte. Also hörte sie auf zu grübeln, schritt schneller aus und beeilte sich nun wirklich, ins Theater zu kommen. Wenn sie das Buch gefunden hatte, würde sie mehr wissen. Denn natürlich wollte sie es nicht in dem Ölpapier lassen, sondern sehr genau untersuchen.

Der hintere Eingang war nicht verschlossen, also mußte jemand dasein. Sie öffnete die Tür zur Garderobe, doch die war leer. In den nächsten Tagen würde es keine Aufführung geben. Am Sonnabend und Sonntag blieben die Theater in Hamburg wie zu allen anderen christlichen Feiertagen stets geschlossen. Auch die Proben waren bis zum Montag ausgesetzt. Normalerweise wären trotzdem einige aus dem Ensemble hiergewesen, die miteinander Texte lernten, Dialoge oder Szenen übten, von Monsieur Ekhof eine Extralektion für natürliche Bewegungen und Gesten bekamen oder auch nur an den Kostümen arbeiteten und dabei miteinander schwatzten. Auch das Ballett und die Musiker waren oft am Tage im Theater, um zu üben, Noten zu kopieren oder ihre Instrumente zu reinigen. Doch nach Lorettas Tod brauchten alle eine Pause. Niemand konnte einfach zum üblichen Alltag zurückkehren. Einige fürchteten sogar, es habe Loretta nur zufällig getroffen, und wer immer allein im Theater sei, begebe sich in höchste Gefahr.

Rosina lauschte. Nichts war zu hören. Auch aus den Höfen, aus denen sonst immer Stimmen oder Geräusche aus der Werkstatt eines Schusters heraufdrangen, kam kein Laut. Nicht einmal eine Taube gurrte.

Rosina öffnete eines der Fenster – es war stickig in der Garderobe und roch durchdringend nach irgend etwas, was sie nicht erkennen konnte – und sah hinaus. In den Räumen der Männer im Anbau flackerte hinter einem der Fenster ein mattes Licht auf. Wahrscheinlich zündete gerade jemand eine Kerze an. Es war also tatsächlich jemand da. Sie atmete erleichtert auf und spürte erst jetzt, wie bedrückend ihr das große, stille Haus mit seinen verschachtelten Räumen und Gängen erschienen war.

Aus einem Schuppen neben den kleineren Häusern am Ende des Hofes kam eine Frau mit einem großen Korb Feuerholz. Sie mochte nur wenige Jahre älter als Madame Hensel sein, aber ihr gebeugter Rücken, die Zahnlücken ihn ihrem Mund und die schrundige Haut ihrer groben Hände ließen sie wie eine alte Frau erscheinen. Es war unwahrscheinlich, daß sie in der vorletzten Nacht im Hof gewesen war und gesehen hatte, ob sich jemand die hintere

Treppe hinauf und ins Theater geschlichen hatte. Um diese Stunde hatte sie wahrscheinlich längst auf ihrem Strohsack gelegen und geschlafen. Aber vielleicht auch nicht, vielleicht hatte sie gerade aus dem Fenster gesehen, als der Mond über die Dächer stieg und die hintere Treppe beleuchtete. Und vielleicht hatte sie wie heute gerade Holz in ihren Korb gepackt, als Rosina vorgestern aus dem Fenster der Garderobe Loretta mit Lukas Blank im Hof gesehen hatte. Doch bevor sie sich entschließen konnte, hinauszulaufen und die Frau danach zu fragen, warf die ihr einen argwöhnischen Blick zu und war wie ein Schatten zwischen den Mauern verschwunden. Die Frau würde nicht davonlaufen. Rosina konnte sie, die Männer aus der Schusterwerkstatt und auch einige andere später befragen.

Sie sah sich unschlüssig in der Garderobe um. Wo mochte Loretta das Buch versteckt haben? In den großen Körben waren einige kleinere Teile der Kostüme verstaut, Mieder, Tücher oder Kopfputze, die in der nächsten Zeit nicht gebraucht wurden. Die Kostüme, viele aus kostbaren Stoffen, waren der größte Reichtum des Theaters. Rosina wußte nicht, wie viele es waren, aber sie füllten lange Stangen in einem gut gelüfteten Raum hinter der Garderobe. An den Stangen hier an der Garderobenwand hingen nur ein paar davon.

Die Körbe waren ein schlechter Platz, etwas für kurze Zeit zu verstecken, gewiß hatte Loretta das Buch, falls es tatsächlich existierte, nach der Vorstellung mit in ihr Zimmer bei der Krögerin nehmen wollen. Eine eigene Schublade wie die Hauptakteurinnen hatte sie ja nicht gehabt. In dem Regal neben der Tür zur Garderobe der Tänzerinnen standen allerlei kleinere Körbe und Kästen, in den meisten wurden verschiedene Utensilien und Accessoires zu den Kostümen verwahrt, andere gehörten den Schauspielerinnen, die wie Loretta und Rosina keine Schublade hatten. Einer der Kästen mußte also Loretta gehört haben. Allerdings konnte Rosina sich nicht erinnern, daß sie jemals einen davon benutzt hatte. Sie trug immer einen Beutel bei sich, in dem sie ihre persönliche Habe, ihre Schminke, Bänder, Kämme und dergleichen verwahrte. Es waren viele Kästen, und Rosina scheute sich, im Eigentum der anderen Frauen herumzustöbern. Auch schienen sie ihr zu klein, um darin ein dickes Buch zu verstecken, und gewiß hatte Wagner gestern schon Lorettas Sachen untersucht. Am besten würde sie mit den Kostümkörben anfangen, niemand würde sich wundern, sie dabei zu sehen.

Als sie den ersten Korb öffnete, hörte sie ein Rumpeln. Es war nicht laut, aber der gedämpfte Ton durchdrang ihren Körper wie ein Schlag, und sie ließ erschrocken den Korbdeckel fallen. Sie hatte ja gewußt, daß jemand im Theater sein mußte. Sie lauschte angestrengt, aber nun war es wieder still. Kein Ton drang herein.

Sie wußte später nicht zu sagen, warum sie nicht einfach weiter die Körbe durchsucht hatte, eilig die Gelegenheit nutzend, daß sie allein in der Garderobe war. Das Geräusch war nicht aus dem Hof oder der Garderobe der Männer, sondern eindeutig aus dem Theater gekommen. Leise öffnete sie die Tür zum Flur, der hinter die Bühne führte, schlich über den Bretterboden, vorsichtig, damit kein Knarren sie verriet. Da, wieder ein dumpfes Geräusch, noch leiser, aber doch ein Geräusch von Holz auf Holz. Es konnte nur von der Bühne kommen.

Der trübe Tag machte das Theater dunkel wie am Abend, aber Rosinas Augen gewöhnten sich schnell daran. Es roch nach Staub und Farben, als habe jemand gerade erst an den Kulissen gearbeitet. Sie schlüpfte zwischen den bemalten Leinwänden in die zweite Gasse und beugte sich vorsichtig vor. Die Bühne war leer. Vielleicht war das Gerumpel doch von draußen gekommen, vielleicht …

Nein, da war es wieder, diesmal eher ein Schaben. Und jetzt? Waren das leise, leichte Schritte?

Rosinas Hals war plötzlich trocken und rauh. Lauf doch weg, sagte eine Stimme in ihr, diese Stimme, von der sie wußte, daß sie klug war und daß sie ihr unbedingt folgen sollte. Lauf weg. Aber sie lief nicht weg, sie stand in der Kulissengasse, starrte auf die dämmerige Bühne und wußte plötzlich, woher die Geräusche gekommen waren. Irgend jemand kroch auf der Oberbühne, auf dem Schnürboden herum. Jemand, der nicht wollte, daß er entdeckt wurde. Gott sei Dank war sie nicht allein im Theater! Monsieur Löwen saß gewiß im Direktionsbureau, oder Monsieur Seyler, vielleicht sogar beide. Sie brauchte nur laut zu rufen. Aber sie wollte wissen, wer da oben herumkroch. Und warum. Sie trat hinaus auf die Bühne und starrte aufwärts in die Dunkelheit, doch sie konnte nichts erkennen.

«Hallo», rief sie, «ist da oben jemand?»

Ihre Stimme klang fremd in ihren Ohren, trotzdem gab sie ihr Mut. Der Maschinenmeister konnte es nicht sein, der würde sich niemals so vorsichtig bewegen. Seine Tritte waren stets schwer und fest. Warum sollte ein Fremder da oben herumkriechen? Warum sollte einer, der Loretta – sie dachte den Gedanken nicht zu Ende. «Hallo», rief sie wieder, «was tut Ihr da oben? Kommt sofort herunter!»

Die Antwort war ein vorsichtiges Maunzen. Rosina atmete so erleichtert auf, als sei sie gerade von einem eisernen Korsett befreit worden. Wie dumm sie war, wie ängstlich und dumm. Natürlich war es nur eine Katze.

Aber hörten sich so die Pfoten einer Katze an? Wieder starrte sie hinauf zum Schnürboden, und nun entdeckte sie zwischen den Brettern einen Schimmer hellen Tuchs.

«Wenn Ihr nicht sofort herunterkommt, schlage ich Alarm. Dann wird Euch schon jemand herunterholen!»

«Ach, Rosina, tu das bitte nicht», piepste eine Kinderstimme, offensichtlich um Würde bemüht. «Ich komm ja schon. Nur Semiramis will nicht. Sie hat Angst, daß du uns verpetzt.»

Zwei dünne Mädchenbeine mit ehemals weißen, nun schmuddelig grauen, heruntergerutschten Strümpfen erschienen auf der Leiter, die von der Oberbühne zum hinteren Flur hinunterführte. Und dann kam, Stück für Stück, das ganze Mädchen zum Vorschein. Sie hatte ihre Röcke notdürftig hochgebunden, damit sie auf der Leiter nicht stolperte, mit einer Hand hielt sie sich beim Abstieg an den Sprossen fest, mit der anderen umklammerte sie eine dicke schwarz-weiße Katze, die ihren Unmut über diesen unbequemen Transport mit aufgeregt schlagendem Schwanz kundtat.

«Herr im Himmel», flüsterte Rosina und wußte selbst nicht, ob das ein Ausdruck von Ärger oder Erleichterung war. «Charlotte! Du hast mir einen Riesenschrecken eingejagt. Was hast du da oben gemacht? Du weißt doch ganz genau, daß es streng verboten ist, diese Leiter hinaufzusteigen. Willst du dir den ...» Hals brechen, wollte sie sagen, aber das konnte sie nicht aussprechen. «Verdammt, Charlotte», rief sie wütend, «du bist ungezogen und leichtsinnig.»

«Aber Semiramis klettert immer wieder da rauf. Sie findet es schön da oben, weil sie von dort so gut auf die Bühne hinuntersehen kann. Es ist der beste Platz, noch viel besser als in der Senatsloge.» Das Gesicht des Mädchens leuchtete, als sie von Semiramis' Freuden berichtete. Aber dann fügte sie streng hinzu: «Ich kann sie doch nicht da oben verhungern lassen.»

«Semiramis ist eine Katze, die findet vom höchsten Baum wieder herunter. Und ein paar Tage Hunger», fuhr Rosina mit einem Blick auf das kugelrunde, pausbäckige Tier fort, «würden ihr gewiß nicht schaden.»

«Aber es würde ihr keinen Spaß machen», sagte Charlotte und setzte behutsam ihre maunzende Last ab, die sofort mit großen Sprüngen aus der Gefahrenzone verschwand.

Rosinas Ärger war schnell verflogen. Sie besah sich das staubige Kind, das nun nichts lieber getan hätte, als schnurstracks seiner Katze zu folgen, und verkniff sich ein Grinsen. «Semiramis ist also oft da oben?»

«Ziemlich oft.»

«Und du leistest ihr Gesellschaft.»

Charlotte nickte ernst. «Wirst du es Papa sagen? Oder Monsieur Seyler?»

Sie war ein zartes Kind von zehn Jahren und würde einmal eine schöne junge Frau sein. Wie ihre um fünf Jahre ältere Schwester Dorothea spielte sie schon kleine Rollen in Schäferspielen und im Ballett, und jeder, der ihr zusah, war überzeugt, daß sie eine große Schauspielerin werden würde. Aber jetzt war sie nichts als ein Kind, das etwas streng Verbotenes getan hatte und dummerweise dabei ertappt worden war.

«Das müßte ich eigentlich tun.»

«Aber du wirst es nicht?»

Rosina sah die hoffnungsvollen Augen und lachte laut auf.

«Charlotte, du bist schrecklich. Niemand kann dir lange böse sein. Also gut, ich werde dich nicht verraten, wenn du mir versprichst, nie wieder da oben herumzuklettern.»

Genau das hatte Charlotte erwartet. Erwachsene wollten immer, daß man ihnen irgend etwas Unmögliches und zudem äußerst Langweiliges versprach, und zwar für immer.

«Das kann ich leider nicht», sagte sie mit zusammengezogenen Brauen. «Ich würd es gerne tun, aber es geht nicht. Wenn Semiramis da oben ist, kann ich sie nicht allein lassen. Ganz besonders abends, wenn hier unten alle so beschäftigt sind, stören wir nur, und jeder schiebt uns beiseite. Neulich ist Mareike ihr sogar auf die Pfote getreten. Da oben haben wir unsere Ruhe, den besten Platz und sind niemandem im Weg. Außerdem ist es ganz ungefährlich.»

Schließlich sei sie kein kleines Mädchen mehr, sondern eine Tänzerin und Schauspielerin. Sie kenne sich da oben gut aus, und wenn die Seile bewegt würden für die Soffitten oder die Flugwerke, sei sie nie im Weg. Auch Semiramis nicht. Sie habe dort eine Ecke gefunden, wo der Maschinenmeister sie nie auch nur sehen könne. Wenn Rosina wolle, werde sie ihr die Stelle zeigen.

«Ich bin leise und ganz unbewegt, wie eine Spinne. Am schönsten ist es während der Vorstellung. Von oben sieht alles ganz anders aus, wie in einem großen Puppentheater, und das gefällt mir sehr gut. Warum siehst du mich so seltsam an?»

«Tue ich das? Verzeih. Nun, ich hoffe, du bist klug genug, das nicht vor deinem Vater, Monsieur Löwen oder gar Madame Hensel zu wiederholen. Das Puppentheater ist immer noch eine böse Konkurrenz für uns. Aber sag mal, wenn du manchmal sogar während der Vorstellung dort oben bist, warst du auch ...» Rosina stockte. Wie fragte man ein Kind, ob es einen Mord beobachtet hatte?

«Du willst wissen, ob ich auch vorgestern abend dort war, als jemand Loretta getötet hat?»

Rosina nickte zögernd. Womöglich waren manche Kinder unkomplizierter, als die Erwachsenen dachten.

«Ja», fuhr Charlotte fort. «Ich war oben, Semiramis wollte – es ist ja egal, wir waren beide oben, und Semiramis ist auch dort geblieben, aber ich bin runtergeklettert, als die Trommel ganz besonders laut geschlagen hat. Ich mußte ja nach dem Stück noch tanzen, und es war höchste Zeit, mich umzukleiden.»

«Wann, Charlotte? Wann bist du heruntergeklettert?»

«Kurz bevor Madame Hensel den Text vergaß. Ach, Rosina», plötzlich wurde aus der altklugen Maske das verstörte Gesicht eines einsamen Kindes. «Ich hab Loretta so gern gehabt. Sie war immer lustig, und ich war ihr nie im Weg. Mama sagt, es gehe ihr jetzt gut. Glaubst du das auch?»

Zwei dicke Tränen kullerten über ihre schmalen Wangen. Rosina nahm das Kind in die Arme und wischte zärtlich die Tränen fort. «Bestimmt», sagte sie leise, «bestimmt geht es ihr jetzt gut. Und ganz gewiß weiß sie, daß du sie gern gehabt hast, und freut sich darüber. Und ich bin sehr froh, daß du sie auch so gern gehabt hast wie ich.»

Charlotte nickte. «Ja», sagte sie, und es klang schon wieder ein wenig fester. «Nun sind wir zu zweit. Und der Mann, der Loretta an dem Abend besucht hat, ist sicher auch traurig.»

«Lukas? Ganz bestimmt. Woher kennst du ihn? Hast du ihn auch vor der Vorstellung mit Loretta im Hof gesehen?»

Wieder nickte Charlotte. «Da haben sie ein bißchen gestritten, aber ich glaube, nicht sehr. Ich saß unter der äußeren Treppe, niemand hat mich gesehen. Man lauscht nicht, wenn Erwachsene streiten. Deshalb habe ich mir die Ohren zugehalten, und Semiramis hat auch nicht zugehört. Aber es war doch sehr artig von dem Mann, daß er später noch einmal ins Theater gekommen ist. Bestimmt wollte er sich entschuldigen und versöhnen.»

«Später, Charlotte? Wann?»

«Später eben.» Sie schob nachdenklich die Unterlippe vor. «Nach der Pause.»

«Wo hast du ihn gesehen? War er etwa hinter der Bühne?»

«Natürlich *hinter* der Bühne, Rosina, sonst wäre es doch nichts Besonderes. *Vor* der Bühne sind doch alle. Ich habe es genau gesehen von oben, Semiramis auch. Er wartete in den Kulissen, obwohl Loretta doch nur eine Gasse weiter auf ihrem Platz als Einhelferin stand. Warum ist er wohl dort geblieben? Glaubst du, er wollte sie nicht bei ihrer Arbeit stören?»

«Ganz bestimmt. Stand er lange dort zwischen den Kulissen?»

Charlotte überlegte und sah sich hilfesuchend, aber vergeblich nach ihrer dicken Katze um. «Nein», sagte sie schließlich, «nicht lange. Der Baron auf der Bühne sprach nur ein paar Sätze, dann war der Mann schon wieder verschwunden.»

«Und du bist sicher, daß er nicht einfach in eine andere Gasse gegangen ist?»

«Das glaube ich nicht, er war einfach wieder weg. Ich habe natürlich nicht *genau* nachgesehen, es war ja bald Zeit hinunterzuklettern. Wegen des Balletts, ich mußte …»

«Ja, Charlotte, gewiß. Und sein Gesicht hast du genau genug gesehen, um zu erkennen, daß der Mann Lorettas Freund aus dem Hof war?»

«Ach, Rosina, was du alles wissen möchtest! Von da oben kann man doch *kein* Gesicht genau erkennen. Du weißt, wie dunkel es in den Kulissen ist, die Lichtbäume sind ja alle auf die Bühne ausgerichtet. Von oben erscheint es noch dunkler, aber ich habe seinen Rock wiedererkannt. Er ist ganz lichtblau mit silbernen Litzen auf den Ärmelstulpen, und auch seine Weste ist aus silbrig glänzender Seide. So einen Rock hat niemand bei uns. Nicht einmal Monsieur Seyler, der doch immer sehr exquisite Röcke trägt. Ach», seufzte sie, «gewiß wollte er sich mit ihr versöhnen. Er ist ein so schöner Mann, sogar größer als Monsieur Lessing, und so ein Mensch muß auch eine schöne Seele haben, sagt Mama.»

Rosina sah keinen Grund, dem Kind zu erklären, daß auch Mütter manchmal irrten oder gar logen und daß die Welt leider so einfach nicht sei.

Es dämmerte schon, als Anne Herrmanns den Salon im Herrmannsschen Hause betrat. Betty brachte gerade zwei Leuchter mit frischen Kerzen aus der Küche herauf, und Claes saß am Tisch über einen knitterigen Bogen Papier gebeugt. Er sprang auf, und nachdem Betty knicksend den Raum verlassen und die Tür hinter sich ins Schloß gezogen hatte, umarmte er seine Frau, als habe er sie seit Wochen nicht gesehen.

«Du warst lange fort», sagte er schließlich, hielt sie auf Armeslänge und betrachtete sie so genau, als könne sie sich seit dem Mittag verändert haben.

«Überhaupt nicht.» Anne lachte. «Es waren nur drei Stunden. Die Teebesuche bei Agnes dauern immer so lange. Wenn du am Hafen oder im Kaffeehaus bist, bleibst du oft sehr viel länger fort, von deinen Sitzungen in der Commerzdeputation ganz zu schweigen. Vergiß unsere

Abmachung nicht. Du hast versprochen, nicht von mir zu erwarten, daß ich alle Tage von morgens bis abends im Salon eingesperrt sitze und mich mit Stickrahmen und Modekupfern begnüge. Aber, mein Lieber, heute nehme ich deine Ungeduld als ein Kompliment. Hast du irgend etwas erreicht?»

Natürlich meinte sie Neuigkeiten, die bei der Suche nach Lorettas Mörder helfen konnten, und er wußte das. Also schob er schnell die ungemütliche Erinnerung an den Anlaß jener Abmachung, nämlich seine nur zwei Abende vor der Hochzeit in Tränen aufgelöste und fluchtbereite Braut, beiseite und schüttelte den Kopf.

«Man hört nur die üblichen Bemerkungen im Kaffeehaus, und an der Börse ist es nicht anders. Alle tun so, als habe ein Mord, der im Theater geschieht, mit dem Rest der Stadt nichts zu tun. Aber sieh hier», er schob den Papierbogen über den Tisch, «das gleiche Geschmiere, das ich gestern schon fand, an der gleichen Säule in der Börsenhalle. Eine ganze Horde stand feixend davor, aber keiner kam auf die Idee, es wegzunehmen.»

Anne las das Pamphlet, es hatte fast den gleichen Wortlaut wie das erste. Nur daß diesmal auch Monsieur Lessing erwähnt wurde, nämlich als ein berüchtigter Freidenker, der in Preußen keine Anstellung gefunden habe und nun in Hamburg sein verderbliches Gedankengut in die unschuldigen Seelen der Bürger der Stadt träufele. Zu dem Mord stand dort keine Zeile.

«Irgend jemand muß doch wissen, wer diese Leute sind. Man müßte doch …» Sie räusperte sich und begann die Zeilen noch einmal zu lesen.

«Ich weiß, was du denkst, Anne, und ich sage strikt nein! Egal, was ich dir vor unserer Hochzeit versprochen habe.»

Annes zornige Miene entspannte sich, sie lächelte, aber die kleine, steile Falte über der Nase blieb, diese Falte, die ihr Mann zu fürchten gelernt hatte, weil sie immer eine Störung seiner Ruhe ankündigte.

«Wenn du es weißt», sagte sie leicht, «um so besser. Denn das, mein Lieber, hat ja nichts mit dem wortlosen Verstehen einander tief verbundener Seelen zu tun, wie es in den süßen Romanen so hübsch falsch geträumt wird. Tatsächlich bedeutet es nichts, als daß du aus diesem Unsinn die gleichen vernünftigen Schlüsse ziehst wie ich. Es scheint doch zumindest möglich, daß, wer immer das hier geschrieben hat, hinter dem Mord an Loretta stecken könnte. Oder davon weiß. Und daß es an der Zeit ist, sich diese Retter unserer Seelen einmal näher anzusehen. Habe ich mich vorsichtig genug ausgedrückt?»

Claes hätte gerne darüber gelacht, aber das konnte er nicht. «Vorsichtig genug. In der Tat. Und mein striktes Nein meinte genau das. Ich werde nicht erlauben, daß du mit diesen Leuten allein in einem Raum bist.»

«*Mon dieu!*» Anne schlug mit der flachen Hand auf den Tisch, auch sie wußte nicht, ob sie lachen oder ärgerlich sein sollte. «Glaubst du, man wird mir beim Tee etwas antun? Einer muß es tun, und du kannst das nicht sein. Oder?»

Claes schüttelte widerwillig zustimmend den Kopf. «Natürlich nicht, mich kennt jeder in der Stadt. Niemand würde glauben, daß ich ...»

«*Vraiment!* Soll es vielleicht Wagner tun? Ein Weddemeister? Oder Rosina? Ha!! Das wäre sehr passend.»

«Ein Streit beizeiten ist der beste Staubwedel für eine Ehe.» Augusta Kjellerup, Claes' Tante und bis zu Annes Einzug die erste Dame des Hauses, stand in der Tür. Auf einem kleinen Tablett trug sie drei Gläser und die Karaffe mit Rosmarin-Branntwein, der in der Vitrine in ihrem privaten Salon, für Notfälle wie zum reinen Vergnügen, immer bereitstand.

«Alte Tanten können keine größere Sünde begehen, als sich in die Auseinandersetzungen der jüngeren Generation einzumischen, ich weiß.» Sie stellte das Tablett auf den Tisch, setzte sich zwischen Claes und Anne und füllte die Gläser.

Claes räusperte sich, aber bevor er eine höfliche Lüge aussprechen konnte, sprach Augusta schon weiter.

«Das werde ich auch nicht tun, ich meine, mich in eure Angelegenheiten mischen. Aber wenn es um die Leute geht, die solche Zettel verbreiten, geht mich das genauso an. Ich konnte nicht verhindern, euch die letzten Minuten zuzuhören, so gut schließen unsere Türen nun doch nicht. Also habe ich dies hier geholt», sie nahm ihr Glas, hob es gegen Anne und Claes und nahm einen kräftigen Schluck, «und ich glaube, die Lösung für euer Problem ist ganz einfach.»

Anne sah Augusta verblüfft an, und Claes, der seine Tante sehr viel länger und sehr viel besser kannte, stöhnte schwer. Gleichzeitig wußte er, daß Augusta recht hatte. «Nun, meine Lieben», Augusta zupfte zufrieden an den kleinen Rüschen, die die schmalen Ärmel ihres Kleides einfaßten, «daß du das Theater liebst, Anne, wissen nämlich auch sehr viele. Du glaubst doch nicht ernsthaft, daß Claes Herrmanns' neue Ehefrau inzwischen und nach allem, was geschehen ist, weniger bekannt ist als er selbst? Aber niemand wird einer alten schrulligen Witwe – nein, Anne, kein Widerspruch, ich gelte gern als schrullig, das läßt mir manche Freiheit –, niemand also wird sich wundern, wenn ich mich in großer Sorge um die Moral in dieser Stadt für eine Schließung des Theaters einsetzen möchte. Jedenfalls niemand, der mich kaum kennt. Und ich bin sicher, daß unter diesen Leuten», sie schubste das Papier unwirsch über den Tisch, «keiner ist, der zu den Freunden unseres Hauses gehört. Zumindest hoffe ich das. Und nun, Claes, erzähle mir nichts von den großen Sorgen, die du dir um mich machen müßtest. Ich bin ganz Annes Meinung, es bedeutet nicht mehr, als diesen Leuten ein wenig schönzutun und so ein Treffen ohne Übelkeit zu überstehen.»

Eine halbe Stunde später klopfte Niklas vorsichtig an die Tür des Salons. Er hatte sich gewundert, daß schon seit zwei Stunden niemand nach ihm geschickt und ihn bei seiner Lektüre über die Suche nach einer Uhr gestört hatte, die genau genug ging, um den Seeleuten endlich zu ermöglichen, auch auf schaukelnder See und in feuchter Luft die Längengrade zu messen. Plötzlich war er sicher gewesen, daß alle das Haus, ja, die ganze Wandrahminsel verlassen hatten, weil eine riesige, alles verschlingende Flut heranrollte. Und ihn, den niemand brauchte, der ja nur störte und seinen Vater enttäuschte, hatten sie vergessen.

Aber da saßen sie um den großen Tisch, und zum ersten Mal sah er Tante Augusta, die sonst bei aller Freundlichkeit immer so traurig schien, vergnügt lächeln. Er wußte nicht, ob er darüber froh sein sollte, denn bisher war er es doch gewesen, der sie erheitert hatte. Vielleicht brauchte auch sie ihn nun nicht mehr.

«Komm herein, mein Sohn», rief sein Vater und winkte ihm befremdlich fröhlich zu, «dich haben wir ja über unseren Geschäften fast vergessen. Du hast bestimmt großen Hunger.»

Und dann rief er so laut, daß es durchs ganze Haus zu hören war, nach Blohm, er solle endlich das Abendessen auftragen und dazu von dem Burgunder aus dem Keller holen.

Später, als Augusta und Niklas schon zu Bett gegangen waren und Claes sich genug darüber gefreut hatte, daß Augusta nun wieder ganz die alte wurde, erzählte Anne ihm noch ein wenig von ihrem beschaulichen Teenachmittag. Von den Riechfläschchen, was ihn sehr amüsierte, von Agnes' neuem Service, was ihn überlegen ließ, wie der beneidenswerte Thomas es nur schaffte, trotz seiner Geschäfte so oft über den Kanal in seine Heimat zu reisen. Aber wahrscheinlich sei es ja gerade *wegen* seiner Geschäfte, und im nächsten Frühjahr, das sei hiermit versprochen und beeidet, wolle er endlich mit Anne nach Jersey reisen. «Wegen deiner Geschäfte?» fragte sie und fuhr ihm liebevoll durchs Haar.

Von dem Plan, den wöchentlichen Teenachmittag zu etwas anderem als dem üblichen Geplauder zu nutzen, sagte sie nichts. Sie hatte Angst, er würde auf diese besondere Art lächeln, die die Mundwinkel nicht froh nach oben, sondern in vermeintlicher Nachsicht nach unten zog. Dieses Lächeln, das sie damals für einige Stunden hatte zweifeln lassen, ob sie wirklich Madame Herrmanns werden wollte.

8. KAPITEL

SAMSTAG, DEN 10. OKTOBER,
VORMITTAGS

Lorettas leibliche Hülle bekam schließlich doch noch eine angemessene letzte Ruhestätte. Nachdem Rosinas erster brennender Zorn über selbstgerechte Kirchenmänner verraucht war, fiel ihr der letzte Besuch bei Lies und Matti ein. Die alte Lies war fast ihr ganzes Leben als Komödiantin über die Straßen gezogen, zuletzt wie Rosina mit der Beckerschen Gesellschaft. Als sie vor zwei Jahren ihre alte Freundin Matti wiedertraf, war sie im Haus der nicht minder alten Hebamme am Hamburger Berg doch noch seßhaft geworden. Matti hatte erzählt, der junge Pastor von der St.-Pauli-Kirche auf dem Hamburger Berg sei ein wirklich erfrischender Gottesmann. Einer, der sich nicht nur mit dem strengen Paulus und dem Alten Testament auskenne, sondern auch Vergebung und Nachsicht gegen menschliche Schwächen predige, er sei ein wahrer Jünger Jesu Christi, und lachen könne er lauter als jeder Hanswurst. Auch wenn er selbst nicht immer so friedfertig sei, wie er es von seiner Gemeinde fordere, treffe sein Groll, hatte Lies mit ganz ungewohnt heiterer Miene gesagt, immer die richtigen.

Und so bekam Loretta Grelot, die eigentlich Lore Gürlich geheißen und niemandem ernsten Schaden zugefügt hatte, nicht nur ein Grab für sich allein hoch über der Elbe unter dem weiten Himmel anstatt in einem Armengrab im stickigen Gängeviertel, sondern auch einen Trauerzug, auf den sie sehr stolz gewesen wäre. Niemand vom Theater fehlte. Selbst die Souffleuse, die immer noch dachte, daß eigentlich sie hätte sterben sollen, folgte dem schwarz verhangenen Wagen, den die Herrmanns bestellt hatten und von ihren vier Rappen ziehen ließen. Die Glocken läuteten, und das Theaterorchester spielte drei Choräle, die der Wind weit über die Grenze nach Altona hineintrug. Daß Madame Hensel beim zweiten beinahe ohnmächtig wurde, machte großen Eindruck, auch wenn es nur daran lag, daß gerade der Wind drehte und Roosens Tranbrennereien unten am Ufer eindringlich ins Bewußtsein brachte.

Die Leute auf dem Hamburger Berg hießen es gar nicht gut, daß eine fremde Komödiantin mit auf so ungehörige Weise gebrochenem Genick nun auf ihrem kleinen Friedhof ruhte. Aber daß sie die respektabelste Beerdigung bekam, die ihre kleine Kirche je erlebt hatte, versöhnte die meisten.

Die Hamburger Bürger hinter ihren Wällen, die Leichenzüge stets mit unerhörtem Pomp veranstalteten und sonst kaum eine Beerdigung versäumten, fanden es allerdings wirklich ein wenig zu tolerant – um es mit dem gebotenen Respekt für eine bedeutende Familie auszudrükken –, daß die Herrmannsschen Damen mit dem jüngeren Sohn in ihrer Kutsche dem Trauerwagen folgten und auch noch alle drei Choräle mitsangen.

SAMSTAG, DEN 10. OKTOBER,
NACHMITTAGS

Lukas Blank wurde auf der Beerdigung nicht gesehen. Er stand zu dieser Stunde, wie es seine Pflicht war, an seinem Drucktisch in Schwarzbachs Kattundruckerei und machte aus wochenlang gebleichtem, weichem Kattun kostbar gemusterte Bahnen voll üppiger schwarzumrandeter Blüten in dunklem Ziegelrot und der Farbe heller Pflaumen. Die erste Beize für das Schwarz und die zweite für das Ziegelrot waren schon als kaum sichtbarer gelblicher Schimmer getrocknet. Nun setzte er mit einem anderen Druckstock die ergänzenden Musterteile mit der letzten Beize für die Pflaumenfarbe dazu, eine Arbeit, die eine absolut ruhige Hand und hohe Konzentration erforderte.

Sein Streichjunge, sonst gerne ein echtes Plappermaul, sah ihm genauso konzentriert und schweigend zu, immer bereit, mit der großen Bürste aus dem Bottich zu seinen Füßen neue Beize in einem breiten, am Boden mit einem festen Tuch bespannten Kasten auszustreichen, auf den Lukas den Druckstock preßte und so mit neuer Beize versah. Es war heiß in der Druckerei, die Kachelöfen waren voller Glut, damit die Kattunstreifen, die an Stangen an der Decke gleich neben den Tischen aufgehängt waren, schnell trockneten. Danach wartete auf die Tuchbahnen ein Bad in einem großen Kessel voll heißer Kuhmistbrühe, bis sich die krustige Schicht von Gummi arabicum löste, das der Beize beigemischt wurde, um sie zäh genug zum akkuraten Drucken zu machen. Und wieder wurden die Tuchbahnen im fließenden Wasser der Alster gespült, geklopft und wieder gespült, bis alle Reste von Kuhmist und Verdickungsmittel verschwunden waren, bevor die erneut getrockneten Bahnen in die Kessel mit dem lauwarmen Krappbad gelegt wurden. Das wurde langsam erhitzt, und wie durch Zauberhand erschienen die Farben auf dem weißen Grund und wurden Stunde um Stunde immer leuchtender und lebendiger. Schließlich wurde von der besten Kohle nachgelegt, die Krappbrühe schnell zum Kochen gebracht, und endlich waren die Farben so intensiv und unauflöslich mit den Fäden der Baumwolle verbunden, daß weder Sonnenlicht noch die schärfste Seife sie wieder daraus entfernen konnte. So kam auch jeder dilettantische oder schlampige Druck ans Licht. Wer solche Arbeit ablieferte, bescherte seinem Manufakteur große Verluste und stand schnell auf der Straße. Lukas war schon einmal verwarnt worden. Er konnte sich keinen Fehler, keine Unachtsamkeit mehr leisten.

Er wäre lieber Couleurmacher als Drucker gewesen, aber von der Arbeit im Laboratorium verstand er nichts, und er hatte keine Aussichten auf eine Lehre. Tatsächlich spürte er auch nicht die geringste Lust, noch einmal so mühsam von vorne anzufangen. Er hatte viel bessere Pläne.

Doch er liebte es, diese wundersame Verwandlung der Stoffe im Krappbad, die sein Tun ja erst sichtbar machte, zu beobachten, zu sehen, wie aus etwas Unscheinbarem etwas Königliches wurde, wenn auf dem farblosen Stoff plötzlich purpurne und violette Blüten in allen Schattierungen wuchsen, kaffeebraune, türkischrote oder schwarze Streifen und Ornamente. Die Zahl der möglichen Farbschattierungen war groß, nur die gelben, blauen und grünen Töne mußten von Schildermädchen genannten Frauen in vorgegebene Muster eingemalt werden.

Die wahren Kunstwerke allerdings, so fand er, zeigten Menschen, Tiere oder Bauwerke. Besonders hatten ihm zwei große Muster gefallen, die Melk, der beste unter den Formschneidern, geschaffen hatte. Das eine zeigte Bauern bei der Getreideernte, das andere ein tändelndes Paar mit einem Flötenspieler unter einem Baum, umgeben von Kirschen und Blüten. Er war froh, daß bisher niemand auf die Idee gekommen war, ihm so komplizierte Drucke zu überlassen.

Seine Hände waren heute ruhig, er konzentrierte sich mehr denn je auf das genaue Plazieren der Druckstöcke. Das half ihm, nicht daran zu denken, daß gerade um diese Stunde Loretta zu Grabe getragen wurde. Es half ihm auch, sich nicht an die gräßliche Auseinandersetzung zu erinnern, die Freda ihm gestern beschert hatte. Er hatte seine Schwester nie so rüde erlebt, zum erstenmal war es ihm nicht gelungen, ihren Unmut im Handumdrehen wegzuschmeicheln. Allerdings hatte es sich auch nicht um den üblichen Unmut wegen einer seiner kleinen Unregelmäßigkeiten gehandelt, sondern um glühenden Zorn. Natürlich hatte er zuerst alles abgestritten, wie könne sie ihn verdächtigen? Wie könne sie glauben, daß er in das Kontor eingebrochen sei?

Er hatte ihrem Gesicht angesehen, daß sie von seiner Schuld nicht so überzeugt war, wie sie vorgab. Wie sollte sie auch? Es gab ja nur Verdächtigungen und Vermutungen. Aber sie war hart geblieben. Sie wisse natürlich nicht, ob er es gewesen sei, aber sie sei überzeugt, daß er mit der Sache zu tun habe. Und sie sei es leid, für seine Kindereien einzustehen, wobei dies wirklich keine Kinderei mehr sei, sondern ein schweres Verbrechen, das ihn den Hals kosten könne. Wenn er nicht selbst der Dieb sei, solle er gefälligst nachdenken, welchem seiner Kumpane er von dem defekten Schloß und dem Inhalt der Truhe erzählt habe. Schwarzbach habe ihr bis Montag früh Zeit gegeben, vielleicht sei noch etwas zu retten. Lukas hatte zu alledem schließlich geschwiegen, nicht aus Ärger oder Trotz, sondern weil er nicht wußte, was er dazu sagen sollte.

Heute nachmittag wollte er darüber nachdenken. Nachdenken? Dazu war kaum Zeit, er mußte eine Entscheidung treffen. Vielleicht blieb ihm tatsächlich nur, schnell zu verschwinden. Verdammt, so hatte er sich das nicht vorgestellt. Wenn er nur wüßte, wo dieses verdammte Buch war! Wenn er es nicht fand, würde er noch ganz anderen Ärger bekommen.

Behutsam setzte er die frisch bestrichene Druckform auf den Stoff. Nein, seine Hände zitterten auch jetzt nicht, er war ganz ruhig. Bis heute abend blieb noch viel Zeit, ihm würde schon etwas einfallen. Ihm mußte ja etwas einfallen.

Hätte er allerdings gewußt, wer just in diesem Moment an Schwarzbachs Kontortür klopfte, wäre es mit seiner Ruhe gleich wieder vorbei gewesen.

Wagner hatte an diesem Morgen viele Befragungen vor sich, das ganze Orchester und einige der Tänzerinnen, und auch wenn er nicht jede und jeden einzeln befragen mußte, würde es doch viel Zeit in Anspruch nehmen. Auf Lukas Blank war er inzwischen sehr viel neugieriger als auf alle anderen, den wollte er als ersten befragen. Er sah keine Notwendigkeit zur Diskretion, die ihn veranlaßt hätte, den jungen Drucker erst am Abend in seiner Wohnung aufzusuchen. Wer konnte auch wissen, ob ein unternehmungslustiger junger Mann am Sonnabend nach getaner Arbeit brav zu Hause bei seiner Schwester herumsitzen würde?

Wagner betrat das Kontor, und Schwarzbach, der gerade über einem kleinen Stapel von Listen und Briefen saß, deren Inhalt leider von ferne nicht zu erkennen war, sprang beim Anblick des Mannes im dunkelblauen Uniformrock eilig auf. In unangemessener Eile, fand Wagner, und machte sich im Geiste eine Notiz.

Man möge verzeihen, sagte er mit ergebener Höflichkeit, er bitte sehr darum, den Drucker Blank sprechen zu dürfen. Er wisse wohl, daß der mitten in der Arbeit stecke und unabkömmlich sei, aber es handele sich um den Tod der Komödiantin, Monsieur habe gewiß davon gehört, der Mord im Theater. Nein, nein, keine große Sache, man habe ihm nur berichtet, daß der junge Blank mit Mademoiselle Grelot bekannt gewesen sei, und Monsieur Schwarzbach werde verstehen, er habe die Pflicht, jeden zu befragen, der vielleicht einen kleinen Hinweis geben könne, der zur Aufklärung führe, ja, zur Aufklärung des Mordes. Es gebe absolut keinen Grund zur Sorge oder zu leichtfertigen Verdächtigungen. Er befrage in diesen Tagen viele Menschen, Blank sei nur einer von ihnen. Wirklich kein Anlaß zu Sorge und Mißtrauen. Gewiß sei der Drucker ein verantwortungsvoller, ehrbarer Mensch, aber es sei, wie es sei, und ob er, Monsieur Schwarzbach, bitte jemanden schicken könne, den Drucker zu holen? Er müsse ihn gleich befragen, und wenn er ein paar kurze Minuten in diesem Kontor oder einem anderen ungestörten Raum des Hauses …?

Wagner fand äußerst interessant, wie sich das Mienenspiel des Manufakteurs bei seiner wie üblich devot klingenden Rede veränderte. Für ein ungeübtes Auge unsichtbar, für Wagner wie ein offenes Buch. Zuerst schien er beunruhigt, dann unentschlossen, endlich wieder unbewegt, wie man es von einem reichen Mann mit allmählich wachsendem Einfluß in der Stadt erwartete.

«Der Mord im Theater», sagte der Manufakteur schließlich, «ist eine schreckliche Geschichte.» Er selbst gehe bisweilen ins Theater, er brauche ja bei seiner schweren, verantwortungsvollen Arbeit hin und wieder ein wenig Amüsement. Auch halte er das Theater, anders als einige Leute in dieser Stadt, für völlig harmlos. Er könne sich wirklich nicht vorstellen, daß einer seiner Leute mit diesem Mord zu tun habe. Aber wenn der Weddemeister es wünsche, gewiß. Er lächelte verbindlich, was er allerdings umgehend einstellte, als Wagner ihn bat, ihn mit dem Drucker allein zu lassen.

Lukas Blank betrat das Kontor, nur seine Hände, die er immer wieder an seinem groben, mit Beizeresten beklekkerten Kittel abrieb, verrieten Nervosität.

Wagner hielt sich nicht lange mit Präliminarien auf. Er forderte Lukas auf, Platz zu nehmen, stellte sich selbst mit dem Rücken ans Fenster, und Lukas blieb nichts, als zu bestätigen, daß er mit Mademoiselle Grelot bekannt gewesen sei. In seinem Kopf ratterte eine kleine hektische Maschine, er durfte jetzt keinen Fehler machen. Was war vorteilhafter, nur flüchtig bekannt oder besonders gut bekannt? Er wußte es nicht, und so antwortete er einfach mit Ja, als der Weddemeister ihn fragte, ob er ihr sehr nahegestanden habe.

«Ich weiß allerdings nicht, was Ihr darunter versteht», fügte er zögernd hinzu. «Ich habe sie recht gut gekannt. Um ehrlich zu sein, ich habe sie sehr verehrt, sie war eine große Künstlerin, sie …»

«Woher wußtet Ihr das? Sie war doch nur in sehr kleinen Rollen aufgetreten.»

«In kleinen Rollen, ja», stotterte Lukas, «aber ein Kenner, und ich habe das Theater sehr oft besucht, ein Kenner merkt das schnell, auch bei kleinen Rollen. Ihre Bewegungen, ihre Gesten und ihre Sprache waren von großer Ausdruckskraft. Und nur wegen der Intrigen am Theater durften wir sie nicht in großen, ihrer Kunst angemessenen Rollen feiern.»

Er gewann an Sicherheit, er fühlte sich auf dem richtigen Pfad. Die Intrigen am Theater. Natürlich. Nur jemand vom Theater konnte ernsthaft verdächtigt werden. Das mußte auch dem Weddemeister einleuchten, der gewiß nichts vom Theater verstand und am Abend nur sein Bier trank und Würfel spielte.

«Und wann habt Ihr sie zum letzten Mal getroffen?»

«Laßt mich nachdenken. Zum letzten Mal, sagt Ihr? Am späten Nachmittag. Im Hof des Theaters.»

Wagner nickte. «Kann es sein, daß Ihr dort einen kleinen Disput miteinander hattet?»

«Einen Disput? Oh, das meint Ihr. Eine ganz unwesentliche Unstimmigkeit. Ich hatte sie gebeten, mir zu erlauben, sie am Abend nach der Vorstellung abzuholen und nach Hause zu begleiten. Ihr wißt ja, die Straßen sind bei Dunkelheit für eine alleinstehende Dame trotz unserer ausgezeichneten Wächter nicht sicher.»

«Nicht nur die Straßen», knurrte Wagner.

«Gewiß, aber die Straßen doch besonders. Loretta, Mademoiselle Grelot, hat mein Angebot, um ehrlich zu sein: meine dringliche Bitte, strikt abgelehnt. Darüber war ich tatsächlich ein wenig ärgerlich. Ich nahm an, sie habe schon eine andere Begleitung, aber das stritt sie ab. Sie sagte, sie wolle mit Mademoiselle Rosina nach Hause gehen, einer Freundin vom Theater, mit der sie auch ein Zimmer bei einer Wirtin in der Neustädter Fuhlentwiete teile. Das sei sicher genug. Aber ich sorgte mich natürlich, ich bin zur Ritterlichkeit gegenüber Damen erzogen worden, Ihr werdet verstehen ...»

«Ja, ich verstehe», schnitt Wagner ihm das Wort ab. Er hatte weder Zeit noch Sinn für Süßholzgeraspel. Hielt der Kerl ihn für blöde? «Und dann? Erzählt doch weiter. Dann wart Ihr im Theater. Man hat Euch dort gesehen. Während der ganzen Vorstellung?»

«Während der ganzen Vorstellung. Bis uns gesagt

wurde, das Theater sei nun geschlossen. Alle gingen nach Hause, ich auch. Ich dachte ja nicht im Traum daran, daß es Mademoiselle Grelot sein könnte, der ein Unfall, so wurde uns ja mitgeteilt, ein Unfall geschehen war. Nicht im Traum. Sonst wäre ich natürlich sofort hinter die Bühne geeilt, nichts hätte mich aufgehalten, ihr beizustehen. Mein Gott, es ist so tragisch, diese schöne junge Frau, sie war ein Engel, ein Engel der Kunst. Und so heiter.»

«Ein Engel. Gewiß. Könnt Ihr mir einige Personen nennen, die mit Euch im Theater waren? Wo war überhaupt Euer Platz?»

«Ich hatte ein Billett für das Parkett, wie immer, aber ich traf Freunde, die ihre Plätze auf der Galerie hatten, und so ging ich mit ihnen hinauf. Ich war deshalb während der ganzen Vorstellung auf der Galerie. Natürlich bin ich auf und ab gegangen, wie man das im Theater eben tut, ich habe Bekannte begrüßt und ein wenig geplaudert. Aber vornehmlich in der Pause, ich ziehe es vor, den Akteuren auf der Bühne genau zuzusehen.»

«Und wann habt Ihr von ihrem Tod erfahren?»

«Am nächsten Morgen. Als ich in die Druckerei kam, sprach schon jeder davon. Ich war tief erschüttert, wirklich tief erschüttert. Ich bin es noch. Es fällt mir sogar schwer, meine Arbeit mit der nötigen Akkuratesse zu tun. Es ist eine Tragödie.»

Wagner wußte nicht, ob Lukas von Lorettas Tod oder von der Beeinträchtigung seiner Arbeitsfähigkeit sprach, aber das war ihm nun gleichgültig. Er setzte sich an Schwarzbachs Pult, tauchte die Feder in das Tintenfaß und notierte auf einem seiner kleinen Zettel die vier Namen, die Lukas ihm als Zeugen für seine Anwesenheit auf der Galerie nannte. Damit war Lukas entlassen. Vorerst. Aber das sagte der Weddemeister ihm nicht.

Lukas ging zurück an seinen Drucktisch. Er hatte es nicht besonders eilig, und wer ihm auf dem Weg über den Hof und durch die Säle begegnete, wunderte sich, daß er offenbar niemanden sah. Es hatte sich schon herumgesprochen, daß im Kontor ein Weddemeister auf Lukas gewartet hatte, und die ersten Wetten, ob er an seinen Drucktisch zurückkehren würde, waren abgeschlossen. Nun war er zurück und erzählte nichts, sah nur aus, als sei er in Gedanken weit fort. Das war er tatsächlich. Lukas Blank, der lange genug vergeblich auf Nachricht von Lorettas Freundin gewartet hatte, dachte fieberhaft darüber nach, ob und wie er in dieser Nacht selbst das verflixte Musterbuch finden konnte. Er hatte endlich begriffen, daß nun nichts mehr bis morgen Zeit hatte.

SONNABEND, DEN 10. OKTOBER,
NACHMITTAGS

Augusta Kjellerup war keine sehr geduldige Frau. Wenn sie einmal etwas als richtig erkannt hatte, hinderte sie nichts daran, es umgehend in die Tat umzusetzen. So hatte sie auch ihr komfortables Stadthaus in Kopenhagen ohne lange Grübelei geschlossen und war zu ihrem Neffen nach Hamburg gezogen, als dessen erste Frau gestorben war und er ihre Hilfe dringend brauchte. Sophie, seine einzige Tochter, war noch zu jung gewesen, das Haus zu führen, und zu verstört durch Marias tragischen, frühen Tod. Augusta war damals schon lange verwitwet gewesen, und ihrem Lieblingsneffen beizustehen war ihr viel mehr als eine Pflicht. Inzwischen war das Haus in Kopenhagen verkauft, und Augusta wohnte ständig wieder am Neuen Wandrahm. Viele bewunderten ihre Bereitschaft, ihr ruhiges Witwenleben gegen die Turbulenzen in einem Haus wie dem Herrmannsschen zu tauschen, als Selbstlosigkeit. Tatsächlich aber war sie hier, wo sie niemals dazu kam, an Langeweile auch nur zu denken, einfach glücklich.

Auch Claes' zweite Ehe, an der sie nicht ganz unschuldig war, trübte dieses Glück nicht. Zwei Jahre nach der Hochzeit bewunderte sie Anne nach wie vor für ihren Eigensinn und ihre Intelligenz, liebte sie für ihre Heiterkeit und Wärme, die im ganzen Haus zu spüren waren. Einzig der Tod ihres alten Freundes, des Musikdirektors Telemann, im vergangenen Juni war ihr ein großer schwarzer Kummer. Sie würde immer um ihn trauern, er war nicht nur wegen seines musikalischen Genies ein ganz besonderer Mensch gewesen. Aber in den letzten Tagen hatte sie gefühlt, daß es höchste Zeit war, in das Leben, in den Alltag zurückzukehren. Und so eine kleine Scharade kam ihr da gerade recht. Diese seltsamen Frömmler, die das Theater so verteufelten, sollten ihr schon für eine Weile glauben, daß sie ganz und gar ihrer Meinung war.

Es war leicht gewesen, herauszufinden, wer sie waren und wo und wann sie sich trafen. Augusta war einfach zum Hauptpastor von St. Katharinen gegangen, der als kämpferischer Theatergegner weit über die Stadt hinaus bekannt war, hatte ein angemessen bekehrtes Gesicht gemacht und ihn danach gefragt. Er hatte sie zwar höchst mißtrauisch angesehen, aber nur zu gerne geglaubt, daß seine donnernden Predigten endlich auch bei ihr Wirkung zeigten, und Auskunft gegeben.

Augusta hatte dabei keineswegs ein schlechtes Gewissen gehabt. Hauptpastor Goeze war auch ihr Pastor, sie schätzte ihn sehr und spendete freigiebig, auch war sein Weinkeller exzellent sortiert. Doch sein Kampf gegen jede Neuerung, besonders sein stocksteifes Beharren auf der Sündhaftigkeit des Theaters, grenzte an unchristliche Eitelkeit und Altersstarrsinn. Dabei war der berühmte, wortgewaltige Mann mit seinen fünfzig Jahren nur um weniges älter als Claes und um fast vier Jahrzehnte jünger als Telemann, der auch manchen Kampf mit ihm ausgefochten hatte.

Augusta drückte ihre Haube züchtiger auf ihr silbriges Haar und sah an dem Haus hoch, vor dem Brooks sie abgesetzt hatte. Es war das prächtigste auf dieser Seite der Großen Johannisstraße, sechs Fenster breit, fünf Etagen hoch und das Portal üppig mit steinernen Reben geschmückt. Sie kannte Madame Bauer, bei der die Treffen stattfanden, nur flüchtig. Claes machte mit ihrem Mann Geschäfte, beide hatten einige Parten an den gleichen Schiffen. Sie war erstaunt gewesen, daß ausgerechnet sie die Initiatorin dieser Pamphlete sein sollte, aber man sah den Leuten ihre Gedanken eben nicht an.

Sie hatte Blohm gestern gleich mit einem Brief zu Madame Bauer geschickt, in dem sie bat, sich ihr als Gleichgesinnte anschließen zu dürfen, und der Diener war schnell mit der Einladung zurückgekehrt. Immerhin schien es sich nicht um einen Geheimzirkel zu handeln.

Während Augusta noch nach dem einen oder anderen Gedanken suchte, der ihr erlaubte, etwas länger in der frischen, klaren Herbstluft zu bleiben, öffnete sich schon die Tür des Hauses. Ein Mädchen mit tadelloser weißer Haube und Schürze über einem dunkelblauen Kattunkleid knickste und bat, Madame Kjellerup möge bitte eintreten, sie werde im Salon erwartet. Und von dort, dachte Augusta mit Unbehagen, offensichtlich auch beobachtet.

Die durch die hohen Fenster lichtdurchflutete Diele des Bauerschen Hauses stand der stolzen Fassade in nichts nach. Der traditionelle Boden aus schwarzen und weißen Marmorfliesen war makellos und an keiner Stelle ausgetreten, hinter den mächtigen, mit Intarsien in Form bauchiger Blumenkrüge geschmückten Türen des Vierländer Dielenschrankes konnte sich ein Pferd samt Reiter verbergen. Ein sehr großes Pferd. Energisch schritt Augusta hinter dem Mädchen die breite Treppe hinauf und ließ sich über die Galerie zum Salon im ersten Stock führen. Sie hatte recht gehabt, die Fenster gingen alle zur Straße hinaus.

«Meine liiiebe Madame Kjellerup!» Madame Bauer, eine rundliche Dame mit gemütlich roten Wangen, kleiner, runder Nase und leuchtend blauen Augen, eilte ihrem neuen Gast entgegen, ergriff Augustas Hand und hielt sie fest umschlossen. «Welch eine Freude für uns, Euch hier zu begrüßen, gerade Euch, wenn Ihr mir erlaubt, das zu sagen. Euer Neffe und besonders Madame Herrmanns, die neue Madame Herrmanns!» betonte sie, als handele es sich um eine Fälschung oder zumindest um einen schweren Fehlgriff, «gehören ja auch zu den Verirrten, die der sinnliche Flitter der Bühne verführt hat. So wurde mir berichtet, ich selbst kann das natürlich nicht bezeugen, weil ich bei meinem Leben keinen Fuß über jene Schwelle im Hof hinter unserem guten alten Gänsemarkt setzen würde. Und auch Madame Matthew, mit der meine Tochter recht gut bekannt ist, was mir nicht behagt, ich sage: nicht behagt, soll oft in einer Loge zu sehen sein. Ich werde diese Bekanntschaft unterbinden müssen.» Dabei warf sie einer eleganten Dame in strenger blaugrauer Seide mit dunklen Augen und besonders schmal um den Kopf frisiertem schwarzem Haar einen unsicher flatternden Blick zu. «Aber nun haben wir Hoffnung, wieder eine unserer großen Familien zu unseren guten alten Sitten zurückführen zu können.»

Es fiel Augusta überhaupt nicht schwer, so säuerlich zu

lächeln, wie es ihrer Rolle entsprach. Sie sah sich auch nicht gezwungen, ähnlich salbungsvolle Worte der Begrüßung zurückzugeben, denn Madame Bauer hatte schon begonnen, sie den anderen Damen und dem einzigen anwesenden Mann – eindeutig ein Pastor, wenn Augusta sich nicht sehr irrte, einer der Prediger von St. Katharinen – vorzustellen. Man sei heute nur ein kleiner Kreis, die Herren, sie werde verstehen, hätten natürlich noch in den Kontoren zu tun, Madame Biesing sei gesegneter Hoffnung und nun schon nicht mehr in der Lage, das Haus schicklich zu verlassen. Und Henny, ihre bedauernswerte Tochter, habe gerade heute eine Attacke von schwersten Kopfschmerzen. Leider werde sie in der letzten Zeit häufiger von solchen Anfällen heimgesucht, über die man natürlich nicht spreche, gerade wenn es sich um eine unverheiratete junge Dame handele, aber man sei ja hier ganz *entre nous*.

Dann komplimentierte sie Augusta auf den letzten freien Stuhl in der Runde zwischen Mrs. Bellham – Aha, dachte Augusta –, der strengen Dame in Blaugrau, und dem jungen Prediger, dessen Namen sie schon wieder vergessen hatte. Es war ein äußerst eleganter Stuhl mit bequemen Armlehnen, der ganze Salon war erlesen möbliert. Die mit kornblumenfarbenem Chintz bezogenen Stühle und Sessel, der Teppich aus chinesischer Seide und das heitere, wenn auch nicht sehr kunstvolle Gemälde einiger Damen und Herren in einer lichten Gartenlandschaft paßten genauso wenig zu Augustas Vorstellung von diesen Leuten wie das üppig mit Goldmalerei verzierte Kaffeegeschirr auf dem Tisch aus feinstem Rosenholz und – tatsächlich – der Duft von mit Zimt gewürztem Kaffee.

Die Gastgeberin, deren üppige Formen in ihrer holunderfarbenen Seide noch üppiger wirkten, saß ihr direkt gegenüber, daneben, aufrecht wie ein Storch, eine äußerst dünne Dame, Madame Baston, in einem bis zur Selbstverleugnung schlichten Kleid aus allerdings sehr kostbarer kastanienfarbener Seide. Sie mochte 30 Jahre alt sein oder auch 35 oder 40, das war nicht zu entscheiden. Ihre Lippen waren schmal, aber viel zu rot für ihren blassen, glatten Teint, und ihre Hände steckten in Handschuhen aus der gleichen Seide wie ihr Kleid. Augusta hätte zu gerne gewußt, warum sie ihre Hände versteckte.

Mademoiselle Möllemann und Madame Kornweier sahen einander zum Verwechseln ähnlich. Beide hatten ihr aschblondes Haar unter einer lockeren Haube aus hauchfeinem Batist kaum verborgen, beide hatten die Hände in ihren Röcken aus blaßblau und schwarz gemustertem Kattun gefaltet, beide lächelten auf die gleiche Weise milde und doch um Strenge bemüht, kurz und gut, die Damen waren Schwestern.

Augusta war erleichtert. Zwar kannte sie Madame Bauer flüchtig, und von Magdalena Bellham hatte Anne gestern als von Agnes Matthews frommer Cousine erzählt, aber alle anderen hatte sie nie zuvor gesehen, auch wenn ihr die Namen vertraut waren. In Hamburg lebten etwa 100000 Menschen, doch der kleine Teil davon, der zu den Kreisen der Herrmanns gehörte, kannte sich.

Wieder erschien das knicksende Mädchen, füllte die Tassen mit würzig duftendem Kaffee – nur Mrs. Bellham und Madame Baston tranken Salbeitee –, bekam den Auftrag, den Kachelofen nachzulegen, und verschwand geräuschlos. Daß der Ofen schon jetzt, in der Mitte eines milden Oktobers, geheizt wurde, zeugte von erheblichem Wohlleben.

In der nächsten Stunde erfuhr Augusta genau, warum für diese Leute und, wie sie sehr wohl wußte, für viele andere in der Stadt der Kampf gegen das Theater Pflicht der Rechtgläubigen war.

Es gehe nicht an, begann der Prediger, daß die Aufgabe der Kirche, den Menschen in allen Lebenslagen den rechten Weg zu weisen, angezweifelt werde. Nur die Kirche sei dazu in der Lage, nur ihre Männer hätten die moralische Kraft und das Vermögen, dies zu tun. Und gerade in diesen Zeiten, da die Verführung schon bis in die Pastorenschaft vorgedrungen sei, gelte es, besonders entschlossen zu sein.

Bei seinem letzten Satz rutschte Madame Baston auf die vordere Kante ihres Stuhles, beugte sich weit vor und verlangte zu wissen, ob es stimme, daß einer der Pastoren aus Bergedorf einige Stücke geschrieben habe, die zur anonymen Aufführung an die Hamburger Bühne gelangt seien.

Mrs. Bellham nickte ernst. «Das habe ich auch gehört. Aber ich kann es nicht glauben. Schließlich muß jeder Mann Gottes, der dem geistlichen Ministerium dieser Stadt dient, schriftlich geloben, Theater und Oper nie zu betreten. Wie kann einer da wagen, gar Stücke zu schreiben und öffentlich aufführen zu lassen?»

«Ich befürchte», verriet der junge Pastor mit gesenkter Stimme und eisern vor der Brust gefalteten Händen, «daß es dennoch wahr ist, auch wenn darüber noch nicht gesprochen werden darf. Wir leben in verderbten Zeiten, da nimmt es nicht wunder, wenn dem Theater, das doch mit seinem Pomp, seinen unschicklichen Gesten und der Reizung *aller* Sinne der Inbegriff des Unsittlichen ist, zugejubelt wird. Zu-ge-ju-belt!» wiederholte er, was bewies, daß er das Theater tatsächlich, so wie auch er es bei seinem Amtsantritt unterschrieben hatte, nie betrat.

Wie es um den Jubel tatsächlich stand, wußte Augusta

besser als er. Ihr vorsichtiger Einwand, erwachsene Menschen seien durch den Kirchenbesuch doch gegen solche Verführungen gewappnet, wurde von Madame Baston vehement weggewischt.

«Niemals», rief sie, «die Neigung zur Sündhaftigkeit ist dem Menschen gemäß. Sie ist seine Natur, vor der er um seines Seelenheiles willen geschützt werden muß. Und diese neuen Theaterleute! Ich bitte Euch, verehrte Madame Kjellerup! Sie geben vor, mit ihrem Tun die Moral der Zuschauer zu festigen, aber was tun sie wirklich? Einige der Stücke werfen tatsächlich moralische Fragen auf, aber wie? Warum? Damit das Publikum darüber nachdenke und selbst entscheide, welche Haltung die richtige sei. Selbst entscheiden! Das kann nicht zum Guten führen. Das ist Aufruhr gegen unsere gute christliche Ordnung, gegen die Obrigkeit.» Und außerdem, so habe man ihr berichtet, gebe es Herren, die ihre Söhne, noch keine zehn Jahre alt, mit in die Logen und sogar ins Parkett nähmen, und es würde sie gar nicht wundern, wenn bald auch die Töchter mit von der Partie wären. Damen seien ja schon immer häufiger in den Logen und – Sodom! – auch auf der Galerie zu sehen.

Augusta kam das alles sehr bekannt vor, sie erinnerte sich, fast genau die gleichen Worte in einer der Predigten von Pastor Goeze gehört zu haben. Madame Baston mußte sie öfter als einmal gehört haben, um sie so genau wiedergeben zu können.

«Und nicht zu vergessen», eiferte die schon fort, «der Besuch der Theater schadet nicht nur der Seele, sondern auch dem Handel. Er verführt die Kaufleute, und ganz besonders die jungen, die doch noch sehr viel lernen müssen, dazu, die kostbare Zeit vor der Bühne zu vertändeln, anstatt ihren Geschäften nachzugehen. Sie tragen ihr Geld dorthin, wo es nur Sünde und Müßiggang fördert, anstatt ihre Geschäfte damit zu vergrößern. Eine unerträgliche Verschwendung!»

Und außerdem sei es hohe Zeit, daß sich endlich der Rat mit diesem Skandal befasse.

Das, erinnerte sich Augusta diesmal genau, hatte Goeze erst vor zwei Wochen von seiner Kanzel gepredigt.

Mademoiselle Möllemann, Tochter eines bescheidenen Zuckerhändlers aus der Neustadt, legte noch ausführlich den besonders verderblichen Einfluß des Balletts dar. Nur ihre Schwester, Madame Kornweier, sagte gar nichts. Ein wenig unterschieden sich die Schwestern also doch.

Madame Baston betonte gleich zweimal, wie verdienstvoll es von Baumeister Moltke gewesen sei, so bereitwillig seine Profession in den Dienst der guten Sache zu stellen. «Ein Mann von wirklich guter Gesinnung, aber leider, er hat vergeblich nach morschen Balken, wackeligen Kulissen oder was es sonst im Theater an Gefährlichem gibt, gesucht. So ist auch dies kein Weg, den Rat zu zwingen, das Theater zu schließen. Leider.»

«Vielleicht», sagte Madame Bauer und hob dabei vorsichtig bittend ihren Zeigefinger, «sollten wir ein wenig zurückhaltender mit unseren Eingaben sein. Wie man hört, ist schon eine gewisse Unlust entstanden, sich mit ihnen zu befassen. Es gebe im Rathaus Wichtigeres zu entscheiden, und ...»

So ging es noch eine Weile hin und her. Augusta hatte den Eindruck, daß die Damen und der Seelsorger einander ständig bestätigten, was sie alle schon wußten und einig meinten. Sie hatte angenommen, hier würden Pläne geschmiedet, Kabalen debattiert. Aber bis jetzt erschien ihr die ganze Veranstaltung nur als eine einzige eitle und außerordentlich ermüdende Schwätzerei.

«Und wenn uns noch ein Beweis gefehlt hätte», sagte Madame Baston schließlich mit glänzenden Augen, während sie sich genüßlich schnuppernd von Madame Bauer die Kaffeetasse nachfüllen ließ, «die greuliche Untat am Mittwochabend beweist, welche Abgründe sich dort auftun. Ein Menschenleben wäre nicht verloren, wenn wir früher unser Ziel erreicht hätten. Ein sündiges Leben, das wohl, aber eines, das auf den guten Pfad zurückzuführen unsere Aufgabe gewesen wäre. Nun ist es verloren, und das ist schrecklich. Unermeßlich schrecklich.» Sie gab drei Löffel Zucker in ihre Tasse, rührte energisch um und nahm einen kleinen Schluck. «Köstlich, meine liebe Dorothea, dein Kaffee ist wie immer köstlich.»

Madame Bauer lächelte geschmeichelt, und Augusta räusperte sich.

«Ich bin sehr dankbar, daß Ihr die Gefahren und, ich muß nun auch sagen, die Abgründe des weltlichen Theaterspiels so ausführlich aufgezeigt habt. Noch bis vor wenigen Monaten», sie schluckte und tupfte sich mit einem Spitzentüchlein vorsichtig die Lippen, «bis vor wenigen Monaten habe auch ich hin und wieder das Theater besucht. Um die Frau meines Neffen zu begleiten, eine schwere Familienpflicht, und ich habe es nicht genossen.» Der Seufzer über die faustdicke Lüge, der ihr an dieser Stelle entfuhr, wurde von allen anderen völlig falsch verstanden, und auf den Gesichtern erschien umgehend tiefes Mitgefühl für diese Last, die sie, eine schwache alte Dame, tragen mußte.

«Aber ich habe schon seit Wochen diese, ähm, Zumutung verweigert, und ich muß sagen, daß mich das sehr erleichtert. Seit mein teurer Freund, unser verehrter Musikdirektor, von uns gegangen ist», sie blickte gen Himmel und zweifelte keine Sekunde daran, daß wenigstens Telemann, falls er als Engel neben ihr saß, großen Spaß an ihrer Komödie hatte, «seit er von uns gegangen ist, sehe ich diese Dinge nicht mehr so leichtfertig. Und die Predigten unseres verehrten Hauptpastors sind doch ein wahres Labsal für die Seele …»

Sie hatte den Faden verloren, aber das machte nichts; als sie verstummte, sprang Madame Baston gleich ein.

«Ja, Madame Kjellerup. Wahrheit und Reinheit siegen schließlich doch, die Wahrheit des Geistes und die Reinheit der Seele.»

Augusta hatte plötzlich das Gefühl, daß sie, bliebe sie nur noch fünf Minuten länger, die goldbemalte Zuckerdose greifen und wenn auch nicht an Madame Baston, so doch an dem Ofen aus schwanenweißen Kacheln zerschmettern würde. Sie brauchte frische Luft, auch würde Brooks längst mit der Kutsche vor dem Portal warten.

«Nun, ich bin wirklich erschöpft, ich meine, erfüllt von den Erkenntnissen, die mir heute zuteil wurden, und gewiß wartet der kleine Sohn meines Neffen schon auf mich. Er wartet begierig darauf, daß ich mit ihm noch einmal wiederhole, was er heute vormittag gelernt hat. Er hat noch einige Schwierigkeiten mit den Psalmen. Aber doch noch eine Frage. Gewiß tut es not, energisch zur Tat zu schreiten. Aber, verzeiht mir mein Unverständnis, sind die Pamphlete, die in der Stadt kursieren, ein angemessener Weg? Sie sprechen von Hölle und Satan, das klingt mir, ich bitte wiederum um Verzeihung, aber das klingt mir geradezu papistisch.»

Sie sah in versteinerte Gesichter und gab auf. Das war eindeutig der falsche Ton gewesen. Madame Baston beeilte sich, noch einmal Zucker in ihre Tasse zu löffeln, Madame Bauer und der Pastor räusperten sich im Duett, und die Schwestern preßten die Lippen zusammen. Wer in dieser Runde katholische Gesinnung unterstellte, wurde ganz gewiß kein zweites Mal empfangen.

«Diese Pamphlete, wie Ihr sie nennt, Madame Kjellerup», sagte Magdalena Bellham schließlich, «stammen nicht aus unserer Feder. Wir sind mit Euch einer Meinung, daß sie nicht den richtigen Ton treffen. Wir wollen die Menschen überzeugen, sie mit christlicher Liebe auf den rechten Weg zurückführen.» (Den Eindruck hatte Augusta bisher allerdings nicht gehabt.) «Ich kann Euch versichern, daß diese ... Nachrichten uns nicht freuen. Wir müssen unsere Verbündeten sammeln, um entschlossen zuzuschlagen. Wir müssen uns wehren gegen diese Angriffe auf unsere Lebensweise, auf unsere Kultur. Sie ist hart erkämpft, sie sichert unsere Existenz und muß geschützt werden. Um jeden Preis.»

Die Stimme, zu Anfang wie gewöhnlich leise und in leicht herablassendem Ton, war mit jedem Satz schärfer gworden. Mrs. Bellham starrte Augusta an, als habe sie in ihr endlich die unliebsame, pöbelhaft grobe Konkurrenz im geplanten Theaterkrieg entdeckt.

«Wir sind uns allerdings nicht sicher», fuhr Madame Bauer mit einem kleinen, beunruhigten Blick auf Magdalena Bellham eilig fort, «ob wir jemanden, der solcherart grobe Schmähungen verfaßt, in unseren Reihen dulden wollen. Sie sind recht ungehörig, und auch wenn ihr Inhalt nicht ganz falsch ist, nicht *ganz* falsch, sage ich, so fehlt den Worten doch die Überzeugungskraft und Eleganz, die unser verehrter Pastor Goeze zu wählen weiß. Und nun, zum Abschied, sollten wir alle ein Schlückchen von unserem guten Kirschwein probieren.»

Dagegen hatte auch Madame Baston nichts einzuwenden, denn Kirschwein, das war allgemein bekannt, war ein verläßliches Mittel zur Stärkung des Herzens.

SONNABEND, DEN 10. OKTOBER, ABENDS

Lukas Blank wurde noch am gleichen Abend arretiert. Die Nachbarn der Blanks, die schon wenig später davon erfuhren, bedauerten außerordentlich, daß die Wedde ihn nicht von zu Hause, direkt vor ihren weit geöffneten Fenstern, abgeführt hatte, sondern aus dem Theaterhof. Es war natürlich dumm von ihm gewesen, nicht zu bemerken, daß ihm von dem Moment an, da er am Abend die Kattundruckerei verließ, ein dünner grauer Mann wie ein Schatten folgte. Aber vielleicht sprach das auch nur für die Meisterschaft im heimlichen Verfolgen und Beobachten, das Wagner mit seinen Leuten so lange geübt hatte, bis er selbst sie kaum mehr bemerkte.

Kurz und gut, just war es Lukas gelungen, die hintere Tür des Theaters aufzubrechen, da legte sich eine harte Hand auf seine Schulter, eine andere drehte ihm rüde den Arm um, und ehe er sich's versah, lag er im Schmutz und fühlte, wie ihm die Hände hinter dem Rücken und dann die Füße gebunden wurden. Blitzschnell wurde er in einen Wagen bugsiert, mehr eine hölzerne Kiste auf Rädern als eine Kutsche, und in die Fronerei am Berg nahe St. Petri gebracht. Die beiden finsteren Gesichter, die ihm in der Dunkelheit wie stumme Schemen gegenübersaßen, starrten grimmig an ihm vorbei, und er verstand gleich, daß es keinen Sinn hatte, Fragen zu stellen. Dumme Fragen, denn wer bei einem Einbruch erwischt wurde, kam immer ins Loch, egal, ob am Nachmittag der Weddemeister schon einmal bei ihm gewesen war oder nicht. Er wußte auch, daß die beiden ihm nicht glauben würden, daß er zum Ensemble gehörte und nur etwas Wichtiges holen wollte, das er in der Garderobe vergessen hatte.

Der Weddemeister saß in einer kleinen Stube der Fronerei und sah nicht weniger grimmig aus als seine beiden Gehilfen. Aber immerhin ließ er ihm die Fesseln abnehmen und füllte ihm einen Becher mit Wasser.

Lukas fühlte sich wie in einem schlechten Traum. Als er sich auf dieses Abenteuer eingelassen hatte, hatte er eben nur das Abenteuer gesehen und von der Freiheit geträumt, die er in Zukunft haben würde. Natürlich hatte er gewußt, daß er ein Verbrechen beging, aber er würde niemandem wirklich schaden, und er hatte sich niemals vorgestellt, daß ihn die schwere Strafe, die darauf stand, tatsächlich treffen könnte. Aber er hatte sich noch immer aus jeder Kalamität herausreden können. Warum nicht auch diesmal?

Der Wächter, der ihn im Theaterhof gefesselt hatte, flüsterte dem Weddemeister etwas zu, und der kurze Moment gab Lukas Kraft.

«Es ist ein schrecklicher Irrtum», begann er eifrig und hoffte, wenigstens ein bißchen empört zu klingen. «Ein ganz falscher Eindruck. Ja, ich habe die Tür aufgebrochen, ich wollte in das Theater, was mir nicht zustand, aber …» Er schluckte schwer und fuhr sich tragisch seufzend mit der Hand über die Augen. «Versteht Ihr nicht? Wir haben doch heute vormittag darüber gesprochen, ich wollte noch einmal den Ort ihrer Größe betreten. Ja, das wollte ich. Das mußte ich. Zu ihrem Andenken ein Gebet sprechen, auf der Bühne, die sie groß und noch anbetungswürdiger gemacht hätte, wenn …»

«Blank, Ihr redet Unsinn. Gebete könnt Ihr an ihrem Grab sprechen oder in der Kirche. Und Ihr wißt genau, warum Ihr hier seid, das ist ganz gewiß nicht der Einbruch, diese Nichtigkeit gegen das, was Ihr Mittwochabend getan habt. Weiß der Himmel, warum Ihr nun auch noch einbrechen mußtet, aber Ihr werdet es mir gleich sagen. Habt Ihr irgend etwas Verräterisches in den Kulissen vergessen, als Ihr Mademoiselle Grelot getötet habt? Wolltet Ihr das jetzt holen? So spät noch? Nun redet endlich, aber fangt nicht wieder mit ‹auf ihren Spuren wandeln› und solcherlei Unsinn an. Das glaubt Euch nun kein Mensch mehr. Selbst wenn es wahr wäre, würde es Euch auch nicht helfen.»

Die beiden Unschlittkerzen in dem Zinnleuchter auf dem groben Tisch gaben nur trübes Licht, aber daß Lukas' Gesicht plötzlich schneeweiß wurde, war dennoch deutlich zu erkennen.

«Aber wie könnt Ihr glauben ...»

«Das habt Ihr heute schon ein paarmal gesagt.» Wagner war all seine Freundlichkeit abhanden gekommen. «Es geht hier nicht mehr um Glauben. Ihr seid ganz in ihrer Nähe gesehen worden, kurz bevor Mademoiselle Grelot getötet wurde, und nun erzählt nicht wieder, Ihr wäret die ganze Zeit auf der Galerie gewesen, Eure Freunde haben das nicht bestätigt. Wohl seid Ihr dort gewesen, aber nach der Pause wart Ihr für einige Zeit verschwunden, jeder dachte, Ihr wäret bei einem der anderen, aber wenn man alles zusammennimmt, gibt es eine Zeitspanne, und zwar ganz genau die passende, in der Euch niemand gesehen hat. Jemand anders allerdings hat Euch um diese Zeit in den Kulissen gesehen, und zwar in der Gasse direkt neben der, in der die Souffleuse, an diesem Abend war das bekanntlich Mademoiselle Grelot, ihren Platz hat.»

Rosina hatte schon auf Wagner gewartet, als er am Vormittag endlich im Theater auftauchte. Sie hatte lange überlegt, ob sie ihm erzählen sollte, was Charlotte berichtet hatte, immerhin war die ein Kind, und zwar eines, dessen wuchernde Phantasie berühmt, um nicht zu sagen, berüchtigt war. Aber dann hatte sie es Wagner erzählt, und plötzlich erinnerten sich auch der Lichtputzer und einer der Gehilfen des Maschinenmeisters, der für das Hinaufziehen und Herablassen des Vorhangs verantwortlich war, daß sie Lukas an dem Abend hinter der Bühne gesehen hatten. Vor dem Mord, danach allerdings nicht mehr. Aber da hatte natürlich niemand auf anderes als die Tote geachtet. Und außerdem, sagten sie, der Weddemeister habe doch nach Fremden gefragt, Lukas Blank sei schließlich Lorettas Freund gewesen. Habe das nicht jeder gewußt?

Das, wußte wiederum Wagner, stimmte nicht ganz, aber er war gewöhnt, falsche und vor allem halbwahre Antworten zu bekommen.

Charlotte beantwortete seine Fragen mit einer weit über ihr Alter hinausreichenden Ernsthaftigkeit. Er sah keinen Grund, ihr nicht zu glauben. Und tatsächlich, davon überzeugte er sich selbst, war der Kulissenmaler, der einen ähnlichen Rock wie Lukas besaß, einen ganzen Kopf kleiner als der Drucker.

Das Verhör in der Fronerei dauerte an diesem Abend nicht mehr lange. Lukas kam zu dem Schluß, daß der Weddemeister nichts von dem Musterbuch wußte. Offenbar hatte die vermaledeite Komödiantin diesen Teil der Geschichte für sich behalten, und Lukas wußte nicht, ob das ein gutes Zeichen war. Eher ein schlechtes, denn es konnte bedeuten, daß sie das Buch gefunden, seinen Wert erkannt hatte und nun selber das Geschäft machen wollte. Es würde ihr allerdings ziemlich schwer fallen, es in der Stadt an den richtigen Mann zu bringen, und sollte sie es versuchen, würde sie eher der Wedde übergeben werden, als reich zu werden. Eine dumme Komödiantin, von der niemand Ehrbarkeit und Tugendhaftigkeit erwartete. Das sollte ihm recht sein. Dann war er diesen kleinen Fehltritt, so nannte er den Diebstahl des Buches für sich, ein für allemal los. Er würde schon gut genug lügen, um klarzumachen, daß er mit diesem Buch nichts, aber auch gar nichts zu tun hatte. Warum auch gerade er? Bei Schwarzbach arbeiteten mehr als 200 Leute. War es nicht viel naheliegender, daß ein Couleurmacher dem anderen seine Rezepte stahl? Und wenn Lorettas Freundin gar nicht so harmlos und brav war, wie sie tat? Wenn sie das Buch gefunden, das Ölpapier gelöst und den wertvollen Fund gleich zu Schwarzbach getragen hatte? Der Name der Kattunmanufaktur stand ja schön gedruckt auf der ersten Seite. Schwarzbach würde sie dafür und vor allem für ihr Schweigen gut belohnen. Er hatte den Diebstahl nicht angezeigt, ganz gewiß nicht, weil er so edel war, Freda eine Chance zu geben, die Muster wiederzubeschaffen, um den Namen Blank sauber zu erhalten. Nein, Schwarzbach wollte nicht, daß der Diebstahl sich herumsprach. Vor allem nicht der Diebstahl der Beizenrezepte. Davon hatte Freda nichts gesagt, aus irgendeinem Grund hatte Schwarzbach das offensichtlich für sich behalten. Warum?

Lukas Blank begann zu zittern. Wenn das verdammte Buch auf diese Weise verschwunden blieb, wenn es so aussah, als sei es nie aus dieser Truhe fortgewesen, gab es für die Wedde und die Richter nur noch einen, nur diesen mörderischen Grund, warum er in den Kulissen gewesen war.

Lukas war übel. Die Schlinge um seinen Hals zog sich schon zusammen. Was sollte er tun? Er schloß die Augen und versuchte ruhiger zu atmen. Er mußte ruhig bleiben.

«So, Blank, genug gegrübelt.» Wagner klopfte mit dem leeren Wasserkrug auf den Tisch. «Ich will nun eine Antwort. Was wolltet Ihr während der Vorstellung in den Kulissen? Was habt Ihr dort gemacht?»

So gestand er schließlich, hinter der Bühne und auch zwischen den Kulissen gewesen zu sein. Er habe Mademoiselle Grelot um Verzeihung bitten wollen, denn tatsächlich sei ihr Streit doch rüder gewesen, als er am Vormittag dem Weddemeister gesagt habe. Er wollte sie um Verzeihung bitten, aber dann habe er gesehen, daß sie nicht gestört werden durfte, sie mußte einhelfen, und es hätte sie kaum für ihn eingenommen, wenn er gerade in diesem Moment mit seiner Reue gekommen wäre. Also habe er sich leise wieder davongeschlichen, zur Hintertür hinaus, zur Vordertür wieder hinein und zurück zur Galerie. Gerade als er auf der Treppe war, sei Monsieur Seyler vor den Vorhang getreten und habe verkündet, das Theater sei aus. So sei es gewesen, und niemals könne er einem Menschen ernsthaftes Leid zufügen, er, ein Mann aus gutem Hause, dem nur ein tragisches Schicksal den Platz vorenthalte, für den er bestimmt sei.

Wagner und seine Gehilfen zeigten sich wenig beeindruckt von Lukas Blanks Schicksal. Das und ähnliches hatten sie schon oft gehört. Und immer wieder wünschte der Weddemeister sich, die Leute, die hier vor ihm saßen, wären bei der Beichte ihrer Untaten ebenso beredt wie bei ihren Klagen über ein ungerechtes Los. So brachten sie Lukas schließlich in eine feuchte, dunkle Kammer, schlossen seine rechte Hand an eine Kette, gerade lang genug, damit er sich auf den Strohsack in der Ecke legen konnte, und sagten ihm, er möge die Nacht gut nutzen, um nachzudenken. Morgen habe er wieder Gelegenheit, endlich die Wahrheit zu sagen. Die Sache mit der Bitte um Verzeihung glaube ihm kein Mensch.

9. KAPITEL

SONNTAG, DEN 11. OKTOBER,
MORGENS

Bald nach Sonnenaufgang hatte es begonnen zu regnen. Es war ein leiser, unaufdringlicher Regen, fein wie Staub, aber als Rosina den Theaterhof erreichte, hatte er ihr wollenes Schultertuch durchdrungen. Sie fröstelte. Ohne die wärmende Sonne der letzten Tage war es nun schon bitterkalt. Als sie über den Gänsemarkt eilte, begegnete sie nur einem Mann, dessen Karren voller Töpfe und Körbe, notdürftig mit alten Fetzen Ölpapiers bedeckt, von zwei struppigen gelben Hunden gezogen wurde. Die Last war zu schwer für die Tiere, und so schob er mit beiden Händen die Karre vorwärts. Er hatte seinen Kopf unter der schwarzen Mütze tief gegen den Regen gesenkt, und seine Fäuste auf dem hinteren Karrenholz waren rot und rauh.

Sie sah ihm nach und dachte an die Beckersche Gesellschaft. Die zog nun auch bei Wind und Wetter irgendwo durch das Land, zwar nicht mit solchen armseligen Karren, sondern auf drei von guten Pferden gezogenen Wagen. Aber wenn der Oktober zu Ende ging, begann für alle, die auf den Straßen zu Hause waren, die harte, kalte Zeit. Sie hoffte, bald einen Brief von Helena zu bekommen, in dem womöglich stand, daß sie für den Winter ein längeres Engagement gefunden hätten, das ihnen die Wanderung über die eisigen, windgepeitschten Straßen wenigstens für einige Wochen ersparen würde. Für einen Moment war sie trotz aller Kümmernisse froh, die nächsten Monate nicht auf einer Wanderbühne, sondern in dem großen, festen Theater am Gänsemarkt und im warmen Haus der Krögerin zu verbringen.

Sonst war der Gänsemarkt wie leergefegt, keine Wasserträger, keine Verkäufer von Windrädern, Zimtkringeln oder letzten Astern. Keine Ausrufer oder Flaneure, auch keine Männer und Frauen, die eilig ihrer Arbeit nachgingen. Die Läden und Werkstätten in den untersten Etagen der hochgiebeligen Häuser rund um den Platz waren verschlossen, nur vor dem Wachhaus stand ein Soldat von der Stadtwache und sah ihr träge gähnend nach. Am frühen Sonntagmorgen war ganz Hamburg in den zahlreichen großen und kleinen Kirchen der Stadt beim Gottesdienst. Auch das gesamte Ensemble des Theaters saß jetzt auf den hinteren Bänken in St. Michaelis. Aus echter Frömmigkeit oder auf Anordnung von Abel Seyler, der diesen Beweis bürgerlicher Tugend für eine wichtige Voraussetzung erachtete, um das Ansehen des Theaters zu fördern. Natürlich würde es später Fragen geben, warum Rosina heute gefehlt hatte, aber ihr würde schon eine Ausrede einfallen.

Nur jetzt, um diese Stunde, konnte sie sicher sein, ungestört nach Lukas Blanks Buch zu suchen, was immer es für eines sein mochte. Sie hatte Wagner nichts davon erzählt, sie wußte selbst nicht genau, warum, und wenn er das herausbekam, würde er ihr wahrscheinlich für lange Zeit gram sein. Vielleicht würde sogar sein Vertrauen in sie schwinden. Sie war längst nicht mehr sicher, ob sie in diesen Tagen klug oder einfach nur eigensinnig handelte.

Auch der Hof um das Theater war leer, nur ein paar Enten watschelten durch die Pfützen und gründelten nach ihrem Frühstück. Der Regen rann von ihrem glänzenden Gefieder wie winzige Perlen. Rosina blieb stehen und lauschte. Irgendwo jammerte ein Kind, und über der Alster kreischte kurz und schrill eine Möwe. In der Ferne rumpelte ein Wagen, aber sonst war kein Laut zu hören, nicht einmal eine Glocke. Sie raffte ihre nassen Röcke, glitt unter die hintere Treppe, unter der Charlotte den Streit zwischen Lukas und Loretta beobachtet, aber wegen der zugehaltenen Ohren leider nicht gehört hatte. Irgend etwas drückte durch die dünne Sohle ihres rechten Schuhs, sie bückte sich und fand einen Kamm. Charlotte würde doch noch Ärger mit ihrer Mutter bekommen haben. Als sie so alt war wie Charlotte, hatte sie auch ständig ihre Kämme verloren. Lächelnd steckte sie ihn in ihre Rocktasche. Charlotte würde sehr froh sein, ihn zurückzubekommen. Dann drückte sie behutsam gegen den Rahmen des Fensters. Der linke Flügel gab gleich nach. Es hatte also niemand bemerkt, daß sie gestern den Riegel gelöst hatte. Das Fenster war klein, und es kostete Rosina Mühe und einen langen Riß in ihrem Rock, hindurchzuschlüpfen. Bevor sie das Fenster zuzog, beugte sie sich noch einmal vorsichtig hinaus. Der Hof war immer noch leer, niemand hatte sie gesehen.

Nun stand sie in der Unterbühne, glättete ihre feuchten Röcke und schloß sorgfältig den Riegel. Sie wollte nicht überrascht werden, und sei es auch nur von einem vorwitzigen Nachbarkind, das sie womöglich doch beobachtet hatte. Hauptsache, niemand schickte nach der Stadtwache, damit sie als Einbrecherin Lukas in der Fronerei Gesellschaft leistete. Als sich ihre Augen an die Dunkelheit gewöhnt hatten, erkannte sie die Umrisse der Maschinerien. Hier unten verbargen sich die profanen Ursachen so vieler wunderbarer Begebenheiten auf der Bühne. Es war unwahrscheinlich, daß Loretta Gelegenheit gehabt hatte, das Buch hier zu verstecken, aber es konnte nicht schaden, trotzdem nachzusehen. Gleich neben dem Fenster stand die Donnermaschine, ein etwa sieben Fuß hohes Gestell, in dem schwere Steine in einer langen, über Seile und Rollen auf- und abbewegten hölzernen Kiste ein wahres Lärmgewitter veranstalten konnten. Rosina stellte sich auf die Zehenspitzen und sah in die Holzkiste: nichts als dicke Steine. Aber es war zu dunkel, um Genaues zu erkennen, deshalb kletterte sie auf einen Schemel und tastete den Grund der Kiste sorgfältig ab. Tatsächlich nichts als Steine.

An den beiden seitlichen Wänden stand je eine große, fest im Boden verankerte Haspel. Von jeder liefen Seile zu den Unterteilen der rechten und der linken Seitenkulissen, die so gleichzeitig auf ihren Holzrädern vor- und zurückgefahren werden konnten. Auf den hohen Kulissengestellen, die durch Spalten im Bühnenboden von der Unter- bis zur Oberbühne reichten, konnten drei verschieden bemalte, auf Rahmen gespannte Leinwände eingehängt werden. So kostete die Verwandlung der Bühne von einem Salon oder Gasthaus in einen dunklen Wald oder eine Fahrt auf dem Meer zwischen den Akten nur einen Augenblick. Auch die Lichtbäume in allen Kulissengassen links und rechts der Bühne, auf denen wie auf einer Etagere vier Öllampen oder Kerzen übereinander angebracht waren, wurden von der Unterbühne aus gedreht, auf jeder Seite durch einen Drehbalken und über Rollen laufende Seile immer in den Winkel, der für die jeweilige Szene das passende Licht spendete. Während der Vorstellung agierten unter der Bühne mindestens so viele Menschen wie auf ihr. Rosinas Augen hatten sich jetzt an die Düsternis gewöhnt, sie erkannte nun die Vorrichtungen für die Versenkungen. Deren starke Seile waren jetzt fest an ihrer jeweiligen Haspel verzurrt. Sollte plötzlich ein Dämon aus der Unterwelt auftauchen oder ein Baum schnell aus der Erde wachsen, sollte ein Sünder wie Dr. Faustus in der Hölle verschwinden, ein Schiffbrüchiger im Meer versinken, war ihr Platz auf einer der sechs kaum mehr als anderthalb Fuß großen Quadrate im Bühnenboden, die von hier unten mit einer großen Winde hinauf- und hinabbewegt wurden. Aber in den letzten Tagen waren sie nicht gebraucht worden.

Die Soffitten, die Quervorhänge des Bühnenhimmels und der Prospekt, die breite Kulisse, die als Rückwand der Bühne Landschaften, Zimmerwände oder ganze Zauberwelten erschuf, wurden mit ähnlichen Maschinerien aus Seilen, Rollen und Haspeln von der Oberbühne aus bedient. Aber dort oben war Loretta ganz bestimmt nicht mehr gewesen.

Rosina seufzte. In diesem Theater mußte es tausend Plätze geben, an denen ein Buch zu verstecken war. Aber es war tatsächlich unmöglich, daß Loretta die Gelegenheit gehabt hatte, in diesem Labyrinth aus Stangen, Balken, Seilen, Kisten und abgestellten Kulissen so kurz vor der Vorstellung auch nur einen Knopf zu verstecken. Zu dieser Zeit regierte hier schon der Maschinenmeister und scheuchte seine Gehilfen, um alle Maschinerien noch einmal zu überprüfen. Wer hier nichts zu arbeiten hatte, wurde schon auf der Treppe wütend fortgebrüllt.

Bevor sie die Stufen hinaufstieg, die von der Unterbühne auf den seitlichen Flur am linken Rand hinter den Prospekt führten, warf sie noch einen kurzen Blick in die Windmaschine. Aber das röhrenförmige, faßdicke Gebilde aus Leisten von hartem Holz hatte zu enge Zwischenräume, um ein Buch hindurchzuschieben. Und vor allem: Wie sollte man es aus diesem Käfig wieder herausbekommen? Trotzdem hob Rosina mit spitzen Fingern das Stück feste Leinwand, an dem die Leisten ein schabendes Geräusch erzeugten, wenn die Röhre mit der großen Kurbel gedreht wurde. Je schneller die Drehung, nach einem um so heftigeren Wind klang es.

Jedes Knarren der Treppe erschien ihr laut wie ein Schuß, sie fror immer noch, aber das lag weniger an der Kälte als an der Unheimlichkeit dieses Ortes, der ihr in seiner Verlassenheit gespenstisch wie eine wirkliche Unterwelt erschien. Die Treppe, dachte sie, unter der Treppe ist es stockdunkel, ein guter Platz für ein Versteck. Wahrscheinlich wohnen da ganze Horden von Mäusen, Spinnen und Asseln. Es kostete sie große Überwindung, die Stufen wieder hinunterzugehen und unter die Treppe zu kriechen, und es machte sie sehr froh, als sie feststellte, daß zwei große Kisten die in der Tat nachtschwarze Ecke unter den Stufen ausfüllten und ihr den Kampf mit dem krabbelnden Kleingetier ersparten. Die Kisten, wahrscheinlich mit Seilen, Leinwand und allerlei Werkzeug des Maschinenmeisters gefüllt, waren fest verschlossen. Als sie die kurze Treppe zum Flur hinter der Bühne und zu den Garderoben hinauflief, erschien ihr das Knarren der Stufen noch lauter. Und hatte es nicht ein Echo? Oder knarrten woanders andere Stufen? War sie doch nicht allein?

Du bist dumm, schalt sie sich. Und feige. Niemand ist hier, erst recht nicht Lorettas Mörder. Nicht einmal Lukas Blank, der allen Grund dazu hätte. Der sitzt sicher angekettet in der Fronerei.

Wagner, das wußte sie, war überzeugt von seiner Schuld. Rosina nicht. Wohl glaubte sie, daß er irgendeine Schuld auf sich geladen hatte, sein Verhalten wäre sonst nicht so künstlich gewesen. Aber einen Mord?

Vor der Garderobe blieb sie stehen und lauschte, es war still. Totenstill, dachte sie und versprach Loretta, wie so oft in den letzten Tagen, ihren Mörder zu finden.

Sie bemühte sich, keine verräterische Unordnung zu hinterlassen, und so kostete es viel Zeit, all die Kästen und kleinen und großen Körbe in den Garderoben der Frauen und der Tänzerinnen zu durchsuchen. Aber sie fand kein Buch, und sie fand auch nicht Lorettas Beutel, der doch irgendwo sein mußte. Sie hatte Wagner danach gefragt, doch auch er und seine Weddeknechte hatten seltsamerweise nichts gefunden, was Loretta gehörte.

Rosina war so sicher gewesen, heute das Buch zu finden, und als sie den letzten Korb zuklappte und sich auf der Suche nach irgendeinem vergessenen Behältnis oder möglichen Versteck vergeblich umsah, fühlte sie sich zutiefst mutlos und müde. Sie sehnte sich nach einem warmen, sonnigen Tag, nach Helena und Jean, nach Tagen ohne Kummer und Sorgen, nach Tagen ohne ungelöste Rätsel.

Doch Jammern und Seufzen hatten noch nie weitergeholfen. Ärgerlich griff sie nach ihrem feuchten Schultertuch, sie mußte das Theater schleunigst verlassen. Es schlug schon zehn von St. Petri. Oder von St. Michaelis? Je nachdem wie der Wind stand, war im Theater das Geläut der einen oder der anderen Kirche zu hören.

Sie hatte es sich so schön vorgestellt, heute mittag, wenn sie sich mit Wagner und den Herrmanns traf, das Buch oder zumindest Lorettas Beutel auf den Tisch zu legen. Und was hatte sie nun von ihrer Eitelkeit? Nichts als einen zerrissenen Rock. Nichts als … Sie erstarrte. Auf der hinteren Treppe näherten sich Schritte, leise, behutsame Schritte. Wer konnte das sein? Lief nicht jeder, der nichts zu verbergen hatte, diese Treppe mit festem Schritt hinauf und besonders eilig bei so scheußlichem Regen?

Es war nicht Angst, die Rosina nun handeln ließ, sondern blinde Panik. Der Weg nach draußen war ihr abgeschnitten, und nichts hätte sie in diesem Moment des Schreckens in die Unterbühne, die in der Dunkelheit wie ein Folterkeller erschien, zurückgebracht. So stürzte sie durch die nächste Tür und fand sich in dem kurzen Flur zur Garderobe der Männer im hinteren Anbau wieder. Sie lief auf Strümpfen, ihre durchnäßten Schuhe hatte sie in der Garderobe gelassen, doch ihre Schritte hallten in ihren Ohren.

Wohin?

Sie war nie in der Garderobe der Männer gewesen, wo gab es hier ein Versteck? Die Kostüme, natürlich! Hastig drängte sie sich zwischen den üppigen Mantel eines römischen Kaisers und den federbesetzten Umhang irgendeines Gottes aus einem Schäferspiel, ließ ihr Schultertuch über die Füße fallen, damit die weißen Strümpfe sie nicht verrieten, und versteckte den Kopf unter dem weiten, mit Pelz und Goldlitzen beladenen Kragen des Römer-Mantels, hoffend, nein, betend, daß sie nun tatsächlich nicht mehr zu sehen war.

Einen Moment hatte sie geglaubt, daß die Schritte nur einem Wächter gehörten, der nach dem Einbruch gestern abend die Aufgabe hatte, das Theater zu bewachen, und nun die Türen kontrollierte, aber es war vergebens. Sie konnte nicht hören, wie die Tür geöffnet und wieder geschlossen wurde, aber leise Schritte näherten sich, verharrten in der Garderobe der Frauen, kehrten auf den Flur zurück und kamen näher, immer näher. Nun wurde die Tür aufgeschoben. Rosina hörte das kleine schabende Geräusch über einer der unebenen Bohlen. Sie atmete nicht. Gleich würde ihr hämmerndes Herz aufhören zu schlagen, gleich … Da griff eine kalte, feste Hand nach ihrem Nakken, und mit einem gellenden Schrei begann Rosina wild um sich zu schlagen.

«Was soll ich nur tun?» Claes ging mit heftigen Schritten im Salon auf und ab und schlug immer wieder mit der Faust in die flache Hand. «Was soll ich nur tun? Warum ist er so? Er benimmt sich wie ein Fremder. Als würden wir ihn hier gefangenhalten und nur darauf warten, ihm zu schaden. Verdammt, er schadet uns. Seit Niklas wieder zu Hause ist, gibt es nichts als Ärger und Unruhe. Er müßte sich doch freuen, endlich wieder hier zu sein.»

«Psst!» Anne legte den Finger auf den Mund. «Es wäre nicht gut, wenn er dich jetzt hört.»

«Nicht gut? Der Lausekerl hat sich nicht einmal entschuldigt. Er ist einfach rausgelaufen. Und jetzt hockt er bei Augusta und heult sich aus. Ich werde mit ihr sprechen. Sie darf nicht zulassen, daß er sich immer hinter ihren Röcken verkriecht, anstatt sich wie ein vernünftiges Familienmitglied zu benehmen. Und wie er spricht! Hast du je einen Jungen getroffen, der so spricht? Wie ein Missionar. Und ewig sitzt er über irgendwelchen Büchern, anstatt mit den anderen Jungen draußen zu sein.»

Es hatte begonnen, als die ganze Familie Herrmanns vom Kirchgang in das Haus am Neuen Wandrahm zurückkehrte. Eigentlich war gar nicht viel passiert. Im Salon stand ein Frühstück bereit, und erst als Claes von dem gebratenen Schinken und dem gerösteten Weizenbrot auf seinen Teller lud, stellte er fest, daß Niklas fehlte. Niemand wußte, wo er war, und als Blohm, den Claes geschickt hatte, den Jungen zu suchen, endlich mit ihm zurückkam, war die steile Falte über Claes' Stirn schon eine tiefe Furche. Annes und Augustas Versuche, eine heitere sonntagvormittägliche Plauderei zu beginnen, waren kläglich an seinem dröhnenden Schweigen gescheitert. Christian, der heute mit seinen Gedanken sowieso nicht bei diesem Frühstück war, hatte aus dem Fenster gesehen und von der dicken Stimmung nur wenig bemerkt. Und dann öffnete sich die Tür, und Niklas stand da, ohne Rock, die ehemals sorgfältig polierten Schuhe mit den silbernen Schnallen, die weißen Wadenstrümpfe und die Kniehosen schmutzig wie ein Fleetsucher. Claes starrte seinen Sohn an, und bevor Anne ein versöhnliches Wort sagen konnte, hatte das Donnerwetter schon begonnen.

«Wo bist du gewesen, Niklas? Wenn die Familie sich zu Tisch setzt, hast auch du dich zu Tisch zu setzen, und wenn du glaubst, daß du einfach deiner Wege gehen kannst und nicht einmal um Erlaubnis dafür bittest, ganz zu schweigen von einer Entschuldigung für dein tölpelhaftes Betragen, hast du dich geirrt. Also! Wo bist du gewesen?»

Niklas starrte ihn an wie ein Hase den Schweißhund, sein Mund zitterte, aber das sah Claes nicht. Er sah ein Kindergesicht, verschlossen und abwehrend, mit verächtlich herabgezogenen Lippen.

«Wo du gewesen bist! Und wo du dich am heiligen Sonntag so schmutzig gemacht hast, will ich wissen.»

«Vater», wagte Christian sich einzumischen, «du siehst ja, er war im Stall.»

«Das kann ich in der Tat sehen. Und riechen. Aber ich will es von ihm selber hören. Und warum jetzt, wo alle am Tisch sitzen und auf den jungen Herrn warten? Kannst du nicht reden?»

«Ich war im Stall», flüsterte Niklas.

«Im Stall, aha. Und warum jetzt? Warum konntest du nicht später gehen oder um Erlaubnis bitten?»

«Weil ...» Niklas schluckte, und eine dicke Träne rann

über seine Wange. «Weil ...» Er drehte sich abrupt um und stolperte in wilder Hast hinaus, seine Schritte hallten auf der Treppe zum ersten Stock, auf der Treppe zum zweiten Stock, eine Tür fiel ins Schloß, und dann war es sehr still.

«Grandios», sagte Augusta und erhob sich. «Auch wenn du plötzlich den altväterlichen Tyrannen hervorkehrst und es dir gewiß nicht recht ist, werde ich jetzt nach deinem zitternden Sohn sehen. Denkst du eigentlich manchmal daran, daß er noch ein Kind ist?»

Wieder fiel eine Tür ins Schloß.

«Ich will mich gar nicht einmischen, Vater», begann Christian vorsichtig. «Ich weiß ja, er ist ein seltsamer kleiner Kerl und nicht sehr zugänglich. Aber ich glaube nicht, daß er sich eine Frechheit erlauben wollte. Bella fohlt, und er hat schon gestern an nichts anderes gedacht, also ist er wohl gleich hingelaufen und hat völlig vergessen, daß wir hier auf ihn warten. Wie Tante Augusta sagt, er ist noch ein Kind.»

«Ein Kind? Er ist zwölf Jahre alt.»

«Mit mir warst du nie so streng.»

Claes schwieg. Er stand am Fenster, sah hinunter auf das Fleet und wehrte sich mit all seiner Kraft gegen ein äußerst unangenehmes Gefühl von Scham. Die Wut hatte ihm sehr viel besser gefallen. Warum war er nur so zornig geworden, als Niklas den Raum betreten hatte? Wohl kaum wegen der paar Minuten Unpünktlichkeit. Weil er ihm nicht die Liebe und den Respekt gewährte, den ein Vater von seinen Kindern erwartete? Weil er ihm zeigte, daß es eben doch etwas gab, das Claes Herrmanns nicht schaffte? Weil er Maria immer ähnlicher wurde?

«Soll ich trotzdem mit ihm zum Wandsbeker Gestüt fahren?»

Claes drehte sich um und sah seinen älteren Sohn an, als hätten sich die Rollen vertauscht. «Ja, natürlich, fahr mit ihm zum Gestüt.» Er seufzte. «Und versuche, ihm einen schönen Tag zu machen. Manchmal bin ich der Tölpel, was?»

Christian grinste ihn an, aber er schwieg. Er traute der schnellen Einsicht nicht, und es war immer noch genug Zunder in der Luft; kein Grund, neue Funken hineinzuwerfen.

«Dann werde ich auch mal nach Bella sehen und Brooks sagen, daß er anspannen soll. Ihr entschuldigt mich gewiß.»

Anne war scheinbar ganz in die Betrachtung der zarten Streublumen, Schmetterlinge und Blättchen auf der Fayence-Terrine in der Mitte des Tisches versunken. Sie hatte ihren Mann schon zornig erlebt, aber diesmal war es anders gewesen. Natürlich mußte er Niklas darauf hinweisen, daß er pünktlich bei Tisch zu sein habe. Jedes Kind vergaß das mal oder hatte einfach Wichtigeres zu tun, als zu essen und feine Manieren zu üben. Aber dieser völlig unangemessene Ausbruch war nicht nach seiner Art. Oder kannte sie ihn nur nicht gut genug? Es stimmte, seit Niklas' Rückkehr war die Stimmung in diesem Haus stets wie kurz vor einem großen Gewitter. Heute hatte es sich zum ersten Mal entladen, aber es würde kaum etwas besser machen.

Claes hatte sich wieder umgedreht und sah aus dem Fenster, so stellte sie sich neben ihn und sah ebenso aus dem Fenster.

«Ich überlege auch seit Wochen», sagte sie, als genug geschwiegen war, «was ich falsch mache, Claes. Ich verstehe ja nur wenig von Kindern. Aber ich denke, sie sind nicht viel anders als andere Menschen, nur komplizierter und gewiß verletzlicher. Aber was hat dich heute so furchtbar geärgert? Es war doch eigentlich eine Lappalie.»

«Beim Himmel, Anne, es tut mir schon leid. Ich weiß nicht, welcher Teufel mich geritten hat, aber ich war plötzlich nur noch zornig, und das machte mich immer noch zorniger. Er ist mir so fremd. So feindlich. Ich will nicht, daß er so ist.»

Sie nahm seine Hand und legte sie für einen Augenblick an ihre Wange. «Ich glaube, er will das auch nicht», sagte sie dann. «Ich will dir etwas erzählen, vielleicht verstehst du ihn danach ein wenig besser. Es ist eine sehr schöne Geschichte. Als ich vor einigen Tagen mit ihm im Garten in Harvestehude war – er gibt es zwar nicht zu, aber ich bin sicher, daß er heimlich ein kleiner Botaniker ist –, nun, wir waren also im Garten, und da haben wir einen Igel gesehen. Bis dahin hatte ich wie ein munterer Wasserfall geplaudert, er wie eine Mauer geschwiegen, so wie es oft mit uns ist. Und mit euch, nur daß ihr für gewöhnlich beide schweigt. Doch nun war Niklas für einige Minuten tatsächlich ein Kind. Er lief dem Igel nach, ich glaube, er hatte nie zuvor einen gesehen, und als er ihn eingeholt hatte, rollte sich das kleine Stacheltier zu einer uneinnehmbaren kugelrunden Festung zusammen. Zuerst versuchte Niklas, ihn mit einem Stecken zu öffnen. Aber dann warf er den Stecken weg, hockte sich neben das Tier und betrachtete es. Er sah es einfach nur an. Aber nicht mit diesem sezierenden Blick, der uns so oft trifft, sein Blick war weich, zärtlich fast. Er strich ganz vorsichtig mit den Fingerspitzen über die Stacheln, dann stand er auf und erklärte, der Igel habe sich verirrt, wenn er wieder zu Hause sei, habe er bestimmt keine Angst mehr.»

«Du willst damit sagen, daß auch in diesem kleinen Eiszapfen eine zarte Seele steckt?»

«Ach, mein Lieber, auch bei dir muß man manchmal suchen, bis ein Zipfelchen deiner weichen Seele zum Vorschein kommt.» Sie schüttelte lächelnd den Kopf. «Das wollte ich damit auch sagen, aber vor allem etwas anderes. Du denkst, dein Sohn ist wieder zu Hause, und alles ist gut. Aber schlüpfe doch einmal in seine Haut ...»

«Ich versuche nichts anderes, seit Augusta ihn zurückgebracht hat. Grundgütiger ...» Er ließ sich auf die Chaiselongue fallen und schlug ungeduldig mit der flachen Hand auf das Polster. «Ich habe wohl kein Talent für solche Angelegenheiten.»

«Vielleicht ist es mehr eine Frage der Geduld?» Anne setzte sich neben ihn und strich leicht über seine unruhige Hand. «Denk an den Igel. Er hat sich nur verirrt. Wenn er wieder zu Hause ist, hat er keine Angst mehr. Niklas ist auch nicht zu Hause. Er war so lange bei Cornelia, du bist ihm fremd geworden, Christian gewiß auch, Sophie ist nicht mehr da. Und auch Maria», fuhr sie nach einer kleinen Pause fort. «Wo er seine Mutter gewohnt war, bin jetzt ich, eine Fremde. Er weiß nicht mehr, wo er hingehört. Augusta ist die einzige von uns, die ihm vertraut ist, weil sie im letzten Jahr so viele Monate in Köln gelebt hat. Nimm ihm nicht Augustas Röcke, wie du es nennst. Er ist ja kein Hasenfuß, er ist nur ein Kind in einer unbekannten Welt. Und deine Schwester», sie hüstelte mit gekrauster Nase, «lebt und denkt auch ein wenig anders als du. Nun denkt und spricht er wie Cornelia. Und findet das Theater unchristlich.» Plötzlich lachte sie. «Es ist doch auch ganz komisch, findest du nicht? Vielleicht sollten wir Agnes' Cousine recht häufig einladen. Magdalena würde er gewiß gleich lieben.»

Claes fand das überhaupt nicht komisch. Sein Sohn war ihm unheimlich. Ein fremder kleiner Mensch mit inquisitorischen Augen. Er hatte Cornelias Bitten, Niklas noch ein wenig länger in Köln zu lassen, jedesmal bereitwillig nachgegeben. War es so nicht am praktischsten gewesen? Aber er hatte sein Kind doch immer zurückhaben wollen, irgendwann, wenn es für alle am besten war.

«Ich werde nicht dulden, daß er uns beleidigt.»

Anne seufzte. «Nein, natürlich wirst du das nicht dulden. Aber bisher hat er das nicht getan. Er ist bis auf diesen Ausrutscher heute, der, wie ich finde, endlich hoffen läßt, nur so höflich, daß es fast ungezogen ist. Dagegen werden aber väterliche Verbote und Strafpredigten kaum helfen.»

«Was hilft sonst?»

«Ich habe keine Ahnung. Ich glaube, wir leben einfach wie immer. Natürlich darf er nicht ungezogen sein, aber vor allem muß er merken, daß er hier willkommen ist, daß hier sein Zuhause ist und daß du ihn als deinen Sohn liebst. Auch wenn du dir gewöhnlich alle Mühe gibst, ihn das nicht merken zu lassen.»

«Ist es so schlimm?»

«Meistens.»

«Ist es denn kein Zeichen väterlicher Liebe, daß er sich heute ein Pferd aussuchen darf?»

«Das ist es ganz sicher, allerdings weiß er noch nichts von seinem Glück. Und außerdem, als du dir dieses Geschenk als Überraschung einfallen ließest, wolltest du ihn damit vor allem von seinen Büchern fortlocken. Da wußtest du noch nicht mal, daß er für eine unpassende Viertelstunde im Pferdestall einen Krach mit dir riskiert. Nein, nun mach nicht wieder so ein Gesicht, als glaubtest du, er habe es aus reiner Bosheit getan. Er hat über Bellas Fohlen einfach alles andere vergessen. Wie warst du denn als Junge? Wäre es dir nicht genauso gegangen? Freu dich doch, daß er mit seinen zwölf Jahren nicht nur ein Bücherwurm ist.»

Als Claes wenig später die Treppen hinaufstieg, um seinem jüngsten Sohn zu erklären, er sei «ein wenig unwirsch» gewesen, es tue ihm leid, aber er, Niklas, müsse sich andererseits auch an die Familienregeln halten, und ob es ihn freuen würde, ein eigenes Pferd zu haben, fand er wieder einmal, daß er eine kluge Frau geheiratet hatte. Auch eine anstrengende, aber doch nicht zu anstrengende. Meistens.

Als es ihm endlich gelungen war, Abstand zwischen sich und Rosinas Fausthiebe und Fußtritte zu bringen, warf David Rhye einen Blick in den Spiegel. Sein linkes Auge schwoll in beeindruckender Geschwindigkeit zu. Auch seine Oberlippe sah seltsam aus, und daß sein Gesicht nicht von blutigen Kratzern durchzogen war, lag nur an der Länge und Stärke seiner Arme. Fünfmal hatte er ihren Namen rufen müssen, bevor Rosina ihn erkannte und aufhörte, um sich zu schlagen wie ein Wild in der Falle.

Als er schließlich wagte, sie loszulassen, drückte sie sich in die hinterste Ecke der Garderobe, griff nach einer großen Schere und hielt sie, mit beiden Händen auf ihn gerichtet, vor ihre Brust. Sie zitterte; er war nicht sicher, daß sie nicht doch zustoßen würde, wenn er ihr wieder zu nahe käme. Also setzte er sich auf einen Hocker gleich neben der Tür, so weit von ihr entfernt, wie es in dem nicht sehr großen Raum möglich war, und begann ruhig zu sprechen. Ihre Augen erinnerten ihn an die der jungen Pferde, die nach ihrer freien, wilden Jugend in den Hochmooren südwestlich von Bristol eingefangen und zum erstenmal ins Zaumzeug gezwungen wurden, um zu braven Zugtieren abgerichtet zu werden.

«Beruhigt Euch doch, Rosina.» Er hob ergeben beide Hände, als könne er damit beweisen, daß er friedlich und ungefährlich sei. «Es tut mir leid, daß ich Euch so erschreckt habe. Ich wußte ja nicht, daß Ihr es seid, ich dachte, alle seien in der Kirche. Könntet Ihr nicht wenigstens die Schere wieder auf den Tisch legen? Nein? Nun gut, wie ich schon sagte, ich dachte, alle seien in der Kirche, und als ich vom Hof aus einen Schatten hinter den Fenstern sah, fürchtete ich, ein Dieb sei hier eingedrungen. Ihr habt doch auch gedacht, ich sei ein – Himmel, wir haben beide gedacht, daß sich hier Lorettas Mörder herumtreibt.»

«Wenn Ihr das auch gedacht habt, war es sehr dumm von Euch, hier hereinzuschleichen. Ein vernünftiger Mensch hätte die Wache gerufen, bis zum Gänsemarkt sind es keine fünfzig Schritte. Sagt mir einen guten Grund, warum Ihr das nicht getan habt, und dann lege ich die Schere *vielleicht* auf den Tisch.»

«Der einzige Grund ist meine Neugier. Zugegeben, kein sehr vernünftiger Grund. Vielleicht gefällt es Euch besser, wenn wir es Eitelkeit nennen? Stellt Euch vor, ich hätte ihn erwischt. Seyler hätte mir zum Dank glatt den doppelten Lohn zahlen müssen. Dann hätten die Leute zwei Gründe gehabt, unsere Kasse zu stürmen: die Stätte des Grauens zu betreten und den Helden zu sehen, der den Unhold zur Strecke gebracht hat. Und vor allem zu hören, denn ich bleibe doch lieber Violinist, auch wenn der edle Seyler mir dann bestimmt eine von Ekhofs größten Rollen angeboten hätte, damit mich auch jeder und vor allem jede in ganzer Größe bewundern könnte. Täuscht mich das matte Licht, oder lächelt Ihr wirklich?»

Rosina lächelte, wenn auch nur so leicht, daß es in der Tat kaum zu erkennen war. Ohne ihn aus den Augen zu lassen und vorsichtig, als sei sie aus hauchfeinem chinesischem Porzellan, legte sie die Schere auf den Tisch, aber sie setzte sich nicht auf den Stuhl, den er ihr, immer noch mit gebührendem Abstand, zuschob. Wagner und Herrmanns hatten recht. Sie konnte sich von niemandem wirklich vorstellen, daß er Menschen tötete. Und David?

Warum denn nicht David? Sie wußte nichts von ihm, als daß er wunderbar Violine spielte und aus Bath gekommen war. Nur weil ihr Herz manchmal, und wirklich nur manchmal, ein wenig zu heftig klopfte, wenn er sie aus diesen dunklen Augen ansah, mit diesem Gesicht, das eher das eines Freibeuters als eines Violinisten zu sein schien? Sie sah auf seine Hände, und wieder lief ein kaltes Rieseln über ihren Rücken. Waren das die Hände, die Lorettas Hals umfaßt und gebrochen hatten? Einfach gebrochen, als wäre er aus Reisig? Jemand, der sich darauf versteht, der weiß, wie man so etwas macht, hatte Wagner gesagt. Und konnten Hände, die eine Violine so betörend singen ließen, kaltblütig töten? Was hatte Charlottes Mutter gesagt? Wer schön ist, muß auch eine schöne Seele haben. So einfach war es wirklich nicht. Sie wünschte, ihr Mißtrauen würde ein wenig mehr von ihrem Verstand bestimmt. Aber weil es eben nicht so war, ließ sie sich langsam auf den Stuhl gleiten, ließ sie es auch zu, daß er aufstand, den gold- und pelzbesetzten Mantel aus rotem Samt von der Kostümstange nahm und ihr wärmend über die Schultern legte. Dann kehrte er zu seinem Hocker zurück. Sein Gesicht wurde wieder ernst, und er sagte: «Ich war im Orchester, als es geschah. Ihr wart auf der anderen Seite der Bühne, wie wir alle sehen konnten, als Ihr nach Madame Hensels Schrei quer durch die Szene sprangt. Ist das nicht genug, daß wir einander vertrauen können?»

«Aber warum seid Ihr hier? Jetzt, wo sonst niemand hier ist?»

Er grinste breit. «Niemand? Ihr seid auch hier. Ich wollte zu meinen neuen Noten, ich habe sie erst gestern mit der Post aus Wien bekommen. Es sind Noten für einige Arien aus einer ganz neuen Oper. Und weil ich einen ungeduldigen, außerordentlich unmusikalischen Wirt habe, will ich hier üben. Den Schlüssel für die Tür habe ich gestern abend von Seyler persönlich bekommen. Ihr seht, ich kann Euch nichts antun, Seyler würde wissen, daß ich es gewesen bin. Nun ist die Reihe an Euch. Warum seid Ihr hier?»

Die Antwort auf diese Frage hatte Rosina sich schon überlegt. «Ich wollte Lorettas Beutel suchen, sie trug ihn immer bei sich, aber er ist verschwunden. Ich dachte, vielleicht ist ein Brief darin, irgend etwas Persönliches, das uns weiterhilft. Niemand wußte viel von Loretta, und es muß doch einen Grund geben, warum jemand glaubte, sie töten zu müssen.»

David dachte nach. Dabei sah er sie an, ohne sie zu sehen, und unter seinem abwesenden Blick wurde ihr unbehaglich. «Wie seid Ihr überhaupt hier hereingekommen?» fragte er schließlich.

Die Sache mit dem Fenster, das ganz zufällig nicht richtig verriegelt gewesen war, hörte er sich zwar an, aber offensichtlich nur mit halbem Ohr.

«Nicht richtig verriegelt», murmelte er, «sehr praktisch.» Dann wurde sein Blick wieder fest, und er fuhr fort: «Ich habe gerade überlegt, Rosina, ob ich Euch davon erzählen soll. Ich will Euch nicht noch mehr beunruhigen, und wahrscheinlich ist es nur ein Zufall. Vielleicht wißt Ihr, daß ich aus Bath hierherkam, einem Badeort voller Adel und anderer reicher Leute im Südwesten Englands, nicht weit von Bristol. Bristol ist eine große Hafenstadt, nicht wie London, aber doch sehr bedeutend, und von dort geht der meiste Überseehandel nach den amerikanischen Kolonien. Aber das tut hier gar nichts zur Sache.»

Sein Blick war aus dem Fenster gewandert, und Rosina fragte sich, ob er sich wie sie nach seinen alten Freunden sehnte. Oder nach einer Freundin.

«In Bristol», fuhr er schließlich fort, «wurde vor anderthalb Jahren auch ein Theater eröffnet, auf fast genau die gleiche Weise wie hier in Hamburg. Auch dort waren es Kaufleute, die das Geld dafür gaben, allerdings eine Gruppe von äußerst erfolgreichen und nur wegen der Kunst theaterbegeisterten Kaufleuten; es hat von Anfang an Furore gemacht und hatte niemals Probleme, seine Plätze zu verkaufen. Aber am Eröffnungsabend, wir waren mit einigen Musikern aus Bath gekommen, um das Orchester zu verstärken, weil es noch nicht komplett war, wurde dort auch ein junges Mädchen getötet. Allerdings erst nach der Vorstellung, als nur noch einige, die ganz Unermüdlichen von uns, auf der Bühne den Erfolg feierten. Ich weiß nicht genau, wer sie war, irgendeine Schankmagd aus einer der Schenken am Hafen in der Nähe. Ich glaube, sie war eine Fremde, ein Mädchen vom Kontinent. Das ist nichts Besonderes. Von Bristol gehen viele Schiffe nach den amerikanischen Kolonien. Deshalb sind immer viele Fremde in der Stadt. Manche versuchen erst dort, das Geld für die Überfahrt zu verdienen. Vielleicht war sie auch so eine. Was jedoch das Bedeutsame daran ist: Sie wurde auf genau die gleiche Weise getötet. Jemand brach ihr das Genick. Schnell und lautlos.»

Rosina schwieg. Sie sah ihn an wie eine schwarze Wand, versuchte in seinen Augen zu lesen, aber sie blickten nur warm und sorgenvoll, und für einen Moment war ihr Mißtrauen völlig verschwunden.

«Auf genau dieselbe Weise», sagte sie rauh. «Und Ihr glaubt, daß der, der dieses Mädchen ... So ist er nicht gefaßt worden?»

«Doch. Sie haben ihn gleich gefaßt, noch in derselben Nacht, und bald gehenkt. Er war ein junger Glasbläser, der das Mädchen sehr geliebt hatte und von ihm abgewiesen worden war. Aber er hat die Tat nie gestanden, sondern immer seine Unschuld beteuert. Und vielleicht», er atmete tief aus, als habe er eine schwere Last zu lange getragen, «vielleicht haben sie in Bristol tatsächlich den Falschen gehenkt.»

Alle Wärme in seinen Augen war nun verschwunden, und Rosina war nicht sicher, ob es klug gewesen war, die Schere so schnell zurück auf den Tisch zu legen.

SONNTAG, DEN 11. OKTOBER,
MITTAGS

Die große Standuhr schlug gerade halb zwölf, als Blohm die Salontür öffnete und Weddemeister Wagner meldete. Wagner trug den dunkelblauen Rock seiner Uniform, Claes hatte ihn nie in einem anderen gesehen, und doch sah er heute sonntäglicher aus als sonst. Vielleicht lag es an der frisch gestärkten Halsbinde, an dem besonders glatt rasierten, rundlichen Kinn oder einfach an dem würdevollen Ausdruck seines Gesichts, hinter dem er sein Unbehagen über die vornehme Umgebung verbarg. Claes konnte sich gut daran erinnern, wie Wagner geschwitzt hatte, als Senator van Witten ihn im letzten Jahre zum ersten Mal in dieses Haus brachte. Sie hatten im Kontor gesessen, und der kleine, dicke Weddemeister war ihm nicht besonders schlau erschienen. Inzwischen wußte er, daß das ein Irrtum gewesen war. Wenn Wagner nun auch nicht mehr jedesmal schwitzte, sobald er dem Freund des Senators gegenübertrat, war ihm doch deutlich anzumerken, daß er ein Gespräch im Kontor der privaten Umgebung dieses Salons vorgezogen hätte.

«Nehmt Platz, Wagner, sucht Euch einen Stuhl aus. Irgendeinen. Ah, da kommen ja auch die Damen.»

Anne und Augusta traten ein, gefolgt von Betty, die sichtlich angestrengt ein großes Tablett mit Kaffeegeschirr und einem Teller mit Mandelmakronen und kleinen Aniskuchen trug. Sie begrüßten Wagner freundlich.

«Es ist gut, Betty, vielen Dank», sagte Anne, als alle um den Tisch saßen. «Ich werde uns heute selbst bedienen. Und mach die Tür gut hinter dir zu.»

Das tat Betty, wenn auch tief enttäuscht. In der Küche warteten alle darauf, was sie zu erzählen haben würde, und nun hatte sie nichts zu erzählen, als daß der Weddemeister heute nicht schwitzte. Darüber würden zwar alle lachen, aber es waren nicht die erhofften Neuigkeiten über Mademoiselle Lorettas Mörder, den der Weddemeister gestern abend ins Loch gesteckt hatte.

Alle waren da, Anne, Claes, Augusta und Wagner. Nur Rosina fehlte. Man wolle noch ein wenig warten, bestimmte Claes, es mache ja keinen Sinn zu beginnen, nur um bald darauf noch einmal von vorn zu erzählen. Nachdem die neuesten Nachrichten über das Wetter, die Ameisenplage in einigen Regionen Südfrankreichs, den Untergang eines vollbeladenen Dreimasters vor den westindischen Inseln und die immer frecher werdenden Räuberbanden in Charles Town/Carolina ausgetauscht waren, vertröpfelte das Gespräch unbehaglich.

Schließlich seufzte Augusta und sah auf die Standuhr.

«Eine halbe Stunde», sagte sie. «Das ist nicht ihre Art, sie ist sonst immer pünktlich.»

«Vielleicht ist sie im Theater aufgehalten worden», sagte Claes.

Aber alle wußten, daß das Theater geschlossen war. Löwen würde es nicht wagen, am Sonntag eine Probe anzusetzen.

«Vielleicht ...», begann Anne. Aber ihr fiel nichts ein. Alle hatten sich in den letzten Tagen Sorgen um Rosina gemacht, aber je länger der Mittwoch her war, um so leichter wurden die Sorgen, und nun, da Lukas in der Fronerei eingesperrt war, gab es keinen Grund mehr, um ihre Sicherheit zu fürchten.

Anne war Rosina zuletzt bei Lorettas Beerdigung begegnet, gestern vormittag, und hatte dort auch dieses Treffen verabredet, um zu besprechen, was inzwischen geschehen war. Wagner hatte sie am Nachmittag mit Charlotte im Theater getroffen. Lukas war zwar arretiert, aber zum einen war das erst spät am Abend gewesen, und zum anderen war noch nicht sicher, ob er wirklich der war, den alle suchten.

Gerade als Claes aufstand, um nach Blohm zu rufen, damit er Benni zum Haus der Krögerin schickte, hörten sie eilige Schritte auf der Treppe. Die Tür flog auf, und Rosina trat ein, die dicken blonden Locken zerzaust, das Gesicht so gerötet, daß die dünne weiße Narbe auf ihrer Wange deutlicher als sonst hervortrat, die Schuhe feucht und schmutzig – Rosina war eindeutig in zu großer Eile gewesen, um auf Pfützen oder verrutschende Kämme und Bänder zu achten.

«Verzeiht», sagte sie, immer noch atemlos, «ich habe nicht auf den Glockenschlag geachtet. Ich hoffe, Ihr habt nicht zu lange gewartet.»

Alle waren erleichtert und versicherten, es mache gar nichts aus, schließlich sei heute Sonntag, und so eine kleine halbe Stunde sei wirklich nicht der Rede wert. Aber es sei doch gut, daß sie nun hier sei, und ob sie vielleicht ihre nassen Schuhe gegen ein Paar von Annes tauschen wolle?

Endlich konnte Wagner beginnen. Er berichtete, Lukas Blank habe gestern abend gestanden, er sei tatsächlich kurz vor Lorettas Tod in den Kulissen gewesen, jedoch nur, um sich bei Mademoiselle Grelot für einen unsinnigen Streit, den er vor der Vorstellung mit ihr gehabt hätte, zu entschuldigen. Er sei nur einige Augenblicke dort geblieben, denn er habe gleich gemerkt, daß sie mit dem Einhelfen beschäftigt war und nicht gestört werden durfte. Deshalb, so behaupte er, habe er sich gleich wieder davongemacht. Das habe ihm natürlich niemand geglaubt, und heute morgen, in aller Frühe, als Wagner ihn zum zweiten Mal verhörte, habe er schon eine neue Geschichte parat gehabt.

«Eine unglaubliche Geschichte», sagte Wagner und vergaß darüber ganz, von dem Aniskuchen abzubeißen, den er schon seit geraumer Zeit in den Fingern hielt, «wirklich unglaublich. Obwohl, wenn man bedenkt, vielleicht auch nicht. Also: Er hat gesagt, Mademoiselle Grelot habe ihn dazu verführt, seinem Dienstherrn, dem Kattundruckereibesitzer Schwarzbach, ein Buch mit Kattunmustern zu stehlen. Er behauptet, es am Mittwoch, bald nachdem Schwarzbach sein Kontor verlassen habe, aus der Truhe im Kontor gestohlen zu haben. Sonst habe er nichts genommen, das schwört er, man könne ja auch seine Kammer durchsuchen. Und das zeige doch, daß er es nur für seine Geliebte getan habe. Hätte er für sich stehlen wollen, was ihm natürlich niemals eingefallen wäre, hätte er doch auch die Münzen mitgenommen. Das

Schloß der Truhe sei defekt, das wüßten alle. Und überhaupt, sagt er, sei eigentlich Schwarzbach selbst schuld an alledem, weil er zu geizig wäre, den Schlosser zu holen. Blank macht sich das Leben offenbar sehr einfach.»

Rosina nickte grimmig. Sie dachte daran, daß die Leute auch immer sagten, die Komödiantinnen seien selbst schuld, wenn man sie für Huren hielte. Denn warum mußten sie sich auch auf der Bühne zur Schau stellen? Erst dann begriff sie richtig, was Wagner da gerade erzählt hatte.

«Ein Musterbuch, sagt Ihr? Hat er das gesagt, ein Musterbuch aus Schwarzbachs Truhe?»

«Das hat er gesagt. Natürlich bin ich gleich zu Schwarzbach gegangen, noch vor dem Kirchgang, er war nicht sehr erfreut. Aber dann hat er zugegeben, daß das Musterbuch verschwunden ist. Ich sage zugegeben, denn es wäre ja seine Pflicht gewesen, den Diebstahl gleich der Wedde zu melden. Er hat es schon am Donnerstagmorgen bemerkt.»

«Und warum hat er es nicht gemeldet?» fragte Claes. «Das macht doch keinen Sinn.»

Wagner, der endlich ein Stückchen seines zerkrümelten Kuchens in den Mund geschoben hatte, schluckte eilig die Brocken hinunter. «Er hatte seine Gründe. Ich mußte sehr eindringlich fragen, bevor ich die Wahrheit hörte. Wenn es die Wahrheit ist. Mir erscheint das alles recht dubios, und wer weiß, vielleicht haben sie gemeinsame Sache gemacht, was allerdings noch weniger Sinn ergibt.»

«Aber was hat er denn nun gesagt?» Anne saß auf der Stuhlkante und fand Wagner in diesem Augenblick wieder unerträglich langsam und geschwätzig.

Schwarzbach habe gleich den jungen Blank im Verdacht gehabt. Der habe häufig Schulden, lebe über seine Verhältnisse. «Und außerdem – für dieses Bekenntnis mußte ich ihm erst sehr deutlich machen, daß es gegen das Gesetz sei, einen Dieb zu schützen –, außerdem habe er, Schwarzbach, dem jungen Blank, der ja der Sohn eines verstorbenen Manufakteurs sei, nur eben ein wenig leichtfertig und vom Wege abgekommen, er habe ihm und vor allem seiner Schwester, einer hochanständigen und äußerst talentierten jungen Dame, die Gelegenheit geben wollen, den Schaden wiedergutzumachen. Er hat Freda Blank aufgefordert, ihren Bruder dazu zu bringen, das Buch zurückzugeben.»

«Das verstehe ich nicht», sagte Anne. «Wieso war er so sicher, daß der Drucker das Buch genommen hatte? Und warum hat er ihn nicht selbst dazu aufgefordert, warum der Umweg über seine Schwester? Dachte er, sie habe auch etwas mit dem Diebstahl zu tun?»

«Das wies er weit von sich. Er hat ständig beteuert, wie ehrenwert Mademoiselle Blank ist.»

Claes hätte das gerne bestätigt. Er hätte auch gerne bestätigt, wie kostbar das Musterbuch aussah. Das konnte er natürlich nicht, und er sorgte sich, ob Schwarzbach nun noch in der Lage sein würde, die Stoffe für Anne zu drukken. Der Gedanke, die Muster in einer anderen Druckerei noch einmal auszuwählen, machte ihm nicht gerade Freude. Aber Fredas Beratung und sicherer Geschmack hatten ihm geholfen, bei einer zweiten Wahl würde er immerhin schneller entscheiden können.

«Das ist alles schön und gut», sagte Augusta, die bisher schweigend zugehört hatte. «Aber was hat Blank gesagt, warum er in den Kulissen gewesen ist? Das ist doch im Augenblick am wichtigsten. Hat er ihr da das Buch gebracht? Das wäre doch recht ungünstig gewesen.»

«Nein, Madame Kjellerup, er hat ihr das Buch schon vorher gegeben, bei der Begegnung im Theaterhof. So sagt er jedenfalls. Bald darauf ist er in die Vorstellung gegangen, und da, so sagt er, hat er all die ehrenwerten Menschen in den Logen gesehen, die braven Bürger, so drückte er sich aus, und habe sich seiner guten Herkunft erinnert. Seines bedauernswerten Vaters, den er so verehrt habe. Ja. Und da hat er erkannt, wie niedrig es ist, sich wegen einer Leidenschaft zu einer so verwerflichen Tat verführen zu lassen.»

«Monsieur Blank», sagte Rosina, «hätte nicht Kattundrucker werden, sondern zum Theater gehen sollen.»

«Sehr wahr», Wagner nickte ernst. «Sehr wahr. Je mehr er redet, um so unwahrscheinlicher wirkt, was er behauptet.»

«Dann kann er wohl doch kein so guter Schauspieler sein», warf Claes ein. «Was wollte er hinter der Bühne, nachdem er sich so ehrenwert besonnen hatte?»

«Er wollte Mademoiselle Grelot ...», Wagner schob die vielen kleinen Zettel auseinander, die er vor sich auf den Tisch gelegt hatte, fischte den richtigen heraus und las vor: «... bitten, anflehen, beknien. Sie sollte ihm das Buch wiedergeben, weil er es noch in dieser Nacht zurücklegen wollte. Nur dann würden der Diebstahl unbemerkt und seine Ehre unbefleckt bleiben. Aber wie er schon vorher beteuert hatte, sei sie nicht ansprechbar gewesen, und weil er sie in guter und nicht in ärgerlicher Stimmung antreffen wollte, sei er wieder gegangen, allerdings mit der festen Absicht, sie nach der Vorstellung auf dem Heimweg abzupassen. Obwohl er wußte, daß sie nicht allein sein würde, weil, so sagte er, die Dame immer mit ihrer Freundin Mademoiselle Rosina heimgegangen sei.»

«Stimmt das, Rosina?» fragte Claes.

Rosina nickte. Das stimmte tatsächlich. Auch wenn

Loretta in einem ganz anderen Ruf gestanden hatte, war sie, seit sie mit Rosina das Zimmer bei der Krögerin teilte, stets gleich nach der Vorstellung mit ihr nach Hause gegangen.

«Zumindest ist nicht alles falsch, was er behauptet», sagte Claes. «Was das Ganze allerdings nicht durchschaubarer macht. Schwarzbachs Musterbuch ist verschwunden, das stimmt. Blank hat es gestohlen, das muß auch wahr sein, warum sollte er sich zu einem Diebstahl bekennen, den er nicht begangen hat?»

«Aber es ist überhaupt nicht sicher, ob er das Buch auf Lorettas Wunsch gestohlen hat!» rief Rosina, die plötzlich fürchtete, daß Loretta schließlich selbst an ihrem Tod schuld sein sollte. «Ich kann mir nicht denken, daß Loretta so etwas getan hätte.»

«Natürlich kannst du das nicht, Rosina», sagte Anne sanft. «Sie war deine Freundin. Aber du hast sie doch erst kurz und nur sehr flüchtig gekannt. Und sie hat ja schon früher ihrem Glück ein wenig nachgeholfen. Da unten im Elsaß.»

Rosina entzog ihr unwirsch ihre Hand. «Das ist wahr. Aber was hättest du damals in ihrer Situation getan? Du weißt nicht, wie es ist, wenn man keinen Pfennig besitzt, wenn man allein ist in einem fremden Land und ohne Schutz. Wärst du gegangen, ohne etwas mitzunehmen, das dir überleben hilft? Was bleibt sonst? Dich selbst zu verkaufen? Hättest du das lieber getan? Loretta war dem gerade entkommen, es war ihre eigene Entscheidung, dieses bequeme Leben aufzugeben. Sie hat nur mitgenommen, was ihr als Lohn vorenthalten worden war.»

Anne sah Rosina erschreckt an. «Natürlich hast du recht», sagte sie dann langsam und klang doch nicht sehr überzeugt, «natürlich. Nur weil sie damals etwas mitgenommen hat, mußte sie das nicht auch hier tun. Oder tun lassen.» Sie mied vorsichtig das Wort «stehlen».

«Es ist ja mehr als stehlen», sagte Claes, der sich solche zartfühlenden Gedanken nur selten machte. «Wer ein Musterbuch stiehlt, schadet dem Besitzer immens. Doch wer solche Verfahren oder andere Geheimnisse der Meister und Manufakteure ausspioniert und an andere weitergibt oder verkauft, ist viel schlimmer als einer, der Silberleuchter oder ein paar Goldstücke stiehlt. Spionage schadet auch dem gesamten Handel einer Stadt und muß sehr viel strenger bestraft werden als ein einfacher Diebstahl.»

Die Stimmung im Herrmannsschen Salon war nicht mehr im mindesten sonntäglich.

«Ich glaube», sagte Rosina, die sich langsam wieder beruhigte, «daß er das Buch gestohlen hat. Aber ich glaube nicht, daß er es in Lorettas Auftrag getan hat. Und falls er es ihr tatsächlich gegeben hat, dann gewiß nur zur Verwahrung, weil er ein unauffälliges Versteck brauchte. Ohne daß sie wußte, wie wertvoll das Buch war. Wer wäre schon auf die Idee gekommen, bei Loretta danach zu suchen? Aber ich glaube nicht einmal, daß er es ihr gegeben hat. Dann müßte es nämlich im Theater sein. Wenn er es ihr vor der Vorstellung im Hof gegeben hat – ich und auch einige andere haben ja gesehen, daß er sie dort traf und auch mit ihr stritt –, hatte Loretta keine Gelegenheit mehr, es wegzubringen. Sie konnte es nur im Theater lassen, in ihrem Beutel, in einem der Kostümkörbe, in irgendeiner Nische, irgendwo, wo sie an diesem Abend noch gewesen ist. Sie war nur im Theater, aber das Buch ist nicht dort. Das weiß ich genau. Ich bin nämlich gerade dort gewesen und habe alles durchsucht.»

Und so erzählte sie, während Wagners Stirn sich in immer tiefere Falten legte, doch noch von ihrem Treffen mit

Lukas in der Martinskapelle, von seiner seltsamen Geschichte von dem Buch seines Vaters und ihrer vergeblichen Suche danach. Die beunruhigende Begegnung mit David Rhye behielt sie für sich.

«Ihr hättet Wagner gleich von diesem Treffen berichten sollen», sagte Claes, dessen Stirn nicht viel anders aussah als Wagners. «Und am besten», fuhr er fort, «hättet Ihr es gar nicht erst verabredet. Jedenfalls nicht allein.»

«Aber ich dachte doch, es gehe ihm nur um seinen Kummer. In der Martinskapelle in St. Petri war ich sicher wie in Abrahams Schoß, es waren viele Menschen dort, und ich glaubte auch nicht, daß er wirklich etwas mit Lorettas Tod zu tun hatte. Und die Sache mit dem Buch seines Vaters kam mir dann so seltsam vor. Ich dachte, ich suche danach, und wenn ich es finde, kann ich es Euch immer noch sagen. Es wäre sonst nur unnötige Aufregung gewesen.»

Wagner seufzte, Anne seufzte, Claes schüttelte den Kopf, und Augusta sagte: «Aber das Theater war doch schon durchsucht worden, oder nicht?»

«Nicht sehr gründlich», gab Wagner zu, «es gab keinen Anlaß. Wir haben natürlich nach Dingen gesucht, die der Täter verloren oder sonst hinterlassen haben könnte, und nach Mademoiselle Grelots Sachen, auch nach ihrem Beutel, von dem Rosina sagte, daß sie ihn immer bei sich trug, aber wir haben ihn nicht gefunden. Nach anderen Dingen zu suchen, gab es, wie ich schon sagte, keinen Anlaß. Aber natürlich habe ich, gleich nachdem ich von Schwarzbach von der Sache erfuhr, meine Leute wieder ins Theater geschickt. Sie werden jetzt noch bei der Suche sein.»

Nachdem sie noch eine Weile die offenen Fragen und Widersprüche debattiert und beschlossen hatten abzuwarten, ob das Musterbuch nun gefunden werde, hatte niemand mehr ein angemessenes Interesse für Augustas Bericht von ihrem Besuch in Madame Bauers Salon. Nicht einmal Augusta selbst. So erzählte sie nur das Nötigste: wer zu dem Kreis gehörte, wer welche Haltung gezeigt hatte und daß man dort allgemein und ganz besonders Mrs. Bellham, Agnes Matthews Cousine, darauf bestanden hatte, mit diesen Pamphleten, die in der Stadt gegen das Theater und gegen die Schauspieler und Theaterunternehmer kursierten, nichts zu tun zu haben. Daß man im Gegenteil über die pöbelhafte Konkurrenz äußerst ungehalten war. Allerdings habe auch dort niemand eine Ahnung, wer der Schreiber dieser Zettel sei.

Dabei fiel Claes ein, daß er in Jensens Kaffeehaus Mr. Bellham gesehen und von Bocholt gehört habe, er sei wohl an den hiesigen Kattundruckereien und überhaupt am Kattunhandel und -druck interessiert. Was ja aber nicht verwunderlich sei, die Hamburger Kattunmanufakturen seien schließlich in ganz Europa bekannt. Gerade die Engländer, von denen der hamburgische Kattun ja meistens komme, suchten immer neue Handelsbeziehungen anzuknüpfen, so wie er auch gehört habe, daß Schwarzbachs Sohn mit gleichem Auftrag nach London und Bristol gereist sei. Auch Thomas Matthew sei erst kürzlich in solchen Geschäften unterwegs gewesen.

«Ansonsten», schloß er, «spricht man in den Kaffeehäusern, an der Börse und am Hafen schon kaum mehr von dem Mord. Was sich allerdings ganz gewiß schlagartig ändern wird, sobald sich herumspricht, daß Lukas Blank in der Fronerei sitzt.»

«Und habt Ihr Euch nach Reisenden aus Straßburg oder sonst aus dem Elsaß erkundigt? Sind welche in der Stadt?»

«Richtig, Rosina, das hätte ich fast vergessen. In Jensens Kaffeehaus habe ich von einigen gehört. Aber es sind junge Männer, die sich hier eher auf ihrer Bildungsreise als in Geschäften aufhalten. Ich habe selbst zwei gesehen, aber auch die sind wegen ihrer Jugend für diese Sache gewiß ganz unbedeutend. Lorettas früherer Galan müßte ja nun schon über dreißig oder zumindest nahe daran sein.»

Tatsächlich hatte er es von Anfang an für abwegig gehalten, daß Loretta aus vor vielen Jahren gekränkter Eitelkeit oder enttäuschter Liebe ermordet worden war. Er jedenfalls konnte sich nicht vorstellen, daß ein Mann so etwas tat.

Es war spät geworden, bald würden Christian und Niklas zurück sein. Vielleicht auch nicht, denn Anne hatte gefunden, Claes solle sich gleich heute ein wenig in Großzügigkeit üben und sie für den ganzen Tag von allen familiären Verpflichtungen entbinden. Aber aus der Küche schlich schon der Duft eines mit Thymian, Petersilie und Basilikum gewürzten Rinderbratens herauf, und Wagner schob seine Zettel zusammen, verstaute sie wieder in seinem Rock und versprach, Nachricht zu geben, sobald er Neuigkeiten erfahre.

«Und Rosina», sagte Augusta mit dem vertrauten, spöttisch blitzenden Lächeln, «Rosina wird das auch tun und keine einsamen Treffen mit fragwürdigen Herren mehr verabreden. Zumindest nicht, ohne vorher dafür zu sorgen, daß jemand in der Nähe ist, Euch notfalls beizustehen.»

Rosina nickte brav. «Ich werde mich bemühen. Aber mir ist gerade noch etwas eingefallen. Vielleicht ist es nicht von Belang, und vielleicht blüht meine Phantasie in diesen Tagen ein wenig zu stark, aber ich habe heute noch etwas Seltsames erfahren.»

Wagner setzte sich wieder, aber nur auf die Stuhlkante.

Der Bratenduft ließ ihn großen Hunger spüren, und er hatte es eilig. Im *Bremer Schlüssel* wartete vielleicht kein Rinderbraten, aber doch ein gutes Mittagessen aus Ruths nicht minder köstlich duftenden Töpfen.

«Es gibt im Orchester einen Violinisten», fuhr Rosina fort, «er ist auch erst einige Wochen hier, und er hat mir erzählt, daß es in Bristol ein ganz ähnliches Theater gibt wie das unsere. Schon seit mehr als einem Jahr.» Sie zögerte, plötzlich kam sie sich dumm vor. Überall auf der Welt wurden Mädchen getötet, warum sollte gerade der Mord in Bristol, in einer Stadt weit entfernt über dem Meer, etwas mit dem an Loretta zu tun haben? «Jedenfalls ist dort auch ein Mädchen getötet worden. Am Abend nach der Eröffnung.»

«Aha», sagte Claes und dachte genau, was Rosina selbst gedacht hatte.

«Sie gehörte gar nicht zum Theater. Sie brachte nur einen Korb mit Essen für einige der Schauspieler und Musiker, die noch auf der Bühne den großen Erfolg der ersten Aufführung feierten. Aber», Rosina schluckte und räusperte sich, sie sah wieder Lorettas Gesicht vor sich, den toten Körper in den Kulissen und die entsetzte Madame Hensel, «aber David sagt, sie sei auf genau die gleiche Art getötet worden wie Loretta. Und weil Ihr gesagt habt, Wagner, das sei eine besondere Art gewesen, dachte ich, es wäre gut, wenn Ihr es wüßtet.»

Das fand Wagner auch, und er nahm sich vor, diesen Musiker aus England, an den er sich sehr wohl erinnerte, noch einmal genauer zu befragen. Er hatte schon erlebt, daß einer, der eine so schreckliche Tat begangen hatte, selbst und mit Empörung davon erzählte, ganz so, als habe er nur davon gehört.

10. KAPITEL

MITTWOCH, DEN 14. OKTOBER,
MITTAGS

Der Wind blies heftig den Fluß hinauf, die Pappeln und Weiden auf den Elbinseln, von den ersten Herbststürmen schon ganz struppig, beugten sich ebenso seiner Kraft wie das wogende Ried an den Ufern. Vom Strand drang der Lärm der Säger und Schiffbauer den Geesthang herauf, und über der weiten Flußlandschaft schoben sich dicke Haufenwolken immer wieder vor die Sonne. Große Gebilde, weiß und in allen Grautönen, jagten so schnell über den Himmel wie die einmastigen Ewer und der schnittige Dreimaster mit ihren geblähten Segeln über die Elbe. Rosina kannte sich nicht aus mit Schiffen, schon gar nicht, wenn sie, wie die kyrillischen Buchstaben am Bug des Großseglers verrieten, aus Rußland, wahrscheinlich aus St. Petersburg, kamen. Noch viele Meilen weiter im Osten, in der sibirischen Tundra, hatten die Wildgänse den Sommer verbracht, die nun unterwegs zu ihren Winterquartieren in den wärmeren westlichen Marschen über den Fluß davonzogen.

Rosina sah ihnen nach. Es mußte wunderbar sein, mit der Kraft des eigenen Flügelschlags und auf dem Rücken des Windes so schnell einem sicheren Ziel näher und näher zu kommen. Sie hatte seit einigen Tagen ständig das Gefühl, im Kreis zu laufen, auf der Stelle zu treten, jedenfalls nicht vorwärts zu kommen. Sie war nicht gewohnt, auf irgend etwas zu warten, ohne selbst etwas tun zu können, und fühlte eine große Unruhe, die sie mal wütend, mal verzagt machte.

Aber was konnte sie denn noch tun? Sie hätte gerne mit Lukas gesprochen, aber Wagner hatte ihr nicht erlaubt, ihn in der Fronerei zu besuchen. Das sei sinnlos, hatte er gesagt. Wahrscheinlich zahlte er ihr das Treffen in St. Petri heim. Aber er hatte ja recht, was sollte sie von Lukas nun noch erfahren? Nur weil sie da so ein Gefühl hatte, daß er doch noch etwas verbarg, das sie unbedingt wissen mußte?

Aber vielleicht glaubte sie auch nur so dringlich mit ihm sprechen zu müssen, weil es für sie sonst nichts zu tun gab. Lukas Blank, hatte Wagner gesagt, dürfe überhaupt keinen Besuch haben, obwohl solcherlei Vergünstigungen für Gefangene der besseren Stände sonst selbstverständlich seien. Aber Blank solle nun ein wenig in der kalten, stinkenden Zelle schmoren, immer gewärtig, daß die Marterkammer für die peinliche Befragung gleich nebenan war. Wenn die Wahrheit, irgendeine Wahrheit, auch nur noch selten und mit Genehmigung des Rates durch Daumenschrauben, Streckbett und glühende Zangen herausgepreßt wurde, sei allein das Wissen um die Möglichkeit, so hatte Wagner gesagt, doch oft das reinste Wahrheitswasser.

Rosina hatte es heute in der Stadt nicht mehr ausgehalten und beschlossen, Matti und Lies auf dem Hamburger Berg zu besuchen. Der Hamburger Berg war gar keiner, sondern eine weite, freie Wiesenfläche. Jakobsen hatte ihr erklärt, daß dort einst tatsächlich veritable Hügel gewesen seien, aber als die Stadt immer größer wurde, schon vor langer Zeit, habe man den Sand zum Bau der Häuser gebraucht und abgetragen. So waren von dem Berg nur der Name und das Hochufer am Fluß geblieben.

Sie war durch das Millerntor hinausgegangen, und der

Blick über das freie Feld hinüber nach Altona war wie ein Aufatmen. Auf dem breiten Weg durch das Grasland zwischen den Wällen und dem dänischen Altona war wie meistens viel los. Reiter waren unterwegs, Frauen mit Kiepen und Körben, Männer mit hochbeladenen, von Ochsen gezogenen Fuhrwerken oder mit kleinen Handkarren. Der Mann auf dem Bock einer vornehmen Kutsche mit einem goldenen Wappen am Schlag forderte mit lauten herrischen Rufen Platz. Auch ein Spielmann begegnete ihr und ein Bettler ohne Beine, der sich auf einem mit groben Rädern versehenen Brett nur mit der Kraft seiner Arme vorwärts bewegte. Sie drehte sich um und sah ihm nach, einmal gelang es ihm nur mit Mühe, den Hufen eines Pferdes auszuweichen, und Rosina war sicher, daß es dem Reiter Vergnügen bereitet hatte, ihn so tödlich zu erschrecken. Der boshafte Fremde war ihr aus Altona entgegengekommen, ein vierschrötiger Mann im dunkelgrauen Rock aus dickem, gutem Tuch. Sein Gesicht im Schatten eines schwarzen breitkrempigen Hutes hatte sie nicht erkennen können. Dann verschwand er hinter einem Fuhrwerk, beladen mit Seilen und Tauen von den Reepschlägerbahnen, die sich unter den nun schon fast kahlen Baumreihen am Ende des freien Feldes nahe dem Pesthof entlangzogen, und sie war weitergegangen, froh, zwei gesunde Beine zu haben, keinen Hunger und den ganzen nächsten Winter ein Dach über dem Kopf.

Rosina zog ihr Tuch fester um die Schultern, verabschiedete sich von dem weiten Blick über die Elbniederungen und lief auf dem Pfad vom Rande des Geesthanges weiter zu Mattis Haus. Sie lief durch den kleinen Vorgarten, um das Rondell und zu der Tür zwischen den beiden Linden. Auf ihr Klopfen öffnete niemand. Auch der hintere Garten war verlassen. Nur zwei Spatzen badeten ihr aufgeplustertes Gefieder im weichen Sand einer kleinen Mulde neben dem schmalen Bach, der durch den hinteren Teil des Gartens floß. Viele der von akkurat beschnittenem Buchsbaum umrahmten Kräuterbeete waren schon abgeerntet, aber immer noch war das von einer uralten Rotbuche beschattete Geviert zwischen Hecken aus Hainbuchen-, Holunder- und Weißdornbüschen ein üppig wuchernder und auch noch blühender Garten. Bunte Sternblumen nickten im Wind, späte weiße Rosenblüten leuchteten an dem wärmenden Fachwerk der Hauswand, und das feuerrote Laub eines buschigen Essigbaums gab den herbstlich dunklen Grüntönen der anderen Gewächse eine Heiterkeit, die den nahenden Winter zu verleugnen schien. Auf einer langen Rabatte wucherten noch die handtellergroßen, üppigen Blätter des Frauenmantels – nur während der Blütezeit bis in den Spätsommer schnitt Matti von dem heilsamen Kraut –, und auf dem schmalen Pfad zwischen den beiden Beeten mit Pfefferminze, Rosmarin und Schafgarbe lag eine kleine eiserne Hacke.

Offenbar war Matti eilig zu einer Geburt gerufen worden, sie hätte ihr Werkzeug sonst nie einfach liegengelassen. Und Lies? Wo mochte Lies sein? Wahrscheinlich mit ihrem großen Korb unterwegs zu den Frauen von den Ottensener Höfen, die auf dem Altonaer Fischmarkt Gemüse, Butter und Eier verkauften. Rosina war enttäuscht, sie hatte sich auf die Gesellschaft der beiden, auf ihre aufmunternde Zufriedenheit gefreut. Und auf ihren erfrischenden Tee aus Malven, Minze und getrockneten Apfelringen, den niemand besser zubereiten konnte als Matti.

Wie lange eine Geburt dauerte, war nicht zu sagen, aber Lies würde gewiß bald zurück sein, über die unverschämten Preise der Marktfrauen knurren und sich bemühen, ihre Freude über Rosinas Besuch nicht zu sehr zu zeigen.

Rosina winkte den Spatzen zu, die sich vor ihr auf die obersten Zweige eines jungen Apfelbaumes zurückgezogen hatten, und verließ den Garten. Sie wollte Lorettas Grab besuchen, der Friedhof war ja nur wenige Schritte entfernt, und dann zurückkommen.

Die niedrigen Häuser zwischen der Kirche St. Pauli und Altona hinter der dänischen Grenze waren mittlerweile zu einem kleinen Dorf zusammengewachsen, und die nun schon fast hundert Jahre alte Kirche aus bäuerlichem Fachwerk duckte sich am östlichen Rand unter dem tief herabgezogenen roten Dach inmitten des großen Friedhofes. Der war als ein Ort der Stille und des Friedens auch von einer Hecke eingefaßt, aber nach der Harmonie in Mattis Garten erschien er Rosina wie ein rauhes Feld und trotz der Sonne öde wie an einem Nebeltag. Sie schritt langsam zwischen den verstreuten, schmucklosen Gräbern mit den kleinen Grabsteinen hindurch. Loretta hatte ihren letzten Platz nahe der Hecke zur Elbe hin. Im nächsten Frühling würde er von den winzigen cremefarbenen Blüten eines großen Holunderbusches bestreut sein, und der junge Goldregen, den Matti neben das Grab gepflanzt hatte, würde in seinen leuchtenden Blütenreben die Sonne für sie einfangen. Der Friedhof lag verlassen, aber als sie sich umdrehte, sah sie auf dem Hof des kleinen Pastorats gegenüber der Kirche den Pastor. Er hatte beide Hände in die Seiten gestemmt und den schiefgelegten Kopf gebeugt, als beobachte er einen Maulwurf bei seiner Arbeit. Aber egal, was ihn gerade so beschäftigte, er würde sich nicht gestört fühlen, wenn Rosina ihm nun endlich für seine Bereitschaft dankte, Loretta auf seinem Friedhof aufzunehmen.

Er war ein noch junger Mann, sein mehr gebräuntes als

rosiges Gesicht mit dem kantigen Kinn sah nie so fromm aus, wie sein Kirchenministerium es gerne hätte. Was bedeutete, daß er lieber laut lachte oder – wenn es nötig war – schimpfte, als papierne oder gar demütigende Belehrungen zu verteilen. Sein Name, Gabriel Kummerjahn, paßte zu ihm wie Schnee zum August. Auch besaß er ein eigenes Pferd, ein rassiges Tier aus einem der besten Gestüte im Hannoverschen, und es hatte sich herumgesprochen, daß er es liebte, frühmorgens, gleich nach Sonnenaufgang, in wilder Jagd über den Hamburger Berg hinauf querfeldein bis hinter Eimsbüttel oder Eppendorf zu galoppieren, als habe er mindestens drei Schutzengel. Die Leute in seinem Kirchspiel hatten erst lernen müssen, ihn zu mögen. Daß er eine vermögende Mutter hatte, die ihm ein solches Pferd schenken konnte, machte es nicht einfacher. Aber nun gingen sie für ihn durchs Feuer.

Als Rosinas Schatten in sein Blickfeld fiel, sah er auf und lächelte sie freundlich, wenn auch ein wenig abwesend an.

«Guten Tag, Mademoiselle …? Entschuldigt meine Vergeßlichkeit, ich weiß Euren Namen nicht mehr. Ihr seid eine Freundin von Mademoiselle Grelot, die wir am Sonnabend hier zur letzten Ruhe –Teufel auch, es ist mir ein Rätsel.»

Das war eine sehr seltsame Rede, nicht nur, weil es für einen lutherischen Pastor wirklich nicht anging, den Teufel zu berufen, und schon gar nicht auf diese leichtfertige Weise. Rosina folgte seinem Blick, doch das, was nun auch sie sah, erschien ihr für einen Friedhof als etwas ganz Normales. Vor dem Pastor lag ein Holzkreuz im Sand, ein wenig klobig, aber doch akkurat gearbeitet, aus gutem rötlichem Buchenholz und zum Schutz gegen Wind und Wetter sorgfältig eingeölt.

«Ein Rätsel?» fragte Rosina. «Es sieht wie ein einfaches, kleines Grabkreuz aus.»

Der Pastor nickte. «Das stimmt schon, aber es ist trotzdem ein Rätsel. Irgendein Kerl hat es vorhin einfach hier in den Hof gelegt. Dann ist er wieder auf sein Pferd gestiegen und hat sich davongemacht. Ich sah ihn nur durch das Fenster, natürlich hätte ich gleich hinauslaufen sollen und mit ihm sprechen, er hat nämlich noch den Hut abgenommen und ein Gebet gesprochen. Jedenfalls sah es so aus, wer weiß, was er tatsächlich vor sich hin gemurmelt hat. Aber ich grübelte gerade über meiner Predigt für heute abend und dachte, er werde schon selbst an die Tür klopfen. Doch dann war er weg und hat das hier», er zeigte mit spitzem Zeigefinger auf das Kreuz, «dagelassen. Nun weiß ich nicht, für welches Grab es ist. Ich habe in den letzten beiden Wochen fünf Menschen beerdigt. Also muß ich herumlaufen und die Leute fragen, zu welchem Grab das Kreuz gehört. Ich habe es gerade umgedreht, weil ich dachte, vielleicht steht auf der Rückseite, von wem es ist. Das tun die Leute manchmal. Als letzten Liebesgruß sozusagen. Aber nichts. Nur vorn der Name, aber der sagt mir auch nichts.» Er bückte sich und drehte das Kreuz um. «Ich habe keine Ahnung, wer das sein könnte, und ich bin zwar tatsächlich manchmal etwas vergeßlich mit den Namen, aber ich weiß doch sehr genau, wen ich beerdigt habe. Ist Euch nicht wohl, Mademoiselle? Wollt Ihr ein Glas Wasser?»

Rosina schüttelte den Kopf. Sie brauchte kein Wasser, auch wenn ihr für einen Moment ein wenig schwindelig gewesen war. Sie brauchte eine Erklärung.

«Auch der Spruch ist ungewöhnlich für diesen Anlaß, findet Ihr nicht?» fuhr der Pastor eifrig fort. «Überhaupt ein Spruch! Aber wenn da wenigstens stünde: ‹Mein Herz will mir im Leibe brechen›, Jeremia dreiundzwanzig, Vers neun, das wäre ein Beweis echter Trauer. Aber hier steht: ‹Ich muß unstet und flüchtig sein auf Erden›, Genesis vier, Vers vierzehn.»

Und dann stand da noch der Name.

«Lore Gürlich», las Rosina vor, und ihre Stimme begann zu vibrieren, «gestorben am 7. Oktober im Jahre des Herrn 1767. Ihr müßt nicht herumlaufen und die Leute fragen. Ich weiß, auf welches Grab das Kreuz gehört. Aber sagt mir, wie hat der Mann ausgesehen? Was hatte er an? Welche Farbe hatte sein Rock, sein Pferd? So sprecht doch, Ihr müßt Euch an irgend etwas erinnern!»

«Wie er aussah? Wie Männer eben so aussehen.» Der Pastor blickte erstaunt auf die Hände, die fest seinen Arm umklammerten. «Ich habe kein Auge dafür, Mademoiselle, ich weiß es wirklich nicht genauer. Doch, wartet.» Er schloß die Augen und legte den Kopf leicht in den Nakken. «Er trug einen Hut. Einen Dreispitz? Nein, keinen Dreispitz. Ach ja, er setzte ihn ja wieder auf, jetzt sehe ich es vor mir. Es war ein Hut mit breitem Rand, schwarz. Und sein Rock war auch schwarz, jedenfalls ganz dunkel. Sein Pferd? Das weiß ich wirklich nicht, er hatte es an die junge Linde dort gebunden, ich sah kaum etwas davon. Es war wohl kein besonders edles Tier, eben eines, auf dem man alle Tage reitet. Obwohl, als er davonritt, schien mir, daß die beiden vorderen Läufe des Pferdes aussahen, als trügen sie weiße Wadenstrümpfe. Das ist in der Tat recht ungewöhnlich. Aber nun sagt mir, wer das ist. Lore Gürlich, ich weiß wirklich nicht …»

«Das Kreuz ist für Loretta, Pastor. Sie hieß nur als Künstlerin Grelot, getauft war sie auf diesen Namen.» Sie sah hinunter auf das Kreuz im Sand, in das jemand mit einem glühenden Eisenstift den Namen Lore Gürlich, das

Datum ihres Todes und den Bibelspruch eingebrannt hatte. «Aber», endlich ließ sie seinen Arm los, «das wußte niemand außer mir. Das hat sie jedenfalls gesagt, und ich mußte ihr schwören, es niemandem zu verraten. Sie mochte diesen Namen nicht, er war ihre Vergangenheit, sie dachte immer nur an die Zukunft.»

Und dann holte der junge Pastor der Komödiantin, der plötzlich Tränen über die Wangen liefen, obwohl sie dabei erstaunlich wütend aussah, doch noch ein Glas Wasser. Und weil gerade niemand in der Nähe war, griff er in den Schrank mit dem Wein für das Abendmahl und goß ihr ein Glas von seinem allerbesten ein, der eigentlich für die hohen kirchlichen Feiertage reserviert war. Und weil ihm das alles sehr ungewöhnlich und aufregend erschien, goß er auch sich ein Glas ein und war froh, daß nicht gerade eines seiner Pfarrkinder auftauchte.

Matti und Lies und auch Loretta bekamen an diesem Tag keinen Besuch mehr. Nachdem Rosina ihr Glas geleert hatte, hatte sie es sehr eilig, in die Stadt zurückzukommen. Sie wußte nicht, was sie dort zuerst tun, mit wem sie zuerst sprechen wollte, aber das würde ihr auf dem Weg dorthin schon einfallen. Natürlich mußte sie Wagner von der Sache mit dem Kreuz und dem Namen berichten, aber viel wichtiger war, herauszubekommen, wer außer ihr Lorettas Taufnamen kannte. Wer ihn kennen konnte. Lukas vielleicht, wenn sie ihn mehr geliebt hatte, als Rosina annahm. Es konnte schon sein, daß Loretta ihm ihr Geheimnis anvertraut hatte, obwohl Rosina sich das nicht vorstellen konnte. Aber Lukas saß in der Fronerei. Hatte der nicht eine Schwester? Er durfte keine Besuche haben, aber es gab Möglichkeiten, Nachrichten hinein- und hinauszuschmuggeln. Vielleicht hatte Lukas seine Schwester beauftragt, dieses Kreuz machen zu lassen. Dann war klar, warum der Mann, der es zum Pastorat gebracht hatte, gleich wieder verschwunden war, denn natürlich durfte niemand wissen, daß Lukas aus der Fronerei heraus Aufträge erteilte. Sie mußte unbedingt mit Freda Blank sprechen.

Wer kam noch in Frage? Hätte «Loretta Grelot» auf dem Kreuz gestanden, hätte vielleicht Anne Herrmanns den Auftrag gegeben, um ihr, Rosina, heimlich eine Freude zu machen. So war Anne. Es stand der andere Name darauf, aber sie konnte sie trotzdem fragen. Vielleicht fiel Anne etwas ein. Oder Claes. Wer noch? Seyler? Natürlich, Seyler konnte Lorettas Namen wissen. Oder Löwen? Sie leiteten das Theater, andererseits gab es keinen Grund, warum Loretta sich ihnen hätte anvertrauen sollen. Sie hieß seit Jahren Grelot, seit sie sich in Frankreich ein Paß-Papier gekauft hatte, das dies bezeugte. Oder stimmte doch, was in den Garderoben geflüstert wurde, sobald Madame Hensel den Rücken drehte, nämlich daß Seyler Loretta die Rolle in dem Schäferspiel nicht umsonst gegeben habe?

Die Fragen gingen immer im Kreis, immer wieder im Kreis. Niemand konnte es wissen, eigentlich blieb nur Lukas als Auftraggeber für das Kreuz. Aber der Spruch: *Ich muß unstet und flüchtig sein auf Erden.* Paßte er zu Loretta? Gewiß war sie unstet gewesen, war immer weitergezogen, immer auf der Jagd nach dem Glück, das sie im Kleinen nie erkennen konnte.

Oder hatte es in der Zeit, als Rosina noch nicht in der Stadt war, eine andere Liebschaft gegeben? Loretta war ja einige Wochen vor ihr eingetroffen. Wer konnte davon wissen? Wahrscheinlich Charlotte oder besser: Semiramis. Das Mädchen und seine dicke Katze schienen überall herumzukriechen und alles zu wissen, was sie nichts anging.

Plötzlich blieb sie stehen. Es war nur ein Glück, daß sie den kürzeren Weg quer über die Wiesen genommen hatte, denn jeder, der auf der belebten Straße hinter ihr gegangen wäre, hätte ihr kaum mehr ausweichen können. Natürlich! Ein anderer Liebhaber. Der Mann aus dem Elsaß. Sie hatte es gewußt. Es war nicht Lukas und auch niemand vom Theater gewesen. Es konnte nur der Mann aus dem Elsaß sein. Er mußte in der Stadt sein, er hatte von ihrem Tod gehört, vielleicht hatte er sie sogar selbst getötet. Nur so konnte es gewesen sein. Aber warum hatte er die Stadt dann nicht gleich nach seiner Untat verlassen? Vielleicht hatte er das getan, der Mann mit dem Kreuz konnte von überall gekommen sein. Es gab viele Dörfer, von denen ein Ritt in die Stadt weniger als eine Stunde dauerte. Auch viele einsame Höfe, auf denen niemand bemerkte, wenn einer heimlich eine Inschrift in ein Stück Buchenholz brannte.

Aber das glaubte Rosina nicht. Die Beschreibung des Pastors war mager. Aber sie war dennoch sicher, daß der Mann mit dem Kreuz derjenige gewesen war, der den verkrüppelten Bettler fast umgeritten hatte. Und der war eindeutig auf die Wälle zu, also in die Stadt zurück geritten.

Sie eilte weiter, das Millerntor war nun nur noch wenige Schritte entfernt. Hoffentlich waren die Wachen zu beschäftigt, um sie lange zu kontrollieren. Die Männer liebten es, die Röcke der jungen Frauen besonders gründlich nach Schmuggelware zu durchsuchen. Aber sie hatte Glück, der Wächter sah, daß sie nicht einmal einen Beutel bei sich trug, und winkte sie einfach durchs Tor.

«Rosina! Endlich bist du da.» Die Stimme klang weniger erleichtert als vorwurfsvoll. Charlotte sprang von einem großen Stein auf dem Platz vor dem Tor, gleich neben einer Bude, aus der es wunderbar nach Zimtkringeln und Aniskuchen duftete, und lief auf Rosina zu. «Semiramis», flüsterte sie gleich aufgeregt, «du darfst keinem verraten, daß es Semiramis war. Wir dürfen ja nicht dort oben sein, aber dir kann ich es sagen, weil du uns nicht verpetzt. Semiramis hat etwas gefunden. Auf der Oberbühne ...»

«Charlotte, was machst du hier? Um Himmels willen, du hast ja eiskalte Hände.» Rosina nahm ihr Tuch von den Schultern und wickelte das im kühlen Wind bibbernde Kind rasch hinein. «So, jetzt setz dich wieder auf den Stein und erzähle mir, was Semiramis gefunden hat, aber beeil dich, ich habe wenig Zeit.»

Charlotte kuschelte sich in das warme Tuch und blickte ein bißchen beleidigt auf ihre dünnen Finger. «Es ist aber wichtig. Ich glaube, Semiramis hat etwas gefunden, das du suchst. Semiramis hat nämlich Lorettas Beutel gefunden, und glaub mir, er ist ziemlich schwer. Wir haben nicht hineingesehen, weil wir gut erzogen sind, und Mama sagt, man stöbert nicht in fremder Leute Sachen. Aber ich weiß, es ist ein Buch darin und Schminke und Kämme und ein Fläschchen echtes Kölner Wasser. Aber wir haben nicht ...»

«Ist ja schon gut, Charlotte. Ich glaub's dir, und Semiramis hat das sehr gut gemacht, ich meine, wenn sie schon Verbotenes tut, findet sie wenigstens etwas Vermißtes. Aber jetzt sag mir schnell: Wo sind die Sachen? Wo hast du sie hingetan?»

«Semiramis wußte ein gutes Versteck, und da ...»

«Oh, Charlotte, nicht wieder Semiramis! Zeig es mir einfach. Dann schwöre ich auch, dich wieder nicht zu verraten. Aber endgültig zum letzten Mal. So komm doch, schnell!»

Hastig rutschte das Kind von dem Stein und rannte Rosina nach, deren wehende Röcke schon im Gedränge der Leute im Durchgang zum Zeughausmarkt verschwanden.

Wagner saß in seinem schmalen Amtszimmer im Rathaus und brütete über einigen neuen Paragraphen der Gassenordnung, als er vor dem Fenster seinen Namen rufen hörte. Unten auf dem Platz stand ein Kind, ein Mädchen, und sah winkend zu ihm hinauf. Er erkannte sie gleich, immerhin verdankte Wagner ihren scharfen Augen, daß Lukas Blank nun in der Fronerei saß. Die Wachen hatten sie nicht hereinlassen wollen, und so hatte sie sich auf den Platz gestellt und nach ihm gerufen. Nun durfte sie endlich hinein, und der Gehilfe des Weddemeisters verbeugte sich sogar vor ihr. Das gefiel Charlotte sehr gut, und die Handbewegung, mit der sie ihm dafür dankte, war wahrhaft königlich. Sie hatte sie lange an Madame Hensel studiert.

Ihre Nachricht, er möge Rosina sofort im *Bremer Schlüssel* treffen, es gehe um Lorettas Beutel, kam Wagner äußerst gelegen. Die Gassenordnung war erst zwei Jahre alt, von allergrößter Wichtigkeit für Ruhe, Ordnung und Sauberkeit in der Stadt, und bedurfte schon der Ergänzung. Aber daß etwas wichtig war, bedeutete noch lange nicht, daß es auch interessant war. Und so ließ Wagner alles stehen und liegen, schickte die heftig protestierende Charlotte mit aller amtlichen Autorität, die er aufzubringen in der Lage war, zurück ins Theater oder wo immer sie hingehörte, und eilte quer durch die Stadt zu der Schenke in der Neustädter Fuhlentwiete. Wagner eilte nicht gern, dazu war er zu beleibt, und als er schwitzend über die Ellerntorbrücke ging, bereits die dritte auf seinem Weg, und nun schon mit sehr viel kürzeren Schritten rechts in die Fuhlentwiete einbog, fand er doch, Rosina hätte diesmal ruhig weniger diskret sein und sich selbst ins Rathaus bemühen können.

In der Schenke war es still, ein paar Strahlen der Nachmittagssonne fielen durch die vorderen Fenster auf leere Tische. Nicht einmal Jakobsen, der Wirt, war da. Wagner zog sein großes blaues Tuch aus der Rocktasche, wischte sich Stirn und Nacken trocken. Womöglich, dachte er, hatte sich das Kind nur einen Scherz mit ihm erlaubt. Das wäre ein übler Scherz, denn immerhin war er eine Amtsperson, immerhin …

«Wagner, hier bin ich.»

Der Weddemeister drehte sich um und sah Rosina um einen Mauervorsprung hervorsehen. «Hier sind wir ungestört», sagte sie und war schon wieder verschwunden. Hinter dem Vorsprung verbarg sich ein hübscher Erker, in dem nur ein Tisch Platz hatte. Helles Licht fiel durch ein Fenster zum Innenhof, in dem Jakobsens Schuppen, der Pferdestall und ein kleiner Gemüsegarten mit einem Brunnen und einigen Obstbäumen die Enge der Stadt vergessen ließen.

Rosina hatte vor sich auf dem Tisch alles ausgebreitet, was in Lorettas Beutel gewesen war. Das war nicht viel, und Wagner sah sowieso nur das in Ölpapier eingewickelte kleine Paket, das sie unberührt gelassen hatte.

«Euer Glück, daß Ihr endlich kommt, Wagner», sagte sie vergnügt. «Noch eine Minute, und ich hätte mich nicht mehr bezähmen können. Das kann doch nur das Musterbuch sein, meint Ihr nicht auch? Aber ich wollte das Öffnen Euch überlassen. Nun setzt Euch endlich, und packt es aus. Ich platze sonst. Trotzdem muß ich Euch zuerst etwas anderes erzählen, das noch viel verwirrender ist.»

Wagner vergaß seinen Durst, schob sich auf die Bank und wischte sich erschöpft die nasse Stirn. So etwas hatte er nicht gerne. Er hatte es gerne Schritt für Schritt, eines nach dem anderen. Er mochte Rosina, schon seit ihrer ersten Begegnung, damals, als er mit dem Hundeführer in den Krögerschen Hof kam und sie zum ersten Mal sah, mit zornblitzenden Augen und entschlossenem Mund. Er schätzte auch ihren lebendigen Geist, ihre Neugier fand er allerdings ein wenig gefährlich, und daß sie ständig drei Dinge auf einmal dachte und auch noch debattieren wollte, überaus anstrengend.

«Schön, schön», seufzte er, «eines nach dem anderen. Was zuerst? Das ganz Verwirrende?»

Rosina nickte, und dann erzählte sie schnell von ihrem Besuch auf dem Friedhof, von dem Kreuz, von dem Mann, der es gebracht hatte, und schließlich – sie liebte dramatische Effekte – von dem Namen auf dem Kreuz.

«Lore Gürlich», sagte sie, «das ist Lorettas Taufname, den weiß hier niemand außer mir, das dachte ich jedenfalls bis heute mittag. Gewiß auch der Mann, der sie ins Elsaß mitnahm. Aber sonst? Das ist doch verrückt. Wer läßt ein Kreuz machen und legt es heimlich in den Hof des Pastorats? Der, der sie getötet hat, wird so etwas kaum tun. Oder glaubt Ihr, doch?»

Immerhin, dachte Wagner, war sie hin und wieder an seiner Meinung und Erfahrung als Weddemeister interessiert.

«Das ist in der Tat seltsam. Lore wie?»

«Gürlich.»

«Lore Gürlich. Ein recht gemeiner Name, in keiner Weise besonders, wenn auch in unserer Gegend nicht üblich. Ich kenne niemanden, der so heißt.»

Es kostete ihn Mühe, sich auf diese Geschichte einzulassen, denn anders als Rosina fand er diese Sache zwar bedenkenswert, aber doch nicht sehr aufregend. Menschen taten nun mal seltsame Dinge, wenn jemand starb. So war das mit den Gefühlen, sie brachten alles durcheinander und behinderten jede geordnete Ermittlung. Natürlich war das eine interessante Begebenheit und unbedingt wert, genauer untersucht zu werden. Aber im Augenblick interessierte ihn viel mehr, nämlich brennend, das Paket in Ölpapier.

«Und der Spruch», unterbrach Rosina seine Gedanken, «der Spruch auf dem Kreuz ist auch seltsam, sagt der Pastor. ‹Ich muß unstet und flüchtig sein auf Erden.›»

«Aha? Das ist wirklich merkwürdig», sagte Wagner. «Man sollte es noch einmal überprüfen, aber wenn ich mich nicht sehr irre, ist das ein Satz aus der Geschichte von Kain und Abel. Oder aus dem Buch Daniel? Ich muß gestehen, daß ich nicht so sicher in der Bibel bin, wie ich sein sollte, aber ich glaube doch, daß Kain das beklagt, nachdem er seinen Bruder erschlagen hat. Ich persönlich finde ja, daß diese Geschichte viel zu milde ausgeht, aber das tut nun nichts zur Sache. Wenn es Euch recht ist, Rosina, können wir das später prüfen. Ich möchte nun endlich untersuchen, was da vor Euch auf dem Tisch liegt. Wo habt Ihr den Beutel überhaupt gefunden? Er muß sehr gut versteckt gewesen sein.»

Der Beutel, erklärte sie ihm rasch, habe in einer tiefen Ecke im Gebälk gleich über der Leiter gesteckt, die auf die Oberbühne führe. Er sei deshalb leicht zu übersehen gewesen, und nur ein schlaues Wesen wie Semiramis, fügte sie lächelnd hinzu, das im Dunkeln gut sehe und einen flüchtenden Käfer bis in die letzte verborgene Ecke verfolge, habe den Beutel finden können.

Wagner griff nach dem Päckchen. Es war gut verschnürt, und erst mit seinem kleinen Messer gelang es ihm, die Bänder zu lösen. Er wickelte eine, dann eine zweite Schicht Ölpapier ab, das Paket war nun schon bedeutend kleiner, jetzt folgte ein festes, eng gewebtes und gewachstes Leintuch und dann, endlich und tatsächlich, Schwarzbachs bestes Musterbuch.

Rosina pfiff leise durch die Zähne. «Er hat also nicht gelogen. Er hat ihr das Musterbuch gegeben. Und wahrscheinlich wollte er es später tatsächlich zurückhaben.»

Wagner sagte nichts. Er hielt es nun doch für wahrscheinlicher, daß Blank das Buch bei seiner Auftraggeberin abgeliefert hatte. Er sah den kostbaren Fund an, und sein Blick verriet alles andere als Freude. Vorsichtig öffnete er das Buch. Da stand es: *Musterbuch der Kattundruckerei Schwarzbach & Sohn zu Hamburg.* Er blätterte die ersten Seiten um und schaute grimmig die auf festes Papier gedruckte, vielfarbige Pracht an.

«Sind sie nicht wunderschön?» Rosinas Stimme klang andächtig und ein wenig wie Seufzen. Stoffe mit solchen Mustern würde sie sich niemals leisten können. «So sagt doch etwas, Wagner. Was denkt Ihr?»

«Vor allem denke ich nach. Wenn Ihr erlaubt, ich möchte erst ein wenig nachdenken, bevor ich etwas sage. Nun ja, ein wenig.» Er räusperte sich, griff gedankenverloren nach Rosinas Becher und nahm einen Schluck ihres Zitronenwassers.

«Denkt doch nicht so lange! Ihr seht gar nicht froh aus, Wagner. Seid Ihr es etwa nicht? Nun, da das Buch endlich gefunden ist?»

«Nein, nicht wirklich.» Er räusperte sich wieder. Es war ihm sichtlich unangenehm, Rosina so zu enttäuschen. «Natürlich sollte ich mich freuen, wir sind nun einen Schritt weiter. Ohne Zweifel. Aber ich weiß nicht, in welche Richtung.»

Er habe niemals wirklich daran geglaubt, daß Loretta dieses Buch bekommen habe. Er habe vielmehr geglaubt, Blank habe sie getötet und sich diese Sache mit dem Buch nur ausgedacht, um zu erklären, äußerst ehrbar zu erklären, warum er so kurz vor ihrem Tod hinter der Bühne gewesen war.

«Aber Schwarzbach hat doch gesagt, das Buch sei gestohlen, und er war auch sicher, daß Lukas der Dieb war.»

«Das stimmt wohl, aber deshalb muß Blank das Buch nicht auch an Eure Freundin weitergegeben haben. Egal, ob nur zur Verwahrung oder weil er in ihrem Auftrag gestohlen hat. Aber es ist mir immer noch seltsam, daß Schwarzbach den Diebstahl nicht gleich gemeldet hat. Irgend etwas stimmt da nicht. Wenn ich nur eine Idee hätte, welchen Vorteil der Manufakteur davon haben könnte, würde ich denken, er hat mit Blank gemeinsame Sache gemacht. Aber das wäre völlig sinnlos. Nein, das Buch ist zwar wieder da, aber es hilft nicht wirklich weiter.»

«Doch», sagte Rosina und goß ihm aus dem irdenen Krug Zitronenwasser nach, «es hilft weiter. Es bedeutet nämlich, daß Lukas Blank tatsächlich nicht Lorettas Mörder ist.»

«Warum? Ganz im Gegenteil. Vielleicht hat er sie getötet, um eine Mitwisserin aus dem Weg zu räumen. Um den Ertrag aus dem Verkauf nicht teilen zu müssen.»

«Nachdem er ihr gerade das Buch gegeben hatte? Wie sollte er es dann zurückbekommen? Und warum ausgerechnet im Theater und in einem so auffälligen Rock? Er mußte doch damit rechnen, daß ihn trotz der Dunkelheit in den Kulissen jemand als Lorettas Freund erkennt.»

Wagner starrte mißmutig schweigend in den Hof. «Wie ich schon sagte, ich muß nachdenken.»

Wenn Lukas Blank nicht wegen des Mordes, sondern tatsächlich nur wegen des Diebstahls in der Fronerei saß, konnte das nur bedeuten, daß der wahre Mörder doch unter den Theaterleuten zu suchen war. Das behagte ihm überhaupt nicht. Und die Vorstellung, dies könnte der erste Mord sein, den es ihm nicht gelang aufzuklären, behagte ihm noch weniger.

«Nun, ich werde später nachdenken. Aber könntet Ihr über den Fund des Buches noch ein wenig schweigen? Bis ich weiß, was er bedeutet.»

«Ihr wollt es nicht gleich zu Schwarzbach bringen? Er wird es sicher dringend erwarten.»

«So dringend nicht. Für ihn ist die Hauptsache, daß niemand anderer, vor allem kein anderer Kattunmanufakteur, seine Mustersammlung in die Hände bekommt. Ich möchte nicht, daß es sich schon herumspricht, weil – wie soll ich es erklären? Solange es noch verschwunden ist, wird es jemand vermissen. Ich meine», er rutschte unruhig auf der Bank hin und her, «der, der es haben wollte. Versteht Ihr mich? Ich glaube es zwar nicht, aber vielleicht hat Blank tatsächlich einen Auftraggeber gehabt. Nicht unbedingt Eure Freundin, sondern jemand anderen.»

«Und Ihr glaubt, daß der danach suchen und sich so verraten wird? Aber wo sollte er suchen?»

Wieder kam Wagners großes blaues Taschentuch zum Einsatz auf seiner Stirn. «Ihr solltet in der nächsten Zeit nicht wieder alleine ins Theater gehen, Rosina. Das ist der einzige vernünftige Ort, wo er suchen könnte. Wie vernünftig, wissen wir jetzt. Es wäre am besten, wenn Ihr Madame Herrmanns' Einladung doch noch annehmen würdet, für einige Zeit bei ihr Wohnung zu nehmen.»

«Unsinn, Wagner, bei den Herrmanns gewöhne ich mich nur an das reiche Leben. Bei der Krögerin bin ich gut aufgehoben, und Ihr sagt ja selbst, er würde gewiß nur im Theater suchen.»

Das walte Gott, dachte Wagner und sagte: «Aber könntet Ihr deshalb ausnahmsweise vernünftig sein und dort nicht alleine herumkriechen? Egal, ob auf der Ober-, der Unterbühne oder in den Garderoben? Gut. Und nun laßt uns endlich sehen, was sonst in dem Beutel war.»

Im Zimmer bei der Krögerin stand Lorettas Reisekorb, darin waren nur Kleider, Mieder, Blusen, Tücher und zwei Paar Schuhe gewesen. Ein Kästchen mit allerlei Kleinigkeiten wie Bändern, Spitzentüchlein, ein paar Nadeln und Garn und ein zerfleddertes Buch mit den Werken Molières, gewiß eine Erinnerung an den alten Philippe, der sie damit Französisch gelehrt hatte. Der Inhalt des Beutels, von dem Rosina angenommen hatte, er berge Lorettas private Schätze und ganz gewiß einen Hinweis auf irgendein Geheimnis, war nicht aufregender.

Da waren das Rollenheft, aus dem sie noch am Tag ihres Todes gelernt hatte, und einige Kämme, die Rosina so vertraut erschienen, als hätte sie sie selbst getragen. In einem schlängelte sich noch eines ihrer rotschimmernden Haare durch die Zinken. Einige gläserne Tiegel, jeder für sich in einem Leinensäckchen, bargen weiße und rosa Schminke und etliche Sorten Rouge. In einem eigenen Säckchen steckten Kohlestifte für die Brauen, falsche Falten oder beschattete Augen. Ein zerknitterter malvenfarbener Seidenschal war da noch, nicht sehr kunstvoll gestopfte weiße Handschuhe, ihr gelber Fächer, den sie so dramatisch zu bewegen wußte, ein Beutel mit trockenen Kräutern, gewiß ein Tee gegen Mattigkeit oder müde Augen. Und das Eau de Cologne von Farina, von dem Charlotte so ehrfürchtig gesprochen hatte. Das Fläschchen war nur noch halb voll, wahrscheinlich waren auch einige Tropfen des Heilwassers ausgelaufen, denn alles, was in Lorettas Beutel gewesen war, duftete würzig nach dem Kölner Wasser. Das wurde überall in Europa, am meisten aber in Frankreich verkauft, und selbst der preußische König schätzte es als Arznei gegen Krankheiten jeglicher Art. Es war teuer. Irgend jemand mußte es ihr geschenkt haben.

«Und das? Was ist das?» Wagner hielt mit zwei Fingern ein Täschchen aus weißem, besser gesagt, nicht mehr ganz weißem Kattun hoch. Er versuchte die Bänder, mit denen es verschlossen war, zu öffnen, doch seine Finger waren zu dick und ungeschickt. Rosina nahm es ihm aus den Händen, und kurz darauf waren die Knoten gelöst. Sie schüttelte den Inhalt auf den Tisch, aber wenn auch beide für einen kurzen Moment ein winziges Jagdfieber erfaßt hatte, blickten sie nun enttäuscht auf die magere Beute. Nichts als ein weiß besticktes Taschentuch aus nicht besonders feinem Batist und eine kleine silberne Münze. Die war leicht und dünn wie eine Feder, wohl gerade wert genug, ein zweites solches Taschentuch zu kaufen.

«Mädchenandenken», sagte Wagner und stopfte Tuch und Münze unwirsch zurück in das Täschchen, verknotete die Bänder und legte es zu den anderen Sachen. Er sah noch einmal in den Beutel, hob ihn hoch und schüttelte ihn über dem Tisch aus. Aber außer ein paar dünnen eisernen Haarnadeln fiel nichts mehr heraus. Kein Brief, keine Papiere, nichts sonst.

11. KAPITEL

DONNERSTAG, DEN 15. OKTOBER,
ABENDS

Anne Herrmanns tupfte verstohlen mit einem winzigen spitzenbesetzten Batisttuch ihre Schläfen und ihr Dekolleté. Der Raum erschien ihr viel zu warm, aber der Empfang der Gäste war nun, Gott sei Dank, bald vorüber, und sie würde schon eine Gelegenheit finden, Betty aus der Küche holen zu lassen und mit ihr ins Schlafzimmer hinaufzulaufen. Sie hatte gleich gemerkt, daß das Mädchen sie viel zu stark geschnürt hatte, doch Bettys Überredungskunst und ihre eigene Eitelkeit hatten gesiegt. Mit so wenig Platz zum Atmen würde sie den Abend kaum überstehen. Kein Wunder, wenn die Damen ständig ihre Riechfläschchen bei sich trugen. Obwohl – ihr Blick fiel auf Madame van Witten, die gerade den vor Schreck erbleichten Niklas aus ihrer molligen Umarmung freigab, mit strahlendem Lächeln auf Augusta zusegelte und Claes' Tante hinter der Fülle ihres ausladenden Körpers ganz und gar verschwinden ließ –, obwohl gewiß nicht alle in ein enges Korsett paßten oder sich bereitwillig der, wie Anne fand, völlig überholten und äußerst lästigen Mode unterwarfen. Und Agnes Matthew, die am Arm ihres Gatten Thomas und ausnahmsweise ohne Mops Carlino den Salon verließ, um den neu ausgestatteten Tanzsaal der Herrmanns' zu inspizieren, mußte sich wahrscheinlich gar nicht schnüren. Anne hatte sich selbst immer für zu dünn gehalten, doch Betty war neuerdings anderer Ansicht. Die reichhaltigen Mahlzeiten, die man in den großen Häusern dieser Stadt ständig zu verspeisen hatte, blieben eben nicht ohne Folgen. Anne seufzte heimlich. Auch heute würde mehr als üppig getafelt werden. Noch ein Grund, das Korsett beizeiten zu lockern.

Die meisten Gäste waren nun da. Sie waren die Treppe aus der Diele heraufgekommen, hatten die Gastgeber an der weit geöffneten Salontür begrüßt und sich eifrig schwatzend in die von zahllosen Kerzen festlich erleuchteten Räume verteilt. Gewöhnlich nutzten die Herrmanns nur den Salon und den kleineren Speisesaal. Einzig für größere Festlichkeiten wie den heutigen Musikabend wurden die Flügeltüren zu den hinteren Räumen geöffnet.

Bis vor wenigen Jahren wurden dort noch Waren gelagert, die das Haus Herrmanns in halb Europa kaufte und wieder verkaufte. Diese Lager waren schon zu klein geworden, als Claes noch ein junger Mann gewesen war. Nun lagerten die Kattun- und Leinenballen, die Kaffee- und Zuckerkisten, die aus schwedischem Erz getriebenen Kupferwaren, das böhmische Glas, die Weine und Südfrüchte, westindischen Hölzer, Tran, Tonnen mit gesalzenem Fisch und was sonst alles zu seinem Handel gehörte, in zwei großen Speicherhäusern auf dem Brook. Irgendwann, und daran dachte Claes nur mit Wehmut, würde er auch das Kontor aus seinem Wohnhaus in die Speicher verlegen müssen. Erst im Frühjahr hatte er die letzten Waren aus seinem Haus verbannt, und aus den ehemaligen Lagerräumen waren ein Tanzsaal, ein Spielzimmer, ein kleinerer Salon für die Raucher und einer für delikate oder auch nur ruhige Gespräche geworden.

«Meine liebe Anne.» Elise Reimarus zwitscherte schon auf der Treppe vor Vergnügen. «Was für eine wunderbare

Idee, dieser Musikabend. Ein wenig plötzlich, aber wir sind wirklich begeistert. Nicht wahr, Johann?»

Dr. Johann Reimarus stand gelassen und milde lächelnd hinter seiner quirligen Schwester. «Guten Abend, Madame Herrmanns.» Sanft schob er Elise ein wenig zur Seite und beugte sich über Annes Hand. «Es ist uns wirklich eine Freude, Monsieur.» Er nahm Claes' freundlich ausgestreckte Hand und neigte den Kopf. «Wir müssen unseren Vater entschuldigen, er ist nicht ganz wohl. Um ehrlich zu sein, bei solchen Anlässen ist er häufig nicht ganz wohl. Aber das wißt Ihr ja.»

«Dann wollen wir hoffen», antwortete Claes lächelnd, «daß er sich heute abend über seinen Büchern gut erholt.»

Der alte Reimarus liebte es nicht, seine kostbare Zeit in feinem Rock und frisch gepuderter Perücke im Salon zu verschwatzen. Der Theologe und Professor für orientalische Sprachen am Akademischen Gymnasium war wohl ein geselliger Mensch. Aber er zog es vor, im bequemen Schlafrock, so wie es seit einigen Jahren bei Künstlern und Gelehrten üblich war, Gäste in seiner Wohnung zu empfangen, die ihn ganz gewiß nicht langweilen würden. Die gelehrten Dispute um den Tisch in seinem kleinen Salon in der Neustädter Fuhlentwiete galten als heiter, ungemein anregend und oft hart am Rande dessen, was die Geistlichkeit wieder zu einer Donnerrede von der Kanzel veranlaßt hätte. Nichts hielt den Professor davon ab, mitten im Gespräch aufzustehen und in seiner ungewöhnlich wohlsortierten Bibliothek gleich neben dem Salon die Antworten auf etwaige offene Fragen zu suchen. Er war ein scharfer, eigenwilliger Denker und genoß den Ruf der Unbestechlichkeit. Tochter und Sohn standen ihm darin nicht nach.

«Wir haben uns erlaubt, Madame», fuhr Reimarus fort,

«noch einen Gast mitzubringen. Wir hoffen, daß Ihr uns das nicht verübelt.» Reimarus kannte Anne Herrmanns gut genug, um zu wissen, daß sie Überraschungen niemals verübelte und sich über diese sogar ganz besonders freuen würde. «Wenn Ihr erlaubt.» Er trat beiseite, um dem Mann, der hinter den Geschwistern Reimarus stand, Platz zu machen. «Monsieur Lessing, ein Freund unseres Hauses und – nun, wer er sonst und vor allem ist, muß ich Euch nicht erklären.»

Es kostete Anne Mühe, die Contenance zu wahren und nicht freudig in die Hände zu klatschen. Heimlich hatte sie befürchtet, daß dieser Abend nichts als ein beständiges Plätschern von Klatsch werden würde, von Börsennachrichten, den neuesten Möglichkeiten, die Augen strahlend und die Verdauung regelmäßig zu machen, oder davon, ob das Wasser von Pyrmont besser sei als das Lauchstädter. Aber nun, mit dem berühmten Dramaturgen und Dichter an ihrem Tisch, war der letzte Rest dieser Sorge verflogen. Sie selbst zumindest würde sich nicht langweilen.

«Nun?» Claes schob seinen Arm unter den seiner Frau und sah zufrieden auf seine etwa fünf Dutzend Gäste, auf die im Kerzenlicht glänzenden Perücken, gepuderten Locken und seidenen Gewänder, auf die flatternden Fächer, die sich eifrig bewegenden Lippen. «Wie gefällt dir dein Musikabend bisher?»

«Ganz wunderbar», seufzte Anne. «Wenn die Lohndiener es nun noch schaffen zu servieren, ohne daß ein Rebhuhn oder eine Portion Weingelee in die Dekolletés der Damen rutschen, wird es wunderbar, wirklich wunderbar.»

Claes grinste. «Und keine Angst, daß unsere Gäste deine Musikauswahl schändlich finden könnten?»

«Keine.» Anne fühlte sich plötzlich beschwingt wie ein

Kind, das einem strengen elterlichen Verbot zum Trotz mit der Schaukel hoch aufschwingt. «Überhaupt keine. Telemanns gute alte Alster-Ouvertüre wird alle so milde stimmen, daß sie die neue Musik von Monsieur Gluck auch ganz wunderbar finden werden. Glaubst du nicht?»

Claes teilte die heitere Zuversicht seiner Frau nicht im mindesten, aber er ertappte sich dabei, daß es ihm Vergnügen machte, seinen Freunden eine musikalische Neuigkeit zu präsentieren. Und die, die nicht seine Freunde, sondern nur seine Handelspartner waren, würden kaum wagen, die Nase zu rümpfen. Einige seiner Gäste wunderten sich, wer heute hier versammelt war, so wie andere sich gewundert haben mochten, die ungewöhnlich eilige Einladung überhaupt zu bekommen. Aber niemand hatte abgesagt, bis auf den alten Reimarus natürlich, doch das war nicht anders zu erwarten gewesen.

«Immerhin hat Rosina eine wunderbare Stimme. Niemand weiß das besser als wir», sagte er leise in ihr Ohr und drückte liebevoll ihren Arm. Seine Lippen berührten dabei ihre Wangen, und Madame van Witten, die diese in der Öffentlichkeit ganz unpassend zärtliche Geste beobachtet hatte, seufzte gerührt. «Ach, Augusta», sagte sie, «Euer Neffe und Madame Anne sind glückliche Menschen. Ich würde meinen Senator» – sie sprach von ihrem Mann immer als von ihrem Senator – «gegen keinen anderen eintauschen, aber die Macht ehelicher Gewohnheit läßt irgendwann doch manches vermissen.»

Aber das hörten Claes und Anne nicht. Claes, weil er schon in ein Gespräch mit Bocholt und Sonnin vertieft, Anne, weil sie in die Küche hinuntergelaufen war, um ein letztes Mal in die dampfenden Töpfe und Pfannen zu sehen und die Kunst der Köchin gebührend zu loben, wie es ihre Pflicht als Hausfrau war. Nicht, daß das nötig gewesen wäre. Elsbeth, die Herrscherin der Herrmannsschen Küche, war ein Wunder an Perfektion. Doch Anne wußte, daß Elsbeth großen Wert auf diese kleine Geste legte.

Im Tanzsaal waren die Tische für das Souper in einem großen Rechteck aufgestellt und festlich gedeckt. Später, nach dem Souper und dem anschließenden Konzert, würden die Diener die Tische forträumen, und der kleine Saal konnte seiner eigentlichen Bestimmung übergeben werden. Jetzt hielten sich erst wenige der Gäste darin auf. Zwei Männer, beide in Röcken aus feinstem umbrafarbenem Wollstoff über reichbestickten cremefarbenen Seidenwesten, standen an einem der Fenster und sprachen leise miteinander. Ihre gepuderten Perücken berührten sich fast, und an der Hand des einen, die leicht auf dem Griff des Fensters lag, glänzte deutlich sichtbar ein alter Siegelring.

Eines der Mädchen, wie die anderen im blau-weiß gestreiften, feinen Kattun mit gestärkter Schürze, allerdings mit erheblich ausladenderer Haube, stand an einem der Tische, rückte hier eine Gabel, dort einen Löffel zurecht, griff behutsam ordnend in die Sträuße aus Herbstlaub und Sternblumen und schien es im Gegensatz zu den anderen Mädchen nicht eilig zu haben. Sie hielt sich ganz offensichtlich damit auf, die Schönheit des Saales zu bewundern. Während unten in der Diele die Decke mit ihren schweren Querbalken noch dunkel bemalt war, herrschten in den neu ausgestatteten Räumen lichte Farben. An der schneeweißen Decke des Tanzsaales war dem Stukkator ein wahres Kunstwerk aus zarten Blüten und weitbögigen Ranken gelungen. Eleganter hatte sie es auch nicht in dem Leipziger Großbürgerhaus gesehen, an das sie sich aus längst vergangener Zeit und nur ungern erinnerte. Jemand räusperte sich, und das Mädchen griff geschäftig wieder zu den ohnedies akkurat wie Zinnsoldaten ausgerichteten Löffeln und Gabeln und verließ dann eilig knicksend den Raum.

«Die Domestiken heutzutage», sagte Bocholt, der mit Baumeister Sonnin in den Saal getreten war und das Mädchen mit seinem Räuspern aus dem skandalösen Nichtstun geschreckt hatte, mit kaum gedämpfter Stimme, «brauchen doch ständig Aufsicht. Mir schien, daß sie nicht nur nichts tat, sondern auch noch unseren französischen Gesandten und seinen Freund dort drüben belauscht hat! Nun gut, das ist wohl Herrmanns' Sache.» Dann sah er sich um, spitzte den Mund und sagte, er finde Herrmanns' neuen Saal, im Vertrauen gesagt, ein bißchen schlicht. So viel freier Platz zwischen den Ranken am Plafond. Die eine oder andere Putte, auch ein Vogel oder ein wenig Obst würden doch mehr hermachen.

Sonnin schwieg dazu geduldig, legte den Kopf in den Nacken und sagte: «Aber der Kronleuchter, lieber Bocholt, wird Euch doch zusagen.»

Bocholt legte auch den Kopf in den Nacken, betrachtete mit zusammengekniffenen Augen das dreistöckige, glitzernde Gebilde aus Silber, Kristall und Kerzen in der Mitte der Decke des langgestreckten, hohen Raumes, wich einem herunterfallenden Wachstropfen aus und sagte: «Nun ja. Wirklich hübsch. Ein bißchen zu italienisch vielleicht. Aber hübsch.» Er schlug vor nachzusehen, ob im Spielzimmer womöglich auch ein Billardtisch Platz gefunden habe, Herrmanns neige ja neuerdings zu solchem Luxus.

Einen Billardtisch gab es nicht, aber dafür drei andere Tische, um die genug Stühle für kleine und größere Runden standen. Sonnin, der gerne spielte und selten gewann, freute sich auf ein Spiel L'hombre mit Lessing, von dem es hieß, daß er auch nicht ständig gewann. Sonnin spielte nur mit kleinen Einsätzen und nahm das Spiel nie ernst genug, um sich zu ärgern, wenn er wieder einmal verlor. Aber vielleicht war es doch angenehmer, mit einem zu spielen, der wie er nicht gerade zu Fortunas Lieblingssöhnen gehörte.

Das Spielzimmer endlich gefiel Bocholt ausnehmend gut. Der Kronleuchter unterschied sich zwar kaum, tatsächlich nur in der geringeren Größe von dem im Tanzsaal, aber die Wände des fast quadratischen Raumes waren mit Leinen bespannt, worauf heitere Landschaften gemalt waren. Daß auf der einen auch ein Reiter mit einem schwer bepackten Pferd und auf der anderen vornehme Damen und Herren in einem noch ziemlich vertraut auf französische Art angelegten Garten zu sehen waren, entsprach endlich seinen Vorstellungen von honorigem Raumschmuck.

«Sehr schön», sagte er, vertraulich Sonnin zugebeugt, «wirklich sehr schön, wenn auch …»

«Jetzt hört aber auf, Bocholt. Ihr seid ein alter Nörgler. Wie hält Eure Gattin Euch bloß aus?»

Bocholt, der fand, daß aus dieser Frage eine völlige Verkennung der tatsächlichen Verhältnisse sprach, machte die Lippen schmal und beschloß, Sonnin auch diesmal nicht böse zu sein. Der hatte ein loses Mundwerk, aber als Baumeister war er ja schon fast ein Künstler. Und als Mechanikus, Produzent seltsamer mechanischer Geräte, die kein vernünftiger Mensch wirklich brauchte, mußte er wohl auch ein wenig seltsam sein.

Sonnin klopfte ihm versöhnlich auf die Schulter und schlug vor, im Rauchzimmer nachzusehen, ob dort schon ein Fläschchen Port bereitstehe. Damit war Bocholt gleich einverstanden, doch plötzlich stutzte er. Die Räume waren voller Menschen, Diener mit modisch knappen Perücken und in dunkelblauen Röcken trugen Tabletts mit Gläsern, zwei Mädchen im blauweiß gestreiften Kattun mit gestärkter Schürze und Haube sorgten wie stille Geister dafür, daß nirgends ein schmutziges Glas stand, kein Taschentuch, kein Fächer vergessen liegen blieb. Auf dem kleinen Podest im Tanzsaal hatten die Musiker schon ihre Instrumente ausgepackt, gerade klappte einer das Spinett auf, und der Ton, den er leicht und prüfend anschlug, ging im Gemurmel und Gelächter der Gäste unter. Bocholt war kein Freund von Musik außerhalb der Kirchen, und er fand diese neue Mode, die Gäste nun auch im heimischen Salon damit aufzuhalten, äußerst lästig. Mit gerunzelter Stirn zählte er vier Violinen, eine Bratsche, ein Cello und zwei Oboen, und nun schleppte noch ein zierlicher Mann, dem man das Spiel auf dem großen Instrument kaum zutraute, seinen Kontrabaß auf das Podest.

Aber das war es nicht, was ihm gerade aufgefallen war. Er hatte nun schon den sechsten Kattunmanufakteur gesehen, und soviel er wußte, gehörte keiner von ihnen zu Claes Herrmanns' Freunden oder engen Handelspartnern. Natürlich handelte Herrmanns auch mit Kattun, wer tat das nicht, aber es war für ihn doch eher ein Nebengeschäft. Und Bellham, dieser Engländer, der seit Wochen in der Stadt herumlief und, wie er erst gestern wieder gehört hatte, mit den Kattundruckereien verhandelte, wurde auch noch erwartet.

Mrs. Bellham war mit den Matthews gekommen, just vor ihm die Treppe zum Salon hinaufgegangen, und hatte die Verspätung ihres Gatten mit einem Gespräch mit dem Court Master der Merchant Adventurers entschuldigt. Es sei leider unaufschiebbar, da Mr. Bellham morgen in aller Frühe die Elbe hinab nach Glückstadt abreise.

Er mußte unbedingt mit Herrmanns reden. Tabak! Tabak war doch das Geschäft der Zukunft. Hatte er es ihm nicht neulich erst in Jensens Kaffeehaus gesagt?

Im Rauchsalon herrschte schon dicke Luft, obwohl es nicht Sitte war, auf Gesellschaften schon vor dem Essen zu rauchen. Aber die Sitten, fand Bocholt, änderten sich ganz allgemein schneller, als er gutheißen konnte.

«Das ist doch ein völlig unsinniges Unternehmen», rief Meistermann gerade und stieß heftig Rauch aus. Er war mit ungarischem Kupfer, holländischen Ziegeln und schlesischem Leinen reich geworden und mißtraute allem, was man nicht anfassen und auf einen Wagen oder ein Schiff laden konnte. «Wie soll das funktionieren? Und haben wir nicht genug Kraft von unseren Mühlen?»

«Kraft haben wir nie genug», sagte Schwarzbach, der die Nervosität über die Einladung in dieses noble Haus endlich überwunden hatte. «Und es ist doch bedenkenswert.»

«Mumpitz ist das», warf Klöber mit behäbiger Selbstgewißheit ein. Er war einer der schärfsten Konkurrenten Schwarzbachs, seit der seinerzeit bei der Versteigerung der Blankschen Manufaktur den Zuschlag bekommen hatte, und nutzte jede Gelegenheit, ihn zu ärgern.

«Mumpitz. Ein Kraftwerk in der Elbe ist nicht zu machen. Ein Bach fließt immer in eine Richtung, das dreht das Wasserrad verläßlich und gibt Kraft. Aber Ebbe und Flut, alle paar Stunden hin und her, wie soll das gehen? Und wie soll man die Kraft dann auf eine Maschine übertragen? Ist doch ständig alles unter Wasser.»

«Warum denn nicht?» rief nun ein anderer, den Bocholt nicht kannte, wahrscheinlich noch so ein Kattunmanufakteur. «Wind geht auch immer hin und her, und die Windmühlen tun doch die beste Arbeit. Oder etwa nicht?»

Darauf konnte Klöber nur unbestimmt knurren. «Trotzdem», sagte er dann und reckte dem anderen seine spitze feuerrote Nase entgegen, «es ist ja auch ständig Hochwasser. Oder Sturm und starke Flut von Herbst bis Frühjahr. Das spült so ein Ding einfach weg. Das bringt nichts, das kostet nur.»

Von dieser Art, Kraft zu erzeugen, hatte Bocholt noch nie gehört. Aber auch wenn Klöber es als Mumpitz abtat, war es doch bedenkenswert.

«Wenn Ihr erlaubt.» Eines der Mädchen, Bocholt glaubte in ihr die Faulenzerin aus dem Saal wiederzuerkennen, stand mit höflich gebeugtem Kopf hinter ihm und wollte vorbeigelassen werden. Auf dem Tisch, um den die über das seltsame Kraftgerät streitenden Männer sich versammelt hatten, war eine ganze Reihe leerer Gläser zurückgeblieben, und auf einer irdenen Schale lagen die kokeligen Reste der Fidibusse, mit denen zwei der Männer sich lange Pfeifen angezündet hatten.

Bocholt trat einen halben Schritt zur Seite, und sie begann, ihr Tablett zu beladen. Bocholt selbst hätte in der Zeit fünf Tabletts gefüllt. Sie mußte eine sein, die sonst nur die niederen Arbeiten in der Küche verrichtete. Knicksend und mit noch demütiger gebeugtem Kopf schob das Mädchen sich mit dem endlich gefüllten Tablett wieder an ihm vorbei. Immerhin, für eine Küchenmagd war sie recht ansehnlich, und sie bewegte sich auch recht zierlich, als sie, behende den flanierenden Menschen ausweichend, in der Menge verschwand.

Das Mädchen glitt in die kleine Seitenkammer neben dem Salon nahe der Treppe und stellte das Tablett auf den Tisch. Es standen schon zwei andere dort, gleich mußte eines der Küchenmädchen kommen, um das schmutzige Geschirr in die Küche hinunterzutragen. Sie zog an ihren Ärmeln, aber die ließen sich nun wirklich nicht mehr dehnen. Betty war zwar weder kleiner noch schlanker, aber ihre Arme waren eindeutig dünner. Die Ärmel umspannten ihre Oberarme, die von der Theaterarbeit und vom jahrelangen Kutschieren kräftiger waren als die einer Zofe, wie eine Klammer. Der Kaufmann im Rauchzimmer hatte sie sehr nachdenklich angesehen, zu nachdenklich. Sie hatte sein Gesicht gleich erkannt, aber es war doch unwahrscheinlich, daß er sich auch an das ihre erinnerte. Seinen Namen wußte sie nicht mehr, aber im letzten Sommer war sie ihm mindestens zweimal im Sommerhaus der Herrmanns in Harvestehude begegnet.

Vielleicht wäre es doch besser gewesen, eine andere Verkleidung zu wählen als die eines Serviermädchens. Und vielleicht war es überhaupt eine dumme Idee gewesen, auf diesem Fest herumschleichen zu wollen und die Leute in ihren Gesprächen zu belauschen. Die meisten der Gäste würden das den Herrmanns sehr verübeln, wenn es herauskam. Aber andererseits, konnte Anne nicht immer behaupten, Rosina habe am Theater zuwenig zu tun und einen kleinen Verdienst gesucht? Diesmal konnte sie sich leider weder das Haar noch ihr Gesicht färben, sondern nur die Lippen ein wenig blasser und schmaler, die Augenbrauen ein wenig dunkler malen und sich unter einer festen Haube verstecken. Bei dem Konzert nach dem Souper mußte sie ja wieder Rosina sein, die Komödiantin, die hier bewies, daß sie auch eine Sängerin war. Beweisen mußte. Sie hatte lange nicht mehr vor einem Publikum und nie vor einem so verwöhnten gesungen. Aber das war Annes Bedingung gewesen, und tatsächlich wußte sie nicht, ob das Kribbeln in ihrem Bauch von ängstlichem oder freudigem Lampenfieber zeugte. Sie hatte sich so sehr danach gesehnt, endlich wieder auf der Bühne zu stehen. Nun stand sie eben auf einer kleinen Bühne, nur als Sängerin, aber sie würde gut sein. Darauf mußte sie nur vertrauen. Die wunderbaren Töne von Davids Violine würden sie begleiten und davontragen wie auf einer der dicken weißen Wolken, die sie über der Elbe gesehen hatte.

Sie stapelte seufzend die Gläser ineinander. Es war schwer gewesen, Claes von ihrer Idee zu überzeugen, bis er bereit war, Henner Schwarzbach und dazu die Kattunmanufakteure einzuladen, denen er den Kauf eines gestohlenen Musterbuchs zutraute. Die Debatte, die Anne da für sie ausgefochten hatte, war ziemlich heftig, und vor allem Claes' Argument, er werde zwar gerne den einen oder anderen Kattunmanufakteur einladen, aber gerade die, die hier in Frage kämen, auf keinen Fall, war schwer zu entkräften gewesen. Schließlich hatte er unter der Bedingung nachgegeben, aus dem für einen kleineren Kreis geplanten Souper einen Musikabend für viele Gäste zu machen. So würde es kaum auffallen, wenn der Kreis auf etwas ungewöhnliche Weise erweitert worden war. Anne war von einem Musikabend sofort begeistert gewesen, vor allem, weil Rosina ihr gestanden hatte, daß ihre Verspätung am letzten Sonntag nicht nur an ihrer Suche nach Lorettas Beutel gelegen hatte. Tatsächlich hatte sie mit David Rhye dessen neue Noten geprüft und über dem gemeinsamen Musizieren einfach die Zeit vergessen. Zur Strafe, so hatte Anne lachend gesagt, müßten David und Rosina die Arie aus dieser neuen Oper, die ja ganz außerordentlich sein müsse, auf dem Musikabend als besondere Attraktion präsentieren. Was wiederum zu einer Debatte führte, diesmal zwischen Rosina und Anne – Claes war entnervt in sein Kontor geflüchtet –, die aber schon nach wenigen Minuten damit endete, daß Anne ihr Tintenfaß öffnete und Löwen einen Brief schrieb, in dem sie bat, seinem Violinisten Mr. Rhye und Mademoiselle Rosina am Donnerstagabend Urlaub zu geben, da beide für ein Konzert im Hause Herrmanns unverzichtbar seien. Löwen hatte nicht gewagt, sich diesem Wunsch zu widersetzen.

Rosina erschien das Souper endlos. Dabei war es wirklich nur ein bescheidenes Souper, wie es zu einem Musikabend paßte. Bei Annes und Claes' Hochzeit im vorletzten Jahr waren neunzehn Gänge serviert worden, und niemand hatte sich darüber gewundert. Nur der Gesandte aus Zürich, doch der war Calvinist und an so verderblichen Überfluß nicht gewöhnt. Aber als höflicher Mann hatte er bis zum sechzehnten Gang durchgehalten, was er mit einer ganzen Woche seelischer wie körperlicher Unpäßlichkeit büßen mußte. Heute gab es nur vier Gänge, wenn auch bei jedem mehrere Speisen zur Auswahl standen. Während des ersten wurde nur wenig geredet, und das vor allem über die exzellente Qualität der Krebse mit Steinpilzen in Rahm, mit Kerbel, Dill, Kümmel und Petersilie gewürzt, und über die Aal- und die Fasanenpastete, mit Thymian, Rosmarin und Schalotten verknetet. Die Ochsenfleischsuppe mit englischem Sellerie wurde nur von dem französischen Gesandten gelobt, der aus seiner Heimat solcherart dünnflüssige Vorspeisen schon gewohnt war.

Als der zweite Gang, mit Austern gefüllte Rebhühner und Kalbfleischragout mit Artischockenböden, Pilzen und viel Estragon, serviert wurde, wandten sich die Gespräche anderen Themen zu, aber Rosina, in ständigem Kampf mit den schweren Platten und Schüsseln und ihrer zu großen Haube, konnte nie lange genug bei den Gästen stehenbleiben, um mehr als ein paar Sätze zu verstehen. Professor Büsch debattierte mit Bocholt und zwei weiteren weitgereisten Kaufleuten über die Forschungsreise Carsten Niebuhrs, der auf dem Heimweg nach Kopenhagen nach seinem immerhin sechs Jahre dauernden Abenteuer kürzlich in Hamburg Station gemacht hatte. Er hatte Ägypten, die Westküste des Osmanischen Reiches, Persien und die geheimnisvolle arabische Halbinsel bereist, war schließlich bis zum ostindischen Bombay gesegelt, das ihn, so hatte man in den Kaffeehäusern gehört, besonders beeindruckt hatte. Ob er auch, wie der dänische Heringshändler behauptete, auf seiner Rückreise tatsächlich den Tigris befahren hatte, blieb leider ungeklärt, aber gewiß, versicherte Büsch, werde er bald ein Buch über seine Abenteuer schreiben. Und auf alle Fälle, sagte schließlich Bocholt, habe er Karten und viele Neuigkeiten von der geheimnisvollen Stadt Sana mit ihren ganz aus Lehm gebauten und mit zahllosen Türmchen und Zinnen bestückten, auch bemalten Wohntürmen mitgebracht, und das könne nur gut für den Handel sein. Wenn er persönlich auch finde, daß sechs Jahre doch eine lange Zeit seien, und es dauere gewiß noch sehr viel länger, bis die Kosten für so ein Unternehmen wieder hereinkämen. Die habe doch der dänische König gehabt, warf ein beleibter Herr, einer dieser kleineren Kattunmanufakteure, der dem Gespräch von der anderen Seite des Tisches aufmerksam zugehört hatte, vergnügt ein, und Bocholt knurrte: «Genau. Und wem hat er sie abgepreßt? Uns Hamburgern!»

Dagegen war nichts zu sagen, aber alle fanden doch, daß Niebuhr, der schon als verschollen gegolten hatte, wieder zurück sei, grenze an ein Wunder.

Nicht minder lebhaft, allerdings ein wenig lauter ging es an der oberen rechten Ecke der langen Tafel zu. Dort saß Lessing neben Augusta, die beiden hatten sich im vorigen Sommer am Brunnen in Bad Pyrmont kennengelernt und mußten nun unbedingt eine Debatte, die sie damals nicht beenden konnten, fortsetzen. Es ging um William Shakespeare, den Augusta für einen recht groben Dichter hielt, während er für Lessing der größte aller Zeiten war.

«Der größte, meine verehrte Madame Kjellerup. Und wenn auch unsere Theaterdirektoren endlich begreifen, *wie* groß, wenn sie seine Tragödien und Komödien endlich auch auf die deutschen Bühnen bringen, dann wird unser Theater sprießen und blühen wie Eure Alsterwiesen im Mai.»

Augusta sah Lessing zweifelnd an. Obwohl sie genau wußte, daß er auch Trinklieder verfaßte, die keinesfalls für den Salon, sondern höchstens für den Weinkeller geeignet waren, hielt sie ihn für einen äußerst klugen Mann von hoher Bildung und exzellentem Geschmack. Und nun trat er für diese gotischen Schauerstücke ein?

«Auch wenn Ihr es gerne abstreitet, so seid Ihr doch ein Dichter von hohem Rang und versteht Euch sehr viel besser auf diese Dinge als ich», sagte sie schließlich zögernd. «Es ist auch schon etliche Jahre her, daß ich eines der Stücke sah, von dem es hieß, es stamme aus der Feder dieses Dichters, und ich muß sagen, lieber Lessing, etwas Gröberes und Blutigeres sah ich nie. Ich denke nicht ...»

«Ah, Madame, nun klärt sich unser Disput. Ihr sagt es selbst: von dem es *hieß*, es stamme aus der Feder des großen William. Ich bin sicher, daß das, was Ihr gesehen habt, nichts mehr mit seinen Werken zu tun hatte. Es ist seit weit mehr als hundert Jahren Sitte – ach, was sage ich? Es ist seit mehr als hundert Jahren Un-Sitte, daß sich jeder Prinzipal aus Shakespeares Werken herausschneidet, was er zu brauchen glaubt, um sein Publikum zu locken, und daraus die übelsten Schauerdramen macht. Jeder stochert nach dem blutigsten Filetstück und macht daraus ein übelriechendes Ragout. Ihr habt nicht Shakespeare gesehen, Madame, Ihr habt einen Brei aus Worten, Geschrei und Mordlust gesehen, der aus nichts als Diebstahl entstanden ist.»

Das sei ein Verbrechen, nicht nur an der Kunst, das könne man wohl verschmerzen, aber vor allem an den Menschen, denen man so die Werke des größten Genies unter den Dichtern aller Zeiten vorenthalte.

«Shakespeare, Madame, will studiert und nicht geplündert sein. Von keinem können wir besser lernen, was ein Dichter, ein Schauspieler, überhaupt ein Mensch über das Leben lernen muß.»

Doch jetzt, seine grimmig gewordene Miene glättete sich, und seine Stimme wurde wieder etwas moderater, habe Wieland, ein schwäbischer Dichter und bedeutender Mann, etliche Dramen des großen Engländers übertragen. «Zwar sind seine Übersetzungen für meinen Geschmack zu sittsam geraten, er hat nach eigenem Gusto fleißig zensiert, aber nun werden sie auch die deutschen Länder erobern. Es gibt keinen Zweifel, daß damit eine neue Zeit auf dem Theater beginnt. Die Franzosen, Madame, haben große Dichter. Aber sie passen nicht so gut für das deutsche Gemüt. Das ist dem englischen näher. Vor allem aber läßt Shakespeare Menschen aller Stände auftreten. Und er vermischt das Komische und das Tragische, das Gute und das Böse, auch in einer Person. Das mag viele stören, aber ist nicht genau das, Madame, die natürliche Abbildung des menschlichen Lebens?»

Nun mischte sich auch Madame König ein, die mit ihrem Gatten auf der gegenüberliegenden Seite des Tisches saß, und versprach Augusta, sie wolle ihr gerne den einen oder anderen Band dieser Übersetzungen ausleihen, wenn die Bestellung, die sie schon im Mai aufgegeben habe, nur endlich einträfe.

Rosina bedauerte inzwischen, daß sie Annes Vorschlag, als entfernte Cousine aus Leipzig mit an der Tafel zu sitzen, hatte ablehnen müssen. Dazu gab es doch zu viele unter den Gästen, die sie wiedererkannt hätten. Sonnin hatte ihr vorhin im Rauchzimmer schon recht vertraulich zugezwinkert, aber der Baumeister würde sie nicht verraten. Er kannte ihre Scharaden, vertraute auf ihren Sinn und hatte außerdem selbst den allergrößten Spaß daran.

Claes hatte ihr vor dem Souper die Kattunmanufakteure gezeigt, und um ihr Unternehmen, das er immer noch ziemlich absurd fand, leichter zu machen, waren sie an der Tafel nahe beieinander plaziert worden. Sie hatte sie zwar nicht wiedererkannt, aber letztlich war es ganz einfach, Männer ihrem Metier zuzuordnen. Die meisten sprachen über nichts anderes. Immer wenn es Rosina gelang, einen leeren Teller oder auch nur ein fast leeres Glas bei ihnen zu entdecken und abzuräumen, hörte sie sie von nichts anderem als Preisen, der Konkurrenz des schlesischen und sächsischen Leinens, von dem ewigen Ärger mit den Zugochsen oder dem rapide nachlassenden Gehorsam unter den Arbeitern.

Auch über Schwarzbachs Ärger mit seinen Nachbarn flußabwärts wurde debattiert. Die hatten sich beim Rat beschwert, seine Druckerei verschmutze das Alsterwasser so stark, daß sie daraus nicht mehr schöpfen könnten. Er solle seine Manufaktur vor die Tore an die Bille oder an die Wandse verlegen. Diesmal war man gleich einig, daß der Rat selbstverständlich zugunsten Schwarzbachs entscheiden müsse, weil die Kattundruckerei nun mal eines der wichtigsten und lukrativsten Gewerbe der Stadt sei. Punktum, sagte Schwarzbach und nickte zufrieden. Sollten die anderen doch Wasser aus Brunnen kaufen. Davon gab es schließlich immer mehr. Oder mit *ihrem* Gewerbe vor die Wälle ziehen. In der Stadt sei es sowieso längst zu eng, fuhr er fort und ließ sich von Rosina Zwiebeln in Madeira und schneeweißen Blumenkohl neben das mächtige Stück Ochsenfilet – der dritte Gang wurde nun serviert – auf seinen Teller legen, wobei er begehrlich nach der Platte voller Lammfleisch mit Trüffeln blickte, die einer der Diener gerade zum anderen Ende des Tisches trug. Wer nun noch Platz und reines Wasser brauche, sagte er und schnitt in das saftige Fleisch, müsse eben sehen, woher er das eine wie das andere bekomme. Wer zuerst kommt, mahlt zuerst.

Von dem verschwundenen Musterbuch und von Lukas Blank, ein Thema, das doch alle Kattunmanufakteure erhitzen müßte, kein Wort.

Rosina fühlte sich plötzlich sehr müde. Ihre Arme und Füße schmerzten von der ungewohnten Arbeit, und die Hoffnung, irgend etwas zu hören, das ihr weiterhalf und die Spuren deutlicher machte, war nun verflogen.

Endlich wurde das Dessert serviert. Ein wenig hastig, fand Bocholt, der nach dem Ochsen gerne auch noch von dem Lamm probiert hätte. Aber so war das eben, wenn man neue Moden einführte und sich für einen Abend zuviel vornahm. Denn die Sache mit dem Konzert tue doch gar nicht not, erklärte er seiner Gattin, alle amüsierten sich auch so ganz prächtig. Madame Bocholt, eine zarte, graumelierte Dame mit traurigen Augen, hatte im tannengrünen, nur sehr sparsam mit Tonderner Klöppelspitze besetzten Seidenkleid während des ganzen Essens stumm neben ihm gesessen. Nun lächelte sie ergeben, nicht weil sie tatsächlich seiner Meinung war, sondern weil sie sich ganz außerordentlich auf die Musik freute. Dann entschied sie sich für die Teecreme mit Vanille und Rumrosinen. Weingelee bekam sie zu Hause alle Tage, schließlich war es das Lieblingsdessert ihres sparsamen Gatten. Rosina trug eine große Schüssel Kürbis in Ingwersirup zu den Gästen, der vor allem in dem Kreis um Madame van Witten großen Zuspruch fand. Hier wurden nicht, wie Rosina erwartet hatte, die neuesten Familiennachrichten ausgetauscht. Vielmehr sprach man gerade über geheimnisvolle versunkene oder auch nicht versunkene Inseln. Aus der Konversation entwickelte sich ein Disput. Mademoiselle Stollberg schlug sich tapfer gegen Christian Herrmanns und dessen holländischen Freund Pieter Waarden, die links und rechts von ihr saßen und die Sache mit den mysteriösen Reichen im Meer für pure Erfindung hielten.

«Atlantis hinter den Kanarischen Inseln?» rief Waarden ungeachtet der Griechischlektionen während seiner Schulzeit und starrte in sein Weinglas wie in einen magischen Teich. «Ich sehe hier etwas ganz anderes. Atlantis», er nahm einen großen Schluck Burgunder, «ist dänisch. Ich sage: Atlantis ist – Helgoland!» Alle außer Mademoiselle Stollberg lachten herzlich und hielten dies für einen wirklich amüsanten Scherz.

Schließlich wurden die Gäste in die hinteren Räume gebeten. Alle folgten willig den Dienern, die nach den Weinkaraffen griffen und sie voraustrugen, damit der Saal für das Konzert geräumt werden konnte.

Madame van Witten ließ sich neben Augusta in einen Sessel im vorderen Salon fallen und ein Glas Rheinwein einschenken. «Nur ein winziges Tröpfchen, meine Liebe.» Sie lehnte sich seufzend zurück. Nicht weil sie zuviel gegessen hatte – der Kürbis wäre wirklich nicht mehr nötig gewesen, aber was war ein gutes Souper ohne Dessert? –, sondern weil sie sich über ihren Senator ärgerte. Gerade hatte sie Claes zum drittenmal gefragt, wie spät es sei, und sich noch einmal für sein langes Ausbleiben entschuldigt. Von seinem Pflichtbewußtsein, vertraute sie nun Augusta an, werde ihn noch der Schlag treffen.

Der Weddesenator van Witten saß zu dieser Zeit in seiner Amtsstube im Rathaus und blätterte in dem Bericht, den Wagner über die Verhöre von Lukas Blank geschrieben hatte. Wagner, fand van Witten, war ein braver Mann. Wirklich ein tüchtiger Weddemeister, aber manchmal war es eben doch nötig, daß er selbst, der Weddesenator, in eine Untersuchung eingriff. Diese Sache mit dem jungen Blank gefiel ihm nicht, überhaupt nicht. Er hatte seinen Vater gekannt, nicht sehr gut, aber doch genügend für den einen oder anderen Austausch in der Börsenhalle oder im Kaffeehaus. Der alte Blank war ein anständiger Mann gewesen, auch ein guter Geschäftsmann, bis er in die falschen Schiffe investiert und beim Versuch, seine Verluste wieder wettzumachen, auch noch den falschen Ratgebern vertraut hatte. Viele waren bankrott gegangen in den letzten Jahren, Blank als einer der ersten. Er hatte seinen Besitz für ein Butterbrot hergeben müssen, als andere noch satte Gewinne machten, und die Summe hatte gerade die Außenstände gedeckt. Für Freda und Lukas war nur wenig übriggeblieben. Daß Blank dann gleich am Schlagfluß sterben mußte, war natürlich Pech. Andererseits: Wer lebte schon gerne als Bankrotteur weiter?

Van Witten warf einen schnellen Blick zu der Stutzuhr auf dem kleinen Tisch bei den Fenstern. Ein elegantes Stück, das er sich im vorigen Jahr zur Entschädigung für die lange, beschwerliche Reise aus Augsburg mitgebracht hatte. Sie steckte in einem polierten Nußbaumgehäuse, reich geschmückt mit Intarsien aus blankem Zinn und Messing. Die Ranken in den Ecken und im hübsch geschwungenen Sockel waren vergoldet, und das Zifferblatt zeigte nicht nur die Zeit, sondern auch das Datum und die Mondphasen. In diesem Moment konnte er sich allerdings kaum daran erfreuen, dazu war es zu spät. Bei den Herrmanns würde man sich gewiß wundern, wo er so lange blieb. Aber die Sache mit dem jungen Blank hatte ihm heute plötzlich keine Ruhe mehr gelassen, er wollte erst selbst mit Lukas sprechen, bevor er sich dem Vergnügen des Herrmannsschen Musikabends und vor allem den gewiß äußerst delikaten Speisen von Herrmanns' Köchin hingab. Er würde natürlich das Konzert versäumen, für gewöhnlich fand es zu Beginn eines solchen Abends statt, aber dann konnten ihm das Gefiedel und Gesinge auch nicht den Appetit verderben. Er hoffte, daß Herrmanns sich nicht ausgerechnet heute der neuen Sitte anschloß, das Essen vor der Musik zu servieren.

So verstockt konnte der junge Blank doch gar nicht sein, daß er der Autorität eines Senators widerstand und auch ihm nicht erzählte, was es mit dieser seltsamen Geschichte von Schwarzbachs Musterbuch auf sich hatte. Und, zum Teufel, wenn er tatsächlich auch noch diese Kokotte umgebracht hatte, aus Leidenschaft oder warum auch immer, war er natürlich nicht zu retten, aber vielleicht würde ihm doch irgend etwas einfallen.

Van Witten schätzte das Henken nicht. Gewiß, der Galgen war nützlich und in vielen Fällen auch unausweichlich. Tatsächlich wurde auch längst nicht mehr so schnell und oft gehenkt wie in seiner Jugend. Wer gebrandmarkt, an den Pranger gestellt, gepeitscht und dann aus der Stadt verwiesen wurde, war ja kaum besser dran, vor allem im Winter. Zwei der diebischen Weiber, die im letzten Januar dieses Schicksal getroffen hatte, waren schon wenige Tage später nur ein paar Meilen vor der Stadt erfroren aufgefunden worden. Eine mit ihrem Kind. Warum hatte sie es nicht im Waisenhaus an den Kajen abgegeben? So ein Los war auch nicht angenehm, aber immer noch besser, als vor einer grölenden Meute am Strick zu baumeln.

Je länger van Witten in seinem Amt war, um so unangemessener erschien es ihm, Diebe und Betrüger mit dem Tode zu strafen. Obwohl die Kirche nichts dagegen einzuwenden hatte, fand er es nicht wirklich christlich und schon gar nicht vernünftig, denn es war nicht einmal ökonomisch. Zu dumm, daß Hamburg keine Kolonien hatte. Er wollte nun endlich dem Rat vorschlagen, deshalb in London vorzusprechen. In den amerikanischen Kolonien der Engländer herrschte trotz der Unmengen an schwarzen Sklaven immer Mangel an Arbeitern, und in den nördlichen Regionen war, wie man hörte, das Klima auch recht bekömmlich. Die Besiedlung dehnte sich dort rasch aus, vor allem nach Westen, der Kontinent war wohl endlos. Die Engländer schickten eine ganze Menge ihrer Verurteilten dorthin, aber auch auf ihre großen Plantagen nach dem südlichen Virginia, Männer, Frauen und Kinder. In den letzten Jahren begnadigten sie auch immer mehr zum Strick Verurteilte zum Sklavendienst in den Kolonien. Und, auch das hörte man, ein paar Schiffseigner verdienten sich eine goldene Nase an der Deportation über den Ozean. Es kamen zwar nicht alle lebend drüben an, aber wohl doch genug, um das Geschäft lohnen zu lassen. In den Regionen weiter westlich, an der Grenze aller Zivilisation, herrschte auch Mangel an Frauen. Und hier im Werk- und Zuchthaus und im Spinnhaus drängten sich die Diebinnen und Huren. Einer wie der junge Blank, aus gutem Hause und im Kern gewiß nicht durch und durch schlecht, könnte in den Kolonien nach einer angemessenen Zeit der Fron – von etwa sieben oder zehn Jahren – sogar eine neue

Chance finden. Er war stark und gesund, die Arbeit würde ihn nicht umbringen, sondern seine Seele läutern.

Natürlich durfte so einer nie zurückkehren, und war das nicht schon die schlimmste aller Strafen? Verbannt und für immer getrennt von allen, die er kannte, von allem, was er liebte, und das ganz allein? Jedenfalls wollte van Witten den jungen Mann noch einmal selbst befragen, und ganz gewiß wollte er dazu nicht in dieses üble Loch am Berg gehen. Also hatte er zwei Männer von der Wache, besonders verläßliche, erfahrene Männer, zur Fronerei geschickt, den Delinquenten zu ihm in seine Amtsstube zu bringen. Es war nicht weit, keine zehn Minuten, und die frische Abendluft würde Blanks Kleider hoffentlich genug auslüften, daß sie nichts mehr von dem Gestank der Fronerei ins Rathaus brachten.

Er hatte mit Bedacht diese späte Stunde gewählt, am hellen Tag hätten sich die Wachen mit ihrem Gefangenen durch die Menge drängeln müssen. Da wäre gewiß mancher Stein oder faule Apfel geflogen, und das tat selbst bei einem wie Lukas Blank nicht not. Der Pranger kam noch früh genug, und van Witten hatte keine Lust, einen nicht nur stinkenden, sondern auch noch blutigen Mann zu verhören. Wieder sah er auf die Uhr. Vielleicht war ihr Werk stehengeblieben, er vergaß manchmal, es aufzuziehen. Bei seiner alten Uhr, die täglich aufgezogen werden mußte, war ihm das nie passiert. Aber diese brauchte nur einmal wöchentlich neue Kraft. Da schlug es auch vom Dom. Er zählte die Schläge und stellte fest, daß seine Uhr richtig ging. Es war schon acht. Die Wachen mußten jeden Moment mit Lukas Blank ankommen. Van Witten erhob sich aus seinem bequemen samtbezogenen Lehnstuhl, und gerade als er begann, mit langen Schritten auf und ab zu gehen, hörte er schwere Schritte auf der Treppe.

«Ah», sagte Madame van Witten, die immer noch neben Augusta saß und sich gerade ausführlich berichten ließ, wie diese Monsieur Lessing, der ohne Zweifel ein äußerst charmanter Herr sei, in Pyrmont kennengelernt hatte. «Da kommt unsere Gastgeberin und bringt uns noch einen späten Gast.»

«So kann man es nennen», sagte Anne lächelnd, «einen ganz besonderen Gast sogar. Darf ich Euch Mademoiselle Rosina vorstellen, Madame van Witten? Eine Freundin, aber heute abend ist sie vor allem unsere Sängerin, und gewiß habt Ihr schon von ihr gehört.»

Madame van Witten hielt nicht viel von der Vermischung der Stände, wie sie neuerdings in Mode kam, und sie war heilfroh, daß ihre beiden Söhne klug genug gewesen waren, Mädchen zu heiraten, die ihren Eltern recht waren. Aber bei dieser jungen Frau siegte ihre Neugier.

«In der Tat», sagte sie und bemühte sich, die seltsame Freundin des Hauses nicht zu auffällig zu mustern, und fragte sich, welches nun das richtige Verhalten sei. Schließlich klopfte sie einfach auf den Sessel, der neben ihr noch frei war, und wer in den nächsten Minuten durch den Salon schlenderte, fragte sich, wer denn die junge Dame in dem schilfgrünen Seidenkleid mit den ausnehmend hübschen Lyoner Spitzen sei, mit der die Senatorin so angeregt plaudere.

Natürlich habe sie von ihr gehört, versicherte Madame van Witten, und sie bewundere ihren Mut, doch, das tue sie wirklich, und gegen das Theater habe sie persönlich gar nichts einzuwenden. Sie besuche es zwar selbst nicht gerne, aber nicht wegen der Moral der Aufführungen, über die so viel gestritten werde. Sie möge einfach nicht stundenlang in einer engen Loge sitzen. Auch sei die Luft dort, das habe ihr Gatte ihr versichert, äußerst unbekömmlich, aber dennoch, sie finde es unerhört, was da für Pamphlete in der Stadt kursierten. Und wenn man sich vorstelle, daß neuerdings Dorothea Bauer, ausgerechnet Dorothea, die noch im letzten Jahr die frivolen Vaudeville-Aufführungen auf der kleinen Bühne im Dragonerstall-Saal besucht habe, nun plötzlich eine Gruppe um sich schare, die gegen das Theater zu kämpfen gedenke, das sei, man möge es ihr verzeihen, ein Witz. Wenn Dorothea nicht von selbst zur Vernunft käme, wolle sie ihr, immerhin eine Cousine dritten Grades, selbst den wirren Kopf zurechtrücken.

Augusta drehte nervös ihr Weinglas zwischen den Fingern und begann zu überlegen, welche Ausflüchte ihr einfallen könnten. Aber Madame van Witten, für gewöhnlich an der Quelle aller Neuigkeiten in der Stadt, hatte offenbar noch nicht gehört, daß Augusta Kjellerup, die sich bisher nie calvinistisch gebärdet hatte, nun auch zu den Theaterfeinden übergelaufen war.

«Aber manchen», fuhr die Senatorin mit gedämpfter Stimme und Rosina zugeneigt fort, «muß man eine gewisse Sprödigkeit, einen Mangel an Humor und Heiterkeit nachsehen. Mrs. Bellham zum Beispiel – das ist die Dame, die gerade mit der kleinen Dölling vorbeiging, diesem armen Ding mit den karottenroten Haaren und einer spitzen Nase voller Sommersprossen, Ihr habt sie doch gesehen? – ist gewiß so, weil sie im Leben viel Leid, aber auch viel Gnade erfahren hat. Das lehrt Dankbarkeit und Gehorsam gegen Gott, was man allerdings auch übertreiben kann. Ich jedenfalls bin davon überzeugt, daß auch Gott sich gerne mal amüsiert.»

Das war ein Resümee ganz nach Augustas Geschmack, aber sie hätte trotzdem zu gerne ein anderes Thema angeschnitten, irgendeines, wenn es nur schnell von der frömmelnden Gruppe im Bauerschen Salon fortführte. Andererseits interessierte sie sich brennend für bemerkenswerte Lebensgeschichten. Doch sie mußte Madame van Witten gar nicht ermuntern, die Senatorin fuhr schon fort: «Sie hat es nicht leicht gehabt, obwohl sich ja dann doch alles zum Guten gewendet hat. Bellham ist ein reizender Mensch, und er verehrt seine Magdalena aufrichtig.»

Man wisse ja, was aus Ehen, die von den Eltern arrangiert würden, ohne daß das Paar sich genug kenne, werden könne. Sie wisse da Geschichten, tragisch, wirklich tragisch, aber Magdalena habe Glück gehabt. Die Heirat mit dem englischen Witwer – seine Kinder aus der ersten Ehe seien ja nun schon aus dem Haus, und gewiß hätten sie in Magdalena eine etwas junge, aber äußerst brave Stiefmutter gehabt –, also die Ehe sei von ihrem Vater arrangiert worden, der schon lange mit Bellham in Geschäftsverbindungen gestanden habe.

«Gewiß hätte er auch ein englisches Mädchen heiraten können, aber nein, er hat sich für Magdalena entschieden, obwohl er nur eine Miniatur von ihr kannte. Und unter uns gesagt, Magdalena war als junges Ding nicht besonders hübsch. Das kann man nicht behaupten, aber gewiß lag es nur an ihrer Schüchternheit. Die hat sie ja nun abgelegt, und …»

«Unbedingt», fiel ihr Agnes ins Wort, die sich während der letzten Sätze zu der Runde um die Senatorin gesellt hatte und ihre Cousine stets verteidigte. «Als Mädchen war sie wohl langweilig und schrecklich brav, aber sie ist doch recht hübsch geworden auf ihre Art, und sie ist nicht dumm. Wirklich nicht dumm.»

«… und die Tragik ihrer Reise nach England», fuhr Madame van Witten ungerührt fort, die die ganze Geschichte sowieso von Agnes kannte und nicht einsah, warum Madame Matthew den Vorzug haben sollte, sie selbst noch einmal zu erzählen, «und die Tragik ist, daß ihre Eltern, kurz bevor sie ihre Tochter zu ihrem Bräutigam in das ferne fremde Land bringen wollten, an Scharlach starben. Grausam dahingerafft. Ihre einzigen nahen Verwandten, außer unserer lieben Madame Matthew natürlich. Und stellt Euch vor, sie muß damals so alt gewesen sein wie Ihr jetzt.» Im Schwange ihres späten Mitgefühls griff sie in Ermangelung von Magdalenas Hand nach Rosinas und tätschelte sie tröstend. «Sie mußte nun ganz allein mit ihrer Zofe und als einzigem Schutz einem jungen Mann …»

«… nur dem Bruder der Zofe», warf Agnes eifrig dazwischen, «nur ein Kutscher und Knecht und gänzlich unerfahren im Reisen!»

«Mit diesem Mann als einzigem Schutz reisten die beiden jungen Frauen den Rhein und den Lek hinunter, um in Rotterdam das Schiff nach England zu nehmen.»

«Und dann», diesmal war Agnes schneller, «stell dir vor, Anne, du bist ja auch schon weit gereist und kannst die Gefahren bestimmt ermessen, dann ist die Zofe verschwunden. Einfach verschwunden, als das Schiff für eine Nacht bei Kaiserswerth anlegte.»

Alle schwiegen mit der gebotenen Ergriffenheit.

«Und der Knecht?» fragte Rosina. «Ist der Knecht auch verschwunden?»

«Nein. Die gute Seele. Er ist bei ihr geblieben und hat sie nach England gebracht. Vielleicht war er doch nicht so ungehobelt, wie man von einem rheinischen Knecht erwarten könnte.» Madame van Witten warf Agnes einen triumphierenden Blick zu, um gleich darauf tief bewegt zu seufzen. «Erst in der Not», sie hob bedeutungsvoll den Finger, «erst in schweren Stunden zeigt sich ein Charakter. Man sagt, das junge Ding sei mit irgendwelchen Komödianten davongelaufen oder mit einer Akrobatentruppe, da soll ein Starker Mann dabeigewesen sein, den sie aus Köln schon kannte. Ich glaube, sie hat sich dort mit ihm verabredet, hat sich die bequeme Reise auf dem Rheinsegler bezahlen lassen und dann ihre Herrin einfach im Stich gelassen. Das glaube ich.»

Was die anderen Damen in dieser Sache glaubten, konnte Rosina leider nicht mehr hören. Blohm, im besten Feiertagsrock aus glänzend schwarzer Seide und mit frisch frisierter und gepuderter Perücke, verbeugte sich vor den Damen. Der Saal sei soweit, alle Tische weg, und der Herr bitte, Madame Anne möge nun den Beginn des Konzerts bekanntgeben, aber im Spielzimmer und im Rauchsalon werde weiter serviert, weil Musik, habe Monsieur Claes gesagt, ja nicht jedermanns Sache sei.

Es fanden sich trotzdem etwa die Hälfte der Herren und alle Damen im zum Konzertsaal umgeräumten Tanzsaal ein, woran ganz ohne Zweifel der erste Violinist großen Anteil hatte. Er war im Laufe des Abends schon allgemein als ungewöhnlich talentiert und – hinter vorgehaltenem Fächer – als ebenso ansehnlich gepriesen worden. Madame Schuback, die zu einer der reichsten und mächtigsten Kaufmannsfamilien der Stadt gehörte und mit dem Adel eigentlich wenig im Sinn hatte, flüsterte Madame Voght gar zu, sein Profil habe durchaus etwas Aristokratisches.

Und dann erklangen die ersten kraftvollen Töne von Telemanns Alster-Ouvertüre, ein einziges Fest für die Streicher, und schon beim zweiten der acht Tanzsätze war alles Geplauder verstummt. Später würde man sich einig sein, daß diese heitere Suite doch das vergnüglichste unter den zahlreichen Glanzstücken des alten Meisters sei, was für ein Jammer, daß seine Zeit auf Erden nun vorbei sei, es werde wohl keinen Musikus geben, der ihn ersetzen könne. Das hätte Telemann zu kaum mehr als einem spöttischen Blinzeln veranlaßt. Wenn er als städtischer Musikdirektor und Kantor auch viele Freunde und Verehrer gefunden hatte, gab es zu seinen Lebzeiten doch immer wieder bitteren Streit um seine Vorstellung von der Musik, und er hatte niemals gehört, daß er unersetzlich sei.

Rosina saß kerzengerade auf einem Stuhl nahe der Tür. Das Batisttuch in ihren Händen war schon jetzt nur noch ein feuchtes Knäuel. Die Suite würde nur eine knappe halbe Stunde dauern, dann gab es keinen Ausweg mehr, dann mußte sie dort vorne stehen und singen.

Beim siebten Tanzsatz mit dem bildreichen Titel «Die konzertierenden Frösche und Krähen» glitt Lessing nahezu geräuschlos auf den Stuhl neben ihr.

«Ihr habt heute ungewöhnlich viele Rollen», flüsterte er. «Ich wüßte zu gern, warum.»

«Das ist mein Geheimnis», flüsterte Rosina zurück. «Wartet einige Tage, und ich erzähle es Euch.»

Lessing grinste. «Wenn Ihr so gut singt, wie Herrmanns' Köchin kocht und wie unser Mr. Rhye spielt, wird der Abend zum Ereignis.»

«Nicht wahr? Er spielt wunderbar. Und ich glaube, sein Instrument ist auch sehr gut gewählt.»

«Sehr gut gewählt? Ihr macht Scherze. Es ist ein Juwel. Er hat es mir kürzlich gezeigt. Diese Violine ist in einer der ältesten Werkstätten in Cremona gebaut worden, es gibt kaum eine bessere. Jeder Violinist würde seinen rechten Arm für ein Instrument aus dieser Werkstatt geben, wenn er ihn nicht so dringend zum Musizieren bräuchte. Ich frage mich wirklich, warum er mit seinem meisterlichen Spiel und diesem Instrument zu unserem ärmlichen Theater gehört, anstatt am Hof von Berlin oder London Triumphe zu feiern. Verzeiht uns, Madame, wir werden nun schweigen.»

Der letzte Satz war nicht mehr an Rosina gerichtet, sondern an eine Dame in der vorderen Reihe, die sich mit äußerst ungehaltenem Blick nach den beiden flüsternden Störenfrieden hinter ihr umgesehen hatte. Sie trug ein Kleid aus prächtig gemustertem und mit Goldmalerei geschmücktem Zitz-Kattun nach ostindischer Manier, dem glänzendsten und teuersten, der zu haben war. Auch ihre Frisur war beachtlich. Ihr hoch aufgetürmtes und weiß gepudertes Haar war mit perlenbesetzten Schleifen und einem apfelgroßen Segelschiff garniert, das beim vergeblichen Versuch, das Geflüster in ihrem Rücken genauer zu verstehen, erheblich Schlagseite bekommen hatte.

Die Schlußtöne des neunten und letzten Tanzsatzes, «Der Schäfer und Nymphen eilfertiger Abzug», verklangen, und nach gebührendem Applaus kündete Anne die Überraschung des Abends an, eine Arie aus einer neuen Oper, «Orfeo ed Euridice» von dem berühmten Komponisten zu Wien, Monsieur Gluck, die in dieser Stadt noch nie zu Gehör gebracht worden sei. Das hatte ein allgemeines Ah und Oh zur Folge, aber auch einige äußerst sorgenvolle Gesichter und sich auf der Suche nach einem Weg, den Saal diskret, aber eilig zu verlassen, drehende Hälse. Man solle sich jedoch nicht sorgen, fügte Anne noch hinzu, anders als im so erbarmungslosen griechischen Mythos siege in dieser Oper die Liebe, und das Paar dürfe am Ende doch und im Glück gemeinsam weiterleben.

Rosinas Hals war plötzlich staubtrocken. Kein Ton würde herauskommen. Aber dann stand sie auf dem Podest neben dem Spinett, hörte, wie David seine Violine neu stimmte, hörte das Summen der in der willkommenen kleinen Pause plaudernden Stimmen, das Hüsteln und

Räuspern und fragte sich zum hundertstenmal, warum sie diesen Auftritt nicht beharrlicher verweigert hatte. Viele der Gäste hatten es vorgezogen, den Abend im Spielzimmer oder Rauchsalon fortzusetzen, aber Rosina hatte das Gefühl, daß alle Augen der Stadt hier versammelt waren und sie erbarmungslos durchbohrten. Aber da waren auch Anne, Claes und seine Tante Augusta, Baumeister Sonnin, Lessing mit Mademoiselle Reimarus, der Seidenhändler König und dessen Frau, Madame van Witten saß zwischen Mrs. Bellham auf der einen und Agnes und Thomas Matthew auf der anderen Seite – lauter freundlich-erwartungsvolle Gesichter. War es nicht doch leichter, nur vor Fremden zu singen, deren Applaus man erhoffte, die man aber nicht als Freunde enttäuschen konnte?

Sogar Mrs. Bellham, von der niemand Freude an einer neuen Oper aus Wien erwartete, lächelte milde. Sie war heute nicht in graue, sondern in zartgelbe, mit weißen Blüten und Blättern bestickte Seide gekleidet, die das tiefe Dunkel ihres Haares wie Ebenholz erscheinen ließ. Doch bevor Rosina Details von Mrs. Bellhams Frisur zum Anlaß nehmen konnte, um sich von dem erdrückenden Gefühl in ihrer Brust abzulenken, geschah etwas Verblüffendes. Mr. Bellham war leise hereingekommen und setzte sich neben sie. Er war ein wenig zu aufgeputzt und sein Lächeln wie stets eine Spur zu breit, um von echter Wärme zu sein. Aber über das Gesicht seiner Frau glitt ein Strahlen, sie sah ihn mit schmelzenden Augen an, neigte sich seinem Flüstern zu wie eine Braut, und ihr Gesicht, ihr ganzer Körper schien plötzlich etwas Leichtes und Stolzes zu bekommen. Mrs. Bellham, das war deutlich zu erkennen, verehrte und liebte ihren Gatten als einen königlichen Ritter ohne Furcht und Tadel.

Rosina atmete tief. In diesem Moment hätte sie sogar mit Magdalena Bellham getauscht. Als Komödiantin auf der Bühne war sie niemals so nervös, doch hier schien ihr alles anders. Konnte nicht jeder sehen, daß das vornehme Kleid aus Annes Truhe war und mit Hast und viel zu groben Stichen für sie gekürzt? Würde nicht jeder ihre Stimme mit der der großen Sängerinnen vergleichen? Sie wußte, daß ihr Sopran leicht und klar war, aber sie wußte auch, daß er weder richtig ausgebildet noch stark genug war, eine Oper durchzustehen. Aber für eine Arie, für diese eine wunderbare Arie der Euridice, die schlichteste und zugleich schönste, die sie je gesungen hatte, würde er genug sein.

Dennoch, es war ja kaum Zeit zum Proben gewesen, und die Ratsmusiker, die man für den heutigen Abend engagiert hatte, waren nur mürrisch und ohne jedes Zeichen von musikalischem Vergnügen oder Eifer bereit gewesen, so kurzfristig eine neue Arie einzuüben. Aber Davids Violine würde sie führen. Eine lustvoll gespielte Violine, hatte er gesagt, sei ansteckend wie ein schweres Fieber. Und wenn sie die ungewohnten italienischen Worte verwechselte? Wenn sie … Doch da begegneten ihre Augen Davids Blick, einem ruhigen, warmen Blick voller Vertrauen und Gewißheit ihres Erfolges, und die Angst verging. Sie sah die Violine in seinen Händen, das warme, im Glanz der Kerzen schimmernde Holz an seiner Wange. Nun schloß er für einen Moment die Augen, als lausche er den Tönen voraus, legte den Bogen an, und diesmal ließ die Leidenschaft der ersten Töne der Streicher das Geplauder gleich verstummen. Und Rosina sang, sicher und klar vom ersten Ton …

Che fiero momento, che barbara sorte passar della morte a tanto dolor!

… und mit den italienischen Worten, mit der sie tief berührenden Musik vergaß sie die höflich abwartenden Gesichter, das geliehene Kleid und die Angst, vor allem die Angst.

Avvezzo al contento d'un placido oblio, fraqueste tempeste si perde il mio cor. Vacillo, tremo …

Dann war es vorbei, und der Applaus war so groß, daß selbst einige der Spieler aus dem hinteren Salon die Karten auf den Tisch legten und neugierig in den Saal eilten, um zu erfahren, was da mit solcher Begeisterung belohnt wurde. Die Tränen, die einige auf den Wangen der Sängerin zu sehen glaubten, wurden als Zeichen der großen Empfindsamkeit der wahren Künstlerin für ihre Musik wohlgefällig zur Kenntnis genommen. Bocholt allerdings fand einen solchen Ausdruck von Gefühl doch ein wenig bedrängend, aber es gab niemanden, der ihm zustimmte.

Nur Anne verstand, daß die Worte der Arie Rosina an Lorettas Tod erinnert hatten. Die Worte Euridices, die von ihrem geliebten Orfeo aus dem Totenreich in die Oberwelt zurückgeführt wird, ohne daß er ihr einen Blick schenkt, die wankend und zitternd sicher ist, seine Liebe verloren zu haben, und ihr grausames Schicksal beklagt, daß sich ihr Herz nach der Ruhe des sanften Vergessens im stillen Tod nun in den wilden Gewittern dieses Schmerzes verlieren muß. So war es auch eine Totenklage für Loretta, der Wunsch, auch sie möge im Tod die Ruhe des sanften Vergessens finden. Aber außer Monsieur Weise, der einige Zeit ein Kontor in Livorno geleitet hatte und das Italienische nahezu perfekt beherrschte, hatte kaum jemand den Sinn der schwermütigen italienischen Worte verstanden. Alle anderen hielten es für eine zwar etwas dunkle, aber doch sehr ergreifende Arie an die eheliche Liebe, die für einen so ehrbaren Musikabend ganz ausgezeichnet paßte.

Auch an diesem Abend war Rosina nicht bereit, im Neuen Wandrahm zu übernachten. Es war eine anstrengende Nacht gewesen, und sie sehnte sich nach ihrer Kammer im Krögerschen Haus. Nach dieser Kammer ganz ohne Stuck, Meißner Porzellan und Seidenbezügen. Es war nun schon sieben Jahre her, daß sie, fast ein Kind noch, in einer Neumondnacht in die Kleider des jüngsten Dieners geschlüpft und aus einem Fenster des großen Hauses gestiegen war, das ihrem Vater gehörte. Es war dem Herrmannsschen ähnlich, und auch wenn es dort schon lange vor ihrer Flucht keine Heiterkeit mehr gegeben hatte, brachte das Fest im Haus am Neuen Wandrahm Bilder aus der Vergangenheit, die sie erschöpften und verwirrten. Sie wollte zurück in die schmale Kammer, die sie zuletzt mit Loretta geteilt hatte, mit einer jungen Frau, die ihr Vater niemals auch nur angesehen hätte. Sie wollte dorthin zurück, wo sie wieder sicher sein konnte, wer sie jetzt war und wer sie bleiben würde. Eine Komödiantin. Nur dort konnte sie heute abend diese Gewißheit und damit ihre Ruhe wiederfinden.

Claes hatte zunächst darauf bestanden, daß Christian sie zurückbegleite, aber auch diesmal hatte Rosina sich durchgesetzt. Das Fest, hatte sie ihn erinnert, werde nun erst lebhaft, und Christian werde als Tänzer dringend gebraucht. Damit hatte sie recht, die Zahl der jungen Damen, die einen Tanzpartner erwarteten, war deutlich größer als die der jungen Herren. Und Brooks, hatte sie erklärt, sei ihr vertraut und der denkbar zuverlässigste Begleiter.

So hatten Anne und Claes sie zum offenen Zweispänner, mit dem der Kutscher kurz darauf vor dem Portal wartete, hinausbegleitet, hatten sie in warme Decken gehüllt, immer wieder ihren Gesang gelobt und beteuert, es sei eine Schande, daß sie im Theater am Gänsemarkt noch immer nur hinter der Bühne bleibe, aber das werde sich nun ändern.

Vor dem Herrmannsschen und etlichen der Nachbarhäuser stand eine lange Reihe von Kutschen und offenen Wagen, mit denen die Gäste gekommen waren, die nicht in der nahen Nachbarschaft wohnten. Als Brooks die Pferde im Schritt an dem letzten Wagen vorbeilenkte, sah Rosina noch einmal zurück, aber ihr Blick erreichte nicht die breiten, festlich erleuchteten Fenster des großen Hauses. Er blieb an einem der Pferde haften, das vor dem letzten Wagen unruhig mit den vorderen Hufen scharrte. Es war ein ganz unauffälliges Pferd, nicht besonders kostbar, ein Pferd, das man alle Tage vor den Wagen spannte oder ohne den Ehrgeiz eleganter, schneller Reiter für einen Ausritt sattelte.

Für Rosina war es dennoch ein ganz besonderes Pferd. Wie hatte der Pastor gesagt? Weiße Wadenstrümpfe.

«Brooks», rief sie mit gedämpfter Stimme und zog den Kutscher aufgeregt am Rock. «Brooks, wenn wir die Jungfernbrücke passiert haben, halt an. Aber nicht vorher. Ich muß dich etwas fragen.»

Als der Wagen wenig später an St. Katharinen vorbei auf die Mühren zurollte, wußte Rosina, wem der letzte Wagen gehörte. Und sie wußte auch, wer der Kutscher war, der, in eine Decke gehüllt, den breitrandigen schwarzen Hut gegen den kalten Nachtwind tief über das Gesicht gezogen, auf dem Bock döste.

12. KAPITEL

DONNERSTAG, DEN 15. OKTOBER,
NACHTS

Die Räder des Herrmannsschen Wagens ratterten gerade am Waisenhaus vorbei und über die Schaartorbrücke in die Neustadt, als ein anderer Wagen vor das Herrmannssche Haus rollte. Sein Kutscher hatte es mindestens so eilig wie der von Rosina immer wieder um größere Eile gebetene Brooks. Senator van Witten sprang schon heraus, kaum daß die Pferde stehengeblieben waren. Er hämmerte wuchtig an das Portal und eilte, als Blohm endlich geöffnet hatte, den Stimmen und der Musik nach die Treppe hinauf. Der Diener schüttelte den Kopf und ging steifbeinig in die Küche hinunter, um Elsbeth zu sagen, der Senator sei nun endlich und ganz bestimmt hungrig angekommen, sie möge gleich eine Platte von den ansehnlichsten Resten für ihn herrichten. Aber keine Suppe, er könne das dünne Zeug nicht ausstehen.

Der Weddesenator war sogar sehr hungrig, aber er hatte jetzt trotzdem keinen Sinn fürs Essen. Er mußte nicht lange suchen, bis er Claes fand, allerdings nicht, wie er gedacht hatte, im Spielzimmer, sondern schon gleich hinter dem Salon. Das Eröffnungsmenuett war gerade vorüber, und nun wirbelten Monsieur und Madame Herrmanns in einer Sarabande durch den Tanzsaal und sahen dabei nicht einmal angestrengt, sondern einfach nur glücklich aus. Das fand van Witten beachtlich. Er hatte all die komplizierten Schritte, die natürlich auch er vor mehr als dreißig Jahren lernen mußte, zum Kummer seiner Gattin längst vergessen. Wahrscheinlich hätte es ihn getröstet zu wissen, daß Claes vor seiner Hochzeit mit Anne einen diskreten Tanzmeister engagiert hatte, um die Schritte, von denen auch er nur noch wenige beherrschte, neu zu üben. Aber das wußte außer Blohm und dem Tanzmeister niemand. Das Orchester stimmte den nächsten Tanz an, einen englischen Contredanse, doch bevor sich die Paare in den Runden und Reihen, den schnellen und langsamen Schrittfolgen finden konnten, hatte sich einer der Diener endlich zum Hausherrn durchgedrängt und den späten Besuch gemeldet.

Claes wunderte sich, daß van Witten ihn ungeduldig auf die Galerie hinaus nötigte. Er war viel zu gut gelaunt, vielleicht lag es auch am Bordeaux oder am Burgunder, um ein ernstes Gespräch weit weg von der Musik und dem warmen, biegsamen Körper seiner tanzlustigen Frau zu beginnen. Aber als er van Wittens Neuigkeit hörte, verging seine ausgelassene Heiterkeit schlagartig. Lukas Blank, berichtete der Senator mit zorniger Stimme, sei geflüchtet.

«Keine Ehre im Leib, der Kerl», schimpfte er. «Läßt sich einfach entführen. Wenn wir ihn kriegen, und das werden wir bei Gott, muß er doch hängen.»

Einer der beiden Wächter, fuhr er eilig fort, die er geschickt hatte, den Delinquenten aus der Fronerei ins Rathaus zu bringen, kam, kurz nachdem es vom Dom acht geschlagen hatte, zurück. Er humpelte, an seinem Kopf und an den Fetzen, die einmal der rechte Ärmel seiner Jacke gewesen waren, klebten Blut und Straßenschmutz. Sein Säbel war verschwunden, und was er zu berichten hatte, war niederschmetternd. Sie waren gerade mit Blank, der sich im übrigen bis dahin äußerst gefügig gezeigt habe, am Eimbeckschen Haus vorbei und in die Große Bäckerstraße eingebogen, eine nicht enge, aber doch sehr dunkle Straße, als drei Kerle aus einer Toreinfahrt stürzten. Einer entriß ihnen den Gefangenen und verschwand mit ihm in der schwarzen Nacht, während sich die beiden anderen, bärenstarke Kerle ohne geringsten Skrupel, ordentlichen Männern den Kopf einzuschlagen, über die Wächter hermachten.

Kurz und gut, der eine liege nun noch ohne Bewußtsein, man wisse nicht, ob er je wieder aufwache, der andere sei beim Chirurgus, damit der ihn wieder zusammenflicke. In den vergangenen zwei Stunden habe alles, was er ohne zu großes Aufsehen an Wächtern und Stadtsoldaten auftreiben konnte, versucht, den Flüchtigen und seine Räuber einzufangen. Aber die Stadt sei ein Rattennest, voller Winkel und Gassen, die könne kein Mensch durchsuchen, schon gar nicht bei Nacht, es sei ein Skandal. Aber, um Gottes willen, Claes solle heute abend Stillschweigen bewahren, es sei nicht von Vorteil, wenn es nun schon bekannt werde. Vielleicht treibe man den verfluchten Kerl ja noch vor dem Morgengrauen auf, schließlich seien die Tore geschlossen. Es sei am besten, nun wieder in den Saal zu gehen, als sei nichts geschehen. Auch kein Wort zu Madame van Witten, sie verbreite Nachrichten schneller als eine Brieftaube, die auf scharfem Westwind fliege. Aber wenn er noch ein wenig von dem zweifellos superben Souper bekommen könne? Es sei gewiß noch ein vorzüglicher Rest in der Küche. Und von dem Burgunder? Vor allem und zuerst von dem Burgunder?

Rosina sprang ebenso eilig aus dem Wagen wie der Senator am anderen Ende der Stadt. Brooks fuhr erst davon, nachdem er gehört hatte, wie sie den Balken von innen vor das Hoftor gelegt und die Tür zum Krögerschen Haus geöffnet und wieder geschlossen hatte. Der Herrmannssche Kutscher und Stallmeister kannte die Stadt und das Leben. Er traute der Dunkelheit nicht.

Rosina schlich in die Küche – das Schnarchen der Krögerin summte zwar durchs ganze Haus, aber man wußte nie, wie tief ihr Schlaf tatsächlich war –, entzündete eine Kerze an der Glut des Herdes und stieg behutsam und auf Zehenspitzen die steile Treppe bis zu ihrer Kammer hinauf. Nun wußte sie also, wer das Grabkreuz gemacht und zum Friedhof gebracht hatte. Der Kutscher der Bellhams. Es waren ja nicht nur die ungewöhnlichen «Wadenstrümpfe» des Pferdes, es war auch die Statur des Mannes gewesen, die das verrieten. Oder spielte ihr nur der Wunsch, dieses schreckliche Rätsel endlich zu lösen, einen Streich? Sahen nicht alle Kutscher, die im kalten Wind unter einer Decke auf ihre Herrschaft warteten, breit und eckig aus? Vielleicht. Trotzdem war sie sicher, daß der Mann, den sie gestern auf dem Hamburger Berg gesehen hatte, jetzt auf dem Kutschbock des Bellhamschen Wagens saß.

So paßte endlich etwas zusammen. Der Kutscher Melcher, hatte Brooks gesagt, der die Kutscher aller großen Häuser kannte, Hannes Melcher. Er habe der Mistress schon in Köln gedient, wo sie nämlich herstamme, und sei dann immer da gewesen, wo sie gewesen sei, erst in London und dann, die letzten zwei Jahre, in Bristol. Melcher rede nicht viel, was ja auch nicht nötig sei, er sei schließlich kein Pastor oder Senator. Elsbeth halte ihn für einen groben Kerl. Nur weil eines ihrer Mädchen, das jetzt für Melchers Herrschaft koche, gesehen habe, wie er einem beißwütigen Hund ruckzuck den Hals umgedreht habe. Aber er könne das nicht finden, er würde so etwas auch tun, wenn Madame Anne von einer solchen Bestie angegeifert werde.

Ein leises Geräusch schreckte sie auf. Da war ein Scharren gewesen, als fiele im Hof ein Reisigbesen oder ein Rechen um. Oder waren es tastende Schritte? Sie stellte schnell die Kerze in die hinterste Ecke des Raumes, damit der Lichtschein sie nicht gleich verriet, schob den Rand des Vorhanges einen Zoll breit beiseite und sah hinunter in den Hof. Er war dunkel wie die Straße hinter dem hohen Bretterzaun, und nun war auch alles wieder still. Der Wind hatte aufgefrischt und wohl tatsächlich einen Besen umgeweht, vielleicht war das Pferd der Krögerin auch unruhig und scharrte in seinem Stall im Stroh. Und ganz bestimmt war sie selbst in dieser Nacht empfindsam wie ein Veilchen im Frost.

Sie stellte die Kerze wieder auf den Tisch und überlegte weiter. Melcher war aus Köln. Wie Loretta. Und er war auch in Bristol gewesen, als dort dieses Mädchen getötet wurde. Wie hatte David gesagt, war ihr Name gewesen? Er fiel ihr nicht ein, sie würde David noch einmal danach fragen müssen.

Loretta hatte doch von Freundinnen gesprochen, die sie in Köln gehabt hatte, mit denen sie sich auf dem Markt traf, und dann war dort an irgendeinem Tag – einem besonderen Tag? – irgend etwas geschehen. Was nur? Hatte sie nicht auch von einem Starken Mann gesprochen, der ihr besonders gut gefallen hatte? Oder einem der anderen Mädchen? Starke Männer gefielen vielen Mädchen, das war nichts Besonderes, aber Madame van Witten hatte gesagt, Magdalenas Zofe solle mit so einem davongelaufen sein. Das konnten nicht nur Zufälle sein, aber wie paßte das alles zusammen? Es war auch schon einige Jahre her, acht oder zehn, so genau wußte sie es nicht. Und was konnte im Laufe der Jahre nicht alles aus einer alten Geschichte werden? Da wurden Personen vertauscht, Kleinigkeiten riesengroß, und die Phantasie würzte die Realität bei jedem Weitererzählen mit immer neuen Zutaten.

Wäre sie doch nur nicht so müde gewesen, als Loretta ihr ihre Geschichte erzählte, hätte sie doch da schon geahnt, wie wichtig es bald sein würde, auch die kleinste Einzelheit zu erinnern. In Rosinas Kopf begannen die Bilder und Namen, die Orte und Begebenheiten zu schwirren, wurden zu einem Knäuel ohne Anfang und Ende, und doch mußte da ein Anfang sein. Und ein Ende.

Sie war trotz ihrer großen Müdigkeit viel zu erregt, um jetzt zu schlafen. Es ging auf Mitternacht, Stunden zu spät, sich mit jemandem zu beraten. Und noch mehr Stunden zu früh, einen Besuch zu machen. Energisch warf sie den warmen Umhang auf das Bett und klappte ihren Reisekorb auf. Vielleicht gab es in Lorettas Sachen doch einen Hinweis, den sie und Wagner nur übersehen hatten, weil sie nicht wußten, wonach sie suchen mußten. Sie griff nach dem Beutel, den sie unter ihren Kleidern verborgen hatte, und stutzte. Er lag nicht unter ihren Kleidern. Er lag *auf* ihren Kleidern.

Sie sah sich in der Kammer um. Ein Vorbild für Ordnungssinn war sie nie gewesen, aber in diesem kleinen Raum hatte jedes Ding seinen Platz. Daran hatte sich nichts wirklich geändert, nur unbedeutende Kleinigkeiten, die niemandem außer ihr selbst auffallen konnten. Aus Lorettas Reisekorb, der sorgfältig verschlossen gewesen war, hing nun ein Zipfel ihres grünen Seidenkleides, und der Korb, sonst unter dem Tisch mit dem kleinen Spiegel bis an die Wand geschoben, stand ein ganzes Stück weiter im Raum als gewöhnlich. Und die Binsenmatte, die normalerweise vor dem Bett lag, war aus irgendeinem Grund vor das Fenster gerutscht. Rosina hatte immer vermutet, daß die neugierigen Hände der Krögerin hin und wieder ihre Sachen durchstöberten. Diesmal gab es keinen Zweifel.

Das war ekelhaft, aber darüber würde sie sich morgen Gedanken machen. Jetzt war anderes wichtiger.

Sie nahm den Beutel aus ihrem Korb und schüttete seinen Inhalt auf den Tisch. Das Licht der Kerze war matt, die Krögerin kaufte stets nur die aus billigem, tropfendem Unschlitt, aber es würde reichen.

Sie sah auf die kleinen Habseligkeiten, die ihr von Loretta geblieben waren, und kämpfte gegen eine dunkle, niederdrückende Traurigkeit.

Hilf mir, Loretta, dachte sie, irgend etwas muß ich hier finden, irgend etwas.

Noch einmal öffnete sie jedes der Leinensäckchen, zerrte ungeduldig an den Knoten der Bänder, drehte jeden Schminktiegel, jeden Stift in den Fingern, stülpte auf der Suche nach irgend etwas Verborgenem die Handschuhe um und schüttelte sie. Alles vergeblich. Sie schob die Haarnadeln, Kämme und den Fächer zusammen, blätterte das Rollenheft Seite für Seite durch, schnupperte an den Kräutern und dem Eau de Cologne. Sie faltete den malvenfarbenen Schal, der sie an Lorettas kupferfarbenes Haar erinnerte, legte ihn neben den Fächer und griff nach dem Leinentäschchen mit dem bestickten Tuch. Die Knoten der Bänder lösten sich diesmal leicht, und vor dem Tuch fiel noch die Münze heraus.

Die hatte nicht viel zu erzählen. Sie war klein, dünn und die Prägung kaum mehr zu erkennen. Ein Teil des Schriftzuges mußte Colonia bedeutet haben. Eine Münze aus Köln, natürlich, ein Andenken an Lorettas Heimatstadt. Irgendwer hatte sie ihr gewiß geschenkt. Vielleicht hatte sie ihr der elsässische Kaufmann, der sie später mit fortnahm, zugesteckt. Sie griff nach dem Taschentuch, dem letzten Stück aus dem Beutel, faltete es auseinander und strich es auf dem Tisch glatt. Sie hätte viel für eine zweite Kerze gegeben, aber es mußte auch so gehen.

Es war eben ein Tuch, ein in den Ecken besticktes Taschentuch aus nicht sehr feinem Batist. Wenn du am Himmel etwas entdecken willst, hatte ihr einmal jemand gesagt, mußt du nur lange genug hinsehen. Dann werden sich am Tag die Wolken in Gesichter, in Tiere und wilde Landschaften verwandeln, bei Nacht werden aus dem scheinbar ungeordneten Glitzern in der schwarzen Unendlichkeit schließlich die Sternbilder entstehen, die den Seefahrern den Weg über die Meere zeigen und den Weisen den Weg durch das Leben.

Sie starrte auf das Tuch, ihre Augen waren müde und brannten. Gewiß waren sie auch rot wie die einer Schankmagd, wenn sie den letzten Gast aus einer verrauchten Spelunke warf. Die eingestickten Monogramme waren nicht mehr ganz vollständig, aber es war tatsächlich wie bei den Sternbildern am Nachthimmel. Plötzlich sah sie, was dort zu sehen war. In drei Ecken des Tuches war jeweils ein Monogramm, in die vierte ein Kleeblatt gestickt, nicht sehr kunstvoll, aber doch eindeutig ein dreiblättriges Kleeblatt. Drei Blätter, die zusammengehörten, drei Monogramme? Natürlich, das war einfach, es bedeutete drei Freundinnen. Drei Mädchen. Das Tuch war ein Freundschaftstuch, wie es Mädchen einander stickten. Gemeinsam mit der Münze mußte das Lorettas Erinnerung an ihre Jugend in Köln sein.

Rosina war plötzlich hellwach. Sie hielt das Tuch nahe an die Kerze und entzifferte das mittlere Monogramm als ein L und ein G. Oder ein C? Nein, ganz bestimmt ein G.

Für Gürlich. L und G, Lore Gürlich. Die Buchstaben rechts davon waren unversehrt und ohne Zweifel ein E und ein H. Das E konnte viel bedeuten. Edda oder Eva? Elisabeth, Eleonore? In der dritten Ecke entzifferte sie nun ein H und ein M. Hannes Melcher. Das war natürlich Unsinn, auf so einem Freundschaftstuch würde nie der Name eines Mannes auftauchen, das war etwas, was nur Mädchen einander schenkten, um ihre Freundschaft zu besiegeln, für immer und ewig. So wie man dachte und sicher zu wissen glaubte, wenn man sehr jung war.

Für immer und ewig. Ich muß unstet und flüchtig sein auf Erden. Warum fiel ihr das jetzt ein? Wegen der Ewigkeit? Wegen Melcher? H und M. Seine Schwester! Warum hatte sie nicht gleich daran gedacht? Da war das Verbindungsglied. Wenn Melchers Schwester wie ihr Bruder einen Vornamen getragen hatte, der auch mit einem H begann, dann mußten dies ihre Initialen sein. Dann mußte dieses Tuch ein Zeugnis der Freundschaft zwischen Loretta und Melchers Schwester sein. Der mit einem Starken Mann davongelaufenen Zofe. Und einem unbekannten dritten Mädchen in Köln. Eine Fremde, ein Mädchen vom Kontinent. Hatte David das nicht von der Toten im Bristoler Theater gesagt?

Aufstöhnend stützte Rosina die Stirn in die Hände. Was reimte sie sich da nur zusammen? War das noch vernünftig? Kaum. Aber warum hatte sie das sichere Gefühl, daß das, was sie in dem Tuch gelesen hatte, die Wahrheit war, der Schlüssel? Es mußte der Schlüssel sein. Nun fehlte nur noch das Schloß.

Was hatten die drei damals für ein Geheimnis? Loretta war im Hamburger Theater getötet worden, anderthalb Jahre zuvor ein Mädchen im Bristoler Theater. Waren sie tatsächlich beide aus Köln? Das klang absurd. Aber egal.

Wenn es tatsächlich so war: Was wußten sie, was hatten sie gesehen oder erlebt, für das sie jemand getötet hatte? Melchers Schwester war vor vielen Jahren bei einer Fahrt den Rhein hinunter verschwunden, davongelaufen hieß es. Vielleicht stimmte das gar nicht, vielleicht war sie auch tot. Vielleicht hatten Loretta, Lore, und das andere Mädchen – ja, was? Ihr etwas angetan? Aber was? Wo war das Verbindungsglied? Straßburg? Straßburg lag auch am Rhein. Vielleicht hatten die Mädchen einander später wiedergetroffen, warum nicht? Womöglich in Paris? Und irgend etwas war geschehen.

Und hatten Wagner und die Herrmanns nicht große Sorge gehabt, daß sie, Lorettas einzige Freundin und Vertraute in dieser Stadt, nun auch in Gefahr war? Sie hatte das für übertrieben gehalten, doch nun, im Licht der blakenden Kerze, erschien es ihr plötzlich nicht mehr so. Wer wußte schon, was in so einem Kopf vor sich ging? Wer wußte, was er dachte, was *sie*, Rosina, von Loretta erfahren hatte und wußte? Dabei wußte sie *nichts*.

Aber das mußte sie endlich ändern. Es gab nur einen Menschen, der ihr – vielleicht, sehr vielleicht – helfen konnte, den Anfang des Fadens zu finden. Mrs. Bellham. Selbst wenn die Damen selten auch nur ahnten, was Zofen und Küchenmädchen bewegte, war sie die einzige, die möglicherweise über diese lange zurückliegenden Kölner Jahre Auskunft geben konnte. Zumindest über das Verschwinden ihrer Zofe auf dem Rheinschiff mußte sie Genaueres wissen.

Es würde noch einige Stunden dauern, bis die Sonne aufging, noch eine oder zwei weitere, bis sie es wagen konnte, nach dem ersten Morgengottesdienst im Haus in der Großen Reichenstraße nahe dem Dom vorzusprechen. Bevor Rosina in dieser Nacht doch noch zu Bett ging, schob sie den Tisch von seinem Platz am Fenster vor die Tür. Niemand würde hereinkommen, ohne daß der Lärm sie warnte.

Es war schon nach Mitternacht, als die letzten Gäste das Herrmannssche Haus verlassen hatten und Claes seiner Frau endlich helfen konnte, das vermaledeite Korsett loszuwerden. Der Abend war ein rauschender Erfolg geworden. Nicht nur für die Gastgeber. David Rhye würde nun häufig im Theater um Urlaub bitten müssen, und gewiß würde Löwen seinen Lohn erhöhen, damit der begehrte Violinist überhaupt in seinem Orchester blieb. Schließlich waren auch einige Gesandte von den anderen deutschen und einigen europäischen Ländern zu Gast gewesen, aus Ländern mit Schlössern, in denen sich Herzöge und Könige wohlsortierte Orchester leisteten und Künstler sammelten wie Juwelen und Gemälde.

Anne freute sich – natürlich – besonders über den großen Beifall, den Rosina bekommen hatte. Gewiß war ein Teil der Begeisterung auch Monsieur Gluck zu verdanken, dessen Musik einige zwar für ein wenig schlicht, andere für zu dunkel, die meisten aber für eine große Bereicherung des musikalischen Programms der Stadt gehalten hatten. Und es war nach langer Zeit wieder darüber debattiert worden, daß es eine Schande sei, keine städtische Oper mehr zu haben und auf reisende französische und italienische Operisten angewiesen zu sein. Das Theater am Gänsemarkt, war die einhellige Meinung, wäre viel erfolgreicher, wenn dort auch Opern aufgeführt würden.

Es fiel Claes schwer, seiner vergnügt plaudernden Frau zum Abschluß des Abends noch eine schlechte Nachricht zu überbringen, aber er wußte genau, sie würde ihm nie verzeihen, wenn er sie ihr vorenthielte. Sie erzählte gerade zum drittenmal, wie glücklich sie sei, daß Monsieur Lessing, übrigens für einen so gelehrten Mann ein ungewöhnlich charmanter und heiterer Plauderer, von Rosinas Gesang derart beeindruckt gewesen sei, daß er versprochen habe, der Direktion am Gänsemarkt dringlich zu raten, dieses Talent nun endlich auch auf ihrer Bühne singen und spielen zu lassen, als Claes vernehmlich aufseufzte und sagte: «Anne, mein munterer Engel, ich muß dir nun noch erzählen, warum unser guter van Witten so spät und mit so hochrotem Kopf kam.»

«Weil er wütend war, daß wir das Souper vor dem Konzert serviert haben», kicherte Anne, die auch den Burgunder ganz vorzüglich gefunden hatte, und kniff ihren ernstblickenden Gatten vergnügt in die Nase. «Er ist doch gewiß so spät gekommen, um sich um die Musik, das Gefiedel, wie er sie immer nennt, zu drücken.»

«Nein, leider nicht. Er hatte wirklich einen guten Grund. Lukas Blank ist geflohen, und van Witten hat die Suche befehligt. Aber – erschrick bitte nicht – sie haben ihn noch nicht gefunden.»

Nachdem er ihr die ganze kurze Geschichte erzählt hatte, konnte er sie nur mit Mühe zurückhalten, sich gleich wieder anzukleiden und van Witten aus dem Ehebett zu klopfen, damit er sofort einen, nein, zwei oder drei Wächter – man habe ja nun gesehen, wie leicht die zu überwältigen seien – vor das Krögersche Haus beordere. Dann forderte sie, Rosina sofort in den Neuen Wandrahm zu holen, aber Claes versicherte, Rosina schlafe längst tief und fest, und der Senator habe der Nachtwache Order gegeben, sich in der Neustädter Fuhlentwiete besonders oft und lange aufzuhalten und jedem Geräusch, jeder Unregelmäßigkeit unverzüglich nachzugehen. Außerdem, warum solle Blank Rosina belästigen, fragte Claes. Wenn er in der

Stadt noch etwas suche, dann sei es das Musterbuch. Das könne er nur im Theater vermuten, und dort habe der Senator gleich vier Wachen für die ganze Nacht bestellt.

«Aber ich glaube», sagte er schließlich, «daß Blank schon längst über die Wälle und alle Berge ist. Warum sollte einer, dem hier der Galgen droht, auch nur eine Minute länger als unbedingt notwendig bleiben?»

«Weil er ohne diese blöden Muster nicht gehen will», sagte Anne. «Und irgend jemand hat ihm schließlich geholfen zu fliehen. Was van Witten dir da erzählt hat, klingt doch nach einer gut geplanten Flucht.»

«Das Buch ist ihm wichtiger als sein Kopf?»

Anne zuckte die Schultern. Sie wollte sich die Sorge um Rosina nicht ausreden lassen, sie mochte unvernünftig sein, wie Claes ganz gewiß dachte, das erkannte sie an seinem nachsichtigen Blick, aber sie fühlte deutlich, daß sie berechtigt war.

«Wie sollte er die Stadt verlassen? Die Tore werden doch geschlossen, sobald es dunkel wird.»

«Das sagt van Witten auch.» Claes ließ sich ermattet in die Kissen fallen und rieb sich müde die Augen. «Aber das ist natürlich Unsinn. Verzeih, meine kluge Liebste, ich meine damit nicht dich, du kennst die Wälle nicht so gut. Aber der Weddesenator sollte es besser wissen. Es ist schwierig, bei Nacht und geschlossenen Toren hereinzukommen. Wenn man aber innerhalb der Wälle ist, gibt es viele Wege hinauszukommen. Er könnte zum Beispiel bei der Lombardsbrücke durch die Alster einfach aus der Stadt schwimmen. Er muß sich nur lange genug in den dichten Gebüschen bei der Mühle oder beim Lombardhaus verstecken und abwarten, bis die Wachen auf ihrer Runde vorbei sind. Es dauert einige Zeit, bis sie ein zweites Mal kommen. Vor allem nach Mitternacht, wenn alle schön schläfrig sind, auch die wenigen Stadtsoldaten, die noch auf einigen Bastionen wachen. Ruder würden bei einem ungeübten Mann gewiß zuviel Lärm machen, und ein Boot könnte auch leicht gesehen werden, aber ein Schwimmer kann so leise sein, daß niemand ihn bemerkt. Wenn er nicht gerade keifenden Schwänen in die Quere kommt, aber das ist bei Nacht und in der Mitte des Oktobers kaum zu befürchten. Und schon ist er draußen.»

«Und dann? Wie soll er weiterkommen?»

«Zu Fuß. Ein Mann kann viele Meilen in einer Nacht gehen, und außerdem sind noch genug Pferde auf den Koppeln. Einer, der seinen Kopf retten will, wird keine Skrupel haben, einem Bauern seinen einzigen Klepper zu stehlen. Mit dem kann er die Elbe hinauf oder zu den Gestüten reiten und sich für die Weiterreise ein besseres aussuchen. Wenn er klug genug ist, den Hunden auszuweichen.» Er gähnte herzhaft. «Aber nun versuche dich zu beruhigen und laß uns schlafen. Morgen ist leider nicht Sonntag, und auch wenn uns keine Knute knechtet, beginnt der Tag doch viel zu früh.»

Keine Minute, dachte Anne grimmig, würde sie in dieser Nacht schlafen. Keine einzige. Und dann hörte sie die immer ruhiger werdenden Atemzüge auf dem Kissen neben ihrem Kopf und war eingeschlafen, bevor die Eule, die auf dem Sims über dem Fenster gesessen und den beiden Stimmen gelauscht hatte, auch nur ihre Schwingen ausbreiten und gelangweilt davonfliegen konnte.

FREITAG, DEN 16. OKTOBER
MORGENS

Rosina erwachte von einem Hund, der aufgeregt vor dem Hoftor kläffte, und das heiße Gefühl, etwas Dringendes versäumt zu haben, ließ sie schlagartig hellwach werden. Ihr Herz klopfte heftig, sie sprang aus dem Bett, schob die Gardine zur Seite und öffnete das Fenster. Ein grauer Morgen lag über der Stadt, der Wind spielte mit gelben Blättern, die er aus den hinteren Gärten auf die Fuhlentwiete getrieben hatte, und der Hund, dessen Gebell sie geweckt hatte, war schon verschwunden. Ein Fuhrwerk rollte durch die Straße und zwei Frauen in derbleinernen Röcken – die eine dick wie ein Kürbis, die andere dünn und biegsam wie eine junge Birke –, die trotz der frühen Stunde und der schweren Kiepen auf ihren Rücken munter schwatzten, drückten sich an eine Hauswand, um dem Fuhrmann Platz zu machen. Im dritten Stock über einem der Gänge zwischen den beiden gegenüberliegenden Häusern beugte sich ein Mädchen aus einem Fenster und hängte Wäsche auf eine über den Gang gespannte Leine. Die kalte Morgenluft vertrieb den Schrecken des plötzlichen Erwachens, und Rosina schloß das Fenster. Sie goß Wasser in die Waschschüssel und tauchte ihr Gesicht hinein. Die Erinnerung an die letzte Nacht war so lebendig, als hätte sie keine Minute geschlafen. Es wäre ihr lieber gewesen, wenn sie mit der Melodie der Arie im Kopf aufgewacht wäre, aber dieser Gedanke erschien ihr nun so fremd, als sei das selige Gefühl des Singens schon vor Jahren vergangen.

In der Küche hockte Melli, das Mädchen der Krögerin, vor dem Feuer und blies in die Glut. Rosina goß Milch aus dem großen Krug in einen Becher. Rasch trank sie ihn aus.

Für heute mußte das als Frühstück reichen; Rosina hatte jetzt keine Lust, der Krögerin zu begegnen und mit ihr zu streiten, ob eine Wirtin das Recht habe, in den Zimmern ihrer Mieter herumzukramen. Der Frühgottesdienst war bald zu Ende, sie wollte keine Zeit verlieren und sich gleich auf den Weg zu Mrs. Bellham machen. Sie wußte noch nicht, was sie ihr sagen, was sie fragen, wie sie es überhaupt anstellen wollte, in dem vornehmen Haus vorgelassen zu werden. Aber der Weg war weit genug, und die frische Luft an der Alster würde ihr helfen, klarer zu denken und eine Lösung zu finden.

Die junge Frau, die einige Zeit später an das Portal des Bellhamschen Hauses klopfte, trug zwar ein Kleid aus schlichtem Kattun, doch der kostbare samtene Umhang um ihre Schultern bewies dem Mädchen, das die Tür öffnete, daß sie trotzdem aus einem reichen Haus kam. Doch, die Herrin sei zurück von St. Petri, aber um diese frühe Stunde empfange sie noch nicht. Wenn es genehm sei, möge Mademoiselle Hardenstein am frühen Nachmittag …

«Ich weiß, wie früh es ist», sagte Rosina, «und ich wäre gewiß nicht zu dieser unziemlichen Stunde gekommen, wenn mein Anliegen nicht von größter Wichtigkeit und Eile wäre. Wenn Mrs. Bellham hört, daß ich eine Freundin von Madame Herrmanns vom Neuen Wandrahm bin, wird sie mich gewiß empfangen. Madame Herrmanns», log sie entschlossen, «wollte mich begleiten, aber nach dem anstrengenden Musikabend gestern ist sie noch ein wenig unpäßlich. Wenn sie mich nun unverzüglich ihrer Herrin melden will!»

Der energische Ton der letzten Worte tat seine Wirkung. Das Mädchen knickste, trat zur Seite, und Rosina stolzierte mit herrschaftlich erhobenem Kopf in die Diele.

Hier sah es anders aus als bei den Herrmanns! Im Haus am Neuen Wandrahm war gut zu erkennen, daß die Diele einmal das Zentrum des Handels gewesen war. Diese hier war der Vorraum eines vornehmen, nach der Mode umgestalteten Wohnhauses. Eine elegant geschwungene Treppe mit sparsam geschnitztem Geländer aus poliertem Mahagoni führte in die oberen Stockwerke, eine Standuhr aus dem gleichen Holz und eine gepolsterte, mit sandfarbenem Damast bezogene Ruhebank machten die Diele wohnlich. Das hohe, zweiflügelige Fenster neben dem Treppenaufgang gab den Blick auf einen kleinen Garten voller von Buchsbaum eingefaßter Beete und Rondelle um eine große Buche frei, deren herbstlich goldenes Laub trotz des trüben Himmels zu lodern schien.

Gerade als das Mädchen ihr die Tür zum Empfangssalon auf der linken Seite der Diele öffnete und bat, Mademoiselle möge dort warten, öffnete sich die schmale Tür neben dem Fenster, die in solchen Häusern gewöhnlich in die Küche im Souterrain führte, und Melcher trat in die Diele. Rosina hatte nicht daran gedacht, daß sie ihn treffen könnte, und er erschreckte sie zutiefst. Aber er warf ihr nur einen kurzen Blick zu, neigte höflich den Kopf, wie es sich für einen Kutscher vor dem Besuch seiner Herrschaft gehörte, und verließ das Haus durch das vordere Portal.

Rosina ließ sich erschöpft auf einen der Stühle im Salon sinken. Aber immerhin, in seinem Blick war kein Erkennen gewesen. Woher hätte er sie auch kennen sollen? Und wie konnte er ahnen, was sie hier wollte? Rosina zog Anne Herrmanns' Samtumhang fester um ihren Körper. Es war kalt, der Salon wurde offenbar nur selten benutzt.

Auf dem Weg durch die Stadt hatte sie sich genau überlegt, wie sie anfangen, wie sie erklären wollte, warum sie mit Mrs. Bellham sprechen mußte.

Sie war zu unruhig, um sitzen zu bleiben. Sie erhob sich und betrachtete das Gemälde an der Wand über dem Kamin. Es zeigte einen Tisch, auf dem neben einer schlanken, in reichzieseliertes Messing gefaßten Karaffe und zwei halbgeleerten Gläsern Trauben, Pfirsiche und angeschnittene Zitronen lagen, garniert mit Laub, einem mächtigen Hirschhornkäfer und einer großen schimmernden Muschel. Daneben ließ ein toter Schwan seinen langen, schlanken Hals über die Tischkante hängen. Dieses Bild, so kunstvoll es sein mochte, hätte sie auch in einen selten benutzten Raum gehängt. Links und rechts davon starrten zwei strengblickende Herren mit fülligen Gesichtern unter mächtigen Perücken auf sie herab. Zwischen den Fenstern zur Großen Reichenstraße hinaus hielt ein Messingleuchter zwei frische Wachslichter, und darunter hing ein weiteres Porträt, eine Miniatur nur und anders als die der beiden grimmigen Herren noch nicht sehr alt. Es zeigte das Gesicht eines Mädchens, das Rosina vage vertraut vorkam.

«Ich habe mich inzwischen ein wenig verändert», sagte da eine kühle Stimme, und Rosina erschrak, als sei sie bei etwas Verbotenem ertappt worden. Der Lärm eines vor den Fenstern vorbeirumpelnden, mit Bierfässern hochbeladenen Fuhrwerks hatte Mrs. Bellhams Eintreten übertönt.

Sie kam näher, beugte sich nahe an die Miniatur und lächelte. «Es ist lange her, daß dieses kleine Bild gemalt wurde. Es ist mir lieb, aber es gefällt mir trotzdem nicht. Nun, Mademoiselle …» Sie stockte für einen Atemzug und sah Rosina neugierig an. «Mademoiselle Hardenstein? Oder Mademoiselle Rosina? Euer Gesang hat mir gestern ausnehmend gut gefallen. Ich singe selbst recht gern. Allerdings nicht vor Publikum, das werdet Ihr Euch denken können, und auch ein wenig andere Lieder. Aber nun bin ich gespannt, was Euch so früh zu mir führt. Doch wartet, es ist recht kalt hier. Wenn Ihr mir in meinen privaten Salon folgen wollt? Dort brennt schon ein Feuer, und es ist auch ruhiger.»

Ohne Rosinas Zustimmung abzuwarten, schritt sie hinaus in die Diele, raffte nachlässig den Rock ihres nach englischer Art schmalen Hauskleides aus geschmeidigem Kattun in der Farbe reifer Hagebutten mit hauchzarten weißen Streifen und ging mit kurzen, aber eiligen Schritten voraus die Treppe hinauf. Im zweiten Stock bog sie in einen Flur ab, der an mehreren Türen vorbei in den hinteren Teil des Seitenflügels führte und nur durch ein kleines Fenster zum Gang vor dem Nachbarhaus erhellt wurde. Dann öffnete sie eine Tür, es schien Rosina die letzte zu sein, und betrat den Raum, den sie ihren privaten Salon genannt hatte. Er war nicht sehr groß, aber zeigte doch deutlich, daß Mr. Bellham exzellente Geschäfte machte. Das Feuer prasselte im mit einem weißen Marmorsims abgeschlossenen Kamin, daneben stand auf geschwungenen Füßen ein einladender Ohrensessel, in Petit-point-Manier bestickt. Auf der Lehne glaubte Rosina eine Landschaft mit anmutigen Jägern und Windspielen zu erkennen, und auf dem Sitz lag ein aufgeschlagenes Buch. Gewiß hatte sie Mrs. Bellham bei der Lektüre gestört. Vier zierliche weiße Sessel standen um einen ebenso lackierten Teetisch, leer und genauso ohne das winzigste Staubkorn wie das rötlich schimmernde, reich mit zarten Blüten intarsierte Holz des Sekretärs zwischen den beiden Fenstern. Im Hause Bellham herrschte gewiß schon vor Morgengrauen strenge Ordnung.

«Ich muß mich entschuldigen. Ich kann Euch keinen Tee anbieten, die Köchin und das Mädchen sind um diese

Stunde stets auf dem Markt, und die beiden Diener begleiten Mr. Bellham auf einer kleinen Reise. Aber gewiß seid Ihr nicht wegen einer Tasse Tee gekommen.»

Sie setzte sich auf einen der Sessel und bedeutete Rosina, ihr gegenüber Platz zu nehmen.

«Nein, gewiß nicht. Ich bin – ich weiß nicht, wie ich anfangen soll, Mrs. Bellham. Es ist ein heikles Anliegen, und vielleicht bin ich auch ein wenig voreilig, aber ich weiß niemanden, den ich sonst fragen kann.»

«Wenn es um das Theater geht, seid Ihr bei mir ganz falsch. Ebenso wenn Ihr eine respektable Anstellung oder Gesangsauftritte sucht …»

«Meine Anstellung erscheint mir respektabel genug. Nein, es geht um etwas ganz anderes. Es geht um Euren Kutscher, Mrs. Bellham. Um Melcher und …»

«Hatte er etwa Gelegenheit, Euch zu nahe zu treten?»

Rosina ignorierte die Beleidigung. Auch wenn sie die Freundin einer Madame Herrmanns war, sie blieb eine Komödiantin.

«… und um seine Schwester. Eure frühere Zofe.»

Magdalena erhob sich, straffte ihre Schultern und trat an den Kamin. Sie sah ins Feuer, der Schein rötete ihr Gesicht und ihr tiefschwarzes Haar.

«Melcher», sagte sie schließlich, ohne Rosina anzusehen, «ist seit vielen Jahren mein treuer Diener. Und seine – meine Zofe Hanna ist schon lange tot. Es gibt dazu nichts zu sagen. Und wenn das alles war, möchte ich Euch bitten, nun zu gehen.»

Hanna. Rosina hatte nur Hanna gehört. H und M, die Initialen stimmten also. Die Zofe war tatsächlich eines der drei Mädchen gewesen, deren Anfangsbuchstaben in das Freundschaftstuch gestickt worden waren.

«Verzeiht, wenn ich an Schmerzliches rühre. Aber ich

muß Euch weiter fragen, es ist auch für Euch von großer Wichtigkeit. Ihr seid womöglich in Gefahr, und deshalb muß ich Euch …»

«In Gefahr?» Mrs. Bellham hatte sich blitzschnell umgedreht und sah ihre Besucherin mit schwarzen Augen starr an. «Die Zeiten, da ich in Gefahr war, wie Ihr es ausdrückt, sind lange vorbei. Ich weiß mich und mein Leben zu schützen. Und Melcher hat damit nichts zu tun.» Ihre leise Stimme wurde kalt. «Wenn Ihr glaubt, Ihr könntet das Vergangene, das längst Vergessene wieder hervorholen, habt Ihr Euch geirrt.»

«Aber, Madame», Rosina sah erschrocken zu der Frau auf, die nun nahe vor ihr stand und auf sie herabsah wie auf Unrat, «verzeiht, wenn ich eine alte Wunde berührt habe. Ich weiß, daß Eure Zofe Euch verließ, als ihr allein und schutzlos wart …»

«Verließ? In der Tat, sie verließ mich. Sie starb auf dem Schiff bei Kaiserswerth. Ihr Grab ist dort bei dem alten Kloster, das kann jeder sehen. Aber ich war nicht allein, Melcher war da. Und ich war auch nicht schutzlos, denn ich selbst war da. So wie ich mich auch jetzt schützen werde.»

«Nein, natürlich seid Ihr jetzt nicht schutzlos. Ihr seid nun eine erwachsene Frau, und Ihr habt Eure Familie, Euren Gatten …»

Rosina war verwirrt. Sie hatte nicht erwartet, mit ihren Fragen einen solchen Zorn über einen alten Schmerz heraufzubeschwören. Aber warum sagte sie immer, die Zofe sei gestorben? War sie nicht mit den Akrobaten davongelaufen? Dann war sie tatsächlich gestorben, und alles andere war nur dummer Klatsch. Hätte sie doch nur ein wenig gewartet und Anne mitgenommen. Oder sich doch mit Wagner oder Claes besprochen, nun mußte sie allein sehen, wie sie das Feuer, das sie entfacht hatte, wieder löschte.

«Madame!» Sie erhob sich nun auch und sprach hastig weiter. «Ich bitte Euch sehr, mir nur noch einen Augenblick zuzuhören. Ich muß mit Euch sprechen, ich bin es ja nicht, die Euren Seelenfrieden gefährdet. Mademoiselle Grelot wurde vor wenigen Tagen getötet, das wißt Ihr. Aber da war noch ein anderer Mord, in Bristol. Zwei junge Frauen wurden getötet, weit voneinander entfernt, aber ich bin sicher, daß sie einander kannten und auch mit Eurer Zofe bekannt waren, daß sie sogar Freundinnen waren. Ich weiß, daß Euer Kutscher ein Kreuz für Lorettas Grab gemacht hat. Er muß etwas damit zu tun haben, und ich muß wissen, was damals geschehen ist. Denn wenn Ihr etwas davon wißt, seid auch Ihr in Gefahr.»

Rosina redete schnell, doch je mehr sie sprach, um so undurchdringlicher und abweisender wurden die Augen ihres Gegenübers. «Ich weiß», setzte sie eilig hinzu, «es muß Euch ein unerträglicher Affront sein, Euren Kutscher, den Ihr fast Euer ganzes Leben lang kennt, dem Ihr vertraut, so verdächtigt zu sehen, aber glaubt mir bitte, damals muß etwas geschehen sein, was die Ursache für den Tod der beiden ist.»

Aber Magdalena Bellham hörte ihr nicht zu. «Eure dumme Freundin tat Euch keinen Gefallen, als sie Euch davon erzählte.» Es klang, als sei sie plötzlich aus einer Starre erwacht. «Sie verstand es nie, ein Geheimnis zu bewahren, und sie hätte es auch nicht bewahrt, wenn ich ihr gegeben hätte, was sie gewiß fordern wollte. Ich traf sie in den Kolonnaden des Domes, und sie erkannte mich gleich. Sie begrüßte mich wie eine alte Freundin, als pflege eine Mrs. Bellham Freundschaft mit einer Kokotte! Gewiß hätte sie nur eine lächerliche Summe gefordert,

Lore wußte nie um den Wert des Geldes. Aber das hätte ihr nicht gereicht, sie wäre immer wieder gekommen und nicht, wie sie beteuerte, nach Paris zurückgekehrt, wo sie schon früher in den Hurenhäusern, die sich Theater nennen, ihr widerliches Leben gelebt hat. Sie erzählte gleich davon, als könne sie sich damit Ehre erweisen! Und nun denkt Ihr, Ihr könntet ihren verderbten Plan fortführen? Das könnt Ihr nicht, Mademoiselle!»

Sie stand jetzt ganz nahe vor Rosina, und es war, als habe ihre Rede, ihr Blick Gewalt über Rosina. Die wollte zurückweichen, aber ihr Körper war wie erfroren. Sie starrte in dieses Gesicht, und erst jetzt verstand sie, was die Frau vor ihr gerade gesagt hatte. Und begriff, daß die Miniatur, die unten in dem ungeliebten Salon hing, eine andere Frau zeigte, eine Frau mit sanfteren, ängstlicheren Zügen, mit größeren Ohren, einem tieferen Ansatz des nur dunkelbraunen Haares, mit volleren Lippen. Eine zum Verwechseln ähnliche, aber dennoch andere Frau.

«Ihr seid nicht Mrs. Bellham», flüstere sie, «Ihr seid es gar nicht.»

«Natürlich bin ich Mrs. Bellham.» Sie lachte hart. «Ich bin es seit meiner Hochzeit vor acht Jahren, und ich werde es bleiben, bis ich sterbe. Ich habe diesen wunderbaren Mann geheiratet, bin seinen Kindern eine Mutter geworden, seinen Eltern die bravste Schwiegertochter. Es ist eine gute Familie, es gibt keine bessere. Ich werde es niemals zulassen, daß dieser Familie Leid widerfährt. Niemals. Glaubt Ihr, meine beiden Stieftöchter würden in den Familien ihrer Männer noch die Ehre erfahren, die ihnen gebührt, wenn die Vergangenheit ans Licht käme? Die Wahrheit? Was ist das, die Wahrheit? Die Wahrheit ist, daß ich als Magdalena Holting von Köln nach England kam und Mr. Bellham heiratete, so wie es verabredet war. Die

Wahrheit ist, daß ich ihm die beste Frau bin und immer war. Glaubt Ihr, er bliebe so angesehen, wenn herauskäme, daß er nicht die Tochter eines ehrbaren Kölner Kaufmannes, sondern die Tochter eines kleinen Krämers und einer Küchenfrau geheiratet hat?»

Wieder lachte sie, und nun klang es stolz und siegesgewiß. «Niemals. Ich habe das erste Mal dafür gesorgt und dachte, unser Leben, unsere Ordnung sei wieder sicher. Ich habe das zweite Mal dafür gesorgt. Glaubt Ihr, daß ich nun, wo ich bereitwillig das Opfer der Sünde auf mich geladen habe, um meine Familie zu bewahren, bei einem dritten Mal zögern würde? Glaubt Ihr das?»

«Ihr seid Hanna?»

«Natürlich bin ich Hanna. Deshalb seid Ihr doch gekommen? Weil Ihr das holen wollt, was Lore nicht bekam. Sie bekam dafür etwas anderes, nachts in den Kulissen. Es war der beste Ort für diese Reinigung vom Unrat. Und es war ganz leicht, niemand hat etwas bemerkt. So viele drängen sich da in der Dunkelheit, und alle starren auf die Bühne, eine fremde Gestalt wird dort nicht bemerkt, und wo so viele sind, wird man auch einen Täter finden. Niemand wird anderswo suchen. Und bei einer wie Lore oder Elsi findet sich immer ein dummer Liebhaber, der allen Grund hatte, sie zu töten.»

Sie rieb triumphierend ihre Hände, kräftige Hände, und Rosina erinnerte sich, daß Anne erzählt hatte, Magdalena, die doch so scheu und beherrscht wirke, reite häufig mit ihrem Mann vor den Wällen.

«Ihr seid Hanna.» Rosinas Stimme war nur noch ein Flüstern. «Und Ihr habt das Mädchen in Bristol töten lassen. Und Loretta. Melcher – Melcher ist dann *Euer* Bruder, er tötet für Euch!»

Sie ist Hanna, hämmerte es in Rosinas Kopf, und sie tastete sich langsam einen Schritt zurück. Sie mußte diesen Raum verlassen, sofort. Sie mußte aus diesem Haus fliehen. Zwei Leben waren dieser Frau ihre Lebenslüge wert gewesen. Das Leben zweier Freundinnen. Sie würde erst recht keine Skrupel haben, einer Unbekannten das Genick brechen zu lassen.

Hanna, seit acht Jahren Magdalena Bellham, folgte ihr langsam, kreiste sie ein wie ein Raubtier seine Beute. Ein säuerlicher Geruch ging nun von ihr aus, und Rosina spürte Übelkeit wie eine Kralle in ihrem Leib.

«Mein Bruder», zischte Hanna, «hat damit nichts zu tun, das habe ich Euch schon gesagt.» Sie hob die Hände, betrachtete sie wieder wie kostbare Werkzeuge und kam immer näher. «Mein Bruder kann Pferde lenken und Hunde töten. Aber er ist ein schwacher Mensch. Das Grabkreuz? Er wußte genau, daß ich ihm diese leichtfertige Dummheit niemals erlaubt hätte. So hat er mir erst davon erzählt, als es zu spät war. Mein Bruder würde nur töten, wenn ich ihn darum bitte, aber ich habe ihn nicht gebeten. Ich beschütze selbst meine Familie, mein Leben, das Leben meines Mannes und seiner Kinder. Ich beschütze auch die Kirche, zu der wir gehören, ja, das tue ich, die Menschen, die uns ehren. Ich werde nicht zulassen, daß du das zerstörst. Was warst *du*, bevor du begannst, dich schamlos auf der Bühne zu zeigen? Warst du schon eine Hure? Eine, die in der Schenke ihren Leib hergab für einen Penny? Elsi war so eine, auch wenn sie noch so brav tat. Elsi und Lore. Sie haben ihr Leben vergeudet und verwirkt. Wir hatten geschworen, aus unserem Leben etwas zu machen, keine hat es geschafft. Nur ich. Ich habe es geschafft.»

Solange Mrs. Bellham, solange Hanna sprach, solange sie sprechen wollte, verging Zeit. Rosina hatte begriffen, daß sie diesen Raum kaum ohne fremde Hilfe verlassen konnte. Wann kamen die Köchin und das Mädchen endlich zurück? Würden sie nicht hinauf in den Salon stürmen, wenn sie einen Schrei hörten? Sie mußten doch annehmen, daß ihre Herrin in Gefahr, daß sie krank oder gestürzt war. Konnten Schreie überhaupt bis in die Küche hinunter dringen? Und was, wenn Melcher kam? Es gab keinen anderen Weg. Hanna mußte weiterreden, immer weiterreden, bis die Frauen zurückkamen.

«Ihr habt Eure Herrin schon auf dem Schiff getötet!»

«Unsinn. Magdalena – seltsam, mit diesem Namen von *ihr* zu sprechen. *Ich* bin Magdalena.» Das klang fast heiter, als spüre sie immer noch Tag für Tag den Triumph des Sieges über ihre Geburt. «Nein, sie starb an Bord des Rheinschiffes. Sie war einige Tage zuvor schon krank vom Fieber und blieb unter Deck, und ich hüllte mich in ihren Umhang. Es war ein so schöner Umhang. Und als ich an Deck kam, begrüßte mich jeder ehrerbietig als Mademoiselle Holting. Zuerst wollte ich es erklären, aber ich schwieg, es war so köstlich, wie eine Dame und nicht mehr wie eine Domestike behandelt zu werden. Das werdet *Ihr* kaum verstehen. So köstlich. Und dann starb sie. Was war einfacher, als sie als die Zofe beerdigen zu lassen. Ein Wink des Himmels. Das war es. Ein Zeichen des Himmels. Wir sahen uns immer ähnlich, und von ihrem Hauslehrer habe ich mehr gelernt als sie. Ich, die ich doch stets nur ihre Bücher tragen und zu ihrer Bedienung dabeisitzen sollte, wenn das dumme Ding sich mit den Buchstaben und Zahlen quälte. Magdalena, die vergangene Magdalena war dumm. Ich bin klug. Hanna Melcher ist in jener Nacht auf dem Rhein gestorben, und das Gerücht, sie sei entlaufen, entstand durch nichts als Klatsch. Aber war der nicht auch hilfreich? *Ich* reiste nach England und war Magdalena und bald darauf Mrs. Bellham. Ich *bin* Mrs. Bellham. Die andere ist es nie gewesen. Ich habe dafür geschworen, ein ehrbares Leben zu führen, und das habe ich getan. Gott weiß es, und Er wird verstehen, warum ich dieses Leben beschützen muß. Erliegen in der Bibel nicht genug Ungerechte seinem Zorn durch Menschenhand? Ich tat es doch nicht für mich.» Fast bittend drehten sich ihre Handflächen mit den gespreizten langen und kräftigen Fingern nach oben. Ihre Fingerspitzen berührten nun beinahe Rosinas Gesicht. «Nicht für mich. Für die Ehre und den Erhalt meiner Familie. Gibt es etwas Schützenswerteres?»

«Hanna!» Und noch einmal wie ein leiser Schrei: «Hanna.»

Sie erstarrte in ihrer Bewegung, aber sie sah sich nicht nach der Stimme um. Sie sah Rosina an und sagte ganz ruhig: «Geh weg, Hannes. Geh weg und warte in der Diele, bis ich dich rufe. Ich brauche dich gleich. Aber das hier ist meine Sache.»

«Nein, Hanna.» Die rauhe Stimme des Kutschers klang eher weinerlich bittend als beschwörend. «Hanna. Es ist doch nun genug. Du hast es versprochen.»

«Geh! Denk an *dein* Versprechen. Dein Leben und mein Leben, nie getrennt, und habe ich uns nicht ein gutes Leben geschaffen? Geh weg, Hannes. Es ist keine Zeit mehr.»

«Nein, Melcher. Bleib hier. Hanna meint gar nicht, was sie sagt!» Rosina wußte kaum, was sie sprach, sie wußte nur, Melcher mußte in diesem Raum bleiben. Bei seinem Ruf hatte sich etwas im Gesicht seiner Schwester verändert. Ihre Augen waren immer noch schwarz und starr, ihr hoch aufgerichteter Körper schien immer noch größer als sonst, und ihre Lippen bebten. Aber sie war dennoch ruhiger geworden, ihre Hände hatten an entschlossener Kraft verloren und sanken herab. Jedenfalls schien es so. Wenn es irgend jemanden gab, der sie, Rosina, retten konnte, war es Melcher, der Mann, von dem sie angenommen hatte, er habe Loretta und das Mädchen in Bristol getötet.

«Geh weg», sagte Magdalena noch einmal, und auch ihre Stimme klang nun rauh. «Geh endlich weg.»

Da ging er. Die Tür klappte leise hinter ihm zu. «Tu's nicht, Hanna», sagte er noch, «wir schaffen es auch anders.»

Aber er wußte, wie seine Schwester, daß es zu spät für einen anderen Weg war.

Hanna hatte viel zu spät begriffen, daß Rosina nicht gekommen war, um Geld zu erpressen, sondern um sie vor ihrem Bruder, den sie für den Mörder gehalten hatte, zu warnen. Aber nun hatte sie verraten, was wirklich geschehen war, sie mußte wieder töten, nur dieses eine letzte Mal. Dann würde sie endgültig in Sicherheit sein.

Lukas Blank verschränkte die Arme hinter dem Kopf und blinzelte träge in die matte Oktobersonne, die sich gerade durch den Hochnebel gekämpft hatte. Er war mit sich und der Welt zufrieden, sogar außerordentlich zufrieden. Gestern abend, als auf dem Weg zum Rathaus plötzlich diese schwarzen Gestalten aus dem Nichts auftauchten, hatte er zuerst gedacht, sie seien einfache Straßenräuber, zu dumm, um zu erkennen, daß sie ausgerechnet zwei Weddeknechte und deren Gefangenen überfielen. Opfer, bei denen garantiert nichts zu holen war außer einer ganzen Horde von Stadtwächtern und -soldaten, die sich auf die Jagd nach ihnen machen würden. Aber dann drängte der eine ihn in einen düsteren Gang, zischte ihm zu, er möge seine Beine bewegen, aber ein bißchen schnell, sonst bringe er ihn gleich zurück zur Fronerei, und Lukas begriff.

Der Zettel, den er dem dreckigen Knirps durch das Fenster, nicht mehr als ein Luftloch über seinem Kopf, zugeworfen hatte, war angekommen. Er war nicht so dumm gewesen, einen Namen darauf zu schreiben, aber der Junge hatte sein Flüstern verstanden, und der versprochene Lohn war ihm Anreiz genug, die Nachricht an die richtige Adresse zu bringen. Er hatte Glück gehabt, riesengroßes Glück. Er wagte kaum daran zu denken, was geschehen wäre, wenn sie ihm bei seiner Arretierung seinen Stift und den alten Theaterzettel weggenommen hätten, wenn der Junge die Nachricht einfach weggeworfen oder zum Fron gebracht hätte, wenn er zu dumm gewesen wäre, Bellham zu finden, wenn …

Er seufzte, streckte sich wohlig und grinste mit geschlossenen Augen. Wenn, wenn, wenn. Der Junge war eben schlau genug gewesen, ein guter Stern oder ein großzügiger Schutzengel hatte ein Auge zugedrückt und brav seine Arbeit getan. Mit so einem Handstreich hatte er allerdings nicht gerechnet. Aber was hätte Bellham anderes tun können? Ihm vergifteten Wein schicken? Er lachte leise. So etwas kam in französischen Romanen vor. Nein, Bellham war ein kühl denkender und handelnder Mann. Er hatte es geschafft, einen Kattundrucker von einer der wichtigsten Kattunmanufakturen der Stadt zu finden, der bereit war, für ihn ein Musterbuch zu stehlen. Er hatte auch einen Weg gefunden, den Mann, der das für ihn getan hatte und auch noch in eine Mordgeschichte verwickelt war, herauszuhauen. Woher mochte er nur gewußt haben, daß Lukas an diesem Abend zum Rathaus geführt werden würde? Er mußte gute Informanten haben. Aber auch er hatte dabei Glück gehabt. Aus der Fronerei hätte er den Mann, der um das Geheimnis seiner gar nicht so ehrenwerten Geschäfte wußte, kaum herausbekommen.

Glück gehabt, nichts als Glück gehabt. Und er hatte auch Glück gehabt, daß Bellham, zwar wütend wie ein Stier, aber ganz Ehrenmann, ihm nicht den Hals umgedreht, sondern ihm seinen Lohn gegeben und dann noch durch die Alster geholfen hatte. Nur damit Lukas keine Minute länger Gelegenheit hatte, seinen Namen zu nennen und aus dem Ehrenmann den Spion zu machen, der er tatsächlich war.

Bellham hatte gespielt und verloren, und er konnte froh sein, daß Lukas ihn nicht gleich der Wedde genannt hatte. Die Ausrede, Loretta habe ihn verführt, das Buch zu stehlen – für wen, das wisse er nicht, er habe es aus reiner Liebe getan –, war grandios gewesen. So blieb dem honorigen Bellham nichts anderes, als ihm zur Flucht zu verhelfen. Lange, das hatte auf dem Zettel gestanden, werde er der Folter nicht mehr standhalten und den Namen seines Auftraggebers geheimhalten. Folter war immer ein Zauberwort. Aber waren dieses stinkende Loch und die Angst vor dem Galgen nicht auch Folter?

Die Alster war eiskalt gewesen, und daß er nicht abgesoffen war, war wieder so ein Glück. Und dann stand da gleich hinter dem Alsterbaum noch so ein dunkler Kerl mit einem Fuchs. Er hielt auch eine trockene Hose und Jacke bereit – aus grobem Leinen, aber um so besser, so fiel er nicht auf –, einen Beutel mit Brot und Käse und einen wärmenden Schluck Rum.

Er war die ganze Nacht geritten, die Außenalster nach Norden, bei Harvestehude durch die Furt und dann nach Westen. Bellham hatte gesagt, er solle sich gleich ins Dänische absetzen. Aber dazu hatte er keine Lust, es war auch viel zu nah, also war er nach Westen und dann hinter Barmbek nach Süden geritten, durch die Billwerder Marschen und weiter an der Elbe entlang flußaufwärts. Die

Nacht war dunkel, und er hatte Glück, wieder Glück, daß er sich gut genug auskannte und daß ihm niemand in die Quere kam. Aber so waren die Bauern. Wenn in einer dunklen Nacht Hufe vorbeijagten, dachten sie gleich an Geisterjäger und zogen ihre Decke über den Kopf, anstatt die Hunde loszulassen.

Gleich nach Sonnenaufgang passierte er bei Artlenburg die Elbfurt. Es war Niedrigwasser, die Strömung trotzdem stark und das Pferd nach dem scharfen Ritt müde und unwillig, aber sie hatten es geschafft. Sie waren nun im Hannoverschen, und niemand würde ihn hier suchen. Lukas Blank, würden alle denken, war von Räubern erschlagen worden. Oder, wenn sie etwas schlauer waren, von Kumpanen befreit in den Labyrinthen der Gänge verschwunden. Da konnten sie wochenlang nach ihm suchen. Und weil das jeder wußte, würden sie eben nicht wochenlang suchen. Sie würden Ausschau halten, auf den Plätzen, in den Gassen und Kaschemmen. Ein paar Tage würden sie jedes auslaufende Schiff durchstöbern und wahrscheinlich jede Menge Schmuggelware finden, aber keinen Lukas Blank. An den Toren würden sie jeden armen Kerl, der auch nur halbwegs seine Statur und Farben hatte, bis aufs Hemd durchsuchen. Aber sie würden nicht denken, daß er mit einem ausgezeichneten Fuchs und einer Rolle hübscher goldener Münzen auf einer kleinen Lichtung in einem Auwald in der Morgensonne lag und glücklich war.

Doch, Lukas Blank war glücklich. Er hatte alles verloren, und nun lag sein Leben vor ihm wie eine Landkarte voll weißer Flecken. Nun war alles zu gewinnen. Einen Moment dachte er an seine Schwester. Für Freda tat es ihm leid, wirklich leid, sie würde es nun schwer haben. Schwarzbach konnte keine Frau heiraten, deren Bruder ein Dieb und – das dachten ja auch die meisten – ein Mörder war. Freda würde sich etwas einfallen lassen müssen. Schwarzbach setzte sie gewiß auf die Straße, und kein anderer Manufakteur würde ihr Arbeit geben. Aber Freda war stark. Sie fand immer einen Weg. In diesen schweren Zeiten mußte jeder selbst sehen, wo er blieb und was aus ihm wurde. Aus ihm, Lukas Blank, würde etwas Großes werden. Er hatte Bellham das Musterbuch nicht geben können, mochte der Teufel wissen, wo Loretta das Ding versteckt hatte. Irgendwann würde es vielleicht irgend jemand finden und, wenn er schlau war, gutes Geld damit machen. Aber das kleine Heft, von dem Bellham nichts ahnte, war seine Zukunft. Es hatte, fest in fünf Lagen Ölpapier verpackt, in dem Loch in der alten Eiche hinter dem Lombardhaus auf ihn gewartet, und auch das Bad in der Alster hatte es fast unbeschädigt überstanden. Es war der Grundstock für ein Leben in Wohlstand, irgendwo auf dieser Welt. Nicht gleich, vielleicht auch nicht im nächsten Jahr, aber er würde doch einen Ort finden, so weit von Hamburg entfernt, daß ihn niemals jemand wiedererkannte. Einen Ort, wo er dank dieses Heftes mit den Rezepten von Schwarzbachs bestem Coloristen ein gutes Leben aufbauen konnte. Wo niemand mehr in ihm den Sohn von Blank, dem Bankrotteur, sah. Unrecht Gut gedeihet nicht? Das wollte er erst einmal sehen.

Von Amsterdam gingen Schiffe nach dem westindischen St. Thomas. Seit die dänische Insel sich vor drei Jahren zur Freihandelszone erklärt hatte, lief dort allerdings hin und wieder auch ein hamburgisches Schiff ein. Nein, sicherer als eine Insel war Virginia. Auch vorteilhafter, denn dort versuchten die Kolonisten, vom englischen Mutterland unabhängiger zu werden und eigene Manufakturen aufzubauen. Wer klug war, konnte in Virginia und dem benachbarten Maryland und Carolina reich werden wie ein König. Oder doch nach Osten? Von Amsterdam segelten auch Schiffe nach St. Petersburg, und auch im Osten entstanden immer mehr Manufakturen, gute Männer wurden dort teuer bezahlt. Aber St. Petersburg war viel zu kalt, die Aussichten in Virginia … Da schlief Lukas Blank ein. Er träumte nicht, dazu war er zu müde, aber er fühlte sich auch tief im Schlaf so sicher, wie nie zuvor. Vor ihm lag die Zukunft. Und die war endlich hell und bunt. Und sehr reich.

Rosinas Herz raste, aber ihr Verstand hatte endlich wieder begonnen, klar zu arbeiten. «Diesmal schafft Ihr es nicht, Hanna. Ich darf doch Hanna sagen? Mrs. Bellham werdet Ihr von mir nicht mehr erwarten?»

Sie mußte reden, böse reden, um die Frau mit den kräftigen Händen vor ihr aus der Ruhe zu bringen. Wer blind vor Zorn war, machte Fehler. Sie mußte reden, reden, reden und versuchen, doch noch die einzige Tür an der gegenüberliegenden Wand des Zimmers zu erreichen. «Ich bin stärker als Loretta, und mich könnt Ihr nun auch nicht mehr überraschen. Ich werde schreien und um mich schlagen, ich werde Euch so verletzen, so zerkratzen, daß jeder danach fragen wird. Alle werden denken, Euer Mann sei es gewesen, Euer wunderbarer Gatte habe Euch geschlagen, weil Ihr ihm keine gute Frau seid, sondern eine aus irgendeinem dreckigen Hinterhof …»

«Rede nur», flüsterte Hanna, «rede nur. Es amüsiert mich wirklich.» Aber es amüsierte sie nicht. Ihr Mund hatte allen Triumph verloren, nur Entschlossenheit war geblieben, mörderische Entschlossenheit.

«Ihr lügt», rief Rosina plötzlich, «Eure ganze Geschichte ist erlogen. Woher solltet Ihr wissen, wie man tötet? Auf diese Weise tötet? Woher?»

«Du bist töricht. Glaubst du, nur ein Mann kann so etwas? Es ist eine ganz leichte Art. Hat Lore nicht von dem Starken Mann erzählt, den sie in Köln so bewundert hat? *Er* hat *mich* bewundert, und er hat mir gezeigt, was er im Hafen von Amsterdam gelernt hat. Er dachte, ich würde dafür zu ihm aufsehen. Er war ein dummer Mann, aber seine Tricks und seine Kraft erschienen mir ungemein nützlich ...»

Da machte Rosina, plötzlich blind vor Zorn und ohne zu denken, einen großen Sprung, stieß Hanna Melcher mit voller Kraft gegen die Brust, die taumelte, stolperte rückwärts, ihre Hände krallten sich in Rosinas Mieder und zogen sie mit zu Boden. Es erschien Rosina wie eine Ewigkeit, dann spürte sie die harten Dielen unter ihrer Schulter. Ihre Hände umklammerten die Handgelenke der anderen, lange würde sie ihnen nicht standhalten können, auch Hanna Melcher kämpfte um ihr Leben, und sie war stark, fast wie ein Mann. Rosina spürte Hannas eiskalte Hand, die sich auf ihre Stirn preßte, Finger, die wie Schraubzwingen ihren Kopf hielten, sich unter ihr Kinn schoben ... Panik rauschte dröhnend in ihren Ohren, und dann war da ein Poltern, Melcher kam, seiner Schwester doch noch zu helfen. Sie schlug und kratzte nach dem Körper, der den ihren niederdrückte, sie schrie – und plötzlich war die Hand verschwunden.

Ihr Kopf fiel hart zurück auf den Boden, sie hörte ein Keuchen, und als sich der Nebel der Angst vor ihren Augen löste, sah sie das verzerrte Gesicht der Frau, die gerade versucht hatte, auch ihr Genick zu brechen. Es waren doch nicht Melchers Schritte gewesen. Zwei Männer in der Uniform der Weddeknechte hielten Hanna fest, ein dritter stand mit dem Rücken an der Tür, und vor Rosina kniete Wagner, der gute, dicke Wagner mit dem freundlichen Gesicht, das ihr nun herrlich vorkam wie das eines Erzengels. Schweiß lief ihm über Stirn und Wangen, aber er nahm sich keine Zeit, nach seinem großen blauen Taschentuch zu greifen. Er sah Rosina an, schnaufte, und ein breites Lächeln ging über sein Gesicht. «Gerade noch rechtzeitig», sagte er. «Gerade noch rechtzeitig, Ihr dreimal vermaledeites Frauenzimmer!»

Hanna Melcher saß auf einem der hübschen weißen Sessel in ihrem hübschen Salon und sah aus dem Fenster in eine unbekannte Ferne. Eine blutige Schramme lief quer über ihre Stirn und endete an der Nasenwurzel, ihr Gesicht glich dennoch dem einer Marmorstatue, ihre Lippen, schmal wie Striche und fast weiß, waren fest geschlossen.

«Nun gut», sagte Wagner, «Ihr müßt auch gar nichts sagen. Wir werden Euch jetzt mitnehmen. Es hat keinen Zweck, sich zu widersetzen. Aber das habt Ihr wohl verstanden.»

Hanna reckte die Schultern, und in ihr Gesicht kehrte ein Hauch des gewohnten Stolzes zurück. Ihr Blick streifte Rosina, die, eingehüllt in eine Decke, in dem Ohrensessel kauerte und immer noch zu begreifen versuchte, was geschehen war.

«Natürlich», sagte Hanna. «Ich werde mich nicht widersetzen. Nicht mehr. Doch wenn Ihr erlaubt», sie sah an sich herunter, lächelte und strich sanft über den glänzenden Stoff ihres Rockes, «ich möchte mir ein anderes Kleid anziehen, das für ...», sie räusperte sich kaum hörbar, «für meinen weiteren Aufenthalt geeigneter ist.»

Wagner überlegte einen Augenblick. «Dagegen ist wohl nichts einzuwenden, solange Ihr diesen Raum nicht verlaßt.»

Sie schüttelte den Kopf. «Nein, mein Ankleidezimmer

ist dort hinter der Tapetentür.» Wieder lächelte sie, und ihre Stimme klang fast heiter.

Auf Wagners Gesicht war deutlich zu lesen, daß ihm das alles nicht behagte. Er wollte diese Dame so schnell wie möglich in den geschlossenen Kastenwagen, der vor der Tür wartete, verfrachten und in der Fronerei an die Kette legen. Er traute ihr nicht, so wie er keinem Mörder traute, aber sie war eine Dame, und eine Dame hatte Wagner noch nie arretiert. Er nickte einem seiner Knechte zu, der zog an dem Knauf der Tür, deren schmaler Rahmen die Begrenzung eines Tapetenbildes vortäuschte, und blickte in den kleinen Raum, der sich dahinter verbarg.

«Kein Fenster drin», sagte er, «und es ist ja auch zu hoch zum Rausspringen.»

Er trat zur Seite, um diese furchterregende Dame, die ihm mit ihrem madonnengleichen Gesicht wie eine Hexe vorkam, hineinzulassen.

Rosina zitterte immer noch, die Wärme der Seidendecke erreichte nicht ihre Seele. Sie starrte auf die Tapetentür, Bilder flackerten durch ihren Kopf, und plötzlich sagte sie: «Melcher. Wo ist der Kutscher?»

«Nur keine Angst.» Wagner warf einen zufriedenen Blick aus dem Fenster hinunter auf die Straße. «Melcher haben wir gleich unten eingefangen, der hat sich willig wie ein müdes Pferd in den Wagen sperren lassen. Da ist er gut bewacht.»

«Aber wieso wußtet Ihr, daß ich hier war? Wieso wußtet Ihr von alledem?»

«Wußten wir nicht.» Wagner blickte streng, auch wenn es ihm wirklich schwer fiel. «Wenn Ihr jetzt bei Mademoiselle Grelot wäret, hättet Ihr ganz allein die Schuld. Wir haben heute morgen am Hafen einen der Kerle gefangen, die Blank befreit haben. Der hatte gleich seinen Räuberlohn verspielt und versoffen und dabei zuviel geredet. So ist das immer mit diesen Kerlen. Dumm genug, wer die anheuert. Er hat in der Fronerei noch mal geredet, als hätte er eine Prise Bilsenkraut geschluckt. Und auch gesagt, daß der Herr dieses Hauses, der ehrbare Mr. Bellham, ihm und seinen Kumpanen den Auftrag gegeben habe, Blank zu befreien und ihm aus der Stadt zu helfen.»

«Ihr seid also nur gekommen, um mit Bellham zu sprechen?» Rosinas Stimme war nicht mehr als ein erschrecktes Krächzen.

«Um ziemlich deutlich mit ihm zu sprechen. Ja. Deshalb haben wir auch gleich den Wagen mitgebracht. Ich glaube nämlich nicht, daß der Kerl gelogen hat. Aber Bellham ist nicht da, soll mit seinem Diener in Glückstadt sein. Wenn wir Pech haben, sind die wie Blank über alle Berge. Na, seine Frau muß es nun nicht mehr kümmern, wenn er sie zurückgelassen hat, der feine Mister. Aber nun, denke ich, hat die Dame Zeit genug gehabt, sich umzukleiden.» Er klopfte an die angelehnte Tapetentür. «Mrs. Bellham? Ihr müßt jetzt herauskommen.»

Hinter der Tür blieb es still. Wagner klopfte noch einmal. «Mrs. Bellham?» Er zog energisch die Tür auf, trat in den kleinen Raum und ließ ein kurzes Schnaufen hören. An der hinteren Wand der Kammer hingen auf einer langen Stange kostbare Kleider aus Seide, aus den verschiedensten Arten von Kattun, aus Samt, feinster Wolle und Batist. In Fächern lagen ordentlich die Mieder, Schuhe, Tücher und all die Wäschestücke und Accessoires einer eleganten Dame. Auch eine samtbezogene Schachtel mit Kämmen und anderem Kopfputz war dabei, und einen der Kämme hätte Rosina, wenn sie Gelegenheit gehabt hätte, in die Schachtel zu sehen, sofort wiedererkannt.

Und schließlich, auf einem zierlichen Lehnstuhl saß

Mrs. Bellham. Sie trug noch immer das für die Fronerei ungeeignete Kleid aus glänzendem Kattun in der Farbe reifer Hagebutten mit hauchzarten weißen Streifen. Ein dünner Speichelfaden rann von ihrem linken Mundwinkel über ihr Kinn, ihre blauen, festverschlossenen Lippen waren wie eine Wunde in ihrem schneeweißen Gesicht. Sie atmete noch, bis zum Abend würde sie immer schwerer und zugleich flacher atmen. Aber dann würde der große Löffel voll getrockneten Fingerhutkrauts, das sie mit Honig verrührt und hinuntergeschluckt hatte, dafür sorgen, daß ihr Herz aufhörte zu schlagen.

NACHSPIEL

SONNABEND, DEN 21. FEBRUAR 1768

Der Maskenball am 21. Februar des Jahres 1768 im Theater am Gänsemarkt war ein rauschendes Fest. Der sonst leicht abfallende Boden des Auditoriums war ebenso verschwunden wie der Orchestergraben. Das ganze Parterre war durch einen Zwischenboden auf eine Höhe mit der Bühne gebracht und so zum Tanzsaal umgewandelt worden. Es war schon der vierte Maskenball seit Neujahr, aber das Gelächter der Gäste klang immer noch so übermütig, die tanzenden Paare bewegten sich so ausgelassen, als sei es der erste seit zehn Jahren. Wer den Bürgern dieser Stadt mangelnden Sinn für das Vergnügen nachsagte, konnte in dieser Nacht eines Besseren belehrt werden.

Vielleicht lag es daran, daß die Bürger diesmal nicht unter sich waren. Zum Maskenball im Theater stand die Tür allen offen, die sich ein Billett leisten konnten. Dazu gehörten auch einige Damen, deren Dekolletés einladender, deren Wangen und Lippen röter, deren Düfte schwerer und süßer waren als die der Gattinnen und Töchter der Bürger. Sie lachten auch lauter und selten hinter vorgehaltener Hand. Ihre freieren Bewegungen beim Tanz, ihre koketteren Blicke über die Fächer waren ansteckend wie ihr Lachen.

Aber vielleicht lag es nur an den Masken, die die meisten im Saal, in den Logen und auf der Galerie noch trugen. Die bedeckten zwar nur die Augenpartie oder das halbe Gesicht, und ganz gewiß erkannte man einander spätestens beim ersten Satz oder zweiten Blick, aber die Menschen im Saal gebärdeten sich wie Kinder, die sich die Augen zuhalten, zwischen zwei Fingern hindurchblinzeln und glauben, unsichtbar zu sein. Es war seltsam, auch wenn alles Fremde die Menschen beunruhigte und ihr Mißtrauen weckte, war ihnen diese nur scheinbare Fremdheit erregend wie Wein aus der Champagne.

Rosina löste ihre Maske, legte sie auf die Brüstung der Herrmannsschen Loge und lehnte sich erschöpft gegen die gepolsterte Lehne. Auch wenn in den Straßen der Stadt der Schnee unter jedem Schritt eisig knirschte und die Glut in den Öfen hinter den großen Eisengitterschirmen längst erloschen war, in dem überfüllten Theater war es warm und schwül wie in einer Orangerie. Auch sie hatte getanzt, von dem Wein probiert und sich amüsiert. Es war nun schon mehr als ein Vierteljahr her, seit Loretta dort oben in den Kulissen getötet worden war, sie hatte sie nicht vergessen, aber das Leben war doch weitergegangen.

Trotz der neuen Spaßmacher und Luftspringer, die sogar Lessings «Minna von Barnhelm» bereicherten, war das Theater immer spärlicher besucht worden. Anfang Dezember hatten Löwen und Seyler es geschlossen und ein Engagement für das ganze Ensemble an das Schloßtheater zu Hannover angenommen. Sie hatten dort viel Beifall bekommen, und die satten Einnahmen retteten das Hamburger Unternehmen. Für einige Wochen jedenfalls. Die andere Stadt und das andere Theater hatten die Ereignisse des vergangenen Oktobers zurücktreten lassen. Löwen hatte Rosina nach dem Musikabend im Herrmannsschen Haus endlich einige Rollen in Singspielen anvertraut, und manchmal, wenn sie auf der fremden Bühne des Schloßtheaters stand, erschienen ihr Lorettas Tod und die Suche nach dem Schuldigen nur wie ein schlechter Traum. Erst vor neun Tagen waren sie nach Hamburg zurückgekehrt, und nun hatte der Anblick eines vorbeiflatternden, hell lachenden Mädchens mit kupferfarbenem Haar und einem sonnengelben Fächer gereicht, um die Freude des Abends plötzlich schal werden zu lassen. Für einen Moment hatte sie auf Madame Hensels Schrei gewartet, auf den ersten und auf den zweiten, als wiederhole sich alles noch einmal. Ihr Herz hatte hart geklopft, als sie die Loge erreicht hatte, aber nun, hoch über den Köpfen der tanzenden und plaudernden Menschen, beruhigte es sich. Vielleicht war das Mädchen mit dem gelben Fächer tatsächlich Loretta. Auf einem kleinen, vergnügten Ausflug von dort, wo immer sie jetzt war. Sie lachte leise. *Corriger la fortune,* hatte Loretta gesagt. Das würde ihr auch in einer anderen Welt gelingen.

Sie beugte sich über die Brüstung der Loge und sah hinunter auf das bunte Wogen im Saal. Der Kronleuchter, die Lichtbäume auf der Bühne, die Notenständer der Musiker und auch die Wandleuchter in den Logen waren heute nur mit den besten Wachslichtern bestückt. Sie tropften kaum, und so blieben Seide, Samt und Zitz-Kattun der glänzenden Roben der Damen und der Röcke der Herren in dieser Nacht fast frei von dem klebrigen Talg der Unschlittkerzen.

In der Loge gegenüber bei den Geschwistern Reimarus entdeckte sie Anne und Claes. Anne lachte hell über irgendeine Bemerkung von Elise Reimarus, und Claes beugte sich einer etwas papieren wirkenden ältlichen Dame zu, von der Rosina wußte, daß sie seine Schwester aus Köln war. Cornelia, hatte Anne gestern erzählt, war vor drei Wochen mit ihrer Kutsche angekommen, trotz zahlreicher heißer Steine in ihren Pelzdecken halb erfroren und äußerst leidend. Daß sie umsonst durch den Winter gereist war, was, wie sie immer wieder betonte, kein Mensch außer einer liebenden Tante getan hätte, machte ihr Befinden bestimmt nicht besser. Sie war nach Hamburg gekommen, um Niklas wieder nach Köln zu holen, das arme Kind, das sich im Haus seines Vaters nicht wieder eingewöhnen könne. Aber sie hatte zu lange gewartet. Die Briefe, aus denen sie auf den Kummer ihres Neffen geschlossen hatte, waren schon einige Wochen alt. Inzwischen gebärdete sich Niklas zwar immer noch am liebsten stocksteif und verhalten wie ein kleiner Missionar, aber hin und wieder lachte er doch so laut, einmal sogar mit seinem Vater, daß es durchs ganze Haus schallte. Die Herrmanns' waren über den Grund für Cornelias überraschende Ankunft zutiefst erschrocken gewesen, sie hatten von diesen Briefen nichts gewußt. In der nächsten Nacht hatte Claes sich dazu durchgerungen, seinem Sohn selbst die Entscheidung zu überlassen, und seitdem sah man ihn, egal ob an der Börse, im Kaffeehaus oder in seinem Kontor, nur bester Laune.

Er bedauere sehr, hatte Niklas gesagt, als er in den Salon zitiert und vor die Entscheidung gestellt wurde, wieder nach Köln zurückzukehren oder in Hamburg zu bleiben, er bedauere wirklich sehr. Er sei gerne in Köln gewesen, und er würde natürlich auch gerne zurückkehren. Aber leider – dabei hatte er auf die Silberschnallen auf seinen Schuhen gestarrt, als sei dort ein höchst interessanter, ihm völlig unbekannter Käfer zu begutachten –, er könne Hamburg jetzt nicht verlassen. Die Tante möge das bitte verstehen. Er habe Pflichten übernommen, die dürfe er nicht vernachlässigen. Sie selbst habe ihn gelehrt, die Pflicht als das Höchste anzusehen. Das Pferd, das sein Vater ihm geschenkt habe, könne nicht dem Stallmeister überlassen werden. Auch wenn der ein besonders guter Stallmeister sei. Und außerdem – nun schienen mindestens drei Käfer auf seinen Schnallen versammelt –, bevor es Frühling werde, müsse er einen Weg finden, die Schädlinge in Annes Spalierobstbäumen zu bekämpfen, ohne daß dabei die Bäume zu Schaden kämen. Leider. Er müsse nun zu Hause bleiben.

Alle waren sehr berührt. Anne, weil Niklas sie, wie es ihr sehnlicher Wunsch war, das erste Mal bei ihrem Namen anstatt Madame genannt, Claes, weil er das Haus am Neuen Wandrahm zum ersten Mal sein Zuhause genannt hatte. Und schließlich Cornelia, weil sie immerhin die Früchte ihrer Erziehung so wunderbar gedeihen sah.

Was Niklas' Bruder Christian darüber dachte, wußte Rosina nicht. Sie sah ihn unten im Saal, man tanzte gerade eine französische Gavotte, und die Dame an seiner Seite war eine zerbrechliche dunkle Schönheit, das Haar voll zierlicher Seidenblüten in der gleichen Rosenfarbe wie ihr Kleid. Christians Wangen zeigten mehr als Rosenfarbe, seine Augen hingen an den Himbeerlippen der jungen Dame – und sahen leider überhaupt nicht nach Henny Bauer. Die sah auch sehr schön aus, wenn auch bei weitem nicht so zerbrechlich, und bemühte sich stets und leider nicht ganz unauffällig, ihren Bruder Lorenz in Christians Nähe zu steuern, so daß sie wenigstens bei dem Wechseln der Paare für kurze Zeit seine Hand und Aufmerksamkeit erobern konnte.

Die Liebe, dachte Rosina mit einem Blick auf Hennys gerötetes Gesicht, kann doch sehr anstrengend sein. Und auf Amor ist nur in den Komödien Verlaß.

Amor hatte an diesem Abend sehr viel zu tun, und einmal hatte sich sein Pfeil auch zu Henner Schwarzbach verirrt. Man hatte ihn schon einige Male mit Madame Marburger gesehen, der begüterten Witwe eines vor anderthalb Jahren auf unschöne Weise ums Leben gekommenen Zukkerbäckers. Heute glänzten die Augen in seinem Fuchsgesicht wie heißer Mocca mit viel Sahne, und Madame Marburger, bei all ihrer rosigen Fülle eine sich unermüdlich und zierlich wiegende Tänzerin, genoß diese Hitze offensichtlich. Schwarzbach war auch aus anderem Grund guter Laune. Er hatte im letzten Herbst zwar nur das Musterbuch zurückbekommen, aber das wertvollere Rezeptheft seines Coloristen Bader war verschwunden geblieben, und er hoffte, der ebenfalls verschwundene Lukas Blank schmore längst in einer besonders gräßlichen Hölle. Doch der größte Ärger mit Bader war erst einmal überstanden. Natürlich hatte der Couleurmeister einen großen Tanz veranstaltet. Mit dem Heft sei die ganze Erfahrung seines Arbeitslebens verloren, natürlich habe er die Rezepte im Kopf, aber vielleicht doch nicht so genau, und vor allem könne nun jeder dumme, kleine Drucker seine Rezepte kaufen und nachmachen. Das sei ein Skandal, Schwarzbach trage die Schuld, er müsse ihn nun teuer entschädigen.

Das hatte er sich so gedacht! Schwarzbach wußte genau, wie teuer das kommen konnte, erst kürzlich hatte der kaiserliche Gesandte in Holland für ein einziges Rezept hundert Dukaten bezahlt. Hundert Dukaten! Die Schuldfrage, hatte er Bader erklärt und sich die Hände gerieben, sei doch recht kompliziert, man wolle sie um der Gerechtigkeit willen am besten den Gerichten überlassen. Baders eiliges Angebot, man könne sich gewiß auch selbst einigen, er sei ja zu großem Entgegenkommen bereit, hatte der Manufakteur freundlich, aber unerbittlich abgelehnt. Nun lag diese lästige Sache bei Gericht, und wie jeder wußte, konnte sich so ein Prozeß Jahre hinziehen, mit Glück viele Jahre.

Alles in allem, fand Schwarzbach, war er nach dem ganzen Debakel fein heraus. Er hatte nichts verloren, außer Freda Blank, und darüber war er heilfroh. Er fühlte Madame Marburgers mollige Hand in der seinen und dachte: Die hagere, strenge Schwester eines Diebes! Wie hatte er nur so dumm sein können?

Freda Blank, das wußte jeder in der Stadt, obwohl niemand darüber redete, hatte sich schon in den letzten Oktobertagen, allen Herbststürmen trotzend, auf den Weg nach Estland gemacht. Sie reiste nicht allein, sondern begleitete einen Kaufmann aus Reval, der in Hamburg Kattunlieferungen ausgehandelt hatte. Er war auch für seine noch kleine Manufaktur auf der Suche nach einem guten Musterzeichner gewesen, und nachdem er Fredas Muster gesehen hatte, scherte ihn nicht mehr, daß Mademoiselle Blank eine Frau war und zudem einen betrügerischen Bruder hatte. Es hieß, er sei ein sehr kunstliebender und weitgereister Mann, und daß Freda, die doch immer ehrbar gewesen war, auf diese Weise eine neue Zukunft gefunden habe, sei nur gerecht.

Über Robert Bellham jedoch wurde an diesem Abend immer noch geredet. Senator van Witten saß mit drei anderen Senatoren in einer Loge nahe der Bühne und beklagte, daß noch immer keine Nachricht aus England gekommen sei. Bellham war nicht, wie man allgemein angenommen hatte, verschwunden, sondern tatsächlich in Geschäften in Glückstadt gewesen und bei seiner Rückkehr gleich unten am Hafen von der Wedde empfangen worden. Allerdings wurde er nicht in der Fronerei arretiert, als Mitglied der Merchant Adventurers unterstand er der englischen Gerichtsbarkeit, und so wurde er in das «Englische Haus» an der Gröninger Straße gebracht. Bald darauf war er verschwunden, mit dem nächsten Schiff nach

England. Leider, fand van Witten, sei das Schiff nicht in einem Oktobersturm untergegangen, sondern heil in London angekommen. Welche Strafe Bellham für seine schändliche Spionage dort erwarte, sei ungewiß. Wäre er mit dem Musterbuch gekommen, knurrte der Senator, hätte man ihn gewiß mit einem Orden belohnt. Und nun sei es nur eine Frage der Zeit, wann er wieder zu Hause beim Port vorm Kamin sitze und das nächste krumme Geschäft austüftele. Madame van Witten hätte zwar gemeint, Gott habe ihn mit seiner mörderischen Frau schon genug gestraft, aber der Ansicht sei er nicht. Alles könne man Gott nun doch nicht überlassen. Woraufhin die anderen bedächtig zustimmend nickten.

Unterhalb der Loge der Senatoren entdeckte Rosina nun Madame Hensel, die ihr am Tag vor Weihnachten in einer Aufwallung von Milde angeboten hatte, sie Friederike zu nennen. Madame Hensel hatte sich mit Abel Seyler unter die Tanzenden gemischt. Sie trug ein prächtiges Kleid aus silbrig schimmernder weißer Seide, ihr hoch aufgetürmtes, reichgepudertes Haar ließ sie noch größer erscheinen als sonst, die schwarze Maske mit der silbernen Litze um die Öffnungen für die Augen betonte den kühnen Schnitt ihres Gesichtes, und sie bewegte sich mit dem Stolz und der Grazie einer Königin. Abel Seyler, auch ein Mensch von hohem Wuchs und der Eleganz des Selbstgewissen, wirkte unbedeutend an ihrer Hand.

Wohin Rosina auch ihren Blick schickte, überall entdeckte sie Mitglieder des Ensembles. Alle waren da, sogar Clara, die Souffleuse, die trotz des kalten Wetters schon seit Wochen nicht mehr heiser gewesen war, und Mareike, die Zofe, die inzwischen gelernt hatte, Madame Hensels Grillen und Launen als die eines exaltierten Kindes zu verstehen und zu behandeln, was beide sehr zufrieden machte. Nur Monsieur Ekhof fehlte. Seine Gattin, eine als etwas seltsam bekannte Dame, war heute besonders leidend, und er saß gewiß an ihrem Bett, legte kalte Tücher auf ihre Stirn und las ihr aus dem ergreifenden Roman «Das Leben der schwedischen Gräfin von G…» von Monsieur Gellert vor, den sie besonders liebte.

Die Ackermanns, Monsieur, Madame und Charlotte, saßen mit einem jungen Mann auf einer der Bänke, die das Parkett umstanden. Dorothea war es gelungen, ihrer strengen, frommen Mutter zu entkommen. Sie tanzte am anderen Ende des Saales mit einem jungen Mann im weinroten Rock, den Rosina nicht kannte. Ganz gewiß war es niemand aus dem Ensemble. Glück für Dorothea, daß Madame Ackermann in diesen Tagen nur Augen für den jungen Mann hatte, der neben ihr auf der Bank saß und ihre Hand hielt. Friedrich Schröder, ihr Sohn aus erster Ehe und ein bejubelter Tänzer und Akteur, hatte sich entschlossen, in das Ensemble seines Stiefvaters zurück zukehren. Der junge Schröder, hieß es, habe eine große Zukunft vor sich, und vielleicht, so hoffte heimlich Löwen, konnten seine unerschöpfliche Energie und große dramatische Kraft dem Unternehmen am Gänsemarkt endlich zu Glanz verhelfen.

Löwen war heute außerordentlich heiter. Rosina entdeckte ihn in einer Loge über dem Entree in Gesellschaft von Monsieur Lessing und Monsieur Bode. Der hatte kürzlich eine Druckerei und Buchhandlung eröffnet, von der er sich die beste Zukunft versprach. Bode, neben dem selbst Lessing zierlich wirkte, hatte den Kopf eines Löwen, und obwohl auch seine Nase gewaltig war, strahlte er eine große Heiterkeit und Freundlichkeit aus. Nun lachten die drei Männer schallend, und Madame Löwen, die schmal und still wie immer an der Seite ihres Gatten gesessen und sehnsüchtig auf die Tanzenden unten im Saal hinuntergesehen hatte, zuckte erschreckt zusammen. Monsieur Lessing war nicht mit nach Hannover gereist, sondern in Hamburg geblieben, um in Ruhe an seiner Theaterzeitschrift weiterzuarbeiten. Er komme sehr langsam voran, hatte Rosina reden gehört, und der Winter in der großen Stadt mit all den Freunden, die er sich inzwischen gemacht hatte, den denk- und ganz gewiß auch den spiel- und trinkfreudigen, hatte ihm Vergnüglicheres zu tun gegeben. Nun zog Bode einen knittrigen Bogen aus der Rocktasche, nahm eine Kerze vom Wandleuchter, hielt sie näher an das Papier, und die Männer beugten ihre Köpfe darüber. Wahrscheinlich, dachte Rosina, war es wieder eine Aufstellung der Kosten zur Einrichtung einer «Buchhandlung der Gelehrten», die Lessing und Bode eröffnen wollten. In den letzten Tagen hatten sie ständig in der Schankstube zusammengesessen und darüber debattiert.

Es war seltsam. Der Erfolg des Gastspiels am hannoverschen Schloßtheater hatte alle beflügelt, und obwohl ständig davon gesprochen wurde, wie glanzvoll die kommende Saison werden würde, schienen alle auch eigene Pläne zu verfolgen. Da kamen Briefe aus anderen Städten, von anderen Theatern, die heimlich und schnell beantwortet wurden. Da wurde über Mademoiselle Klenze geflüstert, die gar die Bühne verlassen und einen Schneider heiraten wolle; ein Oboist und der erste Gehilfe des Maschinenmeisters, ein wahrer Künstler in der Konstruktion von Donner- und Windmaschinen, waren gleich in Hannover geblieben, und von Monsieur Günther hieß es, er habe seinen Reisekorb gar nicht erst ausgepackt, was aber niemanden ernstlich grämte, da seinem Spiel schon immer jeder Schmelz gefehlt hatte.

Auch Rosina hatte einen Brief bekommen, nicht von einem bedeutenden Theater wie dem zu Berlin, der Postreiter aus Braunschweig hatte ihn gestern gebracht. Er war von Helena, und sie schrieb, die Beckersche Gesellschaft habe schöne Aufführungen gehabt und auch guten, tatsächlich sogar sehr guten Applaus, und nun sei man zu Ostern nach Schleswig engagiert. Dann berichtete sie von Jeans neuesten Kapriolen, von Gesines Kostümkreationen und von Rudolfs unerhörtem neuem Flugwerk, das der braunschweigische Herzog persönlich ausprobieren wollte, was er, ein recht beleibter Mensch, jedoch nach energischer Ermahnung seiner Herzogin glücklicherweise unterlassen habe. Nachdem Helena auch erzählt hatte, daß Muto immer noch nicht spreche, Titus dafür aber um so mehr, und zwar mit Vorliebe von ihr, Rosina, fuhr sie fort: «Natürlich reisen wir über Hamburg nach dem Norden, und wir alle hoffen, dich dort froh und erfolgreich zu finden. Wir sind sehr stolz auf dich, aber wir grämen uns auch sehr, daß dir unsere kleine Bühne nun nicht mehr genug sein kann. Dein Platz, liebste Freundin, ist bei uns dennoch immer frei.» Und überhaupt liege in Braunschweig in diesem Winter nicht sehr viel Schnee, obwohl vom Harz viel kalter Wind und auch Eisnebel komme.

Rosina sah hinunter zur Bühne, von der sie sich so viel erhofft hatte. Die gehörte heute nur dem Orchester. Die Kulissen lagen im Dunkel, die heitere Landschaft, die sie heute zeigten, war nur ein Schemen. Aber die vergoldeten Gesimse und Kapitelle der korinthischen Säulen auf ihren Marmorsockeln links und rechts des Proszeniums schimmerten festlich im Licht der Kerzen. Das Orchester spielte nun ein ruhiges Zwischenstück, und die Tanzenden erholten sich bei Punsch und Wein. Einer der vorderen Hocker, der des Ersten Violinisten, war leer, sie beugte sich weiter über die geschwungene Brüstung der Loge, aber David war trotzdem nicht zu sehen. Nicht einmal seine Violine hatte er auf dem Hocker zurückgelassen. Ihr Blick wanderte zurück über das Parkett, aber auch bei den Tanzenden, die nun für einen Contredanse Aufstellung nahmen, fand sie ihn nicht. Doch da erklangen schon die ersten Töne aus dem Orchester, sanft und schmelzend wie aus einer fernen Landschaft. Aber keiner der drei Violinisten, die dort unten auf ihren Hockern saßen und noch in ihren Noten blätterten, hatte schon den Bogen angelegt. Die Töne kamen näher, wurden heiterer, tanzender, und nun erkannte sie das Lied. Es war ein altes englisches Lied, das vom Lavendel sang und die Liebe meinte. David hatte es in den letzten Wochen oft gespielt, aber gewiß wußte er nicht, daß Anne Herrmanns, die das Lied kannte, ihr die Worte gesagt hatte.

Sie lächelte und fühlte wieder Helenas Brief in ihrer Tasche. Wie hatte diese in ihrem Postscriptum geschrieben? Sie habe gehört, man wolle auch einen Violinisten von ganz außerordentlichem Ruf nach Schleswig engagieren, er sei zur Zeit im Engagement in Hamburg und heiße David Irgendwas, sie könne sich ja von jeher keine Namen merken, und ob Rosina ihn kenne?

Schleswig, dachte sie. Die kleine Stadt im Norden schien ihr plötzlich goldenere Dächer zu haben als das geheimnisvolle St. Petersburg, von dem man sagte, daß es glänze wie eine himmlische Vision.

GLOSSAR

Ackermann, Konrad Ernst (1712–1771) war einer der bedeutendsten deutschen Schauspieler und Prinzipale des 18. Jhs. Das von ihm 1765 auf eigene Kosten errichtete Theater am Gänsemarkt mußte wegen Geldmangels schon nach einem Jahr schließen. Er verpachtete das Gebäude und die Kostüme an eine Gruppe von zwölf Hamburger Kaufleuten, die am 22. April 1767 das (→) Hamburger Nationaltheater eröffneten. Er blieb als Schauspieler im Ensemble. Seine Frau *Sophie Charlotte (1714–1792)*, ebenfalls eine hervorragende Schauspielerin, trat in dieser Zeit nicht auf. Tochter *Dorothea (geb. 1752)* spielte schon Nebenrollen und tanzte im Ballett, sie verließ 1778 die Bühne und heiratete den Altonaer Arzt und Dichter Johann Christoph Unzer, der wie (→) Lessing zum Kreis der Hamburger Aufklärer gehörte. Zur Legende wurde Tochter *Charlotte (1757–1775)*. Sie war schon mit 14 der absolute Topstar mit einem Repertoire von 116 Rollen und starb im Alter von noch nicht 18 Jahren. Ob an Überarbeitung (sie wurde fast jeden Abend auf die – ab 1773 von ihrem genialen und als Schauspieler und Theaterdirektor ungeheuer erfolgreichen Stiefbruder *Friedrich Ludwig Schröder (1744–1816)* geleitete – Bühne geschickt) oder an Lebensmattigkeit nach der Lektüre von Goethes Bestseller *Die Leiden des jungen Werther*, ist ungeklärt. Der Trubel um ihre Beerdigung war grandios. Der Hamburger Rat lehnte es trotzdem ab, ihr ein Denkmal zu setzen.

Addison, Joseph (1672–1719) war in England als Essayist und glänzender Stilist berühmt und äußerst populär. Er schrieb vor allem für die moralischen Wochenschriften *The Tatler*, *The Spectator* und *The Guardian*. Seine seichte Komödie *Das Gespenst mit der Trommel* fand weniger Beifall. Die am Hamburger Nationaltheater gespielte Fassung war die deutsche Übersetzung einer französischen Übersetzung von (→) Ph. N. Destouches durch Luise Adelgunde Gottsched (1713–1762).

Bark Der große, eher bauchig gebaute Dreimaster gehörte seit der Mitte des 18. Jhs. zu den wichtigsten Langstreckenseglern der Handelsflotten.

Blaudruck In Deutschland wurde zunächst ausschließlich mit dem Farbstoff aus den Blättern des heimischen Waids (Isatis tinctoria) blau gefärbt, meistens weißes Leinen. Im Mittelalter war dieses Gewerbe noch den «Schönfärbern» vorbehalten, die Wolle und Seide verarbeiteten. Ab dem 16. Jh. kam über den neu entdeckten Seeweg das Indigo, der sehr viel kräftigere und haltbarere Farbstoff der Pflanze Indigofera tinctoria aus Bengalen, der dort schon seit 5000 Jahren verarbeitet wurde. Später wurde die Pflanze auch auf den westindischen Inseln und in Nord- und Südcarolina angebaut und der extrahierte und in Würfel gepreßte Farbstoff in großer Menge nach Europa exportiert. Anders als der Krappdruck (nach ostindischer Manier), bei dem die aufgedruckten Beizen im (→) Krappbad zu farbigen Mustern werden, werden die Muster mit Waid und Indigo durch den sog. Reservedruck erzielt. D. h., auf die Stoffbahnen wird mit den Druckstöcken (Modeln) ein zähes Wachs- und Leimgemisch (Papp) aufgepreßt, das die Fasern so verschließt, daß sie im Indigobad keine Farbe mehr annehmen können. So entstehen beim Blaudruck in Verbindung mit Sauerstoff (beim Trocknen der Bahnen an der Luft) tiefblau gefärbte Stoffe mit weißen Mustern. Das heute übliche synthetische Indigo, auch die Farbe der klassischen Blue Jeans, wurde zuerst 1878 von dem deutschen Chemiker Adolf Ritter von Baeyer (1835–1917) hergestellt.

Bode, Johann Joachim Christoph (1730–1793) Der Sohn eines armen Stadtsoldaten schaffte es vom Hütejungen zum Musiker und Komponisten, schließlich zum Korrektor und Übersetzer (aus dem Franz., Ital., Engl.) von Theaterstücken, er wurde Redakteur beim (→) *Hamburgischen Correspondenten*. 1767 – zweimal verwitwet und längst kein Hungerleider mehr – eröffnete er eine Druckerei und Buchhandlung. Die mit seinem Freund (→) Lessing geplante «Buchhandlung der Gelehrten» scheiterte, mit Druck und Verlag (ab 1772) der von M. Claudius (1740–1815) herausgegebenen Zeitschrift *Der Wandsbecker Bote* hatte er mehr Erfolg. 1778 ging er, gerade zum dritten Mal verwitwet, auf Einladung der Witwe des dänischen Staatministers Graf Bernstorff nach Weimar. In den nächsten 13 Jahren erntete der ehemalige Hütejunge die Titel eines meiningischen Hofrats, eines gothaischen Legationsrats und eines darmstädtischen Geheimrats. Er blieb bis an sein Lebensende ein sehr aktiver Autor und Übersetzer und engagierter Freimaurer und starb, von den Geistesgrößen seiner Zeit hoch geehrt. Ein Denkmal setzten sie ihm auch, gleich neben dem Grab des großen Malers Lukas Cranach auf dem Weimarer Friedhof.

Bosselhof Schon zu Anfang des 17. Jhs. überließ der Rat den englischen Kaufleuten der (→) Merchant Adventurers ein Gartengrundstück in der Neustadt, das sie mit einem hohen Lattenzaun umschlossen. Daran erinnert heute noch der Straßenname Englische Planke. Auf dem Rasen hinter dem Zaun wurde ein Bowling Green angelegt, auf dem ein dem Boccia (bosseln) ähnliches Spiel gespielt wurde. Das zunächst schlichte Gartenhaus mit einer Wirtschaft wurde 1761 durch den Baumeister der direkt benachbarten neuen St.-Michaelis-Kirche, (→) Ernst Georg Sonnin, um einen Saal erweitert. Der blieb lange Zeit der größte in der Stadt und wurde oft von Hamburger Bürgern für Bälle und Empfänge gemietet.

Brabanter Elle 40 B. E. entsprechen 28 Meter.

Bristol Obwohl B. im Südwesten Englands etwa elf Kilometer landeinwärts am schwer befahrbaren Fluß Avon liegt, war es bis zum letzten Drittel des 18. Jhs. nach London die bedeutendste Hafenstadt des Landes, das Tor zum Atlantik und zur Neuen Welt. In dem Pub *Llandoger Trow* in der King Street soll anno 1712 Daniel Defoe (1660–1731) den schottischen Seefahrer Alexander Selkirk getroffen haben, der ihm die Geschichte erzählte, die zur Grundlage für seinen *Robinson Crusoe* wurde. Die gleiche Kneipe spielt unter dem Namen *Admiral Benbow* in Robert Louis Stevensons Abenteuerroman *Die Schatzinsel* eine wichtige Rolle. Die Stadt wurde durch den Handel mit Wollstoffen, später mit Zucker, Sklaven, Kohle, (Port-)Wein und verschiedenen Industriezweigen reich, u. a. seit etwa 1725 mit der Glasherstellung. Ab 1760 wurde blaues, rotes, violettes und grünes Glas hergestellt und zu kostbaren Trinkgefäßen und Karaffen verarbeitet. Noch heute berühmt ist das «Bristol blue», das durch das damals bei B. abgebaute Kobaltoxid eine besonders leuchtende blaue Farbe erhielt.

Destouches, Philippe Néricault (1680–1754) Damals oft gespielter französischer Lustspieldichter. Lessing schrieb über seine Talente im 10. Stück der *Hamburgischen Dramaturgie*: «Ich will damit nicht sagen, daß das Niedrigkomische des Destouches mit dem Molierischen von einerlei Güte sei. Es ist wirklich um vieles steifer; der witzige Kopf ist mehr darin zu spüren als der getreue Maler; seine Narren sind selten von den behäglichen Narren, wie sie aus den Händen der Natur kommen, sondern mehrentheils von der hölzernen Gattung, wie sie die Kunst schnitzelt und mit Affektation, mit verfehlter Lebensart, mit Pedanterie überladet (...). Aber dem ohngeachtet – und nur dieses wollte ich sagen – sind seine lustigen Stücke am wahren Komischen so geringhaltig noch nicht, als sie ein verzärtelter Geschmack findet; sie haben Scenen mitunter, die uns aus Herzensgrunde zu lachen machen und die ihm allein einen ansehnlichen Rang unter den komischen Dichtern versichern könnten.»

Eimbecksches Haus Das Gebäude aus dem 13. Jh. stand an der Straße Dornbusch. Es beherbergte zunächst Rat, Gericht und eine Schenke und wurde nach dem Bier aus Eimbeck (heute: Einbeck) benannt, das nur dort ausgeschenkt werden durfte. Als Gesellschaftshaus blieb es durch die Jahrhunderte beliebter Treffpunkt der Bürger, im Herrensaal wurden auch das Petri- und das Matthiä-Mahl ausgerichtet, unglaubliche Prassereien, zu denen der Rat Gesandte, die hohe Geistlichkeit und Würdenträger der Stadt lud. Im 18. Jh. befanden sich hier u. a. auch ein Anatomisches Theater, eine Hebammenschule und ein Sezierraum, in dem nach einer Beschreibung der Stadt von 1796 «Selbstmörder und von unbekannter Hand gewaltsam Getötete entkleidet zur Schau gestellt und mitunter seziert» wurden. Von 1769 bis 1771 wurde das Haus prachtvoll neu erbaut. 1842 fiel es dem «Großen Brand» zum Opfer, nur die Bacchusstatue vom Eingang des Hauses wurde gerettet. Sie bewacht nun den Eingang zum Ratskeller im «neuen» Rathaus.

Ekhof, Conrad (1720–1778) Der Sohn eines armen Stadtsoldaten und Schmieds war Lichtputzer und schließlich Schreiber bei einem Advokaten in Schwerin, in dessen Bibliothek er sich so viel Wissen wie möglich aneignete. 1740 stand er zum erstenmal auf der Bühne (in Hamburg). Er war klein und unansehnlich, aber mit seinen ebenfalls zwar ziemlich kleinen, aber um so intensiveren blauen Augen und besonders der Kunst seiner Stimme und Körpersprache galt er als genialer Schauspieler. E. gab im Ensemble Schauspielunterricht, er war sich trotz seines Ruhmes nie zu schade für kleine Nebenrollen. Als einer der ersten legte er die gekünstelte Manier zugunsten einer natürlichen Darstellung und Sprache ab. Lessing und «der Vater der deutschen Schauspielkunst» haben einander hoch verehrt. Ekhof war für das deutsche Theater, was (→) Garrick für das englische war. Nur daß die Engländer ihre SchauspielerInnen auch im 18. Jh. schon sehr viel höher schätzten und besser bezahlten als die Deutschen die ihren.

Fleete werden die Gräben und Kanäle genannt, die seit dem 9. Jh. gleichzeitig als Entwässerungsgräben, Müllschlucker, Kloaken, Nutz- und Trinkwasserleitungen und als Transportwege dienten. Manche waren (und sind es noch) breit und tief genug für Elbkähne. Viele F. fallen bei Ebbe flach oder trocken, also wurden die Lastkähne mit auflaufendem Wasser in die Fleete zu den Speichern u. a. Häusern in der Stadt gestakt, entladen und mit ablaufendem Wasser zuückgestakt.

Fronerei Eine Art Untersuchungsgefängnis an einem «Berg» genannten Platz südwestlich der St.-Petri-Kirche. Im Keller befand sich eine Marterkammer für peinliche Befragungen. Die letzte offizielle Folterung fand in Hamburg 1790 statt. Der Fron, sozusagen der Fronerei-Chef, war zugleich der Scharfrichter.

Garrick, David (1717–1779) Berühmtester britischer Schauspieler des 18. Jhs. Sein realistischer, eindringlicher Darstellungsstil wurde Vorbild auch für deutsche Shakespeare-Aufführungen.

Gehenken-Haus Ein drei bis vier Stockwerke hohes Haus ohne Zwischenböden und durchgehende Wände, unter dessen Dach die nassen, noch unbedruckten Kattunbahnen über Latten zum Trocknen aufgehängt wurden.

Gezeitenkraftwerk Schon im 15. Jh. gab es Entwürfe für G., also um Ebbe und Flut zur Energiegewinnung zu nutzen. Erst in der 2. Hälfte des 20. Jhs. wurde in Frankreich so ein Flutkraftwerk gebaut.

Gluck, Christoph Willibald (1714–1787) Der deutsche Komponist war ab 1752 Hofkapellmeister in Wien. Seine erste sog. Reformoper, *Orfeo ed Euridice*, führte das Ideal des echten, einfachen Ausdrucks und die Unterwerfung der Musik unter die Erfordernisse der Handlung ein.

gothische Literatur meint im Sprachgebrauch des 18. Jhs. rohe und schauerliche Literatur. In etwas feinerer Form kam sie mit dem Bestseller *Die Burg von Otranto* (1765) von Horace Walpole (1717–1797) groß in Mode. Der Roman gilt als einer der ersten Gothic novels, Gruselromane vornehmlich aus dem Burg- und Rittermilieu, die im

19. Jh. mit *Frankenstein* (1818) von Mary Shelley und *Dracula* (1897) von Bram Stoker ihren Höhepunkt fanden.

Hamburger Nationaltheater Die Gründer, zwölf Hamburger Kaufleute, waren nicht so angesehen, wie die ältere Theatergeschichte glauben macht. Abel Seyler und Martin Tillemann waren gerade bankrott gegangen, Tapetenfabrikant Adolph Siegmund Bubbers schwärmte für die Bühne, verstand jedoch nicht, das nötige Geld zu machen, Francois Piere His und Albrecht Ochs waren zwar wohlhabend, erhielten aber wegen ihres reformierten Glaubens, wie auch Seyler, nicht das Bürgerrecht. Die anderen «Entrepreneure» sind nicht bekannt. Die kurze Geschichte des H. N. – es eröffnete am 22. April 1767 und schloß nach monatelangen Gastspielunterbrechungen in Hannover am 25. November 1768 – war tatsächlich von Intrigen, künstlerischem Rückschritt, mangelnder Akzeptanz durch das Publikum und extremem Geldmangel geprägt. Die Sache mit der möglicherweise profitablen Kegelbahn war in der Realität allerdings erst einige Jahre später F. L. Schröders Idee. Als Direktor fungierte Seyler, als künstlerischer Leiter der aufklärerische Dichter und Schauspieler (→) Johann Friedrich Löwen, dem es auch gelang, (→) Gotthold Ephraim Lessing als Dramaturg und Rechtsberater aus Berlin nach Hamburg zu holen. Das Bemühen, vor allem deutsche Stücke auf die Bühne zu bringen, scheiterte am Mangel solcher Stücke, das Engagement für ein «seriöses» Theater am Publikumsgeschmack. Schon nach wenigen Monaten wurden ein Tanzmeister, ein Lustigmacher und Luftspringer (Akrobaten) engagiert. Die schöne Idee einer Schauspielschule und einer Altersversorgung für die Ensemblemitglieder konnte nicht umgesetzt werden. Schon im Herbt 1767 verließen einige der talentierten jüngeren Mitglieder entnervt das Ensemble und gingen nach Berlin zu dem dort sehr erfolgreichen Prinzipal Döbbelin. Der mächtige konservative Teil der Pastorenschaft wetterte ständig von der Kanzel gegen das Unternehmen und fand Gehör, aber die meisten, auch die gelehrten Hamburger interessierten sich einfach nicht für das Theater. Die fünf Maskenbälle allerdings, für die das Theater pro Jahr zwischen Neujahr und Fastnacht zur Verfügung stehen mußte, waren sehr beliebt. Im März 1769 übernahmen (→) Ackermann und Schröder wieder die Prinzipalschaft.

Hamburgischer Correspondent Die Zeitung erschien seit dem 1. Januar 1731 viermal wöchentlich mit einer Auflage von bis zu 30000 Exemplaren – das war mehr als das Dreifache der schon damals berühmten Londoner *Times*. Sie blieb bis 1851 führend und war viele Jahre die meistgelesene Zeitung Europas. Neben Handels- und Schiffahrtsnachrichten wurden auch wichtige kulturphilosophische Diskussionen gedruckt, z. B. zwischen Lessing, Goeze, Bodmer, Gottsched und Lichtenberg. Aber ebenso – eine Sensation – Heiratsanzeigen.

Hensel, Friederike (1738–1789) wurde als beste deutsche Schauspielerin ihrer Zeit gefeiert. Im Ensemble war sie gefürchtet, da sie keine Göttin neben sich gelten oder auch nur wachsen ließ. Ihr Einfluß auf das Unternehmen Hamburger Nationaltheater war sehr groß und offenbar wenig segensreich. Obwohl auch Lessing sie für eine große Darstellerin hielt, setzte sie durch, daß er in seinen Kritiken in der *Hamburgischen Dramaturgie* schon bald nur noch die Stücke, nicht aber mehr die Schauspieler kritisieren durfte. Obwohl auch ihr Mann zum Ensemble gehörte, ging sie bald «eine Ehe linker Hand» mit Abel Seyler ein, den sie 1772 auch mit der rechten heiratete. Nach der Auflösung des Hamburger Nationaltheaters spielte sie in anderen Städten.

Kattun Nachdem Vasco da Gama 1498 den Seeweg nach Indien gefunden und Calicut erreicht hatte, brachte er nicht nur die begehrten Gewürze mit zurück, sondern auch Stoffe aus den Samenhärchen einer Pflanze, die von den Arabern *Quutun* genannt wurde. Die hatten die Stoffe schon 500 Jahre früher in Nordafrika, Sizilien und Spanien eingeführt. Daraus wurde Cotun (franz.), cotton (engl.) cotone (ital.), Katoen (niederl.) oder Kattun (deutsch). Heute sagen wir gewöhnlich Baumwolle und denken dabei an die US-amerikanischen Südstaaten. Aus Indien wurden nun der einfache weiß-gelbliche Kattun, die Alltagskleidung der Inder, aber auch *chint* (Sanskrit: Chitra = vielfarbig; deutsch: Zitz-Kattun) eingeführt. Diese Stoffe der reichen Inder waren vielfarbig, mit reichen Vogel- und Blumenmotiven und häufig mit Gold- und Silberfäden durchwirkt. Sie waren den bisher in Europa üblichen, mit in Pflanzenölen verriebenen Farben bedruckten Stoffen an Reinheit, Leuchtkraft und Haltbarkeit weit überlegen. Schon in den 20er Jahren des 17. Jhs. wurden auch in Hamburg über Holland, Spanien, Frankreich und England bes. die farbigen Kattune eingeführt. 1678 wurde in den Niederlanden die erste «Sitsedruckerei op de Oostindische manier» eröffnet, fast gleichzeitig in Frankreich und England. Nach Hamburg kam der Zitzdruck über Holland um 1690. Nach Augsburg, bald ein weiteres Zentrum der Kattundruckerei auf ostindische Manier, nach erfolgreicher Werkspionage in Amsterdam etwa zur gleichen Zeit. Nach komplizierten Rezepten mit äußerst aufwendig herzustellenden Farbbeizen konnten Schwarz, Rot und Violett gedruckt werden, die durch

Mischung und Farbstufungen eine Vielzahl von Farbtönen ermöglichten. Grün, Blau und Gelb mußten eingemalt werden. Je nach Farbgebung wurden die farbigen Kattune verschieden bezeichnet. K. und Kattundruck revolutionierten bald die Mode vom Schloß bis zur Hütte. K. wurde nicht nur zu Kleidung, sondern auch zu Möbelbezügen, Decken, Haus- und Bettwäsche, Teppichen etc. verarbeitet.

Kaufmann, Angelica (1741–1807) Die Schweizer Malerin ließ sich 1766 in London nieder. Sie engagierte sich für die Rechte der Künstlerinnen, gründete u. a. mit Joshua Reynolds, dem seinerzeit populärsten Maler der Society, die British Royal Academy, lehnte seinen Heiratsantrag ab, genoß ihr Leben und ihren großen Erfolg in ihrem Palais mit der Londoner Elite und – wie es heißt – etlichen Liebhabern. Nach einem Reinfall mit einem schwedischen Betrüger heiratete sie einen unbedeutenden venezianischen Maler und siedelte mit ihm nach Italien über. Auch in Rom wurde ihr Haus zu einem gesellschaftlichen und geistigen Mittelpunkt. Goethe, ein enger Freund und Schüler in Fragen der Kunst, beklagte ihre langweilige Ehe mit ihrem geldgierigen, faulen Gatten, der sie zwinge, ständig Auftragsarbeiten anzunehmen, anstatt ihren künstlerischen Ambitionen zu folgen. Zur Beerdigung der Frau, von der der Philosoph und Dichter J. G. Herder sagte: «Bei aller demütigen Engelsklarheit und Unschuld ist sie vielleicht die kultivierteste Frau in Europa», eilten Künstler aus ganz Europa nach Rom.

König, Engelbert (gest. 1769) und *Eva (1736–1778)* Der angesehene Seidenhändler und Tapetenfabrikant und seine Frau, Tochter eines reichen Heidelberger Kaufmanns, gehörten in Hamburg zu Lessings engsten

Freunden. Eva gebar sieben Kinder, von denen vier überlebten. Für das jüngste war Lessing Taufpate. K. starb auf einer Geschäftsreise in Venedig und ließ seine Familie fast mittellos zurück. So reiste Eva nach Süden, vor allem nach Wien, dem Standort der bedeutendsten Fabriken ihres Mannes, um seinen Nachlaß zu regeln und die Zukunft ihrer Kinder zu sichern. Sieben Jahre später, nach langem Warten und zahllosen Briefen und einer fünfjährigen Verlobungszeit, heirateten G. E. Lessing und Eva K. am 8. Oktober 1776 in der Kirche von York im Alten Land nahe Hamburg. Nur 14 Monate später starben Eva und ihr erstes gemeinsames Kind mit Lessing nach der Geburt in Wolfenbüttel.

Krapp oder Färberröte (Rulia tinctorum) ist eine kleine, ursprünglich im Orient beheimatete Pflanze. Ihre Wurzeln enthalten den roten Farbstoff Alizarin, der, direkt angewandt, nur eine ziemlich blasse und vergängliche Wirkung zeigt. In Verbindung mit Beizen aus Metallsalzen, Gerbstoffen und/oder pflanzlichen Ölen entsteht eine breite Palette extrem dauerhafter Farben und Farbabstufungen. Schon seit etwa 800 wurde Färberröte in Europa nachweislich angebaut, im 18. Jh. vor allem im Elsaß, in Flandern, Schlesien, Holland und der südfranzösischen Provinz Avignon. K. wurde auch für das Färben von Wolle und Seide verwandt.

Lessing, Gotthold Ephraim (1729–1781) Schriftsteller, Kritiker und Philosoph und der bedeutendste Vertreter der deutschen Aufklärung. 1766 war sein kunsttheoretisches Werk *Laokoon oder Über die Grenzen der Malerei und Poesie* erschienen. Die Hoffnung auf eine feste Anstellung in Berlin war vergeblich, er war schon hoch gerühmt, aber arm wie eine Kirchenmaus. So stand er «auf dem Markte und war müssig ...», als Löwens Angebot kam, als Konsulent (Rechtsberater) und Dramaturg (hauseigener Kritiker) nach Hamburg zu kommen. L. reiste nach Hamburg, die Stadt und die Leute gefielen ihm außerordentlich, und sagte zu. Diesmal hoffte er auf einige ruhige, angenehme Jahre und wollte seine «theatralischen Werke, welche längst auf die letzte Hand gewartet haben, daselbst vollenden und aufführen lassen. Solche Umstände waren nötig, die fast erloschene Liebe zum Theater bey mir wieder zu entzünden.» Allerdings weigerte er sich, auch Auftragsstücke zu schreiben, er wollte kein Carlo Goldoni (1707–1795) sein, der seinen Theatern pro Jahr bis zu 16 Lustspiele lieferte. Außerdem wollte er mit dem Druckereibesitzer (→) Johann Joachim Christoph Bode gemeinsame Sache und endlich etwas Geld machen. Tatsächlich wurde *Minna von Barnhelm* in Hamburg uraufgeführt, mit mäßigem Erfolg, dafür mit Problemen mit der Zensur. Als Kompagnon von Bode verlor L. nur das Geld, daß er mit dem Verkauf des größten Teils seiner kostbaren Bibliothek für die Einlage erzielt hatte. Seine *Hamburgische Dramaturgie*, als eine zweimal wöchentlich erscheinende Theaterschrift gedacht, erschien, fast schneller, als er schreiben und Bode drucken konnte, in Leipzig als Raubdruck. Den Profit machten andere. Im Herbst 1768 verließ er das Theater, Hamburg erst im Jahre 1770. Er plante, für ein Jahr nach Rom zu gehen: «Hier kann ich des Jahres nicht für 800 Rthlr. leben; aber in Rom für 300 Rthlr. Soviel kann ich ungefähr noch hinbringen, um ein Jahr zu leben.» Doch dann ging er als Bibliothekar ins einsame Wolfenbüttel. Er brauchte ein festes Einkommen, um, wie ihrem Mann vor einiger Zeit versprochen, die Verantwortung für die plötzlich verwitwete (→) Eva König und deren vier Kinder zu übernehmen. L. lebte bei allem Ärger und Verdruß gern in Hamburg, in Briefen schrieb er immer wieder von den Freundschaften und geistigen Anregungen, die er hier gefunden habe. Seine *Hamburgische Dramaturgie*, an der er mit der Zeit nach eigenem Bekunden immer lustloser schrieb, wurde nicht nur eine für die weitere Entwicklung grundlegende bürgerliche Poetik des Dramas, sie dokumentiert auch einzigartig die Theaterpraxis jener Zeit. Auch wenn L. über Analyse, Kritik und Kommentierung der in den ersten vierzehn Wochen aufgeführten Stücke nicht hinauskam.

Löwen, Johann Friedrich (1727–1771) Der Schauspieler und Lustspieldichter mit aufklärerischem Engagement fungierte als eine Art künstlerischer Direktor am (→) Hamburger Nationaltheater. Seine Frau Eleonore Luise Dorothea L. (1738–1783) gehörte als Schauspielerin zum Ensemble und galt als sehr talentiert.

Merchant Adventurers Die englische Kaufmannsgilde «Right Worshipful Company of M. A.» hatte im 17. Jh. das alleinige Recht, sich auf dem Festland niederzulassen und englische Ware, zunächst vor allem Tuche, zu verkaufen und zu stapeln, d. h. zu lagern. 1605 wählten sie endgültig Hamburg zu ihrem Standort und schlossen mit dem Rat einen Vertrag, der ihnen nahezu die gleichen Rechte wie den Hamburgern garantierte. Der Vorsitzende der Vereinigung, der Deputy Governor oder Courtmaster, hatte auch die Gerichtsherrschaft nach englischem Recht über seine Mitglieder und die meisten anderen in Hamburg lebenden Engländer. Anders als viele Niederländer, die sich endgültig in Hamburg ansiedelten, verfolgten die Engländer nur Handelsinteressen und kehrten in der Regel nach wenigen Jahren in ihre Heimat zurück. Lager- und Kontorräume und die Wohnungen des Courtmasters, Schreibers und Aufsehers befanden sich im «Englischen Haus», einem spätgotischen (erb. 1478) Doppelhaus aus massivem Backstein mit prächtiger Fassade und hohem Staffelgiebel in der Gröninger Straße. Es wurde 1819 abgerissen. In der Mitte des 18. Jhs. hatte die Vereinigung nur noch geringe, mehr gesellschaftliche als ökonomische Bedeutung.

Neuer Wandrahm Der Name bezeichnet seit dem 17. Jh. die Verlängerung des Alten W. Beide Straßen liegen auf der Wandrahminsel, im Areal der heutigen, erst ab 1885 erbauten Speicherstadt. Bis zur Verlegung auf den noch südlicheren Grasbrook vor den Wällen im Jahr 1609 standen hier die Wandrahmen, große Gestelle, in die die Tuchmacher das gefärbte Tuch (Wand, Lein-Wand) zum Trocknen und Glätten einspannten. Der Begriff Wand für Tuch geht auf das 8. Jh. zurück. Er bedeutete in gotischer Zeit Rute und übertrug sich über die aus Ruten geflochtene (und mit Lehm verputzte) Haus«wand»› auf das wie ein Flechtwerk strukturierte Gewebte.

Reimarus, Hermann Samuel (1694–1768) Der Theologe und Prof. für orientalische Sprachen am Akademischen Gymnasium propagierte eine auf Vernunft gegründete, natürliche Religion. Seine radikale Bibel- und Kirchenkritik *Apologie oder Schutzschrift für die vernünftigen Verehrer Gottes* wagte er wegen der auch in Hamburg mächtigen orthodoxen Lutheraner nicht zu veröffentlichen. Als Lessing sechs Jahre nach R. Tod Auszüge als *Fragmente eines Wolfenbüttelschen Ungenannten* drucken ließ, begann der jahrelange erbitterte Streit zwischen Lessing und dem Hauptpastor der Hamburger St.-Katharinen-Kirche, Johann Melchior Goeze (1717–1786). R. gilt auch als Wegbereiter der hist.-kritischen Leben-Jesu-Forschung. Sein Sohn, der Arzt *Johann Albrecht Heinrich R. (1729–1814)*, gehörte wie auch seine Tochter *Elise R. (1735–1805)* zu den engen Freunden Lessings. Er engagierte sich neben seiner äußerst fortschrittlichen ärztlichen Tätigkeit und seiner Professur (ab 1796) für Naturlehre und Naturgeschichte besonders für größtmögliche Freiheit in Handel, Gewerbe, Gesundheits- und Erziehungswesen. Er setzte gegen den herrschenden Aberglauben u. a. die Pockenimpfung und den Blitzableiter durch. Er war, wie ein späterer Historiker schrieb, «ein Feind jeden Zwanges, ein Fürsprecher der Freiheit und trat gegen eine Legion von Verboten und Mißbräuchen politischer, sozialer und religiöser Art auf». Sein Haus wurde, auch dank seiner klugen zweiten Frau Sophie (seit 1770), ein zentraler Treffpunkt nicht nur der Hamburger Aufklärer und Künstler, «der Licht- und Mittelpunkt des geistigen Hamburg», so der Weimarer Pädagoge Böttiger. Das Theater interessierte ihn nicht, dafür um so mehr seine Schwester Elise, wie Sophie R. eine hochgebildete, ungewöhnlich aktive Frau, die – wie es heißt – auf die Ehe verzichtete, um ihr Leben im kulturellen und politischen Zentrum nicht einschränken oder aufgeben zu müssen.

Rousseau, Jean-Jacques (1712–1778) Der französische Moralphilosoph, Schriftsteller, Komponist und Musiktheoretiker forderte gleiche Rechte und Selbstbestimmung für alle Bürger unter der Voraussetzung, daß der einzelne im Sinne der Vernunft den eigenen Willen dem Gemeinwohl in einem Staat unterwirft (*Der Gesellschaftsvertrag*). Sein literarisches Schaffen, vor allem *Die neue Héloise oder Briefe zweier Liebenden*, übte großen Einfluß auf die Autoren seiner Zeit aus. Er propagiert darin die

Läuterung der Leidenschaften durch Verzicht, ein neues Naturgefühl und idyllisches Land- und Familienleben. Auch sein Erziehungsroman *Emil oder Über die Erziehung* beeinflußte die Pädagogen des 18. und auch des 19. Jhs. stark.

Schlichte Ein Brei aus Weizenmehl, Wasser und Fett, mit dem die Weber die feinen Garne vor der Arbeit am Webstuhl widerstandsfähiger machten.

Shakespeare, William (1564–1616) Der englische Dichter und Dramatiker, Sohn eines Handschuhmachers und erfolgreichster Autor aller Zeiten, gehörte ab etwa 1594 als Schauspieler, Stückeschreiber und Teilhaber einer der führenden unabhängigen Londoner Theatertruppen an. Viele seiner Stücke wurden im kürzlich nach alten Plänen neu erbauten Globe Theatre aufgeführt. In Deutschland öffneten Lessing, Herder, Goethe und der Aufklärung nahestehende Schauspielgesellschaften und Prinzipale Sh.s unverfälschten und/oder unverstümmelten Werken den Weg auf die Bühnen. Die Epoche des Sturm und Drang wurde von der neuen Sh.-Begeisterung geprägt.

Sonnin, Ernst Georg (1713–1794) Nach dem Studium der Theologie, Philosophie und Mathematik in Halle arbeitete S. in Hamburg als Privatlehrer und entwickelte als genialer Tüftler mechanische und optische Geräte. Erst mit 40 Jahren begann er als Baumeister zu arbeiten. Seine aus fundiertem Wissen entwickelten bautechnischen Methoden galten besonders beim Turmbau als verwegen, wenn nicht gar teuflisch. Das Hamburger Wahrzeichen, die Michaelis-Kirche, war sein berühmtestes Werk. Eng verbunden mit den aufklärerischen Kreisen Hamburgs, gehörte er zu den Gründern der *Patriotischen Gesellschaft* (1765), einer Vereinigung von

Hamburger Kaufleuten und Gelehrten im Geist der Aufklärung zur Anregung privater Initiativen, die das Gemeinwohl in der Stadt fördern sollten.

Theatre Royal Das Theater bei der King Street nahe am Flußhafen von (→) Bristol wurde wie das (→) Hamburger Nationaltheater von einer Gruppe von Kaufleuten und Politikern finanziert, allerdings von vierzig sehr viel wohlhabenderen und großzügigeren Sponsoren als den Hamburger zwölf. Es wurde 1766 eröffnet, (→) Garrick schrieb dazu eigens einen Prolog und Epilog. Da das Theater zwölf Jahre lang auf das notwendige königliche Privileg warten mußte, wurden die Vorstellungen zunächst offiziell als eine Art rhetorische Veranstaltungen mit Musik verkauft. Entsprechend schlicht und scheunenartig war zunächst auch die Fassade, während der Innenraum (bis auf seine Hufeisenform) nach dem Londoner Vorbild des von Sir Christopher Wren erbauten Drury Lane Theatre ungewöhnlich groß und prächtig war. Der Erfolg des T. R. war von Anfang an enorm, es ist seither ohne längere Unterbrechung bespielt worden. Inzwischen wurde der Zuschauerraum nach viktorianischem Muster umgestaltet. Immer noch besitzen und nutzen Nachkommen der vierzig Subskribenten die kleine von Generation zu Generation vererbte Metallmarke, die als Gegenleistung für die vor mehr als 230 Jahren geleisteten 50 £ lebenslangen freien Eintritt gewährt.

Utopia In der 1516 (dt. 1612) unter ihrem vollständigen Titel *Ein wahrhaft herrliches, nicht weniger heilsames denn kurzweiliges Büchlein von der besten Verfassung des Staates und von der neuen Insel Utopia* erschienenen staatsphilosophischen Schrift von *Thomas Morus (1477–1535)* schildert ein fiktiver Erzähler die Mißstände im damaligen England und als Gegenmodell den für Morus besten denkbaren Staat. Sein in einer Art Urkommunismus (Religion incl.) entwickeltes System beruht auf der Abschaffung des Privateigentums, Entwicklung der Wissenschaften, Bildung, asketischer Lebensweise und trotz des Aufrufs zur Toleranz strengster Disziplin. Der Anwalt und Freund Erasmus von Rotterdams wurde 1529 Lordkanzler; als er sich weigerte, seinen König Heinrich VIII. anstelle des Papstes als Oberhaupt der englischen Kirche anzuerkennen, wurde er wegen Hochverrats zum Tode verurteilt und enthauptet.

Voltaire Eigentlich François Marie Arouet (1694–1778), franz. Schriftsteller und Philosoph. In seinen *Philosophischen Briefen* (1734) faßte er zuerst die Vorstellungen der Aufklärung über Gewissensfreiheit, religiöse Toleranz und politische Gleichheit zusammen.

Wasserkunst Der größte Teil des Trink- und Brauchwassers wurde in Hamburg bis weit ins 19. Jh. hinein aus Elbe, Alster und Fleeten geschöpft. Ab dem 14. Jh. gab es aber auch sog. Feldbrunnenleitungen, hölzerne Rohre, durch die Wasser von Brunnen vor allem westlich und nördlich der Wälle zu Privathäusern geleitet wurden. Im 16. und 17. Jh. entstanden drei Alsterwasserkünste, große Schöpf- und Pumpwerke, von denen das gestaute Alsterwasser durch Rohrleitungen in per Genossenschaftsvertrag angeschlossene Haushalte geleitet wurde. Es durfte nur für den Hausgebrauch und zum Brauen verwendet werden. Die sog. Neue Wasserkunst am Jungfernstieg (oder Oberdamm), die in diesem Roman neben dem Matthewschen Haus steht, wurde 1620 gebaut. Ihr Wasserrad maß 25 Fuß (etwa sieben Meter) im Durchmesser, es wurde durch das abfließende Wasser der gestauten Alster angetrieben und bewegte Kolbenpumpen, die das Wasser über eine aufwendige Mechanik in Behälter hoch unter dem Dach der W. hoben. Von dort floß es durch ein Röhrensystem zu den Hausbrunnen (meistens im Keller oder im Hof) der 178 angeschlossenen Haushalte (Kunstverwandte). Ein Kunstmeister, unterstützt durch einen Kunstknecht, war für die Wartung der W. zuständig. Die Kosten für Einrichtung und Unterhalt der W. waren sehr hoch, entsprechend der jährliche «Mitgliedsbeitrag», außerdem mußte ein «Eintrittsgeld» von mehreren hundert Mark gezahlt werden. Zum Vergleich: Sowohl (→) G. E. Lessing am (→) Hamburger Nationaltheater wie auch der (Wasser-)Kunstmeister bekamen ein Jahresgehalt von je 800 Mark. In der Regel floß das Wasser am Ziel nur in einem fingerdicken Strahl und nicht mehr als acht bis zehn Stunden täglich. Es gab auch öffentliche Brunnen, meistens mit nicht besonders guter Wasserqualität, für die ärmeren Bewohner. Der erste wurde 1489 «Auf dem Berg» nahe der Fronerei gegraben. Ein anderer, immerhin 17 Meter tief, 1704 auf dem Großneumarkt. Um 1835 gab es in Hamburg bei etwa 120 000 Ew. 46 öffentliche Brunnen, im fast fünfmal kleineren Altona dagegen 575.

Wedde Die Organisation der Hamburger Behörden und Verwaltungen im 18. Jh. unterschied sich sehr stark von der heutigen. So ist auch die alte Wedde nicht mit der heutigen Polizei gleichzusetzen, aber auch zu ihren Aufgaben gehörten die Aufsicht über «die allgemeine Ordnung» und die Jagd auf Spitzbuben aller Art.

DANKSAGUNG

Bis auf einige historisch verbürgte und bedeutsame Persönlichkeiten, die wie u. a. G. E. Lessing oder die Mitglieder der Familie Reimarus im Glossar vorgestellt werden, sind Personen und Handlung dieses Romans Produkte meiner Phantasie. Ähnlichkeiten mit vergangener oder gegenwärtiger Realität wären reiner Zufall. Ich habe mich bemüht, das Leben im Jahr 1767 so authentisch zu schildern, wie es in einem Roman möglich ist. Für Hinweise auf sachliche Fehler bin ich dankbar.

Von den tatsächlichen Geschehnissen am Hamburger Nationaltheater ist wenig überliefert, ich habe mich davon zu meiner Romanhandlung nur anregen lassen. Von einem Mord z. B. berichten die Annalen nichts, jede Menge Streit und Geldmangel, viel zuwenig Publikum und steter Ärger mit der Bauaufsicht entsprechen allerdings der Realität. Anders als im Roman kam das Ensemble nicht schon im Februar, sondern erst im Mai 1768 von dem Gastspiel in Hannover nach Hamburg zurück, tatsächlich verstärkt durch den späteren Theaterdirektor und umjubelten Shakespeare-Darsteller F. L. Schröder.

Wieder konnte ich aus dem großen Fundus der Hamburg-Literatur und der Museen, Bibliotheken und Archive schöpfen. Informationen über die Geschichte der Kattundruckerei habe ich vor allem der akribischen Abhandlung *Mit Druckform, Krapp und Indigo* von Martin

Knorr entnommen. Für spezielle Hilfe danke ich Gabriele Kühn und Ute Boebel, Historische Kuranlagen und Goethe-Theater Bad Lauchstädt, Christine Griem und Wiebke Müller, Bibliothek des Museums für Hamburgische Geschichte, und Marion Schulz, Neuberin-Museum in Reichenbach (Vogtl.). Außerdem Marita Heinz, Marina Wandruszka und Michael Berger. Und ganz besonders meiner Lektorin Dr. Siv Bublitz.

[illegible]
Das Zeitalter und die Herzogin
[illegible]

[illegible]

Petra Schier
[illegible]
[illegible]

[illegible]
[illegible]
[illegible]

Weitere Informationen [illegible] unter [illegible]